21世纪外国文学系列教材

The History of
Foreign Literature

外国文学史教程

项晓敏 ◎主编

北京大学出版社
PEKING UNIVERSITY PRESS

图书在版编目(CIP)数据

外国文学史教程 / 项晓敏主编. —北京：北京大学出版社，2015.7
（21世纪外国文学系列教材）
ISBN 978-7-301-25912-2

Ⅰ.①外… Ⅱ.①项… Ⅲ.①外国文学—文学史—高等学校—教材 Ⅳ.①I109

中国版本图书馆CIP数据核字(2015)第121134号

书　　名	外国文学史教程
著作责任者	项晓敏　主编
责 任 编 辑	张　冰　朱房煦
标 准 书 号	ISBN 978-7-301-25912-2
出 版 发 行	北京大学出版社
地　　址	北京市海淀区成府路205号　100871
网　　址	http://www.pup.cn　　新浪微博：@北京大学出版社
电 子 邮 箱	编辑部 pupwaiwen@pup.cn　　总编室 zpup@pup.cn
电　　话	邮购部 62752015　发行部 62750672　编辑部 62754382
印 刷 者	北京虎彩文化传播有限公司
经 销 者	新华书店
	787毫米×1092毫米　16开本　28.5印张　676千字
	2015年7月第1版　2025年2月第5次印刷
定　　价	58.00元

未经许可，不得以任何方式复制或抄袭本书之部分或全部内容。
版权所有，侵权必究
举报电话：010-62752024　电子邮箱：fd@pup.cn
图书如有印装质量问题，请与出版部联系，电话：010-62756370

主　编　项晓敏

编　委（以姓氏拼音为序）

陈　静	陈婷婷	陈　勇	高速平	葛桂录	韩燕红
荆云波	李海明	李　莉	李佩菊	李伟昉	李文军
李小驹	李晓卫	陆惠云	马粉英	彭建华	钱奇佳
任红红	史锦秀	王化学	王骁勇	温　越	吴康茹
杨红菊	杨书评	杨晓敏	叶旦捷	曾思艺	张晓东
赵怀俊	赵　峻	朱　涛			

目 录

前 言 ··· 1

第一章 古希腊罗马文学 ··· 1
    第一节 概述 ··· 1
    第二节 荷马史诗 ·· 11
    第三节 古希腊戏剧 ·· 16

第二章 中世纪文学 ··· 21
    第一节 概述 ··· 21
    第二节 但丁 ··· 28

第三章 文艺复兴时期人文主义文学 ····································· 33
    第一节 概述 ··· 33
    第二节 拉伯雷 ·· 40
    第三节 塞万提斯 ·· 44
    第四节 莎士比亚 ·· 48

第四章 17世纪古典主义文学 ·· 56
    第一节 概述 ··· 56
    第二节 弥尔顿 ·· 62
    第三节 莫里哀 ·· 68

第五章 18世纪启蒙主义文学 ·· 74
    第一节 概述 ··· 74
    第二节 卢梭 ··· 81
    第三节 歌德 ··· 85

第六章　19世纪浪漫主义文学 ……93
第一节　概述 ……93
第二节　拜伦 ……103
第三节　雨果 ……108
第四节　普希金 ……114
第五节　惠特曼 ……118

第七章　19世纪现实主义文学 ……124
第一节　概述 ……124
第二节　司汤达 ……139
第三节　巴尔扎克 ……144
第四节　福楼拜 ……153
第五节　狄更斯 ……157
第六节　哈代 ……164
第七节　果戈理 ……169
第八节　陀思妥耶夫斯基 ……176
第九节　托尔斯泰 ……182
第十节　契诃夫 ……189
第十一节　易卜生 ……193
第十二节　马克·吐温 ……199

第八章　19世纪自然主义及其他流派文学 ……204
第一节　概述 ……204
第二节　左拉 ……212
第三节　波德莱尔 ……221

第九章　20世纪现实主义文学 ……225
第一节　概述 ……225
第二节　罗曼·罗兰 ……235
第三节　劳伦斯 ……239
第四节　戈尔丁 ……244
第五节　高尔基 ……249
第六节　肖洛霍夫 ……254
第七节　帕斯捷尔纳克 ……260
第八节　艾特玛托夫 ……265
第九节　德莱塞 ……270
第十节　海明威 ……275

第十一节　纳博科夫 …… 279
　　第十二节　奈保尔 …… 283

第十章　现代主义文学 …… 288
　　第一节　概述 …… 288
　　第二节　艾略特 …… 302
　　第三节　卡夫卡 …… 308
　　第四节　乔伊斯 …… 312
　　第五节　福克纳 …… 318
　　第六节　萨特 …… 324
　　第七节　贝克特 …… 329
　　第八节　博尔赫斯 …… 335
　　第九节　马尔克斯 …… 340

第十一章　上古东方文学 …… 346
　　第一节　概述 …… 346
　　第二节　《圣经·旧约》 …… 353
　　第三节　迦梨陀娑 …… 356

第十二章　中古东方文学 …… 359
　　第一节　概述 …… 359
　　第二节　紫式部 …… 370
　　第三节　《一千零一夜》 …… 374

第十三章　近现代东方文学 …… 380
　　第一节　概述 …… 380
　　第二节　纪伯伦 …… 406
　　第三节　泰戈尔 …… 411
　　第四节　普列姆昌德 …… 416
　　第五节　夏目漱石 …… 421
　　第六节　川端康成 …… 425
　　第七节　村上春树 …… 430
　　第八节　马哈福兹 …… 436
　　第九节　库切 …… 440

后　记 …… 445

前　言

　　外国文学的内容涵盖了除中国以外的世界各国文学发展与文学创作,整体上呈现出历史悠久、源远流长,以及国家众多、风格迥异的特征。人类历史的演进过程伴随着文学创作的繁荣与发展的进程,文学作为人类社会与文化的一种记录形式,以形象展示和真实描写反映了不同历史时期社会历史和风俗文化,然而其核心显示的却是在不同社会与文化之中的人的存在,在人与自然、人与社会、人与他人以及人与自我的关系描述中,记录了人的成长历程,对社会的认识、对自我的拷问、对人性的反思、对生命的思索,构成了文学长河中人文精神探索的永恒话题。文学的外在反映以不同历史的社会现实为基础,内在表现的则是人性,表现人性的善恶与美丑。

　　文学展示人性的同时,更在于表现人性深层的与生俱来的人的自由。外国文学史作为人文精神与社会文明的发展史,无不体现出作家在对人性描述中所表现的人对自由的追求与向往。古希腊文学中对人性原欲的自由张扬,中世纪文学在宗教信仰中对自我的超越,文艺复兴时期人文主义文学中对人性自由张扬的回归,17世纪古典主义文学中对自由情感束缚的苦恼,18世纪启蒙主义文学中对自由平等博爱的弘扬,19世纪浪漫主义文学中对自由主义的歌颂,批判现实主义文学中对以金钱为中心导致人性异化与人的自由精神丧失的反思,20世纪现代主义文学对传统的叛逆中追求人与社会分离后的自由,乃至在文学的解构写作中去追求文本的自由,外国文学史中对人性的描述,无不体现出人对自由的不懈追求。

　　外国文学涉及的国家众多、作家辈出、名作纷呈、内容繁复,在题材与内容上的主要特征表现为:其一,古希腊罗马文学成为外国文学创作的源头,不同历史时期的作家作品,诸如莎士比亚、莫里哀、歌德、拜伦、狄更斯、巴尔扎克、托尔斯泰、乔伊斯等创作中,无不体现出古希腊罗马文学的深远影响。其二,古希伯来《圣经》文学,成为外国文学的又一个创作源头,从中世纪的但丁到20世纪的叶芝、艾略特文学创作中,基督教文化与《圣经》文学的影响若隐若现,在外国文学发展中起着不容忽视的重要作用。其三,外国文学作品以对人的描述为载体,表现出人道主义思想内涵,一方面是源于古希腊的世俗人道主义，另一方面则是来自于古希伯来以及中世纪教会文化的基督教人道主义，二者在外国文学创作发展的历史长河中，此长彼消，同时并存。其四，从文学创作的美学主张与理论纲领来看，外国文学创作的历史，不同国家不同作家不同文学创作，虽然从内容到形式各不相同，但是其创作不外乎遵循两种文学艺术的表达方法：一是源于以古希腊亚里士多德为代表的反映论，主张文学是对人的行动以及外部世界的模仿；二是源于以古希腊柏拉图为代表的表现论，认为文学是对人的内在理念与情感的显现。这两种创作方法交替呈现，在几千年的文学史上，反映论占据主导地位，直到19世纪浪漫主义的出现，表现论才作为创作的主体美学观登上文坛，至20世纪现代主义文学中，表现论成为西方现代派文学创作的主要美学主张。

外国文学的学习，在当今网络信息时代，对各国各民族的社会历史与文化风俗以及人文环境，具有十分有益的认识作用，文学形象地再现了不同国家不同历史时期的社会心态与文化生活。外国文学作品的阅读过程，也是读者潜移默化地接受情感熏陶、净化心灵的过程，文学成为人生的教科书，启迪人生。对外国文学的研读，也是对他民族优秀文化艺术及其文学营养借鉴学习的最好捷径，有利于提高我们的艺术修养和文化素养。

外国文学的学习应该区分不同区域、不同民族、不同时代的作家作品，结合作家在文学史上所处的不同时代环境以及作家创作情况进行文学阅读，以真善美的标准去评判理解文学形象以及审美意义。对外国文学作家作品应该坚持一分为二的辩证观，作家的创作观念和审美理想，与作品所表现出来的审美价值有相一致的地方，也有相悖逆的、自相矛盾的地方，用辩证的方法去阅读评判外国文学作家作品，是较为科学的。另外，外国文学的学习应该多读原著，结合外国文学课程教学，每周至少阅读一两篇外国文学名篇，对作家作品有更深层次的审美体验，从感性认识上升到理性认识。对外国文学史中的基本概念、思潮流派以及经典的作家作品要做到全面掌握，提高对外国文学现象以及作家作品的分析论述能力。

《外国文学史教程》系统介绍和论述了自古希腊、古埃及至现当代数千年世界文学史上出现的文学现象以及经典作家作品。全书内容由欧美文学和东方文学两部分组成，对不同历史时期出现的文学思潮、文学流派、文学概念以及重要的作家作品作了全面的介绍阐述，对世界文学的发展走向进行了系统而科学的梳理界定。本书既可以作为普通高校文科学生外国文学与比较文学课程的专用教材使用，同时也适用于人文学科、文化素质通识课程和自学。

第一章　古希腊罗马文学

第一节　概述

古希腊罗马文学是欧洲文学史上最古老的文学,是欧洲文学的主要源头,是原始社会末期到奴隶社会的产物,也是古希腊罗马文化孕育的硕果,对后世西方文学乃至世界文学产生了深远影响。"没有希腊文化和罗马帝国所奠定的基础,也就没有现代的欧洲。"[①]特别是古希腊文学,它是欧洲文学的源头之一,西方文学源端"二希"(古希腊文学文化、古希伯来文学文化)之一。古罗马文学则在继承古希腊文学的基础上发展起来,具有自己的民族特色,是沟通古希腊文学与欧洲近代文学之间的桥梁,起到了继往开来、承前启后的重要作用。

一、古希腊罗马文学的历史文化与基本特征

古希腊位于欧洲南部、地中海东北部,包括今巴尔干半岛南部(希腊半岛)、爱琴海中的众多岛屿和小亚细亚半岛西岸。古希腊的地理特点是近海多山,海岸线曲折。特定的地理条件决定了古希腊人很难依靠农耕为生,他们将谋生的视野拓向大海,通过海上经商、从事海盗以及开辟海外殖民地获取生活资料。这种靠海经商、海上冒险的生存方式造就了古希腊人自由奔放、富于想象力、充满原始情欲、崇尚智慧和力量的民族性格,也培植了古希腊人追求现世生命价值、重视个人地位和个人尊严的文化价值观念。同时,古希腊东、南、西三面环海,为古希腊人学习借鉴古代东方的先进文化、输出自己的民族文化提供了天然便利。古希腊人分别从古埃及、古巴比伦、古印度等东方文化中吸取丰富营养,与本土文化融汇整合,逐步形成了独特的、富有希腊精神的文化。

古希腊是西方文明的发祥地。现代考古证明,早在旧石器时代,希腊半岛就有人居住。公元前7000年,希腊进入新石器时代。公元前3000年,希腊进入青铜时代。由此,地中海的克里特岛和希腊半岛上的迈锡尼地区,在已接受西亚文化成就的基础上,产生了相当发达的奴隶制文明,史称克里特—迈锡尼文明,又称爱琴文明。以米诺斯文明为代表的古老的克

[①] 恩格斯:《反杜林论》,《马克思恩格斯选集》第三卷,人民出版社1995年版,第524页。

里特文明,是整个希腊文学的源头。米诺斯文明产生于克里特岛,最早可追溯到公元前3600年以前,因传说中的克里特国王米诺斯王而得名。米诺斯文明的晚期为迈锡尼文明,始于公元前1400年。后来,原住半岛北部的一些部落向南迁移,破坏了当地原有的文化,并在半岛南部和爱琴海上定居下来。迈锡尼文明于公元前1100年毁灭。

古希腊文学也是古希腊由氏族社会向奴隶制社会过渡的产物。公元前12世纪,希腊社会处于氏族社会的晚期,原始公社开始解体,奴隶制开始形成。公元前8世纪后,奴隶制关系逐渐形成,希腊由氏族贵族统治向奴隶制国家过渡。在大规模的移民活动中,希腊人在地中海沿岸建立了许多奴隶制城邦。当时两个最大的城邦是雅典和斯巴达。为争夺希腊霸权,雅典为首的希腊民主城邦同盟"提洛同盟"与斯巴达为首的"伯罗奔尼撒同盟"之间战争频仍。以雅典为首的城邦奴隶制民主制优于斯巴达的贵族寡头专制。雅典成为希腊的商贸中心和文明中心。公元前5世纪,希腊的奴隶制发展到繁荣阶段。公元前4世纪,希腊的奴隶制开始衰落,直到公元前146年,希腊被罗马人灭亡,古希腊历史结束。

伴随着古希腊奴隶社会的进程,古希腊文学的发展经历了四个阶段:氏族公社向奴隶制社会过渡时期(前12世纪至前8世纪),产生了神话、史诗等文学成就;希腊氏族社会解体、奴隶主城邦形成时期(前8世纪至前6世纪),出现了抒情诗、寓言;希腊奴隶制发展全盛时期(前6世纪末至前4世纪初),戏剧走向繁荣,散文、文艺理论取得了可喜成就;奴隶制衰落时期(前4世纪末至前2世纪中叶),新喜剧、田园诗有一定成就。

古罗马是稍晚于古希腊而崛起的地跨欧、亚、非的奴隶制帝国。古罗马本土位于欧洲南端、地中海中部的亚平宁半岛(意大利半岛),与希腊一样,东、南、西三面环海,地理位置优越。约公元前2000年,拉丁人部落已定居于意大利半岛的第伯河畔。伊特鲁利亚人、希腊人、高卢人陆续迁到意大利,共同构成早期意大利的主要居民。约公元前8世纪,罗马城建立。公元前6世纪,罗马进入王政时期,罗马的氏族公社开始瓦解,向奴隶制过渡。公元前6世纪末,罗马的奴隶制已初步形成,王政被推翻,罗马建立了奴隶制共和国。期间,罗马征服了意大利半岛,后来又向外扩张,征服了地中海沿岸和巴尔干半岛的大部分,至公元前2世纪,建立了一个地跨欧、亚、非的奴隶制国家。公元前27年,罗马进入帝国时期。公元476年西罗马灭亡,标志着古罗马奴隶制社会结束。

受伊特鲁利亚文明影响,包括罗马人在内的拉丁人逐渐形成了自己的乡土文化,主要形式有歌舞、说唱和模拟。随着对外交往的增多,罗马人接受了古希腊文明的陶冶,吸收了希腊文化的精髓,从移栽和编译入手,从照搬向借鉴乃至创作过渡,兼顾自身特点,逐渐建立起本民族文学的基础。

随着古罗马奴隶制国家的形成,古罗马文学发展经历了三个阶段:早期文学(前3世纪至前2世纪),喜剧取得了可喜成就;中期文学(前1世纪至公元1世纪),诗歌出现繁荣;后期文学(公元2世纪至5世纪),讽刺文学、小说有一定成就。

与希腊海洋民族不同,古罗马属于内陆民族,主要靠耕牧方式生存,具有上古农牧民勤劳、勇敢、粗鄙的民族特征。他们崇尚武力,追求社会与国家、法律与集权的强盛与完美,富于牺牲精神和责任观念。此种民族性格使古罗马文学具有比古希腊文学更强烈的理性精神、集体意识和庄严崇高的气质,但缺乏古希腊文学那种生动活泼的精神灵气和无拘无束的儿童式的天真烂漫。相对而言，古罗马文学的精神和情感世界比较贫乏。与此相应，古罗马文学在艺术上强调均衡、严整、和谐，重视修辞和句法，技巧上偏于雕琢与矫饰，一定程度上丧失了古希腊文学自然质朴的特征。

不过，希腊的先进文化通过罗马得以继承，形成影响整个欧洲的共同文化——古希腊罗马文化。作为欧洲文学的开端，古希腊罗马文学表现出一些共同的特点。

古希腊罗马文学致力于对人类自身及其周围世界的审美把握，表现出鲜明的人本主义倾向，对西方文学产生了决定性的影响。古希腊罗马文学中的神和人都具有自由奔放、独立不羁、狂欢取乐、享受人生的个体本位意识，面对困难表现出艰苦卓绝、百折不挠的精神。古希腊罗马文学正是在描写人对现世世界价值的追寻、人与命运的矛盾和抗争中，展示了人性的活泼与美丽，表现了人类童年时期的自由、乐观与浪漫。生命意识、人本精神和自由观念，是古希腊罗马文学的基本精神，以后也成了欧洲文学与文化的基本内核。

古希腊罗马文学与民间口头文学的关系十分密切，尤其是神话、英雄传说和史诗，或则本身就是民间文学，或则从中汲取了丰富的养料，再经过民间歌手的艺术加工，具有丰富而瑰丽的想象、纯朴的气息和粗犷的风格。

古希腊罗马文学在艺术形式和表现手法上还比较粗糙和原始，除了史诗以外，一般篇幅都比较短小，构思单纯，主题明确，技巧单一，具有原始的拙朴美。

作为欧洲文学的源头，古希腊罗马文学品种齐全，既有神话、史诗、悲剧、喜剧，又有寓言、散文、小说，有的文学样式虽然不够成熟，却为后来的欧洲文学提供了范例。

艺术风格上，古希腊罗马文学堪称崇高美的典范。希腊戏剧崛起于奴隶民主制全盛时期，集中刻画了颇具崇高美的艺术形象。普罗米修斯大胆反叛宙斯的专制，藐视命运的安排。荷马史诗中以阿基琉斯、赫克托耳为代表的英雄们在战场上冲锋陷阵，顽强拼搏，颇有"明知山有虎，偏向虎山行"的义胆侠骨。罗马史诗《埃涅阿斯纪》中的主人公埃涅阿斯肩负神圣的使命，为开疆建国筚路蓝缕，历尽艰辛，无怨无悔。古希腊罗马文学中出现的这些人物都是顶天立地、气贯长虹的伟人形象，充分体现了古希腊罗马文学崇高美的风格。

创作方法上，古希腊罗马文学已经具有现实主义和浪漫主义两种因素，而且在文艺理论上也基本形成了以再现说和表现说为哲学基础的两种创作倾向，为后来的欧洲文学的发展奠定了基础。

二、古希腊罗马文学发展概况

古希腊文学与希腊奴隶制社会发展同步，大致经历了四个时期：

氏族公社向奴隶制社会过渡时期（前12世纪至前8世纪），史称"荷马时代"或"英雄时代"。主要成就是神话和荷马史诗。

希腊神话是古希腊早期文学的主要成就之一。它是古代希腊人民留给后世的一份丰富多彩的口头文学遗产，也是欧洲最早的文学形式。同其他民族的神话一样，希腊神话是希腊先民不自觉地艺术加工自然的产物。那时，人类在同自然的斗争中，无法认识自然、战胜自然，只有"用想象和借助想象以征服自然力，支配自然力，把自然力加以形象化"。

希腊神话主要包括神的故事和英雄传说两部分。另外，还有一些解释自然现象、习俗与名称来源的故事。

神的故事有开天辟地、神的产生、神的谱系、神的活动、人类的起源等等，又分为旧神故事（即前奥林匹斯神系故事）和新神故事（即奥林匹斯神系故事）。

旧神故事主要叙述开天辟地、众神诞生和人类起源等内容。据说最初天地一片混沌，混沌之神和他的妻子黑夜女神统治一切。他们的儿子黑暗推翻父亲，娶母为妻，生下光明和白昼两个孩子。光明和白昼创造地母盖亚，盖亚生下儿子乌拉诺斯，并与之结合，生下十二提坦巨神（六男六女）。提坦神相互结合，生出太阳、月亮、星辰等。乌拉诺斯为第一代天神，害怕孩子们日后夺权，便将提坦诸神打入塔尔塔罗斯地狱。地母盖亚对此不满，鼓动子女造反。其最小的儿子提坦神克洛诺斯率领众兄弟反叛，夺取父位，做了第二代天神，并娶妹妹瑞亚为妻，生下新一代神。为了避免父辈命运，孩子出生后，克洛诺斯把他们先后吞入腹中。但最小的儿子宙斯出生后，瑞亚藏之于山洞，以襁褓包裹一块石头骗过克洛诺斯。宙斯长大后用计让父亲吐出以前吞下的儿女，兄弟姐妹联合起来，推翻父亲统治，宙斯做了第三代天神。

新神故事主要叙述的是以宙斯为首、在奥林匹斯山上建立的庞大的神的家族的故事。其中，宙斯掌管天界，是众神、万民的最高主宰和雷电之神，也称众神之主、众神之父、神与人的父亲。他的兄弟波塞冬是海神，哈德斯是冥王。妹妹赫拉是宙斯之妻，贵为天后，是孕妇的保护神，掌管婚姻、家庭和生育。姐姐得墨忒耳是农神，主管农业种植。宙斯的子女中，雅典娜是智慧女神，阿佛洛狄忒是美神、爱神，阿波罗是日神，阿特米斯是月神，阿瑞斯是战神，赫淮斯托斯是火神、铁匠神，赫耳墨斯是神使。上述神祇并称为奥林匹斯神系十二主神。此外，重要的神还有九位文艺缪斯、三位命运女神摩伊拉、酒神狄俄倪索斯、小爱神厄洛斯等。

英雄传说起源于祖先崇拜，讲述的是神与人结合所生的后代半神半人的故事。古希腊人怀念自己部落的领袖和一些英雄人物，便在历史事实的基础上，发挥想象力，创造出许多生动的英雄故事。英雄智勇超群，体力过人，毅力非凡，在某一位神祇的保护下完成了一番惊天动地的伟业。英雄传说常常以某个英雄或某一事件为中心，形成了不同的系统，主要有赫拉克勒斯的十二件大功、伊阿宋取金羊毛的故事、七将攻忒拜的故事、俄狄浦斯王的故事、特洛伊战争的故事和忒修斯为民除害的故事等。其中，最著名的是赫拉克勒斯的十二件大功。

赫拉克勒斯是宙斯与人间女子所生的儿子。他还在摇篮中时，就杀死了赫拉派来加害他的两条毒蛇，显示了超人的力量。幼年时，面对恶德女神的引诱和善德女神的劝告，他弃恶从善，决心不畏艰险，为众人造福。长大后，他为民除害，建立了十二件大功，如扼死作恶多端的怪狮、斩杀伤害人畜的九头水蛇、驯服吃人的马、捕获发疯的公牛、一天内扫清奥吉亚斯牛圈 3000 头牛 30 年间排泄的牛粪、战胜大力士安泰等，不愧为希腊神话中赫赫有名的大力士。

希腊神话至今仍有其不朽的认识价值。通过古希腊神话，我们可以窥视到当时社会的动态、人们的生活和斗争以及心理状况。前奥林匹斯神系主要反映了母系氏族社会母权制的许多特征：女神在政治斗争中起着决定作用，两次政变均由女神发动；在家庭关系中，也以女性为主。母子通婚，兄妹结合，是典型的血缘家庭。天神吞食儿女，明显是古代吃人之风的反映。这些都是人类蒙昧时代现实生活的折射。奥林匹斯神系则主要是父系氏族社会父权制生活的反映：宙斯权力高于一切，折射出男性氏族首领权力的增长，其他神祇，无论男神，还是女神，俱听命于宙斯。英雄史诗主要反映了远古时代的社会生活、人与自然的斗争，展示了希腊初民对勤劳勇敢和英雄主义精神的向往。英雄实际上是部落集体的智慧和力量的化身。许多故事还反映了希腊人民的生产斗争知识。普罗米修斯盗天火给人类的故事，反映了希腊先民对火的来源的认识。农业女神得墨忒耳的女儿珀耳塞芳涅的故事反映了古代人民对于一年时序的朴素解释。铁匠赫淮斯托斯的故事反映出古代人民手工劳动的情况。

与其他民族神话相比，古希腊神话表现出独特而鲜明的特点。

希腊神话最突出的特点是神人同形同性。希腊神话中的神，有别于其他民族的神话，既非抽象道德的化身，亦非阴森、怪诞、恐怖、令人生畏的偶像。他们不仅长得像人，当神来到人间，无法区别何者为神，何者为人，而且同人类一样，他们有爱，有恨，七情六欲一样不缺，喜怒哀乐俱形于色，甚至好嫉妒，爱虚荣，爱计较，善报复，有时心眼小得还不如人。他们绝非高高在上，高不可攀，而是常常来到人间，同俊男靓女谈情说爱，共度良辰。宙斯在希腊神话中是一位有名的多情公子，赫拉则是有名的醋坛子。神和人类唯一不同之处在于，他们长生不死，力大无比，可随意变形，具有无比的法术和智慧，主宰着人间祸福吉凶。可以说，希腊神是高度人格化的神，希腊神话不过是借助神的外衣演绎出的"人话"。

希腊神话是世界上最完整、最有系统性的神话。希腊神话经过几百年的口头流传，然后在荷马史诗、赫西俄德的《神谱》以及古希腊的诗歌、戏剧等作品和历史、哲学等著作中被较好地保存、记录下来。后人根据这些零散的材料整理成目前通行的希腊神话故事，既有旧神的故事，又有新神的故事，还有半神半人的故事，在世界文学中保存完好，内容最完整。同时，神祇的换代继位，以宙斯为首的神的庞大家族谱系的形成，众神的分工明确、各司一职，又体现了希腊神话最强的系统性。

希腊神话与希腊原始宗教的关系极为密切。希腊的宗教崇拜源于希腊神话。希腊宗教崇拜的古老对象，就是神话中的众神和英雄，如宙斯、赫拉、阿波罗、雅典娜、波塞冬、阿瑞斯、赫拉克勒斯等。古希腊人有什么事，或遇上什么问题，都要向有关神祇祭祀、祈祷，请求神祇的保佑、相助。如流浪异地，须向宙斯祷告，以便得到他乡主人善待、帮助；扬帆出海，须祭典海神波塞冬，以便求得一帆风顺。希腊宗教是一种多神信仰的宗教，在各城邦生活中占有重要地位。

另外，希腊神话还具有丰富的想象力、优美的故事情节、深刻的哲理性。其丰富的想象力表现在，把自然界万物、人类精神领域、感情领域和社会生活的现象拟人化、神话化，合情合理，创造出许多令人难忘的意境和鲜明的形象，如阿波罗的爱情故事、法厄同驾太阳车的故事、潘多拉盒子的故事等。其优美的故事情节表现在，故事都有来龙去脉，前因后果，情节曲折，起伏跌宕，娓娓道来，十分动听，如宙斯和伊俄的故事、哈德斯的婚姻故事、普罗米修斯的故事等。其深刻的哲理性表现在，许多故事寓意颇丰，发人深思，如不和的金苹果的故事、西绪福斯的故事、坦塔罗斯的苦难故事、赫拉克勒斯选择人生道路的故事等。

希腊神话是欧洲文学的源头，对后世欧洲文学文化产生了深远影响。首先，希腊神话对对古希腊文学艺术产生了重要影响。古希腊的诗歌、悲剧、喜剧以及绘画、雕刻等其他艺术都从神话传说汲取题材。其次，希腊神话对稍后的罗马文学艺术产生了巨大影响。维吉尔的《埃涅阿斯纪》、奥维德的《变形记》无不受惠于希腊神话。再次，希腊神话对近代欧洲文学艺术产生了深刻而长远的影响。从文艺复兴时期和古典主义时期开始，希腊神话知识形成一股潮流而得到普遍重视，戏剧作家莎士比亚、高乃依、拉辛，画家达·芬奇、普桑，雕刻家米开朗琪罗、贝尔尼尼，直到现当代的一些著名作家、艺术家，都以希腊神话为基础，创造了许多不朽杰作。在当代文艺学范围内，人们对神话的兴趣逐渐升华为一种研究旨趣、批评方法乃至理论体系——神话原型批评。荷马史诗是古希腊文学的最高成就，也是欧洲文学史上最早、最重要的纪念碑式巨著。

荷马史诗之后，出现了一位著名的叙事诗人赫西俄德（前8世纪末7世纪初）。有感于贵族的骄横和农民的辛劳，他写了教诲诗《农作与日子》，这是古希腊流传下来最早的一部以现实生活为题材的叙事诗。诗歌规劝弟弟走正直劳动的道路，不要走巧取豪夺的邪路。诗人叙述人类经历了金、银、铜、英雄和铁5个时代，生活一代不如一代。到了诗人所处的铁时代，贵族愈加仗势欺人，农民的日子每况愈下，苦不堪言。诗人主张把公正作为社会的最高道德标准，把劳动视作生活的基础。诗人还以劳动者的亲身感受，描绘了丰富多彩的农村生活与美丽的农村景色。全诗风格清新自然，质朴简洁，对农村景色的描写十分生动。赫西俄德的另一首长诗《神谱》，是一部最早比较系统记录宇宙起源和神的谱系的神话作品。

希腊氏族社会解体、奴隶主城邦形成时期（前8世纪至前6世纪），史称"大移民时期"。主要文学成就是抒情诗和寓言。

抒情诗的繁荣同社会结构的重组、人的意识和情感世界的变化密不可分。在氏族社会向奴隶制城邦演变的过程中，个人意识取代了集体思想，人的情感要求得到多方面的表现，抒情诗应运而生。抒情诗源于民歌，多以双管、排箫和竖琴伴唱，主要体裁有琴歌、笛歌（又名哀歌）、讽刺诗等，其中琴歌成就最大。琴歌以竖琴伴奏，包括独唱体与合唱体。独唱抒情诗的代表是萨福（前612?—?）和阿那克瑞翁（前570?—?）。萨福是最著名的古希腊抒情诗人，写过9卷诗作，但流传下来的甚少。主题大多为咏叹恋爱的痛苦与欢乐，歌颂崇高的母爱与缅怀友情。语言朴素自然，感情真挚，音乐性强。代表作为《给所爱》等。萨福在诗坛上享有极高声誉，被柏拉图称为"第十位文艺女神"。阿那克瑞翁的诗通常歌咏生活的乐趣，讴歌大自然，赞颂爱情，以清新、优美、形式完整取胜。其诗体后来被称为"阿那克瑞翁体"。合唱抒情诗的代表诗人是品达（前522?—前442?），他的诗歌主要赞美神和描写体育竞技，尤以赞颂奥林匹克运动的优胜者见长。他的诗歌充满爱国热情和道德教训，风格庄重凝练，辞藻华丽，具有崇高美，被17世纪古典主义诗人誉为"崇高的颂歌"的典范。古希腊抒情诗表现了贵族的思想感情，但意境清新，形式完美，对后世欧洲诗歌的发展影响很大。

与此同时，希腊民间还流传着许多以动物生活为主要内容的小寓言，相传为公元前6世纪一个名叫伊索的被释奴隶所作，故名《伊索寓言》。不过，流传至今的《伊索寓言》，为后人收集改写，掺杂了一些后世其他民族的故事。《伊索寓言》主要表现下层平民和奴隶的思想感情，是他们的生活教训和斗争经验的总结，如：《狼和小羊》《狮子和野驴》等揭露压迫者暴虐专横、欺压弱小的罪行；《农夫和蛇》告诫人们不能对敌人仁慈；《龟兔赛跑》教育人们谦虚谨慎、戒骄戒躁;《狼来了》劝人不要说谎。同时,有些作品表现出忍让、妥协、屈从等思想,如《说马幸福的驴子》《芦苇与橄榄树》《两只公鸡与鹰》等。艺术上,善于运用拟人手法,赋予动物以人的性格,具有浓郁的民间文学色彩。《伊索寓言》思想性很强,形式短小精悍,比喻生动恰当,对后世法国的拉封丹、德国的莱辛、俄国的克雷洛夫等都产生了影响。

希腊奴隶制发展全盛时期(前6世纪末至前4世纪初),史称"古典时期"。主要文学成就是戏剧、散文和文艺理论。

在希腊历史上的"古典时期",雅典成为整个希腊政治、经济和文化的中心,因而历史上又称为"雅典时代"。其中伯里克利执政时期(前443—前429)是雅典民主政治高度发展阶段,被称为"黄金时代"。希腊文学在雅典全盛期走向了繁荣。

戏剧代表了雅典时代文学的最高成就,涌现出著名的三大悲剧诗人埃斯库罗斯、索福克勒斯、欧里庇得斯和著名的喜剧诗人阿里斯托芬。他们的戏剧创作反映了雅典奴隶主民主制的社会生活。

古希腊散文并非一种独立的文学样式,而是一些哲学、历史著作和演说辞。哲学著述对后世影响最大的是柏拉图及其弟子亚里士多德。历史著作成就最大的是希罗多德、修昔底德和色诺芬三大历史学家。希罗多德(约前484—前425)被誉为"历史之父",其历史著作叙述生动,文字流畅,著有《希腊波斯战争史》。修昔底德(约前460—前400)写有《伯罗奔尼撒战争史》。色诺芬(约前430—前354)主要著作有《希腊史》(又译为《历史》)和《远征记》(又译为《长征记》)。演说辞方面,吕西阿斯(前450—前380)、伊索格拉底(前436—前338)和狄摩西尼(约前384—前322)最著名。

古典时期的文艺理论也取得了较高成就。当时雅典最重要的两位哲学家柏拉图和亚里士多德,也是当时最主要的文艺理论家。

柏拉图(前427—前347)是奴隶主贵族派思想家,西方客观唯心主义哲学的创始人。写有40余篇"对话录",其中最重要的有《斐德若篇》(又译《斐德罗斯篇》)《会饮篇》《理想国》《伊安篇》等。在政治上,他反对民主制,提倡贵族政治;在哲学上,他仇视德谟克利特的唯物论,创立"理念说"("理式论"),认为现实世界是理念世界的影子,理念是世界的本源。在此基础上建立了其文艺理论:在文艺本质上,认为文艺是"模仿的模仿","影子的影子","和真理隔着三层";在文艺功用上,认为现实世界是不真实的,艺术就更不真实,艺术不能帮助人们认识世界,接近真理,相反,诗人"培育人性中低劣的部分,摧残理性的部分",破坏"正义和其他德行",伤风败俗,因此他对诗人下了逐客令,"除掉颂神的和赞美好人的诗歌以外,不准一切诗歌闯入"他的理想国;在文艺创作上,提出了"灵感说",认为艺术创作的源泉在于灵感,诗人只有"在神灵的感召下"才能创造出不朽的作品,是文艺理论"灵感说"的鼻祖。不过,柏拉图并不否定文艺本身,他反对的是具有民主倾向的文艺,要求文艺为贵族政治服务。柏拉图的文艺理论对后世欧洲文艺理论的发展产生过深远影响,尤其是其"灵感说""迷狂说"对后世浪漫主义文学乃至现代主义文学产生了重要影响。

亚里士多德(前384—前322)是柏拉图的学生,但在许多观点上与其导师相左,是代表奴隶主中等阶层利益的思想家,古希腊学术的集大成者,欧洲美学思想的奠基人。他的美学观和文艺观集中在《诗学》和《修辞学》两书中,前者主要讨论悲剧和史诗,后者主要阐述演说艺术和散文艺术。他的文艺观基本是唯物的：在文艺与现实的关系上，他认为文艺是对自然的模仿，但并非机械的照搬，并拿诗和历史做比较，进而肯定了文艺模仿自然的真实性；在文艺的社会功用上，他充分肯定了文艺的认识作用和教育作用。关于悲剧理论，他提出了"过失"说和"净化"说，认为悲剧主角因某种过失和缺点遭到毁灭，由此引起人的怜悯与恐惧来使人的感情得以净化，肯定了悲剧的审美价值和教育作用。他还从生物学里引进"有机整体"概念，强调悲剧动作的统一和情节结构内在联系的单一完整。亚里士多德继承了希腊传统的模仿说，建立了现实主义的模仿理论体系，使自然模仿这一传统观点成为西方文艺理论的主流。《诗学》成为西方第一部系统完整的美学著作，奠定了西方文艺理论的基石，影响西方文坛两千余年。17世纪法国古典主义权威理论家布瓦洛的《诗的艺术》就是以它为理论根据的。

奴隶制衰落时期（前4世纪末至前2世纪中叶），史称"希腊化时期"。主要文学成就是新喜剧与田园诗。

公元前4世纪下半叶，兴起于希腊北方的马其顿征服了希腊，希腊成了地跨欧、亚、非的马其顿王国的一个行省。期间，希腊文化在马其顿王国内广为传播，希腊语成为这一地域的普通话，因此，史称"希腊化时期"，文化中心由雅典转移到埃及的亚历山大城。随之，希腊本土的文学走向衰落。

新喜剧，是相对阿里斯托芬为代表的"旧喜剧"而言，不以政治讽刺性为特色，主要写爱情故事和家庭生活，取材于现实，是一种世态喜剧。新喜剧取消合唱队，着重写世态人情，肯定男女青年的爱情自由，赞美女仆的智慧，讲究情节的曲折、语言的生动，主要人物类型化。新喜剧描写细腻，讽刺生动，提倡宽大仁慈，劝善规过，但缺乏深刻的思想性。新喜剧为欧洲戏剧发展带来新的因素。代表作家是米南德（前342—前291），著有剧本《恨世者》《萨摩斯女子》《公断》等。他的剧作多以日常生活为题材，结构紧凑，性格鲜明，语言接近口语，对文艺复兴和现代喜剧产生了一定影响。

田园诗的代表作家是忒奥克里托斯（约前310—前245），他擅长写优美的农村风光和年轻牧人的恋爱感情，风格自然，质朴清新，对欧洲田园诗歌影响较大。

古罗马文学约在公元前3世纪中叶，随着国力的强大和经济的繁荣，并在希腊文学的影响下开始形成。古罗马文学的发展大致经历了三个阶段：

早期罗马文学，即共和时期的文学（前3世纪至前2世纪），主要成就是喜剧。

古罗马原有自己的文学萌芽，如诗歌、神话和民间的戏剧表演。后来，古罗马在向外扩张中，接触到了比较发达的古希腊文化。古罗马文学在吸收希腊文学的基础上发展起来。

古罗马原有神话带有拜物教的特点，受古希腊神话影响，古罗马的神也开始人格化。与希腊神话结合，古罗马神话变得丰富起来，许多古希腊神话换上了古罗马神的名字，而故事依然如故，如宙斯改称朱庇特（尤皮特）、赫拉改称朱诺（尤诺）、雅典娜改称弥涅尔瓦、阿特米斯改称狄安娜、阿佛洛狄忒改称维纳斯等，有的神甚至连名字都未改，如阿波罗。

古罗马文学的正式形成，也与一位希腊人利维乌斯·安德罗尼库斯（约前280—前204）密切有关。他是古罗马文学的奠基人。他翻译了荷马的《奥德赛》，译介了许多古希腊抒情诗，编译过古希腊悲剧和新喜剧。他还按古希腊戏剧的格式，创作了取材于罗马历史的剧作

《布匿战争》，诗律上沿袭了《奥德赛》体裁格式，对维吉尔撰写《埃涅阿斯纪》提供了某些有价值的参考。继他之后，一批古罗马作家也在接受古希腊传统的基础上开始创立自己的民族文学。

不同于古希腊作家，早期罗马诗人多为全能型作家。诗人埃纽斯（前239—前169）既写过悲剧，又写过喜剧，还写过讽刺诗，写过史诗《编年史》。他的《编年史》基本佚失，有意识地靠拢荷马，采纳荷马史诗所用的六音步长短短格，借梦幻之景，声称自己乃荷马再世。埃纽斯作品立意深远，文风洒脱、绮丽，深得西塞罗赞赏。卢克莱修、维吉尔从中受益匪浅。

戏剧代表了共和时期文学的最高成就。罗马民间原先曾流行阿特拉笑剧、拟剧，后来受希腊戏剧影响，取得了可喜成就。悲剧作品仅存片段，喜剧成就较高。喜剧受希腊新喜剧影响，往往描摹爱情、家庭生活，讥讽世态风情。代表人物为普劳图斯和泰伦斯。

提图斯·玛求斯·普劳图斯（约前254—前184）是罗马文学中第一个有完整作品流传于世的作家。据说，他写过130多部作品，流传至今20部。其喜剧大都根据希腊新喜剧改编，借用希腊题材，反映罗马人生活，揭露当时罗马上层阶级的生活腐化和道德败坏、妇女地位的卑下与婚姻的不自由，具有一定民主倾向。《吹牛的军人》中的奴隶巴勒斯特里奥运用机智和勇敢，不仅自己摆脱了一个军人的奴役，而且帮助被军人霸占的一个妓女回到她心爱的青年身边。此剧直接启发了17世纪喜剧大师莫里哀对"智仆"形象的塑造。《孪生兄弟》为莎士比亚创作《错误的喜剧》提供了题材来源。《一坛黄金》塑造了欧洲文学史上第一个吝啬鬼形象，为莫里哀创作《悭吝人》提供了素材。普劳图斯的喜剧注重人物性格刻画，情节巧妙，富于动作，语言生动自然，接近民间喜剧风格，深受一般观众欢迎，对后世喜剧产生了一定影响。

泰伦斯（普布留斯·泰伦提乌斯·阿非尔，约前190—前159）以严肃文雅的风格，受到贵族文人的赞赏。他写过6部喜剧，全部流传下来。这些剧作皆根据希腊新喜剧，主要模仿米南德喜剧改编而成，通过父子、兄弟、夫妻之间的家庭矛盾纠葛，宣扬仁爱、忍让、自我牺牲和循规蹈矩的小市民道德。早期代表作《婆母》描写青年潘菲路斯夫妇间的一段婚姻纠葛，肯定了潘菲路斯的母亲的仁爱和情妇的自我牺牲精神，说明妇女同奴隶一样，应为爱人、儿女的利益而牺牲自己。后期代表作《两兄弟》描写两兄弟以宽容和严峻两种教育方式管教子女的不同结果，主张宽容、相互谅解的思想得到了新的体现。泰伦斯的戏剧结构严谨，人物心理刻画细致，语言优美流畅，风格严肃庄重。文艺复兴之后，他的作品被视作喜剧的典范，对莎士比亚、莫里哀等欧洲剧作家有较大影响。

中期罗马文学，即黄金时期的文学（前1世纪至公元1世纪），主要成就为诗歌。

古罗马文学"黄金时期"指的是共和末期、帝国初期，也即拉丁语和广义的拉丁文学发展史上的古典和辉煌时期，涵盖两位著名人物的活动年代，即"西塞罗时期"（前70—前30）和"奥古斯都时期"（前31—公元14），结束于利维乌斯去世的年代，即公元17年。

共和末期，罗马诗歌、散文取得了较高成就。散文方面，代表作家是西塞罗（前106—前43），他留有演说词、书信以及其他政治和哲学方面的著作。他的演说词和书信备受推崇。其演说词文句优美，词汇丰富，结构严谨，音调铿锵，特别讲究运用各种修辞手法来打动读者的感情，以增强说服力。西塞罗的作品被认为是古代散文的典范，后世不少散文作家视之为学习楷模。恺撒(前100—前44)、利维乌斯(前59—17)也是重要的散文家。诗歌方面,有哲理诗人卢克莱修(约前99—前55)和抒情诗人卡图鲁斯(约前84—前54)。

在奥古斯都时代,罗马诗歌达到它的高峰,文艺理论也取得了新的成就,出现了三位蜚声文坛的诗人:维吉尔、贺拉斯和奥维德。

维吉尔(普布留斯·维吉留斯·马罗,前70—前19)是古罗马最杰出的诗人,作品主要有《牧歌集》《农事诗》和《埃涅阿斯纪》。

史诗《埃涅阿斯纪》是维吉尔代表作,欧洲"文人史诗"的开端。史诗12卷,约1万字,追述古罗马祖先特洛伊王子埃涅阿斯建立古罗马国家的艰难光荣史。特洛伊城陷落后,埃涅阿斯率领家人和部分队伍离开家乡,在海上漂流7年,来到迦太基,受到当地女王狄多热情款待。狄多爱上王子,两人结为夫妇。后来天神命令他离开狄多,狄多含恨自尽。埃涅阿斯来到西西里岛,由女巫带领游历地府,见到了阵亡的特洛伊英雄们。亡父向他预言光荣的未来。他来到意大利拉丁姆地区,当地国王拉丁努斯遵神意愿将女儿嫁给他,不料却触怒了另一位求婚者鲁图利亚国王图尔努斯,由此引发一场大战。最后,埃涅阿斯与图尔努斯决战,将其杀死。史诗通过埃涅阿斯遵奉神意历尽艰险、开创基业的经历,宣扬罗马先祖的英勇、建国的艰辛,肯定罗马民族的神统,赞颂罗马帝国的强盛命运。史诗成功塑造了古罗马奠基者埃涅阿斯的形象。

《埃涅阿斯纪》以荷马史诗为范本,结构上前6卷模仿《奥德赛》,写主人公的漂泊生活,后6卷模仿《伊利亚特》,写特洛伊人和拉丁姆人为争夺一个女人展开的战争;在情节安排、形象刻画、比喻运用上,也模仿荷马。但《埃涅阿斯纪》并非简单的模仿之作,而是在借鉴历史题材和传统文学形式时有所改造和创新,表现了罗马时代精神,体现了浓厚的民族特色。如主人公除了具有阿基琉斯等希腊英雄的勇敢、刚毅外,还具有敬神、爱国、仁爱、公正、克制等品德,表现出较强的理性意识、集体意识、责任观念和自我牺牲精神。同时,不同于荷马史诗原有的民间创作活力,《埃涅阿斯纪》是严格的个人创作、文人史诗,风格严肃而哀婉,音律谨严,语言简练,注意人物的心理刻画。维吉尔在文学史上享有崇高的地位,被认为是荷马之后最重要的诗人。

贺拉斯(昆图斯·贺拉提乌斯·弗拉库斯,前65—前8)是著名的讽刺诗人、抒情诗人和文艺理论家。早期作品有《讽刺诗集》和《长短句集》。《歌集》为代表作,被称为罗马诗歌的典范。贺拉斯写有诗体《书简》二卷,其中致皮索父子的信,被冠以《诗艺》,是一部影响更大的文艺论著,系统阐述了作者的文艺观点。贺拉斯继承了亚里士多德的模仿说,强调文艺的教育作用,提出了"寓教于乐"的原则,主张创作要学习古典,提出"合适"的原则,讲究形式的完美。贺拉斯的主张对古典主义产生了巨大的影响。

奥维德(前43—18)是帝国初期的大诗人。代表作是诗体故事集《变形记》,全诗15卷,是古希腊罗马神话的大汇集,包括250多个故事,以变形为线索,按时间顺序从宇宙创立、人类形成,一直写到奥古斯都时代。想象丰富,结构独特,技巧高超,语言晓畅。《变形记》故事套故事、人物讲故事的方式,对《十日谈》的框架结构有明显的影响。《变形记》被称为"神话辞典",引起了欧洲许多知名作家如但丁、莎士比亚和歌德等人的兴趣。

后期罗马文学,包括白银时代及帝国后期文学(公元1至5世纪),主要成就为讽刺文学和小说。

悲剧有塞内加（前4—65）的代表作《特洛伊妇女》和《费德尔》。诗歌有马希尔（40？—104？）和朱文纳尔（60？—127？）的讽刺诗。小说方面，佩特罗尼乌斯（？—66）的小说《萨蒂利孔》，在欧美文学中首创讽刺性流浪汉小说。阿普列尤斯（约124—175）的《金驴记》（又译《变形记》），是欧美原始小说代表作。散文方面，琉善（125？—180？）是帝国时代最后一位重要作家，写有讽刺散文《诸神的对话》《真实的故事》等。

帝国后期的罗马，基督教成为国教，早期基督教文学迅速发展起来。希伯来文化开始影响欧洲文学，并成为它的又一渊源。

第二节　荷马史诗

荷马史诗包括《伊利亚特》（又译《伊利昂纪》）和《奥德赛》（又译《奥德修纪》），相传为盲诗人荷马所作，故称荷马史诗。荷马史诗是古希腊流传至今最早的文学作品，代表了古希腊文学的最高成就，两千余年来一直被看作欧洲叙事诗的典范。

据学者们长期考证研究，荷马史诗的形成与特洛伊战争，即公元前12世纪发生于古希腊南部阿开亚人和小亚细亚西北部特洛伊人之间的战争有关。据希腊神话传说，特洛伊战争起因于"不和的金苹果"。英雄阿基琉斯的父母珀琉斯与塞提斯举行婚礼时，邀请了所有天神，唯独把争吵女神厄里斯遗忘了。厄里斯怀恨在心，来到席间扔下一个"不和的金苹果"，上面写着"给最美的女神"。赫拉、雅典娜和阿佛洛狄忒三位女神争夺起来，宙斯让她们找特洛伊王子帕里斯评判。三位女神找到帕里斯，都承诺给他好处。阿佛洛狄忒许以天下最美的女人，帕里斯将苹果判给了她。后来阿佛洛狄忒帮助帕里斯去斯巴达拐走了国王墨涅拉俄斯的美后海伦，并带走了大批财产。为夺回海伦，希腊各部落公推墨涅拉俄斯的哥哥、迈锡尼国王阿伽门农为统帅，集结10万大军，1000余条战船，渡海向特洛伊进军。战争进行了十年，众神各助一方。最后，希腊联军将领伊大嘉国王奥德修斯设木马计，里应外合，攻破了特洛伊城。之后，各部落的领袖夺取了大批财物和俘虏。

战争结束后，在小亚细亚和希腊各地，流传着许多关于这次战争的歌谣传说，歌颂战争中的英雄人物。在传诵过程中，英雄传说又同神话故事交织在一起，由民间歌人口头传授，代代相传，每逢盛宴或节日，在氏族贵族的官邸中咏唱。大约公元前9至前8世纪，一位盲诗人荷马以歌谣为基础，予以加工整理，最后形成情节完整、风格统一的两部史诗。公元前6世纪中叶，雅典执政者庇士特拉妥组织学者删改编订，史诗开始有了文字记录。公元前3至2世纪间，亚历山大学者做了最后编订，把两部史诗各分成24卷，史诗最后定本。

在古希腊，有许多关于荷马的传说，有11个城市争说是荷马出生地。到18世纪后期，学者们对荷马是否确有其人，对荷马的生活年代、出生地点以及史诗的形成等问题，提出了质疑，引起学界长期争论，此所谓"荷马问题"。目前，对于这些问题的争论虽尚未结束，但普遍认为，荷马确有其人，大约生活于公元前9至前8世纪，是古希腊一个职业民间歌人、行吟诗人。这种民间歌人多半为盲人，靠演唱维持生存，经常出入贵族的宫廷，为宴乐助兴。《奥德赛》第8卷描写的德摩道科斯即为这种民间歌人的形象,不乏荷马自己的影子。

荷马史诗不是作家个人的笔头创作,而是从民间口头创作演变而来,由集体和个人合作而成,最后又由文人来编订的作品。荷马是史诗重要的整理、加工、传唱者。

《伊利亚特》和《奥德赛》是以特洛伊战争为题材的叙事长诗。

《伊利亚特》直接取材于特洛伊战争。希腊人称特洛伊为伊利昂,故史诗名"伊利昂纪",意思是关于伊利昂(即特洛伊)战争的一首诗。全诗15693行,描写了战争最后一年51天内发生的战事。史诗一开始就开宗明义:"阿基琉斯的愤怒是我的主题。"为了平息阿波罗的愤怒,希腊联军统帅阿伽门农很不情愿交出了自己的战俘——阿波罗祭司的女儿,却蛮横地带走了主将阿基琉斯的战利品——女俘布里塞伊斯。阿基琉斯一气之下退出战场。特洛伊军乘机进攻,一直打到希腊联军的战船边。阿伽门农派人来向阿基琉斯道歉、求和,遭到拒绝。阿基琉斯好友帕特洛克罗斯借用他的盔甲杀上战场,击退了特洛伊联军,但被对方主将赫克托耳杀死。战友阵亡,阿基琉斯追悔莫及,请求母亲找火匠神赫淮斯托斯为他赶制了新盔甲,重新参战。他一出阵,就扭转了战局,杀死了赫克托耳。特洛伊老王普里阿摩斯前来赎尸,阿基琉斯答应,并承诺停战十一天,让特洛伊人为赫克托耳举行葬礼。

《奥德赛》题名原意为"关于奥德修的史诗",12110行,描写特洛伊战争结束后,伊大嘉岛国王奥德修斯海上历险及回家后夫妻团圆的故事。奥德修斯在海上漂流期间,许多贵族都向他的妻子潘涅洛帕求婚,企图夺取王位和财产。他的儿子忒勒马科斯离家外出寻找父亲。奥德修斯最后来到法伊阿基亚人的国土,向国王追述了他在海上惊心动魄的经历:用计战胜了独目巨人波鲁菲摩斯、把人变成猪的神女基耳凯、以歌声迷人的人首鸟身的女妖塞壬以及海中巨怪卡鲁伯底丝卡律布狄斯和斯库拉;游历了冥土,见到了特洛伊战争中阵亡英雄和亡母的鬼魂;同伴们都已死去,他独自一人被仙女卡鲁普索挽留下七年;最后仙女服从宙斯旨意,放奥德修斯返乡。国王和长老们都为他的故事所感动,送了他许多礼物,并派快船送他还乡。回国后,他乔装乞丐,和儿子共谋除奸之计,把求婚者全部杀死,与家人团圆。

荷马史诗形象地展示了希腊社会从原始公社部落制演进为奴隶制的过程,对古代人类的神话意识、命运观念、军事组织形式、生产活动、产品交换乃至社会风俗、文化生活、体育竞技等都做了形象的描绘,可谓希腊社会生活的百科全书,具有巨大的历史价值。因此公元前12至前8世纪被称为"荷马时代"。

同时,史诗全面广泛地反映了古希腊由氏族社会向奴隶社会过渡时期的社会生活,集中表现了当时希腊人的道德观念以及他们的命运观、战争观、荣誉观和人生观,具有鲜明的思想倾向。

首先,史诗讴歌了古希腊人的英雄主义精神。描写英雄,就绕不过战争。战争在当时是获取生活资料的正当谋生手段,没有现代意义上的正义非正义性质,战死疆场或杀死对方都是光荣的。因此,史诗肯定战争的伟力,赞扬攻城夺池的勇敢行为,歌颂不断进取的冒险精神。英雄们也把血腥的战争视为展现其英雄品格、实现人生价值的重要途径,以大规模的杀伤对方来显示自己高超的武艺、胆魄与智慧。阿基琉斯的英勇善战、奋不顾身,赫克托耳的明知山有虎、偏向虎山行,无不体现了古希腊氏族英雄冲锋陷阵、杀敌立功的豪情壮志和英雄品质。同时,英雄主义精神也体现于抗击自然暴力、制服外界磨难的斗争中。奥德修斯的斗智斗勇、克敌制胜正是古希腊氏族英雄精神的崇高赞歌。通过这些英雄,史诗热情礼赞了古希腊英雄顽强拼搏、热爱城邦、守护家园的责任担当、集体意识。

其次,史诗通过描绘一个神与人共处的世界,表现了古希腊人古朴的哲学观和人文意识。其一是对神的认识。荷马史诗中的众神既非普度众生的菩萨,也非作为道德楷模的基督,更非接受凡人顶礼膜拜的真主,而是按照人的心理动机思考与行动,也有人的七情六欲,沿用人的交际模式,具备人的社群特点。由此可知,神是不死的"凡人",神的行为不受道德规范约束。宙斯面对人的祈祷、祭祀,可以不予理睬,阿佛洛狄忒曾背着丈夫与阿波罗私通,阿波罗则在赫克托耳急需帮助之际弃他而去。众神长生不死,力大无比,知晓一切,享有一切,掌控一切。雷电由宙斯掌控,地震由波塞冬催导,性爱由阿佛洛狄忒驱使。其二是对神与人关系的认识。神主导人的生活,在很大程度上决定人的祸福。特洛伊人之所以失败,乃宙斯之意。奥德修斯每每脱险,是雅典娜佑助之功。一般而言,人要听神的话,尊重神意,服从神祇。不过,人在遇事不顺时可以责怨诸神。有时神过分干预人事,也会引起人的不满,招致人的反击。阿佛洛狄忒因为袒护自己的儿子——特洛伊将领埃内阿斯,被希腊将领狄俄墨得斯刺伤。

再次,史诗通过描写人与命运的冲突,表现了古希腊文学和文化的悲剧意识。在史诗中人的命运,除了神的规定外,还有一种超自然的力量,即命运或"命限"的制约。面对超自然命运的规定,不仅人无法摆脱,神也不能随心所欲改变其运作轨迹。宙斯企图拯救凡间爱子萨耳裴冬,遭到了赫拉的强烈反对,宙斯也只好作罢。对人而言,从出生之始就受到命运的摆布,无法摆脱死的胁迫,必须面临骨肉分离的结局。与神的幸福、快乐、永生相比,人世是可怜、可悲、短暂的,充满战争、灾害、病痛、危险、饥贫等的威胁。但史诗中的人物并不消极、悲观、绝望,而是积极、主动面对、迎接命运的挑战与考验。阿基琉斯明知出征会步入不归之路,但依然踏上征程。奥德修斯归家途中,遇到无数艰难险阻,从不气馁,总是用智慧和毅力应对克服。用有限的生命抗拒无限的困苦与磨难,在短促的一生中使生命最大限度地展示自身价值,使它在抗争的最炽烈的热点上闪耀出勇力、智慧和进取精神的光华。这就是古希腊悲壮的人生观,也即西方"悲剧意识"的源头。

不过,史诗思想仍有一定局限。它主要表现的是荷马时代统治阶级——氏族贵族的思想意识,而对平民、奴隶的形象难免失真、歪曲地描写。史诗中并非所有人都赞成战争,下层士兵忒耳西忒斯就力诉战争的弊端,批评贵族霸占战利品的行为,代表了平民厌战的情绪。但是史诗却把这一形象严重丑化、孤立,并赞美奥德修斯对他的斥责、痛打。这显然暴露了偏袒贵族、鄙视平民的思想立场。

荷马史诗作为"英雄史诗",刻画了众多栩栩如生的英雄人物形象。作为向奴隶制过渡时期的英雄人物,他们既有与部落集体休戚相关的高度的责任感,又有氏族贵族和早期奴隶主的那种个人意识,充分体现了古希腊人的英雄主义、集体主义的崇高理想。

阿基琉斯是神与人之子,一个非常重视个人荣誉的将领。这是一个血肉丰满、性格复杂的英雄典型。他最显著的特点是骁勇善战,勇猛异常,向有"捷足的"阿基琉斯之称。在希腊联军,他是引以为傲的赫赫有名的大英雄。在特洛伊方面,提起他的大名,如谈虎色变。他的"怒而休战"给希腊联军带来巨大的损失,"怒而出战"给特洛伊联军带去重创。同时,他显得正直、暴躁和任性。为了联军利益,他召集军事议会,让阿伽门农交出日神祭司女儿。女俘被阿伽门农带走,他退出战场。阿伽门农赔礼求和,他一概不理。不顾赫克托耳生前苦苦哀求,将其尸体拖在马后,围着挚友灵柩绕行三圈。他还很重友情,闪耀着集体主义光辉。虽然他拒绝了奥德修斯等将领代阿伽门农的赔礼道歉,但却很痛快地答应好友帕特洛克罗斯的请求,并尽量提供帮助,支持朋友讨伐敌人。虽然退出战斗,但却时时关心着战局,惦念着前线,尤其是希腊联军的安危。听说埃阿斯等将领受伤时,他心里难过。因此,好友阵亡,他便主动找到阿伽门农,与之重归于好,走上战场,杀死赫克托耳,既为亡友报了仇,又为希腊联军雪了恨。最后,他饶有人情和理智,具有动人的人道主义精神。当特洛伊老王普里阿摩斯深夜前来赎尸时,他不仅痛快地答应了老人的要求,还安慰老人不要过度伤心,并捧上热腾腾的烤羊让老人趁热吃下,主动答应十一天不战,老人可为赫克托耳举行葬礼。

赫克托耳是特洛伊军方的主将,骁勇善战仅次于阿基琉斯,但更富于集体主义精神和责任感,把为城邦牺牲视为一种神圣崇高的荣誉。虽然他谴责弟弟的不义行为给特洛伊带来了战争,但大敌当前,他身先士卒,冲锋陷阵,率军把战火燃到敌军船边。明知自己不是阿基琉斯的对手,却不顾年老父母哀求、妻子劝阻,为了城邦安危,毅然决然赴死疆场。同时,作为特洛伊王子和家庭成员,他恭敬父母,疼爱娇妻幼子,对兄弟宽严相济,对海伦也颇多理解宽慰。

奥德修斯是伊大嘉岛国王,希腊联军的智囊、谋士,横跨两部史诗的人物。这一形象表现出多种性格特征。首先,他是一个足智多谋、智勇双全的大英雄。在特洛伊战争中,他是运筹帷幄的智多星,巧设木马计帮助希腊联军攻下了特洛伊城。在返乡途中,他运用谋略,智斗波鲁菲摩斯等各种怪物,战胜了各种磨难。同时,他具有强烈的思乡爱国之情,一直惦记着家中的父母、爱妻和儿子,是一个坚强的爱国英雄。为了回到家里,与家人团聚,他经受了种种考验和桩桩诱惑。最后,他还是一个私心较浓、视财为重的最初的奴隶主典型。为了保护家人和家产,他乔装乞丐,探听虚实,与儿子定下妙计,无情地杀死了所有求婚者和背叛的家奴。

荷马史诗产生于人类社会发展的早期,文学创作的初级阶段,人们可资借鉴的艺术经验极为有限,但是,史诗却达到了惊人的艺术水平。

剪裁精巧,结构严谨。两部史诗叙述的时间跨度均为10年,但史诗并未从头至尾、平铺直叙地记述10年的事件,而是采取高度集中的手法,把材料集中于一人、一事和一时段内,从而把众多的人物、丰富的情节和场面,组成一个结构严谨的整体。题材处理上,详略得当,以少胜多。《伊利亚特》只写最后51天内发生的事,而重点描写4天里发生的故事,围绕阿基琉斯的两次愤怒展开。《奥德赛》只写最后40天里的事,重点描写只有5天。情节设置上,两部史诗各有千秋。《伊利亚特》以"阿基琉斯的愤怒"为纲,展开情节:首次愤怒退出战场,为双方其他英雄尽显神威提供了舞台;再次愤怒走上战场,更加突出了他的决定作用,同时也收束了全诗。《奥德赛》则以奥德修斯海上历险为主线,以忒勒马科斯外出寻父、求婚者胡搅蛮缠为辅线,雅典娜穿针引线,所有人物汇聚于奥德修斯家中,结束于合家团圆。结构安排上,主干与插曲相结合。在主要情节的大构架中,插入了许多小故事,有的交代主要情节的来龙去脉,有的补充主要情节的内容,有的丰富全诗的生活画面,使得史诗显得宏伟、丰满。

　　人物形象个性鲜明。英雄人物都具有古代英雄的共性：体格强健，智勇超人，多才多艺，热爱集体，重视荣誉。同时，英雄人物又有各自的个性：阿伽门农刚愎自用，阿基琉斯英勇任性，奥德修斯足智多谋，奈斯托耳老成持重，赫克托耳坚强勇敢。除了鲜明的个性，不少英雄人物还具有多重性格特征：阿伽门农知错改错，阿基琉斯重友情、富同情，奥德修斯狡猾、心狠，赫克托耳仁爱、宽厚。还有，英雄人物都有爱哭的习惯，遇上伤心的事不会强压内心痛苦，而会大声哭出来。阿基琉斯因挚友阵亡而恸哭，奥德修斯历经磨难而啜泣，充分体现了古希腊"正常儿童"喜则笑、怒责骂、悲则啼的天性。妇女形象性格鲜明，海伦的美艳自责，安德洛玛克的贤惠善良，潘涅洛帕的忠贞自持，都给人留下深刻的印象。史诗在刻画人物形象时，大都采用白描手法，通过人物的语言、动作传神的描写来完成。有时史诗还采用侧面烘托的手法来刻画人物，如对海伦的美，史诗并未直接描绘，而是通过两支大军对她的争夺，特洛伊城头长老对她的赞叹，来渲染其倾国倾城之美。不过，整体而言，史诗人物缺少发展变化。

　　荷马史诗的语言具有民间文学的生动性和丰富性。由于史诗是在民间口头流传的基础上经过长期集体加工，并由具有高度才华的民间歌手辑录而成，因此，语言皆源自民间口语，生动、准确，形象鲜明。史诗运用了大量源于自然现象和日常生活的准确、生动、奇特和哲理性强的比喻，被称为"荷马式比喻"。其中，明喻的运用俯拾皆是。如，阿波罗三拳两脚，扫荡希腊兵士修筑的围墙，像一个男孩蹬翻一小座沙堆的城堡；帕特洛克罗斯哭求阿基琉斯出兵，像一个小姑娘抓住母亲裙角求抱；阿基琉斯绕城追赶赫克托耳，像从山上飞起的大鹰追扑一只颤抖躲闪的鸽子；奥德修斯心事重重，辗转反侧，像一条翻烤的大香肠。除了明喻，史诗还用了不少隐喻。如，"民众的牧者"喻首领，"战争的屏障"喻善战的士兵，"铁"喻勇士的力气、决心和意志，亦喻战斗的严酷、阴沉的天气。

　　作为口诵史诗，荷马史诗还不断重复一整套程式化的用语，修饰、状写不同的人和物，修饰语和被修饰对象之间形成了固定的搭配关系。如，用"阿特柔斯之子""民众的王者"修饰阿伽门农，"珀琉斯之子""捷足的""心胸豪壮的"修饰阿基琉斯，"宙斯的后裔""莱耳忒斯之子""足智多谋的"修饰奥德修斯，"女人中的娇杰""长裙飘舞的"修饰海伦，"克罗诺斯之子""沉雷远播的""人与神的父亲"修饰宙斯，"牛眼睛天后"修饰赫拉，"灰眼睛女神"修饰雅典娜，"长了翅膀的"修饰话语，"投影深长的"修饰枪矛，"早起的""手指玫瑰嫣红"修饰黎明，"深蓝色的"修饰大海，等等。这样写来，便于演唱者记忆、吟诵，同时也点出了被修饰着的身份、背景、特征和"属类"，加深听者印象。

　　史诗还常用象征手法，拓宽作品的深度。

　　荷马史诗不仅是欧洲文学史上最早的优秀作品，也是研究希腊早期社会的重要文献。它不仅在希腊成为进行公民教育的教材和文艺创作的典范，而且对后世欧洲文学的发展也产生过深刻的影响。直到今天，它仍然能够给我们以艺术享受。

第三节 古希腊戏剧

古希腊戏剧是古希腊文学的重要组成部分,在思想内容、艺术形式和审美理想方面都取得了重大成就。古希腊戏剧是欧洲最早的戏剧,也是世界上最古老的戏剧,不仅为西方戏剧发展奠定了基础,而且为世界戏剧发展提供了借鉴。

古希腊戏剧起源于酒神祭典仪式。古希腊悲剧起源于春季酒神祭祀中的酒神颂歌。酒神颂歌由装扮成半人半羊的歌队歌唱表演,讲述酒神狄俄尼索斯在尘世所受的苦难和教人种植葡萄的故事,故古希腊悲剧又名"山羊之歌"。古希腊喜剧起源于秋季庆祝丰收的酒神祭祀中的狂欢歌舞和民间滑稽戏。每到秋天丰收季节,古希腊人就化装成鸟兽在村庄和田野间举行狂欢活动,通过歌舞和滑稽戏谑表演来赞颂酒神,表达丰收的喜悦,故古希腊喜剧又称"狂化歌舞剧"。

古希腊戏剧的产生受到了神话、史诗和抒情诗的影响。神话为戏剧特别是悲剧提供了题材来源,荷马史诗为戏剧提供了对话形式,抒情诗由短篇作品发展到合唱歌词,为戏剧诗的出现做好了准备。戏剧在发展过程中,不断地从这些文学样式中汲取灵感,逐渐形成了一种新的艺术形式。

古希腊戏剧的发展是雅典奴隶主民主制的产物。在民主制社会,群众活动占有重要地位,民主性与群众性成为文化艺术的特点。表现氏族贵族思想感情的史诗和表现贵族个人思想感情的抒情诗,皆不合时代要求,而戏剧这种群众性的艺术形式便应运而生。公元前6世纪中叶,雅典的执政者为了争取群众,把在农村盛行的酒神祭典引入雅典城,将其与自由民的娱乐活动结合起来。雅典政府为了利用戏剧活动进行宣传教育,也大力扶植戏剧。到民主制最兴盛的伯里克利(前495—前429)执政时期,政府修建了容纳万人以上的半圆形露天剧场,每年举行三次戏剧节,春季举行盛大的戏剧赛,并发放戏剧津贴,鼓励公民看戏,甚至还放囚犯出来看戏。在这些节日里,戏剧成为最重要的群众娱乐活动,其他一切活动几乎停止。古希腊戏剧由此走向繁荣。

一、古希腊悲剧

古希腊悲剧大多取材于神话和传说,但作家可对选取的神话作出自己的艺术处理,通过神话题材反映现实,表达自己对现实问题的认识和感受。悲剧的冲突是神与神,神与人,尤其是人与命运的冲突。古希腊人把不可理解的社会发展趋势和个人的不幸归结于命运的捉弄,实际上展示的是人与人、人与社会、人与自然之间斗争的矛盾和冲突。悲剧着重表现主人公的英雄行为,描写英雄明知命运不可抗拒,仍抱以必死决心与之抗争,由此体现出人生的价值意义。形象高大雄伟,气势壮烈磅礴,一般没有悲观色彩,而是充分表现出悲壮、崇高的风格。悲剧由演员和歌队或话语和唱段组成。歌队是悲剧的原始成分,合唱在早期作品中占有相当大的比重。悲剧的结构一般包含开场白、入场歌、场、场次之间的唱段、终场。合唱队既是剧中角色,又是作者代言人,还起着分幕分场的作用。最初的悲剧采用"三部曲"的形式,即三个剧本用一个题材,既相对独立,又整体连贯。悲剧台词用诗体写成,具有极高的文学价值。

公元前5世纪是希腊悲剧的繁荣时期,这一时期涌现出大批悲剧诗人,上演了许多悲剧作品,流传至今的有埃斯库罗斯、索福克勒斯和欧里庇得斯三大悲剧诗人的作品。他们的创作反映了奴隶制民主制发展不同阶段的社会生活,也显示出希腊悲剧在不同时期的思想和艺术特点。

埃斯库罗斯(约前525?—前456)被称为"悲剧之父",是由氏族贵族奴隶主专政向奴隶主民主制过渡时期的诗人。出身贵族,亲眼看到雅典公民反对贵族统治、建立民主制的斗争,亲身参加了反侵略的希波战争,这使他能接受民主制。但是他未能完全摆脱旧观念,这形成了他世界观的矛盾,并反映在他的创作之中。据说,埃斯库罗斯写过90部剧本(一说70部),有7部流传至今。《俄瑞斯忒斯》(《阿伽门农》《奠酒人》《报仇神》)是流传至今唯一一部完整的古希腊三部曲。剧本以阿耳戈斯国王阿特柔斯家族的世仇为题材,反映了父权制对母权制的斗争和胜利。《波斯人》是现存希腊悲剧中唯一一部取材于现实生活的作品。诗人以波斯水师在萨拉米全军覆没的事件为题材,抒发了他的爱国主义热情,赞美了雅典的民主制。

埃斯库罗斯剧作人物形象单纯而高大,具有理想化的性格;但人物性格一般是静止的,缺少发展。戏剧结构比较简单,情节不曲折,但抒情气氛浓郁,歌队起着重要作用。语言庄重、夸张,但有时流于堆砌。埃斯库罗斯对希腊悲剧的发展有重大影响,继忒斯庇斯之后,在剧中增加了第二个演员,使对白成为剧中的主要成分,开始运用服装、高底靴、道具和布景等,第一个采用"三部曲"形式。古希腊悲剧的结构程式和艺术特点在他的剧作中基本形成。

代表作是《普罗米修斯》三部曲(《被缚的普罗米修斯》《被释的普罗米修斯》《带火的普罗米修斯》,后两部均失传)的第一部《被缚的普罗米修斯》,又名《普罗米修斯》,取材于希腊神话中普罗米修斯盗天火赐予人类而受到宙斯惩罚的故事。普罗米修斯是提坦神之一,曾帮助宙斯推翻了克洛诺斯的统治。他也是人类的创造者,并盗天火给人类,使人类从此变得文明进步。宙斯仇恨人类,也就仇恨普罗米修斯。他命火匠神将普罗米修斯绑在高加索山崖上,每天让兀鹰啄食他的肝脏,晚上长好,第二天再啄。后来,大力神赫拉克勒斯解救了他。戏剧开场,宙斯派威力神、暴力神和铁匠神将普罗米修斯钉在高加索山的悬崖上。河神劝他同宙斯和解,被他拒绝。他知道宙斯将被推翻的秘密,神使赫耳墨斯奉宙斯之命威逼他说出秘密,他严词拒绝。最后,他被宙斯雷电打入塔尔塔罗斯地狱。全剧通过普罗米修斯同以宙斯为首的诸神的斗争,影射了希腊社会中民主派与贵族派两种政治势力的斗争,宣扬民主思想,批判专制主义,歌颂为正义事业而斗争献身的崇高精神。

普罗米修斯是一个为正义事业而奋争的崇高而伟大的斗士形象。首先他是人类的良师益友、保护神和文明进步的化身。他不仅用泥土创造了人类,而且对人类充满关爱,鼎力扶持。他把天神的特权——火盗给人类,使人类摆脱了愚昧状态。他还教会人类建造房屋、驾驭牲畜劳动等各种技艺,为人类发明数学、文字、航海、医药、占卜等技术成果,大大推进了人类文明进程。其次,他还是一个信念坚定、顽强不屈的民主斗士和抗暴英雄。为了保护、救助人类,他不怕宙斯的淫威,即便被钉在高加索山悬崖上,长年累月遭受兀鹰的啄食、宙斯的雷击,也决不屈服。无论是河神的劝解,还是神使的威胁,都不能使他有丝毫动摇。他对因宙斯引诱而惨遭赫拉迫害的伊俄深表同情、关怀。作家把普罗米修斯反对宙斯暴政的斗争提升到关系人类命运的高度，歌颂了其为人类正义事业不惜牺牲自己一切的崇高精神。

宙斯是专制暴君的形象。他身上的忘恩负义、专制残暴，正是当时僭主暴君的典型特征。作为一个"潜台人物"，宙斯在剧中始终没有出场，但其他角色无不与他发生联系。剧作正是通过这些人物来证明其存在，传达其信息，凸显其性格的。这种"潜台人物"的塑造是诗人的创举，对后世戏剧创作具有一定影响和借鉴作用。

索福克勒斯（前496—前406）被誉为"戏剧艺术的荷马"。他的创作反映了雅典奴隶主民主制盛极而衰时期的社会生活。他出生于雅典一个工商业主的家庭，受过很好的音乐、舞蹈、体育、诗歌等教育。一生经历了希腊史上两次重要战争希波战争和伯罗奔尼撒战争。他与民主派领袖伯里克利交情笃深，政治上属于温和的民主派。他写过120余部剧作，现存悲剧7部，最著名的是《安提戈涅》（前441）和《俄狄浦斯王》（前431）。他的创作贯穿反对专制、提倡民主的思想，宣扬英雄主义精神，重视个人的意志和力量，描写人与命运的冲突。他对古希腊悲剧作出了重要贡献：他的剧作不再借助神力，而是依靠人物性格的发展推动情节的发展；首先增加第三个演员，加强了戏剧动作和对话，有利于人物刻画；使歌队成为剧中有机组成部分；打破了"三部曲"的形式，变成三个独立的悲剧；在舞台布景、演出道具等方面也有创新。古希腊悲剧艺术形式在他的创作中臻于完善。他把人物放在尖锐的冲突中并通过人物对比方法来加以塑造，因而人物的动作性强，性格比较突出。他擅长通过严谨复杂的戏剧结构叙述故事，使戏剧冲突更加强烈，剧情发展更曲折生动。风格质朴、简洁、自然。索福克勒斯的悲剧标志着古希腊悲剧走向成熟。

代表作《俄狄浦斯王》取材于俄狄浦斯王杀父娶母的古老传说。神示忒拜王拉伊俄斯的儿子会弑父娶母，儿子俄狄浦斯出生后就被抛弃，由科任托斯王波吕玻斯收为养子。俄狄浦斯长大后由神谕获悉自己可怕的命运，便逃离科任托斯。在一个三岔路口因争路发生冲突，不慎打死一位老人，正巧是他的生父。来到忒拜城郊，他猜破了人面狮身的女妖斯芬克斯之谜，被忒拜人拥立为王，按习俗娶了前王之妻，即他的生母。悲剧开始时，俄狄浦斯已即位16年，此时忒拜发生了瘟疫。神示说，原因是杀害先王的凶手至今逍遥法外，未得到惩罚。俄狄浦斯为了拯救忒拜，千方百计追查凶手，结果发现凶手就是自己。悲痛万分的王后伊俄卡斯忒自尽而死，俄狄浦斯刺瞎自己双眼，离开忒拜城。

《俄狄浦斯王》是典型的希腊命运悲剧。悲剧着重表现了个人意志与不可抗拒的命运的冲突。俄狄浦斯是一位具有坚强意志和美好品德的英雄。他具有高尚的道德，敢于同可怕的命运抗争，又具有忧国忧民的胸襟，努力彻查凶手，还勇于为自己的行为承担责任。这样英明、勇敢的人却注定遭受命运的摧残，揭示了命运本身的不合理。悲剧通过俄狄浦斯的英雄行为和高尚品德，有力肯定了人的顽强意志和独立自主精神，肯定了人对命运的反抗。这种对人的自由精神的肯定和对命运合理性的质疑，体现了雅典奴隶主民主派的意识特点。

《俄狄浦斯王》采用了倒叙结构和发现、突转的表现手法，具有强烈的悲剧气氛。

索福克勒斯在古希腊受到高度评价，被誉为"戏剧界的荷马"，对后世产生很大影响。

欧里庇得斯（前480—前406）出身贵族，曾受智者学派哲学思想的影响，被称为"舞台上的哲学家"。他的悲剧反映了雅典奴隶主民主制衰落时期的社会现实和思想危机。他看到雅典民主制国家中存在的种种矛盾,不满当局对内压迫人民、对外侵略别国的政策,因而为当局所不容,晚年流落马其顿,客死他乡。相传,欧里庇得斯写了92出剧作,现存作品18部,如《希波吕托斯》(前428)、《特洛伊妇女》(前415)、《美狄亚》(前431)、《安德洛玛克》等。欧里庇得斯在继承前人的基础上,对希腊悲剧作出了新的贡献。他善于运用写实手法来表现当时生活。他的悲剧虽然也取材于神话传说,但赞扬民主制,反对战争、侵略,同情女性和奴隶的命运,谴责现实中的罪恶和不公,具有鲜明的现实性和批判性。由于他在剧中揭示许多社会问题,故被称为欧洲文学史上"问题剧"的最早创始人。他是最早为妇女命运鸣不平的悲剧家,是在文学中第一个"发现"妇女的作家。他的创作结束了古希腊的"英雄悲剧"。同时,他着力描写人物的内心冲突,通过揭示人物的内心世界来刻画人物性格,因此,常被后人称为"心理戏剧的鼻祖"。他突破了古典戏剧的程式,将闹剧气氛和浪漫情调引进悲剧,首创了悲喜剧,为新喜剧的发展铺平了道路。

代表作《美狄亚》取材于伊阿宋取金羊毛的传说。英雄伊阿宋乘阿耳戈船到科尔喀斯取金羊毛时,当地公主美狄亚钟情于他,背叛了自己的家庭,帮助他夺取了父亲的宝物金羊毛,同他一起来到伊奥尔科斯,又为他报了父仇。婚后他们定居科任托斯,生下两个儿子。悲剧开始时,伊阿宋要另娶科任托斯的公主,遗弃美狄亚。科任托斯国王又下令将美狄亚驱逐出境。美狄亚起初和伊阿宋争吵,后来假装和解,用巫术和有毒的礼物,杀了新娘和国王。为了惩罚伊阿宋,她又痛苦地杀死了两个儿子,然后跳上天车,飞往雅典。作品通过美狄亚的悲剧,反映了当时希腊社会风气之恶劣、妇女地位之低下,批判了贵族男子的忘恩负义、冷酷无情。

美狄亚是一个热情、坚强、富有反抗精神的女性。她由一位多情的少女变成疯狂的复仇女神,完全是当时社会使然。她跟随伊阿宋来到科任托斯,举目无亲,无依无靠。在社会上没有权利,在家庭里没有地位。因此,当遭到伊阿宋遗弃时,只得依靠自己,通过残忍的手段去报复抗议。她的悲剧具有深刻的社会意义,是当时不公的社会逼迫她走向了铤而走险、手刃亲人的悲惨绝境。悲剧描写了美狄亚的不幸,特别是杀子前的复仇想法与母爱之间的思想斗争写得惊心动魄。她要使伊阿宋永远痛苦,自己不得不承受加倍的痛苦。

欧里庇得斯的"问题剧"对后世戏剧发展产生了深远的影响。

二、古希腊喜剧

古希腊喜剧的兴起晚于悲剧,是雅典奴隶主民主制危机时期的产物。当民主制危机四伏而弊端俱呈的时候,英雄悲剧的时代走向终结,以揭露社会矛盾、讽刺现实为主要特征的喜剧便应运而生。民主制条件下的言论自由,也推动了喜剧的发展。

古希腊喜剧经历了旧喜剧、中喜剧、新喜剧三个阶段。我们所说的古希腊喜剧,主要指旧喜剧。喜剧多为政治讽刺剧和社会问题剧。它取材于当代的现实生活,对人们普遍关心的重大政治社会问题发表意见,讽刺社会名流、当权者,比悲剧具有更为强烈的政治战斗性。希腊喜剧从民间的祭仪和滑稽戏演变而成,因此从故事情节、人物形象到台词、动作,都十分夸张、滑稽,甚至有些荒诞、粗俗。但它却表达了严肃的主题,反映了生活的本质。喜剧由6部分组成:开场白、歌队入场、争论、领队的叙述、场、终场。

公元前5世纪,雅典曾出现过克拉提诺斯、欧波利斯和阿里斯托芬三大喜剧诗人,但只有阿里斯托芬的部分作品流传下来。

阿里斯托芬(约前446—前385)是古希腊喜剧的代表,被称为"喜剧之父"。他是雅典附近土地所有者,他的喜剧代表了自耕农的思想和立场。他从这一立场出发来表现雅典奴隶主民主制衰落时期的社会生活和政治斗争。据说,他写过44部作品,现存仅11部,如《阿卡奈人》(前425)、《骑士》(前424)、《云》(前423)、《鸟》(前414)、《吕西斯特拉特》(前411)、《地母节妇女》(前410)、《蛙》(前405)等。他的作品涉及当时的政治、哲学、文艺等方面的问题,其中,战争与和平的问题占据显要地位。他的喜剧用夸张手法,描写近乎荒诞的情节,妙趣横生,在嬉笑怒骂中表达了严肃的主题,具有尖锐的政治讽刺性。他善于运用民间语言加强喜剧效果,语言诙谐、生动,既有粗俗的插科打诨,又有优美的抒情诗歌。不过,他的剧作结构松散,人物类型化,缺少个性特征。《鸟》是流传至今唯一以神话幻想为题材的喜剧作品。作品刻画了一个自由、平等,没有压迫与奴役的理想社会——"云中鹁鸪国"。这是西方文学中最早表现乌托邦思想的作品。《蛙》通过对埃斯库罗斯和欧里庇得斯的比较,提出了文艺的功用在于提高公民的道德思想。

代表作《阿卡奈人》是一部反内战的喜剧,于公元前425年上演。当时,伯罗奔尼撒战争已经打了6年,人民渴望结束内战,实现和平。阿里斯托芬在剧中表达了人民的呼声。剧中,雅典农民狄开俄波利斯厌恶战争,私下与斯巴达订立了30年和约。雅典城邦的阿卡奈人不明战争起因,指责狄开俄波利斯,用石头打他。他向阿卡奈人争辩,他并不想投靠斯巴达,但战争的引起雅典也有责任,战争只对主战派的军官有利。一些阿卡奈人不服,请来主战派将领拉马科斯,狄开俄波利斯打败了他,又说服了阿卡奈人。狄开俄波利斯开放和平市场,显示和平的好处,拉马科斯奉命再度出征。酒神节来临,狄开俄波利斯赴宴归来,喜笑颜开,拉马科斯负伤而归,叫苦连天。作者以喜剧搞笑的形式,通过农民狄开俄波利斯单独与敌人媾和,从而过着幸福生活的故事,表达了人们反对战争、要求和平的强烈愿望。

狄开俄波利斯是一个积极反战、勇敢追求和平安乐生活的自由农民形象。他认清战争的本质不过是当权者利益之争,当权者根本无视人民利益,只顾发国难财。所以,他热爱和平,坚决反对内战,采取措施维护自身利益。遇到挫折时,他化装成乞丐,迂回劝说众人抵制战争。最终他畅饮生活美酒而归。

阿里斯托芬的创作对后世欧洲的喜剧和小说,特别是对拉伯雷、斯威夫特等讽刺作家的创作,具有深刻的影响。

第二章 中世纪文学

第一节 概述

中世纪文学是欧洲封建社会的文学。欧洲中世纪,以476年奴隶制罗马帝国灭亡为起点,以17世纪中叶英国资产阶级革命兴起为终点,包括初期(5—11世纪)封建制形成、中期(12—15世纪)封建制繁荣和末期(16—17世纪中)封建制衰落三个历史阶段。而中世纪文学只包括初期和中期的文学,与封建社会形成和繁荣两个阶段相对应,约一千年的历史。封建社会末期的文学,由于资产阶级文学在封建母体内形成并迅速取得文坛主导地位,从而成为近代文学的开端和部分,不包含在中世纪文学范围之内。

一、中世纪文学的历史文化与基本特征

中世纪是欧洲各主要民族国家初具雏形的年代,也是多民族文化空前交汇融合走向一体化的重要时期。

公元476年,西罗马帝国被入侵的日耳曼后裔西哥特人所灭,统治欧洲600年的奴隶制轰然倒塌,欧洲进入了日耳曼后裔大肆兼并土地和重新划分势力范围的长达百年的战乱时代。5世纪后,日耳曼人在罗马帝国的废墟上建立起了一系列的封建王国。其中以法兰克王国(481—843)最为强大,存在时间最长,它的建立是欧洲封建制度正式形成的标志。查理大帝统治时期(768—814)形成了统治西欧绝大部分地区和部族的"查理曼帝国"。查理大帝死后,帝国陷入内战,843年分裂为东法兰克、西法兰克和中法兰克三个王国,即后来德意志、法兰西、意大利三个民族国家的雏形,西欧主要国家的疆域基本形成。

日耳曼人入主欧洲大陆后,战争中的军事贵族和亲兵分得大量土地,成为地主阶级。而原有的奴隶从新主人手中领取份地耕种,向主人交纳赋税和服劳役,人身依附于地主,与贫困破产失去土地的自由民一起,构成了封建社会被压迫阶层的主体——农奴阶级。由此,封建采邑制、分封制的社会秩序确立,地主阶级统治和压迫农奴阶级的基本社会关系和社会主要矛盾形成,西欧完成了原始氏族社会向封建社会的过渡。

日耳曼"民族大迁徙"和西欧封建秩序形成的过程,促进了欧洲多种文化、不同文明的交汇融合。首先是入侵的"蛮族"内部多部落文化的融合,如罗马帝国北方很早就形成的凯尔

特人、日耳曼人、斯拉夫人部落，以及后来分化而成的汪达尔、法兰克、盎格鲁-撒克逊、伦巴德等新部落间不同种群文化的融合。其次是入主大陆后蛮族原始部落文化与以古希腊罗马为代表的本土地中海先进文化的融合。南侵后日耳曼人一度摧毁了原有的欧洲奴隶制古代文明，但古代文化的血脉天然保存在本土遗民的生活和风俗时尚中。当异族在大陆定居下来与本土人共生存的时候，两种不同性质的文化就在不自觉中融合在一起。其三是西方本土文化与东方希伯来文化的融合，以及东罗马拜占庭文化的独特构成。古希伯来是人类的发祥地之一，曾创造了灿烂的古代东方文明。其文明成果中文学的部分，神话传说、史诗史传、诗歌、小说、预言、箴言等，成为犹太教义《旧约》的主体内容。随着犹太教到基督教的发展和基督教对犹太教义《旧约》的全盘继承，希伯来文化已逐渐融入欧洲人的观念、习俗及生活中。尽管这种融合在古罗马时代就已开始，但在中世纪，随着各国政教一体体制的建立和罗马教会统治地位的确立，《圣经》等宗教典籍被广泛地翻译为希腊语、拉丁语以及拉丁口语与欧洲土著语言结合产生的各种新民族语言。希伯来文化就在这借助西方语言得到普世传播的过程中，成为东西方共同拥有的精神财富。而处于东西方政治、经济、商业、交通交汇点上的东罗马拜占庭，其文化天然就具有东西方文化共通共融的综合性特征。其四是基督教文化与族群、阶层等世俗文化的融合。基督教在4世纪被罗马帝国定为国教后，在奴隶主阶级的意识形态中已开始占据越来越大的比重。日耳曼人封建秩序建立的最初几百年间，统治者对基督教的态度经历了从敌视、容忍到支持和利用的过程，逐渐使之成为适应封建统治需要的精神驯服工具。东西教派分裂后，西欧的天主教更加强了它在各国思想领域的统治。它钳制人的思想，垄断文化教育，把哲学、历史、科学、艺术、文学都纳入其神学体系。在这个过程中，它与世俗文化形成了双向交融的关系。一方面基督教在排斥和毁灭古希腊以来欧洲世俗文化精神的同时，又把神话、故事、传说、诗歌、戏剧等世俗文化的材料、形式、方法纳入到宗教文化传播体系中。如在基督的教传播中占很大地位的圣经故事、圣徒传、赞美诗、祈祷文、圣迹剧等，就吸收了世俗文学的体裁等形式因素。另一方面在基督教思想控制和文化垄断下，世俗文学在自觉不自觉中受到了教会文化的影响和制约，不同程度具有基督教思想和文化的印痕。在封建制度和民族国家的逐步形成中，在多种文明文化的碰撞交融中，在基督教成为人们物质文化生活要义的前提下，中世纪文学形成了不同于以往文学的新内容、新主题和独具特色的新形式、新方法。

思想内容上，中世纪文学最突出的特点，是基督教思想制约文学的题材、内容和主题。基督教成为封建专制统治的精神支柱，成为人们道德生活的准则，使得各类文学不同程度上都具有基督教文化的内容和宣扬基督教来世、原罪、禁欲、救赎等思想，发挥文学的宗教劝导和道德教化功能。其次，在封建国家形成的背景中，突出了各民族文化遗产中爱国主义和英雄主义的基本主题。各民族文学都注重表现封建国家形成和确立的历史过程，歌颂在民族统一大业中功勋卓著的英雄和起决定作用的明君贤臣，表现出民族意识的觉醒。第三，适应等级森严的社会结构形态和新阶级势力产生的现实，出现了反映特定社会阶层生活和风貌的世俗文学形式。骑士文学和市民文学，是中世纪对人类文明的两大贡献。在基督教文学占据正统地位而世俗文学受压制的时代，它们顽强表现世俗的现实人生，具有冲破基督教思想樊篱和重续古代人本主义文化精神的重要意义。

艺术方法上,中世纪文学的首要特征是,在多民族文化融合的背景下各种生活题材进入文学领域,极大地扩展了文学表现的范围。不同地域、时代、民族和性质的生活内容都进入文学领域,使之成为全面了解中世纪欧洲社会生活的可资借鉴的认识材料。第二,在这特定的历史背景和文化氛围中,各种文学体裁的形式得到发展和成熟。诗歌是中世纪文学最重要的体裁,其中史诗、抒情诗、长篇叙事诗、民间谣曲等诗歌的形式因素,互相参照、渗透和影响,使各类诗体的形式都更精美和完善。叙事文学的形式由松散到紧凑、由繁杂到简约,场景描绘更简练,情节线索更集中,结构布局和技巧运用更自觉。第三,在多种文化的影响下,艺术表现手法得到拓展。本土及族群文学的现实描摹、浪漫抒情,教会文学的寓意、象征、梦幻,以及民间故事的寓言、哲理,都得到充分运用和发展。第四,对文学情感特性的把握能力得到提高。对人内心情感的展示挖掘是当时爱情题材作品的重要特征,人的激情、体验、愿望、喜怒哀乐等复杂心理活动都得到初步成功地描摹,较古希腊罗马时期更自觉和成熟。文学之深探及人的灵魂,这是欧洲文学的又一重大进展。

二、中世纪文学发展概况

中世纪初期,由于战乱、"蛮族"野蛮的统治和基督教的压抑,文学发展缓慢,文坛一片沉寂,是欧洲文学史上最"黑暗的时代"。在漫长的几百年中,只有思想僵化、艺术稚嫩的教会文学和民间口头文学性质的英雄史诗及谣曲。中期以降,随着主要国家封建化过程的完成和社会经济的繁荣,文学结束了萧条冷落的局面,开始复苏,出现了与教会文学相对立、富于现实精神的世俗文学,包括记录各民族建国立业的历史事件和歌颂民族英雄的英雄史诗、表现新兴封建骑士阶层生活与风尚的骑士文学和反映城市市民阶层生活与愿望的市民文学。它们以表现世俗人的现实人生为目的和内容,与教会文学在对峙中发展,为近代资产阶级文学的产生奠定了基础。

1. 教会文学

教会文学又称僧侣文学,是中世纪初期欧洲唯一的书面文学作品,是中世纪占统治地位的文学,是基督教会巩固统治和宣扬基督教思想的工具。作者主要是教士和修士;题材主要来源于基督教经书《圣经》;体裁主要有圣经故事、圣徒传、祈祷文、赞美诗和圣迹剧等;方法一律采用梦幻形式和象征寓意的手法;内容主要是上帝神威、圣母奇迹、耶稣传教、圣徒布道和信徒苦修等;主题是宣扬上帝无上权威和宣扬原罪说、禁欲主义、来世主义等基督教思想;风格虚幻缥缈、神秘气氛浓厚。文学成就最大、对后世产生重大影响的是《圣经·旧约》,成为形成西方文明两大源头之一的希伯来文化的主要内容。

2. 英雄史诗与谣曲

英雄史诗,是欧洲各民族最早的文学形式。根据形成时间和内容不同,分为早期英雄史诗和后期英雄史诗两类。

早期英雄史诗,大都产生在氏族部落形成和"民族大迁徙"时代,是氏族社会末期各民族人民口头创作和集体智慧的结晶。主要记录具有传奇色彩的氏族部落英雄,为氏族部落集体斩妖除怪、历经艰险、战天斗地的伟业,表现集体主义和英雄主义主题。由于形成时间较早,因此保留着原始文化浓厚的神话色彩和自然神多神崇拜的特点。主要有盎格鲁-撒克逊的《贝奥武甫》、日耳曼的《希尔德布兰德之歌》、冰岛的《埃达》和《萨迦》、芬兰的《卡列瓦拉》（又名《英雄国》）。

《贝奥武甫》是中世纪欧洲出现最早和保存最完整的史诗，是古代日耳曼民族文化的结晶。它最早在5至6世纪，由向不列颠迁徙的盎格鲁-撒克逊人口头创作，约8世纪用古英语写成，现存最早的约10世纪的手抄本，由不知名的教士完成，共3182行。史诗围绕瑞典南部耶阿特部落英雄贝奥武甫的三次战斗展开他的英雄人生，主要讲述他年轻时在丹麦除海妖、年老时在瑞典战火龙的故事。贝奥武甫的三次战斗，可以看作是对丹麦、耶阿特、瑞典三个民族历史的交织展现，反映了北欧人氏族公社制解体时期的生活。两个中心故事，歌颂了贝奥武甫这个理想化的氏族英雄形象。他虽为氏族贵族，但为了氏族集体的利益勇猛无畏、英勇奋战，表现出氏族集体所需要的集体主义和英雄主义美德。史诗现实成分与神话因素相交织，是早期英雄史诗的典范，也是英国文学史上第一部重要的作品。

后期英雄史诗，大约形成在12世纪之后，它一般以历史事实为基础，在民间口头文学的基础上由神职人员整理加工而形成书面文学作品。与早期史诗不同，它们形成于各个国家封建化过程完成之后，因此所歌颂的不再是体现氏族集体理想愿望的氏族部落英雄，而是以民族主义和爱国主义为精神主旨，甚至具有宗教色彩的民族英雄。内容也主要表现封建化进程中各民族的生存与斗争，表达建立强盛统一的民族国家的愿望。主要有法兰西的《罗兰之歌》、西班牙的《熙德之歌》、德意志的《尼伯龙根之歌》和俄罗斯的《伊戈尔远征记》。

《罗兰之歌》是中世纪欧洲最著名的史诗，是后期英雄史诗的代表作。11世纪中期之前，它以吟咏的方式在民间开始流传，11世纪末12世纪初用罗曼语方言编订成文，共4002行。史诗取材于8世纪法兰克王国查理大帝远征西班牙的历史，主人公法兰西大将罗兰，是查理大帝的侄子和十二重臣之一。查理大帝亲率大军与西班牙交战7年，只有信伊斯兰教的萨拉哥萨地区尚未臣服。当查理大军压境时，萨拉哥萨王马尔西勒以假降苟延残喘，派使臣求和。罗兰建议派继父迦奈隆出使谈判。迦奈隆怀恨在心，伺机报复。谈判时他收下敌方重金，表面谈判，骗取查理大帝信任，暗中定下诈降之计。查理大帝以为功成班师回朝，并接受迦奈隆建议让罗兰率队断后。查理大军撤退后，罗兰2万后卫遭遇马尔西勒10万大军伏击。罗兰率部英勇抵抗，终因寡不敌众全军覆没，罗兰也战死沙场。爱国主义是史诗的主题，爱国思想在罗兰身上得到了很好的体现。他忠于国家，把保卫"可爱的法兰西"当成天职，为此面对强敌毫不畏惧，英勇献身。甚至最终头枕查理大帝赠送的宝剑，面朝祖国而死。他还忠于查理大帝，把忠君和爱国紧密结合在一起，是封建时代民族英雄的典范。查理大帝是理想化的封建君主形象。他外御强敌、内平叛臣、贤明治国，体现了封建时代国家统一、民族强盛的历史进步要求，也是人民安居乐业生活愿望的体现者。他是民族和国家神圣的化身，为了歌颂他，史诗把他神化为上通神明、下主自然的200岁老人。艺术上它深受荷马史诗的影响，截取7年战争中最富于戏剧性和悲剧性的片断，以受降与诈降中心事件为线索，情节集中紧凑，结构严谨有序。采用重叠、对比和夸张手法，烘托气氛，突出主题和人物，并形成雄浑粗犷的艺术风格。还使用睡梦征兆、神明显灵、天使下凡等梦幻传奇方法，具有基督教文化的印迹。

谣曲，是由口头文学发展而来的民间故事诗。多取材于悲剧性的现实故事、历史事件和神话传说，塑造下层人民喜闻乐见的民间英雄人物。15世纪，英国曾出现民谣繁荣期，用文字记录下来的有一千多首，其中最有影响的是"罗宾汉谣曲"。它是表现绿林侠盗罗宾汉及其伙伴劫富济贫、仗义疏财豪侠行为的故事诗。它在民间广泛传颂，使罗宾汉的名字在英国家喻户晓。

3. 骑士文学

骑士文学是中世纪欧洲独有的文学现象，是封建骑士制度的产物，它形成于12至13世纪封建社会全盛期，是世俗封建主阶级的文学。

骑士是欧洲封建社会"金字塔式"统治集团中最低的阶层。为了占有土地和保护私有财产，各封建主都豢养着武士、随从和家丁，形成了相对稳定的武装的阶层，骑士阶层。他们平时由主人豢养，战时需自备武器和马匹为主人出征打仗，立了战功可以获得土地、财产等奖赏，成为小封建主。在十字军东征中，骑士发挥了重要作用，因此地位得到显著提高，12世纪在西欧形成了"骑士团"组织，骑士制度兴盛一时。封建子弟须从小习文练武，长大后经过正式入团仪式受封为骑士。骑士制度在长期的历史发展中，形成了以"忠君、护教、行侠"为主要内容的骑士信条，后来扩展为效忠主人、女主人和普遍尊重妇女。现代西方"绅士"礼仪文化，其实保存了中世纪骑士的遗风。这些是所谓骑士精神，而记录骑士行侠冒险的武功和歌颂骑士精神的文学就是骑士文学。

法国是骑士制度最发达的国家，因此也是骑士文学最兴盛的地方。骑士文学主要有两种形式，骑士抒情诗和骑士叙事诗。

骑士抒情诗，以法国南部普罗旺斯为发源地和中心，因此又称为普罗旺斯抒情诗。它从宫廷中发展起来，而后流入市井。作者主要是封建主和骑士，也有来自社会下层的教士和市民，被称为行吟诗人。内容主要写骑士与贵妇人"典雅的爱情"，形式多半由民歌演化而来。主要有短歌、牧歌、情歌、怨歌、小夜曲、破晓歌、感兴诗和十字军歌等，其中《破晓歌》最为著名。《破晓歌》表现的是骑士夜会贵妇人，黎明前分离时缠绵悱恻、依依惜别的情感。感情细腻，语言纤丽，被恩格斯称为普罗旺斯抒情诗的精华。骑士抒情诗虽然内容虚构矫饰，美化封建主的生活，但它肯定以爱情为基础的世俗生活，强调妇女的优越地位，具有反禁欲主义和反封建等级制、婚姻观的进步倾向。

在普罗旺斯影响下，法国北部及德国、意大利的抒情诗也发展起来。13世纪初它传入意大利后，促发了"温柔的新体诗"的产生。

骑士叙事诗又称骑士传奇，当抒情诗在法国南方大行其道的时候它流行于北方。内容除同样表现骑士"典雅的爱情"和高尚情操外，更注重表现骑士为了荣誉或博得贵妇人青睐降妖除魔、除暴安良、洗雪不平的武功，也有为护教而讨伐异端的冒险故事。

按照题材来源，可分为古希腊罗马、拜占庭和不列颠三个系统。古希腊罗马系统出现最早，主要取材于拉丁文的古希腊罗马故事。古代传说中的英雄被改写成封建时代的骑士，描写古代人生活时常穿插12世纪的现实生活场景，是古代英雄史诗向封建骑士传奇的过渡。著名的有《亚历山大传奇》《特洛伊传奇》和《埃涅阿斯传奇》。拜占庭系统，是指在拜占庭流传的以希腊晚期历史与传说为题材，并穿插了骑士爱情传奇故事的叙事诗。最著名的是13世纪的《奥卡森和尼克萨特》。不列颠系统发展最充分且影响最大，是以传说中凯尔特人领袖亚瑟王及其圆桌骑士为中心的系列故事诗,又称"亚瑟王故事诗"和"圆桌故事诗"。亚瑟王是英格兰传说中的人物,是凯尔特人英雄谱中最受欢迎的圆桌骑士团的首领,相传罗马帝国灭亡后率领圆桌骑士团统一了不列颠。12世纪,法国诗人克雷蒂安·特罗亚以这些传说为素材创作了5部传奇诗。但与相关文献和传说不同,传奇诗的重心已不在亚瑟王的身世功业,而是重在表现圆桌骑士们为建功立业、追求爱情或寻找圣杯刚毅勇敢、英勇奋斗、出生入死的冒险故事,形成了西方文学最早的"英雄+美人"的叙事文学模式,如《朗斯洛,或坐囚车的骑士》《伊凡,或狮骑士》和《帕齐伐尔或圣杯传奇》。

受法国影响,欧洲其他国家也出现了"不列颠系统"叙事诗的创作。其中影响较大的有德国诗人沃尔夫拉姆·冯·埃森巴赫创作的《帕齐伐尔》和高特弗里特·封·斯特拉斯堡创作的《特里斯坦与伊索尔德》。

《特里斯坦与伊索尔德》的最早蓝本,据说是法国克雷蒂安·特罗亚的同名诗作,但早已失传。故事的主人公特里斯坦,是亚瑟王圆桌骑士团中最重要的成员之一,勇猛而英俊,以"多愁善感"著称。父母双亡后,他由叔父康沃尔国王马克抚养成人。为成就统一大业,马克王派特里斯坦代替自己向爱尔兰金发公主伊索尔德求婚。特里斯坦不辱使命,战胜巨龙,求婚成功。归途中,他们误饮了伊索尔德母亲为新娘和新郎准备的爱情魔汤,不由自主地产生了爱情。伊索尔德成为王后,他们仍苦苦相恋、热烈相爱。马克王发现后把他们逐出宫中。后来马克王原谅了他们,把伊索尔德接回宫中。特里斯坦独自一人回到布列塔尼家乡,娶了与伊索尔德同名的女子为妻。之后,特里斯坦受了毒伤,只有心上人才能治愈。他派人去请伊索尔德,并约定如果伊索尔德能来,则船中挂白帆,不能前来则挂黑帆。得知情况后伊索尔德应约前来,船挂起了白帆,但替特里斯坦守望的妻子却谎称挂黑帆。特里斯坦绝望而死,赶到的伊索尔德也因极度悲伤而死去。死后,他们被马克王埋在相隔不远的地方,特里斯坦坟上野藤的根总是长到伊索尔德的坟里。

骑士叙事诗情节离奇曲折、虚幻不实,但它以主人公的经历为线索安排情节结构、注重人物外形和心理刻画、营造浓郁浪漫气氛等方法,为欧洲近代长篇小说的产生奠定了基础,是欧洲流浪汉小说的先导。

4. 市民文学

市民文学也称城市文学,是12世纪之后产生的反映市民阶层生活和思想的世俗文学。它以10至11世纪工商业中心——城市的发展繁荣为前提,是社会进步的标志。它取材于日常现实生活,主要表现市民阶层的聪明才智和与封建贵族及教会僧侣的斗争,具有反封建的倾向和乐观的精神,是近代资产阶级文学崛起的前奏。它在民间创作基础上发展而来,其作者主要是街头说唱艺人,形式有韵文故事、市民抒情诗、长篇叙事诗和市民戏剧,发展仍以法国为中心。

韵文故事是供市民娱乐消遣,可以演唱的短篇故事诗。它由民间歌谣发展而来,没有严格的韵律限制,语言风趣,内容贴近民间,体现市民阶层的基本立场。流传较广的有法国的《驴的遗嘱》《农民医生》《农民舌战天堂》和德国的《神父阿米斯》等。

长篇叙事诗是市民文学的最高成就,它通常是由以一个人物或事件为中心展开的系列故事连缀而成。

《列那狐传奇》是法国流传最广的讽刺性叙事长诗，是中世纪市民文学的典范。它起源于约9至10世纪流传于法国民间的动物故事，12世纪形成了以狐狸为中心的系列故事诗，13世纪中叶被连缀成长3万多行、包含27组故事的完整巨作。长诗采用拟人化方法，通过写狐狸列那与伊桑格兰狼等众多动物的斗争，反映封建社会的人情世态、阶级关系以及市民阶层的思想意识。列那狐是上层市民的代表。一方面它以智慧与狮子、骆驼、黑熊、狼等猛兽斗争，表现市民阶层敢于斗争善于斗争的特点；另一方面它又残害欺压弱小动物，表现市民阶层弱肉强食、自私诡诈的特点。这表明了资产阶级从产生之日起就带有鲜明的两重性。

《玫瑰传奇》是风格独特的长篇叙事诗，是法国市民文学的又一重要作品。它通篇以梦幻、寓意的方法，写青年诗人梦游爱神花园的旅程。它分为两部分：第一部分由法国教士吉约姆·德·洛利斯所作，长4000余行。写青年男子"情人"梦游爱神花园时，爱上了一朵鲜艳的"玫瑰"。他想摘下玫瑰拥有她，却遭到各种力量的阻挠，最终因"欢迎"被"嫉妒"锁闭，"情人"无法得到所爱"玫瑰"，反而被赶出花园。这部分被看成是骑士文学"典雅的爱情"故事的翻版。第二部分是诗人让·德·墨恩的续作，长17000行。写"情人"调动"美貌""坦率""慷慨"甚至"财富"等爱情力量，打败了"丑恶""伪善""吝啬""嫉妒""坏嘴"等反爱情力量，得到了心爱的"玫瑰"，却在睡梦中醒来。续作较比前作，在爱情描写外有了更多世俗现实问题的展现，抨击封建主独断专权、僧侣贪婪伪善、商人及高利贷者对金钱的贪欲，表露市民阶层的立场和思想，是真正的市民文学作品。《玫瑰传奇》是法文抄本最多的中世纪文学作品，在它影响下，寓意、梦幻艺术手法在中世纪被普遍使用。

市民抒情诗出现于13世纪，它继承了普罗旺斯抒情诗的传统。但与歌颂"典雅爱情"的骑士抒情诗不同，它重在表现广泛的现实生活和社会矛盾，曲调以流行歌谣为主，语言风格也相对朴素。代表诗人主要是法国的吕特博夫和维庸。吕特博夫（约1230—1282）是中世纪第一位市民抒情诗人。他出身社会底层，生活贫困，诗歌内容触及社会诸多方面，但更侧重于表现个人生活中的内心体验。代表作品有《吕特博夫的贫困》《吕特博夫的悲歌》《吕特博夫的婚姻》等。维庸（1430—1463?）也是市民抒情诗人的重要代表，流传下来的有《小遗言集》《大遗言集》两部诗集。他立足在英法百年战争后破败凋零的社会现实基础上，着眼于独特内心情感和个人体验的抒发。尤其对混乱无序的底层生活津津乐道，沉湎于对一些细节特质的展览性描写。大量使用反讽和低俗的笑话，语言中混杂大量俗语和俚语。它颠覆了通行的价值观和艺术观，具有一定的现代元素。

市民戏剧也称城市戏剧，它在宗教剧和民间滑稽表演、哑剧基础上发展而来。10世纪以后，宗教剧取得很大发展。它主要表演宗教故事，演出地点在教堂，主要形式是宗教神秘剧和奇迹剧。城市兴起之后，市民有了自己的戏剧活动，演出地点离开教堂，常常搬到集市露天表演，大大增添了与宗教无关的世俗生活色彩和内容。主要形式是道德剧、愚人剧和笑剧。道德剧往往是抽象道德观念的人格化，通过人格化的善恶、是非构成戏剧冲突，进行惩恶劝善的道德教育。愚人剧以傻子为主角，通过剧中人的傻言傻语抨击时弊，丑化教士和贵族。笑剧也称闹剧或滑稽剧，以诙谐戏谑的方式表现市民阶层的生活和道德审美意识，是市民戏剧中现实性最强的一种。最著名的笑剧是《巴特兰律师》，写巴特兰律师唆使牧童装羊叫骗取布商的布，之后牧童又以同样方法赖掉了应付给律师的诉讼费。作品喜剧色彩浓烈，冲突集中,赞扬律师和牧童的计谋和机智,体现市民阶层的善恶美丑观念。

与全面发展的古希腊罗马文学相比,中世纪文学显得薄弱和不足,一度被看成古代和近代欧洲两大文学高峰间的低谷。但在中世纪中期之末,出现了举世瞩目的意大利诗人但丁,推动了文学率先向近代资本主义的伟大历史性转折。欧洲文学也不再局限于古希腊罗马地区而极大地扩展了领域,各国由此开始了各自民族文学的历史。经过中世纪初期的萧条,欧洲文学又在各民族原有民间文学和基督教文学的基础上起步,与古希腊文学一起成为近代文学的两大渊源。

第二节 但丁

但丁·阿里盖利(1265—1321)是12世纪末13世纪初的意大利诗人,是意大利民族文学的奠基人。他的创作标志着欧洲中世纪封建文学向近代资产阶级文学的转折,在文学史上具有承前启后的重要作用。在意大利文版《共产党宣言》的序言中恩格斯指出:"封建的中世纪的终结和现代资本主义纪元的开端是以一位大人物为标志的,这位人物就是意大利人但丁。他是中世纪的最后一位诗人,同时又是新时代的最初一位诗人。"

一、生平与创作

但丁是中世纪欧洲最重要的作家,但关于他生平的记载很少。他人生及创作的基本情况,只能从他的著作和文学作品中获得有限的材料。从中可以看到,但丁于1265年5月出生在封建割据下意大利佛罗伦萨城邦的一个没落贵族家庭。他幼年丧母,18岁丧父。曾拜学者布鲁内托·拉蒂尼为师,学习拉丁文、诗学和修辞学,也研究过古典文学。对以维吉尔为典范的古罗马文学极为推崇,对哲学、神学、诗学以及绘画、音乐都有很深造诣,是中世纪最博学者之一。对他一生命运和创作产生决定性影响的有两件事,一是他青年时期一次不成功的恋爱,一是他成年后参与的佛罗伦萨党派之争。

9岁时,但丁第一次见到商人之女贝阿德丽采,那庄重矜持的神态和殷红的衣装给他留下了深刻的印象。9年后他们街头再次相遇,但丁随即产生了强烈的爱意。但他没有直接表白,而是埋藏心底,开始写献给恋人的诗篇。19岁时贝阿德丽采嫁给了一位商人,25岁时因病辞世,但丁又写了献给女友的悼亡诗。这次柏拉图式的精神之爱,是但丁走上文学创作的原动力。从1283年至1290年,但丁共创作31首抒情诗,他用散文加以串联,1293年公开发表,取名《新生》。这部散韵结合的集子是但丁最早的,也是他青年时期最重要的作品。作品没有涉及重大的社会主题,而是抒发个人爱情生活中隐秘真挚强烈的情感,语言清新流畅,风格质朴自然,被看成"温柔的新体诗派"的最高成就。

成年后但丁积极参与城邦政治生活,参与了佛罗伦萨酷烈的党派之争。党派之争经历了两个阶段。第一阶段是盖尔夫党和基伯林党之争,分别代表工商业市民阶层和世袭贵族,以教皇逢尼法西八世和神圣罗马帝国皇帝亨利七世为后台,但丁属于前者。经过多次纷争,盖尔夫党取得了胜利,执政佛罗伦萨,但丁成为6个执政官之一。教皇逢尼法西八世要把富庶的佛罗伦萨置于教会的统治之下,干预政权。而工商业市民阶层坚持城邦独立自主,反对教皇专权。因此盖尔夫党发生了分裂,分裂为拥护教会专权的黑党和反对专权的白党,但丁成为白党的领袖之一。1302 年,黑党在教皇和法兰西军队的支持下攻占佛罗伦萨,白党受到迫害,但丁与其他白党领袖被判流放,开始了漫长的流亡生活。

流亡期间,但丁的足迹遍布意大利北部。他目睹了封建割据下意大利分崩离析、战乱频繁、土地荒芜、民不聊生的惨状,认识到城邦割据、党派纷争是意大利民族不幸的真正原因。因此他克服了狭隘的党派、城邦观念,树立了民族国家思想。也认识到结束分裂,实现统一,是意大利民族复兴的唯一出路和首要任务,思想达到了更高的水平。

1315 年,但丁拒绝以交付罚金和游街示众的屈辱方式回乡。1321 年,客死拉文那。

流亡期间,但丁写了四部著作:《论俗语》《飨宴》《帝制论》和《神曲》。《论俗语》(1304—1308)是最早的关于语言和诗律的专著,用拉丁文写成。书中对文言和俗语进行了区分,强调俗语的重要性,倡导建立俗语和文言相统一的民族语言和文学,对意大利民族语言的建立和民族文学的形成有重要作用。《飨宴》(1304—1307)是中世纪第一部用俗语写成的学术著作。但丁通过注释自己的诗歌介绍各种科学文化知识,具有知识启蒙的意义。《帝制论》(1310—1312)是系统阐述但丁政治观点的政论性著作。它提出了政教并立、政教分离的帝制论思想,第一次从理论上阐述政教并立、政教分离的必要性,是近代宗教改革和资产阶级政治观的萌芽。但它又认为封建皇帝是意大利民族统一的唯一希望,表达了对神圣罗马帝国皇帝的幻想。《神曲》(1307—1321)是但丁流亡生涯最后的年代里创作的叙事长诗,是他一生艺术探索和社会探索的总结。

二、《神曲》

《神曲》是但丁流亡时期最重要的作品。原名"喜剧",文艺复兴时期的诗人薄伽丘冠以"神圣"一词以示赞赏。1555 年威尼斯版本第一次以《神圣的喜剧》命名,中译本为《神曲》。长诗共 14223 行,分为《地狱篇》《炼狱篇》(又名《净界篇》)、《天堂篇》三部分。

长诗的整体线索是诗人梦游来世三界的旅程。《序曲》中交代:诗人在人生的中途 35 岁时迷失在一片黑暗的森林。他左冲右突奔走了一夜,天亮时来到一个小山的脚下,山上已经披洒着阳光。诗人正要举步攀登,山上出现了狮、豹、母狼三条猛兽,挡住了去路。诗人进退维谷,高声呼救。应着他的呼声,古罗马诗人维吉尔的灵魂出现了,他是奉天上圣女贝阿德丽采之命前来搭救但丁。于是诗人在维吉尔的引导下,穿过地狱、炼狱,又在贝阿德丽采的引导下跨越九重天,最终在天府见到了上帝。

长诗梦游三界的故事线索单纯集中,以此展示人死后来世三界的纷繁景象。但丁对来世三界的整体设想,依据早已落后于时代的基督教宇宙观念——地心说:地球是万物的中心,宇宙围绕地球。但丁设想,地球分为南北两极。北极为圣地耶路撒冷,耶路撒冷的脚下就是漏斗形的地狱。地狱在地球内部,分为九层,直抵地心。南极通过"地狱裂缝"与地心直接连通。在南极地球的表面是炼狱,它分为三部分,矗立的净界山是它的主体,分为七级。围绕地球和净界山的是茫茫的大海,在大海和净界山之上是环绕的天堂。天堂从低到高,分为九重天、"幸福者的玫瑰"和天府三部分,分别是亡灵、天使和上帝的居住之所。

诗歌对三界的描写，地狱最为详尽，划分层次最多，现实性最强，是《神曲》的主要价值所在。

但丁设想的地狱像一个上宽下窄的大漏斗，沿着内壁是一圈圈的圆环。圆环越向下越小，直达地心。有罪的亡魂按生前所犯罪行轻重分处在不同层次，遭受不同的惩罚。生前罪行越大，所处层次越深，所受惩罚越严酷。地狱第一层是候判所，也称菩提狱，羁押的是生在基督教之前未及信教的"异教徒"。其实主要是古代先哲和著名历史人物，如罗马大帝恺撒、数学家欧几里得、古希腊哲学家亚里士多德师祖孙三人、自荷马以来的古代诗人及埃涅阿斯等文学形象。古罗马诗人维吉尔的灵魂居留于此，但丁也自称是自荷马以来的第六位诗人。他们因为不是主观犯罪，没有遭受惩罚，可以在草坪上树荫下自在生活，等待末日审判时上帝的发落。第二层是贪色的亡魂受惩罚的色欲场，亡魂在狂风中因失重和恐惧不停地哭泣。最显著的亡魂，是但丁生活时代真实的王室女性弗兰采斯加和情人保罗。他们是政治联姻的牺牲品，因爱而丧生，死后灵魂在飓风中相拥，一刻也不分离。弗兰采斯加向来访的诗人诉说自己的不幸，诗人为之唏嘘悲痛以至昏死过去。第三层惩罚的是贪食者，饕餮的亡魂被置于臭雨冰雹之下。第四层惩罚贪财、吝啬、浪费者。他们生前是金钱的奴隶，死了也不能放下重负，需终日推重物上山，周而复始。诗人发现他们大多数是光头，维吉尔为之解释："那些顶上精光没有头发的，是教士、是主教、是教皇，因为他们是特别地贪得无厌。"第五层是易怒者的亡灵被煮在浓黑的"死的隔河"里，相互厮打啃噬，以至皮破肉烂。以上是上层地狱，基本按基督教"七大原罪"来划分，统称为不节制罪，是地狱中第一大犯罪类型。不节制不是犯罪，但能引发犯罪，因此被置于上层地狱。六层以下是下层地狱，处于地狱的中心——地帝城，以高耸的城墙与上层分开。第六层是惩罚"邪教徒"的火坟场。亡魂因不信或反对基督教被禁锢在烈火熊熊的坟场，如否认人死后有灵魂和来世的希腊哲学家伊壁鸠鲁。第七层惩罚的是犯强暴罪的亡魂，是地狱中第二大犯罪类型。根据强暴施加对象的不同分为三环。强暴施于他人，如强盗、暴君，煮在"勿雷格东血沟"。强暴施于自身——自杀者变树木，受鹫鸟和野狗叼啄啃食。强暴施于自然、上帝和重利盘剥者，在火雨烫沙间受灼烤。第八和第九层惩罚的是欺诈者，是地狱中第三大犯罪类型。第八层是一般关系间的欺诈罪，又分为十种类型，分处在十条恶沟，施以不同的刑罚。如淫媒、诱奸、阿谀、圣职买卖、贪官污吏、盗贼、劝人为恶、挑拨离间者，几乎包含了现实中各种犯罪现象。其中第三恶沟，惩罚圣职买卖者的"火坟场"的石缝里，倒栽着腿上着火的逢尼法西八世等三代教皇。诗人指责他："因为你的贪心，使世界变为悲惨，把善良的踏在脚下，把凶恶的捧在头上。"表达对党派之争、国家分裂的罪魁祸首的痛恨。第九恶沟把伊斯兰教创始人穆罕默德及继承者阿里以挑拨离间的罪名处以割裂躯体的空前酷刑，表露了作者狭隘的基督教立场。第九层是特殊关系间的欺诈罪，又分为四环。谋杀亲族者居该隐环，卖国者居昂得诺环，出卖宾客者居多禄谋环，出卖恩主者居犹大环。其中卖国者昂得诺环，拘禁着当年佛罗伦萨党派斗争中基伯林党首乌格利诺祖孙五人，长诗把他们活活饿死塔中的故事写得悽切动人。游到此，诗人不由地控诉："比萨呀！美丽的土地上，那里处处听到'西'字的语音。全体的人民都为你蒙着羞辱……假使乌格利诺有出卖城池的媚敌行为，你也不该活活地牺牲了他的孩子们。"以此反映党派之争的酷烈，表达对当年党派纷争暴行的否定。出卖恩主的犹大环，已处地心，环境狭窄。只有出卖耶稣的犹大和出卖恺撒的两长老共三个亡魂，被分别叼在巨型怪物地帝撒旦的三头三口中被咀嚼。流亡时期的但丁，已确立政教并立、政教分离的帝制思想，认为王者以人智治国让人得现世之福，教主以神智救万民让人得永世之福，因此出卖二者应为罪大恶极。

炼狱与天堂的划分，较为粗略，内容也更流于虚幻抽象，缺乏地狱篇的现实性。

炼狱是为生前不能节制欲望但有向善之心、临终忏悔得到上帝赦免的普通人提供的涤罪所，是普通人通往天堂的旅程和必由之路。其主体是海滩上矗立的净界山，它分为七级。有骄傲、嫉妒、愤怒、怠惰、贪食、贪财、贪色"七大原罪"的亡魂，需逐级攀登，经受七种磨难，逐一洗去"原罪"，登临净界山顶部人类乐园，以圣洁之身等待在天使引导下进入天堂。

维吉尔引领诗人的旅行即停留于此，因他以戴罪之身不能进入天堂。他的灵魂隐去，贝阿德丽采的灵魂出现，引导诗人继续来世的旅程。

天堂庄严肃穆明净，其主体是圣洁的亡魂居住的九重天。由月星天、水星天、金星天、日星天、火星天、木星天、土星天、恒星天、水晶天组成，多情人、行善人、学者、圣徒、天使、贤明的君主、尽忠的战士、节欲的隐士等在此永生。诗人把意大利民族统一的希望——神圣罗马帝国皇帝亨利七世的灵魂，事先安置于此。在天使贝阿德丽采的引导下，诗人跨越了九重天之后，在天府见到了灵光一闪即逝的上帝。

《神曲》写诗人梦游三界的故事，描绘来世三界繁纷的景象，但它并不是一部宣传来世主义、禁欲主义的宗教文学作品。其主旨不是宣扬基督教思想，而是探寻意大利民族政治上、道德上复兴的道路。通过诗人梦游三界的旅程，它象征性地指出了一条道德自救和宗教救国的道路，即人首先应在理性的指导下，经过苦难的考验，在道德上得到净化。作品中，维吉尔是理性的象征，地狱、炼狱的苦刑象征苦难的考验。之后再经过宗教信仰的引导，走出迷茫，达到真理和至善的理想境地。贝阿德丽采就是信仰和神学的象征，作者把她当作诗人最后进入天堂的引路人，是把她所代表的信仰置于维吉尔所代表的人智和理性之上。诗人思想探索和艺术探索的目的是救国家、救民族，这无疑是进步的，但为之指出的道德救国和宗教救国的具体方案是错误的。

《神曲》的主要内容是揭露意大利的各种黑暗现象，污浊的地狱是黑暗的意大利的缩影。其中揭露最多和批评最激烈的是教会僧侣的罪行，上至教皇买卖圣职，下至普通主教、教士贪婪虚伪，是近代宗教改革的先声；还揭露暴君、贪官污吏的罪行，以及教会、王权双重统治下，意大利民不聊生、盗贼蜂起、社会风气浮靡堕落的现象，表明鲜明的反封建立场和清醒的现实主义头脑。此外《神曲》崇尚知识和理性，宣扬人性和爱情，表露了反教会蒙昧主义和禁欲主义的倾向，启迪了资产阶级人文主义思想的曙光。

但作为新旧转折时代的作品，《神曲》又处处流露出中世纪基督教世界观的明显烙印，表现出思想上的两重性。它旨在探索意大利民族的出路，表现了要建立统一的民族国家的进步倾向，是近代民族意识的觉醒。但作者在设想民族出路时却把信仰和神学看得高于一切，把道德的自我完善和宗教的个人努力当作唯一途径。它处处揭露教会僧侣的恶行，但作者并不反对宗教本身，作品的构思处处体现宗教观念，如：三界的构想来自基督教来世主义；三界的划分依据"七大原罪说"；三界中的人、物、景无一不具有宗教象征意义。它揭露君主残暴、官吏腐败，具有反封建专制政治的倾向，但又把意大利民族统一和复兴的希望寄托在封建皇帝亨利七世身上，表露了唯心的个人主义英雄史观。它揭露意大利国弱民衰、道德沦落的现状，表现出对祖国的关切、对现实的关注和对现世生活的浓厚兴趣，但又把现世生活当成来生的准备。它尊崇古代文明的化身维吉尔，称他为"伟大的慈父""知识的海洋"，并借尤里西斯之口表达对知识和真理的追求。它塑造温柔可嘉的弗兰采斯加形象，对她和保罗的爱情悲剧致以深切的同情，但又按基督教准则把古代先贤和有情人打入地狱。这些，表露了历史转折时代诗人但丁世界观的复杂和深刻矛盾。

《神曲》在艺术上也具有复杂性和两重性。首先《神曲》具有中世纪封建文学的一般特征。它采用了中世纪梦幻文学的形式和象征寓意的手法。整体上，诗人梦游三界的旅程象征性地指出了意大利民族政治上、道德上的复兴之路。而细处和局部的象征比比皆是。诗人迷失其中的森林，是黑暗的意大利的象征；狮、豹、狼三条猛兽象征阻碍人进步的邪恶力量，又分别象征强暴、淫欲和贪婪；引路人维吉尔象征人的智慧和理性，贝阿德丽采象征信仰和神学。它构思严密，结构精巧，布局谋篇体现缜密的宗教意识。它整体分为三篇，每篇三十三歌，加上《序言》，凑足百歌。三界的划分，地狱九层，炼狱三部分，净界七级，天堂三部分及九重天。三篇的结尾，都以"星辰"一词结束，寓意黑暗即将过去，光明必将照临人世。这些结构安排中的数字，都具有宗教象征意义。其中"三"是基督教中最为重要的象征，代表"三位一体"的上帝；"十"寓意完美，"百"即为完美之完美；"七"则代指"七大原罪"。同时，《神曲》又具有近代资产阶级文学和现实主义文学的特征。它具有近代现实主义文学画面宽广、形象丰满、艺术境界清晰的特征，如：历史转折时期意大利广阔的社会风俗画的展示；威严的恺撒、气宇轩昂的基伯林党魁法利纳太、柔美温存的弗兰采斯加形象的塑造；肃杀的自杀者森林、恐怖的人蛇共处的地狱恶沟的描绘。它首次运用意大利俗语——佛罗伦萨方言写作，打破了教会拉丁文一统天下的局面，对意大利民族语言和民族文学的建立起了不可磨灭的作用。它采用民歌"三韵句"的格律，具有强烈的民间色彩和平民意识，对文学脱离教会统治、走向人民起到了重要的推动作用。

《神曲》无论在思想上还是艺术上，都具有新旧杂陈的特点，但瑕不掩瑜。它是中世纪最早以广阔的画面、丰富的想象表现过渡时期意大利社会现实的作品，具有巨大的认识意义。它是中世纪仅有的以宏大的构思全面总结历史转折时期意大利政治、经济、文化、宗教、哲学、艺术及道德风尚状况的作品，具有百科全书的性质。它又是以旧的封建教会文学形式灌注融通新的世俗文学内容和精神的兼容并包的作品，在教会文学占主导地位的时代具有文化攻坚的作用。凡此种种，造就了但丁在文学史上划时代的历史地位，其既是中世纪文化的总结又是近代文学序曲的地位无可替代。

第三章 文艺复兴时期人文主义文学

第一节 概述

文艺复兴是14世纪至17世纪初首先出现在意大利,然后波及全欧的一场资产阶级思想文化运动。它借用复兴古代文化的旗号,表达了反封建、反教会的时代要求,对欧洲乃至整个人类社会历史的发展产生了重大而深远的影响。作为文艺复兴运动积极组成部分的人文主义文学,是这一时期欧洲文坛上占主导地位的文艺思潮。

一、人文主义文学的历史文化与基本特征

13世纪末到14世纪初,欧洲先后成立了法国、英国、西班牙、葡萄牙、波兰等统一的封建国家。地中海沿岸的一些城市,伴随社会生产力的发展和科技的进步,陆续出现了资本主义生产关系的萌芽,最初的资产阶级也自市民阶层中产生。15世纪末至16世纪初,地理大发现和环球航行的成功,即1492年哥伦布发现美洲新大陆,1498年达·伽马发现绕非洲好望角通往印度的新航路,1519至1522年麦哲伦的船队完成第一次环球航行,大大促进了海外贸易的兴盛,加上中国的火药与印刷术的传入,都使得欧洲资产阶级有了广阔的活动场所,有力促进了资本主义生产关系的发展。经过残酷血腥的资本原始积累活动,资产阶级对内剥削小资产者,对外进行野蛮掠夺,很快发展成一支极具经济实力的社会力量。但是欧洲大陆的封建制度和封建割据严重滞碍着资本主义的发展,这导致初登历史舞台的资产阶级同仍占统治地位的封建制度和神本主义意识形态之间,不可避免地展开了一场斗争。这场斗争在宗教领域为宗教改革,在世俗领域则为文艺复兴运动。

所谓宗教改革,特指16世纪至17世纪期间基督教所进行的一次自上而下的宗教改革运动,其实质是欧洲资产阶级披着宗教外衣进行的一场反封建斗争。15世纪末,德国在政治上处于四分五裂的状态,阻碍了社会经济的发展,也为教会的剥削提供了方便。罗马的经济掠夺和政治控制使得德国不得不进行改革,加上德国教会向教徒兜售赎罪券等直接原因,由此引发了由威登堡大学的神学教授马丁·路德领导的宗教改革运动。1517年10月31日,

马丁·路德贴出著名的《九十五条论纲》，成为宗教改革的序幕，紧接着资产阶级打出建立"新教"的旗号，力图创立适合资产阶级发展要求的新的宗教学说来对抗旧的天主教教义。宗教改革运动沉重打击了罗马天主教会及其封建神权统治，它是欧洲资本主义发展的一个必然结果，也是基督教发展历史上的一个重要里程碑，代表人物除了马丁·路德，还有法国的约翰·加尔文（1509—1564）、瑞士的胡尔德莱斯·慈运理（1484—1531）。

文艺复兴是 14 至 16 世纪欧洲资产阶级以世俗的形式，对腐朽封建制度和顽固的宗教势力所进行的一场具有划时代意义的斗争，它借助了古希腊文化中反映现实生活的文艺、朴素的唯物主义哲学和自然科学，因此有"文艺复兴"之名，其实质是早期资产阶级的新文化运动。

自 13 世纪末始，在意大利就已经开始了对古希腊和古罗马文化典籍的搜集和研究。被称为"人文主义之父"的彼特拉克搜寻到古罗马演说家西塞罗的书信，从而掀起了学习人文学科、整理和研究古籍与文物的热潮。1453 年，随着拜占庭的沦陷，东罗马帝国学者在逃难的同时，将大量的古希腊罗马文化典籍和艺术珍品带到了意大利商业发达的城市，加之十字军东征、罗马废墟中文物的发掘，更对这场运动起了推动的作用。时人以极大的热情去搜集、整理、翻译乃至颂扬、模仿古典文化，声称要把昔日的文化"复兴"起来。

文艺复兴实际上并非古代希腊罗马奴隶制文化的简单恢复。资产阶级学者召唤古希腊的亡灵，是为了引导人们摆脱中世纪思想的桎梏，表达自己的思想观念和价值取向，建立适应资本主义生产关系的新的意识形态。在这场运动中，大批先进的思想家在宗教、哲学、文学、艺术、自然科学等领域内对旧的传统观念展开了无情的批判。

文艺复兴运动的思想核心是"人文主义"。所谓"人文主义"，是新兴的资产阶级在反封建反教会斗争中形成的思想体系、世界观或思想武器，它主张一切以人为本，以反对神的权威，主张把人从中世纪的神学枷锁中解放出来，宣扬个性解放，肯定现世幸福，以反对禁欲主义；追求自由平等，以反对等级观念；崇尚理性，以反对教会宣扬的蒙昧主义。

文艺复兴运动对西方历史和人类文化带来了巨大的影响。它冲破了中世纪宗教神学盛行以来的千年黑暗，开辟了人类历史的新时代，也给西欧各国带来了前所未有的艺术繁荣和科学文化的长足发展。在它的影响下，以弗朗西斯·培根为代表的唯物主义哲学得到普及，以康帕内拉为代表的空想社会主义者提出的按劳分配的社会理想得到传播，以哥白尼"日心说"为代表的现代自然科学在地球物理学、天体力学、地质学、数学、光学，乃至血液循环学等方面都得以建立和发展。建筑、音乐、绘画等领域都涌现出一大批光照史册的天才和开风气之先的佳作。文学的创新也充分参与到了这一伟大合唱之中：首先是在意大利出现了"文艺复兴三杰"但丁、彼特拉克、薄伽丘；其次是法国和西班牙文学取得了巨大成就，尤其是以莎士比亚戏剧为代表的英国文学，更是把文艺复兴文学推向了自古希腊神话、史诗和戏剧时代之后的又一伟大高峰。

人文主义文学是在封建社会内部产生的，当时，教会文学、以骑士文学为代表的封建主义文学依然存在，民间文学与城市文学也在继续发展，但人文主义文学却以其磅礴的气势占据了文坛的主导地位，成为文艺复兴运动的一个重要组成部分。

人文主义文学是以反对封建社会意识形态为目标的文学，无论是在思想内容方面，还是在创作方法和艺术形式方面,都具备自身的鲜明特征。

首先,在思想内容方面,人文主义文学具有鲜明的反封建反教会色彩。人文主义作家们以人文主义新思想为武器,怀着强烈的人本意识,针对封建教会和封建伦理道德,展开全方位多角度的讽刺和批判。他们把人的自然本性当作锐利的武器,无情地抨击教会宣传的禁欲主义。在不少作品中,情欲的天然合理性得到强调,甚至连纵情享乐也被作为爱情来加以恣意描写,受此影响,通奸、凶杀、猥亵等内容也成为作家们醉心描绘的题材。薄伽丘在《十日谈》里,大胆泼辣地暴露和讥讽神职人员的恶行,抨击教会虚伪的本质。拉伯雷的《巨人传》中,被世人视作圣物的圣母院、经院教育和封建法庭,成了作家的嘲讽对象,而荒诞不经的神奇情节、油滑粗俗的插科打诨更是把这种嘲讽的意味推向了极致。塞万提斯的《堂吉诃德》通过塑造一个具有悲剧英雄的精神诉求的"小丑",来表达作者对封建专制的愤懑,以及对自由幸福的人文主义思想的真诚向往。莎士比亚的诗歌和戏剧则全面深刻地揭露和批判了封建的社会意识,从人性的高度为人类寻求着精神突围的正确方向。

其次,在创作方法上,人文主义文学推崇现实主义原则。作家们在传统模仿说基础上提出了"镜子说",把艺术看作反映生活现实的镜子,普遍信奉和倡导艺术模仿自然的观点。莎士比亚借哈姆雷特之口说:"自有戏剧以来,他的目的始终是反映自然,显示善恶的本来面目,给它的时代看一看自己演变发展的模型。"在创作方法上,他们基本上摈弃了中世纪文学的梦幻式象征手法,把古希腊、罗马文学中的写实传统发扬光大。即使有时也运用中世纪民间文学和骑士文学中浪漫的、幻想的艺术手法,但一般都剔除了原有的那些晦涩、神秘的成分。他们在作品中运用现实主义的方法来反映广阔的社会现实,同时也能为宣扬人文主义思想而表现出较浓厚的浪漫主义色彩。在人物塑造方面,人文主义文学达到了前所未有的高度,作品中创造出了如堂吉诃德、哈姆雷特等众多的典型形象,这些人物都以其鲜明的个性而在世界文学的人物画廊中占据着显赫的位置。

第三,在艺术形式上,人文主义文学倾向于体现民族性。这一时期正值欧洲主要的民族形成统一国家的时代,文学也是以富于民族色彩的形式出现的。人文主义作家一般都更加关心民族的命运,具有浓烈的爱国情绪,创作上采用本民族的语言,表现本民族人民的思想和情感,既通俗易懂又生动活泼,充满生活气息,体现出浓郁的民族特色,为本民族的语言和文学的发展奠定了良好的基础。这标志着欧洲主要国家民族文学的诞生。

此外,文艺复兴时期,还是一个文类丰富与创新的时代,人文主义作家们在继承前代文学和民间文学优良传统的基础上,创造性地使用了十四行诗、流浪汉小说等新颖的体裁,这些文学体裁的创新和发展,为近现代文学体裁的完善奠定了基础。

二、人文主义文学发展概况

文艺复兴时期是欧洲民族文学时代的开端。各国文学在其发展的进程中,既表现出日益突出的民族色彩,也有着与其他民族文学相通相融的基本特征。

意大利是文艺复兴的策源地,其人文主义思想早在但丁的作品中已经露出端倪。到14世纪后半叶,在但丁的故乡佛罗伦萨,又出现了两位文化巨子——彼特拉克和薄伽丘,他们以开风气之先的创作,当之无愧地成为人文主义运动的先驱。

弗朗西斯科·彼特拉克(1304—1374)是意大利最早的人文主义者,被尊为意大利"诗歌之父"。他很早就对古典文化表现出浓厚的兴趣,曾经大量搜集古希腊罗马古籍的手抄本,最早以人文主义观点来研究维吉尔和西塞罗的作品,而且最早突破神学观念,提出要研究人文学科,用人文主义观点阐释和注解典籍。他在文学上的主要成就是诗歌,其抒情诗以清丽、秀逸为世人称道。

他的代表作是抒情诗集《歌集》,对文艺复兴时期欧洲的抒情诗产生了极大的影响。诗集的内容分为《圣母劳拉之生》和《圣母劳拉之死》两部分,主要是抒发诗人对自己心目中的情人劳拉的爱情,前者是劳拉生前诗人为她而作的情诗,后者则是劳拉死后诗人为她而作的哀诗。此外,《歌集》还包括一部分政治抒情诗,表现了诗人对祖国统一的渴求和对教会与暴君的谴责。在这些抒情诗中,诗人以多彩的笔墨歌颂劳拉的形体美和精神美,表现出一种冲破禁欲主义、渴望现世幸福的新型爱情观。诗作冲破了中世纪禁欲主义束缚,也摆脱了神秘、象征的旧诗气息,开了一代诗风。彼特拉克成功地把中世纪民间的十四行诗体(又音译为"商籁体"或"锁那台")引入诗坛,而且用意大利文写作。在彼特拉克笔下,这种诗体不但用以抒写内心情感,而且吟咏自然之美,从而使这一诗体在艺术上更加完美,为时人所追捧和效仿。此后,十四行诗成为一种抒发个人情感体验的文学形式,在不同的国家受到相应的改造和推广,逐渐成为欧洲诗坛上一种重要的诗体。而意大利的十四行诗因属彼特拉克首创,而被称为"彼特拉克体"。

乔万尼·薄伽丘(1313—1375)是彼特拉克的好友。他出生于佛罗伦萨的一个商人家庭,自幼好文艺、喜诗歌,曾悉心钻研典籍,成为意大利首位通晓希腊文的人文主义者。在文学方面,他是一个多产作家,除短篇小说的成就之外,还写过十四行诗、长篇小说、叙事诗、史诗等。短篇小说集《十日谈》是薄伽丘最重要、对后世影响最大的作品,该作品以尖锐泼辣的风格和不惜"矫枉过正"的姿态对教会和封建思想进行了讽刺和攻击,显示出更加鲜明的人文主义倾向。

《十日谈》用意大利文写成,文笔精炼生动,在艺术上也具有独创性。它在形式上学习阿拉伯名著《一千零一夜》,用故事套故事的框式结构,把100个短篇小说组织在一起。小说叙述了1348年3月发生在佛罗伦萨发生了一场大瘟疫,一时间尸体横陈,一派恐怖。为了躲避瘟疫,3男7女结伴到了城郊别墅。他们相约轮流讲故事解闷,每人每日讲一个故事,在十天里共讲述了100个故事,所以作品命名为《十日谈》。这些故事来源各不相同,有中世纪的寓言传说,有东方故事,也有历史故事和宫廷轶闻,甚至也有当时的真人真事,但这些故事都经过作者的加工改编,反映的是意大利的市民生活。因作品的核心思想是反对禁欲主义,所以有"人曲"之称。小说歌颂现世,赞美爱情,称颂人智,呼吁平等,揭露教会和僧侣的腐败、虚伪,具有较强的反叛意识。神圣不可侵犯的教会在薄伽丘笔下成了"一个容纳罪恶的大洪炉",从教皇到低级僧侣都是作恶多端、荒淫无耻的恶棍和利欲熏心的伪君子,封建门阀观念在此也受到了质疑。爱情,甚至人的肉体欲望,在薄伽丘看来却是人性中较为自然、具有催人向上力量的情感。商人和手工业者的才干、智慧和进取精神在《十日谈》里也得到充分的展现和肯定。全书不但故事有趣,并且不单纯以情节取胜,还特别注意塑造人物形象,在心理描写和景物描写方面都表现出娴熟精到的技巧。

《十日谈》摒弃了中世纪梦幻故事的形式和象征、寓意的手法,真实地反映生活,所采用的方言、俚语也体现出浓郁的生活气息。它奠定了欧洲近代短篇小说的基础,以全新的面貌对欧洲的现实主义文学产生了巨大的影响,是欧洲近代文学史上第一部现实主义作品,对欧洲现实主义文学的发展影响深远。

需要指出的是,彼特拉克和薄伽丘作品中表现的是早期人文主义者的观点。他们提倡复兴古典文化,反对教会的禁欲主义,肯定人有享受现世幸福的权利等,这是值得充分肯定的;但他们把个人幸福、个人利益看得至高无上,这恰恰是早期人文主义思想的狭隘与局限之所在。

15世纪之后的意大利人文主义者,则在古籍研究上成就显著。他们诠释考证了亚里士多德的《诗学》和贺拉斯的《诗艺》,极大地影响了西方文艺理论的发展。文学创作方面,诗人阿里奥斯托(1474—1533)和塔索(1544—1594)的作品较为出色。但随后由于教会反动势力的加强和意大利政治、经济的衰落,人文主义运动在这个国家也随之不振了。

法国的文艺复兴运动是在意大利的直接影响下展开的。当时的法国是一个典型的中央集权的君主制国家,王权地位巩固,资产阶级倾向于王权,资本主义关系虽有所发展但并不强大。同时,城市起义和农民暴动却达到了空前高涨的程度。受此影响,人文主义运动也明显具有两种倾向。一部分人文主义者的活动曾受到王权的支持。国王弗朗索瓦一世于1530年成立了专门研究古代语言的法兰西学院。代表贵族倾向的"七星诗社",由六个人文主义作家和他们的老师希腊语文学者多拉七人组成,该诗社以龙沙(1524—1585)为首,宗旨是研究、推崇古典文学,提倡民族诗歌,革新诗歌形式,统一民族语言,但是轻视民间文学和民间语言。

弗朗索瓦·拉伯雷(约1494—1553)是一个巨人式的具有鲜明民主倾向的人文主义者。他学识渊博,曾经孜孜不倦地钻研过古代文化,对法律、数学、天文、地理、植物、考古、音乐、哲学等都有所研究,尤其精通医学,曾先后获得医学硕士和博士学位。拉伯雷受一本民间畅销书的启发而作的小说《巨人传》,以漫画式的形象和荒诞离奇的故事以及严肃而深刻的内容,表现了反封建的战斗精神,也提出了正面理想,比较全面地体现了人文主义思想的特点。这部五卷本小说作为文艺复兴时期出现的最初的长篇小说之一,对后来的法国乃至欧洲文学产生的影响是多方面的。

16世纪下半叶,在长期宗教战争和教会反动势力猖獗等多重压力下,法国的人文主义运动逐渐消亡。

西班牙曾经长期被来自北非的摩尔人侵占,封建王权在15世纪末16世纪初反对摩尔人侵略的所谓"光复运动"中起到了进步的作用,因而得到加强。国家统一完成后,随着美洲的发现和掠夺活动的深入,大量黄金流入西班牙,刺激了资本主义的发展。西班牙一度成为一个富强的国家,称霸于欧美两洲,但它的王权依靠封建军队和天主教会来巩固自己的地位,因此曾是欧洲中世纪封建主义的顽强堡垒。受此影响,西班牙的人文主义运动发展迟缓,人文主义文学直到16世纪才成熟起来,随之便进入了该国文学史上以戏剧和小说为代表的"黄金时代"。

塞万提斯(1547—1616)的《堂吉诃德》(1605—1615)为世界文学贡献了一个著名的人物

典型，也为欧洲现实主义小说的发展奠定了坚实的基础，因而成为西班牙人文主义文学的最高成就的代表。

这一时期的戏剧在西班牙也高度繁荣，优秀的剧作大量涌现。洛佩·德·维加（1562—1635）是西班牙民族戏剧的奠基人和主要代表，被称为"西班牙民族戏剧之父"。维加生于马德里一个没落贵族之家，曾多次供职于贵族手下，也参加过1588年著名的"无敌舰队"对英大海战，战败后回国过着流浪生活。维加是一位超多产作家，据说他写过1800多部剧本，现存的有400多部，曾被塞万提斯称作"大自然的奇迹"。他主张戏剧的首要任务是反映现实，其剧作主要以写爱情自由和揭露暴君罪恶为内容，反映平民对强权的反抗。维加的代表作是历史剧《羊泉村》（1609），取材于1476年羊泉村村民武装抗暴的史实。剧中，骑士团队长费尔南住在羊泉村，对村长之女劳伦霞存有不轨之心，青年农民费隆多救出了劳伦霞并与之相爱、结婚。婚礼举行时，费尔南夺走了新娘，还要绞死新郎。广大村民愤而起义，群起杀死费尔南。剧本洋溢着民本思想，极为罕见地表现了当时农民的尊严问题，抨击了骄奢淫逸的封建贵族，歌颂了以劳伦霞为代表的下层人民的反抗精神，呼吁民族统一。

其实早在联合王国形成时期，西班牙就形成了一支庞大的宫廷诗人和教士作家队伍。1335年，宫廷诗人胡安·马努埃尔写出了欧洲最早的短篇小说集《卢卡诺尔伯爵》，这部作品的出现比《十日谈》早13年，比英国乔叟的《坎特伯雷故事集》更是超前了半个世纪。1343年，一部由12首长诗和32则诗体寓言故事构成的作品《真爱之书》出版，作者为胡安·鲁伊斯。此书包括1728节，是西班牙早期人文主义文学的一部杰作，因书中尽情叙述了爱的艺术和形态，而被称为欧洲继古罗马诗人奥维德《爱经》之后的"第二《爱经》"。西班牙文学也在这一时期全面生成，创作活跃，体裁多样，成果丰富，悲喜剧《塞莱斯蒂娜》（1499）和流浪汉小说《小癞子》以及塞万提斯的《堂吉诃德》是其中的翘楚。

《塞莱斯蒂娜》（原名《卡利斯托和梅利贝娅的悲喜剧》）不仅可以看作西班牙文学史上的一座里程碑，同时也是西方文学史上第一部真正意义上的悲喜剧。剧中的老虔婆塞莱斯蒂娜是一个贪婪的拉皮条高手，她成功地帮助一对青年贵族男女幽会，获得了丰厚的酬资，却因男贵族的两位仆人的妒意而为后者所杀。之后老虔婆的两个使女又在为主人复仇时造成那位贵族青年坠楼身亡，致使那位热恋中的贵族少女也殉情而死。

《塞莱斯蒂娜》的作者和作品的体裁尽管至今悬而未决，但其中却带有明显的人文主义批判精神。这部作品展示了新的社会形态带来的人性复苏和人性中蕴含的拜金主义、享乐主义，其中既有对人性复苏和世俗精神的歌颂，同时又对时人的贪婪心态做了淋漓尽致的描绘。男女主人公既是封建主义的牺牲品，更是资本主义时代金钱关系的受害者。该剧中的老虔婆塞莱斯蒂娜，以其狡黠和贪婪、背信和寡耻以及赤裸裸的享乐主义和利己主义，而成为人类丑恶品行和未来资本主义社会的化身，同时无可争议地跻身于世界文学经典人物形象的画廊。

16世纪中叶，西班牙文学中还出现了一种新型的文学体裁——"流浪汉小说"。它着重描写城市下层生活，并从下层人物的角度观察、剖析种种社会丑恶，具有广泛反映社会和俏皮幽默的特征。这种小说常常以主人公的流浪为线，把个人经历和广阔的社会背景交织在一起，往往还杂有主人公的道德教训。这种小说已具备近代小说规模，对近代小说（特别是长篇小说)在人物描写和结构方法方面的影响十分深远。流浪汉小说的代表作是《小癞子》(全名为《托美思河的小拉撒路》),作者不详。

《小癞子》一书通过主人公小癞子的流浪史及小癞子的堕落,描写了社会各个阶层的人物和生活,并且以俏皮的手法大胆讽刺了僧侣的欺诈、吝啬、贪婪、伪善,贵族的傲慢与空虚,揭露了社会的腐朽没落。小癞子幼年离家,流落为乞丐、仆人,给一个为人刻薄的瞎子带过路,伺候过一个吝啬无比的教士。这些人,包括他随后遇到的僧侣,无一不是贪婪奸诈无耻之徒。受所遇之人影响,小癞子也慢慢变得奸诈。他先是学会了赚不义之财,后来又靠着自己的老婆和神父私通过上了富裕的日子。小说以主人公自叙经历的形式展开,读来真实可信,具有较强的揭露性和批判性。

英国早在 14 世纪就出现了人文主义作家,并于 16 世纪中叶以后把欧洲的人文主义文学推向了顶峰。

杰佛利·乔叟(约 1343—1400)是英国民族文学的奠基人,被称作"英国诗歌之父"。他出生于一个酒商家庭,曾随皇家军队远征法国被俘,不久得以赎回。还当过国王侍从,出使过许多欧洲国家并两度访问意大利,在创作上受到但丁、薄伽丘和彼特拉克作品的积极影响。乔叟作于 1387 至 1400 年间的代表作《坎特伯雷故事集》学习《十日谈》的框式结构,由一个总序和 23 个短篇诗体故事构成,描述一群香客从伦敦出发去坎特伯雷朝圣,路上轮流讲故事解闷,所述内容包括传奇故事、滑稽故事、训诫故事、寓言故事等。作品风格幽默,语言生动。作品中肯定了女权,提倡爱情自由平等,反对门第观念和禁欲主义,主张仁爱,反对宗教压迫和官吏的贪赃枉法。这部小说集奠定了英国人文主义文学的第一块基石。

《乌托邦》(1516)的作者托马斯·莫尔(1478—1535)也属早期人文主义作家。1516 年,莫尔用拉丁文并采用对话体裁,完成了《乌托邦》这部极富首创性的作品。该作的上部深刻揭露资本主义原始积累时期英国的圈地运动所造成的"羊吃人"的惨状,下部则写一个人人参与劳动、能和睦相处、没有私有和专制的理想社会。事实上,这一理想世界只是一个美化了的宗法社会,因为在那里明显存在奴隶。但从对后世创作的影响看,这部作品中对理想社会所作的描绘,可以看成是未来的幻想小说的萌芽和近代空想社会主义小说的开端。

英国人文主义文学至 16 世纪后进入繁荣期,在诗歌和戏剧方面表现得尤为突出。意大利的十四行诗此时已被译介到英国来,并最终演变成无韵诗体,斯宾塞、锡德尼和莎士比亚等著名的诗人的创作十分丰富且不断推陈出新。其中埃德曼·斯宾塞(1552—1599)创作的《仙后》是英国第一部民族史诗,全诗以亚瑟王追求仙后格罗丽亚娜为线索,展开了各种冒险和游历的故事,并以亚瑟王代表具有全部美德的完美骑士,以仙后来象征女王伊丽莎白。诗歌技巧成熟,形式完美,给诗人带来了"诗人的诗人"的美誉。戏剧方面,16 世纪 80 年代活跃在英国文坛的是一批被称为"大学才子派"的剧作家,他们大都在牛津或剑桥受过大学教育,精通西欧各国文艺复兴文学,在人文主义影响下不顾时人歧视而从事戏剧行业。这一剧作家群体的代表人物包括李利、格林、基德、马洛等,他们将古罗马戏剧、中世纪道德剧、当代意大利与法国戏剧有效融合,使戏剧摆脱了中世纪神秘剧、道德剧、奇迹剧的神秘气息,发展了古罗马的复杂悲剧、英国编年史剧和浪漫喜剧的传统,并且大胆将无韵诗运用到戏剧里,使诗歌和戏剧和谐地结合,对于戏剧形式的发展作出了贡献,创造出复仇悲剧、浪漫喜剧和历史剧等多种戏剧形式,直接为莎士比亚的创作开辟了道路。其中主要人物马洛写的《浮士德博士的悲剧》,较有代表性。

莎士比亚的同时代人本·琼生(1572—1637)也是一位重要的人文主义作家,他熟悉古典文学,被誉为文艺复兴的"标准"作家,成为莎士比亚之后戏剧界的最重要的代表作家,主要成就在喜剧方面,以剧本《炼金术士》《狐狸》为代表。

莎士比亚的戏剧不仅代表了英国人文主义文学的最高成就,也把整个文艺复兴时期的文学创作推向了巅峰。

第二节　拉伯雷

弗朗索瓦·拉伯雷(1494—1553)是法国杰出的小说家,《巨人传》是他唯一的一部文学作品,也是文艺复兴时期欧洲著名的长篇小说。拉伯雷在这部作品里,用极其荒诞的手法和极度夸张的语言,抨击了经院教育的腐败和教会的权威,讴歌人文主义,大力颂扬了文艺复兴的时代精神。

一、生平与创作

拉伯雷是法国16世纪最重要的小说家,也是欧洲文艺复兴时期人文主义文学主要代表之一。

拉伯雷1494年出生在法国中部都兰纳省希农城的一个富裕家庭,父亲是个有钱的法官。自幼年时起,他就接受经院教育,并于1520年皈依宗教。在做修士期间,他热心研究包括拉丁文和希腊文在内的多国文字,结交当时著名的人文主义者。后因触犯修道院的院规,受到保守派迫害。1523年转入另一修道院,跟随具有人文倾向的戴提萨主教三年,结识了许多学者名流,攻读了哲学、数学、天文、地理、考古、音乐、法律、绘画等许多学科的书籍,成为一名学识渊博的人文主义者。1527年他离开修道院,在法国中部各城周游,一面追寻人文主义学者,遍访高等学府,一面接近人民,了解社会,对各地大学受经院教育统治而窒息的现状做了真切的观察。思想上成熟起来的拉伯雷再也不愿服从修道院的清规,终于放弃神甫身份,于1530年进入蒙彼利埃大学医学院学习,几个月后就获得了医学学士学位。1532年底,他到里昂公立医院任职,这里商业繁荣,经济发达,是法国当时的文化中心之一。里昂行医期间,拉伯雷发表过许多医学论文,还受到一本叫做《高大硕伟的巨人卡冈都亚大事记》的民间故事书的启发,以"那西埃"的笔名,发表了小说《天性热衷于不可思议的事业和功勋的国王庞大固埃》(1532,后列为《巨人传》第二部)。这部作品的社会反响很大,一年之内五次再版,销量超过了《圣经》九年的总和。但是,作品很快就被教会宣布为禁书,因为对当时作为欧洲社会精神支柱的巴黎神学院来讲,书中内容确实存在着明显的嘲讽和批判倾向。两年后,拉伯雷又发表《庞大固埃的父亲、伟大的卡冈都亚不可思议的大传奇》(1534,又译为《卡冈都亚》,后列为《巨人传》第一部)。这部新书在法国引起了更大的轰动,同时也把巴黎神学院对作者的仇视推向了极致。此后,被视作异教徒的拉伯雷只得离开祖国来到罗马,足迹遍及整个意大利。在文艺复兴的发源地,拉伯雷一边奔走考察,一边钻研医学、天文、植物、数学、考古等多种学科。此后,他和教会的关系有所改善,并且在 1537 年再次进入位于法国南部蒙彼利埃大学,先后修得了医学硕士和博士学位,并以在俗教士身份行医。

沉寂将近十年之后,拉伯雷在巴黎以真名发表的《庞大固埃续编》(1546 年,后列为《巨人传》第三部)再次令教会忍无可忍。面对作品中对教会黑暗罪恶和社会恶德败行的直率揭露,巴黎最高法院也站出来禁销此书。宗教裁判所一时无法直接迫害拉伯雷,索性将小说的出版商绞死并焚尸示众。

1551 年,多年出国避祸的拉伯雷获得大赦,回国行医和教书,一年后又因《巨人传》第四部出版,遭到巴黎神学院的大肆围攻,直到 1553 年在墨东逝世。翌年,拉伯雷生前既已写完的作品第五部也以《钟鸣岛》为名面世了。

到 1565 年,拉伯雷所写的五部小说,以《卡冈都亚和庞大固埃》(又有音译加意译为《高康大和胖大官儿》)为名结集发行。

正如作品的三代主人公那样,拉伯雷本身就是一位巨人,他知识渊博、经历丰富,一生通过教书、行医和写作,积极思索人生,探究艺术和社会,并以其惊世骇俗之作,同腐朽虚伪的教会展开了旷日持久、英勇顽强的斗争,他的毕生奋斗和他的作品,不仅在文艺复兴时期留下了浓墨重彩的一笔,而且也为世界文化史增添了无限鲜活的内容。

二、《巨人传》

《巨人传》是我国译者几经调整后,对拉伯雷的五卷本作品约定俗成的称谓,这部 5 卷本长篇系列小说的前两部,讲述巨人国王卡冈都亚及其巨人儿子庞大固埃的出生、教育、游学以及他们的文治武功,后三部写的则是庞大固埃及其好友巴汝奇因探讨修士婚姻问题而不得,受一个疯子的启发,四处游历,寻找能告知答案的"神瓶"。

第一部《庞大固埃的父亲、伟大的卡冈都亚不可思议的大传奇》,主要写乌托邦国王格朗古杰的儿子卡冈都亚的故事。仁慈博爱的大肚量格朗古杰晚年得一巨人儿子,取名卡冈都亚。卡冈都亚离奇地从母亲耳朵里生出,一生下来就会说话。他自小接受中世纪的经院教育,却变得非常愚蠢。后来改送巴黎接受人文主义教育,使他变得文武双全了。邻国国王毕可肖兴兵来犯乌托邦,卡冈都亚遵照父亲命令回国,用大树做武器,用马尿溺死敌人,与约翰修士一起退敌立功。国王为了感谢约翰修士,为他建立了一座德廉美修道院。

第二部叫做《天性热衷于不可思议的事业和功勋的国王庞大固埃》,叙述卡冈都亚的巨人儿子庞大固埃的身世经历。他出生于炎热大旱之年,取名庞大固埃,意为"普天同渴"。他食量惊人,力大无穷,从小就接受人文主义教育,游学各地,在巴黎结识了一位叫做巴汝奇的学者。巴汝奇认为"没有钱是无比痛苦"的,于是用多达 63 种办法求财,其中最主要的办法是欺骗和偷窃。后来,叫做迪普索德的邻国入侵乌托邦,庞大固埃便带着巴汝奇回国退敌,他用绊马索及爆炸之法打败敌人。

第三部、第四部、第五部叙述庞大固埃、巴汝奇、约翰一行的游历见闻。庞大固埃在殖民地推行人文主义政治理想,很受百姓欢迎,他还和巴汝奇讨论要不要结婚,但得不到明确的答案,便为此游历各地,四处寻访。他们遇到了许多奇闻异事,最后受一个乞丐的指引,在灯笼国找到了神瓶，神瓶喷出"喝喝喝"的水声，给他们以启示："喝吧。"

《巨人传》是一部全面展示和批判 16 世纪法国社会生活并传达作者人文主义理想的鸿篇巨制，其首要的内容和思想倾向便是强烈的反封建精神。在作品中，拉伯雷对整个法国社会的国家机器、封建制度、司法机构以及教会罪恶进行了犀利而辛辣的揭露和抨击。庞大固埃和巴汝奇寻找神瓶过程中，处处可见统治者如何运用各种残暴或欺骗的手段压榨百姓，贫富对立的矛盾十分尖锐，有人饿死，同时却有人快要胀死。拉伯雷还借牢城乞丐之口，深刻地揭示了当时的国际机器与民为敌的本质："在它们身上，第六种元素主导一切！它们巧取豪夺，弱肉强食，无恶不作。它们不分善恶，不是把人吊死，便是把人烧死，不然五马分尸、斩首示众……关闭监禁、欺压折磨、倾家荡产。它们颠倒是非，把弊病叫作道德，把邪恶叫作善良，把叛逆名为忠贞，把偷窃称为慷慨；劫夺是他们的座右铭，所作所为，谁都得赞同称善（除非是异端）；蛮横专制、权大无边，谁也不敢反抗。"在当时的法国，司法黑暗压倒了一切，法官不问案情，只要金钱，用猜谜来代替审讯。在第五部中的判罪岛上有所谓猫王格里泼米诺，它长着连在一起的三个脑袋，一个是狮头，对着老百姓怒吼，一个是狗头，用来奉承上司，另有一个是贪婪狠毒的狼头。猫王们身上挂着张口的钱袋，大量吞噬房屋、田产、地皮、利息等百姓财产。它们的法律就像一张蜘蛛网，专门捕食小虫，对大牛蝇却听之任之。拉伯雷把税收制度比作一架压榨机，人民如同葡萄，被压榨过后，一点汁液都不能留下。

由于巴黎的神学院是当时整个欧洲封建统治的精神堡垒，所以拉伯雷在小说中把批判的矛头直指神圣不可侵犯的教会。书中揭露教皇每年从法兰西榨取大量资材，大胆宣称教皇的宝座是对世界的一个威胁。在反教皇岛上，因为有人对着教皇的画像做了一个被认为是不恭敬的动作，导致全岛居民被杀戮残害。作者还无情地嘲笑了僧侣的寄生性，指出教士们整天念经祈祷，"天父圣母不离口"，只为"鲜肉馒头不离手"，其实连家禽都不如。卡冈都亚甚至摘下了巴黎圣母院钟楼上的大钟，挂在自己的马脖子上当铃铛，致使神甫们惊慌失措，央求他归还大钟。小说的第四部中更是直接辛辣地讽刺道：教皇的教令集是一部毒书，用它包药，药物会变质；用它裁成衣服样子，披肩会变成裤衩；用它当手纸，谁使用了谁就会长痔疮。"钟鸣岛"上的僧侣则更是腐化堕落到了极致。

《巨人传》还突出表现了拉伯雷的人文主义理想。小说充分肯定了人的地位和价值，讴歌人性的力量，追求自由，要求将人从宗教的禁锢中解放出来。在第一部中卡冈都亚倡议修建的"德廉美"修道院，是作者理想社会的草图。修道院规定，只要是"出身清白、举止高雅"的男女，都可入院学习，而教士、法官、高利贷者、色徒恶棍却不得入内。修道院不再奉行禁欲主义，男女都可自由生活，公开结婚，自由致富，受良好教育。男女在院内一起劳动和学习，奉行"随心所欲，各行其是"的院规。小说中的两个巨人以及约翰修士都是人文主义的理想人物。作者塑造的理想统治者，卡刚杜亚和庞大固埃不仅是"全智全能"的人，而且是国家和民族利益的捍卫者。约翰则是贤明君主的得力助手。小说强调人人有充分发展自我的权利，体现了个性解放的要求，有着反封建的进步意义和倡导个人自由的思想实质。

值得关注的是，《巨人传》的人文主义理想还表现在对知识的歌颂上。全书从卡冈都亚一出生口渴开始，到庞大固埃等找到神瓶接受"喝"的启示结束，使"普天同渴"成为人类渴求知识、追求真理的自觉意识。在作者眼里，知识是实现社会改革的保证，因此作品极力宣传人文主义的教育新思想,嘲讽和否定经院教育。卡冈都亚一生下来就会说话,可是接受经院教育后,按教师要求进行学习,生活方式腐化,每日活动无非是吃饭、睡觉、喝酒、做弥撒,每日只做半小时的功课,总是八、九点钟起床,然后是吃早饭、上教堂、念无数遍祷文,之后再读半小时毫无价值的书。随后吃午饭、玩纸牌、投骰子、睡上3小时午觉、醒来又喝酒。晚饭后又玩牌,养成许多不良的生活方式。卡冈都亚在经院主义教师的指导下,用了几十年学一本书及其注解,愣生生变成了一个呆子,见了人连话都说不上来,只能用帽子掩住脸,呜呜地像母牛一样哭起来。后来吃了泻药,重新接受人文主义教育,才好转过来。在德廉美修道院中,人人都可接受教育,能说五六种语言,天文地理无一不晓,这个新型修道院的培养目标就是掌握人文知识的巨人。作者用知识和智慧反对蒙昧主义的意图十分明显。

此外,作为文艺复兴时代人文主义者一项普遍诉求的倡导和平、反对侵略的思想,在《巨人传》中表现得也是十分充足。在《巨人传》的前两部中,两代巨人都义无反顾地用生命捍卫国家,反抗侵略,并且能以"和平、友好、善意"原则来处理国际关系,不愿"让血腥污了双手"。小说中穷兵黩武的毕克肖,因为买卖烧饼的小纠纷就悍然发动侵略战争,作者毫不留情地给他安排了可笑而可悲的结局,并以此讽喻了法国当时正在对意大利进行的掠夺战争。

巨人形象的塑造,是《巨人传》在艺术上的丰硕收获。拉伯雷借三代巨人的成长和行为表现,从正面树立起一种身心和智慧都达到平衡和谐顶点、全面发展的自由人的形象。这是作者心目中的资产阶级新人,他不仅有着硕壮的外形,更有着理性、智慧的内心和健康、积极、乐天的精神状态,他充满进取意识,在实践中成长,追求美德与知识,渴望"畅饮知识、畅饮真理、畅饮爱情"。在小说中,卡冈都亚一降生便喝了17913头母牛的奶,食量过人,躯干高大。为他缝制婴儿服,一次便用12000多匹布料。这个本具有过人智慧和悟性和孩子,虽然一度为经院教育所戕害,但在人文学者的纠正和引导下,最终成为一个真正有智慧、有才干、充满力量和创造力的巨人。在与敌人作战时,他拔起一棵大树当做武器,摧毁了敌人的城堡、高塔和炮台。庞大固埃在与敌人的对阵中,举起巨人首领当武器打败三百个巨人。三代巨人从外表到内心,都体现出了人文主义的思想体系和精神风貌,尤其是通过卡冈都亚和庞大固埃,赞美了人的本性,肯定了人权至上、追求知识理性和崇尚个性解放的思想。巨人们充满了对现实生活的热爱,具有个性意识。在拉伯雷笔下,健康美丽、大吃大喝、大说大笑,享受一切"人"的生活,拥有世间一切精神和物质食粮,发挥人的一切智慧力量,从事各种善良而正义的事业,这一切,才是对"人"最高贵的期待和定义。也唯有这样的巨人才能带领人类最终摆脱宗教教条和封建束缚,走向一个完美的境界。

《巨人传》结构看似松散,实际上却颇有创意。全书以人物为中心,以祖孙三代巨人为线索,分5部255章展开情节,把五光十色的社会现实、无穷尽的想象和光怪陆离的讽喻,有效地建构在一个规模宏大的统一体之中。作为世界文学史上第一部多卷本系列小说,《巨人传》无疑为欧洲长篇系列小说奠定了基本的结构模式。

从艺术表现来看,《巨人传》成功运用了夸张的讽刺手法,并将民间文学和说话艺术合成一体,在现实主义描写中融入了浪漫主义的虚构夸张,洋溢着浓厚的"狂欢"诗学气息。小说继承和发展了法国中世纪的讽刺叙事诗《列纳狐传奇》等民间文学的传统,嬉笑怒骂,尖锐泼辣,着力拓展笑的艺术。拉伯雷认为写笑比写泪好,因为"笑是人类的特性",这既是追求逗笑的一种需要，也对教会的封建意识表达了十足的轻蔑和讽刺。写卡冈都亚伸出的舌头可以为整支军队挡住暴雨，则是通过夸张来渲染和褒扬正面形象。《巨人传》有时运用冷嘲，有时暗讽，有时热讽，有时直接贬斥，讽刺与夸张手法的运用，让人忍俊不禁。此外，拉伯雷还特别喜用民间语言，因此小说实际上是以法国市民语言为基础写成的，其中大量吸收了各地俚俗语、谚语、行业语，既亲近民众，又寓意深刻。这些，都是《巨人传》一诞生就受到读者追捧的具体原因。

《巨人传》代表了法国文艺复兴时期人文主义文学的最高成就，也是通俗文学和讽刺文学领域公认的世界文学经典。这部以无与伦比的讽刺艺术和独具魅力的语言风格见长的讽刺小说，是16世纪法国新兴资产阶级对封建教会统治发出的呐喊，充分体现了人文主义者对人、人性和人的创造力的肯定。作品高扬人性、讴歌人性，对当时法国社会的腐朽和黑暗进行了大胆而无情的鞭挞。这部作品也是法国文学史上第一部长篇小说，它突破了民间故事和史诗的格局，为长篇小说这一新的艺术形式奠定了基础，且率先为塑造近代小说中的"个性化"人物作出了贡献。小说问世以来一直是法国影响最广的小说之一，其中塑造的巨人卡冈都亚和庞大固埃，不仅在当时的历史条件下具有震撼力，而且至今还是法国人民熟知和喜爱的经典艺术形象。

第三节　塞万提斯

米盖尔·塞万提斯·萨阿维德拉（1547—1616）是西班牙文艺复兴时期著名小说家、诗人和戏剧家，被誉为是西班牙文学世界里最伟大的作家。其代表作长篇小说《堂吉诃德》被视为文学史上第一部现代小说，同时也是世界文学的瑰宝之一，对西班牙语创作和整个世界文学有着巨大而深远的影响。

一、生平与创作

塞万提斯1547年9月29日出生于马德里附近的阿尔卡拉·德·埃纳雷斯城的一个没落贵族之家。少年时代的塞万提斯随同作为外科医生的父亲到处漂泊，他虽然只受过中等教育，但因为好学、喜阅读，涉猎过许多古希腊罗马经典作家和其他著名作家的作品。从精神气质方面衡量，塞万提斯本人有着文艺复兴巨子们常见的那种爱国情操和英雄气概。1566至1569年，在人文主义者胡安·洛佩斯·德契约斯神父的学校就读。1569年，塞万提斯开始发表最初的几首诗歌，并且获得机会以红衣主教侍从的身份远赴意大利。翌年，进入西班牙驻意军队中服役，在军中很快以作战勇敢而闻名。1571年，在与土耳其军队作战的著名的勒班陀大海战中，失去了左臂。负伤后的塞万提斯颇具豪侠气概地声称："打断了左臂，右臂因此也就更加光荣。"战后于1575年与其兄长皆乘"太阳号"海船回国，途中不幸被非洲柏柏尔族海盗劫持到阿尔及尔，成了奴隶。他曾多次密谋潜逃，但都未获成功。期间曾把唯一的赎身机会让给兄长，使后者得以摆脱奴隶生涯回家。直至1580年，塞万提斯本人才重新得到赎身机会回国，但生活却没有着落。尽管他先后辗转疆场为国流血，可是当时的西班牙并不能善待像他这样的爱国志士,就连最起码的工作机会都不给他。出于无奈,塞万提斯只好以写作为业。1584年,塞万提斯写出的一部悲剧《努曼西亚》得以出版。该作的题材来源于古代西班牙人民抗击罗马侵略者的历史事件,剧中描述努曼西亚人被罗马军团围困,但他们拒绝投降,与敌鏖战达十四年直至城池失守,全体居民壮烈牺牲。这是一部歌颂人民为国而战的英雄气概的佳作。在当时的西班牙,作家的稿酬是十分微薄的,所以《努曼西亚》出版根本不足以令塞万提斯维持生活。出于无奈,这位天才作家只好于1587年到塞维利亚定居,并先后充任粮食征收员和税收员,辗转于村落之间采购军需品和收取税款,期间他曾两次蒙冤入狱。在种种迫害之下,他也曾于1590年向国王请求到西印度群岛供职,但终未获批。直到1603年,他才结束了税收员的工作。晚年的塞万提斯住在马德里,常陷于贫病交加之中,最终于1616年4月23日因患水肿病离世,其坟茔至今都未找到。

十五年奔走各地的军需官与税吏生涯,加上多次牢狱之灾,使塞万提斯能充分体察种种社会不公与民众疾苦,思想认识也随之提高,并为他后来的文艺创作积累了足够的现实素材。

1605年,塞万提斯最主要的作品长篇小说《堂吉诃德》的第一部问世了,这是一部由生活的坎坷和不幸的遭际所孕育出的伟大作品。书的初稿据说是在监狱中就开始动笔的,一出版立即风靡,短短数星期内市面上就出现了三种盗印版本,一年中再版六次。然而和《努曼西亚》出版后的情形相似,作品的风行并未能改变作家的窘迫生活,只是令书商大赚其钱,而且作家再次染上官司,和姐妹、女儿、外甥女一起,入狱数日才获释。后因出现了假借作者之名的《堂吉诃德》续集,促使塞万提斯不得不抱病续写,并于1615年完成并出版了《堂吉诃德》的第二部,同时还写了短篇小说《惩恶扬善故事集》和一些诗歌。

除了长篇小说《堂吉诃德》(1605—1615)之外,塞万提斯的其他作品主要有:短篇小说集《训诫小说集》(又译《模范故事》《惩恶扬善短篇小说集》,1613)、剧本《努曼西亚》(1584)和《喜剧和幕简短剧各八种》(又译《尚未上演的八出喜剧和八出幕间短剧》,1615),以及长诗《帕尔纳斯游记》(又译《巴拿索神山瞻礼记》,1613)和《贝尔西雷斯和西希斯蒙达》(1617)。

塞万提斯生活在西班牙历史发展的一个比较特殊的时期,当时西班牙社会的封建关系加速解体,而资本主义又不够发达。国内长期存在民族矛盾,天主教势力也很猖獗,导致了生产的落后和社会意识的保守。封建王朝与天主教会勾结,在全国设立"宗教裁判所",推行高压政策,镇压自由思想,动辄大开火刑,一次烧死几人到几十人不等,以惩戒"异端"。然而资本主义生产关系既已萌芽,人文主义思想便会冲破专制政权的桎梏发展起来。在资产阶级和人民大众反封建斗争的基础之上,终于在16世纪末、17世纪初,西班牙的文艺复兴运动达到了高峰,出现了具有独特民族内容和风格的"黄金时代"。

二、《堂吉诃德》

《堂吉诃德》一书的全名为《奇情异想的绅士堂吉诃德·台·拉·曼却》,是一部既有传奇色彩,又富有现实精神的天才之作。小说戏拟当时在西班牙甚至整个西欧都极为流行的骑士传奇的手法,描述了一个年过五旬的穷乡绅——堂吉诃德及其侍从桑丘·潘沙的"游侠史":

拉·曼却地方有一位名叫吉哈得的破落乡绅，读骑士小说中了邪，就仿照骑士的做法，先后三次出门游侠。他按照骑士小说中的描写，给自己冠以堂吉诃德的骑士之名，又为自己装备了骑士的盔甲坐骑，还勉强把邻村的一位普通村姑确定为自己要为之出生入死的高贵情人，并给村姑取了贵妇之名——杜尔西内娅。

第一次出门，他单枪匹马游荡，在客店里与几个骡夫械斗。走出客店，又徒劳无功地救助一个受财主鞭打的牧童。之后，又把商人当骑士并与之比试，受重伤后在一个邻居的帮助下返回乡里。

回到家中的堂吉诃德想到骑士应该有侍从，就说服贫苦农民桑丘·潘沙与他外出游侠。这次堂吉诃德把风车当巨人冲上去厮杀，结果被猛转的风篷掀翻在地。此后他又在路上和客店里闹了不少笑话，吃了很多苦头。

后来同村的理发师和神父装成鬼怪，捉住堂吉诃德押送回家。他在家中一面恢复身体，一面还与新结识的卡拉斯科学士一起谈论《堂吉诃德》，成了挚友。为了医治堂吉诃德的疯病，卡拉斯科学士与神父等人设下计谋，同意让堂吉诃德再次出门。

第三次离家后，依旧疯癫的堂吉诃德与狮子决斗过，还仗义帮助了一对受财主压迫的青年恋人。后来主仆二人受邀来到一座公爵府邸，公爵夫妇想出了种种花样拿堂吉诃德主仆二人寻开心。

堂吉诃德主仆共感自由的可贵，就离开公爵夫妇取道巴塞罗那。在那里，堂吉诃德被假扮"白月"骑士的卡拉斯科学士打败，只好回家。不久，堂吉诃德卧床不起，临终前从幻想中苏醒，痛责骑士小说的危害，并嘱咐外甥女不许嫁给骑士，否则得不到遗产。

16世纪末，在西班牙盛行内容虚幻的骑士小说，王权也有意利用骑士的荣誉和骄傲煽动贵族去建立世界霸权，妄图以忠君、护教、行侠等一套伦理观念禁锢人们的头脑，所以，这种情节离奇的骑士小说甚合当时的要求。而塞万提斯却借助小说主人公的荒唐行为和悲惨遭遇，来嘲笑骑士制度和骑士道德，指出骑士小说的危害，启发人们从虚幻的迷梦中醒来，正视变化了的客观现实。他在作品的自序中声称，写作《堂吉诃德》就是为了"攻击骑士小说"，"要消除骑士小说在社会上，在群众中的声望和影响"，"把骑士小说那一套扫除干净"。故此，作品运用了戏拟骑士传奇的手法，故意将骑士制度和骑士的所作所为写得荒唐可笑，以嘲笑骑士制度和骑士道德。后来随着《堂吉诃德》的流行，西班牙的骑士小说真的销声匿迹了。

但细读作品就会发现，《堂吉诃德》对16世纪末17世纪初西班牙的社会现实的描写非常全面和真实，通过主人公的游侠经历，从都市至乡村，从爵爷府邸到路边小客栈，一幅幅纷繁驳杂、丰富多彩的西班牙社会图画映现在世人面前。小说中出现了包括各阶级、各阶层在内的多达七百余个人物，而且真实地揭示了统治阶级的专横和腐败，贵族地主的荒淫无耻。书中多次写贵族的奢华生活和心灵的空虚，并谴责了贵族以势压人的行径。第二部描写的公爵城堡里，贵族们靠借债维持着表面的虚仪，过着奢华生活。无所事事的公爵夫妇拿堂吉诃德主仆二人寻开心，花了大量人力物力捉弄堂吉诃德和桑丘。他们故意安排桑丘做了"总督"，设计了不少难解的谜案来捉弄桑丘，但上任的桑丘却充满了智慧，面对难题断案如神。在公爵夫妇的流氓统治下，底层人过着悲惨的生活，老婢女的丈夫就是被公爵夫人用别针活活戳死的,而这位婢女本人和女儿也因主人的淫威而走上了悲惨的结局。可以说,作品的社会意义与思想容量远远超出了作者的预想,有着多方面的收获和独创性。

作品的最大成就,是成功地塑造了堂吉诃德这一矛盾、复杂而又带有双重性的不朽的艺术典型。

在作品中,堂吉诃德既显得可悲可笑,又令人尊敬喜爱。他一方面是骑士文学的受害者和骑士精神的牺牲品,完全按照骑士文学的描绘去理解和对待生活,以致常常在主观判断上严重脱离实际,闹出了许多笑话,每一次煞有介事的出击,都使自己出尽洋相,吃够苦头。比如在堂吉诃德第二次外出时,作者安排他不顾劝阻,"大战"风车;还把赶路的贵妇人当成被魔法师劫走的公主,奋勇解救;在客店的顶楼上错把前来和骡夫欢会的女仆当成是一位对自己垂爱的公主,坐怀不乱,真诚相待;在路上把两队羊群视作相互交战的大军,义无反顾地去帮助其中一方去攻打邪恶的一方。塞万提斯通过描写主人公的认知和行为方面的愚蠢和可笑,揭示了骑士文学的危害和骑士精神的腐蚀作用。

另一方面,堂吉诃德这个表面上的"小丑"却有着当时最高贵的精神品质,他是人文主义精神的高度体现者。他坚持正义,疾恶如仇,向往自由,面对不公、邪恶、压迫总是能不避凶险奋勇冲杀,把维持正义,锄强扶弱,清除人间不平作为自己的天职。为了主持正义,他总是把个人生死置之度外,具有英勇无畏,忘我斗争的精神。在第三次外出时,堂吉诃德和桑丘来到一座张灯结彩、大摆宴席的村庄,这里的财主卡麻丘夺走了贫苦青年巴西琉的情人季德丽娅,正要和她举行婚礼。巴西琉为了夺回心上人进行了巧妙的抗争,在紧要关头,堂吉诃德出于同情这对不幸的情人,毫不犹豫地举起长枪出来保护巴西琉,又劝说财主卡麻丘不要夺人所爱,终于迫使财主不得不放弃了自己的邪恶要求。他曾对桑丘说,自由是天赋予人的许多最可宝贵的宝物之一,为了自由,正如为了荣誉一样,可以而且应当牺牲生命。在整部书里,只要不涉及骑士道,堂吉诃德的思想和谈吐都显得条理清晰,见解也极为高明,往往能高瞻远瞩地针砭时弊,其言论总包含着精微至理,并且处处闪烁出人文主义的思想光辉。这些带有人文主义特色的思想,反映了西班牙人民的进步要求。

堂吉诃德的主要性格特点就是思想严重脱离实际。他完全生活在幻想之中,是一个幻想中的英雄。对臆想的敌人,他不顾一切地横冲直撞,结果是自己被撞得头破血流,善良的动机总是得到相反的结果。在这里,作者以理想化的骑士精神反对封建阶级和市民阶层的庸俗自私。

另一主人公桑丘·潘沙的性格特征与堂吉诃德形成了鲜明的对比:他是一个文盲,十分讲求实际,一心想把堂吉诃德拉回现实生活中来;但是桑丘并不仅仅是一个陪衬人物,他本身就是一个活灵活现的西班牙农民的典型。在追随主人游侠的过程中,他接受了堂吉诃德的影响,心胸逐渐变得开阔,眼界和气度也变得不同,特别是在他"担任"总督期间,尽管受到爵爷夫妇的捉弄和伤害,但面对难题却能断案公正,执法如山,情感上爱憎分明,行为上光明磊落。在他的身上体现了劳动人民的优良品德。因此,他绝不是一个表面上看起来的愚昧的小丑,而是一个在主人的高尚人格的感召下,不断地挣脱自轻自贱的心理,自觉重塑尊严人格的探索者。和同时代西班牙剧作《羊泉村》一样,通过桑丘的前后变化,《堂吉诃德》或多或少地触及了一个很能体现时代要求的问题——农民的尊严。

《堂吉诃德》问世数百年来，以其亦庄亦谐的经典人物塑造，悲喜交互映现的故事内容，以及在文学形式上无可争辩的独创性，深得全世界读者的喜爱和评论界的关注。塞万提斯在书中，最大限度地发挥了人类的想象力，杜撰出许许多多引人入胜的人物奇遇，同时也极为客观地呈示出西班牙社会历史的真实面目。作为欧洲最早的现实主义长篇小说，《堂吉诃德》对小说这一文学体裁的贡献是卓著的。塞万提斯采用的流浪汉小说形式和戏拟骑士小说的诙谐手法，可以非常有效地组织情节，并在鲜明的对比中刻画出人物个性。为了增加喜剧效果，作者让极度夸张的主人公行为和真实的活动背景之间形成了强烈的反差。在语言上，作品文字鲜活，流畅生动，而且大量运用了民间谚语、比喻，既富于个性，又显得丰富而充满哲理。《堂吉诃德》奠定了世界现代小说的基础，由于该作的原创性，给研究者留下了许多难解之谜。近年来，《堂吉诃德》艺术形式的现代和后现代特征更是成为学术界热议不衰的话题。

《堂吉诃德》还直接影响了一代又一代文学大师的创作，丹尼尔·笛福曾因自己笔下的鲁滨孙具有堂吉诃德精神而自豪，英国的约翰·菲尔丁曾专门作了一部喜剧叫做《堂吉诃德在英国》，俄罗斯19世纪天才作家陀思妥耶夫斯基谈到如何读懂自己的小说《白痴》时，也建议人们先读读《堂吉诃德》。福克纳声称自己每年要读一遍《堂吉诃德》，就像别人读《圣经》那样。塞万提斯在该作下卷的献词里戏谑说，中国的皇帝希望他把堂吉诃德送到遥远的中国去。《堂吉诃德》不仅早已成为中国批评家津津乐道的话题，而且迄今一直是中国读者最熟悉的西班牙文学名著。

第四节　莎士比亚

威廉·莎士比亚(1564—1616)是英国文艺复兴时期人文主义文学最杰出的诗人和剧作家，也是世界文学史上最伟大的作家之一。他同时代的剧作家本·琼生称莎士比亚是"时代的灵魂"，"他不属于一个时代而属于所有的世纪"。美国当代著名文学批评家哈罗德·布鲁姆认为莎士比亚是"西方经典的中心"，并且"仍将继续重新占据西方经典的中心"，因为他"不受任何意识形态的约束"。[①]

一、生平与创作

莎士比亚1564年4月23日出生在英国中部艾汶河畔的斯特拉福镇。他的祖先是农民，他的父亲是个富裕的市民，做手套和杂货生意，曾做过议员和镇长。少年时代的莎士比亚曾在镇上的文法学校学过拉丁文、修辞学和古典文学等课程，并有机会接触过戏剧，从而对戏剧产生了兴趣。由于家道中落，莎士比亚只好辍学回家，帮父亲照看生意，此后再无上学机会。从他日后创作的作品中可以发现，其广博的知识和丰富的文化修养，完全是靠刻苦自学

[①] 哈罗德·布鲁姆：《西方正典》，江宁康译，译林出版社2005年版，第39—41页。

而获得的。大约在 20 岁左右,他只身离家来到伦敦谋生。起初在伦敦的剧场外为看戏的绅士们照看马匹,后来才有机会进入剧团。到剧团后,从打杂、当提词人、跑龙套到改编剧本,进步很快。由于在编剧方面才华横溢,他编的剧本不断获得成功,备受关注,收入也不断增加。1599 年,伦敦建成著名的"环球"剧场,莎士比亚就是股东之一,该剧场也因莎士比亚的剧团经常在此演出而驰名。1613 年前后,莎士比亚退出伦敦戏剧界回到故乡,1616 年 4 月 23 日因病去世。

莎士比亚一生共创作了 39 部戏剧,即在原有的 37 部之外又收入《两贵亲》和《爱德华三世》两部戏剧,三部叙事长诗,即《维纳斯与阿都尼》《鲁克丽丝受辱记》和 20 世纪 80、90 年代才确认为莎士比亚作品的长诗《悼亡》,以及 154 首十四行诗。其创作一般被分为 3 个时期。

1. 早期创作(1590—1600)。这是莎士比亚人文主义理想和现实主义艺术形成的时期。当时正值"伊丽莎白盛世",莎士比亚满怀激情,相信人文主义理想能够在现实生活中得到实现,作品内容呈现出和谐气氛和乐观情调,连悲剧也具有喜剧的色彩。这一时期以诗歌、喜剧和历史剧为主,共写了《威尼斯商人》等喜剧 10 部、《亨利四世》等历史剧 9 部和《罗密欧与朱丽叶》等悲剧 3 部。

莎士比亚的诗歌冲破了中世纪禁欲主义的束缚,充分表达了文艺复兴时期人文主义的新思想,具有鲜明而强烈的时代精神。《维纳斯与阿都尼》(1593)是莎士比亚的第一首长篇叙事诗,故事情节源自古罗马诗人奥维德的希腊罗马神话故事总集《变形记》,主要描写爱神维纳斯对美少年阿都尼的热恋与追逐及其至死不渝的忠贞爱情,宣扬了爱情的不可抗拒。该诗被认为是莎士比亚整个辉煌创作的出色序曲,想象丰富,语言华丽优美,广泛运用内心独白、比拟、衬托等手法,具有浓郁的神话色彩和绚烂的浪漫风格。《鲁克丽丝受辱记》(1594)同样取材于奥维德的《变形记》,从暴君之子塔昆涅斯的恶行入手,揭露了罗马当朝者的荒淫腐败和社会风气的恶浊黑暗,同时又通过善良纯洁的鲁克丽丝惨遭淫邪的蹂躏,反映了当时妇女地位的底下和命运的悲苦,既带有强烈的揭露性,又含有深刻的悲剧性。这首诗为莎士比亚后来的悲剧创作奠定了鲜明的悲怆基调。莎士比亚的 154 首十四行诗,从 18 世纪起就形成了一个传统的解释,那就是按不同人物分为两部分,即 1—126 首是写给一个年轻贵族的,其中记录了诗人和他的各种关系;127 首以后写诗人和一位黑皮肤、黑眼睛的女人的爱情纠葛。归纳起来看,其中心主题是爱情和友谊。它抒发了诗人对爱情、友谊、青春和美的理解和看法,从中强烈地体现出诗人天真纯洁的利他主义思想和宽容谅解的博大胸怀;也表达了诗人渴望战胜时间、珍爱生命的积极进取的人生观。此外,不少诗中还表达了诗人对文艺创作的审美理想的执着追求,这是理解诗人艺术观的重要文献。例如,他反对浮夸矫饰的文风,崇尚自然纯朴;提出真善美相统一的观点,认为只有真善美的统一才是真正的美好的艺术,也只有真正美好的艺术才能魅力无穷,永世长存,等等。总之,莎士比亚的十四行诗,思想深邃,内蕴丰富,大大超越了当时或后代单纯描写个人爱情感受的十四行诗,难怪别林斯基把他的十四行诗称为"抒情诗最丰富的宝库"。

莎士比亚这一时期所写的 9 部历史剧,均取材于荷林西德《英格兰、苏格兰、爱尔兰编年史》中记载的 13 世纪初至 15 世纪末英国封建时代的史实。《亨利六世》(1590—1591)上、中、下三部和《理查三世》(1592)四部曲,描写了 15 世纪英法百年战争后期和红白玫瑰集团内部对王位的争夺。《约翰王》(1594)写约翰王企图谋杀合法继承人篡夺王位而引发外患。《理查二世》(1595)、《亨利四世》(1597—1598)上、下部和《亨利五世》(1599)组成的四部曲,反映的是14世纪到15世纪中叶英法百年战争前半期英国国王镇压封建领主叛乱以及对法战争的胜利。作者以编年史的宏大规模,艺术地再现了从约翰王到亨利六世之间三百年的英国历史。反对封建割据和内讧,要求建立中央集权的统一国家的思想,是莎士比亚历史剧最鲜明的基本主题,清楚地表达了人文主义的政治主张和历史观点。

《亨利四世》是莎士比亚历史剧的代表作。亨利四世用阴谋手段夺取王位后,正野心勃勃准备出国远征,国内出现贵族叛乱,经过两次战争,平定了叛乱贵族,并传位给太子哈尔王子,即亨利五世。作者肯定了对叛乱贵族的镇压,但也批判了用阴谋手段夺取王位的行径。剧中的王子是个浪荡人物,在他的酒肉朋友福斯塔夫的引诱下,经常出入野猪头酒店,吃喝胡闹,行为放荡。但大敌当前时,他幡然悔悟,改邪归正,大建奇功,最终继承王位,成为作者理想中的开明君主形象。福斯塔夫是莎士比亚戏剧中最著名、最成功的喜剧典型人物之一。他是一个封建社会解体时期的没落骑士,他既没有领地,也没有农奴;他穷困潦倒,无以为业,整天在酒馆里与流氓、盗匪在一起鬼混。其鲜明个性是:贪杯好色,吹牛拍马,谎话连篇,厚颜无耻,却又机智幽默,率直愉快,精力旺盛,巧于辞令。剧中以这个英国社会新旧交替时期出现的雇佣兵和冒险家的形象为中心,描写了一个"五光十色的平民社会"的动荡不宁的生活画面,使人们看到了当时的世风、道德与人情。

莎士比亚早期所写的喜剧,著名的有《仲夏夜之梦》(1595)、《威尼斯商人》(1596)、《温莎的风流娘儿们》(1597)、《无事生非》(1598)、《皆大欢喜》(1599)、《第十二夜》(1600)等。莎士比亚的喜剧多取材于意大利故事,也有一些取材于现实生活。这些故事生动有趣,富于浪漫气息,特别是剧中的女主人公,热情、开朗、机警、聪明,充满朝气,是"人性美"的化身。这些剧作的主题大同小异,歌颂诗意的青春、真挚的友谊、坚贞的爱情,体现了争取个性解放、反对封建道德观念的人文主义理想,但情节却不落俗套,各有特色。《威尼斯商人》是莎士比亚喜剧的代表作。该剧通过"一磅肉"的故事,歌颂了青年男女之间的真诚友谊和爱情,谴责了高利贷者的贪婪和残忍。安东尼奥是被作者理想化了的商人形象,表明了莎士比亚的新兴资产阶级立场。而对于犹太商人夏洛克,这个形象具有丰富复杂的性格内涵。一方面,作为一个贪婪、自私、狠毒的高利贷者,作者揭露他,谴责他,他已成为贪婪、吝啬、狠毒的代名词。另一方面,作为一个备受歧视和欺凌的犹太人,作者又同情他,怜悯他。夏洛克是莎士比亚笔下塑造的最著名的人物形象之一。剧中最有光彩的人物是安东尼奥的朋友巴萨尼奥的未婚妻鲍西亚。她女扮男装,以机敏的才智,在法庭上一举挫败了用心险恶的夏洛克,使正义战胜了邪恶。

《罗密欧与朱丽叶》是莎士比亚早期最著名的一部反封建的爱情悲剧。意大利维洛那城的凯普莱特和蒙太古两大家族是世仇,他们之间常常发生流血冲突。罗密欧是蒙太古的儿子,朱丽叶是凯普莱特的女儿,他们一见钟情,相互爱慕。面对势不两立的家族壁垒,甚至神圣不可侵犯的家长权威,他们敢于为自己的幸福去追求、去斗争,但最终导致双双殉情的悲剧。不过,他们的死却换来了两家敌对抗衡的消除。该剧虽然名为悲剧,实则是一曲青春与爱情的颂歌,一部充满了浪漫与喜剧情调的悲喜剧。

2. 中期创作(1601—1608)。这是莎士比亚人文主义理想与现实主义艺术的成熟和深化的时期,一般称为悲剧时期。这一时期,正是伊丽莎白女王统治的最后几年和斯图亚特王朝的詹姆斯一世统治初年,农村"圈地运动"正在加速进行,最高统治集团内部矛盾公开化,各种社会矛盾日趋尖锐,整个英国处于动乱状态。莎士比亚敏锐地看到了严酷的现实,深感人文主义理想与封建现实之间的矛盾无法调和,于是他的创作从早期对人文主义原则的赞美转向对社会黑暗的揭露和批判,创作风格也由早期那种欢乐情绪、明快基调和浪漫色彩为深沉抑郁、雄浑悲壮所代替,连喜剧创作也笼罩着悲剧的气氛。作者塑造了一系列富有人文主义思想的人物形象,他们面对社会邪恶势力进行艰巨而复杂的抗争,最后失败、毁灭,但却取得了精神道义上的胜利。同时,值得注意的是,这一时期的莎士比亚不再塑造理想君主的形象,而是塑造了一系列王位上的罪人,人物形象典型化程度高,艺术成就更为成熟。

这一时期莎士比亚共创作了 8 部悲剧,其中,《哈姆莱特》(1601)、《奥瑟罗》(1604)、《李尔王》(1605)和《麦克白》(1606)被称为"四大悲剧"。另外有从金钱关系角度批判社会罪恶与社会心理的《雅典的泰门》(1607),该悲剧较早地揭示出资本主义与生俱来的腐朽性,对金钱进行了最激愤的诅咒,几个世纪以来,还很少有哪个作家像莎士比亚这样以极其生动形象、极富诗意的语言揭示了金钱的罪恶,表现出作者锐利的目光、深刻的洞察力以及清醒的现实主义头脑。剧中的泰门是一个远离人类的恨世者形象。还有以古罗马历史为题材的 3 部悲剧《裘里斯·恺撒》(1601)、《安东尼与克莉奥佩特拉》(1607)、《克利奥兰纳斯》(1607)。

《奥瑟罗》取材于意大利小说,奥瑟罗是一位黑皮肤的摩尔人、威尼斯将领,他与元老院元老勃拉班修的女儿苔丝德蒙娜相爱,两人克服元老的阻挠,结为夫妻。旗官伊阿古由于没有受到提拔,对奥瑟罗怀恨在心。他设下陷阱,让奥瑟罗怀疑自己的妻子与副将凯西奥私通。奥瑟罗轻信谗言掐死妻子,真相大白后,奥瑟罗追悔莫及,痛不欲生,以自杀来惩罚自己。罪魁祸首伊阿古被当场捉拿,处以极刑。奥瑟罗是文艺复兴时代具有冒险精神的巨人形象,是人文主义理想的代表。他真诚地相信人与人之间应有纯洁的友谊和爱情,可惜不谙世情,轻信坏人谗言,他的悲剧是人文主义者的悲剧,是理想破灭的悲剧。苔丝德蒙娜是一个具有冲破种族偏见和门第观念的双重叛逆性格的女性形象,但她的天真使她成为邪恶力量的牺牲品。伊阿古是体现资本主义原始积累时期极端利己主义思想的阴谋家和野心家的典型。他两面三刀,贪婪自私,其所作所为对世人是一个永久的教训。该剧矛盾冲突集中、尖锐,故事扣人心弦,人物性格鲜明突出,历来为人称道。

《李尔王》取材于英国古代传说和当时流行的同名剧。李尔是古代不列颠国王,因年事已高,决定把国土分给三个女儿。他要求每个女儿都来表白她们对于父亲的感情,然后根据她们的表现进行分封。长女高纳里尔和次女里根都用甜言蜜语哄骗李尔,唯有三女儿考狄利娅出语率直,结果惹怒了李尔。他当即取消考狄利娅的继承权,并把她远嫁到法兰西。长女、次女分得国土和财富后很快就对父亲忘恩负义。李尔备受虐待,竟至在一个暴风雨之夜被逐出家门,流浪荒野,与乞丐为伍,最后发疯而死。两个姐姐处死兵败被俘的妹妹考狄利娅后,又相互争斗残杀。这出充满血腥气的悲剧深刻暴露了新旧交替时代道德沦丧、恶人横行、民不聊生的社会真相。李尔原是一个久居王位、大权独揽的专制君主,他昏聩暴戾,刚愎自用,喜怒无常,偏爱谗佞,不听忠言,是个十足的暴君。他甚至认为自己的权威是与生俱来的,即使让出王位也能保持国王尊严。然而,无情的现实将他的狂妄幻想击得粉碎。当他交出了全部国土和权力的时候,他也就一无所有了。当他由一个君王被迫沦为挨冻受饿的乞丐后,他的人性复苏了,不仅自我谴责,而且鞭笞人世的黑暗与当权者的罪孽。作者对李尔最初的专横暴虐持抨击和批判态度,而当他历经暴风雨的洗礼成为一个人文主义者之后,作者又对他表示肯定和赞美,将他写成一个获得了真理的巨人。

《麦克白》主要写的是苏格兰大将麦克白篡夺王位的故事。麦克白和班柯镇压叛乱,抵御外敌胜利归来,途经一荒野,遇见三个女巫,她们预言麦克白本人和班柯的后代将做苏格兰国王。女巫们的预言,使麦克白野心勃发。回朝以后,麦克白在夫人的怂恿下,趁苏格兰国王邓肯在他家做客之机,将他杀死,并嫁祸于人。邓肯的两个儿子见势不妙逃至国外。于是,王位便很自然地落到国王近亲麦克白的手中。麦克白为了确保王位巩固,掩盖自己弑君真相,就派人暗杀班柯于赴宴途中。宴会上班柯鬼魂出现,麦克白见状大惊,引起四座贵族的猜疑。此后国中流言四起,麦克白终日生活在疑虑不安之中。他企图杀害反对他的贵族麦克德夫,麦克德夫逃至英国,他就杀了麦克德夫的妻子、儿女和仆人。与此同时,麦克白夫人受自己所犯罪恶的折磨,发疯而死。麦克白众叛亲离,最后被逃往英国的麦克德夫和邓肯儿子兴兵讨伐,战败被杀。《麦克白》旨在描写麦克白堕落、犯罪的过程,即从一个叱咤风云的国家功臣,堕落成为一个杀君篡位、嗜血成性的封建暴君的过程。由于该剧情节由一连串的谋杀和死亡构成,并对主要人物内心世界的善恶冲突与矛盾痛苦进行真实细腻、淋漓尽致的揭示,因此全剧自始至终笼罩着紧张、恐怖、阴郁的气氛。

这一时期,莎士比亚还创作了《特洛伊罗斯与克瑞西达》(1602)、《终成眷属》(1602)、《一报还一报》(1604)等喜剧作品。

3. 晚期创作(1609—1613)。一般称为莎士比亚人文主义理想和现实主义艺术衰退的时期,或称为传奇剧时期。此时,英国在詹姆斯一世的统治下,社会更加黑暗,莎士比亚痛感人文主义理想同现实的矛盾无法解决,在苦于找不到出路的情况下,便转而把希望寄托于梦幻世界,幻想通过道德感化来解决社会矛盾。因此,离奇、虚幻与温柔的诗意,就成为莎士比亚晚期创作的主要风格特征。这一时期共创作《辛白林》(1609)、《冬天的故事》(1610)、《暴风雨》(1611)等传奇剧,以及与剧作家弗莱彻合写的历史剧《亨利八世》(1612)。

《暴风雨》是莎士比亚晚期的代表作。故事发生在意大利,米兰公爵普洛斯彼罗,被弟弟安东尼奥勾结那不勒斯王夺去王位,驱逐出境。普洛斯彼罗精通妖法,他带着独生女米兰达来到一座荒岛,制服了妖精,把荒岛建成了一个美妙的童话世界。安东尼奥等人有一次乘船出海,突遇暴风雨,被普洛斯彼罗用魔法救上岛,让其看到所犯罪恶的幻象,从而恢复良知,痛改前非,兄弟和解,普洛斯彼罗重得爵位。作者借这一故事,寄托了在幻想世界中让善战胜恶,用道德感化使恶人洗心革面的美好愿望。

2012年,伦敦奥运会的开幕式与闭幕式上,都使用了莎士比亚《暴风雨》中的同一台词,以显示英国民族对莎士比亚的无限热爱。

二、《哈姆莱特》

《哈姆莱特》是莎士比亚最重要的作品。剧本取材于12世纪末丹麦历史学家萨克索编写的《丹麦史》，但反映的是莎士比亚时代英国的现实。在莎士比亚创作《哈姆莱特》前的 16 世纪 80 年代，已先后有法国、英国的剧作家作者依据《丹麦史》中记载的哈姆莱特为父报仇的故事改编为戏剧。1601 年，莎士比亚基于人文主义思想，把原来一个单纯的个人为父复仇的血腥故事，创造性地改造成真实反映时代面貌、具有深广思想内涵的社会悲剧。

《哈姆莱特》共 5 幕。丹麦王子哈姆莱特在德国人文主义中心威登堡大学读书，得知父王突然死亡，急忙回到祖国。在回国奔丧时，他看到叔父克劳狄斯篡夺王位，母后乔特鲁德改嫁新王，满朝文武对新王百般阿谀奉承。正当他悲愤疑惑之际，父王鬼魂显现并告诉王子自己被害真相：弟弟克劳狄斯乘国王午睡时，用毒草汁滴入他的耳朵，毒死了国王。鬼魂要哈姆莱特为他报仇。为了揭开真相，他开始装疯卖傻。克劳狄斯怀疑王子是装疯，便派王子的两个同学罗森克兰兹、吉尔登斯特和王子的情人奥菲利亚前去试探。而王子利用戏班子进宫演出的机会，安排了"戏中戏"，证实克劳狄斯就是杀父凶手，决心复仇。克劳狄斯害怕罪恶被揭发，接受宫内大臣波洛涅斯的献计，让母后召儿子谈话，结果王子误杀躲在帷幕后偷听的波洛涅斯。克劳狄斯寻机派王子出使英国，欲借英王之手杀死王子。王子发现阴谋，折回丹麦。这时王子情人奥菲利亚发疯落水溺死。克劳狄斯挑拨波洛涅斯的儿子、奥菲利亚的哥哥雷欧提斯与王子比剑，同时密谋用毒剑、毒酒置王子于死地。比剑时，雷欧提斯先用毒剑击伤王子，王子又奋力夺剑刺伤雷欧提斯。雷欧提斯死前醒悟，当众揭发了克劳狄斯的阴谋。王后错饮毒酒，当场暴死。王子怒不可遏，挥剑刺向克劳狄斯，王子终于和弑君篡位的克劳狄斯同归于尽。王子临终前嘱托其好友霍拉旭留在冷酷的人间讲述事情的始末，以免名誉蒙羞，并继续他的事业。

哈姆莱特是作者全力塑造的中心人物。他是作者理想化的人文主义者的形象，也是作者用以表现个人与社会的冲突、理想与现实的矛盾的艺术典型。他出身王室，深受人文主义理想的熏陶，充分肯定人的价值和尊严，赞美人的智慧和力量，对人类和世界怀有美好的希望，认为人类是"宇宙的精华！万物的灵长！"世界也是那么得可爱：大地是"一座美好的框架"，天空是"一顶壮丽的帐幕"。在对待爱情、友谊和人与人之间的关系上，他也没有封建等级观念和门第观念，甚至能与社会地位低贱的戏子交朋友。他是一个乐观开朗、有美好理想的新时代的青年。他的恋人奥菲利亚也称赞他是"朝臣的眼睛、学者的辩舌、军人的利剑、国家所瞩望的一朵娇花；时流的明镜、人伦的雅范、举世瞩目的中心"。

但是，国事、家事的剧变，使理想主义者哈姆莱特不得不面对严酷的现实，一下子变成了戏剧开场所看到的忧郁的王子。父亲被害、母亲改嫁、朋友背叛、情人远离、大臣见风使舵，到处是邪恶，到处是罪行，美好的世界突然倾塌，一系列的打击顷刻之间压在毫无任何思想准备的哈姆莱特身上，他陷于理想破灭的黑暗当中。于是，美好的世界变成了"不毛的荒岬"，"一大堆污浊的瘴气的集合"；人类也令他大失所望，再不是什么"了不得的杰作"，"不能使我发生兴趣"。他痛感"这是一个颠倒混乱的时代"，自己置身于一个"长满了恶毒的莠草"的"荒芜不治的花园"，由此想到"生存还是毁灭"的问题。他对现实的观察越深，他的失望也就越大，以至于对自己原来的理想都发生了怀疑，精神上也变得忧郁寡欢。这种忧郁正是他理想与现实脱节、信念发生动摇、思想陷入危机的表现。

然而，理想与现实的矛盾也使哈姆莱特变得更加清醒，他要调查研究，寻找证据，担负起

"重整乾坤"的重任,还要战胜自我,摆脱软弱动摇。尽管在确认克劳狄斯就是杀父凶手之后,哈姆莱特仍然左顾右盼,顾虑重重,几次错过了复仇的机会,但最终还是变优柔寡断为果敢,成为行动的王子。遗憾的是,哈姆莱特因仓促应战,杀死了奸王,为父报了仇,却也牺牲了自己。

哈姆莱特与克劳狄斯之间的博弈,实际上是新兴资产阶级人文主义者与日趋反动的封建王权代表人物之间博弈的反映。这一博弈,反映了人文主义理想同英国封建黑暗现实之间的矛盾,揭露了反动王权与封建邪恶势力的罪恶行径。哈姆莱特的悲剧说明了英国当时的封建势力还很强大,人文主义者只能暂时以悲剧的牺牲换来道义和精神上的胜利,激励后人继续奋斗;同时也昭示了脱离民众、孤军奋战必然失败的道理。因此,哈姆莱特的悲剧,既是时代的悲剧,也是一代人文主义者的悲剧。

剧中的奸王克劳狄斯是封建邪恶势力的代表,也是阴谋家、两面派的典型形象。他杀兄、篡位、娶嫂,是一个"脸上堆着笑的万恶的奸贼",阴险狠毒,荒淫无耻,他身上浓缩了封建暴君和原始积累时期资产阶级野心家的种种险恶特征。大臣波洛涅斯是个圆滑世故的老官僚,他胁肩谄笑,八面玲珑,为了邀宠求荣,不惜让女儿奥菲利亚去做监视情人哈姆莱特的勾当。奥菲利亚是个天使般的少女形象,天真、美丽、纯洁,追求炽热真挚的爱情,但不谙世事,柔弱而经不起打击,终于成为宫廷阴谋斗争的牺牲品。

《哈姆莱特》不仅是一部有深刻思想意义的作品,也是一部艺术价值很高的作品,集中体现了莎士比亚戏剧创作的艺术特色。

首先,《哈姆莱特》情节丰富复杂,人物关系变幻莫测,戏剧冲突跌宕起伏。作品围绕哈姆莱特的为父复仇,又安排了雷欧提斯和挪威王子福丁布拉斯的为父复仇,一主两副为父复仇的线索又互相映衬、纠结在一起,从而突出了哈姆莱特复仇的社会意义。同时剧中还穿插着王子与奥菲利亚的爱情这条情节线索。叔父变父王,情人当密探,朋友出卖友情成告密者,作者深谙在现实的发展中组织人物关系和戏剧高潮。哈姆莱特的主要对手是克劳狄斯,却同奥菲利亚一家不停地发生纠葛,每一次变故和意外,都使剧情波澜再起,把观众的情绪引向高潮。此外,该剧悲喜剧因素交织,令戏剧气氛急缓多变,充满张力。

其次,人物个性鲜明。作者擅长从矛盾冲突中揭示人物的性格,他不仅从人物与环境的外部矛盾冲突中揭示人物性格,而且从人物内心矛盾冲突中揭示人物性格,从而使人物形象富有鲜明的个性。哈姆莱特最鲜明的个性特征就是忧郁,这种忧郁性格就是作者在哈姆莱特与克劳狄斯的外在冲突与哈姆莱特与自我的内在冲突的双重冲突下塑造完成的,它是客观上以克劳狄斯为代表的封建势力的强大与主观上哈姆莱特的脱离民众、孤军奋战、敏感多思的结果。为使人物个性鲜明,作者还特别注意按照人物身份与处境的不同使用不同的语言,做到充分性格化。例如,哈姆莱特装疯时,语言就是指东道西,训斥母亲时则是激愤尖刻;波洛涅斯对上满嘴肉麻的阿谀之词,教子时又一副世故的腔调。

第三,突出运用独白手法来揭示主人公的内心活动。如第三幕第一场关于"生存还是毁灭"的独白和同一幕第三场见克劳狄斯正在祈祷时要不要杀死他的独白,都对塑造人物有重要作用。"生存还是毁灭"这段画龙点睛而又充满诗情哲理的人物内心独白,是我们理解哈姆莱特性格特征之谜的一把钥匙。这段独白气势磅礴,长、短、整、散句交错运用,极为准确地表达了主人公丰富而复杂的感情世界。我们可以清晰地看到这位心地至善的王子经历了怎样的一段极度困惑、痛苦挣扎的思想搏斗历程,他又是如何思考和探索着人生的道路,来使自己的理想建立在活生生的现实之上。同时,这段深沉的对命运思索的独白,是哈姆莱特性格发展中的一个重要环节与转折,起到了承上启下的重要作用,对于塑造人物形象、表达中心思想以及推动故事情节的进展,都起着举足轻重的作用。这段独白历来被视为全剧的精彩华章,自问世以来,之所以能引起历代读者的强烈共鸣和经久传颂,还因为它概括了自人类历史以来,一切先进人物在现实矛盾面前的某些共同的遭遇、心理、精神状态和性格特征,具有永恒的意义。

第四章　17世纪古典主义文学

第一节　概述

17世纪的文学思潮主要包括巴洛克文学、古典主义文学等,它们以不同的文学风格与趣味,不同的文学规则与手法拓展和发扬了文艺复兴时期的文学。古典主义文学强调了对古代希腊罗马文学的继承,并融入了时代意识和文学的创新精神。17世纪末,欧洲出现了基于文学再评估的"古今之争"。古典主义对文学创作的规范原则,对后世创作具有深远影响。

一、古典主义文学的历史文化与基本特征

17世纪法国迎来了中央专制的强大时期。路易十三时期(1610—1643),农业和工商业得到发展,保证了民族国家的统一和强盛。1624年红衣主教黎世留当上首相,加强了君主专制的中央集权,法国赢得了三十年战争,在欧洲大陆确定了其霸权地位。17世纪英国经历国内国外战争而走向统一,最终建立了君主立宪的资产阶级议会制度。1603年伊丽莎白一世去世,苏格兰国王詹姆斯六世继承英格兰王位,统一了英格兰、苏格兰。17世纪20年代英国的清教徒运动高涨,资产阶级、新贵族与封建贵族的斗争是尖锐而严酷的。1642至1649年英国内战(即清教徒革命),1649年英国议会推翻并处死了国王查理一世,废除了君主制。克伦威尔领导的英格兰共和国成立,随后征服、统治了爱尔兰。1641至1660年间,清教徒议会几乎完全禁止了剧院和戏剧演出。1660年王党分子迎回了流亡国外的查理二世,斯图亚特王朝复辟。1688年,荷兰执政威廉三世被迎立为英国国王,确立了君主立宪制,被称为"光荣革命"。丰富的资源、广阔的土地和相对来说远离欧洲大陆的战争,英国政治逐渐趋向于有利于资本主义经济的发展,17世纪下半期英国逐渐成为欧洲的海洋强国。

17世纪欧洲出现了科学方法与技术进步。机械论哲学对17世纪各门科学有着深刻影响。开普勒是17世纪科学革命的关键人物。从《新天文学》《世界的和谐》《哥白尼天文学概要》提取出来的三个开普勒定律证明了行星围绕太阳转的理论,拓展了天体动力学。伽利略是科学革命中的重要人物,他明确宣称自然规律是数学性的,他非常重视数学在应用科学方法上的重要性,展示了数学、理论物理、试验物理之间的关系。牛顿是理性时代的物理学家、数学家,他的《物体在轨道中之运动》(1684)、《自然哲学的数学原理》(1687)对万有引力和三

大运动定律进行了描述,极大地影响了世人对世界的认识。

笛卡尔、莱布尼茨和斯宾诺莎是17世纪著名的理性主义哲学家。笛卡尔是一个二元论者和理性主义哲学家,在《屈光学》《气象学》《哲学原理》中勾画了他的机械论哲学。他认为理性(即数学的思考方法)比感官的感受更可靠,提出了"普遍怀疑"的主张("我思故我在"),使科学摆脱了神学的绝对控制。莱布尼茨是杰出的数学家和哲学家,在数学上,他发明了微积分,并被广泛地使用。他还对二进制的发展作出了贡献。斯宾诺莎是一个一元论者或泛神论者。他相信神学以及决定论,认为上帝是每件事的"内在因",上帝通过自然法则来主宰世界,所以物质世界中发生的每一件事都有其必然性。他认为宇宙间只有一种实体,即作为整体的宇宙本身,上帝和宇宙同一,这包括了物质世界和精神世界。

康帕内拉是意大利的经验主义思想家,批判亚里士多德主义和中世纪经院哲学,反对对权威的偶像崇拜,断言真正的权威是自然,人们应该直接研究自然。他认为人的知识来源于感觉经验,离开感觉和感觉经验,人们就无法认识世界。《太阳城》(1622)表达了他的乌托邦思想。

17世纪的文学思潮主要包括巴洛克、古典主义、风格主义、清教文学等。

巴洛克(baroque)一词来自葡萄牙语,用来形容一种形状不规则的珍珠。最初,艺术史家用它来说明文艺复兴后期意大利出现的一种新雍容华丽的建筑风格。巴洛克文学在内容上偏向于表现信念的危机和悲观颓丧的思想,表现生的苦闷、灵与肉之间不可调和的矛盾、人生如梦的感慨、爱即是死的神秘玄思等,在艺术上刻意雕琢,追求怪异奇特的比喻、夸张的意象、冷僻的典故、强烈的对比、各种各样修辞手段等,所以人们又把它称为夸饰主义。巴洛克文学成为文艺复兴消退之后、古典主义出现之前这一段时间内欧洲国家中普遍存在的一种文学现象。巴洛克文学的主要作家包括有意大利的马里诺、西班牙的贡戈拉、法国的斯居德里、英国的约翰·里黎、多恩等。

古典主义是一个发生在法国的文化、美学、艺术运动,而后广泛流传于欧洲各国。19世纪早期人们用古典主义来称呼1660至1715年间主要流行的艺术风格与趣味,以区别于浪漫主义。马莱伯被认为是古典主义的先驱,红衣主教黎世留是古典主义的推动者,1635年2月黎世留创立了法兰西学院,吸引了众多的法国学者与作家参加。夏普兰、奥比纳克主教树立了古典主义戏剧的规则,高乃依、莫里哀则在戏剧争论中修正了所适用的规则。1674年布瓦洛《诗艺》对此作出了总结,成为古典主义理论的制定者。

古典主义文学主要特征为:

1. 拥护王权,政治鲜明。17世纪欧洲文学鲜明地流露出贵族的风尚,高贵、荣耀、宏伟是文学的显著特征。在17世纪欧洲文学中处处再现了权力的炫耀、尊严与奢华。17世纪众多的诗歌书写的是对国王或者贵族的义务与服务。凡尔赛的娱乐表演、宫廷中的芭蕾舞剧则是其中最典型的艺术形式。古典主义者拥护王权,歌颂贤明君主,主张自我克制,强调个人利益服从国家整体利益,要求巩固和加强统一的民族国家,在创作中反映出鲜明的政治倾向性。高乃依的《熙德》中的主人公以国家民族利益为重,克制个人情感。拉辛的《安德洛玛克》中谴责了为满足个人私欲而不顾国家民族利益,为所欲为的丑行。莫里哀喜剧中歌颂贤明君王,揭露有损专制王权的恶习。古典主义者拥护王权,拥护的是符合资产阶级要求的王权,和文艺复兴后资产阶级暂时受到挫折,需要受到王权保护的时代利益是一致的。王权在当时混乱的社会时代中,代表着正在逐步形成的国家与民族。然而拥护王权,其核心毕竟是拥护封建制度和秩序政权,作品中或多或少会有迎合宫廷旨意和贵族趣味内容,在一定程度使得作品具有封建色彩,从而也在很大程度上弱化了作品的价值与意义。

2. 崇尚理性,克制情欲。古典主义强调以理性战胜感情情欲。笛卡尔式的理性主义极大地影响了古典主义,古典主义理性源于其对清晰明了与分析的强烈兴趣,即古典主义作品往往描写、分析了非理性的、情感激动的,甚至暴烈的人物,揭示人们对雅致得体、理性(合乎理性)及其秩序的企望。17世纪人们认为理性是自然/天性的极致。古典主义创造了有序的、简明的形式,并提倡形式和内容的完美结合。他们认为个人情欲使人远离真理,提倡用理性制约感情,突出公民的责任义务,建立君主专制下理想的道德规范。古典主义的所谓理性,完全是以王权为中心的理性,是拥护王权思想的具体深化与延伸,王权的愿望就是最大的理性。同时这种理性也符合资产阶级的愿望和利益。古典主义产生的年代,王权已经确立,社会秩序刚刚建立,崇尚理性也就是维护既定的一切,古典主义者把理性看作时代精神的核心。高乃依的《熙德》描写了理性对感情的胜利,拉辛《安德洛玛克》中描写了理性丧失后的悲剧,莫里哀的喜剧对生活中失去理性的偏见恶习进行了嘲讽和批判。布瓦洛在《诗的艺术》中指出:"首先须爱理性,愿你的一切文章永远只凭着理性获得价值和光芒。"

3. 模仿古代,艺术规范。古典主义作家大都从古代作品中寻找创作题材、艺术形式和表现方法,把它们作为学习、仿效的典范,并根据自己的理解,融入时代的理念。所以古典主义远不止于模仿古代,在古典主义规则下的文学创新也是十分明显的。真实性是古典主义戏剧的重要原则,真实性意味着反映时代(例如道德、社会关系、语言运用等观念)的可能性。古典主义戏剧的目标是革新民众和社会。除开小说,法国古典主义在史诗、戏剧、颂歌、讽刺诗、格言诗、哀歌等方面模仿古代文学,取得了不可忽视的成就,例如高乃依和拉辛的悲剧、莫里哀的喜剧、拉封丹的寓言诗、布瓦洛的《诗艺》。古典主义为文学创作制定了一系列的规则,如悲剧与喜剧的区别、史诗与抒情诗的差异等。雅致得体是古典主义戏剧的重要原则,它要求舞台表演不得诉诸对观众震撼的手段(例如暴力、战争、死亡),必须删除暴烈的场景等。悲剧一般要用亚历山大体诗行写作,喜剧则可用诗体或散文体写作。三一律是古典主义戏剧的核心规则,但喜剧对此有较大的自由。三一律是指:时间一致,故事/行为必须是发生在24小时之内;地点一致,戏剧各场次在同一场景地点演出;内容一致,剧情内容只能有一个情节。作为一种戏剧形式,三一律有其合理的部分,如有利于观众关注情节、剧情展开集中、节奏紧凑等。但古典主义者把它发展成为一种文学创作的清规戒律,在一定程度上束缚了作家的创造力,有碍于文学的发展。

二、古典主义文学发展概况

自16世纪下半叶和17世纪初叶起,法国、英国在欧洲的势力日趋强大。由此,欧洲文学主要的、进取的力量表现在法国和英国的文学勃兴。17世纪初期英国经历了文艺复兴文学的最后阶段,而后,英国、德国分别出现了巴洛克文学。17世纪意大利文学开始失去了独创性,自塔索之后,持续200年伟大的文学繁荣时期迅速地走向衰落,直到19世纪在全欧洲再一次掀起一场新的文艺复兴运动。进入17世纪的西班牙,由于战争的失败和国力的快速下降,西班牙的统治地位走向衰落,17世纪西班牙文学经过了黄金时代的最后30年,接着便是巴洛克时期。法国路易十四时期,古典主义文学取得了伟大的成功,并迅速传播到欧洲各国,17世纪中后期英国部分地接受了古典主义,而德意志古典主义文学和民族文学的兴起还要等到18世纪。

意大利文学。意大利在整个17世纪中的分裂和动乱严重损害了文学与艺术,康帕内拉多次遭受囚禁和最后流亡法国,布鲁诺被判处火刑。17世纪意大利流行浮华夸饰的马里诺诗派。马里诺(1569—1625)是这个时期伟大的诗人,他的诗集有《七弦琴》《新婚诗》《风笛》和长诗《安东尼斯》等。恰布勒拉、罗萨、塔索尼均是17世纪中较为出名的诗人。

1637年歌剧开始在威尼斯受到普遍欢迎,后来扩散到整个意大利。蒙特韦尔迪、卡瓦利是歌剧的主要作曲家,诗人比斯纽罗、伐斯梯尼为后者创作了许多歌剧剧本。诗人梅塔斯塔索的诗歌促进了意大利歌剧剧本的发展。

"即兴艺术喜剧"源于16世纪意大利,在17世纪成为极其显著的文学类型。艺术喜剧强调即兴表演艺术,戏剧人物主要是"类型"形象,即"固定性格",如愚昧的老者、狡猾的仆人、吹牛的军官、吝啬的威尼斯商人等,这些戏剧多戏谑和嘲讽成分。

西班牙文学。在17世纪早期,塞万提斯、维加的创作把西班牙文学的"黄金时代"推到高峰。莫利纳是17世纪重要的剧作家、诗人,创作了《塞维涅的骗子》等400个剧作。鲁兹是另一个伟大的戏剧家。他出生于新西班牙的塔斯科(即今墨西哥奎勒洛),创作了《可疑的真相》《星球的主人》《隔墙有耳》等25个戏剧,按题材可分为社会剧、政治剧和魔幻剧。卡尔德隆是西班牙文学黄金时代的剧作家、诗人,他把西班牙巴洛克戏剧推到了顶点。他创作了120个喜剧、80个圣礼行为剧和20个独幕插剧(短喜剧),主要剧作有《神圣的俄尔菲斯》《精灵夫人》《人生如梦》《虔心敬礼十字架》《诚实的医生》《查拉米阿市长》《厄科与纳耳刻索斯》《普罗米修斯塑像》等。卡尔德隆的喜剧往往以诗行优美、戏剧结构的精巧细致、情节的整一和宗教式的哲学深度而为人称赞。卡尔德隆的诗体剧多使用幻象、象征,风格华丽流畅,情调忧郁。歌德很推崇卡尔德隆的《精灵夫人》。

路易斯·德·贡戈拉(1561—1627)是17世纪伟大的诗人,写有大量的十四行诗、颂歌、谣曲、琴歌和长诗《幽寂》《波吕斐摩斯和加拉蒂亚的故事》《皮拉摩斯与提斯柏》等,此外创作了几个剧作。贡戈拉的长诗表现了刻意的"有教养的"风格,他非常喜爱广为流传的、华丽的拉丁和希腊新词,喜爱打破句法顺序和句法的限制,倒装法成为其诗歌的显著特征。

法国文学。路易十三时期,在王太后玛丽和首相黎世留的影响下,意大利文学在法国流行一时,"艺术喜剧"尤为盛行。17世纪上半期,法国巴洛克文学主要的成就在于悲喜剧、田园小说和冒险小说。

17世纪20年代,沙龙推动了文学的发展。巴黎重要的沙龙有朗布耶侯爵夫人、斯居德里等主持的沙龙,这些沙龙培育、促进了文学的创作。1641年出版了朗布耶夫人沙龙中典雅游戏诗集《朱莉的花环》。

1620年于尔菲《阿丝特蕾》开启了田园小说的新潮流。斯居德里是田园小说最杰出的代表作家,她创作了《阿尔塔梅娜》和《克蕾丽》等4部田园小说。科斯特是另一个田园小说作家。

17世纪上半期冒险小说普遍流行,并具有社会嘲讽的特征。阿比涅创作了《菲尼斯特男爵的探险》,索雷尔创作了《法兰西翁的奇异故事》和《豪奢的贝基尔》。小说充满了幽默、戏谑的成分。

1660年以后法国出现了书信体小说、长篇喜剧小说和长篇冒险小说,如拉法耶特夫人的《克莱夫王妃》、桑得拉的《黎塞留回忆录》、费纳隆的《忒勒马科斯历险记》等。其中,《克莱夫王妃》是第一部杰出的历史小说,1678年匿名出版后,立即获得了巨大的成功。

17世纪上半期,闹剧是一般民众和市民共享的娱乐,从巴黎到外省到处都有演出,至17世纪中期逐渐衰落。对高乃依、莫里哀等的创作具有较大影响。高乃依是早期的古典主义悲剧诗人,他也创作悲喜剧、喜剧。

皮埃尔·高乃依(1606—1684)出生于鲁昂,1628年从法律学院毕业后,购得皇家律师职位,任职至1650年。1629至1637年高乃依创作了《梅丽特》《滑稽的幻想》等5部喜剧,和悲剧《美狄亚》《熙德》。《熙德》引发了关于古典主义激烈争论。1640至1645年高乃依创作了《贺拉斯》《西拿》《波利厄克特》和《罗多居娜》等悲剧以及喜剧《说谎者》。此后,高乃依还创作了悲剧《阿格西劳斯》《苏莱娜》和喜剧《贝蕾尼斯》,1648年高乃依把改写后的《熙德》称为悲剧。1653年之后高乃依的剧作多次受挫,极少成功,他一度接受权臣尼古拉·富凯赐予的年金与庇护。《熙德》以朝臣的权力与荣誉之争为背景,讲述一对恋人罗狄戈与施曼娜被迫尴尬地面对责任、义务和荣誉:卡斯第利亚国王唐菲尔南为太子选师傅,大臣高迈斯在争吵中打了老大臣狄哀格一记耳光,罗狄戈为了父亲狄哀格的荣誉而与高迈斯决斗,并杀死了后者。高迈斯的女儿、罗狄戈的情人施曼娜则向国王请求处死罗狄戈,罗狄戈请求施曼娜用剑杀死他。而后,罗狄戈击败了进攻的摩尔人,罗狄戈还在决斗中战胜了追求施曼娜的唐桑士(施曼娜立誓嫁给决斗的胜者),国王特赦施曼娜与罗狄戈和解,缔结婚约。高乃依是一位充满激情的剧作家。他崇尚英雄主义,敬重那些刻意展现高超的自我形象的高傲心灵,他在《关于〈尼科迈德〉的思考》中写道:"伟大人物的坚强性格在观众心理激起的感情只有崇敬,它和我们的艺术要求用表现人物的不幸在观众心中激起的怜悯之情时是同样令人愉悦的。"剧中肯定了人物的尊崇理性、承担义务和责任,歌颂了置家庭、国家、民族利益高于个人情感的理性主义。

让·德·拉封丹(1621—1695)出生于香槟省的蒂埃利堡,在兰斯学院毕业后,学习过法律。1652年他继承了水泽森林管理员职位,1672年卖掉该职位。自1656年以后拉封丹经常造访巴黎,富凯、布永公爵夫人、萨布利埃夫人等先后成为他的庇护人。1684年拉封丹入选法兰西学士院。拉封丹早期深受诗人马莱伯的影响,1654年他编译了泰伦斯的五幕喜剧《宦官》,他一生创作过众多的作品,包括警句诗、谣曲、回旋诗、爱情诗、讽刺诗、颂歌、宗教诗以及歌剧剧本《达芙妮》(1674)。代表作为十二卷《寓言诗》(1668—1695),取材于伊索、费德鲁斯、阿布斯特缪斯的寓言、中世纪寓言和印度《五卷书》等,包含243个诗体寓言,最末一卷的寓言为拉封丹原创。作者以动物的世界隐喻人类的世界,每一个以动物形象讲述的故事之前或者之后都有道德的教谕,"一出有上百幕戏的大型喜剧,世界就是它的舞台"。

让·拉辛(1639—1699)是古典主义时期最杰出的悲剧作家。拉辛出生于一个小官员家庭,3岁父母双亡,被外祖母收养。从小在巴黎皇港冉森派的修道院学习拉丁文和希腊文,1661至1664年拉辛接近王室,放弃寻求教职,并创作了《德巴依特》《亚历山大》,由莫里哀剧团演出。拉辛的戏剧主要创作于1667至1677年间,《安德罗玛克》《巴雅泽》《米特里达特》《伊菲革尼娅》《费德尔》都是用亚历山大诗体创作的五幕剧,五幕剧《布里塔尼居斯》《蓓蕾尼丝》则包含了多种不同的诗体,这些悲剧大多取材于希腊罗马文学或历史。三幕喜剧《讼棍》部分使用亚历山大诗体创作,受到阿里斯托芬喜剧《黄蜂》的影响。拉辛的诗歌语言是合宜得体的,主要限于贵族社会的日常语言(米歇尔·郝克罗夫特指出拉辛戏剧的词汇量大约4000个词语),他在戏剧中使用的亚历山大诗体无疑使得法语戏剧体诗达到了极度的成熟。更为重要的是,拉辛的悲剧几乎完美地体现了古典主义各原则。《费德尔》获得成功之后,他在路易十四宫廷担任史官。1673年拉辛入选法兰西学院。拉辛还写有抒情诗《心灵雅歌》(1694)。1680年拉辛公开放弃戏剧,与皇港修道院成员言归于好。1689年应曼特侬夫人要求,拉辛创作了宗教题材的悲剧《爱斯苔尔》《阿达莉》等。

莫里哀是最伟大的古典主义喜剧家,创作有悲剧、悲喜剧、芭蕾舞剧和音乐剧等。

尼古拉·布瓦洛–德普雷奥(1636—1711)是17世纪后半期杰出的诗人、批评家。他在巴黎的博维学院毕业后,进入索邦大学学习神学、法学,在短暂的律师实习之后,他放弃了法律并转向文学。布瓦洛推崇拉丁诗人贺拉斯、朱文纳尔,和前辈诗人马莱伯,并致力于文艺批评,为法语的诗学立法。他最初的创作就是模仿朱文纳尔,1666至1668年出版《讽刺诗》,1669至1695年创作诗集《书信集》,1669年获得了国王赐予的赏金2000利弗尔,1674年出版了《诗歌的艺术》(4卷)、《诵经台》和一个诗歌选集,翻译了朗吉努斯的《论崇高》。《诗歌的艺术》用亚历山大诗体写成,无疑受到了贺拉斯《诗艺》的影响,第一卷和第四卷讨论文学原则,例如热爱理性、模仿自然、良好的趣味/感受力、三一律等。别的二卷则讨论各种诗歌体裁,例如田园诗、哀歌、颂诗、十四行诗、歌谣、警句诗、讽刺诗、悲剧、喜剧、史诗等。虽然《诗歌的艺术》讲述了不少习以为常的观点,甚至有偏颇的批评,但及时地称颂优秀的现代诗人、系统地论述古典主义规则还是值得嘉许的。1677年布瓦洛担任路易十四宫廷史官,1683年入选法兰西学士院。此后仍有讽刺诗、颂诗、书信体诗等创作。

17世纪末,法国发生了"古今之争"的文艺论战。1687年贝洛在法兰西学院朗读他的诗作《路易大帝的世纪》,认为古代文艺不及路易十四时代。封特奈尔在《闲话古代与现代》中承认现代知识可以超越古代。圣索林也是现代派的支持者。马里沃进而认为现代创造了古代没有的感伤剧,而悲剧已经衰落。与推崇现今时代的作家不同,布瓦洛《关于龙琴的思考》、拉封丹、拉辛、拉布吕耶尔(老科隆比耶街的文学小团体)等则坚持古典主义规则,他们一般认为现代未必可以超越古代。这一论争持续到下一个世纪,显然不会有明确的结论,"古今之争"却标志着古典主义在法国的衰落。

英国文学。17世纪早期,莎士比亚、本·琼生等一批文艺复兴时期作家依然在创作。17世纪中期,玄学派诗人革新了英国诗歌的风格,它受到巴洛克风格的影响,其诗作包括爱情诗、宗教诗和挽歌,代表作家有多恩、赫伯特等。玄学派诗歌的主要特征是普遍地运用譬喻和富有巧智、玄学式的奇想。

约翰·德莱顿(1631—1700)是复辟时期最有影响力的诗人和剧作家,桂冠诗人。他采用英雄双行诗、法国亚历山大诗体、意大利三行诗体创作讽刺诗、宗教诗、寓言诗、格言诗,他的戏剧则多采用英雄双行诗写作。他还创作了讽刺长诗《麦克弗莱克诺》。

内战时期的散文有伯顿的《忧郁的解剖》、沃尔顿的《垂钓全书》。复辟时期的散文主要包括小说和游记,班扬的宗教小说《天路历程》是这一时期重要的散文作品。艾维霖、佩皮斯等的游记开启了生动活泼、清新自然的散文风格。

德意志文学。德意志在17世纪早期创作中,德语和拉丁语创作的宗教作品依然流行。格里美尔豪生创作的流浪汉小说《痴儿西木传》被文学史家认为是"德国17世纪文学高峰"。其宏大的场面、丰富多彩的情节、框形套句结构和扑朔迷离的叙述风格充分显示了巴洛克文风的影响。奥皮茨是这一时期最杰出的诗人。格里菲、卡斯帕尔创作了一些德语悲剧,主要采用古代题材。

第二节 弥尔顿

弥尔顿(1608—1674)是17世纪英国最杰出的诗人、思想家、政治家和政论家,是欧洲17世纪进步文化的一块基石,是16世纪和18世纪两股思想洪潮之间承上启下的大人物,即文艺复兴运动最后的殿军和启蒙思想最初的发轫者。他创作的史诗给世界文学史留下了不朽的一页。

一、生平与创作

约翰·弥尔顿1608年12月9日出生于伦敦的一个富裕市民家庭。诗人的祖父和父亲都叫约翰·弥尔顿,祖孙三代同名。祖父住在牛津郡,是虔诚的罗马天主教教徒,但父亲却热衷于宗教改革,反对天主教会,信仰新教,做了清教徒,也因此被迫离开家庭,到伦敦去谋生,后来做了金融界的公证人兼律师,这两重职业在当时是赚钱的行当。他的父亲具有较高的文化修养,爱好文艺,既是古典文学的学者,又是著名的音乐家,在音乐方面有创作的乐曲流传下来,并在音乐史上占有一席之地。诗人弥尔顿自幼受到良好的家庭教育,在父亲的影响下,也非常喜爱古典文学和音乐。

弥尔顿的文学创作与英国资产阶级革命联系非常紧密。他的创作大致可分三个时期:

1. 青年时期(1639年前),主要作品是中、短篇小说和诗歌。

弥尔顿从小就好学,从12岁起,经常开夜车,绝少在夜半以前就寝。因此,他的视力很早就受到伤害,40多岁就失明了。他15岁进圣保罗学校,勤奋地学习拉丁文和希腊文,后来又学习希伯来文,并开始试译《旧约·诗篇》。1625年复活节那一个学期开始,弥尔顿到剑桥大学基督学院住校学习。1629年他获得了文学学士学位,继而于1632年获得硕士学位。毕业后,由于不满腐败的教会,拒绝担任教职。此后六年,在家苦读,获得丰富的学识。弥尔顿从大学时期开始文学创作,写有许多中短篇的诗歌。这些诗歌清新隽永,有着纯洁崇高的意境。《圣诞清晨歌》(1629)是他的成名作。诗歌在天上人间广阔的空间中描写基督降临的事迹,写罪恶、黑暗的势力必将被克服,和平、光明的新纪元必将来到。1632至1633年所写的抒情诗《快乐的人》和《沉思的人》是姐妹篇,反映他对生活的热爱。假面剧《科马斯》(1634)写一个在林中迷路的少女拒绝妖怪科马斯的引诱,终于为少年兄弟搭救的故事,表现了高尚纯洁战胜奢侈腐败的思想。1637年写的《黎西达斯》虽然是为悼念同学爱德华·金而作,但同时也表达了诗人对教会腐败的不满和自己献身于崇高事业的远大抱负。

2. 参加清教活动时期(1639—1660),主要著作是政论性散文。

青壮年阶段正是精力旺盛和成熟的时期,这一时期弥尔顿的注意力不在诗歌、小说等文艺作品的创作上,他满脑子关心着教会改革问题、教育问题、婚姻问题,最关心的是政治问题。1638年,他到意大利旅行,接触那里的人文主义者,拜见了被天主教囚禁的伽利略。1639年7月回国以后,他以政论家的身份活跃在时代舞台上,与教会与王党展开笔墨论战,他的一本本政论小册子,像投枪和匕首,刺向敌人的心脏。清教革命爆发,他发表许多政论性文章,抨击国王和国教。脍炙人口的上国会万言书《论出版自由》(1644),以满腔的激情,慷慨陈词,力争言论出版的自由。该文旁征博引,论证有力,是弥尔顿政论散文中的不朽之作。当时在国际上享有盛誉的欧洲大学者沙尔马修,受查理二世的收买,写了拉丁文小册子《为国王声辩》,谴责共和制犯有"弑君"之罪,号召各国国君联合起来抵制革命,企图在国际舆论上置共和制于不利境地。弥尔顿认为自己责无旁贷,他不顾双目失明的危险,倾其才学,洋洋洒洒写了15万字的拉丁文小册子《为英国人民声辩》(1651),热情地为共和制辩护,为清教徒处死查理一世辩护。他在文中严厉地驳斥了沙尔马修荒谬的言论,揭露对方无耻的行为。书一出版,全欧轰动,沙尔马修恼羞成怒,搜肠刮肚未能成文回击,于1653年含恨死去。其后继者聒噪不休,于是1654年弥尔顿写了《再为英国人民声辩》,驳斥了对方苍白的论点,使对方不敢再辩。最终为共和制赢得了一场漂亮的胜利。但却终因在革命斗争中积劳成疾,导致双目完全失明。在这一时期,弥尔顿创作了16首十四行诗,这些诗歌不仅写个人题材和爱情主题,而且写政治与宗教的人物,拓宽了十四行诗歌的内容。

3. 王朝复辟时期(1660—1674),主要作品是他的三部传世杰作:《复乐园》《力士参孙》和《失乐园》。

1660年,王室复辟,查理二世进行残忍的反攻倒算,弥尔顿受过多重磨难:逮捕、关押、抄家、财产充公、著作被烧毁。国会的头头们都被绞死,弥尔顿幸亏享有崇高的国际声誉才幸免一死。弥尔顿之前二十年政治上的努力和功绩虽付之东流,但他没有失去创作精神和对革命前途的信念。其他文人纷纷改变风向,只有弥尔顿岿然不动,继续用他的如椽大笔战斗不息,显示了革命者的崇高品格,将一个意志坚强,为信仰至死不屈的光辉形象永远留给了后人。弥尔顿晚年的文学创作登上了他创作的高峰。他虽然双目失明,生活贫困,但生活仍然很有规律,完成了整个创作生涯最为成功的三大诗作:《复乐园》《力士参孙》和《失乐园》。1674年11月8日星期天的深夜,诗人静静地与世长辞。

《复乐园》(1671)取材于《新约·马太福音》第四章第一至十一节,或《新约·路迦福音》第四章第一至十三节。耶稣在约旦河受洗后,由生灵引至狂野,禁食40天,魔鬼撒旦来引诱他,而耶稣始终不为所动,经受考验的耶稣变得更加成熟。长诗中撒旦化妆成老农夫对禁食40天的耶稣说,他是神子,可以把石头变成面包。耶稣揭穿了他的诡计,他便消散于稀薄的空气中。第二次,他趁耶稣正饥饿时,采用了美食的方法,结果诱食的花招失效,改用金钱,也被拒绝了。撒旦又用荣誉为诱饵,领耶稣到一座高山顶上,远眺东方古国巴比伦、亚述等国都城的豪华、军容的威武,劝耶稣早日接替大卫的王位,也被斥退了。当时犹太正处于罗马与安息两大帝国之间,必须利用一个反对另一个,撒旦自愿做说客,到安息去游说,联合起来攻打罗马,救同胞于水火之中,耶稣识破他的用心,又申斥了他。撒旦又引耶稣到山上,指给他看罗马帝国宫廷的富丽堂皇,但危机四伏,他可以轻而易举地把它夺过来给跪拜他的人,意在要对方向他屈膝,耶稣严厉地斥责他,叫他退到后边去。最后,魔鬼撒旦改用希腊的光辉文化来引诱耶稣入迷,希望他把兴趣移到文化研究上去,忘记济世大业,也被驳斥了。撒旦见一切物质的、精神的诱饵都无效,便用暴风雨来威胁耶稣,结果也无效。撒旦见利诱和威胁都失灵,便自认失败。但魔鬼心犹未死,最后带耶稣上圣殿的塔尖上,叫耶稣跳下去,说若是神子,天使会来接住他,不会受伤。耶稣最后一次斥骂撒旦,叫他滚开,自己在塔尖上站了起来。这时撒旦因目眩而下坠,耶稣则由天使们接到美丽的山谷中,举行天上的筵宴与乐舞,庆祝乐园的恢复。为什么这就算是恢复乐园呢?按照基督教的说法,第一亚当经不起考验而失去乐园,耶稣是第二亚当,降生为人,替罪牺牲,死而复活,并经受了各种威逼利诱考验,便复得乐园。

全诗着重塑造耶稣的形象。耶稣具有坚定的信念,任何威胁利诱,包括灾难、享受、金钱、荣誉、权势、学问等等,都不能动摇他的信念和立场,达到了精神上崇高而完美的理想境界。在耶稣的形象中,诗人歌颂了信念和气节,寄托着自己对于那些在革命失败、反动势力猖獗的时期,不怕威胁利诱仍然坚持立场岿然屹立的革命者的崇敬之情。耶稣形象其实是诗人的自况,或者说是诗人的自勉。他为自己能够抵御来自复辟王朝的引诱和压力而感到自豪,相信自己能够在革命低潮时期树立起高风亮节。

《力士参孙》(1671)是一部诗剧,取材于《旧约·士师记》第十三至十六章。"士师"是古希伯来人在国家建立之前部落联盟的首领,对外主持战争,对内审理案件。在弥尔顿诗剧中,参孙就是这样一个智勇双全的斗士。剧本着力写他面对敌人的囚禁和侮辱,却斗志不已、忍辱负重的故事。参孙力大无比,曾多次战胜众多的敌人,在抗击海上来敌非利士人的战争中屡建奇功。但是,他娶了非利士女子为妻,敌人买通他的妻子,得知了战胜他的秘诀。参孙受到妻子的欺骗,泄露了自己力气的根源在于头发的秘密,结果在被俘之后,敌人剃光了他那一撮宝贵的头发,使他失去了力量。参孙受尽敌人的百般折磨,被挖去双眼,手脚带上镣铐,关在牢房里服苦役。可参孙不甘失败,他默默地忍受着这一切,等到头发重新长出,恢复力量时,寻找报仇的机会。一天,非利士人举行庆典,命令他在席间表演技艺。参孙趁着表演的时候,撼倒支撑演出大厦的支柱,大厦倒塌,参孙与敌人同归于尽。

剧本的结尾震撼人心,参孙的崇高形象巍然屹立。其实这一形象和遭遇与诗人非常相像。两者都是不屈的斗士,都是双目失明,在敌人的监视下过着穷苦的生活,但都斗志顽强,至死不渝。诗人虽然没有与敌人同归于尽的戏剧性壮举,但14年如一日,把有限的残生投入到文学创作之中,吟诵创作了三部史诗,展示了崇高的精神风貌,他的创作作为17世纪英国革命的巍峨丰碑,赢得了后人无穷的景仰。

《失乐园》(1674)是弥尔顿的代表作,是诗人一生中最伟大的作品。史诗继承了古代史诗和悲剧的传统,构思宏伟,语言典雅,风格雄伟壮丽,是17世纪英国乃至欧洲最好的诗歌作品。

二、《失乐园》

《失乐园》写于清教革命产生严重危机及革命失败后封建王朝复辟时期。弥尔顿亲身经历了这场革命,所以他的整部史诗洋溢着清教革命精神,表现了诗人的革命激情和坚定信念,贯穿着他对革命经验与教训的反思和对人类发展历程的思考。这首长诗规模宏伟,格调高昂,被认为是欧洲文学史上文人史诗的典范之一。

《失乐园》是诗人弥尔顿经过长期酝酿和构思而写成的一部长篇史诗。在大学期间,诗人就有学习荷马写作一部史诗的想法。后来由于公务繁忙而未能落实。1657年后,诗人有了写作长诗的计划。从1658年到1660年,由他口授,他的朋友、女儿和外甥等人笔录,写出了一半。王朝复辟后,诗人虽然遭受迫害,仍然坚持写作,到1665年终于完成了全诗,1667年出版。全诗一万余行,初版时分为10卷,1674年版分为12卷。

《失乐园》取材于《旧约·创世纪》,叙述上帝宣布立神子为诸神之长,统帅天国。天使长撒旦心怀不满,率军起义,与上帝对抗,结果被雷霆击败,百万叛军堕入地狱火湖,受瘴气和烈火的熏灼。撒旦不甘心失败,他慷慨陈词,重振军威,并在深渊中大兴土木,筑起巍峨的"万魔殿",召集众天使商议复仇大计,最后决定到上帝创造的新世界去诱惑新族类,拓展疆土,打击上帝。魔王撒旦自告奋勇前去侦察,他振翅冲出地狱门,飞越天堂地狱之间的鸿沟,独自冒险远征,来到上帝刚刚创造的新世界。上帝在新世界中用泥土造了亚当,又用亚当的一根肋骨造了夏娃与之为伴,将他们安置在伊甸乐园中,并嘱咐他们:园中的果子可随意吃,只有智慧树上的果子禁止食用。撒旦化装成天使骗得了管理太阳的天使的信任和指点,来到了伊甸园。为实现对上帝的报复,撒旦变成蛇去诱劝夏娃吃了智慧树上的果子。夏娃吃了果子,发现它味道鲜美,便劝亚当也吃,二人立刻变得聪明起来,知道了害羞,并用树叶遮住裸露的身子。撒旦返回地狱庆贺自己的胜利,不料他和他的同伴都变成了蛇。上帝闻知大怒,诅咒蛇要用肚子走路,终生吃土。上帝让夏娃痛感怀胎和生儿的苦楚,并受丈夫管治;令亚当终身劳作,汗流浃背才能糊口。天使米伽勒奉上帝的命令,将亚当和夏娃逐出乐园。他带亚当上高山,预示未来:人类将代代相传,帝国兴亡相继,直到大洪水毁灭一切,有诺亚方舟保存人类,但罪恶未除,待神子降临,代替人类受罪,复活升天。

《失乐园》采用倒叙手法,分两条情节线索来铺展情节。一条线索是亚当夏娃偷吃禁果因而被赶出乐园的故事,这个故事取材于《旧约·创世纪》;另一条线索是撒旦反叛上帝而失去天上乐园的故事,这个故事是弥尔顿根据《新约·启示录》而想象的。这两条线索的交叉点是撒旦诱惑亚当夏娃偷吃禁果的情节。弥尔顿在革命处于低潮的历史背景下描写这样的故事,把自己在革命时期的种种感受体验,以及革命失败后的对历史经验的思考,全部凝聚在诗中。

撒旦是全诗中最生动的形象。这部史诗最大的价值之一就在于赞美了撒旦的反抗精神;撒旦斗志昂扬,不屈不挠地反抗上帝的权威,痛斥上帝是暴君。在诗人的思想观念上这是非常了不起的壮举,作为一名虔诚的清教徒,弥尔顿本应当把上帝作为他的正面主人公,但诗人违背了自己的宗教观念,把上帝写成一个专横的暴君,而把反叛上帝的撒旦的形象当作史诗的重心,刻画得有声有色。在该诗中歌颂上帝的诗句显得苍白无力,而描绘撒旦与上帝的对抗则洋溢着炽热的诗情。

这个长着翅膀、背着巨盾、手拿长矛的大汉,果敢坚毅,满怀仇恨,他率领众天使与残暴的上帝交战,以打乱上界的秩序。反抗上帝失败后,撒旦虽然被打入地狱,但他依然斗志昂扬,桀骜不驯。他认为屈服于权威之下,"弯腰屈膝"去"哀求怜悯"是最为卑贱的,表示要为自由与强权对抗到底:

> 在这儿,我至少是自由的……
> 我们在这里可以稳坐江山。
> 我倒是要在地狱里称王,大展宏图,
> 与其在天堂里做奴隶,
> 倒不如在地狱里称王。①

尽管在地狱里忍受着火湖的煎熬和沉沦的苦难,但撒旦意志坚强,毫不气馁,对同伴们说出这样一段闪耀着革命精神和必胜信念的言辞:

> 那威力,那强有力的胜利者的狂暴,
> 都不能叫我懊丧,或者叫我改变初衷,
> 虽然外表的光彩改变了,
> 但坚定的心志和岸然的骄矜决不转变……
>
> 我们损失了什么?
> 并非什么都丢光:
> 不饶的意志、热切的复仇心、不灭的憎恨,
> 以及永不屈服、永不退让的勇气,
> 还有什么比这更难战胜的呢?
> 他的暴怒也罢,威力也罢,绝不能夺去我这份光荣。②

为此,他在地狱建起金碧辉煌的万魔殿,伺机报仇雪耻;他身先士卒不畏艰难,冲出地狱去探测上帝造的新世界。

弥尔顿不吝笔墨地写撒旦的气宇轩昂,勇敢无畏,写他的悲壮,他的傲岸,无疑渗透着自己的反抗精神。正如俄国大批评家别林斯基所言,即使作者不是有意在作品中描写 1648 年的革命,却也在不自觉中反映了那个时代的革命精神。特别是在骄傲而阴沉的撒旦形象中,写出了敢于和权威抗争的崇高的精神境界。

撒旦的形象具有双重性,所以诗人另一方面又写出撒旦的骄傲自满,作威作福,感情冲动,有着强烈的权势欲和妒忌心,这也是他成为堕落天使的重要原因。撒旦看到人类始祖仪

---

① 约翰·弥尔顿:《失乐园》,朱维之译,上海译文出版社 1984 年版,第 15 页。
② 同上书,第 7—8 页。

容俊美,生活幸福,便处心积虑地引诱亚当、夏娃犯罪,最终受到上帝的惩罚;他的好战,又使他的暴虐性子不断地发作。他向新世界传布"罪恶"和"死亡",企图做新世界的主宰、人类的统治者。撒旦的下场是与叛乱的天使们一齐瘫倒为蛇,吞吃灰土,彻底失去了天使的光辉。诗人将革命失败教训的思考凝结在这个艺术形象中,在长诗的后半部分,撒旦形象显现出其委琐的一面,不如史诗前半部所写的那样光彩夺目。透过他的这一性格,诗人暗示出了资产阶级革命失败的原因。

亚当和夏娃的形象寓意深刻,预示着人类走向完美的艰难道路。这是两个美好的形象,他们天真无邪,相亲相爱,不为衣食所累,不为四季所苦,诗人用优美的诗句描写他们纯洁美丽快乐赛神仙的逍遥生活:

> 他们这样赤身裸体地行走,
> 也不躲避上帝和天使的视线;
> ……那亚当,
> 他的子孙中没有比他更善良的,
> 那夏娃,比后代一切女人都美。
> 他们在青草地上,丛林荫下,
> 一道清澈的泉水旁边坐下来
> 那丛林挺立着,温柔地私语……
> 他们并坐,斜依在花团锦簇的
> 柔软的堤上,顺手采摘枝头鲜果。①

弥尔顿借此高度赞美了上帝创世的功绩,为人类原罪的产生痛心不已。夏娃美丽、善良,但轻信,经不起谄媚的吹捧,所以上了魔鬼的当。亚当勇敢、刚毅,比夏娃有心智。他遵从上帝的旨意,警惕恶敌的袭击。不过他虽然有理智,但也感情用事。弥尔顿充分肯定亚当和夏娃对于自由和知识的追求,但批评他们意志薄弱,经不起诱惑,所以犯了错误,被赶出乐园。当然,他们也并未走向绝境:当他们经过艰苦的历程,灵魂得到净化时便能得救。

史诗采用了抑扬格五音步无韵诗体,气势磅礴,流转自如,热情澎湃。这部史诗艺术特点十分鲜明,弥尔顿继承了荷马史诗的优秀传统,以丰富的想象力描绘出生动的场面,赋予人物以鲜明的性格。整部史诗字里行间洋溢着激情,场面浩大,色彩缤纷,从总体上看,史诗风格宏伟,格调高昂。弥尔顿用一万多行诗来吟咏天堂、地狱、人间里上帝、人类和魔鬼之间发生的故事,过去、现在和未来的情景交错展开,结构巧妙而宏大。同时他又吸取了中世纪文学的象征和寓意手法。在复辟王朝统治下的黑暗年代,弥尔顿为了躲过监视和禁锢,不得不选用特殊的表现方法。正如马克思所说,他借用《圣经·旧约》中的词句、热情和幻想来反映资产阶级的革命斗争。《失乐园》在宗教的外衣下潜伏着弥尔顿伟大的政治理想和革命诉求。史诗折射出英国17世纪的时代精神。人类被逐时的凄惶,撒旦失败后的创痛,都流露出那个特定时代人们的苦闷和忧伤。

---

① 约翰·弥尔顿:《失乐园》,朱维之译,上海译文出版社1984年版,第143页。

第三节　莫里哀

莫里哀(1622—1673)是法国古典主义时期伟大的剧作家、卓越的喜剧演员、戏剧活动家。他也是法国芭蕾舞喜剧创始人。17世纪古典主义文学最高成就的代表。莫里哀的喜剧被看作是"法兰西精神"的代表。

一、生平与创作

莫里哀，原名约翰-巴蒂斯特·波克兰，出生于一个富裕的巴黎商人家庭，他的祖上居住在博韦奇市。1622年1月15日他在巴黎马莱区的圣-尤斯塔奇天主教堂受洗。他的父亲约翰·波克兰拥有一家商店，出售家具装饰材料、布料、地毯和挂毯等，1631年约翰·波克兰花重金购得"王室室内装潢特许商"官方名衔和贵族爵位。翌年5月母亲玛丽·克利塞去世，一年后其父与卡塞琳·弗莱利特再婚。由于其外祖父居住在圣欧昂区，便经常带莫里哀去马莱区和新桥看闹剧、喜剧和悲喜剧。

1631至1639年，莫里哀就读于耶稣会的克莱蒙特学院(即今路易大帝中学)，在二十岁之前他接受了严格的人文教育，接受了伽桑狄、伊壁鸠鲁、卢克莱修的哲学思想。中学毕业后，莫里哀在奥尔良法科学校学习，在巴黎最高法院作过实习律师，相传1642年4至7月他曾随从路易十三到过纳尔邦。莫里哀放弃了资产者的富裕生活，倾心地热爱戏剧，爱上了女演员玛德莱娜·贝雅尔。1643年6月莫里哀等十人在巴黎创建了"光耀剧团"，主要在巴黎、鲁昂、南特等地巡回演出。1644年6月28日在剧团的一份招聘合同中，莫里哀首次使用艺名"莫里哀"。由于剧场搬迁和剧团经营不善，作为剧团经理的莫里哀因负债而被拘入狱。

1645年底莫里哀被迫离开巴黎，加入杜弗利涅剧团，并长期在法国西部和南部巡回演出。在外省逗留了13年，演出获得成功。现存的演出剧目主要是各种闹剧。显然，莫里哀的剧团学到了不少意大利艺术戏剧和民间闹剧的演艺技巧，他们回到巴黎后，在喜剧方面的成就则超过了勃艮第宫邸剧团。

1658年莫里哀和他的剧团应邀返回巴黎，路易十四的弟弟奥尔良公爵成为该剧团的保护人，剧团得以在小波旁剧院演出，表演那些属于"异乎寻常的喜剧"。同年10月24日，莫里哀的剧团在卢浮宫演出，其中闹剧《多情的医生》演出成功，在宫廷大受欢迎。1661年1月莫里哀的剧团辗转到黎塞留修建的王家剧院演出。在几个悲喜剧演出失败后，同年6月24日喜剧《丈夫学堂》的演出再次获得成功。8月17日芭蕾喜剧《女学究》也获得了成功。在此后的两年里，国王显然十分关注莫里哀剧团的各种演出，王室的赏赐为剧团提供了大量的资金支持。1662年12月26日，《太太学堂》在王家剧院的首次演出获得了巨大的成功，1664年夏季意大利斯卡拉姆什喜剧团返回巴黎，与莫里哀的剧团轮流在王家剧院演出。莫里哀的剧团为该剧院付出昂贵的修缮费用，以便剧场提供更好的舞台机械、布景和饰物等。在《达尔杜弗》禁演之后，更为严重的是剧团缺乏新的剧本，演出几乎陷入最低潮。1665年2月15日，《唐璜》取得了更大的成功，同时也引发较小的争议。同年剧团更名为"国王剧团"，并获得来自王室的 6000 利弗尔年金。此后剧团演员相对稳定,剧团的资金也算宽裕。莫里哀和他的剧团进入了他们的顶峰时期。1665 年底至 1666 年初,莫里哀因重感冒发烧,患上了肺炎。1666 年巴黎书商约利刊印了第一个国王特许的莫里哀戏剧集(二卷本),收入 1 首诗和 9 个喜剧作品。同年 6 月 4 日剧团因表演《愤世嫉俗者》而获得空前的成功,这个卓越的性格喜剧获得了上流知识阶层的一致好评。

1673 年 2 月 17 日莫里哀在表演《没病找病》未竟即病倒,不久去世。据他的妻子阿尔芒德后来叙述,人们没能为莫里哀举行天主教临终忏礼,教区主教也拒绝出席他的葬礼。2 月 21 日夜晚莫里哀遗体被埋葬在圣约瑟夫教堂公墓一角。拉-格朗吉《莫里哀文集·序言》写道:"他还有很多没演完,观众很容易发现他并不是不想演完过去创作的这个喜剧……他急匆匆地回家,他几乎没来得及躺在床上,痛苦地折磨着他的剧烈咳嗽持续不断。他声嘶力竭,剧烈的咳嗽撕裂了他的肺部血管。很快他就觉察到这一状态,他的思想便转向天上。片刻之后,他已不能说话,嘴里大口大口的血使他窒息。"1673 年巴黎书商巴宾在莫里哀去世后刊印了第二个《文集》(七卷本),收入 26 个戏剧作品。

莫里哀的戏剧为路易十四时代增加了文学上的光彩。国王的庇护与支持,使得莫里哀和他的剧团能够演出那些有争议的剧作,赢得了巴黎民众的普遍而真诚的喜爱。圣伯夫写道:"莫里哀属于那个世纪,他一生描绘了某些特殊时期与世风。然而,他更属于所有时代,他是体现了人性的人。"莫里哀将 17 世纪的喜剧复活为一种严肃的反映人性和生活的艺术,并完善了法国戏剧传统。

莫里哀的作品有 33 部剧作和 8 首诗。莫里哀极富想象力的戏剧作品大致可以划分为闹剧、喜剧、芭蕾舞剧、音乐剧。

1. 莫里哀的闹剧主要是一种散文体的戏剧,继承了中世纪的民间戏剧传统。莫里哀和他的剧团在外省巡回演出了许多闹剧,例如《冒失鬼》《爱情的怨气》《多情的医生》《三个争风吃醋的医生》《导师》《小学生胖勒内》《装进袋子里的乔吉比》《讨厌鬼》等剧目,然而现在可知是莫里哀创作的剧作仅有《假装医生》和《嫉妒的勒巴尔布耶》。1659 年 11 月 18 日莫里哀的剧团演出了第一个以巴黎为背景的风俗喜剧《可笑的女才子》,著名的喜剧演员若德莱扮演姚得莱子爵。朗松认为,独幕喜剧《可笑的女才子》从主题、格调来看都还是闹剧。《可笑的女才子》讲述的是两个来自外省富裕资产者家庭的姑娘卡多丝和玛德隆来到巴黎后的矫揉造作、故作高雅的行为,它讽刺了当时马莱区盛行的沙龙,使巴黎上流社会成员得以嘲笑自己的装腔作势,尤其是他们对巴黎自以为是的过分自豪。由于深受法国民间闹剧、意大利艺术喜剧的影响,莫里哀的演技接近于意大利闹剧的表演,他的戏剧多半充满了类型化的人物。同时代作家索梅兹不无嘲讽地称莫里哀是"法国第一位闹剧演员"。

2. 莫里哀的喜剧包括使用英雄双行诗体、诗体和散文体创作的各种喜剧,其共同的特点是:包含简单或者复杂的情节,莫里哀喜剧善于描写他的世纪的人和风格,并提供合乎常情常理的道德教训。英雄双行诗体喜剧包括:《纳瓦尔的堂嘉尔西》、田园剧《梅丽塞特》;诗体喜剧包括:《爱情的怨气》《冒失鬼》《斯嘉纳赖尔》《丈夫学堂》《太太学堂》《达尔杜弗》《愤世嫉俗者》《安菲特里翁》《女学究》;散文体喜剧包括:《可笑的女才子》《太太学堂批评》《凡尔赛即兴》《唐璜》《爱情是医生》《屈打行医》《斯卡班的诡计》《艾斯卡尔巴纳伯爵夫人》《乔治·唐丹》《吝啬鬼》《奢华的恋人》等。

《太太学堂》是莫里哀用古典主义规则创作出来的一个爱情主题的喜剧,此剧嘲讽了资产者阿尔诺耳弗保守的夫权主义言行。阿尔诺耳弗乔装成"树桩先生"即将向阿涅丝求婚,十三年前他把阿涅丝送进修道院,为把她培养成一个天真、顺从的妻子。然而,被接出了修道院的阿涅丝却爱上了少年贺拉斯,后者多次乔装接近阿涅丝,最后在贺拉斯的父亲奥隆特的帮助下,两个年轻人缔结了婚约。1665年2月15日五幕剧《唐璜》在王家剧院首演获得巨大成功。"唐璜"是14世纪以后欧洲文学常见的题材,莫里哀改写了婚礼、沉船、在乡村的爱情征服等情节,增添了关于医学(斯嘎纳勒尔假装医生)、伪善、商人迪芒舍、唐璜的新婚妻子埃尔维尔返回等情节,突出了唐璜的邪恶:不道德、不信教、伪善、恣情纵欲。该剧并不遵从古典主义规则。剧中情节发生在西西里,西班牙贵族唐璜在追逐别人的新娘时落水,遇救后在乡村追求两个少女,然后逃亡林中,邀请墓地的石像在次日共进晚宴。最终女鬼魂和石像把假装忏悔的唐璜带入地狱。

1666年6月4日《愤世嫉俗者》在王家剧院首演,该剧由1808个十二音的亚历山大诗体诗行写成,嘲讽了人类情感的矛盾性,揭示了虚伪与正直的两难状态。阿尔塞斯特厌恶人类的虚伪、懦弱和妥协,他发誓不再按照虚伪的社会惯例行为行事,而只是说诚实而正直的话。然而,他拒绝了正直的爱丽昂特的爱慕,却爱上语言犀利、爱慕虚荣而且卖弄风情的寡妇塞利梅娜。

1668年9月9日五幕剧《吝啬鬼》在王家剧院首演,这是一出以爱情为主题的性格喜剧,剧中充满了误会与乔装,它展示了一个对生活恐慌、过度节俭而近似疯狂的老鳏夫形象。阿巴贡把一万金币埋在花园里,他想娶少女玛丽亚娜,但阿巴贡的儿子克雷昂特与她相爱。贵族青年瓦赖尔(乔装为仆人)与阿巴贡女儿艾丽斯相爱,而阿巴贡欲将女儿嫁给昂塞尔姆以谋取钱财。最终阿巴贡找回了被仆人拉弗雷什取走的金币,同意了两对年轻人的婚姻。

三幕喜剧《斯卡班的诡计》深受意大利艺术喜剧的影响,斯卡班是一个意大利艺术喜剧人物,该剧还有一些的闹剧成分。该剧以爱情的误会为题材,描绘了一群夸张可笑的外省人物。吉隆特之子勒昂德爱上阿尔冈特失散的女儿塞比娜特,阿尔冈特之子奥克达弗爱上吉隆特失散的女儿雅珊特。仆人司卡班则使出了种种诡计,从两个吝啬的资产者家长那里拿到了从埃及人手中赎回这两个女子的赎金。最后亲人相认,两对情人成婚。

3. 莫里哀的芭蕾舞剧与音乐剧,主要是在路易十四的宫廷演出,表现出鲜明的宫廷趣味。芭蕾舞剧包括用诗体和散文体创作的喜剧和悲剧。《坡西歇》是一部芭蕾舞悲剧(莫里哀、高乃依、基诺合作,吕利作曲)。芭蕾舞喜剧则包括:《讨厌鬼》《强迫的婚姻》《乔治·唐丹》《德·普索雅克先生》《有产者的贵族迷》。音乐芭蕾舞剧包括:《牧歌喜剧》《西西里人》《爱丽德公主》。它们突出了音乐在表演中的重要地位,尤其是与吕利长达9年的合作较大提高了这些音乐剧的表现力,后者是法国喜歌剧的创始者。

五幕散文剧《有产者的贵族迷》既是芭蕾舞剧,也是风俗喜剧,剧中混杂了土耳其故事,西班牙、意大利、普瓦图歌舞。巴黎有产者儒尔丹着迷贵族社会,他结交了出入宫廷的多朗特伯爵,请来了音乐、舞蹈、剑术、哲学教师,还为自己做了新的礼服。由于儒尔丹反对其女儿吕西尔与克莱昂特的婚约,由仆人科维埃尔策划了一出有朵丽梅娜夫人出场的假面舞会,克莱昂特假扮为土耳其王子,最终求婚成功。"莫里哀的神奇之处就在于把奇特的东西与合乎情理的东西结合起来,把古怪的东西与舞蹈和喜剧中最有希望获得成功的主题结合起来。"

《没病找病》是莫里哀最杰出的音乐喜剧,其中有音乐、舞蹈表演。该剧描写的是一个自以为生病的巴黎贵族阿尔冈,为了能得到长久的医护,强迫女儿昂热利克嫁给医生托马·迪亚富瓦吕。由于女仆图瓦内特的巧妙设计,阿尔冈与医生迪亚富瓦吕绝交,贝丽娜的贪婪自私被揭露,而克莱安特最终赢得了恋人昂热利克。像拉伯雷一样,莫里哀嘲讽了学究气十足的医疗学。

1668年7月18日三幕剧《乔治·唐丹》在凡尔赛宫成功首演。该剧以牧人的合唱开始,包含一些闹剧成分,莫里哀在节目单中称它为音乐喜剧。富裕的乡下人乔治·唐丹娶了乡下贵族索唐维尔的女儿昂热丽卡,朝臣克利堂德子爵却公开追求昂热丽卡,乔治·唐丹采取的行动不断陷入困顿之中,经由索唐维尔夫妇的斡旋,乔治·唐丹请求昂热丽卡原谅自己的胡闹。

莫里哀的戏剧总是表现出对人性的本真、社会的自然状态的热忱。他的目标是:理性地展示人生与社会的愚蠢、人性的偏执,以及可笑的恶劣行为,并对这些人生与社会的缺点发出善意的嘲笑,进而纠正它们。其戏剧人物的共同特点是:由于某种狂热而失去平衡,并执拗于这种错误。法盖认为,莫里哀是一个布道者,在他的每一个喜剧中都有一个"善于分析"的角色来传达他的人生哲学和道德教训。费纳隆写道:"我们应该承认,莫里哀是一位伟大的喜剧诗人。在某些性格方面,我斗胆说,他比泰伦斯走得更远;他写作的题材也更富有多样性;他用有力的笔墨描绘了我们看见的几乎全部失常和可笑的事物。"

莫里哀的风俗喜剧和性格喜剧几乎全是三幕剧和五幕剧,创作了13个五幕剧和9个三幕剧,包括他最杰出的剧作。除开《梅丽塞特》是两幕剧,莫里哀的喜剧还包括9个独幕剧,这是意大利艺术喜剧最普遍的结构形式。

二、《达尔杜弗,或者骗子》

五幕诗体喜剧《达尔杜弗,或者骗子》是莫里哀最重要的风俗-性格喜剧。莫里哀模仿了斯卡隆《伪君子们》,还借用了马莱兰·雷尼埃《玛赛特》、意大利剧作家阿雷丹《伪善者》和坡塔《伪君子》中的题材、形象和技巧。伪善或者欺骗一直就是喜剧与讽刺诗的传统主题,它也是基督教纯洁运动的抨击对象和改革目标。

1664年5月12日三幕喜剧《达尔杜弗》在凡尔赛宫首次演出,莫里哀扮演奥尔贡。此前,《达尔杜弗》已经提交给国王阅读。拉格朗日写道:"剧团遵照国王的命令去凡尔赛……在该地演出了《达尔杜弗》的三幕剧,是前三幕。"该剧被禁演,原剧作没有留存下来。虽然莫里哀根本没有想到嘲讽或者批评耶稣会的人,也没有想到嘲讽让森教派或者圣体会的人,然而法国天主教教会的部分高阶人士、圣体会成员,以及上流社会的部分成员强烈地反对该剧。国王下令禁止此剧公开演出。布瓦洛写道:"他们那颗心自己了解自己,并且害怕光明,倘若它嘲笑上帝,一定害怕《达尔杜弗》和莫里哀。"同年9月和11月莫里哀和他的剧团为国王再次表演了该剧,剧作可能有修改。

1667年8月5日新修改的五幕剧《骗子》在王家剧院演出，主人公改名帕吕尔弗，减少了一些对宗教的批评，演出获得成功，剧团收入1890利弗尔。但是巴黎最高法院立即禁止该剧演出，8月11日巴黎大主教佩雷菲克斯严格禁止该剧：阅读或者听人朗读该剧，将被革除教籍。

1669年2月5日最新修改的五幕剧《达尔杜弗，或者骗子》获得国王的特许，在王家剧院的首场演出成功，收入2860利弗尔，该剧演出持续到4月13日。由此莫里哀的个人荣誉达到了顶点。

《达尔杜弗》第一幕中殷富的商人奥尔贡接受宗教人士达尔杜弗作为自己的灵魂导师，奥尔贡的母亲柏奈尔夫人也笃信达尔杜弗。柏奈尔夫人嘟囔地抱怨奥尔贡的后妻艾尔密尔、奥尔贡的儿子达米斯、奥尔贡的女儿玛丽亚娜、侍女桃丽娜对尊贵的客人达尔杜弗的不恭敬。第二幕中回家的奥尔贡阻止玛丽亚娜的爱情，欲将她嫁给达尔杜弗。桃丽娜基于生活的常理揭示了达尔杜弗的伪善，帮助玛丽亚娜反抗这一强迫的婚姻。第三幕中艾尔密尔受到达尔杜弗的追求，被儿子达米斯发现了真相，并把它告诉奥尔贡，达尔杜弗的狡辩使得无辜的达米斯被赶出家门，达尔杜弗获得了奥尔贡的继承权。第四幕中艾尔密尔让丈夫奥尔贡躲在桌下，发现向艾尔密尔求爱的达尔杜弗所表现的罪恶与伪善。奥尔贡将达尔杜弗赶出自己的家门。第五幕中达尔杜弗利用手中保存的奥尔贡反叛国王的秘密文件控告后者，国王发现达尔杜弗才是声名狼藉的罪犯，逮捕了他，并赦免了奥尔贡，结局皆大欢喜。

《达尔杜弗》包含了多重的嘲讽主题：一个主题是宗教上的伪善。剧中，莫里哀表现出自由的宗教思想：真正的虔诚并不要求放弃享乐，真正的虔诚者必然热心改善社会——热衷于天堂的利益。对教会腐败的批评是文艺复兴以来常见的文学题材，莫里哀在此剧中延续了这一内容。另一个主题是父亲指定的强迫婚姻，莫里哀同情符合自然与天性的爱情，反对强迫性的婚姻。这是古典拉丁喜剧的伟大传统，莫里哀的喜剧一再写到这一主题。宗教上的伪善在《达尔杜弗》中占据更为重要的地位，婚姻问题居于次要地位。此外，莫里哀还嘲讽了违背理性的时代生活状况，增添了新的时代精神——即正义的权威：宗教人士不是社会善恶、是非人生的精神判决者，英明而且洞察一切的国王才能最终作出合乎理性的公正决断。第五幕国王对奥尔贡明智的赦免可能是莫里哀最后增添的内容，它明显地表达了莫里哀对国王的感激和对正义的期望。国王的出场很像古希腊戏剧的"机械降神"，可以避免喜剧陷入不可自拔的悲哀结局。

像所有的喜剧一样，《达尔杜弗》中的人物也有鲜明的类型标识，莫里哀创作时是以自己剧团里的演员为蓝本，在实际演出时必然加入了许多脚本中没有记载的细节。达尔杜弗是一个道貌岸然的、谙熟计谋的道德骗子。达尔杜弗向艾尔密尔的求爱是罪恶的、破坏道德的行为，这些欲望揭露了达尔杜弗的欺骗与伪善。全剧还显露达尔杜弗更多的伪善：面对奥尔贡的忏悔，显露出他虚假的虔敬和充满算计的报复；对劳伦说的话，显露出他在宗教伦理上的虚伪；对桃丽娜说的话，显露出他好色的性格。达尔杜弗最初由科罗瓦西扮演，科罗瓦西身材高大、体态肥硕、面色红润。与其说达尔杜弗影射若奎特主教，还不若说莫里哀更关注演员自身在舞台上可能的喜剧效果。尽管达尔杜弗是在第五幕中原形毕露，伪善的面具被揭开，但是观众对他的了解却多半得自其他人物对他的评论，而非来自达尔杜弗在舞台上的实际行动。艾尔密尔是一个世俗但正直的女人,最初由阿尔芒德扮演。后者出现在第二幕,像传统喜剧的爱情情节一样,两人情急而莽撞的恋爱容易引起观众的同情。桃丽娜曾机智地怂恿和引导玛丽亚娜反抗违背自然的强迫性婚姻。这暗示了奥尔贡深深地受到了达尔杜弗的影响。

奥尔贡是一个冲动、固执而轻信的家长,柏奈尔夫人是一个盲目而固执的老一代家长。达尔杜弗对奥尔贡和社会造成的恶劣危害,显然与愚昧而固执的家长有直接的关系。奥尔贡是一个举足轻重的人物形象,几乎出现在全剧各幕中。他并不愚昧无知,却误信达尔杜弗,往往由于缺乏对人与事的深入观察,其行为多冲动偏颇,有违于社会常情和理性。奥尔贡的形象被赋予鲜明的时代特征,在很多方面可见参加过投石党叛乱的孔蒂亲王的影子。柏奈尔夫人明显属于喜剧传统的类型人物,最初由男演员路易·贝雅尔扮演,她一面吹毛求疵式地胡乱指责,一面盲目地推崇达尔杜弗的虚伪准则,为全剧提供了习常的笑料。

达米斯和玛丽亚娜是奥尔贡的子女,像喜剧传统的莽撞的少年、怯懦的少女形象一样,他们一面必须听从父亲的强迫性命令,一面违抗那些失去常情常理的规定,冲破横加的阻挠,在成长过程中找到生活的平衡点。正是达米斯躲在衣橱里窃听,发现了达尔杜弗的罪恶。

女仆桃丽娜在剧中一直发挥着不可忽视的作用。在前三幕,桃丽娜是大胆坦率、直言无隐的女仆形象,莫里哀有意突出了她的巧智、合乎常情常理等自然品质。达尔杜弗出场后,桃丽娜作为艾尔密尔、达尔杜弗的传话人,提供了旁观者的视角。

克雷昂特克雷央特是理性的形象,提出常情常理的观念,被认为是莫里哀的代言人。他在第一幕第五场中发表了真诚与伪善的议论:"我认为无论怎么样的英雄也比不上全心全意敬奉上帝的人那样值得钦佩,世界上没有任何东西比真正虔诚的圣德更高尚更优美。因此我才觉得这些虚有其表的虔徒,这些真正满口江湖卖草药的虔徒,这些在大街上王婆卖瓜式的虔徒再没有那么丑恶的了。"

《达尔杜弗》是17世纪法国最卓越的古典主义喜剧,剧中人物全都取自中下阶级。该剧在时间、地点上严格遵照三一律;整个故事发生在一巴黎富商的宅邸里;戏剧的情节几乎是延续不断的,一切行动在一天中发生;所有的事件都和剧中主要主题有直接关联。

莫里哀明确地赞同贺拉斯的准则:"诗人的愿望应该是给人益处和乐趣,他写的东西应该给人以快感,同时对生活有帮助。……寓教于乐,既劝谕读者,又使他喜爱,才能符合众望。"1664年8月莫里哀致路易十四的第一陈情书写道:"喜剧的责任是让人们在娱乐的时候纠正陋习,我想,我能做的最好事情就是描述并批评我们时代荒谬可笑的恶行。伪善可能是最普遍、滥行于世。由此,我不辞冒犯之咎而恳请于陛下。"

《达尔杜弗》一剧由1962个十二音的亚历山大诗行写成,全剧使用了押韵的双行诗体。莫里哀能够娴熟而优雅地写作格律诗和自由诗,其中包含了少量的俗语、行话、粗话。

达尔杜弗在第三幕第二场才登场出现,赢得了歌德的赞赏:"达尔杜弗的出场是世上最独特的场面,称得上是最磅礴、最好的。"然而,莫里哀却因达尔杜弗出场过迟而遭到批评,尤其是来自宗教界的毁灭性围剿,他为这个精心安排的场景辩解道:"我花了整整两幕的篇幅来为我这位大无赖的进场预作准备。观众自始就知此人肚里真相,知道我对他的勾勒,而达尔杜弗自始至终的行径也未尝脱出恶人的范围一步。"

第五章 18世纪启蒙主义文学

第一节 概述

18世纪欧洲发生了波澜壮阔的启蒙运动,这场思想文化运动的矛头直指腐朽的封建主义思想统治和封建国家制度。启蒙运动宣扬科学文化知识,力图用以启迪人们的理性和智慧,认识封建主义的愚昧和封建制度的罪恶,为推翻封建统治创造了思想文化条件。启蒙文学成为这一时期的文艺主潮,为启蒙思想的传播和深入人心发挥了极其重要的作用。

一、启蒙主义文学的历史文化与基本特征

欧洲资本主义经过长期发展,到18世纪在许多国家力量强大起来。欧洲封建统治已到了穷途末路,推翻封建制度,建立和发展资本主义社会已是欧洲各国的共同要求,也成为历史的必然趋势。但封建势力依然竭力维护其反动统治,导致同资产阶级和人民大众的矛盾日益激烈。

英国资本主义发展迅速,资产阶级完成了原始积累,通过海外殖民地的掠夺和产业革命,大规模机器生产代替手工业,到18世纪,已成为世界头号工业强国。但由于英国革命的不彻底,引起资产阶级民主运动和各地民主解放运动不断发生。18世纪中期以后,法国的机器生产也已开始,随着海外贸易日益扩大,资产阶级力量迅速加强,第三等级负担了全部捐税,却没有政治权利,他们对封建制度的不满日益强烈,大规模农民起义不断爆发。德国的封建割据局面,造成经济迟缓落后,社会普遍不满。意大利民族独立解放的要求日益高涨。西班牙、俄国封建等级制度对社会经济文化发展的阻碍作用日渐显露。欧洲各国虽然政治、经济状况各不相同,但封建王权统治的合理性已受到普遍质疑,随着资本主义生产规模的扩大和资产阶级力量的增强,必然提出维护自身利益和经济发展的政治权利要求,这是启蒙运动产生的政治经济条件。

18世纪自然科学的巨大成就和哲学、社会科学的研究成果,为启蒙运动提供了重要思想武器。牛顿(1643—1727)的万有引力定律和光学理论,为其他学科进步奠定了基础。瓦特(1736—1819)发明的蒸汽机运用于工业生产,引发了英国工业革命。科学技术在生产领域的广泛运用,空前提高了生产效率,促进了社会经济发展。科学发现和发明都改变着人们对

外部世界的看法,也改变了人们的思维方式,人的创造力和个体人的价值进一步被发现。

英国的霍布斯(1588—1679)否定"君权神授"的自由思想,洛克(1632—1704)关于知识来源于后天经验的经验论,托兰德(1670—1722)的自然神论和无神论,成为启蒙思想的先导,对法国启蒙运动家产生了重要影响。

法国是启蒙运动的发祥地,被称为"百科全书派"的思想家孟德斯鸠、伏尔泰、狄德罗、爱尔维修、卢梭等人麇集在"理性"的旗帜下,著书立说,编著了荟萃近代科学文化知识的《百科全书》,对人类文化各个门类学科进行了系统整理和总结,把科学观念和理性精神提高到前所未有的高度。孟德斯鸠提倡法制社会的理想,伏尔泰把自由看作是人人生而应当享有的自然权利,卢梭倡导以社会契约为核心的法制思想,他们共同宣扬"理性"精神和"理性"原则,号召人们以符合理性的科学文化知识照亮人们的头脑,启迪被封建主义专制文化和宗教神秘思想愚弄和束缚的民众,恢复人的自然理性。他们认为封建等级制度、宗教压迫、专制暴政与理性背道而驰,只有"天赋人权"、人人平等、思想自由、信仰自由、人身自由、财产自由、出版自由、选举自由才符合理性。启蒙主义思想家依此对封建社会的政治、宗教、道德进行全面批判,要求建立符合理性原则的新社会,理性成为判断是非的真理性标准。他们主张大力发展科学技术和社会生产,实行自由竞争,反对国家干预社会经济活动。启蒙主义者重视人文教育,以便解放受封建贵族和教会控制下的人的思想,培养时代"新人"。他们呼唤个体人的价值和个性尊严,提倡以自由、平等、博爱为中心的人道主义思想意识。

启蒙主义者受时代局限有的推崇开明君主制,有的宣扬君主立宪制,有的提倡民主共和制,但他们的思想学说符合历史发展要求和各国人民的愿望,传播了一种前所未有的新的社会观念和思想观念,推动了人类科学文化的发展,为建立进步的资本主义国家制度开创了理论基础。

启蒙文学伴随启蒙运动在各国的发展,在18世纪逐步占据主潮地位。17世纪领潮的古典主义,由于其维护王权的宫廷倾向和因循规则的守旧立场,日益背离时代要求而渐趋衰落。启蒙思想家多是启蒙文学家,他们借文艺形式批判封建社会、宣传新思想,在文学思想和文学形式方面做了多种创新探索。许多作家通过创作具有时代精神的文学作品投身于启蒙运动。这样,在法国出现了孟德斯鸠、伏尔泰、狄德罗、卢梭、博马舍等,英国出现笛福、斯威夫特、菲尔丁等,德国有莱辛、歌德、席勒等,此外,意大利的哥尔多尼、俄国的拉季舍夫也是重要的启蒙作家,他们的创作形成了声势浩大的启蒙文学潮流。

启蒙文学在各国的表现情形不尽相同,但在启蒙运动时代潮流声浪中,仍在多个方面具有共同特征。

启蒙文学具有强烈的反对封建专制统治的政治倾向。启蒙运动继承了文艺复兴运动反对封建主义的斗争精神,而表现出摧毁封建政治制度的要求,呼唤资产阶级革命。启蒙作家在文学作品中猛烈抨击封建制度的罪恶,揭露君权神授论谎言和封建特权罪恶,批判宗教迷信,狄德罗把宗教迷信和专制制度视为"拴在人类脖子上的两大绳索"。启蒙作家宣扬自由、平等、博爱思想,描绘没有压迫、人人幸福的资产阶级理想社会,鼓舞人们为实现美好生活而斗争。启蒙文学以人道主义、自然神论和无神论作为思想武器,从根本上否定了封建专制统治和教会文化控制的合理性。

启蒙文学具有鲜明的哲理性特征。法国启蒙作家往往借现实故事、人物、对话等材料，表达哲理性观点。一些启蒙作品以思想观点为组织材料的依据，讨论哲学、政治、宗教、道德、教育问题，因而不注重情节的完整性和生动性，对论证与雄辩的说服力更加重视，如《老实人》《爱弥儿》；有的作品借人物言论直接表达作家对社会问题的深刻见解与认识，如《波斯人的信札》《费加罗的婚礼》；有的作品通过人物经历及其思想变化传达其中蕴含着的哲理寓意，如《格列弗游记》《阴谋与爱情》。那些以发展哲理性思想观点和政论内容为主要特征的启蒙小说，被称为哲理小说。启蒙文学的哲理性是启蒙作家所追求的理性精神在文学作品中表现出来的自然结果。

启蒙文学表现出"自然""真实"的美学倾向。启蒙文学同古典主义以王公贵族为主人公、追求贵族审美趣味和矫揉造作文风决然不同，确立了第三等级在文学作品中的地位，把资产阶级和平民作为作品主人公，描写他们的日常生活及其喜怒哀乐，揭示人物更加丰富复杂的人性内涵，塑造了众多富有时代气息的艺术形象，表现出生动活泼的文学风貌。

启蒙文学采用多种多样的文学形式，并以空前的创造精神开创了文学形式探索的新时代。适合传播启蒙思想的需要，启蒙作家摒弃古典主义对体裁高低的划分，采用多种文学形式，并创造出多种小说类型，如书信体、日记体、对话体、游记体等。在戏剧领域，破除悲剧、喜剧界限，采用散文语言，创立了表现普通市民生活的市民戏剧。歌德在诗歌创作上，为本世纪贡献了最伟大的文学作品诗剧《浮士德》。

18世纪末期，英国产生了感伤主义文学，这成为日后欧洲浪漫主义文学的先声。这是资本主义的发展引起的社会矛盾，使中小资产者和民主主义者虽不满地主资产阶级的掠夺但无力反抗的消极情绪反映在文学上的产物。

二、启蒙主义文学发展概况

18世纪初期的英国文学十分活跃，盛行古典主义诗歌和现实主义散文。亚历山大·蒲柏(1688—1744)为代表的诗人采用了古典主义方法描写贵族资产阶级生活。伴随着城市资产阶级的发展，英国报刊日渐活跃，约瑟·艾狄生(1672—1719)和理查德·斯梯尔(1672—1729)等作家用随笔、小品文形式广泛描写社会风俗，进行启蒙宣传，揭露嘲笑贵族生活的空虚无聊。18世纪英国文学的主要成就是现实主义小说。

英国现实主义小说继承了文艺复兴时期的市民小说、西班牙流浪汉小说和塞万提斯的小说的传统，以资产阶级的普通人为主人公，采用通俗语言和写实手法描写日常生活内容。1719年，笛福的小说《鲁滨孙漂流记》发表，标志着现实主义小说的产生。

丹尼尔·笛福(1660—1731)是英国文学史上第一个重要的小说家。他出生于小商人家庭，有从商和参与政治活动的经历，政治倾向属于资产阶级温和派。《鲁滨孙漂流记》(第一部)是他的第一部小说，作品发表后，4个月内再版4次，大获成功。此后又写出了《辛格顿船长》(1720)、《摩尔·佛兰德斯》(1722)、《杰克上校》(1722)、《罗克查娜》(1724)等小说。最著名的作品是《鲁滨孙漂流记》。

小说主人公不甘愿过平庸的家庭生活，乘船到外国经商，在巴西成为庄园主。一次，去非洲贩运黑奴时遭遇海难，只身流落到一个荒岛上。他以巨大的勇气克服种种困难，在那里生存了下来，度过了漫漫 28 年，将那个孤岛营建成他自己的"领地"，终被路过的海船带回英国，并因在巴西的种植园和荒岛的财富致富。鲁滨孙遭遇海难后，克服了最初的悲观绝望情绪，立即投身于生存斗争之中。他从残破的船骸上搬下可用的物品，靠自己的双手和智慧，利用简单的工具，克服无数困难，为自己的生存创造了条件。他先后挖掘山洞，修筑栅栏，驯养山羊，种植谷物，制造独木舟，烧制陶器，加工面粉，烘烤面包，使自己的"生活过得很富裕"。他竟然有了种植园、牧场两处营地，制作了"文明"生活必需的家具，甚至还建立了一个包括猫、狗、羊、鹦鹉在内的热闹家庭。他每做一件事都要花费巨大的劳力和漫长的时间，但他失败了再干，从不气馁。生存条件改善后，他就以占领者的身份为改造他的"领地"而苦斗。鲁滨孙开拓进取、坚韧不拔的奋斗精神，反映了上升时期的资产阶级的精神特征。小说采用主人公自叙的方式，运用朴实的语言，将一个虚构的故事加以逼真的描写，尤其注重细节的准确刻画，令读者产生如临其境的真切感受，获得置身真实现场的独特体验。

约拿旦·斯威夫特（1667—1745）是英国杰出的讽刺作家，他有强烈的民主思想，支持爱尔兰人民反抗英王专制统治的斗争，代表作品是寓言讽刺小说《格列佛游记》（1726）。小说描写为人正直的外科医生格列佛随船出海，先后到小人国、大人国、飞岛国和智马国的神奇经历。作品通过主人公在小人国和飞岛国的见闻，嘲弄和讽刺政治阴谋、党派争斗和专制暴政，对英国社会的欺诈、腐败和欧洲"文明"，进行猛烈抨击。大人国和智马国是作品对理性社会的展望，那里法律严明，社会公平，君主贤明，人与人之间依仁爱原则和睦相处，虽具有宗法制社会特征，但社会价值观却体现出启蒙运动的精神特质。在大人国，格列佛向国王夸耀英国，但明察秋毫的大人国国王向他提出一系列问题，作者借大人国国王之口谴责了英国的时政，指出英国"不过是阴谋、动乱、骗人、残酷屠杀"。格列佛想把火药和枪炮介绍给大人国，但受到国王的严词训斥。格列佛慨叹国王"心胸狭窄、目光短浅"。这一反语是对贪婪好战的统治阶级的绝妙讽刺。小说对人形畜类动物"耶胡"贪婪、自私、勾心斗角的丑恶特征的揭示，反映出对现实社会人类罪恶的强烈批判态度。作品继承和发展了拉伯雷小说讽刺艺术传统，大量采用夸张、反语、象征及对比手法，突出了讽刺效果。

18 世纪 30 到 50 年代，英国现实主义小说名家迭出，最著名的有理查生和菲尔丁。塞缪尔·理查森（1689—1761）是英国家庭小说的开创者，他的小说常以中产阶级女子或女仆为主人公，关注爱情、婚姻和伦理问题，带有感伤情调。书信体小说《帕米拉》（1740—1741）和《克拉丽莎》（1741—1748）是其代表作品，小说善于对人物心理和动机做细致入微的分析。

亨利·菲尔丁（1707—1754）的《大伟人江奈生·魏尔德传》（1743）运用讽刺艺术将一个江洋大盗和诡诈贪婪的罪人，反话正说成"伟人"，在极尽赞美中，揭示其罪恶本质，达到深刻的社会讽刺目的。《汤姆·琼斯》（1749）批判了贵族沙龙的虚伪和上流社会的骄横，肯定了启蒙主义的自然道德，塑造了见义勇为的汤姆·琼斯和伪善小人布立菲的形象，描写了英国城乡广阔的生活内容。

18 世纪 60 年代，英国出现的感伤主义文学潮流，是在自耕农日益破产、社会贫富日益悬殊的背景下产生的，因劳伦斯·斯特恩（1713—1768）的小说《感伤的旅行》（1768）而得名。小说借多愁善感的约里克牧师在法国的旅行感受，抒发感伤情绪。奥立维·哥尔德斯密斯（1728—1774）的长篇小说《威克菲牧师传》（1768），在牧师普里姆罗斯纯朴的田园家庭生活遭受地主破坏的叙述中,也表现出感伤情调。由格雷(1716—1771)的《墓园挽歌》(1750)而获名的"墓园诗派",热衷于墓地、落叶、死亡等伤情意象的营造,是感伤主义文学在诗歌领域的代表。苏格兰农家出身的彭斯(1759—1796)是18世纪英国诗歌成就最大的诗人,他的作品热情歌颂大自然和纯真的爱情,批判剥削和压迫,表达对自由的热爱,他的诗歌和感伤主义文学都注重现实生活中的精神感受和主观情绪的宣泄,成为19世纪浪漫主义文学潮流的先导。

18世纪的法国,资本主义经济迅速发展,封建专制王权日益反动,国库亏空,负债累累。政府横征暴敛,农民起义反抗,统治阶级和第三等级的矛盾变得不可调和。随着资产阶级经济地位不断巩固,资产阶级文化思想迅速传播,法国文化中心由王宫转向民间。启蒙文学的揭幕之作是阿兰·勒内·勒萨日(1668—1747)的小说《腐腿魔鬼》(1707)和《吉尔·布拉斯》(1715—1735),小说借西班牙题材,讽刺巴黎和法国封建社会的黑暗现实。从18世纪20年代开始,启蒙文学逐渐成为法国文学的主流。

孟德斯鸠和伏尔泰是法国早期启蒙运动的代表作家。查理·路易·孟德斯鸠(1689—1755)是第一位真正意义上的启蒙作家。他的书信体小说《波斯人的信札》(1721)是第一部启蒙哲理小说。作品由波斯人郁斯贝克和黎加在游历法国和欧洲期间的160多封书信构成,对封建专制社会制度下的各种罪恶进行深刻揭露和猛烈抨击,传播了启蒙思想,其嬉笑怒骂的散文风格,表现出鲜明的爱憎态度和民主精神。孟德斯鸠的理论著作《论法的精神》(1748)把法律看作人类理性的体现,明确提出了三权分立学说,成为国家学说的世界名著。

伏尔泰(1694—1778)本名弗朗索瓦-马利·阿鲁埃,伏尔泰是他的笔名。他是法国启蒙运动中最有号召力的领袖人物,曾因得罪权贵,两次被投入巴士底狱。伏尔泰是一个具有多方面才能的时代巨人,在文学领域有突出成就。他热爱戏剧,以高乃依和拉辛的悲剧为楷模,先后创作了50多部剧本。他还是莎士比亚剧本的最早法译者。1726至1729年,伏尔泰避居英国,潜心考察英国的政治、哲学和文艺,结识蒲柏、斯威夫特。1734年发表《哲学通信》,宣扬洛克的经验哲学,推崇英国资产阶级革命后的政治、经济和文化制度,介绍英国文学和莎士比亚,确立了法国和欧洲资产阶级思想体系的主要发展方向,书一发表,立即遭到查禁。伏尔泰在文学创作上最主要的成就是哲理小说《查第格》(1747)、《老实人》(1759)和《天真汉》(1767)。

《查第格》的主人公是古代巴比伦一个品德正直的人,但他每做一件好事,就会遭受一次磨难。小说意在揭示封建专制统治的黑暗,表达在理性引导下,人类历经苦难,必定迎得光明的理想信念。

《老实人》是伏尔泰最出色的一部哲理小说。作品通过老实人及其老师邦葛罗斯的不幸遭遇,用嘲弄揶揄、幽默夸张的笔法,表达否定封建专制统治的社会见解。老实人是男爵养子,他相信家庭教师关于这个世界一切尽善尽美的说教。但当他和主人女儿相爱而被逐出家门,经历和见识了地震、战乱、苦役、抢劫和火刑后,他的乐观幻想完全破灭了。小说批判了莱布尼茨乐观哲学粉饰现存封建秩序对人民的欺骗和麻痹,也批判了悲观主义论调,全书以富有哲理意味的话语"种咱们的园地要紧"结束,表达了不盲从、不沉沦,清醒认识现实、积极进取的启蒙思想。

德尼·狄德罗(1713—1784)是《百科全书》的组织者和主编。18世纪中期,《百科全书》的编纂把法国启蒙运动的中坚力量汇聚在一起,启蒙思想传播更加有力。1751至1780年间,他聚合众多启蒙思想家编成了这部拥有37卷本的大型词典,借以全面传播近代科学文化知识,宣扬资产阶级世界观。狄德罗对18世纪文艺理论有卓越贡献,提出艺术模仿自然,真、善、美统一的启蒙美学主张,戏剧创作提倡写打破悲、喜剧界限、表现普通人生活的"严肃喜剧"。主要的文学作品有戏剧《私生子》(1757)、《一家之主》(1758)和哲理小说《修女》(1760)、《宿命论者雅克》(1773)、《拉摩的侄儿》(1762)。代表作长篇小说《拉摩的侄儿》创造了一个富于音乐才华、见解精辟而又自甘堕落、鲜廉寡耻的矛盾人物形象,小说揭示出道德沦丧、行将崩溃的封建社会孕育出了这种带有显著时代特征的畸形人物,同时运用对话形式反映了资产阶级社会为达到目的而不择手段的普遍心理状态。

让-雅克·卢梭(1712—1778)是"百科全书派"中最富于民主思想的启蒙文学家。他借小说人物之口,向贵族阶级宣战:"贵族,这在一个国家里只不过是有害无用的特权。你们如此夸耀的贵族头衔有什么可令人尊敬的?你们贵族阶级对祖国的光荣、人类的幸福有什么贡献?你们是法律和自由的死敌。凡是在贵族阶级显赫不可一世的国家,除了专制的暴力和对人民的压迫以外,还有什么?"彻底否定了贵族特权阶级存在的合法性。

皮埃尔-奥古斯丹·加隆·德·博马舍(1732—1799)是18世纪法国影响最大的喜剧家。他出生于巴黎钟表匠家庭,经商致富后曾资助出版伏尔泰全集,深受伏尔泰、狄德罗思想影响。在《论严肃的戏剧体裁》(1767)中阐发狄德罗"市民剧"的思想,最优秀的作品是"费加罗三部曲"中的前两部,《塞维勒的理发师》(1775)和《费加罗的婚礼》(1778),剧本虽然是写发生在西班牙的故事,反映的却是大革命前夕法国的社会现实和人民的思想情绪。在《费加罗的婚礼》中,仆人费加罗与主人阿勒玛维华伯爵围绕初夜权的斗争,既是第三等级维护自己尊严和权力的斗争,又是关涉要不要消灭封建特权的政治斗争。自尊心强的费加罗依靠聪明才智取得了胜利,委琐、卑劣的阿勒玛维华遭受到失败。国王路易十六下令禁止公演,认为它会"毁掉巴士底狱",而第三等级却热烈欢呼首演日标志法国"已经进入行动的革命"(拿破仑语)。博马舍的喜剧既有古典主义的情节集中、结构严谨的特点,又体现出讽刺、活泼、泼辣的表现风格,富有时代特色。

18世纪的德国仍然分裂为300多个小公国,各自为政,经济落后,资产阶级软弱可卑。在英法启蒙思想影响下,德国文学家们力图创造民族文学,促进民族统一,消灭封建割据,塑造具有反抗精神、个性突出的人物形象,飘扬个性,推动鄙俗的市民阶级觉醒。德国知识界率先觉醒,启蒙文学迅速繁荣起来。

约翰·克利斯托弗·高特舍特(1700—1766)是莱比锡大学教授,德国启蒙文学的先驱。他的论著《为德国人写的批判诗学试论》(1730),倡导建立统一的民族语言和文化,他的戏剧作品在抵制各邦国低俗戏剧方面作出表率。18世纪40年代后,莱辛是最有影响的启蒙作家和文学批评家。

高特荷德·埃夫拉姆·莱辛(1729—1781)是德国民族文学的奠基人。他的主要作品是文艺论著《拉奥孔,论画与诗的界限》(1766)和《汉堡剧评》(1767—1769)以及戏剧《爱米丽亚·加洛蒂》(1772)。《汉堡剧评》提出建立德国民族戏剧即市民悲剧的主张,要求戏剧立足现实描绘,包括描写市民,反对舞台上的"奇迹",摒弃"三一律"对人物塑造的束缚,强调戏剧的教育作用。《汉堡剧评》是现实主义戏剧理论的重要文献。悲剧《爱米丽亚·加洛蒂》借写15世纪意大利公爵为满足淫欲、残害人命、强暴子民的故事,揭露德国小邦国君主贪欲成性、专横跋扈的腐朽本质,从而猛烈批判专制制度的罪恶。

18世纪70年代,德国出现了"狂飙突进"运动,这是一场旨在反对封建主义的文学运动,因克林格尔(1752—1831)的剧本《狂飙与突进》(1776)而得名。德国启蒙思想家赫尔德(1744—1803)是这一运动的精神领袖。"狂飙突进"作家指控封建势力的残暴和社会的不公正,宣扬个性解放,推崇天才,强调民族意识和民族风格,对唤起德国民族的觉醒产生了有力的推动作用。席勒的剧本《强盗》《阴谋与爱情》和歌德的历史剧《铁手骑士葛兹·封·伯里欣根》、小说《少年维特的烦恼》是"狂飙突进"的代表性作品。

约翰·克里斯托弗·弗里德里希·席勒(1759—1805)是18世纪德国最重要的文艺理论家和戏剧作家之一。他出生于符腾堡公国马尔巴赫城一个外科医生家庭,少年时被迫进公爵的军事学校,度过了8年屈辱的"奴隶养成所"的生活,产生了对封建统治强烈不满的情绪。《强盗》(1781)是他的成名作,歌颂一个投身绿林、公开向封建社会宣战的贵族青年的英勇壮举。剧本卷首题词"打倒暴虐者!"表明了反抗封建暴政的主题。

《阴谋与爱情》(1784)是席勒最富有现实批判精神和艺术魅力的一部市民悲剧。青年菲迪南是宰相瓦尔特之子,他与宫廷乐师米勒的女儿露依丝相爱。瓦尔特为巩固自己的权力、取悦公爵,强迫儿子娶公爵即将遗弃的情妇米尔福特为妻。菲迪南不从,瓦尔特便采用秘书伍尔牧的奸诈诡计,用假情书使菲迪南怀疑露依丝不贞。一对恋人双双自尽。作品深刻揭露了封建统治集团的暴虐、腐败和黑暗,控诉了官僚阶层出卖和残害臣民的罪恶行径,也表现出对德国市民软弱性的不满。恩格斯称赞这部作品是"德国第一部有政治倾向的戏剧"。席勒在这部剧本创作时,学习了莎士比亚剧本风格,作品矛盾冲突紧张、激烈,情节丰富、生动,人物性格都具有复杂性,在艺术方面取得了高度成就。

席勒后期的主要戏剧作品有《华伦斯坦三部曲》(1799)、《奥尔良的姑娘》(1802)、《威廉·退尔》(1803)等。《威廉·退尔》是席勒后期戏剧最重要的作品。剧本将民间流传的退尔的英雄故事和14世纪瑞士的史实结合起来,描写瑞士人民反抗异族侵略和封建专制统治的英勇斗争。剧本创作正是在拿破仑军队入侵、德国民族危机迫近的时候,剧本表现的反抗暴政的思想和爱国情绪,使剧本一上演就深受欢迎。

席勒对文艺理论和美学也有突出贡献,他的论著《论素朴的诗与感伤的诗》(1795)在文论史上首次提出并区分了现实主义和浪漫主义两种基本创作方法。美学著作《美育书简》(1795)强调美育对形成完善的人格、提高人的精神境界具有的重要意义,认为只有这样的人,才能完成改造社会的艰巨任务。审美教育对克服资本主义时代对人性的扭曲和割裂,恢复人应有的存在自由,即人性发展的"完整性"具有特殊价值。他认为"我们有责任通过更高的教养来恢复被教养破坏了的我们的自然(本性)的这种完整性"。歌德对席勒在美育理论上的开创性作出高度评价,说他"为美学的全部新发展奠定了初步基础"。

18世纪意大利和俄国的启蒙文学也取得了重要成就。意大利的喜剧作家卡尔洛·哥尔多尼(1707—1793)创作的"风俗喜剧",以现实生活为题材,赞扬普通人的美好品质,人物性格鲜明，内容丰富多彩，表现出幽默讽刺的艺术特征。《女店主》(1753)是他最优秀的作品。剧本嘲弄愚蠢的贵族，讽刺贪财好色的资产者，创造出了狡黠、诙谐、爱捉弄人的女店主米兰多琳娜形象。哥尔多尼以出色的喜剧作品成为意大利现实主义戏剧的奠基人。

18世纪俄国在彼得一世改革后，出现了学习西方的风尚，30年代后，启蒙文学逐步发展起来。俄国的启蒙作家都是具有进步思想的贵族知识分子。罗蒙诺索夫(1711—1765)和卡拉姆津(1766—1826)的创作分别代表了俄国古典主义文学和感伤主义文学。冯维辛(1745—1792)的戏剧注重描写现实生活，揭露农奴主的腐朽与寄生性，宣扬启蒙思想。贵族革命家拉季舍夫(1749—1802)创作了俄国第一首革命长诗《自由颂》(1783)，揭露农奴制度的黑暗，表达对自由理想的向往。他的文学名篇旅行札记《从彼得堡到莫斯科旅行记》(1790)体现了"只有自由才能使国家繁荣"的思想，标志着俄国启蒙文学所达到的认识高度。

第二节 卢梭

让-雅克·卢梭(1712—1778)，法国18世纪伟大的启蒙思想家、哲学家、教育家和文学家，被罗素称为"浪漫主义运动之父"。他的"返回自然"的思想和社会契约论，对日后社会生活中的各个领域都产生了深远的影响。

一、生平与创作

1712年6月28日，卢梭出生于瑞士日内瓦的一个钟表匠家庭。出生后仅十天，母亲去世，他由父亲和姑妈抚养，但父亲在他十岁时离家出走，从此杳无音讯。父亲离开后，舅舅贝尔纳成了卢梭的监护人。他先被送到一位牧师家寄宿，学习拉丁文。几年后又被送到一位法院书记官家里学做书记员，后来又跟从一位雕刻匠做学徒。卢梭由于不堪忍受师傅的专横和苛责，16岁那年离开故乡日内瓦。

此后，卢梭为了谋生度过了13年的流浪生活，当过学徒、杂役、家庭书记、教师、流浪音乐家等，遭受了人间种种的痛苦。由于经济拮据，卢梭没有受过系统的教育，但却热衷于读书。父亲离开前经常和卢梭在晚饭后朗读卢梭母亲留下的一些小说，忘情的时候甚至通宵达旦。这段经历培养了卢梭喜好读书的习惯。

1728年，卢梭认识了一位对他后来生活产生重要影响的女性——华伦夫人。在为华伦夫人代管家务和劳动之余，他刻苦自学音乐、植物学等人文自然科学知识，并受伏尔泰《哲学通讯》的影响，开始努力练习写作。这期间的自学为卢梭获得渊博的知识奠定了稳固基础。华伦夫人鼓励卢梭远途旅行，大自然的丰富多彩和婀娜多姿深深地影响了卢梭的人生观。以后他又经历了多次旅行，不论是旅途中的美景，还是乡村的田园生活，都使他陶醉着迷。对大自然美好的感受使他逐渐形成了崇尚自然、"返回自然"的思想，这成为他日后理论学说的重要内容。在华伦夫人家期间，华伦夫人教卢梭唱歌，经常在家举办小型音乐会，并引荐卢梭与一些作曲家相识，激发了卢梭对音乐的兴趣。

在巴黎期间，卢梭与狄德罗、伏尔泰等人相识，成为思想上的同道。1749年起，他参与

《百科全书》的撰写,专写音乐词条。1749 年,卢梭去郊区监狱探望被囚禁在那里的狄德罗,途中看到了第戎科学院次年的征文公告,在狄德罗鼓励下,他写出了《论科学与艺术》,赢得了征文比赛的头等奖,一举成名。在这篇论文中,卢梭认为科学和艺术往往被权力所主宰,因而他认为科学与艺术的进步并非有益于人类。1752 年,卢梭完成了歌剧《乡村卜师》的创作,并在巴黎首演成功。国王路易十五准备接见他并赐予年金,但是卢梭为了保持自由言说的权利而选择了回避,这件事使他遭受了上流社会的谴责。1754 年,在深入调查基础上,卢梭为第戎科学院撰写了征文《论人类不平等的起源和基础》,认为人类的进步史也就是人类的堕落史,"人的完善化"和私有制是人类苦难与罪恶的根源,这篇论文可谓卢梭整个政治学说的导言。

《新爱洛伊丝》(1761)、《爱弥儿》(1762)、《社会契约论》(1762)是卢梭最重要的三部著作。《社会契约论》是卢梭的理论著作中影响最为深远的一部,卢梭第一次提出了"天赋人权和主权在民的思想"。开篇写到:"人是生而自由的,但无往而不在枷锁中;自以为是其他的一切的主人的人,反而比其他人更是奴隶。"卢梭认为一个理想的社会应该建立于人与人之间而非人与政府之间的契约关系,在社会契约中,每个人都需放弃天然自由,而获取契约自由。只有每个人同等地放弃全部天然自由,转让给整个集体,人类才能得到平等的契约自由。人民根据个人意志投票产生公共意志,政府只是主权的受托者,如果主权者或者政府违背人民的公共意志,意味着社会契约遭到破坏,人民就有权决定和变更政府和执政者的权力,甚至可以推翻违反契约的执政者。主权在民的思想则构成了现代民主制度的基石,对后世西方思想文化的发展产生了深远的影响。卢梭的这些思想具有鲜明的民主性,《社会契约论》一问世就遭到了禁止,卢梭本人也被迫流亡到英国。

《爱弥儿》是一部讨论教育的哲理小说,主张对儿童的教育应该顺应孩子的天性,进行适应他们自然发展过程的"自然教育"。他说:"出自造物主之手的东西,都是好的;而一到人的手里,就全变坏了。"小说通过对他所假设的教育对象爱弥儿从出生到成人的教育过程的描写,表达了自然教育理念。卢梭要求保存和发展儿童的善良天性,保持自然的习惯,尊重他们的身心自由发展,服从自然的永恒法则,通过生活和实践的手段,让孩子在直观的切身体验中,通过感官的感受获取所需的知识。此外,对儿童还要进行劳动教育和自由、平等、博爱的教育,使之学会谋生的手段,及早养成支配自己的自由和体力的能力,从而培养出爱好劳动,热爱自由、独立自主的"自然人"。《爱弥尔》出版后被认为是异端邪说,引发了法国当局对卢梭的迫害,高等法院也发出了通缉令,卢梭不得不又开始了逃亡的生活。

1766 年 1 月应哲学家大卫·休谟的邀请,卢梭到英国避难。从英国回来的卢梭回到法国后依然过着流亡生活,一直到 1770 年被法国当局赦免以后,才得以定居巴黎。

晚年的卢梭很少与人往来,朋友的反目,王室、贵族、教会、法院对他的敌意,让他担心自己会成为千古罪人,因而从 1766 年开始,他动笔写《忏悔录》这部自传体小说,到 1770 年完成。这部作品以其别具特色的表达和诚挚动人的情感成为自传文学中的一部精品。小说记载了卢梭从出生到 1766 年被迫离开皮埃尔岛之间五十多年的生活经历。名为"忏悔",实为是对社会的控诉。卢梭赤裸裸地公开披露自己的隐私,揭示自己伤疤,将自己真实的人性呈现在世人面前。小说一开始卢梭写道:"我在从事一项前无古人、后无来者的事业。我要把一个人的真实面目全部地展现在世人面前;此人便是我。……末日审判的号角想吹就吹吧。我将手拿着此书,站在至高无上的审判者面前;我将大声宣布:'这就是我所做的,我所想的,我的为人。我以同样的坦率道出了善与恶。'"①这部自传性小说记述的不仅仅是卢梭的生活史,更是他的精神史和心灵史。

《一个孤独漫步者的遐想》(1778)是《忏悔录》的续篇,记述了卢梭晚年的生活及遐想,充满着浓重的感伤情调。1778年5月20日卢梭被他的崇拜者吉拉尔丹接到离巴黎不远的艾农维尔堡,7月2日死于此。法国资产阶级革命后的1794年,移葬于巴黎先贤祠。

歌德曾经说过:"伏尔泰结束了一个时代,而卢梭开始了一个时代。"②卢梭有着敏感的天才气质,性格中显示了矛盾的多侧面:既怯懦又无畏,既卑下又高尚,既单纯又伟大。在那个时代,卢梭是一个"新人",他开启了一个新的时代。

二、《新爱洛伊丝》

《新爱洛伊丝》(1761)是卢梭最优秀的文学作品。这部书信体小说分6卷,共包括163封书信。描写贵族姑娘朱莉和她的年轻的家庭教师圣普乐的爱情故事。卢梭将小说命名为《新爱洛伊丝》,是因为小说中的恋情同中世纪法国哲学家阿贝拉尔和他的女学生爱洛伊丝的恋情一样,都以悲剧结束。

小说中的故事发生在阿尔卑斯山麓小城克拉郎。小说中的女主人公朱莉出生于贵族之家,她的母亲为她和表妹克莱尔请了一位平民青年圣普乐做她俩的家庭教师。不久,朱莉和圣普乐产生了热烈的爱情,但遭到了朱莉父亲德丹治男爵的反对。满脑子门第观念的男爵坚决不允许自己的女儿嫁给一个平民。圣普乐离开了朱莉,从瑞士到法国,后来又随一只英国舰队远游,试图淡忘他对朱莉的爱情。而朱莉则在父亲的恳求下嫁给了一位名叫沃尔玛的俄国贵族,朱丽婚后成为贤妻良母。她把自己与圣普乐的关系坦诚地告诉了丈夫,沃尔玛表示了对妻子的理解并邀请圣普乐回到克拉朗。与朱莉分别六年后圣普乐重新见到了朱丽,昔日的恋人再度朝夕相处。俩人出于对沃尔玛的尊重,都竭力抑制着内心强烈的情感,并因此而陷入深深的痛苦。后来,朱莉因跳入湖中救落水的儿子,染病离开了人世。临死时希望圣普乐照顾她的一家,并与克莱尔结婚。圣普乐答应照顾她的家人,却拒绝和克莱尔结婚。临终前朱莉留下遗言:"没有你,我的灵魂还能存在吗?没有你,我还能幸福吗?不能;我不离开你,我要等着你。美德虽使我们在世上分离,但将使我们在天上团聚。我怀着这美好的愿望死去,用我的生命去换取永远爱你的权力而不犯罪,那太好了;再说一次:能这样做,那太好了!"③

《新爱洛伊丝》揭示了真诚的爱情关系与封建等级偏见之间的冲突。朱莉和圣普乐虽然出生于不同的社会等级,但却倾心相爱,他们的爱情出于纯粹的两性之间天然的情感呼唤,因而显得纯粹而又圣洁。在卢梭的笔下,朱莉和圣普乐的爱顺应了自然法则,是一种自然人

---

① 卢梭:《忏悔录》,陈筱卿译,上海译文出版社2013年版,第3页。
② 王树人、李凤鸣:《西方著名哲学家评传》第5卷,山东人民出版社1984年版,第68页。
③ 卢梭:《新爱洛伊丝》,李平沤译,译林出版社1998年版,第756页。

性的真实流露。作品对不可扼制的情感冲动以及人的生命活力的描写,表达了卢梭对人的自我情感的高扬与肯定。在卢梭看来,人的自然情感的实现代表了人性自由的实现,但这种出自人性自然情感的爱情却受到了朱莉父亲等级偏见的阻挠。朱莉称父亲的门第偏见是"压制天性的野蛮道德",谴责它"真是如同地狱的魔鬼,无时无刻不在扼杀人的天性"。德丹治男爵是封建"野蛮道德"的代表,这种道德造成了一对恋人的爱情悲剧。卢梭站在资产阶级人道主义的立场上,批判了以门当户对的阶级偏见为基础的封建婚姻,提出了以真实自然的感情为基础的婚姻理想,并对封建等级制度发出了强烈的抗议。

小说通过朱莉、圣普乐、克莱尔等"新人"形象的塑造,表达了卢梭的爱情和家庭理想,也体现了"返回自然"的社会理想。

朱莉是一个贵族少女,温柔多情,又富于理性。她不顾等级偏见真诚地爱着圣普乐,对于父亲的粗暴阻止勇敢反抗。但她最终在父亲"抱着女儿的两膝"的哭泣恳求下,决定遵从父命而克制自己爱的激情。"不能使生我养我的人因我而死了……我绝不是一个没有心肝的人……我绝不让任何一个爱我的人伤心。"朱莉认为这种理性和节制是一种"美德"。她虽然无法接受父亲的等级偏见,但也不能因为爱圣普乐而伤害父亲的感情。她虽然认为自己与圣普乐的爱是合乎天性的,但她同时也认为维持父女之亲情也是合乎天理的。朱莉最终没有对抗父亲而选择顺从不是她的软弱,而是出于对自然血亲的孝道的维护,为了遵从她的"美德"。

圣普乐是平民知识分子的代表。他情感热烈,知识渊博,勇敢坚强,热爱自由,才华横溢。最初是他带动朱莉反抗贵族偏见,热烈地爱着朱莉。在朱莉嫁给沃尔玛后,圣普乐漫游欧洲,成为一个社会的批判者,对社会的各个层面,包括对殖民政策予以深刻的批判。但同时,圣普乐也是卢梭笔下具有"美德"的新人。在和朱莉相爱的最初,他就表现出克制情欲的"美德"。他在给朱莉的信中说:"最大的幸福是得到你的爱;世间没有也不可能有与你的爱相等的东西。如果要在得到你的心和占有你的身之间作出选择,迷人的朱莉啊,我将毫不犹豫地选择得到你的心。"当看到朱莉和沃尔玛过着幸福和谐的家庭生活,尤其是在朱莉精心经营的伊甸园般的"爱丽舍"花园的美景感染下,他虽然内心对朱莉相恋如初,但在沃尔玛和朱莉的真诚面前,决定以礼相待。由于朱莉和圣普乐都恪守"美德",他们谁也没有成为情欲的奴隶。"美德"的节制使激情之爱的火焰透出了卢梭所追寻和祈求的人性的美和善。

朱莉、圣普乐、沃尔玛、克莱尔等人是卢梭塑造的心灵纯洁、行为高尚的"新人"。这些"新人"与当时整个腐败的上流社会不同,他们都是自然人性的体现者。"在卢梭的理论中,'自然'就成了人性的代名词,在此,'自然—人性'是相通的或合二为一的。卢梭是想通过'返回自然'来实现对文明人的重塑,让人性得到自由与解放。"①

这些新人身上具有着共同点,那就是"爱美德"。他们不仅自爱、自尊,而且又爱他人,尊重他人,正是这种爱建立了朱莉、圣普乐和沃尔玛三人之间纯洁的爱情和友谊关系,而且也是在"爱"的作用下,他们才能和睦相处,相怜相惜。这些新人,既是具有自然人性的自然人,

---

① 蒋承勇:《〈新爱洛伊丝〉与人性抒写》,《外国文学评论》,2009年第3期,第166页。

也是"爱美德"的道德人。从自然人到道德人,这些新人的塑造完成了卢梭对人格理想的追求和对不同于封建社会的新的、合乎人性的社会秩序的期望。

《新爱洛伊丝》在艺术上有很多创新。首先,运用书信体小说形式,实现了不以故事情节的发展为线索,而是通过展开一幅幅流动的图画,通过人物内心的独白来表现故事的侧影,故事成为了背景,而在这个背景之下清晰呈现的是人物内心的思想和感情。小说中参与通信的除了朱莉和圣普乐这一对恋人之外,还有朱莉的表妹克莱尔、朱莉的丈夫沃尔玛、朋友爱德华等。小说通过这些人物的信件展现了他们内心的情感世界。作品借助圣普乐周游世界的情节的安排,通过他远游异乡的足迹,书写了他的所见所闻和所思所想。这大大拓展了小说单一的爱情叙述格局,大自然的风光、各国的社会风貌、道德习俗、风土人情都得以在小说中呈现出来,赋予了作品深厚的社会内容。

其次,歌颂大自然旖旎风光,将大自然景色的描写和人物内心活动描写紧密结合。主人公的活动被安排到风光秀美的日内瓦湖和阿尔卑斯山麓,波光潋滟的湖光山色、葱茏茂密的山林草地,既成为朱莉、圣普乐、克莱尔活动的背景,同时也是人物自然纯洁情感的外显。"人的眼睛从未见过这么美的小树林,轻风从未吹拂过比这更绿的叶簇。""大地之所以装饰得这么美,是为了给你的幸福的情人做一张与他所钟爱的人和把他消磨得筋疲力尽的爱情相配的新床。"①卢梭把这个爱情故事的地点放置在清新、自然、美丽的阿尔卑斯山麓的自然环境中,这里远离城市的喧闹,自然风光印证了相爱于其间的男女主人公情感的自然天成。

再次,卢梭本人认为他的这部小说艺术上的突出特点是"题材的简单和中心思想的连贯"。小说紧紧围绕朱莉、圣普乐、克莱尔三个人物的友谊和婚恋这一贯穿全书的主题展开情节,并将其他的内容有机地揉进主人公的故事当中。既能做到主题集中,同时又能多侧面、多层次地刻画人物,突出人物的情感和心理变化。

《新爱洛伊丝》既有浓郁的抒情性,优美的笔调饱含着浓烈的情感,畅若行云流水,小说"通过对人的情感世界的激情而细致的描绘,表达了对个性自由与完美人格的追求,开启了西方文学史上独特的人性抒写之风"②。同时这部小说也蕴含了深刻的人生启迪,体现了哲理小说的特点,卢梭借这部小说告诉人们:人的感情是自由而高贵的,可以冲破一切宗教和门第偏见,但是美德是必需的,它体现了人性中的善与美。小说充满了对人的自然天性的美好和人性之高贵的歌颂,激发了人们对自我的肯定以及对人性自由的向往,引发了崇尚情感、格调伤感的感伤主义和抒发自我情感的浪漫主义文学思潮,卢梭也成为当之无愧的"浪漫主义运动之父"。

第三节 歌德

约翰·沃尔夫冈·歌德(1749—1832)是德国最伟大的民族诗人、作家和思想家。恩格

---

① 卢梭:《新爱洛伊丝》,李平沤译,译林出版社 1998 年版,第 95 页。
② 蒋承勇:《〈新爱洛伊丝〉与人性抒写》,《外国文学评论》,2009 年第 3 期,第 167 页。

斯称之为"天才的诗人",海涅称他是"世界的一面镜子"。他同荷马、但丁和莎士比亚一起,并称为欧洲四大文化名人。他在长达六十多年的创作生涯中,创作了大量优秀的诗歌、戏剧和小说,被誉为当时德国文学的"宙斯"。

一、生平与创作

歌德1749年8月28日出生于德国中部莱茵河畔法兰克福的一个学术和艺术氛围极为浓郁的中产阶级家庭。父亲是皇家参议员,法学博士,学识渊博。母亲是市长的女儿,富有学识,谈吐幽默,这一切使歌德在童年时代就已受到良好的教育。歌德学习过拉丁语、希腊语和希伯来语,通晓法语和意大利语。他从小精力旺盛,感情丰富敏感,8岁开始写诗,70年间,创作的诗歌数量达2500篇以上,罗曼·罗兰曾说过,诗歌是"放在歌德金字塔顶端的花束"。1765年,歌德在莱比锡大学攻读法律。期间对文学艺术和自然科学产生了浓厚的兴趣,并在法国古典主义文学的影响下,尝试写作诗歌和剧本。1768年因病辍学。1770年8月,歌德结识了"狂飙突进"运动的思想和理论奠基人哈曼和赫尔德,以及其他青年朋友。在赫尔德的影响下,他开始接触卢梭的思想,学习莎士比亚的戏剧和民间文学。歌德深受卢梭的"回归自然"等理论的影响。莎士比亚作品所体现的时代精神和一扫陈规旧习的清新风格,民间文学中奔放不羁的情感和自由灵活的形式,给了年轻的歌德以深刻启迪。歌德又从哈曼那里领略了荷马史诗和《圣经·旧约》中的赞美诗的艺术魅力,为其以后的创作奠定了基础。

1773年,他结合德国16世纪上半叶农民起义的历史,写出剧作《铁手骑士葛兹·冯·伯利欣根》(简称《葛兹》)。这部剧作不但是德国"狂飙突进"运动时期的重要代表作品,而且是德国第一部现实主义历史剧。葛兹是一个同情人民、反对暴政、要求自由的英雄好汉,最后遭奸臣的迫害,惨死狱中。作品突出了铁手骑士葛兹在反抗皇帝和领主、谴责暴虐的封建统治中所表现出的渴望自由解放的思想情怀,是歌德"通过戏剧的形式向一个叛逆者表示哀悼和敬意"的杰作。

1774年,歌德发表了书信体小说《少年维特的烦恼》。这部小说的发表在德国文学史上具有划时代的意义,它不仅使青年歌德一举成名,也使德国文学第一次获得世界声誉。这部作品的题材来源于作家本人的生活体验和他朋友的自杀事件。1772年5月,歌德按照父亲的意愿到韦茨拉尔的帝国高等法院实习。在实习期间,他常到风景秀丽的城郊村庄加本海姆(《维特》中改为瓦尔海姆)去漫游。一次歌德去参加乡村舞会,认识了韦茨拉尔德意志骑士团的法官布甫的女儿夏绿蒂,并对这位风姿绰约、纯朴端庄的姑娘一见钟情。但是她已同别人订婚。为了摆脱无望的爱情的痛苦,歌德于9月11日不辞而别,返回法兰克福。关于歌德和绿蒂的相识以及歌德无望离开的情形,绿蒂的未婚夫凯斯特纳在其遗稿中的一封给友人的信的底稿中做了极为详细的记载。回到法兰克福后,韦茨拉尔公使馆的秘书卡尔·威廉·耶路撒冷因单恋友人之妻而自杀的噩耗让歌德心碎,也使他"找到了《维特》的情节"。

这部小说以"内聚焦"的叙事视角为主体,以维特的遭际、情感与心理变迁的线性结构,以主要叙述者维特通过给友人威廉写信,倾诉其遭际及内心感受的方式,以及他的日记片段为主体,细腻、真切动人的再现了一个陷入爱河的青年男子的心路历程,以其敏感的心投射了德国有识青年在面对社会的重重痼疾时遭遇的一系列社会问题,以及他们的迷茫与痛苦。这部充满浓浓诗意,有着强烈的抒情意味的小说,看似书写的是个人的恋爱悲剧,但作者把它放在个人自由愿望与古老世界的种种限制这一尖锐冲突的背景下加以描写,因此其意义远远超过了个人爱情。正是在此意义上,维特成了德国的进步青年形象,因为在他身上体现了要求自由、个性解放的时代精神。他不满沉闷、鄙陋的环境,不满贵族的傲慢偏见、市民的平庸,上流社会不能收容他,他也憎恶这个社会。最后他对现实彻底绝望了,只好选择自杀。因此,维特的自杀不单是失恋,还是他对那个令人窒息的社会所进行的孤独而消极的反抗,也是他憎恨那种鄙陋又痼疾重重的社会又找不到出路的必然结果。维特的自杀是爱情的悲剧,更是社会的悲剧,他用自杀宣告了他同这个社会的决裂,控诉了这个充满了等级偏见的社会对年轻生命的压抑和窒息。所以恩格斯说歌德用这部书"建立了一个最伟大的批判的功绩"。

《少年维特的烦恼》充满时代精神,小说发表后引起强烈的社会反响,轰动全欧洲掀起一股"维特热"。直到今天,维特的经历仍然能够在不同文化熏陶下的不同民族的青年身上引起共鸣。因此,《少年维特的烦恼》不仅仅属于18世纪的德国,它跨越了时空,影响了一代代不同民族的"维特式"青年。

1775年,歌德应魏玛大公卡尔·奥古斯特之聘,于11月前往魏玛从政,这段时期被文学史家们称为"魏玛十年"。这十年中,由于政务繁忙,除创作了《漫游者夜歌》《对月》《迷娘曲》等抒情诗外,歌德很少进行文学创作,《浮士德》的写作也中断了十余年。1786年,歌德"在绝望中跑到意大利"[①],化名去旅行,遍访意大利古代文化遗迹,深感古典艺术的雄浑与博大,摆脱了在"魏玛生活中的苦痛阴郁的印象和回忆",在艺术上获得了新生。在意大利漫游期间就完成了剧本《哀格蒙特》(1788)。1788年,从第二次游历罗马至归国后的一段时间内,歌德重新执笔,写了《浮士德》第一部中的部分片段。从这一年开始,回到魏玛的歌德,任艺术和科学院校总监等职。这一时期他还完成了诗剧《托夸多·塔索》(1790)、《伊菲革尼亚在陶里斯》(1787)和动物诗《列那狐》等。《塔索》和《伊菲革尼亚在陶里斯》不仅是歌德这一时期主要的代表作品,同时也是歌德培育德国戏剧的主要尝试,对歌德发现与重塑古典文化,以及为德国戏剧的发展奠定了基础。

1794年,歌德与席勒结交,共同缔造了德国古典文学的辉煌。这个时期歌德完成了长篇小说《威廉·迈斯特的学习时代》(1796)、叙事长诗《赫尔曼与多罗泰》(1798)以及《浮士德》的第一部(1797)等作品。

进入19世纪以后,歌德的思想更为明睿,感情更加深沉。这一时期的歌德,已经逐渐成为德意志精神的代表。自传《诗与真》(1811—1830)中以一位过来人的长者的智慧回顾和审视自己走过的创作道路。先后创作完成了长篇小说《亲和力》(1809)和《威廉·迈斯特的漫游时代》(1829)、诗集《西东合集》(1819)、组诗《中德四季晨昏杂咏》(1827),以及诗剧《浮士德》(1831)的第二部。

---

① 爱克曼辑录:《歌德谈话录》,朱光潜译,人民文学出版社1978年版,第139页。

《威廉·迈斯特》是歌德仅次于《浮士德》的一部巨著,创作前后达 50 年之久。这部作品属于启蒙时代流行的"教育小说",描写了主人公在实践中追求人生意义,树立人生理想,不断克制自己,培养自己的个性,成为一个所谓完整的人,投入现实人生的故事。主人公威廉·迈斯特出生于一个富商家庭,但从小厌弃庸俗狭隘的市民生活和商人的唯利是图。他酷爱戏剧艺术,为了当演员而离家出走,青少年时代就与演员一起投身流浪演艺生涯,同时广泛接触现实社会。他曾寄希望于有教养的贵族,但贵族社会鄙视演员,这使他认清了贵族阶级的狭隘与浅薄。他也曾想通过美育改造社会,两种幻想都破灭后,他陷入了极大的矛盾与困惑之中。经过漫长而曲折的生活道路,他最终找到了空想社会主义式的理想生活方式。

1832 年 3 月 22 日,歌德逝世,享年 83 岁。

歌德博览群书、才思敏捷,涉猎广泛、知识渊博。在文学领域,除了文学创作之外,对文学批评和文学理论都有自己的创见。他的预言,"民族文学在现代算不了很大一回事,世界文学的时代已经到来了"[①],是比较文学学科确立的主要依据。他认同民族文化和文化教养对作家创作的主要影响,注重现实生活和经验,轻观念、思想和理论,有自己独特且成熟的文学创作原则。在戏剧领域,他对其之前的欧洲戏剧有深入的把握和理解,对戏剧表演、舞台艺术都有独特的见解。他推崇荷马,对古希腊悲剧深有研究,喜欢莎士比亚,热爱莫里哀,有一套自己的戏剧理论。在其他领域,他对绘画等艺术深有研究,提出了自己的艺术理论,认为"艺术并不完全服从自然界的必然之理,而是有它自己的规律"[②]。

歌德对中国文化情有独钟,认为中国人不但在"思想、行为和情感方面"几乎和他们一样,甚至"在他们那里一切比我们这里更明朗,更纯洁,也更合乎道德"。认为在中国,"人和大自然是生活在一起的。你经常听到金鱼在池子里跳跃,鸟儿在枝头歌唱不停,白天总是阳光灿烂,夜晚也总是月白风清"[③]。虽然歌德站在"亲善"的立场,以自己对中国文化典籍以及文学作品的有限阅读,对中国文化的理解有失偏颇。但是作为一个欧洲人,能对异域的东方文化有着如此美好的言说和认同,可见他有一颗博大的心灵吸纳和包容世界各民族文化。

歌德用以独特的文学表现,站在人类的立场,以雄浑博大的文学视野关照现实社会和人生,为自己的时代立言,以诗性的语言书写和思考人类在发展历程中所遭遇的各种普世性问题。歌德的创作与思考不仅为 18 世纪德国文学世界性地位地确立作出了巨大贡献,也为人类文学乃至文化的发展作出了巨大贡献。

二、《浮士德》

《浮士德》所选取的题材在欧洲是老少皆知的,早在中世纪后期,欧洲各国就流传着关于浮士德的故事,它最初是德国民间故事,主人公浮士德实有其人,是跑江湖的魔术师、占星家,死后留下许多传说。歌德创造性地运用了这个古老的题材,无论在情节上还是人物形象上都进行了大量改造,使浮士德成为一个性格极为丰富复杂的形象,也使故事富有一种高度

---

① 爱克曼辑录:《歌德谈话录》,朱光潜译,人民文学出版社 1978 年版,第 113 页。
② 同上书,第 136 页。
③ 同上书,第 112 页。

哲理性和艺术性统一的美。歌德在作品中,将自己的人生经历,及读大学之后的几乎全部对现实生活的印象以及自己的哲思都糅合在浮士德的人生阅历中,构造了一个不断探索人生真理、不断犯迷糊、不断从迷误中醒悟、重新追求、最后得到拯救的知识分子形象。

歌德《浮士德》是一部诗体悲剧。全剧以"天上序曲"中魔鬼梅菲斯特与上帝关于人的赌约为楔子。上帝对人充满信心,想引领浮士德"进入澄明的境域"。对于浮士德的迷茫,上帝认为是暂时的,因为"人在奋斗时,难免迷误","善人虽受模糊的冲动驱使,总会意识到正确的道路"。而梅菲斯特则持相反的观点,言论中充满对人类的鄙视,认为虽然人类有"理性",但他们和始祖亚当、夏娃一样,"总是本性难改","偏看到垃圾堆,就把鼻子伸进"。为此,上帝想以浮士德为人类的个案,作为赌注打赌,让梅菲斯特去引诱浮士德"慢慢引他走我的大道",看人是否能在诱惑与迷误之后进入澄明的境界。

《浮士德》有两部组成,第一部围绕浮士德生活中的两部分内容展开:

知识的悲剧:自认为彻底钻研了哲学、法学、医学、神学等学科,但仍然无法弄清这些知识的真谛之时,作为学富五车的泰斗、博士,浮士德开始怀疑自己书斋生活的合理性。钻研并未让浮士德获得真理,倒是遭遇了众多困惑。因此,他想自杀以此摆脱这个现实世界,正当他要喝"最后一盏"撒了毒液的曾让他在青年时期无数次沉醉的浆液的时候,他耳边响起了复活节的钟声和唱诗班的合唱,"青年时代的快乐游兴"被歌声唤回,他和学生瓦格纳一起信步来到城门外,在大自然和民众中间,民众的欢乐情绪感染了他,民众对他以及他的父亲的尊崇与仰仗,让他觉得"这里我是人,我能做个人"。重回书斋的浮士德充满了理性和希望,迫切地着手翻译工作。他敢于冲破宗教语言的原意,敢于将《圣经》中的"太初有道"改为"太初有为",强调人活着就要从事实际工作,在行动中寻真理。梅菲斯特化作一只狮子狗跟着浮士德来到书斋,告诉他自己就是"常在否定的精灵",所谓的恶"都是我的拿手杰作"。认为人都无法摆脱恶的引诱,都是向往堕落和享受的。浮士德则认为人都是向往善和美的,愿意为此付出生命的代价,并与梅菲斯特签约。梅菲斯特带着浮士德飞到了快乐的小伙们聚集饮酒的地下酒室。小伙们用轻佻的语言对话,讨论一些不着边际的问题。他们讨论的话题和轻佻的语言让浮士德难以忍受,他想离开此地,但梅菲斯特让他进一步见识这些小伙子的"兽性",并施展魔法作弄这些小伙。这一切让浮士德感觉到知识的悲哀与无聊。

爱情的悲剧:魔鬼梅菲斯特想让浮士德喝魔女熬制的汤药,减轻"三十岁的年纪",返老还童。浮士德和玛加雷特相遇、相识、相恋,并且双双坠入情网。浮士德为了和玛加雷特约会,把梅菲斯特配制的安眠药给了玛加雷特,让她给她母亲服用。但玛加雷特给母亲服药过量而毒死了母亲。哥哥瓦伦廷和浮士德打了起来,死在浮士德的剑下。玛加雷特生下和浮士德的孩子后,因为害怕溺死了孩子,犯了杀婴罪,被抓到了监狱。当梅菲斯特带着浮士德前去监狱相救时,玛加雷特却不想被救出狱,而是皈依了上帝,最后在天国传来的"获救了"的声音中获得了救赎。

《浮士德》第二部围绕浮士德生活中的三部分内容展开:

政治的悲剧:经历了无望的爱情悲剧的浮士德,把目光从个人转而投向了社会。浮士德和梅菲斯特一起来到皇帝的宫廷里,并当上了执政大臣。然而踌躇满志、身处一人之下万人之上的浮士德,却发现这个封建王朝是一个"迷误的世界","群丑竭尽丑态握揽大权,非法的压制却在合法地开展",无官不贪,无吏不恶,士兵到处抢劫,教会肆意掠夺,全国动乱四起。梅菲斯特和大臣假托皇帝之名发行纸币,饮鸩止渴暂时缓解了债务和财政危机。自以为解决了一切危机的皇帝,仍然沉迷于享乐。为了消遣,他催逼浮士德借助魔鬼到幽灵之国带"海伦和帕里斯来到他面前"。没想到浮士德拿着的钥匙一接触海伦就发生了爆炸。"一眨眼之间",浮士德倒地,"男女幽灵化为烟雾而消逝"。

艺术的悲剧:浮士德在昏迷中所梦想的是古希腊的自然时代和古希腊的美女,古希腊艺术之美深深地吸引了浮士德,于是在魔鬼的帮助下浮士德"前往珀涅俄斯河"方向游历古希腊神话世界,去寻找海伦。梅菲斯特利用魔法说服海伦并把她带到了浮士德跟前。浮士德如愿和代表作古希腊艺术之美的海伦生活在一起,并生了一个儿子叫欧福里翁。欧福里翁不愿意受约束,喜欢上蹿下跳。奔放不羁、洋溢着生命活力的欧福里翁,不断追求自己的欲望和自由。欧福里翁想在空中飞翔,不听父母劝阻,纵身跃入空中,结果坠地身亡。随着儿子的消逝,悲痛欲绝的海伦回归古希腊,只在浮士德的怀里留下衣服和面纱。

事业的悲剧:浮士德借助梅菲斯特帮助国王征战而获得大片滩涂作为奖赏,觉得"在这地球之上,还有干大事的余地"。他告诉梅菲斯特,想填海造地,以实现他围海造地的雄心壮志。晚年失明了的浮士德还在计划他造地的伟大事业。梅菲斯特指使人为浮士德挖掘坟墓,听到挖坟墓的铲锹声音的浮士德以为是人们在完成他的大业,幻觉出自由的人们在阡陌纵横的田地中自由自在地劳作生活,情不自禁地感慨说"停一停吧,你真美丽!"之后倒下。按照赌约中约定,感受到美的真谛的浮士德的灵魂将归魔鬼梅菲斯所有。上帝派众天使出现,"他们带走浮士德的不朽的灵魂而升天了"。因为浮士德并不是满足于享乐,他是在实现自己宏伟的理想之时瞬间死去的。天使们歌唱道:"凡是不断努力的人,我们能将他搭救。"浮士德被上帝拯救,意味着浮士德对魔鬼梅菲斯特的胜利,也意味着上帝对魔鬼的胜利。诗剧在神圣庄严的宗教氛围中结束。

《浮士德》这部诗剧的思想意蕴是多元的,这源于它开放的结构和内容。浮士德博士经历的人生"知识的悲剧""爱情的悲剧""政治的悲剧""艺术的悲剧"和"事业的悲剧"过程,象征了人类社会发展的漫长历史,象征了自文艺复兴资产阶级不懈追求苦难历程,也是人的一生从生到死的生命经历的象征。歌德自己说:"那是一部怪书,超越了一切寻常的情感。……《浮士德》是个怪人,只有极少数人才会对他的内心生活产生共鸣。梅菲斯特的性格也很难理解,由于他的暗讽态度,也由于他是广阔人生经验的生动的结果。"[①]歌德二十多岁开始构思这部诗剧,到去世前几个月完成这部作品,对《浮士德》的书写,可以说贯穿了歌德的一生。这部书其实是歌德自己生命体验和阅历的一部集大成的作品。诗剧中很多素材都来源于歌德本人的经历。作为一个特殊的个体,歌德的生命体验是独特的,这种独特的体验孕育了浮士德这个人物形象,以及这部作品的宏阔叙事。歌德曾说过:"艺术的真正生命正在于对个别事物的掌握与描述。"而对这些个别事物的体验,首先来源于现实生活,源于作家的亲身体验。

---

① 爱克曼辑录:《歌德谈话录》,朱光潜译,人民文学出版社1978年版,第52页。

诗剧中的浮士德是善的代表,是美和真理的不懈追求者的象征,体现了18世纪启蒙主义时期一个真实的人真实的一生。浮士德从诗剧开始,就陷入了迷误的境界。因为他曾寒窗苦读,认真钻研多门学问,到头来却觉得自己是个"可怜的傻子"。"我既没有财产和金钱,也没有浮世的名声和体面;就是狗也不能这样贪生!"看着自己塞满书本的书斋,看到成堆的书被书虫蛀咬,被灰尘笼罩时,他追问:"为何你的心在你胸中惴惴不安?为何有一种难说的苦情/将你的生命活动阻拦?"于是他从心底发出呼喊:"起来!逃往广阔的国土!"他对以他为代表的"人"有深入的了解,他说:"有两种灵魂住在我的胸中,他们总想互相分道扬镳;一个怀着一种强烈的情欲,以它的卷须紧紧攀附着现世;另一个却拼命地要脱离尘俗,高飞到崇高的先辈的居地。"事实上,在任何人的心中,既有世俗的形而下的追求,同时又有形而上的崇高理想。浮士德代表了人的人性中"善"的一面。在和玛加雷特的爱情中,当看到因他遭遇不幸的玛加雷特的悲惨遭遇时,他咒骂魔鬼的冷漠与绝情,想尽办法想拯救玛加雷特。他最后之所以让女幽灵"忧愁"乘虚而入而失明,主要是因为,他有一颗善良的心,为那对被魔鬼烧死的老夫妇伤心、悲恸。

浮士德是一个知识渊博、负责任、有担当的知识分子。浮士德犹如一个文艺复兴时期的巨人,精通多门学问,并且对人本身也有深入认知和理解。他还是一个对自己、对他人敢于担当的人。对自己,他敢于反省,敢于解剖自己的缺陷。对他人,他为自己给爱人造成的困境担当,想方设法拯救爱人。对事业,虽然在围海造地中遇到阻碍,但他还是想办法解决,虽然双目失明,但仍然愉悦地计划自己事业的宏伟蓝图。

浮士德同时也是一个具有辩证的矛盾性格的凡人。一方面他追求向善向美,另一方面有无法抵挡享受和堕落的诱惑,如同凡人一样,内心深处具有追求上帝和向往魔鬼的二重属性。浮士德的性格中也有人所具有的消极思想,他想轻生自杀,想以魔术、精灵等为捷径找寻真理,以逃避现实,他不断地犯着错罪。然而浮士德的令人崇敬之处在于,他总是会在快要堕落或放弃美的追求的最后时刻被唤醒,活生生的大自然和现实生活终究唤醒了他的迷误,他自强不息、乐观向上的精神还是战胜了沉沦颓丧的惰性。因此总体上浮士德是人类进步精神的体现,是善的代表,是18世纪不懈追求理性真理的启蒙主义者的精神象征。

梅菲斯特在诗剧中是恶的代表,一个魔界的精灵,一个具有超自然能力的巫师,在他的引领下,人作恶享受,无所不能。然而他同时又具有作恶造善良的辩证作用。在诗剧中,如果没有他,浮士德的返老还童,和魔鬼、妖对话,以及穿越时空回到古希腊寻找美女等都是一句空话。他是浮士德走出迷误、不断反思自己、不断在迷误中觉醒的重要外力。他不惧怕权威,敢在天堂和上帝叫板,当众天使夸耀上帝的伟业的时候,他敢于指出上帝伟业的漏洞。虽然他自称是"恶"的化身,诗剧中他的表现的确也是冷漠、绝情,为了达到自己的目的,不惜伤害他人,甚至残害生命。但他的"恶"始终可以在"善"面前妥协,他并不坚持"恶"。他贯穿全剧的始终,几乎与浮士德居于同等地位,在每一个有浮士德的地方必有梅菲斯特。他对于浮士德是一个永恒的矛盾,是"一切障碍之父",同时又是一种激发的力量。每当他引诱浮士德,浮士德惰性的一面居上风时就犯错误。但浮士德有向崇高境界追求的一面,这促使他不断从错误中吸取教训,向善追求,明确人生的真谛,终于找到真理。所以梅菲斯特从反面推动了浮士德不断前进,他成了动力,因此他所代表的"恶"就不单是破坏,它也能造善。正如他自己所说:

"我是作恶造善的力于一体。"当然恶之所以能造善,主要还是在善本身(即浮士德精神),正因为人身上有善的因素,恶才无法使其成为恶,所以诗的最后天使唱道:"凡是不断努力的人,我们能将他搭救。"歌德说浮士德得救的秘诀就在这里,人类的命运也在这里。

《浮士德》是现实主义和浪漫主义结合的杰作,作品中的人物、事件、环境都充满了浪漫主义的想象、夸张和神话故事的色彩,但又有现实的基础,使这部作品既深刻地反映了社会现实,又生动描绘了理想世界,显示了如同席勒所期待和"一种特殊的美感"。

善于运用象征手法,使诗剧达到形象性与哲理性的高度统一。《浮士德》以主人公的一生奋斗概括西方知识分子的探索过程,概括人类精神成长的历史,其中涉及世界的起源与本质、人生的意义及价值、人生前途与命运等哲学问题,具有深刻的哲理,被黑格尔称为"绝对哲学悲剧"。但读者直接面对的却是多姿多彩、令人目不暇接的艺术画面、事件和形象,而不是抽象的概念或乏味的说教。一切观念形态的东西都被诗人用象征的手法融进了画面、事件和形象之中,实现了作品的意境与人生哲理完全融汇一体。

在塑造人物形象上,歌德充分运用辩证法的精神,在强烈的矛盾冲突中展现人物性格。歌德认为正因为人具有惰性的一面,所以上帝要创造出魔鬼来刺激人、鼓舞人、推动人类前进,这就表现出辩证思想。从浮士德与梅菲斯特的辩证关系中歌德告诉我们:人类前进的道路是曲折的,充满着矛盾,但只要人类一心向善,就不会堕落,反面的力量不但不能阻止人类前进,反而会促使人类进步,它也告诉人们,人类由于主客观原因总会犯错误,但只要努力就能克服矛盾不断前进,这也是《浮士德》这部作品的精华所在。两个形象的对比体现了善与恶、美与丑、乐观与悲观的矛盾对立,同时也使两个形象的性格鲜明突出,产生了强烈的艺术效果。

艺术风格上《浮士德》将浓郁的抒情色彩和辛辣的讽刺熔于一炉,形式上采取各种不同诗体。歌德善于根据内容的不同选取最适当的表现形式。如塑造玛加雷特多用抒情诗体,造成朴素、宁静的风格特色;塑造海伦则多用希腊悲剧诗体,给人以典雅、庄严之感;描写浮士德常用哲理诗的形式以议论,描写梅菲斯特则用机智和讽刺性的诗句,一语双关,这与两个主人公的身份和性格特征十分吻合;在写下层社会场景时运用民谣活泼生动的笔法;写封建宫廷时则用讽刺诗诙谐嘲讽的风格。

当然作为诗剧,诗歌的跳跃性特征,赋予它情节的不连贯。因此,就整个诗剧的情节结构而言,显得很松散,但也显出这部诗剧结构的独特性,打破了叙事诗或者戏剧叙事整饬统一的线性结构,众多民间小故事、民歌、古希腊神话中的人物故事的插入,形成了作品宏观的线性结构中包含多个无数微观空间结构的叙事结构,从而使得诗剧意蕴具有了多维多元的开放式艺术审美特征。

第六章 19世纪浪漫主义文学

第一节 概 述

19世纪初期,伴随巨大的社会变革,西方资产阶级思想文化领域1789年至1830年间发生了一场声势浩大的浪漫主义运动,包括文学艺术在内的全部意识形态都打上了它的烙印,此可谓资产阶级文化的硕果之一,有力地提升了其内涵、促进了其发展。

一、浪漫主义文学的历史文化与基本特征

19世纪的西方社会,最主要的特征是资产阶级政治秩序、经济体制、律法制度和相应的意识形态也即思想、文化、宗教、伦理等整套价值观念体系的确立、巩固及其发展。新兴资产阶级经过文艺复兴以来几百年渐次成长、进步和不断壮大,尤其通过启蒙运动,这个生龙活虎的阶级已今非昔比,变得羽翼丰满。建立起以人道主义为核心世界观的资产阶级,公开地向封建统治进行宣战,包括用暴力形式武装夺取政权,猛烈推动历史前进的同时,其统治的纪元开始了。这是个改朝换代的世纪,是新旧势力为生死存亡而舍命搏斗的悲壮时期,也是发展创新的时代,是社会生产力、知识与财富、哲学和艺术得以空前解放及繁荣,显示了人类巨大能量的非凡世纪。

世纪初叶的几十年,资产阶级夺取政权是它的主旋律,从1789年爆发的法国大革命作为标志起,西欧资产阶级向封建统治发动了全面、彻底的进攻(在英国则是已经掌握了政权的资产阶级进一步稳固权力和削弱封建成分)。这场革命,以暴力手段推翻波旁王朝,给予各国进步力量以巨大鼓舞,一时间民主运动和民族解放运动风起云涌,不但德国俄国如此,意大利西班牙如此,甚至波兰、匈牙利、希腊等弱小国家也都纷纷燃起争取自由和民族独立的斗争烽火;就连资本主义制度已基本确立的英国,由于劳资矛盾加剧,也发生了以捣毁机器为特征的自发的工人运动。然而,欧洲各国的封建势力并不甘心退出历史舞台,为维护摇摇欲坠的专制统治,连纵结盟进行反扑,把矛头指向以法国为代表的革命力量及其政权,并于1814至1815年打败革命后建立的拿破仑帝国,使王权得以复辟。以俄奥普为首的各国反动派趁机缔结"神圣同盟",力图全面恢复已千疮百孔的封建制度,民主和民族解放运动遭遇重创。但历史的发展不可逆转,1830年法国重新埋葬波旁王朝的七月革命以及1832年英国进一步削弱世袭贵族的议会改革标志着欧洲资产阶级体系反复辟斗争最终取得胜利,同时意味着西方完成了从封建制度向资本主义制度的过渡。

从法国大革命爆发至此的这个时期即18世纪末的十几年与19世纪初的三十几年,即是浪漫主义运动或思潮的活跃期。

对启蒙时代启蒙思想家鼓吹的理性原则和关于"理性王国"华美约言的失望,对动荡、混乱、战争、灾难之丑恶现实的厌恶、鄙夷和恐惧,是浪漫主义运动产生的社会心理前提;而以康德(1724—1804)和黑格尔(1770—1831)为代表、强调唯心主义但包含辩证法的德国古典哲学,由于强调天才和灵感、重视人格和精神独立等,而成了它的思想根源及理论基础;还有在知识界发生深刻影响、极具革命意义的英法空想社会主义学说,以及代表没落贵族意识、否定历史前进的反启蒙主义思潮,都从积极或消极的立场推动或决定着浪漫派的深入与走向。

如果从事物内部的演化规律来看,那么文艺之潮的流变或许更值得注意。就此而言,浪漫主义闪亮登场实是对新古典主义之逆动,这格外有利于理解其旨趣:前者秉承启蒙思想的平民性质,崇尚天然;后者属宫廷艺术范畴,追求典雅趣味。的确,在与传统的衔接方面,则浪漫主义与18世纪英国的感伤主义、法国卢梭的主情主义、德国狂飙突进的民族主义,关系都相当直接,后三者的崇尚情感、强调个性和迷恋大自然也几乎与之完全同趣。

西方文学史上的浪漫主义运动非同凡响,其巨大成就,尤其它的革命性与叛逆性激动了整个19世纪。浪漫主义作家多是些敏感者或者属于这一类的热血澎湃的青年人,他们富有才华、性格奔放。动荡的时代、苦难的现实驱使这些年轻而激荡的心灵倾向于浪漫的热诚,倾向于对公众舆论强烈的蔑视,倾向于崇拜天马行空般的奔放和放荡不羁的天才。或可说,浪漫主义代表了才智、青春与力量。

浪漫主义运动中的文艺创作以浪漫方法为主要手段。需要指出,作为运动和作为方法,浪漫主义的含义应加以区分。作为创作的浪漫方法是古而有之,被认为是自古希腊即形成而与现实主义相对而言的基本艺术原则之一,具有永恒性。最为特定概念的浪漫主义,则特指19世纪初期波澜壮阔的文艺思潮,浪漫的艺术原则乃这一思潮的文艺创作最通用和最本质的手段。此外还应说明,作为思潮或者作为流派,文学史一般将浪漫主义活跃期的末端界定于30年代,但这只是大略而非确指,实际情况要复杂得多。当现实主义取代浪漫主义而渐成主流,浪漫主义并未消失,不但一些国家如东欧、美国等的浪漫运动还方兴未艾,就是在西欧,不少作家如雨果、乔治·桑等仍主要以充沛的浪漫激情与手法进行创作。19世纪后期还一度产生颇具影响力的新浪漫主义。

浪漫派文学的主要特征,首先在于其主观性与主情性,兹与现实主义的客观性与写实性适成对照。情感至上或将情感因素最大化,可谓康德唯我哲学的文学表达。其次在于尊重心灵与崇尚自由,它差不多是无拘束的,尤其努力于个性的解放。而自由的概念另有一层是美学上的,像雨果宣称自由为第一条原则,要害是反对古典主义的清规戒律。当然,浪漫派并非不要规则,相反,在解构古典律的同时建构起浪漫律。再次是大自然崇拜包括向淳朴的民间文学汲取灵感,这不妨视为逆古典之延伸,因为作为宫廷或贵族文化,古典主义从来对民间文化不屑一顾。此外,偏爱想象,营造哪怕很不真实的梦幻奇境,注重营造强烈的艺术效果,布局异乎寻常的情节、描写异乎寻常的事件、刻画异乎寻常的性格,喜欢气氛紧张、色彩浓烈,所以最常用的手法是对比和夸张,采取的题材是异域、远方、历史、神话……总之,它力图用审美的标准代替功利的标准,还原艺术本真的属性,恢复其作为心灵表现的主体地位。浪漫派作家大都文思奔放、汪洋恣肆、形神兼备。为取得惊人效果,在某些作家那里,恨不得把一说成十,把滴水变为大海。浪漫文学情调上追求感伤、忧怨、哀婉,体裁方面尤钟情诗或历史剧与历史小说。

由于政治立场、思想观点的差异,浪漫主义作家也表现出不同的创作倾向,高尔基曾划分成"消极的"和"积极的"两个极端的派别。对启蒙思想或法国大革命持否定态度、美化宗教或中世纪宗法式生活理想,描写风花雪月,歌颂宗教、黑夜乃至死亡,作品具有出世倾向的即为消极浪漫主义者;对现实不满,揭露丑恶,叛逆社会,作品具有入世倾向的则为积极浪漫主义。按此来看,一般较早期的浪漫主义作家多属于消极的,而稍后一些的则属于积极的。兹主要以政治为尺度的分法当然具有明显的缺陷,不过或者保守或者激进之创作倾向的存在乃至两者之间斗争的存在是个事实,抹杀这个事实则不能对浪漫主义运动的全过程形成完整的概念。同时需要澄清的是,消极与积极的区分,只是对不同作家的创作风格和倾向而言,其本身并不具有意识形态和价值评判区分。

浪漫主义运动于18世纪末叶的德国、英国、法国相继兴起,以后很快传播到欧洲其他国家特别是意大利、俄国与东欧,但仍以德英法三国成绩最显、影响最大。19世纪30年代之后,于大西洋彼岸、与欧洲文化一脉相通的美国,在爱默生"超验主义"理论旗帜下,稚嫩的"新大陆"浪漫主义文学也破土萌芽,并以特有的芬芳绽放开来。

二、浪漫主义文学发展概况

德国是浪漫主义运动的策源地,18世纪末叶,浪漫主义与歌德席勒之"魏玛古典"同时活跃文坛。浪漫派人数不少,但思想起点欠高,除了荷尔德林(1770—1843)和艾沁多尔夫(1788—1857),无论史称早期的耶拿派还是晚期的海德堡派,多数作家以赞美中世纪和基督教来抵制现实、寄托理想,甚至耽于梦幻、虚无和死亡。但他们却最早提供了典型的浪漫派文论及其创作,奠基者为"耶拿派",指以耶拿为中心的一个松散的文学团体,包括施莱格尔兄弟奥古斯特·威廉(1767—1845)和弗利德里希(1772—1829)、诺瓦利斯(1772—1801)、蒂克(1773—1853)等人。施氏兄弟特别是弟弟在理论方面贡献尤大,他于《雅典娜神殿》(1798—1800)杂志发表随笔式的《断片》,针对古典派的规行矩步,宣称浪漫文艺的第一要义是自由,其法则是"为所欲为,不能忍受任何约束";它永远处于过程之中,因而是无限的、发展的;它重视自我表现,而其生命力就在于不设围墙而兼容并包。弗利德里希阐说的文艺观,成为随后风靡西方几十年的浪漫派诗学之理论起点。两兄弟属于欧洲浪漫主义文艺思潮肇始阶段的作家和文论家,功绩是昭示了全新的文学主张,在文学史的美学与批评研究、厘定古典与浪漫之范畴、翻译及翻译文学的理论和实践等方面均有开创性贡献。在创作上,耶拿派时期最具代表性的是诺瓦利斯,其诗文相间的《夜颂》(1800),赞美黑夜和死亡,充斥着对光明与生命的否定,灰色而神秘,犹如一朵病弱之花,使人产生哀怜情绪。

1805年后,德国浪漫派的中心转移到海德堡,这派作家对发掘民族文化遗产倾注了极大的热忱,如阿尔尼姆(1781—1831)和布仑塔诺(1778—1842)合编的民歌集《儿童的神奇号角》(1808),辑 300 年来一些优秀民间创作,给当时文坛注入新鲜血液。格勒斯(1776—1848)编辑的《德国民间故事书》(1807)也广有影响。著名语言学家格林兄弟雅克布(1785—1863)和威廉(1786—1859)大体也在这个时期收集整理完成最为脍炙人口的童话集《儿童与家庭故事》,俗称"格林童话"(包括增补在内的 3 卷完整本直到 1822 年)。

1809 年之后,阿尔尼姆和布仑塔诺去往柏林,浪漫派又在此形成一个中心。这些作家具有不同程度的民主思想,创作格调日渐提高。成就较大的有戏剧家和小说家克莱斯特(1777—1811),其喜剧作品《碎罐》(1808)讽刺贪污好色的执法官,主题鲜明、妙趣横生。小说家霍夫曼(1776—1822),擅长用荒诞离奇的情节反映现实,著名作品有《金罐》(1814)、《雄猫穆尔的生活意见》(1822)等,他是德国浪漫派中对外国作家影响较大的一位。原是法国贵族出身、因革命而随父逃至德国的沙米索(1781—1838)则是位更具进步倾向的作家,其童话体小说《彼得·史勒密奇遇记》(1814),通过描写主人公以失去身影为代价换取可随心所欲之"幸福袋"后所始料不及的后果带来的痛苦,揭露金钱罪恶,讽刺庸俗的市侩社会,不失为一部力作。

在浪漫派影响下走上文坛的亨利希·海涅(1797—1856),20 岁左右开始创作,最终成长为一位伟大的民主主义诗人、散文家、文评家与政论家。他少时即接受启蒙思想和法国大革命的自由、平等、民主观念,追求进步、向往光明,对黑暗、鄙陋之社会现实的批评,终不见容于当局,1830 年流亡法国,从此主要在巴黎度过后半生。海涅早期的抒情诗深受民歌滋养,甜蜜淳朴、清新自然,《诗歌集》(1827)是为总汇,成为德国最流行的一部诗集。他中期的诗作犹如匕首或利剑,讽刺锋芒毕现,如 40 年代的包括政治组诗《时代的诗》在内的《新诗集》、长诗《德国——一个冬天的童话》等,是挑衅的与战斗的。他说,当看到褊狭的同代人如何粗鲁、拙劣而愚笨地了解人类理想,就忍不住要加以嘲笑。晚期的《罗曼采罗》(1851)是部重要的诗集,与《诗歌集》、《新诗集》(1844)一道构成其抒情诗的三座丰碑。但就思想高度和雄健有力而论,其政治讽刺诗更可称道,匀称的形式与鲜明的观点甚或美学见解有机结合,再赋以强烈的战斗精神,诗艺至臻完美。这方面最有代表性的,短诗如《西里西亚的纺织工人》(1844),表现了纯正的无产阶级革命意识,恩格斯说是他知道的最有力的诗歌之一。长诗如《德国——一个冬天的童话》(1844),凡 27 章,以去国多年返乡探亲一路所见、所闻、所感、所想的"诗体旅行札记"形式写成,同时广泛使用梦境、幻想、童话及传说手法,对德意志的反动现实抨击、揭露,指出其腐朽、没落的必然趋势。尽管如此,统治者却用假象、诡辩掩其真面,以图苟延,这就如不切实际的童话。童话是梦,当然难免破灭,而冬天,恰好是萧条和肃杀的象征,将之与不真实的"童话"相联系,更加强了空虚感。诗题寓意昭然若揭:德国的现存制度注定要灭亡。

以诗歌创作为主的英国浪漫主义文学,代表了 19 世纪初期欧洲文学的最高成就。它继承启蒙思想和法国大革命精神,更多注重社会问题。其大体经历了两个阶段:"湖畔派"在前,"恶魔派"于后。

"湖畔派"或"湖畔诗人"指华兹华斯、柯勒律治和骚塞三人。位于英格兰西北部的昆士兰"湖区",水光山色,绵延连亘数百里,是著名的游览胜地。那里是华兹华斯的长期蛰居之地,好友柯勒律治又一度与其共住于此,而和柯氏有连襟关系的骚塞亦来盘桓过一阵子。就是说,他们或多或少都与湖区有些关系,再加上三人的思想创作颇多相似之处,于是得此名谓。

威廉·华兹华斯(1770—1850)为湖畔派诗人之首,他生于湖区,是位典型的田园诗圣手,"自然诗人"的内涵体现得淋漓尽致。于剑桥读书时即深受卢梭"返回自然"影响,假期中广游祖国及欧陆大好河山。其自然崇拜倾向极深,这使之对人生亦有独到见解。幼儿期是欢乐和美的集中体现,因那时对自然的影响格外敏感,婴儿直接源于创造了自然的造物主,还带有生前那个世界的记忆,是故他尊重儿时,称儿童是成人的父亲。总之,自然界和人性里一切原初的东西才最真实,纯粹的本能的欢乐才最陶醉;童年与自然界、造物主之间的联系应贯穿一生。

1798年华兹华斯与柯勒律治合作发表《抒情歌谣集》,标志着英伦诗坛浪漫时代的到来,两年后再版时由前者执笔撰写长篇序言,从理论上阐明新诗理论的基础,提出系统的诗学见解,在文论史上享有崇高地位。要点有三:(一)扩大诗的题材,普通人的生活与情感同样富有诗意,故应入诗;(二)解放诗的语言,主张以人民大众的日常用语代替书卷气的所谓"诗辞藻",提倡以民歌为镜、以散文入诗;(三)重笔论述诗与诗人的性质、功能与使命:诗为宇宙精神之表现,乃神谕之物;诗人是能够望穿时空的智者,乃捍卫人类心灵的磐石。此外,序言最具理论色彩的,是关于"想象"与"幻想"的论述。这篇与古典诗学分道扬镳的文献成了英国浪漫主义文学的宣言。

华兹华斯的诗作与诗论相得益彰,一般认为他最好的诗截止到1807年,几乎都可以称为"自然诗"。这位真正自觉的田园歌手,从朴野的自然汲取灵感,以内心的真诚、用人民的语言创造诗篇。写乡情乡景,绘大地风貌,颂清静恬淡的空间,摹活动其中的生灵,意境悠远,形象亲切,自然崇拜倾向溢于言表,把自然视为圣灵体现的最高艺术表现。山脉河流、花草树木、清风白云、落霞霓虹等自然景观不仅富有灵性,而且与人生构成有机的和谐。《泉水》《绿雀》《致雏菊》《致云雀》《致蝴蝶》《紫杉树》《小支流》《小小燕子花》《空气芬芳宁静》《每当我看见天上的彩虹》《我像浮云独漫游》《孤寂的刈禾女郎》……似天然无雕饰,却意趣盎然、含蓄蕴藉、美不胜收。对纯朴民间的依恋反映了诗人对近代工业文明的厌恶与恐惧情绪。这类诗中还有一些涉及人生哲理、题旨深邃的作品,尤其关于童年或童心崇拜者。最具代表性的是用歌谣体写成的叙事诗《我们是七个》(1798),1793年诗人游威尔士时曾遇见一个七八岁的乡下女孩,她兄妹七人,但两个已夭亡。诗人同其交谈发现,她没有把死去的一姊一弟排除出去,尽管反复向她解释说他们实际上只有五个兄妹了。女孩坚持"我们是七个!"她拒绝按成人的推理和数学的逻辑,只凭直觉和感情判断事物。此外像《丁登寺旁》《不朽颂》《序曲》等公认的名篇也可作如是观。

湖畔派的另一重要人物塞缪尔·泰勒·柯勒律治(1772—1834)的诗作虽然不多,但却享有崇高声誉。这位剑桥耶稣学院的高材生出生牧师之家,一生以牧师为业。他博闻强记,善于想象、思维极其敏捷活跃,禀性孤僻忧郁,常独自兀坐,静观默察,但也极善言谈,雄辩起来,口若悬河。其诗作具有惊人的音乐性和节奏感,充满浓郁的神秘主义色调和象征主义梦幻,诡异奇谲,万千变化,美不胜收。诗人从古代歌谣和民间小调的格律里提炼精华,对英诗格律从音步、诗行到诗节,均进行了大胆革新,大大增强了灵活性和表现力。其最著名的诗作是用歌谣体写成的《古舟子咏》(1798),想象怪诞奇异、气氛扑朔迷离、情绪紧张起伏,浪漫情调无以复加。某老水手自叙他的一次航海冒险:船上落下一只信天翁,水手们要饲养之,但为恶念充满心的老舟子却射杀了它。灾祸降临了,淡水告罄,船员死光,惟剩下老水手,被尸体所包围,在干渴、孤寂和绝望中漂流,良心谴责超过肉体痛苦,忏悔攫住了他,于是跪下来祷告上苍。一条水蛇的出现唤起了他的怜爱之心,奇迹出现了,清风忽来,推着船驶向岸边。就题旨而言,这是篇寓言诗,主要探索人生的罪与罚问题。诗人把博爱万物的泛神论思想与基督教精神结合起来,宣示恕罪意识。他的另一篇极有名的诗是《忽必烈汗》(1816),54行一气呵成,描写一个梦境的片段。诗人自称因服鸦片而昏昏入睡,恍然进入匈奴大帝忽必烈的御园,那里奇花异木,芬芳馥郁,还有一美丽的女郎在弹唱。睡梦里得诗两三百行,醒来还悉数记得,便捉笔记录,不期中道有人造访,及来客辞去,脑子里一片空白了。在这里,诗人已不复是生活的仲裁者,只是下意识召唤梦境的操作者了。正是在此点上,柯勒律治成了某些现代派诗人的先驱。

华兹华斯等湖畔诗人对法国大革命本持同情和欢迎态度,后来的雅各宾党恐怖杀戮,还有英国对法宣战,导致其一百八十度转变,政治上日趋保守。这招致后起诗人的非议或嘲笑。

"恶魔派"诗人,是指20年代前后不列颠诗苑上空闪现的三颗耀眼彗星拜伦、雪莱和济慈。他们命途多舛、时运不济,却坚定地站在时代前列,犹横空出世,激昂慷慨,鼓吹民主,支持刚刚兴起的工人运动和方兴未艾的各国民族解放斗争,以饱含激情的诗行,塑造了一系列社会叛逆者形象,表现出追求自由和进步的倾向。在艺术上,则完成了由湖畔诗人开始的诗歌改革,极大地丰富了英诗的形式格律,提高了它的表现力。这一派诗人由于创作中表现了对现实不满的反抗,揭露社会的丑恶,被湖畔派诗人称为"恶魔派"。

三位诗人中,拜伦是整个浪漫派运动中成就最高、影响最大者。与之齐名的珀西·比希·雪莱(1792—1822),30岁的人生,写下了包括抒情诗、长诗、诗剧在内的大量作品,讴歌民主理想,憧憬美好未来。第一部长诗《麦布女王》(1813)即确立了他思想与诗艺的全部逻辑起点,其后《伊斯兰的起义》(1818)、《解放了的普罗米修斯》(1819)等构成雪莱主义体系的完整表达,后者通常被视为代表作,是部以希腊神话为题材、包含政治激情和乐观精神的伟大诗剧,探索道德拯救人类主题,乃罕见的恢宏严肃之作。雪莱的抒情诗也极负盛名,《致云雀》(1820),以云雀之无忧比照人世之悲愁,成千古绝唱。《西风颂》(1819)结句"冬天来了,春天还会远么?"预言人类的春天——没有欺诈和邪恶的美好世界必然来临,令人振奋鼓舞。恩格斯称其为"天才的预言家",因为他不仅是为当时也是为未来而歌唱的诗人。雪莱还遗下一篇才华横溢的文论《诗辩》(1821),乃继《〈抒情歌谣集〉序言》之后的又一浪漫派诗学经典。

约翰·济慈(1795—1821),平民出身,当过店员,疾患病苦、窘迫生活、勤奋学习与写作将其一生压缩了,在不过五年的创作生涯中,留下许多优美的十四行诗、颂诗和抒情叙事诗。其作品具唯美倾向,似乎暗示出,感觉的生活和美的冥想本身就是自足的,取材古代神话的长诗《安狄米恩》(1818)、《海坡里翁》(1819)及抒情诗名篇《希腊古瓮颂》(1818)、《夜莺颂》

(1819)等，深刻表现志趣情怀与理想追求。批评家认为，他如果活得长一些，很可能会发展成为一个伟大的哲学诗人。

瓦尔特·司各特（1771—1832）是历史小说的开拓者和奠基者，被誉之"历史小说之父"。作品大多取材苏格兰和英格兰历史，也有关于欧陆史或十字军东征遗事者，民族冲突、政治博弈、风土人情、古老传说皆备，但给人最深刻印象的是民族尤其苏格兰民族性格刻画。代表作为《艾凡赫》（1819），其他较有影响的作品有《清教徒》（1816）、《罗伯·罗伊》（1817）、《爱丁堡监狱》（1818）、《修道院院长》（1820）、《肯纳尔沃思堡》（1821）等，故事曲折、人物鲜活、魅力无穷。

女小说家简·奥斯丁（1775—1817）的创作也显示了独特的成就，她出身牧师之家，长期住在乡村，终身未婚。其生活圈子虽然狭窄，但以女性特有的敏锐与细腻，描写中产阶级绅士淑女们闲适的田园生活，以轻松俏皮幽默的笔调表现他们的感情世界与爱情婚姻，尤擅长处理戏剧性风波。她写了6部长篇，其中《傲慢与偏见》（1813）乃公认之代表作，小说以不同男女的恋爱经历，表现了作者健康而鲜明的婚姻爱情观念。作品具有早期女性主义倾向，在不同的时代一直深受青年男女读者的喜爱。小说精巧的情节结构和人物刻画、诙谐精致的语言使之跻身于英语小说的经典之列。其他如《曼斯菲尔德花园》（1814）、《爱玛》（1815）等均为相当成熟的杰作。

法国浪漫派大体上也分为两个阶段。先行者是夏多勃里昂和斯达尔夫人。

弗朗索瓦-勒内·夏多勃里昂（1768—1848）创作充满没落贵族思想倾向，代表作《基督教真谛》（1802）混杂神学、哲学、文学、艺术、美学并穿插考证、札记、小说、回忆录等内容，副题"宗教之美"，旨在从各种路径证明基督教"真谛"。但与其说是神学的不如说是美学的，实际上阐发了一套浪漫主义的文艺观。首先论证包括科学、文艺在内的欧洲文明来源于宗教；认定文学的任务在于表现人类的心灵，创造"理想的精神美"。只有基督教而非多神教才能够做到，因为福音书宣扬的道德可使人臻于上帝或完美，故其最适合表现人的心灵和理想性格。通过宗教表现理想的精神美，便是所谓"基督教的诗意"。作者论及"忧郁"是人物内心对神秘天国向往的结果，由宗教的神秘引起，把它看作是文学表现的第一要素，认为只有描绘出忧郁虚空情怀的作品才是美的和高贵的。作者钟情精神世界的奥秘机制和未知因素，包括生与死的秘密。作者将这种美学观融入进了自己的代表作两篇小说《阿达拉》和《勒内》之中。《阿达拉》叙述一个缠绵悱恻的爱情故事，女神般的阿达拉在爱人与信仰之间以死选择守信，其基督徒的圣洁人格使冥顽的异教徒义无反顾地皈依了主。《勒内》叙述某破落贵族子弟勒内的飘零命运，其姊为摆脱畸形的姐弟恋情而遁入隐修院，他孤苦无告只身去了遥远的北美，在印第安人那契部落离群索居，勒内最突出的性格特点是孤独忧郁，无端的烦恼、莫名的感伤，心灵极度空虚，被评论界视为文学史上第一个"世纪病"典型，人物的"世纪儿"病症乃时代的产物，反映了法国大革命年代贵族青年感到前途渺茫而产生的精神状态。

斯达尔夫人（1766—1817）是位思想比较前进的女才子，其著作主要是文论和小说，且前者比后者的影响大得多。《论文学》（1800）抨击古典主义的僵硬法则，为法国浪漫主义提供了理论基础。《论德国》（1810）介绍德国的浪漫派，对推动法国浪漫派的发展起了一定的作用。她的小说较早触及女权与传统习俗冲突的问题，如《黛菲妮》（1802）和《柯丽娜》（1807）

均描写富有才情和新思想的女性的悲剧。

除斯达尔夫人之外，这个阶段的作家较多表现没落贵族情绪和沉郁的宗教观念，夏多布里昂乃始作俑者。其他如诗人拉马丁（1790—1869）的《沉思集》（1820）与《新沉思集》（1823）、维尼（1797—1863）的长诗《爱洛亚》（1824）与《摩西》（1826）等，几乎尽是哀丧之音。小说家贡斯当（1767—1830）的自传性作品《阿道尔夫》（1816）所描写的爱情悲剧，也笼罩在苍凉、压抑的气氛里。

后一个阶段在20年代复辟与反复辟明争暗斗的思想政治背景下显示了更为旺盛的生命力，一大批沐浴了大革命民主思想熏陶和帝国时期英雄主义感应的文学青年纷纷脱颖，给法国文坛古典主义的最后残余以及早期浪漫派的消极保守倾向以沉重打击，渐渐廓清那种毫无生气或悲观颓靡的文坛阴影。这个浪漫主义新高潮的代表和领袖是雨果，他作品中人道主义激情和浪漫手法的创作一直持续到80年代生命结束。围绕在雨果周围的作家有大仲马、圣勃夫、戈蒂耶、乔治·桑、缪塞等人，都曾是浪漫主义时代的风云人物，甚至后来成为现实主义大师的司汤达、巴尔扎克、梅里美等人也卷入了这场运动。

大仲马（1803—1870）是个多产作家，由写剧本到写小说，一生完成了数以百计的作品。《亨利三世和他的宫廷》（1829）是法国第一部突破古典主义原则而演出大获成功的浪漫主义历史剧。更能代表其成就的是通俗小说，代表作《三个火枪手》（1844）、《基度山伯爵》（1844）都是脍炙人口的上乘之作。

女作家乔治·桑（1804—1876），其创作具有浓郁的理想主义色彩，内容多以妇女命运为主，提倡个性解放，鼓吹婚姻自由，代表作有《安吉堡的磨工》（1845）、《魔沼》（1846）等。

阿尔弗雷德·德·缪塞（1810—1857）是位天才作家，贵族出身，但表现出更多资产阶级个性，感情丰富、又喜冶游、见异思迁、无有节制，曾与乔治·桑相恋两年，备受创伤，由是写成自传性长篇小说《世纪儿的忏悔》（1836），继夏多勃里昂之后塑造了又一个勒内式的"世纪儿"形象奥克塔夫。缪塞的诗作、剧作，也往往表现沉重的悲哀，别具某种忧郁的韵致，艺术上臻于完美。如长诗《罗拉》（1833），抒情诗《四夜》（1937）等，凄清、优美，充满青春气息，乐观与颓唐的情绪兼而有之，既香艳又洒脱。其戏剧数量不菲，场面巨大、情节生动、对话精彩，堪为浪漫派戏剧典范，并多具莎剧特色，故被法国人称为"我们的莎士比亚"。写有喜剧《方达西奥》（1834）、《烛台》（1835）、《一次心血来潮》（1837）和悲剧《罗朗萨丘》（1834）等。喜剧代表作《罗朗萨丘》的题材取自意大利16世纪佛罗伦萨史实，塑造了一个极其复杂的共和主义者罗朗索形象，为行刺暴君，不得不以屈求伸，甚至放弃人格、助纣为虐，结果为自己戴上了一张扯不下的帮凶面具，最后虽刺暴成功，却被民众抛弃，惨死军警刀下。

19世纪的意大利，以摆脱外来统治和实现统一为内容的民族复兴运动曲折漫长，给予政治和意识形态走向以深刻影响，包括文学上的浪漫主义也与其息息相关。意大利浪漫派思潮兴起于1816年，法国女作家斯达尔夫人在米兰的一家杂志发表《论翻译的重要性》，猛烈抨击意国文坛迂腐沉闷，呼吁知识界翻译研究现代欧洲文学的代表之作，借他山之石而改变之。此文引起轩然大波，墨守成规者颇觉不安，求新思变的青年作家则兴奋不已，他们创办《调停人》杂志，以其为阵地传播民族复兴思想，探讨浪漫主义问题。如米兰诗人乔万尼·白尔谢（1783—1851）的《格利佐斯多莫给儿子的亦庄亦谐的信》，倡言诗歌应诉诸自然、面向人民,成为"活人的诗"和心灵的镜子,被称为意大利浪漫主义宣言。他是致力民族复兴的烧炭党人,多次参加起义,也长期流亡国外,其长诗《帕尔加的逃亡者》(1821)、组诗《谣曲集》(1824)和《幻想》(1829)等讴歌民族斗争,充满爱国主义精神,表达渴望获得解放的祖国人民的心声。

贾科莫·莱奥帕尔迪(1798—1837)是浪漫派中最有声望的诗人,其创作贯穿着民族复兴思想,表现命运无常意识。颂诗《致意大利》(1818)颂扬她光荣的过去、哀叹其现在的耻辱,以一个镣铐锁身、遍体鳞伤的痛苦妇人作比,满腹蒙羞的愤懑谴责忘本而怯懦的不肖子孙。《但丁纪念碑》(1818)则大声疾呼意大利人以伟大的爱国者但丁做榜样,继承先辈的光荣传统,放弃自我麻痹的和平幻想。其哀婉动人的抒情诗篇杰作很多,如收在《田园诗集》(1826)里的《广大无边》《月亮》《梦幻》《孤独的人生》等。晚年写成的名篇《金雀花》(1836),将贫病交迫中对命运、爱之类的思考升华到宇宙层次,人虽像长在火山上的金雀花随时有被吞噬之虞,然惟其更应相亲相爱、团结互助,同仇敌忾战胜厄运。

历山德罗·曼佐尼(1785—1873),是浪漫派的另一位重要诗人、剧作家兼小说家。他的两部浪漫主义悲剧《卡玛尼奥拉伯爵》(1820)、《阿岱尔齐》(1822)均取材历史,前者描写骁勇善战而品德高尚的米兰统帅成为封建君主政治阴谋的牺牲品,揭示四分五裂的意大利乃悲剧的真正原因。后者以8世纪法兰克王征服伦巴第事件为题材,谴责侵略战争,揭示弱者不要指望侵略者恩赐自由。历史长篇小说《约婚夫妇》(1823),以被压迫的劳动人民为主人公,歌颂他们善良的本性、纯洁的品质和为争取幸福而抗争,内容丰富、情节曲折,展现了广阔的生活画面,成为开辟意大利历史小说创作道路的典范之作。

俄国和中、东欧一些小国波兰、捷克、匈牙利,以及东南部的巴尔干国家,浪漫主义文学同样取得很高成就。一个显著的特点是,文学发展往往同这些国家迫切的农奴解放运动或民族解放运动密切相关。

俄罗斯位于欧洲东部且大片国土处在亚洲,历史文化宗教传统与西欧有较大差异,所实行的封建农奴专制制度长期制约着它的发展,直到18世纪末,其民族文学尚未达到具有全欧意义的水平。及19世纪,俄国资本主义因素有所增长,农奴制瓦解的迹象渐显。1812年拿破仑入侵并惨败,使沙皇爬上欧洲霸主的地位,但对内对外的蛮横政策引来强烈反抗,被称为俄国解放运动第一阶段的贵族时期也随之来临了。进步贵族青年受自由、平等、博爱影响,向往资产阶级革命,它以十二月党人[①]的活动为标志,在文学上则促进了浪漫主义的产生。其创作与贵族革命运动紧密相连,以反专制、颂自由的理想为主调,并注重民族历史和民族风格。

茹科夫斯基(1783—1852)是俄国浪漫派的先导,他以哀歌《乡村墓地》(1802)登上诗坛,把俄诗韵律之美发挥尽致,像抒情诗《黄昏》(1807)、《斯拉夫女人》(1816)、《大海》(1828)等情景皆备、柔润和谐,影响深远。其歌谣一组30余篇更为人称道,例如佳作《斯维特兰娜》

---

① 俄国贵族革命家。19世纪初叶,因法国大革命和1812年俄法战争影响,沙俄统治阶级内部出现分化,一些具有进步倾向的贵族军官成立秘密团体,进行旨在革除农奴制和封建专制、建立君主立宪或共和制的活动。1825年俄历12月14日趁沙皇亚历山大一世崩亡之际武装举事,不成,大部流放,5人处死。

(1813)似幻又真,把思念、忧愁、欢乐的情绪罗织交融,诗音袅袅、诗意弥高。

十二月党人诗人雷列耶夫(1795—1826)、丘赫尔伯凯(1797—1846)、奥陀耶夫斯基(1802—1839)、别斯土舍夫(1797—1837)、拉耶夫斯基(1795—1872),以及受十二月党人影响的格利鲍耶托夫(1794—1829),是构成20年代俄国浪漫主义思潮的重要人物,他们的创作都充满了揭露与反叛的激情,乃当时俄国文坛上的最强音。雷拉耶夫的《致宠臣》(1820)、《公民》(1825)充满讽刺力量,饱含政治激情。历史叙事诗集《沉思集》(1825)25篇浸润着乌克兰民间歌谣的滋养,把爱国主义和公民观念融于形象,其中《伊凡·苏萨宁》,塑造反抗侵略为国捐躯的民族英雄形象,令人难忘。格里鲍耶托夫的剧本《智慧的痛苦》(1824),第一次塑造了具有十二月党人特征的俄罗斯进步贵族知识分子恰茨基的形象,他无法容忍死水一潭的俄罗斯而对其特别上流社会的人和事猛烈抨击,遭到那些无所事事又乐于造谣中伤之徒的污蔑攻击,不得不愤而出走。此作反映了当时俄国社会尖锐的思想冲突。

该时期俄国文坛的最大幸运是出现了普希金,他在诗歌、戏剧、小说以及文论和语言各方面奠定了俄罗斯文学的全部基础,成为"俄国文学之父"。稍晚的莱蒙托夫(1814—1841),乃继普希金之后强烈地表现叛逆精神和反专制主题的天才作家,他的叙事长诗《童僧》(1840)和长篇小说《当代英雄》(1840),其中浪漫主义精神的表现和典型性格的刻画均独树一帜、令人瞩目。

位于中、东欧的波兰、捷克、匈牙利以及东南欧诸国,长期受外来侵略和奴役,国土或被外族独占,或被列强瓜分,艰难地谋求民族解放和国家独立是它们压倒一切的主题,这些国家的文化或文学的发展,无不紧紧联系着该主题。启蒙运动、法国大革命、拿破仑战争,为他们的民族独立运动注入了思想的活力和国际大环境的支持,而文学作为时代精神的反映有着不俗的表现。这些国家都程度不同地先后出现"立意在反抗,指归在动作"的民族文学,如捷克斯洛伐克的切拉科夫斯基(1799—1852)、马哈(1810—1836),匈牙利的基什法卢迪兄弟山陀尔(1772—1844)和卡罗伊(1788—1830),还有费伦茨(1790—1838)、米哈伊(1800—1855)等许多诗人,他们的创作大抵有一个共同特点,那就是唤醒同胞起来为祖国独立、为自由解放而斗争。著名的有波兰爱国诗人亚当·密茨凯维支(1798—1855),代表作有诗剧《先人祭》第3部(1832)、长诗《塔杜施先生》(1834)等;匈牙利爱国志士裴多菲(1823—1849),代表作长诗《雅诺什勇士》(1844)、《使徒》(1849)等。他们的作品高扬爱国主义旗帜,塑造理想的英雄、讴歌献身精神,均可谓他们各自民族的"英雄史诗"。

在大西洋彼岸,一个充满希望、崭新的国家美利坚合众国于18世纪末叶独立战争的凯歌声中诞生。政治上的独立必然促使文化上的繁荣,从此这个与欧洲传统一脉相承的年轻国家的民族文学应运而生,它逐渐摆脱掉殖民地时期那种幼稚、匮乏的局面,以朝气蓬勃的姿态冲入世人视野。新生民主共和国的人民信心百倍,而等待开发的广袤处女地的清新空气令人心动,吸引着大量的创业者纷纷奔向这块大陆。受到浪漫主义熏陶的欧洲移民大量涌入美国,使得早期的美国民族文学具有土著的印第安文化与欧洲文化相融合的痕迹,十分自然地染上浪漫主义色彩。

华盛顿·欧文(1783—1859)和詹姆斯·库珀(1789—1851),是19世纪早期最重要的作家,以新大陆的传说、风情为题材,以浪漫笔调勾画童年美国的形象。欧文有"美国文学之父"之称,因为其英国气味少之又少,散文小说集《见闻札记》(1820)以清新优美的风格描写风土人情,展现新大陆气象。库珀的长篇小说如《开拓者》(1823),是"纯粹美国式"的作品,影响甚大。代表作《最后的莫西干人》为主的"皮袜子故事"系列边疆传奇小说,无一不具有开创意义,成为后来美国西部小说的范本与基础。

30年代以后,爱默生(1803—1882)、梭罗(1817—1862)倡导强调人的精神价值和直觉作用的超验主义哲学,提出以之为理论基础的浪漫主义主张,标志美国文学走向成熟。梭罗本人记录自己隐居生活的长篇散文著作《瓦尔登湖》(1854)无疑是部伟大的杰作,真切地表现了卢梭式返朴归真的思想情感,在亲近自然这点上,或可说显示了最纯粹的浪漫主义。作品中强调超验主义回归自然,尊重自我良知,保持纯真人性,简约生活。作品中所展示的人类自然生存的生态观,对后世具有重要的影响。

爱伦·坡(1809—1849)是位多少有点不可思议的忧郁天才,小说中善于制造怪异恐怖气氛。代表作《述异集》(1840)约70几个短篇小说,多以神秘和死亡为主题,信息多元,甚至包括了推理小说的最初模式。著名的有怪异小说《黑猫》《厄舍古屋的倒塌》和推理小说《莫格街谋杀案》《红色死亡的假面舞会》等。

纳撒尼尔·霍桑(1804—1864)成为美国浪漫主义小说的代表作家,代表作长篇小说《红字》(1850)以丁梅斯代尔和海丝特·白兰爱情悲剧,表达对历史、道德和人性的思索。作者以特有的深刻和敏感及相当矛盾的价值观,探讨善与恶、罪与罚,以及严酷的清教教义等问题。巨大的艺术穿透力揭示人性的尊贵与卑劣、生命与爱的价值、信仰与道德之类的形而上意义,让读者掩卷而仍心跳不已。丰富多变的写作手法运用既使主题思想更加突出,又使人物的形象更加立体。

赫尔曼·麦尔维尔(1819—1891)是位非常富有特色的小说家,喜欢写冒险故事、海上生活。代表作《白鲸》(1851),以最危险的海上捕鲸为题材。作家以粗犷的笔调描写船长、水手非凡的性格,歌颂白人、黑人、印第安人劳工们机智、勇敢、合作的品质。惊人的场面层出不穷,险象环生跌宕起伏,与白鲸莫比·狄克的恶战持续3天,除一人侥幸逃生,其他包括船只在内均与之同归于尽。小说用足了浪漫主义乃至象征主义的表现手法,把一个以动作为主的故事变成了哲学乃至神学的象征表达。

美国浪漫派中影响最大的人物还是稍后登上文坛的诗人惠特曼,他那充满民主内容和新大陆精神的放声高歌给予西方诗坛一股强劲的风、鲜活的力。

第二节 拜伦

乔治·戈登·拜伦(1788—1824)以他激动人心的壮丽诗篇讴歌自由、抨击暴政,同时以剑、以献身精神参加被压迫民族争取解放的战斗。他的活动和创作,为人类文明史留下了辉煌的一笔,成为19世纪欧洲最伟大的浪漫主义诗人,鲁迅称之为浪漫派"宗主"。

一、生平与创作

拜伦出身英国贵族,父系是英格兰世家,母系是苏格兰豪门。其父,一个军官兼浪子,曾与某贵夫人私奔,生女奥古斯塔,不久夫人去世,又娶凯瑟琳·戈登小姐,生子拜伦,放荡挥霍,只身落魄欧陆,儿子3岁时死于法国。诗人的童年是随母亲在苏格兰的阿伯丁城度过的。

拜伦天资聪颖,但生来微跛,稍稍解事便极为敏感、自尊,从稚龄起就形成孤独、傲岸和反叛性格。10岁从伯祖承袭勋爵位和大宗产业,遂移居伦敦。1801至1808年间先后就读于哈罗中学和剑桥大学,酷爱历史、哲学与文学。毕业后在贵族院世袭上议员位。

1807年,拜伦出版处女诗集《懒散的时刻》,主要是爱情诗,尽管不甚成熟,但已预示了诗人未来的发展。由于《爱丁堡评论》杂志的一篇书评粗暴地否定其价值,使拜伦随后发表一部极富战斗性的长诗《英格兰诗人和苏格兰评论家》(1809),对所遭恶评致以反击。当时的文艺界,正值古典主义强弩之末、浪漫主义奇峰崛起,诗人是新文学运动中一代隽秀的杰出代表,他尽情揶揄了文坛上颇具势力的消极保守倾向,初步显示出其诗作强烈的批判及讽刺锋芒。这篇驳论诗的出现是英国文学思想史上的重大事件,它掀起了文学或者说文学批评生活的一个浪潮同时也开辟了一种传统。

1809至1811年间,拜伦游历葡萄牙、西班牙、马耳他、希腊、土耳其等南欧诸国,写出《恰尔德·哈洛尔德游记》前两章。长诗获得巨大成功,一经问世即轰动文坛,4周之内行销7版。诗人声名鹊起,不仅名噪英伦,而且风闻欧陆。他在日记里不无得意地写道:一觉醒来,发现自己已成大名。

当时正值英国劳工自发捣毁机器的所谓"勒德运动"高涨,政府拟制定旨在镇压的死刑法。拜伦挺身而出,在国会发表演说,反对采取暴力政策,该法案的通过使其愤怒写下的讽刺诗《法案制定者颂》(1812)和后来的《勒德分子之歌》(1816),不仅显示了他出色的演说家才能,而且表现了政治家的远见卓识。埃文斯评论说:"可以看出他头脑里具有一种更为深远的思绪。要是他朝那篇演讲的方向发展,在当时英国迫切需要领导的时代,他可能已成了一位伟大的民族领袖。"①

1813至1816年,拜伦创作一组通常称为"东方故事诗"的传奇作品,包括《异教徒》《阿比道斯的新娘》《海盗》《莱拉》《柯林斯之围》《巴里西纳》,凡6部。它们题材新颖,充满浪漫情调。中心人物要么流放者或流浪汉,要么犯上者或法外人。他们无不具有愤世嫉俗的思想、叱咤风云的勇气和各种狂热而又浪漫的冒险经历,单枪匹马,肝胆侠肠,矢忠爱情,执着自由,最后却成为社会的牺牲品。这些形象发展了哈洛尔德所体现的诗人气质,成为典型的"拜伦式英雄",即高傲而倔强、忧郁而孤独、神秘而痛苦、与社会格格不入而对之进行彻底反抗的叛逆者英雄性格——烫烙着拜伦个性的深刻印记。在后来的作品中,该性格还有所深化和发展。此间,诗人还创作出另一组取自圣经《旧约》的抒情诗《希伯来歌曲》(1815),包括

---

① 艾弗·埃文斯:《英国文学简史》,蔡文显译,人民文学出版社1984年版,第82页。

《在巴比伦的河边我们坐下来哭泣》《耶弗他的女儿》等许多精彩诗节。其东方情调与被奴役者对自由的呼唤水乳交融,短小的形式却被史诗性主题赋之以深刻的政治哲学含义。

拜伦的成名、其议员身份、令人倾倒的容貌和仪表,加上交际界津津乐道他的风流韵事,甚至逐渐被传诵成狂妄与邪恶人物的名声,都给这位青年勋爵锦上添花,成为上流社会女子心目中十全十美的英雄。为那些名媛淑女的追逐和崇拜所簇拥,不时被卷进感情漩涡,终致铸成婚姻大错。1815年他与一位贵族传统的女子结合,她无法适应丈夫的生活方式,也难理解其事业和观点,一年之后即便分居,引起飞短流长,舆论哗然。

诗人的政治态度和反叛精神早就触怒了上流社会,权贵们借其婚变大肆渲染,掀起了一个毁谤拜伦的运动,迫使他不得不于1816年春愤然离开祖国。这些日子里,异母姐姐奥古斯塔是惟一理解并慰抚他的忠实朋友,拜伦写给她几首美妙的诗《给奥古斯塔的诗章》(1816)、《书致奥古斯塔》(1816)等。同时还创作了像《普罗米修斯》(1816)那样巨人气派十足的诗篇,表示他反抗到底的决心。

拜伦取道比利时、法兰西而首先侨居瑞士,在此结识差不多因同样缘故而被迫离开故土的另一天才诗人雪莱,并且成为知音。

流亡加深了诗人的孤独与空虚,以至思想濒临危机。悲观乃至绝望情绪笼罩这时期的作品。如自传体的长诗《梦》(1817),苍凉寂寥之感令人压抑,《黑暗》(1817)描写太阳熄灭、沦入黑暗大地的人类逐渐死亡的景象,几乎算是诗人最阴郁的作品了。然而拜伦并未就此放弃和减弱为自由而引吭高歌,《锡隆的囚徒》(1816)、《曼弗雷德》(1817)即为写照。前者是篇极悲壮的叙事长诗,讴歌为自由而牺牲的历史英雄。后者被作者称为哲理剧,表现所谓"世界悲哀"主题,但悲观与反叛意识都臻于顶点。主人公对世界和人生灰心丧气,终于感到包括知识在内的一切追求都毫无意义,因此只图遗忘。很大程度上该剧是拜伦主义及其诗歌立意哲学概括的一个方面,对现实的强烈不满导致彻底地怀疑与否定。在拜伦的心里除了孤傲的意志,一切都虚浮荒诞。

意大利时期是从1816年10月开始的。在这里,拜伦参加了烧炭党人反对奥地利统治的秘密活动。直到1823年的近7个春秋,是其诗才发挥最为灿烂的时期,各种体裁的充满睿智和战斗精神的作品相继问世。长诗《塔索的哀歌》(1817)、《威尼斯颂》(1818)、《但丁的预言》(1819),旨在激励处异族压迫下意大利人民的解放斗争。故事诗《别波》(1818),赞生活之愉快与人生之享乐,调侃清教徒式的虚伪道德。诗悲剧《马里诺·法利哀诺》(1820)、《两个弗斯卡利》(1821)、《萨达纳帕勒斯》(1821),或贯穿成熟的民主政治思想及反抗暴政的主题,或表现伊壁鸠鲁式的人生态度,无论此还是彼,均刻画了鲜明的个性。取材圣经、被作者称为神秘剧的《该隐》(1821),对原典作独到处理,把本应是人神共诛的杀人者塑造成质疑上帝权威的思想者、一个顶天立地的拜伦式英雄。讽刺诗《审判的幻景》(1822)、《爱尔兰的化身》(1821)和《青铜世纪》(1823)则对英国的君主、君主制和御用文人,以及"神圣同盟"各国的统治者进行尖刻辛辣的戏谑嘲讽。最后是代表诗人创作高峰的巨著《唐璜》(1818—1823),未竟却已逾16000余行,宛如讽刺史诗,嬉笑怒骂皆成文章,融传奇故事、历史现实、人性弱点与人生体验于一炉,成为时代的百科全书。所有这些,均显示出作者的博大精深,政治热情的奔放和哲学思想的深刻,同时表明他逐渐摆脱沉重的悲哀,愈加焕发出思想家和战士的风采。

1821年烧炭党人起义失败,沉痛的拜伦决定去往战火纷飞的希腊,那里爱国志士们正进行着反对土耳其统治的民族解放斗争。1823年秋,诗人率自己招募的一支军队,乘自己出资武装的一艘战舰远航巴尔干,受到希腊人的热烈欢迎,并被推任为某远征方面军统帅。他立刻陷入劳心劳力的军务之中,整饬队伍,协调各部关系,表现出作为政治家和军事家的卓越才能与坚忍顽强。可叹英雄壮志未酬,翌年4月骑马出巡,遇雨受寒,致重疾,不治殒逝。

拜伦现象是19世纪西方精神文化的重要内容之一。他体现了那个不朽时代的激情,代表了它的才智、深思、狂暴和力量。他那普罗米修斯式的孤独的反抗意志,在欧洲人的精神生活中非同凡响,以致改变着"社会结构、价值判断或理智见解"[①]。但拜伦是矛盾的,这个独立不羁的天才,有着如海洋般博大的政治家胸襟,和长风般高远的哲人才智。他的气质敏感而暴烈,感情深沉而细腻。同时他也是个放浪形骸的公子、虚荣傲岸的爵爷和孤高悒郁的自我主义者。他崇尚伟大的精神,向往壮丽的事业,却无往不被黑暗的时代所窒息。他的心是伤感的,其叹息充斥了整个的生涯……所有这些,都把他造成了一个反叛者——对贵族资产阶级及其观念体系的反叛者。毋庸置疑,这反叛包含着巨大的社会进步性,代表了备受阻遏的历史潮流的激进。

作为浪漫主义一代宗师,拜伦创作了包括抒情诗、驳论诗、讽刺诗、故事诗、诗剧、长篇叙事诗等在内的大量作品。它们虽然宗旨不同,体裁各别,风格多样,但无不饱富才情与机敏,显示出强有力的个性和潇洒独立的风采。这除了依靠卓越的思想,也有赖于圆熟的技巧。拜伦诗艺的显著特征,首先是强烈的主观抒情性和鲜明的政治倾向性以及辛辣的讽刺性。其次是追求洒脱同时营造忧郁韵致,尤其长诗写作,喜欢兼叙兼议,即在第三人称的叙述中插入第一人称的谈话,文气从容而不拘一格。再次是语言明白晓畅,总是化繁缛为简约,变抽象为具体,还广采口语词汇,不拒散文句法,形成白而不俗、谑而不陋、风趣中见隽永、轻松里显力度的风格。

二、《恰尔德·哈洛尔德游记》

长篇叙事诗《恰尔德·哈洛尔德游记》是拜伦的代表作之一,1、2章写于1809至1811年,1812年出版;5年后增写3、4章,分别于1817、1818年刊行。除少许插歌外,整部作品用据说英格律诗中最难掌握的"斯本塞诗节"写成,凡4656行。

长诗以一个厌腻了花红酒绿的英伦世家公子恰尔德·哈洛尔德去国外远游为线索,表现极其丰富的社会历史内容和深幽复杂的情感:抒写异域绮丽的自然风光、叙述各地风土人情、追缅古代英灵雄迹,反映希腊等地中海国家被奴役民族渴求自由解放的愿望尤为主音。

长诗善于刻画独特的人物性格,塑造了两个主人公形象:首先是孤独、忧郁、悲观的哈洛尔德,一个虚构的人物,也是贯穿始终的游主。他厌倦了金迷纸醉的生活,又不愿与丑恶为伍,才成为自愿的漂泊者,希图从较少受文明腐透气侵蚀的民族寻求纯真的情感,因而远游。

---

① 罗素:《西方哲学史》下卷,马元德译,商务印书馆1963年版,第294页。

然而知事与愿违，尽管游迹渐宽，对欧洲现实认识日益深刻，但到头来心仍是冰冷、眼仍是漠然，悒郁伤感终未遣散，成了典型的阴沉的"拜伦式英雄"。其实这个形象具有深刻的社会历史内涵，概括了当时即拿破仑战争时期及"神圣同盟"初期西方许多资产阶级知识分子的典型特征。他们不满现状更不甘堕落，拒绝与上流社会同流合污却又不知何去何从，由是陷入悲观绝望之中。其次是抒情主人公形象"我"亦即诗人自己，同样贯穿始终而且居于主位，长诗的一个重要特征是诗人常将游主搁置一旁而径直抒发感怀。这一抒情主人公与哈洛尔德完全不同，他积极入世，热情洋溢，是位目光犀利的观察家、思想深邃的批评家，热爱生活、追求自由、敢于揭露、冷嘲热讽又善于斗争的民主战士。两个形象都带有明显的自传成分，既表现了拜伦世界观的矛盾，又体现了他思想感情的整体。二者的奇妙存在赋予诗篇以极大的魅力。

作为启蒙思想、法国大革命精神的追随者，诗人鲜明的政治倾向赋予这部诗以厚重的现实力量。长诗产生的背景正是欧洲的敏感时期，拿破仑帝国军事行动的复杂效应给予西方政治格局以空前的多样性，封建统治势力或被踏于地或苟延残喘或伺机反扑，为其所激发的民族独立运动与反拿破仑侵略的武装抵抗同样剧烈，大陆与英伦的阻断和对抗则为时局的逆转埋下伏笔。后两章的写作则恰逢革命处于低潮，帝国倾覆与"神圣同盟"建立将欧洲拉回到复辟的阴影之中，黑云压顶、万马齐喑，自由、民主与进步遭遇灭顶之灾。正是在这样的阴霾中，响起了拜伦批判暴政、鼓吹抗争的激越诗章，何等的胆量、何等的英雄气概！

长诗的政治思想内涵非常丰富，表现出对英国、对以"神圣"之名结盟的欧洲反动势力及其形形色色的不义、掠夺和侵略进行大胆揭露、愤怒谴责和辛辣讽刺。拜伦无情地将国人在欧洲的所作所为大白于天下：以救世主姿态出现，实际干着趁火打劫勾当，"自由的不列颠"成了"抢劫一个多难的国家的最后一批盗党"[①]；借滑铁卢战场抒怀之便，谴责欧洲一切形式的专制，尖锐指出，在神圣同盟卵翼下复活起来的封建势力之猖獗，标志着"向豺狼顶礼"重新开始。打败拿破仑，世界是前进了还是后退了？他启示读者质疑：英国人的胜利，意义在哪？"高卢也许就此变一匹马，受缰绳的束缚，但世界能更自由了吗？"同时表现出对各国人民争取自由、独立和解放的斗争热烈赞扬，并寄予同情和声援。讴歌西班牙、希腊、意大利等国"壮烈的古代"，以激发那里的人为自由而战，成为长诗最激动人心的主旋律。无论盛誉西班牙争取民族独立的历史传统，歌颂她的儿女反侵略的英雄业绩，还是痛悼希腊被土耳其奴役的现实，凭吊古战场追念故国之伟大，或者缅怀古罗马的无上光荣，表示自由终将会取得胜利……无一不表达出诗人充满激情的呐喊，即放弃幻想，靠自己的力量获得解放。在被欺凌的国家维护或争取主权与自由问题上，拜伦表现了极可贵的民主立场和政治洞见。如第1章，葡萄牙面对拿破仑威胁而乞援英政府，在诗人看来无异引狼入室，让"一千艘威武的军舰"来横行，"这个国家被愚昧和骄傲弄昏了头，舔着、同时又憎恶那握着剑的手"。诗人推崇真正的爱国主义，那些与统治者无关，是普通民众的事，"这里除了贵族，人人都称得上高贵，只有堕落的贵胄甘心做敌人的奴才！"无论最后沦陷的加的斯勇敢的市民，还是民间游击队

[①] 拜伦：《恰尔德·哈洛尔德游记》，杨熙龄译，新文艺出版社1956年版。

的英雄壮士,那才是"可爱的西班牙！风流的胜地"值得骄傲的力量。再如第2章,哈罗尔德足踏希腊国土,吟出了最凄婉激越的歌；"美的希腊！光荣的残迹,使人心伤！失去了,但是不朽；伟大,虽已消亡！"诗人感叹这衰败的哲学、艺术、荣誉和英雄之地,山河依旧,只是消逝了光荣的日子,而不是耻辱的年岁。拜伦面对被土耳其奴役的巴尔干心态极为复杂,这欧洲人精神的故乡现于今"一盘散沙",哀痛、惋惜、斥责、激励,无法容忍她心甘情愿做奴隶而任人宰割！难道是所有弱小民族的通病吗？有着辉煌历史的希腊居然也"巴望外国的救助和军火",但诗人正告：高卢人或莫斯科人不会持以公正,至于自诩保护自由的不列颠,除了劫掠宝物中饱私囊,剩下的只有一张伪善面孔。迷梦中的人啊该醒醒了："世世代代做奴隶的人们！你们知否,谁要获得解放,就必须自己动手",否则,即使奴役者被推翻,也不过一个主子换了另一个主子而已,因为自由是列强的专利,他们不会赐予或施舍那应该得到自由的人民。热爱希腊的拜伦真可谓苦心用尽,以历史之璀璨、现实之悲惨劝说、教导、鞭策世人。

作为正统贵族的拜伦勋爵天生具有政治家素质,因此他本质上是一位政治诗人,其创作包括《恰尔德·哈洛尔德游记》也首先是政治的,且对此十分明确并非常坚定。民主正义思想与骑士血统的豪侠气质,使之跳出阶级与民族局限而站到被压迫的一方,并成为其代言人。他以宏大气魄和高瞻远瞩评点时事,《恰尔德·哈洛尔德游记》以及后来的《青铜世纪》尤其《唐璜》等大作,均以整个西方的历史现实作背景,驾驭时空,在欧洲的历史长河中自由驰骋,拜伦作品的艺术魅力与不可模仿正在于此。他是世界主义者而不是国家主义者,体现出提坦式的巨人精神,充满十足英雄气概的杰作鸣奏的是反侵略、除暴政、求自由的时代强音,直到以讴歌大海收束,象征不可征服的自由正义汹涌澎湃、无尽无息,使整部诗贯穿昂扬的格调和不可遏制的力量。

第三节 雨果

维克多·雨果(1802—1885)是法国浪漫主义文学运动的领袖,法国文学史上最伟大的诗人、小说家之一。他的创作生涯长达六十年之久,经历了19世纪浪漫主义文学和现实主义文学的全过程,在诗歌、戏剧、小说、美学和政论方面,成就斐然,在世界文学史上留下了辉煌的一页。

一、生平和创作

雨果于1802年2月26日出生在法国的贝尚松城,父亲勃鲁都斯·雨果平民出身,共和党人,后在拿破仑军队从士兵直到将军。母亲是一个虔诚的天主教徒,拥护波旁王朝,雨果早年和母亲生活在一起,深受其影响。11岁随母亲来到巴黎,住在古老的修道院里。雨果12岁开始创作,在1817年法兰西学士院举办的诗歌比赛中,荣获第一鼓励奖,被誉为神童。少年雨果志向远大,宣称"成为夏多布里昂,别无他求"。

20年代是雨果的早期创作,年青的雨果在诗歌、戏剧等创作上流露出同情保皇党,赞美君主政体和天主教倾向,曾两次获得路易十八的年俸。1825年获得荣誉勋章。1926年后,随着资产阶级知识分子中自由思想的兴起,对贵族和教会罪恶,对波旁王朝反动统治的揭露,雨果政治上转向了资产阶级自由主义。在法国浪漫主义与古典主义的斗争中,雨果离开了保皇主义立场,主张自由的浪漫主义。

《克伦威尔》(1927)剧本中表现了对革命精神的赞扬,剧本虽然未能上演,但是《克伦威尔·序言》却成了文学史上划时代的文献。文中提出了"丑就在美的旁边。畸形靠近着优美,丑怪藏在崇高的背后,美与恶并存,光明与黑暗相共"的美学主张,宣称"浪漫主义就是文学上的自由主义"。序言成为浪漫主义的宣言,雨果因而也被公认为法国浪漫主义的领袖。短篇小说《死囚的末日》(1829)中呼吁废除死刑,显示雨果早期的人道主义精神。抒情诗集《东方集》(1829)中反映了20年代希腊人民反抗土耳其统治、争取自由独立斗争,富有浓郁的东方异国情调。

《欧那尼》(1830)中描写了16世纪西班牙贵族出身的强盗欧那尼发誓要为父报仇,杀死国王。国王卡洛斯知道欧那尼的来意,却善待欧那尼,由一个暴君变成了一个宽恕仁爱的开明君主。戏剧打破了古典主义创作原则,违反了三一律的创作规则,把悲剧因素和喜剧因素糅合在一起,尤其是作品中反暴君反贵族的内容,引发了浪漫主义和古典主义的决战。该剧在法兰西剧院连演100场,场场爆满。《欧那尼》的成功上演,成为浪漫主义最后战胜古典主义的标志。

1831年,雨果发表的第一部长篇小说《巴黎圣母院》,代表了浪漫主义文学的最高成就。

30至50年代是雨果思想和创作的波动时期。1834年的中篇小说《克洛德·格》中提出了工人贫困和由此造成犯罪的问题。工人克洛德因为失业无法养活妻儿,偷面包被捕下狱。在狱中他真诚豪爽,但却受到典狱长的迫害,最后无法忍受的克洛德杀死了典狱长。小说提出了穷人贫困的现实问题,谴责了法庭和监狱,体现了作者的人道主义思想。30年代后期,由于政府对工人起义和共和党的镇压,革命运动转入低潮。雨果的政治思想产生了徘徊,他赞颂法国大革命,但不赞成共和政体,主张君主立宪制,表现出与七月王朝的妥协。1841年他被选入法兰西学士院,1845年路易·菲力普封他为"法兰西世卿",当上了贵族院议员。此后雨果沉默了将近十年。

50年代是雨果文学创作的鼎盛时期。1848年的二月革命使雨果彻底抛弃了君主立宪的幻想,成了一名坚定的共和主义者。1851年路易·波拿巴发动政变,雨果参加了共和党人组织的反政变起义。拿破仑三世上台后疯狂镇压反抗者,雨果也被迫离开祖国,开始了十九年的流亡生涯。摆脱了政治危机的雨果,文学创作进入了繁荣鼎盛时期。他在政治诗集《惩罚集》(1853)中讽刺并揭露拿破仑三世的反动本质,称他们是强盗和刽子手,预言第二帝国必将灭亡,表现出强烈的革命斗志。

《悲惨世界》(1862)作为雨果长篇现实主义小说代表作,文中述说了苦役犯冉·阿让苦难的人生经历。冉·阿让原是个修剪树枝的工人,由于偷了一块面包而被判刑,先后服苦役19年。刑满后他被米里艾主教的善良仁爱感化,成了一个乐善好施的人。他化名马德兰,靠着自己的辛勤劳动而致富,被推选为市长。由于他的苦役犯身份暴露,再次被捕入狱。逃出来后,他从无赖德纳第那里救出了已故女工芳汀的孤女珂赛特,隐居巴黎一个圣母院,以躲避沙威警长的追捕。1832年他参加了巴黎共和武装起义的战斗,在街垒战中面对被俘的沙威,他以宽厚仁爱的人道释放了沙威。巴黎起义失败后,他抢救了负伤的年轻人马吕斯。后来珂赛特与马吕斯结婚,他们误信了德纳第的话而疏远了冉·阿让。临终前真相大白,误会消除,冉·阿让在柯赛特和马吕斯的怀中安宁而幸福地去世。

《悲惨世界》是一部宏大而深邃的现实主义史诗小说。作品真实地记录了从滑铁卢战役到波旁王朝时期和七月王朝初期的社会生活,如战争场面、法庭监狱、贫民窟、修道院、街垒战斗等等,展示了一幅蔚然壮观的19世纪初期法国社会的历史画面。小说全面反映了雨果的人道主义精神,作品以下层穷苦人民的悲惨命运为中心,揭示当时社会问题的严重性,提出了改造社会现实的人道主义方法和途径。雨果在序言里明确指出:19世纪社会的三个问题是"贫穷使男子潦倒、饥饿使妇女堕落、黑暗使儿童羸弱"。作者着重通过冉·阿让、芳汀和柯赛特的不幸遭遇,立体而多层面地展示"悲惨世界"。冉·阿让出身贫苦,当初因小外甥的饥饿哀号而偷窃面包,获刑苦役5年,因多次越狱而被加刑至19年。出狱后却不被社会接受,"苦役犯"的身份牵累了他一生。纯洁天真的姑娘芳汀遭到轻薄男子玩弄被遗弃,为养活女儿她甚至卖掉了自己的头发和牙齿,寄养女儿的酒店主德纳第还不断敲诈勒索,被解雇的芳汀只得靠出卖肉体维持生计,最后染病而死。只有5岁的珂赛特备受德纳第夫妇的虐待,常常被无端地辱骂和殴打,每天要洗刷碗碟,打扫房间和院子,甚至搬运重物,寒冷的冬天里瘦弱的小柯赛特只有一件破单衣,在寒风中瑟瑟发抖。下层人承受着全部的苦难,挣扎着生活在这个悲惨的世界上,小说表现了作者对穷苦大众的深切同情。对造成悲惨世界的统治集团及其他们的法院、法律等国家机器充满了批判和否定。

冉·阿让身上集中承载了雨果的人道主义思想。他在监狱的19年里,充满了对社会的仇视与怨恨,然而当他在善良的米里哀主教家偷了银餐具被巡警抓回,主教不仅为他开脱罪责,而且还送给他一副银烛台,主教"我赎的是您的灵魂",将冉·阿让从野蛮愚昧中解救了出来,宗教的宽恕仁爱和博爱主义启发了冉·阿让的善良本性,他立志一生从善,从此成为一个充满基督仁爱精神的人道主义者。在担任市长时热心社会福利事业,改善穷人的生活,纯化社会风气,形成一种仁爱互助的人际关系。靠自己勤劳致富后,不忘处处为穷人着想,千方百计救助穷人。他帮助重病的芳汀,冒着危险救助遭遇车祸的人,当酷似他的商马第被诬为苦役犯,将要投入监狱时,冉·阿让抛弃已经具有的一切荣华富贵,主动承认。他从牢狱出逃,目的只是为了把珂赛特从德纳第的魔窟中解救出来,将她抚养成人,以实现对芳汀的承诺。在巴黎街垒中面对着他一生的宿敌沙威警长,冉·阿让以人道的仁爱精神释放了他。起义失败后,当他从巴黎下水道出来时被沙威警长逮住时,这个统治集团的鹰犬式人物,面对冉·阿让逆来顺受、以德报怨、宽恕仁爱的崇高人格,良心受到谴责,在放走了冉·阿让后投塞纳河而死。临终前他还叮嘱珂赛特饶恕坏人德纳第。冉·阿让以博爱主义和人道主义的力量,化解了人与人之间的怨恨,从而建立起一种人人相爱、慈善仁爱的社会人际关系。雨果在小说中饱含对社会下层苦难人民的深切同情,对造成悲惨世界的罪恶进行了无情揭露,在冉·阿让人物身上承载了雨果解决社会矛盾,化解人与人之间的仇恨,将人们从悲惨世界中解救出来的人道主义精神。

《海上劳工》(1866)小说中以捕鱼为生的青年吉里亚特爱上了船主的侄女戴莉雪特,遭到了船主的反对。后来吉里亚特帮助船主打捞船主沉船中的机器,船主依约同意他和侄女的婚事。可当他经过了两个月海上和荒岛上极为艰苦的劳动和顽强的斗争,终于把机器运了回来时,发现戴莉雪特已与青年神甫相爱。吉里亚特以自我牺牲的精神成全了她与神甫的婚姻,坐在海岸岩石上任涨潮的海水把自己淹没。小说展示出人类劳动可以战胜自然的伟大力量,以及雨果人与人之间和睦相处、宽恕仁爱、克己为人的人道主义思想。

《笑面人》(1869)写的是英国克朗查理爵士的儿子格温普兰两岁被人拐卖,被毁容而脸部畸形,如同戴上了一副笑的面具,跟随流浪艺人到处卖艺。后经过一番周折,格温普兰恢复了世袭爵位和上议员资格。因不堪忍受贵族的嘲讽侮辱而放弃爵位,重新回到他所爱的"神女"身边。这时"神女"已经身患重病,奄奄一息,很快死去。格温普兰悲痛欲绝,最后投身大海。小说中以英国宫廷内外的故事情节,暗指欧洲社会激烈斗争和尖锐的矛盾,揭露贵族阶级的腐败残忍和人民群众的苦难。

1870年当普法战争法国面临危机时雨果毅然回国。当他晚上9点到达巴黎时,欢迎的人群蜂拥而至,高呼"维克多·雨果万岁!"回国后雨果参加了自卫军,捐款购买大炮,发表演说支持共和,号召法国人民起来保卫祖国,反对德国的野蛮侵略,表现了崇高的爱国主义精神。1872年雨果发表诗集《凶年集》,按月记录了他在普法战争与巴黎公社时期的所见所闻和思想感情,其中最优秀部分是歌颂抗敌英雄,谴责侵略者,以及为巴黎公社成员抗议、辩论的诗篇。

《九三年》(1793)小说写的是1793年波旁王朝被推翻后,前侯爵朗德纳克在旺岱组织煽动暴乱。出身贵族的郭文被派去负责追剿。曾是郭文老师的教士西穆尔登被任命为平叛部队的政委。朗德纳克被共和军围困在一座古堡中,劫持三个小孩做人质。最后堡垒被攻破,朗德纳克从暗道逃走时,为救被大火包围的三个小孩而被俘。郭文深受感动,私自释放了朗德纳克。西穆尔登按照军令处死了郭文,自己也痛苦地开枪自杀。小说表现出雨果人道主义的矛盾性。一方面肯定了用暴力反抗封建势力,另一方面又宣扬超越于阶级利益之上的人道主义,在作品中提出了"在绝对正确的革命之上,还有一个绝对正确的人道主义"。

1885年雨果因肺病发作而去世,举国上下举行了隆重的国葬,灵车通过凯旋门,巴黎200万人前去送殡,在灵柩安葬处嵌着"祖国感谢伟人"的题铭。

雨果作为一名民主主义战士,一生为民主与和平而斗争,反对一切侵略战争,反对民族压迫。1860年英法联军侵入中国,雨果深为愤慨,说:"这些强盗中的一个装满自己的口袋,另一个装满自己的箱子……这就是关于两个强盗的故事。"雨果作为法国最伟大的诗人和小说家之一,他的小说表现出鲜明的反封建、反贵族、反暴君、反宗教的民主精神,蕴含了丰富而深邃的人道主义思想。他的诗歌创作丰硕,题材多样,形式完美,把抒情议论、讽刺幽默、写景咏物、叙史哲理等有机的融入进他的诗歌世界。他的小说情节离奇曲折,形象个性鲜明,故事精彩动人,将浪漫主义文学推向高潮,同时也开辟出现实主义的广阔天地,对世界文学产生了重大的影响。

二、《巴黎圣母院》

《巴黎圣母院》(1831)代表了19世纪浪漫主义文学的最高成就,在世界文学发展史上具有里程碑意义。小说叙述了15世纪发生在巴黎圣母院内外的一个凄惨的故事。美丽的吉卜赛女郎爱斯梅拉达在街头卖艺,巴黎圣母院副主教克洛德·弗罗洛被其美艳吸引,大动凡心,指派圣母院敲钟人丑八怪伽西莫多前往劫持,被巡逻的宫廷弓箭队长法比斯相救,触发了少女的爱情。心存邪念的克洛德乘这对恋人幽会之机刺伤了法比斯,事后以爱斯梅拉达妖术附身祸害法比斯为由,判处她死刑。爱斯梅拉达在刑场上被伽西莫多救进巴黎圣母院钟楼避难。克洛德在圣母院企图强占爱斯梅拉达没有得逞,于是唆使教会和宫廷取消圣母院的避难权,派来大批官兵抓捕爱斯梅拉达。乞丐王国的流浪们前来营救。克洛德趁乱胁迫少女,遭严词拒绝后将她出卖。爱斯梅拉达被执行绞刑。明白真相的伽西莫多怒不可遏,将克洛德摔下钟楼而死,自己也从圣母院消失了。几年后在清理墓地时发现了伽西莫多和爱斯梅拉达紧紧拥抱在一起的尸骸,当人们试图将他们分开时,化为尘埃而消失了。

《巴黎圣母院》以中世纪为背景,矛头直指代表整个中世纪宗教的巴黎圣母院和代表政治反动势力的国王路易十一。小说借古喻今,影射1830年七月革命后的法国社会现实,无情揭露教会和贵族统治阶级的罪恶。克洛德是社会邪恶势力的代表,是整个统治集团的象征,他最终被推下钟楼摔得粉身碎骨,象征了封建统治终将崩溃。路易十一害怕人民起来造反,长期蜷伏在戒备森严的巴士底狱,整天谋算的是如何保住王位和长命百岁,他的一道"把平民杀尽、把女巫绞死"的诏令,致使圣母院周围变成一片血海。小说刻画出了封建王朝最高统治者怯懦昏庸而凶狠残暴的丑恶嘴脸。巴黎的流浪汉和乞丐们对巴黎圣母院的攻打,象征着人民群众对教会和国王权力的反抗,是19世纪20年代以来人民群众反对封建专制斗争的写照。小说高度赞颂人民群众的美好品质和斗争精神,他们无所畏惧地攻打巴黎圣母院,显示人民群众推翻封建专制的巨大力量。

小说塑造了三个悲剧人物,体现了雨果反封建反教会的民主精神和人道主义思想。爱斯梅拉尔达是作者理想中"美"的化身,是外在美与灵魂美的结合体,美艳无比。她是一个酷爱自由,天真热情,性格开朗的吉卜赛女郎。她不计前嫌给受刑时干渴难忍的伽西莫多送水喝,当诗人甘果瓦误入乞丐王国遭遇不测时,她挺身而出相救,至死都保持着对负心的法比斯的爱情,丝毫没有怀疑他会欺骗和背叛自己。她品格刚烈坚贞,面对克洛德的淫威宁死不屈,最后无辜地被送上绞架。她的身上承载着一切人道主义的善良美德,她的悲剧也是人道主义的悲剧。

伽西莫多是雨果理想中"善"的化身。从外表看,这是个令人恐怖和滑稽的"丑八怪",奇丑无比。他的体型残缺、驼背、鸡胸、独眼、耳聋、瘸腿,"看起来仿佛是一个被打碎而没有好好并拢来的巨人像。"身世不明和外貌丑陋的双重灾难,使他从小在唾骂和嘲笑中长大。然而伽西莫多有着善良和美好的内心,是个富有正义感、富有感情的人。他因抢劫美女而在太阳下受刑暴晒,口渴难耐,爱斯梅拉达以德报怨送水给他喝这一行动,使得愚痴的他人性觉醒。他劫持法场,将爱斯梅拉达救入巴黎圣母院避难,成为她的忠实保护人而悉心照料。爱斯梅拉达的死,同时也带走了他的爱情与生命,最终为爱而殉情。伽西莫多外在的丑怪滑稽,更加衬托出人物内在的善良美德与丰富的情感世界。人物形象是雨果"丑就在美的旁边,畸形靠近着优美,粗俗藏在崇高的背后,恶与善并存"美学原则的成功实践。

副主教克洛德是一个具有双重属性的人,一方面他是宗教邪恶的代表,另一方面他又是宗教禁欲主义的牺牲品。道貌岸然的外表和阴险毒辣的内心成为人物的主要特征。他指使伽西莫多抢劫爱斯梅拉尔达,当他的种种诱惑都不能让她屈服时,要么占有她,要么除掉她。最后他利用宗教权威的身份,串通宫廷,动用军队,一手造成了爱斯梅拉达的悲剧。雨果同时也把克洛德写成宗教的殉葬者,克洛德并非天生的恶人,他从小刻苦学习,博学多才,18岁时就精通三种文字,钻研了四门学科,也曾有过善良之举,如收养孤儿伽西莫多,独自抚养弟弟,善待穷人。然而教会的禁欲主义使得他心理变态,人性扭曲。爱斯梅拉达的出现,唤醒了他压抑已久的人性。他的人性情欲和宗教禁欲之间不可调和的冲突,导致了克洛德的人格分裂,人性畸形,最后走到了人性的反面——摧残人性。克洛德受宗教培育,却为宗教所害,又以宗教害人,表现了作者强烈的反宗教倾向。同时也在对克洛德的人性压抑扭曲描写中,体现了雨果的人道主义人性论思想。

小说是雨果浪漫主义美丑对照原则的成功实践,对照对比手法贯穿于全篇的叙事结构和各类描写上。有人物的对照:小说以爱斯梅拉达为中心,展开了她与身边四个男人的对比。她的外在美丽与伽西莫多的外形丑怪,她的内心善良与克洛德的内心邪恶,她对爱的忠贞执着与弓箭队长法比斯的放荡轻浮,她的高尚情操与甘果瓦的忘恩负义,都形成了鲜明对比。同时还表现在人物的自我对照上。加西莫多外貌丑而内心美,法比斯外貌漂亮而内心肮脏,克洛德外表神圣庄严而内心扭曲残忍,爱斯梅拉达身上则体现一种内外和谐的美。人物形象在对照中个性突出,栩栩如生。有情节的对照:小说的情节是在爱斯梅拉达先后五次遭遇和得救的曲折过程对比中展开的。第一次是卡西莫多拦路抢劫,法比斯相救;第二次是爱斯梅拉达受绞刑,卡西莫多将其救进圣母院避难;第三次是在圣母院内克洛德妄图占有爱斯梅拉达,卡西莫多闻声赶来相救;第四次是克洛德唆使国王路易十一派兵镇压,巴黎的乞丐们营救爱斯梅拉达;第五次是克洛德带领官兵来捉拿爱斯梅拉达,生母巴格特竭力搭救女儿。整部作品的结构在爱斯梅拉达的一次次厄运临头与一次次的绝处逢生对照中,呈现的是美与丑的对照,善良与邪恶的对照,从而揭示苦难的下层人民与教会和封建统治之间的矛盾和对立。有场景的对照;这里有两个王朝即封建王朝的专制强暴与乞丐们"奇迹王朝"自由平等的对照;有两种法庭即宗教法庭的草菅人命与乞丐"怪厅"中公平审判的对照;这里有两种表演场景即教堂宗教剧的乏味无聊与广场上欢乐的歌舞对照;有两种生活场景对照,爱斯梅拉达在社会生活中的自由欢乐与圣母院中的阴森恐怖形成对照。雨果的对照原则在小说中的成功运用,构成了鲜明的雨果式的浪漫主义艺术风格。

小说独特的艺术性还表现在环境描写,情节编排,人物刻画中丰富的想象和大胆的夸张,爱丝梅拉达奇美无比、克洛德是恶的标本、伽西莫多的丑怪滑稽无以复加。对圣母院的哥特式建筑、绞架坟场、奇迹区、宗教剧、炼金术等等种种奇特神秘内容的描写。独特的构思,如克洛德化装跟踪爱丝梅拉达,伽西莫多刑场抢救爱丝梅拉达,伽西莫多殉情而死。奇特而浪漫的想象叙述中,夸张而凸现的描写中,无不散发出浓郁的悲剧色彩,从而蕴含了雨果深沉的人道主义思想。

第四节　普希金

亚历山大·谢尔盖耶维奇·普希金(1799—1837),俄国浪漫主义文学的主要代表,俄国现实主义文学的奠基人,俄罗斯民族文学和文学语言的天才创造者,被称为"俄国文学之父""俄国诗歌的太阳"和最伟大的俄国人民诗人。

一、生平与创作

普希金于1799年6月6日出生在莫斯科一个古老的贵族家庭,外曾祖父是黑人。这一血统使得普希金酷爱自由、反抗专制,身体强健、热爱生命,同时也欲望强烈、脾气暴躁。青少年时期受过三种教育。一是按当时社会风尚所接受的正规贵族教育,学到了科学、文化知识,掌握了欧洲语言,尤其是法语,学到了一些科学文化知识。二是伯父和父亲为主的诗歌教育。三是以外祖母玛丽娅·阿列克谢耶芙娜尤其是奶母阿琳娜·罗季昂诺芙娜为主的民间文学和民间语言教育。多种教育给予普希金较为宏阔的视野,后来在俄国与西方、贵族与民间等不同文化中寻找平衡,创造和谐。

普希金早慧,八岁开始写诗,一生洋溢着生命的活力:总是不断交际、宴饮、恋爱、决斗,充满激情,创作成绩也很辉煌,30来年里留下了相当丰富、极其全面的文学遗产,其创作大约可分为三个时期。

法国影响时期(1811—1820)。1811年,普希金进入贵族子弟学校——皇村学校学习,深受法国启蒙思想、法国文学(尤其是诗歌)和俄国哲学家恰达耶夫、贵族革命家与思想家拉季舍夫的影响,因此这个时期大体可以叫做法国影响时期。读书时期写作的《皇村回忆》(1815)初步显露了诗歌才华,受到老诗人杰尔查文(1743—1816)的好评。1817年9月,普希金从皇村学校毕业,作为十等文官供职于外交部。思想趋于成熟,诗歌创作也达到了新的水平。著名作品有《自由颂》(1817)、《致恰达耶夫》(1818)、《乡村》(1819)等反对暴政、歌颂自由、向往民主的政治抒情诗和童话叙事长诗《鲁斯兰和柳德米拉》(1820)。

拜伦影响与走向独创时期(1820—1826)。由于政治诗触怒了沙皇亚历山大一世,1820年5月普希金被流放南俄,度过了4年放逐生涯。此时期读了自由的歌手——英国诗人拜伦的大量诗歌,他发现了自己真正的诗才所在。再加上自身自由的丧失,他追求自由的思想更强烈、更深沉,创作了《囚徒》(1822)、《致大海》(1824)等名诗。与此同时,被流放的处境、人生道路的挫折、社会变革的酝酿,又使诗人冷静下来,面对现实,思考人生,再加上拜伦作品描写现实生活的影响,普希金创作中的现实主义因素不断加强,创作了"南方叙事诗"(或"南方组诗"),并开始《叶甫盖尼·奥涅金》的创作。"南方组诗"包括《高加索的俘虏》(1820—1821)、《强盗兄弟》(1821—1822)、《巴赫奇萨拉伊的喷泉》(1821—1823)、《茨冈》(1824),是普希金创作的一个转折点。这组诗的主要内容是张扬个性,歌颂自由,反映了诗人从浪漫主义向现实主义的过渡。

1824年7月,普希金因与敖德萨总督冲突,被押送到偏僻的米哈伊洛夫斯克村,过了两年幽禁生活。思想更加成熟，现实主义倾向更加明显。历史剧《鲍里斯·戈都诺夫》(1825)巧妙地运用多种对比手法，塑造了复杂、丰满、鲜明、生动的人物形象，成功地揭示了人性的深度和历史的真实，表达了作家对王权与人民、国家命运的深刻思考。

创作辉煌时期(1826—1837)。1826年9月，新沙皇尼古拉一世将诗人召回莫斯科，从此，普希金开始了复杂多变的最后10年的创作生活，走向了创作辉煌时期。他开始思考个人与国家、个体与整体的作用问题。历史叙事诗《波尔塔瓦》(1829)初步表现了这一主题，长诗歌颂了一切为了国家利益的彼得大帝。

1830年9月，他准备结婚，却因故在波尔金诺村被迫滞留了3个月。这3个月成为诗人创作丰收的金秋季节：完成了诗体长篇小说《叶甫盖尼·奥涅金》的最后两章，创作了29首抒情诗，2首童话诗和1首叙事诗，4部诗体小悲剧，还有《别尔金小说集》（包括5个中短篇小说）、《戈留欣诺村的历史》和13篇评论。从此，"波尔金诺之秋"作为作家创作丰收季节的代名词而广为流传。值得一提的是，《别尔金小说集》中的《驿站长》，以同情态度描写了小职员维林的悲剧命运，拉开了俄国文学描写"小人物"命运的序幕，对后来的俄国作家影响很大。

普希金晚年完成的作品主要有：小说《杜布罗夫斯基》(1832)、《黑桃皇后》(1834)、《上尉的女儿》(1836)，叙事诗《青铜骑士》(1833)，童话诗《渔夫和金鱼的故事》(1833)。其中《青铜骑士》是诗人晚年炉火纯青之作，被称为"诗的高峰""艺术的奇迹"，表现了诗人继《波尔塔瓦》之后对个人与国家、个体与整体更成熟、更深入的思考。《上尉的女儿》是俄国第一部真实描写农民起义的现实主义作品，主人公普加乔夫被塑造成热爱自由、宁死不屈的英雄和俄罗斯人民的真正儿子，标志着农民起义领袖第一次出现于俄国文学的形象画廊中。

1837年2月8日，普希金因与丹特士决斗，身受重伤，10日不幸逝世。

普希金具有多方面的文学创作才能，在抒情诗、叙事长诗、小说、戏剧、散文、文学批评方面都取得了颇高成就，其共同的特点：自然、简洁、明晰、生动、优美，而且都带有一种明亮的忧伤。普希金还创建了俄罗斯文学语言，确立了俄罗斯语言规范，并创立了俄国民族文学，在诗歌、小说、戏剧乃至童话等各个领域都给俄罗斯文学创立了典范，是当之无愧的俄国文学之父，对后世影响深远。别林斯基认为"只有从普希金起，才开始有了俄罗斯文学"，高尔基则称其为"一切开端的开端"。其中成就最高的是诗体长篇小说《叶甫盖尼·奥涅金》。

二、《叶甫盖尼·奥涅金》

《叶甫盖尼·奥涅金》(1823—1830)是普希金的代表作，也是俄国文学史上第一部经典性的现实主义诗体长篇小说。别林斯基称之为"俄国生活的百科全书"。小说共10章，其中8章完整。男主人公叶甫盖尼·奥涅金是彼得堡的贵族青年。他厌倦了上流社会的寻欢作乐、空虚无聊的生活，正好为继承伯父的遗产来到乡下，认识了邻居地主的女儿达吉雅娜。他拒绝了这位少女纯真热烈的爱情。在一次舞会上，为报复朋友连斯基的欺哄，他故意向连斯基的未婚妻——达吉雅娜的妹妹奥尔加调情，激怒了诗人连斯基。两人发生决斗，连斯基被打死。奥涅金杀死好友，深受良心谴责，便四处浪游。几年后，他又回到彼得堡。这时，达吉雅娜已嫁给一个年老的将军，成了一位显赫而娇美的公爵夫人。奥涅金对她燃起了"孩子般真诚的爱"。达吉雅娜拒绝了他狂热的求爱,称自己虽然还爱他,但"已经嫁给了别人,我将要一辈子对他忠贞"。

奥涅金和达吉雅娜是作品的男女主人公,是小说集中描绘的两个典型形象。

奥涅金是19世纪20年代俄国贵族知识分子的一种典型。他天资聪颖,才智出众,且出身贵族,家资丰裕,从小受过良好的教育,显得风度翩翩,仪表不凡。成年后进入上流社会,也曾随波逐流,天天游乐,"情场得意,战果辉煌,花天酒地,纵情宴饮",一度成为社交界的宠儿,把大好的青春年华虚掷于舞会、剧院、恋爱、宴饮之中。西欧的启蒙主义思想和拜伦的作品,20年代初俄国社会意识的觉醒,使他从花花公子的浪荡生活中醒悟过来,决心为社会做一些有益的事。他先是打算从事写作来确立自己,可"不懈的劳动,他感到难挨"。接着想到开卷有益,但拿起书来又觉索然。他来到乡下,想在美丽的大自然和淳朴的人们中找到幸福,也告幻灭。他试图进行租役改革,为农民做点实事,但因周围环境的压力,也因自己有始无终,结果半途而废。面对达吉雅娜的求爱,奥涅金仍然拒绝了她——即使是这样一种纯真的感情也不能激发他对生活的热情,由此可见奥涅金对生活的冷漠和厌倦。而与连斯基的决斗,则反映了他心胸的狭窄和意气用事,以及他的利己主义思想。之后,他开始盲目漫游。一种揪心的痛苦追随着他的游踪,他比过去更加绝望了。三年后,他又回到彼得堡上流社会。

奥涅金是一个颇为矛盾、复杂的19世纪优秀的贵族青年的典型形象。他既想有所作为,又由于缺乏决心和毅力,难以振作起来;既有为社会、为他人服务的思想,又保留着颇为自私、贪图安逸的个人主义特性;既有较为善良、高尚的情怀,又有虚荣、利己、无所作为的精神特征。这反映了那个时代自身的社会和文化矛盾。19世纪20年代,由于反法卫国战争的胜利,西方资产阶级文化纷纷涌入俄国,一批批贵族青年觉醒过来。他们受西欧启蒙思想的影响,与花天酒地、落后专制的社会格格不入,不甘沉沦,想有所作为,但没有明确的目标和足够的毅力,无法振作起来,在生活中找不到自己的位置,在俄国和西方两种文化中无所适从,于是,他们怀疑、不满、苦闷、彷徨、孤独、悲观,患了时代的"忧郁病",他们永远不会站到政府方面,由于脱离生活、个人主义,也不会站到人民方面,只能是悲剧性的"多余人"。奥涅金的生活道路体现了他们普遍的命运,因而他成了俄国文学中"多余人"的鼻祖。20年代的奥涅金,30年代的毕巧林(莱蒙托夫《当代英雄》),40年代的罗亭(屠格涅夫《罗亭》),50年代的奥勃洛摩夫(冈察洛夫《奥勃洛摩夫》),构成了19世纪俄国文学"多余人"系列形象画廊,展示了俄国文学的独特人文景观。因此,"多余人"是19世纪20年代以后俄国文学中出现的一系列贵族青年形象,他们受过启蒙思想的影响,不满现实,但贵族生活方式使他们灵魂空虚,无所作为,成为"永远不会站在政府方面",同时也"永远不能够站到人民方面"的"多余人",同时更是在俄国与西欧文化间无所适从的人(文化意义)。

达吉雅娜是普希金精心塑造的俄罗斯文学中第一个最真实、优美的妇女形象,她是19世纪20年代优秀贵族妇女的典型形象。诗人着重描写她身上的诗意,严肃审慎的生活态度,热情大胆的言行举止和高度的责任感,着重揭示她身上所蕴含的高尚的精神美和道德美。

达吉雅娜的个性深深植根于真正的生活——自然和人民之中。她生长在偏僻的乡村,是在宗法制生活环境、民间古老的传统习俗和大自然的怀抱中长大的。她从村民和奶娘等淳朴的人们中，从动人的民间文学中，从美丽和谐的大自然中，从所读卢梭等描写性格坚强、爱得深沉、富于自我牺牲精神的少女的书中，培养了诗意的感情、热情大胆而又严肃审慎的健全个性，尤其是强烈的责任心和道德感，具有一颗俄罗斯民族的灵魂。她对奥涅金大胆主动的追求，表现了她摆脱平庸单调生活而追求诗意爱情的强烈愿望，也表现了她对当时贵族道德规范的反叛，体现了俄国妇女个性的苏醒和对生活权利的正当要求。她最后的忠诚于丈夫，则是不愿把自己的幸福建立在别人的痛苦上，表现出了强烈的责任心和突出的道德感。她在道德上不可动摇的坚定性和责任感，远远超出了家庭生活的范围，而独特、深刻地表现了具有甘愿作出自我牺牲精神的一代人的崇高理想，展示了俄罗斯民族的精神气质和巨大的道德力量。普希金把道德的纯洁、强烈的责任感、高度的自我牺牲精神等带入俄国文学，奠定了此后俄罗斯文学道德化的基础，影响深远。

作品通过奥涅金的经历，生动深刻地表现了具有独特个性而又脱离生活、脱离人民的个人在当时社会的命运，同时，通过达吉雅娜的形象树立了道德责任与健全个性的典范，卓有远见地呼吁俄国的贵族青年和俄国的文化必须与真正的生活——自然与人民——保持密切的联系，才能生存和发展。这是当时面临社会变革的重大时期俄国贵族青年的一个迫切问题，也是面对西欧文化的冲击，俄罗斯文化该如何发展的一个重要问题，因而具有重大的现实意义。

《叶甫盖尼·奥涅金》的艺术特征主要表现为：一是独创性的诗体小说。诗体小说是介于叙事诗和小说之间的一种文学样式，是具有小说特点的一种叙事诗，是用诗的形式写成的小说。与一般叙事诗相比，它不仅篇幅更长，而且像小说那样具有人物、情节、环境三要素，比较细致地描绘人物性格，具有较为完整的情节结构。只是它是用诗的语言进行描写，能抒发更强烈的感情，而描写又往往不如小说细致具体。诗体小说是英国诗人拜伦首创的一种文学样式，普希金首次把它引入俄国文学中，并增加了独特的俄国生活与文化的内容。这部作品是诗人用独创的"奥涅金诗节"写成的一部十四行诗体小说，描写当代社会生活中普通青年的平凡故事，充满了现实主义精神。诗人曾经宣称，《叶甫盖尼·奥涅金》虽然受拜伦《唐璜》的影响，但毫无共同之处。从表现形式看，《叶甫盖尼·奥涅金》是用他独创的"奥涅金诗节"来写的一种十四行诗体小说，这是一种独一无二的创新。从创作方法看，《唐璜》是一部描写爱情和冒险的叙事长诗，写的是过去的时代，他乡异域的传奇故事，充满了浪漫主义情调；而《叶甫盖尼·奥涅金》则是一部描写当代社会生活的诗体小说，描绘的是现实生活中普通青年的平凡故事，充满了现实主义精神。就诗的格式而言，小说各章以独特的"奥涅金诗节"组成，这种诗节虽然每一节诗都由十四行诗组成，但普希金对其韵律进行了创造性的改造，已与西欧流行的十四行诗迥然相异：诗节由3组4行诗和1组2行诗组成，诗行采用与俄罗斯民歌相近的4音步抑扬格，音节数为9898,9988,9889,88，押韵方式为第一组4行用交叉韵abab，第二组4行用双韵ccdd，第三组4行用环韵effe，第四组2行用连韵gg。这种诗节让轻重音节有规律地间杂使用，音韵既整齐又丰富多样，从而使诗歌的每一部分在动人的韵律中既相互勾连，又完整有序，而整个小说中同一形式的诗节重复排列，又形成整齐、均匀的节奏。同时，诗节形式虽然相同，内容却相对独立，除少数例外，每节最后两行小结全节内容。因而,这种诗节既有利于保持全书前后形式上的统一,又便于自由转换话题,在严整中透出活泼。这样,全书便显得既自然、优美、流畅,又整齐、严谨、活泼,在艺术尤其是韵律上达到了近乎完美的高度。

二是强烈的抒情因素。这种抒情因素不仅表现在第三人称的叙述上,同时特别突出地表现在抒情插话上。小说的抒情插话数量多,内容丰富多彩。其中牵涉面比较大的抒情插话有27处,随时插话多达50处。有时,小说以抒情主人公的身份出面与读者进行轻松而无拘束的交谈,评论各种人和事,或直接介绍自己的往事、经验和感悟,诗人似乎与男女主人公生活在同一空间和时间里,和作品中的人物一样触景生情,并且互通声气;有时,诗人为小说中人物的命运时而感叹,时而讥讽,时而调侃,时而谴责;有时,让小说中的人物沉痛地斥责上流社会的虚伪和喧嚣,但仿佛让读者感到这不是书中人物在讲话,而是诗人在讲话。普希金的抒情插话开阖自如,变化无穷,但都带有强烈的抒情因素。

三是丰富多彩的叙述方式。作品极其巧妙地把拜伦诗体小说的抒情、议论与莎士比亚式的叙事结合起来,且巧于裁断,自铸新体。以莎士比亚式的叙事反映广阔的现实生活,塑造较复杂的人物形象;在叙述过程中又将抒情、议论完美结合。这就有利于褒贬时事,议论人物,展示诗人的内心世界。这种熔抒情、议论、叙事为一炉的独特叙事方式,深深影响了果戈理和屠格涅夫。同时,在作品中,诗人既是故事的叙述者,又成为故事中的登场人物,这种出入自如的身份变换,使得作品的叙事更生动有趣。

四是完美和谐的复线对比结构。作品打破了此前流行的单线结构,而采用了独特的复线对比结构。其一,男女主人公两条线索双向推进,相反相成,构成对比。起初是奥涅金从都城来到乡下,拒绝达吉雅娜的求爱,后来则是达吉雅娜从乡下来到都城,拒绝奥涅金的求爱。在此过程中,反映了人物性格的变化,揭示了人物的道德情感。其二,抒情主人公与男女主人公构成复线,形成对照。抒情主人公伴随男女主人公始终,不时出面"现身说法",或抒情,或议论。抒情主人公那眼光敏锐、富于激情、风趣幽默的个性,与忧郁、孤独、冷漠的奥涅金,与感情丰富、道德纯洁的达吉雅娜相映成趣。其三,作品中人物的多重对比。这里,既有奥涅金的冷漠与连斯基的热情、达吉雅娜的精神丰富与奥尔加的头脑简单以及男女主人公之间的对比;又有奥涅金、达吉雅娜、连斯基等个性突出、思想觉醒者的"智慧的痛苦"与奥尔加毫无个性、满足现状的平庸的幸福的对比。既有连斯基追求奥尔加与达吉雅娜追求奥涅金的情爱对比,也有达吉雅娜与妹妹、母亲的婚姻对比,等等。这些强烈的对比使人物的性格更加突出、鲜明,给人以难忘的印象。

第五节 惠特曼

瓦尔特·惠特曼(1819—1892)是享有国际声誉的美国最伟大的浪漫主义诗人之一,是美国现代浪漫主义自由诗歌和现代文学的开山鼻祖之一。他的《草叶集》有19世纪美国史诗之称,是美国浪漫主义文学代表性的作品。

一、生平和创作

惠特曼 1819 年出生在美国纽约长岛亨廷顿附近的西山村,他的父亲有着英国血统,而母亲则是荷兰人的后裔。1823 年,惠特曼全家迁移到布鲁克林,父亲在那儿做木工,承建房屋,惠特曼在那儿开始上小学。由于生活穷困,惠特曼只读了 5 年小学。他当过信差、勤杂工、木匠、排字工人,后来当过乡村教师和编辑。这段生活经历使他广泛地接触人民,接触大自然,对后来的诗歌创作产生了极大的影响。惠特曼很早就接受民主思想。在政治上,他支持民主党。1834 年,惠特曼开始发表散文、诗歌和小说作品,但这些早期创作并不成功。1840 年惠特曼在布鲁克林长期定居下来,在《新世界》报馆当印刷工人。1842 年他担任一家小报《纽约曙光》报的编辑。1846 年初,他又担任《布鲁克林每日鹰报》的编辑,同时为报社撰写社论。

1848 年成为他生活中的一个转折点。怀着失业后彷徨失落的心情,惠特曼踏上他人生中的第一次远行:纵贯美国国土,前往南方的新奥尔良。丰富的人文风情和壮观的山河在惠特曼心中激荡,极大地拓宽了惠特曼的襟怀与眼界。回到布鲁克林后,他在报纸上发表文章讴歌欧洲革命,并写了不少诗来表达自己的心境,其中包括《欧洲》《法兰西》《近代的岁月》等等。

1850 年起他脱离新闻界,重操他父亲的旧业——当木匠和建筑师。他开始在报纸上发表自由诗,表达对大自然的热爱和对自由民主生活的赞颂。除了这些政治色彩颇浓的诗歌,惠特曼沉默了 5 年。诗人在思索、孕育伟大的诗篇,犹如蜜蜂采撷英华,在沉静中升华。终于,1855 年的 7 月 4 日,在纽约出版了他的代表诗集《草叶集》。诗集发表,论坛毁誉参半,一边是恶评如潮,骂声不断,另一半却高度评价,喜爱有加。爱默生称之为"它是美国至今所能贡献的最了不起的聪明才智的菁华"。爱默生的鼓励给了惠特曼勇气和力量,惠特曼凭着坚定的意志继续他的独特风格诗歌的写作。

1865 年,为了纪念当时遇刺身亡的林肯总统,诗人创作了《林肯总统纪念集》组诗四首,其中的《啊,船长,我的船长哟!》是一首在美国流传最广、影响最大的林肯挽歌。另一首《当紫丁香最近在庭院中开放的时候》,在艺术上历来获得极高的评价。

由于内战时辛劳过度,惠特曼于 1873 年不幸得了半身不遂之症,之后,迁居新泽西州卡姆登养病。尽管疾病缠身,但他仍然继续《草叶集》的修订和再版,直到他去世。1892 年 3 月 26 日,一代伟大诗人与世长辞。

二、《草叶集》

《草叶集》是作者一生创作的惟一一部诗集,是他一生经历和经验的结晶,成为美国浪漫主义文学巅峰作品。《草叶集》收入了惠特曼一生所创作的全部诗歌,共三百多首,贯穿全集的是诗人乐观自信的自由民主思想以及对"自我"的歌颂。

惠特曼通过他的《草叶集》真诚地讴歌了伟大的美国和伟大的美国人民。草叶意象最早出现在 1855 年第一版《草叶集》中,被印在每一页书上,似乎是每一首诗的标题。诗人将这小小叶片看作自然界的普通产物,将它比作他诗歌集的一页。野草的生命力极强,凡是有土又有水的地方都可以繁茂生长。贯穿《草叶集》的是诗人民主、自由的思想,在整部诗集中,我们处处可以看到一个乐观、自信的"自我"。诗人用"草叶"形象来象征蓬勃发展的年轻的美国。

1855年,《草叶集》首版时只有12首诗,到惠特曼去世那年,则出了12版,惠特曼临终前出版的《草叶集》是他自己希望传世的理想版本。他将全书380多首诗歌当作一篇长诗,根据内容分组编排在《铭言集》《亚当的子孙》《芦笛集》《海流集》《桴鼓集》《林肯总统纪念集》《神圣的死的低语》《从正午到星光之夜》和《别离的歌》等专辑中。《草叶集》的编排顺序跟诗歌主人公的出生、成长和老死三个阶段基本一致,跟诗歌的三大主题紧密联系在一起:1.歌颂"自我";2.颂扬民主和人民;3.抒发乐观主义精神。

1. 歌颂"自我"

歌颂"自我"的诗篇数量最大,在《草叶集》中占有非常重要的地位。主要表现这一主题思想的诗歌有《自己之歌》《亚当的子孙》《芦笛集》和《大路之歌》等11首颂歌,还有《海流集》和《路边之歌》等。总的说来,这些诗歌描绘了一个新世界的英雄形象,一个"现代人"的楷模。在长达1336行的《自己之歌》中,惠特曼笔下的"自我"不同于欧洲浪漫主义传统中那种柔弱感伤、自怨自艾的自我;也不再是旧世界那种凌驾他人之上的显贵,而是现代民主社会里那种与普通民众息息相关的、强健有力的自我,是惠特曼心中美国和美国人民的象征:

> 我赞美我自己,歌唱我自己,
> 我所讲的一切,将对你们也一样适合,
> 因为属于我的每一个原子,也同样属于你。
> ……
> 我现在是三十七岁了,身体完全健康,
> 希望继续不停地唱下去直到死亡。①

这个"自我"实际上并非具体指某一个人,而是整个美国人民,或整个人类世界。所以这个自我就更富有意义,更值得称颂,其英雄形象也就格外高大。他自强不息,自己掌握自己的命运,自己承担自己的责任,自己开辟自己的道路:

> 我轻松愉快地走上大路,
> 我健康,我自由,整个世界展开在我的前面,
> 漫长的黄土道路可引向我想去的地方。②

从"自我"出发,诗人认为,一个"自我"还可以与其他"自我"结合在一起,但又不同于其他"自我",因为每个自我都具有自己的个性特征。所以歌颂"自我",也就是歌颂"他我",发现"自我",描写"自我",也就是发现美国,描写美国。

对诗人来说,一个完整的健康的自我应包括"肉体"和"精神"两个方面。这是一个头脑

---

① 瓦尔特·惠特曼:《草叶集》,楚图南、李野光译,人民文学出版社1987年版,第61页。
② 同上书,第280页。

与感官和谐发展的自我,而不是感伤纤弱的自我。《亚当的子孙》和《芦笛集》是惠特曼《草叶集》一书中最为引人注目的两组诗歌。它们为惠特曼招致了许多指控,说他的诗歌粗鄙和猥亵。1865年,他便因此失掉了他在美国内政部的公务员职务。爱默生曾劝他再版时删除这部分诗歌,但惠特曼坚持自己的原则与理想,他一再申明这些诗歌"比黄金还宝贵"。在他关于性和爱情的诗歌中确实有一些肉体部位的袒露,但诗人绝不是那种故意迎合某些读者低级趣味的庸俗之辈,而是对当时传统善恶观念的蔑视和挑战,是要人们相信人的躯体与灵魂是同样重要的;是要公众承认男女之爱是神圣的,是人类传宗接代的根本;是要社会公认自然界的一切事物基本上是纯洁的、完美的。

《我歌唱带电的肉体》是《亚当子孙》这组诗歌中最长的一首。它出版以来经过几番修改之后,已不再是个人色情语言的喷吐,而是诗人哲学思想的阐扬了。在这首诗里,惠特曼歌颂了人的肉体、人的肉体与灵魂的同一性:

> 我歌唱带电的肉体,……
> 肉体所做的事不是和灵魂所做的完全一样多么?
> 假使肉体不是灵魂,那么灵魂是什么呢?
> 男人或女人的肉体的美是难以形容的,肉体本
> 身是难以形容的,
> 男性的肉体是完美的,女性的肉体也是完美的。①

诗人在歌颂"自我"的同时,把"自我"扩展为大我,自我意识拓展为民族意识、宇宙意识,自我形象与美国形象,与宇宙中生长繁殖的一切有生物合二为一了,因此,他不仅歌颂了大自然,也歌颂了与人类息息相关的城市、印刷机、木屋、斧头、偶像、钱币等等。

2. 颂扬民主和人民

惠特曼坚信民主政治,他认为天才存在于酷爱自由的普通民众之中,邪恶之念并非根源于人之本性,而是产自社会的强暴和不公。他热爱美国及其山山水水,他热爱美国人民及其发明创造,把自由民主的美国看作是一个神圣的新世界。他曾经充满自豪地吟唱道:"民主哟!在你的旁边一支歌喉正在欢乐地唱着。"(《从巴门诺克开始》)他大声疾呼地表达自己的希望与理想:"主要的形象出现了!/全部民主的形象,这是若干世纪所造成的结果。"(《斧头之歌》)他还专门写作整篇的诗来歌颂民主,如《为你,啊,民主哟!》。

惠特曼对普通人民和劳动大众充满了热爱之情,他的《我听见美洲在歌唱》,简直就是献给劳动大众的一曲赞歌。惠特曼认为代表美洲社会的不是总统、官吏、教士、商人等等,而是普通的劳动人民,是机器匠、木匠、泥瓦匠、船夫、水手、鞋匠、帽匠、伐木者、犁田的青年。所以,"我听见美洲在歌唱"实际上是"我听见美洲人民在歌唱"。惠特曼的诗洋溢着强烈的爱与恨——对人民的爱和对统治阶级的恨,表现出了十分鲜明的人民性的倾向。

他一反盛行于美国的种族歧视,用他那充满激情的笔触生动地描绘了"身材高大沉着镇定","目光安详而威严"的黑人劳动者的动人形象,字里行间洋溢着赞美之情。惠特曼热爱

---

① 瓦尔特·惠特曼:《草叶集》,楚图南、李野光译,人民文学出版社1987年版,第174—175页。

人民,不管他们的肤色如何,同样地给予热烈的爱。惠特曼赞美劳动者,不管他们干何种工作,一概予以深情的讴歌。这就是惠特曼诗的人民性倾向的极有力的表现,也是他最值得肯定与赞扬的地方,也是他民主主义思想精华的闪光之处。

3. 抒发乐观主义精神

惠特曼生活的时代里,美国作为新兴的资产阶级所创建的新兴国家,正处在兴旺上升时期,美国人民披荆斩棘,白手建立家园,生活是艰辛的。但作为国家真正创建者的工人、农民、手工业者或多或少总会感到欢欣与骄傲。惠特曼用欢快、昂扬的调子为这样的人民唱赞歌是十分自然的事情。我们还看到,美国资产阶级的自由、平等、民主、博爱的精神与欧洲大陆各国相比更深入人心。这一切构成惠特曼诗的主调总是那么乐观、豪迈、雄壮、昂扬和开阔。这种充沛的乐观主义精神很典型地体现在《欢乐之歌》中:

啊,怀着最欢乐的心情歌唱呀!
歌中充满了音乐
——充满了男子气概、女人心肠、赤子之心呀!
充满了寻常的劳动气息,
——充满了谷物和树木。

啊,我的精神多么欢乐呀!
——它是无拘无束的
——它如同闪雷般飞射!
仅有这个地球和一定的时间是不够的,
我要有千万个地球和全部的时间。①

他还感受到了司机的欢乐,消防队员的欢乐,母亲的欢乐,男骑士和女骑士的欢乐,捕鲸者的欢乐,演说家的欢乐,农人的欢乐⋯⋯也就是说,他与他那个时代的人民的心是相通的,他理解并且歌唱着人民的欢乐。

惠特曼的《草叶集》之所以影响深远,在于它有着海洋一样宏博的内容与海浪一样激荡的形式。《草叶集》的内容是丰富多彩的。惠特曼用他那如椽的大笔描绘了从城市到农庄、从草原到森林的形形色色、绚丽多姿的图画,勾勒了从总统到铁匠、工人、渔夫、犁田的人,从老人到年轻人等等栩栩如生的形象,海阔天空,气象万千。《草叶集》中那些气象恢宏的诗篇,形成了惠特曼诗歌豪迈雄浑、开阔的主要风格。同时,我们也看到惠特曼诗歌中的情感表达的细腻与隽永,他的许多诗篇,特别是一些短诗,如《我在春天歌唱着这些》(1860)、《傍晚时我听见》(1860)、《你啊,我时常悄悄地来到⋯⋯》(1860)、《那个影子,我的肖像》(1860)、《父亲,赶快从田地里上来》(1865),以及其他一些诗,大都写得蕴藉隽永、优美流畅,闪烁着特殊的光彩。这些短诗都是一幅幅精致的水墨画,而不是重色浓彩的大型油画;是一支支小夜曲,而不是威武雄壮的交响乐,读来仍然给我们以激越的情感和美的享受。

---

① 瓦尔特·惠特曼:《草叶集》,楚图南、李野光译,人民文学出版社1987年版,第326页。

《草叶集》的形式是新颖的。从薄薄的初版本问世起,惠特曼就创造了一种全新的自由体。他冲破了以前格律的局限,用海浪一样不受羁绊的旋律,舒卷自如而又豪迈雄浑地放声歌唱着民主之歌、自由之歌,震动着一代又一代读者的心灵。《草叶集》在艺术上最大贡献就是诗人向美国诗坛贡献出了奔放无羁的自由体诗歌。惠特曼的自由体诗歌彻底突破了陈规,他的诗行长短不一,不押韵,更不以传统的抑扬格或扬抑格等为顿挫单位,而是以短语、短句为单位形成语调急、徐、高、低的自然节奏,毫无藻饰和斧凿痕迹,在英语诗歌中独树一帜,成为20世纪迅猛发展自由体诗的先河。惠特曼诗歌不受语言修辞制约,在写作中他坚持思想第一,声韵第二,他的诗歌没有惯常的音步和韵脚,只是看起来和读起来像诗。为此《草叶集》第一次出版后,使读者大为困惑,也招惹了不少诋毁。

惠特曼的语言是激动人心的。他善于运用热情洋溢的语句,有力地表达了诗人汪洋恣肆的新思想。他笔下的物质世界和精神世界均被描写得栩栩如生且充满活力。他对声音特别敏感,善于捕捉各种声音的不同特征。他的作品具有鸟鸣清霄的效果,具有音乐特别是歌剧唱腔的韵律,洋溢着大海的气势和节奏。惠特曼认为世界是变化的,流动的,所以他反复运用动词的现在分词和动名词形式。

总之,惠特曼的诗歌,无论内容还是形式都对英语诗歌的发展做出了巨大的贡献。惠特曼对后代诗人的影响是巨大的。他那新颖的风格和振奋人心的诗句不同程度地反映到艾米莉·迪金森等人的诗歌之中。尽管艾伦·金斯伯格在许多方面不同于惠特曼,但他从惠特曼身上找到了诗人的典范,继承了惠特曼运用富有感召力语言的传统。现代派诗人埃兹拉·庞德、T. S. 艾略特、罗宾逊·杰弗斯、威廉·卡洛斯·威廉斯,尤其是卡尔·桑德伯格都有意或无意地接受了他的诗歌精神。

今天的惠特曼已从歌颂普通人民到真正走进到他所喜爱的普通民众中来了——他的诗歌在美国已是家喻户晓,几乎没有一个小学生不会背诵他的诗篇。同时,他的诗歌也漂洋过海走向了世界各国,成为世界文学之库中的瑰宝。

第七章 19世纪现实主义文学

第一节 概述

19世纪现实主义文学是继浪漫主义文学以后盛行于欧美的一种资产阶级文学思潮。它继承和发展了欧洲文学的优秀遗产，特别是人文主义文学、启蒙主义文学的如实描写、客观反映社会的现实主义传统，广阔地反映了现实生活和社会矛盾，深刻地揭露了社会黑暗与人性丑恶，于19世纪30年代始取代浪漫主义文学，占据文学主潮地位。广义上，现实主义是指一种创作方法，要求像生活本身那样来如实地反映生活，讲究典型环境中的典型人物塑造，注意细节的真实描写。而狭义上，专门指的是19世纪二三十年代产生于欧洲的批判现实主义思潮。

一、现实主义文学的历史文化与基本特征

进入19世纪以来西欧工业发达国家确立了资本主义生产关系。随着生产关系巨大变化，资产阶级与封建阶级的矛盾也让位于资产阶级与无产阶级的矛盾。这一变化并非一朝一夕完成的，在欧洲大体完成了1830至1848年间。英国开始最早，到1830年已经基本完成了工业革命，1832年英国议会改革就是新兴资产阶级充分掌握政权的历史标志。此后不久，兴起了1836至1848年的宪章运动，也成为最早的无产阶级运动。而在欧洲大陆，30至40年代先后爆发的法国里昂工人两次起义、德国西里西亚纺织工人起义等，都反映了无产阶级与资产阶级斗争的尖锐性，至19世纪中叶欧洲大陆的工业革命也取得明显胜利，而1848年欧洲革命恰恰成为资产阶级从革命转向反对革命的标志。

资本主义制度的建立，充分暴露了资本主义社会的冷酷无情。资产阶级革命时期的英雄主义气概丧失殆尽，资本主义的现实压碎了浪漫主义的热情和幻想。如今再有小说家、诗人高唱浪漫主义之歌就难免要遭到舆论的嘲笑。人们不得不冷静下来正视现实，冷眼观察社会与人，以及社会和人的关系，诸如异化、金钱关系等。严峻的现实决定了现实主义文学具有明显的批判暴露性色彩。

与工业革命相配合，19世纪的自然科学得到了空前未有的发展。细胞学说、能量转化与守恒、达尔文生物进化论等自然科学三大发现，冲破了旧有一成不变的世界观，推动了唯物

主义和辩证法的发展,促进了当时自由思想和自由探索的风气。在此基础上产生解释世界的新的哲学思想,从19世纪30年代至40年代初出现费尔巴哈的人本主义学说、唯物论哲学和孔德的实证主义哲学,40年代中期又出现了从空想社会主义到科学社会主义的发展。这些哲学思潮都曾对文学产生重要影响。比如自然科学要求人们对客观世界做科学的观察研究,启发了作家们以科学切实的态度去研究、观察、解剖、治疗社会弊端。达尔文生物进化论学说的建立,说明生物发展由自然环境决定,怎样的社会环境就会产生什么样的社会人,启发作家们塑造人物形象时特别关注社会环境的描画。

现实主义作为一种创作方法源远流长,可以追溯到古希腊的"模仿说",亚里士多德即强调"按照事物本来的样子去模仿"。继而是文艺复兴时期的"镜子说",达·芬奇等发展"艺术模仿自然"的观点,不满足于被动地模仿自然,要求按照自然规律来进行创造,对生活素材进行理想化或典型化,故将文艺作品称为"第二自然"。至18世纪启蒙作家狄德罗、莱辛等从唯物主义观点出发,坚持文艺的现实基础,肯定美与真的统一,强调艺术来自自然又要超越自然。18世纪末到19世纪初,席勒开始将浪漫主义与现实主义区别开来,其《论素朴的诗与感伤的诗》(1795)第一次分出西方文艺发展中的两种基本倾向,首次在文学领域内使用"现实主义"这一名词,并首次将现实主义与自然主义区别开来,即自然主义处理的是"庸俗的自然",现实主义处理的则是显出"内在必然性"的"真实的自然"。

作为一个流派,现实主义文学有如下几个主要特征:

第一,客观反映现实。现实主义要求按照生活的本来面目反映现实。一方面,像解剖学一样,强调精确细腻的描写,展现细节描写的真实性;另一方面,又要求透过现象看到本质。与此相关的是,反对作家突出与表现自我。当然文学作品中无法消灭自我,但如福楼拜所说:"艺术家不应在作品里露面,正如上帝不应在自然里露面一样。"作家的理想、观点、情感只能含蓄体现在真实的描写之中,让读者在不知不觉中受到感染。这样,现实主义就以客观化代替了浪漫主义的主观抒情,以严酷的真实折断了浪漫主义幻想的翅膀。

第二,批判暴露性倾向。现实主义文学面向社会问题,正视社会矛盾,具有较强的批判暴露封建贵族与资产阶级统治阴暗面的倾向。这些揭露与批判,有助于加深人们对资产阶级世界的认识。现实主义作家并不是纯客观地、无倾向地反映生活,而是不断地对生活现象进行严肃的分析,作出自己的评价。他们从人道主义出发,对封建贵族统治的腐朽黑暗和资产阶级隐藏在金钱珠宝下面的无尽丑恶,对他们在政治上的残暴、思想上的专横、经济上的贪婪、道德上的糜烂十分厌恶。这种对社会罪恶毫不掩饰的描绘,在当时粉碎了资产阶级世界的乐观情绪,使人们对资本主义的永恒性产生怀疑。同时,他们都特别注意对社会底层生活及小人物悲剧命运的描写,注重表达广大人民对资本主义制度的不满和抗议,思想武器是人道主义,政治主张是改良主义。

第三,塑造典型性格。现实主义并不是机械地、平面地反映生活,而是着力于生活的典型化,而典型化的中心问题是塑造典型性格。这在小说、戏剧、叙事诗中均有体现。恩格斯对现实主义文学有过经典的概括,说它"除了细节的真实外,还要真实地再现典型环境中的典型人物"。现实主义作家重视生活的真实,但不满足于一般的、外在的真实,能够通过个别人物形象,生动地展示一定社会阶层的本质特征。同时善于将人物性格和时代、社会环境结合起来写,时代和环境造就人物性格,人物性格的形成和发展又反映社会和时代的风貌。现实主义作家塑造得比较成功的形象除了少数正面人物,如斯巴达克思、牛虻等以外,大多数带有否定性,如封建贵族、高利贷者、金融资产者等拜金主义者。但这众多的典型形象中最突出的是个人反抗社会、个人奋斗者的典型,如于连、拉斯蒂涅、蓓基·夏泼、简·爱、大卫·科波菲尔等。现实主义作家们通过描写他们的现实处境及个人奋斗来展现一个普通人的基本生活原则,进而揭示社会的不公与弊端。

第四,在小说戏剧方面的创作优势。如果说古典主义的创作优势是戏剧,浪漫主义的创作优势是诗歌,那现实主义则推动了长篇小说与中短篇小说的繁荣,以及扩大了社会问题戏剧的容量。特别是在小说方面,现实主义作家创造了编年史式的人物再现的连环性的长篇小说体系,如《人间喜剧》;创造了描写几个家族兴亡盛衰的巨型小说,如《卢贡-马卡尔家族史》《福尔赛世家》《现代喜剧》《布登勃洛克一家》;创造了截取人生的解剖面以表现人生全体的短篇小说,如莫泊桑、契诃夫、欧·亨利等世界三大短篇小说巨匠的作品;创造了直接干预当代生活的社会问题剧,如易卜生、萧伯纳的众多剧作。从现实主义发展的总趋势看,作家们从摹写外部世界发展到刻画人物的内心世界。后期作家又比前期作家更重视呈现人的精神世界。如英国的狄更斯到哈代、法国的巴尔扎克到福楼拜、俄国的果戈理到陀思妥耶夫斯基、挪威易卜生的中期到晚期的剧作,均显示出这种趋向。

二、19 世纪现实主义文学发展概况

1. 法国文学

法国是现实主义文学的发源地。从 18 世纪末到 19 世纪 50 年代,法国经历了巨大的历史变动,资产阶级与贵族进行了反复的较量。作为中小资产阶级的作家们,亲眼看到这场尖锐残酷的斗争,切身感受到了法国大革命时期的热情与后来的冷酷现实,感受到了平民青年和没落青年的郁郁不得志。所以法国现实主义文学的基本内容是描写日益得势的资产阶级与封建贵族残余之间的矛盾以及资产阶级内部的矛盾,揭露金钱的罪恶,描写个人反抗者形象,贯穿着科学和理性主义精神。

法国现实主义文学最早萌芽于资产阶级民主主义诗人贝朗瑞的诗歌之中。贝朗瑞(1780—1857)是杰出的歌谣诗人、民主主义诗人。他平民家庭出身,毕生把歌谣作为社会斗争和政治斗争的武器。他的诗歌有明确的反封建倾向与较强的鼓动性,他作为时代号手,受到马克思的高度赞扬,对 19 世纪上半叶法国进步诗坛影响较大,被别林斯基称为"法国诗坛之王"。而现实主义文学正式形成于 1830 年法国七月革命推翻波旁封建王朝、建立资产阶级政权以后。

法国前期著名的现实主义作家主要有司汤达、梅里美、巴尔扎克、福楼拜等,后期在流行自然主义和象征主义文学的情况下,仍出现了都德、莫泊桑、法朗士等著名的现实主义小说家。司汤达是法国现实主义文学的奠基者,1825 年发表《拉辛与莎士比亚》首次阐述了现实主义的创作原则,被视为现实主义文学的宣言书。1830 年长篇小说《红与黑》的问世,标志着法国现实主义文学的开端。

普罗斯贝尔·梅里美(1803—1870)生活在忧郁的环境中,性格敏感、纤细,其作品在法

国文学史上有相当大的艺术魅力,是莫泊桑之前法国最杰出的中短篇小说家。他的现实主义创作成就主要是不到 20 篇的中短篇小说,这些作品常用淳朴、自然、粗犷的人性与资本主义文明相对抗。最著名的是《高龙巴》(1840)、《嘉尔曼》(1845)。代表作《嘉尔曼》使作者获得世界声誉。小说描写西班牙青年唐何塞与吉卜赛姑娘嘉尔曼从热恋到决裂的故事。嘉尔曼年轻貌美,生活放荡,十分任性,最初是烟厂女工,参与偷盗、走私等犯罪活动,因为吵架用刀子伤人而犯罪。押送她的士兵西班牙贵族青年唐何塞受她引诱而放她逃走,为此受到处罚,之后成为嘉尔曼的情夫,参加走私集团的活动,以为爱情专一。但嘉尔曼另有情人,又勾搭一大富商,并准备抢劫。她的丈夫独眼龙,是一个心狠手辣的流氓。何塞坚持嘉尔曼属于他,逼她一起到美洲去过规规矩矩的生活。嘉尔曼宁死不从,她声言:"对波希米亚人说来,自由就是一切,他们为了一天的自由,宁肯烧毁一座城市。""嘉尔曼永远是自由的。"最后被何塞杀死。

嘉尔曼是法国文学人物画廊中一个最为鲜明突出的女性形象,具有经久不衰的艺术魅力。首先,她不是一个窈窕少女或大家闺秀,而是一个邪恶的人物。职业是犯罪,现实中任何一个人,只要是有钱可偷可抢,就会成为她猎取的对象。对于她,任何道德原则都不存在,唯一原则是有利可图。邪恶生涯给她带来常人不具有的邪恶特点:狡诈、爱玩弄骗术,以及某种程度的残忍与厚颜无耻,连迷恋着她的唐何塞也称她为"小妖精",应该上绞架。其次,她又并非单纯的邪恶人物,其复杂性在于,作者把她表现为一朵"恶之花",赋予她某些闪闪发光的东西:为爱情宁可死,为自由又宁可抛弃爱情。作者让她与周围的人物和环境形成鲜明对照,自觉站在社会的对立面,对统一的规范和法纪公开表示轻蔑,并以犯法为乐。作为一个社会的叛逆者,以"恶"的方式来蔑视和反抗这个社会,又具有独立不羁的性格,不愿受任何束缚,身上最大特点就是热爱自由与忠于自己,即使在死亡的威胁面前,也决不肯放弃对自由的追求,不惜以整个生命为代价去维护个性自由与忠于自己的原则,这是嘉尔曼在精神上优越于许多作品女主人公的地方。这部小说被作曲家比才改编成歌剧《卡门》后,流行欧洲各国。

奥诺雷·德·巴尔扎克(1799—1850)是 19 世纪法国最杰出的现实主义文学大师。他那辉煌巨著《人间喜剧》不仅细致地描绘了那个时代人们的生活真实与风俗人情,而且艺术地反映了所处时代的阶级抗争发展史、政治经济发展史和社会思潮发展史,为现实主义文学创作开辟了更广阔的道路。

居斯塔夫·福楼拜(1821—1880)终身未娶,一直和母亲生活在一起。他是 19 世纪中期继巴尔扎克之后法国最重要的现实主义作家,以其"客观而无动于衷"的美学原则和严谨精致的艺术风格,在法国文学史上独树一帜,为后来的自然主义和唯美主义开辟了道路。

阿尔封斯·都德(1840—1897)是法国 19 世纪后期重要的小说家。他的长篇小说代表作《小东西》(1868)带有自传色彩,显现了作者个人奋斗的艰难经历和内心感受。短篇小说《最后一课》《柏林之围》是脍炙人口的世界名篇,具有深厚的爱国主义感情和卓越的艺术技巧。

居伊·德·莫泊桑(1850—1893)是 19 世纪后期法国现实主义小说家,也是世界文学史上的"短篇小说巨匠"。莫泊桑就读中学期间,就结识舅舅的同窗好友福楼拜,开始练习写诗。1873年他正式拜福楼拜为师,得到后者的悉心指导。侨居巴黎的俄国作家屠格涅夫也热心帮助过他。1876年结识阿莱克斯、于斯曼等青年作家,常一起在左拉的梅塘别墅中聚会。1880年,他的短篇小说《羊脂球》在著名的《梅塘之夜》小说集里发表,在法国引起很大反响。从此他辞去工作,成为职业作家。从1880年到1890年的短短10年中,发表三百多篇中短篇小说、6部长篇小说、3本游记和许多文艺性与政论性杂文。莫泊桑在中短篇小说创作方面的成就最大。其中有描写普法战争题材的,如《羊脂球》(1880)、《米隆老爹》(1883)、《两个朋友》(1883)等;有描写资本主义社会劳动人民贫困生活和悲惨命运的,如《瞎子》(1882)、《穷鬼》(1884)、《流浪汉》(1887)等;有描写资本主义社会的道德风尚,揭露资产阶级精神空虚和道德堕落,刻画他们自私、吝啬、势利、虚荣特征的,如《遗嘱》(1882)、《我的叔叔于勒》(1883)、《项链》(1884)等。这些作品描绘出19世纪后期法国社会的风俗画卷。莫泊桑在中短篇小说创作中,展示出一种非凡捕捉生活细节的本领,善于从一般人视而不见的凡人小事中发掘题材,选择富有典型性的个别人物、事件或生活片段,以小见大地反映出生活真实,在表现手法上也呈现出非凡的多样性。他的成名作《羊脂球》也是他在中短篇小说创作方面的代表作。它以普法战争为背景,通过一个平凡妓女羊脂球受辱的故事,讴歌了法国人民的爱国主义精神,揭露了资产阶级的卑鄙自私与虚伪无耻。莫泊桑一生写有6部长篇小说包括《一生》(1883)、《俊友》(1885)、《温泉》(1886)、《皮埃尔和若望》(1888)、《像死一样坚强》(1889)和《我们的心》(1890)。这些长篇作品主要以法国上流社会生活为内容,真实而深刻地揭露了资本主义社会的黑暗和丑恶,形象地暴露了统治阶级精神上的堕落和腐朽,其中以《俊友》最为突出,塑造了主人公乔治·杜洛阿这样一个资产阶级冒险家卑劣残忍和贪婪狡诈的极端利己主义典型。

阿纳托尔·法朗士(1844—1924)是法国19至20世纪交替时期著名的小说家、文艺评论家,1921年获得诺贝尔文学奖。他在这一时期的主要作品是长篇小说《现代史话》四部曲,包括《路旁榆树》(1897)、《柳条模型》(1897)、《红宝石戒指》(1899)、《贝日莱先生在巴黎》(1901)。小说以贝日莱先生为主人公贯穿全书,反映了法国19世纪末期德雷福斯事件前后的广阔社会生活,表现了当时的社会进程和人们的精神状态。

2. 英国文学

19世纪英国现实主义文学继承了18世纪现实主义长篇小说创作的优良传统,在揭露现实的广度和深度上更进一步。资本主义的确立与劳资矛盾的激化,各种改良思潮的影响,使英国现实主义文学具有自己独特的面貌。其中特别是女性作家异军突起,经受过新时代洗礼的英国妇女开始用文学来实现自己的价值,出现了一大批有成就的女作家,她们在创作中表现了鲜明的女性意识。

简·奥斯丁(1775—1817)虽然生活于通常所说的浪漫主义时期,但并不是一个浪漫主义作家。她一生很少与外界接触,写了六部小说,按照出版先后分别是《理智与情感》(1811)、《傲慢与偏见》(1813)、《曼斯菲尔德花园》(1814)、《爱玛》(1816)、《诺桑觉寺》(1818)和《劝导》(1818)。这些小说大半以乡镇上的中产阶级日常生活为题材,通过爱情婚姻等方面的矛盾冲突反映了18世纪末、19世纪初英国社会的风貌。代表作《傲慢与偏见》描写傲慢的单身青年达西与偏见的二小姐伊丽莎白、富裕的单身贵族宾利与贤淑的大小姐简之间的感情纠葛，充分表达了作者本人的婚姻观，强调经济利益对恋爱和婚姻的影响。小说情节富有喜剧性，语言机智幽默，是奥斯丁小说中最受欢迎的一部。

1832年之后的三四十年代，是英国工业资本主义时代。资产阶级利用新的工商业条件成长壮大，变得富有。另一方面贫穷的大众却在雇主的剥削之下过着悲惨的生活，因此历史上有"残酷的30年代和饥馑的40年代"之说。这种"英国的状况"产生了许多社会抗议的诗歌。宪章派诗歌就是典型代表，这是19世纪三四十年代英国宪章运动的产物，是世界上第一次无产阶级的文学运动。宪章派的作家们大多是产业工人、手工业者和工人活动家，他们以诗歌为武器进行宣传鼓动，直接为宪章运动服务，政治目标明确，具有强烈的战斗性、鼓动性和群众性。宪章派诗歌不仅深刻揭露了资产阶级的腐朽残暴，而且反映了工人阶级的生活面貌，充分表现了产业工人远大的革命理想。诗歌形式方面短小精悍，文字浅显，形象生动，节奏明快。诗人厄内斯特·琼斯（1819—1869）、威廉·林顿（1812—1897）和杰拉尔德·梅西（1828—1907）是其代表作家。

英国的现实主义文学到了19世纪四五十年代发展成为时代主潮，产生了一批杰出的小说家，如狄更斯、萨克雷、夏绿蒂·勃朗特、盖斯凯尔夫人等。小说的基本内容是描写工业资本主义发展时期的劳资矛盾和资本主义的内部矛盾，特别注意描写小人物的命运，借此对资本主义罪恶和腐败进行揭露与批判。作家们大多从温和的人道主义出发，宣扬道德感化和改良主义的主张。在艺术方法上，则主要运用了现实主义的精细描写，但也不乏理想色彩，特别是在小说方面显示了高超的结构技巧。

查尔斯·狄更斯（1812—1870）是19世纪英国最伟大的现实主义作家。他的作品广泛地反映了19世纪中叶所谓"维多利亚盛世"时期英国广阔的社会风貌，塑造了为数众多的典型形象，具有巨大的美学价值和历史意义，对英国长篇小说的发展作出了重要贡献。他的经历体现了维多利亚时代自我造就的神话，其本人就是那个时代旺盛创造欲和燃烧能量的化身。

威廉·麦克皮斯·萨克雷（1811—1863）有出色的讽刺才能，凭借其对社会丑恶的辛辣抨击以及挖苦嘲笑的幽默风格，在英国文学史上占据重要地位。主要作品有《名利场》（1848）、《潘登尼斯》（1848—1850）、《亨利·艾斯芒德的历史》（1852）和《纽可谟一家》（1853—1855），以及散文集《势利人脸谱》等。代表作《名利场》的副标题是"没有正面主人公的小说"。小说围绕两个女性人物蓓基·夏泼、塞得利·爱米莉亚一生的遭遇展开故事情节，展示了一系列唯利是图、唯势是趋的资本主义社会的众生相。如主要人物蓓基·夏泼，一个穷画家的女儿，因出身贫穷，受到歧视，产生复仇的愿望。长大后靠其美貌和才能，趋炎附势，假装正经，不择手段地爬进上流社会，最后身败名裂。《名利场》在第一版时的副标题是"英国社会的钢笔和铅笔素描画"，这幅画是英国上层社会普遍拍卖良心的鲜活写照。良心、荣誉等都被押到"名利市场"上变成了商品。为了得到金钱和幸福，可以毫不犹豫地作践他人。小说通过女主人公蓓基·夏泼的钻营经历，成功地塑造了一个女冒险家的典型，揭露了封建贵族和资产阶级"名利场"中的利害关系和腐朽堕落的风尚。这是对19世纪初期虚伪功利的英国上层社会生活的一种愤世嫉俗的讽刺。

勃朗特姊妹是世界文学史上的文坛佳话。夏洛蒂·勃朗特（1816—1855）、艾米莉·勃朗特（1818—1848）和安妮·勃朗特（1820—1849），住在约克郡沼泽地区一座小镇哈沃斯。姐妹们很小时候就怀着有朝一日成为作家的梦想。1846年，她们以柯勒·贝尔、艾利斯·贝尔和阿克顿·贝尔的笔名发表了一部诗集，仅售出两本。在她们那个时代，一个妇女需要有极大的勇气才敢发表作品。1847年，她们以同样的笔名分别出版《简·爱》《呼啸山庄》《艾格尼斯·格雷》，在当时的整个文学界引起了轰动。接着两年之内，艾米莉、安妮相继因肺结核去世。夏洛蒂是三姊妹中最多产的一位，后继续发表《雪莉》（1849）、《维莉特》（1853）和《教师》（1857）等。她在比利时布鲁塞尔度过的几年，为几部小说提供了情节、人物、事件的素材。1855年3月31日，夏洛蒂同样因肺结核去世。

夏洛蒂的代表作《简·爱》塑造了简·爱这样一个敢于反抗，敢于争取自由争取平等地位的新颖的女性形象。在这里，爱情再也不是美貌金钱的副产品，而是非凡的才能和精神力量的产物。简·爱这种不贪金钱，追求建立在共同思想基础之上的爱情，坚持为争取平等的权利而奋斗的精神，始终保持独立人格的意志，是对当时金钱社会的一种有力冲击。夏洛蒂在小说中以极其强烈的感情讲述这个故事，而且简·爱的魅力至今未减。这个相貌平平、一无所有的女人，忠于自己甚于忠于上帝，她忠于自己的感情、理智与尊严，绝不为世俗和金钱所诱惑。当她令人难以置信地获得一大笔财产，成为一个富人时，却同坐在一堆废墟瓦砾上，一无所有、双目几近失明的罗切斯特结婚了。这种爱情的理想性质不言而喻。后世无数纯情的女子依然能从简·爱那里汲取生活的勇气和力量。

艾米莉沉默寡言、不善交际，穿衣既古怪又缺乏吸引力。只有在家里，艾米莉才觉得快乐。她喜欢荒野，唯一的长篇小说《呼啸山庄》讲述的就是一个压迫与反抗、狂风暴雨的气候和狂风暴雨般的激情的故事，至今仍能震撼人心。这是一本充满了凯瑟琳和希刺克厉夫相互之间的壮烈爱情的书。凯瑟琳的死亡始终萦绕在希刺克厉夫的心头，驱使他进行虐待狂般的复仇和毁灭。小说突出的特征有三点：第一，打破了流行的"奋斗—成功"的模式，代之以"复仇—毁灭"的情节。第二，打破了流行的"绅士淑女"型的人物模式，代之狂野不羁的新人物。第三，打破了流行的从容体面的风格，代之以狂热恐怖的哥特式风格。作品还具有复杂而独创的情节结构，以及那些桀骜不驯的人物性格，异乎寻常的强烈的爱、恨及复仇意识，完全有悖于维多利亚时代小说的正统规范。但这种不寻常的叙事手法和艺术上的独创性却对后来的英国小说产生很大影响。

伊丽莎白·克莱郭恩·盖斯凯尔夫人（1810—1865）是欧洲文学史上最早描写劳资冲突的作家。在宪章运动高涨的1848年，她发表长篇代表作《玛丽·巴顿》。小说以19世纪40年代英国经济萧条时期的曼彻斯特为背景，通过老工人约翰·巴顿和女儿玛丽·巴顿同工厂主卡逊父子的矛盾纠葛，展示了宪章运动时期劳资之间尖锐的矛盾冲突，真实地描写了下层工人的悲惨处境。《北与南》（1855）也是一部关于劳资之间斗争的小说。盖斯凯尔夫人还写有杰出传记《夏洛蒂·勃朗特传》（1857），忠实而生动地记录了传主的一生。

19世纪英国文学中还有这些小说家值得关注：乔治·艾略特（1819—1880）凭借《亚当·比德》（1859）确立了自己的文学声誉。主要作品有《弗洛斯河上的磨坊》（1860）、《织工马南传》（1861）、《米德尔马契》（1871—1872）等。乔治·艾略特受孔德实证主义影响，相信"人类的宗教"能解决社会生活中的一切矛盾，认为即便是米德尔马契这地方的社会，也可以通过人道的原则重新变得生气勃勃。塞缪尔·勃特勒(1835—1902)最杰出的文学作品有《埃瑞璜》(1872)、《众生之道》(1903)等,某种程度上再现了斯威夫特的讽刺精神。威廉·莫里斯(1834—1896)为社会主义事业而写的文艺作品包括《梦见约翰·保尔》(1886)、《乌有之乡的消息》(1891)、《诗歌拾零》(1891)。其中《乌有之乡的消息》最杰出,把实现社会主义的无限可能性描写得栩栩如生。托马斯·哈代(1840—1928)是英国19世纪后期最重要的现实主义小说家和诗人。他最重要的长篇小说如《远离尘嚣》(1874)、《还乡》(1878)、《卡斯特桥市长》(1886)、《德伯家的苔丝》(1891)和《无名的裘德》(1895)等,都以他的家乡多塞特郡威塞克斯地区为背景,所以称之为"威塞克斯小说"。这些作品反映了资本主义势力侵入农村后农民破产的悲惨命运,以及社会变迁带来的道德观念的变化,其精神特点和情感色彩集中体现为浓厚的宿命论色彩和浓郁的悲观主义气氛。

3. 德国文学

本时期德国文学的主要成就是出现了最杰出的革命民主主义诗人和政论家亨利希·海涅(1797—1856),他是继歌德之后享有世界声誉的德国诗人。海涅生活在欧洲政治生活动荡多变的时代,这既是欧洲资产阶级革命的时代,也是封建势力垂死挣扎的时代,同时又是欧洲无产阶级登上历史舞台和马克思主义诞生的时代。因此,在海涅的作品中,我们既看到他对封建势力和德国分裂落后的痛恨,又可以看到他对资产阶级革命的欢欣鼓舞和向往,他的诗还反映了工人阶级的起义,表达了他对人类的未来属于共产主义这一信念的认同。他的作品在德国人民为祖国解放和统一而进行的斗争中起了重要作用。

海涅是在浪漫主义影响下从20年代起开始自己的创作的。他早期的代表作《诗歌集》是德国文学中最受人欢迎的文学作品之一。1824至1828年间,为探索真理,寻找出路,海涅游历德国许多地方,并到英国、意大利等地旅行。这次旅行扩大了他的视野,加深了他对德国社会的认识,并写成四部散文体旅行札记《哈尔茨山游记》(1826)、《观念——勒·格朗特文集》(1826)、《从慕尼黑到热那亚的旅行》和《璐珈浴场》(1830)、《英国断片》(1831),合称《旅行印象》。这四部旅行札记的主要倾向是抨击德国反动的封建统治,同情人民,向往革命,表明海涅在思想上已成长为一个革命民主主义者,也显示了海涅杰出的讽刺才能,也显示了他对社会现象的敏锐观察力。

1831年5月,海涅移居巴黎。从移居巴黎到40年代初,海涅的主要成就是在散文方面。他为法国报纸写介绍德国文学、哲学、宗教的文章,其中最重要的是《论浪漫派》(1833)、《论德国宗教和哲学的历史》(1833—1834)。1843年在巴黎与马克思建立的友谊对海涅一生创作具有极大影响。海涅写出了他的政治上最成熟的诗篇,如长诗《德国——一个冬天的童话》(1844)和《时代的诗》的大部分诗篇。《时代的诗》是海涅的政治诗集,包括《教义》《警告》《中国皇帝》《等着吧》和《西里西亚的纺织工人》等著名诗篇。其中,《西里西亚的纺织工人》(1844)是为声援西里西亚工人起义而作。海涅在诗中表现了工人阶级对统治者与剥削者的强烈的阶级仇恨和不可遏止的愤慨。诗歌的形象鲜明,语言朴素明快,节奏铿锵有力。由于诗人认识到工人阶级的历史使命,因而全诗洋溢着鼓舞人们去埋葬旧世界的巨大思想力量,并得到恩格斯的高度评价。

政治抒情长诗《德国——一个冬天的童话》是海涅的代表作。这部"诗体旅行记"于1844

年10月起陆续刊载在马克思主编的《前进报》上。长诗共27章,没有统一的故事情节,而是以诗人游历的踪迹为线索,描写他在德国的见闻和观感,着重写作者的思想活动。贯串全诗的主导思想是海涅的革命民主主义思想和深层的爱国感情。作者在诗中用大量篇幅对维护德国封建制度的代表人物进行了有力的批判和辛辣的讽刺。长诗批判和讽刺的矛头首先指向普鲁士政府的反动统治,其次痛揭了教会的伪善和反动,又揭露和讽刺了当时所谓反对政府的资产阶级自由主义派别,还嘲讽了庸俗的资产阶级市侩,并在黑暗丑恶的现实中预见到了革命的征兆。这首长诗在艺术上的特点体现在:采取游记的形式作为全诗的结构形式,适合于表现时间和地点各不相同的各种事物;抒情与叙事相结合,有时夹叙夹议,这种见物兴感的写法有助于作品暴露和批判现实;多处采用直接对话的方式,有些诗如《红胡子的马匹》和《我们也能解放自己》等是完全由对话构成的,从而使诗句特别生动活泼。而这首长诗的最大特点是它的讽刺语言,我们在诗中几乎处处能看到诗人那种深刻而辛辣的讽刺的锋芒,而这首长诗的战斗色彩可以说在很大程度上得益于海涅的这种讽刺艺术。

19世纪40年代,在德国工人革命运动中出现了德国早期无产阶级文学的代表格奥尔格·维尔特(1822—1856),恩格斯称他为"德国无产阶级第一个和最重要的诗人"。维尔特的诗歌,表现了工人阶级悲惨的生活境况,真实地反映了广大劳动人民的心声。他的诗歌富有民歌风味,通俗易懂,善用幽默讽刺手法。

4. 俄国文学

俄国现实主义文学是在封建农奴制崩溃、资本主义逐渐兴起的社会历史条件下产生、发展起来的。它除了具有西欧现实主义文学的一般特征外,还有四个方面的特点:第一,最突出的特点是始终和俄国人民的解放运动紧密相连,以批判沙皇专制制度、农奴制及其残余为主要内容。第二,具有悲怆的情调,反映时代苦难,表达知识分子深广的忧愤、焦虑及人道主义思想。第三,广泛使用讽刺手法,尖锐讽刺和对社会的批判紧密结合。第四,伴随着解放运动的发展,文学作品的主人公不断变化并形成独特的形象系列,产生了贵族知识分子的"多余人"系列、平民知识分子的"新人"系列、孤苦无告而又愚昧麻木的"小人物"系列,以及"忏悔贵族"等形象。第五,文学理论和创作实践紧密结合。别林斯基、车尔尼雪夫斯基、杜勃罗留波夫的文学评论文章,对俄国现实主义的阐释和捍卫,都做出了历史性的贡献。

19世纪俄国现实主义文学的形成确立有一个过程。18世纪末和19世纪初的一些俄国作家,如冯维辛、拉季谢夫、克雷洛夫和格利鲍耶多夫等,都为俄国现实主义文学形成,作出了自己的贡献。不过,现实主义文学只有到了普希金的创作中才得到充分发展,最终确立了它在俄国文学中的支配地位,成为俄国文学史的主流。它的形成发展过程可分为以下四个阶段:

(1) 俄国现实主义文学的奠基阶段(19世纪30—40年代)

俄国现实主义文学作为一种文学思潮和创作倾向,形成于19世纪30年代后期。它是俄国封建农奴制陷入危机时,具有资产阶级民主思想的贵族知识分子开始对专制农奴制进行批判的产物。30年代,沙皇不仅对起义的十二月党人进行了血腥镇压,而且对一切宣传农奴解放的活动家、思想家进行了残酷迫害。面对着矛盾重重危机四伏的帝俄社会,人们不得不冷静地分析现实中的罪恶,探究其产生的根源,这就促使一些进步作家走上了现实主义的创作道路。本时期的代表作家有普希金、莱蒙托夫、果戈理、赫尔岑、别林斯基等。

亚历山大·谢尔盖耶维奇·普希金(1799—1837)既是俄国浪漫主义文学的主要代表，又是现实主义文学的奠基人。他把从政治上批判俄国现实的倾向和现实主义的创作原则结合起来，确立了现实主义在俄国文学的主导地位。普希金在诗歌、小说、剧本、童话、诗体小说等各种体裁的创作中，都取得卓越成就，成为后来作家的楷模。他既开了"小人物""多余人"为主人公作品的先河，丰富了俄罗斯文学的人物画廊，又创造了诗体长篇小说和奥涅金诗节的新形式，同时也是俄罗斯文学语言的天才创造者。取得举世瞩目辉煌成就的19世纪俄国文学就是从普希金开始的，他也被尊为"俄国文学之父"和"俄国诗歌的太阳"。

米哈伊尔·尤利耶维奇·莱蒙托夫(1814—1841)是普希金开创的俄国优秀文学传统的继承者。他用自己赞美自由、谴责暴政的诗歌和出色的现实主义小说，发展了俄国文学民主主义和爱国主义、反对农奴制和专制制度的思想。他最重要的作品是现实主义小说《当代英雄》(1840)，在俄罗斯文学中塑造了继奥涅金之后的又一个"多余人"形象毕巧林。毕巧林精力充沛，才智过人，充满热情，渴望从事有意义的活动。但在尼古拉一世的统治下，他找不到出路，沉闷和阴暗的生活压抑着他，孤独和内心的矛盾折磨着他。他只能在战斗、冒险和恶作剧中寻找刺激，只能在琐碎无聊的小事上浪费精力甚至生命。莱蒙托夫通过他的形象，谴责了当时社会，同时批判了30年代进步青年的缺陷，表明贵族知识分子正在失去自己的革命性，平民知识分子代替贵族革命家的时代即将到来。

俄国现实主义向前发展的标志是批判力量的加强。真正发挥了批判现实主义暴露力量和战斗作用的是尼古拉·瓦西里耶维奇·果戈理(1809—1852)。他将讽刺批判的锋芒，明确集中地指向了俄国的专制制度和农奴制度，开创了俄国文学史上崭新的果戈理时代。

19世纪40年代果戈理剧本《钦差大臣》、小说《死魂灵》发表，受到反动文人攻击，称其为"自然派"。别林斯基坚决支持"自然派"，发表了《乞乞科夫的游历或死魂灵》《一八四六年俄国文学一瞥》等文章声援果戈理，阐述了果戈理"自然派"的特点就是真实的描写和批判农奴制社会的黑暗面，以下层社会的人物为主人公，反映人民的疾苦，而这恰好是俄国社会迫切需要的文字，对现实的无情揭露和辛辣讽刺，正是"自然派"的功绩所在。显然，俄国文学的"自然派"就是俄国文学的现实主义。"自然派"的主要成员除了果戈理外，还有赫尔岑、屠格涅夫、涅克拉索夫、冈察洛夫、陀思妥耶夫斯基等。

亚历山大·伊凡诺维奇·赫尔岑(1812—1870)作为19世纪中叶的革命活动家、政论家、思想家、文学家，对俄国革命与文学事业作出了伟大贡献。他的文学创作始于30年代流放生活时期，反对农奴制是其创作贯穿始终的鲜明主题。主要代表作长篇小说《谁之罪》(1846—1847)是俄国文学史上第一部"问题小说"，塑造了又一个"多余人"别尔托夫形象。赫尔岑侨居国外期间的主要作品《往事与随想》(1852—1868)，是一部包括日记、书信、传记、特写、随笔、政论和杂感等的大型自传性回忆录，有巨大的认识意义和美学教育意义。

维萨里昂·戈里高利耶维奇·别林斯基(1811—1848)是俄国19世纪优秀的革命民主主义者、杰出的唯物主义哲学家和美学家、现实主义文学理论的奠基人。他对俄国文学的主要贡献在于，第一个探索和总结了俄国文学的发展过程，并指出这是俄罗斯文学民族性形成的过程，而且充分肯定了普希金、果戈理、莱蒙托夫所代表的现实主义方向，从理论上阐述了俄国自然派的基本原则。在他的直接影响下,俄国文学进一步与解放运动相结合,走上了现实主义的发展大道。

(2) 俄国现实主义文学的繁荣阶段(19世纪50—60年代)

在1861年农奴制改革的准备阶段,俄国农奴解放运动的历史重任落在了平民知识分子肩上,他们主要靠文艺阵地展开革命宣传。这一特殊的历史背景就使得俄国现实主义文学最紧密地和农奴解放运动联系在一起,并在本时期形成俄国文学发展的繁荣时期。代表作家有车尔尼雪夫斯基、杜勃罗留波夫、屠格涅夫、涅克拉索夫、亚历山大·奥斯特洛夫斯基、冈察洛夫、谢德林等。

尼古拉·加夫里诺维奇·车尔尼雪夫斯基(1828—1889)是俄国杰出的革命家、思想家、文艺批评家和小说家。他在美学论著《艺术与现实的审美关系》(1855)中提出了"美是生活"的唯物主义美学观点。代表作长篇小说《怎么办》(1863)的副标题是《新人的故事》。作者在小说中描写了两类"新人",一类是普通的新人,如薇拉、罗普霍夫、吉尔沙诺夫和梅察洛夫等;另一类是特殊的"新人",如拉赫美托夫和"穿丧服的太太"等。普通的"新人"的共同精神特点是热爱自由,尊重别人。薇拉不愿和权势人物结合,罗普霍夫牺牲了专业和当教授的前途,以假结婚的方式把她救出苦海。后来当他发现薇拉和吉尔沙诺夫真诚相爱时,又以假自杀成全了他们。薇拉意识到自己和吉尔沙诺夫产生爱情时,竭力鼓起热情去爱罗普霍夫,而吉尔沙诺夫也主动疏远薇拉。他们奉行"希望人人都快乐幸福"的原则。在难解的"三角关系"中,为了别人的幸福,都做出了牺牲。特殊的"新人"拉赫美托夫是坚定的革命家,他背叛了自己的贵族家庭,参加革命组织,博览群书,学习革命理论。他同时身体力行,参加各种劳动,与人民打成一片。为了革命,他放弃了爱情和个人享受,以睡钉子床等残酷的办法磨炼自己的意志,以便将来能经受反动政府的酷刑考验。作品正是通过这些新人形象,展示了革命民主主义者的精神面貌,宣扬了革命民主主义的妇女观、爱情观及空想社会主义思想等。

尼古拉·亚历山大诺维奇·杜勃罗留波夫(1836—1861)是19世纪五六十年代最著名的革命民主主义批评家和理论家之一,同时也是诗人。他继承和发扬了别林斯基、车尔尼雪夫斯基的文艺思想,以《现代人》杂志为阵地,发表了著名的文学评论三部曲:《黑暗王国》(1859)、《黑暗王国的一线光明》(1859)、《真正的白天何时到来》(1860)。其中,前两篇是评论亚历山大·奥斯特洛夫斯基剧作的姊妹篇,猛烈抨击了俄罗斯这个黑暗王国贵族官吏及资产阶级的兽性掠夺、欺诈与虚伪,称剧作家《大雷雨》中卡捷琳娜的出现是"黑暗王国的一线光明";后一篇是评论屠格涅夫小说《前夜》的,被称为杜勃罗留波夫"革命的遗嘱"。总之,杜勃罗留波夫的评论充满战斗性,巧妙地将文学评论与社会批判紧密结合,为俄国现实主义文学的健康发展立下了不朽的功绩。

伊凡·谢尔盖耶维奇·屠格涅夫(1818—1883)是第一位被西欧文学界承认的具有世界文学水平的俄国作家,拥有独特的敏锐观察力和杰出的艺术才能。他的成名作《猎人笔记》(1852)是俄国文学中将农民的贫困生活同他们的美好心灵结合起来描写的第一部作品。艺术上展示出浓郁的俄罗斯乡村气息、出色的大自然风景描画,被杜勃罗留波夫称为"富有诗意的对农奴制的控诉书"。屠格涅夫写于50年代中期的长篇小说《罗亭》(1856)和《贵族之家》(1858),塑造了贵族知识分子罗亭、拉夫列茨基这两位"多余人"形象。到了60年代初,对社会问题十分敏感的屠格涅夫写成了《前夜》(1860)和《父与子》(1862)两部长篇,塑造了平民知识分子的形象,开了俄罗斯文学中"新人"形象的先河。《前夜》中的英沙罗夫是俄国文学中第一个平民知识分子形象,这是在斗争中成长起来的生气勃勃的一代新人,富有民主思想和实干精神,敢于大胆批判农奴制和专制制度,代表着俄国光明的未来。《父与子》是屠格涅夫创作的最高成就,主要写平民出身的医科大学生巴扎洛夫与同学阿尔卡狄一家,特别是巴威尔的贵族自由主义观点的尖锐冲突,反映了子辈与父辈这新旧两代人的激烈斗争。巴扎洛夫是俄罗斯文学中的又一个"新人"的典型形象。屠格涅夫写于 19 世纪六七十年代的另两部长篇小说《烟》(1867)和《处女地》(1876)体现出作家思想危机背景下的悲观情绪。总之,屠格涅夫的这 6 部长篇小说,集中再现了 19 世纪 30 至 70 年代俄国社会生活的面貌,描写了不同时期进步知识分子的典型,反映了人们要求改变社会现状的强烈愿望,称得上是俄罗斯生活的"艺术编年史"。另外,屠格涅夫晚年所写的《散文诗》(1878—1882),将其一生对社会、人生与创作等诸多问题的观察和思考,凝聚浓缩成非常精炼并带有象征意味的小故事或抒情独白之中。其中脍炙人口的名篇有《门槛》《麻雀》《爱之路》《俄罗斯语言》等。

伊凡·亚历山大诺维奇·冈察洛夫(1812—1891)在长篇小说《奥勃洛摩夫》(1859)中成功地塑造了俄国文学史上最后一个"多余人"形象。这是一个受过良好教育的贵族青年,但他懒惰成性,没有任何实际活动的能力。他总是整天处于昏睡的状态,甚至做梦也在睡觉,最后在睡梦中死去。他身上表现出来的懒惰、优柔寡断、萎靡不振与灵魂空虚的特点,被称为"奥勃洛摩夫性格",由此宣告了贵族阶级进步性的丧失殆尽,预示着新时代、新人物的到来。

尼古拉·阿列克赛耶维奇·涅克拉索夫(1821—1878)是 19 世纪中叶俄国最杰出的革命民主主义诗人。代表作长诗《谁在俄罗斯能过好日子》(1863—1876)广泛而深刻地反映了农奴制改革后的俄罗斯劳动人民的苦难生活和要求改革现状的强烈愿望,指出只有反抗和斗争才能获得快乐和自由。涅克拉索夫在诗歌领域中塑造了格里沙的"新人"形象,并对"怎么办"问题做了回答。

亚历山大·尼古拉耶维奇·奥斯特洛夫斯基(1823—1886)的代表性剧作《大雷雨》(1859)通过女主人公卡捷琳娜追求个性解放而被毁灭的悲剧命运,深刻反映了俄国广大人民不满现实、渴望自由解放的强烈愿望。

(3) 俄国现实主义文学的高峰时期(19 世纪 70—90 年代)

19 世纪 70 至 90 年代是俄国历史的重要转折时期,而俄国现实主义文学在反映生活、塑造艺术形象方面取得重大突破,发展到了高峰阶段。本时期的社会状况如托尔斯泰笔下人物列文所说"一切都翻了一个身,一切都刚刚开始安排"。由于农奴制废除以及资本主义的发展,俄国社会在政治、经济、法律、道德等方面发生了一系列变化。随着资本主义的发展,宗法制农村经济遭到猛烈冲击,社会动荡不安,革命运动高涨。这些变化都反映在本时期伟大作家陀思妥耶夫斯基、列夫·托尔斯泰、契诃夫的作品中。

费奥多尔·米哈依洛维奇·陀思妥耶夫斯基(1821—1881)是俄国文坛上享有世界声誉的最高意义上的现实主义者,他描写的是"人的内心的全部深度",因而以其深刻的思想内涵、震撼人心的艺术洞察力和表现力,对世界产生了历久不衰的影响。

列夫·尼古拉耶维奇·托尔斯泰(1828—1910)是 19 世纪俄国最伟大的,也是最清醒的,撕毁一切假面具的现实主义大师。他以自己一系列文学杰作反映了俄国 19 世纪后半期的历史进程和社会思潮,并以其深刻的批判精神和巨大的艺术魅力,将现实主义文学推向最高峰,对人类文化的发展作出了巨大贡献。

安东·巴甫洛维奇·契诃夫(1860—1904)是 19 世纪俄国现实主义文学的最后一位伟大作家。他的作品表现了俄国先进阶层迫切要求变革的强烈愿望和对美好的新生活的追求,为俄国现实主义文学作出重大贡献。他是杰出的小说家和卓有成就的戏剧家,尤其在短篇小说的发展上,以其深刻的思想内容与别具一格的艺术风格,成为世界三大短篇小说巨匠之一。

(4) 俄国现实主义文学的衰落时期(1895—1917)

本时期除了列夫·托尔斯泰、契诃夫等著名作家外,又涌现出柯罗连科、安德烈耶夫、蒲宁等新的现实主义作家。他们的创作继承了现实主义文学的批判传统,从不同侧面揭露了沙俄社会的腐朽和罪恶,但其思想性与艺术性都显示出俄国现实主义文学的衰落趋势,逐步为以高尔基为代表的新生的无产阶级文学所代替。

弗拉基米尔·加拉克齐昂诺维奇·柯罗连科(1853—1921)的许多中短篇小说和散文特写在思想艺术上有着高度成就。这些作品反映了世纪之交的资本主义发展时期俄国人民,特别是农民的痛苦生活和他们的觉醒、反抗,展示了人民的伟大力量。代表作中篇小说《盲音乐家》(1886)洋溢着争取光明和幸福的理想激情。主人公彼得是个有音乐天赋的盲童。他克服了因生理缺陷带来的精神痛苦,投身到火热的社会实践中去,与人民同呼吸共命运,为苦难的人民尽职尽力,获得了真正的幸福。

列昂尼德·尼古拉耶维奇·安德烈耶夫(1871—1919)的短篇小说创作揭露沙皇专制制度的黑暗,表现善良的"小人物"的不幸遭遇和对新生活的热烈憧憬。中篇小说《七个绞刑犯的故事》(1908)是运用象征手法探讨生与死问题的作品,表达了对 1905 年俄国革命的同情。《红笑》(1904)则是一部用隐喻、寓意、象征、幻觉的手法强烈反对帝国主义战争的作品。

伊凡·阿列克谢耶维奇·蒲宁(1870—1953)的诗歌和小说以俄罗斯祖国及其贫困落后的村庄和辽阔迷人的森林为题材,展示了对俄罗斯命运的思考,充满了对资本主义文明和殖民主义的仇恨。1933 年获得诺贝尔文学奖。

5. 北欧文学

北欧现实主义文学形成于 19 世纪四五十年代,著名的现实主义作家有丹麦的安徒生、挪威的易卜生和瑞典的斯特林堡。

汉斯·克利斯蒂·安徒生(1805—1875)是世界著名童话作家。作为一个穷苦鞋匠之子,安徒生少年时代没受过正规教育,饱尝了人间的辛酸,这也成了他以后创作的宝贵财富。他写过诗歌、戏剧、小说,但最有成就的是童话。1835 年发表第一部童话集《讲给孩子们听的故事》,以后在每年圣诞节他都要拿出一本童话集,作为送给小朋友的新年礼物。这位终身未婚,没有做过父亲的作家,把自己的父爱毫无保留地倾注给全世界的孩子们,直到去世前三年,共写 168 篇童话故事,被译成 80 多种文字在世界各国出版。他的童话作品既表现了对小人物及被侮辱被损害的人们的无限同情,如《野天鹅》《丑小鸭》《卖火柴的小女孩》等;也赞扬了勇敢机智、不怕困难、坚持正义的美德,如《海的女儿》等;又对统治者尤其是拜金主义者极尽嘲讽暴露之能事,如《大克劳斯与小克劳斯》《皇帝的新装》等。他在三四十年代的创作前期,浪漫色彩浓郁,想象奇特,无论是天上飞的、地上爬的、海里游的、田里长的,还是吃的、穿的、用的、玩的,均生动细致的描绘,并赋予生命和理智。《豌豆上的公主》《海的女儿》《皇帝的新装》《夜莺》《丑小鸭》《白雪皇后》等代表其创作前期风格。安徒生在创作后期更接近现实生活,作品中极度夸张和幻想的成分减少,而思想性与哲理性加强,开始描写现实中穷孩子、手艺人、洗衣妇、小店员的悲惨遭遇和凄凉身世,并将《卖火柴的小女孩》《影子》《柳树下的梦》《老单身汉的睡醒》《园丁和主人》等后期作品命名为"新的童话"或叫"故事"。他的童话故事动人,幻想美妙,语言生动优美,至今仍有巨大的艺术魅力。他所塑造的不朽艺术形象,很多已经成为欧洲乃至全世界语言中的典故。

挪威著名的戏剧家亨利克·易卜生(1828—1906)在世界戏剧史上具有重要地位,为欧洲现代戏剧开辟了道路,享有"现代戏剧之父"之称。他创作的社会问题剧,运用现实主义创作方法,把当时的社会问题与舞台艺术相结合,真实地反映了欧洲资本主义社会的本质特点。

约翰·奥古斯特·斯特林堡(1849—1912)是瑞典具有世界声誉的戏剧家、小说家和诗人。他一生写有60多个剧本,以及60多部小说、散文和诗歌集。成名作《红房子》(1879)是他重要的现实主义长篇小说。小说主要描写文艺界的生活,以讽刺的笔调对社会上的虚伪、欺诈、贪婪等恶行败德进行猛烈抨击。80年代末,他创作了一系列"自然主义戏剧",代表性作品是《朱丽小姐》(1888),表现了男女间感情和欲望的冲突,反映了不同社会阶层的尖锐矛盾。

6. 美国文学

19世纪30年代,在美国奴隶解放运动中出现了废奴文学。它是这一时期美国社会发展的产物,随着废奴运动而成长,成为美国现实主义文学的先驱。废奴文学从人道主义出发,以废奴为主题,描写黑人奴隶的非人生活,揭露南方奴隶主的残暴行为,批判蓄奴制的野蛮性和反动性,为黑奴解放运动大声疾呼,进而批判北方资产阶级的妥协、虚伪和叛卖行为。它具有强烈的政治倾向性,形式以诗歌和小说为主,主要作品有理查德·希尔德烈斯(1807—1865)的长篇小说《白奴》(1836)和哈里叶特·比彻·斯托夫人(1811—1896)的长篇小说《汤姆叔叔的小屋》(1852)。其中,前者被称为"第一部十足的反蓄奴制的小说",深刻揭露了南方奴隶主丧尽人性的贪婪和剥削、迫害奴隶的残暴罪行;后者的出版则为解放黑奴的斗争制造了强大的舆论,有力地推动了蓬勃发展的废奴运动,成了引发南北战争的导火线之一,所以林肯总统在接见斯托夫人时戏谑地称她为"写了一本书,酿成了一场大战的小妇人"。《汤姆叔叔的小屋》直接取材于当时的现实生活,因而在创作方法上以现实主义为指导,突破了在小说方面长期占统治地位的浪漫主义传统,真实、生动、细致地反映了南方蓄奴制社会的生活状况,以强烈的政治激情成功地刻画了不同类型的黑奴形象。如俯首帖耳、惟命是从的汤姆叔叔和敢于反抗斗争的女奴伊莱扎等。它是美国文学史上一部重要的现实主义小说,也是南北内战后现实主义小说的前驱。

从南北战争结束到19世纪末,美国文学的主潮是以揭露和批判丑恶现实为特征的现实主义文学。特定的历史条件形成了这一时期美国现实主义文学的鲜明特色。首先是无情地揭露美国"金元帝国"中垄断资产阶级残酷剥削的罪行。美国现实主义文学的矛头一开始就对准垄断资本和金融寡头，揭露他们相互勾结和掠夺人民财富的罪恶发迹史。揭露徒有其表，道德沦丧的"美国民主政治"的黑幕，并率先批判帝国主义对外侵略掠夺的罪行，谴责对殖民地人民的强盗行径。其次，广泛反映了人民对资产阶级的不满与反抗，真实描绘下层劳动人民的不幸生活状况。美国现实主义作家大多来自下层，其作品的人民性和民主性较强。他们的作品与西方现实主义文学一般以资产者为主要形象不同，而是以社会下层普通人为主。通过"小人物"的悲剧，暴露抨击不合理的资本主义社会现实，并赞颂"小人物"的高尚人格和美好品德。第三是黑人文学崛起，成为美国文学重要组成部分。由早期黑奴反抗歌谣到后来作家们创作的小说、诗歌、散文，是一种用泪与血交织而成的作品，真实倾注了黑奴的深重苦难，愤怒控诉了种族歧视、种族压迫和蓄奴制犯下的滔天罪行，强烈表达了黑人争取自由解放的战斗呐喊。黑人文学从一个特定的层面加深和拓宽了美国文学批判现实的范围领域。第四，作家队伍剧烈分化，创作思想起落鲜明。美国的现实主义作家们大都出身于中小资产阶级，又生活在资本主义发展到帝国主义阶段，不少作家到了后期都带有悲观绝望情绪去探索自己与社会的命运和归宿，作品因而不同程度出现颓废厌世色彩。另一些作家则受复杂社会思潮的影响，或是媚俗迎合，掩盖社会矛盾，或是推崇超人哲学，宣扬人民是"群氓"等等。

19世纪最后20年，美国涌现了一大批现实主义作家，其中著名的有欧·亨利、诺里斯、克莱恩、杰克·伦敦和马克·吐温等。

欧·亨利(1862—1910)是美国现代短篇小说的创始人。他一生写了300多篇短篇小说和一部长篇小说《白菜与皇帝》(1904)。他的小说主要描写下层社会形形色色的小人物，真实地再现美国下层社会的生活，反映了19世纪末期美国社会矛盾，揭露和批判资本主义社会的丑恶。歌颂小人物的善良、友爱、真诚、无私和自我牺牲的精神是欧·亨利创作的基本主题。《麦琪的礼物》写一对贫困的青年夫妇在圣诞节前夕，各自卖掉"引以为自豪"的心爱之物为对方购买礼物，结果两人的礼物都成了无用之物。《最后一片藤叶》描写了一年迈的穷画家为挽救一个濒临死亡的女画家的生命，在夜里顶风冒雨在墙上画了一片永不凋落的藤叶，而自己却被肺炎夺去了生命。《警察与赞美诗》写一个流浪汉想进监狱度过寒冬而屡次故意犯法，警察却置之不理，而他听到教堂的赞美诗忏悔自己的过去时，却无辜遭到警察的逮捕。《黄雀在后》《我们选择的退路》和《人生波澜》等作品则表现了作家的另一重要主题：揭露资产阶级的贪婪、狡诈、狠毒、虚伪、无耻和美国社会的罪恶。欧·亨利是一位具有独特风格的作家。他不注重人物性格的刻画和心理描写，而以情节取胜。巧于构思，情节曲折生动，引人入胜；语言幽默风趣，逗人发笑；结尾出人意料，却又在情理之中，令人深思。这就是被誉为"欧·亨利笔法"所产生的艺术魅力。

杰克·伦敦(1876—1916)以创作主题的深刻性把对美国资本主义社会的批判提高到一个新的高度。他的政治幻想小说《铁蹄》(1908)是美国第一部具有无产阶级性质的文学作品。"铁蹄"是指垄断资产阶级政权。小说描写工人阶级用暴力革命手段推翻"铁蹄"统治，控诉了"铁蹄"残酷镇压工人运动的罪恶。著名的短篇小说《热爱生命》(1906)写一个淘金者所表现出的坚强意志、非凡毅力和无穷无尽的生命力，是一曲人的颂歌。代表作长篇小说《马丁·伊登》(1909)带有自传色彩，但主要情节是虚构的。作者在小说中否定了马丁·伊登的个人主义思想，揭露了资本主义社会的空虚、庸俗和黑暗。

弗兰克·诺里斯(1870—1902)的代表作《章鱼》(1901)描写了垄断资产阶级像残暴而贪婪的章鱼，把触须伸向广大农村，掠夺广大农民的严酷现实，是美国文学中第一部比较有力揭露批判垄断资本罪恶的长篇小说。斯蒂芬·克莱恩(1871—1900)的主要作品是长篇小说《街头女郎梅季》(1893)和《红色英勇勋章》(1895)。前者通过妓女梅季的悲惨遭遇，揭露了美国社会的阴暗面；后者对人物在战争中的切身体验和心理变化描绘生动具体，被认为是"美国第一部伟大的战争小说"，对20世纪的反战小说有一定的影响。

第二节　司汤达

司汤达(1783—1842)是19世纪法国现实主义文学的奠基者之一。他的创作在生前几乎默默无闻，后来巴尔扎克《贝尔先生传》才使他的名声播扬，至20世纪30年代终于获得高度评价。他对法国文学发展的贡献在于他第一次用严格的现实主义方法描写当代题材，具体深刻地揭露了社会矛盾，再现了典型环境中的典型性格，为法国现实主义文学奠定了理论与实践基础。

一、生平与创作

司汤达，原名亨利·贝尔，1783年1月23日生于法国东南部格勒诺布尔城一个中产阶级家庭。父亲是律师，是王权和教会的拥护者。贝尔7岁丧母，由信奉伏尔泰主义的外祖父教养成人，由此接触启蒙思想，培养了他民主、自由的思想。1799年，中学毕业参加拿破仑军队，先后担任皇室领地总管、军事委员会委员、皇家器物总监、法制局审计官等职，并受到拿破仑的赏识。1812年随大军远征莫斯科，亲身经历法国军队之惨败，目睹了拿破仑的覆灭。司汤达对拿破仑极为崇拜，不仅出于个人的感恩之情，而是因为他目睹了拿破仑扫荡欧洲封建势力、镇压复辟力量和采取民主措施等丰功伟绩。拿破仑打破了封建复辟王朝等级森严的晋阶制度，平民子弟可以依靠自己手里的剑，获得将军的职位。1814年，拿破仑帝国崩溃之后，司汤达脱离军队，侨居意大利的米兰，开始他的文学创作。自此，他用各种不同的笔名发表作品，如《意大利绘画史》(1817)、《拿破仑传》(1817—1837)等。在发表《罗马、那不勒斯、佛罗伦萨》(1817)时始用笔名"司汤达"。他在意大利与烧炭党人有往来，1821年起义失败，而被奥地利警察驱逐出境。回到巴黎，依旧是波旁王朝积极的反对者。这时期出版了论著《论爱情》(1822)、《拉辛与莎士比亚》(1823—1825)、长篇小说《阿尔芒斯》(1827)和短篇《法尼娜·法尼尼》(1829)等。其中，《拉辛与莎士比亚》是第一部现实主义文学的纲领性文艺论著，提倡浪漫主义，主张文学应随时代的发展而发展，真实表现自己时代的现实生活，率先攻击伪古典主义。他所说的"浪漫主义"，实际上就是现实主义。

《阿尔芒斯》是他的第一部长篇小说，其背景是波旁王朝复辟时期的上流社会。出身贵族家庭的青年奥克塔夫受到启蒙思想影响,厌恶上流社会。他与被收养的表妹阿尔芒斯相爱,婚后中了觊觎他财产的舅舅的离间计,因误会阿尔芒斯而离家出走,前往希腊投身民族解放运动。因疾劳和痛苦,他到达希腊便服毒自杀。阿尔芒斯也万念俱灰,进修道院当了修女。小说以这对青年男女的爱情悲剧批判了封建贵族的种种恶德败行,表达了作者对拿破仑的崇敬。

1827年,司汤达根据《司法公报》上一则情杀案的报道素材,开始创作另一部小说《于连》,1830年定名为《红与黑》,出版后反响并不热烈,知音甚少,销售量很少,不被世人理解。当时的批评家圣佩韦甚至讥讽作家笔下的人物尽是一些"机器人"。不过司汤达始终坚信未来:"人们将在1935年欣赏我的作品。"这被他有幸而言中:作者本人及其作品在20世纪30年代终于获得很好评价。

司汤达后来又写了《吕西安·娄凡》(又名《红与白》,1834—1835),以及晚年最重要的长篇小说《巴玛修道院》(1839)。前者未能完成,反映了七月王朝时期复杂的社会矛盾,揭露了资产阶级的政治丑态。而《巴玛修道院》则是他生前唯一受到称赞的作品。小说背景是1796至1830年间意大利北部的一个叫巴玛的小公国。小说主人公法布里斯反对封建专制,厌恶贵族生活,崇拜拿破仑。1815年,拿破仑从流放岛重回法国,法布里斯只身去法国投奔拿破仑。但滑铁卢战役导致拿破仑彻底垮台,法布里斯也被当做革命党人遭到通缉。他利用姑妈吉娜的关系,先进神学院学习,后任巴玛副主教。后因误杀人而被关进监狱。在狱中与要塞司令的女儿克莱莉娅相爱。后者死后,法布里斯隐居巴玛修道院。小说通过法布里斯一生的经历,揭露了封建宫廷的阴谋和斗争,批判了封建贵族的腐朽与反动。小说的人物个性鲜明,心理刻画细致,场景描写出色。列夫·托尔斯泰就对小说中关于滑铁卢战役的描绘大加赞赏。

七月革命后,司汤达任驻教皇管辖下的海滨小城奇维塔韦基亚领事。1842年他请假回巴黎治病。3月23日,中风去世于巴黎街头,一生颇不顺利。人们遵其遗嘱在其墓碑上写着:"亨利·贝尔,米兰人,写作过,恋爱过,生活过。"

二、《红与黑》

1. 小说故事框架及其素材来源

小说素材来自一份《司法公报》:一个名叫安托万·斐尔特的25岁的神学院学生,先后有两个情人。他本是马蹄铁匠的儿子,身体羸弱,学习上颇有天分。在一个公证人米肖的府上做家庭教师,成了比他年长11岁的米肖太太的情人,自己也被扫地出门。随后他进了一所神学院,又来到另一有地位的人家,与主人的女儿产生恋情。事情败露后,由于怨恨和绝望,斐尔特先向米肖太太,后向自己,连开两枪,都重伤倒在血泊中。最后被判送上了断头台。

这是发生在家乡的杀人未遂事件,引起司汤达的浓厚兴趣。他欣赏斐尔特,因为在这样一个来自底层的平民青年身上,看到了一种力量:"伟大的热情能够战胜一切。因此,我可以说,一个人只要强烈地、坚持不懈地追求,他就能达到目的。""拿破仑以前也处在这几种状况:良好的教育,热烈的想象力和极度的贫穷。"尽管斐尔特们富有"热情"和"毅力",但还是被判处了死刑,他们的"追求"归于失败。不过,这并未使司汤达诧异。他深信不疑另一法则:"社会好像一根竹竿,分成若干节。一个人的伟大事业,就是爬上比他自己的阶级更高的阶级去,而上面那个阶级则利用一切力量阻止他爬上去。"(《自我主义者的回忆》)司汤达对社会的潜规则有非常冷静的思考与认识,这就是如小说上卷的题词所揭示的:"真实,严酷的真实。"这句话来自于18世纪法国革命活动家,后被判死刑的丹东。

司汤达在小说《红与黑》中保留了上述新闻事件的故事框架:一个男青年与两个女人的爱情关系。小说故事发生在1825年的外省小城维立叶尔。市长德·瑞那先生挑选了锯木厂老板的儿子,19岁的于连·索黑尔当家庭教师。于连获得市长夫人的好感,她没有享受过爱情,逐渐爱上了这个英俊聪明的小伙子,成了他的情妇。他们的关系败露后,在西朗神父的安排下,于连来到贝尚松神学院,很快获得院长彼拉尔神父的信任。院长为他谋得德·拉莫尔侯爵秘书的职务。他的高傲唤起了侯爵女儿玛特尔的好奇心,他设法把她勾引到手。侯爵似乎无路可走,因为女儿怀孕了,给了于连称号、军阶,并应允他和自己女儿的婚事。这时,德·瑞那夫人在教士(因为那个耶稣会士要取悦于侯爵)的唆使下,写告发信揭露了于连。于连愤怒之极,回到维立叶尔,在教堂里开枪打伤了她。于连被捕后,万念俱灰,在法庭上怒斥统治阶级,被判处推上断头台,时年23岁。三天后,德·瑞那夫人也离开了人世,作为于连妻子的玛特尔小姐捧着于连的头颅,走向墓地。

司汤达把这个故事纳入了一个明确的历史背景之中,形象地揭示了王政复辟时代的社会风貌,也成为那个时代阶级对抗的历史缩影。

2. 小说书名的象征意义

《红与黑》至今被世人视为了解"法国现代气质"——把"人格"看作高于一切的品质——的教科书。关于小说题目"红"与"黑"的象征意义,评论界有各种各样的解释。比较有代表的观念有:其一,象征政治力量。"红"象征热血和革命,"黑"象征封建的反动势力。其二,象征主人公于连谋取前程的途径。"红"指拿破仑帝国时期的红军装,走从军的道路。"黑"指教士的道袍,走教会的道路。其三,象征不同的历史时期。"红"象征充满业绩的资产阶级革命时期,尤其是拿破仑帝国时期;"黑"代表教会恶势力以及猖獗的王政复辟时期,于连即生活在这两阶段的转换时期。其四,象征主人公于连的命运。"红"指鲜血,于连的结局是死于非命。"黑"指孝服,玛特尔小姐身穿孝服亲手埋葬了于连的头颅。其五,"红"与"黑"是赌盘上区别输赢的标志。像于连这样有极大野心的个人奋斗者,生活道路就是一场赌注。其实,不管哪种解释,都从不同侧面展示了小说丰富而深刻的内容。

3. 于连·索黑尔:试图改变自身命运而失败的个人奋斗者

小说主人公于连是波旁复辟王朝末期小资产阶级知识青年中个人奋斗者的典型。他的思想性格是复杂而矛盾的。一方面是自尊、进取、反抗,对上流社会抱有仇视心理。另一方面是孤傲、野心和虚伪,一切为了达到个人出人头地的目的。这一形象不仅概括了当时法国社会一大批青年人的精神面貌,而且也揭示了人类社会中普遍存在的个人与不平等的社会抗争时的不幸命运。

(1) 于连:小说家本人的精神自传

司汤达曾把自己的很大一部分理想反映在于连身上,可以说于连就是小说家本人的精神自传。司汤达说过：个人奋斗既然是"寻找幸福（美与激情）的艺术"，就必须作出巨大努力，为此不惜冒险，无论如何应"直奔目标"。这就是19世纪中叶以来对青年人产生重大影响的"贝尔主义"。

早在儿童时代，司汤达看见拿破仑的威武骑兵队从家乡经过，便发狂地希望进入军界。那时候，平民青年从军，"不是阵亡，就是36岁当上将军。"拿破仑就是绝好的榜样。但是在1815年滑铁卢战役后，拿破仑被放逐到圣赫勒拿岛，波旁王朝复辟，一切都变了：没有财富，没有高贵的出身，即无出头之日。

历史为于连这一代青年设置的是某种共同境遇，也就是生不逢时：被养育在英雄的时代，却不得不在门第和金钱主宰的时代里生活。司汤达本人深知复辟王朝在新一代青年面前，耸立起的是怎样的壁垒。通过困扰于连的出路问题，司汤达响亮地提出：复辟时代整个社会制度，已经成为社会发展的严重障碍。在这样的社会现实前，选择的道路只有两种：逃避或反抗。于连没有像他的儿时好友富凯那样，选择洁身自好的退避隐居态度，而是奋起反抗，与阻碍他达到目的的社会展开斗争，正如司汤达所说："这是个在和整个社会作战的不幸的人。"一个人与整个社会体制抗争，失败是必然的，也是悲壮的。

同样，于连也是整个时代野心勃勃的梦想和惋惜的化身。我们读这本小说，头脑里会跳出一个生活在激情燃烧岁月里的伟人：拿破仑。于连就是作者笔下的拿破仑。左拉在《论司汤达》中也如此说："首先必须说明拿破仑的命运在司汤达作品里发挥了巨大作用。如果人们不回到构思这部小说的时代，不着重注意到拿破仑皇帝的神奇野心得到满足这一事实，所留给司汤达这一代人的思想状态，《红与黑》将仍然是不可理解的。"

司汤达对拿破仑极为崇拜。他自己多次坦白：拿破仑是"罕见之人，我一生都爱他，人民赞成他"，"对拿破仑的爱戴是我保留的唯一感情"。

于连有野心，暗地里把拿破仑奉为自己的上帝。于连形象身上处处打上了拿破仑的人格魅力。比如说，拿破仑的天资聪明，好读书，精力旺盛，思维敏捷，奇异记忆力；知道权力主要来自于灌输恐惧的能力，等等，均可以在于连身上找到印证。还有拿破仑在权力巅峰阶段，一个错误的计划（远征莫斯科）招致最后的失败。同样，于连也在飞黄腾达之时，命运亦急转直下。所以说拿破仑是整个时代野心勃勃的梦想和惋惜的化身，文学作品中的于连形象，也可作如是观。司汤达把自己认为是天才的机能，放在了于连这个20岁小伙子的头脑里。

（2）于连的命运轨迹：自尊与自卑的心理博弈

小说主人公于连·索黑尔是一个善于"投机"的最看重个人尊严的现代个人主义者。他的性格是多元层次的，强烈的自我意识是他的性格的核心部分：自我意识在特定环境的作用下，产生出平等观念、反抗意识和个人野心。

首先，他善于投机，宁死也要飞黄腾达。他投机的个人资本是："秀美"的身躯，"深思而聪明"的智力。聪明过人，才华横溢，充满激情，富有毅力。他投机的内在情感则是"仇恨"。此仇恨不仅是对于经常凌辱殴打他的父兄，更是对整个时代。他投机的表现众多，比如，当看到资历与声望都很高的裁判官，却斗不过一个少年神父时，他想，"这样看来，我应该做神父了"。于是，投靠在西朗神父门下，靠绝顶聪明把圣经倒背如流，拉丁文也出色，成了小城中有学问的人。他投机的要求非常迫切,个性刚强,虽表面长得文弱,但"心里竟藏着宁可死一千次,也要飞黄腾达的不可动摇的决心"。

其次,他重视尊严,很在乎"和谁一起吃饭"。于连与父亲老索黑尔有别,最重视个人尊严。又由于他自以为出身卑贱,他对捍卫个人尊严更有过人的敏感。绝不愿为一个金币而弯腰,认为阿谀奉承为奇耻大辱,要凭自己的才干赢得人们向他脱帽致敬。当德·瑞那市长聘请他做家庭教师时,关心报酬的是老索黑尔,为增加每一个法郎而准备拼命。于连关心的却是另一问题:"和谁一起吃饭?""让我和奴仆一起吃饭,我宁可死掉。"对于市长夫人要为其买衣服的好心,认为是侮辱,且愤怒:"夫人,我出身低微,可是我绝不卑鄙。""假如我隐瞒着德·瑞那先生,做了与我薪金有关的任何事情,那么,我比一个仆人还不如啦。"结果吓得夫人说不出话来。此中有卢梭等法国启蒙者把"人格"看作高于一切的品质。不是小私有者靠阿谀奉承,卑躬屈膝来赢得主人的欢心,在同上层社会的冲突中总要扬起那颗高傲的头颅。然而,这种高傲的自尊背后隐藏着对自己出身的自卑。这自卑是他的小私有者家庭所给,是希求能在宴席旁给他加一把凳子。

第三,于连性格的一个重要特征表现为高傲的自尊与奴性的自卑相统一。于连的心理轨迹展示为:瞬间自卑——对自卑感到羞耻——激起自尊的反抗——胜利的满足——然后又是瞬间的自卑……第一天走到市长家大门前,不敢举手按门铃。自尊心反抗的目标就是看见他不敢按门铃的夫人。正是这种对出身的自卑心理,一直认为夫人看不起他(其实早是夫人的意中人了)。此种虚幻的被蔑视感,激起了真实的自尊反抗。花园谈话,抓住夫人的手:"他的心浸润在幸福里,并不是他爱着德·瑞那夫人,而是一个可怕的苦难已经完结了。"而后酣然入睡,次日清晨,已经把夫人忘得一干二净。"他只记得昨晚已经尽了他的责任,一个英雄的责任,为了这个观念,他才完全幸福了。"在确信夫人已经成为俘虏时,有一段心境描写("雄心与涩囊"一章)。他把征服夫人的胜利看作是自我力量的显示,是自己的抱负可能实现的证明。他的幸福在于从自己身上看到了拿破仑式的力量、希望和信心。像于连这样有才能的青年,如同种子要发芽一样,不会放过向上爬的机会。个人野心支配着他的一切行动,但是因出身低微而带来的自卑心理,又时时不期而遇。

第四,于连的个人反抗,只为改善自己的地位。由于反抗是为改善个人的地位,随着贵族当权者给他某种满足,于连对贵族的态度也由仇恨转向顺从,由高傲转向卑微。当德·拉木尔侯爵同他谈话,使用"我们"一词时,于连觉得这老头非常可爱,且愿意冒着生命危险,凭借自己卓越的记忆力完成侯爵交给的送信任务。此品质的刻画,也展示在于连与玛特尔小姐的关系上。这种爱情关系被社会扭曲,他与小姐从相识到结婚,自始至终是一个勾心斗角的过程,一个充满了猜疑、恐惧与憎恨的过程。玛特尔富家小姐,具有现代气质,什么都有,惟独无幸福。追求更强烈的刺激,追寻更疯狂的快乐。于连之高傲和对于死亡的无畏的议论,引起了她的注意,觉得能与一个下等人搞一场风流韵事,也可以换换口味,故约于连幽会。但于连感到的不是幸福,而是圈套。后发现并非圈套,但表达热情后,得到的却是蔑视。伤了自尊心的于连采取了俄国王子的计策:"使她恐惧。我只有能使敌人畏惧我,他就会服从我。那么她也就不敢轻视我了。"他对德·瑞那夫人的爱情开始于捍卫自己受了伤的自尊心,而对玛特尔小姐,高傲的自尊变成了一个征服情人的大炮,一个手段,一种策略。其目的明确:"做玛特尔的丈夫是有许多好处的。"目的总是证明手段的正确,这是于连生活中的信条。在于连飞黄腾达之时,德·瑞那夫人的告发打碎了美梦,结果是向自己的情人连开两枪:"为了达到目的,应当摒弃道德。"书中于连之死写得非常悲壮。遭到枪击的德·瑞那夫人反而到狱中忏悔,玛特尔也以夫人身份奔走呼号。于连在法庭上坚强不屈,怒斥法庭伪善,不要求任何赦免。

总之,于连命运的多变,反映了复辟王朝时期谋求个人幸福的平民青年的特点:一方面,他"想摆脱屈辱和穷困带来的附属地位"。另一方面,既然是野心家,没有什么政治准则,他说"虚伪是我争取面包的唯一武器"。

于连的悲剧结局,是由他以个人奋斗的方式同过于强大的对象进行抗争决定的,是作为受压制的平民阶级中的一员,企图与当时的复辟王朝、封建贵族、教会势力及大资产阶级抗争,以获得与他们平起平坐的经济、政治地位。这是他的对手们绝对不能容忍的,必然会置之于死地。处于统治地位的社会集团和政治势力判处于连死刑,实际上是对敢于向他们挑战的平民的镇压和迫害。所以,于连的悲剧是社会的悲剧。

4. 小说在艺术上的显著特色

首先,成功地塑造了典型环境中的典型人物。小说选择维立叶尔市长府第、贝尚松神学院、巴黎德拉木尔侯爵府三个典型环境,具体而广阔地概括了王政复辟时期的法国社会生活,使于连的思想性格在其中逐步形成发展,也因环境变化而变化,成为典型人物。通过主人公于连形象的悲剧过程,揭示了波旁王朝复辟时期上流社会的丑恶本质,以及在专制特权社会里,平民青年的个人奋斗必然毁灭的客观现实。

其次,细致的心理描写。司汤达自称"人类心灵的观察家",他特别善于根据人物的社会地位和生活环境细致描写人物心理,把人物各种情景下的各种精神活动和感情变化特征细腻地表现出来,并通过展示人物的内心世界来刻画人物性格。如于连的性格就是一直在内心灵魂激励搏斗的过程中形成、发展和变化的。作品成功地描写了于连与德·瑞那夫人、玛特尔小姐两次幽会前的心理活动,生动地展示了处在不同情况下的于连的内心世界,反映了于连由鲁莽幼稚变得老谋深算的性格发展过程。再如,德·瑞那夫人堕入情网时的喜悦、痛苦、忏悔而又不甘心放弃幸福的矛盾斗争的复杂心理都是由自言自语等片段连缀而成的,将人物的内在思想用语言显露出来。

第三,情节紧凑、结构严谨。小说以于连的个人奋斗史为"经",以他和德·瑞那市长夫人、玛特儿小姐恋爱生活为"纬"。经纬交织、条理明晰。三个典型环境的转换衔接自然顺畅,出场的人物都与主人公有关。人物、情节和环境都显得严整清晰,井井有条,形成一个有机的艺术整体。

第三节 巴尔扎克

奥诺雷·德·巴尔扎克(1799—1850)是19世纪法国现实主义文学的杰出代表,法国社会小说和风俗历史小说的开创者,素有"文坛上的拿破仑"之称。

一、生平与创作

1799年5月20日,巴尔扎克出生于法国外省图尔市,是图尔市行政官员贝尔纳·弗朗索瓦·巴尔扎克与妻子沙洛特-洛尔·萨朗比埃的长子。巴尔扎克的祖父原是塔恩省卡纳扎克地区富裕的农民,原姓巴尔萨,拥有广袤的牧场和葡萄园,并养育了11个儿女。巴尔扎克的父亲是这个家族中最有出息的孩子。他聪颖勤奋,青年时代就曾进入旧王朝政府部门任职,后又在拿破仑帝国时代从军,被任命为军队粮草供应署署长,从此开始发迹,成为富裕的资产者,并改用贵族姓氏德·巴尔扎克。拿破仑失败之后,他退役回到图尔市,担任图尔市行政官员。51岁时娶了巴黎救济局局长萨朗比埃年仅19岁的女儿沙洛特-洛尔为妻。婚后两年间,在第一个孩子夭折之后,他们又有了另一个健壮的男孩,即巴尔扎克。巴尔扎克出生后不久就被寄养在农家,6岁时又被送往寄宿学校读书。巴尔扎克从小性格孤僻、腼腆而胆怯,学习成绩不出色,是老师眼中一个郁郁寡欢、笨头笨脑的学生。而造成这些性格缺陷的根源可能是与其幼年时期远离家人,缺少母爱关怀及家庭温暖有关。

1814年底,因父亲被任命为巴黎粮食局局长,于是巴尔扎克随家人来到巴黎读书。1816年,在父母的竭力劝告下,他进入了巴黎大学法学院学习法律。其实巴尔扎克对法学及律师职业并无任何兴趣,只是为了博得父母的欢心才去法学院听课。但是在课余时间里,他以旁听生身份前往索尔邦大学和法兰西学院听课。这一期间,他对巴黎思想界各个领域的学问都非常留意,从基佐的历史学到居维叶的生物学观点,从正统的基督教到斯威登堡的神秘主义思想,无一不涉猎。总之他脑海里装满了各种哲学体系,醉心于阅读各种书籍。

1819年在获得学位后,他在家人安排下进入了一家律师事务所当见习生。在见习期间,他终于有机会接触各种诉讼案件。尤其是财产诉讼案让他看到了光怪陆离的世俗社会阴暗面,了解到了人世间诸多悲欢离合的悲剧发生的缘由。在这里他不仅学到了诉讼程序的各种奥秘,也发现了人与人之间为了名利和金钱彼此嫉恨争斗、强取豪夺的丑态。这段经历更为他日后的文学创作积累了丰富的素材。

一年后,巴尔扎克厌倦了在事务所当文书抄写员的生活,于是违抗父命,毅然决然地选择了文学创作的道路。在遭到父母激烈反对的情况下,他仍然执意献身于文学,要实现当作家的梦想。最后父母不得不作出让步,给予他两年时间练习写作,并答应为之提供两年的膳宿费。两年后他向父母交出了第一部作品,即五幕诗体悲剧《克伦威尔》。但是该剧失败了。之后他拒绝了家人要求他返回律师事务所工作的恳求,在莱迪吉埃街四层楼上租了一间阁楼,从此开始了一个文艺青年追梦的生活。冬天他坐在寒冷的阁楼里,用方格花呢衣服裹着双腿,身旁桌子上一边放着咖啡壶,一边放着墨水瓶。写作劳累时,他停下来,从阁楼的小窗户朝外眺望,对着屋顶上的天空凝神发呆,憧憬着未来的生活。为激励个人奋斗,他在书房里的一尊拿破仑塑像上刻上了自己的座右铭:"他用宝剑未能完成的大业,我将用笔杆来完成。"

1822至1826年,为了谋生,他与人合作撰写过几部艳情和鬼怪小说,均未获得成功。出于经济原因,他又开始尝试商业冒险,办过印刷厂和铸字厂,出版过名著,还经营过矿山,但是这些商业活动均遭到失败,不仅未给他带来任何利润,反而使他负债累累。他先后欠下高达6万法郎的巨额债务，还曾被送进负债人的监狱。为了偿还债务，绝望之余，他又重新回到作家的创作道路上。写作对于别人来说或许是一种快乐，然而对于深陷困境中的巴尔扎克来说无疑形同苦役。他必须牺牲全部的闲暇，毫不停歇地工作，才能摆脱窘境。不过即使在最沮丧的时期，巴尔扎克也从未怀疑过个人才能。靠着顽强的毅力和辛勤的耕耘，用了将近10年的时间，巴尔扎克终于用真名发表了第一部成名作《舒昂党人》(1829)。这一部历史小说奠定了他在文坛上的地位。

巴尔扎克走上文学创作道路之初，英国作家瓦尔特·司各特曾是他崇拜的典范。后者在历史小说创作中注重把过去重大的历史事件作为表现对象，以此来揭示人类社会历史真实面貌。正是通过历史小说的叙事，司各特让普通的民众转变成为了"历史的参与者、书写者和反思者"①。在司各特的启发下，巴尔扎克意识到了书写当下历史的必要性。他力图通过书写当下的历史剧变，让更多的法国民众去了解法国社会发展变化的趋势。以1829年为起点，巴尔扎克的文学生涯可以分为三个阶段：

1829至1834年，是巴尔扎克创作的第一个阶段。这一时期他开始致力于历史小说和风俗小说的写作，共发表作品42部，大多数为中短篇小说。《驴皮记》《高利贷者》《欧也妮·葛朗台》等都是这一时期的代表作。1833年在写《乡村医生》时，由于阅读了18世纪法国博物学家布封的名著《自然史》，巴尔扎克产生了要写一部人类生活史的想法，于是开始构想将自己作品连为一个整体，把笔下的人物组成一个系统，去完整地表现整个社会的面貌。

1835至1841年，是巴尔扎克创作的第二个阶段。这一时期，他共发表作品32部，其中多数为长篇小说。《高老头》《幽谷百合》《幻灭》和《纽沁根银行》都是代表作。这些作品的成功给巴尔扎克带来了巨大的声誉。其实从创作《高老头》起，他就开始构想《人间喜剧》的整体框架，并把这部巨著最终确定为"风俗史"。《高老头》这部小说也是《人间喜剧》的奠基之作。巴尔扎克在小说中塑造了许多典型人物形象，如高老头、伏脱冷、鲍赛昂夫人和拉斯蒂涅等，通过这些人物的命运和人生选择来揭露当时金钱主宰一切的社会现实。《幻灭》则通过主人公吕西安的成长及奋斗历程，揭示了年轻一代的法国资产阶级青年在投身于现代化进程中所接受的社会化教育的实质。巴尔扎克也因小说《幻灭》披露了当时新闻界内部的黑幕遭到了评论界的攻击。这一时期巴尔扎克转向写批判性强的社会小说，其现实主义风格及叙事技巧也日趋成熟。

巴尔扎克第三个创作阶段是从1842年至1848年。1840年，他受意大利诗人但丁的长诗《神圣的喜剧》（中译本为《神曲》）标题的启发，决定将自己作品的总名称命名为《人间喜剧》。1840年又与书商签订了出版16卷作品的合同。1842年7月他发表了《人间喜剧》第一版的序言。在这部序言里，巴尔扎克提出了《人间喜剧》整体框架及其创作宗旨。这一时期他完成了包括《贝姨》《搅水女人》《邦斯舅舅》《交际花盛衰记》等17部作品。此外还有两部未完成之作《农民》和《阿尔西议员》。巴尔扎克曾在1845年所撰写的《人间喜剧总目》中计划完成137部作品，但是在实际创作中，原先拟定的计划只是简单粗线条的纲目，真正要具

---

① 李茂增：《现代性与小说形式》，东方出版社2008年版，第217页。

体实施它,巴尔扎克则需要耗费很多时间填补细节性的东西。许多出版商看见这样庞大的计划,对巴尔扎克说道:"愿上帝赐予您长寿。"到1848年春,《人间喜剧》已出版了17卷,共计91部作品。

从1829年至1848年,20年来巴尔扎克几乎夜以继日地勤奋工作。在写《人间喜剧》初期,巴尔扎克尚处在精力充沛的壮年阶段,他原先开朗健谈,常参加巴黎文艺沙龙的狂欢,但是为了要按时交稿,他每天必须完成额定的写作任务,所以他很少光顾社交场,从不将时间虚掷于无用的闲聊之中。由于长时期高强度的写作对身体过度透支以及饮用过量的咖啡,这位性情温厚、身体健壮如牛的"提坦神"渐渐被累垮了。到了1848年春,他不得不中止了写作计划。1847至1848年,他曾两次拖着虚弱的身子远赴乌克兰,向贵族遗孀韩斯卡夫人求婚。他与韩斯卡夫人相识于1832年,但是直到1850年初才与韩斯卡夫人成婚。婚后携妻子返回巴黎寓所。婚后不到三个月,因心脏病发作而与世长辞。

巴尔扎克是个具有深刻文学见解的现实主义作家。他对文学事业满怀执着与热情,对作家的神圣天职与使命有深刻的了解。在他所生活的前资本主义时代,对金钱的追逐、对自由竞争的推崇已经成为了时代精神。在商业化浪潮的冲击下,任何职业的选择无不从提升社会地位和获得财富的角度去审时度势。然而巴尔扎克仍然坚守着作家的天职与节操,拒绝将文学沦为金钱的附庸。他将文学看成是最需要思想的艺术,主张作家投身于文学事业不只是为了赚钱和谋生,而是要做个时代的分析者和探索者。所以他强调作家在写作之前,必须对社会的法律、宗教、历史、对于各种风尚、各种性格、各种激情,各个国度都要深入了解和思考。他提出作家要认识一切和研究一切,要像哲学家那样透过表象的描绘去探索和研究产生社会问题的内在原因。正是对文学抱以如此深刻见解,所以巴尔扎克后来在小说创作中不断呼吁文学要净化社会道德,要表现作家的批判立场。

实际上,巴尔扎克的世界观比较复杂。简单概括地说,他在哲学上是个朴素的唯物论者。他深受当时一些自然科学新学说及理论的影响,认为世间的一切,包括大自然都是一个密不可分的整体,一切事物之间都存在相互的联系。此外他虽然主张人性既不善也不恶,但是坚信人的思想与性格都是受制于一定的社会环境,主张作家要从社会历史发展的角度去研究人与环境之间的相互作用。此外他还对当时神秘主义和唯灵论感兴趣,相信占卜术、催眠术和骨相学。

在政治上,巴尔扎克的思想较为保守。他对七月王朝大资产阶级执政后法国社会逐步去贵族化、日趋庸俗化和充满铜臭气的现实十分不满。面对罪恶层出不穷的社会现实,巴尔扎克试图用绝对的君主制和宗教来解决问题。他对英国的君主立宪制十分向往,主张恢复王权,来抑制大资产阶级过度的贪婪、维护中小资产阶级的利益,为此1831年他参加了保皇党,即正统派,在政治上向贵族阶级和中小资产阶级靠拢。他还试图用宗教来引人向善,让宗教来抑制人们日益膨胀的私欲,达到医治社会弊端的目的。总之,巴尔扎克矛盾的文化立场以及拥护君主制的政治情怀必然会在作品中不自觉地流露出来。

二、《人间喜剧》

《人间喜剧》是巴尔扎克现实主义文学成就的具体体现,也是世界文学的一座丰碑。全部作品犹如一部宏伟壮丽的文学大厦,它的完成为文学全面系统地反映和描绘时代风貌提供了典范。

在世界文学史上,像《人间喜剧》这样包罗万象的宏伟巨著从未出现过。这部巨著的独特性可以概括为三个方面:一是具有完整的体系性。《人间喜剧》是由90余部,包括长、中、短篇等作品构成的巨著。全书篇幅浩瀚,规模宏大,仅出场人物就有2400人左右,所塑造的角色涵括社会各个阶层,从王朝大臣、将军、金融家、设计师、制造商到农民、教士、城镇医生、诗人、新闻记者、老处女以及娼妓等。要将所写的全部作品联成一个整体,构成一部包罗万象的历史,要用两三千人物组成一个社会,来描绘一个完整的社会风貌,这是巴尔扎克在1842年《人间喜剧》出版序言里所强调的创作宗旨,也是他认为要弥补英国作家司各特小说局限性的一种努力。《人间喜剧》创造出了欧洲小说史上的奇迹,其成功的诀窍就在于具有完整的体系性。这种体系性的构思主要来源于居维叶、布封等法国自然科学家研究成果对他的启发。《人间喜剧》的体系性主要表现为它的构思是依据自然科学分类法的内在逻辑来完成的。这部巨著按照体例上被划分为"风俗研究""哲学研究"和"分析研究"三大类别。"风俗研究"又按照题材不同,分为六个不同场景:私人生活场景、外省生活场景、巴黎生活场景、乡村生活场景、政治生活场景和军事生活场景。风俗研究部分是从不同角度描绘法国社会的各种现象,刻画各种职业人物,研究各种年龄人的性格,表现各个阶层人物心灵的变化史。"哲学研究"与风俗研究部分存在内在联系,它是研究和揭示社会现象背后的原因,即指出人的思想感情的来源以及生活的动机。"分析研究"是在说明结果和原因之后要探索人类思想行为的"自然法则"。总之,风俗研究主要是描绘人世间形形色色的惨剧。哲理研究是追索隐藏悲剧背后重大意义。而分析研究则是作家根据人类社会的自然法则分析社会这些现象的合理与不合理性。《人间喜剧》就是按照这种分类整理的方法来构思的。二是运用了人物再现法将各个作品的情节贯穿起来,使90多部作品形成一个完整的整体。人物再现法这种表现手法是巴尔扎克在《人间喜剧》中的独创。他有意识地让同一个人物在几部不同的作品中重复出现,让人物在不同作品中逐步展示其不同阶段的性格发展变化,利用人物的性格发展变化史来表现时代的变迁。三是以编年史的方式来深刻反映19世纪上半叶法国社会转型期各方面生活的剧变。巴尔扎克在《人间喜剧》初版序言里说道:"法国社会将成为历史学家,我只应该充当它的秘书。编制恶习与美德的清单,搜集激情的主要表现,刻画性格,选取社会上的重要事件……写出一部许多历史学家所忽略的那种历史。"[①]巴尔扎克将创作小说看成是书写历史,把小说家看作是历史学家,他有意识地要将小说与历史、哲学并置在一起,让小说家集作家、历史学家和哲学家多种角色为一体,并立志走上描绘时代风俗的现实主义创作道路。为此他还选取了经济学的观察视角,从占有社会财富多少写出了从1816至1848年法国资产阶级与贵族阶级在诸多领域里的较量,描绘资产阶级如何逐步取代贵族阶级,夺取统治权的过程。为此,恩格斯赞誉《人间喜剧》的历史价值就在于"他汇集了法国社会的全部历史"[②]。

[①] 艾珉、黄晋凯选编:《巴尔扎克论文艺》,人民文学出版社2003年版,第258—259页。
[②] 恩格斯:《恩格斯致玛·哈克奈斯》,《马克思恩格斯选集》第四卷,人民出版社1995年版,第684页。

《人间喜剧》是一部包罗万象的史诗性的作品,其思想内容可概括为三个方面:

首先,它真实地描写了封建贵族阶级的没落史和衰亡史。巴尔扎克在政治上是保皇派,视法国大革命以前的旧王朝及贵族社会为"模范社会",认为它们是维护社会文化传统、道德秩序、为社会注入活力的力量。他反对1830年七月王朝统治下那些不择手段的大资产阶级。他在《人间喜剧》中塑造的最有代表性的一类人物形象就是贵族。巴尔扎克笔下的贵族形象虽然大部分都属于落伍者和衰败者,大都失去了往昔煊赫一时的特权者身份,常常被资产者奚落和打压,但是他却对于他们倾注了无限的同情。他在刻画这些贵族形象时,似乎把几分的敬意馈赠给予了他们,并将之与资产阶级暴发户区别对待。他笔下的贵族形象,无论男女老少身上都具有很多美德,不仅秉性忠厚、修养深厚,品行优良,而且固守着贵族的道德风范,即重视荣誉和名誉胜于金钱。他们大都重诚信与口碑,在现实生活中较看重自己的贵族身份,维护道德君子的形象,遵守贵族社会的礼仪规范。巴尔扎克也竭力把他们塑造成传统价值观念的维护者。这些贵族男女似乎与唯利是图的世俗社会格格不入,在价值观上,不愿接受资产阶级金钱至上的观念,依然捍卫传统的道德价值。如《苏镇舞会》中的贵族小姐爱米莉,非常看重家族世袭的贵族身份,她不愿像自己的哥哥和姐姐那样放弃贵族身份,下嫁有钱的资产者。从19岁至30岁,她一直等待贵族出身的青年来向她求婚,但是一直没有等到,直到32岁,才在无奈中嫁给了一位60多岁的老贵族。《高老头》中的贵族名媛鲍赛昂夫人具有良好的文化素养。她重视贵族身份和家族荣誉胜于金钱。她的沙龙曾被视为巴黎社交场的典范,很多贵妇把能进入此沙龙作为一生最大的荣耀。尽管拥有值得骄傲的文化资本,但是她最终还是败给了一个资产阶级暴发户的女儿。她的情人阿瞿达男爵为了20万法郎的嫁妆而抛弃她,娶了这位暴发户的千金。巴尔扎克笔下的这些贵族男女,其命运和运势都是每况愈下,具有悲剧性的。他们都在资产阶级进攻下节节败退,最后或转变观念,或者退出历史舞台。如《古物陈列室》中的德·爱斯格里昂侯爵蔑视靠大革命起家的资产阶级商人古瓦西埃,但是最终被经济实力强大的后者击败。他的儿子竟然娶了后者的侄孙女。巴尔扎克尽管对其心仪的贵族阶级衰败的命运深表同情,但是他也深刻地揭示了这个阶级经济上的脆弱和政治上的无能,写出了他们退出历史舞台的必然性。

其次,它描写和再现了资产阶级的罪恶发家史。巴尔扎克在《人间喜剧》中塑造的第二类有代表性的人物——资产者形象,这些人物包括商人、暴发户、银行家、报界巨头以及资产阶级野心家等,如高布赛克、葛朗台、纽沁根、斐诺、伏脱冷等。这些人物大都体现了七月王朝统治以来大资产阶级本性中庸俗丑陋的一面。他们不仅贪婪、吝啬,而且狠毒、冷酷,丧失良知和道德。为了获取更多的金钱,他们可以不择手段,哪怕踩着别人的尸首向上爬,也在所不惜。他们共同的特点就是厚颜无耻。除了金钱和利益之外,其他均可以弃之不顾。对他们而言,现实中没有他们不敢践踏和冒犯的事:背叛、抢劫、杀人、敲诈勒索、忘恩负义。在这些资产者的心目中,往日的上帝已被金钱所置换了。他们膜拜金钱,不再相信真善美,不相信上帝对善良者灵魂的拯救,更不会听从良知和道德的召唤。他们的行为动机完全出于追逐金钱与占有财富的本能需要。如《红色旅馆》中早期资产者通过残忍的谋财害命手段来积累个人财富。《高利贷者》中的高布赛克作为早期的资产者以放高利贷发家致富,对一切人冷漠无情。《欧也妮·葛朗台》中的老葛朗台属于自由资本主义时期的精明商人。他已懂得将资本投入到流通领域可以不断增值的奥秘,所以挖空心思做各种投资,积累个人财富。在与人交往过程中,他从不讲究人情亲疏关系,甚至对女儿及妻子,也是冷漠无情,只重视金钱。《高老头》中在逃的苦役犯伏脱冷引诱大学生拉斯蒂涅图谋害命,掠夺富翁钱财。《幻灭》中的斐诺为了获取更多的商业利润,经常敲诈勒索别人,不讲诚信与道德。《纽沁根银行》中的主人公靠银行假倒闭侵吞小储户的财产,发家致富。总之在《人间喜剧》中,巴尔扎克通过塑造这些资产者典型,揭露资产阶级罪恶的发家史,揭示了法国社会转型过程中所出现的问题,即社会缺乏合法性、正统性原则和核心价值观念必然导致传统道德根基的崩溃与瓦解。

最后,它揭露了金钱罪恶主题,揭示了拜金主义对人性的腐蚀与扭曲。巴尔扎克在《人间喜剧》中对法国由传统的封建等级制社会向资本主义现代社会转型过程中所出现的人伦道德被践踏以及金钱至上,功利主义观念泛滥的问题作了深刻的揭示。他写出了资本主义商业化和自由竞争导致了社会日趋世俗化的现象,写出了转型期上帝退隐后金钱取代了上帝,成为主宰一切的力量,写出社会各阶层的人受拜金主义的腐蚀,私欲膨胀,抛弃上帝,转而去追求金钱来证明自身的价值。殊不知人性与良知就渐渐地被贪婪的欲望所泯灭了。如《高老头》中拉斯蒂涅从外省来到巴黎不到一年,就放弃了依靠个人能力谋取前程的道路,转而去追逐纽沁根太太,利用女人实现向上爬的野心。《幻灭》中的新闻界和文艺界中的记者和作家在金钱的魔力指挥下,大多出卖自己的良知,充当贩卖思想的工具。从《人间喜剧》所表现的思想内容来看,谴责金钱的罪恶被视为《人间喜剧》最有价值的内容。对这一主题的表现更是深化了对资产者的批判和对资本主义精神的否定。正如韦伯在《新教伦理与资本主义精神》一书中所指出的那样,对金钱的贪婪并不仅仅是资产阶级身上所特有的特点,而是人性的弱点。① 不过与韦伯的立场有所不同的是,巴尔扎克倾向于将对金钱的疯狂占有欲看成是资产者身上更突出的情欲。如《欧也妮·葛朗台》中富裕的资产者老葛朗台,他除了喜欢金钱之外,似乎身上没有其他嗜好。他一生最大的幸福就是夜间躲在卧室的密室里看着平时所积攒的金币,心中有无限的幸福感。巴尔扎克把葛朗台一生拼命积累财富视为资产者的陋习,并揭示了这位守财奴和吝啬鬼人性被金钱扭曲的事实。

《人间喜剧》作为19世纪法国现实主义文学的典范,它在艺术上的成就主要体现为三点:一是注重典型环境中典型人物的塑造。巴尔扎克相信环境决定人的性格与精神面貌。所以他在小说中往往对人物生活的环境不厌其烦地加以描绘,力求准确真实地反映人物的思想与性格都是环境影响的产物,如《高老头》中对于拉斯蒂涅性格的刻画,巴尔扎克就抓住伏盖公寓和鲍赛昂夫人公馆的对比描绘。他强调拉斯蒂涅来巴黎后思想性格的发展变化都是与生活环境密切相关。二是注重细节的细腻描绘。细节描绘也是现实主义文学写实性的充分体现。细节描绘可以对典型环境与典型人物的塑造起到补充和完善的作用。通过细节描写,作家可以让读者洞察人物心灵与精神世界微妙的变化。此外注重细节描写也是与巴尔扎克相信面相学,骨相学有关,他常常通过外貌、衣着去猜测人物的性格与职业。三是对

---

① 见马克斯·韦伯:《韦伯作品集XII·新教伦理与资本主义精神》,康乐等译,广西师范大学出版社2007年版,第31—33页。

人物再现法方法的运用。人物再现法是巴尔扎克在《人间喜剧》中运用的最重要的艺术手法,也是将《人间喜剧》九十余部作品组合起来,构成了一个完整的整体的技巧。因为此手法的成功运用,《人间喜剧》俨然成为了一个小世界,成为了完整反映19世纪上半叶法国社会风俗变化的一个缩影。

三、《高老头》

《高老头》(1835)是《人间喜剧》"风俗研究"中"私人生活场景"里的一部小说。它写于1834年9月,次年3月出版。该小说历来被认为是揭开《人间喜剧》的序幕之作,也是巴尔扎克的代表作。

据法国学者让·伯洛瓦耶的研究[①],巴尔扎克在构思小说《高老头》时,借鉴了莎士比亚的戏剧《李尔王》和19世纪初法国通俗剧作家埃狄纳的戏剧《两个乘龙快婿》(1810)的主要情节内容。前者讲述了父亲被两个不孝之女抛弃的故事,后者讲述了一位父亲被其两个女儿和女婿弄得倾家荡产的故事。巴尔扎克将这两个故事情节进行重新组合,又添加了另外三条故事线,写出了一部由众多情节线索交织而成的小说。

《高老头》主要情节内容是由四个人物的故事交叉叙述而构成的:一是巴黎富裕的面条商高老头被两个女儿抛弃的故事。二是外省大学生拉斯蒂涅来巴黎求学,因抵挡不住都市金钱观念和生活方式的诱惑最终野心萌发,成为野心家的故事。三是贵族名媛德·鲍赛昂夫人被情人抛弃的故事。四是在逃的苦役犯伏脱冷引诱大学生拉斯蒂涅合谋争夺遗产、身份暴露后被警方逮捕的故事。前两条情节线是作品的主线,后两条情节是作品的副线。四条情节线纵横交叉,相互交织构成了小说网状情节结构模式,揭示了作品所蕴含的四大主题,即:父爱主题、成长主题、贵族阶级衰亡主题和金钱罪恶主题。

其中父爱主题和成长主题是这部小说重点要表现的。小说选择以主要人物高老头来命名小说充分说明了该小说所要揭示的主题,即高老头对两个女儿崇高的父爱。高老头,原名高里奥,是个富裕的资产阶级暴发户。他发迹于法国大革命动荡的岁月里。大革命前他只是一个普通的面条商;大革命爆发时,东家破产,他抓住时机盘下了东家的铺子,爬上了老板的位置。他深谙发财致富的诀窍,开始投机粮食,不到几年的工夫,成为了拥有百万资产的"商业巨头"。在金钱方面,他是个精明的商人,懂得投机,善于经营。与莎士比亚的《李尔王》中那个刚愎自用的君王相比,高老头虽然不是一国之君,可以将广袤的疆土一分为三地分给三个女儿,但是他同样也拥有巨大的家私。此外和李尔王一样,他对女儿们无比宠爱,寄予厚望。高老头在妻子去世后,不续弦,将全部感情倾注在两个女儿身上,让女儿们从小生活得像个贵妇,并让她们接受最好的教育。等女儿长大后,他给予她们每人80万法郎陪嫁,让大女儿嫁给了贵族世家出身的雷斯托伯爵,让小女儿嫁给了银行家纽沁根。他带着余下的40万法郎住进了伏盖公寓,准备安享晚年。和李尔王一样,高老头为女儿们倾其所有,指望女儿们能够以孝道作为回报。然而两个嫁入豪门的女儿并不让高老头省心,她们生活

---

① Jean Broyer, *Balzac en 1835*, *Le Père Goriot*, Ellipses/Edition marketing S. A., 1996.

不仅奢侈放荡,还因包养情夫欠下巨额的债务,于是不断向父亲索取金钱用来还债。高老头怕女儿们受委屈,竟然心甘情愿为女儿还债,最终被两个女儿榨干全部钱财。当高老头死在伏盖公寓时,他的身边连一个亲人都没有。他出殡时,两个女儿和女婿都未去为之送葬,只派了两辆有家徽的马车去了墓地。高老头用金钱培养了女儿们的金钱观念和利己主义人生观,最后他成为了"父爱"的牺牲品。

巴尔扎克在作品中有意识地把高老头塑造成一个父爱基督形象,赞颂其崇高的父爱。在小说家看来,高老头的父爱是社会、世界赖以存在的道德基础,也是社会秩序的保证。他试图通过高老头父爱的温情与资本主义社会中的利己主义作对照,幻想用这样的父爱来改善人欲横流、人性泯灭的资本主义社会现实,批判金钱至上的价值观念。很多研究者将高老头的父爱理解为一种趋于极端的偏执和激情,认为它不是至纯人性的表现,而是人性异化的表现。还有的学者认为高老头的父爱是混淆了情爱和父爱,其行为的表达方式已超出了父爱的范畴。不过,也有的研究者将高老头的悲剧性结局归结为资本主义对封建主义的胜利。

《高老头》不仅勾画出了王政复辟时期法国社会转型期贵族阶级和资产阶级的博弈,还描绘了现实社会中金钱主宰一切的价值观对青年人的腐蚀。所以《高老头》也是一部很典型的成长小说,大学生拉斯蒂涅的成长过程及其性格的形成发展也是小说重要的情节线。旧贵族出身的年青大学生拉斯蒂涅从外省小镇来到巴黎,进入了充满奢华和诱惑的大都市。他先是住在穷人区伏盖公寓里,靠着家里提供的微薄生活费在巴黎过着捉襟见肘的生活。他在表姐鲍赛昂夫人的引荐下进入了巴黎上流社会体验生活,目睹了上流社会的奢华,产生了向上爬的野心。拉斯蒂涅原本天真纯朴,最初想通过勤奋努力和个人奋斗去谋取前程,但是来到巴黎不到一年,他便放弃了学业,投身于上流社会的社交生活中。他不像另一个医学院的大学生比昂逊那样埋头苦干,而是幻想走捷径。在经历了都市生活的诱惑之后,他意识到了金钱与地位的重要性,开始产生要征服上流社会、要出人头地的想法。最后他在两位年长的引路人鲍赛昂夫人和伏脱冷的劝告下,在目睹了鲍赛昂夫人被抛弃、伏脱冷被出卖和高老头的惨死这人生三课之后,终于在良心与野心之间作出了选择:即抛弃良心,投身于追逐金钱与权力的人生竞技场中。到小说结束的时候,拉斯蒂涅已经决定要抹黑良心,追逐金钱,他要利用有地位有权势的上流社会贵妇人的提携,实现向上爬,进入上流社会的人生大目标。

小说对拉斯蒂涅这个野心家的成长过程作了细致的描述。拉斯蒂涅野心家性格的塑造也在这一过程中得以完成。拉斯蒂涅从一个淳朴的大学生到其自甘堕落,这样的性格发展变化其实是受环境的影响逐步形成的。从其成长历程来看,进入巴黎大都市接受了各方面的诱惑和考验之后,他所获得的人生经验是其后来性格与思想渐变的重要社会基础。其次两位年长的引路人不断对他传授资本主义社会生存法则和立身之本的秘诀,他渐渐从周围的现实生活中也领略到了社会的无情和人性的自私。他在伏盖公寓目睹了高老头被两个女儿榨干养老金之后被抛弃的惨剧,也看见了表姐鲍赛昂夫人在巴黎名利场中身价一跌再跌的悲剧,更了解了人生其实就是金钱和权力的竞技场。小说结尾部分,拉斯蒂涅在埋葬高老头之后已经决定擦干眼泪,投身于欲望洪流之中去拼杀。他发誓要不惜一切代价和手段去获得成功。小说揭示了拉斯蒂涅的堕落和野心勃勃性格的形成完全是金钱至上、极端利己的社会化教育熏陶的结果。小说以拉斯蒂涅的成长为主题揭示出了金钱和欲望对青年人的腐蚀力量。拉斯蒂涅的堕落和野心家性格发展史充分显示了资本主义社会里金钱腐蚀人的巨大威力。

《高老头》在艺术上充分体现了巴尔扎克现实主义小说创作的风格。首先它在叙事技巧和写实手法上都代表着巴尔扎克小说一贯的风格和特色。巴尔扎克特别擅长于运用第三人称的全知叙事视角去讲述故事。全知的视角也被称为零度聚角,这种全知视角的叙事特征就是叙述者所传达的信息要大于人物。小说的叙述者扮演的是无所不知,无所不晓的角色,他在叙述过程中对所有的人物的过去经历和现在生活感受都了如指掌。叙述者可以根据情节进程发展的需要随时进入每个人物的内心世界里去探查和分析。《高老头》中几乎每个人物的经历,叙述者都做了一一介绍。从叙事方式来看,叙述者既注重展现19世纪初巴黎大都市上流社会贵族生活和下层社会市民的生活画面,又注重故事的讲述。作家时而扮演着叙述者,时而又跳出文本,以批评家的身份对人物和故事作出解释与评判。其次在写实方面,小说中典型环境的描写非常精细,如对伏盖公寓、雷府、鲍府的细节描写精致细腻。作家对小说中重要人物的行为举止、肖像描写、心理活动和语言表达等细节都描绘得十分出色,不放过任何细微之处。最后是小说中戏剧性场面的描写增加了小说故事情节的趣味性。《高老头》中有三个戏剧性的场面:鲍赛昂夫人的隐退、伏脱冷被捕和高老头的惨死都将故事推向了高潮。

总之,巴尔扎克是伟大的现实主义作家。他在小说创作中不仅能够将环境描写与人物形象的塑造巧妙地结合起来,还能够通过人物性格的发展变化写出时代的变迁。他以其卓越的艺术才华展示了现实主义文学的魅力和永恒的生命力。

第四节 福楼拜

居斯塔夫·福楼拜(1821—1880)是19世纪中期法国最杰出的现实主义作家。他上承巴尔扎克的写实与批判传统,下启自然主义文学。他提出了"客观而无动于衷"的创作理论,对后来自然主义文学产生了重要影响。

一、生平与创作

福楼拜1821年12月13日出生于法国西部鲁昂城一外科医生家庭。父亲是鲁昂市立医院外科主任兼院长。他是医生的次子,上有一个兄长,才华出众,下有一个妹妹,温柔可爱。父亲是鲁昂城的医学权威,医术和人品都堪称一流,深受同行及周围人的敬重。但是在家庭生活中,德高望重的父亲显得较为专制;母亲由于童年是孤儿,从小在寄宿学校长大,后又被人领养,所以性格较为孤僻,为人冷漠。福楼拜后来性格孤僻,喜欢独处,可能是与其家庭环境有关。15岁时,福楼拜爱上了比他大11岁的贵族女子爱丽莎·施莱辛格夫人,于是在狂热的激情下,开始了文学创作。18岁他在父亲的强制下,被迫去巴黎学习法律。但是在巴黎的两年求学期间,他一直对法律有抵触情绪,拒绝背诵用拉丁文写成的法律条例。1843年,他得了神经官能症——忧郁症,放弃了继续学法律的念头,返回故乡医病,并向家人宣布改行,立志以文学写作作为终生的事业。父亲对这位幼子的选择无可奈何,后为他破费在鲁昂郊外卢瓦尔河畔购买了克鲁瓦塞别墅供其静养居住。1846年其父去世,福楼拜与母亲搬至克鲁瓦塞别墅,从此定居于此,专心写作。

1846年夏经友人介绍,他结识了女作家路易丝·科莱,除1846至1854年这8年间保持断断续续的情人关系之外,福楼拜一生基本上过着独身生活,他与寡居的母亲相依为伴,将全部的时间与精力都投入到文学创作中。1846至1849年,创作了第一部小说《圣安东尼的诱惑》。在该书初稿完成之后,他向好友迪康朗读了作品片段,并征求他的意见,结果遭到激烈的批评,遂打消了出版此书的念头。直到晚年,福楼拜才重新修改这部小说,并于1874年出版。这是一部表现福楼拜对传统基督教宗教观念思考的一部对话体小说。小说描写了古罗马时代隐居于埃及沙漠的一位基督教圣徒圣安东尼,如何克服内心魔鬼的种种诱惑、尝试探索各种用宗教拯救人心的办法的故事。

1849至1851年,为治愈神经系统疾病,在家人的建议下,福楼拜由好友迪康陪伴,决定作一次长途旅行,目的地是东方。他们先从鲁昂南下,在里昂、马赛等地作短暂逗留后,乘船经马耳他抵达埃及亚历山大城。他们游遍了北非各个古城,然后又起程赴叙利亚、土耳其,再从君斯坦丁堡绕道去斯巴达、罗马等地,最后返回鲁昂。此次旅行前后共花了两年多的时间。这次东方之旅开阔了福楼拜的眼界,也为他以后创作历史小说《萨朗波》积累了丰富素材。

1852至1856年他创作完成了《包法利夫人》。小说先在《巴黎杂志》上连载,登载后很快引起轰动。虽然该书的出版使福楼拜在文坛上展露了才华,赢得了盛名,但也给他引来一场诉讼官司,该书以"有伤风化和亵渎宗教"的描写而被当局起诉。最后在鲁昂大律师塞纳尔的出色辩护下,福楼拜才被法庭宣判为无罪。也因为《包法利夫人》触及了当下的社会问题,所以出版之后屡遭波折,为此福楼拜决定放弃书写当下现实生活的题材,转而写历史题材的作品。1859至1869年十年间,他先后完成了历史小说《萨朗波》和成长小说《情感教育》。福楼拜创作态度严谨,注重对小说艺术性的追求,总是以精益求精的态度对待每一部作品。无论是对小说的结构还是文体,他总是用心琢磨,反复修改,精雕细刻。也因为此他常常需要花费几年的时间才能完成一部作品。除《三故事集》(1877)和未完成之作《布瓦尔和佩居谢》之外,福楼拜晚年创作的作品甚少。普法战争之后,他经常与侄女一家赴巴黎短暂居住,期间经常与屠格涅夫、左拉、莫泊桑和都德等作家聚会,同时辅导好友的儿子莫泊桑写作。1880年5月8日因突发脑溢血在克鲁瓦塞不治身亡,终年59岁。

福楼拜不算是一位多产作家。在30多年的文学创作中,除早期的12篇短篇小说和游记外,他一生总共创作了5部长篇小说和1部短篇故事集《三故事集》。尽管他的作品数量不算丰硕,但是因其小说具有较高的艺术价值,所以福楼拜依然被列入19世纪法国现实主义文学大师之列。福楼拜毕生致力于小说创作,其小说创作的特点可以概括为:第一,在主张个性化的写作的同时,其小说仍然关注和描绘社会历史变迁等重大主题。福楼拜声称只是为自己而写作,写作在他眼中只是个人消遣而已,但是和巴尔扎克一样,他对时代的发展给人们的思想与生活所带来的影响具有清醒的认识。他的所有长篇小说在描绘社会画面的广度上或许比不上巴尔扎克的《人间喜剧》，但是它们在反映社会问题的深度上可以与巴尔扎克的小说相媲美，此外这些小说都关注和描绘社会历史变迁等重大主题。第二，注重表现日常生活的平庸与丑恶，侧重描写青年人理想幻灭的悲剧。他在小说《包法利夫人》、《情感教育》等作品中塑造了诸如查理·包法利、罗道耳夫、赖昂、莫罗、阿尔努等这些资产者形象。这类人物性格虽然各有其不同的个性特征，但是他们都具有相似的精神特质，即缺乏对理想的憧憬，在现实中很少思考和探求人生的意义，甘于平庸，只满足于追求物欲与生存的本能需求。如《包法利夫人》中的男主人公查理，他性情怯懦，思想愚蠢，谈吐也像人行道一样平板，对周围人与事的见解也是俗不可耐。行医几十年，医术毫无任何进步，从不敢冒险，也不致力于任何医学研究，甚至连医学杂志都不看。他给人看病，只会开止痛药和退烧药，是个典型的庸医。《情感教育》中的主人公莫罗属于典型的资产阶级青年。他从外省来到巴黎读书，对学业不感兴趣，整日将时间浪费在咖啡馆及剧院，最终也没有通过考试获得学位。他缺乏理想和实际的人生目标，几乎将所有的时间与精力都耗费在爱情遐想之中，过着无所事事的生活，最终花完了大部分财产，靠小小的利息来维持花花公子式的浮华生活。萨特将福楼拜笔下塑造的这类人物形象特征归结为"被动性"，认为他们是与环境缺乏抗争勇气的懦夫或者失败者形象。第三，福楼拜的小说创作具有独创性，开创了一种全新的艺术表达方式，在文坛上独树一帜。福楼拜在小说创作中强调突显小说自身的价值，即小说是一种语言的艺术。他认为好小说可以不表现任何高尚的主题，只要文笔精彩就好，作家只对形式负责，至于内容则让读者自己去评判。他还主张作家在小说创作中尽量不表明自己的立场与态度，要让作品的人物、故事自然而然地呈现出来。福楼拜提出了文学写作的客观化原则，即作家要从作品中退出。他强调要让叙述者保持其独立性，作家不要在叙事中过多地扮演道德教诲者的角色。他的主张非常明显地体现在《包法利夫人》的创作中，叙述者似乎以一种不褒不贬的客观态度去叙述女主人公爱玛追求浪漫爱情的悲剧。与巴尔扎克所不同的是，福楼拜从不介入小说故事叙述中，对人物的行为作任何道德评判，而是隐匿在作品背后。福楼拜的小说有别于其他现实主义作家的叙事风格，主要表现为非个人化、淡化主题、注重细节描写的特征。

二、《包法利夫人》

《包法利夫人》是福楼拜发表的第一部小说，也是他最具有影响力的代表作。小说发表后很快引起轰动，被视为自1850年巴尔扎克去世以来文坛上出现的最有分量的一部力作。它既继承了巴尔扎克书写当下现实生活的写实传统，又将现实主义文学的客观观察与真实描写方法发展到了前所未有的高度。此外它还开创了小说叙事艺术全新的表达方式，展现了小说作为语言艺术的魅力。

这部小说的素材来源于福楼拜父亲医院里所发生的一个家庭悲剧，即轰动一时的"德拉马尔悲剧"。德拉马尔原是福楼拜父亲的学生，后来成为了该医院的一名外科医生。他早年丧偶，后续弦，娶了一位年轻貌美但生性轻浮的妻子。婚后不久妻子有了外遇，借债与情夫一起私奔，直至债台高筑服毒自杀。丈夫德拉马尔知道真相后，绝望自杀。福楼拜后来根据这一真实素材，创作了小说《包法利夫人》，但是在创作过程中将所塑造的人物重心转向了女主人公这个角色。

　　小说《包法利夫人》主要叙述法国外省一位农家少女爱玛追求浪漫爱情的悲剧故事。女主人公爱玛出生于富裕的农民家庭，是父母的独生女。13岁时她被父亲送进了修道院接受教育。在修道院里，她整日与那些面色苍白身上挂着铜十字架的修女们生活在一起，参加日课、静修、祈祷与布道活动，并遵循修女们的谆谆劝诲，接受基督教所倡导的"应当克制肉体、拯救灵魂"的灵性教育。然而私下里她背着修女嬷嬷从一个贵族老姑娘那里借到了一些浪漫主义传奇小说。她偷偷阅读了那些描写痴男怨女的爱恨情仇的故事，并在心中萌发了爱情幻想。16岁时，母亲病逝，她被父亲接回家，不久便嫁给了为父亲治愈了断腿的乡村医生查理·包法利。婚后，爱玛发现丈夫查理是个平庸鄙俗之人，感到与之生活在一起乏味无聊，于是越发失望与痛苦。后来她随查理搬至永镇，结识了当地乡绅罗道尔夫，不久两人发生私情，爱玛欲与罗道尔夫私奔，但被后者拒绝并抛弃。此后爱玛又与曾在丈夫诊所实习而相识的赖昂偷情，两人经常在鲁昂城幽会。爱玛为了这段婚外情欠下巨额债务，最终因无力偿还债务服砒霜自杀。

　　小说《包法利夫人》曾被法国评论界视为是研究19世纪妇女精神状况的一份临床医学报告书。因为按照当时传统的成见，一个年轻女子的精神十分脆弱，往往禁不住诱惑，尤其是一个无所事事的女人，如果耽于幻想，内心寂寞的话，那么她最终必然会走上通奸或者堕落的道路。学者们认为这部小说的重要性在于向读者提供了一个临床病症，即"包法利主义"。这是一种耽于幻想，追求不切实际的浪漫爱情的病态现象。其实包法利主义涵盖了两个方面的问题，一是关于女子的教育及配偶的选择问题，二是揭示外省人无所事事的弊端。

　　小说《包法利夫人》的价值并不仅仅表现为向人们揭示出年轻女性耽于不切实际幻想的危害性，而在于它所塑造的典型人物形象的意义，以及女主人公贪慕虚荣、追求浪漫爱情的幻灭背后所隐含的诸多问题。

　　爱玛是19世纪法国文学史上又一个具有典型意义的女性形象。她本是农家少女，却被父亲送进了修道院接受了宗教教育和文化素养的训练。少女时代的爱玛，由于过早地接触了颂扬个性解放、爱情自由的浪漫主义作品，受之影响，她的自我意识开始觉醒，内心萌发了追求浪漫爱情的冲动，产生了要超越自我、超越现实的种种虚幻的想法。但是爱玛被父亲从修道院接回来之后，已经不能适应乡下宁静单调的生活。因为要急于改变自己的处境，她抱着幻想嫁给了医生查理·包法利。丈夫查理恰恰与爱玛性格截然相反，他是个没有过高的精神追求的人。爱玛原本指望通过婚姻的选择来改变自己的命运，但是婚后平静如死水般的生活以及丈夫的平庸让她的愿望落空。小说中爱玛相貌出众、教养有素，是个有着强烈的精神欲望与需求的人。她不甘于平庸，一直对自己的生活环境和小资产者的身份地位不满足，渴望过上一种有贵族情调的生活。本来爱玛不甘于平庸，渴望另一种理想的生活方式，从个性解放的角度来看，这种愿望要求本身并没有什么过错，也具有一定的合理性。但是爱玛由于本性单纯，后来又出于对激情浪漫生活的向往，又遭遇了风流浪荡的罗道尔夫的勾引和赖昂的引诱，结果被这两个忘恩负义的男性利用与欺骗。最后爱玛将纵欲享乐与浪漫爱情混为一谈，深陷于堕落的泥潭而不能自拔。爱玛的结局是可悲的，她追求的浪漫爱情以幻灭告终。

爱玛的死是她个人生活道路选择的必然结果。但是产生这个悲剧的原因是需要探究的。其一,包法利夫人所处的时代是第二帝国时代,在这个时代,福楼拜写出了甘于平庸的人和不甘于平庸的人都不配有好的命运。小说向读者提出了一个发人深思的问题,即第二帝国时代到底属于什么样的时代?小说借罗道尔夫、赖昂、永镇药剂师郝麦等人物的塑造揭示了第二帝国时代其实是个欲望化的时代,追逐金钱、追求名利、追求纵欲享乐成为这个时代人们普遍追求目标,这也恰恰说明了在这个欲望化时代资产阶级在精神和道德方面已经全面堕落,日益低俗化。所以像包法利医生那样平庸但本分的人,以及像爱玛那样单纯爱幻想的人都是注定与这个时代的精神不相适宜的。其二,爱玛从开始追求浪漫爱情,到最后逐渐走向堕落的原因和实质,有的评论者认为是爱玛自身过度放纵情欲、失去善良本性所致。然而不可否认的是,造成爱玛堕落的罪魁祸首还是现实生活中鄙俗堕落的资产阶级力量对之欺骗与利用。小说中爱玛一直活在自己所构筑的浪漫爱情的幻想空间里。她在与罗道尔夫和赖昂相处中,她仍然在渴望爱情,然而他们看中她的并不是其爱情追求背后的浪漫情思,而是她的姿色和相貌。当他们玩弄了爱玛的感情和肉体之后,又怕受爱玛的拖累,便寻找各种借口抛弃爱玛。所以正是这些精神低下自私的资产阶级男性才将爱玛置于死地。福楼拜借爱玛的悲剧从精神和道德两个层面上对当时资产阶级的自私、虚伪的本质作了深刻的揭露与批判,同时也具有了从女性主义主义角度对婚姻、家庭、爱情进行深入思考的艺术内蕴。

在艺术上,《包法利夫人》体现了福楼拜主要的文体风格,即具有简洁、平淡而又含蓄丰富的艺术风格。其次是其非个人化、客观化的表述方式。福楼拜不赞同作家在小说叙事过程中不断介入到故事情节之中,去表达自己的立场与态度。他主张作家应该隐匿,让故事与叙述分离,让故事自然而然地发展,让叙述者的讲述不被人为的力量所干扰或者打断。最后,小说具有细节描写准确、心理分析细腻的特色。福楼拜擅长于准确细致地解剖人物的内心世界,细腻地描绘人物的感受。福楼拜从不孤立地描绘某个景色,而是将景物与人物的主观感受结合起来描绘,这样使得环境描绘既起到衬托人物性格的作用,又使得细节描绘显得生动活泼不呆板,此外还可以让读者体会人物内心微妙的心理变化。

福楼拜在反映社会生活面貌的广度上也许比不上巴尔扎克,但在解剖人物的内心世界和对环境的细致描绘的深度上要比巴尔扎克更胜一筹,尤其是他以其客观冷峻的叙事风格、简洁含蓄而精雕细刻的艺术风格为人们所称道。他的创作风格在现实主义文学发展史上可谓是独树一帜。

第五节 狄更斯

查尔斯·狄更斯(1812—1870)是英国维多利亚时期最杰出的小说家,19 世纪批判现实主义文学的代表作家之一,狄更斯作品中丰富多彩的人物形象、独特的艺术技巧、深刻的批判精神,不仅受到同时代人的热烈爱戴,而且在文学发展的长河中历久弥新、影响深远。

一、生平与创作

1812年2月7日，狄更斯出生于英国南部朴次茅斯市郊一个普通的小职员家庭，在八个兄弟姐妹中排行第二。父亲约翰·狄更斯在海军军需处工作，慷慨豪爽却又虚荣好逸。早年的狄更斯，家境殷实，曾短暂就读于一所私立学校。随后家道中落，12岁时父亲因负债锒铛入狱，狄更斯随之沦落到一家皮鞋油作坊当学徒，在阴暗潮湿的地下室中为了生存而工作，其也于此开始接触低层社会的经历。这样的经历在他的内心留下了深刻的烙印，并且在他今后的文学创作中多有隐现。譬如《大卫·科波菲尔》中的大卫、《远大前程》中的皮普等等，都隐现着狄更斯自己的影子。随后，狄更斯的家庭经济由于偶然获取了一笔遗产而得到改善，他又进入到正规的学校学习，15岁时毕业于威灵顿学院，先以律师职业维生，随后转行当了记者，后来成为《晨报》的国会记者，主要集中于对英国议院和国内政治的关注。

狄更斯在30余年辉煌的创作生涯中，凭借勤勉的态度、非凡的才华以及对底层民众的人道主义关怀，撰写了诸多经典作品，包括15部长篇小说，20多部中篇小说，2部游记，数以百计的短篇小说、散文、随笔、书信与演讲词等。

狄更斯开始文学写作之时，还只是一位名不见经传的记者。1833年，他开始为报刊撰写叙事型的散文作品，这些作品开始引起人们的注意，并最终以《博兹札记》出版，但这部散文集并没有产生多少社会效应。一直到1836年，长篇小说《匹克威克外传》的面世，受到了读者的推崇，也给狄更斯带来了极高的声誉。这部成名作以主人公匹克威克等若干人物的旅行经历作为主要情节，通过他们的游历，展现了19世纪英国城市和乡村风貌，通过风土人情和情感世界的刻画，铺展出了一幅栩栩如生的社会风俗画。匹克威克和他的仆人山姆·韦勒是作者重点着墨的经典形象，韦勒出身贫寒，然而社会这本大书对他进行了教育，他勇敢机智，通晓人情世故，其聪明可爱的个性，也增强了小说叙事的感染力。可以说，在平民式的人物书写中，狄更斯以一种平淡而近自然的趣味性、喜剧性的写作，呈现了当时英国民间社会形象和现实状态。小说出版之后，在社会上好评如潮，也成了狄更斯早期最有代表性的作品。

1837年，狄更斯出版了他的第二部长篇小说《雾都孤儿》，这部以写实为旨归的历史文本，同样为狄更斯带来了巨大的成功。小说以雾都伦敦为背景，通过叙述孤儿奥利弗的人生遭际结构全篇。雾都在这里不仅指的是工业革命带来的环境创伤，更为重要的是底层人民所遭受的苦难和悲伤。作者以极大的同情来书写小说中的人物，写出了可亲可敬的人物形象如奥利弗、罗斯和南希等，他们虽然生活在社会下层，但是其人性和品格并没有泯灭；而与此相对应的则是以费金为代表的工业时代人性沦丧的典型。叙事者以爱憎分明的笔触描写此中的人物，在善与恶、邪与正的尖锐对立中结构情节主线，以曲折的故事和紧凑的节奏呈现出了时代的征兆，最后在善恶对立的叙事伦理中，表达了邪不胜正的情感基调。

在随后的一段时间，狄更斯的创作出现了井喷的状态，先后发表了《尼古拉斯·尼克尔贝》(1838)、《老古玩店》(1840)、《巴纳比·拉奇》(1841)、《圣诞颂歌》(1843)、《董贝父子》(1846)等佳作。《董贝父子》通过批发商人董贝的发家与衰败史，揭示了物欲横流金钱至上的时代特性，并对当时社会的道德和宗教困境加以呈现，对金钱和权势在工业时代的摧枯拉朽进行了批判。董贝信奉的是金钱可以支配一切的理念，将公司的发展与钱财的积累凌驾于家人、朋友乃至人性之上，直至最终遭遇背叛与溃败，才令其回归生命的本真。与以往小说相一致的是作者对善良人性和道德力量的赞美和肯定。

1849 年《大卫·科波菲尔》的出版，标志着狄更斯的写作进入了一个新的阶段。《大卫·科波菲尔》分成二十部分发表，这部小说与之前的不同之处在于，作者开始将叙事探入自我经历之中，尝试自传体性质的虚构写作。小说以主人公大卫为中心，叙述了他从幼年到壮年的成长经历。大卫自小失去了父亲，后父对他百般责罚，甚至将其送去当童工，幸而遇到内心善良的贝茜姨婆，大卫开始感受到人情的温暖，并与姨婆的律师的女儿艾妮斯结下了深厚的情谊。历经艰苦的大卫后来娶了朵拉为妻，但是婚后生活并不理想，朵拉患病离世之后，大卫怀着悲痛出游散心。时过境迁，内心平复的大卫发现对当年的艾妮斯依然存有爱意，两人最终得以结合。

大卫无疑是小说中最重要的形象，幼年的悲惨经历和屈辱历史，并没有泯灭大卫勤奋进取的内心，真挚正直的精神意志，一直伴随着他曲折而坚韧地成长，直至中年成为一位著名作家，成家立业，幸福生活。可以说，在大卫身上，寄寓了作者的道德理想与精神追求。通过大卫的个人遭际，作者描述了 19 世纪英国社会的婚姻、家庭、职业和社会对人性的影响与塑造。

除此之外，小说《大卫·科波菲尔》还成功地塑造了一系列女性形象：冷酷无情的摩德斯东小姐、善良仁慈的贝茜姨婆、天真烂漫的朵拉、大方端庄的艾妮斯等等，叙事者将笔触对准平民世界中的人情世故，平和充实的语言中不乏机智幽默的笔触，生动逼真地书写出了 19 世纪英国社会的历史样貌和时代精神状况。

1852 年至 1853 年间发表的《荒凉山庄》，对英国伦敦的法律和司法制度进行了集中叙述。文本一方面围绕着一桩遗产争夺的诉讼案展开，司法人员的徇私枉法，令案情无休无止地拖了二十年。另一方面则是爱斯托·萨默森的身世之谜，律师塔尔金汉将她和她母亲的身世揭穿，作者从作为上层阶级代表的她们在对待下层无家可归的男孩儿乔的态度中展示了人性的冷漠与温暖。荒凉山庄的主人约翰·詹狄士则以弱者的监护人角色，一直等候案件的判决，直至最后遗产以全部支付诉讼费而告终。尽管作者通过爱斯托·萨默森对乔所承担的责任，以及阿伦·伍德科特医生等为了救助穷人所做出的奉献，试图为 19 世纪中期荒凉的英国社会注入微弱的力量，然而这一出旷日持久的闹剧无法掩饰社会和法制的黑暗和荒诞。叙事者为小说营造了荒凉抑郁的整体基调，对制度与人性的反思批判也跃然纸上。可以说，《荒凉山庄》标志着狄更斯的虚构性写作进入了一种新的阶段，将之前尽管历经艰难险阻却往往曲终奏雅的叙事状态，转化以阴沉、抑郁和灰暗为主的笔触，探入 19 世纪资本社会更为深刻的内部肌理，对其进行审视、揭露和鞭笞。

1854 年《艰难时世》问世，小说主要通过国会议员格莱恩压抑人性的教育法则，以及当时的英国资本家庞德贝和罢工工人之间的阶级冲突，再次呈现功利主义盛行时代的社会悲剧与教育现状，揭示出了资本家与工人之间的对立，这一矛盾成为了全书的叙事中心。富有戏剧性的地方在于，以成功著称的"教育家"格莱恩，将女儿露易莎嫁给了"好朋友"资本家庞德贝，受尽折磨与痛楚。他的儿子汤姆在"脚踏实地"的功利教诲中，却干着协助庞德贝发财的勾当,成为一事无成的浪荡子弟,最后沦落为马戏团小丑,幸而得到善良女孩西丝·朱浦的感化,生命意识得到洗礼,最终在远走美洲的途中死去。小说作者所要批判的,正是令人物一步步走向可悲境地的一切以功利为目的的社会道德取向。庞德贝作为其中的代表,道貌岸然不可一世,对工人百般压榨,最后落得众叛亲离,病死于焦煤镇,妻子露易莎也改嫁他人。作者借助莱恩、庞德贝等人的荒唐不经,猛烈抨击了英国资本社会对工人血汗的无情榨取,以及功利主义盛行年代的人性扭曲与真情泯灭。作为英国文学中揭露劳资矛盾的重要作品,《艰难时世》呈现了19世纪50年代尽管宪章运动已经暂告段落,但劳资矛盾依然存在,工人运动此起彼伏,作者通过资本家与工人阶级之间的冲突,触及了时代发展的脉搏,对其中的阶级状况、社会矛盾与人性弱点进行了深入解剖。

《小杜丽》(1855—1857)是一部具有史诗性特征的小说,由上下两个部分组成。上部描写小杜丽和她的家人牢狱般的生活,杜丽一家原本颇为殷实,后来却因为破产而身陷囹圄。下部则描述了杜丽一家意外得到一笔遗产之后,虽然实现了命运的反转,但家庭却出现了根本性的分化。作者通过这样大起大落的叙述,意欲呈现出人性的善良美好与丑陋罪恶。小说女主人公杜丽的人性尊严,体现在对家庭和社会的自我牺牲和奉献,她的温和与善意,是通过自然平淡的生活场景呈现出来的,她朴素勤劳操持家务帮助他人,所对应的是骄奢与冷漠的功利主义社会与利己主义者人心深处的自私和丑恶。小说以杜丽一家的遭际,影射出了英国社会政治的腐败堕落,在对统治阶级的贪赃枉法和荒淫虚伪进行了深入的批判的同时,保持了一如既往的伦理与人文关怀。

《双城记》开始的狄更斯后期写作,呈现出了更为复杂的转向:故事的情节更为曲折复杂、人物的性格和身份在叙事中也因而发生变移,与此相对应的,是叙事者通过人物命运与叙事结构的转圜,呈现出与以往不同的道德与伦理取舍,不再局限于单一的善恶向度与社会阶级矛盾,更多地展现出对人性和道德的多层面展现。《远大前程》(1861)、《我们共同的朋友》(1865)、《艾德温·德鲁德之谜》(1870)等是这一时期创作的代表。

《远大前程》采用第一人称叙事,是一部具有教育性质的小说。主人公皮普从小生活在姐姐家中,生活艰苦,甚至时常遭受毒打,却始终保持着内心的善良,跟随着姐夫乔做学徒,一直以成为乔那样的铁匠作为自己的理想。环境的变化使得皮普的性情发生了改变,他偶然得以进入贵妇人郝薇香的家中,倾心于骄傲跋扈的艾丝黛拉,人生由此发生了巨大的转折,他并没有得到她真正的爱,反而因此丧失了自我。故事一波三折,皮普曾经帮助过的逃犯马格韦契发迹后,施恩图报,暗中给予皮普一笔遗产。价值观已经扭曲的皮普以为自己终于有资本追求艾丝黛拉了,甚至开始嫌弃仍处于社会底层的乔。直到马格韦契向他坦承了一切,皮普才如梦方醒。深受内心冲击的他,不得不再次面对自身的卑微、怯弱与丑陋。叙事者试图通过皮普的遭遇,摈弃以往善与恶、美与丑之间的截然分化,而朝向叙述人物性格中更为复杂的向度,这样的叙事方式也令人物的性格和内心更加丰厚,小说在人性与道德的探讨中也更具深度。

狄更斯通过他的文学创作,塑造了众多深刻而丰富的人物形象,借助他们探入社会的各个层面,触及了政治、法律、道德与教育诸领域的制度和人文状况。作者尤其擅长通过典型人物的描述,再现19世纪英国社会不同阶层不同领域的历史状貌,指出了社会变革的非偶然性,事实上革命一直根源于社会顽疾与弊病的长期发展,其中更为重要的是人心的腐朽与道德的崩塌。狄更斯的文学创作,所依托的是19世纪英国维多利亚时代的社会历史风貌和人情世态,同时始终贯穿着人道主义的精神关怀。在正邪善恶的对立和抗争之中,在人性的变换与稳固之间,寄寓作者独特的叙事伦理和道德情怀,也体现出了他所代表的批判现实主义文学的向度和力量。其对社会变革与人性向善所怀抱的近乎执拗的信念,无疑代表了19世纪英国乃至世界的文学极高成就。

二、《双城记》

发表于1859年的小说《双城记》,是狄更斯晚期最为重要的作品之一,同时也是世界文学史上经典的长篇历史小说。它显示了19世纪历史小说的一个重要范式,那就是历史现实与虚构叙事的有机结合。尽管狄更斯笔下的人物是虚构的,在情节设置上为了形成结构的完整性与叙事的戏剧性,采用了精巧的构思,然而围绕着大革命的历史却始终是作品的底色,巴黎和伦敦这两个城市在19世纪的革命中所扮演的角色也跃然纸上。不仅如此,狄更斯还通过诸多历史细节指示了小说叙事内容的真实性,从而在虚构与写实的糅合中,呈现出长篇历史小说的叙事魅力。

小说叙述年轻的医生马奈特偶然目睹姐弟俩惨死埃弗瑞蒙德侯爵兄弟的府中,为揭发侯爵的罪行,马奈特毅然拒绝了他们的贿赂,写信状告埃弗瑞蒙德兄弟。然而,控告信却落入埃弗瑞蒙德之手,马奈特反被诬陷入罪,在巴士底狱受尽18年的屈辱。随后,马奈特随女儿前往英国,途中,他们遇见了仇家的侄子达奈,露西与达奈坠入情网。知道内情的马奈特起初极力反对,最后被他们真挚的情感所感动,同意两人结为夫妻。不久,法国大革命爆发,巴黎人民攻占巴士底狱,此时达奈的父母去世、埃弗瑞蒙德侯爵也被农夫手刃致死,达奈冒险回到巴黎营救管家盖白乐,却因此被捕入狱。此时,随之来到巴黎的马奈特利用他在人民中的威望一度将达奈救出,达奈却不幸再次被投入监狱,面临审判。关键时刻,默默追求露西的贵族子弟卡顿,为了成全露西和达奈的爱情,舍生取义,利用自己与达奈相似的外表,代替达奈走上了断头台。而德法奇太太在搜捕马奈特一家的过程中,因与女仆普洛丝缠斗导致枪走火而死,德法奇太太最后的死亡,也映射出了作者对暴力革命的反思与否弃态度。

小说《双城记》体现出了重要的现实主义价值,展示了法国大革命时期那一段波澜壮阔的历史,写出了特定的时代背景下法国社会各阶层之间复杂纠葛的关系。对特定历史时期的社会现场进行了聚焦,反映了那个时代的精神状态和革命伦理。这样的现实主义书写,呈示出了宏富丰富的历史人文价值,对法国大革命前后的社会情绪与人心趋向进行了深入的描绘。

小说在人道主义的追索上,同样展现出了深刻而独到的思想。马奈特医生是典型的人道主义者,生活的磨难和疾病、死亡的威胁,使得他从一个正义冲动的知识分子,变成了一个充满仁爱的典型的人道主义者。达奈则是一个主动放弃贵族特权,自食其力,与露西一样,是充满正直与爱心的人道主义者。最为突出是作为人道主义极致人物的卡顿,在小说主人公达奈最后获救以及为爱赴死中,实现了人性与爱情的救赎,其中所透露出来的爱与宽恕,体现了狄更斯在小说中意图阐发的人道主义的至高立场。埃弗瑞蒙德兄弟的凶恶残暴,则是作为人道主义的对立面而存在。同时,在小说的叙事伦理中,革命的暴力本身就是需要反省的,这一点在小说中德法奇夫妇的描写中就可以见出。德法奇太太就是早年被侯爵兄弟杀害的兄妹的小妹妹,对贵族的暴行深恶痛绝,是坚定的革命者。德法奇先生曾是酒馆老板,他的酒馆为革命者提供了一个存在空间,使革命得以在其中得到保护并逐渐酝酿成型。他沉着冷静而又深谋远虑,为革命成功立下了汗马功劳。然而,这样的革命者们,在革命胜利的同时,对贵族以及与贵族相关联人士的滥杀,过激的革命行为,作者将他们描写成嗜血如命之徒,透露出对其缺乏人道主义仁爱精神的反思,对德法奇夫人饮弹身亡的情节设置本身,就是对人物失却人道主义导致恶果的影射。无论是贵族残酷的暴力还是穷人革命的暴力,作者都持否定态度,试图在暴力之中保持一种理性与人性,从而弘扬作者心目中的至高无上的人道主义精神。

从艺术上而言,《双城记》在叙事上的巧妙与情节驱动上的引人入胜,通过人物与阶层之间的对立与交互而得以呈现。作为小说叙事背景的法国大革命,蕴蓄着欧洲19世纪错综复杂的社会和阶级矛盾。小说的开始,如此这般水火不容的冲突,形成了压迫者与被压迫者两大阵营。然而随着情节的推进,两者之间出现了交集,这个中心点就在于达奈的出现。达奈以及贵族子弟卡顿的登场,顿时令原来势不两立的阶级阵营变得模糊不清,压迫者与被压迫者之间的纠合,成为了随后小说叙事的主要动力,同时也是文本的情节结构与叙事伦理趋于丰富复杂的重要元素。尤其是达奈最后奋不顾身救助管家盖白乐以及卡顿舍生取义代替达奈赴死,更是将小说推向了高潮。除此之外,小说还采用了倒叙、插叙、追述和铺垫等叙事手法,将不同的人物和故事线索串联起来,并且不同的叙事方式相互交接,制造出了耐人寻味的故事悬念,从而增强了小说的艺术效果。例如小说对马奈特为何失踪长达18年之久及其相关的事情秘而不宣,却通过叙事的铺衍,逐渐经由各种人物和阶级关系对其加以揭示。可以说,不同的人物与线索之间随着叙事逻辑而出现的折叠与展开,不仅令叙事本身呈现出一种多样化的状态,而且使得复杂喧嚣的大革命之状况得以巧妙而精当地组织起来,进而提高了小说整体的叙事水准与艺术品质。

在人物形象的塑造上,小说较为成功之处,是通过风起云涌的革命浪潮,铺衍出人物身份、阶层、地位和命运的变动,并通过其中的变化,寄寓对时代状况和革命精神的思考。马奈特、德法奇等人代表着从人民群众到革命者的形象转变,在革命成功之后甚至变成审判者与复仇者。埃弗瑞蒙德侯爵在革命前夕,就因他的残暴付出了生命的代价,他的死亡也昭示着大革命爆发前阶级冲突的极点。巴士底狱被攻陷之后,盖白乐、达奈等人被捕被审判以及卡顿的李代桃僵慷慨献身,则体现出了阶级关系和地位的反转。狄更斯通过人物命运的变动,利用彼此之间的矛盾冲突,推动小说叙事情节的发展,尤其通过革命前夕的暗潮涌动、革命爆发的剧烈态势以及革命之后各阶层的转变,不仅展现了个人与阶级的爱恨情仇,而且深刻开掘出了人物的感情心理和内在世界,写出了人物内在的深刻而立体的情感。

主人公马奈特,起初出于正义与阶级意识,愤而揭发贵族的罪行,身陷囹圄之后,便一直为复仇的情结所困扰,直到达奈的出现,露西与达奈的真爱融化了他坚硬固执的阶级和个人仇恨,最后以己身之名望,冒险拯救达奈于水火之中。马奈特的心理和情感转化过程,印证了狄更斯笔下的另一条线索,那就是内在于法国大革命这样的历史时间线索之中的情感和人性的脉络,最终在人道主义仁爱精神的弘扬中,完成了人物崇高形象的塑造,再现了处于革命漩涡中的城市历史与人物形象。

马奈特的女儿露西,则是狄更斯笔下塑造的经典女性形象。一般而言,在革命战争背景下出现的女性,极为容易在革命的惨烈及其男性主体化的斗争特性中,出现性别的模糊甚或扭曲。而在露西身上,不仅承载了大革命激荡涌动的历史,同时也展现了温柔善良的女性品质。作为下层社会女性的典型,叙事者通过露西对达奈的爱,不仅令她的父亲马奈特回心转意,而且也感化了卡顿。马奈特的宽恕,使得小说的人道主义在故事的情节叙述中开始得以宣扬,而露西的为爱献身,更是令小说能够在暴虐惨痛的革命年代中,透射出人性的光辉。露西在作品中以一根爱的"金线",完美地连接起了其身边的人。

达奈尽管出身贵族,但是对充满罪恶的贵族阶层持强烈的否定态度,尤其厌恶他们的腐败堕落,对其中的荒淫无度大加挞伐。狄更斯在这里塑造了一个心存善意和良知的贵族子弟形象,这一形象也成了小说后半部分叙事的重要焦点。叙事者在这里试图表达的显然不是凝固的阶级意识与固有的善恶爱憎,而是以人物内心和情感作为结构情节的核心。通过他与露西相爱,以及最后以身涉险营救管家盖白乐等等,指明了在呼啸而至的革命年代,感情、理性与品格对地位、身份的超越,而这一切都与人物内蕴的人道仁爱精神密不可分。

从小说的结构而言,马奈特、达奈以及德法奇夫妇所形成的小说的三条主要线索,牵引着整部小说的叙事。三者所代表的平民、贵族与革命者形象,不仅在展现广阔的社会历史和壮大的革命场景描写中,发挥了重要的作用。而且诸线索之间既自成一体,同时又相互勾连,形成了丰富的情节故事和完整的叙事结构链锁。

狄更斯在小说《双城记》中,刻画出了大历史背景下的人物群像,他们在大革命时期的巴黎和伦敦这两个城市中,植入了丰满的血肉。从埃弗瑞蒙德兄弟、达奈、卡顿,到医生马奈特、露西一家,再到酒馆老板德法奇夫妇、女仆普洛丝,以及处于社会最底层的复仇女、修路工等等,《双城记》所依托的这两个19世纪世界革命的中心城市,通过活生生的人物,写出了壮阔的大历史中的情感和生活,不仅在"有名"的历史中涵纳了各个阶级、身份和地位的人物,而且以其丰实而深刻的人性,经由"无名"的个体群体,填补了空洞的历史时间,充实了"有名"的革命正史,并赋予其真实性与丰富性。

在象征手法的运用上,也体现了作者较高的艺术成就。首先是颜色所代表的象征意涵,如红色代表了法国大革命所蕴藏的革命、暴力和危险,作者通过革命群众头上所戴着的红帽子,以及街道上的"雪"被染成浓郁的"红色",来展现革命风暴对城市的侵染。其次是场景描写中的象征,例如城市和交通工具被黑夜中弥漫的大雾笼罩,以此象征社会的腐化与黎明前的黑暗。此外,作者还通过雷声风声雨声以及人群鼎沸中的欢呼与呐喊声等各种声响,借以呈现出革命的情绪与人物的性格。

在语言风格方面,作者采用朴素却又精到的语言,来描写和呈现资本主义经济快速发展时期的英国社会。如开头广为传诵的"这是最好的时代,这是最坏的时代,这是智慧的年代,这是愚蠢的年代;这是信仰的时期,这是怀疑的时期;这是光明的季节,这是黑暗的季节……"可以说,作者成功地采用了非常朴实的语言来表述那个复杂的时代状况,显得准确而生动,并在字里行间透出对这个时代的深深忧虑。不仅如此,在小说中,人物不同的身份、地位和立场,往往通过相应的独特语言加以呈现,例如贵族弗瑞蒙德兄弟言语中的飞扬跋扈、不可一世,革命者德法奇夫妇对革命的宣扬与言说等,个性鲜明、生动活泼而又不落俗套的语言风格,极大地增强了狄更斯小说的艺术表现力。

第六节 哈代

托马斯·哈代(1840—1928)是19世纪后期英国杰出的现实主义作家,其作品既继承了批判现实主义精神,又蕴含着现代主义成分。

一、生平与创作

哈代于1840年6月2日出生于英国南部多塞特郡的一个典型的英国乡村。他的父亲是位建筑工程的小包工头,但他热爱自然、喜欢音乐。他的母亲爱好读书,善于讲故事。这种家庭环境对哈代的创作产生较大影响。哈代并没有上过大学,但是他在当地学校学习和做建筑学徒期间阅读了大量的文学作品和哲学著作,也自学了拉丁文和希腊文。1862年,哈代前往伦敦,在建筑师布洛姆菲尔德手下当绘图员,并开始诗歌创作。1867年哈代返回家乡,当了几年建筑师后全身心投入小说创作。他的第一部小说《穷人与淑女》虽然没能出版,但得到了当时著名小说家乔治·梅里迪斯的指点。随后,他的另一部小说《枉费心机》得以正式出版。

哈代一生中共出版了14部长篇小说和4部小说集。他把这些小说分为三类:"浪漫和幻想小说""机巧小说"和"性格与环境小说"。"性格与环境小说"代表了哈代小说创作的最高成就,其中长篇小说共有7部:《绿荫下》(1872)、《远离尘嚣》(1874)、《还乡》(1878)、《卡斯特桥市长》(1886)、《林地居民》(1887)、《德伯家的苔丝》(1891)、《无名的裘德》(1895)。这类小说以哈代的家乡多塞特郡为背景,描写19世纪末资本主义入侵农村后社会经济、政治、道德、风俗等方面的变化以及农民的悲惨命运,具有浓厚的悲剧意识和宿命论色彩。由于多塞特郡古称"威塞克斯",这类小说又被称为"威塞克斯小说",哈代通过文学创作将其建构为英格兰乡村的现代缩影。

《绿荫下》以冬、春、夏、秋四季变化的方式叙述了乡村女教师芳西·黛与青年农民迪克·杜威的爱情经历。小说的副标题是"荷兰画派的乡村画",首先呈现给读者的是一幅幅优美的田园图景以及宗法制农村的美好生活。但是,小说也通过描写牧师打算把风琴引进教堂以取代象征传统的梅尔斯托克乐队,表明宗法制社会已开始受到外部世界的冲击。小说总体上充满了哈代早期作品的明朗欢快的气氛,但在田园牧歌中潜伏着悲剧因素,标志着"性格与环境小说"的开始。

《远离尘嚣》是哈代的成名之作。小说描写女农场主芭斯谢芭与三个男子的爱情婚姻纠葛。芭斯谢芭美丽能干,但具有傲慢和虚荣等性格上的缺点。一心追求她的奥克憨厚、正直、忠诚、利他,是传统威塞克斯人的典型形象,而娶了她的特洛伊则坚持着资本主义利己原则,并已开始闯入"远离尘嚣"的世界,破坏了这里的宁静与欢乐。小说虽以芭斯谢芭与奥克的圆满爱情结束,但性格与环境的冲突已初见端倪,悲剧气氛浓郁。

这种悲剧主题在《还乡》中得到了进一步的展开。小说描写一个在巴黎经营珠宝的商人克林·姚伯,厌倦了浮华的城市生活,立意还乡从事教育事业。他的新婚妻子游苔莎生性热情,但自私轻浮,爱慕虚荣,难以忍受荒原上"可怕的抑郁和寂寥"。她之所以嫁给克林,就是想让他把自己带离荒原。两人在世界观、人生理想上背道而驰。游苔莎失望之余与旧情人韦狄私奔,希望去巴黎享受"城市快乐的残渣余沥",结果在荒原黑夜中双双失足溺水身亡。《还乡》是哈代小说中最具有古希腊命运悲剧特点的作品。"一片苍茫万古如斯"的爱敦荒原是一种神秘的超自然力量的象征。荒原常在,人却倏忽即逝,命运左右人的一切,小说的悲观主义气氛非常浓厚。《还乡》充分反映了哈代的宿命论思想。

《卡斯特桥市长》中突出表现了一个人的性格与环境相冲突的悲剧。主人公亨查尔穷困潦倒,身无分文,酩酊大醉后竟将妻女以5块钱的价格卖给了过路的水手纽逊。酒醒后他后悔不已,发誓从此滴酒不沾,奋发图强,20年后当上了卡斯特桥市长。亨查尔的前妻以为纽逊已葬身海底,携女归来。家人团聚之际,性格上的弱点却使亨查尔渐入困境。他满脑子宗法观念,保守固执,在与代表资本主义新兴观念和经营方式的伐尔伏雷的商业、政治和情场的竞争中节节败退。妻子死后,纽逊又突然出现,认领生女而去。亨查尔最后孤独地死在爱敦荒原的一所草棚中。亨查尔的形象有着俄狄浦斯王和李尔王的影子。他的悲剧充满了命运因素,造成他破产的反复无常的天气、被传已死的纽逊的突然出现等,都凸显了命运弄人的主题。但其悲剧更是其偏执、保守、冲动、暴烈的性格所致,他遭到的每一次打击都可以在其性格缺陷中找到直接的原因。小说副标题"一个有性格的人的故事",突出地表现了性格即命运的主题,正如哈代所说:"最终导致悲剧的并不是所发生的事情,而是人的性格。"

随着对社会认识的加深,哈代的创作很快深入到了社会悲剧的层次。在《德伯家的苔丝》和《无名的裘德》中,他加强了对造成悲剧的社会因素的分析,引起极大的反响。

《无名的裘德》是哈代的最后一部长篇小说,对社会的批判最具锋芒。主人公裘德是个石匠,自幼梦想进入基督寺上大学(影射牛津大学),成为一名牧师,以改变自己卑微的社会地位。但是他没能经受住情欲的诱惑,被屠夫的女儿艾拉白拉引诱,与之结婚。后来当他终于到达基督寺时,却发现高等学府的大门永远向穷人关闭。他在那里与表妹淑相遇,彼此真心相爱,但他们非婚同居生子却为社会礼法所不容,因而处处遭到歧视和排挤,裘德的牧师梦也随之破灭。艾拉白拉再次出现,将她与裘德的未成年儿子"时间老人"丢给他照看。但"时间老人"趁他们外出时将自己的弟妹杀死,并自杀身亡。淑悲痛欲绝,认为这是上帝对她的惩罚,怀着赎罪的心理回到前夫身边。裘德在绝望潦倒中结束了"无名"的一生。小说对资产阶级不合理的教育制度、婚姻制度、宗教制度、道德礼法等进行了全面的批判,它们是造成主人公悲剧的根本原因。同时,小说突出了裘德悲剧中灵与肉的对立冲突,他将"灵"的追求寄托于淑,又将"肉"的幻象投射于艾拉白拉,从而使世俗的爱情三角关系具有象征的意义。而灵与肉对立冲突的深层是基督教精神与古希腊精神的冲突。小说结构如几何图形般严谨、对称。裘德从笃信基督教到最终抛弃上帝,淑则从反对基督教到后来依皈上帝,两人的交叉换位表现了基督教精神和古希腊精神冲突的主题。

《无名的裘德》因"亵渎宗教"而遭到资产阶级卫道士的猛烈攻击,哈代愤而放弃小说创作,转而写作诗歌。哈代共出版诗集8部:《威塞克斯诗集》(1898)、《今昔诗集》(1901)、《时光与笑柄》(1907)、《即事讽刺诗集》(1914)、《幻象的瞬间》(1917)、《晚期和早期抒情诗集》(1922)、《人生小景》(1925)、《冬话》(1928)。这些诗大多取自日常生活,弥漫着乡土气息,并对人生进行形而上的思考。

《列王》是哈代创作的一部气势磅礴的大型史诗剧。他在剧中表达了在小说中一再表达的思想,即世间万物都受一种神秘的不可知力量的支配,即使拿破仑这样的天才也不过是它手中的玩偶。作品凝结着哈代多年对人生、世界思考的结果,可视为他全部探索的一个艺术总结。

1928年1月11日,哈代逝世。他的遗体被葬于威斯敏斯特教堂"诗人之角",心脏则葬于他永远眷恋的故乡。哈代去世后,他的第二任妻子弗洛伦斯·达格戴尔整理出版了迄今为止最权威的《托马斯·哈代传》。

哈代是19世纪继狄更斯之后伟大的英国小说家。他的作品反映了残存的宗法制农村社会向资本主义演变的过程,对破产农民的命运寄予人道主义的同情。受世纪末思潮的影响,哈代小说表现出明显的悲观主义和宿命论色彩,伍尔夫称他为"英国小说家中最伟大的悲剧大师"。他对人生的看法就是:"一个人高举手臂站在我们面前,每当我们向可能成功的方向跨出一步,他就把我们打回来。"这个"高举手臂的人"就是"命运"。哈代的小说表现出浓厚的古希腊命运悲剧的氛围,一种强大的、不可知晓的超自然力量主宰着人世的祸福,造成人的灾难与毁灭。命运以神秘的大自然、遗传与因果报应、偶然与巧合等形式表现出来。在哈代笔下,人物的悲剧命运、生命的无情毁灭总与那片阴霾冷漠、荒凉粗犷的爱敦荒原有着某种神秘的关联。哈代小说情节充满了偶然和巧合这几乎成了他的一种叙事成规。在他看来,生活中的偶然和巧合都是冥冥中最高意志的安排,是命运力量的体现。因果报应和家族遗传也以一种无形的力量把人物推向悲剧。然而我们也看到,哈代的悲观主义是对维多利亚社会种种社会问题的危机感的反映,更多是通过人物的性格悲剧去暴露生活悲剧、社会的悲剧。哈代始终否认自己是一个"悲观主义者",而坚持自己是一个"社会向善论者"。他的悲观主义是一种"战斗的悲观主义",这表现在他对社会法律制度、宗教制度、婚姻制度、虚伪道德的批判上。威塞克斯小说从"命运悲剧"发展到"性格悲剧"再到"社会悲剧",最终着力于对造成悲剧的社会原因的揭示,反映了作家认识的逐渐深化和理性化。

哈代的创作手法基本上是现实主义的,小说情节完整连贯,人物形象鲜明生动,重视人物心理的刻画,笔下的景物和意象充满了象征色彩,叙述语言明白清晰。同时,他对命运的探索,对人的生存痛苦和困惑的表现,以及象征手法、潜意识描写、时空交替叙事手法运用,如白日梦、梦游、梦境等表现,使得哈代的创作具有了现代主义的元素。

二、《德伯家的苔丝》

《德伯家的苔丝》是哈代的代表作,它讲述了一位贫苦的农家女子的悲剧。苔丝是位美丽纯朴的姑娘,父母为摆脱贫困叫她去同宗的德伯家去认亲,结果被这家的恶少亚雷奸污。两年后,苔丝到一家牛奶厂做工,与牧师的儿子安琪·克莱尔相爱。苔丝为自己的失贞感到非常痛苦,写信告诉安琪自己的过去,不料信被插到了地毯下面。新婚之夜安琪与苔丝相互倾诉,苔丝原谅安琪的过去,但自己的过去却得不到他的原谅。安琪无法接受妻子失身的事实,遗弃了苔丝,独自去了南美。苔丝独自顶着生活的压力,在父亲去世、一家人流离失所的情况下,不得已接受了亚雷的保护,与他同居。安琪经过一番磨难和思考,从巴西回来寻找妻子。苔丝见到安琪后,悔恨交集,在激愤中持刀杀死了亚雷。苔丝与安琪在一起逃亡中幸福地过了几天。苔丝最终在巨石阵处被捕,被判处绞刑。

《德伯家的苔丝》中的苔丝是纯洁美好生命的化身,她美丽、纯朴、善良、勤劳、坚强,富于反抗精神,可以说集中了淳朴农民的一切优秀品质。她不慕虚荣,不稀罕贵族出身。她勤劳朴实,虽天生丽质却毫无父母那种联宗认亲嫁给阔人的侥幸心理,只希望凭自己的劳动养家糊口。她诚实纯朴,不愿以欺骗的手段获取丈夫的爱,敢于向丈夫坦然道出自己心灵的隐痛。她心灵高洁,对安琪的爱不掺杂任何世俗功利色彩,纯洁真挚、忠贞专一。她性格坚强并富于反抗精神,经历了被人奸污、被丈夫遗弃等重大打击之后仍然表现出对生活的热爱,以柔嫩的双肩挑起家庭的重担。她反抗虚伪的宗教道德,自行为死去的孩子行洗礼。最后她手刃亚雷,对不合理的社会作了最惊心动魄的反抗。苔丝形象最明显的特点是她那来自大自然的纯朴,她是"自然的女儿",她生活在一个保存着远古风俗、远离虚伪文明的异教主义的世界。哈代有意将她与异教的神祇相联系,叫她阿提迷,叫她狄迷特。她与自然水乳交融,有着纯朴自然的天性,符合自然法律和自然道德,却受到虚伪的基督教文明的打击迫害。失身以后,基督教的"道德的精灵"压迫她、折磨她。新婚之夜,丈夫遵循文明社会"规范化的评判标准",冷淡她、遗弃她。她走投无路作出绝望的反抗,文明社会的法律却冷酷、不公正地惩罚她。这个自然的女儿无法容于社会现实和基督教虚伪道德,最后做了社会的牺牲品。可以说,自然精神与虚伪文明的冲突是小说的深层主题。作者明确指出了苔丝代表的自然精神高于虚伪专横的文明法则。小说副标题是"一个纯洁的女人"。作为对苔丝品格的赞美,哈代强调"这个形容词在'自然'中的意义",明显以异教的自然道德质疑基督教的传统道德。小说结尾苔丝和安琪在布兰和宫中的结合是不合世俗礼法、游离时空之外的结合,它是对自然的肯定,对社会的否定。它的美满象征着自然之优于社会,而它的短暂则说明了社会黑暗势力的强大和悲剧的必然性。

亚雷和安琪从两个方面完成了对苔丝的迫害。亚雷是资产阶级暴发户的代表,仗着权势和财富称霸乡里,为非作歹,他是造成苔丝悲剧的元凶,却受到资产阶级国家机器的保护。亚雷对苔丝的压迫体现为人身迫害,安琪对苔丝的压迫则体现为一种精神上的折磨,这对苔丝来说是更致命的。安琪是具有自由思想的资产阶级知识分子。他厌恶那种"血统高于一切"的偏见,认为人应当以知识道德而受到尊重。他拒绝本阶级的贞德淑女,而爱上了地位卑微的苔丝。他对苔丝的爱是真诚的、严肃的。但他对旧传统、旧道德的背离又是很有限的。当真正的考验到来的时候,他还是"不知不觉地信从小时候所受的训诫",成了成见习俗的奴隶和帮凶。他既是苔丝悲剧的酿造者,也是悲剧的受害者。他的内心充满了痛苦和分裂,属于自然的安琪在夜半梦游中满含愁苦地倾吐他的爱情,属于社会的安琪却清醒冷酷地做出了抛妻远走的决定。安琪正如他的名字一样(Angel,"天使"之意),神性多于人性,基督教道德胜于尘世爱情。因此安琪后来的转变就有了隐喻之意。南美漂泊对往昔的追忆之中,本性纯洁的安琪复活了,他终于踏上了重寻苔丝的归途,将世俗的礼法抛在了后面。只有这时,自然才战胜了虚伪的文明,天使才有了人性的光辉。

正是亚雷代表的经济剥削和强权压迫、安琪代表的虚伪道德以及冷酷荒谬的宗教制度,将苔丝推向了悲剧的深渊。苔丝的悲剧从根本上说是个社会悲剧。哈代就此实现了深入的社会批判。

苔丝的悲剧也是她自身的性格悲剧。尽管她有坚强的反抗性格,却不能彻底摆脱旧道德观念和宿命论观点。被人奸污她深知自己的无辜,但还是依据陈腐的贞操观念认为自己是"有罪"的。与安琪相爱,她在爱情的幸福与自责的痛苦中挣扎。被安琪遗弃,她认为是自己应得的惩罚,从而默默忍受命运的不公。有时她把人生苦难归咎于命运作祟,有一种对生活无从把握的惶恐和悲观。苔丝性格的矛盾和局限更突出了传统道德观念对她的毒害,由此才更显出悲剧的深沉。

哈代在解释苔丝悲剧时也常常突出一些神秘的超自然因素的作用,使小说带上命运悲剧的色彩。小说结尾,作者写道:"已经明正'典刑'了,诸神之中的那个主神也结束了对苔丝的作弄。"很显然,这最后的点题表明作者将苔丝的毁灭看作冥冥之中的最高意志的手笔。这个最高意志化身为偶然与巧合、神秘因素等各种形式出现。苔丝一家生活无着之时老马恰好死去,向安琪坦白过去的信偏偏插到了地毯下面,被弃无奈之时去安琪家,未能见到安琪父母,却在回来的途中遇到亚雷等等,似乎正是诸多的偶然与巧合把苔丝一步步地引向毁灭。德伯家神秘的马车、结婚日塔布篱牛奶厂午后鸡啼等神秘因素加强了苔丝悲剧的命定色彩。哈代认为宇宙受一种盲目的"内在意志"的支配。正因为其盲目,它就成了一种没有道理的惩罚,对人的残酷的戏谑,正如小说前言所引莎士比亚的诗:"神们看待我们,就好像顽童看待苍蝇。他们为自己开心,便不惜要我们的命。"苔丝既是社会的牺牲品,也是命运的牺牲品。

《德伯家的苔丝》在艺术上取得了很高的成就。哈代准确把握了人物性格与时代、环境的关系,塑造出具有复杂性格的圆形人物。在叙事、写景时,哈代常常插入自己的议论,发表对世事的观点和对人物的看法。此外,小说在景物描写、象征手法的运用、心理描写等方面都表现出了独特的艺术个性。

哈代的景物描写极具魅力。他的"性格与环境"小说的"环境"不仅指社会环境,而且将自然环境作为一个极重要的方面加以描写。他笔下的大自然不是单纯的自然景观,而是渗透进了作家的主观情愫和哲学思想,成为人物情感的延伸和人物命运的象征。季节的变化象征着人物命运的发展。春天,苔丝美丽、纯洁,充满朝气和对生活的希望。秋天,被辱失身的苔丝像霜打的花朵,忍受旁人的冷眼和歧视。夏天,苔丝重新焕发生机和活力,与安琪热烈地相爱。冬天,被遗弃的苔丝在严酷恶劣的自然条件下忍受生活的煎熬,她的心像冬天一样的冰冷。再如苔丝和安琪清早幽会的描写:"平旷的草原上面,一片幽渺、凄迷,晓光雾气,氤氲不分,使他们深深地生出一种遗世独立的感觉,好像他们就是亚当和夏娃……"这段描写优美至极而又富于象征意味。景物环境空灵缥缈、绝尘遗世,象征着克莱对苔丝的爱是不染尘寰、纯然理想化的。而一旦落到现实的地面,它就会消失,就像雾气中苔丝缥缈的美在阳光下消失一样。当主人公遭遇厄运的时候,往往伴随着荒原黑夜。神秘冷漠的荒原渲染了弥漫全书的悲剧氛围,体现了悲剧的必然性。

《德伯家的苔丝》多运用预兆和象征手法。红色代表凶兆。苔丝第一次去见亚雷时,亚雷递给她一枝玫瑰。"苔丝天真烂漫地低头看着她胸前的玫瑰花时,一点也没料到,在那一片弥漫帐篷、有麻醉性的青烟后面,正伏着她一身的戏剧里那'悲剧性的灾害'——一条要在她的绮年妙龄的灿烂色光中变做血色的光线。"苔丝失身以后,看到路边用红色油漆涂写的宗教戒条,就感到非常害怕,觉得那鲜红格外刺眼。苔丝杀人后与安琪逃亡来到古居民给太阳献祭的巨大石阵前,她在祭坛上睡了最后一晚。象征苔丝不可避免地充当了献给神明的祭品。第二天早上,当红日从石阵后面升起时,警察顺着红光包围过来,苔丝的生命就此结束了。红色的象征意义有其宗教背景,《新约·启示录》中常用红色来象征罪恶和凶险。结婚日午后鸡啼、神秘的十字手路标等都是不祥之兆,预示着苔丝的悲剧。预兆和象征手法的运用加强了小说的神秘色彩和悲剧氛围。

哈代重视人物心理刻画。苔丝与安琪相爱,在"绝对的快乐"和"绝对的痛苦"间挣扎。巨大的内心压力使得她犹豫不决、惶恐不安、自责不已。整个相爱的过程充满了激动、兴奋、疑虑、恐惧、悔恨、羞耻。深入细致的心理描写是哈代对后世小说的贡献。

第七节 果戈理

尼古拉·瓦西里耶维奇·果戈理(1809—1852)发展了普希金、莱蒙托夫的现实主义倾向,开创了俄国文学史上著名的现实主义流派"自然派",真正确立了俄国的现实主义,对此后的俄国现实主义文学发展影响深远。

一、生平与创作

1809年4月1日,果戈理出生于乌克兰波尔塔瓦省密尔格拉德县索罗奇镇一个地主家庭,从小体弱多病。其祖先是乌克兰的小贵族,具有波兰血统。父亲瓦西里·阿法纳西耶维奇·果戈理-亚诺夫斯基做过八品文官,后辞去公职,在乡下当地主,爱好文学,跟作家们有些来往,家中有丰富的藏书,订有杂志,喜欢戏剧,用俄文写过诗,用乌克兰文写过剧本。这给幼年果戈理深刻的印象,激发了他对戏剧乃至文学的爱好。母亲玛丽娅·伊凡诺芙娜·果戈理-亚诺夫斯卡娅,是一名虔诚的东正教徒。母亲经常讲述的"末日审判"加深了他对死亡的恐怖情绪,而10岁时弟弟伊凡的猝死,以及几年后父亲的逝世,进一步加深了他对死亡的恐惧,也使他更加热爱上帝。

1821至1828年,果戈理就读于波尔塔瓦省涅仁高级科学中学。1825年父亲去世,当时果戈理15岁。1828年果戈理中学毕业后满怀激情和理想,选择到彼得堡当法官。然而,严酷的现实粉碎了他这不切实际的浪漫怪诞幻想,小公务员卑贱而贫寒的生活更是使他对严酷平庸的生活和社会特别是官场的弊端有了比较深刻的认识,于是他转向了创作,并且逐渐成为职业作家。

1831年,果戈理结识普希金,普希金对他关爱有加,他的《钦差大臣》《死魂灵》的题材,都是普希金提供给他的。1834年至1835年,在普希金等的帮助下,果戈理在彼得堡大学教世界史。1836年,喜剧《钦差大臣》上演后,引起了包括沙皇在内的官僚政府的猛烈攻击,被迫出国,长期居住罗马。此后果戈理在意大利和德国生活了近5年时间,在此期间他创作了《死魂灵》的大部分。晚年多病,长期居住国外,深深浸入宗教中。1848年,回国。1852年2月24日在病中烧毁了已大体写完的《死魂灵》第二部,这既是对创作的认真,也是一种怪诞行为。3月4日,在莫斯科逝世。

从1829年出版长诗《汉斯·丘赫尔加坚》起,直到1852年病逝,果戈理的创作道路大致可分为三个时期。

1. 早期创作(1829—1834)。主要以家乡传说和乡村人民的生活为素材,创作浪漫主义作品,主要是包括8个中短篇小说构成的《狄康卡近乡夜话》(1831—1832)。这一作品作为果戈理的成名作,基本上形成了作家后来创作风格的主要特点:一方面富于幻想,善于用怪诞的情节来表达思想和情绪。另一方面又特别注重现实生活的细节,甚至用一种细致得近乎夸张的细节来塑造人物,表现主题。

2. 中期创作(1835—1841)。从浪漫主义转向现实主义,写现实生活,主要作品有:《密尔格拉德》(1835)、以1835年《小品集》为基础出版的《彼得堡故事》(1835—1841)、讽刺喜剧《钦差大臣》(1836)、长篇小说《死魂灵》第一部(1835—1841)。

《密尔格拉得》包括《旧式地主》《塔拉斯·布尔巴》《维》《两个伊万吵架的故事》四个中短篇小说。《旧式地主》写俄国一对旧式地主夫妻阿法纳西·伊万诺维奇·托夫斯托古布和他的妻子普利赫里娅·伊万诺夫娜·托夫斯托古比哈的生活,而他们生活的内容就是保持旧式地主的传统习惯——吃喝和睡觉。小说揭示了旧式地主夫妇几十年动物式生活的空虚、卑贱。《两个伊万吵架的故事》中两位同名的好朋友伊万都是密尔格拉德非常出色的人,因为一支猎枪,两人发生口角,从而导致两人绝交,并引发了一场旷日持久的官司,即使市长出面调解也无法解决问题,哪怕倾家荡产,官司继续进行。作家以日常生活中最平凡最微小的生动细节,着力表现了极其庸俗的环境中这两个庸俗人物的猥琐、痞俗乃至疯癫,入木三分地写出了庸俗生活对人性的扭曲乃至扼杀。

《彼得堡故事》包括《涅瓦大街》《肖像》《狂人日记》《鼻子》《外套》五个中篇小说。《狂人日记》中的主人公波普里辛作为沙俄政府机关的小职员,生活于贫困之中,波普里辛由于饱受官员们的欺凌、压抑,没有人格尊严,爱情也是镜花水月,一厢情愿,因为爱上了司长的女儿不得而发疯了,产生了最疯狂的幻念——自己就是西班牙国王斐迪南八世,在半清醒状态中,他喊出了:"妈妈,救救你可怜的孩子吧!"以疯子的眼光看世界,入木三分地写出了主人公波普里辛的疯子心理,同时也赋予作品鲜明的怪诞色彩,揭露了俄国社会的突出病症——以官衔权势为中心的社会中小人物饱受摧残的极其悲惨的命运,体现了鲜明的现实主义特色。

《外套》描写了小公务员阿卡基·阿卡基耶维奇卑微的一生:薪水极低,生活于穷困之中,即使想置办一件体面点的外套,也得节衣缩食、忍饥挨饿好几个月。更可怕的是,这种等级森严的艰难生存环境,使他完全丧失了人的精神,而变成一个安分守己、逆来顺受甚至兢兢业业的螺丝钉,每天就满足于抄写公文。当他穿上新外套的那一天,成为他"一生中最激动的一天","这一整天就像一个最盛大的节日","由于内心的喜悦,有好几次他甚至笑出了声"。然而,当天晚上,他的外套就被抢走了。失魂落魄的他,去找当官的大人物,却遭到严厉的训斥,吓得他回家一病不起,最终一命呜呼了。小说以震撼人心的真实,深刻有力地写出了小人物内心的痛苦以及新外套带来的微小的幸福,表现了深厚的人道主义精神,对此后俄国文学的发展有很大的影响,以致陀思妥耶夫斯基宣称:"我们全都来自《外套》。"小说现实主义地揭露了俄国社会小公务员生活的贫寒,官场等级的森严,以及"大人物"对下属的严厉和高压。

喜剧《钦差大臣》故事发生在俄国一个偏僻的小城里,官僚们得悉钦差大臣要来微服私访的消息后,惊慌失措,把一个偶然路过此地的彼得堡小官员赫列斯达可夫误认作钦差大臣,争先恐后地巴结他,向他行贿,市长甚至把女儿许配给他。赫列斯达可夫起初莫名其妙,后来就乐得以假作真,捞了一大笔钱财,扬长而去。官员们知道真相后,懊悔不已,哭笑不得,正在这时,传来真钦差大臣到达的消息,喜剧以哑场告终。戏剧以现实主义的方法,充分揭露了俄国官场的腐朽与黑暗:官吏们沉瀣一气,狼狈为奸,对人民漠不关心,而只满足于用专横和暴力欺压人民,恬不知耻地搜刮人民,贪赃枉法,盗窃国库,作威作福,为所欲为。喜剧还塑造了一系列小城官场的丑类:老奸巨猾的市长安东,贪污成性,从不放过所能捞到的一切,他认为官吏贪污理所当然,但贪污的多少应该以官阶的高低为标准;阴险残忍的慈善医院院长;玩忽职守、收贿受贿的法官;胆小、愚昧的督学;偷看别人信件的邮政局长等等。赫列斯达可夫是作家重点刻画的对象,他是彼得堡的一个花花公子,轻浮浅薄,喜欢夸夸其谈,自我吹嘘,随意撒谎,以寻欢作乐为生活目的,撒谎和吹牛成了他的天性,他的生活内容。他被当作钦差大臣,一方面是小城官吏的惊慌失措,另一方面也由于他的气质具有彼得堡官僚的特征。果戈理宣称:"在《钦差大臣》中,我决心要把我当时所知道的俄国的一切恶习、发生在最需要公正的地方和场合的一切不公正行为全部汇集起来,概括地加以嘲笑。"戏剧演出后,震动了俄国尤其是沙皇宫廷,作家受到迫害,被迫出国休养。其实作家的本意只是希望充分发挥"笑"的威力,通过讽刺的力量使俄国的官僚们改恶从善。

3. 晚期创作(1842—1852)。主要有戏剧《婚事》(1842)、书信体散文《与友人书简选》(1847)以及长篇小说《死魂灵》第二部(1842—1852)。

《婚事》一方面揭露了俄国社会以婚姻谋财产,尤其是穷男子希望娶一个富有的女性而获得财产的庸俗社会现实和人生丑态;另一方面更通过主人公波德科列辛渴望结婚又害怕失去自由的心态,写尽了天下男子临婚前的矛盾与困惑。当然,他在关键时候跳窗逃跑,也写出了俄国这类男子的男子汉气尽失,很有现代意义,仿佛很早就为卡夫卡在塑像了,从而使这一作品不仅富有社会意义,而且富有人类意义、现代意义。果戈理戏剧这种现实主义的生活化、平庸化,开启了通向屠格涅夫、奥斯特洛夫斯基和契诃夫戏剧的大门。

《与友人书简选》包括32篇书简,内容颇为丰富。综其要者,大约包括两个方面。一方面指出俄国社会普遍存在的社会问题和道德危机;另一方面,现身说法,解剖自身,教导他人,匡正时弊,疗救社会,并且,提出了自己的吏治思想和宗教观念。

长篇小说《死魂灵》全面地展示了俄国从农村到城市的生活场景,自然真实的描绘了农奴制下的地主贵族阶层的腐朽没落,代表了果戈理创作的最高成就。

果戈理的创作具有鲜明的现实主义特点。首先,他的作品扎根于坚实的现实生活基础,力求拯救世界。果戈理的创作与其为国家服务的观念密切相关,他说:"服务的思想从未离开我。只有我感到在写作生涯上也能为国家服务,那时我才安心于自己的写作。"写作可以改造社会生活与人性,促进人的道德完善,为国服务,因此他希望借写作疗救社会,净化人心。其次,果戈理通过塑造典型人物,从这些人物的生存现实出发,提出社会问题,对社会上的各种弊端和人性的缺陷、人的荒诞生存,进行无情的揭露、辛辣的讽刺和深刻的批判。第三,果戈理创作具有独特的个性或者说艺术风格的独创性,他的作品具有浓郁的荒诞色彩、突出的神秘氛围和变形的漫画人物。这种在现实主义基础上构成的创作独特性,共同形成了其创作总体独特的艺术风格——怪诞现实主义。如在反映生活的本来面目的同时,力求运用离奇反常的人和事乃至夸张的细节构成怪诞的情节,充满荒诞的色彩,以浪漫主义的夸张方式,更深刻地反映生活的本质、人性的本质;作品中突出的神秘氛围,诸如上帝的神秘干预,妖魔鬼怪、女巫等想方设法控制人的灵魂等等;变形的漫画人物刻画,果戈理笔下的人物往往是夸张变形的漫画式人物,其行为和心理都是扭曲的、变形的。

果戈理确立了现实主义在俄国文学史上的地位,他从此前俄国文学创作的书写传奇故事走向描绘平庸的现实生活,进而辛辣而深刻地揭露社会弊端,奠定了俄国现实主义如实反映现实、深刻揭露社会问题的优良传统。同时我们也应看到,果戈理创作中具有浓郁的宗教色彩,他把为国家服务与为上帝服务看作是并行不悖的,在揭露世俗平庸、社会丑恶的同时,为上帝服务的思想贯穿创作始终,且有独特的思考与观念。如博爱的兄弟情谊、地上千年王国的寻求、弥赛亚主义等,正如别尔嘉耶夫所说的那样:"果戈理不仅属于文学史,而且属于俄国宗教史和宗教—社会探索史。"

二、《死魂灵》

长篇小说《死魂灵》是果戈理的代表作,写的是主人公乞乞科夫收购死魂灵(死去但尚未注销户口仍需纳税的农奴)以牟取暴利的冒险经历。乞乞科夫来到某省城,广泛结交各种头面人物,从税吏、民政局局长、警察局局长直至省长本人,然后到乡下去收购死魂灵,先后见到了五位地主:玛尼洛夫、柯罗博奇卡、诺兹德廖夫、索巴凯维奇、普柳什金,收购了足足四百个死魂灵。然而,他收购死农奴的消息传出去了,一位可怜的检察长居然活活吓死,整个省城满城风雨,沸沸扬扬,乞乞科夫只好离开这里。小说通过乞乞科夫的这段冒险经历,反映了俄国农村和城市存在的普遍的社会问题。城市的官吏庸俗无聊,愚昧无知,滥用职权,贪赃枉法,游手好闲。乡村的五个地主或沉溺于甜腻腻的幻想而毫不务实,或冥顽不灵只知积攒钱财,或吹牛撒谎、冲动好斗、粗鄙无耻,或贪婪吝啬又是饕餮鬼,或是毫无人性的吝啬鬼、守财奴……小说形象地指出,这些人才是俄国真正的死魂灵。在揭露、讽刺俄国社会黑暗面的同时,作家也在某种程度上肯定了人的务实与实干精神,并且对俄罗斯的美好未来表达了向往之情。在艺术上,小说具有如下几个现实主义的显著特点。

1. 通过精心安排的情节,构织巧妙的结构。《死魂灵》的故事相当简单,写的是乞乞科夫为收购死魂灵,访问了城里的官吏以及乡村的五个地主,最后事情败露,只得悄然离去,而在这过程中所写的也是日常生活的凡人琐事,平淡无奇,但是果戈理却通过精心安排的情节,把这样一件琐碎而平淡的故事写得跌宕起伏,引人入胜,并且构织成了小说巧妙的结构。

一是巧设悬念,最后揭底。小说写乞乞科夫突然出现在 NN 市,和城里的官吏以及乡下的地主周旋,悄悄地收购死魂灵,而他的来历、此前的身世、性格和人生追求,以及为什么收购死魂灵,读者一无所知,从而造成悬念,让读者像小说中的人物一样,好奇地想探知乞乞科夫究竟是什么样的人物,他为何要收购死魂灵。直到第一卷的最后一章,才详细地交代了他的来历:此前几起几落的身世;他父亲从小对他的教育——"要是你能够博得上级的欢心,那么,即使在学问上面你没有什么成就,即使上帝不曾赐给你什么才华,你还是能够走运,能够出人头地的","不管你遭到什么厄运,钱不会出卖你。在这世上,有钱能使鬼推磨,有了钱什么事你都能够办得到,什么路你都能够打得通";唯利是图、营私舞弊、一心想发财的人生追求;虚伪狡诈、投机钻营又精明能干、屡败屡战、百折不挠的性格;以及偶然听一位书记员的顺口溜想出惊人的办法——趁新的纳税农奴花名册发下之前,把所有死掉的农奴买进来,抵押到赈济局,每个可抵押 200 卢布,只要买进 1000 个,就可以得到 20 万卢布。这种安排,既能在情节结构上制造悬念,引起读者急切地想了解乞乞科夫其人的欲望,又十分符合人们从现象到本质的认识规律,从而更深刻、更清楚地了解乞乞科夫乃至俄国社会。

二是整个作品大体上按总—分—总来结构。《死魂灵》第一卷共 11 章,第一章先总括地介绍当时社会生活的一般情况,包括城里的官吏和乡村的地主而又以城里的官吏为主;第二章至第六章分别写玛尼洛夫、柯罗博奇卡、诺兹德廖夫、索巴凯维奇、普柳什金;第七章至第十章又总写城里的官吏;第十一章回到穿针引线、贯穿城乡的主人公乞乞科夫,专门写其身世、经历、性格以及人生追求,并表达了对俄罗斯未来的满怀希望。这样,小说的时空虽然不断在城里和乡村转换,但以主人公乞乞科夫收购死魂灵的活动贯穿起来,叙事流畅,线索清晰。

三是安排乞乞科夫访问五个地主的故事,也匠心独运。乞乞科夫首先非常愉快地访问了玛尼洛夫,离开他家后,路上遇雨,深夜迷路,误走误闯,来到女地主柯罗博奇卡的家里,比较顺利地从她家出来后本想去访问索巴凯维奇,却在路上巧遇早在城里认识的诺兹德廖夫,被纠缠得十分难受,好不容易乘隙脱身,来到索巴凯维奇家,几经讨价还价做成买卖后打听到普柳什金家死了很多农奴,赶忙前去,没想到居然受到"热烈"欢迎。这种安排,既避免了依次挨家挨户访问的单调和呆板,又符合人物性格和生活实际:柯罗博奇卡胆小精明,普柳什金吝啬成性,他们不会出席省长家的晚会,很难与乞乞科夫认识。就是这两个人,作家的安排也有变化:前者是主人公误走误闯而凑巧遇上,后者则是特意登门拜访。

通过上述三个方面的布局安排,小说不仅把简单平淡的故事写得情节起伏跌宕,引人入胜,结构巧妙,而且富于戏剧性,符合人物性格并有利于人物性格的刻画,也符合生活真实。

2. 出色的讽刺艺术。果戈理采用多种多样的讽刺手法,从而形成了其出色的讽刺艺术。

一是通过鲜明的对照,构成强烈的讽刺。这主要通过人物外表与内里或言与行的强烈反差表现出来。城里的官吏们外表冠冕堂皇,内心却卑鄙肮脏;乞乞科夫外表文雅,自称有良心的诚实人,却到处招摇撞骗,唯利是图;玛尼洛夫外表体面,很有教养,实际上不学无术,内心空虚。

二是用强烈的夸张,构成讽刺,主要表现为通过夸张得近乎怪诞的现实生活细节来塑造了五个地主的形象。玛尼洛夫,是一个奢侈虚浮的地主,一个典型的愚蠢的梦想家,披着高雅绅士的外衣，实际上是个十足的懒汉和废物。他终日在恬静舒适、懒惰无聊的生活中消磨时光，从不过问田产家政，书房里永远放着一本看了两年才翻到第十四页的书。他整天沉溺在多情善感的幻想里，严重脱离了实际生活，甚至以冥想代替了客观实际，他为自己建立了一个幻想世界，计划层出不穷，但他并没有实现这些计划的愿望和能力。他只会清谈和玄想，爱用甜言蜜语讨人欢心，而丧失了任何行动的可能性。他对周围的一切都感到满意，不仅满意自己的妻子和两个流着鼻涕的孩子，而且满意城里所有的官吏，满意乞乞科夫的光临。他和乞乞科夫见了面，站在门口好几分钟，互相谦让着请对方先走，"最后，两个朋友侧着身子，相互稍微挤了一下，同时走进了门去"。他声称他们的相会"就像一个心的佳节"，甚至梦想他们的伟大友谊终于被沙皇得知，而赐给他一个将军头衔。

　　柯罗博奇卡，这是一个没有任何温情、文雅的外衣，只知道赤裸裸地追求金钱的灵魂丑恶、智力缺乏的女地主，她自称"可怜的不懂世故的寡妇"，生活极端闭塞，形成了她的愚蠢、粗鄙、迷信和保守。但她却善于经营田庄，严格监督农奴劳动，积极兜售各种物品，一心积聚财产。在积财方面，她又非常狡猾、尖刻和机警。一方面永远为没有收成、受损失而悲叹颓唐，一方面她又像一个小钱柜，悄悄地把钱一个一个地积攒起来。她愚昧闭塞，生性多疑，对一切事情都精打细算，从处理家庭琐事、买油脂和鸡毛直到卖死魂灵，都一再考虑如何不使自己吃亏。在这一形象里，狡猾和愚蠢，贪婪与吝啬，封建的顽固、孤僻和闭塞同商人的机警、善打小算盘、斤斤计较，巧妙地结合在一起，反映了外省小女地主的共同性格特征和心理状态。

　　诺兹德廖夫，这是一个花天酒地、挥霍无度、粗暴放荡、蛮横无耻的恶棍，吹牛撒谎，养狗玩马，吃喝嫖赌，打架斗殴是其主要嗜好。书房里没有书和纸，墙上只挂着一把宝剑和两支枪，收集了很多的烟斗，有木制的、陶制的、海泡石的、熏得发黄的和没有熏黄的，还养着各种毛色的稀奇古怪的狗。烟斗、狗和书房杂乱无章的物体构成主人公的生活环境，衬托出这个放荡地主恶少的爱好和习性。他习惯于不着边际地吹牛撒谎，不讲信义和毫无道德的蛮动。他有非凡的"活动"能力，但是他的精力不服从于任何目的，他可以采取任何计划，可是又会突然把它遗忘，他可以不假思索地做任何事情，但这一切又都会毫无意义。任何人都可以成为他的朋友，但是一转眼就可以打起架来。他的愿望是生活过得痛快，享乐要尽情。他只承认主观愿望，不承认事物的客观界限。"不受拘束！"这就是他的生活原则，赌钱就得输个倾家荡产，饮酒就要喝得酩酊大醉，打架就要打得鼻青脸肿。这是俄国农奴制社会产生的充满兽性本能的地主恶少、流氓无赖的典型形象。

　　索巴凯维奇，这是一个貌似狗熊、又笨拙又狡猾、又贪婪又吝啬、极端残忍和顽固反动的守财奴、饕餮鬼，是一个"牢固、稳定"的实际主义者。粗野的索巴凯维奇，外形像一头中等大小的熊，穿的燕尾服也是熊皮式的，身体笨拙，动作莽撞。就连他的庄园里，所有房屋、家具、陈设也都貌似主人，笨重而顽固，好像都在说"我也是一个索巴凯维奇"。他讲究实际，不喜欢幻想和空谈，他的生活目的就是占有生活中的一切物质财富。他把文化、教育都看成是无用的甚至有害的，他没有任何精神追求，吃和喝是他生活中唯一的需要和乐趣，他能将全鹅全猪"连骨头也嚼一通"地大吃特吃，直到"饱透了"，只是哼。他认为人生的目的和意义在于积蓄钱财，为达到目的，可以不择手段。贪婪掠夺的本性和顽固残暴的心理使他对一切事物,包括对美好的事物,无论任何人,都抱怀疑、不信任甚至仇恨的态度。

普柳什金,是集地主丑恶之大成的形象,是守财奴和吝啬鬼,既贪得无厌又吝啬得惊人浪费得惊人。外貌看上去像个乞丐:衣服的底子已无法辨认,袖管和衣襟都乌黑发光,简直像是做靴筒的上等鞣皮,脖子上围的是袜子还是肚兜也无从判断,以致乞乞科夫初见他时根据这不伦不类的穿戴和身上挂的一串钥匙,判定他是女管家,但又觉得女管家应该没有胡子而这位是刮了胡子的。农奴制寄生生活改变人的一切,使这个大地主成为一个既贪婪又吝啬的守财奴,成为一个丧失了人的面貌的废物。他拥有上千农奴,财物堆积如山,却过着乞丐般的生活,吃着两口稀饭加一碗菜汤的粗劣饮食,穿着破烂不堪、前后挂片的女用长衫,以致乞乞科夫初见他时,竟分不出是男是女。拼命地搜刮财富是他一生中唯一的信条。这位吝啬鬼,尽管拥有1000多个农奴,家里粮食堆积成山,却还极端地收敛,不仅残酷榨取农奴的血汗,而且"凡是落进他眼里的东西:一只旧鞋跟,一片娘儿们用过的脏布,一枚铁钉,一块碎陶瓷片,他都捡回自己的家",以致"他走过之后街巷已经不用再打扫了";在家里他更是吝啬,不管家里有多少仆人,只给他们准备一双靴子,贫寒的女儿带外孙回来看他,他收下了礼物,可是没有一丝一毫送给女儿,只是和外孙亲热了一番,把放在桌子上的一颗纽扣给外孙玩了一会,人的吝啬竟然到了六亲不认的程度!他从不拜访别人,也拒绝别人来访,惊人的吝啬使他割断了与周围生活的一切联系。只是由于乞乞科夫买他的死农奴,让他免交人头税而又给他钱,普柳什金才破天荒地拿出发霉的饼干招待乞乞科夫……永不满足的贪欲,极度的吝啬,使他丧失了辨别物品真正价值的能力,他变成了贪婪的奴隶、财富的毁坏者,在他那堆积如山的仓库里,面粉已硬得像石头,要用斧头才能劈下来,布匹一碰便化成灰。他敲骨吸髓地搜刮,又任意地糟蹋;他无限制地积累,又毫无意义地毁灭。他是一个冷酷的利己主义者和病态的守财奴,一个埋在"灰堆"中腐烂发臭的老废物,也是私有财产所固有的天性——毁灭力的象征,他与莎翁笔下的夏洛克、莫里哀笔下的阿巴贡、巴尔扎克笔下的葛朗台老头并称为西方文学四大著名的吝啬鬼。

三是用比喻构成讽刺。如普柳什金:"一双小眼睛还没有失去光泽,在翘得高高的眉毛底下骨碌碌地转动着,像是两只小老鼠从暗洞里探出它们尖尖的嘴脸,竖起耳朵,掀动着胡髭,在察看有没有猫儿或者淘气的孩子守候在什么地方,并且疑虑重重地往空中嗅着鼻子。"又如柯罗博奇卡家的狗叫:"在这两条狗的吠叫中间夹着大概是一条狗崽子的一串童音,像挂在邮政车车辕上的小铃铛在叮当鸣响,最后,盖过所有这一切的是一个低音,这也许是一条老狗,要不然就是一条结实健壮的雄狗,因为它加进一阵阵粗哑的吠叫,好像唱诗班里的一个男低音歌手,当乐曲进入高潮,男高音歌手踮起了脚,拼命想迸出一个高音来,所有的合唱队员也全都昂头伸脖子,要把声音往高里拔,这时候他一个人却把没有提过的下巴颏儿缩到了领结里,蹲下了身子,屁股几乎着了地,从丹田里发出他那浓重的低音,使窗玻璃都震动得叮叮作响。"

3. 叙事、抒情、议论相结合。作品既有乞乞科夫冒险经历的叙事,又有作者的议论,如:"就这样,我们主人公已经亮了相,他便是这样一个人!可是,也许会有人要求一个爽快的定论:就道德品质而言,他究竟是怎么样的一个人呢?他不是一个完人,一个体现美德懿行的英雄,这一点已经很明白了。那么,他究竟是怎么样一个人呢?该是一个卑鄙无耻之徒吧?

为什么是卑鄙无耻之徒呢,为什么对别人这样苛求呢?现在,我们已经没有卑鄙无耻之徒啦,有的仅是正直规矩、亲切可爱的人,要是还能够找得出不知人间羞耻、涎皮赖脸、讨人唾骂的那种人来,那也只不过有两三个罢了,就连这寥寥的几个人,现在也在大谈美德懿行啦。最公正的办法是把乞乞科夫称为:掌柜的,一心想发财的人。利欲——这是所有一切罪恶的根源;正是利欲生出了上流人士所说的不干不净的事儿来。"还有不少的抒情插笔,其中最著名的又数小说结尾的一段:"俄罗斯,你不也就在飞驰,像一辆大胆的、谁也追赶不上的三驾马车一样?在你的脚下大路扬起尘烟,桥梁隆隆地轰响,所有的一切都被你超过,落在你的身后。旁观者被这上天创造的奇景骇呆了,停下了脚步:这可别是从天而降的一道闪电吧?这样触目惊心的步伐意味着什么呢?是什么样的魔力潜藏在这人间未曾见过的马儿身上?哦,马儿,马儿,多么神奇的马儿呀!你们的鬣毛里是不是裹着一股旋风?你们的每条血管里是不是都竖着一只灵敏的耳朵?你们一听见来自天上的熟悉的歌声,就立刻同时挺起青铜般的胸脯,蹄子几乎不着地,身子拉成乘风飞扬的长线,整个儿受着神明的鼓舞不住地往前奔驰!……俄罗斯,你究竟飞到哪里去?给一个答复吧。没有答复。只有车铃在发出美妙迷人的叮当声,只有被撕成碎片的空气在呼啸,汇成一阵狂风;大地上所有的一切都在旁边闪过,其他的民族和国家都侧目而视,退避一边,给她让开道路。"这种叙事、议论、抒情三结合的方法,最早源自普希金的诗体长篇小说《叶甫盖尼·奥涅金》,果戈理首次把它引入俄国散文体长篇小说中(这也可能是作家把这部长篇小说称为"长诗"的原因之一),并且对后来的作家影响深远,如托尔斯泰的《战争与和平》《复活》和帕斯捷尔纳克的《日瓦戈医生》都相当出色地运用了这种方法。

第八节　陀思妥耶夫斯基

费奥多尔·米哈伊洛维奇·陀思妥耶夫斯基(1821—1881)是俄罗斯19世纪最伟大的现实主义作家之一,与列夫·托尔斯泰并称为俄国批判现实主义的双峰。他以擅长描写人的分裂、孤独感、悲剧命运而闻名,偏爱描绘人的心理和下意识,作品中充满着强烈的非理性主义、神秘主义、悲观主义色彩,被奉为现代主义文学的鼻祖之一。

一、生平和创作

陀思妥耶夫斯基1821年11月11日出生于莫斯科,其父为该城一所大医院的医生,其母为莫斯科一商贾之女。1837年,陀思妥耶夫斯基前往彼得堡,进入军事工程学校学习。在校四年期间,他对工程学兴趣全无,反而热衷于文学和阅读。从军事工程学校毕业后,他在工程部觅得一份工作。

1844至1845年间,陀氏创作了自己的处女作《穷人》,他带着这部作品去拜会当时著名诗人涅克拉索夫,后者大胆预言:"新的果戈理诞生了!"涅克拉索夫带着这部作品拜访别林斯基,起初别林斯基不以为然,对他说:"你的果戈理像蘑菇一样多吗?"可是当他通读完小说后,得出的印象却与诗人完全一致。正是这部作品使得陀氏被别林斯基友善地归入"自然派",正式登上文坛。

《穷人》以书信体写成,讲述了一位年老的公务员杰符什金和备受侮辱、几乎落入卖笑火坑的年轻姑娘陀勃罗谢洛娃互相爱怜、相依为命,后又迫于生计,不得不分离的悲惨故事。陀氏的这部作品继承了俄国文学中由普希金、果戈理开创的"小人物"传统。诚然,杰符什金很容易使人联想起普希金笔下的韦林(《驿站长》)和果戈理笔下的巴什马奇金(《外套》)。他们都同样的贫穷、胆小、无助,但与他们不同的是,杰符什金是个有思想和意识的人,他有着丰富的内心世界,要求获得别人的尊重,且自己也尊重别人的贫穷与不幸。由此可见,陀氏不仅关注自己笔下小人物的社会地位,也同样开始重视他们身上的自我意识和内心世界,这极大地促进了小人物形象的发展。

随着《穷人》的大获成功,年轻的陀思妥耶夫斯基似乎有些难以承受突如其来的成功,有些飘飘然,变得傲慢自负起来。他于同年迅速推出了自己第二部小说《双重人格》,但这部作品所激起的反响却相当冷淡。小说主要讲述了一位政府小官员——戈利亚德金,他担心其他同事窃取其个性,因而惴惴不安,并最终发疯的故事。与人道主义色彩浓厚的《穷人》不同,在这部小说中活生生的底层生活与对官僚等级的严酷的描写,与幻想乃至精神分裂奇妙地结合在了一起。这是陀氏首次尝试描写精神分裂的人物,无疑给当时的俄国文学创作带来了新意。

早期的陀思妥耶夫斯基除从事文学创作外,还积极投身政治活动,思想上一度曾较为激进,是一位西方派人士。他积极参加彼得拉舍夫斯基社会主义小组,该小组成员经常聚集在一起阅读傅里叶等人的著作,讨论社会主义问题,抨击现存体制。1849年初,陀氏因在宣传团体里朗读了别林斯基《给果戈理的一封信》后被捕,被判服八年苦役,后被沙皇减刑为四年。据史料记载,陀氏被捕后起初被判死刑,执行那天,他被捆绑至法场,在断头台前,刽子手在他头上斩断钢剑,神父让他亲吻十字架,然后给他换上白色殓衣,在行刑官宣布死刑、喊出瞄准后,却是半分多钟的死寂。突然,一骑快马奔来,宣告沙皇的赦免,由死刑改服苦役。这次由沙皇政府精心策划的恶作剧对作家影响巨大,使其信念产生了根本性的转变。此后,作家一度从文坛上消失,时间长达九年。

1850年3月至1854年3月,陀思妥耶夫斯基在鄂木斯克的监狱中服苦役。服役期间,他除了《圣经》外无书可读。也正是在此期间,他经历了一场重要的精神转变,最终放弃了自己年轻时激进的社会理想,开始转向俄国民众的宗教。

1859年,陀思妥耶夫斯基被允许返回俄国的欧洲部分,同年终获赦免,重新返回彼得堡。当时正是俄国农奴解放运动前夕,作家与其兄米哈伊尔一同创办《时代》杂志,积极投身社会政治运动,竭力宣传自己的"根基论"(又译"土壤论")思想。这种思想乃是斯拉夫主义的变体之一,主要观点为:彼得大帝的改革是历史的必然,但并未被人民接受,使有文化的上层阶级脱离了人民;现在上层阶级和人民之间的鸿沟应该弥合,上层阶级必须回到人民的"根基"上去,与人民的"本源"相结合;俄国要走自己独特的路,各个阶层不是互相敌对和斗争,而是联合一致。① 1861年,他在该杂志先后发表了小说《被侮辱与被损害的》和《死屋手记》。

《被侮辱与被损害的》是陀思妥耶夫斯基重返彼得堡后发表的第一部作品,小说主要描写了工厂主史密斯和小地主伊赫缅涅夫两家的不幸,而造成不幸的罪魁祸首则是瓦尔科夫斯基公爵。他先是引诱了史密斯的女儿,骗取了她家的全部财产,后又抛弃了她和女儿涅莉;与此同时,为了阻挠自己的儿子阿廖沙与伊赫缅涅夫的女儿娜塔莎相爱,瓦尔科夫斯基诬陷伊赫缅涅夫夺取了其田产。小说真实地反映了俄国在资本主义冲击下贵族的道德堕落和资产阶级个人主义思想影响的急剧增长,这一主题在作家后期的作品中占据非常重要的地位。与此同时,作家怀着深切同情描绘了"被侮辱与被损害的"人们——涅莉、娜塔莎、伊赫缅涅夫老人等,他们正直、善良、富于自我牺牲精神,默默沉受着一切苦难。

1864年对陀思妥耶夫斯基来说是备受苦难煎熬的一年,他的妻子和兄长先后离他而去,自己所办的杂志也因经费不足而停办。在这种艰苦的环境下,他仍不辍笔耕,创作出自己所有作品中最为独特的《地下室手记》。《死屋手记》是陀氏在鄂木斯克要塞中亲身经历的写照,作品由回忆、随笔、日记等组合而成,没有连贯的情节,将作品连接成一体的是第一人称主人公——梁奇科夫的心理感受。陀氏通过这部作品真实地再现了俄国沙皇专制制度下的牢狱生活。《地下室手记》在陀氏的创作中具有某种转折意义,此后他更注重小说的社会哲理内涵,对主人公心理的开掘也越来越深刻。小说的主人公是彼得堡的一位八等文官,在获得一笔遗产后隐居在"地下室"。坎坷的生活经历和屈辱的社会地位,让他的心中积聚了太多的怨恨,但软弱的性格又使他找不到发泄的途径,在强烈的思想活动中,他把自己塑造成一个自我中心主义者。陀氏在这部小说中最终找到了自己的风格和自己的主人公,"地下室人"的性格特征成了他后来创作的小说中主人公的心理分析的基础。

60年代初到70年代初的十年间,陀氏多次出国旅行,自称为了恢复健康,实为躲避债主的纠缠。为了偿还大笔债务,他开始静心创作大部头的小说。1865至1866年间,他写出了《罪与罚》,并将其所有作品的版权以极其低廉的可笑价格卖给了出版商斯捷洛夫斯基。按合约规定,作家还必须在1866年11月前向出版商提交一部篇幅完整、未曾发表的长篇小说。为了完成任务,他开始创作《赌徒》。在此期间,作家雇佣了一位速记秘书——安娜·格里高利耶夫娜·斯尼特金娜,她后来成为作家的第二任妻子,正是在她的帮助下,作家奇迹般地在26天内完成了《赌徒》的写作,并最终摆脱债务,得以相对轻松地度过了一生的最后十年。在这些年间,作家进入了创作的成熟期,先后写作了《白痴》(1868)、《群魔》(1872)、《卡拉马佐夫》(1879—1880)等大部头作品。

在《白痴》中,陀氏塑造了一位"绝对美好的人物",堪称基督般的人物——梅诗金公爵。他为人诚实、宽容、博爱,对不幸的人充满同情,但并不了解不幸的根源,因而无力解决任何现实的矛盾,他未能帮助娜斯塔霞减轻心灵所受的折磨,也预感到罗戈任最终会对她下毒手,却无法阻止;他也未能帮助阿格拉娅找到真正的出路,最终连他自己也发疯而死。梅诗金的悲剧,预示着这个形象背后所承载的理想的破产:他曾以为"美能拯救世界",可是现实

---

① 陀思妥耶夫斯基:《陀思妥耶夫斯基选集》第18卷,俄文版,科学出版社1978年版,第36页。

无情推翻了他的这一想法，美不但不能拯救世界，反而被这个世界所毁灭；在《群魔》中，陀氏以讽刺的笔法描写了沙皇政府的官僚和贵族如何只顾私利，并成功地塑造了自由主义者斯捷潘·韦尔霍文斯基的形象，对自由主义者所固有的怯懦、自我陶醉、高谈阔论、无所事事，盲目崇拜西欧、脱离人民、不了解俄国社会等实际问题进行了大胆的揶揄和鞭挞。

《卡拉马佐夫兄弟》是陀氏的绝唱，也是其总结性著作，在这部作品中集中体现了作家创作成熟期几乎所有的重要思想。小说描写了卡拉马佐夫家族的历史，这一"偶合家庭"父子、兄弟四分五裂，各人不同的遭遇造成了他们思想感情上的对立；金钱、美色引起他们之间的尖锐冲突和相互仇恨，最终引发了弑父的惨剧。卡拉马佐夫家族的悲剧乃是农奴制改革后俄国社会的一个缩影，反映了社会的不合理和人与人之间的畸形关系。小说中最为脍炙人口的一章"宗教大法官"，以其自身的完整性，深刻的思想性，常常被单独加以研究，至今仍吸引无数哲学家和文艺学家的阐释。

1880年6月8日，陀思妥耶夫斯基在莫斯科普希金纪念碑揭幕典礼上发表了热情洋溢的致辞，使其达到声誉的顶峰。

1881年2月9日，陀思妥耶夫斯基病逝于圣彼得堡。

二、《罪与罚》

《罪与罚》是陀思妥耶夫斯基60年代最重要的一部作品，也是其第一部成功的社会哲理小说。小说将追踪杀人犯的情节悬念和人物紧张的心理活动、对特定时代的社会性评判，以及作家本人的宗教思想有机地融为一体，真实地再现了1861年俄国农奴制改革后，资本主义迅猛发展在社会生活的各个方面、特别是思想道德方面所引起的急剧变化。

小说的主人公拉斯科尔尼科夫是位贫穷的大学生，为了检验自己能否成为那种拯救人类的"超人"，杀死了放高利贷的房东老太婆。犯罪之后，他内心陷入了无尽的恐惧和疯狂，一度处于崩溃的边缘，无法面对周围人，勉强只能与妓女索尼娅交流，在后者的感召下，他决定自首，被流放至西伯利亚，最终决定皈依上帝，洗涤灵魂。

作者将故事背景设定于19世纪60年代的彼得堡——这座俄国农奴改革后被资本主义迅速入侵的帝都；总是灰暗阴沉的天空、肮脏发臭的街道、破败的木房、嘈杂的小酒馆……这里生活着各种各样的人：贫困的小官吏、沦落风尘的妓女、看门人、大学生、放高利贷者、暴发户、地主、密探……在这座城市的大街上每天都在上演悲剧：索尼娅在大街上做出卖身的牺牲，马美拉多夫在大街上被马车撞死，卡捷琳娜·伊凡诺夫娜在马路上血流如注，斯维里加依洛夫站在大道上开枪自杀……正是这样恶劣的环境酝酿出了拉斯科尔尼科夫的犯罪念头。

拉斯科尔尼科夫是个有思想的大学生，由于贫穷中断了学业，只身一人住在彼得堡，依靠母亲的养老金和妹妹做家庭教师的微薄薪水维持生活。他天性善良、乐于助人、才思敏捷，同时又高傲、忧郁、孤独、怪癖。由于身处社会边缘，加之思想未完全定型，他受到了当时社会上流行的一种极端"理论"的影响。根据这一理论，世上的人可以分为两类："不平凡的人"和"普通的人"。前一类人能"发表新的见解，推进这个世界"，为了达到目的，可以不择手段，甚至杀人；后一类人则只是芸芸众生，"繁殖同类的材料"。受这一理论影响，他将杀死放高利贷的老太婆视为对自己理论的检验。事与愿违的是，犯罪后的拉氏并没有解决自己的思想矛盾，反而精神一度崩溃，近乎疯狂，最终在索尼娅的感召下，投案自首，在宗教中获得新生。

拉斯科尔尼科夫这一形象乃是陀氏对俄国19世纪60年代"新人"思考的结果，但他对这一形象的塑造在评论界却引发了不小争议。自由主义派盛赞他的这部新作，而革命民主派则对作者发难，指责他"侮辱了年轻一代"。与同时代作家笔下的那些满腔热忱地与旧制度作斗争的"新人"，如巴扎罗夫（屠格涅夫《父与子》）、拉赫美托夫（车尔尼雪夫斯基《怎么办？》）不同，"陀氏则面向另一类复杂而矛盾的性格。在他的主人公身上有对贫困民众的热烈的同情心和良知，却又傲视民众，有凌驾于他人之上的欲望；他希望根除社会上的恶行，却又带着个人主义的激愤复仇的冲动"①。总而言之，通过拉氏这一形象的塑造，我们可以清晰地看出陀思妥耶夫斯基对待"新人"的复杂态度：一方面对他们的痛苦遭遇予以同情，另一方面又批判了他们身上的个人主义冲动，正是后者将他们推上犯罪的道路。

索尼娅是小说中的另一个重要人物，她的身上集中体现了陀氏的宗教理想。索尼娅生活于社会的最底层，内心善良、温和、虔诚，为了家人的生计不惜出卖自己的身体。与拉氏一样，她也是"有罪"的，但与前者的罪行有着本质的不同：她在众人面前没有过错，从未出卖过自己的灵魂以及对上帝的信仰，作家将其作为为人类承受苦难的化身，当拉氏伏在底下吻她的脚以后说："我不是向你膜拜，我是向人类的一切痛苦膜拜。"对索尼娅来说："一切理论、一切思想，与生命相比都是微不足道的，而拉斯科尔尼科夫在寻找思想的绝对原则时抹杀了生命的绝对原则。"索尼娅以她的仁慈善良和对上帝的虔诚信仰，不但自己获得了肉体和灵魂的解脱，同时也拯救了拉斯科尔尼科夫。文学评论家们称之为"索尼娅道路"。

此外，小说还有其他一些人物值得注意，他们既包括马美拉多夫、卡捷琳娜·伊万诺夫娜、杜尼娅这些处于社会最底层的小人物，他们在面对生活的不幸时，或借酒消愁，或痛哭流泪，或嫁给不爱的人；也包括斯维里加依洛夫、卢仁等掠夺者和地主，他们或淫荡至极，或贪得无厌。通过对这些人物及其命运的描绘，作家间接揭示了拉斯科尔尼科夫理论产生的深刻社会根源，客观展现了农奴制改革后彼得堡社会众生相。

综观陀氏笔下的人物，他们大都有着"双重人格"，性格病态、敏感且怪异，时刻紧绷着神经，情绪转换迅速而激烈，游走于"上帝"与"魔鬼"两极。诚然，陀氏非常善于描绘这类边缘型人物，捕捉他们意识中最隐秘的部分，这与作家本人对人的独特理解有关。作家在创作之初便立志要揭示人的奥秘："人是一个谜，需要解开它……我在研究这个谜，因为我想成为一个人……"②而对于陀氏来说，人的奥秘集中体现在人的灵魂之中，大量的人物的心理的描写，其本质在于显示人的灵魂，而正是在这种对人的复杂心理的描绘中，在人的隐秘的灵魂显示中，表现出了现实主义的真实性。陀氏的《罪与罚》因而被评论界称为"一份犯罪的心理报告"，陀氏也因此被誉为心理描写大师。陀氏则说："人们称我为心理学家，这是不对的，我

---

① 陀思妥耶夫斯基：《罪与罚》（下），袁亚楠译，河北教育出版社2010年版，第705页。
② 陀思妥耶夫斯基：《陀思妥耶夫斯基书信选》，冯增义、徐振亚译，人民文学出版社1993年版，第9页。

只是最高意义上的现实主义者,也就是描绘人的灵魂的全部深度。"①陀氏的这一见解与宗教人类学的观点颇为类似,根据后者的观点,人是由身体、心灵和灵魂构成的三位一体,而这第三个、也是最深的层次——灵魂,包含着人对善与恶的理解(道德),及其对它们进行选择的自由意志,它隐藏得最深,唯有在一些极端的情况下,如面临生死、思考自身存在的意义时才会显露。正是意识的这一部分成为陀氏最关注的对象,在这层意义上看,陀氏确实不是一位"心理学家"而是"最高意义上的现实主义者"。

《罪与罚》在陀氏的整个创作生涯中占有重要地位,它承前启后,是前期创作的总结和升华,又标示着更高艺术创造的开始,其日后的长篇小说基本特征正是从这部作品开始形成的。

在情节方面,陀氏的作品往往并不靠曲折离奇的故事而取胜,这主要体现在"罪"与"罚"的篇幅不成比例:"罪"仅占一章,第二至六章及结尾都是关于"罚"。从小说题目来看,杀人事件应为小说的主要情节,但文中并没有细致描绘拉氏杀人理论形成的过程,以及他如何作案的详细过程,更有甚者,读者从小说的一开始就已经猜到杀人者是谁。由此可以推断,这并不是一部以侦探体裁为主题的小说。此外,情节的编排也并不紧凑,而是充满着很多的戏剧性和偶然性,比如拉氏与作品中几乎所有的重要人物在小说一开始就相识了,故事也总是往有利于作家的方向发展。那么,什么构成了这部作品的情节呢?在我们看来,独特的心理主义乃是构成这部作品情节的最主要特征。为了激发人物的深层意识,作家有意将他们从惯有的生活轨道上拉开,将其置于危机的状态。因此,这部小说的情节设置从一场灾难转到另一场灾难,从而斩断人物脚下坚实的根基,迫使他们一次次地面对那些悬而未决的、终极问题的拷问。《罪与罚》的情节可以描述为由灾难构成的链条:首先是拉斯科尔尼科夫的犯罪,使他处于生与死的边缘;接着是马美拉多夫的灾难,紧接其后的是卡捷琳娜·伊万诺夫娜的发疯和死亡,最后是斯维里加依洛夫的自杀。此外,小说还穿插了对索尼娅以及拉斯科尔尼科夫母亲灾难的描写。在这些灾难中唯有索尼娅和拉斯科尔尼科夫成功地活了下来。在这些灾难之间则被拉氏与其他人物的紧张的对话所填充,特别是其中两次与索尼娅的谈话,两次与斯维里加依洛夫的谈话,以及三次与波尔菲里的谈话。

《罪与罚》中的艺术时空也是耐人寻味的。从时间上看,小说的情节发展总共不过十二天,但空间却不断变换,由此形成了一种独特的叙事张力,这种独特的时空组合(巴赫金称之为"时空体")乃是陀思妥耶夫斯基区别于其他作家的一个显著特点。比如,与陀氏恰恰相反,托尔斯泰作品高度重视传记时间,喜欢时间的连绵不断,而作品中的空间较为固定、有限,如贵族沙龙、战场等。在《罪与罚》中陀氏之所以偏爱"门槛""阶梯""大街""广场"这样的空间并不是偶然的,作家赋予它们危机、堕落、复活、更新、彻悟等意义,它们时常是左右人整个一生的决定等事件发生的场所:"时间在门槛这一时空体里,实际上只不过是瞬间,这一瞬间似乎没有长度,似乎从正常的传记时间里脱落出来。这样的决定性的瞬间,在陀思妥耶夫斯基的作品中,被纳进了宗教神秘剧和狂欢节时间的无所不包的巨大时空体中。"②

---

① 陀思妥耶夫斯基:《陀思妥耶夫斯基书信选》,冯增义、徐振亚译,人民文学出版社 1993 年版,第 390 页。
② 巴赫金:《巴赫金全集》第三卷,白春仁、晓河译,河北教育出版社 1998 年版,第 443 页。

除上述这些艺术特征外,《罪与罚》中还有其他一些艺术手法值得我们关注,比如对梦境的描绘等。如拉斯科尔尼科夫在犯罪前梦见自己的童年,看到一匹驽马拉着超载的车子被折磨致死的悲惨情景。这个梦很好地烘托了他对人间苦难的思索,以及对自己的无能为力和心头难以忍受的压抑。

总而言之,在小说情节、结构、人物等方面的独特处理,最终形成了陀氏小说独特的体裁特征——"复调小说":"有着众多的各自独立而不相融合的声音和意识,由具有充分价值的不同声音组成真正的复调——这确实是陀思妥耶夫斯基长篇小说的基本特点。"[1]在巴赫金看来,复调小说的出现无异于文学创作中的一次哥白尼式革命,它整个地颠覆了之前的独白小说的美学观。在独白小说中,小说的情节、结构、人物、性格等都听命于作者的安排,小说中仅有作者的一种声音,而复调小说则是一种真正的多声部小说、一种彻底贯彻了对话精神的小说,其中没有了统一的作者意识,有的只是众多各自独立、互不相融的声音和意识,作者的声音与主人公的声音是平等的,主人公不再是一个被描绘的客体,而是与作者一样具有意识的主体。

第九节 托尔斯泰

列夫·尼古拉耶维奇·托尔斯泰(1828—1910)是19世纪俄国批判现实主义文学的杰出代表,是世界上公认的最伟大的小说家之一。他在俄国文坛活动了近60年,创作了大量的文学作品,被称颂为具有"最清醒的现实主义"的"天才艺术家"。

一、生平与创作

托尔斯泰于1828年9月9日(俄历8月28日)出生于俄罗斯图拉省克拉皮文县亚斯纳雅·波良纳的一个古老的贵族家庭。他2岁丧母,9岁丧父,由姑母监护长大,早年接受的是贵族式的启蒙教育。1844年他入喀山大学东方语文系学习,次年转入法律系。大学期间对哲学产生兴趣,受卢梭和孟德斯鸠等启蒙思想家的影响,对农奴制社会和学校教育不满,于1847年退学回到雅斯纳雅·波良纳经营田庄。他决心改善农民的生活,但他的改良措施没有取得预想的结果。农事改革失败后,他刻苦自修完大学的全部法学课。一段时间,他沉迷于上流社会的放荡生活,同时不断地分析自己,批判自己,向往道德上的纯洁。

1851年,他随兄长到高加索服兵役。军务之余大量阅读文学作品和历史著作,开始创作中篇小说《童年》。这部小说和后来创作的《少年》(1854)、《青年》(1857)组成自传性三部曲。三部曲描写了尼古连卡从童年到青年的成长过程及其种种内心感受,是托尔斯泰创作中贵族青年精神探索主题的开端。作品表现了对贵族生活的批判和对下层人民的同情,显示了作者心理分析的才能。车尔尼雪夫斯基在《列·尼·托尔斯泰伯爵的〈童年〉〈少年〉和战争

---

[1] 巴赫金:《巴赫金全集》第三卷,白春仁、晓河译,河北教育出版社1998年版,第4页。

小说》中指出，作者才华的两个特点是心理分析和道德感情的纯洁，而且特别指出，托尔斯泰"最感兴趣的，却是心理过程本身，是这过程的形态和规律，用一个特定的术语来表达，就是心灵的辩证法"。这一特点在后来的创作中更加充分地表现出来。

1854 至 1855 年，托尔斯泰参加了克里米亚战争中的塞瓦斯托波尔战役，他根据自己在战役中的经历和见闻，写成了《1854 年 12 月的塞瓦斯托波尔》《1855 年 5 月的塞瓦斯托波尔》和《1855 年 8 月的塞瓦斯托波尔》三篇具有特写性质的短篇小说，统称为《塞瓦斯托波尔故事》。小说以现实主义的笔触描写了战场的真实情景，歌颂了那些为了保卫祖国而英勇战斗的士兵和军官，赞美他们的爱国主义和英雄气概，谴责了贵族军官的贪婪、虚荣和追求名利。

1855 年，托尔斯泰到了彼得堡，进入文学界，和进步杂志《现代人》建立联系。翌年退役，致力于文学活动。在彼得堡，他受到文学界的欢迎，被认为是果戈理的继承者和俄罗斯文学的希望。1856 年，他发表了短篇小说《一个地主的早晨》，首次表现了作者对农民问题的探索。小说是根据作者在自己的庄园里试行农事改革的亲身体验写成的。青年地主聂赫留朵夫同情农民的贫困，在自己领地上进行农事改革，但农民不信任他，不接受他的恩惠。小说的积极意义在于真实地描写了农民的贫困和悲惨遭遇，揭示了地主与农民之间的尖锐对立，同时也体现了作者思想的矛盾性：他一方面同情农民，另一方面又为贵族在精神上找不到出路而苦恼。

1857 年，托尔斯泰出国旅行，访问了法国、德国、意大利、瑞士诸国。根据在瑞士小城琉森的见闻，写成短篇小说《琉森》，谴责资产阶级所标榜的"文明""自由""平等"的虚伪和金钱至上的原则。

50 年代末，托尔斯泰与革命民主派在农奴制问题和艺术观点上产生分歧，导致他 1859 年退出《现代人》杂志，离开彼得堡回到亚斯纳雅·波良纳。此后，他一生的大部分时间都是在这里度过的。同年，他开始在亚斯纳雅·波良纳创办农民子弟学校，把教育视为社会改良的重要途径。

1860 至 1861 年，托尔斯泰再度出国，到德、法、英、意和比利时作教育考察，回国后创办《亚斯纳雅·波良纳》教育杂志。

1861 年的农奴制改革给农民带来的是地主和资产阶级的双重压迫。托尔斯泰认为"农奴制改革法令"是毫无用处的空话。改革后他担任了"调解人"，在调解农民和地主之间的纠纷时尽力维护农民的利益，因而遭到地主们的忌恨，他们联名控告托尔斯泰，导致宪兵对托尔斯泰庄园和学校的搜查，这使托尔斯泰的思想发生了剧烈的震动，促使他更加坚决地否定专制制度，更加注意研究宗法制农民的"道德生活"。

1862 年 9 月，托尔斯泰和一个医生的女儿索菲娅·安德烈耶芙娜结婚，婚后生活幸福。从 1863 年起，他停止办学和发行杂志，埋头于文学创作，发表了中篇小说《哥萨克》和《波利库什卡》。

《哥萨克》描写贵族青年奥列宁厌倦了上流社会的奢侈享乐，便参加了驻高加索的军队。他喜欢哥萨克纯朴自由的生活和豪放的性格，决定在这里生活下去。他爱上了山村中美丽的姑娘玛莉安娜，但由于在恋爱过程中暴露出他的自私本性，遭到姑娘的拒绝，只好痛苦地离开了哥萨克村。奥列宁这个形象,体现了作者对俄国社会问题和贵族出路问题的探索。作者把哥萨克的纯朴生活与贵族的享乐生活加以对照,首次提出贵族阶级"平民化"的思想,构成了此后托尔斯泰精神探索的重要基础。

1861年的农奴制改革后,解决国家和人民的问题成了托尔斯泰创作的主旨,他想从历史和道德的研究中找出解决社会问题的答案。他潜心研究史料,于1863至1869年写成长篇历史小说《战争与和平》。作品以1812年俄国的卫国战争为中心,反映了1805年至1820年的重大历史事件,包括俄奥联军同法国的奥斯特里齐会战、法军入侵俄国、波罗金诺会战、莫斯科大火、法军溃退等。小说以包尔康斯基、别竺豪夫、罗斯托夫和库拉金四大贵族为主线,在战争年代与和平时期的交替描写中,展现了广阔的社会生活画面。书中描绘了559个人物,上自皇帝、大臣、将帅、贵族,下至商人、士兵、农民,反映出各阶级和各阶层的思想情绪,提出了许多社会、哲学和道德问题。

小说肯定了1812年俄国人民反拿破仑入侵战争的正义性,赞扬人民的爱国精神和英雄气概。作者说他是在"努力写人民的历史"。他将前线与后方、军与民的战斗行动结合起来,反映了人民战争的宏伟规模,体现了反侵略战争必胜的规律,从而使小说成为一部波澜壮阔的人民战争的史诗。

小说中的主要人物形象是贵族。贵族分成两类:宫廷贵族和庄园贵族,并以他们对人民的态度如何、同人民是否亲近作为准绳而进行褒贬。书中揭露宫廷贵族和上层官僚的腐败,在国家危难时期,他们照样寻欢作乐,争名夺利,置国家与人民的利益于不顾。庄园贵族大部分时间居住在乡间,与大自然的接近使他们保持了俄罗斯民族的风俗习惯和人与人之间的宗法关系,在民族危亡的关键时刻,能够舍弃个人利益而投身于救国事业,表现出强烈的爱国精神。

庄园贵族的代表安德烈·包尔康斯基和彼尔·别竺豪夫是作者歌颂的对象,他们鄙视上层贵族的庸俗,向往理想的有道德的生活,经常思索生活的意义并进行自我分析。他们热爱祖国,具有为国献身的牺牲精神。安德烈死前接受了《福音书》的教义,彼尔接了农民士兵卡拉达耶夫的宿命论思想。娜达莎·罗斯托娃是作者理想的妇女形象,她感情真挚,热爱生活,接近人民,富有青春活力和民族感情,与宫廷贵族妇女形成鲜明对照。小说结尾,婚后的娜达莎成了作者理想化的贤妻良母。小说结构宏伟,布局严整,塑造了安德烈、彼埃尔、娜达莎等众多性格迥异血肉丰满的人物形象,广泛地展示了当时俄国社会的政治生活及人们的道德精神面貌。在体裁方面是一种革新,它结合了小说和史诗的特点,是一部具有史诗性质的长篇历史小说。

70年代,俄国的资本主义迅速发展,社会生活发生巨变,这种历史变动的特点在长篇小说《安娜·卡列尼娜》(1873—1877)中得到了精确而深刻的反映。

70年代末80年代初,俄土战争、连年的大灾荒、第二次民主运动高涨的革命形势,促使托尔斯泰加强了对周围事物的关注。他访问教堂、寺院、监狱、法庭,了解大灾荒中农民的悲惨生活,并参加了1882年的莫斯科人口调查,在贫民窟目睹了底层人民的痛苦。这一切使他进一步认识到资本主义的罪恶、封建专制制度和官方教会的反动,以及土地问题的严重性,促使他的世界观发生激变。

他在《忏悔录》(1879—1880)、《我的信仰是什么?》(1882—1884)、《那么我们应该怎么办?》(1886)等论文中阐明了自己的转变以及转变后的观点。列宁指出托尔斯泰这个转变的特点:"就出身和所受的教育来说,托尔斯泰属于俄国上层地主贵族,但是他抛弃了这个阶层的一切传统观点"①,转到宗法制农民的观点上来了。他转变后的观点存在着明显的矛盾:一方面对贵族资产阶级社会的虚伪、资本主义的剥削、政府机关的暴虐和官办教会的伪善进行了揭露和抨击,另一方面又宣传"道德自我修养""勿以暴力抗恶"、基督教的宽恕和博爱等一套托尔斯泰主义的说教,这些矛盾反映了俄国宗法制农民的反抗情绪和软弱性。

托尔斯泰世界观转变后,文艺观也随之改变。他认为过去的文艺都是为了满足有闲阶级,而不是为了人民,他甚至把自己过去的创作也全都否定了,开始创作一些宣传他的学说的民间故事、传说、寓言以及政论性文章,同时还创作了一些"人民戏剧"。重要的作品有戏剧《黑暗的势力》(1886)、《教育的果实》(1886—1890)、《活尸》(1891)等,中篇小说《伊凡·伊里奇之死》(1886)、《克莱采奏鸣曲》(1887—1889)等。这些作品一方面对社会的种种罪恶进行了尖锐批判,另一方面表达了作者世界观转变后的思想观点。

1889 至 1899 年,托尔斯泰创作了长篇小说《复活》,小说对社会的揭露和批判空前激烈,而对托尔斯泰主义的宣传也异常集中,鲜明地反映了他转变后的宗法制农民观点本身的矛盾:"托尔斯泰的学说反映了直到最底层都在掀起汹涌波涛的伟大的人民海洋,既反映了它的一切弱点,也反映了它的一切长处。"②

《复活》是托尔斯泰的代表作之一,它是以一件真人真事为基础写成的。他原想写一部道德心理小说,但在写作过程中,构思发生很大变化。1891 年至 1892 年间,俄国发生了大饥荒,托尔斯泰参加了赈济贫民的工作。事后写了《关于饥荒的通信》,驳斥了贵族资产阶级对人民的诽谤。赈灾工作后,他把注意力集中在对现存制度的揭露上,使《复活》成为一部具有深刻的社会内容和鲜明的政治倾向的作品。

小说以"最清醒的现实主义"撕下一切假面具,对地主资产阶级社会进行了全面而无情的批判,对国家、教会、土地私有制、资本主义以及法律、法庭、监狱、官吏和整个国家机器的反人民本质作了广泛而深刻的揭露。但是,托尔斯泰是用宗法制农民的观点进行批判的,思想充满了矛盾。作品一方面反映了农民的革命性,另一方面又反映了他们的"幻想的不成熟、政治素养的缺乏和革命的软弱性"。小说还宣扬了"勿以暴力抗恶""道德自我完善""宽恕"和"博爱"等思想。

《复活》塑造了聂赫留朵夫和玛丝洛娃两个丰满而又复杂的形象,他们的命运和生活道路是 19 世纪末俄国社会生活的某些本质方面的艺术概括。

聂赫留朵夫是一个"忏悔贵族"的形象。作为一个贵族青年,他有才学,有理想,正直善良,追求真挚的爱情。但是贵族家庭养成了他的种种恶习,贵族社会和沙俄军队放荡腐败的生活风气使他堕落为自私自利者。他诱奸了玛丝洛娃,随后抛弃她。当他在法庭上看到玛丝洛娃时,意识到自己是造成她堕落和不幸的罪魁祸首。他决心赎罪,决定和她结婚。在为

---

① 列宁:《列·尼·托尔斯泰和现代工人运动》,《列宁全集》第二十卷,人民出版社 1989 年版,第 40 页。
② 列宁:《托尔斯泰和无产阶级斗争》,《列宁全集》第二十卷,人民出版社 1989 年版,第 71 页。

玛丝洛娃申冤上诉的过程中，他广泛接触了社会各阶层，进一步认识到了沙皇专制制度的腐败落后及不合理性。通过访问贫苦农民，他认识了土地私有制的不合理。在出入法庭和监狱的过程中，他看到人民是无辜的受害者，认识到人民的苦难是地主阶级和专制社会造成的。他的思想开始升华，从地主阶级立场转到宗法制农民的立场。他猛烈抨击本阶级和社会的罪恶，变成了地主资产阶级的揭露者和批判者。上诉失败后，他放弃贵族生活随玛丝洛娃去西伯利亚。最后他在《福音书》中找到了灵魂归宿和消灭恶势力的办法，那就是在上帝面前永远承认自己有罪，要宽恕一切人，照上帝的意志为人类的幸福而工作。作者认为聂赫留朵夫获得了精神上的"复活"。

托尔斯泰认为，人身上皆有"精神的人"和"兽性的人"的矛盾，即人性和兽性的对抗。他把聂赫留朵夫"人性"的胜利看作是他向善、忏悔和精神的"复活"，表现了作者思想的局限。

玛丝洛娃是一个被侮辱与被损害的下层妇女的典型。少女时代，她是个天真、纯洁、乐观的姑娘。但是，严酷的现实粉碎了她的美好幻想。聂赫留朵夫对她的玷污和遗弃是她悲剧命运的开端。在等待聂赫留朵夫的凄风苦雨的黑夜，她意识到自己同他之间隔着一道鸿沟。被地主婆赶出庄园后，她走投无路，堕入青楼，成为社会的牺牲品。她对聂赫留朵夫的怒斥，表达了一个受尽凌辱的妇女对贵族社会的控诉和抗议。聂赫留朵夫的转变使她重新看到了人身上的善，她逐渐恢复了正常的生活信念，开始把自身不幸的遭遇和底层劳苦群众的命运联结起来，她的爱憎荣辱观念也变得和被压迫的底层人民相同。她放弃旧的恶习，内心有了对新生活的热切渴望。西蒙松等革命者为解除人们的苦难而甘愿牺牲的精神，深深地感动了她，促使她迅速向新生的道路上迈进，她的精神最终得到了"复活"。

托尔斯泰在作品中还塑造了一些革命者形象，他们是一些主张道德改善、具有人道主义理想、富于自我牺牲精神的人，或是利他主义，或是改良主义，符合托尔斯泰的学说。

《复活》在艺术上很有特色。小说采用单一的情节结构，描写了聂赫留朵夫为玛丝洛娃上诉奔走，处理田庄，去西伯利亚的忏悔过程。从首都到外省，从城市到乡村，从政府的衙门到监狱，从达官贵人的厅堂到农民的茅舍，广泛而深入地描绘了俄国社会的各个方面，是一部成功的社会全景小说。小说在描绘艺术画面和人物形象时，大量使用了对比手法。无论景物对比、人物对比、贫富对比等，都能鲜明地暴露社会的矛盾对立，突出表现人民群众的苦难，从而加强作品的批判力量。小说对人物的心理刻画细致入微，能深入各种人物的内心世界，抓住瞬间的思想感情变化，表现人物内心世界的矛盾和斗争。作者或采用质朴简练的语言，或采用大声疾呼、直接诉诸读者的形式，使作品具有简洁的宣言式的风格。

1900年托尔斯泰被选为科学院文学部名誉院士。同年写的《不许杀人》一文，对帝国主义列强镇压中国的义和团起义进行了严厉的谴责。在随后写的《爱国主义与政府》《我们时代的奴役》等文章中，对沙俄反动的政治制度进行了猛烈的抨击。1901年，宗教院公布了开除托尔斯泰教籍的决议。

托尔斯泰一生的大半时间是在自己的庄园中度过的。他晚年强烈谴责自己所属的贵族阶级的生活，放弃了"伯爵"的头衔，拒绝当陪审官，并按照农民的方式生活，穿起粗布衣、树皮鞋，每天早起，担水劈柴，努力从事体力劳动。他还帮助孤苦无助的农妇耕地，并希望放弃私有财产和贵族特权，因而和家里人的矛盾越来越尖锐。他的平民化思想与贵族家庭的生活方式经常发生冲突,导致82岁的老人秘密离家出走,不幸中途得病,于1910年11月20日病逝在阿斯塔波沃火车站。

托尔斯泰的世界观一直是矛盾的:他一方面同情农民,另一方面又为贵族在精神上找不到出路而苦恼;他一方面肯定了战争胜负取决于人民,另一方面又说人民的行动只是顺从了天意;他转变后的观点也存在着显著的矛盾,一方面对贵族资产阶级社会的虚伪、资本主义的剥削、政府机关的暴虐和官办教会的伪善进行揭露和抨击,另一方面又宣传"道德上的自我修养""不以暴力抗恶"、基督教的宽恕和博爱等一套托尔斯泰主义的说教。这些矛盾反映了俄国宗法制农民的反抗情绪和软弱性。因此可以说:"作为一个发明救世新术的先知,托尔斯泰是可笑的……作为俄国千百万农民在俄国资产阶级革命快要到来的时候的思想和情绪的表现者,托尔斯泰是伟大的。"①

二、《安娜·卡列尼娜》

《安娜·卡列尼娜》是一部以现实生活为题材的长篇小说,所涉及的问题极广,不但描写了婚姻家庭、道德伦理、农业经济等问题,还探索了社会制度、政治思潮、教育、艺术、宗教及哲学问题,几乎包罗了所有的重要领域,可以说是一部名副其实的19世纪六七十年代俄国社会的百科全书。

70年代,资本主义迅速发展,俄国社会生活发生巨变,这种历史变动的特点在长篇小说《安娜·卡列尼娜》(1873—1877)中得到了精确而深刻地反映,用列文的话说:"现在在我们这里,一切都颠倒过来,而且刚刚开始形成。"列宁认为:"很难想象还有比这更能恰当地说明1861—1905年这个时期特征的了。"并解释道,那"颠倒过来"的东西,就是农奴制及其相应的整个"旧秩序";那"刚刚开始形成"的东西,就是资本主义制度。

小说由两条平行而互相联系的线索构成。一条线索写贵族妇女安娜追求爱情自由的悲剧,安娜是一个外貌美且内心感情丰富的人,当她还是少女的时候,由姑母做主嫁给了比自己大20岁的官僚卡列宁。卡列宁冷漠无情,思想僵化,两人之间毫无爱情可言。随着社会风气的变化,这种靠封建礼教维系的家庭很快破裂。安娜与青年军官渥伦斯基相爱而离开家庭,为此遭到上流社会的鄙弃,后来又受到渥伦斯基的冷遇,终于绝望而卧轨自杀。另一条线索写外省地主列文和贵族小姐吉提的恋爱,经过波折结成了幸福的家庭。两条线索形象地反映了俄国社会的变动,体现了作者的社会理想,也暴露了他世界观的矛盾。

小说展现了19世纪六七十年代俄国的政治、经济、思想观念的剧变。在资本主义势力的冲击下,封建的经济基础日趋崩溃,那些名门望族不得不向出身微贱的商人低价拍卖田产,或者转向资本主义的经营方式。商人、银行家和企业主在社会上的地位日益显赫,俨然成了"新生活的主人"。农民日益贫困,被迫流入城市。人们普遍感到金钱势力的压力和对未来的不可知的恐惧。上流社会道德堕落,官场腐败,贿赂成风。以卡列宁为首的政府官僚集团是一些尔虞我诈、冷酷自私、钻营牟利的"官僚机器";以莉姬娅·伊万诺夫娜伯爵夫人

---

① 列宁:《列夫·托尔斯泰是俄国革命的镜子》,《列宁全集》第十七卷,人民出版社1988年版,第185页。

为首的贵族集团是假仁假义、两面三刀的伪君子;以陪脱西·特维尔斯卡雅公爵夫人为中心的青年贵族集团,是一群荒淫无耻的高等嫖客和娼妓。引人注目的还有道德观念和社会风气的变化,婚嫁由父母做主、中间人做媒的风俗开始受到嘲笑,年轻人希望恋爱自由、婚姻自主。女孩子们都坚定地相信选择丈夫是她们自己的事,与父母无关。作为小说的中心人物,安娜就是在这样的时代背景下出现的。她追求爱情的行动恰好和俄国社会的变动相呼应,代表了妇女争取婚姻自主的要求,反映了年轻妇女追求新生活的愿望。

安娜是一个追求资产阶级个性解放的贵族妇女,一个被虚伪道德所束缚和扼杀的悲剧人物。她美丽动人,真挚诚恳,具有丰富的内心生活和高尚的道德情感。她不满于封建婚姻,不愿意做官僚丈夫卡列宁的装饰,勇敢地追求真挚自由的爱情。"我是人,我要生活,我要爱情。"但她又有一种负罪感,觉得对丈夫、儿子、甚至门房都有罪,这种矛盾的痛苦一直折磨着她。当她不顾丈夫的威胁,公然与青年军官渥伦斯基结合在一起时,整个上流社会一起对她进行诽谤和侮辱。安娜之所以不能见容于上流社会,不是由于她爱上了丈夫以外的男子,而是由于她竟然敢于公开这种爱情。这种行为本身就是对上流社会的一种挑战,上流社会不能容忍安娜公开与丈夫决裂这种不"体面"的行为,对她进行了严厉的惩罚。安娜对爱情的执着追求使她付出了失去家庭、儿子和社会地位的高昂代价,真挚自由的爱情不仅没找到,而且陷入难堪的处境,后来渥伦斯基也冷淡了她。安娜看透了那个社会和那个社会的人,再也没有留恋,她恨恨地说,"全是虚伪,全是谎话,全是欺骗,全是罪恶",最后以卧轨自杀的方式向这个社会提出了严正的抗议。作为贵族社会思想道德的叛逆者,安娜追求的虽然只是个人的爱情自由,采用的也只是个人反抗的方式,但她勇于面对整个上流社会,誓死不做虚伪的社会道德的俘虏,体现了贵族妇女追求个性解放的要求,她的自杀是对沙皇俄国黑暗的社会制度和上流社会的控诉。

托尔斯泰揭示了造成安娜悲剧的社会原因,愤怒地谴责了压抑她、摧残她并造成她惨死的社会政治、法律、道德、宗教势力。安娜的悲剧结局,既体现了安娜性格发展的逻辑,也体现了俄国生活发展的逻辑,体现了托尔斯泰现实主义的力量。作者既对安娜的不幸寄予深切同情,又对她的道德原则和所选择的生活道路有所谴责。小说援引《新约全书·罗马书》的一句话"伸冤在我,我必报应",表现了托尔斯泰世界观的尖锐矛盾。

列文是一个精神探索型的人物,是在农奴制改革后资本主义已迅速发展的条件下力图保持宗法制农村关系的开明地主。他对于农村旧基础在资本主义势力侵袭下的崩溃感到极大的恐惧和忧虑,力图维持和巩固贵族地主的经济地位。他认识到自己的富足和农民的贫困是不公平的现象,力图找到普遍富裕的道路。他主张贵族地主应该与人民接近,调和矛盾,合作经营,"以人人富裕和满足来代替贫穷,以利害的互相调和一致来代替互相敌视。一句话,是不流血的革命"。但他这种避开资本主义道路,保留宗法制农村的主张,终究是一种空想,幻想一旦破灭,就悲观失望,怀疑人生的意义,甚至要以自杀来求得解脱。最后,他从农民弗克尼奇身上领悟到了生活的意义:"为上帝、为灵魂活着",要"爱人如己",力求道德自我完善。托尔斯泰非常清晰地表现了 19 世纪后半期的社会变动,但也"暴露了他不理解产生俄国所面临的危机的原因和摆脱这个危机的方法"①,表现了他的"悲观主义、不抵抗主义、向'精神'呼吁"②。

小说在艺术上取得了很大成就。

首先,小说结构完整统一,拱形衔接天衣无缝,两条平行的线索互相呼应,具有深刻的内在联系。安娜的人生追求以实现个人的爱、幸福为目标,列文的生活道路则以追求普遍的人生理想和社会理想为止境。在这种深层意义的联系上,列文的情节线可以说是安娜情节线的继续和延伸。

其次,人物的心理描写生动地展现了人物内心世界的丰富和辩证过程。安娜的爱情充满了矛盾的心理,她对爱情的勇敢追求和内心的软弱无力,她的爱与恨、信任与猜疑、绝望与期待、自尊与妥协等种种矛盾而复杂的思想感情,尤其是她和渥伦斯基最后阶段的矛盾描写,深刻地揭示了她心理矛盾的复杂性和丰富性。

再次,肖像描写富有独创性。小说中的肖像描写不仅展示了人物的一般性格特征,而且还展示出人物性格的发展过程。对安娜肖像的描写,贯穿安娜活动的始终。从渥伦斯基第一次见到她时的面部表情,到后来有了眯起眼睛的习惯,以及死后的遗容,展现出安娜性格的发展,记载着她的幸福和悲哀。

第十节　契诃夫

安东·巴甫洛维奇·契诃夫(1860—1904),俄罗斯19世纪最伟大的批判现实主义作家之一,其创作涵盖中短篇小说、戏剧,无情地揭露那一时代俄国社会的庸俗、落后和反动。契诃夫是文学创作方面卓越的革新家,他开创的抒情心理风格深刻影响了后世作家的创作。

一、生平与创作

契诃夫1860年1月17日出生于罗斯托夫省塔甘罗格市的一个普通商人家庭。他的父亲是一个店员,后来经营一家杂货铺,严厉的父亲经常命令儿子们在学业之余站柜台、做买卖。后来,不善经营的父亲破了产,家人相继迁居莫斯科,只留契诃夫在塔甘罗格继续学习,他主要靠担任家庭教师,以维持生计和求学。

1879年,契诃夫中学毕业后进入莫斯科大学医学系学习,大学毕业后开始行医。

1880年,当契诃夫还是一名大学一年级学生时,他就开始以笔名"安东沙·契洪特"在一些讽刺杂志上发表幽默小品文。1884年,契诃夫将这些作品集结成集,推出了自己第一部喜剧短篇集《梅尔波梅尼的故事》,此书大获成功。他又于1886年推出了第二部幽默小说集《五颜六色的故事》。并为《新时报》撰稿。总的来说,早期的契诃夫迫于生计,缺乏创作经验,曾一度迎合时尚,创作了许多无伤大雅的滑稽故事和诙谐小品,与其后期作品相比,这时

---

① 列宁:《列·尼·托尔斯泰》,《列宁全集》第二十卷,人民出版社1989年版,第23页。
② 列宁:《列·尼·托尔斯泰和他的时代》,《列宁全集》第二十卷,人民出版社1989年版,第102页。

的不少作品较为肤浅,艺术价值不高,但此时在他的作品中也不乏一些优秀的短篇小说,如《胖子与瘦子》(1883)、《变色龙》(1884)等。

《变色龙》是中国读者耳熟能详的作品,契诃夫在短短不足三千字的篇幅中,栩栩如生地塑造了虚伪逢迎、见风使舵的巡警奥楚梅洛夫,当他以为小狗是普通人家的狗时,就扬言要弄死它并惩罚其主人。当他听说狗主人是席加洛夫将军时,一会儿额头冒汗,一会儿又全身哆嗦。通过人物如同变色龙似的不断变化态度的细节描写,有力地嘲讽了沙皇专制制度下封建卫道士的卑躬屈膝的嘴脸。

1887至1888年间,契诃夫的小说集《在昏暗中》(1887)、《天真的话》(1887)和《短篇小说集》(1888)相继问世。作家因小说集《在昏暗中》获得"普希金奖金"的半数。这时的契诃夫声誉和地位日益提高,开始意识到作家从事的是社会工作,责任重大。此后,他不再像早期写作时追求速成和多产,对待创作的态度日益严肃起来,作品的主题日益深刻,人物也更为丰满。1888年,他发表了著名中篇小说《草原》和剧本《伊万诺夫》。

80年代下半期,契诃夫经历了一场思想危机,危机的导火索在于他痛苦地意识到自己不像其他作家那样拥有明确的世界观来指导自己,正如自己所言:"政治方面、宗教方面、哲学方面的世界观我还没有;我每个月都在更换这类世界观。"[①]他声称自己既不是"自由主义者",也不是"修士"。在这一情绪支配下,他写出了中篇小说《没意思的故事》(1889)。

《没意思的故事》讲述了老教授尼古拉·斯捷潘洛维奇的故事,他德高望重、知识渊博,但使他苦恼的是自己缺乏一个将一切贯穿起来的对世界的完整看法,他回答不了养女卡嘉向他提出的折磨人的问题:该怎么办?他体会到,若缺乏了这种"中心思想",人生就变成可怕的负担,等于什么也没有。老教授的心情体现了当年知识分子的苦闷与彷徨,同时也是契诃夫本人思想危机的真实写照。

1890年4月,体弱多病的契诃夫不辞劳苦奔赴沙皇政府流放苦役犯的库页岛,对岛上近万名囚徒和移民进行访问、调查,在岛上近一年的所见所闻极大地震撼了作家,加深了作家对俄国专制制度的认识。以这一题材为背景,他先后写出了短篇小说《在流放中》(1892)和旅行札记《库页岛》(1893—1894)等作品,特别是《第六病室》(1892)是这段时间创作中更为重要的一部作品。

《第六病室》是一部融深刻思想性与高超艺术性为一体的作品,曾深深打动列宁。故事的主人公之一——格罗莫夫,是个热爱思考、有思想的年轻人,因激烈地抨击社会上的种种弊病,而被视为"疯子",关进了精神病院的"第六病室"。与他形成反差的另一个主人公——医生拉京,起初聪明、健康,后因与"疯子"格罗莫夫的几次交谈后,竟然也被视为患了精神病,同样被关进了"第六病室"。在契诃夫笔下,"第六病室"俨然成了俄国沙皇专制监狱的象征,在这种制度下,那些爱思考、有见解的人随时都可能遭到诬陷和逮捕。

《套中人》(1898)也是这一阶段的重要作品,契诃夫塑造了一个害怕接触新生事物、顽固守旧的"套中人"别里科夫。人物不仅喜欢把一切物品装在套子中,也把自己的精神思想装

---

① 契诃夫:《契诃夫论文学》,汝龙译,人民文学出版社1958年版,第100页。

在规则的"套子"中,不仅自觉地去用"套子"去规范自己的言行,也用这种"套子"去规范和要求周围的人,他的口头禅是"可千万别闹出什么乱子来"!一副十足的统治阶级卫道士和奴才的嘴脸跃然纸上。小说有力地讽刺和鞭挞了别里科夫之流以及造成这种畸形性格的反动的 80 年代。

1890 至 1900 年间,由于身体原因,契诃夫曾去米兰、威尼斯、维也纳和巴黎等地疗养和游览。

90 年代中期,俄国解放运动已进入无产阶级革命阶段。在革命高昂情绪的激励下,契诃夫积极投身社会活动。1902 年,为了抗议沙皇当局,拒绝了高尔基科学院名誉院士称号。90 年代末 20 世纪初,契诃夫的民主主义立场日益坚定,他对社会底层的观察更为深刻,意识到一场强有力的、涤荡一切陈规陋习的"暴风雨"即将来临。

与早、中期专注于小说创作不同,后期的契诃夫转向戏剧创作,为后世留下了许多重要的作品,如《海鸥》(1896)、《万尼亚舅舅》(1897)、《三姐妹》(1901)和《樱桃园》(1903)等。

在《海鸥》中,契诃夫在艺术和社会生活的关系问题上做出了探索。他赞扬了以痛苦为代价换得信仰和生活目标的青年女演员尼娜·扎列奇纳娅。尼娜在经历了生活的考验后,懂得了自己作为一个艺术家的使命,成熟和坚强起来,不再害怕生活带给她的种种磨难。《万尼亚舅舅》则描绘了没有崇高理想和生活目标的知识分子的可悲命运。不无才干的万尼亚舅舅和他的外甥女索尼娅辛勤工作了二十多年,终于发现他们的劳动只是一种无谓的牺牲,因为他们向来无限崇拜并为之辛勤操劳的谢列布利雅科夫教授原来是个不学无术的庸人,一个坐享他人劳动成果的寄生虫。《三姐妹》则描写了普洛佐娃三姐妹饱受生活磨难,却始终坚持梦想,渴望光明的故事。

1904 年 6 月,契诃夫病情恶化,同年 7 月 15 日在德国巴敦维勒去世。

二、《樱桃园》

《樱桃园》是契诃夫最后一部戏剧作品,被誉为"莎士比亚之后最好的剧作"[①]。

该剧为四幕抒情喜剧,主要讲述了俄国女地主郎涅夫斯卡娅与其家人的故事,他们因欠债而不得不拍卖祖居的庄园——樱桃园,虽然有人提出一些可以拯救庄园的办法,但他们却一无作为,最终不得不售出庄园,且在樱桃树被砍伐的声音中离开了家乡。

《樱桃园》"形象地反映了贵族地主阶级必然灭亡并为新兴资产阶级所替代的历史发展趋向"[②]。我国著名契诃夫戏剧研究专家童道明先生曾指出:"在契诃夫的戏剧中,不是这个人物与那个人物过不去,而是这一群人物被环境、被生活压迫着。"[③]诚然,《樱桃园》远不止表达朗涅夫斯卡娅所代表的贵族与洛巴兴代表的新兴资产阶级之间的对立这么简单,在契诃夫的心目中,他们首先是一个人,一个有着各自优缺点和真实情感的人,而作为人,就注定摆脱不了时代与命运的纠缠,逃避不了生命与死亡的轮回,与漫长的历史长河相比,人始终是

---

① 德·斯·米尔斯基:《俄国文学史》(下卷),刘文飞译,人民文学出版社 2013 年版,第 94 页。
② 曹靖华:《俄国文学史》(上卷),北京大学出版社 2007 年版,第 377 页。
③ 童道明:《契诃夫与二十世纪现代戏剧》,载《外国文学评论》,1992 年第 3 期。

渺小的。在这层意义上，或许法国剧作家尤奈斯库对《樱桃园》主题的解读较为接近契诃夫本人的初衷："《樱桃园》揭示的真正主题和真实性的内容并不是某个社会的崩溃、瓦解或衰亡，确切地讲，是这些人物在时间长河中的衰亡，是人在历史长河中的消亡，而这种消亡对整个历史来说才是真实的，因为我们每个人都将要被时间所消灭。"①

朗涅夫斯卡娅是作品中的一个重要形象。虽然她的身上不乏女地主所固有的那种骄奢淫逸，贪图享乐的特点，但也有一些值得肯定的正面品质：善良、单纯、富有同情心，总是平等地对待周围的每一个人。总而言之，朗涅夫斯卡娅的形象与传统的女地主典型不符，其性格中有很多难以捉摸的方面。辛格尔曼认为，在这一角色身上"隐约透露出某种挑逗性的、不可捉摸的东西"。她看上去"既不是俄国女地主，也不是巴黎女人；既不是利己主义者，也不是非常善良"。② 照理来说，樱桃园的衰败与朗涅夫斯卡娅的沉溺于怀旧和幻想，缺乏务实精神直接相关，但在樱桃园即将被拍卖的时候，她却仍沉浸于家庭舞会，并坦然地说："我心里平静了。"再如，她与特罗菲莫夫因为荒唐的爱情而争吵，结果很快又和解，两人于是翩翩起舞。表面上看，这些喜剧场景与整部剧的伤感基调形成了强烈对比，但从深层来看，它们又是如此协调，可以解读为女主人以一种自嘲的方式来消解了自己悲剧性的毁灭。

剧中的另一个重要人物是洛巴兴。洛巴兴虽出身低微，但凭借自己的精明与实干，最终获得了成功，但契诃夫并未将他塑造成一个典型的商人，我们从契诃夫坚持由斯坦尼斯拉夫斯基来出演同名话剧中的洛巴兴这一角色，便不难验证这一判断。值得注意的是，即便获得了成功，洛巴兴始终没有忘记自己的本分，而是对女地主怀有深厚的感情，我们从第一幕中他竭力让女地主将樱桃园租赁用来改造成别墅区，并许诺可以帮助借贷就不难看出，即便后来成为樱桃园的新主人，也却非他本人之所愿。表面上看，洛巴兴是一位商人，但其内在的精神气质却更像一位艺术家。在自己的事业达到顶峰，本该沾沾自喜的他却发出这样的感慨："啊！要是能够把现在的一切都结束了，可多么好哇！啊！要是能够把我们这么烦乱、这么痛苦的生活赶快改变了，那可多好啊！"就连剧中洛巴兴的敌对方，"永远的大学生"特罗菲莫夫对他的评价是："你的手指细长、敏锐，很像艺术家的手，你的灵魂也是柔和、敏锐的。"

由此可见，契诃夫笔下的主人公似乎都并不注重自己的本职，职业似乎并未阻碍他们的天性，他们是些"中性的人"——既不是天使，也不是魔鬼。正是这种手法的运用，剥去了传统现实主义美学赋予人的那些牢固的印记：阶级、出身、地位，从而给人与人之间真正的平等交流提供了可能。

艺术表现上，情节之淡化可谓契诃夫戏剧的一大显著特点："在契诃夫的戏剧中既无主题，亦无情节和行为。它们除'多余的细节'外再无他物。"③的确，在《樱桃园》中，我们很难发现所谓连贯的情节，更谈不上情节的开端、高潮和结局，它们为人物之间的谈话、琐碎的生活细节所取代。与传统戏剧不同，契诃夫的戏剧并不建立在人与人之间的冲突基础上，反倒有意识地淡化他们之间的冲突，我们从剧中主人公的形象塑造上便不难发现。

---

① 转引自黄晋凯主编：《荒诞派戏剧》，中国人民大学出版社1996年版，第76页。
② 辛格尔曼：《契诃夫戏剧及其世界意义》，莫斯科科学出版社1988年版，第53—54页。
③ 德·斯·米尔斯基：《俄国文学史》（下卷），刘文飞译，人民文学出版社2013年版，第94页。

《樱桃园》中的对话也颇具特色，有别于传统戏剧。"契诃夫戏剧中的人物只说他或她自己感兴趣的话，对同一房间里的其他人的所言则毫不理会。如此一来，对话便成为各种互不相关话语的大杂烩，起统领作用者并非逻辑的整体，而是诗意的氛围。"①诚然，剧中的人物似乎并不为周围的在场者而讲话，也不在意是否将话题引向深入。比如洛巴兴与加耶夫之间的对话。洛巴兴："是的，日子过得飞快。"加耶夫："什么？"洛巴兴："我说日子过得飞快。"加耶夫："这儿有广藿香香水的味儿。"再如加耶夫与朗涅夫斯卡娅的对话。洛巴兴："您同意把土地租出去造别墅呢，还是不同意？您只要回答一个字就成：行还是不？只要一个字就够了！"朗涅夫斯卡娅："谁在这儿吸难闻的雪茄烟……"这类答非所问式的、自顾自式的对话在《樱桃园》中到处都是。那么，作家为什么要设计这样的对话呢？我们认为，这首先是为了最大程度地贴近真实；其次，这与契诃夫对人的独特理解有关，他非常善于捕捉人与人之间的隔阂感和陌生感："在表现人与人之间无法逾越的隔膜和难以相互理解这一点上，无一位作家胜过契诃夫。"②

契诃夫戏剧的另一个重要特点为浓烈的抒情性和感染力，"实际上，它们除感染力外别无他物"③。在传达抒情性和感染力方面，象征手法的应用作用显著。象征在《樱桃园》中俯拾皆是，小到人和事物的命名，比如沙尔洛达代表着那类在生活中不知道自己位置的人，菲尔斯代表着愚忠的人；女地主的房间仍保留着原来的名字"儿童室"，也暗示着其性格中某些不成熟的方面。当然，剧中最重要，也是最复杂的一处象征为"樱桃园"，其象征意义是多方面的：首先，樱桃园象征着包括青春、善良、真理、人性在内的世间一切美好的事物；其次，它象征着旧事物不可避免的衰亡与更新；再次，樱桃园也象征着俄罗斯的未来。

第十一节　易卜生

易卜生（1828—1906），挪威戏剧家、诗人、评论家，在世界文坛上占据着重要的地位。他不仅把挪威的批判现实主义文学推向高峰，而且还开创了欧洲近代戏剧的新纪元，有着"现代戏剧之父"的美誉。

一、生平与创作

易卜生 1828 年 3 月 20 日出生于挪威南部斯基恩镇的一个木材商家庭。其家境原本殷实，但在 1834 年时，父亲破产，导致家庭经济困顿。童年的易卜生因此也失去了接受更好教育的机会，不能报考本地设有拉丁文课程的好学校。1844 年，易卜生终因家贫而辍学，独自一人到格里姆斯塔镇上的一家药材店当学徒。工作之余，求知欲极强的易卜生阅读了大量古典文学作品，随后自己也开始尝试诗歌和戏剧创作。早年易卜生的诗作多为抒发个人情

---

① 德·斯·米尔斯基：《俄国文学史》（下卷），刘文飞译，人民文学出版社 2013 年版，第 95 页。
② 同上书，第 90 页。
③ 同上书，第 95 页。

感的抒情诗,充满浪漫幻想和感伤情调。1848年欧洲的革命浪潮激发了他的民族觉悟和爱国热情,他的诗风也为之改变,写出了《致马扎儿人》《醒醒吧,斯堪的纳维亚人》等作品,歌颂民族自由与民族解放。1850年,易卜生自费出版了他的第一个剧本《凯替莱恩》。这部三幕诗剧也是在欧洲革命风暴影响下写成的,取材罗马历史上的凯替莱恩反叛事件,体现了爱国与自由主题。同年,立志文学的易卜生结束了他6年学徒生涯,到首都奥斯陆报考大学。落榜后,他留在奥斯陆从事报刊工作和进行文学创作。从1851年到1862年,他先后担任卑尔根民族剧院的编剧和首都剧院的艺术指导,为建设挪威民族戏剧,做出了卓越贡献。而在易卜生之前,挪威的剧院的演出剧本皆用丹麦文,在易卜生等人的倡导下,挪威语剧本才占领了舞台。

1864年,普奥联军侵略丹麦。易卜生认为,挪威与丹麦、瑞典是唇齿相依,号召斯堪的纳维亚三国团结起来进行反侵略斗争。但挪威政府的中立政策让易卜生非常失望,加之他力求民族戏剧革新和戏剧创作针砭时弊而遭到保守势力恶意攻击,于是愤而出国,开始了26年的侨居生活,主要居住在意大利和德国。

在国外,易卜生并非安然世外,他密切关注欧洲社会的变革进程,深入研究祖国的政治制度和社会现实,从隐居处写出了10多部见解新颖、意义深刻的"社会问题剧",反映当代挪威一系列的重大社会问题。1891年,戏剧艺术已炉火纯青的易卜生载誉归国,定居奥斯陆,他勤奋写作,几乎每两年就有一部新剧。晚年的易卜生因患有严重心脏病影响写作,心情忧郁,作品也较少。1906年5月23日,长期卧病的易卜生去世,挪威为他举行了隆重的国葬。

易卜生在40多年的创作生涯中,除了早期的诗歌外,共写有26部剧本,其戏剧创作大体可分三个时期。

早期(1850—1868)。这时期,易卜生秉承挪威浪漫主义文学传统,创作大都是浪漫主义诗剧。出国前10部剧本,主要是取材挪威古代历史和民间传说的浪漫主义历史剧,如《英格夫人》(1855)、《觊觎王位的人》(1863)等。这些剧本通过对民族历史和古代英雄的歌颂,唤醒人民的爱国之情。它们是挪威民族解放运动的产物,充满民族浪漫主义色彩;侨居意大利时期的2部哲理诗剧《布朗德》(1866)和《培尔·金特》(1867)则洋溢着个人浪漫主义色彩。这两部剧本都深入灵魂深处,易卜生把自己一分为二,"灵"给了布朗德,"肉"给了培尔·金特。《布朗德》中的主人公布朗德牧师性格坚强、思想纯洁、坚持真理,是一个为了实现理想孤身奋斗的充满浪漫色彩的悲剧英雄。他藐视权贵,批判社会习俗的腐朽庸俗,号召教民从小市民沉睡的状态下苏醒过来,与他一起"往高处走"。通过这个理想人物,易卜生高扬起"个人精神反叛"的大旗,体现了他对人类精神解放出路的思考。但布朗德的精神反叛过于抽象,充满极端个人理想主义色彩,他追求理想与现实的绝对一致,立身处世讲求"全有或全无",因此没有得到群众理解。最后布朗德是以悲剧结局,群众半途将他抛弃,他独上山顶遇雪崩而死。布朗德人物的悲剧体现了个人与庸俗社会的冲突,也体现了易卜生对现实和理想的双重反思。《培尔·金特》中的主人公培尔·金特则与布朗德形成鲜明对照,自私自利,只追求个人享乐,毫无生活理想与道德原则,是极端利己主义的市侩形象。剧本采用怪诞华丽的情节描写了这个浪子的一生,极富浪漫风格。这个乡下的破落子弟常酗酒闹事,想入非非,拐骗朋友之妻,又将其抛弃,躲逃山中,娶了山妖之女,后来又经历了种种冒险,最终在恋人索尔薇格的爱情感召下浪子回头。如果说布朗德的一生追求的是"全有",保持了灵魂的完整,那么培尔·金特的一生则是"全无",虽然满足了享乐欲望,但失去了灵魂就是一无所有。两剧思想相通,互为补充地探讨了人的意志问题。两剧为易卜生带来巨大的声誉。一般评论家认为,《布朗德》和《培尔·金特》都有明显的幻想、寓言、哲理和象征的特色,是易卜生由浪漫主义向现实主义的过渡。

中期(1869—1883)。这是易卜生散文体的"社会问题剧"时期,也是他戏剧创作的鼎盛期。他顺应北欧文学现实主义取代浪漫主义的潮流,倾力反映各种社会问题,除了1部哲学历史剧《皇帝与加利利人》(1873),共写出了5部具有强烈现实主义精神的"社会问题剧"。"社会问题剧"比起早期的浪漫主义历史剧,能为更直观的反映当代现实生活,更能促进人们思考。它是易卜生独创的一种戏剧类型,以尖锐地提出当时人们所关心的一系列社会热点问题来进行分析讨论而著称。易卜生尤其关注社会政治和婚姻家庭两个领域,其社会问题剧大体分为两类:家庭问题剧、政治问题剧。前者是《青年同盟》(1869)、《社会支柱》(1877)、《人民公敌》(1882);后者是《玩偶之家》(1879)、《群鬼》(1881)。《社会支柱》《人民公敌》《玩偶之家》《群鬼》尤其著名,被称为易卜生的"四大社会问题剧"。

《青年同盟》主人公是青年律师史丹斯戈,这个投机政治家,为了达到向上爬的目的不择手段。易卜生在这部戏中揭露了政治家们如何利用善良的人们来达到他们的目的,由此掀开了从社会政治生活角度揭示现实问题的序幕。

8年后,与《青年同盟》相同题材的《社会支柱》问世。主人公博尼克是个造船主,又是市参议员,有着慈善家、理想丈夫、模范父亲的美名,被公认为是当地的"社会支柱"。然而这个"社会支柱"实际上却是一个谎言家和奸商,一个极端自私的利己主义者,为了自己的地位和利益,不惜践踏别人的名誉、感情甚至生命。通过这个人物,该剧揭开了挪威现实社会的道德和民主的虚假外衣,讽刺和批判了那些顶着"社会支柱"的虚伪政客。相比《青年同盟》,《社会支柱》涉及的社会生活面更大,思想也更深刻。

《人民公敌》则带有更强的社会批评性质。主人公斯多克芒是个富有正义感的医生,当他发现小城的浴场受到严重污染时,主张重新建造。但是,这个建议触犯了资本家和一些当权者的利益,因而遭到激烈地反对。斯多克芒不肯妥协,坚决与腐朽势力作斗争,结果在群众大会上,他被公认为是"人民公敌"。斯多克芒是正直、勇敢、追求真理的挪威小资产阶级知识分子的代表形象,是易卜生在继布朗德之后塑造的又一个理想人物,具有高尚而坚定的理想主义的情怀。但斯多克芒是个政治英雄,面对的是现实生活中的问题,而不是追求绝对的自由精神,因此比布朗德更具现实性。在剧中,易卜生借斯多克芒之口,痛快淋漓地揭露了社会政治的腐败和资产阶级的惟利是图,表达了对自由、民主的要求。最后,斯多克芒为坚持真理和信念而喊出了"世界上最强有力的人都是孤立的人"。

《玩偶之家》和《群鬼》是涉及婚姻家庭伦理领域的姊妹篇。《玩偶之家》通过娜拉形象的塑造,提出资本主义社会的法律、伦理和妇女地位等社会问题。因其思想深刻、艺术精湛,成为易卜生最有影响的社会问题剧,易卜生也由此在文坛获得极高的世界声誉。但娜拉的"出走"触犯了资产阶级的传统道德观念,由此作品遭受到了猛烈的攻击。为了驳斥这些攻击,易卜生写了《群鬼》。《群鬼》中的阿尔文太太是一个不出走的娜拉,因不敢反抗礼教成为了牺牲品。其丈夫阿尔文是一个沉湎于酒色的荒唐鬼,阿尔文太太本打算离婚,但在牧师的教诲下,又留在放荡丈夫身边,恪守妻子的职责。但她的牺牲确是徒劳,最终也牺牲了儿子。儿子欧士华从父亲那里遗传来的性病发作,变成了白痴,而她苦心维持以丈夫名义办的孤儿院也被一场大火焚毁。传统的旧道德像一群鬼一样死死纠缠着她,让她无力摆脱,最后她在绝望中大声呼喊:"给我阳光!"通过阿尔文太太的悲剧,易卜生号召人们要向"群鬼"展开斗争。

后期(1884—1899)。易卜生写了《野鸭》(1884)、《罗斯莫庄》(1886)、《海上夫人》(1888)、《海达·高布乐》(1890)、《建筑师》(1892)、《小艾友夫》(1894)、《约翰·盖勃吕尔·博克曼》(1896)、《我们死人醒来的时候》(1899)8部剧本。创作重心开始由对社会问题的探讨转向对人物个性心理的描写与精神世界的分析。创作中现实主义成分减少,象征主义气息渐浓,悲观主义和神秘主义色彩加重。这是易卜生受到19世纪末各种文艺思潮及当时挪威知识界悲观情绪的影响,同时也是他厌恶当时社会现状,又看不到改革希望,思想消沉的结果。

《野鸭》像是这种转变的肇始,批评家们一般认为它是易卜生的"心理现实主义剧作"或象征主义戏剧的发轫之作。与以往的剧作不同,在《野鸭》中,易卜生将关注的焦点由外部动作转向内心冲突。剧中"真理"的宣传者格瑞格斯不满父亲威利当年欺负艾克达尔一家的劣行,也不满艾克达尔一家虚假的平静生活,于是立志揭露"真理",把老同学雅尔马从虚幻而堕落的生活中拯救出来。可当雅尔马得知妻子曾为威利情妇、女儿非他骨肉的事实真相后,并没有如格瑞格斯所愿在思想和行为上发生全新而高尚的变化,而是不知所措,并将满腔的不满和愤怒统统发泄在妻女身上,致使女儿海特维格在巨大的失望和悲愤中自杀身亡。面对此种结果,格瑞格斯茫然不知所措。而剧中的清醒者瑞凌医生看得明白——这都是格瑞格斯"跑到一个穷人家里索取'理想的要求'"的结果,"偏偏这一家都是还不起账的人",是像那只被打折了翅膀的野鸭一样的一经生活挫折便萎靡不振的庸人。格瑞格斯形象有《人民公敌》中斯多芒克的身影,但易卜生在此剧中却将他置于被嘲讽的地位,这种变化体现了易卜生对个人英雄主义的反思,对所谓生活的理想的怀疑,表达了对社会的困惑与悲观。而与剧中雅尔马一样有着自我封闭,自我囚禁人生态度的,还有《约翰·盖勃吕尔·博克曼》中的博克曼,这个矿工的儿子,凭着他的聪明和才干,终于成了一名采矿工程师,并且爬上了银行总经理的宝座。然而他为实现野心,冒险挪用公款,结果东窗事发,身败名裂,身陷囹圄。出狱后,他自我囚禁,在想象中确定自己的价值。易卜生通过博克曼的悲剧,思考了现代人的生活困境。他们在现实社会中失落自我与自由意志,在失落中采取的又是逃避态度,因而更难以实现自我,只能活在生活的幻象之中。

《建筑师》《当我们死而复醒的时候》则带有自传的性质,体现了易卜生对自我困境的反思。在这两剧中,易卜生以象征形式反思自己的创作生涯,对事业理想与个人幸福的矛盾做了深刻的探讨。

纵观易卜生的生活道路和创作生涯,可见他一生都在积极探寻精神力量、社会出路和艺术新路。他的人道主义精神即易卜生主义充满着人文色彩,体现着个人自由意志的追求,并强调以这种精神力量造福社会。同时他又是一个在艺术上非常立体的作家,不同的创作阶段,突出着不同的艺术表现方法,从早期对挪威浪漫主义的创作传统的延续,中期现实主义的创作方法的使用,到后期进入了象征主义的创作境界及对人物心理的刻画。这使得易卜生的戏剧,与诸种文学流派都有相通。不少现代派作家奉他为先驱,师法其创作。他的戏剧创作对现代戏剧各流派的发展有着深刻的影响,被誉为现代戏剧的"罗马"。而他的一系列"社会问题剧"尤其光彩超异,虽在剧中他着意提出问题而不是直接解决问题,但他对社会现实生活反映及争论性的戏剧构思,却能激发人们深入思考。这使其又有着"伟大的问号"之称。易卜生的影响是巨大的,在五四时期的中国文坛,也形成了一股"易卜生热",给中国现代文化特别是中国早期话剧带来过深刻的启迪。《玩偶之家》更是引发强烈反响,对中国的反封建和妇女解放起到了积极的作用。

二、《玩偶之家》

《玩偶之家》是易卜生的3幕话剧。剧本通过娜拉和海尔茂这对挪威普通夫妇的家庭关系剖析,尖锐地揭示了在人们司空见惯的日常生活中现代女性的奴隶处境,提出了现代家庭中女性的权利问题以及女性人格独立问题,暴露了男权社会与妇女解放之间的矛盾冲突,进而向资产阶级社会的宗教、法律、道德提出挑战,振聋发聩。因此,人们认为,《玩偶之家》是一篇"现代妇女的解放宣言书"。它也是易卜生最具世界影响力的社会问题剧。

戏剧女主人公娜拉是易卜生笔下的一个"精神反叛者",她的"反叛"言行,尽管有一定的个人中心和不知何处去的盲目性质,但她对社会的激烈批判,确实是妇女争取自由解放的"独立宣言"。娜拉的精神反叛经历了从"玩偶"到"一个人"的过程。

戏剧一开始,展现在观众面前的是一个"幸福的妻子"的生活状态。娜拉无忧无虑,正沉浸在准备过圣诞节的欢乐氛围中。她的家庭很温馨,和丈夫托伐·海尔茂结婚8年,有3个可爱的孩子。海尔茂是个"好丈夫",他爱妻子,总是温情地称呼娜拉"小宝贝""小鸽子",他还恪尽职守、忠于家庭,也不会酗酒闹事。娜拉觉得自己很幸福,她也深爱着丈夫。并且海尔茂元旦后就要升任银行经理了,这预示着他们的生活会更美好。但这种幸福的平静被一件意外事件打破了。娜拉的老同学林丹太太来访,她孤身一人、生活困难。娜拉请丈夫帮助她找份工作,于是海尔茂决定解雇早已看不顺眼的手下职员柯洛克斯泰,让林丹太太来取而代之。柯洛克斯泰来找娜拉帮他保住职位,并以"伪造签字"来要挟。原来,柯洛克斯泰是娜拉曾经的债主。几年前,海尔茂得过一次重病,为了给丈夫治病,娜拉伪造父亲签字作保向他借贷。柯洛克斯泰抓住此把柄要挟娜拉。海尔茂发觉柯洛克斯来找自己妻子求情,更加恼怒,反而立即将他解雇。果然,柯洛克斯泰把揭发信投进海尔茂的信箱。娜拉一方面害怕,为保全丈夫清白,想引咎自杀;一方面她又盼望"奇迹"发生,以为海尔茂得知真相后一定会帮助自己、保护自己。可是,这"奇迹"并未发生,海尔茂拆信后气急败坏,大骂娜拉是"坏东西""下贱的女人",担心这事毁了他的名誉、影响他的前程。正在此时,事情发生了变化。柯洛克斯泰经昔日恋人林丹太太的劝说,把借据寄还给娜拉。海尔茂见危机解除,立即恢复原来对妻子的温存态度。但经过这场风波,娜拉如梦初醒,认清了丈夫虚伪、自私、怯懦、可鄙的真实面目,也看清了自己在家中的玩偶地位,于是决心重新建立自己的独立人格。她义正词严地对海尔茂宣称:"首先我是一个人,跟你一样的一个人——至少我要学做一个人。"

最后,娜拉毅然地离开了海尔茂这个"玩偶之家",全剧在她"砰"的关门声中落下了帷幕。

女主人公娜拉的形象塑造给人带来极大心灵震撼。"伪造签字"事件暴露后,娜拉敢于直面现实,毅然离家,勇敢踏入未知世界,维护人格独立,由此使她成为戏剧界最大胆、最热爱生命的人物之一,也使《玩偶之家》被奉为促进女权运动的杰作。当然,娜拉的出走也带来极大争议。出走时娜拉没有顾忌家庭的完整性、孩子的承受力,也未及考虑将来的结局与出路,但娜拉摆脱自己依附于男权社会的"玩偶"地位的这种冲动,正鲜明体现了娜拉的倔强与不屈的性格,体现了挪威小资产阶级的独立精神,对当时的欧洲和妇女仍处于附庸地位的社会产生极大冲击力。娜拉的思考"究竟是社会正确,还是我正确",也引发了诸多女性的相应思考。易卜生尽管没有去解决娜拉走后怎样,但他这个"伟大的问号"对婚姻问题、妇女地位问题的关注与思索,已经产生了巨大的积极意义。

娜拉的觉醒是现实生活教育的结果。当她亲眼目睹了海尔茂"伪造签字"事件前后变色龙式的表演后,她才从"玩偶"的幸福状态中觉醒过来,不仅看清了丈夫的市侩本质,也由自身遭遇开始对现实社会进行反思,她再也"不相信书本里说的话",对曾经盲目信仰的道德、法律、宗教提出了质疑与挑战。当海尔茂试图用"神圣"的家庭责任对她阻止时,娜拉认为"我对自己的责任"即维护自己的独立人格同样神圣;当海尔茂企图用法律来约束她时,娜拉指斥"父亲病得快死了,法律不许女儿给他省去烦恼。丈夫病得快死了,法律不许老婆想办法救他的性命!我不信世界上有这样不讲理的法律";当谈到宗教时,娜拉也表示了怀疑:"我要仔细想一想,牧师告诉我的话究竟对不对,对我合用不合用。"此时,娜拉不再是原来的那个不谙世故、只沉浸在不切实际幸福幻想中的家庭"玩偶"了。易卜生正是借娜拉的精神觉醒来启迪人们去思考社会、思考女性解放这个重大主题。

海尔茂的形象也具有一定意义。这个形象固然反映了男权社会的霸道,也有资产阶级市侩的虚伪自私,但他与娜拉的家庭悲剧也揭示出了易卜生对现代社会两性差异与隔阂的思考。对于"伪造签字"事件,不谙世事的娜拉是感性思维,觉得自己当时是救了丈夫,爱就是她的行动动机和标准,不能理解法律为什么要与这样的爱发生冲突;而海尔茂社会经验丰富,他从理性角度认为此事件确实是犯了罪,娜拉不管是出于何种动机何种情义,还是欺骗了他,给家庭带来了可怕的后果。其实,娜拉和海尔茂的理解都有一定合理性,当然也都有一些偏颇。对此,易卜生的解释是:"有两种精神法律,两种良心,一种是男人用的,另一种是女人用的。他们互不了解。"但易卜生在情感上无疑是偏向于处于弱势地位的娜拉的:"但是女人在实际生活中被按照男人的法则来评判,仿佛她不是一个女人,而是一个男人……这个社会完全是一个男人的社会……他们从男人的立场出发判断女人的行为方式,在这样的社会里,一个女人不可能忠实于自己。"尽管如此,易卜生还是通过娜拉和海尔茂的家庭冲突让人们反思到两性价值观的差异及两性沟通上的困难。如何解决,可能涉及女性社会经验的提升、男女双性的理解与沟通诸方面。而要真正实现女性解放与男女平等,仅仅通过对抗是不够的,更重要的是男女双性的理解与沟通。对此,易卜生尽管认为这是"奇迹中的奇迹",但他还是表达出了乐观的态度。在剧本结尾部分,海尔茂已经认识到"在咱们中间出现了一道深沟",并进而表达:"我有勇气重新再做人。"娜拉走了,但留给海尔茂一个创造"奇迹中的奇迹"的新希望。

《玩偶之家》是易卜生戏剧的代表作,具有强大的艺术魅力。

其一,把"日常生活"搬上舞台。在当时的欧洲,戏剧舞台被远离现实生活、充满传奇色彩的巧凑剧充斥。易卜生的戏剧则紧密联系挪威的社会现实,把人们日常生活中的一些事件写成舞台上的情节。《玩偶之家》开幕描写的戏剧场景就是普通"小康之家"的日常生活环境,剧中人物也是来自于日常现实生活,其遭遇就是现实人生中的故事。英国著名作家萧伯纳在论及莎士比亚与易卜生的区别时说:"易卜生补做了莎士比亚没做的事。易卜生不但把我们搬上舞台,并且把在我们自己处境中的我们搬上舞台。剧中人的遭遇就是我们的遭遇。"《玩偶之家》具有强烈的现实性,易卜生对现实主义戏剧有着重要贡献。

其二,成功运用"追溯法"。追溯法是易卜生在许多剧作中运用的戏剧手法。他借鉴古希腊戏剧经验,采用回顾式结构,从矛盾即将爆发、高潮即将临近处写起。易卜生把《玩偶之家》的剧情安排在圣诞节前后3天,从"伪造签字"即将事发开始写起。"伪造签字"这一关键性事件是引发娜拉和海尔茂家庭矛盾的导火索,但它在幕起时已经发生,在剧中它是通过娜拉的追述加以交代,然后迅速引发戏剧冲突,导致娜拉出走。这种追溯手法不仅使得剧情结构紧凑,扣人心弦,而且也使人物性格的塑造更加鲜明,表现主题更加突出。

其三,创造性引进"讨论"因素。易卜生的社会问题剧把讨论与戏剧冲突结合,在剧中提出问题,增强了剧本的论辩色彩。《玩偶之家》通过娜拉和海尔茂的语言交锋,层层深入探讨当时的社会问题,涉及家庭、婚姻、男女平等、宗教、法律、道德、责任、人权等方面。易卜生把讨论带进戏剧,不仅引发观众思考,也推动了情节的发展。这种将辩论与情节融为一体的手法,开创了一个新型戏剧模式。

第十二节 马克·吐温

马克·吐温(1835—1910)是美国杰出的小说家、幽默讽刺作家,其创作代表了19世纪后期美国现实主义文学最高成就。他因致力于创造美国现实主义文学的本土特征,开创了反映美利坚民族性格的幽默讽刺风格,而被誉为"美国文学之父"。

一、生平与创作

马克·吐温,原名萨缪尔·朗荷恩·克莱门斯,1835年11月31日出生于密苏里州佛罗里达村,父亲是个地方法官,但在马克·吐温12岁时突然病故,自此家道中落。马克·吐温不得不放弃学业,独自出外谋生。他先后当过印刷所学徒、排字工、印刷工、水手和领航员,南北战争期间曾有过短暂的从军经历,在西部还加入过淘金者的行列,1862年开始在弗吉尼亚州的报馆做记者。多样而复杂的人生经历锻造了他独立自强的性格,也对他一生的创作发生了巨大影响,促成他创作一部又一部"历险记"。"马克·吐温"这个笔名就是他在密西西比河做水手时使用的表示在航道上所测水的深度的术语,1863年开始,他以此笔名正式发表作品,逐渐登上文坛。

马克·吐温有着近50年的创作生涯,大致可分为三个时期。

创作初期(1870年前)，主要成就是幽默小品、通讯报道及短篇小说。早在印刷所当学徒时马克·吐温就尝试练笔，任报馆记者期间，他一边写通讯报道，一边写以密西西比河的水手生活为题材的幽默小品。1865年，根据民间传说写成的短篇小说《卡拉维拉斯县驰名的跳蛙》发表，作品诙谐风趣，形象地表现了当时美国西部大开发中的欢快生活，使马克·吐温一举成名。60年代末，马克·吐温在幽默的同时增加了揭露和讽刺的成分。1869年，他根据国外旅行游历写的散文集《傻子出国旅行记》，以幽默调侃的笔调，游记、书信的形式，来挖苦欧洲的封建残余和宗教愚昧，讥讽美国游客的自大和无知。这部作品更加巩固了他幽默作家的声誉。1870年，他发表了短篇小说《竞选州长》和《哥尔斯密斯的朋友再度出洋》，这标志着其初期创作的结束。两部作品以天真单纯的老实人为主人公，揭示了幻想与现实的矛盾，有着强烈的讽刺喜剧效果。《竞选州长》中正直的"我"是代表独立党候选人参加纽约州长竞选，却被共和党和民主党诽谤为"伪证犯""小偷""盗尸犯""酒鬼""讹诈犯"……最终不得不放弃竞选，小说以幽默夸张和正反颠倒的手法揭露了美国民主制度的虚伪。《哥尔斯密斯的朋友再度出洋》也是一部揭露美国民主虚伪的优秀的社会讽刺小说，它以书信体小说的形式，叙述了华工艾颂喜远涉重洋来到美国寻找幸福，但却受尽凌辱，"天堂"美梦最终破灭。马克·吐温的初期创作已经表现出其"幽默大师"的天才。他表面轻松嬉笑，实则包含深刻的社会讽刺。他的幽默与当时流行的旨在逗乐的幽默文学有所不同，他通过幽默的形式表现严肃的思想内涵，而不是为幽默而幽默，因此深受读者欢迎。

创作中期(19世纪70年代到90年代)，这是马克·吐温创作的鼎盛期，主要成就是长篇小说。与初期创作相比，这个时期的作品诙谐滑稽的因素明显减少，作家思想逐渐成熟，对社会现实的批判更加深刻尖锐，艺术技巧也趋于纯熟。

1874年，马克·吐温与查尔斯·达德莱·华纳合著，发表了第一部长篇小说《镀金时代》。这是一部现实主义的杰作，是一个时代的写照，主要针对的是70年代美国社会上的投机冒险风气和政治腐败现象。这篇小说通过艺术的夸张手法，说明了南北战争后美国经济的高速发展时期并非"黄金时代"而是一个"镀金时代"。后来的历史学家沿用这个名称来概括美国70年代这段历史时期。1876年出版的《汤姆·索亚历险记》在马克·吐温的创作中占有较重要地位，也是他的代表作《哈克贝利·费恩历险记》的姊妹篇。它从儿童视角切入，描述了主人公汤姆不满枯燥的生活，和好友哈克一起逃离小镇，追求传奇的冒险生活的故事。小说运用对比手法，将活泼自然的儿童天性和美国南方社会的闭塞沉闷、保守虚伪的氛围形成对照，由此达到很好的讽刺效果。小说心理描写细致生动，体现了马克·吐温艺术创作的新发展。80年代，马克·吐温创作了《王子与贫儿》(1881)和《在亚瑟王朝廷里的康涅狄格州美国人》(1889)两部历史题材的长篇小说。他站在资产阶级民主主义立场，通过借古喻今，来批判封建专制制度和揭露教会罪恶。1891年，马克·吐温开始了长达9年半的国外旅居生活。这个时期的重要作品有《傻瓜威尔逊》(1893)和《败坏了赫德莱堡的人》(1899)。前者是以一个有十六分之一黑人血统的女奴罗克森将自己襁褓中的儿子与主人的儿子对调的离奇故事，来批判了"白人优越论"的观点，表明了反对种族歧视的主题。后者揭示金钱支配一切的威力，这也是马克·吐温经常批判与嘲弄的一大主题。赫德莱堡是作家虚构的一个市镇，实际代表了美国的金钱社会。这里的居民常以"最忠实,最清高"自诩，享有"不可败坏的市镇"的美誉。然而一个过往的异乡人送来的一袋金币却让小镇居民演出了一场捧腹大笑的丑剧,暴露出虚伪自私的本质。小说构思精巧,结构严密,非常富有戏剧性。马克·吐温的中期创作在幽默讽刺的基础上,对现实进行了严峻冷静的批判。并且人物的心理描写细腻深刻,还以活泼自由的想象,将历史与现实,社会地位与社会环境对照起来,使作品主题得以深化。

创作晚期(19世纪末20世纪初),这是在美国资本主义发展到帝国主义阶段时期。1900年马克·吐温返回美国后,以其鲜明的反帝、反战态度,撰写了大量出色的政论、札记和随笔,并经常发表演说。对于被压迫的民族和人民,他表达了深切的同情。如在《使用私刑的合众国》(1901)里,马克·吐温对中国人民的反侵略斗争给予了支持。1906年以后,马克·吐温致力于《自传》的写作,对其一生做坦率的总结和剖析,但因受妻子病故、女儿夭折的打击,情绪有些悲观。

1910年4月21日马克·吐温在美国的康涅狄格州病逝。6年后,出版了遗著《神秘的陌生人》。

马克·吐温一生忠于民主,坚信民主制度的优越性,坚信不分种族,肤色,人人都享有民主、自由、平等的权利,由此被誉为"美国文学中的林肯"。他当之无愧是"美国现实主义文学之父",他的创作,标志着19世纪美国的现实主义文学走向成熟和繁荣。他风趣活泼的美国口语写作,亦开创一代文风。他的幽默讽刺结合着对现实的反映、对丑恶的揭露、针砭时弊,这使他的艺术风格在文学史上独树一帜。

二、《哈克贝利·费恩历险记》

《哈克贝利·费恩历险记》(1876—1884)从思想和艺术两方面来说,都堪称马克·吐温最杰出的作品,在美国文学史上影响深远。

小说经作家历时近8年完成,充分表达了他对美国民族精神建构的理想,即反对种族歧视,追求民主自由,期望民族共同进步。同时它继续沿用《汤姆·索亚历险记》的儿童视角,充满童趣。小说故事亦是《汤姆·索亚历险记》的继续和发展,两部小说有着相同的地点、人物及"历险"体例。故事发生在密西西比河,在宽阔的水面上,漂流着一只小木筏,上面坐着两个年龄、肤色都不同的人。一个是曾经和汤姆一起冒险的十三四岁白人少年哈克,他为逃避收养人华森小姐严厉的管教和酒鬼父亲的毒打,离家出走;另一个是30岁左右的黑奴吉姆,他听说女主人要将他卖掉,逃跑出来。两个逃亡者在一荒岛巧遇,于是结伴而行,顺密西西比河而下,企图寻找到可以自由生活的地方——北方的"自由州"卡罗镇。他们沿途经历了种种奇遇,接触到形形色色的人,诸如伪装成"国王"和"公爵"的两个骗子。最后,哈克在好友汤姆的帮助下救出了被骗子卖掉的吉姆,并根据华森小姐的遗嘱,得知吉姆已获得了自由。

小说内容丰富,在表层的历险情节之下包含着丰富含义:作品既可以被视作是流浪汉小说,也可认为是哈克精神提高的成长小说;既是一部轻松幽默、充满童心童趣的儿童读物,又是一部严肃深刻、有着鲜明社会批判思想的成人小说。另外许多批评家还从伦理、神话叙述模式、阶级等多方面来探讨小说主题的多元性。但小说最基本、最重要的思想还是对民主自由的肯定、对种族歧视的批判。小说的时代背景是美国南北战争前的南方社会,当时蓄奴制度所造成的种族歧视与阶级压迫已成为社会既定价值观念,合法甚至被认为天经地义。小说是在美国南北战争后创作的,马克·吐温通过对美国南方蓄奴制盛行时代的回顾,对仍然存在着种族歧视和压迫的美国现实进行了批判,真诚向往民主自由和民族共同进步。

作品的主要艺术成就在于塑造了两个鲜活的人物形象。主人公哈克已经不完全是《汤姆·索亚历险记》中的那个一味追求冒险和新奇的顽童,他在这部小说中,性格更加丰满立体有魅力,是世界文学中儿童形象的成功典型,他天真、倔强、富有冒险精神,同时质朴、聪明、善良勇敢,有正义感和叛逆精神,不仅自己渴望自由还积极帮助吉姆获得自由。但是因为受种族主义和当时社会习俗的影响,他也曾歧视吉姆,甚至想写信给华森小姐告发吉姆的行踪。但经过与吉姆风雨同舟共患难的过程,他与吉姆结下深厚的友谊,公正地肯定吉姆是个挺好的黑人。通过哈克在帮助吉姆出逃途中这认识上的变化,作品突出体现了反对种族歧视、批判蓄奴制的主题。而小说中哈克对待吉姆的矛盾态度、在社会既定价值观和自己的良心之间的道德挣扎的心理描写可谓颇具戏剧性:哈克拿起那封告发信说道:"好吧,那么,下地狱就下地狱吧!"随后就一下子把信扯掉了。这段传神描写用马克·吐温自己的话说,是"健全的心灵"终于战胜了"畸形的意识",即不论种族肤色、人人平等的民主思想战胜了当时世俗流行的种族歧视观念对孩子善良天性的污染。哈克身上寄托了马克·吐温民主主义的理想,是代表美国民主精神的一个文学典型。哈克的形象体现了黑人与白人共同进步的精神,体现了民族共同进步的精神、美国"大熔炉"精神,所以在美国文化中影响巨大。

另外,哈克形象也颇具有象征意蕴。哈克不满传统,不满现状,渴望冒险,渴望在新天地开展新生活。他的密西西比河的历险可谓是充满发现的旅程,读者从其身上可感受到美国西部开发这个历史时期千千万万普通美国人的心灵悸动。从这个历史角度,《哈克贝利·费恩历险记》象征性地表现出了美国西部开发时期的时代精神,堪称美国的《奥德修纪》。同时,从文明发展角度来看,哈克所选择的生存方式是悠闲自在、返璞归真与自然和谐相处的原始简单生活。在木排上,他觉得自由、痛快、舒服,而别的地方则别扭、闷气得很。他常赤身裸体,率性地让木排随波漂流。这种生活状态可以说是与紧张忙碌、物欲横流现实世界的一种对照。哈克的生活态度是对传统价值观的挑战,也被认为是对永不满足、永远进取、永远开拓征服的"浮士德精神"的超越,亦有一定的象征性,带有永恒的普世价值意味。后期象征主义代表作家艾略特称哈克形象可以与堂·吉诃德、浮士德、哈姆雷特相媲美。

黑人吉姆是小说塑造的另一重要人物。他不是那种逆来顺受的奴隶形象,而是勇敢坚强,不听从命运摆布,敢于反抗,敢于追求人身自由,同时又心地善良、忠诚无私,有着丰富的精神世界。小说中,吉姆对待哈克的真挚友谊、一系列高尚热诚的行为以及朴素憨厚的性格,不仅令哈克感动也令读者感动。这样的描写,有力地驳斥了黑人是低级动物这一种族主义偏见。吉姆的不幸命运,真实反映了当时广大黑奴的悲苦人生。吉姆不承认蓄奴制的合理性,渴望得到人的自由与尊严,并敢于以行动来争取做人的权利。他的出逃是对种族压迫的反抗、对种族歧视的抗议。而吉姆身上的迷信、无知等弱点的刻画,既使这一形象更真实可信,也反映了处于受压迫地位的黑奴没有受教育权的现实,从而从另一侧面批判蓄奴制。通过吉姆形象的塑造,马克·吐温意在表明废除蓄奴制的必要性和迫切性,鲜明地体现了他反对种族歧视的进步倾向。作为一个普通的黑人典型,吉姆的形象在美国文学史上占有重要的地位。

《哈克贝利·费恩历险记》在艺术技巧上体现了马克·吐温创作的独特魅力。首先,小说既有现实主义的真实刻画,又有浪漫主义的抒情遐想。作家在描写密西西比河两岸乡镇的贫困景象与丑恶现象时,采用的是真实具体又具讽刺性的现实主义写法;在描写密西西比河优美的自然风景以及哈克、吉姆的友谊和他们对自由的追求时,则采用了诗意的浪漫主义笔调;"岸上"冷酷恶劣的现实生活与自由浪漫的"水上"生活形成鲜明对照,自然而然地表达了作家对现实的批判和对理想的追求、对自然人性的肯定。作品在现实主义的具体性与浪漫主义的抒情性有机结合上,达到了美国小说前所未有的高度。

其次,小说的叙述视角是独特的儿童视角。这也被认为是小说成功的一个显著标志,历来为评论家所称道。作品通过"自然人"哈克,这个不肯接受现代文明规训,天真淳朴又带点淘气的"野孩子"的眼光来观察、感受、评判现代文明社会和成人社会。这样,既微妙地表现了作家对社会的批判讽刺和否定,又极富儿童情趣。同时,小说以第一人称叙述,哈克用"我"的讥诮口吻娓娓道叙他的历险记,使人感同身受,增强了作品真实感和亲切感,有着强烈艺术感染力。

第三,小说呈现出的将轻松的幽默和犀利的讽刺融为一体的叙述风格,亦是小说具有巨大艺术魅力的重要原因之一。"幽默"是马克·吐温小说艺术魅力的关键词,作品轻松诙谐地讲述一个又一个幽默故事,但幽默之中又常伴有犀利的讽刺。如在描写"国王"和"公爵"这两个骗子时,则采用极度夸张的漫画式手法,勾画出他们贪婪无耻的丑态,诙谐幽默,于滑稽可笑中见出强烈的讽刺。

此外,小说运用方言口语体进行写作,这对美国以后的小说创作产生了很大的影响。作品第一次将美国南方的方言搬进文学世界中来,同时大量渗透民间口语和俚语,这使得小说的叙述语言明快流畅又极富生活气息和美国地方化色彩。马克·吐温的"美国英语"摆脱了欧洲散文语言的影响,开创了美国文学新的文风,奠定了美国文学口语化风格的基础。当代美国作家库特·冯尼格特说:"如果不是马克·吐温的天才,我们这个民族就不会以具有丰富、有趣、常常是美丽的语言而闻名。"

第八章 19世纪自然主义及其他流派文学

第一节 概述

19世纪后期的欧洲文学呈多元化态势。现实主义是文学主流,浪漫主义余波犹在,同时又出现了声势颇大的自然主义、标榜"为艺术而艺术"的唯美主义和现代主义最早的思潮流派象征主义。

一、自然主义、唯美主义、象征主义文学的历史文化与基本特征

19世纪后期,欧美主要资本主义国家工业革命进一步发展,工人队伍不断壮大,劳资矛盾日渐激化。这一时期,科学技术突飞猛进,在促进生产力发展的同时,不断地向意识形态领域渗透。科学思想改变了人们的思维方式和文学的表达方式。法国在第二帝国时期,虽然经济上有一定的发展,但路易·波拿巴对内迫害共和并实行高压,对外殖民扩张争夺欧洲霸权,终于在1870年引发了普法战争并彻底失败。对普法战争失败的反思和对第二帝国腐败的揭露,推动了现实主义文学和自然主义文学的发展。19世纪末的科学进步和工业文明导致了物质主义的泛滥和人的异化。对传统价值观和信仰的怀疑,对工业文明发展和人类前景的困惑,使悲观主义思想盛行,实证主义、唯意志论、直觉主义等哲学思潮广为传播。19世纪后期文坛上流派更迭也是世纪末人们思想活跃、否定现实与反叛传统的情绪的表现。

1. 自然主义

自然主义是19世纪后期至20世纪初,先在法国兴起,然后流行于欧洲的一种文艺流派。在创作上它一方面排斥浪漫主义的想象、夸张和抒情等主观因素,另一方面又轻视现实主义的典型化原则,而追求绝对的客观性,主张照相式地记录客观生活的现象,并试图以自然规律,特别是生理学和遗传学规律解释人和社会生活。自然主义理论创始人和领袖是左拉,代表作家有龚古尔兄弟等。

"自然主义"一词最初是指学者所从事的博物史工作,尔后又指自然科学和生物学,17世纪这个词有了哲学意义,19世纪该词进入美术领域,指再现真实的现代绘画。60年代龚古

尔兄弟的创作已经显现了自然主义的端倪。1866年左拉发表的《大事件》一文中,第一次以"自然主义"来指称这个刚萌芽的文学流派,并逐渐对这个文学流派进行了系统性的理论阐述。从此"自然主义"便成为文学史上一个颇具影响的文艺流派的名称。

自然主义受到自然科学直接而深刻的影响。19世纪60年代,随着工业革命的深入,法国进入了科技时代,在生物学、生理医学方面取得了突破性的进展。在这一背景下,达尔文(1809—1882)的进化论、孔德(1798—1857)的实证主义哲学、泰纳(1828—1893)的实证主义美学以及贝尔纳(1813—1878)、吕卡斯的生理学、遗传学成果成了自然主义的理论先导。达尔文的进化论(《物种起源》(1859))认为高贵的人类是由低等动物演变、进化而来的。人和兽都处在生物进化的链条上。左拉受其影响亦认为"在所有人的身上都有人的兽性的根子,正如人人都有疾病的根子一样"。孔德的实证主义哲学(《实证哲学教程》(1830—1842))只研究具体的事实和现象,而不去追究事实和现象的本质和规律。他力图将哲学融合于自然科学中,认为人的社会性是生理条件所决定的,主张以人的病理状态作为道德研究的基础。泰纳在他的《艺术哲学》(1865)中则把孔德的观点进一步引入文学的研究,提出了决定文学发展的"种族、环境、时代"三要素理论:种族包含人的先天的、生理的、遗传的和特定民族诸因素;环境包含物质和社会两重因素,也包括地理气候条件;时代包含文化和当时占优势的观念等因素。因此,种族是"内部主源",环境是"外部压力",时代是"后天动量"。贝尔纳(《实验医学研究导论》(1865))主张以实验的方法运用于生理学和医学的研究。他还强调研究生物体内部环境的重要性。吕卡斯(《自然遗传论》(1847—1850))把一切肉体的和精神的病例都归结为与遗传有关,遗传可分为先天和后天两种,生育具有先天性,但个体又存在独特性和个性;遗传可表现在外部相似或内部相似,一个家族成员的过失可以影响整个家族,如酗酒、纵欲、犯罪、疾病等都会遗传。他还提出隔代遗传和父母的遗传有选择性等观点。这些自然科学成果对自然主义的文学观念产生了重要影响,成为了自然主义的理论基础。

自然主义的渊源可追溯到古希腊的"模仿说",它跟现实主义同属写实文学的范畴。从文学流派演变的角度看,自然主义是对现实主义的发展,是在科学取得巨大进步的历史条件下传统现实主义创作方法的一种演变。当然,自然主义与现实主义也有区别。新的科学因素融于现实主义之中,现实主义发生了质变,演变为自然主义。自然主义同现实主义一样要求文学作品忠实于现实,但与现实主义不同的是,它反对在对社会现实本质规律概括的基础上塑造典型环境中的典型人物,反对作家对所描绘的内容做出价值判断。自然主义要求"更加忠实地、不加选择地"去书写现实,去表现不带道德评价的真实的"生活侧面",去刻画为家族遗传和环境所决定的孤立的人物性格。这一切,使自然主义文学强调人的命运的偶然性而非必然性,更关注人的生理属性而非道德理性或社会属性。从表面看,自然主义更多地选择骇人听闻的题材,使用粗俗的词汇和照相式的细节。在文学创作中,自然主义要求有更大范围、更大程度、更彻底的真实,追求无所不包的、绝对的、严酷的、不带任何粉饰的真实,对现实生活中的任何事物都真实地加以描写,从而彻底打破了文学的禁区,在自然主义文学作品中,我们可以看到被详细描写的贫民窟、洗衣坊、小酒店、菜市场、妓院、矿井等等。

自然主义文学一般具有以下基本特征:第一,重视观察、调查和精细的描绘,追求生活的原生态,不注重艺术的提炼和概括。第二,竭力科学、准确地剖析人,刻意表现人的生物本能，人物"非英雄"化。第三，努力追求客观真实，作家不表明自己的观点，完全退出小说。作品情节淡化，叙述文风冷静、平和。

自然主义作为一种广有影响的文艺思潮，其优点和局限都比较鲜明。其优点主要是：首先，自然主义作家有意把观察的目光转向下层社会和民众，在社会底层挖掘。真实细节的完整实录，大大增强了作品的真实感和暴露性，进一步拓展了文学的表现领域，丰富了世界文学人物形象的画廊。其次，自然主义把自然科学引进文学创作，加强了对人自身复杂性的深入而全面的认识。改变了现实主义文学只注重人的社会性而忽略人的生理因素的倾向。但同时由于自然主义作家过于强调科学实验精神，照相式地再现现实，所以也存在很明显的局限：首先，自然主义作家过于痴迷现实表象，因此无法深入探究事物的内在本质，作品缺乏高度的艺术概括力。其次，自然主义作家运用生理学、遗传学观点分析人、描写人，把人降到动物的水平，否定了人的社会性，用自然规律代替社会规律，模糊了文学创作与自然科学的关系，因而作品容易流于简单化和概念化。而且由于作家们大量描写人的原欲，也导致在很长的一段时期内招致非议。最后，自然主义强调真实，否定想象，违背了文学创作规律，束缚了作家的创作。所以，自然主义的文艺理论不可能也从未完全付诸实践，当左拉正式提出这一理论并形成梅塘集团后，自然主义流派在法国也就很快衰落了。

自然主义的创作方法对世界和后世产生了影响，它不仅导致了意大利的真实主义、日本的私小说等文学流派的诞生，而且与现代主义有着十分密切的关系，在某种程度上为20世纪的"意识流小说"开辟了道路。

2. 唯美主义

唯美主义是萌芽于19世纪早期，流行于19世纪中后期法、英、德等欧洲国家的一种文艺流派。30年代法国的戈蒂耶最早提出了"为艺术而艺术"的主张，明确提出了艺术的非功利属性和非现实属性。唯美主义作家反对文学的政治功能、道德教化功能，追求艺术唯一的、绝对的、至高无上的美，表现了他们对现实的厌恶和抗拒，企望逃避到超政治、超现实的艺术象牙塔里寻求安慰和满足。他们的作品以爱情和欢乐为基本主题，讲究辞藻、韵律，讲究视觉、听觉的美感。代表作家和作品是英国的王尔德及其小说《道林·格雷的画像》。

唯美主义思潮为19世纪的欧洲社会所孕育。科技文明时代的来临，一方面使得物质财富快速增长，欧洲呈现出经济繁荣景象，另一方面物欲横流，商业气息浓郁。一批富有才华的艺术家，不满于鄙俗的现实和艺术的商品化，产生了一种苦闷、彷徨、悲观、颓废的"世纪末"心理。[①] 他们将热情倾注于艺术，希望建立一座独立、纯洁的艺术"象牙塔"，这既是对工业文明和商品化社会的逃避，也是一种抗争。

文学中的唯美倾向和对"纯艺术"的追求，早在古希腊"希腊化时期"的"亚历山大诗体"和古罗马晚期的诗歌中已见端倪。文艺复兴后期"巴洛克"艺术中的形式主义倾向，也加强了"纯艺术"的旨趣。德国古典美学思潮和英国的浪漫主义运动也为唯美主义思潮的形成起了推动的作用。康德认为，美感"是纯主观的自由的愉悦，不夹杂任何利害，在纯粹的具有普

---

① 魏尔伦的诗句"我是颓废末期的帝国"，为唯美主义和象征主义博得"颓废派"之名。

遍性的不借助概念的鉴赏判断中得到",他强调美的主观性、无功利性和纯粹性,提出了"无目的之合目的性"的美感学说,为唯美主义提供了理论依据。歌德认为艺术作品是独立的有机体。席勒提出把美作为一个自足而独立的"美的显现"。柯勒律治和济慈也从不同的角度发表过唯美主张。1834年,戈蒂耶在《〈莫班小姐〉序言》中,公开提出了"为艺术而艺术"的口号,并对艺术的本质进行了新的阐述,可谓唯美主义的纲领性宣言,标志了唯美主义思潮的诞生。

《〈莫班小姐〉序言》中的唯美主义观点主要有:第一,艺术必须和实用区别开来。"只有没有任何用处的东西才具有真正的美,而一切有用的都是丑的。"戈蒂耶所说的"有用的",是指满足政治、道德等需要的一种实用价值,而只有独立于功利性之外的艺术才是真正的艺术。"任何美的东西都不是生活中必不可缺的。"戈蒂耶的这种观点划清了艺术与非艺术的界限,减轻了艺术所承载的责任,把艺术和纯粹美紧密地联系在一起。第二,关于艺术效果的问题。戈蒂耶认为,作品首先是时代的产物,它反映的是时代的真实;如果艺术有什么效果的话,那么该效果是由这个时代造成的。也就是说,如果某个时代产生了所谓不道德的作品,那是因为时代本身是不道德的。因此,文艺作品本身不会败坏社会风俗。在他眼里,艺术给人带来的只能是一种纯审美的享受。第三,艺术品的价值在其本身。戈蒂耶非常反感当时的"批评家"和一些媒体,认为他们信口雌黄,肆意歪曲作家的作品,他要极力维护作家的独立性和作品本身的价值。

唯美主义的文学纲领是"为艺术而艺术",它包含了两个方面的意义:一是否定文学的功利主义;二是反对艺术商品化。虽然唯美主义有形式主义的倾向,但它捍卫艺术的纯洁和独立,强调艺术家要崇尚精神自由和个性解放,这些观点无疑颠覆了西方以德化教育为宗旨、艺术形式为思想内容服务的传统文学观,而且它也拓展了文学表现的领域,把怪诞、颓废、丑陋、乖戾等现象纳入了艺术审美的范畴,这未尝不是一种有益的探索。它的反理性倾向、享乐主义和消极厌世情绪,也为自己博得了颓废之名。在文学发展史上,它既是象征主义的先导,又以其反传统的文学精神和艺术实践,对20世纪的现代主义文学产生了影响。

3. 象征主义

象征主义是19世纪末在法国崛起,后波及欧洲各国的一个重要的艺术流派。波德莱尔的诗集《恶之花》是其先驱。其后的象征主义代表诗人有魏尔伦、兰波、马拉美等。他们反对浪漫主义的直抒胸臆,强调诗歌要通过直觉去把握"感应"的"更真实的世界",通过象征、隐喻的手法,去表现"内心的隐秘"。"通感"论是象征主义的理论基础。它开辟了一种若明若暗的朦胧诗风,对提高诗歌的表现力有所贡献。题材狭窄、情调低沉、晦涩难懂,是这派诗歌的局限。

象征作为一种具体的表现手法,是从古至今各种艺术所共有的。像图腾、文身、饰物等便是人类先民观念的一种外化,具有明显的象征性。象征也是中世纪教会文学的主要艺术手法之一。浪漫主义的美丑鲜明对照原则影响了象征主义作家的审美观。19世纪流行的唯心主义哲学为象征主义奠定了理论基础。唯美主义在艺术上直接启迪了象征主义,很多象征主义代表诗人都是从唯美主义发展而来。19世纪中期,波德莱尔提出"通感"论,发表《恶之花》,为象征主义的形成开辟了道路。1886年,诗人让·莫雷亚斯(1856—1910)发表了《象征主义宣言》,竖起了象征主义的大旗,获得广泛响应,标志着象征主义流派的产生。

象征和比喻不同,比喻是用一物去比有相似点的另一物,而象征是用具体事物来比拟有相似点的思想和感情。前者如用狮子比喻一个英武有力的人,后者用狮子象征力量。用鸽子象征和平,用青鸟象征幸福,用石榴象征大脑。① 象征手法是将外界存在的某种具体事物当作标记或符号,表现隐含哲学思想的具体内容,具有很强的概括性和表现力。象征符合艺术审美的具体特征,它使抽象的意蕴同具体形象相融合,赋予形象以超越自身意义的更为丰富的思想内涵。它往往具有暗示性,需要通过联想,体验形象所传达的含义,调动读者的多种感官从各个角度去捕捉形象的意义。因此,象征具有多义性和模糊性。

象征主义的基本特征主要有:第一,借助感官可及的具体事物为意象,以暗示相对应的抽象情感,"通感"论是其基础。通感乃是在人们的审美活动中,使用人的视觉、听觉、嗅觉、触觉等各种感官,借联想引起感觉转移,使各种感觉互相沟通,互相转化,以突破语言的局限,丰富表情达意的审美情趣,起到增强文采的艺术效果。象征主义注重挖掘人的精神世界,以具体意象反映抽象事物,并升华为哲理。第二,大量描写城市生活中的丑恶现象,化丑为美,丑中见美。城市生活大量进入诗歌是波德莱尔开创的。但他描写的不是城市中优美的景象,而是不堪入目的场景,甚至以腐尸、蛆虫入诗。浪漫主义强调美丑对照,象征主义则集中写丑,诗人要"发掘恶中之美"。这是一种具有现代意识的美学观,成为现代主义的一个特点。第三,追求诗歌的音乐效果,诗体简练精粹。《象征主义宣言》指出:"韵律像黄金和青铜盾牌一样经过千锤百炼,有的韵律具有玄妙的流动性。"魏尔伦注重诗歌的内在节奏,提出诗歌的"音乐性先于一切准则"。他们反对浪漫主义诗歌毫无节制的滔滔不绝,而主张诗体的短小精炼。

象征主义的出现,把诗歌推向一个崭新的历史阶段。它从内容到形式都打破了过去的传统,使诗歌彻底挣脱了旧的诗歌观念,打破了诗歌主题的单一性和透明性,丰富了诗歌的内涵,丰富了诗歌的精神宇宙,开创了新的诗风,成为20世纪现代主义的先声。在艺术上由于过分追求形式的奇特,滥用象征和暗示,也造成了象征主义诗歌的晦涩难懂。作为最早的现代主义文艺流派,它在19世纪末暂时偃旗息鼓,在20世纪20年代重新勃兴,对20世纪的世界诗坛产生了深远的影响。相对于20世纪的后期象征主义,19世纪末的象征主义又被称为前期象征主义。

二、自然主义、唯美主义、象征主义文学的发展概况

1. 自然主义

法国是自然主义文学的发源地和大本营。

1865至1876年是法国自然主义文学的形成时期。1865年贝尔纳的《实验医学研究导论》出版,对左拉自然主义文艺理论的形成产生了重要的影响。同年,龚古尔兄弟的小说《翟米妮·拉赛特》问世,这是法国第一部自然主义小说。1867年左拉发表了自己的第一部自然

---

① 郑克鲁主编:《外国文学史》(修订版)上,高等教育出版社2007年版,第405页。

主义的小说《黛蕾丝·拉甘》。此后近十年间,左拉和其他作家继续进行自然主义的创作。

1876 至 1884 年是法国自然主义发展的全盛时期。1876 年左拉的小说《小酒店》开始连载并引起轰动,以此为标志,法国自然主义文学的发展进入了盛期。1880 年短篇小说集《梅塘之夜》的出版,宣告了自然主义文学团体"梅塘集团"的成立,左拉成为法国自然主义的领袖。1881 至 1884 年左拉结合自己的创作实践,系统地创立了自然主义的文艺理论。

1884 至 1893 年是法国自然主义文学的分化和衰落时期。1887 年左拉的小说《土地》发表后,遭到一些年轻作家的联名攻击,"梅塘集团"随之解体,自然主义在法国开始衰落,但其影响却开始向全欧蔓延。

法国的现实主义文学为自然主义的发展奠定了基础。福楼拜(1821—1880)是个承前启后的作家,他上承巴尔扎克的传统,下启自然主义文学。左拉提出自然主义小说要以《包法利夫人》为典范,像福楼拜那样,作家完全消失在叙述后面,做一个冷漠的解剖学家。福楼拜的"客观、冷漠"的文风为自然主义提供了借鉴。

爱德蒙·德·龚古尔(1822—1896)和于勒·德·龚古尔(1830—1870)兄弟是法国自然主义文学的先驱。他们乐于描写下层平民,主张调查、搜集"人的材料",他们开创了从生理和病理学方面去研究人的先例,为自然主义开辟了道路。他们的代表作长篇小说《翟米妮·拉赛特》的问世,标志着自然主义文学的诞生。小说作者根据自己家女仆萝丝的身世,写了一个名叫翟米妮的女子悲惨的一生。她出身贫困,14 岁来到巴黎谋生,受到各种欺压和凌辱,被强奸怀孕生下死胎,到瓦朗德伊小姐家做帮佣后生活才安定下来。但她是一个受感情主宰的人,后来爱上一个好吃懒做的男人,最后被逼得步步堕落,酗酒、告贷、卖淫、偷盗,最后贫病而死。作家把翟米妮的痴情当作一种歇斯底里的病例来分析,认为是她的生理因素导致了她的不幸。这部小说为自然主义的发展提供了范例。

艾米尔·左拉是自然主义的领袖。他不仅是自然主义理论的创始人,而且他所写的由 20 部长篇小说组成的《卢贡-马卡尔家族》是自然主义小说最杰出的成就。

居伊·德·莫泊桑(1850—1893)是与契诃夫、欧·亨利齐名的世界短篇小说大师,他的短篇小说代表了法国 19 世纪短篇小说的最高成就。他师从福楼拜,是左拉"梅塘集团"的成员。1880 年六位拥戴自然主义的作家在左拉的梅塘别墅聚会,商定每人写一篇关于普法战争的短篇小说,然后结集出版,这就是著名的短篇小说集《梅塘之夜》,其中公认最佳的名篇是莫泊桑的《羊脂球》,莫泊桑也因此一举成名。他此后一发而不可收,在短短的十年中发表了 6 部长篇小说和 300 多部短篇小说。虽然莫泊桑曾宣称他不信奉自然主义,而且他的小说基本可归于现实主义,但在他的作品中自然主义的影响和痕迹还是很明显的。以《一生》(1883)和《俊友》(1885)为代表的长篇小说中就不乏自然主义的描写。他的短篇小说代表作《羊脂球》更是一部心理分析小说的精品。

阿尔封斯·都德(1840—1897)曾是左拉的支持者,受过自然主义的影响,一般也被列入自然主义的作家群体,但他保持着自己的独立,表现出更多的现实主义文学特征。他注重搜集材料和小说的准确性,但也容易动感情和赞美传统道德。他一生共创作 13 部长篇小说,4 部短篇小说集,此外还有剧本和回忆录等。他最有影响的代表作是短篇小说集《月曜日故事集》(又译《星期一故事集》,1873)中的两个短篇《最后一课》和《柏林之围》。

自然主义对当时的欧美文坛产生了广泛的影响。

80年代末德国兴起了"彻底的自然主义"文学运动,提倡所谓的"每秒体",主张把每一秒钟里发生的所有事情,包括咳嗽、打嗝等都毫无遗漏地记载下来,从而把自然主义推向极端。盖尔哈德·霍普特曼(1862—1946)是德国自然主义的重要作家,《日出之前》(1888)以自然主义手法表现德国社会矛盾,通过资本家克劳塞一家的经历,把富人的道德沦丧归因为酒精中毒的遗传。他表现劳资矛盾和工人起义的《织工》(1892)则标志其创作风格从自然主义转向现实主义。

英国的自然主义没有形成一个文学流派,但出现了所谓的"贫民窟文学",赤裸裸地描写伦敦东区工人们生活中最龌龊、最可怕的方面。阿瑟·莫里逊(1863—1945)的《陋巷的故事》(1894),描写有严重精神缺陷的、像野兽般的贫民生活。

瑞典的约翰·奥古斯特·斯特林堡(1849—1912)的独幕剧《朱丽小姐》(1888)描写一个伯爵的女儿受到男仆的欺骗委身于他,最后自尽。斯特林堡的创作风格后来转向象征主义。

自然主义在意大利、俄国、美国、拉丁美洲和日本也有较大的影响。

2. 唯美主义

唯美主义运动的第一次高潮,发生在19世纪50至60年代的法国。到了19世纪80至90年代,唯美主义在英国又掀起了第二次高潮。19世纪90年代以后唯美主义逐渐沉寂。但它是现代主义艺术精神的开端,对20世纪的世界文坛产生了不容忽视的影响。

法国是唯美主义的发源地,泰奥菲尔·戈蒂耶(1811—1872)是其先驱。他青年时代曾是法国浪漫主义运动的积极支持者,并成为雨果为首的浪漫主义文学团体的核心成员。30年代开始转向唯美主义。他不仅率先提出"为艺术而艺术"的口号,而且以自己的小说和诗歌创作,发出了唯美主义的先声。他的长篇小说《莫班小姐》(1836)讲述了一个"有伤风化"的故事。美丽的莫班小姐男装出游,青年诗人达贝儿识破真相,展开了狂热的追求。一波三折之后,二人终偕连理,但莫班小姐最终不辞而别,她留书一封,说就此分手才能把自己美的形象永存于他的心中。这部小说表现了作者把美作为最高形式与目的的唯美主义思想。戈蒂耶唯美主义的代表作是诗集《珐琅和雕玉》(1852),诗集收有55首精雕细刻、精美纤巧的小诗。作者以画家和雕塑家的眼光,纯粹从色、光、线条、力度等角度出发,反复咏叹自然美、人体美和艺术美,刻意创造赋予人的感官,特别是视觉方面的美感。在19世纪诗歌发展史上,戈蒂耶是个承上启下的人物。

受戈蒂耶的影响,60年代法国出现了阵容颇盛的唯美主义诗人团体"巴那斯派"。① 他们因出版诗刊《现代巴那斯》(1866,1871,1876)而得名。他们追求形式的完美,认为平静、平衡、具有雕塑美的诗歌更能使激情和哲理长存。其领袖人物是勒孔特·德·李勒(1818—1894),他认为艺术的最高任务是实现美,艺术独立于真理、功利和道德。其代表作是《古诗集》(1852)。该集收诗57首,内容主要由古印度佛教传说和古希腊神话传说两部分组成。诗集通过对众僧和诸神在经历种种痛苦之后走上永恒道路的描写,赞颂了一种超凡脱俗的

---

① 又称"高踏派"。"巴那斯"是古希腊神话中太阳神阿波罗和文艺女神缪斯居住的地方。

精神境界。

英国唯美主义运动经历了两个阶段。第一阶段从 40 年代末到 60 年代末,以"前拉菲尔派"运动为核心。第二阶段是 80 到 90 年代,以王尔德及其创作为代表,英国唯美主义运动由此达到高峰。

前拉菲尔运动本来是绘画艺术中的一个革新运动,后扩展到文学领域。约翰·罗斯金(1819—1900)是前拉菲尔派的重要理论家,他一生的两大贡献,一是弘扬美的意义,二是开展社会批评。他一生为"美"而战,在英国被称为"美的使者"达 50 年之久。他认为美不是装饰和点缀的方法,而是真实存在的东西,比生命还重要,认为只有艺术可以拯救被工业化破坏的欧洲。他的思想和创作对萧伯纳、劳伦斯等人都有很大的影响。

瓦尔特·佩特(1839—1894)将罗斯金的观点发展成系统理论,他所著的《文艺复兴史研究》(1873)的结论部分,被认为是英国唯美主义的宣言。他认为艺术的目的是培养人的美感,艺术欣赏强调刹那间的美感,人生的意义就在于充实刹那间的美感享受。佩特这种从快乐主义、感觉主义中升华出来的艺术至上的观念,对王尔德产生过极大的影响。

奥斯卡·王尔德(1854—1900),是唯美主义最杰出的代表作家。他的长篇小说《道林·格雷的画像》(1891)是唯美主义最重要的成果。小说的主人公道林是个青春貌美的贵族少年,他有两个朋友,一个是心地善良、以追求美为最高原则的画家贝泽尔,一个是玩世不恭、以享乐为人生宗旨的勋爵亨利。画家为美少年道林画了一幅栩栩如生的肖像画,道林感慨青春易逝,希望能与画像易位,让它承担岁月流逝的后果,而自己则永葆青春美貌,为此他宁愿付出灵魂的代价。在亨利勋爵的诱惑下,道林纵情声色,日益堕落,但揽镜自照,依然青春貌美,而他的画像却日见衰老丑陋。画像已成了道林灵魂的写照,他做的每一件坏事都会在画像上留下罪恶的印记。当画家发现了这一秘密时,道林凶残地杀死了他,画像的双手顿时鲜血淋漓。为毁灭这一可怕的罪证,道林举刀猛刺画像的心脏,结果自己倒地而死。这时他的相貌变得丑陋衰老,而画像重又俊美如昔。这部小说主要探讨了艺术、道德以及生活的关系,也阐发了王尔德的唯美主义的美学观:美与道德是毫无关系的。美是高于现实的一种存在。主人公道林的享乐主义人生观和生活方式与作者王尔德如出一辙,在某种意义上,这部小说也表现了作者的精神颓废。独幕诗剧《莎乐美》(1893)是王尔德的又一代表作。它改编于《圣经·新约》,表现古代犹太希律王的继女莎乐美,为了追求瞬间的美感享受和满足,不顾一切地砍掉所爱的施洗约翰的头,自己也同归于尽。诗剧着力渲染了莎乐美的变态心理,强调感官刺激和瞬间强烈的激情,表现了王尔德唯美主义的非理性主义和肉体崇拜,以及当前即永恒的刹那主义。

3. 象征主义

象征主义作为一种文艺思潮,最早于 19 世纪 70 至 90 年代流行于法国,而后波及全欧。波德莱尔在 50 年代的诗集《恶之花》是象征主义的先驱。他的"通感"论为象征主义的艺术方法奠定了理论基础。19 世纪后期的魏尔伦、兰波、马拉美等诗人追随波德莱尔,从不同方面充实和发展了象征主义诗歌美学和创作,终于形成了蔚为大观的象征主义潮流,并在 80 年代末至 90 年代初达到高潮,并开始向国外扩展,在比利时、英国、美国、俄国等国家产生了一定的反响。随着 90 年代末魏尔伦、兰波、马拉美的相继去世,法国的象征主义文学团体已不复存在,但它的影响已走向世界,特别是第一次世界大战后,又逐渐形成了象征主义的第二次高潮——后期象征主义,并波及绘画、戏剧、音乐、雕塑等多种艺术领域。象征主义是西方产生最早、时间最长、影响最大的一个现代主义艺术流派。

保尔·魏尔伦(1844—1896)是法国象征主义的重要诗人。他先后出版了10多部诗集,是位多产作家,代表作是《无词的浪漫曲》(1873)。其诗歌的主题是描写忧郁和痛苦。他在《诗艺》一诗中阐明了自己象征主义的诗歌理论,他首先强调诗歌应该具备音乐性。他主张打破传统格律诗如亚历山大体的格律,但又不主张放弃韵律的要求,强调诗歌的音韵与情调应达到完美的和谐。

阿尔蒂尔·兰波(1854—1891)是个才华横溢的象征主义青年诗人。他的诗歌创作生涯只持续了五六年,仅留下140多首诗,但他对现代诗歌的影响很大。他的代表作是《醉舟》和《元音》。醉舟可谓诗人的自我象征,写诗人自由灵魂的远航和理想追求,全诗富于幻想和象征色彩。"A黑,E白,I红,U绿O蓝:元音",诗人赋予五大元音以不同的色彩、音响、气味、情态和形象,五官感应互相沟通,是表现象征主义"通感"论的一个绝佳的艺术范本。

斯泰凡·马拉美(1842—1898)是80年代象征主义运动的领袖。从80年代中期开始的十余年里,每逢周二下午,一批青年诗人和艺术家便聚在马拉美巴黎的寓所里,听马拉美谈论诗歌理论和创作,这就是著名的"星期二茶会"。他对诗的艺术形式非常苛求,十分讲究结构的严谨,用字和押韵也别出心裁,常将不相干的意象搭配在一起,初读会使人感到晦涩,细读才能逐渐意会到深邃意境。他传世的作品虽然只有60余首,但达到了相当高的艺术境界。其代表作是《一个牧神的午后》(1876),这首诗具有天籁一般的自然美、音乐美和语言美,在朦胧的色调和悠扬的牧笛声中,森林、湖泊、赤裸的仙女和轻盈洁白的纱裙构成了一幅奇幻图景。虽然很难说清它到底给了读者一个什么意义,但读者会获得一种似真非真、似梦非梦的神秘美感。

莫里斯·梅特林克(1862—1949)是比利时的象征主义诗人和剧作家。他的文学成就主要表现在象征主义戏剧创作上,代表作是《青鸟》(1908)。它写两个可爱的孩子蒂蒂儿和弥蒂儿,在圣诞节前夜做了一个梦,他们两人历尽千辛万苦去寻找象征快乐和幸福的青鸟,终于不可得或得而复失的故事。剧本通过这梦幻的故事情节,暗示出幸福的无常和追求幸福的徒劳。又通过蒂蒂儿将自己心爱的白鸽送给邻居的病女孩时,白鸽突然变为青鸟的情节,传达出只有把幸福给别人,自己才会接近幸福的理念。

此外,象征主义的作家还有美国的爱伦·坡(1809—1849)、俄国的梅列日柯夫斯基(1865—1911)和巴尔蒙特(1867—1942)等。

第二节 左拉

艾米尔·左拉(1840—1902),是自然主义运动的领袖,著名的文坛斗士和"人类良知的代表"①。

一、生平与创作

左拉 1840 年 4 月 12 日生于巴黎。父亲是一名原籍意大利的水利工程师,母亲是法国人。他的童年和少年时代因父亲在法国南方普罗旺斯开掘运河而在埃克斯城度过。7 岁时父亲因病去世,母子二人生活非常困难。1858 年迁回巴黎。次年左拉在中学毕业会考中失败,失去了上大学的机会。1860 至 1861 年,左拉失业,租住在一个破败的小阁楼上,衣食不继,有时竟靠典当衣物和捕鸟为生。

1862 年,左拉在阿舍特出版社找到工作,生活开始转机。他先是从事包装发书的工作,很快升任广告部主任,并得以结识当时许多著名作家,从此走上了文学创作的道路。左拉从小喜欢文学,一直在进行诗歌和小说的创作。读中学时他崇拜浪漫主义的拉马丁、雨果、缪塞等作家深受其影响。1864 年他的处女作、浪漫主义色彩浓郁的中短篇小说集《给妮侬的故事》出版。1865 年又出版了他的第一部长篇小说《克洛德的忏悔》。1866 年左拉辞职,开始了职业写作的生涯。

19 世纪 60 年代中期,左拉推崇巴尔扎克和福楼拜等现实主义大师,认真学习他们的创作经验。他明确地意识到,新的时代要求有新的文学。他说:"我不愿走任何人走过的路……我想寻找一条还没有人走过的小路。"当时法国文坛上出现了自然主义文学的端倪,龚古尔兄弟发表的以生理病例为描写内容的小说《翟米妮·拉赛特》引起了他极大的兴趣。为了达到革新文学的目的,左拉开始认真研究当时流行的孔德的实证主义哲学,泰纳的实证主义美学,和贝尔纳、吕卡斯的生理学、遗传学。左拉把当时实验科学的一些新成果直接运用到文学创作中来,形成了自己的自然主义文艺理论。他认为,过去的文艺观都已陈旧过时,现在人们已经发现了一种严格的科学方法,可以对人的行为进行生理的和病理的分析,像科学家在实验室进行实验一样。作家的任务是研究和阐述人是怎样受生物学和生理学规律的影响而产生某种行动和后果。并且,作家在创作中只应进行观察、研究和记录事实,而不应做社会政治的、道德的、美学的评价。左拉把自然主义的文艺理论在创作上进行了实验。在《黛蕾丝·拉甘》(1867)和《玛德兰·费拉》(1868)这两部小说里,都表现出自然主义重生理分析的特点,标志着左拉自然主义创作风格的形成。

从 1868 年起,左拉仿效巴尔扎克的《人间喜剧》,着手撰写一部多卷集的庞大作品《卢贡-马卡尔家族》。按其构思,这部小说集将通过一个家族五代人的生活,全面反映整个第二帝国时期的法国社会,因而副标题是"第二帝国时代一个家族的自然史和社会史"。② 从 1869 年《卢贡家族的命运》的发表到 1893 年《巴斯卡医生》的问世,左拉经过 25 年的辛勤劳动,终于完成了由 20 部、31 卷、600 万字长篇小说组成的社会史诗。这是继巴尔扎克之后,法国文学的又一辉煌成就。

---

① 《阿纳托尔·法朗士在左拉葬礼上的演讲》,王梅编著:《文坛斗士左拉》,太白文艺出版社 1998 年版,第 185 页。
② 法兰西第二帝国(1852—1870)是拿破仑的侄子路易·波拿巴在法国建立的君主制政权,后于法兰西第二共和国而先于法兰西第三共和国。

《卢贡-马卡尔家族》所表现的"自然史",是指这个家族的生理遗传现象。卢贡-马卡尔家族的"老祖宗"是活了105岁的阿黛拉依德·福格,她是个受父亲遗传影响的精神病患者,先是嫁给健康的门房卢贡,生有一子。卢贡死后,她又与酒精中毒者私货贩子马卡尔同居,生了一男一女。三个孩子分别受到了来自父亲和母亲的遗传影响,并延及这个家族的第三代、第四代、第五代子孙。卢贡血统的后代,多为金融家、医生、政治家等上流社会人士;而马卡尔血统的后代多为工人、农民、店员、妓女等下层社会成员。

《卢贡-马卡尔家族》所反映的"社会史",是第二帝国整整20年间的全部历史。涉及第二帝国政治、经济、军事、宗教、金融、商业、房地产、铁路、工业、农村、科学、艺术、社交等社会生活的方方面面。描写了上至皇帝、大臣、将军、教士、金融家、医生、知识分子,下至小店主、工人、农民、妓女等1200多个各行各业,各具个性的人物,构成了一幅完整生动的第二帝国社会生活的全景图。

《卢贡-马卡尔家族》是自然主义在小说中达到的最高成就。20部长篇小说既是一个互有联系的整体,每部又可独立成篇。其中的代表作有《小酒店》(1876)、《娜娜》(1879—1880)、《萌芽》(1885)、《金钱》(1891)、《崩溃》(1892)等。

《小酒店》是左拉的成名作。这部小说真实地表现了巴黎近郊工人贫困、堕落的生活景况,大胆触及了敏感的两性关系,在法国社会引起了激烈的争议。该书的发表,使左拉名声大噪,从而进入法国一流作家的行列,并由此彻底改变了他之前窘迫的经济状况。

《娜娜》的同名女主人公生长自工人家庭,未成年便沦为暗娼,后因扮演躶体爱神而征服了上流社会的许多名流,一时成为红得发紫的高级妓女,但终因生活糜烂无度,得恶疾腐烂而死。小说暴露了第二帝国上层社会追求金钱和肉欲,腐化堕落的事实,再次在法国引起轰动。

《萌芽》是左拉最优秀的代表作之一。这部小说是世界文学史上第一部正面描写产业工人罢工斗争的小说。主人公艾蒂安是一个信仰社会主义的产业工人,因在铁路工厂打了工头而被解雇,来到北方的一个煤矿做推车工,住在矿工马赫家里。矿井的劳动、生活条件极其恶劣,艾蒂安决定领导工人通过斗争改善自己的境况。他与国际工人联合会联系,建立起工人互助基金。此时法国正面临严重的经济危机,矿主把损失转嫁给工人,又逢矿井瓦斯爆炸,忍无可忍的矿工们爆发了罢工,捣毁矿场。资本家先是用饥饿想迫使工人复工,后又出动军警进行武力镇压,还使用欺骗和分化的手段,最终致使罢工失败,工人不得不下井复工。在复工的第一天,无政府主义者苏瓦林放水淹没了巷道,许多工人惨死井下,艾蒂安所爱的马赫的女儿也死在他身边。脱险的艾蒂安被矿上开除。他意识到罢工失败是由于缺乏方法,于是前往巴黎再作努力。春天来临了,唤醒了他心中的希望。

这部小说细致入微地展现了矿工们鲜为人知的非人的生活,从而揭示了工人罢工的根本原因,成功地描绘了气势磅礴的罢工场面,展现了工人运动的巨大威力。左拉根据社会达尔文主义的理论,把工人阶级看成是强大的有生命力的阶级,因而是有希望的"萌芽"。他笔下的工人群众多被描写成盲目、粗鲁、愚昧、全凭动物本能行事的形象,他还细致地描写了工人男女的混乱性关系,表现出自然主义的特点。小说的主要成就,是真实地反映了法国第二帝国时期劳资矛盾的尖锐性,因而超越了自然主义的局限,具有了深刻的现实主义精神。

《金钱》主要描写第二帝国时代的金融竞争。写两个金融巨头萨加尔和甘德曼之间的激烈争斗,反映了第二帝国后期金融资本集中垄断的过程。

《崩溃》描写普法战争中色当一役失败和第二帝国覆灭的过程,还写了巴黎公社的诞生和浴血的一周。

《卢贡-马卡尔家族》在艺术上充分体现了左拉自然主义的创作特点。首先,左拉擅长巨细无遗地精微描绘。他主张作家是一名记录员,"把自然整体还原出来,毫无剔除"。为了写实,他还注意现场调查。在他笔下,无论商场、火车、交易所、矿场,甚至人体上的疤痕、妓女诱人的肉体,惨不忍睹的尸体,都力求纤毫毕现。在精确的细节描写上他堪与巴尔扎克媲美。这种描写开了20世纪新小说描写物的先河。在左拉笔下,火车头、蒸馏罐、菜市场、煤矿区、甚至巴黎,都拟人化了,成为有生命的怪物,它们象征着物对人的压迫,这是左拉对环境描写的发展。只是这种描写有时过于琐碎,给人冗长之感。其次,左拉以描绘群众场面的大手笔而著称。《萌芽》中的罢工、《女福公司》争购商品的如潮的顾客、《崩溃》中集中在一起的上万的俘虏、《金钱》中在争购和抛售的股民等,这些场面描写气势宏阔,正如饶勒斯所说:"他的艺术是夹带着整个生活和真理的力量奔腾向前的大江大河。"注重群体的描绘,淡化个人的性格,是左拉小说的一个特点。

1880年5月,在创作《卢贡-马卡尔家族》期间,左拉为首的六位自然主义作家合著的短篇小说集《梅塘之夜》出版。首篇是左拉的《磨坊之围》,描写普法战争期间,磨坊主一家英勇抗敌的英勇事迹。在这一时期,为了反击人们对自然主义的攻击,左拉连续发表了《实验小说》(1880)、《自然主义小说家》(1881)、和《戏剧中的自然主义》(1881)等论著,创立了完整的自然主义文艺理论体系。

《卢贡-马卡尔家族》完成后,左拉创作了三部曲《三名城》,包括《鲁尔德》(1894)、《罗马》(1896)和《巴黎》(1898)。这三部小说的基本内容是揭露教会的罪恶。

在《三名城》之后,左拉又创作了续篇《四福音书》,包括《繁殖》(1899)、《劳动》(1901)、《真理》(遗著,1903)、《正义》(未完成)四部小说。这几部小说内容比较抽象,是作者表现自己社会理想的作品,有空想社会主义的色彩。

左拉一生笔耕不辍,共创作了31部长篇小说,82个中短篇,10部论文集,6个剧本,还有大量的报刊文章和书信。他的创作,对法国19世纪后半期的社会生活作了全景式的真实展示。他的自然主义理论和实践,开拓了文学描写人的新领域,对现代小说观念的形成产生了深远的影响。

1902年9月29日,因煤气中毒,左拉在巴黎的寓所去世。

1908年6月6日,法国政府将左拉的灵柩移葬于先贤祠,并为左拉举行了第二次葬礼,共和国总统、总理以及全体内阁成员出席。

法国巴黎的先贤祠是法国人民供奉本民族伟人的神圣之地,门楣上刻着"献给伟人们,祖国感谢他们"。其中也供奉了一些作家。卢梭是最早供被奉在这里的作家,因为他把自由、平等的思想带给了法兰西。伏尔泰也被供奉在这里,他因宣传启蒙思想而受到法国人的崇敬。雨果被供奉在这里不是因为他是浪漫主义的领袖,而是因为他坚决反对拿破仑第三扼杀共和复辟帝制,流亡国外拒绝特赦。也有许多伟大的作家没能进入先贤祠,如巴尔扎克和莫泊桑等。在法国人心目中,一个民族伟人,不能仅有卓越的艺术成就,更重要的是他对祖国和民族的思想贡献。左拉之所以被国人供奉于此,不仅仅因为他是自然主义的领袖和《卢贡-马卡尔家族》的作者,更是因为他在举世轰动的德雷福斯案件中,置个人名利生死于度外,铁肩担道义,拯救了法兰西的名誉,是"人类良知的代表"。

1894年,法国发生了德雷福斯案件,犹太血统的法国上尉军官德雷福斯被诬告为德国间谍,以叛国罪被判处终身监禁,拘押在法国海外殖民地的一个荒岛上。在案情逐渐明朗,真正间谍已经显形的情况下,法国当局不承认错误,继续制造伪证。左拉在研究了全部案情后,确认被告是无辜蒙冤,于是怀着极大的义愤,义无反顾地投入了为德雷福斯伸冤平反的斗争。1898年1月13日,左拉在《震旦报》上发表了致共和国总统的公开信《我控诉》,这篇檄文被认为是西方知识分子诞生的宣言。① 公开信对罔顾事实制造冤案的法国军方、军事法庭、涉案将军及其手下军官通同作弊、违反正义提出公开指控。一石激起千层浪,这封公开信在法国掀起了轩然大波。狂热的反犹"爱国"民众喊着"处死左拉"的口号,奔走呼号,上街游行,焚烧左拉的著作,砸碎发表公开信的报社玻璃窗,"整个法国在发四十度的高烧"。左拉在以"诽谤罪"被起诉,法院判处他一年监禁,罚款三千法郎时说:"总有一天,法兰西将会因为我帮助她挽救了她的声誉而感激我的。"在国外,整个国际社会都站在左拉一边,把他视为捍卫真理的勇士。国内也因对审批态度的不同而剧烈分化,以致朋友绝交、夫妻反目、家庭争吵,法国的社会撕裂了。为了斗争的需要,左拉在朋友们的劝说下流亡英国。一年后法国新总统上台,德雷福斯被宣判无罪,左拉才得以回国。但在1906年德雷福斯彻底平反之前,左拉就不幸离世了。现在人们根据各种证据认为,左拉不是死于"事故",而是因德雷福斯案被人将房屋的烟筒堵死造成的政治谋害。

在左拉的第二次葬礼上,乔治·克来蒙梭说:"我们可以找到一些敢于与至高无上的法律相抗争的人,然而却很难找到一个敢于与民众相对抗……在人们要求说'对'的时候,敢于昂起头来说'不'的人。"② 左拉说过:"如果你们要问我到这个世界上来干什么,作为一个艺术家,我将这样回答你们:'我是来高喊真理的。'"③

二、《小酒店》

1877年2月《小酒店》正式出版,马上风靡整个巴黎,竟连续印刷了35次。随即人们把小说改编成滑稽模仿剧上演,巴黎街头流唱着关于绮尔维丝的歌曲。

《小酒店》的故事发生在19世纪50至60年代的法国巴黎城郊工人区。绮尔维丝原是外

---

① "知识分子"一词在西方有两个来源。一个来自法国的德雷福斯事件。一个来源是19世纪70年代的俄国,当时一些有知识的俄国人接受了西方的价值观念,对俄国专制制度强烈不满,表现出改变现实的强烈责任感。别尔嘉耶夫在《俄罗斯思想》中说:"俄罗斯知识分子的始祖是拉吉舍夫,他预见到并且规定了俄罗斯知识分子的基本特点。当他在《从彼得堡到莫斯科的旅行》中说'看看我的周围——我的灵魂由于人类的苦难而受伤'时,俄罗斯的知识分子就诞生了。"20世纪60年代,《时代》周刊为"知识分子"下过一个定义:一个人是否知识分子,主要不在专业知识的有无,而是有无做人的良知,能否成为社会的监督者和批评者,尤其是权力的监督者和批评者。所以,知识分子应具有人格独立、精神自由、批判创造的精神特征。
② 见王梅编著:《文坛斗士左拉》,太白文艺出版社1998年版,第187页。
③ 同上书,第6页。

省的一个勤劳善良的姑娘,从小饱受酒鬼父亲的折磨,14 岁与制帽工郎第耶同居生了两个儿子,后全家来到巴黎。3 个月后,郎第耶将家里的东西当尽卖绝后,抛弃绮尔维丝和两个年幼的儿子与人私奔了。绮尔维丝带着两个孩子在举目无亲的巴黎,靠当洗衣妇为生,还供两个孩子上了学。锌工古波爱上了自强自立的绮尔维丝与她结了婚,生了女儿娜娜,两人相亲相爱,勤勉节俭,慢慢积攒了一小笔钱,生活有了转机。不料古波在工作时从房顶上跌下来摔成重伤,为给丈夫治伤,绮尔维丝花光了所有的积蓄。而古波伤愈后,性情大变,不愿工作,开始喝酒,养家糊口的重担全压在绮尔维丝一个人身上。此时,暗恋绮尔维丝的铁匠顾奢将自己的全部积蓄借给她,使绮尔维丝终于圆了自己开家洗衣店的梦。凭着她的辛勤劳作和苦心经营,生意一度红火。但好景不长,古波日益懒惰、酗酒,郎第耶再次闯入她的生活,"租"住在她家里白吃白拿。长期的经济和精神压力,使得绮尔维丝也变得贪吃、怠惰起来,很快她的洗衣店就破产了。绮尔维丝失去了工作和尊严,也染上了酗酒的恶习,终于沦落到生活的最底层。在古波酒精中毒死后,她也饿死在楼梯下。

《小酒店》是世界文学史上第一部真实描写工人生活的小说。"我想描写的是我们的城郊的腐败的环境中一个工人家庭的不幸的衰败情况。酗酒和不事生产的结果,使家庭关系也十分恶劣,使男女杂居,无所不为,使道德的观念逐渐沦丧,到头来就是羞辱和死亡。"①因小说真实描写了第二帝国时期手工业工人的贫困、懒惰、酗酒、暴力、性乱等触目惊心的真相,引起了社会的震惊和非议。有人批评说:"左拉对民众抱有资产阶级的轻蔑态度。""利用龌龊下流的作品对劳动者进行公开诽谤,为镇压者提供口实。"连曾经肯定和鼓励过左拉的前辈作家雨果也说:"《小酒店》是一部坏书。作者恣意把穷苦人的苦难和卑污疮疤公之于世;无可否认,这是真实的。"但"你没有权利,没有把不幸赤裸裸地暴露给众人的权利"。"淫秽后接踵而来的将是海淫。"②那么,《小酒店》真的如人所说是本坏书吗?其实不然。首先,小说真实地揭示了第二帝国时期手工业工人贫困、堕落的社会根源,对他们的不幸寄予了深切的同情。第二帝国时期,法国的产业革命基本完成,资本主义工业飞速发展给资本家带来巨大利润的同时,工人阶级却日益贫困,当时的巴黎呈现出贫富两极分化的情景。在市中心出现了宽阔的街道,美丽的花园,豪华的高楼,资产阶级过着穷奢极侈的奢靡生活。而在巴黎城郊却是拥挤、肮脏、破败的工人区,这里的人们生活艰难,朝不保夕,《小酒店》的故事就发生在这里。小说里描写的许多小手工业工人,诸如铁匠、瓦工、金银首饰匠、纸花工匠等,随着产业革命的发展,手工生产逐渐为机器生产所替代,原来尚能温饱度日的生活,便日渐沦落,竟至破产或面临破产的威胁。顾奢的经历可见一斑。他是一个技术熟练的打制铁钉的青壮工匠,虽然干起活来又快又好,但也不敌已经出现的制钉机器,每日工资从 12 法郎降到 9 法郎又降到 7 法郎,失业前景堪忧,母子二人不得不紧缩开支勉强度日。劳碌一生的油漆匠古鲁伯伯,失业无依,流落街头,默默死去。于是,"繁重的劳动使人近乎牲畜,菲薄的工资使人气馁而力求忘却烦恼,最终使人挤满了小酒店和妓院。不错,人民就是这样,但这是

---

① 作者原序,左拉:《小酒店》,王了一译,上海三联书店 2013 年版,第 1 页。
② 见王梅编著:《文坛斗士左拉》,太白文艺出版社 1998 年版,第 80 页。

因为社会要他们成为这个样子"①。面对生活的重负和渺茫的未来,贪吃、酗酒和纵欲,就成了工人们逃避严酷现实,暂时获得肉体和精神麻醉的主要手段了。由此,《小酒店》揭示出了工业革命乃是导致手工业工人贫困和堕落的根本原因。左拉在小说中以深切的同情描写了手工业者贫困不幸的生活。金滴路上的那个贫民窟,是巴黎工人区的缩影,凄凉破败的楼里住着30户人家,家家户户的门窗关不住他们的窘状,他们炉灶空空,杯盘空空,肚腹空空,饥饿像魔鬼一般折磨着每一个居民,"每一层楼都有人哭泣,悲哀的音乐充满了楼梯和走廊。纵使每家有了一个死人,也还不至于有这种可怕的悲哀的景象"②。绮尔维丝破产后的那种饥寒交迫与狗争食的惨况,更是令人目不忍睹。其次,小说通过主人公的悲惨结局,对工人的生活恶习发出了警示,并期望当权者加快进行社会改良。《小酒店》实际上可以看作是左拉献给工人的一篇警世诤言。他用正反两方面的典型,来劝诫工人们要工作勤勉、节俭克制,远离怠惰和酗酒。顾奢是他给工人们树立的好榜样。他辛勤工作,洁身自好,虽也曾喝醉过,但能及时从父亲醉酒杀人又自杀的惨痛教训中清醒过来。对他而言,内部的遗传基因不起作用,外部的恶习也无法侵蚀,他虽然生活在污浊的环境中,却能做到出淤泥而不染。小说对绮尔维丝夫妇酗酒、纵欲破产后的非人生活和悲惨死况进行了触目惊心的渲染铺陈,作者认为,绮尔维丝夫妇的悲剧只能怨他们自己,"生活虽然艰难,假使他们会理家,会积钱,总还可以支持"③。左拉"哀其不幸,怒其不醒",希望人们能以此为戒,勿蹈其覆辙。面对工人阶级贫困和堕落的现状,左拉开出了自己疗救的药方:"我可以说整部《小酒店》都可以概括为这样一句话:关闭小酒店,开设学校。……我还要补充一点:净化郊区和增加工资。住房问题尤为突出:街道的臭气,肮脏的楼梯,父女、兄妹杂居的狭窄房间,是郊区堕落的主要原因。"④左拉在回应雨果的批评时说,他之所以这样毫不隐讳地把社会弊病暴露出来,目的是让那些有责任医好病痛的当权者看了感到羞愧,从而激发良知,使他们担负起"关闭小酒店,开设学校"等责任。可见,左拉是希望通过从上而下的社会改良,来改善工人的不幸处境,治愈社会的这个疮疤的。

除了表现工业革命是导致工人贫困、堕落的社会原因之外,作为自然主义者,左拉也不免从遗传学的角度分析了工人们堕落的生理原因。绮尔维丝和古波的父辈都是酒鬼,所以在他们遇到挫折,失去上进心,放任自流时,在他们身上原有的家族酗酒遗传便显现出来并恶性发作,最终导致他们的毁灭。这种观点表现了左拉作品中现实主义的因素与自然主义理论的矛盾。

《小酒店》的最大功绩,是真实地写出了工人的贫困和不幸。但左拉并未就此止笔,"由于在《小酒店》中未能表现工人的社会政治作用,我决定在另一部小说中加以表现"⑤,这就是其后的《萌芽》,《小酒店》可谓《萌芽》的"前编"。如果说《小酒店》表现的是未觉悟的手工业工人在社会重压下被扭曲了人性的屈辱生活,那么,《萌芽》就是初步觉醒了的产业工人向资

---

① 左拉1877年2月10日给《公益报》主编的信。见王梅编著:《文坛斗士左拉》,太白文艺出版社1998年版,第234页。
② 左拉:《小酒店》,王了一译,上海三联出版社2013年版,第304页。
③ 同上。
④ 1877年2月10日左拉给《公益报》主编的信。见王梅编著:《文坛斗士左拉》,太白文艺出版社1998年版,第234页。
⑤ 1889年10月6日左拉给冯·萨当·考尔夫的信。同上书,第275页。

产阶级压迫发出的愤怒一击。

小说的另一个重要成就,是塑造了主人公绮尔维丝这个世界文学史中的著名女性形象。小说从1850年她22岁到巴黎至1869年去世,写了她20年的人生,经历了几乎整个法兰西第二帝国时代,所以,她是第二帝国时期悲惨的手工业妇女的代表。纵观绮尔维丝的这20年,大致可分为两个截然不同的人生阶段:积极向上的贫穷——创业时期和纵欲堕落的破产——毁灭时期。在第一个阶段,绮尔维丝为实现自己朴素的生活"理想"而不懈努力:"天啊!我不是存奢望的女人,……我的心愿只是在乎能够安然地工作,常常有面包吃,有一个干净的地方睡觉,……我也希望抚养我的孩子们,叫他们将来好好地做人……我还有一个心愿:假使我有一天和一个男子同居,我希望不被他打,……我劳碌了一辈子之后,我愿意在我自己家里的床上死去。"①她在母子被遗弃的陌生环境中自强自立。这时的绮尔维丝从精神到肉体都是健康美丽的。她身材高挑,眉清目秀,牙齿洁白,虽然右腿有点微跛,但算是个金发美人。她与追求她的锌工古波结了婚。此时的古波"是个好工人,不躲懒,也不喝酒",每天把工钱交到妻子手里。绮尔维丝也辛勤工作,她在分娩的当天还在洗衣店做工,阵痛发作回家后还为丈夫准备晚餐,以至于将孩子生在了地上。分娩第二天就起身做家务,第三天又开始上工。绮尔维丝勤俭持家,渐有积蓄。这一时期,夫妻恩爱,家庭和睦,搬了新家,置了家具,可以说是绮尔维丝一生中生活最稳定、安乐的时光了。古波工伤,生命垂危,绮尔维丝目不交睫地守护,为救治丈夫倾尽准备开店的500法郎。但生活中更大的阴影是古波伤愈后的怠惰和喝酒。在铁匠顾奢的帮助下,绮尔维丝梦寐以求的洗衣店终于开张了,她焕发了生命的全部能量,工作热情高,服务质量好,生意越来越红火,还雇了3个女工帮忙。此时,"本区的人们终于非常尊重她,因为人家很难找到这样一个好主顾,一到期就付账,不计较小事,也不拼命讲价,……每当她出去的时候,四面八方的人都向她问好"②。她达到了人生的最高峰。但好景不长,很快她就跌入第二阶段。古波旷工、酗酒日甚一日,久而久之,绮尔维丝的心态发生了变化:"做妻子的,有了一个喝酒败家的丈夫,与其让他把家中的钱都拿去买烧酒喝,倒不如把肚子填一填还好些。……绮尔维丝变成贪吃的人了,也就自暴自弃,把这话当成原谅自己的理由。"③祸不单行,此时当初抛弃她和孩子的郎第耶又找来了,愚蠢的古波引狼入室,请郎第耶吃住在家里:"现在她要供养两个游手好闲的男子,店中的收入是不够的。……她每天的面包、酒、肉都是赊来的,到处有她的欠账,……各商店里的人们对她不像从前那样有礼貌了。但是她似乎因负债太多而麻木了,……自从她买东西不付现钱之后,她越发任情地大吃特吃了。"④而且,在郎第耶的勾引下,她逐渐习以为常地过起了一女二夫的淫乱生活。"她好像一支蜡烛,被他们把两头燃烧着。"⑤洗衣店终于被他们吃垮了。绮尔维丝重新到别人的洗衣店里去打工。但"她更颓废了:她更常常不上工,整天到晚跟人家谈天,懒惰到了极点",还跟着古波喝起了烧酒,变成了一个肥胖邋遢、毫无廉耻的酒鬼。终于,到

---

① 左拉:《小酒店》,王了一译,上海三联书店2013年版,第37页。
② 同上书,第146页。
③ 同上书,第178页。
④ 同上书,第231—232页。
⑤ 同上书,第269页。

处人家都不要她帮工了。她饿极了的时候,甚至站街拉客,在饭店门前的沟里与狗争食剩菜。最终,女儿娜娜在父母的影响下,从一个扎花女工沦为暗娼。古波酒精中毒癫狂症发作而死。没钱交房租的绮尔维丝被房东赶出了房间,她便在屋顶楼梯底的小窟窿里容身。直到一天走廊里发出臭气,人们才发现她已经死了。

当初绮尔维丝最低的人生理想,一个也没有实现。她的人生是个地道的悲剧。造成她悲剧的原因主要有三:首先,是社会环境的影响。工业革命的压力,造成了绮尔维丝周围的小手工业者们的生存困境,为了逃避现实,他们醉生梦死,酗酒淫乱,滥施家暴,懒惰成性。而缺乏定力、随波逐流的绮尔维丝,就很容易被这个环境同化、裹挟而去。其次,是她个人的性格使然。绮尔维丝曾吃苦耐劳,这也是她在第一阶段能逆境生存,乃至创业初成的主要原因,尽管她后来堕落了,但至死都保留着善良的本性:赡养古波妈妈,照顾伯鲁伯伯,爱护小拉丽,不愿毁灭顾奢。但她在与郎第耶和古波的关系中一直是极其懦弱和被动的,对他们的恶习、恶行一再宽容和忍让,实际上起到了纵容和推波助澜的作用,最后自己干脆同流合污,被他们带进了毁灭的深渊。其三,是作者的自然主义观念的作用。作者从病理遗传学的观点出发,认为作为马卡尔家族第三代的绮尔维丝,必定会受到家族酒精中毒的遗传影响。在她意志薄弱放任自流时,便容易沦为酒鬼,从而导致悲剧的结局。

小说中还有一个着墨不多,但最令人心酸泪下的酗酒和暴力的牺牲品——小拉丽。她是个长得"只有冬瓜大小"的 8 岁小女孩,在母亲被酒鬼父亲踢死后,就成了这个家里的"小妈妈"。她费尽心力地照顾 5 岁的妹妹和 3 岁的弟弟,勤快地操持家务,同时还要每天承受醉酒父亲变着花样的毒打。她像一只战战兢兢的温柔小猫,面对酒鬼父亲疯狂的巴掌和皮鞭,不哭不喊,只是睁着一双美丽的眼睛忍受着。"全层楼的妇女们合起来还比不上拉丽一人能够忍耐痛苦哩!"她连面包碎片也不得一饱,瘦极了,弱极了,以至扶着墙壁走路。但她始终温和、始终尽心竭力,比中年人更有理智,更能尽母亲的责任。她终于被她的酒鬼父亲虐杀了,她小小的身体"没有肉了,骨头穿破了她的皮。她的两肋之间有一条一条的青纹直到她的大腿,鞭子的痕迹留得很真。左臂上留下了一圈铅色的伤痕,竟像一把老虎钳子把这火柴般大小的手臂挤碎了。右腿上有一处裂痕还未封口,大约是每天早上收拾房子的时候被碰伤了的。自头至脚,她全身都是紫黑的伤痕"①。小说有意把小拉丽作为娜娜的补充——在环境恶劣的工人家庭里,少女们不是被折磨至死便是走向罪恶。小说通过小拉丽触目惊心的悲惨遭遇,揭示了酗酒和家庭暴力的严重危害,凸显出社会改良的迫切性。

《小酒店》具有鲜明的艺术特点。首先是大量鲜活、真实的细节和场面描写。左拉说:"它是一部描写现实的作品,是第一部不说谎的、有人民气味的描写人民的小说。"②为了真实地表现巴黎工人和他们的生活,左拉收集、研究了大量的相关资料,并亲自到工人区实地调查、体验。所以,他的笔下能生动、真实、鲜活地呈现出大量工人生活的种种细节,使人物栩栩如生,场景鲜活生动。作品中也常有为人称道的大场面描写。像绮尔维丝的婚礼和喜宴、绮尔维丝为自己过生日的"洗衣店里的宴会",事件过程和人物、场景的描绘曲致入微、巨细

---

① 左拉:《小酒店》,王了一译,上海三联书店 2013 年版,第 378 页。
② 作者原序。同上书,第 2 页。

无遗,使读者身临其境,堪称大手笔。

其次,小说结构完整,布局匀称,情节生动。小说采用单线发展的结构方式,以绮尔维丝的经历为情节线贯穿小说始终。虽然故事本身并不离奇,但却充满着曲折和变故,一波未平,一波又起,主人公的命运起伏跌宕,紧紧吸引着读者。故事的开端、发展、高潮、结局环环相扣,张弛有度,颇像一部结构完整的戏剧。①

其三,象征手法的广泛运用。为了渲染绮尔维丝命运的悲剧性,小说运用了象征主义的一些技巧。如在她的一些重大的生活关头,总是出现不祥之兆:她结婚的当晚撞上了收尸工巴苏歇;她的生日庆宴请了14位客人只到了13位,出现了不吉利的数字;她为古波妈妈办丧事的时候,办事的人都以为死者是她本人,巴苏歇竟以为棺材是为她准备的。巴苏歇在小说中可以说是死亡的象征,他的频频出现一再预示了绮尔维丝的悲剧结局:她破产后竟住在了巴苏歇的隔壁;在绝望的情况下也曾去找过巴苏歇想尝尝死亡的滋味;小说最终也是以巴苏歇给她收尸结束。此外,哥伦布酒店里的那个拟人化了的酒精蒸馏器,就是酒毒威力的象征。它的影子"像许多有尾巴的妖精,它们张开了大嘴,似乎要吞灭整个人类"。金滴路染坊里流出来的那股废水,也颇有象征意味。当绮尔维丝对生活充满希望时,它是红色的;当她决定与古波结婚时,它是蓝色的;当她倒霉绝望时,"那时的深红浅蓝的颜色都流净了,现在只剩下一洼黑水了!"②

其四,小说使用了下层人民的语言,表现了左拉的独创精神和艺术胆识。为了如实地刻画工人形象,作者大量收集和运用了下层民众中普遍流行的语言,使得小说的语言具有生活的鲜活气息,刻画人物时显得生动有力。工人的污言秽语也表现出自然主义的特点。

第三节 波德莱尔

夏尔·波德莱尔(1821—1867)是象征主义诗歌的先驱,现代主义文学的鼻祖。法国后期象征主义诗人保尔·瓦雷里评价说:"波德莱尔不一定是法国最好的诗人,但却是法国最重要的诗人。"

一、生平与创作

1821年4月9日,波德莱尔出生于巴黎一个资产阶级家庭。6岁时父亲去世,一年后母亲改嫁欧比克少校。继父后升为将军,曾任西班牙大使。波德莱尔在失去父爱后又仿佛被夺去了母爱,这使禀性敏感的诗人从幼年起就开始了忧郁的生活,产生了"永远孤独的命运感"。具有正统思想的继父不理解波德莱尔的诗人气质和复杂心情,波德莱尔也不能接受继父的专制作风和高压手段,于是欧比克成为波德莱尔所对抗的资产阶级传统的代表。这种不正常的家庭关系,不可避免地影响到诗人的精神生活和创作风格。波德莱尔中学时才华

---

① 参见陈惇:《开拓者的功绩——左拉的〈小酒店〉》,《北京师范大学学报》,1989年第2期,第33页。
② 同上。

出众,但因违反校规被开除。他拒绝了继父为他在外交部谋取的职位,宣布要当作家,从此混迹于一群文学青年中。家庭为改变他放浪形骸的生活方式让他去印度旅行,但他中途便返回巴黎。这次历时9个月的东方之旅打开了他的眼界,对他后来的文学创作影响很大。1842年,他带着生父留给他的十万法郎遗产离开家庭,在巴黎奢华的拉丁区过上了"波西米亚式的放浪生活",很快便将遗产挥霍殆尽,被人们称为"浪荡文人"。母亲通过诉讼为他指定了财产监管人,每月给他200法郎的生活费,这种经济控制让诗人郁闷终生。为了生存,他开始卖文为生。此时,文坛上浪漫主义文学已失去了锋芒,现实主义文学发展的势头正旺,法国诗歌正面临着新的危机和抉择。波德莱尔正处在这种新旧交汇点上。1847年,他发现了爱伦·坡这位与他有着相似身世和精神气质的美国作家,他开始翻译爱伦·坡的小说并一直持续了17年。

波德莱尔是以艺术批评家的身份登上文坛的。画评《1845年的沙龙》和《1846年的沙龙》奠定了他艺术批评家的地位。从40年代起,他开始发表诗歌。1857年发表了他的代表作、诗集《恶之花》,一举成名。但诗集因"亵渎宗教"和"伤风败俗"被法院判处300法郎罚款和删除6首诗。1861年《恶之花》第二版面世并广受好评,波德莱尔成为了新一代诗人心目中的领袖。1865年波德莱尔因长期服用大麻和鸦片导致健康恶化,1866年在比利时作系列演讲时突然中风偏瘫失语,1867年8月31日在巴黎去世。波德莱尔一生的创作,除了诗集《恶之花》外,还有散文集《人造天堂》(1860)、散文诗集《巴黎的忧郁》(1869)、文艺美学评论集《美学旧人》(1856)和《美学珍奇》(1869)等。

波德莱尔是在新的诗歌理论指导下创作的。第一,他主张以丑为美,化丑为美。他认为"自然是丑恶的",人生活在丑恶的现实中,没有任何得救的希望。恶存在于人的心中,就像丑存在于世界的中心一样。他认为应该写丑,从中"发掘恶中之美"。第二,波德莱尔提出了通感理论,把文学和其他艺术沟通起来,为现代主义的出现开辟了道路。在《通感》(又译《对应》等)中,波德莱尔把诗人看作自然界与人之间的媒介,诗人能理解自然,因为自然与人相似。他指出不同的感觉之间有通感:"香味、颜色和声音在交相呼应。"认为诗歌可以用色彩和声音去表达感情,词与词之间的某种组合可以产生无穷变化和奇异的效果。第三,以象征手法去表现通感。象征是由自然提供的物质的、具体的符号,也是具有抽象意义的负载者,由此达到更高的精神本质。他认为诗人能破译这些象征符号,穿越象征的森林。第四,波德莱尔力图解放诗歌形式。他认为散文诗是介于诗歌和小说的一种文学体裁,能将诗歌的节奏美、音乐美与小说反映真实的自由结合起来,兼有两者之长,目的同样是发掘内心世界。①

波德莱尔作为象征主义诗歌的先驱、西方现代主义文学的鼻祖,他的美学理论和文学创作具有划时代的意义。划清了西方古典文学与现代文学的界线,划清了资产阶级正统文学与非正统文学的界线,划清了传统艺术思维与现代艺术思维的界线,开创了19世纪文学"世纪末"文风。②

---

① 参见郑克鲁:《法国文学史教程》,北京大学出版社2008年版,第222—223页。
② 参见蒋承勇主编:《世界文学史纲》(第三版),复旦大学出版社2009年版,第224页。

二、《恶之花》

《恶之花》的法文原意是"病态的花朵"。1857 年第一次发表时收诗 100 首。1861 年第二版中,诗人进行了调整和增补,收诗 126 首。1868 年波德莱尔去世后由戈蒂耶作序的完整版本收诗 151 首。诗集以《致读者》为序,分 6 章。第一章《忧郁与理想》107 首,写诗人在现实中的处境和命运,写诗人对艺术和爱情的追求,追求不得使诗人产生了忧郁与厌倦。第二章《巴黎风貌》20 首,诗人走遍了巴黎的各个角落,向人们展现出一幅幅丑恶的社会生活场景。第三章《酒》5 首,诗人把酒视为催生诗歌的"琼浆",逃避忧郁、追求理想的"人造天堂"。但酒只能产生短暂的效果,它非但不能止渴,而且使人增加焦渴。第四章《恶之花》10 首,写诗人追求被禁的快乐,追求有毒的"恶之花"。他歌颂淫荡、吸毒和同性恋。但追求被禁的快乐仍不能使折磨诗人的恐惧得以消除。第五章《反抗》3 首,表达诗人对上帝的不敬和否定,转而歌颂魔鬼撒旦对上帝的反抗。第六章《死亡》6 首,写诗人追求死亡的激情,将最后的希望寄托在远航,去死亡的未知世界之底发现新奇。

《恶之花》是一本"有头有尾的书"。它不是若干首诗的简单汇集,而是一本有逻辑、有形式、与诗人的人生相辅相成的书。是一部内容别开生面的诗集。首先,诗人第一次把大都市的生活和丑陋的事物带进了诗歌王国。巴黎是阴暗而神秘的:"幽灵光天化日之下拉住行人的衣衫。"(《七个老头子》)清晨,卖笑女人闭上发青的眼睑,女叫花子吹着余火,呵着手指,产妇的苦痛格外强烈,养老院的病人吐出最后一口气,精疲力竭的浪子返回家里。横陈街头的女尸,"苍蝇嗡嗡地聚在腐烂的肚子上,黑压压的一大群蛆虫,从肚子里钻出来,沿着臭皮囊,像黏稠的脓一样流动"(《腐尸》)。这是藏污纳垢的巴黎的缩影,腐尸又是社会的机体。底层人民最受诗人注意:穷老头的目光露出恶意,有的像跛行的走兽,仇恨世界,有的像来自地狱,幽灵一样漫无目的地向前走;老太婆是"残缺的怪物","蹒跚而行,受到无情北风鞭打",她们被社会抛弃(《小老太婆》);盲人"把沉重的头颅向着地面低垂"(《盲人们》);老妓女坐在赌桌周围,"面孔不见嘴唇,嘴唇不见血色,颌部没有牙齿"(《赌博》)。诗集还描绘了孤儿、女乞丐、穷艺术家、同性恋女人等受欺凌、被遗弃的"贱民"。①

其次,波德莱尔展示了个人的苦闷,写出小资产阶级青年的悲惨命运。贯穿于诗集的是巨大的精神压抑。第一章有许多首诗写忧郁。忧郁或像破钟,嘶哑的声音活像要咽气的伤兵;或像阴雨连绵的冬天,由寒冷、亡魂、墓地气息、浓雾笼罩着;或像活了一千年那样疲乏和厌倦,脑子像大坟场;或像活尸百无聊赖,厌弃万物,血管里流着忘川的绿水;或像封闭在牢笼里。无聊、烦恼、痛苦、晦气、悔恨等精神状态不断出现。诗人的忧郁既与生俱来,也是后天形成的,是作为一个社会个体的人在失落其价值、找不到出路后内心的压抑、躁动的表征。它反映了人与时代、人与社会的冲突。诗人像流亡一样孤独,又像迷失在街头的天鹅一样无依无靠,他感到才能被埋没,像信天翁落在甲板上一样变成丑小鸭,将冬天到来与等待死亡同等看待。他找不到幸福,便想到异国他乡去寻求理想,到水乡泽国去享受人间乐园。他追

---

① 参见郑克鲁:《法国文学史教程》,北京大学出版社 2008 年版,第 223 页。

求感官的享受,想通过抽大麻寻找陶醉,治愈疲惫的心灵。他认为酒有魔药的作用,鸦片使人看到超自然的景色,忘却陋室的可憎。优美的舞曲在他听来变成了怨诉,爱情只能在回忆中消受。他不断处在矛盾状态中:"我是伤疤又是匕首!我是耳光又是脸皮!我是车轮又是四肢!是受害者和刽子手!"(《自惩者》)死亡是"崇高的旅行",能给人以安慰,忘却痛苦和现实世界。诗人在不幸中赞美撒旦的反抗。《恶之花》写出了小资产阶级青年找不到出路而陷于悲观绝望的心境。①

在艺术上,《恶之花》能独辟蹊径。一是诗人善于从丑恶、病态中去发掘美,开拓了诗歌表现的领域。丑恶、病态在波德莱尔看来是与生俱来的,它不是一种绝对的消极,丑恶本身也具有一种净化作用,是通向美的途径。对丑恶、病态的描绘并不是赞美丑恶本身,而是为了发掘其中蕴藏的善和美,要化腐朽为神奇。二是诗集充满着象征、暗示和隐喻。它重在表现丰富的意象,注重表现心灵世界复杂的感受,展现了诗人丰富的想象力。《天鹅》概括性地象征人的处境和命运。"天鹅"象征人,"樊笼"象征着人所受的困扰和束缚,"雪白的羽绒"象征着来自上帝的人的纯洁无邪。但逃出樊笼的天鹅仍旧只能在"凹凸不平的地上拖着雪白的羽绒,把嘴伸向了没有水的小溪",它只能在心中怀念失去的乐园——"故乡美丽的湖"。"灯塔"是艺术美的象征。"高翔"是超脱尘世,自由浪漫的象征。诗集整个结构本身就是一个大象征,象征人生、社会和人类历史。三是诗歌富有音乐性。波德莱尔重视诗歌节奏的安排和韵律的装饰,他往往通过诗句长短、音调强弱的变化使诗歌听起来有抑扬顿挫之感。他反对写长诗,诗集中近一半的作品都是格律极严的十四行诗。诗的韵律重在押韵,通过韵脚的安排和内含的旋律反复回旋,加强了诗的节奏感,以达到和谐整齐的效果。诗集的语言极为精粹,诗人在《结束语》中说:"你给了我泥土,我炼出了黄金。"

---

① 参见郑克鲁:《法国文学史教程》,北京大学出版社 2008 年版,第 224 页。

第九章　20世纪现实主义文学

第一节　概述

　　20世纪的欧美文学,在经过19世纪高速发展的黄金时代之后失去了昔日辉煌的光环。但在社会发展进程中,作家们坚持继承与创新并举,既引进人类思想文化新成果,又借鉴其他文学流派的成功经验,不断给这股传统的文学思潮注入新的活力,使之不断得到充实、丰富和提高,产生新的形式,获得新的意蕴,因而使它经久不衰,在世界多元化的总体格局里依然生生不息,保持着旺盛的生命力。20世纪的现实主义文学,一方面延续着19世纪评判现实主义,另一方面其文学创作无论从题材内容的拓展,还是表现形式的多样,都具有其独特的成就和贡献。

一、20世纪现实主义文学的历史文化与基本特征

　　19世纪末20世纪初,欧美各国家相继进入垄断资本主义阶段。整个20世纪人类社会,特别是西方社会,变幻无常,纷纭繁复。一方面,人类在物质文明和精神文明的领域里都取得了极大进步,过去许多世纪积累下来的梦想逐一变为现实,人类在自然面前比以往任何时候都强大。另一方面,人类不断遇到困难曲折,乃至空前灾难,既有大地震、持续高温、暴风雨等来自大自然的突然袭击,更有文明发展的偏斜所引起的劫难灾祸——非正义战争、环境污染、暴力凶杀、艾滋病蔓延、吸毒贩毒等自戕行为,使人类的生存空间受到前所未有的威胁。

　　直接对欧美文学造成巨大影响、使它的发展过程出现阶段性转折的是四起重大历史事件:1914至1918年的第一次世界大战;1917年俄国十月革命的成功和1922年苏联的出现;20至30年代西方世界普遍的经济危机;1939至1945年的第二次世界大战。其中影响力尤其巨大的是两次世界大战。两次大战所造成的毁灭性灾难,使人类经受了被生活否定的痛苦和迷茫,引起了覆盖整个西方世界的精神危机。人们日益深刻地感受到,人越是向自然向社会索取自由,就越是失去自我而走向异化。于是,以往的乐观精神被清算,理性主义价值体系受怀疑,自我意识和悲剧意识大大强化。

　　两次大战改变了国际关系的格局,也给人类社会的战争观念带来了巨大的影响。帝国主义列强为了重新瓜分世界而挑起了一次大战,战后出现了世界上第一个无产阶级专政的国家苏联。德、意、日三国法西斯主义为了挽救自身危机而发动了二次大战,战后形成了以苏联为首的社会主义阵营和以美国为首的帝国主义阵营的对峙局面。到了20世纪后半叶,经过超级大国、发达国家和发展中国家"三个世界"的重新组合,美、苏争霸和国际反霸权主义力量的对立,苏联和东欧各国的瓦解等等大动荡、大分化、大改组,国际形势由紧张渐趋缓和。及至目前,战火虽在局部国家和地区此起彼伏,有时甚至还十分猛烈,但以对话取代对抗,由经济竞争取代军事争夺,已成为世界的潮流。为营造和维护一个和平稳定的国际环境而努力,已成为世纪之交全球性的共识。

  自然科学突飞猛进的发展也促成了20世纪文化观念的急速变化。科学家们不但可以进入太空探索宇宙的奥秘,而且可以深入微观世界的分子甚至原子内部探索物质和生命的底蕴,形形色色的新学科理论层出不穷。作为"文化之母"的哲学,走出了主客体二元截然分立的模式。一方面,来自上个世纪的马克思主义的唯物史观和辩证唯物论的传播越来越广泛深入,叔本华的唯意志论、尼采的权力意志论和柏格森的生命哲学及其直觉主义受到普遍重视。另一方面,本世纪纷纷产生的哲学流派又非常活跃,其中影响较大的有弗洛伊德的精神分析学、萨特的存在主义。另外,文艺批评新流派如符号学、结构主义、后结构主义、女权主义、后现代主义、新历史主义和后殖民主义等等所尊奉的思想观念也造成了广泛影响。

  20世纪社会历史的那种复杂变幻和激烈动荡超出了19世纪文学单线条想象的承受力,要求作家们寻找多种视角、多种方式去观照生活、反映现实,去探究现代人的内心世界。从此,文学上的全知全能消失,创作的范式失落,加之19世纪由歌德和马克思、恩格斯提出的"世界文学"观念的深入,文学家的社会角色由代言人、仲裁者回到普通人,文坛上只会产生各个民族、各种风格的杰出代表,不可能再出现称雄世界、率领时代的巨擘大师。此外,现代生活内容的不断翻新,现代人审美需求的不断提高,都促成了世界文学由大一统向多元化的剧变。20世纪的现实主义文学在这种大环境中重新确立地位,并形成新的总体特征。

  20世纪西方文学出现了很多流派,主要有现实主义、现代主义、后现代主义。现实主义文学创作的基本特征有:1. 坚守人道主义传统,批判现实存在。2. 承袭现实主义创作方法,发展了"内倾化"倾向。3. "长河小说"的出现。4. 吸收、融汇了现代主义的表现手法。

  首先,人道主义和民主主义仍然是作家们的重要思想武器。20世纪上半叶,"罗兰主义"是现实主义作家的基本立场。他们猛烈抨击不人道的社会现实,批判社会对人的异化,谴责统治者的残忍和法西斯主义的暴行,同情受侮辱受迫害的下层人民,同情无产阶级革命,向往没有人压迫人的美好未来。但由于把"博爱"当作出发点和终点,宣扬"爱能拯救一切",视贫富均等为最终目标,因此在本质上因袭了19世纪的传统而没能达到新的高度。但其中也不乏探索精神,如二三十年代就曾有一批作家用阶级斗争观点或社会主义思想去观察社会现实,试图站在崭新的时代高度去分析问题。50年代以后,现实主义文学中的人道主义出现了革命倾向,作品中的劳动人民不再是受命运摆布的小人物,而成了敢于跟罪恶势力作斗争的"强者"。

  其次,作家们始终坚持真实性这一现实主义文学创作的基本原则。以现实的、具体的、变化中的人的精神世界及生活遭遇为描写对象,从人与周围环境的关系中探讨人生底蕴,进行真实的审美反映。他们以巨大的热情和批判的眼光审视复杂、残酷的现实,历史主义地表现客观世界的发展过程,力图通过对人物的性格、命运和环境的艺术概括,回答"老是存在而又无法解决"的问题,令人信服地揭示旧制度、旧生活无可挽回地走向衰亡的趋势。较之19世纪现实主义,20世纪现实主义在反映现实的及时性和撷取题材的政治性上更进了一步。许多作品,往往在被描写的事件刚刚结束甚或还未结束时就写了出来。而且,在反映现实之中寄托了改变现实的愿望,又使作品的政治色彩十分鲜明。有的还直接以重大政治事件为题材,展现著名政坛人物的政治活动。

第三,描写重点的内向性和主观化,艺术形式上的不拘一格和兼容并蓄。"向内心世界掘进"是20世纪欧美文学和美学的一股潮流。现代主义各流派在表现主观真实方面所造成的一次次轰动效应,使现实主义文学引起艺术上的自我省察和自我调整。20世纪的现实主义跟传统现实主义的较大差异,就在于突出了人物的主观感受和精神探索的描写。作家们在综合中不断创新,既融入了自然主义的客观写实手法,又汲取了象征主义手法、意识流手法等现代主义的艺术技巧。诸如内心独白、梦幻描写、潜意识表现、性心理描述、时序颠倒、荒诞变形、多角度的情节发展和多层次的结构形式等等,在传统的现实主义创作中,吸收、融汇了现代主义的表现手法。

第四,人物塑造上强调性格的多重性,淡化典型性格描写。理性信念的失落是20世纪西方文化的一个根本特征。而现实主义作家素以直面人生为本色,面对20世纪复杂错综的社会生活和变幻莫测的世态人情,他们在考察和分析过程中强化了客观务实的立场,疏远或放弃了理想化、单一化的思维方式。因此在他们的作品中,高大完美的英雄人物逐渐消失,代之而起的主人公大体可以分为两类。一类是正面人物,他们有对生活目标的执著追求和高度的社会责任感,但内心世界复杂,在具备某些闪光点的同时,并存着许多并不高尚甚至并不道德的思想品质。另一类是有缺陷有弱点的普通人,他们低能、笨拙、脆弱,有时还怯懦;对生活有点浑浑噩噩,或许还带点玩世不恭;但他们是好人,并不为非作歹,并不损人利己,而是实实在在地干了不少被人忽视、被人不屑却有益于社会的事,世界正是由他们组成的。

此外,这一时期频频出现"长河小说",这种多卷本小说能够较好地反映每个历史时期的变迁。长河小说并非可以无限制地写下去,它们一般都在100万字至150万字之间,因此有别于那种滥写的通俗小说。长篇小说的功能由此得到了充分而有节制的利用。20世纪现实主义文学还从19世纪的《人间喜剧》《卢贡-马卡尔家族》式的整套小说向《约翰·克利斯朵夫》式的长河小说发展,从宏观综合性小说向微观分析性小说发展。此外,20世纪现实主义文学还具有下列特点:下层人民得到较多反映,劳资矛盾被更多触及,战争题材作品空前增多,视野扩大,思想深度加深,自传成分增强,象征手法和幽默幻想手法得到综合运用,情节日趋淡化,典型人物的塑造不再是艺术追求的中心等。

二、20世纪现实主义文学发展概况

进入20世纪,现实主义文学虽不像19世纪那样处于主流地位,但在欧美各国仍涌现出了大量著名的作家和作品。

1. 英国现实主义文学

英国是 20 世纪现实主义文学最有成就的国家之一。这个世纪的英国现实主义文学着重批判英国社会的保守性和虚伪性,艺术上从写实向实验小说发展。被誉为"英国现代戏剧奠基人"的萧伯纳(1856—1950),是与社会主义运动发生联系的最杰出的现实主义剧作家。他在 19 世纪后期就写出了《鳏夫的房产》(1892)、《华伦夫人的职业》(1894)等优秀剧本。20 世纪初他创作了以《巴巴拉少校》(1905)为代表的讨论式戏剧,生动地刻画了英国军火商、"死亡制造厂"老板安德谢夫这一帝国主义战争贩子的典型形象。《伤心之家》(1916)是萧伯纳在一战期间的代表作。这部悲喜剧以一艘即将沉没的轮船象征不列颠岛国,剧中人物都在等待死亡的来临。对资本主义的批判是萧伯纳创作的基本主题。他天才地把英国现实的社会矛盾展示在作品里,或揭露资产阶级议会制度,或反对军国主义,或针砭时弊,或揭发资产阶级的虚伪,笔锋纵横,挥洒自如,且以幽默、俏皮、似是而非的特有艺术风格,给读者留下深刻的印象和思考。

约翰·高尔斯华绥(1867—1933)是英国小说家、剧作家,出身于一个富裕的资产阶级家庭,曾在牛津大学学法律,后放弃律师工作从事文学创作。他一生的重要作品有:小说三部曲《福尔赛世家》(由《有产业的人》(1906)、《骑虎》(1920)和《出租》(1921)组成)、三部曲《现代喜剧》(由《白猿》(1924)、《银匙》(1926)和《天鹅之歌》(1928)组成)、三部曲《尾声》(由《女侍》(1931)、《开花的荒野》(1932)和《河那边》(1933)组成),以及剧本《银匣》(1906)、《斗争》(1909)、《群众》(1914)和《逃跑》(1926)等。他的作品以 19 世纪后期和 20 世纪初期的英国社会为背景,描写了英国资产阶级的社会和家庭生活,以及盛极而衰的历史。他的作品语言简练,形象生动,讽刺辛辣。小说对资产者作了犀利的讽刺,是最能体现高尔斯华绥进步思想和艺术手法的现实主义杰作。但它也反映了作者的思想局限:描写的生活圈子过于狭隘,局限于资产阶级中上层的家庭、婚姻、道德领域,而没有展现出那一时代广阔的社会风貌;在揭露和讽刺"福尔赛精神"的同时,却又对福尔赛家族某些重要成员如老乔里恩等人作了理想化的描写。1906 年,高尔斯华绥完成《有产业的人》,获得广泛好评,他也因此被公认为英国第一流作家。1932 年,高尔斯华绥"为其描述的卓越艺术——这种艺术在《福尔赛世家》中达到高峰"而获得诺贝尔文学奖。和威尔斯、阿诺德·贝内特一起并称 20 世纪英国现实主义小说三杰。

康拉德(1857—1924)英国小说家,原籍波兰。在英国文学史上有突出重要的地位,被誉为英国现代八大作家之一。从 1895 出版第一部长篇小说《阿尔迈耶的愚蠢》开始,康拉德共出版 13 部长篇小说、28 部短篇小说,2 卷回忆录及政论、书信等。他的作品根据题材可分为航海小说、丛林小说和社会政治小说。他的航海小说出色地传达了海洋上狂风暴雨的气氛,以及水手们艰苦的航海生活和深刻细微的心理活动。代表作有《水仙号上的黑家伙》(1897)、《台风》(1902)、《青春》、《阴影线》(1917) 等。他的丛林小说大部分都是由一个叫马洛的人叙述的,以《黑暗的心》(1899)、《吉姆老爷》(1900)为代表,探讨道德与人的灵魂问题,包含着深刻的社会历史内容。他的社会政治小说《诺斯特罗莫》(1904)、《特务》(1907)及《在西方的眼睛下》(1911)等,表现了他对殖民主义的憎恶。他是英国现代小说的先行者之一。

乔治·威尔斯(1866—1946)英国著名小说家,尤以科幻小说创作闻名于世。1895 年出版《时间机器》一举成名,随后又发表了《莫洛博士岛》(1896)、《隐身人》(1897)、《星际战争》(1898)等多部科幻小说。他还是一位社会改革家和预言家。威尔斯善于把科学知识通俗化,并通过小说将其突显出来,正是这种才能使他的科幻小说深受读者欢迎。他的科幻小说常常具有讽刺性,而且显现威尔斯一贯对资本主义的批判意识,这也成了威尔斯独特的写作风格。

萨摩塞特·毛姆(1874—1965)英国小说家、戏剧家。他的作品常以冷静、客观乃至挑剔的态度审视人生,基调超然,带讽刺和怜悯意味,在国内外拥有大量读者。毛姆的主要成就是小说创作,其代表作是长篇小说《人生的枷锁》(1915)书中主人公菲利普·凯里童年和青年时期的辛酸遭遇,大多取材于作家本人早年的生活经历,但作家打破了事实的拘束,虚构了某些重大情节,塑造了菲利普·凯里这一人物形象。小说通过描写主人公的曲折遭遇,揭露了社会从精神到物质上对人的折磨和奴役。另一部代表作《月亮和六便士》(1919)的情节取材于法国后印象派画家高更的生平,主人公查理斯·思特里克兰德原是位证券经纪人,人届中年后突然响应内心的呼唤,舍弃一切到南太平洋的塔希提岛与土著人一起生活,获得灵感,创作出许多艺术杰作。在这部小说里,毛姆用第一人称的叙述手法,借"我"之口,叙述了整个故事。他在小说中深入探讨了生活和艺术两者的矛盾和相互作用。小说所揭示的逃避现实的主题,与西方许多人的追求相吻合,成为20世纪的流行小说。1920年他来到中国,写了游记《在中国的屏风上》(1922),还写了以中国为背景的长篇小说《彩巾》(1925)。在后期的重要作品《刀锋》(1944)里,作家试图通过一个青年人探求人生哲理的故事,揭示精神与实利主义之间的矛盾冲突。小说出版后,反响强烈,特别受到当时置身于战火的英、美现役军人的欢迎。毛姆的足迹遍布远东、南太平洋、拉丁美洲诸国,对世界各地的文化广见博闻,不少作品具有浓郁的异国情调,有着别具一格的魅力。

威廉·戈尔丁(1911—1993)英国小说家,诗人。他的代表作有《蝇王》(1954)、《珊瑚岛》(1957)。戈尔丁在西方被称为"寓言编撰家",他运用现实主义的叙述方法编写寓言神话,承袭西方伦理学的传统,着力表现"人心的黑暗"这一主题,表现出作家对人类未来的关切。1983年获得诺贝尔文学奖。

劳伦斯(1885—1930),20世纪英国作家,是20世纪英语文学中最重要的人物之一,也是最具争议性的作家之一。主要成就包括小说、诗歌、戏剧、散文、游记和书信。他的主要作品有《儿子与情人》(1913)、《虹》(1915)及《查泰来夫人的情人》(1928)。他的作品过多地描写了色情,受到过猛烈的抨击和批评。但他在作品中力求探索人的灵魂深处,并成功地运用了感人的艺术描写,因此,从他生前到现在为止,他的作品一直被世界文坛所重视。

格雷厄姆·格林(1904—1991),英国作家、剧作家、文学评论家。他的作品探讨了当今世界充满矛盾的政治和道德问题,他将通俗文学和严肃文学有机地结合在一起,这种能力使他获得了广泛好评。他最著名的四部以天主教为主题的小说是《布莱顿硬糖》(1938)、《权力与荣耀》(1940)、《问题的核心》(1948)以及《恋情的终结》(1950)。以及另外两部"严肃小说"《文静的美国人》(1955)和《人性因子》(1978)也可以看出他对国际政治或间谍题材也非常感兴趣。这些作品从不同角度探讨了人世、社会的卑劣和丑恶,以及人在善与恶、正义与不正义、考验与抉择中的痛苦的精神历程及其中蕴含的意义。

《问题的核心》讲述英属西非殖民地副专员斯考比原是个正直、虔诚的天主教徒,为了送精神苦闷的妻子去南非度假,他不得不向一名叙利亚奸商借债,从此受到那商人的威胁利诱,接连犯罪而不能自拔,最后为求得精神解脱而服毒身亡。这部具有古典传统的悲剧性小说是格林所作的一系列探索宗教问题的小说中的一部代表作,其中充分发挥了那些贯穿他所有小说中的主题:怜悯、恐惧、爱情、失望和责任,以及一种对人的精神解脱的探索。

2. 法国现实主义文学

法国 20 世纪的现实主义文学,在继承 19 世纪辉煌传统的基础上又有所创新发展。这一时期,在现代主义文学占主流的法国文坛,现实主义文学始终占有一席之地,并取得卓越成就。现实主义小说创作一直处于繁荣状态,涌现出不少重要作家作品。作家们创作的总体倾向有二:其一,从家庭的角度切入对社会的剖析,以家庭变迁的历史反映社会变化的轨迹;其二,重视描写国际题材,关注人类社会命运,努力把握时代脉搏。

阿纳托尔·法朗士(1844—1924 年)法国作家、文学评论家、社会活动家。1873 年出版第一本诗集《金色诗篇》,尔后以写文学批评文章成名;1881 年出版《波纳尔之罪》,在文坛上声名大噪。以后他写了一系列的历史题材小说。由于受法国唯心主义历史学家列南的"人类永远也不能接近真理"的影响,他的这些作品均流露出历史循环论、社会改造徒劳无益论的悲观情绪,但更多的是充满对社会丑恶的嘲讽和抨击。法朗士的散文平如秋水,含蓄隽永,韵味深长。他的创作在 20 世纪达到成熟阶段。他在 19 世纪完成了《现代史话》四部曲之后,20 世纪初又写出了《克兰比尔》(1901),这无疑是对德雷福斯案件作出的直接反映。主人公克兰比尔是个走街串巷的卖菜老人。一天,他卖了菜正等着收钱,有个警察命令他走开,说他妨碍交通,他分辩时又硬说他骂了"打死母牛"而被送上了法庭。法官只用六分钟就审讯完毕,判处他罚款 50 法郎,监禁 15 天。克兰比尔出狱后备受歧视,没有人买他的菜,他贫困潦倒,借酒浇愁,最后被赶出了栖身的阁楼。这时他想起了不愁风雨的监狱,就鼓起勇气向一个警察骂了一句"打死母牛",但是却未能实现他回到监狱里去的可怜的愿望,只得低垂着头消失在风雨交加的黑夜里。这个短篇不同于法朗士的其他作品,主人公是下层百姓,而非学者或其他重要历史人物。故事简洁明快,没有长篇的议论,引人入胜,发人深省。1908 年,法朗士已是六旬老人,仍笔耕不辍。《企鹅岛》(1908)是对政客们的抨击,法朗士作出悲观的预言:文明将遭毁灭。《天使的反叛》(1908)与《企鹅岛》相似,表达了作者对于宗教、生命、上帝、智慧等问题的思考。《诸神渴了》(1921)以法国大革命为背景。1921 年他获得诺贝尔文学奖。

罗曼·罗兰(1866—1944)思想家,文学家,批判现实主义作家,音乐评论家,社会活动家。1915 年诺贝尔文学奖得主。一生为争取人类自由、民主与光明进行了不屈的斗争。他的小说特点,常常被人们归纳为"用音乐写小说"。同时,他也是传记文学的创始人。主要作品有《名人传》(包括《贝多芬传》(1903)、《米开朗基罗传》(1906)、《托尔斯泰传》(1911)和《约翰·克利斯朵夫》(1912))。

马丁·杜·加尔(1881—1958)在第一次世界大战后崛起的新一代作家中,马丁·杜·加尔是第一位获得诺贝尔文学奖的。他的获奖主要是由于他花了二十年时间创作的系列长篇小说《蒂博一家》(1922—1940)中"所描绘的人的冲突及当代生活中某些基本方面的艺术力量和真实性"。这部小说通过蒂博一家父子、兄弟之间的矛盾纠葛,以及他们跟丰塔南兄妹之间的种种关系再现了一战前后包括法国在内的资本主义世界的政治、经济、精神生活的各个方面。这两个家庭的衰败象征着大战前夕资本主义内部矛盾的激化和危机的加深。主人公雅克在复杂的矛盾冲突中进一步认识了社会的种种罪恶,坚定了反战的信念。该形象概括了新一代人的生活经历和精神面貌,这一代人从资本主义人道主义立场出发对待战争,尽管没有取得有意义的结果,但仍然对未来抱有希望。这部长河式小说从不同角度以不同方式描写社会生活,并采用了意识流手法来刻画人物,足见出现实主义兼容并蓄的开放性。

弗朗索瓦·莫里亚克(1885—1970),法国小说家,1952年诺贝尔文学奖获得者。是跟杜加尔齐名的法国现实主义作家,被戴高乐总统称为"嵌在法国王冠上最美的一颗珍珠"。他的小说大都以爱情、婚姻、家庭生活为题材,在西方世界享有盛誉。1922年发表《给麻风病人的吻》,赢得较大声誉,小说描写一个健康、活泼、善良的农村少女,嫁给一个体弱多病、智力低下的地主儿子为妻,在没有爱情的家庭生活中受尽折磨。随后又相继发表了《火流》(1923)和《吉尼特里克斯》(1923)。两年后发表的《爱的荒漠》(1925),获得法兰西学院的小说大奖,奠定了他在法国文坛的地位。小说描写库雷热医生和他的儿子雷蒙与寡妇玛利亚之间的爱情纠葛。在小说中,倾心相爱的人不能结合,而夫妻之间却没有真正的爱情,由婚姻和血缘关系结合起来的家庭只不过是"爱的荒漠"。1927年,《苔蕾丝·德斯盖鲁》的发表,引起了很大反响。他在1932年出版的长篇小说《蝮蛇结》,一般认为是莫里亚克写得最好的作品。

安德烈·纪德(1869—1951),法国著名作家。主要作品有小说《田园交响曲》、《伪币制造者》等,散文诗集《人间食粮》等。1947年获诺贝尔文学奖,"为了他广包性的与有艺术质地的著作,在这些著作中,他以无所畏惧的对真理的热爱,并以敏锐的心理学洞察力,呈现了人性的种种问题与处境"。代表作《伪币制造者》(1925)写法别致,没有中心人物,几条线索齐头并进,往返穿插,夹叙夹议,互不相干,又嵌入一个人物的一段日记,记叙他如何构思一部叫做《伪币制造者》的小说。全书时而叙述,时而议论,各人的故事又都无头无尾,还在日记中大谈对小说创作的看法,造成扑朔迷离、万象纷呈的感觉。但是,综观全书,情节的进展仍可把握,人物的形象相当鲜明,与时代的联系亦可称紧密,反映了一代青年精神上的迷惘和苦闷。可以说,这部被称为"纯小说"或"法国第一部反小说"的《伪币制造者》散发着强烈的时代气息。

格林·J(1900—1998)是当今世界上最著名的作家之一,格林主要用法语写作。1926年开始发表作品。第一部小说《西内尔山》,内容写家庭悲剧,以美国为背景。1927年发表小说《阿德琏·莫絮拉》,1929年发表小说《雷维亚当》。这两部作品描写小城市资产者家庭生活和处于强烈情欲支配下的人的复杂心理活动,是格林的成名之作。此后陆续发表小说《发生幻觉的人》(1934)、《午夜》(1936)、《如果我是你……》(1947)。50年代以后,格林探索小说创作新的表现方法,作品有进一步发展,例如小说《莫依拉》(1950)、《人各有自己的黑夜》(1960)以及《另一天》(1971)等。

《莫依拉》中的大学生约瑟夫是一个清教徒,饱受肉欲的折磨。为了让他声誉扫地,大学生们派少女莫依拉去引诱他。约瑟夫起初顽强抗拒,却在莫依拉要走时屈服了。事后,他耻于自己的行为,杀死了莫依拉并毅然自首。格林的小说无情地剖析人物被撕裂的灵魂,表现他们在灵与肉的斗争中所感到的孤独、不安和痛苦,不乏"心理现实主义"的特质。

尤瑟纳尔(1903—1987),法国诗人、小说家、戏剧家和翻译家。法兰西学院成立三百多年来第一位女院士。16岁时即以长诗《幻想园》崭露头角。在半个多世纪的时间里,她游历了欧美多国,创作了大量的诗歌、剧本、长篇小说、散文和论文。主要作品有:诗集《幻想的乐园》(1921),《众神未死》(1922);剧本《埃莱克特或面具的丢失》(1954),《阿尔赛斯特的秘密》(1963);短篇小说集《死神驾车》(1934),《像水一样流》(1982);长篇小说《哈德良回忆录》(1951),《苦炼》(1968);传记《世界迷宫:虔诚的回忆》(1974),《北方档案》(1977);翻译著作《波浪》(1937),《深邃的江,阴暗的河》(1964),《王冠与竖琴》(1979);评论《时间,这伟大的雕刻家》(1983)。尤瑟纳尔的作品题材广泛,纵贯古今,其最高成就为历史小说。《哈德良回忆录》以恢弘的气势复活了公元二世纪时的帝国风貌:哈德良生于公元76年,138年驾崩,为罗马"五贤君"之一。公元130年10月,哈德良皇帝的娈童安提诺乌斯在埃及尼罗河溺水身亡,死因不明。悲恸不已的哈德良当即把安提诺乌斯奉若神明,顶礼膜拜,并在其落水处兴建一座城市,赐名安提诺波利斯,同时下令在帝国境内遍树安提诺乌斯雕像,建立一种类似照相册的纪念物,以铭记这位死于青春的美少年。

玛格丽特·杜拉斯(1914—1996),法国著名作家、剧作家、电影编导。她的成名作是1950年发表的自传体小说《抵挡太平洋的堤坝》。早期因作为法国"新浪潮"电影的《广岛之恋》而轰动世界影坛,执导的《印度之歌》获得了1983年法兰西学院戏剧大奖。其自传体小说《情人》不仅使杜拉斯获得了1984年龚古尔文学奖,还为她赢得了世界性的声誉。作为法国新小说的外围作家,她的创作除了具有新小说写实风格以外,还具有后殖民文学内涵。

弗朗索瓦兹·萨冈(1935—2004)是法国著名的才女作家。1954年,年仅十八岁的她写出了小说《你好,忧愁》,一举夺得当年法国的"批评家奖"。萨冈漂亮出众,个性鲜明,行为有些离经叛道,她喜欢写作、赛马、飙车、酗酒,却备受法国人喜爱。她一生中创作了30多部小说、10部剧本和若干电影脚本,著名的有小说《朦胧的微笑》(1956)、《你喜欢勃拉姆斯吗》(1959)、《心灵创伤》(1972),以及回忆录《肩背》(1998)等。

3. 德国现实主义文学

20世纪对于德国来说是一个改变了世界政治格局的世纪。给世界人民带来深重灾难的两次世界大战均因德国而起,在两次世界大战特别是第二次世界大战中,德国的经济、政治、文化等都受到很大的影响,国内各种矛盾更加尖锐复杂,而这一切都在文学作品中有所反映。在20世纪德语文学的总体格局中,现实主义仍然是重要和主要的一极,出现了亨利希·曼、托马斯·曼、布莱希特、雷马克、伯尔、茨威格等为代表的一大批闻名遐迩的作家。他们拓宽了19世纪的现实主义文学的叙述形式,使现实主义文学的内容和表现形式、手法趋向多元化发展。

亨利希·曼和托马斯·曼兄弟是20世纪德国现实主义文学的代表作家。亨利希·曼(1871—1950)是德国小说家,一生共创作19部长篇小说,55篇中、短篇小说,11部剧本和大量政论、散文。1911至1914年间,他完成代表作《臣仆》。主人公狄德利希·赫斯林在首都获博士学位后,回到家乡,继承父业当上一家小造纸厂的老板。为了追求金钱和权势,他耍弄吹牛拍马、阿谀奉承、趋炎附势的伎俩,不惜使自己"变成坏蛋",这部小说活脱脱地描绘了19世纪末20世纪初德国资产阶级一副既卑鄙可笑又怯懦渺小的丑恶嘴脸。小说主人公狄得利希·赫斯林欺软怕硬,在强者面前是奴才,在弱者面前是暴君。他是帝国主义阶段德国资产阶级的典型,也是德意志帝国忠顺臣仆的典型。《臣仆》是亨利希·曼《帝国三部曲》的第一部,也是最成功的一部。另两部为《穷人》(1917)和《首脑》(1925)。

托马斯·曼(1875—1955),德国小说家和散文家,1929年度的诺贝尔文学奖获得者。是德国20世纪最著名的现实主义作家和人道主义者。其创作主要是中、长篇小说。代表作是被誉为德国资产阶级的"一部灵魂史"的长篇小说《布登勃洛克一家》(1901)。小说通过自由资产阶级布登勃洛克在垄断资产阶级哈根施特勒姆家族的排挤、打击下逐渐衰落的历史描写,详尽地揭示了资本主义的旧的刻意盘剥和新的掠夺兼并方式的激烈竞争和历史成败,成为德国19世纪后半期社会发展的艺术缩影。但因作者受叔本华、尼采哲学思想影响,小说对帝国主义势力持无能为力的消极态度,对自由资产阶级抱无可奈何的哀婉情绪。托马斯·曼的重要作品还有长篇小说《魔山》(1909)和《浮士德博士,由一位友人讲述的德国作曲家阿德里安·莱弗金的一生》(1947)等。

埃里希·玛利亚·雷马克(1898—1970),20世纪德裔美籍作家。主要由于著有《西线无战事》(1929)一书而知名。这部小说可能是描写第一次世界大战最著名和最有代表性的作品。雷马克18岁应征入伍,在战斗中多次负伤。战后在他写作小说期间,雷马克担任赛车手和体育记者。《西线无战事》的情节就是描述士兵在战壕中刻板的日常生活,他们似乎没有过去,也不会有将来。它的书名,即战报中公式化的语言,很能体现那冷漠和简洁的风格,以轻描淡写的语言纪录每日的战争恐怖。该书出版后立即在国际上获得声誉。雷马克的其他几部重要作品取材于第二次世界大战,如《流亡曲》(1941)、《凯旋门》(1946)、《生死存亡的年代》和《黑色方尖碑》(1956)等。这些作品具有鲜明的反法西斯倾向,无论在思想上、艺术上都更为成熟。

4. 美国现实主义文学

20世纪的美国,始终保持着繁荣兴旺的态势。第二次世界大战结束之初,欧洲大陆满目疮痍,西方现实主义文学便很自然地在没有经受战火洗劫的美国首先复兴。其时美国笼罩在"麦卡锡主义"的白色恐怖中,本土知识分子噤若寒蝉,一批犹太作家却突出重围,拉开了此时现实主义文学的序幕。

杰克·伦敦(1876—1916),美国著名的现实主义作家,他一生著述颇丰,16年中留下了19部长篇小说、150多篇短篇小说以及大量文学报告集,还写了3个剧本以及相当多的随笔和论文。最著名的有《马丁·伊登》(1909)、《野性的呼唤》(1903)、《白牙》(1906)、《热爱生命》(1907)、《海狼》(1904)、《铁蹄》(1908)等小说。这些作品共同为读者展示了一个陌生又异常广阔的世界:那荒凉空旷又蕴藏宝藏的阿拉斯加,波涛汹涌的岛屿,星罗棋布的太平洋,横贯美洲大陆的铁路线,形形色色的鲜活人物,人与自然的严酷搏斗,人与人之间错综复杂的社会关系。他是世界文学史上最早的商业作家之一,因此被誉为商业作家的先锋。

《马丁·伊登》是杰克·伦敦的代表作,是世界文学史上最著名的自传体小说之一。故事讲述了青年水手马丁·伊登偶然结识了上流社会的罗丝小姐,受她的启发,发愤自学,并开始了艰苦的创作生涯。尽管处处碰壁,他仍不愿听从罗丝的安排,进她父亲的事务所,做个"有为青年"。后来他突然时来运转,以前被退回的稿件纷纷得到发表,成为当红作家。以前看不起他的亲友都争先恐后地来请他吃饭,连已和他决裂的罗丝也主动前来投怀送抱。这使他看清了这个世态炎凉的社会,对爱情所抱的美妙幻想也彻底破灭。在这部带有自传色彩的长篇小说中,杰克·伦敦不但倾注了他的全部心血,写下了自己如何在平庸的资产阶级鄙夷下含辛茹苦地读书和写作的经历,也尽情阐释了他个人的混杂着马克思主义的阶级观、斯宾塞的社会达尔文主义和尼采的"超人"说的社会见解。

海明威(1899—1961),美国小说家,"新闻体"小说的创始人,被称为"20世纪最伟大的作家之一"。是美国"迷惘的一代"作家中的代表人物,作品中对人生、世界、社会都表现出了迷茫和彷徨。1953年,他以《老人与海》一书获得普利策奖;1954年,《老人与海》又为海明威夺得诺贝尔文学奖。2001年,海明威的《太阳照样升起》与《永别了,武器》两部作品被美国现代图书馆列入"20世纪中的100部最佳英文小说"中。

德莱塞(1871—1945),美国小说家。美国评论家认为,德莱塞忠于生活,大胆创新,突破了美国文坛上传统思想禁锢,解放了美国的小说,给美国文学带来了一场革命,并且把他跟福克纳、海明威并列为第一次世界大战后美国仅有的三大小说家。

纳博科夫(1899—1977),俄罗斯出生的美国小说家、诗人、文学批评家、翻译家、文体家。曾被公认的20世纪杰出小说家和文体家。被誉为"当代小说之王"。他在1955年所写的《洛丽塔》,是在20世纪受到关注并且获得极大荣誉的一部小说。作者再于1962年发表英文小说《微暗的火》。这些作品展现了纳博科夫对于咬文嚼字以及细节描写的钟爱。

马拉默德(1914—1986),美国作家。1939年起在大学执教,并试写小说,50年代成名。其作品有《店员》(1957)、《伙计》(1966)、《新生活》(1961)、《房客》(1971)、《杜宾的选择》(1979)、《上帝之恩》(1982)等长篇小说,以及一批内容丰富的短篇故事集。马拉默德是美国当代最著名的犹太作家之一,曾多次获普利策奖和美国国家图书奖,被称为"当代短篇小说大师","本世纪最优秀的短篇小说家之一"。他极善勾描美国犹太社区贫寒百姓的众生画像,创造出令人难忘的小店员、杂役、鞋匠、裁缝与潦倒文人的形象。侧重表现对人性善恶、因果报应、道德良知的感悟。他笔下的小人物大多朴实善良,历经磨难而同情之心不泯;又往往糊涂可怜,苦苦赎罪却难以获得重生。《店员》描写犹太人莫里斯穷愁潦倒,靠开小杂货店养活三口之家。一天,在孤儿院长大的意大利移民弗兰克与流氓沃德合伙抢了这个杂货店。事后弗兰克深受良心谴责,便主动去店里干活,并爱上莫里斯的女儿海伦,却因偷窃被扫地出门。莫里斯病逝后,弗兰克重回小店,日夜操持,终于重新赢得了海伦的爱情。最后,弗兰克改信犹太教,与莫里斯的遗孀孤女一起生活在无尽的苦海之中。这部小说借用20世纪30年代大萧条时期的故事摹写50年代美国,以生动丰富的情节再现了美国社会中的种族冲突,反映现实生活中犹太人的不幸。全程结构严谨,情节生动,风格幽默。

5. 俄苏现实主义文学

20世纪的俄罗斯、苏联文学是世界文学的重要组成部分。由于20世纪的俄苏社会走上了一条不同于西欧各国的社会主义发展道路,使俄苏文学也经历了与欧美文学不同的发展道路,它以其鲜明的党性原则,以其浩如烟海的优秀作家、作品构成 20 世纪现实主义文学中令人瞩目而又独特的一道景观。

高尔基(1868—1936),俄国伟大的无产阶级作家,列宁说他是"无产阶级文学最杰出代表",社会主义现实主义文学奠基人,无产阶级革命文学导师,前苏联文学的创始人。他的代表作品有《母亲》(1906)、《童年》(1916)、《在人间》(1916)、《我的大学》(1923)。高尔基不仅是伟大的文学家,而且也是杰出的社会活动家,积极参加保卫世界和平的事业。他的优秀文学作品和论著成为全世界无产阶级的共同财富。

肖洛霍夫(1905—1984),是 20 世纪苏联文学的杰出代表。1965 年他的作品《静静的顿河》获得了诺贝尔文学奖。20 年代末,我国新文学奠基人鲁迅首先注意到肖洛霍夫的作品。1931 年《静静的顿河》中译本作为鲁迅编辑的"现代文艺丛书"之一,由上海神州国光社出版。从此,肖洛霍夫的作品几乎每发表一部,都很快介绍到中国来,尤其是《一个人的遭遇》(1956)在《真理报》上刚一刊出,当月就译成了中文,而且有两个不同的译本,先后在《解放军文艺》和《译文》上发表。这在中国翻译史上是难寻之事。

帕斯捷尔纳克(1890—1960),苏联作家、诗人、翻译家。主要作品有诗集《云雾中的双子座星》(1914)、《生活是我的姐妹》(1922)等。他因发表长篇小说《日瓦戈医生》于 1958 年获诺贝尔文学奖。他因为小说中流露出对十月革命的保留态度而受到苏联文坛的猛烈攻击,过着离群索居的生活。

第二节　罗曼·罗兰

罗曼·罗兰(1866—1944)是 19 世纪后期至 20 世纪前期法国著名的小说家、剧作家、传记作家、音乐评论家和社会活动家,伟大的人道主义者,著名的反法西斯斗士。他被誉为"两个世纪文化的一座桥梁""欧罗巴的良心",高尔基称他为"法国的托尔斯泰"。他的文学创作从 19 世纪末期开始,成就集中于 20 世纪前期,是当时法国最杰出的现实主义作家,于 1915 年获得诺贝尔文学奖。

一、生平与创作

罗曼·罗兰 1866 年 1 月 29 日出生在法国中部高原小镇克拉姆西的一个公证人家庭。他的父亲是法国大革命时期激进的共和党人后裔,母亲是虔诚的天主教徒,酷爱音乐。他从小从父亲那里继承了法国大革命的斗争精神和坚定信仰,从母亲那里则继承了对音乐和宗教的热情。1880 年,罗曼·罗兰随父母迁居巴黎,就读于著名的圣路易中学。这时期,他醉心于托尔斯泰、雨果和莎士比亚的作品,特别是法国大革命和 18 世纪启蒙思想对他产生着巨大的魔力,从那时开始了他的人文精神的培育。1886 年 7 月,他考入久负盛名的巴黎高等师范学校史学系,并于 1887 年 4 月开始与他崇拜的托尔斯泰通信,托尔斯泰长达 38 页的回信令他备受鼓舞。托尔斯泰思想中共生的积极因素(如反对为特权阶级服务的资产阶级文化)与消极因素(如过于强调精神道德作用和反对暴力革命的思想)几乎影响了他的一生。

1889年罗曼·罗兰毕业后考取官费出国留学,成为罗马考古学院的研究生。他趁此机会漫游意大利,收集素材开始创作。在罗马的两年期间,他饱吮了文艺复兴时期人文主义艺术的营养,文学修养得以大大提升。同时,他还与德国思想家梅森堡结为忘年交,梅森堡的理想主义成为罗曼·罗兰思想体系中的主要内容。

1892年罗曼·罗兰回国后教授音乐史,他与犹太血统的克洛蒂尔德·勃莱亚结婚,婚姻使他进入了上层社会。婚后第三年,他完成了学位论文《现代歌剧之起源》,获得博士学位,并受到法兰西学士院的褒奖。由于和热衷上流社会社交活动的妻子没有共同语言,他的婚姻并不幸福,两人于1901年离婚。

罗曼·罗兰早期文学活动从历史戏剧创作开始。这一时期他坚定地认为戏剧是直接影响人民群众最有效的手段,因而希望建立"人民戏剧",于是撰写了一系列戏剧理论文章汇成《人民戏剧》一书。他的戏剧创作有"信仰悲剧"和"革命戏剧"。"信仰悲剧"包括《圣路易》(1897年)、《埃尔特》(1898年)和《理性的胜利》(1899年)等。"革命戏剧"包括《群狼》(1898年)、《丹东》(1900年)和《七月十四日》(1902年)等。比较成功的是革命戏剧,以法国大革命为背景,赞扬革命者的斗争精神,肯定人民大众的战斗热情。《群狼》表现了被保王党围困在梅因兹城的共和派军队的内讧,以此来影射"德雷福斯事件";《丹东》则通过丹东这位法国大革命时期重要的革命家之口大力宣扬人类博爱的思想;《七月十四日》再现了巴黎人民攻占巴士底狱的壮烈场面,歌颂了俄什为民众解放而忘我献身的英雄主义精神。罗曼·罗兰的人道主义思想在这些作品中已显露端倪。但是,由于这些剧本服务现实的宗旨意识太强,忽略了戏剧艺术自身的特征,因而未能产生重大的社会影响。

真正为罗曼·罗兰赢得声誉的是他创作的传记文学。面对当时法国工业文明带来的世风颓靡、道德滑坡,物质主义和利己主义盛行的社会危机,罗曼·罗兰以强烈的社会责任感大声疾呼"打开窗子吧!让自由的空气重新进来!呼吸一下英雄的气息"。于是,他开始为他所崇拜的作家和艺术家写传记,旨在"献给不幸的人"。其中主要有《贝多芬传》(1903年)、《米开朗琪罗传》(1906年)、《托尔斯泰传》(1911年)。《贝多芬传》描述了德国伟大音乐家贝多芬的悲剧人生:童年贫苦、成年失聪、失恋、晚年困窘,一生坎坷的命运,赞扬了他与命运和苦难斗争到底的顽强毅力,凸显了贝多芬的英雄品格。《米开朗琪罗传》表现意大利文艺复兴时期的画家、雕刻家、建筑师和诗人米开朗琪罗沉重而痛苦的一生。他强烈地热爱艺术,深受人文主义思想的支配,崇敬试图改变黑暗社会的前行者,他希望世界能和艺术一样纯洁,痛恨控制世界的腐败者,但却无力反抗,在孤独困苦中完成不朽的艺术创作。《托尔斯泰传》高度颂扬了俄国伟大作家托尔斯泰具有的坚定信念和博爱精神,同时也描写了他因无法实现自己博爱与和平的梦想而深怀的巨大痛苦。罗曼·罗兰创作的名人传记着力刻画伟人们为追求人类进步、和谐、博爱而历尽磨难的人生历程,突出表现他们与邪恶命运抗争的英雄气概,显示了深刻的人生哲理和不朽的艺术魅力。

几乎在创作三大巨人传记的同时,罗曼·罗兰在《半月刊》上陆续发表了长篇巨著《约翰·克利斯朵夫》(1904年2月—1912年10月)。这部小说震撼了当时文坛,奠定了他在文学史上的地位,罗曼·罗兰也因之获得1913年法兰西学士院文学大奖。

1914年第一次世界大战之后,罗曼·罗兰旅居瑞士,在日内瓦发表了《超乎混战之上》一文。随后,他又陆续发表了一系列反战文章,于 1915 年汇成文集《超乎混战之上》。作者愤怒抨击交战双方的罪恶行径,高扬和平、人道的大旗。同年瑞典皇家学院将诺贝尔文学奖授予罗曼·罗兰,以表彰他在《约翰·克里利朵夫》和《超乎混战之上》等"文学作品中的高尚理想和他在描绘各种不同类型人物时所具有的同情和对真理的热爱"。罗曼·罗兰把奖金全部赠给国际红十字会和法国救济战争难民组织。

进入 20 世纪 20 年代,罗曼·罗兰一度出现思想危机。一方面,他对苏联十月革命和社会主义表示敬意;另一方面,他又主张保持超阶级、超党派的"精神独立",赞同甘地的非暴力、不抵抗哲学。但是,无情的现实击碎了他的想法。1931 年,罗曼·罗兰发表自称为"忏悔录"的《向过去告别》一文,表明他在经历了痛苦的精神探索之后,决心与过去的错误思想告别,坚决地站在苏联一边。他积极参加国内外反法西斯活动,成为文化界一位英勇的斗士,并当选为国际反法西斯委员会主席。1933 年,他公开拒绝了德国政府授予他的"歌德勋章",表明自己与法西斯势不两立的鲜明立场。1935 年,他前往苏联访问,会见了高尔基,并与之结下深厚的友谊。当日寇的铁蹄践踏中国领土时,他和爱因斯坦等人发表了同情中国的宣言。在世界人民反法西斯的战斗中,罗曼·罗兰始终主张和平、坚守正义。

两次世界大战之间,罗曼·罗兰完成了著名的传记《甘地传》(1924)以及"长河小说"的第二部《母与子》(1922—1923,又译作《欣悦的灵魂》)。《母与子》是罗曼·罗兰后期最重要的代表作品。小说分为 4 卷:《安乃德和西尔微》(1922)、《夏天》(1924)、《母与子》(1927)和《女预言者》(1933)。描写了主人公安奈德一生的经历和命运,间接反映了两次世界大战中法国及世界的复杂形势。

第二次世界大战爆发后,法国沦陷,罗曼·罗兰隐居维兹莱,虽然已重病在床,但他仍以巨大的创作热情完成了回忆录《内心旅程》(1942)以及友人传记《贝吉传》(1944)、《伟大的贝多芬》(1944)等作品。1944 年 12 月 30 日,他在维兹莱小镇与世长辞,享年 78 岁。

罗曼·罗兰一生跨越了两个世纪,经历了世纪交替、两次世界大战,目睹了世风的颓变、战争的残酷、帝国列强的暴行、人民的苦难,这些原因促使他倾尽毕生精力为实现人类自由、民主、平等、和谐的伟大理想而不懈努力,因而作品中体现了他用英雄人物"伟大的心"启迪人们的灵魂,并冀望借此来变革现实的旨意。他的现实主义创作不但继承了 19 世纪欧洲现实主义的文学传统,而且对这一文学思潮有更广泛地开拓与创新。首创的"长河小说"体裁和音乐小说形式,构思布局独出机杼,选材立意遵循表现真理、正义和光明的原则,塑造人物形象注重精神世界的探索。他的这些贡献为 20 世纪现实主义文学的健康发展注入了新的活力。

二、《约翰·克利斯朵夫》

长篇小说《约翰·克利斯朵夫》(1904—1912)是罗曼·罗兰的代表作,是他著名的长河小说的第一部。共有 4 册 10 卷,长达一百多万字。通过主人公一生的经历反映了现实社会的一系列矛盾冲突,宣扬人道主义和英雄主义。小说以宏大的规模描写了主人公奋斗的一生,从儿时音乐才能的觉醒、到青年时代对权贵的蔑视和反抗、再到成年后在事业上的追求和成功,最后达到精神宁静的崇高境界。成功地塑造了约翰·克利斯朵夫这一典型形象,开创了一种独特的小说风格。该书被高尔基称为"长篇叙事诗",有"20世纪最伟大的小说"之誉。

该书第一册为《少年》,包括《黎明》《清晨》《少年》3卷,描写主人公约翰·克利斯朵夫童年和少年时代的生活。他出生于德国莱茵河畔一座小城里,祖父和父亲都是穷乐师,这种卑微的社会地位使得这位音乐神童从小就富有平民的反抗意识和崇高的人生理想。他6岁时在祖父和父亲的策划下,成功举行个人音乐会,11岁成为宫廷乐师,14岁担任钢琴教师。他对于上流社会的歧视深恶痛绝,勇于抗争。

第二册为《反抗》,包括《反抗》和《节场》2卷,写天真的约翰·克利斯朵夫横冲直撞地征讨当时德国文化界的庸俗、欺诈和腐朽,结果,他"很快成为众人攻击的目标",甚至家人也不理解他,使他倍感孤独。一次他去郊外散步,遇到乡民与士兵的斗争,他因主持正义打死了一名军官,被迫逃亡法国。法国社会并非他想象的人间天堂,而是一片萎靡气象,庸俗腐化的文化艺术瘟疫般泛滥。他再次燃起批判的热情,于是遭遇了异国上流社会的围攻挤压。

第三册为《悲歌》,包括《安多纳德》《户内》《女朋友们》3卷,写约翰·克利斯朵夫与外表柔情、孱弱、天真但骨子里却蕴含着坚定意志的奥里维建立了深厚的友谊。在奥里维的促使下,他开始接近法国下层人民。已经成为伯爵夫人的葛拉齐亚暗中默默地帮助他,使他的作品很快得到社会的承认并引起轰动。

第四册为《复旦》,包括《燃烧的荆棘》《复旦》2卷,写五一节工人罢工游行时,约翰·克利斯朵夫因杀死了一个警察而被迫逃离法国。奥里维也在这次斗争中因救护身体残疾的爱麦虞限而死去。好友的牺牲给约翰·克利斯朵夫以巨大的精神打击。他隐居在瑞士的汝拉山中,意外地遇到孀居的葛拉齐亚。他们陶醉在爱情的幸福之中,可是不久她因劳累死去。晚年的约翰·克利斯朵夫隐居意大利,专心创作宗教音乐,成为一个平和的老人,最后平静地死去。

《约翰·克利斯朵夫》是一部思想内容十分丰富复杂的作品。小说的主人公是一个充满生命活力的人,一个自强不息的人,一个充满反抗精神的人,一个主张"精神独立"的知识分子。罗曼·罗兰在作品中赋予其以纯真、质朴品格,而这些品格却不为世俗所容,德国贵族的傲慢与偏见、法国资产阶级的虚伪与腐朽,挤压着他不得不在人生的道路上艰难前行。虽出身微贱,但从不屈从;虽痛失最亲的家人、挚友和爱人,曾经三次失恋,但从未放弃对人间美好情感的追求。为了追求"真正的艺术",面对强大的恶势力的围攻,他毫不畏惧,执著地探索和顽强地抗争,最终成就了自己伟大的事业,成为举世闻名的大音乐家。罗曼·罗兰在塑造笔下的主人公时,不回避其弱点,使得人物性格呈现了复杂性、多重性:他心怀伟大的理想,希望用纯真的艺术来改造黑暗的社会,但是又希望自己的艺术才华得到上流社会的认可;他同情下层人民,经常伸出援手,但是又不能理解法国工人阶级的革命精神和强大的创造力,因而他的人生道路必然由探索—反抗—妥协的三部曲构成,最终与敌人和解,皈依宗教。约翰·克利斯朵夫是世纪之交法国相当一部分具有民主主义思想的知识分子精神面貌和生活经验的反映,具有极强的典型意义。

《约翰·克利斯朵夫》在艺术方面为20世纪现实主义小说开辟了新路径,提供了新典范。首先,作者开创了"长河小说"这种新的小说艺术结构形式。作品以主人公的一生为主要线索,构成了基本情节。次要人物虽有其独特的命运和遭遇,但时时呼应主线。整部作品就像是一条由许多支流汇集而成的大河,波浪起伏,奔流不息。另外,作品中所涉及的事物大多以河流作比喻,诸如自然之河、生命之河、音乐之河、心理之河等。这种长河式描绘,既使得作品情节给读者以动感,又可以将与主人公紧密相连的各种事物彼此交融渗透,内容与形式浑然一体,相得益彰。

其次,创设了"音乐小说"的体裁范例。这不仅是因为小说写的是音乐家的一生,而且整部小说无处不富有音乐色彩。主人公的喜怒哀乐、悲欢离合,被巧妙地编织在交响乐般的旋律之中,形成一个和谐而完美的整体。音乐不仅渗透到人物性格和情节之中,而且直接运用于小说结构的谋篇布局之上。从结构上看约翰·克利斯朵夫的生活经历分为少年、反抗、悲歌、复旦四个阶段,相当于交响曲的四个乐章:序曲、发展、高潮和尾声,浩浩荡荡,浑然一体。作家以其精湛的音乐修养,使音乐渗透在主人公的生命活动中,同时用精巧的结构使这部长篇小说具有交响乐般的气势和效果。这是小说和音乐两种艺术形式完美结合的成功典范。

另外,小说还很注重人物的心理描写。通过心理描写多层次、多角度地揭示人物复杂的思想和情感,使所塑造的人物形象富有立体感。罗曼·罗兰在本作品的序言中说道:"真正的英雄之所以伟大,由于他具有一颗伟大的心。"可以说,克利斯朵夫的"伟大"形象,这颗"伟大的心",是从其内心感受的丰沛展现中升腾起来的。作者很少像巴尔扎克等19世纪现实主义大师那样,着力描绘主人公的外部特征及其所处的外部环境,而是采用内心独白、自我对话、梦境、联想、抒情性插笔以及情景交融等多种艺术手段,表现主人公丰富的内心世界,展示他生命长河的奔流不息。此外,小说还通过表现主人公克利斯朵夫的精神追求和外在世界的撞击,间接折射出欧洲的社会生活图景,并采用议论的方法,表达人物对社会、人生、艺术的思考,具有很强的针对性,蕴含着深刻的批判意义。

罗曼·罗兰在这部规模宏大的小说中以叙事见长,还融抒情性、议论性为一体,心理描写与场景描写相互协调。特别是宏大的交响乐式结构和优美的音乐化描写,使小说形成一种独特的韵味,为20世纪现实主义小说创作艺术作出了独创性的贡献。

第三节 劳伦斯

大卫·赫伯特·劳伦斯(1885—1930)是英国最伟大的代表作家之一。他的以思想探讨、心理挖掘为胜,尤其注重两性关系的探索和思考,其性爱小说极大地开拓了20世纪小说领域,在文坛产生重大而深远的影响。

一、生平与创作

劳伦斯出生于英格兰中部诺丁汉郡的伊斯特伍德矿区。父亲是一个矿工,母亲出身中产阶级。劳伦斯从深受母亲影响,崇拜和依赖母亲,受曾经当过教师的母亲的激励,劳伦斯开始接受教师职业培训,并在自己家乡教授矿工的孩子们。后来他重返校园接受教育,并于1908年取得诺丁汉大学颁发的教师资格证书。在伦敦南郊当了四年中学教员,其时开始发表诗作。后因肺结核发作，彻底放弃教师职业，做一名专职作家。1912年，劳伦斯和他在诺丁汉大学的现代语言学教授的妻子弗丽达私奔至德国。第一次世界大战爆发后，两人返回英国，并于1914年7月13日结婚。由于一战中德国和英国交战，劳伦斯夫妇一直生活在官方监视之下，生活非常贫困，唯有创作给他带来欢乐和安慰。战后，劳伦斯偕妻子周游世界，足迹遍布法国、意大利、斯里兰卡、澳大利亚、美国和墨西哥。在墨西哥居住了几年后，因肺炎复发而不得不回到欧洲。1930年，劳伦斯在法国芒斯去世，安葬在墨西哥，英国的劳伦斯旧居成为了劳伦斯纪念博物馆。

劳伦斯是20世纪具有国际声誉的英国作家，也是20世纪最有争议的作家。他的作品，以书写个体生命的心理寻求居多，多数作品的主人公，是自我迷失、思想苦闷、上下求索型的人。这些人开始自我迷失，然后在与他人、社会和自然互动中进行自我蜕变、自我找寻、自我重塑。

劳伦斯从小所体验的矿工生活、两性冲突、宗教思想、教育体制、自我追寻等经历，成为他以后作品中的主要题材内容。与妻子弗里达的情爱则激发了他的创作灵感。劳伦斯从小身体虚弱、内向喜静，喜欢和花草说话，常移情于自然万物。他既有济慈对万物的那种"消极感受力"，又有贾宝玉对美好生命的怜惜。在他看来，一切自然物中都住着一个圣灵，和人一样，都是神性的存在。劳伦斯特别强调人的社会自我和本真自我之分。社会自我，是被传统、社会、理念、信仰驯服的自我。只有摘掉社会自我的面纱，必须摘掉，才能让个人的本真自我得以彰显。而本真的自我，生活在意识中"未知的"的区域，理性思维意识不到，只有本能和直觉才能感受到它。劳伦斯一生所做的，就是寻找人的本真自我和真实生命。

劳伦斯共创作完成了10部长篇、7个中篇和30个短篇小说，近千首诗，4个剧本，以及许多的文论和随笔。《儿子与情人》(1913)、《虹》(1915)、《恋爱中的女人》(1921)和《查泰莱夫人的情人》(1928)是他的四部最具影响的长篇小说。除第一个长篇《白孔雀》(1910)外，另有《私闯者》(1912)、《迷途的姑娘》(1920)、《亚伦的藜杖》(1921)、《袋鼠》(1922)、《羽蛇》(1923)等。

《白孔雀》讲述一对青年男女赖蒂和乔治爱情悲剧。英俊、强健的乔治热恋着赖蒂，然而赖蒂却觉得只有天真的爱情还不够，嫁给了一个头脑简单、精神空虚的富家子弟。赖蒂并没有获得幸福，乔治酗酒消愁，消沉绝望。小说虽然没有获得大的反响，但作者所关注的男女情爱问题，却一直贯穿在他以后的作品中。

《儿子与情人》是劳伦斯的成名作，故事中的保罗是个不断找寻真实自我和真实生命的人。这部小说多被看作劳伦斯的自传体小说，故事中的保罗·毛瑞尔是劳伦斯本人的写照，保罗父母和劳伦斯的父母出身相同。父亲沃特·毛瑞尔是一位矿工，母亲葛楚德·毛瑞尔出身于中产阶级，新婚半年过后，嫌弃丈夫粗俗肮脏，把情感和希望寄托给了儿子。父亲下井开矿，劳累不堪，身落残疾，又不受儿子们待见，更觉生活无趣，有时会对妻子动粗，有时借酒消愁。小说篇名儿子和情人都是复数，儿子指的是威廉和保罗，情人不仅指儿子们的情人，还包括这位占有儿子灵魂、控制儿子交友的母亲。为此，很多人认为，这部小说表现的是弗洛伊德的恋母情结，尽管劳伦斯自己不承认。实际上，这部小说主要描写了主人公保罗追寻自我的受挫历程。要想获得自我的独立存在和爱情婚姻，他只有——摆脱母亲对他的灵魂占有,以及中产价值观、清教思想、阶级观念、传统认识对他的桎梏。同样,他的精神恋人米利安,要想正常发展爱情和性爱,就必须抛弃清教思想对其性爱认识的禁锢。劳伦斯让保罗的母亲患上癌症,也许意在表明,她对儿子强加的"绅士"期许和对儿子的精神占有,不仅毁坏了家庭的幸福、断送了威廉的性命、抑制了保罗的爱情,而且造成了自己的短命而终。

《恋爱中的女人》描写了两对青年男女的爱情纠葛,被认为是《虹》的续篇。姐妹俩厄秀拉和戈珍在同一所中学当教师,厄秀拉爱上了学校监察伯钦,伯钦是个受本能和直觉支配的人物,他既不追求厄秀拉的美貌和温情,也不想与厄秀拉成为夫妻建立家庭,一心渴望的是建立一种超出爱情的神秘关系。夫妻二人在不断争吵与和解、相互吸引和相互反感、热烈的性爱和超然的讨论中,最终在尊重各自性格的基础上圆满结合。戈珍与年轻英俊的杰拉尔德相爱,杰拉尔德是一个把利润看成高于一切的矿主,他崇拜的是机器和利润,他没有爱的能力,甚至没有真正的生命力,最后被戈珍拒绝了。小说中肯定了厄秀拉的恋爱、生活和爱情的磨合,重在对人物的情感剖析。杰拉尔德是现代机械文明时代,冰冷的机器缺乏人情,人物最后也冻死在象征机械文明一样冰冷的阿尔卑斯山的冰雪里。如果说《儿子与情人》表现的是男性自我的心理探寻的话,那么《恋爱中的女人》则是对女性自我心理历程的探究。

《查泰莱夫人的情人》是劳伦斯后期创作中最重要的长篇,也是他的代表作品之一。美丽漂亮的女主人公康妮在一战期间与拥有矿场和森林的巨富查泰莱结婚。婚后不久查泰莱在战争中负伤,下肢瘫痪,丧失了性功能。康妮和丈夫回到了老家,亲自照料丈夫的生活。查泰莱全身心地投入经营煤矿,成了精明的资本家。孤独和寂寞的康妮每天漫步林中,与身体健壮的看林人梅勒斯有了私情,两人在自然和谐的性爱中获得了巨大身心满足。尽管丈夫的一再挽留,感悟到生命真谛的康妮断然拒绝。小说结尾康妮离开查泰莱前去与梅勒斯会面,预示她最终选择与梅勒幸福地生活在一起。

《查泰莱夫人的情人》通过主人公的情爱经历,探索对人性自我的拯救。这条拯救之路,充满了曲折和艰辛。救赎的人物不是领袖,更不是集体,而是抱守自然节律、守住生命本真的守林人梅勒斯。救赎地点放在了自然山林,正是这灵动神性的自然和梅勒斯带给她的血性连接,唤起了康妮的自然欲望和生命热望。与视自然为无生命的、机械的存在的查泰莱不同,康妮相信万物有灵,在大自然中感受生命的韵律和悸动,在性爱中实现了自我的完整。劳伦斯有一句名言,那就是"成为你自己!"他说的自己,不是那个被教育和社会塑成的、带着社会面具的自己,而是被现代教育和社会制度压制、变形、甚至被掩埋的那一个你并不知道的、本然的、有情有欲的自己。他认为,这情和欲的驱动力就在人的身体之内。查泰莱男爵是一个空虚的人,缺乏有血有肉的活力的人,他把全部的精力投入到煤矿经营上,是现代机械文明下造就典型。他的一切心智和行为,都以煤矿经营的最大利润化为目标。而他身体瘫痪和丧失性功能,则是精神瘫痪和丧失生命力状态象征。作者所寓示的是现代机械文明所控制的英国,也是一个没有生命力的社会,一个没有前途、没有未来的社会。体魄强壮充满活力的梅勒斯跟克则是生命和创造力代表。劳伦斯通过一系列他与康妮之间美妙而神圣的性爱描写,表明只有恢复人的自然本能,才能消除机械文明对人性的摧残,人才能得到真正幸福和谐的生活。

应该说,劳伦斯不只是强调性,他更关注人本有的自然情感和天性诉求,以及人与自然宇宙的天然呼应。然而,这些身体之内的自然驱动力,被现代文明压抑扭曲,以至于现代人失去了本能冲动,也失去了和大自然的天然有机联系。他为此痛心指出,现代文明人饱受折磨的正是,内心本来拥有"充分的感情,却对此一无所知"。[①] 劳伦斯所做的,就是找出压抑扭曲我们本性和生命的东西,从而恢复我们的自然本性和天然情感。

在小说结构方面,劳伦斯不重情节,以思想取胜。人物语言方面,他用淳朴的生活语言,尤其是被文明压抑的语言,这样的语言是原生态的,未被"文明"规训;为表达"道不可道"的心理活动,甚至无意识,他采用象征、比喻和类比的手法,借以写出人们感情上的冲突、矛盾和复杂的内心世界。

在描写人物对话或思想活动方面,他的小说大量使用自由间接引语和多重视角,由此改变了过去"一盖多"的"主音"控制,也就是说,他让持不同观念的人物登场,自由平等地展开"对话",发表自己的看法,是非对错让读者自己判断。这种复调式的手法,在俄国的巴赫金那里得到呼应。

二、《虹》

《虹》是继《儿子与情人》之后出版的用"另一种"语言创作的一部伟大作品。说它用不同于《儿子与情人》的另类语言,是因为它几乎没有情节,多是心理描写和象征。然而这本书对何谓文明、何谓本我、何谓自然、何谓生活等都有前所未有的挖掘。

《虹》以家族历史的方式叙述了布兰文家族三代人的经历变迁,时间从19世纪40年代直到20世纪初。在这期间经历了达尔文主义思潮对基督教的冲击,叔本华、尼采、伯格森对直觉和本能的推崇,弗洛伊德对性本能的强调、爱因斯坦相对论对传统时空观的颠覆,还有英国的海外战争带给人们的世界的荒谬感,以及对传统观念诸如爱国、民主等抽象概念产生的怀疑和虚无意识。这些思潮和事件对劳伦斯的影响,都反映在这部小说主题和创作方式中。

如果说《儿子与情人》中抹杀威廉和保罗个性本我的力量是家庭教育、宗教思想、社会观念,那么,《虹》中则体现了学校教育对自我的扭曲、工业文明对自然的破坏、思想观念对本真的压抑。小说描写了三代人,人的自我寻求也和历史、社会、环境联系在一起。

布兰文家族的第一代是汤姆·布兰文。他生活在田园化的乡村,这个大地之子和天地自然保持着密切的关系,其本能和直觉还保持天然本色。莉迪亚来自波兰,对汤姆来说,她身上充满了异国他乡的新奇色彩。正像他对自然宇宙产生的自然直觉一样,他对波兰来的寡妇莉迪亚产生的感情完全出自本能和直觉,莉迪亚也顺从自己的本能爱上了汤姆。两人的爱情结合充满了"血的意识",如燃烧的烈火。二人生活与自然合拍,与生命和谐。同时,在自然的怀抱中,在与动物共处的环境中,布兰文和继女安娜逐渐建立了良好关系。他们顺应着宇宙自然的节律,生活安详宁静,演绎了本我与他人的本然联结、本我与自然的紧密关联,他们是安详满足的一代。

---

① D. H. 劳伦斯:《劳伦斯作品精粹》,黑马译,中国书籍出版社2007年版,第235页。

安娜和威尔代表农庄上布兰文家族的第二代。这个时候,工业文明、现代思潮开始侵蚀农庄,天人关系遭到破坏,人的本能直觉遭到压抑和扭曲。尽管他们性生活和谐,但两人都失去了与自然的天然关联,也没有充分地寻求自我。两人婚姻生活的最初十年充斥着控制与反控制、报复与反报复的无休止个性冲突中,有声的争吵与无声的冷战代替了夫妻生活,负面的情绪无情地蚕食着二人曾经炽热的爱情。经过长期的彼此折磨与斗争,安娜终于选择了向现实妥协。她逐渐放弃强大的自我意识,把注意力转移到自己的孩子身上,在伟大的母爱释放中,把自我实现爱情和生命理想的希望寄托在了儿女身上。

厄秀拉代表布兰文家族的第三代,她是威尔与安娜的长女,生活在利益至上、身心分离的时代。她接受了高等教育,具有叛逆精神。她认识到基督教义的虚伪、现代教育的刻板和压抑,所谓"爱国"和"民主"也只不过是空洞的说辞,毫无意义。她虽然与安东·斯克列本斯基性爱和谐,但她并不满足于这种单纯的性爱关系,而是经常走进自然、月光和黑夜,感受那未知的生命意识,去发现真正的自我内心所求,并在与自然宇宙的交互感应中,寻找那本有的和谐有机的天人关系。安东·斯克列本斯基则不在乎有没有自我,他把本真自我交给国家和集体,"战争"、"荣誉"这些"观念"遮蔽了他的心灵。尽管厄秀拉追寻自我本真和宇宙奥秘的过程中屡屡碰壁,但她最后能够"死"(孩子流产)后重生,终于找回了自己。

性爱并不是婚姻的全部。如果男女双方没有获得自我完整的存在,没有尊重对方的完整和自由,没有在相处中达到灵肉合一,那一定不幸福。作品中三代人物在婚姻中的挣扎、争斗和寻求,就是要让他小说中的人物在两极对立统一体中成长完善。关于婚姻,劳伦斯的信条是,"婚姻就是战争"。这种对立统一的思想,源于他对古希腊哲学中的两元对立统一思想的接受,如白天与黑夜、火与水、创造与毁灭等。他认为,男女双方是矛盾的统一体,双方都是独立的个体,彼此因为"他(她)"性而吸引。要拥有健康和完整的生活,每个人首先要毁灭那个臣服于物欲利益、机械文明的自己,听从内心的直觉和本能,与对方通过建立血性联结重塑自己、完善自我,在和圣灵的"他性"和谐存在时,才有可能重生,并有可能实现完整的人生。

第一代的汤姆与莉迪亚过着自给自足、儿女绕膝的小康日子,在沼泽农庄的狭小生活空间中,人物不再有精神交流的需求,一种莫名的疏离感和陌生感,让他们无法进入对方的心灵世界,精神交融的断裂与内心世界的差异,在他们之间横亘着一道无法逾越的鸿沟。但二人却满足于两性生活带来的美满幸福。而在第二代安娜与威尔之间,他们已经不满足于肉体的和谐,在精神世界的交流中,他们争吵、痛苦、彷徨,他们在充满硝烟的"婚姻战争"斗争过,最终在生活的磨难中,他们把对自己的情感追求寄托在下一代身上,希望自己的儿女能延续实现自己内心的对爱情的和生命的"虹"的希望。可以说,在两性伦理关系方面,安娜与威尔超越了第一代布兰文,他们曾经向往与追求过象征完美两性关系的彩虹,然而,两人最终还是放弃了更进一步的努力,选择了向现实罢协,满足于肉体上的同一而灵魂交融方面断裂的婚姻,与彩虹失之交臂,他们并未达到完美两性伦理关系的终点。劳伦斯在第三代人厄秀拉的身上继续着自己对两性伦理关系的思考与探索。与母亲安娜相比,厄休拉更为勇敢,安娜向往外界生活,渴望独立自由,不顾家人的反对,来到了男权当道的学校任职,通过自己的努力,获得了经济上与心灵上的独立,并进入大学继续学习。同时也获得了与安东的情欲世界肉体的欢愉与交融。然而安东是现代工业文明下物化的人，他全身心地维护工业文明社会的意识形态与社会意志，在厄秀拉眼中安东的灵魂已经消亡，两人无法在思想和灵魂层面进一步交融。厄秀拉不愿意走父母仅满足于那种肉体的欢伦却缺乏灵魂的婚姻生活老路，因此，她果断地拒绝了安东的求婚，继续去寻找肉体与灵魂统一的爱情与生命之"虹"。厄秀拉给了那些勇于正视自我、追寻内在的人以重生和希望，让人们看到了在两性关系中的"虹"。

劳伦斯的一生是探究生命本色、人性本我、拯救人性的一生。他在《小说为什么重要》中阐明了他创作小说的目的和意义，在这篇文章的结尾处他写道：活着，做一个活人，一个完整的活人。而小说，只有小说可以极大地帮助你，他能使你不至于成为生活中的死人。同时，他也告诉我们，要想不成为活死人，就要让自我与他人、社会、宇宙形成互动关系，同时解除套在自身上的社会"壳子"，聆听内心自我的声音和宇宙的节律，从而引起个人内在的蜕变，进而发现自我、实现自身。

第四节　戈尔丁

威廉·杰拉德·戈尔丁(1911—1993)，当代英国文学著名作家，1983年诺贝尔文学奖文学得主。评论界称他为战后英国"最具感染力、最富想象力和最有独创精神的小说家"，其作品既不彰显特定的宗教意识或政治倾向，也不模仿前人或拘泥于单一的模式，都以不同方式以表达不同时空的主题，"既有娱乐性，又能引起文学界学者的兴趣，学者可以在他的作品中发现深沉的暧昧和复杂性"。

一、生平与创作

1911年9月19日，戈尔丁出生于英格兰康沃尔郡小圣科勒姆城的一个知识分子家庭，父亲埃里克·戈尔丁是威尔特郡马尔伯勒语言中学的校长。埃里克酷爱自然科学，在戈尔丁眼中是理性和逻辑的代表。母亲米尔德里德·戈尔丁是女权主义者，致力于争取妇女独立与社会平等，在戈尔丁眼中是善良与正义的代表。由于父母忙于各自的工作，戈尔丁在故乡度过了孤单而宁静的童年。幼年戈尔丁喜爱文学，尤其喜欢童话故事，7岁时就开始练习写作。1921至1930年，全家迁居马尔伯勒后，由于家庭经济所限，戈尔丁只能就读于马尔堡文法学校。这使他很早就对英国社会的阶级差异感同身受，12岁时曾尝试写过关于工人生活的长篇小说(未完成)。

1930年戈尔丁考入牛津大学布拉诺斯学院，其文法学校背景以及中等家庭身份，使他在牛津诸多富豪弟子中形如另类而备受冷落。两年后他改修英国文学和哲学，1934年取得二级学士学位。是年发表的处女作《诗集》(29首)表现出独特的艺术才华，被麦克米兰选中，作为《当代诗人》系列的一个子集出版。戈尔丁"毕生痴迷于韵律、声音，尤其是押韵"。

1935年秋，深受父亲影响而笃信科学与理性的戈尔丁步入社会，"脑子里充满了我们这一代人，特别是在欧洲的同龄人所共有的一种简单幼稚的信念：认为人类可以发展到完美无瑕的阶段。只要消除社会上的某些不平等因素,对社会问题采取一些切实可行的措施,我们就可以在地球上创造一个人间天堂。"[1]他做过社会工作者,在伦敦的小剧院担任过编剧、导演和演员,还在伦敦的斯坦纳学校任过教。1937年秋,戈尔丁回到牛津大学攻读教育学。翌年到威尔特郡的沃兹沃斯学校从教。1939年,他与安娜·布鲁克菲尔德结婚,之后前往萨里斯伯里一所学校担任英语和哲学教师。

1940年12月,戈尔丁应征加入皇家海军服役。他参加过击沉"俾斯麦号"、大西洋护航和斯海尔德河战役等多个海战。在诺曼底登陆中指挥击沉德军"俾斯麦"战舰,被授予中尉军衔。战争以残酷和恐怖所暴露的人性邪恶对戈尔丁人性观的震撼强烈而持久,深刻影响了他后来的文学创作。

1945年9月,戈尔丁退役返回沃兹沃斯主教中学执教,重启创作。此时的他开始深入地反思人类的生存和道德状况,深感战争对整个人类都是一场灾难,而这个时代最大的灾难正是人性的邪恶造成的。"人性基本上是邪恶的。人类社会的一切弊端均由人的邪恶本性造成,人的邪恶本性,尽管在文明社会里得到掩饰,得到抑制,但无可改变。人性本身的缺陷是导致社会缺陷的根本原因。"

20世纪五六十年代是戈尔丁小说创作的高峰时期。1954年发表他的第一部长篇小说《蝇王》。小说将现实主义小说视觉的精确观察、丰富感受与寓言神话象征等手法巧妙结合,形成了一种全新的叙述形式,奠定了戈尔丁小说创作的基本风格。小说最初曾遭到21家出版社拒绝,在蒙泰斯帮助下《蝇王》得以付梓出版。小说一经问世便引起轰动,成为英美大中学校的畅销书。

1955年,戈尔丁发表《继承人》,并以此成为皇家文学会成员。《继承人》结合历史学、人类学和考古的研究成果,陈述了旧石器时代欧洲尼安德特人灭亡的过程。尼安德特人(洛克部落)生活在一个僻静岛屿上,他们敦厚善良,语言原始而行为单纯。某一天,语言成熟而行为复杂的"新人"(突阿米部落)登岛。两个不同人种的部落为争夺有限的生存资源和空间展开了较量。"新人"野蛮地杀戮尼安德特人,直至发现对手仅剩一个男人时,恻隐之心才使他们为同类的死亡而感伤,于是便离开岛屿,去寻找新的领地。《继承人》延续《蝇王》的主题,即,人性邪恶是人类灾难的源头。作品以第三人称叙事,即从洛克部落最后一个男人的角度叙述了最后一批尼安德特人被新人毁灭的历史,以"他"有限的视角、思维和语言,再现了早期人类的思想和生活。同时,通过远古尼安德特人与新人亦真亦幻两种语言的对比,反映了早期人类不断增强的认识能力,并以此表明新人取代尼安德特人是历史发展之必然。作品试图说明:人性邪恶虽非随文明而生,但将伴随人类始终;正是人性邪恶阻挠了人类文明进程,将弱肉强食、适者生存成为主宰人类的不二法则。

戈尔丁的《蝇王》和《继承者》均采用"寓言"或"神话"模式批判人性邪恶之同类相残。《品彻·马丁》和《自由坠落》则以传统现实主义手法批判了现代人人性邪恶之私欲膨胀、精神堕落。

---

[1] 王佐良、周珏良:《英国20世纪文学史》,外语教学与研究出版社2006年版,第418—419页。

《品彻·马丁》(1956)主人公克里斯多夫·马丁,战前是剧团演员。为了声名和利益,他不择手段坑蒙拐骗,淋漓尽致地表现了自私贪婪。二战中,他服役的军舰被击沉,他在大西洋一块岩礁上挨过了孤独饥寒的六天。弥留之际,化身长者的上帝劝他忏悔以获救赎,而他却百般狡辩拒绝忏悔,上帝怒发雷电令其灵肉双重死亡。小说通过对马丁心理活动的真切描写,展现其人生经历及其生存渴望,揭示其自私贪婪不仅体现在无恶不作,更体现在拒绝忏悔,进而表明,社会人的本质即自私贪婪。自私产生罪恶,贪婪酿成悲剧。

《自由坠落》(1959)取材于法国作家加缪的《堕落》。私生子萨米·蒙乔伊与母亲相依为命。母亲去世后,收养他的神父送他到学校学习,毕业后当了画家。他自幼随心所欲,感情上始乱终弃,对上帝敬而远之。二战中,他被抓进集中营,纳粹严刑逼问他抵抗组织的越狱计划。肉体折磨令他忏悔堕落而企盼灵魂得到救赎。就在他深陷罪感恐惧时,纳粹释放了他。小说以时空交错、重叠的象征性借喻和生动的现实主义描写,传递出作者的一贯思想——世间罪恶皆自内心黑暗,精神上有所皈依,才能深刻体会生命之可贵。

1961年戈尔丁辞去教职,专事文学创作。翌年,他携夫人赴美国弗吉尼亚州霍林斯女子文理学院任客座教授和驻校作家。

1964年《尖塔》问世。小说取材于索尔兹伯里民间传说。主人公乔斯林是1330年前后英格兰圣玛丽大教堂的教长。某日,他说自己梦见教堂顶上升起了一座尖塔,自己就是被上帝选中完成这个"神迹"的人。他不顾承建商的警告,不惜毁坏教堂威严和他人名誉与生命,采取种种令人不齿的手段,终于在教堂顶上建成了高400英尺的尖塔;而此时他也病入膏肓。他看着窗外的尖塔喟然感叹,溘然离世。小说有两个隐喻,其一是再次批判了人性邪恶;其二是批判为满足私欲而违背规律的行为。尖塔就是乔斯林为个人名利而破坏宗教建筑范式的恶果。宗教内容在戈尔丁作品中比比皆是,但他不是宗教作家。戈尔丁认为,宗教信仰使人类远离唯科学论的极度自我膨胀。作品吸收宗教的元素,意在使宗教与道德的善恶话题起到非凡作用。

1967年发表《金字塔》,其标题寓意英国社会森严的等级。主人公奥利弗出生于上流社会家庭,受过良好教育。但上流圈子的嫉妒猜疑、尔虞我诈,世俗社会的庸俗势利、勾心斗角,最终将他搓捏为一个世故小人。作品意在表明,阶级层级分化造成了人的自私冷漠,私欲膨胀终将饱尝人生苦果。

1970年,戈尔丁获得英国萨西斯大学文学博士学位。1979年发表的小说《黑暗昭昭》获詹姆斯·泰特·布莱克纪念奖。《黑暗昭昭》的主人公麦迪在二战伦敦大轰炸中毁容,左脑创伤也影响了他的语言能力。他渴望得到爱,但所有人都因他丑陋的面孔惊恐而去。无望的他,选择当了掘墓人。在一次大爆炸中,麦迪冲向罪犯救下被绑架的孩子,自己却葬身烈火。亲历过二战的戈尔丁,以二战为背景,全景式地、多声部地描写了二战后英国社会的精神状况,以战后社会问题展示了一个具有神秘象征意义的人生寓言。

1980年,戈尔丁凭借《到世界的尽头》三部曲之《过界仪式》获得英国最具声望的布克奖。《过界仪式》主人公英国青年埃德蒙·塔尔博特的日记记录了一次亵渎神灵的洗礼。19世纪初,两艘由英国驶往澳大利亚的海船在驶过赤道线的那一刻,由水手将牧师浸入了一个盛满尿液的污水盆中。这个仪式既暗喻着水手们人生的轮转,也真切展示了人性的邪恶。埃德蒙终于明白,人性德性的堕落正是这个亵渎神灵仪式的本质。

1983年10月6日,瑞典文学院决定授予戈尔丁诺贝尔文学奖。1984年《纸人》出版;1985年,戈尔丁夫妇住进博伦纳沃索的图丽玛尔公寓,发表《埃及之行》;1987年出版《狭隘之所》。1988年夏,英国女王伊丽莎白二世授予戈尔丁爵位,以表彰他对英国文学所作的杰出贡献。1989年《地狱之火》出版。

1993年6月19日,戈尔丁心猝死辞世,享年82岁,葬于威尔特郡白亭村圣三一教堂墓地。两年后,其遗作《巧舌》出版。

威廉·戈尔丁对战后英国乃至世界文坛的影响巨大。他的创作承袭西方伦理传统,以寓言神话形式探讨严肃主题,广泛摄取宗教、神话和历史等元素,融寓言哲理与现实主义叙述为一体,着力揭示人类善与恶、情与理的冲突,批判人性的邪恶展现对人类未来的关切。"戈尔丁的寓言世界是悲剧性的、感伤的,但并不令人压抑和绝望。那里有一种生命,它比生存的条件更强大。"(瑞典学院评语)

戈尔丁的创作糅合现实主义叙事方法和神话寓言描写技巧,形成了独特风格:具体细节和背景的线性叙事;特殊氛围的营造和人物时空的关联;诗化语言和典故穿插;象征、戏仿、反讽等手法和寓意深刻的结局。这一风格与其一贯思想契合,凸显出其作品的基本内容:世界在经历蝇王及其继承人黑暗昭昭的地狱之火后,正朝着多元同一的金字塔迈进。人类在新世纪必须反思过界仪式的狭隘之所,避免由于人性邪恶而在进化尖塔上自由堕落,以期顺利到达文明彼岸。

二、《蝇王》

《蝇王》描述未来某时代核战中一群儿童的悲剧。核战爆发,一群英国男孩乘飞机撤离本土,飞机被击中落在一个孤岛上,幸存者大的不过12岁,小的才5岁。开始,他们遵循家庭和学校教育中学到的规矩,吹海螺召集全体会议,选举12岁的拉尔夫为领袖,以民主方式商讨各项事宜,并议定做三件事:点篝火呼救、造房子避寒、猎野猪充饥。生活秩序井然。没过多久,规矩渐行渐远,孩子们内心的"黑暗"则日渐浓厚。孩子们白天可以无忧无虑地玩耍,可一到夜晚,就会被不可名状的恐惧揪住,在梦中也会发出惊叫,总说看见了怪兽。起初,拉尔夫反复向孩子们解释,想驱除他们的恐惧。可在他和杰克把挂在树枝上的飞行员尸体当成怪兽后,自己也染上了恐惧症。杰克想成为唯一首领独霸全岛,他自称"猎人",手持木制长矛捕杀野猪,在杀戮中越变越野蛮。他不但拉走守篝火的孩子,使大家错过了一次获救的机会,还把大多数孩子拉进了"猎人"部落,孤立了竭力维护秩序并保持山顶篝火不灭的拉尔夫和皮基。一天,"猎人们"猎杀了一头野猪后,用猪血抹脸涂身,把猪头作为给怪兽的牺牲,尔后成群结队奔下山去,跳舞狂欢。落在最后的西蒙看见布满苍蝇的猪头变成了可怖的蝇王。蝇王张着黑洞洞的嘴巴,说自己就是那个怪兽,是万物变成如此模样的原因。西蒙下山途中发现拉尔夫见到的怪兽原来是挂在降落伞下面的尸体。西蒙冲入狂欢的人群,想揭开怪兽真相,却被疯狂的"猎人"当作野猪杀死。随后,杰克抢走皮基的眼镜取火烧烤猪肉。皮基让拉尔夫牵着去讨还眼镜,结果被"猎人"罗杰用石块砸下悬崖摔死,拉尔夫寡不敌众遁入密林,杰克则放火烧山伺机追杀。孤岛大火引起了过路军舰的注意,一位英国军官登上了孤岛,结束了孤岛上的血腥杀戮。拉尔夫悲泣童心的泯灭和人性的黑暗,悲泣惨死的朋友……

《蝇王》是戈尔丁假托故事揭示人类邪恶的寓言。"蝇王"即"苍蝇之王",源自希伯来语"Baalzebub"。在《圣经》中,"Baal"是"万恶之首"。在英语中"蝇王"即粪污之王,也是丑恶的同义词。小说以"蝇王"命名,寓意人性恶战胜了人性善,旨在揭示人性的邪恶及其巨大破坏力。战前英国社会繁荣祥和,孩子们天真活泼,阳光灿烂。战争使一切都发生了变化,人性的邪恶逐渐被释放出来。战争把这群孩子弃于孤岛抛回蛮荒,他们在岛上借助科学与迷信、文明与野蛮的仪式,再现了使他们落到如此境遇的过程,即重演了兽性诛杀人性、野蛮强暴文明、杀戮替代生存的历史,充分展示了乘机挣脱制衡的人性邪恶所制造的灾难。孩子们所惧怕的怪兽,正是人性的邪恶,是它把本应是伊甸园的孤岛变成了屠宰场。所以,孩子们的孤岛既是成人世界的象征,也是二战灾难的再现。小说典型地代表了战后人们的反思,呼吁正视"人自身的残酷和贪婪",救治"人对自我本性的惊人的无知",从而架构起足够的防范人性邪恶的意识体系。

拉尔夫是文明和理性的象征。金发少年拉尔夫自幼过着中产阶级的生活,他善良而富有才干,勇敢而不乏主见。孤岛上,他手持海螺召集幸存,保持理性冷静处事,赢得了孩子们的拥戴。他约定护火、建屋、捕猎三事,力主守秩序讲卫生,反对欺侮弱小和涂脸狩猎。但他的内心同样有阴影——不由自主参与迫害西蒙,眼睁睁看着皮基惨死,自己也差一点死于大火。这恰恰表明,在善与恶、人性与兽性的对抗中,善是弱小的,人性是不健全且经常动摇的。

杰克是野蛮和兽性的象征。红发杰克,瘦高个儿,曾是唱诗班领队。起初他也很文明,主动提出保护篝火,负责站岗观察。他虽敢对孩子们发号施令,但不敢欺侮小不点儿,狩猎时看到血便吓得后退。后来,他以血泥涂脸抹身,沉迷于捕杀动物,享受嗜血的快感,摆脱并取代拉尔夫,成为"猎人"专制的首领。他教唆狂乱的孩子杀了西蒙,命令"猎人"把皮基砸下悬崖,疯狂地追杀拉尔夫,最后不惜放火焚烧全岛。杰克言行的变化证实了人性邪恶释放的可怕和危害。

皮基是成人理性的象征。戴眼镜爱思考的小胖子皮基(猪崽仔),出身低微,有严重哮喘病而无法从事体力劳动,孩子们包括拉尔夫都把他当作嘲弄的对象。他的眼镜是唯一对岛上孩子们有用的东西。他的眼镜可以聚光点火,火光可以发出求救信号,因此他的眼镜很快成为争夺焦点,他也为之惨死。皮基向往成人世界,每每遇到困难,总想着要是有成人那就好了。事实上正是成人世界的战争,才使他们沦落孤岛重演人类发展血腥的历史,以年幼生命毁灭来揭示人性的邪恶。皮基的惨死,象征着文明遭受践踏时苍白无力的理性和智慧。

西蒙是美德的象征,也是戈尔丁心中的理想人物。与先知同名的西蒙,瘦弱腼腆又富有灵气,脸上总闪着神像光轮般的色泽。他宽容善良却不善言辞,他为小不点摘果子、搭窝棚,把自己那份野猪肉分给皮基;他常常独处而有直觉预感。当孩子们为怪兽深陷恐惧、追随杰克血腥狂欢时,他与蝇王对话、探明怪兽真相并勇敢地冲入疯狂的人群宣告。西蒙的死,意味着孩子们失去了摆脱野蛮杀戮、愚昧冲动和人性黑暗的最后一丝希望。作者力图让人们透过荒岛悲剧看清人性的邪恶,又通过西蒙的死为迷途者指明了可能的救赎之路。

1983年授予戈尔丁诺贝尔文学奖时,瑞典文学院评价:"他的小说运用了明晰的现实主义的叙述艺术和多样的具有普遍意义的神话,阐明了当今世界人类的状况。"这段话也精确诠释了其寓言体小说《蝇王》的风格和特点。《蝇王》置故事和人物于未来的孤岛,巧妙运用现实主义叙事方法和象征手段,普遍赋予人物、情节以象征和隐喻的意义,将孤立时空背景与诸多人物活动融合为一个真实完整的历史寓言;人物个性化且惟妙惟肖的语言,贴切反映出其出身、地位、教养以及性格的特征,并由其言行深切表达了作者的哲学和道德观念;而戏剧性的结尾,最后一章情节细节和人物性格的突变,往往在读者脑海掀起经久不息的波澜。

第五节 高尔基

高尔基(1868—1936)是苏联著名作家,苏联社会主义现实主义文学奠基人。他的一生经历了俄国社会从沙皇专制到无产阶级专政的巨大变革,作品分涉小说、戏剧、诗歌、特写、文学史和文学评论及时事散论等各种体裁,承继了俄罗斯文学传统也吸收了新的文学表现手法,既是俄国社会生活和他一生思想探索的真实反映,也对俄苏文学和世界文学产生了重大影响。

一、生平与创作

高尔基,原名阿列克谢·马克西莫维奇·彼什科夫,1868年3月出生于俄罗斯伏尔加河流域的下诺夫哥罗德城的一个木工家庭。他幼年丧父,在外祖父家度过童年。外祖父严厉冷酷,外祖母慈爱忍让。母亲去世后,11岁的彼什科夫就过早地走向"人间",开始以学徒、帮厨、装卸工、面包工人等等不同手段谋生。16岁时,他来到喀山市,边工作边自学,接触到当时多种思想理论。他还漫游俄罗斯,参加过秘密小组,被沙皇当局拘捕过。1892年,他以"高尔基"为笔名(意为最大的痛苦)发表了短篇小说《马卡尔·楚德拉》,从此走上文学道路。1907年参加革命会议时认识了列宁。正如19世纪的俄国文学总是和俄罗斯民族解放运动紧密相连,高尔基的文学创作也和20世纪俄罗斯的社会生活不可分割。

对人生、对俄罗斯民族命运的思索贯穿了高尔基的创作生涯,他的写作始终都指向一个问题,即人如何可以更好地像一个人那样生活。他的创作大体可分为三个时期。

早期创作(1892—1907)。高尔基的早期创作是以反映底层平民生活为特色刷新了俄罗斯文坛的。有别于传统贵族文学,他开辟了一个全新的、众所未知的领域,一个流浪汉和下层平民的国度和通往他们精神世界的窗口。在这片俄罗斯文学的新大陆上,除了处女作《马卡尔·楚德拉》,他这时期的主要作品还有《在盐场上》(1893)、《伊则吉尔老婆子》(1895)、《切尔卡什》(1895)、《骗子》(1897)、《沦落的人们》(1897)、《二十六个和一个》(1899)等短篇小说。

长篇小说《福马·高尔捷耶夫》(1899)和《三人》(1900)关注着资本主义生产方式在古老俄罗斯的进程和随之产生的新人工人阶级,关心着俄罗斯向何处去这一俄国文学的中心问题和青年一代的命运与未来。散文诗《海燕之歌》(1901)把自然现象和各种动物人格化,象征性地展现出狂风骤雨即将来临的时代气氛,以海燕对暴风雨的呼唤寄寓着对自由新生活的追求。《时钟》(1896)和《人》(1904)则以璀璨深沉的感情融抒情、议论、哲理于一体,思索人的价值、人的力量、人的渺小,赞许精神强大和勇敢刚毅的人。

在契诃夫及莫斯科艺术剧院的影响下,认识到戏剧的艺术力量,高尔基也投身于戏剧创作,这一时期他创作的戏剧《小市民》(1901)和《底层》(1902)为高尔基赢得了世界性声誉。在《底层》中,高尔基对其熟知的底层人物题材做了一个总结,探索了当时各种生活哲学和社会心理。在剧中人多声部的话语中,流浪汉沙金发出了"一切在于人,一切为了人"的最强音。1904至1905年间,高尔基还完成了三部知识分子题材的戏剧,即《避暑客》《太阳的孩子们》和《野蛮人》,塑造了几类不同的知识分子形象,倡导知识分子与民众生活相联结,引起巨大的社会反响。

总体来说,在美学风格上,"我们到世界上来就是为了不妥协"[①]的激情和力度充溢着这一时期的作品。在作品内容和人物塑造上,早期创作的精神倾向可以分为两类:肯定为新生活、为大多数人的幸福和未来不懈奋斗;也肯定散发着自然气息的美、力量和对自由的热爱。这两种倾向可以归结为一点,就是对自由生活和完美人性的探索和追求。在艺术手法上,客观写实与浪漫抒情交融,既吸收了俄罗斯传统文学擅长把握人物心理的特点,也印染着白银时代象征主义的气韵。在时代风云中适时而生,成为无产阶级文学奠基作的《母亲》(1906—1907),也具备上述这些特征。

这一时期的高尔基交游甚广,他参加并领导的知识出版社积极出版新人新作,发行优秀小说的单行本,付给作家丰厚的稿酬,尝试保障俄国作家在外国取得合法稿酬的权利。继《"知识"社同人集》(1904)问世后大获成功,1905年,高尔基刊行了"廉价丛书",践行了将图书大众化的理想。尊崇文化、爱惜有才华的艺术家,向人民大众普及文化知识,始终是高尔基社会活动的中心。

中期创作(1908—1924)。1906年2月高尔基离开俄罗斯,先赴美,后在意大利的卡普里岛侨居了7年。1913年底回国。1917年二月革命终于推翻了沙皇专制政权,但接踵而至的十月革命却令高尔基难以接受和理解。1917年4月,他开始在《新生活报》上发表总标题为《不合时宜的思想》(1918年合集出版)的专栏政论,力图传达自己和民众的真实感受和想法。在高尔基看来,数千万劳动力其中包括一些艺术家、科学家、医生被迫脱离生产与生活,被送到战场上,而战争的无耻逻辑就是相互残杀,尽可能多地杀人。他相信无产阶级是新文化的创造者,可是又觉得革命应该推动全世界人和睦相处,而不是互相仇视。俄国人民必须理解和尊重知识的力量,经过文化的慢火的煅烧和净化去除被培养的奴性,才能获得自由和尊严的生活。他的立场受到列宁的批判。

在动荡复杂的时局中,高尔基做了大量文化与社会工作。他酝酿于1907年底的《俄国文学史》,在1908至1909年间正式撰稿。1912年,他开始编辑《现代人》杂志。1915年,创建"帆"出版社,编辑《年鉴》杂志。1920年,创建"改善学者生活委员会",试图改善知识分子的

---

① 高尔基:《不合时宜的思想》,余一中、董晓译,作家出版社1998年版,第114页。

处境。1921年秋再次离开俄罗斯,于1924年定居于意大利索伦托。

创作中期是他文学生涯的一个丰产期。1905年革命失败之后,作家创作了《没用人的一生》(1908)、《忏悔》(1908)等作品,继续揭露生活的黑暗,寻找民众觉醒的路径。逐渐地,与早期创作中全力追求生活的正义、美和自由不同,高尔基这一时期的创作开始转向对俄罗斯民族性格、民族文化的心理分析和反思。这是由于作家认识到仅有在爱与善的基础上对世界进行改造的理想是不够的,必须从民族性格、民族文化基本特质来纵观历史和未来,这也和当时整个时代的思想倾向是一致的。白银时代的诗人和作家们一方面汲取了西方各种现代主义文学思潮的影响,另一方面又普遍地表现出对本民族的艺术遗产和精神文化之根的浓厚兴趣。契诃夫所开创的对俄罗斯民族性格和心理特征进行批判性考察的意向,为白银时代的作家们继承发扬,也是高尔基这一时期创作的主要思想内涵。

这些作品主要有几个系列:

"奥古罗夫三部曲":《奥古罗夫镇》(1910)、《马特维·科热米亚金的一生》(1911)和《崇高的爱》(1912,未完成)。这组作品在从1861年废除农奴制到1905年俄国革命的历史大背景下,展现了奥古罗夫镇的小市民生活,勾勒了小市民群体庸俗、自私、愚昧、狡诈的"奥古罗夫习气"。

自传体三部曲:《童年》(1913)、《在人间》(1916)、《我的大学》(1923)。自传体三部曲是以作家本人的真实经历为基础的,但又不仅仅是高尔基的自传,而是具有极高艺术价值的文学作品。三部曲的写作笔法朴素隽永,给人印象最为深刻的是那如此苦难和不幸的童年,那充斥着莫名的暴虐和敌意的人间和外祖母那洋溢着俄罗斯大地气息的心灵。小说再次突出了书籍和知识对青年人理解和改变生活的重要性作用,也真实地篆刻出理想和现实的矛盾以及社会思想的混乱。对整个俄罗斯文坛而言,三部曲不仅提供了高尔基本人童年和青年的生平,而且展开了三个问题:底层人的生活是怎样的?新的青年如何在这种生活中成长起来?他们的思想是怎样的,对俄罗斯的未来将有什么样的影响?自传体三部曲不仅受到俄国知识分子的注目,也在世界上发生了深远的影响。

短篇小说系列有1923年写作的知识分子题材的一组作品,《初恋》《哲学的害处》《守夜人》等。《罗斯记游》(1912—1917)接近作家早期的流浪汉小说,但主人公包括各阶层各色人等,不仅反映了社会问题,也在对民情风俗和世态人心的勾勒中从各个方面揭示了俄罗斯人的精神文化特征。《俄罗斯童话》(1911—1917)和《日记片断·回忆录》(1924)、《1922—1924年短篇小说集》(1925)都是描摹俄罗斯风情、对俄罗斯生活和民族风貌的真实写照。这一时期还写有剧本《最后一代》(1908)、《小孩子》(1910)、《怪人》(1910)、《崔可夫一家》(1913)和《老头子》(1915)等。

晚期创作(1925—1936)。十月革命之后旅居国外的高尔基,除了文学创作以外,主要从事两种社会活动。一是将俄苏文学介绍到国外,同时将外国优秀的作品引入苏联。这期间他和罗曼·罗兰、茨威格的通信经常提到这些文学交流事务。二是在外国、苏联和侨民,主要是在后两者之间沟通交流,以期达成某种程度的联合和一致,却往往遭到双方的误解。1928年,他第一次回到苏联参加为他举行的六十诞辰庆祝活动,祖国的日新月异吸引着他。1933年,他回到苏联定居。

回归苏联的高尔基为创建苏联新文学和新文化辛苦劳作,却无法规避政局的钳蚀。在十月革命和国内战争以及之后的严酷年代,高尔基为保护老布尔什维克和艺术家们往返奔波,尽力帮助勃洛克、曼德尔什塔姆、扎米亚京等诗人和作家,多次写信给苏维埃领导就文艺政策和极"左"路线问题表明自己的立场。但他却身不由己地被置于某种荣誉的巅峰。终其一生,高尔基选择反抗不合理的生活,喜爱为真理、正义与美服务的大写的人,相信"集体理性"指引下新的生活会解放人们的生产力和创造力,相信革命能够带来自由的人们行走在自由的土地上的新生活。他反感革命现实中的不人道,对所谓人道主义的终结持质疑态度,又认识到基督教人道主义的软弱;他一方面救助具体的人们,使他们免遭恐怖之害;另一方面又试图从整体上为革命的某些非人道性辩护,认为这是通向更为人道的生活的必经之路。这一"救助—辩护"相抵牾的过程不能不带来精神的危机。1936 年 6 月 18 日,高尔基病逝。

他晚年的主要作品是长篇小说《阿尔达莫诺夫家的事业》(1925)和《克里姆·萨姆金的一生》(1925—1936)。前者通过一个大织布厂厂主家庭从农奴制改革到十月革命历史时期三代人的兴衰史,再现了俄国资产阶级的独特生活和历史命运,探索祖国历史发展的方向。后者则是一部反映俄国半个世纪精神史的巨著。克里姆·萨姆金的一生,是从旧俄时代的民粹运动到 1917 年十月革命前四十年间俄罗斯社会、政治和文学生活的缩影,也是俄国社会精神演变的历史。小说不仅精微地再现了知识分子的心路历程,也对社会各阶层生活以及俄国民族历史文化心理之间的复杂面貌给予深邃的思考。作品结构别致,情节内容的组织不是通过重大历史事件的串联,而是通过人物的活动和心理来折射,其中各个艺术形象的争论再现了社会思潮的演变和斗争,充满着时代气息。高尔基晚期创作的特点是视野开阔,艺术手法多样。

为改变人为牺畜的现实进行斗争和对更为人道的未来的向往交织着高尔基的一生,文学创作是他直面人生的一种方式。他既是社会主义现实主义文学的奠基人,对苏联和世界无产阶级文学有过重大影响;也是 19 世纪俄罗斯现实主义文学的继承者;而且他还吸收了世纪之交各流派文学技巧,拓展了现实主义的表现手段。他对民族文化精神以及政治与文化关系的忧思,为 20 世纪揭示历史复杂性的《日瓦戈医生》等作品以及之后的"解冻文学""回归文学"等思潮"提供了思想上、认识上的准备"[①]。对人民极富诗意和真实感的描绘和他丰富多样的作品,为高尔基赢得了世界性的声誉。

二、《母亲》

《母亲》(1906)是无产阶级文学的奠基作,在世界文学发展史上具有里程碑意义。小说分为上下两部,第一部描写了工厂区老一代工人被机器压榨的辛苦恣睡的生活,和年轻一代工人在先进知识分子和书籍的启发下,在工友中传播真理,带领大家追求新生活的斗争。机器吞噬了工人们的血肉,沉重的劳动使得他们习惯于暴力、酗酒和人与人的仇恨。母亲目睹儿子巴维尔参加的革命小组开会学习、印发传单,经过"沼泽戈币"事件和五一游行活动,她

[①] 高尔基:《高尔基读本》,巴金等译,汪介之选编,人民文学出版社 2011 年版,前言第 5—6 页。

由最初的不解和担忧,到逐渐理解并参与了儿子的革命事业。第二部写儿子入狱后母亲在同志们的帮助下参加革命活动的历程,重点写他们如何不畏艰险把革命的真理送往乡村和农民手中。巴维尔在法庭受审时发表了深入人心的演讲,之后,母亲自告奋勇争取了运送儿子演说词的任务。在火车站她被暗探跟踪,被捕前为争取大家的理解,维护革命者和自己的尊严,母亲散发了传单。在被宪兵殴打、带走的过程中,她用朴素的语言,号召围观的群众团结起来,反抗备受压迫、暗无天日的生活。

小说是以俄国社会历史大变动前的时代氛围为背景的,但在艺术构思上并未以重大历史事件为情节中心,而是在描述巴维尔等人革命活动的几个环节的同时,把人的生活、人的思想和心理作为观察和表现的对象。这既是19世纪俄罗斯现实主义文学传统,也是高尔基文学创作的特点之一。人在与己冲突的社会环境中改变自身命运和社会现实的努力,也是欧洲19世纪文学的主题之一。

小说以工人巴维尔和他的母亲一家人的生活转变为中心,在母子二人中,叙述的视点又集中在母亲尼洛夫娜身上。小说从工厂区工人年复一年的悲惨生活起笔,对工厂环境和老一代工人生活的现实主义描写中融合着自然主义的笔调:工厂将人们像废矿渣一样抛掷出来,他们满身油烟,面孔漆黑。年轻人酗酒和打架在老年人看来是完全正常的现象,因为父辈们年轻的时候,也同样酗酒和打架,也被他们的父母殴打。正当生活的河流就打算这样流过被丈夫毒打了一辈子的尼洛夫娜的时候,她发现儿子改变了。高尔基在给茨威格的信中曾言及自己从青少年时代起就爱上了司汤达,他也十分了解托尔斯泰。《母亲》虽依时间组织情节顺序,实际上是以书中人母亲的心理变化为情节主线的。从尼洛夫娜发现儿子摆脱了周围人习惯的堕落生活,喜爱读书,变得既严肃又可亲开始,她对儿子接触的"危险分子"从拒斥到理解到引为同志的心理过程是小说叙事的立足点。

通过母亲的眼光,一方面展现了以巴维尔为领导的费佳、马津等久被压抑的工人阶级在先进知识分子的帮助下希望以集体力量重建一种新的社会秩序的革命斗争;另一方面也勾勒了索菲亚、娜塔莎、萨沙、尼古拉、叶戈尔等革命者的形象。这些革命者有的抛弃了自己富裕的家庭,有的和心爱的人生离死别,对于颠沛流离、随时会被搜查被逮捕的生活安之若素,为了唤醒民众放弃了个人的幸福。还通过母亲所认知的雷宾这个人物,将笔触伸到了广袤的俄罗斯农村,传达出苦难生活奴役下的农民对真理的渴求。小说落笔于工厂区的一户家庭,却辐射出整个俄罗斯的时代风貌,具有史诗般的立体感。

对母亲而言,儿子是她生活的中心。这样,巴维尔作为小说主人公、工厂区工人运动的出色领导显得合情合理。母亲爱儿子,试图理解儿子的选择,进而对他身边的同志从理解到喜爱,并以自己的方式理解了他们为之献身的真理。母爱使她支持儿子的事业,同样是母爱使她的心由于担心儿子会牺牲而忧伤战栗。儿子和战友们的献身力量最终打开了尼洛夫娜充满痛苦恐惧的心灵,这颗复活的灵魂乃顽强地把自己感受到的光明传送到和自己一样被生活压迫得喘不过气来的人们心中,召唤他们为有尊严、有权利的自由生活觉醒和反抗。

母亲复杂的动态心理描写既是小说独特艺术性的表现,也构建了母亲与小说中其他人物,尤其是与革命者之间的话语空间。在母亲的旁观中,革命者之间的思想争论常常引发她不同的感受和判断,而她忍不住参与争论的是对上帝的信仰问题。母亲对基督教的信仰贯穿整个小说。母亲对工人们说：看在基督面上，你们大家都是亲人。为了你们大家，为了你们的孩子，他们给自己选择了一条通向十字架的道路。我们年轻的亲骨肉是为了全体人民而起来干的。从巴维尔把复活了的基督到以马忤斯去的画挂在墙上开始，在革命者对上帝、人和理性关系的探讨中，母亲对革命信仰的理解是与对基督信仰的坚守交错、叠合的过程，最终她产生了自己的想法：如果人们不为我主耶稣基督的荣耀而赴死，那就不会存在我主耶稣基督了；孩子们将创造一个阳光普照的新世界，就像为人类诞生了一个新的上帝，把千万颗支离破碎的心连成一条心。去农村散播革命书籍的路上，她觉得自己好像是去朝圣。母亲从基督教信仰出发对年轻革命者的接受，赋予这些社会主义革命者圣者和殉道者的色彩。这与俄罗斯民族生活中浓厚的东正教文化基础相吻合，在这个意义上，巴辛斯基把《母亲》称作"马克西姆福音书"①，作家将俄罗斯传统精神以隐性方式转化到新文学的革命叙事之中。②

高尔基对女性有自己的独特理解。他说："女人在我的概念中首先是母亲，这不仅是因她对自己子女的感情，而且还因她对丈夫、恋人的感情，总之是因对她生的人和对她爱过的人的感情。"③在小说中，看到这些革命者热烈地争论，勇敢地斗争，母亲总是在心理慨叹他们还都是孩子呢。作为第一个信仰儿子的信仰、跟随孩子们前进的母亲，尼洛夫娜的形象是外祖母那样的俄罗斯妇女和新生活中奋起的妇女形象的统一，是先进的革命者和麻木沉默的人民之间的桥梁，是即将孕育和拥抱新世界的俄罗斯大地的象征。小说中音乐对母亲灵魂的抚慰、母亲想象中的充满无穷力量的巨人，和小说结尾的哭声等等，无不具有象征意蕴。

上世纪之交，传播到世界各地的新思想中，和马克思主义一样影响巨大的还有尼采的思想。艺术家们歌颂劳动赞美工人，和追求自由、强力的生活在文学中相当普遍。俄国象征主义诗人巴尔蒙特就在1905年写过《诗人致工人们》《致俄国工人们》的诗篇。高尔基笔下"强力、美而又当之无愧地使用自己的个性"④——也就是不安于生活丑陋、一心追求自由光明的人，与尼采的超人思想不乏相通之处。《母亲》中的革命者也有这样的素质。

《母亲》以现实主义的写实融合浪漫主义对未来的激情瞻望，开创了社会主义现实主义的新型社会小说，开创了无产阶级文学，工人第一次成了小说的主要人物。小说也继承了俄罗斯民族和俄罗斯文化的传统，并糅合自然主义、象征主义等艺术手法，以母亲的心理动态发展过程为线索，反映了社会生活的发展趋势，探索着俄罗斯的命运，充分彰显了高尔基文学创作的人民性、探索性和革命性。

第六节 肖洛霍夫

米哈伊尔·亚历山大罗维奇·肖洛霍夫（1905—1984）是20世纪俄国最有影响的作家

---

① 帕维尔·巴辛斯基：《另一个高尔基》，余一中、王加兴译，译林出版社2012年版，第471—477页。
② 王志耕：《高尔基〈母亲〉中的圣经引语》，《圣经文学研究》（第6辑），人民文学出版社2012年版，第66—78页。
③ 高尔基：《不合时宜的思想》，余一中、董晓译，作家出版社1998年版，第192页。
④ 阿·米·列米佐夫等：《尼采和高尔基：俄国知识界关于高尔基批评文集》，林精华等译，东方出版社2010年版，第367页。

之一，以真实地描写顿河哥萨克在十月革命后苏联社会发展过程中艰辛曲折的生活和名义著称于世。1965年，因"在描写俄罗斯人民生活中一个历史阶段的顿河史诗中所表现的艺术力量和正直"，被瑞典皇家学院授予诺贝尔文学奖。

一、生平与创作

肖洛霍夫出生于顿河维约申斯克镇克鲁日林村一个普通店员家庭。一生中除了短期离开顿河外，他一直生活在顿河流域。他熟知顿河哥萨克历史，喜爱顿河草原的自然风光，哥萨克人的生活方式和风俗习惯对他更是烂熟于心。1918至1922年国内革命战争期间，年仅15岁的肖洛霍夫投身顿河地区保卫苏维埃政权的斗争，先当了镇革命委员会办事员，后又参加粮食征集队，亲历各种各样的困难局面，亲眼目睹红军白军在顿河草原最惨烈的浴血鏖战。童年时被父亲的藏书培养出来的文学兴趣，加上异常纷繁复杂的生活经历，促使他开始文学创作。"应该指出，我的成熟还是在经历了炽烈的国内战争的少年时代。需要写作，有非常多有意思的东西需要得到反映。"1924年他发表第一个短篇小说并加入俄罗斯无产阶级作家联合会（"拉普"），走上职业作家的道路。1926年他出版短篇小说集《顿河故事》和《浅蓝色的原野》，1935年后又将两部小说集和其他早期短篇小说合为一本《顿河故事》再版。国内革命战争中顿河地区的阶级斗争是《顿河故事》的主题。作家在小说集中所有的短篇小说都着力于一事一地的描写，于明确的是非善恶立场上力求将尖锐残酷的阶级斗争在人与人的关系上具体体现出来。如果说在这些情节格外紧张的短篇小说中，针锋相对的两个阵营之间没有丝毫的调和，那么小说集中讲述的更多事件，让这种你死我活的阶级斗争不仅体现在社会生活中人与人的关系上，而且还存在于顿河哥萨克的家庭内部，"仿佛有谁在村子里犁了一道鸿沟，把人分成敌对的两方"。父子、兄弟、夫妻、恋人之间同样不可调和的冲突，悲剧性地揭示出顿河哥萨克为急遽的时代变革付出的血腥代价。

1926年他从莫斯科返回维约申斯克定居，并开始着手长篇小说《静静的顿河》的创作，此后的14年中，他力图在这个四部八卷的鸿篇巨制中史诗地籍小说主人公青年哥萨克葛利高里·麦烈霍夫的个人悲剧，再现本世纪初20年间顿河地区的社会变革和急剧的历史转折之下哥萨克的生活与命运。

1920年代末苏联农业集体化运动达到高潮，1930年顿河地区根据政策要求也在农村全面开展消灭富农、一切入社归公的集体化运动。"生活的新鲜足迹"为作家提纲了文学创作的新空间，他积极深入农村，了解运动的一手材料，1932年发表《被开垦的处女地》第一部。小说描写的是顿河地区农业集体化问题。但不难看出，小说所反映的内容无疑是《静静的顿河》中顿河哥萨克走进新生活的艰难曲折在新的历史条件下的继续。小说中对中农梅尼谭可夫加入集体农庄前的典型心理刻画，"他在梦里也很痛苦。……接受集体农庄可不容易呵！他是带着眼泪、带着血，好容易把那条跟私有财产、跟耕牛、跟自己的一小块土地连接的脐带撕断"，正是这种艰难复杂性活生生的体现。

作为现实生活的快速反应，《被开垦的处女地》第一部以反革命的原白军军官和共产党员二人同时来到哥萨克的格列米雅其村为楔子定下紧张的阶级斗争基调，用过去的白军军官波罗夫采夫和村里的富农奥斯特洛夫诺夫勾结，暗地里制造了一系列的破坏活动和反革命事件的暗线和以正面人物、优秀共产党员达维多夫为中心的明线,着力表现革命工人进农村、清算富农、建立集体农庄等一系列事件。随着小说情节的推进,两条线索的彼此交错,立体地揭示出急速变化、飞驰向前的现实生活中三个方面的基本矛盾:革命与反革命的对抗性矛盾;哥萨克中农难以与私有制割裂的人民内部矛盾;集体化运动领导者之间的矛盾。错综复杂的矛盾酿就了急风暴雨、曲折多变的阶级斗争的时代气息,再现了苏联集体化运动复杂过程。小说第二部中主人公达维多夫和战友的牺牲,再一次显示阶级斗争你死我活的严酷。如果说在《被开垦的处女地》第一部中作家追踪"生活的新鲜足迹",摄取生活的本来面目,侧重轰轰烈烈的事件和场面,那么1954年开始发表部分章节、全书发表于1960年的小说第二部,因为与第一部时隔30年,期间经历了第二次卫国战争、斯大林逝世和苏共二十大的全面清算,苏联的社会思想,包括文艺思潮都发生了天翻地覆的变化,因此小说第二部不仅在人物情节的安排上与30年代的构思明显有所不同。与第一部里弩拔弓张的阶级斗争相比,第二部更多流露的是人情味,洋溢着浑厚的人道主义激情,随着由事件向人物的过渡,作家的笔墨也更多地花费在人物的内心世界上,人物性格通过日常生活交往和个人的爱情波折真实细腻地展现出来。中心主人公达维多夫不仅是第一部中朝气蓬勃、紧张干练的共产党员,而且还是具有深沉细致情感的普通人,他在爱情上的迷误和个性中的软弱,与他的革命性、决定性一样,多侧面多层次地丰满了人物形象,他在工作方法上的改进,突出地体现了50年代下半期苏联文学大力提倡的人道主义精神,而这种关心人、爱护人、尊重人的抒情笔调构成第二部与第一部截然不同的基调,所以有人认为"第二部就是以感人肺腑的抒情笔调写成的具有广阔前景的人的情感教育的诗篇"。

1941年第二次卫国战争爆发当时肖洛霍夫即应征入伍,任团政委职衔的军事记者,直到1945年12月才复员。战争期间他发表了不少通讯特写,1942年发表短篇小说《学会仇恨》,1943、1944年开始发表长篇小说《他们为祖国而战》片断,此后分别于1949、1954、1969年发表这部小说的部分章节,但直到作家1982年去世,小说仍未完成。

1956年12月31日和1957年1月1日肖洛霍夫在苏联《真理报》头版头条连载短篇小说《一个人的遭遇》。小说用大故事套小故事的传统叙事模式,以第一人称的口吻让主人公、孤儿出身的货车司机索科洛夫叙述他在战争中家破人亡,战后收养了战争孤儿的遭遇。小说发表后,在苏联全社会引起了极大的震动。在此之前,苏俄文学中以二战为题材的作品不在少数,但均因战后严重的个人崇拜和"无冲突论"的影响,鲜有对现实"真实地、历史地、具体地描写"。而《一个人的遭遇》破例第一次正面描写战争的灾难,道出战争给人类造成不可回复的创伤的真相,它对人们的震动力度可想而知。此外,小说以俘虏为主人公,突破禁区。将普通人塑造成英雄,作家在描写灾难的同时,竭力开掘普通人的内在美,在别无选择的悲剧面前,质朴平凡的英雄主义和凝聚在他身上超越灾难的精神力量,这在苏俄文学史中也是开先河之举。小说名为一个人的遭遇,实际上,当作家繁简有致地抒写索科洛夫的不幸遭遇时,贯穿始终的人道主义内涵将其放大到俄罗斯人民乃至全人类,一个人的遭遇成为全人类的共同命运,故而获得现实的和历史的不朽意义。肖洛霍夫的这部短篇小说因为在"揭示了普通人的复杂和丰富的精神世界"和对战争的反思上,立场明确,"具有深刻的人道主义思想",被认为对苏俄文学的发展有着"原则性的意义",成为当代苏俄文学的开端。

综观肖洛霍夫一生的创作,从反映国内战争时期苏维埃政权的建立,到反映30年代苏联集体化的全过程,到反映第二次卫国战争俄罗斯人民同仇敌忾的爱国主义精神,作家的确是"在自己的作品中揭示新的、决定本世纪生活特征的内容"的真正的先锋艺术家。

二、《静静的顿河》

长篇小说《静静的顿河》共分四部八卷,第一部发表于1928年,第二部、第三部、第四部分别发表于1928、1933、1940年。小说以1912年至1922年10年间俄国社会历史进程中一系列重大事件为背景,在两次战争——第一次世界大战和国内革命战争,和两次革命——1917年二月革命和十月革命的风云变幻中,艺术地再现了顿河哥萨克的历史命运。

《静静的顿河》一开始描写的是顿河哥萨克在一战前的和平生活。顿河边上的鞑靼村里的中农麦列霍夫一家因为有土耳其血统而格外俊美,勇敢热情的葛利高里爱上了邻居的妻子,美丽泼辣的阿克西妮亚,为了逃避父母给自己娶回的妻子娜塔莉亚,葛利高里带着她私奔到地主李斯特尼茨基的庄园做佣人。一战爆发后葛利高里应征入伍,因为他豪爽刚毅,骁勇善战,获得了鞑靼村里的第一枚乔治勋章。当他趁回后方养伤的机会到李家庄园看望阿克西妮亚时,却发现她经不起诱惑,与小李斯特尼茨基有染,盛怒之下他回到鞑靼村,与妻子重归于好。战争毫无意义的残酷和惨无人道的屠戮,引起葛利高里内心的痛苦和不满,共产党员贾兰沙的开导,激发了葛利高里对当权者的憎恨,十月革命后,在革命哥萨克波得捷尔珂夫的影响下,他参加了红军,并且担任连长职务,但波得捷尔珂夫枪杀俘虏的行为使葛利高里无法接受和饶恕,他借负伤机会回到家里,想逃避开这整个的、沸腾着仇恨的和难以理解的世界。然而,1919年初,急风暴雨式的事变又将他卷入反抗红军的叛乱,成为统帅三千军马的骨干。叛军被打垮后,他参加布琼尼的骑兵军,又一次当上连长。尽管他自己想好好干赎过去的罪,但终究得不到信任,被清洗回家。回家后,儿时的伙伴,他的妹夫,村苏维埃主席珂晒沃依对他以敌相待,逼他到肃反委员会"登记",并要逮捕他。葛利高里不得已外出躲避,又被挟入佛明匪帮,及至他下定决心带着阿克西妮亚逃往他乡,开始新生活时,阿克西妮亚不幸在半路中弹身亡,极度绝望的葛利高里不等大赦,扔掉武器,在1922年的春天回到鞑靼村。这时,父母、妻子、女儿已相继死去,房子、爱情、耕作、生命的最好年华亦都消逝,葛利高里只有紧紧抱住"他生活中残留的全部东西,这就是他暂时还能和大地、和整个巨大的、在冷冷的太阳下面闪闪发光的世界相联系的东西"——幼小的儿子。

《静静的顿河》的主题,用作家自己的话来说,就是要描写顿河哥萨克由于"战争和革命的结果,在生活和人的心理上所发生的那些巨大变化",揭示"陷入1914至1921年间诸多事件的强大旋涡中的一些个别人的悲剧命运"。在作家的笔下,葛利高里无疑是一个优秀的哥萨克,在他的身上集中了哥萨克的优秀品质。他感情真挚,秉性执著,为了爱情他可以打破哥萨克社会的习俗偏见私奔,出于同情心和正义感,他对战争的残酷才格外不能容忍。但是,葛利高里还是"中农哥萨克的一个独特象征",在他身上还打着哥萨克这一特殊阶层传统观念的烙印。"哥萨克"本是突厥语自由人、勇士的意思,15至16世纪大批的农奴从俄罗斯内地逃亡到人烟稀少、官府鞭长莫及,美丽富饶的顿河草原落户,因为不受外界约束,自称自由民或自由哥萨克。他们桀骜不驯,具有反抗精神,历代沙皇一方面对哥萨克的农民起义残酷镇压，一方面又对他们实行怀柔政策，授之以内地农民享有不到的份地税赋的特权，刻意在哥萨克中造成两极分化，培养代表沙皇利益的上层力量，通过服兵役制度将哥萨克统募在哥萨克军中，向他们发放军饷、弹药、粮食，利用他们的尚武忠君思想和骄傲心理，充当沙皇的鹰犬。正因为历史的阴影和本阶层的局限，世代生活在保守闭塞、相对独立环境中的哥萨克"保留着特别多中世纪生活、经济和风俗习惯的特点"，而他们身上崇尚正义、追求自由的品质和强烈的反抗精神若是愚昧地狭隘于安身立命的顿河土地，狭隘于哥萨克阶层的利益，狭隘于哥萨克的绝对自由，一旦战争和革命掀起的巨大风暴挟裹着整个俄罗斯社会奔腾前行，将各色人等纳入大一统的轨道时，哥萨克要跟上时代的步伐，走进新生活，所经之路势必更为艰难险恶、痛苦曲折，势必要加倍付出血的代价。"那些了解顿河国内战争的历史、了解它的过程的人，都知道在1920年以前不是一个葛利高里·麦列霍夫、也不是几十个葛利高里·麦列霍夫曾经动摇过。"在《静静的顿河》第四部里，葛利高里曾有过一段自白："……我总是羡慕小李斯特尼茨基和我们家的珂晒沃依这样的人……他们从一开头就什么都清清楚楚，但是我到如今还是什么都糊糊涂涂。他们两个人都有自己的阳关大道，有自己的目的地，可是我从1917年走的就是一条弯路，我像醉汉一样摇摇晃晃……从白军中间逃出来了，但是也没有靠拢红军……"应该指出的是，他之所以10年间在红白两个阵营之间徘徊、动摇，并不是由于惊慌失措，也不是由于哥萨克中农"思想上的糊涂"，恰恰是因为他的"力量与诚挚"。葛利高里的动摇绝不是人格意义上的动摇，而是作为"真理的探求者""骄傲的不断进行寻求的才智出众的人物"行动意义上的动摇。对于像葛利高里这样优秀的哥萨克而言，在新的历史条件下探索真理，寻求出路在所必然，只是他的同情心和是非观念常常导致他在极度混乱和动荡的年代与复杂的客观环境激烈冲突，处处碰壁；独立不羁、不随波逐流反而让他经受无数次的怀疑犹豫；根深蒂固的历史包袱将他不懈求索的品质化为顽固地寻找哥萨克共同的真理。原本最大胆地挑战哥萨克习俗秩序，最有资格进入新生活的他却在新生活的缔造者，革命的阵营里发觉许多冷漠的、与他的感情格格不入的东西，因此这个"始终做一个正直的人"的葛利高里一直"动摇到被制止"，被拦在新生活之外，他的不幸才成其为悲剧。

所谓葛利高里的动摇，具体地说，就是他始终没能站稳革命立场，成为革命的哥萨克，这其中的原因除了在上述许多冷漠的、与葛利高里的感情格格不入的东西外，诸如战争本身的残酷，沙皇军队和白军的屠戮行径，包括作家毫不忌讳地追踪出来的红军不人道地枪杀俘虏的场面，还有一个非常重要的因素，那就是作家在《静静的顿河》中挥动"严峻的现实主义"的如椽巨笔直书的真实——那些给像葛利高里这类哥萨克造成无情曲折的人为因素，在小说的第三卷中作家花费大量篇幅真实记载国内战争中顿河哥萨克暴动始末，为深入全面地揭示作品主题和人物命运上具有根本性的意义。十月革命初，哥萨克社会的各种势力、各种思想表现得空前活跃，哥萨克所有阶层的人都根据自己经济的、政治的、思想的基础对时代做出反应。以葛利高里为代表的中农哥萨克，凡是上过一战前线的，几乎都不愿意追随发动的沙皇军官，而是站到布尔什维克一边，参加了红军。葛利高里就是鞑靼村里第一个参加红军的人。顿河草原的革命形势非常喜人。然而因为哥萨克不光彩的历史和国内战争初期作为白军核心的南方哥萨克军事力量较强，哥萨克富农控制了顿河草原的绝大部分粮食，苏维埃政权在顿河地区的建立特别艰难，所以才有了对待哥萨克，特别是对待中农哥萨克的过火行为和政策。1919 年初红军在顿河地区不经审判便滥杀无辜,1919 年 2 月顿河人民委员会副主席瑟尔佐夫给维约申斯克区革命委员会主席列舍特科夫下命令:"为一个被杀的红军战士和革命委员会成员枪杀一百个哥萨克。"1919 年 4 月 21 日瑟尔佐夫在给党中央书记处的报告中写道:"我们提出的问题是:彻底、迅速坚决消灭作为特殊经济集团的整个哥萨克阶层,摧毁他们的经济基础,从肉体上消灭哥萨克官吏和军官,总之消灭积极反对革命的上层,把下层分散开,使之对我们无害。"苏联政府在 20 年代甚至明文限制哥萨克参加红军的规定。在小说中肖洛霍夫着力描写了鞑靼村枪毙哥萨克事件,这样就导致了哥萨克的一再暴动,最甚时参加暴动的人达三万五千之众,时间长达数月。平心而论,葛利高里的两次脱离革命阵营,均可谓过激行为和过火政策的直接结果。如果说葛利高里悲剧的根源一部分在于哥萨克历史的复杂性和他的传统观念和独特性格的话,那么,苏维埃政权在国内战争中对哥萨克实行的过火政策也是促成人物悲剧的命运走向的重要原因。在白军的阵营里,葛利高里固然是异类,得不到他们的信任:"可是后来在红军里面也是这种样子。要知道我也不是瞎子,我看出来这里的委员和共产党员对我是怎样注意啦……在打仗的时候,他们的眼睛牢牢地盯住我,每一步都在防备我……我看到了这种情形,我的心就凉了半截。后来我实在忍受不了这种不信任的态度啦,要知道如果火烧得太旺,石头也会爆炸的。"而小说中珂晒沃依对待葛利高里的态度,则将这一切更形象更动人更迫人深省地表现出来。珂晒沃依是葛利高里最要好的伙伴,后来又结为亲戚,葛利高里曾经冒白军之大不韪,在他被白军俘虏时救了他的命。在葛利高里的心目中他们是自己人。但珂晒沃依却不这样看。对于像葛利高里这样的顿河哥萨克而言,他的革命盲动性,无疑将原本就艰难曲折地走在通往新生活的坎坷路上的他们推出了界外。

　　肖洛霍夫"直书全部的真实"的另一个结果就是葛利高里的结局。《静静的顿河》的主人公在痛失爱人,突然发现"自己头顶上是一片黑色的天空和一轮耀眼的黑色太阳"之后,他最想的就是再回家去看看孩子们,而当他真的站在自家的大门口抱着儿子时,葛利高里在许多不眠之夜幻想的那一点点希望总算实现了,他亦可以死而无怨了。《静静的顿河》第一部发表于 1928 年,最后一部完成于 1940 年。从《静静的顿河》第一部发表伊始,主人公葛利高里的结局就是一个令人格外关注的焦点,而在大力提倡塑造无产阶级正面人物的政治要求和文学环境下,按照当时的文学观念推测出的结果大都是葛利高里走向新生,50 年代中期《静静的顿河》被改编成电影时,剧本中甚至还用葛利高里背着儿子向山顶跑寓示他正在走向共产主义的光辉顶点。但是艺术的最大魅力在于真实。在肖洛霍夫看来,若是"把葛利高里这个东突西进的真理探求者,这个在力量事件中迷失方向而离开真理的人的悲剧性结局写成幸福的结尾",无疑将使作品成为一幅有欠思考的招贴画。1935 年作家谈到葛利高里的结局时说:"我将把他从白军中夺回来,但是我不准备把他变成一个布尔什维克。他不是布尔什维克。"在葛利高里这个人物的最终定位上,肖洛霍夫不离开"历史的真实性",不违背历史的真实创作原则,坚持"把葛利高里写成本来的模样",把"真实的结局"、把真理和盘托出。唯其如此,才有葛利高里令人信服的悲剧形象,葛利高里的个人命运才能包孕顿河哥萨克的历史命运。小说最终没有流俗地让葛利高里成为革命的哥萨克,也没有利用葛利高里的肉体毁灭制造悲惨效果,而是出神入化地在葛利高里最后一点点希望得到满足时戛然而止。不直陈葛利高里的死,从人物的命运走向看,挑起的结尾,表面上是宽放了,实际上却愈加紧逼;从小说的悲剧史诗性质看,这样的结尾突破了一般的悲剧模式,将读者从悲剧冲突引入更深更远的社会历史和人生反思。

肖洛霍夫属于高度自觉地运用传统的现实主义方法创作的那类作家。人称肖洛霍夫的现实主义是"严峻的现实主义",之所以严峻,是因为肖洛霍夫在创作中从不回避真实,哪怕是"痛苦的真实"。他以为,"作家应该向读者直陈真情,不管这种真情使人感到任何痛苦"。他强调,"要诚实地和读者说话:要向人说实话。实话有时是冷酷的,但总是勇敢的"。正因为此,如著名苏联作家费定所说:"米哈伊尔·肖洛霍夫的巨大功绩在于他的作品具有一种独树一帜的胆识。他从不回避生活中固有的种种矛盾……他的书总是原原本本地描写过去和现在的斗争。……肖洛霍夫从不避开不谈,他直书全部的真实。"

在《静静的顿河》里作家依照自然时间顺序次第展开小说情节,以麦列霍夫家族的遭遇为基础,分别讲述几个哥萨克家庭的变迁;以葛利高里为轴心,不慌不忙地让人物一个个登场。即使在展示最令人震惊的场面时,他的叙述声音也不会发抖,镇静坚定,客观得近乎无动于衷。时间的推移,事件的发展,各类人物的不同命运结局逐渐融合成波澜壮阔的悲剧背景,全方位地衬托中心主人公葛利高里的形象,巨细无遗地揭示葛利高里的悲剧成因。作家从不忽略任何"充满原始生命力"的生活画面和细节,他的人物始终置身于生活和自然当中,在他的作品里,人、社会、自然三位一体,人物的心灵是社会生活的折光镜,自然景物又随人物心灵的变化而变化。对家庭故乡的眷恋,爱情的欢乐和悲伤,失去亲人的痛苦绝望,走投无路时的困惑迷惘,这些人生路上的悲欢离合伴和着金戈铁马的刀光剑影,构成作品的悲剧主旋律。

第七节　帕斯捷尔纳克

鲍里斯·列昂尼多维奇·帕斯捷尔纳克(1890—1960),俄罗斯著名诗人、作家,1958年诺贝尔文学奖获得者。他在诗歌、小说、文学翻译方面都卓有成就,长篇小说《日瓦戈医生》为他赢得诺贝尔文学奖,并被成功改编为电影,在世界文学史、电影史上都留下了辉煌的一页。

一、生平和创作

帕斯捷尔纳克于1890年2月10日生于莫斯科上流社会的一个犹太家庭,优越的家庭环境,使他从小就受到多方面的文化艺术熏陶。父亲列昂尼德·奥西波维奇·帕斯捷尔纳克是莫斯科绘画、雕塑、建筑学院教授,著名画家,曾为托尔斯泰的《复活》等著作画过插图。母亲是著名钢琴家鲁宾施坦的学生。他们家的邻居是俄国著名作曲家斯克里亚宾。托尔斯泰本人、著名诗人里尔克等都是他家的座上客。在这种环境成长的帕斯捷尔纳克,童年时代曾立志当音乐家,并系统学习过音乐理论和作曲。

1909年,帕斯捷尔纳克考入莫斯科大学法律系,后转入历史哲学系,1912年夏赴德国马尔堡大学,在著名哲学家柯亨教授指导下攻读德国哲学,研究新康德主义。其间他的兴趣转移到诗歌,未能在哲学的道路上走远,而是将哲学与诗歌完美融合。帕斯捷尔纳克最初作为未来派成员登上诗坛,是未来派诗人中"离心机"小组的核心成员,但是他的思想和美学都与未来派诗人有一定的差别。帕斯捷尔纳克1910年开始了小说创作。《最初的体验》由43个片段组成,具有半自传性质,整体上有一种印象派绘画般的效果,充满了一种青年作家的实验激情,这让小说读来不免晦涩。《阿佩莱斯线条》《来自图拉的信》则提出了帕斯捷尔纳克一生创作的主题:艺术与生活。我们也能看到,白银时代的青年文艺家群像,比如马雅可夫斯基、布尔柳克、卡缅斯基等文坛先锋的活动。

早期的帕斯捷尔纳克更是一位诗人,1914年,帕斯捷尔纳克出版了第一部诗集《云雾中的双子星座》,1916年出版第二部诗集《超越街垒》。1922年至1932年,先后出版了《生活啊,我的姐妹》(1922)、《主题和变奏》(1923)、叙事诗《施密特中尉》(1926)、《斯佩克托尔斯基》(1931)等等。其中,《生活啊,我的姐妹》体现了他的哲学观点,鲜明展示了胡塞尔现象学、俄罗斯宗教哲学和泛神论哲学的融合。

1922年发表中短篇小说《柳威尔斯的童年》(1922)、《空中路》(1924)、《中篇故事》(1929)以及自传体散文《护照》(1931)等。《柳威尔斯的童年》在帕斯捷尔纳克的中短篇小说创作中成就最高。故事讲的是女主人公叶尼亚·柳威尔斯的个性与世界观成长的过程。小说并没有一个传统故事的情节线索,贯穿始终的是主人公的精神成长。小说从柳威尔斯的童年写到她的青春期心理觉醒,女性意识的最初萌动,对爱情、婚姻、家庭的朦胧向往,让读者一直在追寻主人公的心路历程。从主题来看,可以归结到欧洲小说中的"成长小说"范畴。《空中路》(1924)是帕斯捷尔纳克献给诗人库兹明的一篇小说,从中我们能看到贯彻作者创作生涯的对"死"以及对革命的深度思考。"空中路"是一种关于超越人道主义的界限之隐喻。《中篇故事》(1929)表现的革命时代背景、知识分子的迷惑与彷徨、女性命运等主题,显示出与后来的《日瓦戈医生》的内在联系。

十月革命后帕斯捷尔纳克的创作发生了变化。长诗《施密特中尉》《1905年》可以说是作者向现实主义风格的靠拢。20世纪40年代之后,帕斯捷尔纳克的诗作日臻成熟,代表作有组诗《在早班列车上》(1943)、1956至1957年编著的《诗集》,集中地表现了他早在《生活啊,我的姊妹》中确定的哲学观点。

20世纪40年代末,由于不能适应苏联文学的生态,帕斯捷尔纳克转而翻译外国文学作品。他翻译了许多西欧古典文学名著,如莎士比亚的《哈姆雷特》《罗密欧与朱丽叶》《安东尼与克莉奥佩特拉》《麦克白》《奥赛罗》《亨利四世》《李尔王》、歌德的《浮士德》、席勒的《玛丽亚·斯图亚特》等。帕斯捷尔纳克的诗歌才华赋予了这些经典新的感觉,虽然苏联的翻译界对此偶有争议,但给帕斯捷尔纳克带来了一流翻译家的声誉,并且这些译作已经成为俄译世界名著经典。需要注意的是,帕斯捷尔纳克做翻译,并非是无心插柳之举,在他最重要的创作,也是20世纪世界文学经典《日瓦戈医生》中,就回荡着莎士比亚的声音。

1957年,《日瓦戈医生》首次在意大利出版,1958年,帕斯捷尔纳克被授予诺贝尔文学奖。由于作品产生了很大的影响,被放大为冷战时期意识形态交锋的工具,帕斯捷尔纳克在苏联遭受了巨大的批判,并不得不拒绝前往斯德哥尔摩领奖。时至今日,《日瓦戈医生》这部风格独特的小说已经成为人类 20 世纪文学经典。它超越了意识形态的藩篱，是 20 世纪人类悲剧的伟大著作，也是作者关于艺术的意义、关于艺术与生活、关于永生的思考的集大成之作。

帕斯捷尔纳克是 20 世纪俄罗斯文学当之无愧的大师，他的艺术观、生活观带有一定的泛神论色彩，认为艺术具有自己的独立性，"是现实呈现的一种新的形式"，甚至是"通往永生的奇迹"。对他来说，最重要的是再现"此时此地"那一刻的真实，通过具体的生活细节，把个体经验上升为人类普遍经验。而他所说的现实，是经过情感移位之后的、有一定变形的、精神世界中的现实，这与自然主义或者传统的现实主义截然不同，有学者用"诗意的现实主义"概括帕斯捷尔纳克的诗学风格。

二、《日瓦戈医生》

《日瓦戈医生》(1957)代表了帕斯捷尔纳克创作的最高成就，也是 20 世纪苏联文学的不朽经典。小说用十月革命前后的一系列重大历史事件作为时代背景：1905 年革命，第一次世界大战，二月革命，十月革命，国内战争，新经济政策，社会主义建设，时间跨度几十年。小说主人公，出身知识分子家庭的尤里·日瓦戈，自幼丧母，父亲意外死亡，他被寄养在母亲的朋友、化学教授葛罗米柯家里，并与教授的女儿冬妮娅青梅竹马。他聪颖博学，顺利修完医科学业，还喜欢写诗，并顺理成章地与冬妮娅恋爱结婚。在一次圣诞舞会上，尤里邂逅了裁缝的女儿拉拉，并记得自己曾经治疗过她自杀的母亲。拉拉因不堪律师科马罗夫斯基对她们母女的污辱而枪击对方，被警察带走，而科马罗夫斯基正是导致尤里父亲意外死亡的关键人物。这给尤里留下了难以磨灭的印象。拉拉决定和巴沙·安季波夫结婚，并移居乌拉尔，做了一名小学教师，但是他们因为此事产生深深的裂痕。第一次世界大战期间，尤里在沙皇军队供职，眼见沙皇的虚弱无能和旧军队的腐败，他预感到革命力量的日趋成熟，期待革命给国家和人民带来新生，并在十月革命爆发后，由衷地说："多么高超的外科手术！一下子娴熟地割掉腐臭的旧溃疡！直截了当地对一个世纪以来的不义下了裁决书……这是从未有过的壮举，这是历史上的奇迹！"并以积极的行动拥护新的政权。然而严酷的现实，以及新政权随后的一系列政策实施，使这位旧知识分子对于暴力革命产生了深切的怀疑和忧惧。面对饥饿，似乎从天而降的同父异母弟弟叶夫格拉夫建议他们搬到乌拉尔。

日瓦戈一家搬到瓦雷金诺。并惊奇地看到了巴沙，他用非常残酷的手段镇压给白军提供补给的平民。尤里在尤良津的图书馆再次邂逅拉拉，拉拉告诉他，丈夫巴沙参加了红军，并改名斯特列利尼科夫，身居高层，并且刻意回避自己。尤里和拉拉产生了婚外情，他决定将实情告诉妻子，却在回家的路上被游击队劫持，当了随军医生，一年多以后才重回尤良津，而此时冬妮娅和他的岳父已经返回莫斯科，并且流亡海外。尤里和拉拉得以重逢。好景不长，随着布尔什维克夺取胜利，作为不被信任的军官，斯特列利尼科夫面临被清洗的命运，此时也波及拉拉。拉拉和日瓦戈躲到瓦雷金诺，然而事实上他们无处可藏，流亡的科马罗夫斯基来到了瓦雷金诺，骗走了拉拉，斯特列利尼科夫也找到了瓦雷金诺，但此时拉拉已不在。失去了最后希望的斯特列利尼科夫开枪自杀。同样悲痛欲绝的日瓦戈医生回到莫斯科，在弟弟的安排下在一家医院工作，某天在上班途中，因为心脏病发作死在人行道上。

拉拉参加了日瓦戈医生的葬礼,并保存了他遗留的诗作。然而几天后便被秘密警察带走,据说死在北方某个秘密的集中营。

《日瓦戈医生》的写作持续了很久,从 1945 至 1946 年开始,直到 1956 年此书才全部完成。该书在苏联只是在小范围内流传,1957 年被意大利出版商菲尔特里内利偷运出境,并在米兰以俄文发行,第二年又发行了意大利文和英文的版本,并在西方引起极大轰动。1958 年,诺贝尔奖评委会将该年度文学奖授予帕斯捷尔纳克。虽然颁奖词说的是"因为他在当代抒情诗和伟大的俄罗斯叙事文学传统领域中,都取得了极为重大的成就",但是《日瓦戈医生》所占的因素不言而喻。当时西方和苏联正处于冷战时期,因为小说中对知识分子在苏联的命运的描写,以及小说中对暴力革命的反思,这无疑会被一方解读为一种政治宣言,另一方解读为政治挑衅,而处于风口浪尖之上的帕斯捷尔纳克,虽然发表了拒绝领奖的声明(苏联解体后由其子代为领奖),但在苏联还是受到了铺天盖地的批判。虽然当时的评论界对这部小说的认知显然受到政治因素的过多影响,但是随着时代的变迁,这部小说的思想和诗学价值早已受到肯定,1990 年,联合国教科文组织宣布该年为"帕斯捷尔纳克年",激发了学术界的研究热情,并持续至今,于 2003 年出版了 11 卷本的《帕斯捷尔纳克全集》。不过,关于《日瓦戈医生》,至今依然存在着种种难解之"谜"。

首先是该作品的体裁。如俄罗斯文学家符·维·阿格诺索夫所说,《日瓦戈医生》"几乎是 20 世纪俄国文学最神秘难解的作品。它的神秘之处首先在于,19 至 20 世纪中用来分析传统长篇小说的那套做法,不能适用于它的身上。"世界范围内的学者对《日瓦戈医生》的体裁界定有"史诗""自传""创世纪""哲理小说""布道小说""诗化小说""寓言小说""元小说""神秘主义小说"等等,这为我们欣赏小说的艺术风格提供了更多的视角。假如说,我们对 19 世纪文学经典都有趋于固定的审美模式,那么对于《日瓦戈医生》我们则能够用更为开放的视角去解读。杰作的标志之一,就是能够提供多元的阐释。《日瓦戈医生》本身即是一部自由开放的作品。例如我们可以用克里斯蒂娃的"互文性"去解读它的诗学问题,通过帕斯捷尔纳克小说与诗歌的互相指涉关系,《日瓦戈医生》不仅可以看作是关于艺术的文本,还可以看作是关于文本中的文本、艺术中的艺术,因为其中包含了作家创作的诗歌,又集中体现了作家关于艺术与生活关系的思想观点,从体裁看,可以看作是一部"元小说"。

关于这部小说的主题,即这部小说是写什么的,反映了怎样的观点,作者要表达什么,研究者也存在很大的分歧。但我们可以从作者本人的一段话中一窥端倪。

帕斯捷尔纳克曾说过:"当我写作《日瓦戈医生》时,我时刻感受到自己在同时代人面前负有一笔巨债。写这部小说是试图偿还债务。当我慢慢写作时,还债的感觉一直充满我的心房。多少年来我只写抒情诗或从事翻译,在这之后我认为有责任用小说讲述我们的时代……"

"讲述我们的时代",意味着作家重点在于书写一个革命与动荡的年代里,俄罗斯人,特别是知识分子的命运。他们是这个年代的当事人,既是参与者也是受害人,正因为如此,这部小说才能引起时代的共鸣,这也正是小说的高明之处。小说中没有一个人可以置身事外,甚至看似中立的日瓦戈医生,实际上也是主动选择了革命,而他近乎哈姆雷特的软弱和犹豫,也是他人系列悲剧的肇因。这不同于当时所有以俄国革命为背景的文学作品。到今天我们看来，这部小说超越了二元对立，即所谓非红即白、非左即右的叙事樊篱，人性、诗性、生活、生命才是核心的考察对象。总的说来，这部小说要表达的也是作者关于艺术的意义、关于艺术与生活、关于"永生"的思考的集大成。生活、生命、自然，这一切的统一，正是俄罗斯文学传统，从普希金、托尔斯泰到契诃夫所致力于书写的核心内容，而在《日瓦戈医生》中，帕斯捷尔纳克更是将这一内容上升到形而上学的意味。

帕斯捷尔纳克在与友人的通信中写道，要让《日瓦戈医生》"成为表现我对艺术、对福音书、对历史中的人的生命以及对其他等等事物的观点的作品"。从《生活——我的姐妹》开始，生活—自然—艺术的关系，就是帕斯捷尔纳克深思的内容。艺术的本质、艺术家的本质，在《日瓦戈医生》之中有了答案，那就是"时代的俘虏、永恒的人质"。无论是什么样的时代，艺术家都必须时刻保持自己的独立与清醒。而《日瓦戈医生》的生活观，则体现出泛神论与基督教的影响。主人公的名字日瓦戈（Живаго），词根在俄文中具有"生命""生活""生"的三重意蕴，这三重意蕴都是通过主人公近于泛神论、基督教之间的世界观所表达的，是启示与神迹的结合体。大自然是奇迹，人的生命是奇迹，爱情是奇迹，生活本身是奇迹，艺术是奇迹，十月革命也是奇迹。在小说中，有的人物总是如旋风般地出现、消失，主人公也经常会有一些看似偶然的举动。生命、生活，甚至重大历史事件的发生都有如神迹，都是不可避免的——这不仅是作者的、也是与列夫·托尔斯泰一脉相承的历史观，更具有泛神论的普遍观点。生活—艺术—自然的命题贯穿了他的创作，在他看来，艺术完全不是对生活或自然的再现或模仿，艺术亦有其生命——它与生活平等，自动要讲述生活。

《日瓦戈医生》成功塑造了三个主人公形象。

尤里·日瓦戈被对大多数研究者认为是一个俄罗斯自由主义知识分子的形象。虽然他曾赞美革命，但很快就对暴力革命进行了反思。他的反思体现了一个知识分子在火热的年代保持冷静与清醒思考的宝贵品质。而哲理性的思考几乎是他的标签，作者并没有详细描述他的外在特征，也没有把重点放在营造曲折离奇的人生命运，而是在他的哲学思考上花去了大量笔墨，日瓦戈医生的形象由此带有强烈的哲人特征。面对严酷的现实，他不随波逐流，而是称赞质朴宁静的俄罗斯品质，并向往安静地过自己的生活、做有意义的工作；他与拉拉的爱情，也是建立在"朴实、不做作"的基础之上。"把他们结合在一起的因素，是比心灵一致更重要的把他们同外界隔开的深渊。他们俩同样厌恶当代人身上必然会产生的典型性特征，他们那种做作出来的激情，耀武扬威的宣扬……"小说的情节，正是由他从童年到成年思想轨迹的发展变化所引导。他并不是一个"当代英雄"或是卡里斯马典型，他不能挽狂澜于既倒，甚至性格"软弱"，连自己的妻子和爱人都保护不了。他也不是对抗现实政权的斗士，他的反抗是心灵自由的反抗，是针对一切限制与压制的，是一种普世意义的理性批判与思考，这也使日瓦戈医生这个哲人、诗人的独特形象成为20世纪文学的经典。

作为日瓦戈医生形象的对照，斯特列利尼科夫（安季波夫）的形象或许更具有时代的典型特征。斯特列利尼科夫的名字俄文词根是"射击"的意思，他的形象也具有时代的盲目、非理性、极端的特征。他在小说中出场并不多，但每次都很重要，像"从天而降的暴风雪"一样出现。他好像是一辆马力强劲、代表了"正确方向"、勇往直前的列车，最后终于冲出轨道，车毁人亡。斯特列利尼科夫出身铁路工人家庭，毕业后当了中学教师，他从小向往纯洁，甚至有道德洁癖,本来对革命无甚热情,然而新婚之夜,妻子向他坦承了自己被诱奸的过往,这让他无法承受,并促成了他的出走,并成为"非党内枪决专家",名字成了恐怖的象征。究其原因,是革命的伦理给了他思想的武器,他要用革命伦理去修正个人伦理的失败,或者说,洗清污点。然而这种预设正确的、纯洁的伦理没能拯救他,反而加快了他的灭亡。他选择了自杀,并道出"这是世纪病,时代的革命癫狂"。

而女主人公拉拉的形象则带有大地母亲的象征意味。早在《柳威尔斯的童年》中,帕斯捷尔纳克已经显示了他对女性心理、精神描写准确的把握能力,在《日瓦戈医生》中,拉拉这一女性形象显得格外丰满。和陀思妥耶夫斯基笔下受难的、承担救赎功能的女性形象不同,拉拉虽然也曾经堕落过,但是她的形象更多地与俄罗斯大地、母亲相关联,正如埃德蒙·威尔逊指出的小说中的"文化恋母情结"。拉拉的爱具有母性的特征,她对斯特列利尼科夫的爱接近于母亲对孩子的爱,斯特列利尼科夫也把她当作俄罗斯民族的化身。对日瓦戈医生的爱也有很大的母性成分,日瓦戈医生也为在大地中劳作的拉拉所深深着迷。拉拉本人也对大地有一种非凡的认同感,"她活在世上是为了解开大地非凡的美妙之谜",并在梦中梦到自己化作大地。拉拉形象的一部分,也与福音书中"抹大拉的玛丽亚"有着直接的关联,在日瓦戈医生组诗第23、24首得到了体现。

第八节 艾特玛托夫

钦吉兹·托列库洛维奇·艾特玛托夫(1928—2008)是苏联时代享誉世界的吉尔吉斯民族作家,苏联解体后为吉尔吉斯斯坦作家。1983年,他被遴选为设在巴黎的欧洲科学、艺术、文学院院士。据联合国教科文组织1997年的统计数字,艾特玛托夫的作品已被译成127种文字,在130多家外国出版社出版发行。在20世纪俄苏文学和世界文学中具有重要影响。

一、生平和创作

艾特玛托夫出生于吉尔吉斯塔拉斯山区舍克尔村的一个农牧民家庭。父亲是吉尔吉斯第一代共产党员,曾任州委书记,1937年遭到清洗和镇压。母亲携带四个孩子迁回故乡,艾特玛托夫是在母亲和外婆的共同呵护下长大的。

童年时期,艾特玛托夫喜欢听祖母讲神话和传说,这培养了他对文学的兴趣,也对他日后的创作产生了巨大影响。艾特玛托夫从小入俄罗斯学校读书,在两种语言环境中成长。1942年的战争使艾特马托夫被迫辍学,年仅14岁的他被指定担任区苏维埃的秘书,后来当了区财政局的税收经办人,亲身体验了战争的艰难和残酷,这段经历为他日后的创作积累了丰富的素材。

卫国战争结束后,艾特玛托夫进入兽医专科学校和农学院学习。1952年他开始发表作品。1953年从农学院毕业后,在畜牧研究所实验站工作。1956年进莫斯科高尔基文学院高级进修班学习,毕业后专事文学创作。并担任《吉尔吉斯文学》杂志编辑,莫斯科《真理报》驻吉尔吉斯特派记者。

50年代中期,随着解冻文学思潮的出现,关心人、爱护人、重视人的价值,成为社会重要的道德标准。艾特玛托夫就是这个时期登上文坛的,他的创作一开始就充满了道德感和人文关怀,以描写吉尔吉斯鲜明的民族风情和优美的山村景色、浪漫的抒情以及细腻的心理分析见长。最初,他在地方刊物上发表一些短篇小说:《报童玖伊达》(1952)、《阿什姆》(1953)、《修筑拦河坝的人》(1954)、《白雨》(1954)、《夜灌》(1955)、《在巴达姆塔尔河上》(1956)等。在这些作品中,作者选取的主人公都是农庄的普通劳动者:铁匠、修筑拦河坝的人、水利员、机械师、水文观测员等。艾特玛托夫用饱蘸激情的笔,描写了他们平凡的日常生活和对幸福、人生等问题的朴素理解,反映了吉尔吉斯山村的生活和新人新事,洋溢着清新的生活气息。

1957年,艾特玛托夫发表了第一部中篇小说《面对面》,描写反法西斯侵略的卫国战争期间,一位吉尔吉斯妇女在丈夫从前线开小差回来后复杂的内心斗争以及与丈夫的最后决裂。

1958年中篇小说《查密莉雅》的发表,使作者一举成名。法国作家阿拉贡赞誉它是"一部描写爱情的空前杰作"。小说写卫国战争期间,已婚少妇查密莉雅大胆冲破宗法观念的束缚,同一无所有的残废军人丹尼亚尔真诚相爱、自由结合的故事。作者突出女主人公那自由奔放的草原精神和对理想生活的追求,将这个爱情故事写得充满了诗情画意,表现出他在人物心理刻画和自然风景描写方面的深厚功力。

60年代,艾特玛托夫发表了中篇小说《我的包着红头巾的小白杨》(1961)、《骆驼眼》(1962)、《第一位老师》(1962)、《母亲——大地》(1963)和短篇小说《红苹果》(1964)等。前三个中篇和《查密莉雅》一起结成小说集《群山和草原的故事》,荣获1963年的列宁文学奖。这一时期的作品描写普通人在平凡岗位上的工作,体现了人生的真正价值。如《母亲——大地》中的主人公托尔戈娜伊在艰苦的卫国战争期间,默默忍受着家破人亡的痛苦,勇敢地挑起了战时生产队长的重任,成为一位支撑大地的伟大母亲。作家赞扬了这些普通劳动者崇高的精神境界和对美好事物的追求,同时对愚昧落后和自私自利等思想行为进行了谴责。

60年代中期至70年代,艾特玛托夫的创作力图涉及全社会、全民族的重大历史课题和当代问题,对矛盾的揭示越来越深刻。1966年,艾特玛托夫发表了中篇小说《永别了,古利萨雷!》。作者把主人公塔纳巴伊置于时代的中心,描写了他平淡无奇而又十分典型的人生经历:一个贫穷的小羊倌参加革命,入团入党,清算富农,参加卫国战争,战后牧马放羊,一生辛勤操劳,无私奉献。这样一个热爱生活和劳动、正直无私的牧民,老来却被冤屈开除出党,由一个"天不怕地不怕"的"犟骡子"变成了"缩手缩脚"的人。骏马古利萨雷的形象带有深刻寓意,它的一生可说是塔纳巴伊一生的缩影,它同样有过黄金时代和辛酸的经历,性格方面也与塔纳巴伊有相近之处,当它体弱力衰,瘦弱不堪时,就被官员弃之不顾。作者通过主人公坎坷的一生,对苏联的历史进行了深刻的反思,揭示了吉尔吉斯现代社会生活的矛盾,塔纳巴伊同区委官僚主义领导的冲突触及了社会的弊端,使小说具有深刻的社会意义,也表现了作者目光的敏锐和艺术的胆识。该作品获1968年苏联国家文学奖。

70年代,艾特玛托夫艺术探索出现新倾向,加强了主题思想的哲理性和寓意性,加强了典型环境和细节的描写,开始把写实手法与假定性手法相交融,发表了中篇小说《白轮船》(1970)、《早来的鹤》(1975)、《花狗崖》(1977)等作品。《白轮船》的副标题是"仿童话"。小说描写西伯利亚偏远地区的一个护林所三户居民的生活情景,围绕着如何对待大自然的问题,反映了人与自然、人与人之间的冲突和斗争。小说通过一个七岁孩童的想象,编织成完整的现代神话。小男孩像莫蒙爷爷一样,把长角母鹿视为圣物,他不能容忍奥罗兹库尔掠夺自然,硬逼着莫蒙枪杀长角鹿的恶劣行为,最后以死来抗议现实中如此残忍的恶。他"宁愿变成一条鱼",游到他梦幻、理想的世界里去。小男孩虽死犹生,他的抗议使善的精神得以永生。作品以现实的人物和故事做基础,植入神话传说和童话、梦幻,通过各色人物的精神道德面貌折射社会的种种弊端,描写人性的善恶斗争。根据小说改编的电影剧本《白轮船》获1977年苏联国家文学奖。

《花狗崖》大量运用想象、梦幻、神话等多种艺术手法,描写了四个尼福赫人的传奇经历。作品嵌入了野鸭鲁弗尔和鱼女两个神话,它们与现实紧密结合,表现了共同的主题:爱与生命。三个尼福赫人以自己的牺牲保全了孩子的生命,是出于爱和延续生命的需要。作品淡化时代背景、淡化情节,将人物神化,加强了主题思想的哲理性和寓意性。

从80年代开始,艾特玛托夫的创作更加关注全球性、全人类课题,更加广泛地运用种种假定性手法,显示出传统手法与现代手法融合的趋势。1980年,艾特玛托夫发表了第一部长篇小说《一日长于百年》(又译《风雪小站》),1986年发表了长篇小说《断头台》(又译《死刑台》)。《一日长于百年》除现实线索和神话线索外,又加入了宇宙线索。小说的背景是哈萨克荒漠里的一个小交汇站,有两条情节线索:一条线索叙述铁路工人叶吉盖为好友卡赞加普送葬,从早晨到晚上行路一天的情形和途中所作的回忆和随想。主人公的思绪穿越了时代的风雨,复活了许许多多的人和事,重现了历史的烟云,反映了主人公一生几十年的坎坷经历和他周围人的命运。另一条是关于曼库特的古代神话传说和外星人世界的宇宙线索,外星人世界的科幻情节虚构了一个"宇宙"故事:美苏两国"均等号"空间站上的两名宇航员接触了"林海星"没有暴力、没有武器、没有战争的高度文明社会,建议地球人与宇宙各星球之间的人和平相处,结果美苏两国政府实行"环"计划,将他们和外星人永远与地球隔绝。作品将现在、过去和将来联系在一起,将现实和幻想巧妙地结合起来,通过叶吉盖对于宇宙飞船发射场毁掉阿纳贝特墓地的不满,通过宇航员对美苏宇宙空间站实行"环"计划的极力反对,站在星球思维的高度,呼吁人们要把自己看作"地球人的代表",努力追求人类人道主义。作者成功地塑造了叶吉盖这个普通铁路工人的形象,称他是"那些被称为支撑大地的人们中的一员"。作家还通过这部小说提醒人们记住自己对地球的命运所负的责任,因此被称为"警世小说",1983年获苏联国家文学奖。

1984年,艾特玛托夫被授予民族友谊勋章,1986年当选为作家协会理事会常务书记。1988至1990年出任《外国文学》杂志主编,1990年3月被任命为苏联总统委员会委员,同年10月出任苏联驻卢森堡大使(至1994年)。苏联解体后,艾特玛托夫选择了吉尔吉斯共和国为他的国籍,当选为吉尔吉斯作家协会名誉主席。1993年底吉尔吉斯总统任命他为吉尔吉斯驻比利时大使,兼驻欧洲共同体和北约的代表。1993年,奥地利授予他欧洲文学方面的国家奖金。

这时期艾特玛托夫还发表了长篇小说《雪地圣母》(1988)、中篇小说《成吉思汗的白云》(1990)和《卡桑德拉印记》(1995),以及最后一部长篇小说《崩塌的山岳》(2006)。这些作品延续了《断头台》以来的星球思维、人类人道主义和救赎意识,并强化了自《白轮船》以来动物与人的对照和依存关系。

艾特玛托夫一直努力寻求人类的一种共同精神,寻求一种人类人道主义的博大思想。《雪地圣母》强调全人类的人道主义理想的重要意义。《卡桑德拉印记》假托希腊神话中善卜凶事的卡桑德拉的名字,描绘出现代文明的阴暗一面。作家站在全球的高度,审视人类自古以来的善恶交锋,对宗教和人与宗教的关系,对善恶问题进行了严肃的思考和大胆的探索。《崩塌的山岳》批判人们急功近利,道德沦丧,疯狂地掠夺大自然的恶劣行径。对当今经济社会引发的贫富差异,商业文化入侵人们精神领域等全球性问题进行了深刻的思考。作家指出,"求得人与自然的和谐,是当今世界的全球性任务,目前,这已成为文化与文明最重要、最尖锐的问题"[①]。

2008年6月10日,艾特玛托夫在德国纽伦堡病逝。6月14日,吉尔吉斯斯坦为他举行国葬。

二、《断头台》

艾特玛托夫的长篇小说《断头台》,是一部基于现实生活又具有深邃哲理的作品,尖锐地触及了苏联的现实问题,同时也更强烈地表达了作者对人生与人类命运的忧患。

关于书名《断头台》,作者解释:"断头台不只是行刑的台架,即刑台。人在自己的生命历程中,不管怎样总是处在断头台面前。有时他登上这座断头台,自然肉体还活着,有时他并没有登上。在这种情况下,书名断头台被赋予某种意义,走向断头台意味着在人生的道路上去经受十字架的痛苦。"

小说描写了一对草原狼的悲剧、阿夫季的悲剧和鲍斯顿的悲剧,母狼阿克巴拉和它的公狼塔什柴纳尔的三只小狼在人们围猎羚羊的行动中丧命,后来它们的五只小狼又在人们为开采稀有金属矿藏放火烧毁芦苇荡时被烧死或淹死,最后两只草原狼躲进了深山峡谷,一窝小狼又被酒鬼巴扎尔拜偷去换酒喝。公狼死后,阿克巴拉由于背走了鲍斯顿的小儿子被打死。神学校学生阿夫季被学校开除后,与贩毒者和围猎者进行了坚决的斗争,最后为理想付出了生命的代价。牧民鲍斯顿为了实现美好的生活理想,敢于坚持真理,但还是被恶势力吞没了。

小说的核心人物是青年阿夫季和牧人鲍斯顿,作者在这两个人物身上寄托了人类的理想。阿夫季是教堂助祭的儿子,神学校的学生,一个探索者形象。他是"革新派教徒",因思考现代人与上帝的关系等异端邪说被校方开除。他决心将自己的一生献给拯救人的灵魂的事业,在《共青团州报》任编外记者期间,他冒着生命危险,混进到中亚采集和私运大麻的贩毒团伙,参与了采集野生大麻的全过程。面对社会上的吸毒、贩毒现象,阿夫季认为他有责任使那些贩毒者们悔悟,他的使命就是教人善良,铲除罪恶。虽然他不能制止贩毒者们的犯罪行为,反而被他们打个半死推下火车,但他并没有改变自己的信念。面对莫云库梅荒原上

[①] 钦·艾特玛托夫:《崩塌的山岳》,谷兴亚译,上海译文出版社2008年版,第4页。

对羚羊的大围猎,他愤怒地要求坎达洛夫们立即停止这场屠杀,向上帝忏悔,洗清罪孽。结果被打得遍体鳞伤,奄奄一息,最后被绑成十字形吊死在盐木树上。在作品中,阿夫季的命运和耶稣是一样的。他们一心要拯救世界,为了自己心中的教义宁愿舍弃生命,试图通过宗教完成一条通向人的道路。这就是阿夫季悲剧的启示意义。他弘扬的是人的精神,一种渴求达到自我完善的精神,寻求的是一条通向永恒的人性的道路——互相理解、信任和爱。

如果说阿夫季的形象有不少理想化的成分,那么鲍斯顿的形象则显得更加真实感人,接近现实。他是"一位可以开天辟地的牧人"。鲍斯顿可以看作是劳动者形象的总结,他的身上集中体现了普通劳动者的一切美德:善良仁义、勤劳朴实、坚持真理。鲍斯顿有思想,有追求,具有强烈的责任感和使命意识。面对牧场的无序管理和上缴计划的不断加码、牧民们为了从别人手里抢到更好的牧场经常打架斗殴等现状,他敢于和那些政治经济学家、国营农场党支部书记争论。他总是给自己提出一些问题,总是在思考问题,并努力去解决它。他想通过同恶势力作斗争来实现善和正义的理想,他是阿夫季所梦想的人生价值和完美人性的体现。这一形象显示了苏联普通劳动者的劳动、生活、理想与追求。然而,鲍斯顿的结局是悲惨的。他为了救一岁的小儿子,在绝望中开枪射击,结果把母狼和儿子一起打死了。他惩罚了恶人巴扎尔拜,然后去自首。鲍斯顿的悲剧既是社会悲剧,又是人类人性毁灭的结果。

小说中狼是作为被损害的形象出现的,它们一次次逃亡,它们的后代一次次惨遭杀害,最后也没能逃脱被枪杀的命运。作者把狼看成忠诚、宽容、正义的象征,成为评价人的善恶、美丑的尺度,而贩毒者和围猎者显得比狼更凶残,更像野兽。动物世界的出现凝聚着作者对当今生态学问题和人道主义问题的深刻思考,两只狼的报复象征着惩罚的力量,鲍斯顿儿子的死象征着人类受到的最残酷的惩罚,因为孩子象征着人类的未来。

《断头台》尖锐地触及了苏联社会的许多重要问题,强烈地表达了作者对人生与人类命运的思考和深沉的忧患意识。作品不仅揭露了苏联基层体制僵化和官僚主义、对自然资源无节制掠夺和破坏生态平衡,以及铲除社会罪恶等问题,而且第一次公开提出苏联当局讳莫如深的吸毒、贩毒问题。这些问题是当今人类和苏联社会的痛点。小说站在人类未来的高度,进一步探讨了善与恶、精神与物质、理智与暴力、人与自然等全球性问题,呼吁消除人间的罪恶,表现出呼唤人性、拯救人类的思想。

《断头台》取得了很大的艺术成就。

首先,小说将现实主义的描写与神话象征等假定性手法相结合,在写实的框架中引入神话、传说、圣经故事,虚实结合,将现实生活描写升华为哲理思考,加强了主题思想的哲理性和寓意性。作品运用了基督神话,主要是取其丰富的道义和启迪内容。作家通过改造过的耶稣的艺术形象,呼吁人们以高尚的道德标准生活,接受精神意义而不是宗教意义上的"上帝"。

其次,多线索、超时空的结构。小说设置了三条线索:阿夫季的殉难历程、鲍斯顿的现实悲剧和草原狼的不幸遭遇,它们既独立发展,又相互交织,以一对狼的命运贯穿全书。小说的第一部由母狼阿克巴拉和阿夫季的两组回忆组成,展示的时间有过去、现在和将来,空间有自然界、人世间和天界。在不同的时间层面和空间维度中,表现了人与动物、人与人、人与社会之间的尖锐冲突,交织着政治、道德、宗教、哲学等多种矛盾和斗争。第二部描写阿夫季与贩毒团伙、与围猎凶手的两场生死攸关的决斗,超越时间和空间的限制让已经过去了一千九百五十年的耶稣与现实生活中的阿夫季相会,让阿夫季在历史和现实的坐标上,在无限的思维空间中,洞察历史的底蕴,把握现实的本质。第三部描写现实生活中人与狼的一场生死战和人与人的思想大战,最终由对立走向共同的结局——死刑台。

再次,成功地塑造了人和动物的形象,将狼与人同置一个水平面上,以狼的经历连接阿夫季的精神探索历程和鲍斯顿的生活追求,以狼的悲剧命运观照阿夫季和鲍斯顿的悲剧命运,以狼对生存的维护映衬阿夫季对人性的呼唤和鲍斯顿对理想的诉求。

第九节 德莱塞

西奥多·德莱塞(1871—1945),美国现代小说先驱,20世纪初美国文学杰出的、也是争议颇多的现实主义作家。其作品突破美国文学的"高雅传统",新辟社会悲剧题材领域,如实描绘了新的美国社会生活及其真实图景,使美国现实主义文学创作达到了新的高度。

一、生平及创作

德莱塞1871年8月27日出生在美国印第安纳州特雷霍特,父亲约翰·德莱塞原籍德国,信奉天主教,为逃避兵役而移民美国,他是其第九个孩子。父亲在经办的毛纺厂火灾中受伤,全家靠母亲给人洗衣帮佣维持生活。父亲因此常常对子女动粗,使孩子们的心灵受到很大伤害。母亲是俄亥俄州农户的女儿,善良开朗,不识字却懂得很多道理,给了孩子们无限的母爱和温暖。

德莱塞在极端贫困的环境中度过了童年和少年,断断续续地读完小学和两年中学。16岁时,家庭再也无力供他继续上学,他只得出外谋生。1887年,他只身来到芝加哥,梦想能在此脱离贫困,但迎接他的依旧是贫困,劳动所得仅能养活自己。尽管如此,他还是留了下来,先后做过五金店学徒、卡车司机、洗碗工、洗衣工、火车站验票员、家具店伙计等工作。1889年,他在一位好心的中学老师资助下进入印第安纳州立大学学习,次年辍学。他非常想读完大学,无奈没钱,他只得到房地产公司当收账员。都市经历使他广泛接触到下层社会各种人物,为日后创作积累了丰富的素材,也决定了其作品中的悲剧因素和自然主义色彩。

1892年德莱赛成为新闻记者,先后供职于芝加哥《环球报》、圣路易斯《环球—民主报》和《共和报》。几年下来,他接触了美国生活的各个方面,美国社会中残酷的、非正义的人和事给予他极大的触动,引起他对现实的反思。

1895年,德莱塞移居纽约,专事创作,同时编辑杂志。19世纪末,美国已然成为世界头号经济大国。人们疯狂追逐金钱和名利,寻求刺激享乐,传统道德观念日渐销蚀。这期间,他阅读赫胥黎、斯宾塞、达尔文等人的著作,并从中接受了不可知论、机械论和享乐主义等思想,从而改变了他对宇宙、世界和人性的看法,奠定了他的哲学观基础。因此,他在经历了最初对繁华享乐的兴奋后,清醒地认识到发达物质文明隐匿着的巨大社会矛盾、道德危机和人性失落,并愈发体会到现代美国社会生活对个人思想的严重腐蚀。1899年他创作长篇小说

《嘉莉妹妹》，旨在展现人们在欲海浊流中堕落、流浪、挣扎的过程。

嘉莉是乡村磨坊工人的漂亮女儿，向往大城市，梦想着在那里找到代表幸福的金钱和爱情。她来到芝加哥投奔姐姐。当看到姐姐依旧过着贫苦生活时，她下决心自己闯出一条幸福之路。开始，她在鞋厂打工，后因患病被辞退。之后她去找来芝加哥火车上偶遇的推销员德鲁埃，接受了他的资助并与之同居，开始尝试过有钱人的生活。在她结识万斯夫妇并不时随其到百老汇游乐后，她意识到，百老汇的一切，才是真正的有钱人的生活，才是自己梦寐以求的、也是德鲁埃不可能提供的生活。于是，她抛弃德鲁埃，跟着酒吧经理赫斯渥到了纽约。她在纽约过着悠闲安逸的生活，物质欲望愈来愈强烈。而此时赫斯渥却陷入了生存困境，连勉强的衣食住行都不能维持。至此，她把对其仅存的一点感情化为轻蔑，毅然踏上了追梦之路。她靠着在芝加哥时的一次舞台经验，很快在演艺界找到了位子，并凭借自己的容貌和热情，渐渐成为名声显赫的喜剧女明星。然而当她获得了自己梦寐以求的物质享受之后，精神的空虚却依然没有让她感受到任何的幸福之感。作品运用现实主义和自然主义创作手法，选择社会底层弱势群体人物作为主人公，是以说明：底层群体的弱势并非受遗传因素的影响，而是受其社会环境的影响才成为社会牺牲品的。

1900年《嘉莉妹妹》出版时，被指内容猥亵，歪曲社会生活而受到文坛的攻击，书商只印了一千册，除以少数馈赠外，剩余的全被封存。德莱塞仅得到一百元稿费。1907年再版，作品不胫而走，德莱塞以此步入美国文学殿堂。

《嘉莉妹妹》的厄运迫使德莱塞辍笔数年。1909年他开始创作《嘉莉妹妹》的姊妹篇《珍妮姑娘》，并于1911年出版。德莱塞成为名噪一时的作家，从此告别困顿的生活。

《珍妮姑娘》以德莱赛自己家庭的生活为蓝本，讲述了珍妮·葛兰哈特的生活遭遇和心路历程。珍妮是俄亥俄州科伦坡市一个玻璃匠的女儿，18岁时便和母亲到市内一家大旅馆当清洁工。全家八口人靠父亲和她们极微薄的收入维持生计。一个偶然机会，她认识了住在旅馆里的参议员布兰德。她的美丽征服了布兰德，而布兰德舒适的生活也迷住了她。布兰德的小恩小惠，使珍妮全家都认为他是天底下最好的人。她也怀感恩之心成了布兰德兜风的伴侣。街坊四邻的风言风语使她父亲禁止了她与布兰德的来往。不久，她哥哥因在车站偷煤被抓进警察局，并处10元钱的罚款，若不交罚款就要进监狱。不得已，她只得背着父亲向布兰德求助。警察局释放了她哥哥，她投入了布兰德的怀抱。事后，布兰德许诺与她结婚，却因突发心脏病去世，而此时她已经怀孕了。她被父亲赶出家门后，父亲的手被玻璃熔液烫伤，全家断了生计。为了可怜的父母和兄弟姐妹，她生下女儿后，只身前往克利夫兰谋生。在那里，遇到了阔少雷斯脱。同居数年后，雷斯脱抛弃她与一位富家小姐结了婚。她忍辱带着女儿隐居乡村，不期一场伤寒病夺走了女儿的生命，她失去了一切。后来，她从孤儿院领养了一个女儿。

作品打破"斯文高雅"之传统，描写了最美国式的社会及其各阶层的人物，表现了作者对人民尤其是对青年的人道主义之爱。珍妮的勤劳善良、真诚无私值得赞美，为救别人和为他人利益牺牲自己的精神及其道德力量值得肯定，而社会却视她为"堕落"女人。这是美国社会的悲剧，也是美国梦的幻灭。

德莱塞之后撰写的《欲望三部曲》(《金融家》《巨人》和《斯多葛》)，对当时美国社会影响巨大,奠定了德莱塞在美国文坛的地位。

《金融家》(1912)主人公柯柏乌出生于一个银行职员家庭,自从幼时观看龙虾与乌贼的厮杀后,逐渐形成了自己的人生哲学:一切生物都是弱肉强食、强者生存的。要成为强者,就须拥有财富和权势合成的实力,把金钱、权势和美色作为追求的目标。他的欲望随着年龄一起长,为达目的他不择手段。他抓住机遇做成了票据经纪业务,娶了美丽、富有的寡妇为妻,转眼便成了百万富翁。之后他又勾结政界巨头巴特勒,并成为巴特勒女儿的情夫。钱场成功、情场得意更激发了他的欲望,他倾力扩大城市经济的控制权。但因投机丑行暴露,巴特勒落井下石,他被投进了监狱。出狱后,他前往芝加哥,再次投入钱权美色角逐。

《巨人》(1914)描写柯柏乌在芝加哥的际遇。由于入狱背景为人所知,他进入政界的计划受阻,但却在商业和金融投机上频频得手,成为芝加哥煤气和铁路的寡头。他涉足教育与文化界,先后与十多个富婆名媛有肉体交易,后来,他在争夺城市铁路特许权的角逐中被击败,悻悻离开了芝加哥。

《斯多噶》(1947)是德莱塞的遗著,其最后一章由他的后妻海伦续就。展示柯柏乌在纽约和伦敦的冒险与角逐。他以纽约为基地,投资伦敦地铁业获得巨大成功。由于过度频繁的行与色耗尽了精力,他最后孤身死于旅途。

《欲望三部曲》运用现实主义、戏剧、比喻和白描等多种手法揭示了美国资本主义社会现实与生活的真相,生动塑造了柯柏乌这个典型的艺术形象,深刻揭示了垄断资本主义初期金融寡头的人性本质,贴切展现了他一生的沉浮,进而反映了美国资本主义原始积累、自由竞争、资本垄断三个阶段的发展过程。因此,德莱塞的《欲望三部曲》是美国文学的重要组成,也是美国史的重要部分,为学者研究美国现代史提供了真实、丰富、生动的素材。

1915年《天才》问世。这部德莱塞最满意的长篇小说出版后即被视为"肮脏的书",出版公司只得中止发行,直到1923年才得以再版。德莱塞每出一书,必会遭到质疑或谴责,其原因就在于他揭了美国资本主义社会的疮疤。

《天才》主人公尤金出生在美国伊利诺伊州亚历山大镇。为实现当艺术家的梦想,他只身前往芝加哥。由于无钱读大学,他不得不先将搁置梦想,去纽约施展才华。到纽约后,他感受到了财富给人们带来的风光和享受,对金钱和成功的渴望愈加强烈,但"艺术不能维持真正的生活,只能造成一种精神上的繁荣,这是大家所公认的"。于是,在精神追求和物质享受之间,他选择了后者。梦想动摇时,机会就来了。他偶然设计的商业广告被广告公司重用,让他找到了发迹的窍门。很快,他就奇迹般地获得了成功,从一个乡村青年摇身变成了令人羡慕的企业家。此后,他在生意场上步步高升,在私生活里穷奢极欲。末了,他精神空虚,人财两空,郁郁而终。小说通过对尤金人生不同阶段的描写,尤其是对他所处社会环境和氛围的真实描写,揭示了在垄断资本阶段美国的社会条件下人与金钱和艺术之间的关系,揭露了当代美国唯利是图、物欲横流的社会环境对天才的扼杀,也再次印证了作者的"环境决定论"观点。

1916年出版《自然和超自然戏剧集》;1917年,德莱赛结识了杰·里德等社会主义者和无政府主义者。他的一些作品在左翼刊物《群众》上发表;一些政论文章则在无政府主义小报《反抗》上发表。1918年出版短篇小说集《自由及其他》和剧本《陶工之手》,1919出版剧本

《十二个人》,1920年散文集《敲吧,鼓儿!》出版,1922年出版《关于我自己的书》。

1925年,发表以真实犯罪案件为题材的长篇小说《美国悲剧》,作品一经出版,即刻轰动美国。这部作品标志着德莱塞现实主义创作取得的新成就,使他享誉世界,并给他带来了相当可观的经济收益。

1927年10月,德莱塞在国际劳工协会秘书F.G.皮登克泼帮助下访问苏联,并在莫斯科参加了庆祝十月革命十周年纪念活动。这是一次具有特殊意义的旅行。在此之前,他对资本主义的批判是自发的,思想和作品中存在着自然主义和悲观主义的观念。苏联之行,让他看到了人类的光明前景——社会主义社会正是他梦寐以求的理想社会,思想发生了大飞跃,摆脱了斯宾塞、赫胥黎唯心主义哲学的影响,决心站到无产阶级的一边。1928年出版的《德莱塞所见到的苏联》集中反映了这一变化。他在书中明确宣示自己对社会主义制度、无产阶级革命的强烈向往和深切同情。

1929年出版的短篇小说集《妇女群像》中,塑造了共产党员艾尼达的形象。1930年夏,德莱塞宣布拥护美国共产党。1931年出版的政论集《悲剧的美国》,全面解剖了美国资本主义社会。同年还出版了带有自传性质的《黎明》。

1935年,印第安纳州Warsaw地区图书馆理事下令烧毁德莱塞的所有著作。

1941年,发表政论集《美国是值得拯救的》,被选为美国作家协会主席。1944年获美国文学艺术学会荣誉奖。1945年8月,74岁高龄的德莱塞加入了以福斯特为首的美国共产党,同年12月28日病逝。

1946年和1947年,他的两部长篇小说《堡垒》和《斯多噶》相继出版。

德莱塞以其独特视阈,突破理想主义的高雅传统而改写了美国文学,奠定了当代美国现实主义文学创作思想和原则的基础。其作品立足于欲望主题,对20世纪美国社会作了集中、典型、真实、深刻的现实主义描写,通过独特、生动、典型的人物形象,展示了欲望对人的异化和扭曲,以及人在欲望面前的脆弱与冲动,暴露了资本主义的虚伪道德和人性的弱点,揭露了美国社会生活的阴暗面,进而表明:在现代资本主义社会,资本的诱惑让人异化为非人。

二、《美国悲剧》

主人公克莱特·格里菲斯在堪萨斯城的一个穷牧师家长大,从小就跟随父母沿街卖唱,靠着别人的施舍过日子。作为一个敏感的孩子,他在别人轻蔑和怜悯的目光下感到非常不安和自卑,花花世界也强烈刺激着他的感官和内心。16岁时他外出谋生。在维逊旅馆当服务员时,豪华旅馆像橱窗一样向他展示着美国的生活方式,有钱人骄奢淫逸的生活让他薄弱的意志开始崩塌。他开始追求衣着打扮和官能享受。后来,他因涉嫌一起交通事故而逃匿。在纽约州开衬衫厂的伯父让他在厂里当工头。不久他便引诱车间女工洛蓓塔并与之发生了关系。之后,在伯父家的一次宴会上,他结识了富商女儿桑德拉,意识到只要能与之结婚就能获得财富与地位。而就在此时,已经怀孕的洛蓓塔要求结婚。他感到自己无论如何也要摆脱洛蓓塔。于是按照在报纸上学来的办法,将不会游泳的洛蓓塔骗到船上,船的激烈摇动将洛蓓塔晃下水去,他虽然刹那间有一丝后悔与怯懦,但面对伸手求救的洛蓓塔,他最终还是用船桨把她压下水去而亡。检察官出于政治上的原因最终认定他预谋杀人，他成为政党政治斗争的牺牲品而被判死刑。美国梦是德莱塞长篇小说的主题，且其笔下多数主人公的美国梦均以失败而告终。在德莱塞生活的时代，美国梦的内涵不再是锐意进取和个人奋斗，而已被金钱与名利所取代。

《美国悲剧》的前两个部分主要描写克莱特堕落和自我毁灭的过程。第三部分则描写了案件的审理过程。作品以克莱德由单纯到堕落毁灭的事实，揭示了欲以个人奋斗成就美国梦的青年在现实社会中的扭曲与陨落，展示了现代美国梦对人性的摧残，揭露了美国两党政治的虚伪及整个司法制度和政治制度的丑恶，同时指出，是最不道德的社会腐蚀并引导人们犯罪，而这个理应受到人类道德法庭审判的社会却以"文明"来惩罚深受其害的人们，以表明自己的"公正廉明"，掩盖本质无德、有罪的自己。《美国悲剧》之所震动美国，就在于它以锐不可当的锋芒戳中了美国社会的一切罪恶的根源。正如德莱塞所言，小说的成功就因为"它是美国悲剧的缘故"，"这本书整个来讲是对美国社会制度的一个控诉"。

克莱特来自社会底层，他渴望上层社会的荣华富贵，希望通过个人奋斗获得成功。然而，美国式的社会生活却腐蚀他、使他堕落，最终走向自我毁灭。克莱特悲剧的双重性在于：其堕落和毁灭不仅是个人的悲剧，更是社会的悲剧。他有罪，但他也是受害者，是美国社会生活方式的牺牲品。

梅森是负责审理克莱德案件的检察官，共和党代理人。他原本饱食终日，对州内层出不穷的谋杀案置若罔闻。但在受理克莱德案件时，却一反常态，亲自出马，左右审理全局。他不但亲自挑选陪审团成员，竭力搜寻证据，找到127个证人，还通过新闻界向全国公布案情，扩大事件影响，同时还制造伪证。他之所以要将克莱德迅速送上电椅，是为配合政党斗争，大选时帮助共和党击败民主党。克莱德的死刑判决，使他成为纽约州法院的院长。

勃尔纳贝是克莱德的辩护律师，民主党人。他为克莱德辩护，目标是击败梅森，使共和党在此案中捞不到好处。为此，他为克莱德编造情节掩盖犯罪事实，制造伪证开脱罪责，否认克莱德动手打人并弄翻了船，还帮助克莱德背熟编造的情节。但在梅森穷追下，克莱德还是露了马脚，结果被判死刑。

首先是真实材料的构件。德莱塞作品的材料多根据自身生活体验从详细的调查材料中提取，素材的真实性贯穿于情节、叙事方式和各类描写中。《美国悲剧》的材料来自于19世纪末20世纪初美国发生的三起杀人案，即1893年的卡莱尔·哈里斯案、1906年的切斯特·吉莱特案和1911年的克拉伦斯·瑞奇生案。借用材料最多的是吉莱特案。此外，1899年的莫里奈案的某些情节也成为这部小说材料的来源。作品第三部分详尽地描写了美国司法机关审理克莱德案件全过程。作品从法律程序上着手，从受理到执刑，整个过程手续齐备，陈述引用素材的真实信件和审讯记录，尤其是不厌其烦地叙述了审案的幕后活动，使得小说给人以真实可信的感受。

其次是客观的叙事手法。作品使用冷静而客观的叙述话语，当然，也不完全排除作者在其中的议论。尽管如此，也没有使用褒贬色彩浓厚的词语，而将评价权交予了读者。

再次是科学方法的运用。这正是德莱塞被认作自然主义小说家的重要原因。他的创作除结合遗传学、生理学外，还有达尔文进化论，以及弗洛伊德学说中的超我、自我和本我区分原理。作品的科学分析色彩,增强了叙事的客观性。

最后,现实与虚构结合的真实感。作品对人物不同时空环境中表现出来的迥然不同的态度和方式的描写,体现了真实现实与艺术虚构巧妙结合的真实感。

第十节 海明威

欧内斯特·米勒·海明威(1899—1961),记者和作家,为20世纪美国最著名的小说家之一,被称为"迷惘的一代"的代表作家,1954年度的诺贝尔文学奖获得者。

一、生平和创作

海明威1899年7月21日生于伊利诺伊州芝加哥附近的奥克帕克村,父亲是一位性格强悍,酷爱冒险的外科医生,母亲则是一位宗教观念强烈,颇有艺术修养的贤淑女子。在这样的家庭中长大,海明威从小就受到来自父母两方面不同性格的熏陶,父母虽时有争执但都很关心他。父亲狩猎、钓鱼的业余爱好以及母亲的音乐修养都在不同程度上对这位未来的大作家产生了影响。他有过快乐的童年,亦有着奔放的青春。读中学时,处处好强、事事拔尖的个性就已显露出来。他在学业和体育上皆很优秀,他会拳击、足球,英语表达方面则表现出过人的天赋。早在初中时,他曾为两个文学报社撰写文章,这是他首次的写作经验。升上高中后,成为了学报的编辑。18岁高中毕业之后,进入《堪城星报》当记者,正式开始了他的写作生涯。在一战中,海明威参加了志愿救护队,担任红十字会汽车司机,为救战友受重伤。战争的烽烟在这个倔强好胜的青年身上留下了可怕的印记,以及遮掩不住的空虚和惆怅。他厌恶战争,精神忧郁。

海明威公开发表的第一部作品是《三篇故事和十首诗》(1923),而短篇故事系列《在我们的时代里》(1925)出版,标志着他作为作家正式登上美国文坛。

1926年发表的第一部长篇小说《太阳照常升起》,获得了巨大成功,引起了文坛好评。这是一部半自传体的小说。主人公杰克·巴恩斯作为一个美国青年,第一次世界大战负伤后旅居法国,在一家报馆当记者。战争使他失去了生活的理想和目标,他被一种毁灭感所吞食。虽然他爱着女友勃莱特,但由于重伤使他失去了性能力,因而无法同自己心爱的人结合。他意志消沉,极力要在酒精的麻醉中忘却精神的痛苦。勃莱特也是一个来自英国的不幸的流亡者。在第一次世界大战中,她当过护士,战争又夺去了她爱人的性命。战后,她流落巴黎,在放纵的生活中鬼混,想以此来弥合心灵上的创伤。然而,巴恩斯不忍在这样的生活中白白地耗费生命,他要到大自然的怀抱中去寻找解脱。勃莱特也不愿这样堕落到底,她同巴恩斯一道参加了巴斯克人的节日狂欢。斗牛士的勇敢和面对痛苦的无动于衷、蔑视死亡的"硬汉子"精神,使巴恩斯欣喜若狂。然而,狂欢之后,巴恩斯却比以往更加惆怅。勃莱特也一时冲动而爱上了年轻的斗牛士,但冷静下来后还是同他分手了。后来,她又想到了巴恩斯。可两位彼此相爱的人却注定不能结合在一起。他们更加孤独、苦闷。小说以一种浓郁的伤感情调而结束。

《太阳照常升起》的发表，使"迷惘的一代"的影响波及欧美。几年后，在这一流派文学大丰收的1929年，海明威写出了代表他"迷茫"思想的又一力作《永别了，武器》，从而把"迷茫的一代"文学推向了高峰，海明威也成了公认的"迷惘的一代"的领袖人物。

《永别了，武器》是一部以第一次世界大战为题材的作品，主人公亨利·腓特力原本是个充满爱国热情的美国青年，战争爆发后，他自愿来到意大利参加美国志愿军。在一次战斗中，敌人的炮弹击中了他的车队，他本人也身负重伤。在米兰的医院里，他结识了英国护士凯瑟琳，两人产生了爱情。可是，亨利伤愈后必须返回部队。在一次溃败中，他被意方的军警误认是奸细而遭逮捕。他历尽艰辛，逃回米兰，找到了凯瑟琳，寻求过一种远离战争的、平静而又愉快的生活。可没过几天，他的身份暴露了。为了摆脱追捕，他们逃到了中立国瑞士，总算在温馨的气氛中熬过了一个冬天。春天来了，可凯瑟琳却由于难产而去世，把亨利一人孤零零地抛弃在世上。经历了战争的种种苦难，目睹了人类的大屠杀，士兵们厌恶战争，诅咒战争，为了逃避上前线，他们有的自残，有的装病，盼望战争早日结束。

1933年秋天，海明威随一队狩猎的旅行队到肯尼亚和坦桑尼亚打猎，猎物大多为象、狮子、老虎等陆栖的大型动物。1935年出版的《非洲的青山》就记载了他那次到非洲的旅行。《乞力马扎罗的雪》是海明威最成功的一个短篇。海明威成功地使用了意识流的手法，使现实和梦魇互为转化。小说集中描写的是主人公哈利在临死前最后一天的生活。他由于大腿上生了坏疽症，厌倦地躺在帆布床上，烦躁地借酒浇愁，消磨时光。他以为自己快要死了。这时，作者便通过梦幻和回想，突破了时间和空间的界限，写出了哈利的一生。哈利并不在乎死亡，因为他感到了对生的厌倦。他只是懊悔自己一事无成，一种无法忍受的精神上的疼痛向他袭来。最后，虽然死神夺走了他的肉体，但他的精神以及他对美好理想的追求却胜利了。因为他的精神已飞向了崇高洁白的乞力马扎罗雪山的顶峰。作品采用了大量象征的手法来暗示死亡。如讨厌的大鸟、鬣狗、死豹、骑自行车的警察、在阳光下白得眩目的积雪的乞力马扎罗的山巅等。

1936年，西班牙爆发了内战，这实际上是第二次世界大战欧洲前线的序幕，作为一名记者，他来到被围困的西班牙首都马德里，报道有关西班牙内战的战况，并勇敢地参加了战斗。由于战争的性质不同以及所受的教育的差异，使他改变了对生活的看法，精神世界丰富了。1940年他轰动世界的长篇小说《丧钟为谁而鸣》就是以西班牙内战为题材的。

也就是在这段期间，海明威的身体健康问题接踵而至，对他造成了很大困扰：他染上了炭疽病，眼球被割伤，额头留下一道很深的伤口，患上流行性感冒、牙痛、痔疮、肾病、肌肉拉伤，手指被意外割伤（其伤口深至骨头），在车祸时把手骨折断等等，还曾在骑马穿过怀俄明州的森林深处时失手，伤及脸部和脚。

第二次世界大战中，海明威以记者身份活跃在欧、亚战场。1941年海明威曾来中国采访，并写过6篇有关中国抗日战争的报道。珍珠港事件后，他甚至曾驾驶着自己的摩托艇在海上巡逻以监视敌人潜艇的活动。他还曾率领一支游击队参加了解放巴黎的战斗。

战争结束后，海明威定居古巴。1952年，《老人与海》出版，海明威对这中篇小说的成功极为满意，他据此获得1953年度普利策奖及1954年度诺贝尔文学奖两项殊荣。

此后，他再临噩运：在一次狩猎中，他先后遭遇两次飞机失事，因而受重伤；一些美国报纸误发了海明威的讣告,以为他当时已伤重不治。此外,在一个月以后,他更在一次森林大火意外中受重伤,双腿、前躯干、双唇、双手前臂严重烧伤。这些痛楚一直维持了很久,令他甚至无法前往领取诺贝尔奖。此外,酗酒问题也始终困扰着海明威,他的健康状况每况愈下,意志消沉。

1959年,古巴爆发了社会主义革命,外国人拥有的资产全被没收,因而迫使很多美国人返回美国。海明威则选择再多停留一段时间,人们普遍认为海明威与菲德尔·卡斯特罗保持良好的关系,并曾声明自己支持该次革命。

海明威后来在爱达荷州克川市接受了高血压及肝脏问题的治疗——并因为患忧郁症和偏执而接受电痉挛疗法,但是后来认为可能就因为海明威接受了电痉挛疗法而加快了他的自杀行为发生,因为据称在他接受此治疗后严重失去记忆。

1961年7月2日在爱达荷州克川市海明威的家,他用从地下室贮藏库找来的双管猎枪自杀了。海明威死后被葬于爱达荷州克川市最北部的公墓。

海明威作为一名具有强烈正义感的作家,一位坚强的反战主义者,他以客观真实的描写,通过自己的一部部作品,谴责战争,反对战争。以作品主人公在战争中的苦难以及人生悲剧,抨击战争对人的摧残,通过人物的命运悲剧,描写了一代人面对战争、死亡的威胁,失去理想、找不到出路,所感到的孤独、苦闷、彷徨和失望。人物的悲剧,既是战争的悲剧,更是时代的悲剧,社会的悲剧。

二、《老人与海》

《老人与海》是一部为海明威赢得诺贝尔文学奖的中篇小说。这篇小说的背景是20世纪中叶的古巴,一位已是风烛残年却依旧为生活拼搏的老渔夫桑提亚哥,一连八十四天都没有钓到一条鱼,但他仍不肯认输,而是充满着奋斗的精神。终于在第八十五天钓到一条身长十八尺,体重一千五百磅的大马林鱼。大鱼拖着船往海里走,老人依然死拉着不放,即使没有水,没有食物,没有武器,没有助手,他也丝毫不灰心。经过两天两夜之后,他终于杀死大鱼,把它拴在船边。但许多鲨鱼立刻前来抢夺他的战利品。他一一地杀死它们,到最后只剩下一支折断的舵柄作为武器。最终,大鱼仍难逃被吃光的命运,当老人筋疲力尽地拖回一副鱼骨头,回家瘫倒在床上的时候,实际上他已经失败了。但在梦中,他依然梦见了狮子,寻回那往日美好的岁月。

1936年,海明威在为一家杂志撰写的一篇通讯中讲述了这样一个故事:有一次,一个老人独自在加巴尼斯港口外的海面上打鱼,他钓到一条巨大的马林鱼,那条鱼拖着沉重的钓丝把小船拖到很远的海上。两天以后,当渔民们找到了老人时,马林鱼的头和上半身绑在船边上,剩下的鱼肉还不到一半。因为鲨鱼游到船边袭击那条鱼,老人一个人在湾流中的小船上对付鲨鱼,用桨打、戳、刺,累得他精疲力尽,鲨鱼却把能吃到的地方都吃掉了。渔民们找到他的时候,老人正在船上哭,损失了鱼。他快气疯了,鲨鱼还在船的周围打转。

这件真实的故事就是《老人与海》的雏形。小说通篇描写的都是主人公的海上捕鱼活动,这一活动的时间仅仅为三天三夜。为了突出地表现人同大自然的艰苦搏斗,作者没有对当时的社会生活作直接的描写,而是有意地把主人公的活动环境置于几乎与世隔绝的苍茫的大海上。

《老人与海》是一部寓意很深的作品,桑提亚哥的形象、他的力量的来源、他的失败的象征意义以及作品的结尾,就像海明威的一生一样,给读者留下了许多难解之谜。显然,故事依然表现了"英雄与环境"这个传统主题。在这场英雄与环境的斗争中,桑提亚哥是一位失败的英雄。可贵的是,做胜利的英雄易,做失败的英雄难。正是对待失败的风度上,桑提亚哥赢得了胜利。他认为,"痛苦在一个男子汉不算一回事","一个人并不是生来就给打败的。你尽可以把他消灭掉,可就是打不败他"。这就是他的生活信条,他的"硬汉子"精神。

桑提亚哥并未单纯地把捕鱼作为谋生的手段,而是把它当作人生角斗的场所。在这一角斗场中,海是他的对立面,是环境的象征。虽然他爱大海,但同时他也清楚地知道,在大海中既"有我们的朋友,也有我们的敌人";这"仁慈而美丽"的海,有时也"竟会变得那样残忍"。因此,他把人同鱼的格斗假设成人生的战场。然而,老人也并非是永远地精神焕发,斗志高昂,而是时时感到孤独和疲惫,所以,他想到了那个常常跟随他的孩子马诺林,他急切地想睡觉,并希望能梦见狮子。但无论如何,他最终还是没能摆脱失败的厄运。在桑提亚哥的身上,凝注着作者这样的思想:虽然失败了,但不能服输,失败了,还要从头做起。在小说的结尾,桑提亚哥梦见狮子,这既是他力量的象征,又预示了下一场搏斗的开始。可这毕竟是作者头脑中虚构的产物,是一种孤立的个人奋斗。因为无论他怎样在精神中寻求安慰,最终仍逃不掉命运的作弄。从这个意义上讲,《老人与海》一方面歌颂了人类的伟大力量,一方面又对人生表现出无可奈何的绝望心情。但海明威同时希望人们不要在失败中丢掉尊严。这就是桑提亚哥这个不屈服于失败命运的"硬汉子"的性格,这是海明威这头受伤的狮子晚年思想的最后闪光。马诺林这个角色虽然在小说中着笔甚少,却是不可或缺的人物,他既是老人的追随者,又是老人的安慰者。从对完成老人形象所起的作用上看,他起着十分重要的作用。由于他离开了老人的小船,才使老人独自一人出海;老人出海,又是马诺林去送行,老人归来后,又是马诺林去照顾他,给他送饭,同他讨论以后的打算。是他帮助桑地亚哥获得了真正的谦卑的品质,完成了由个人英雄主义向团结互助精神的回归。其次,通过象征的手段,马诺林还帮助传达出了《老人与海》的两个次主题,即关于青年和老年的寓言,关于个人主义和团结互助的寓言。再次,在小说悲剧氛围的营造中,马诺林这一角色起着积极的作用。它帮助制造了悲剧所需要的孤独感,激起读者对桑地亚哥的同情怜悯;它又以主观客观两种形式与桑地亚哥构成对比,加深了我们对老人的同情和怜悯。最后,在确定《老人与海》的基调时,马诺林也起了关键作用。在老人安全归来这一客观事实基础上,它作为人间友爱和年轻一代的象征,将小说的方向对准未来,对准积极的乐观主义。

在写作技巧方面,海明威的叙述简洁、明快、有力,修辞干净,韵调自然,但是其主题却含蓄隐晦,往往只用警句式的语言就能表现小说中人物的言谈行动。没有着意的渲染和概括,但却能尖锐地刻画出人物的内心世界,充分体现了自然主义的白描手法。这些后来被作者自己概括为"冰山原则"——他在《午后之死》中这样概括:"冰山运动之雄伟壮观,是因为它只有八分之一在水面上。"又说:"如果一位散文家对于他想写的东西心里有数,那么他就可能省略他所知道东西,读者呢,只要作家写得真实,会强烈地感觉到他所省略的地方,好像作者写出来了似的。"显然,海明威这里强调的是省略,主张思想深沉而又隐而不晦,情感丰沛却又含而不露,水下的八分之七内涵由读者自己去体会玩味。

其次,这部小说采取了纵式的结构方式,轮辐式的布局,缓急相间的节奏感。小说要表现的人与自然搏斗的大主题,于是在众多渔夫中选择一位老人作为他小说中的主人公,选择了一位孩子做老人的伙伴,选一系列情节的发展按自然的时空顺序安排在两天时间内进行,这样有许多的内容是让读者自己去完成的,达到"一石多鸟"的艺术效果,寓意深厚。另一方面小说以老人从海上归来为引子,让周围的人物一个个出场,交代了他们与老人之间的关系,这种轮辐式结构还能产生线索清晰明了、中心集中突出、故事简洁明快的效果。同时,这篇小说叙述故事时娓娓道来,开始速度比较缓慢,随着老人航海的进程,速度也逐渐加快,当老人与马林鱼、鲨鱼正面交锋时,速度之快达到了极点。

再次,象征手法的运用。《老人与海》中,海是被当作女性来描写的,外表温柔,却有着无穷、强大的力量,她有着闻所未闻的大马林鱼,有着凶残贪婪的大鲨鱼,她是如此深不可测。而主人公桑提亚哥是一位"真正的硬汉",是"生命英雄"的象征,在面对种种困难的时候,勇于向人类生命的极限挑战。大马林鱼在这部小说中有着至关重要的作用,它年轻力盛,但是老人坚强的意志力终于战胜了它。在老人内心,大马林鱼是理想事物的象征,是美好的理想和追求的目标。它象征着人类在漫长的征途中不知经历多少苦难,却仍旧满怀着对未来的希望,正是凭借这种信念和理想,创造出无数的奇迹。鲨鱼代表着一切破坏性的力量,是阻止人们实现理想和目标的各种破坏力的集合,是各种邪恶势力的象征。狮子的意象在《老人与海》中具有独特地位,与其他意象相比,狮子有自己独特的自信和威严,发自内心,不怒自威,令人敬畏,这一意象丰富了老人的精神世界。正像老人一次次出海为证明自己,迎接生命挑战一样,狮子这一意象也是为老人的再次出海做心理上、精神上的准备。

第十一节 纳博科夫

弗拉基米尔·纳博科夫(1899—1977),俄裔美籍作家,20世纪杰出的评论家、翻译家和鳞翅目昆虫学家。他创作了大量优秀的俄语作品,但真正使他成为一个著名小说家的是他的英语作品,他的声誉在晚年达到了顶峰,被誉为"当代小说之王"。

一、生平和创作

纳博科夫于1899年4月22日出生在俄罗斯圣彼得堡一个显赫的贵族家庭。家中使用俄语、英语、法语三种语言,所以他从小就通晓三种语言。父亲是自由派律师,思想开明,十月革命后携全家流亡西欧。在1916年和1918年,纳博科夫发表过两本俄文诗集。

1919年纳博科夫跟随全家移居英国,在剑桥大学攻读动物学,后改为法国和俄罗斯文学。1922年6月,纳博科夫获得剑桥大学学位后前往柏林与家人同住。1925年与妻子薇拉成婚,独子德米特里出生后于1929年迁往巴黎。

在西欧期间,纳博科夫的收入微薄,虽然发表了大量作品,如《王、后、杰克》《圣诞故事》《防守》《眼睛》《光荣》《黑暗中的笑声》《天赋》《斩首之邀》等,但稿酬不高,超过数百美元的稿酬几乎没有。同时，纳博科夫是个蝴蝶专家，他的业余时间大多都是在研究蝴蝶。因此，为了贴补生活并继续他的蝴蝶爱好，除了写作，他还教授网球、英语、俄语等。

《王、后、杰克》(1928)"亲昵模仿"《包法利夫人》。《防守》(1930)表达了在异化的世界里，真实与虚构不重要，人生只不过是令人无奈的重复。《眼睛》(1930)构思奇特，通过对19世纪爱情故事的模仿以一种奇特方式对主人公所处的世界进行观照。《光荣》(1932)再一次深化了时间的主题。《黑暗中的笑声》(1933)写了一个悲惨的恋爱故事，表现了"不是意识模仿生活，而是生活模仿艺术"的存在状态。

《斩首之邀》(1936)故事发生在一个虚构的极权国家，主要描述的是死刑犯辛辛那特斯等待处决期间的思想活动。辛辛那特斯以前是个教师，因为与周围平庸的人们不太一样，犯了人们认为的"隐晦的堕落行为"，被判死刑，关在监狱里等待判决日期的到来。他一面忍受着死亡将至的痛苦煎熬，一面又身不由己沦为一场滑稽闹剧的主角。监狱长、囚友、看守、行刑者、亲人、爱人，似真却假，囚室、要塞、行刑广场竟是演出的道具，死亡迟迟不至，希望者有似无……

小说就像一部电影，不断出现一些看似从其他影片中随意剪辑的片段。蒙太奇般的片段围绕着等待死亡判决的辛辛那特斯而合并起来，重新构成一部隐含内在逻辑的新电影。对于小说的创作，纳博科夫这样形容道："我们这个世界上的材料当然是很真实的，但根本不是像一般所公认的整体，只是一摊杂乱无章的东西。作家对着这摊杂乱无章的东西大喝一声：开始！刹那只见整个世界开始发光、融化，又重新组合，不仅是外表，就连每一粒原子都经过了重新组合……"

《斩首之邀》里到处都是这种为了突出由感觉、印象和记忆等共同构成的纯粹的时间效果，这也契合了纳博科夫提出的"时间之狱"理论。它完美地阐述了时间之狱对人们的监制。纳博科夫自我评价说"它是自拉自娱的小提琴"。"世俗之人会认为是在玩弄技巧。老人们会匆忙避之，转而阅读地域性传奇故事和公众人物传记。爱好俱乐部活动的女人不会觉得兴奋刺激。心存淫秽者会在小埃米身上看到小洛丽塔的影子。维也纳巫医的门徒们沉溺于共罪和渐进教育的畸形世界中，会对它发出暗笑。但是我知道有些读者会跳起来，怒发冲冠。"

《天赋》(1938)是纳博科夫最后一部俄语长篇小说，也是所有小说中篇幅最长、最有特色的一部小说，是其代表作里唯一一部俄语小说，1963年翻译成英文。

小说主要讲述了主人公费奥多尔·戈杜诺夫·切尔登采夫——一位流亡柏林、有着极高文学天赋的俄罗斯青年的一段成长心路历程以及一段罗曼史。小说以费奥多尔出门去商店，看到新住户搬来，暗自思忖有朝一日"我得用此情此景为开头，创作一部厚厚的、出色的老派小说"为开头。从这里开始，读者其实已经踏进了作者精心设计的小说的环形结构，直到小说结尾才恍然大悟读的小说正是费奥多尔要写的作品。于是故事又回到开端，可以无限循环进行下去，构成一个环形结构。纳博科夫的大多数作品都是此种结构，他非常重视文章结构，一贯秉承着"风格和结构是一部书的精华，伟大的思想不过是空洞的废话"。

《天赋》无疑是一部独特的叙事风格的小说。"外部视角"是费奥多尔的回忆，主人公的感官视角为"内部视角"：不断变换叙事视角和模式，使叙事时"历时"和"共时"无比和谐地交替。在主人公回忆中,思想和笔触大胆向意识深处伸展,各种"幻象"层出。纳博科夫这样解释这种"记忆特性":"当我远溯往昔,回忆我自己(怀着兴味,怀着喜悦,很少有敬佩或厌憎),我一向听从温和的幻象。"这种"无所束缚,无比灵活"的回忆正是纳博科夫小说的代表特征之一。

在这部纳博科夫自认成功之作的小说里,几乎可以找到他创作后期所有作品的影子,如神秘的塞巴斯蒂安、可怜可爱的洛丽塔、疯狂的亨伯特、令人心碎的普宁教授、疯疯癫癫的金波特。

同时,《天赋》也是一部纳博科夫自己的"追忆似水年华",小说中到处都是纳博科夫本人影子的折射。流亡欧洲的俄罗斯文学青年,对祖国无比的思念,对俄语无比的热爱,一腔乡愁萦绕着的侨民。

1940年,纳博科夫举家移居美国,在大学任教,1945年加入美国国籍。迫于生活压力,他开始用英语写作。

1957年,《普宁》出版。这是纳博科夫第一部引起美国读者广泛注意和欢迎的小说。它讲述了俄国流亡作家和教授普宁在美国一所高等学校执教的生活。他性格善良又怪癖,与周围生活环境格格不入,就连妻子都抛弃了他,一生悲剧。他想逃避过去,却又常常回忆往事,浓重的乡愁怎么也挥之不去,只好钻进故纸堆里研究俄罗斯古文化和古典文学,聊以自慰。但现实总是和他作对,任教九年后还是被辞退了。纳博科夫用严肃而又诙谐的手法描写了普宁的窘迫,巧妙地整合文化和时代双重对立的错位感,刻画了一个失去了祖国、失去了爱情、身处异域文化中流亡者的苦恼和辛酸。

《普宁》的故事情节没有特别之处,但结构匠心独运,层次丰富。譬如讲故事的人是谁,读者要一直到最后才会发现作者原来是书中一个人物。作者、叙述者与主人公三者身份的重合体现了纳博科夫精妙的叙述手法。纳博科夫喜欢制谜,在《普宁》中也不例外。故事以普宁去妇女俱乐部作讲座开端,以同事讲述他演讲拿错稿件结束,对他的生活环境做了逼真的描述,还穿插了很多对于过去的美好岁月的回忆。小说末尾情节与开篇呼应,又构成了一个类环形结构。

《微暗的火》(1962)没有什么明显的情节。这部书把诗歌当成目录,把评注当作小说文本,并且还给它加上了索引,似乎确有其事。全书主要有两大内容,一是诗人约翰·谢德写的(当然是纳博科夫写的)长诗《微暗的火》,共有999行,分为四个篇章;另一部分是一个名为查尔斯·金博特的教授对该诗歌编辑的前言、评注和索引。金博特幻想自己是一个来自"赞布拉"的逃亡的国王,并坚持认为《微暗的火》是取材于他是那个国王的一首长诗。但是他读完后发现诗里并没有自己的传奇经历,于是在给这首长诗评注的时候揣测附会,加入他幻想的故事。

这本小说灵感来自纳博科夫直译普希金的诗《叶甫盖尼·奥涅金》时的做法,直译时他做了大量的注释,薄薄一本诗集纳博科夫居然把它译成了四大卷。《微暗的火》结构离奇精妙,全书文本套文本,充满了文字游戏,创作者与评论者置放在一起,幻想与现实交叠在一起,构成了纳博科夫最晦涩难懂的小说。纳博科夫将小说中的所有元素抛至读者跟前,为他们建了一个游戏盒子,意图读者参与进来,通过反复对照阅读,自行建构一个曲折的故事情节。玛丽麦卡锡这样形容《微暗的火》的魔力:"《微暗的火》是一个玩偶匣,一块瑰丽的宝石,一个捕捉评论家的陷阱,一部由你自行自制的小说。"

此外,《微暗的火》语言华丽多变,诗歌部分也被公认为是佳作。

《阿达》(1968)故事发生在充满科幻元素的外星球"反地界",围绕凡与阿达之间的爱情展开,外带阿达的妹妹卢塞特对凡的痴迷之恋。纳博科夫的爱情小说中总是偏好美丽早熟的少女,于是14岁的表哥凡初遇了12岁的表妹阿达。两人都是显赫之家出身,都拥有过人的智慧和与生俱来的骄傲与激情,爱情就像烟花一样轰然而开,势不可挡,就连后来发现彼此不是表兄妹而是亲兄妹时也无法阻止爱情的到来。这纯洁而炽热的爱情该怎样继续?纳博科夫安排他们在50岁左右时重逢,最后两人偕老至快100岁时,为读者蜿蜒展开了一段长达86年的坎坷多变的热恋之史。

《阿达》是纳博科夫的巅峰之作,出版当年就登上了美国畅销书榜,产生了与《洛丽塔》一样的轰动效应。书中语言、结构、人物和道德内容一度引发了广泛的争议。海阔天空式的铺陈故事、轻快灵动的文字、玄而又玄的段落、荒诞不经的描述、狂乱的情节、无数的迷阵使得它成为除乔伊斯的《芬尼根守灵夜》之外最复杂同时又非常有趣的小说之一。主人公凡为了追寻逝去的岁月作了的《阿达》这部回忆录,而恋人阿达在后面做了评注。表面上它是一部长达一个世纪的兄妹乱伦恋爱史,内里却是凡在探讨时间的本质的哲思。凡知道时间是单向线性流动,但希望意识能够透过时间洪流使时间停止下来。让逝去的岁月在记忆的魔毯上按自己的意愿重组。纳博科夫在此把时间比喻为"玻璃小球中的彩色螺旋",并指出这部百科大全式的小说是"一部述说时间的爱情史"。

1960年,纳博科夫迁居瑞士,1973年因终身成就被授予美国国家文学奖金。1977年,病逝于洛桑。

纳博科夫博学而多产,以长篇小说闻名于世。他的小说大多以个人经历为基础,流亡生活一再显现,戏仿也时常冒头,乡愁一直萦绕不止。小说里总是充斥着记忆与时间、意识与现实、虚构与真实。他以复杂的结构形式、精湛的叙事技巧、魔术般的语言和迷宫样的文字游戏创造了各个栩栩如生的人物以及他们得以赖存的文本。艺术性是纳博科夫追求的唯一。

二、《洛丽塔》

《洛丽塔》(1955)是纳博科夫最为有名、最富有争议的作品。1951他开始着手《洛丽塔》的写作,完稿后依次投稿给纽约的四家出版社,由于内容出位,毫无疑问被一致拒绝了。最后,小说得以于1955年在巴黎出版,但还是一度被列为禁书。直到了60年代美国发生性革命后,指责它不道德的声音才慢慢消失,一跃成为文坛的经典之作。

《洛丽塔》叙述了一个叫亨伯特的快四十岁的男人追寻梦幻中的小仙女的故事。亨伯特少年时的情人是阿娜贝尔,后来由于伤寒去世,这段恋情给他烙下了深刻的精神印记,从此迷恋上了少女。1947年,亨伯特来到寡妇夏洛特·黑兹太太家寄居,遇上了让他一生为之魂牵梦萦的女孩洛丽塔。他一有机会就抚摸她,幻想着自己已经占有了她,但这样的机会不多,也没有对洛丽塔造成任何实质性伤害。为了接近洛丽塔,亨伯特答应了黑兹太太的求婚。黑兹太太隐约意识到了亨伯特对女儿的异样，计划隔绝他们的接触。亨伯特把自己的心思记录在日记本里，不料被黑兹太太看见。她一时气疯往外跑，在路上出车祸而死。亨伯特将洛丽塔从夏令营接出来，他们终于走到了一起。此后一年，他们开始了遍游美国之旅，辗转住在美国的各个旅馆尤其是汽车旅馆里。旅行最后，亨伯特决定把他的女孩送到比尔兹利女子学校上学。在学校，洛丽塔产生了想当演员的渴望，亨伯特强烈反对。后来两人达成协议，离开学校，四处漫游。途中，洛丽塔感冒住院，第二天亨伯特却得知她被别人接走了。亨伯特一直在寻找洛丽塔，从没间断过。3年过去了，他收到了洛丽塔的来信，称她已经结婚怀孕，需要一笔钱。亨伯特一路寻访，找到了洛丽塔，才得知原来是那个在旅行途中跟踪他们的老头骗走了她。眼前的洛丽塔已经不是他那妖艳的小仙女，亨伯特心痛不已，要为自己为这段恋情报仇，他找到了那个拆散他们，让他憎恨不已的人，拔出手枪，干掉了这个男人。

《洛丽塔》最令人叹服的是：作为一个移民作家的纳博科夫比绝大多数土生土长的美国作家更逼真地创造了美国的社会和文化背景。但逼真的自然背景也无法增加主人公的现实感。纳博科夫如手绘沙画的大师那般，毫不费力地操纵着自己的小说，呈现出如沙画般亦真亦幻的感觉。小说以亨伯特为第一人称叙事并展开故事，却刻意抑制洛丽塔的声音，期间叙述自我与经验自我的交替运用，叙事者和受叙者的双重性，文本的虚构性或矛盾性使亨伯特成为了不可靠叙事者。亨伯特就像纳博科夫手中的沙子，纳博科夫诡异多变的叙事策略一方面让亨伯特赢取读者的同情之心，一方面又借由他透露出洛丽塔的遭受的痛苦。《洛丽塔》是一部充分展现英语语言魅力的作品，以散文体写就，穿插了法语、俄语以及自创的英语变体。小说中博杂繁多的文字游戏、精确生动的场景描写、大量使用的隐喻、暗示、双关等造就了一座魔幻耀眼的文字迷宫。纳博科夫绚丽多彩的语言艺术使这部小说享誉世界文坛。此外，小说复杂而精妙的结构是《洛丽塔》艺术性的地基。纳博科夫通过戏仿、暗指、巧合和戏中戏等手段实现了结构上的相互指涉性。

第十二节　奈保尔

V. S. 奈保尔（1932— ），著名印度裔英国小说家，是英语世界中获得颇多关注的移民作家。他在1990年被伊丽莎白女王封为爵士，并于2001年获得诺贝尔文学奖。瑞典学院赞誉他的作品"将深具洞察力的叙述和不为世俗所面的详细考察融为一体，促使我们看清被隐藏的历史真相"。因其自身独特的成长经历，奈保尔的作品拥有复杂多元的文化基因，也使得他的作品呈现出对移民与殖民问题的思考。

一、生平与创作

奈保尔1932年8月17日出生于西印度群岛特立尼达一个印度裔家庭。奈保尔的祖辈来自印度，他成长于印度人聚居的社区，生活中离不开印度文化的熏陶。当时的特立尼达仍是英国的殖民地，奈保尔6岁时跟随父亲迁至特立尼达的首府——西班牙港，并在那里接受了英式教育。1950年，奈保尔以优异的成绩从中学毕业并获得政府奖学金，他可以任意选择一所英国的大学学习7年。最后，奈保尔选择了去英国牛津大学学习当代英国文学。这样的成长经历与文化背景对奈保尔之后的创作和思想都产生了深刻的影响。

在牛津大学攻读期间，奈保尔深陷两种文化碰撞所产生的痛苦之中，在后来整理出版的《奈保尔家书》中记录了作家在牛津求学期间的人生经历与反思。牛津大学作为英国的高等学府，给予奈保尔的不仅是文化上的熏陶以及价值观的塑造，更使得奈保尔对英国文化和文学产生了浓厚的兴趣与热爱。大学毕业后，奈保尔曾担任过英国广播公司的节目编辑，为当地报纸撰写政治评论，并在父亲的鼓励下开始进行小说创作。

奈保尔的第一部小说《神秘的按摩师》发表于1957年，小说讲述了南加勒比海地区一位按摩师通过自身的不懈努力进而走入政坛的故事。在作品中，奈保尔追忆了自己在特立尼达度过的童年，用幽默诙谐的笔调，描写了当地不同阶层人民的生活。

短篇小说集《米格尔街》发表于1959年，是奈保尔早期创作中的代表之作，共收录了十七个短篇故事。这部具有回忆性质的小说以奈保尔的父亲为原型，作家用幽默却略带讽刺的笔触，集中描写了米格尔街上形形色色的小人物。奈保尔早期的作品呈现出洗练诙谐的文笔，人物塑造地栩栩如生，展现了特立尼达人们的日常生活以及各个阶层的人生百态。

1961年发表的长篇小说《比斯瓦斯先生的房子》，作家凭借这部小说获得毛姆文学奖，使得奈保尔真正步入文坛，走入读者视野。这部小说仍旧以特立尼达的社会生活为创作背景，描写了一个印度移民大家庭的生活。主人公比斯瓦斯是大家庭的一分子，他与家庭的其他成员一起生活在一座破旧且拥挤不堪的房子里。主人公最渴望的便是拥有一间完全属于自己的房间，从中折射出作为一个印度移民在异域文化中试图寻找自我与独立的过程，是一个悲喜交加的故事。在这部作品中，可以觉察到奈保尔对于殖民地和印度文化的些许不满与反抗，反映了作家自身文化认同的危机和由此带来的痛苦与不安。

在20世纪60年代和70年代，奈保尔游历世界，他曾到访过加勒比地区、美国、加拿大、印度、巴基斯坦等国家与地区，并发表了一系列游记、随笔等作品，主要包括印度三部曲《幽暗国度》(1964)、《印度：受伤的文明》(1977)、《印度：百万叛变的今天》(1990)，以及关于非阿拉伯伊斯兰国家的游记和感想《在信仰者中间》(1981)和《超越信仰》(1998)等。在此期间，奈保尔也没有停止小说的创作。1963年发表小说《斯通先生和骑士伙伴》，这部小说是奈保尔唯一一部以伦敦为背景的小说，描写了主人公因年老而产生的孤独感和所面临的各种问题。在随后的6年间，又陆续出版了《黑暗地区》(1964)、《效颦者》(1967)、《岛上的旗帜》(1967)和《黄金国的失落》(1969)等作品。

长篇小说《河湾》发表于1979年，被公认为奈保尔的杰作，主题是关于移民的无归属感与绝望。

1987年，小说《抵达之谜》发表，这是一部奈保尔探讨人类生存困境的力作。小说以一位来自特立尼达的作家为讲述者，在盼望多年之后终于抵达英国，其间主人公目睹了殖民体系在世界范围内的瓦解；他的身体也随着时间流逝而变得日益衰弱，开始反思过往的人生与英国的关系。奈保尔用略带阴郁的笔调讲述他领悟到的人类行为方式，并揭示了在传统价值观念土崩瓦解之后人类本性中的阴暗面。

1994年,长篇小说《世间之路》发表。小说描写的是南美洲早期殖民地独立运动的斗争,通过还原历史的方式讲述独立运动领导人的抗争过程,表达了作家对美洲民族独立运动和革命运动的反对。奈保尔对于工人罢工的场面描写地深入细致,描绘了伴随罢工运动所产生的一系列暴力问题与社会秩序的紊乱。对于奈保尔来说,这些夹带暴力成分的工人运动并不能给问题的解决带来实质性的进展,只会无端产生暴力事件。罢工从表面上看来轰轰烈烈,而实际上不过是一个无意义的混乱场面。从这部作品中可见作家对于南美洲工人运动缺乏深刻的认知与理解,对于产生罢工的真正原因以及社会发展的规律缺乏足够深入的了解与反思。

2001年,奈保尔的另一部长篇小说《浮生》发表。这部被誉为带有自传性质的小说获得了文学界的众多关注。小说以20世纪上半叶所发生的故事为背景,讲述了主人公威利的父亲与英国畅销书作家毛姆相识。此后,威利的梦想便是去英国读书。父亲得到毛姆的帮助,将威利送往英国。威利来到英国后,迅速融入了当地的生活,并取得了些许成就。他将伦敦视为世界的中心,在这里能目睹世界的风云变幻,遇见各种大人物,好像自己也与这个世界的变化发生着关联。但是,这样的日子没能持续多久,随着种族歧视的思想在英国社会不断扩散,威利只能随着女友前往非洲。来到非洲之后,威利苦不堪言,他无法适应这里的生活。在威利看来,非洲是一片远离世界中心的野蛮之地,这里的一切都让威利感到绝望与无力。威利并不甘心留在非洲,他想尽一切办法并顺利回到了欧洲。在这部作品中,体现了奈保尔对英国文化的认同,反映了作家的文化观念与价值倾向。

2003年,长篇小说《魔种》出版发行。小说的主人公仍然是威利,故事则是从威利回到柏林写起,描写了威利在迈入中年之后的人生经历与感悟。小说的叙述延续了奈保尔一贯的平实与克制,通过威利的人生经历与对话,小说呈现了作家对于历史和现实政治问题的反思。

奈保尔一生笔耕不辍,作品以小说为主,也有游记、文学批评、回忆录等。其中1980年发表的历史散文随笔集《伊娃·贝隆的归来》是作家重要的散文著作,该作品集收录了包括《迈克尔·X与特立尼达黑人力量的杀戮》《伊娃·贝隆的归来》《刚过新王:蒙博托与非洲虚无主义》和《康拉德的黑暗》四部重要的历史随笔。此外,奈保尔的另一些重要小说包括《模仿人》(1967)、《自由国度》(1971)、《游击队员》(1975)等。

二、《河湾》

《河湾》被认为是奈保尔长篇小说的代表作。小说以20世纪后期为创作背景,讲述的是在非洲民族独立运动之后,一个非洲内陆国家在后殖民时代所经历的磨难,反映了特殊时期国家的变迁和处境。

《河湾》一共分为《第二次反叛》《新领地》和《大人物》几个部分。小说以主人公萨林姆进入这个非洲内陆国家为开篇,记录下萨林姆的所见所闻,展现了刚刚独立出来的国家所面对的各种问题:军阀割据、战事频发、民不聊生的政治现状。当主人公来到这片非洲土地之后,发现这个国家混乱不堪。虽然殖民者被赶出了这个国家,旧的建筑被清除,但是新的国家秩序还没有被建立起来。人们生存在混乱的环境中,忍受这个初生国家的种种磨难。萨林姆来到一个河湾小镇,最开始他做点小买卖,因此他有机会更加深入地了解这个国家。随着萨林姆对社会理解的加深,他开始意识到国家虽然在政治上已经独立,不过在其他方面却没有得到建立与完善。这个国家非常地不稳定,人们得不到安稳的生活,无法立业兴邦;孩子们无法上学,得不到完整的教育;甚至许多人都无法生存,连基本的生活保障都没有。来到这里的商人只管攫取利益,青年人游荡在街头而无所事事,这里的一切都显得毫无秩序。萨林姆感到十分失望,他最终离开了这个河湾小镇。

从创作思想上来看,《河湾》是一部具有强烈批判色彩的现实主义小说,作品中对现实社会的描摹,以及对人物和情节的刻画都将后殖民时代非洲国家所面临的困境呈现得淋漓尽致。

首先,奈保尔在小说中描写了后殖民时代非洲国家所面临的混乱局面。在旧的秩序被摒弃,而新的秩序又没有建立起来时,国家陷入了动荡不安的局势之中,人们的内心浮躁而又无安全感。在相对落后的非洲国家,人们只懂得依靠战乱和不断地征服来取得片刻安宁。但是这些获胜的部落没有英明的领袖,只有野蛮的管理制度,最后只能被中央军事力量所镇压。但是当局的统治者对过去殖民者的统治手段耳濡目染,在获得权力之后,他们就开始沿用殖民者的统治手段来管理新生国家。在书中奈保尔写道:"这些人带着枪,开着吉普,四出猎象牙、偷黄金。象牙、黄金——再加上奴隶,就齐了,和过去的非洲没什么两样。要是有奴隶市场,我敢说他们一定会涉足。"

其次,奈保尔在小说中细致描绘了新独立国家的经济结构,批判了大资产阶级的冷漠和对国家财富的肆意霸占。小说中的主人公萨林姆属于中小资产阶级,他有一定的生活资料,可以过上相对稳定的生活,但是与大资产阶级相比,萨林姆则无法参与国家的政治事务,在经济上也需要依赖前者生存。另一位人物扎贝思则是非洲本土经济的代表。扎贝思没有工作,她从萨林姆的店里购买一些日常生活用品,然后再转卖给其他非洲人。她一天的劳作只能保证她的温饱,并没有太多的富余。除了扎贝思之外,还有更多的非洲本土居民生活困苦不堪、食不果腹。这样的社会经济结构,导致了大资产阶级只占社会顶尖的一小部分,而众多的底层劳动者是基数庞大的一个阶级。

再者,奈保尔在小说中对非洲本地统治阶级进行了深刻的批判。小说中,这个新成立的国家迎来的第一位总统是一个拥有强烈权力欲望的人,他只顾攫取自己的利益,并不关心如何治理好这个国家。这样的统治导致了贫富差距进一步拉大,经济萧条,人们生活异常艰难。面对这样的社会情况,统治者熟视无睹。甚至为了一己之私,投入巨大的人力物力开辟新土地,建设拥有现代化设施的大楼。

最后,奈保尔还呈现了后殖民时代非洲独立国家所面临的关于文化价值体系建设的困难。小说中,马赫士的经历很好地反映了这一状况。马赫士从本质上说是一个善良的人,他对妻儿照顾有加,履行作为丈夫与父亲的职责;但是另一方面,他在现实社会中是一个做非法生意的商人。马赫士曾坦言在这个国家你已经分不清做什么事才是合法的。如此混乱的局面,让人失去了原有的健全的价值观念,走入了唯利是图、尔虞我诈的道路。

从艺术表现手法上来看,《河湾》展示了作家深厚的英国文学功底,从他冷峻、严厉的笔锋中,可以窥见后殖民时代新生的非洲国家中存在的黑暗、丑恶和不公。奈保尔善于在平淡的情节中刻画人物性格、着墨不多,却耐人寻味。

《河湾》的叙事结构十分精巧,以萨林姆进入河湾小镇为故事的开头,又以萨林姆离开小镇作为故事的结局,前后呼应,形成了一个完整的叙事框架。萨林姆作为叙事的关键人物,作家以萨林姆的生活为主线,展现了社会的全貌。作为外来移民的萨林姆是一个独特的叙事角度,他可以以局外人的眼光发现和批判社会中的阴暗与丑恶;此外,他作为一个生活在河湾小镇的居民,又不得不与当地的人们有所联系,这就使得萨林姆通过与当地人扎贝思的生意来往中深入了解非洲本土居民的生活。萨林姆在小说中还拥有众多身份,他是非洲青年费尔迪南的监护人,通过他与费尔南迪的交流可以反映当地青年的思想状况与生活;他还结识了白人女性耶韦特,通过他与耶韦特的相处,可以窥视非洲上流社会的生活;他拥有英国护照,可以随时回到英国,通过他的所思所想可以了解欧洲世界与非洲本土之间的冲突与融合。

从创作风格来看,《河湾》延续了奈保尔平实的叙事风格,用冷静克制的笔调记录下后殖民时代非洲国家的现状与所面临的问题,具有深刻的批判精神。奈保尔对移民以及对殖民问题的关注,使得他能将一个虚构的故事放置于真实的历史背景之中。虽然奈保尔在小说中呈现的反思还不够深刻,他的思想也存在一定的局限性,但是他对新生非洲国家的描写却与真实状况基本一致。在奈保尔看来,这些非洲国家从被殖民到真正独立,仍需要一段漫长的过程。一个国家的独立不仅仅是政治上的独立,还需要经济、文化的独立,建立起适合自己国家的政治、经济、文化新秩序。

奈保尔在《河湾》中有对移民问题的反思,有对殖民问题的思考,在20世纪的文学史中具有独特的地位。小说仍然采用了文学反映现实、描绘现实的文学传统,对现实世界和真实生活进行详尽的描绘和深刻的批判。从这个意义上来说,《河湾》带给读者的启示不局限于文学的意义,也不局限于其艺术表现形式,更多的是作家在反思人类与世界的现实问题上所做的努力与尝试。

第十章 现代主义文学

第一节 概述

20世纪现代主义文学孕育于19世纪下半叶,是对有悖于传统文学特点的各种文学思潮流派的总称,成为20世纪文学的主流。

一、现代主义文学产生的历史文化与基本特征

现代主义文学可以分为狭义的和广义的概念。狭义的现代主义文学概念,是指20世纪50年代之前出现的现代主义文学和思潮流派。广义的现代主义文学,是指迄今为止的所有现代主义文学艺术思潮流派。现代主义文学的源头可追溯到1857年波德莱尔发表的《恶之花》,至19世纪90年代形成以魏尔伦、兰波和马拉美为代表的前期象征主义。20世纪以来至二次世界大战结束,为规范的现代主义,也被称作正宗的现代主义,主要文学思潮流派有表现主义、未来主义、后期象征主义、超现实主义、意象派、意识流小说等。20世纪50年代以来为后现代主义文学,主要的文学思潮流派有存在主义、垮掉的一代、荒诞派戏剧、黑色幽默、新小说派、魔幻现实主义文学等。后现代主义既是对现代主义的延伸和发展,又是对现代主义的超越和悖逆。两者在哲学思想、审美观念和表现技巧方面有明显的区别。本节阐述内容主要是指广义的现代主义文学,包括现代主义文学与后现代主义文学。

现代主义文学的出现是西方社会历史发展的必然产物。20世纪上半叶的两次世界大战,在中小资产阶级知识分子中引起强烈震动,18世纪启蒙主义以来资产阶级所推崇的"自由、平等、博爱"在战争中灰飞烟灭,几百年来西方社会的精神支柱丧失,人们失去了信仰。传统价值观、审美观、伦理道德观丧失。而战乱的灾难,经济危机,劳资冲突,核恐怖以及各种社会矛盾接踵而至,给人类带来了新的精神危机,给那些既敏感又正直的作家心灵造成严重的创伤,使他们产生种种怀疑和忧虑。"上帝死了",人们处于迷惘和困惑之中,灾难感、恐惧感、孤独感、忧郁感到处蔓延,现代人被称为"迷惘的一代"。在科技发展,物质文明提高的同时,人性异化现象也随之出现。在物质面前,人成为了非人。从19世纪末的资本垄断到20世纪形成的高科技电子时代,人与社会、人与自然、人与人、人与自我的关系进一步异化扭曲。西方社会的异化现象,反映出现代社会物质文明与精神文明的尖锐矛盾冲突。科学技

术上的乐观主义和社会生态上的悲观主义之间的矛盾,物的独立性和人的被奴役性之间的矛盾,成为现代欧美社会十分严重的问题。作为一种意识形态,现代主义文学全面反映和表现了这种异化现象。

现代主义文学产生的哲学基础是以非理性主义为核心的唯心主义。主要有叔本华的唯意志论、尼采的超人哲学、柏格森的生命哲学、弗洛伊德的潜意识学说、克罗齐的直觉主义、胡塞尔的现象学、萨特的存在主义等等。这些理论相互交融,承接演化,汇合成现代主义反理性哲学体系,对现代主义文学艺术思潮产生了巨大的影响。

叔本华(1788—1860),德国哲学家,被认为是存在主义的先祖。他认为自然界只是现象,"意志"才是自然界的本质,创立了"世界就是我的意志"的唯意志论。叔本华在阐述反理性主义和神秘主义的同时,宣扬悲观主义。他认为人生不过是意志的幻影,是空虚的,没有价值,人生是一场漫长的悲剧,充满噩梦和痛苦。人生要解除痛苦,就要抑制欲望,否定生命,否定意义,进行哲学研究、艺术直觉和人生涅槃,进入虚无之中。

柏格森(1859—1941),法国哲学家。生命哲学和现代非理性主义的主要代表之一。1928年获诺贝尔文学奖。柏格森的生命哲学认为,生物进化的过程,是意志的创造过程,其中,生命冲动是唯一的实在。生命是一个不断地实现着的"生命冲动"的洪流,并在生命冲动的"绵延"(即真正的时间,心理时间)中得以表现出来,它是唯一的存在。这种生命冲动或绵延是随生命而来的,不能靠理性去认识。他的直觉主义理论则提出,理性和科学无法把握实在,认识生命,只有直觉才能把握这种不可言传的内心体验。它使主客体融为一体,是非理性的。直觉"能够朝向事物的内在生命的真实的运动"。直觉的过程是一个超越感性、理性、实践的过程。

弗洛伊德(1856—1939),奥地利精神病学家、心理学家、精神分析学派的创始人。重要著作有《梦的解析》《精神分析引论》《创作家与白日梦》等。弗洛伊德发展了美国心理学家詹姆斯的"意识流"理论,并使之具有具体的意识内容。他的理论对文学及其作家产生重大影响的,主要表现在三个方面:第一,意识的三层次:弗洛伊德将人的意识,进一步细分为显意识(意识)、前意识(下意识)、潜意识(无意识)三个层次。十分注重人的潜意识。第二,人格的三重结构:弗洛伊德将人格看成由本我、自我和超我三重结构组合而成。本我("伊得"):人最原始的,与生俱来的本能,遵循实现生命的最基本原则,"快乐原则";是人的潜意识的表现。自我:为使生命适应环境而得以生存,就须考虑外部现实,即环境,或适应,或成为环境主人,从社会获得所需要的一切,受"现实原则"的支配。超我:由理想和良心组成,代表人的道德标准,代表着理想而不是现实的东西,要努力达到的是完美而不是快乐,遵循"至善原则"。三者是相互作用、相互混合、相互转变的,一旦失去平衡,就会产生精神疾病。第三,创作的三动因:首先,创作是白日梦,"自我"是作品中的主角。现代小说作家用自我观察的方法将"自我"分成许多个"部分自我"。结果,就使他自己精神生活中冲突的思想在几个主角身上的得到体现。把梦中的自由联想与艺术的想象联系起来,强调表现无意识部分。其次,创作源于游戏,是孩提时的游戏的延续。再则,创作动因不是现实对人的作用,而是"里必多"即性。本我追求"快乐的激动的目的",然而本我在现实化了的"自我"和道德化了的"超我"的抑制下,就不得不被压抑到无意识深处。要想让这种被压抑的欲望(主要是里必多)释放出来，就得找一种合法巧妙的途径。文学作品是这种纯属本性冲突的"升华"的结果，这样，被压抑的本能冲动改变发泄途径，转向社会所允许、所不厌恶的活动中去得到变相的、象征性的满足。主人公的形象并非来自对社会生活的深入、体验和观察，而是通过其自我活动和升华得到塑造的。升华是一种本质的转移，即本能的发泄由生物性转移到社会及现实中去，使之得到一种补偿。如果这种转移在一般领域中进行，叫"转移"，转移到比较高级的文化领域中，叫"升华"。

现代主义文学的主要艺术特征表现为：

1. 现代主义文学具有反理性主义，非理性化特征。现代主义作家深受现代哲学思潮的影响，反对用理性来认识事物，主张靠一种直觉，即排除分析的不可言传的内心体验来认识事物，而不是依据理智的分析，从现象到本质地认识真理和真实。作家们公开宣称，只有人的直觉，即具有直觉性的本能，才能认识真理和真实。理性是没有意义的。现代主义作家所热衷的潜意识，性本能，梦境幻觉，不受理性控制的自动写作，意识流方式展示内心心理等，无不具有非理性特征。

2. 现代主义文学注重表现人性异化、非人化现象。现代主义作品中，人物常常是抽象的人，不是典型环境中的人，不是性格典型，是人的原型，非典型化的。克伦威尔说，传统派与现代派文学二者的区别在于"人是人还是虫"。从人物造型看，现代主义作品中人物的崇高地位、巨大作用消失，人物与世界是隔绝的，对世界是无能为力的，人物形象是不完整的，举止言谈充满荒诞性，性别混乱，外表不清，较多表现白痴、罪犯。虽是人，但却如同昆虫一样。揭示现代社会使得人性异化，人对社会和环境的荒谬，已是麻木不仁。

3. 从作家对现实社会生活的态度看，传统与现代主义作家都要反映现实描写社会，但具体表现是不一样的。传统作家多从社会学的角度来写，人是社会关系的总和，从社会人的立场来批判社会，目标具体、明确。文艺复兴对神学封建的批判，莫里哀对伪君子的鞭挞，启蒙主义为资产阶级登上历史舞台鼓吹呐喊，巴尔扎克对金钱的批判，有破有立，其中蕴含着作家的理想和追求。现代主义作家则是从个人角度，以局外人身份，对社会作笼统的攻击，不知批判什么，又什么都批判，是一种笼统、抽象的批判，否定一切。给人以无目标，不明确，不具体，同时又是对社会全盘否定的感觉。社会人生虚无如梦，仅仅是一个"白日梦"，什么结果也没有。作家们将梦境、错觉、幻觉、记忆、潜意识内容当作生活真实加以展示描写。

4. 从文学艺术观的角度看，现代主义文学是以表现论为基础的，以表现论代替了反映论，认为外观、外部世界的杂乱无章无规律可循，文学作品反映的不应是详尽的外表，他们不承认客观外在世界的现实性和真实性，只承认一种称之为"内心的现实"，"心理现实"的内容，认为这是一种"纯粹的真实"或"最高的真实"。在深刻的精神危机和广泛的心理异化、社会现实与人性人情严重的脱节面前，现代主义作家对外部世界充满了迷茫与失望，他们不再像传统作家那样去关心、反映、描写社会现实，转而注重对内心心理的表现。袁可嘉先生指出："所谓'表现法'是指现代派作家主要用歪曲客观事物的方法来曲折地表现自己的思想感情，而不像浪漫主义那样描写客观事物或直抒胸臆，更不像现实主义者那样忠实于客观世界的细致描绘。"

5. 从现代派文学的表现手法看，现代派文学表现手法各有不同，每个流派都有自己所提倡的表现手法,但从整体取向看,主要是象征、意识流和荒诞。象征意象的暗示性、朦胧性和个性化的特点,在现代主义文学中尤为明显,直接表达对客观世界的主观感悟,不注重象征物与被象征物之间的客观联系,意蕴丰富深远,其艺术表现也更为灵活多样。"意识流"作为一种作家创作的心理定势和审美思维模式,作为一种写作手法和写作技巧,为不同的作家作品所广泛运用,被写作界誉为"不朽的詹姆斯的不朽的表达方法"(劳伦斯)。"意识流"所强调的是表现人物内心真实,展示人物的主观感受、印象和各种意识流动过程,注重显示人物的潜意识内容,常常表现出跳跃无序的自由联想特征。现代派作家认为要表现现代人的现代意识,就必须竭力挖掘和发现人的潜意识、下意识,创立了"自由联想,内心独白,时空错乱"三大创作手法。荒诞是贯穿现代主义所有流派与作品的又一大特色,从某种角度来说,荒诞成为了现代主义文学的代名词,现代主义作家通过非理性的、不合逻辑的极度夸张、变形,采用魔幻和寓言的形式,来表现对客观世界的主观感受。认为荒诞就是真实,就是本质,就是现实。于是以虚幻怪异的荒诞方法,将梦幻与真相,神话与现实,客观内容与主观想象混淆在一起,以表现世界的荒谬、人生的痛苦以及人性的异化。

二、现代主义文学发展概况

象征主义文学。20世纪早期,象征主义的影响越出法国,在欧美广泛流行,继而在20世纪20至40年代形成具有国际性影响的后期象征主义流派。后期象征主义跳出个人情感的小圈子,努力表现社会的与时代的总体精神。在创作方法上,从简单象征发展到意象象征,从个别象征发展到普遍象征,以揭示普遍的真理,从情感象征发展到情感与理智并举,具有思辨性与哲理性。后期象征主义在文学上的主要成就是诗歌创作。威廉·勃特勒·叶芝(1865—1939)是爱尔兰诗人。他在继承前期象征主义传统的基础上,将民族性与现实性带进了象征主义诗歌领域。他成熟时期的诗歌具有现实主义、象征主义和哲理诗三种因素。叶芝的著名诗作有《茵纳斯弗利岛》(1890)、《基督重临》(1921)、《丽达与天鹅》(1923)、《驶向拜占庭》(1927)和《拜占庭》(1930)等。《驶向拜占庭》一诗以游历拜占庭来象征精神的探索,表达了对物质文明的厌恶与对西方世界精神与理性复归的企盼之情。诗的象征意象坚实而明朗,物质意象和观念意象和谐统一,富有哲理性。1923年,叶芝获诺贝尔文学奖。保尔·瓦雷里(1871—1945)是法国诗人,被誉为"20世纪法国最伟大的诗人"。他在诗论著作《纯诗》中主张诗的极致是思想而不是物象。他的诗歌往往以象征的意境表达生与死、灵与肉、永恒与变幻等哲理的主题。长诗《海滨墓园》(1920)是他的代表作。诗中写诗人在海滨墓园沉思有关存在与幻灭、生与死的问题,得出了生命的意义在于把握现在、面对未来的结论。长诗巧妙地运用海、太阳、白帆、涯岸、铁栅、风等象征体,表达神秘与静穆、绝对与永恒、圣灵与信徒、生与死等多种哲理性概念。诗中采用古典形式,格律严整,音乐性强,显得含蓄隽永。这是瓦雷里最富有哲理、最充满抒情性的一个诗篇。此外,《年轻的命运女神》(1917)也是瓦雷里的著名诗篇,《幻美集》(1922)是他的短诗集。莱纳·马利亚·里尔克(1975—1926)是奥地利诗人。他在注重诗歌的哲理性、音乐性的同时,引进了刻画精细的雕塑美,他的创作从单纯直接的主观抒情转向重视对客观事物的精确观察,从中获得直觉形象,借以象征人的主观感受。他的代表作是诗集《杜伊诺哀歌》(1922)和《致奥尔弗斯的十四行诗》

(1922),这两部诗集在许多隐晦离奇的客观物象中,交织着诗人的探索、失望、恐惧、忏悔等内心感受,哲理性很强,且具有雕塑美、音乐美。莫里斯·梅特林克(1862—1949)是比利时象征主义诗人和剧作家。他的代表作《青鸟》(1908)通过兄妹俩寻找青鸟的故事,表现了对现实与未来的乐观态度和美好憧憬。青鸟既象征大自然无穷的奥秘,又象征人类的幸福。全剧借助象征手法,将抽象深奥的观念在美丽的梦幻仙境中得以铺展阐释,具有童话的优美。1911年,梅特林克获诺贝尔文学奖。埃兹拉·庞德(1885—1972)是美国意象派诗人。意象派诗歌作为象征主义诗歌的一个分支,象征意象的呈现更为直接,诗歌更为简洁明快。庞德早年对中国古典诗歌十分推崇,并深受影响。他主张以客观准确的意象代替主客之间的情绪表达,认为"准确的意象"能找到它的"对等物"。如他的短诗《在一个地铁车站》(1913)就是这种理论的最好例证,"这几张脸如幻影般在人群中闪现,湿漉漉的黑树枝上花瓣数点",将生活在大都市人的拥挤烦闷以及嘈杂孤独的内心感受一下子象征性地呈现了出来。长诗《诗章》(1917—1959)作为代表作,在庞德创作中占有重要地位。庞德的诗歌创作和诗歌理论推动了英美现代派诗歌的发展。托马斯·艾略特(1888—1965)是象征主义的重要代表作家,他的代表作《荒原》成为20世纪诗歌的里程碑式作品,影响深远。俄国的勃洛克(1880—1921)、巴尔蒙特(1867—1942)和勃留索夫(1873—1924)也是后期象征主义的重要诗人,勃洛克的《十二个》(1918)以象征的手法抒写了崭新的主题。

表现主义文学。表现主义于20世纪初产生于德国,而后蔓延到欧美各国,是一个具有广泛影响的现代主义文学流派。表现主义文学善于透过事物的外层表象,展现内在的本质,从人的外部行为揭示内在的灵魂;善于直接表现人物的心灵体验,展现内在的生命冲动。表现主义的流行是对注重外客观事实描写的现实主义和自然主义的反拨,它的反叛精神对其他现代主义流派产生了直接而深远的影响。奥地利的弗朗茨·卡夫卡是表现主义的代表作家。此外还有美国的尤金·奥尼尔(1888—1935)、瑞典的奥古斯特·斯特林堡(1849—1912)、奥地利的格奥尔格·特拉克尔(1887—1914)、弗朗茨·韦尔弗(1890—1945)、捷克的卡莱尔·恰佩克(1890—1938)等。奥尼尔是表现主义戏剧的代表作家,他是从现实主义走向表现主义的。他的戏剧注重表现人与生存环境的斗争和对自身价值的追寻,善于用"思想外化"手法揭示人的复杂心理和精神状态。斯特林堡是表现主义戏剧的代表,他的创作从现实主义走向自然主义,又从自然主义走向表现主义和象征主义。他的《到大马士革去》(1898—1904)是最早的表现主义戏剧。该剧通过主人公内心独白、梦幻与现实的混合表现人物内心精神的发展历程。《鬼魂奏鸣曲》(1907)让死尸、鬼魂和人一起登场,以荒诞的情节、离奇的舞台形象,揭示现代西方社会人与人之间的巨大隔膜和欺骗性。恰佩克是一位科幻小说家和戏剧家。他善于用虚构的情节和戏剧冲突,揭示现实中的矛盾,通过动物或某种幻想的形象来讽刺社会生活中的丑恶现象。科幻小说《鲵鱼之乱》(1936)运用虚幻、讽喻、象征等多种手法,描绘了法西斯势力的发展过程,表现了作者对人类命运的担忧和鲜明的反法西斯立场。小说把幻想与现实巧妙地结合起来,在讽刺性的夹叙夹议中阐发主题。他的《万能机器人》(1920)也是表现主义小说的著名作品。

未来主义文学。未来主义是20世纪初从意大利流行到欧洲各国的现代主义文学流派。它的基本特征是:否定传统文化,主张彻底抛弃艺术遗产和传统文化;歌颂机械文明和都市混乱，赞美"速度美"和"力量"；主张打破旧有的形式规范，用自由不羁的语句随心所欲地进行艺术创造。未来主义有明显的文化虚无主义倾向，但它的创新性试验却丰富了文学创作的表现手法。意大利的菲利波·托马索·马里奈蒂(1876—1944)是未来主义的创始人和理论家。他在1909年发表的论文《未来主义宣言》是这一流派诞生的标志。他提出了一整套反传统的理论，在文学创作的方法与技巧上提出了标新立异的主张，如"毁弃句法""消灭形容词""消灭副词""消灭标点符号"等，还主张在文学中模拟音响，插入数学符号，引进"声响，重量和气味这三要素"，尽情发挥"自由不羁的想象"等。在马里奈蒂的倡导下，意大利未来主义迅速发展。马里奈蒂在剧本《他们来了》中实践了自己的理论主张。全剧无情节、无人物、无高潮，总共才几百个字、三四句台词。该剧对后来的荒诞派戏剧有较深影响。马里奈蒂以后参与法西斯党活动，成了墨索里尼的帮凶。法国的纪尧姆·阿波利奈尔(1880—1918)是一位从浪漫主义转向未来主义的诗人。他尝试把诗歌创作同绘画、音乐、声响结合起来，并借鉴立体主义绘画的技法，创立了"立体未来主义"。他的代表作《醇酒集》(1913)努力摆脱传统诗律的束缚，重视诗歌内在的节奏和旋律，而开辟了现代诗的结构方向。俄国诗人马雅可夫斯基(1893—1930)的一些早期创作也属于未来主义的作品，如《穿裤子的云》(1915)等。赫列勃尼科夫(1885—1922)也是俄国未来主义的重要诗人。

超现实主义文学。超现实主义是两次世界大战之间从法国流行到欧美的现代主义文学流派。超现实主义是从达达主义发展而来的，它试图将文艺创作从理性的樊篱中解放出来，使之成为一种自发性的心理活动过程，以表现一种更高更真实的"现实"，即"安德烈·布勒东超现实"。超现实主义文学一般具有下列一些特征：强调表现超理性、超现实的无意识世界和梦幻世界；主张用纯精神的自动反应进行文学创作，广泛使用"自动写作法"和"梦幻记录法"进行创作，具有晦涩艰深的风格；追求离奇神秘的艺术效果。超现实主义对后来的荒诞派、黑色幽默和魔幻现实主义产生了重大影响。法国的安德烈·布勒东(1896—1966)是超现实主义的创始人和理论家。1919年，他与苏波合作写了第一部超现实主义的小说《磁场》，探索了"自动写作"的经验与方法。随后，他于1924年发表《第一号超现实主义宣言》，提出了超现实主义的理论主张。他提出的所谓"自动写作"，就是在创作时排除一切理性的道德考虑和审美选择，不受事实、逻辑的约束，记录下头脑在自在状态下的感受、幻想和直觉，使潜意识摆脱现代文明和传统的束缚随心所欲地外泄出来。代表作《娜佳》(1928)就是按照超现实主义手法创作的小说。小说写作者与娜佳相遇，向"我"揭示了超现实世界，这个超现实世界就是作者浮光掠影地写出的一些记忆。作品中没有连贯的情节、鲜明的形象，充满了意象与文字的自由组合，思绪跳跃，集中体现了"自动写作"的特色。法国的路易·阿拉贡(1897—1982)和保尔·艾吕雅(1895—1952)也是超现实主义的重要作家。

意识流小说。意识流小说是20世纪二三十年代流行于英、法、美等国的一种现代主义文学流派。意识流小说不重视描摹表现人的意识流程，从而打破了传统小说的叙事模式和结构方法，用心理逻辑去组织故事。在创作技巧上，意识流小说大量运用内心独白、自由联想和象征暗示的手法，语言、文体和标点等方面都有很大的创新。意识流的创作方法以后被现代作家广泛采用，成了现代小说的基本创作方法。代表作家有普鲁斯特、福克纳、伍尔夫、乔伊斯等。法国的马塞尔·普鲁斯特(1871—1922)是意识流小说的先驱。普鲁斯特从他的老师柏格森那里接受了真实存在于"意识的不可分割的波动之中"的观点,形成了"主观真实论"艺术观。他认为,描写事物真实面貌的传统现实主义离现实甚远,因为它粗暴地切断了以下三者之间的沟通:我们现时的自我;保留其本质的过去的对象物;鼓励我们再度寻求其本质的未来的对象物。普鲁斯特把"真实"分为外在的客观真实和内在的主观真实,而后者是"唯一的真实"。长篇巨著《追忆逝水年华》(1913—1922)是普鲁斯特的代表作。全书共7部15卷,通篇以回忆联想的方式表现主人公马赛尔复杂而真实的内心世界,展现了"我"30年"流水年华"中人生的悲欢苦乐。小说把"消逝的时光"与"重现的时光"交织在一起,将人物的主观意识、印象、感觉乃至潜意识活动连成一体,传统的物理时间被心理时间所取代。小说摒弃了传统小说的结构形式,没有完整的情节发展和典型人物性格,主要以回忆和梦幻的表现方式展示主人公的内心世界。这部小说是普鲁斯特"主观真实论"最成功的实践。美国的威廉·福克纳(1897—1962)是意识流小说的杰出代表作家之一,长篇小说《喧哗与骚动》(1929)是意识流文学的代表性作品,1949年获诺贝尔文学奖。英国女作家弗吉尼亚·伍尔夫(1882—1941)也是意识流小说的重要代表。她致力于小说形式的革新与探索,认为文学应描写人的内心世界和个人感受。她在运用第三人称的间接内心独白表现人物意识方面取得了突出成就。《墙上的斑点》(1919)是她的第一部意识流小说。作品写一个妇女把爬在墙上的蜗牛当成一个斑点,并由这个弗吉尼亚·伍尔夫斑点产生了种种联想。《达洛维夫人》(1925)和《到灯塔去》(1927)是她成熟的意识流小说。《到灯塔去》是一部自传体小说,全书以"窗""时光流逝"和"灯塔"三部分再现了作者双亲的形象和自己童年的生活情景。小说用象征手法表现人物的深层意识。"窗"是人物意识显现的窗口;"灯塔"是希望、理想和信仰的象征。这个作品的深度在于深入细致地表现了人物的思想和情感活动。英国的詹姆斯·乔伊斯(1882—1941)是著名的意识流小说家,他的代表作《尤利西斯》成为了意识流小说的经典,有意识流小说创作百科全书之称。

三、后现代主义文学产生的历史文化与基本特征

后现代主义是20世纪50年代以后在欧美各国出现的各种文化潮流的总称。它涉及哲学、社会学、文学艺术、美学评论、语言学等领域。后现代主义文学主要是指第二次世界大战以来,对现代主义文学继承发展同时又背离和超越的文学现象。它在70—80年代达到高潮。20世纪50年代以来,科学技术迅猛发展,人类进入了以电子计算机为核心的第四次技术革命,即电子技术时代。科学技术领域的空前扩张,深刻地影响乃至规范着人类的行为和价值观念。科学的成就使一切事物失去了神圣性、神秘性和历史性。知识和教育、科学和信息成了后工业社会的中心。另一方面,50年代以后,世界大战的危机重重,局部战争连绵不断,热核战争的阴影笼罩,东西方冷战和贸易大战持续不断,西方人由恐惧绝望的悲观主义,转向吸毒、斗殴、性解放、摇滚乐的激进主义,企求在疯狂的宣泄中解脱自我。人们放弃了偏执的信仰和绝对的社会目标,不愿再承担政治家、哲学家的重任,形成了多元的生活准则。价值的变异,自由的变态,各种解放运动的风行,全球范围的分裂和派系倾轧,恐怖主义肆意嚣张,虚无主义、无政府主义盛行,构成了一幅没有权威,丧失中心,处于分解状态的世界图景。社会心理的随意性和多样性,成为了后现代社会的主要特征,极大地影响着后现代

文学。

　　后现代主义文学的主要哲学基础是非理性主义,除受柏格森的直觉主义、生命哲学和弗洛伊德的精神分析学说等的影响外,主要是受以海德格尔、萨特为代表的存在主义和以德里达为代表的后结构主义(解构主义)的影响。另外,诸如现象学、阐释学、分析哲学、法兰克福学派等,都不同程度地对后现代主义文学作家产生过一定影响。

　　法国的存在主义哲学家海德格尔(1889—1976)从本体论角度提出了"此在"学说,他把个人及他人、外物的存在合称为"此在在此",建立了一元(浑然一体)的"生存本体论"。认为人要解放自我,超越自我,只能依赖"思"(即悟),"让此在摆脱沉沦的自由的存在","让存在揭去晦蔽,敞开、澄明"。人只有处于挫折、厌恶、孤寂、烦恼、畏惧,以至面临死亡时,才能获得这种领悟和体验。他称这样的"思""是存在的思",是对存在的本质把握。后期的海德格尔进一步认为,人的本质内在体验或思想是通过语言来实现的,提出了"语言是存在之家"的学说。并认为诗是说出不可说的存在的语言的最好途径。"诗就是通过语词的含意,捐赠出存在"。诗人摆脱了他人与外物的羁绊,达到人神对话的境界,从而获得了真正意义上的完全自由。

　　法国存在主义哲学家萨特(1905—1980)是人道主义存在主义的集大成者,其理论观点可概括为存在主义的三大哲学命题:其一,"存在先于本质"。认为是先有人的存在、露面、出场,后来才说明自身,形成本质。他说:"'存在先于本质'意味着人首先存在着,遇到他自身,涌现在世界上,然后他才给自己定性。"人是照自己的意志而造成他自身的,是投入存在以后,自己造就的。其二,"世界是荒谬的,人生是痛苦的"。在失去主宰、丧失理性的社会及错综复杂的人际关系中,一切都是偶然的、荒诞不经的,人与人之间勾心斗角,尔虞我诈,"他人就是地狱",人生是荒诞的,现实是令人恶心的,每个人都是荒诞冷酷世界中的一个孤独痛苦的人。其三,"自由选择"。面对荒谬的世界,体验人生的痛苦,在特定的境遇中,人有选择的权力和自由,认为"人的意志的绝对自由"是人的生存本质的核心,体现出拯救人类的人道主义思想。

　　德里达(1930—2004),法国后现代主义哲学家,后结构主义(解构主义)的核心代表人物。其主要理论主张:1. 解构中心。从反对"逻各斯中心主义"出发,否定传统的二元对立论理论。认为一切绝对的、恒定不变的关系是不存在的,应该是一种无中心的、开放的、动态可变的、可以消解或解构的关系,它们之间存在既彼此区分,又相互推延的对立或差异关系。德里达称之为"延分"。2. 解构结构。否定文学作品内容的完整性与确定性,反对深度模式。认为"文本不再是完成了的作品资料体,内容封闭在一本书里或字里行间,而是一个区分网络,一种踪迹的织体,这些踪迹无止境地涉及它自身以外的事物,涉及其他区分的踪迹"。认为一切结构都是为"目的""中心""意义"服务的,具有极大的偏见性与不合理性,主张结构的开放性、多元性与任意性。3. 解构文本。反对文本的确定价值评定和对终极意义的关怀。认为一个文本的内容意义和形式表现,都依赖和借鉴于其他文本,具有一种替换、补充的属性,文本永远是一系列网络中运动的"踪迹",最终的完全独立的文本是不存在的。4. 解构阅读。德里达认为,传统的阅读方式目的在于寻求真理,忠实译解作者的原意,以求读者与作者的沟通,这样,读者就沦为了作者的奴仆。他主张把阅读当作是寻求快慰的游戏。认为文艺作品的阅读和欣赏不在于深究原意和本意,而是误读。强调发挥读者的主观创造性,寻找文本中的歧义点,嫁接上自己的理解以及所需要的内容,使文本内容增扩并产生出新的意义。即意义的"播撒"。

　　后现代主义文学是对现代主义文学的继承、超越和背离,它们都以非理性主义为基础,表现出激烈的反传统倾向。相比之下,现代主义文学在摒弃传统文学以"反映论"为中心的创作原则之后,又试图建立起以"表现论"为中心的新规则和范式。而后现代主义则把反传统推向极端,不仅反对现实主义旧传统,也反对现代主义新规则。否定作品的整体性、确定性、规范性和目的性,主张无限制的开放性、多元性和相对性,反对任何规范、模式、中心等等对文学创作的制约。甚至试图对小说、诗歌、戏剧等传统形式及至"叙述"本身进行解构。对于后现代主义文学现象尽管见仁见智,众说纷纭,但从作家们的理论主张及创作实践中,我们还是可以看出其整体上的一些艺术特征:

　　1. 在文学与社会人生的关系上,后现代主义不再试图去表现对世界的认识,既不像现实主义那样冷静地观察批判外部世界,也不像现代主义那样地去痛苦地感悟内心自我。它注重展示主体生存状况,认为世界是荒谬无序的,存在是不可认识的。对事物的本来因素,对社会,对客体,对人只作展示,不作评价,不强加预先设定的意义,其审美价值与内涵让读者去思索归纳。不仅不相信外在物质或历史的世界,也不再相信人的智性或想象的内在世界。从认识论走向了本体论,进而怀疑一切,否定一切。后现代主义作家,不再追求文学的终极价值,把一切崇高的信念、理想都看作是短暂的话语的产物。把严肃性当作一种拙劣模仿、故作深沉而加以抛弃。面对混乱的客观世界和人自身的异化,他们不再严肃认真地去思考社会、历史、人生、道德等问题,不再竭力去认识和阐述世界,不再承担文学艺术家崇高神圣的社会职责与历史使命。后现代主义作品,一方面表现出文学与哲学融为一体,具有精深的哲理性。另一方面大量再现幻觉、暴力、颓废、死亡内容,展示人生的荒诞痛苦。那种附庸风雅,严肃庄重,精英意识荡然无存。作品充满了颓废主义、虚无主义、无政府主义和悲观绝望情绪。

　　2. 在人物塑造上,强调自我表白的话语欲望,打破以人为中心讲述完整的故事。人的历史与历史的人、人的性格情感、人生经历等被支离破碎的感觉代替。从人性异化发展到虚无,人成了社会的局外人。对人生命运、未来理想的追求变得幼稚可笑、毫无意义。人抱着无所谓的态度活着,尽可能强烈地感受到反叛和自由,没有责任心,没有罪恶感,没有同情,没有希冀,没有前途。主人公明确意识到自己不过是生活中的一个无关紧要的角色,他们随波逐流,嘲弄一切人,也嘲弄自己。人物不再思考"生存与毁灭",价值与意义,从痛苦生存到自由选择,从与其为正义尊严自杀倒不如苟且偷生,他们不再表现出对主体和个性失落的叹息、悲哀和留恋。从人性的异化衰落,进而变成了"虫"和"物"。人物表现出扭曲变形,常常以自我戏拟形式出现,反讽和认同荒谬的社会现实生活,表现出自嘲、沉默、颓废、反英雄特征。文学的主体已经消失,人不再有主体意识可言。科学替代了理性,成为一种无形的、无所不在的绝对力量,规定和统治了人。人成了科学大符号系统,即社会秩序的奴隶和牺牲品,人时时处处置于"秩序"的控制下,任何一种越轨和反抗,都将导致个人毁灭性的悲剧。人物的命运充满了悲剧色彩,人生成了一场悲剧性的闹剧。人丧失了智性情感,不再高雅伟岸,温柔美丽,而变得猥琐渺小,滑稽可笑。

3. 在作品的情节内容上,具有明显的虚构性与荒诞性特征。以纯粹的虚构、特定的境遇取代了传统文学围绕人物关系、人物命运展开情节,也取代了主人公与他人及自身发生的种种冲突。把人物从缺乏意义而又无法忍受的现实中拉开,出现了一个充满噩梦与幻想的毫无意义而又野蛮的世界,停滞和重复取代了动态和变化,作为虚构的"体验场"的情景,取代了现实生活与社会环境。后现代主义怀疑乃至否定文学的价值与本体,提倡"零度写作",即内容消失,转向中立,把世界看作是不值一提的"碎片",否定中心和结构的存在。主张元小说创作,不断地显示作品为虚构小说,写作转向了本体展示,对写作自身的欺骗性进行揭露。在显示虚构的同时,发掘"叙事的固有价值"。使文学成为了玩弄读者、玩弄现实、玩弄文学规则的游戏,以此表现对生活现实的反抗,从而保持最充分的自由度。另外,后现代主义作家认为,要表现世界的混乱性,人生的悲剧性,只要表现生活的荒诞性即可。在作品中表现为各种成分相互分解、颠倒,内容重复,人物怪异,情节发展扑朔迷离,荒诞不经,不受因果关系制约,内容前后矛盾,残缺不全,没有一致的终极意义可以寻求。

4. 后现代主义文学打破了精英文学与大众文学的界限,出现了明显的亚文学倾向。"纯文学"、严肃文学与大众文学、通俗文学、乡土文学等之间的界限日益模糊,它们之间已不再有明确绝对的分野。后现代主义文学更多地从科幻小说、西部小说、通俗小说以及一些被看成为亚文学的体裁作品中汲取养料。出现了诸如元小说、超级小说、超小说、寓言小说、新新小说、"黑色幽默"、荒诞戏剧、色情小说、西部小说、流行文学等形形色色的文学样式。有的甚至以大众化的,诸如贺卡祝词、明信片、流行歌词、影视文学、广告等文化消费品的形式出现。从而形成文学的多元化格局。

5. 在艺术手法上,后现代主义文学注重艺术形式与艺术技巧的创新,表现出随意性,不确定的特征。作家追求写作(文本)快乐的艺术态度。作品内容被形式所替代,即被文体的语词、句法、反讽性修辞效果所替代。叙事中心、整体性、统一性被非中心、局部性、偶发性、非连续性的叙事游戏所取代。写作态度、生存态度与文本制作形式趋于同步,通过极度的嘲弄,想象性地把那些无价值的东西撕破给人看,而写作与阅读在其中获得瞬间的快感。文学观念首先是作为创作主体自身快乐的一种游戏意识形式而出现的。在文本制作中,突出过程、行为、事件、话语、上下文、形式技巧等,反对解释作品。强调作家的创作和读者的阅读只是为享受创作或阅读的愉悦,是一种表演操作和体验过程。后现代主义作品注重表达的是"叙述话语"本身。话语和语言结构,成了后现代主义文学的艺术传达基础。表现出无选择性、无中心意义、无完整性,甚至是"精神分裂式"的表述特征。作品中出现了冗长曲折的句子,语无伦次的语词、对话独白、重复、罗列。大量运用蒙太奇手法、拼贴画法和意识流手法。后现代主义作品总体上呈现出反讽嘲弄,黑色幽默的美学效果。

四、后现代主义文学发展概况

存在主义文学。存在主义文学是20世纪40年代产生于法国、50年代后盛行于西方文坛的一个重要流派,它是在存在主义哲学基础上形成和发展起来的。存在主义文学最初是作为对存在主义哲学思想的形象阐述而出现的,具有鲜明的哲理性。其基本主题表现出对人的生存状态的深切关注,肯定人的存在先于本质,揭示世界的荒谬和人生的痛苦,主张人的自由选择。在特定的虚构的境遇中表现人物,展示情节,让人物在特定的环境中自由选择自己的行动,造就其本质。注重介入生活,贴近生活,作品富有真实感,如同实地拍摄一样地展示生活内容、集美丑于一身。加强戏剧冲突,尤其注重表现人在选择与存在两者之间痛苦的心理冲突。结尾往往出人意料,意味深远,成为阐述问题的核心所在。存在主义思潮流派,对后现代主义文学产生了直接而重要的影响。1980年以后,这个流派随着其代表作家萨特的去世而渐告隐退。法国的让·保尔·萨特(1905—1980)、阿尔贝·加缪(1913—1960)、西蒙娜·德·波伏瓦(1908—1986)等。萨特是存在主义的集大成者。加缪的代表作《局外人》(1942),描写莫尔索对一切都无所谓、甚至对死刑都等闲视之的生活经历,以他的冷漠、局外人生活态度,表现世界存在的荒谬性及其人物对世界秩序的精神不安与绝望心理。《鼠疫》(1947)是加缪的顶峰之作。通过鼠疫流行中人们的不同态度,表现重大的人生哲理。成功塑造了里厄医生这样一个既与鼠疫又与法西斯进行不屈不挠斗争的正面人物形象,展示世界存在的荒谬与罪恶,人类充满危机和无尽的灾难,只有选择正义才是人类生存的唯一出路。波伏瓦的代表作品有《女客人》(1943)、《大人先生们》(1954)。其他具有明显存在主义倾向的作家有:美国的诺曼·梅勒(1923—2007)、索尔·贝娄(1915—2005)、法国的雷蒙·盖夫(1905—1954)、莫里斯·梅尔洛·蓬蒂(1908—1961)和英国的戈尔丁(1911—1993)等。

  荒诞派戏剧。荒诞派戏剧是20世纪50至60年代在法国兴起和形成而后流行于西方戏剧舞台的一种文学思潮流派。它受存在主义哲学思想的影响,是存在主义在戏剧舞台上的形象变体,并将荒诞性发展到极致的表现。荒诞派戏剧一反传统戏剧的规律、特点,又被称为"反戏剧派""反传统戏剧派"。荒诞派戏剧注重揭示世界、人的处境和人自身生存状态的荒诞性,是存在主义在戏剧舞台上的延伸。它抛弃了传统戏剧的基本规则,淡化情节,没有一波三折的故事情节和激烈的矛盾冲突,戏剧多为短剧和独幕剧,以极度荒诞和夸张表演来代替情节,使荒诞本身戏剧化,戏剧形式荒诞化。人物形象个性丧失,角色不确定,外形残缺,稀奇古怪。语言怪异,没有逻辑性,人物对白文不对题,语无伦次,不断重复,杂乱无章,使语言失去意义而变得荒诞可笑。注重直喻性道具和场景的运用。法国的欧仁·尤奈斯库欧仁·尤奈斯库(1909—1994)是荒诞派戏剧的开创者与主将。他的代表作《秃头歌女》(1950)以马丁夫妇与史密斯夫妇莫名其妙的交谈、荒诞不经的故事情节,表演了一出现代社会生活寓言。在形象展现世界的荒诞和人性异化的同时,揭示人与人之间关系的隔膜。世界毫无意义,人的存在本身就充满荒诞性。人的自我丧失,人在社会中是角色错位的,是可以人格互换的。夫妻双方互不认识,人和人之间不可捉摸,不能沟通。作品将人与人之间关系的隔阂夸大到了极为荒谬的地步,是现代社会意识和社会心理的形象图解。《椅子》(1952)是尤奈斯库的又一重要作品。椅子成了舞台,即世界的中心,而前来宣讲人生奥秘的老年夫妇,即人类的代表,成了物的奴隶,最终被挤出世界,跳海身亡。荒诞的情节蕴含着人生的无奈、存在的虚无,一切的探索追求都显得徒劳无益。尤奈斯库说:"这出戏的主题不是老人的信息,不是人生的挫折,不是两个老人的道德混乱,而是椅子本身,也就是说,缺少了人,缺少了上帝,缺少了物质,是说世界的非现实性、形而上学的空洞无物。戏的主题是虚无。"他最负盛名的杰作《犀牛》(1958)以人变成牛的过程描述,把世界的荒诞、精神的堕落以及人变成非人、人性异化的主题推向了极致。人变成虫,人变成非人,不再有卡夫卡式的忧郁和恐惧,异化成为社会的追求与时尚,《变形记》中悲哀的人类转向了《犀牛》中人类的悲哀。尤奈斯库提倡艺术虚构,反对现实主义真实观,主张"纯戏剧",反对艺术的功利性,强调戏剧艺术的喜剧效果。法国的塞缪尔·贝克特(1906—1989)以代表作《等待戈多》(1952)奠定了作为荒诞派戏剧的领袖地位。另有法国的阿瑟·阿达莫夫(1908—1970)的《弹子球机器》(1955)、《大小演习》(1950),让·热内(1910—1986)的《女仆》(1947)、《阳台》(1956)。英国哈洛尔德·品特(1930—)的《生日晚会》(1957)、《看管人》(1962)。美国爱德华·弗兰克林·阿尔比(1928—2016)的《动物园的故事》(1960)、《美国之梦》(1961)等。

  新小说派。它是20世纪50年代在法国首先出现的一种以反传统小说为目标的文学思潮流派,也是批判现实主义小说以来出现的反巴尔扎克式的各种新颖小说样式的统称。二战以后,作家对描写现实有了全新的观念和理解。一方面他们明显受存在主义影响,主张文学以现实为主,以存在为主,现实生活与人生成为文学描述的中心,提倡介入生活。但同时,他们又认为文学不应编造现实、编造生活,而应客观真实地表现世界本来面貌,所以新小说派又被称为窥视派、摄影派、拒绝派、新现实主义、反传统小说派等。新小说派萌芽于40年代,至50年代正式出现,以罗伯-格里耶的《橡皮》发表为代表,尤其通过影视改编使新小说派作品被人们所接受。70年代召开的两次新小说理论与创作国际研讨会,1985年西蒙以他的《佛兰德公路》获诺贝尔文学奖,形成新小说派高潮。新小说作品被文坛广为接受,其艺术主张成为作家的创作信条,亦被影视界接受。新小说派反对虚构生活故事情节,冷眼视察社会现实。淡化情节,轻视逻辑,不塑造典型环境、典型人物、典型细节,直接展示外部生活流。写人物意识活动则借助心理回忆,十分细致真实地表现生活、思想的全过程,不再追求文学的社会意义和道德功能。轻视人物性格刻画,取消人物在小说中的中心地位,注重物体展示,对物作反复细致的描写。抛弃传统小说的叙事结构规范,刻意追求结构的新颖,以人物的视角为基点,以人物的活动经历为线索展开故事内容,情节往往含混不清,错位脱节,甚至互相矛盾,空白残缺。主张运用绘画原则,将小说由"时间的艺术"变为"空间的艺术",故又有"文学画""绘画体文学"之称。阿兰·罗伯-格里耶(1922—2008)是新小说派的代表作家与领袖人物。代表作《橡皮》(1953)中,侦探瓦拉斯下意识地在迷宫般的街道中逛着,观看着街景、行人、房屋等,反复进文具店购买橡皮,重复描述橡皮的样子。作品注重展示的是人物一天真实的经历过程,用人物、情节错位的形式,制造一种看似相互矛盾、不可理解的情节,以展示事件的本来面貌,昭示生活的真实。而侦破杜邦教授被害事件以及与此有关的一系列重要内容,都仿佛被作者用"橡皮"擦去了,充满了隐喻。作品留下许多空白,让读者去体验想象,参与再创作。作品被认为是开"物本主义小说"先河。在他的另一部代表作《窥视》(1955)中,手表推销员马弟雅思窥视着小岛镇上的生活,而他奸杀少女雅克莲的全过程均为于连所窥视,马弟雅思又成为整个小岛的"被窥视者"。整个作品以描写真实生活为主,不去图解、编造生活,作品随主人公的行动与视觉展示生活,马弟雅思所见的是镇上的街景、房屋、居室摆设,脑海里经常出现的是烟头、糖纸、8字形绳索、毛衣等意象。小说将不可能看到的生活内容与情节抹去,犹如真实的生活流。罗伯-格里耶强调小说视觉效果,主张写外在真实,热衷于对"物"的细致描绘,大胆进行语言革新,运用表明视觉的和纯描写性的词汇进行文学创作。娜塔丽·萨洛特(1900—1999)的论文集《怀疑的时代》(1956)是新小说派的宣言书。她的代表作《无名的肖像》(1948)中,吝啬专制的父亲不满女儿言行,后来女儿找到了有钱的丈夫,父女言归于好。主人公(即叙述者)像一个暗探,窥视人物思想和行为的全过程。萨洛特注重对人物意识深处、原始状态的真实展示,以此揭露人与人之间的冷漠与隔阂关系。米歇尔·布托尔(1926—2016)的《变》(1957)中,以主人公台尔蒙从巴黎去罗马的火车上18个小时的回忆想象,显示他与妻子及情人的长达数十年的生活情景,当火车到达罗马时,他放弃了原先准备接情人去巴黎的打算,转而到旅馆写下了自己内心转变的感受。作品运用蒙太奇和意识流手法,时空颠倒,时序错乱,将过去、现在与未来融合在一起。克洛德·西蒙(1913—2005)是新小说的重要作家,他的创作丰富和发展了新小说的表现手法。代表作《佛兰德公路》中以佐治战后与骑兵队长的妻子接触交谈,产生出对往昔生活的各种零星模糊的回忆、幻觉和想象,多画面、多角度地展现战争给人类生活带来的灾难和厄运。西蒙以绘画的笔法,刻画出时间定格般的生活画幅,使文学艺术和绘画艺术一样,具有同时性和多面性。作品既是一幅历史长卷,又是无数个凝固时间的瞬间。其作品被称为"文学画"和"绘画文学"。另有玛格丽特·杜拉斯(1914—1996)、罗贝尔·潘盖(1919—1997)等。

"垮掉的一代"。这是第二次世界大战后在美国出现的一个文学流派,由一群不满现实的年轻知识分子组成,其成员主要是大学生。他们对战后美国的生活现实及其施行的麦卡锡主义表现出强烈的反叛情绪,不再承担社会精英分子的重任,对社会未来悲观失望。他们受存在主义的影响,采取消极而"脱俗"的方式反抗社会,全面否定传统的道德伦理观和社会价值观,否定中产阶级的文化标准和生活模式。他们提倡四处流浪体验人生,没有固定的工作,不修边幅,男女杂居,吸毒自残,放浪形骸,主张通过满足感官欲望来感知自我。文学创作中则热衷于表现色情、暴力、堕落、吸毒和犯罪等颓废生活,塑造的是"诗人、浪子、毒鬼"三位一体的现代青年典型。作家不受道德规范和社会责任感制约,把通俗发展到粗野,把激进发展到疯狂。另一方面,垮掉的一代以消极的方式去反叛社会,沉沦中富有理想,颓废中充满反抗,消极中满怀自信。艺术表现上全盘否定高雅文学,追求无节制的个人情感的放纵发泄,主张在"神志恍惚的瞬间"和"思想疯狂的时刻"去狂写乱涂,提倡"自动写作"。在强调个人感受自然流露和诗歌意象明晰的同时,也表现出作品结构杂乱无序、拖沓重复,语言庸俗粗野。艺术手法上标新立异,对语言和技巧刻意追求,将惠特曼式的自由精神与荒诞颓废情绪相结合,形成粗犷自然风格。"垮掉的一代"无论是对当代美国社会还是美国文学,都有一定的影响。艾伦·金斯堡(1926—1997)作为"垮掉一代"领袖人物,在代表作长诗《嚎叫》(1955)中,以怒气冲天的哀号表达"我这一代精英"的痛苦以及放荡不羁、自暴自弃的生活感受,发泄一代青年人焦躁痛苦,厌恶绝望的情绪。作品被称为垮掉的一代的"袖珍本圣经"。诗歌具有散文化倾向,不拘形式,运用"自动写作"手法,任意识情绪自由涌现,热烈奔放。杰克·凯鲁亚克(1922—1969)的代表作《在路上》(1957),描写了一群"彻底垮掉而又满怀信心的流浪汉和无业游民"。他们在主人公狄恩带领下,驱车在各地流浪,无拘无束,为所欲为,是战后处于精神危机的美国一代知识青年的典型。小说所描述的生活模式深为精神苦闷的美国青年所倾慕,他们奉之为"生活教科书"。凯鲁亚克作品中的主人公不隐讳自己的颓废生活,善于作自我剖析,议论自己的境遇及感受,表现出"个人新闻体"的特征。他的"自发式散文"写作法在"垮掉文人"中广泛流行。威廉·伯罗斯(1914—1997)、劳伦斯·李普顿(1898—1975)、肯尼斯·雷克斯罗思(1905—1982)、格雷戈里·柯尔索(1930—2001)等作家作品在"垮掉的一代"中也具有重要影响。

  黑色幽默。它是20世纪60、70年代流行于美国的文学流派。黑色幽默作家信奉存在主义哲学,他们用病态的、荒诞变形的手法表现幽默。1965年美国文艺理论家、作家弗里德曼将这些作品结集起来,取名为《黑色幽默》,以后文坛把用这种方法进行创作的作家称为黑色幽默派作家。当时以美国为首的西方资本主义国家,对战争尤其对社会主义阵营的壮大深感恐惧,美国国内麦卡锡主义的高压政策,世界大战、朝鲜战争及其越南战争的阴影,使人们对生活普遍具有一种恐惧感、灾难感。他们以存在主义作为自我解脱的思想依据,嘲笑、戏弄、作践自己,直接产生黑色幽默效果和悲观绝望的情绪。作品表现世界的荒诞和混乱以及人与环境、社会的不协调,并将其放大、扭曲、变成畸形,更显其荒诞不经、滑稽可笑。以夸张到荒谬程度的幽默手法,以无可奈何又轻松调侃的嘲讽态度,展示人类的灾难、痛苦与不幸,即以喜剧的形式表现悲剧的内容。黑色幽默因而又被称为"绞刑架下的幽默""大难临头的幽默"。人物形象多为玩世不恭、性格乖僻的"反英雄"。情节结构无逻辑非理性,将真实细节与幻想虚构融成一体。艺术上运用漫画式夸张、寓言式象征,语言诙谐,比喻奇特。约瑟夫·海勒(1923—1999)是黑色幽默代表作家。海勒认为人生是受某种非人力量控制的,其作品充满悲观绝望情绪。他以尖刻的讥讽和辛辣的嘲笑揭示荒谬社会与消极人生。他的代表作《第二十二条军规》(1961)中,主人公尤索林面对荒谬的世界,由一位正直勇敢的上尉轰炸手变成了贪生怕死的厌战者。他想方设法要逃避飞行,但无论是提出正当要求,还是装病装疯,都无法摆脱"第二十二条军规"的制约。最后成为开小差的逃兵。《出了毛病》(1974)中的主人公整天忧心忡忡,害怕一切,总觉得什么地方出了毛病,生活在孤独和冷漠之中,表现了人类惶恐不安的精神危机。海勒的创作以象征手法揭示现代人的灾难感、恐惧感,以荒诞滑稽、玩世不恭的幽默,表现人物内心的辛酸悲痛与忧郁绝望。作品结构散乱,情节断续,时序颠倒。以寓言、幻想形式讽喻人生,采用意识流手法表现人物内心探索。约翰·巴思(1930—)的创作体现了对世界、人生的哲理探索。《烟草经纪人》(1960)中,年轻主人公库克以"贞洁男子和马德兰的桂冠诗人"自居,充满幻想和理想,但在现实生活中却处处碰壁,备受欺凌。最后终于发现自己不过是一个滑稽可笑的小丑。小说所探索的是人与世界的关系,以人的幼稚而引出的种种矛盾及"黑色幽默"的种种笑料,说明荒谬的世界是何等险恶莫测,要想认识其本质和规律是不可能的,在荒诞世界面前人是无能为力的。库尔特·冯内古特(1922—2007)的《第五号屠场》(1969),以科幻的形式,描述主人公比利在被太空人劫走之后,通过"思维波"和"时间经"重新经历自己过去的人生,再现残酷战争场面,暗示人类无法克服自身的劣性,充满了残暴与愚昧。作者运用"拼贴法"叙述情节内容,以空间、地点、场景的变化、重复、强化代替变迁和发展。采用"时间旅行法",打破时空顺序,把过去、现在、未来的故事情节交错杂糅在一起,多层次齐头并进。托马斯·品钦(1937—)认为,荒谬的世界是由"死亡"统治着的,他在《万有引力之虹》(1973)中把情欲与科学联系在一起,试图说明死亡不仅仅是一种生理现象,而且是一种充塞于天地宇宙之间的物理学力量。不可抗拒的"万有引力之虹",即死亡之虹,正在将人类导向毁灭。把社会现实和科学幻想融成一体,展示异化变态人性和荒诞混乱社会。其他如詹姆斯·珀迪(1923—2009)、布鲁斯·杰伊·弗里德曼(1930—)和唐纳德·巴赛尔姆(1931—1989)等都是黑色幽默的主要作家。

  魔幻现实主义文学。它是拉丁美洲最重要的文学流派,形成于20世纪30至40年代,50至70年代盛行,至今不衰。它的出现被称为是文坛的地震。魔幻现实主义文学除受拉美传统文化和拉美地理环境的影响外,还和西方文化的大量入侵有关,长期的殖民统治使欧洲各国的文艺思潮流派同步传入拉美,魔幻现实主义文学是拉美本地文学和西方文学相结合的产物。魔幻现实主义以小说创作为主,把神奇魔幻的神话传说和拉丁美洲现实生活描写结成一体,产生一种人鬼难分、魔幻与现实混淆的艺术效果,在反映现实的同时,融入神奇怪诞的人物、故事和各种超自然现象,变现实为魔幻而又不失其真。魔幻现实主义作品具有强烈的拉丁美洲民族意识,关心祖国和民族的命运,取材现实生活,反映拉美社会特有的社会、历史、文化、地理和人生。吸收西方现代派文学的技巧技法,尤其受超现实主义和意识流作家影响,大量运用象征、意识流和荒诞手法,通过夸张、怪诞、变形、神秘等,表现出对神奇美的追求。作品主题多义,寓意深刻,情节离奇,人物性格怪异,结构复杂多变,常用框型式、跳跃式、时空错乱式、蒙太奇式的结构,反映拉美社会生活与民族历史的丰富性与复杂性。主要代表作家哥伦比亚的加夫列尔·加西亚·马尔克斯,在代表作《百年孤独》(1967)影响深远。阿斯图利亚斯危地马拉的米格尔·安赫尔·阿斯图利亚斯(1899—1974)运用超现实主义梦魇、幻觉展示神奇世界的手法,创作出反映拉美神奇现实的文学作品。代表作长篇小说《总统先生》(1946)被公认是第一部魔幻现实主义作品。小说中独裁总统为巩固自己的独裁统治,借自己的忠实鹰犬上校被一个精神病人掐死之机,一手炮制了一系列残暴血腥事件,大肆诬陷和杀戮政敌,及至牵连和迫害许多的无辜者,展示危地马拉以及整个拉美地区暗无天日的黑暗世界,揭露统治阶级的腐败以及独裁专制、惨无人道的社会现实。小说也成为魔幻现实主义文学的第一个里程碑,宣告了这一思潮流派的正式诞生。在《危地马拉》(1930)和《玉米人》(1949)中,采用神话传说的虚幻神奇意境来反映现实,作品充满了浓郁的拉丁美洲印第安人的民族气息。1967年阿斯图利亚斯获诺贝尔文学奖。墨西哥的胡安·鲁尔福(1918—1986)在他的代表作《佩德罗·巴拉莫》(1955)中,借鬼魂胡安向另一个死人叙述的故事,展现了地主帕拉姆罪恶的一生,将鬼蜮世界和现实生活融成一体。小说成为魔幻现实主义走向高潮的标志。豪尔赫·路易斯·博尔赫斯(1899—1986),是享有世界声誉的阿根廷文学家,另有古巴的阿莱霍·卡彭铁尔(1904—1980)、阿根廷的胡利奥·柯塔萨尔(1914—1984)、智利的何塞·多诺索(1924—1996)等。

第二节 艾略特

  托马斯·斯特尔那斯·艾略特(1888—1965),20世纪西方最重要的诗人之一,他同时还是文学批评家和剧作家,现代派诗歌领袖,他的《荒原》被认为是现代诗歌的里程碑。

一、生平与创作

艾略特于1888年出生于美国中部密苏里州的圣路易斯市。祖父威廉是北美基督教联合教会的神父,为传播福音来到圣路易斯,在那里创办了史密斯学院和华盛顿大学。父亲亨利弃教从商,在圣路易斯开办砖瓦制造公司。母亲出身名门望族,笃爱文学,创作有诗歌和传记,对幼年的艾略特影响颇深。少年艾略特进入史密斯学院和密尔顿学院学习。

1905年,艾略特进入哈佛大学,攻读哲学和英法文学,深受东方哲学印度神学的影响。1910年,大学本科毕业后,艾略特赴巴黎大学进修,广泛接触了波德莱尔、马拉美、拉福格等象征主义诗人的作品,聆听了哲学家亨利·柏格森的讲座。1911年他回到哈佛研究生院攻读学位,研究英国唯心主义哲学家布莱德利。由于课题的需要,他又于1914年获奖学金去布莱德利的母校英国牛津作研究。后来他还完成了一篇有分量的博士论文《F. H. 布莱德利哲学中的认识和经验》。第一次世界大战的战火阻止了他回到美国去接受他的博士学位。正当他发表诗歌四处碰壁时,艾略特在伦敦见到了时为美国《微型评论》海外编辑的埃兹拉·庞德。在他的极力推荐下,美国芝加哥的《诗刊》杂志才同意发表艾略特模仿法国象征主义诗人拉福格文体风格的诗作《普鲁弗洛克的情歌》(1915)。从此艾略特开始了与庞德的密切合作,并在庞德的帮助下逐渐在伦敦文学界崭露头角。1915年,艾略特结束了在牛津的研究工作,到伦敦的一所中学以教书为生。同年,他结识了英国女郎维维安·海伍德并与她结为伉俪。婚后他一度经济紧张,不得不继续以教书为生,1917年进入银行当职员。《荒原》中的上班族和职员的描写都与艾略特的银行生涯有关。由于妻子身体虚弱、神经敏感,加之艾略特工作繁重,创作不顺,虽然他也零星发表一些诗歌,出版了轰动一时的文论集《圣林》,但他的精神状况还是一落千丈,几乎到了崩溃的边缘。1920年,他决定到瑞士去看精神病医生,在洛桑的雷蒙湖畔,他完成了长篇巨作《荒原》。1922年《荒原》经庞德斧正,砍掉了原诗的二分之一,以433行的篇幅发表。1928年《荒原》以单行本的形式发表,艾略特将此诗献给了庞德。这首长诗为艾略特赢得了国际声誉,被评论界看作是20世纪最有影响力的一部诗作,至今仍被认为是英美现代诗歌的里程碑。

1925年,《空心人》发表,诗歌沿袭了《荒原》的思想模式,它对现代人的精神贫乏作了进一步的批判。1927年,艾略特加入了英国国籍,并成为基督徒。他在文集《给朗斯洛·安德鲁斯》中自称是"文学中的古典主义者,政治上的保皇主义者,宗教上的英国天主教徒。"与此同时,艾略特写下了《三贤哲的旅程》等一系列宗教题材的诗歌,其中以《圣灰星期三》(1930)最为成功,它体现了作者成为基督徒后突出的思想和想法。1932年艾略特接受哈佛大学的"查尔斯·艾略特·诺敦"客座教授的职位到美国讲学,他的讲稿最终被出版为《诗歌的用途和批评的用途》。

1934年,艾略特为独幕古装表演剧《磐石》撰写的合唱诗和台词取得很大的成功,大大促发了他复兴诗剧的意愿。他先后创作了《大教堂凶杀案》《家庭聚会》《鸡尾酒会》《私人秘书》《老政治家》等诗剧。在这些剧作中,艾略特将古希腊戏剧中的某些原则与当代英国社会中的社会问题有机结合,曲折地反映了他的宗教情怀。

《四个四重奏》(1935—1943)是艾略特后期创作最重要的代表作品。长诗在总体结构上借鉴了音乐四重奏的形式,在每个四重奏中描写一个非凡的地点,并分别与四个季节和构成宇宙万物的四大元素(空气、土壤、水、火)相对应。第一个四重奏"焚毁的诺顿"是全诗的基础和核心,探讨人类永久的难题——时间主题,对应元素是空气。第二个四重奏"东科克村"思考的是人类和个人生存的时间中的"开始"和"结束",对应的元素是"土",诗人回顾自己走过的20年(两次大战期间)的人生年华,展现世人的生存的痛苦,渴望灵魂获得永恒。第三个四重奏"干燥的塞尔维吉斯"对应的元素是"水"。诗人以水的存在形式"河流"和"海洋"象征人生的时间和自然界的时间。第四个四重奏"小吉丁"以"火"为中心意象,诗人通过仲冬时节寻访小吉丁村的情景,继续对时间和永恒进行思考,强调"现在"和"这里"净炼之火使他骚乱的性爱升华为上帝之爱。艾略特从爱的苦难中皈依上帝,在爱与火的结合中得以解脱。

1948年艾略特因其"对当代诗歌做出的卓越贡献和所起的先锋作用"获得了诺贝尔文学奖,确立了当时在世的最伟大英语诗人和作家的地位。之后,艾略特先后获得了英国女王授予的"荣誉勋章",德国的"汉萨—歌德奖"和意大利的"但丁金奖"。1956年起,就任伦敦图书馆馆长。

1965年1月4日,在重病三个月后,艾略特在伦敦的家中逝世,遵照他的遗愿,他的骨灰被安葬于他祖宗的故乡英格兰萨默赛特郡的东科克圣麦可教堂,墓碑上写着:"请记住托马斯·斯特尔那斯·艾略特,一位诗人。"上面还写着 另外两句话:"我的开始就是我的结束,我的结束就是我的开始。"在伦敦的西敏斯特大教堂"诗人之角",有一块艾略特的纪念墓碑,与华兹华斯等诗人安放在一起,这是对他的诗歌的最后肯定。①

艾略特作为英美新批评的奠基者,他对现代西方文论有着重要贡献,《传统与个人才能》(1917)中确定了自己的文学批评原则,认为艺术家要想在艺术领域中确立自己的历史地位和当代价值必须谙熟历史文学传统。只有具有历史意识的人才能够拥有一种清明的理性辩证的精神和健全的文化历史观。同时提出了诗歌的"非个人化"和"感情逃避"的理论,指出"诗不是放纵感情,而是逃避感情;不是表现个性,而是逃避个性"。1919年他在《哈姆莱特和他的问题》一文中提出了著名的"客观对应物"理论。他认为诗人用艺术形式"表现感情的唯一途径",就是寻找一种"客观对应物",即用一系列意象、场景、事件、典故等来表现某种特定的情感。艾略特的诗歌创作以及理论,成为了20世纪后期象征主义思潮的经典,艾略特也被公认为20世纪诗歌领域的最高成就代表。

二、《荒原》

《荒原》是艾略特的代表作,被认为是英美现代诗歌的里程碑,20世纪西方文学史划时代的杰作。《荒原》也开启了20世纪文学中的人类学神话想象。

《荒原》分为五章。第一章"死者葬仪"共76行。表现现代人的生活无异于行尸走肉般的出殡,而葬仪的意义在于使死者的灵魂得救。艾略特引用但丁的诗,描写了现代人如同行尸走肉流过伦敦桥,在中世纪的地狱和现代生活之间建立起一种联系,令人触目惊心。第二

---

① 张剑:《艾略特与他的创作》,《外国文学》,1995年第3期。

章"对弈",共 96 行。弈棋即较量,通过引证莎士比亚、维吉尔、弥尔顿和奥维德的作品,以及两个现代人的生活场景描写,将昔日的典雅与今日颓败,艺术的理想价值与现实的庸俗不堪,拯救时间的价值追问与杀死时间的精神堕落加以对照,凸显了生与死、艺术与现实、传统与现代的对弈。第三章"火的布道",139 行。火是欲望的象征,"火的布道"是佛陀劝解门徒禁欲,达到涅槃的境界,这一章表现的是欲望里的焚毁与救赎。泰晤士河畔昔日缓慢轻柔的节奏与当今工业文明背景下脏乱景象以及无情冷酷的奸诈竞争作对比,感慨时光的流逝。女打字员与人的有欲无爱,逢场作戏。劝诫人们警惕燃烧泛滥的欲望之火。第四章"水中的死亡",仅 10 行。昔日腓尼基水手扶里巴斯由于纵欲而葬身大海,漂亮高大又如何,生命已死美将焉附?转动的轮盘象征生命的轮回转世和周而复始。第五章"雷霆的话",共 113 行。这一章暗示复活的耶稣出现,为荒原带来了雨水的甘霖。最后借助雷霆说话,规劝人们要施舍、同情、克制,这样才能得到使荒原复苏,给人类带去安宁和希望。

《荒原》将人类的生存状态置于一个无限广阔的文化空间和无限纵深的文学语境中,给读者留下了无穷的想象空间。长诗形象地表现出第一次世界大战后,整个西方世界成为一片废墟,物质遭受重创,社会秩序混乱,传统价值解体,人们处于荒芜的境地中;也有人认为荒原象征战后人们信仰丧失,幻想破灭,心理焦虑,悲观失望,在精神上遭受创伤,心灵世界如同长满草的荒原。艾略特在一篇会议文章中写道:"当我写了一首叫做《荒原》的诗时,一些反应积极的评论家称我表达了'一代人的幻灭',这是一派胡言。也许我为他们表达了他们关于幻灭的幻想,不过那绝非我的意图。"①据艾略特给《荒原》所做的第一条注释可知,诗歌的标题和框架,以及诸多相关的象征体的构思,都得益于人类学家婕丝·魏士登女士有关圣杯传说的著作《从仪式到传奇》,还有另一位人类学家詹·弗雷泽影响整整一代人的人类学巨著《金枝》中有关阿多尼斯、阿提斯、俄西里斯的神话。它们的共同主题在于死而复生。

《荒原》所描写的生活在现代社会的人们的生存境遇,对世界和生命的欲求远远超出了自身所能承载的,生命力已被欲望耗尽,人们活着如同行尸走肉,生不如死。魏士登所讲述的有关亚瑟王的圣杯传奇是说古代有个渔王(国王)因患病丧失了性机能,致使原来肥沃的土地变成了"荒原",需要一位骑士带着一把利剑(象征男性生殖力)历尽艰险寻求圣杯(耶稣在受难前与十二门徒共进晚餐时所用的杯子,象征女性繁殖力),以医治渔王,使大地复苏。正是这一远古神话为《荒原》中纷繁复杂的现代生活提供了总体象征框架,《荒原》也因此而得名。《荒原》正是以繁殖神死亡又复活的仪式为原型,讲述现代社会人类所面临的种种危机以及重获生机的可能性。整部《荒原》就是一个现代版的寻找圣杯的故事呢?"死者的葬仪"就是身处现代文明中精神枯竭、生命力垂死的人们,虽生犹死、生不如死,"弈棋"是生与死、传统与现代、艺术理想与残酷现实的对决,"火诫""水里的死亡"是历尽水与火的洗礼,寻求解脱,重获生机的生死考验,死亡只不过是重生的一种形式。最后,现代人能否找到传说中的圣杯获得重生呢?"雷霆的话"令人开悟,象征爱、象征真理的神灵耶稣就在我们身边,闪电中公鸡的啼叫表明英雄并未走远,气概尚存,关键是现代人能否接纳宗教的劝诫做到施

---

① T. S. Eliot, *Selected Essays*, (London: Faber and Faber. 1932, enlarged, 1951), p.386.

予、同情、克制,圣杯就在自己的手中掌握着!

艾略特的《荒原》作为象征主义和现代派诗歌的代表作,表现出了独特的艺术特征。第一,玄学宗教传统与神话原型结构隐喻。艾略特诗歌创作深受十七世纪玄学派诗人约翰·堂恩的影响,诗歌中表现出深邃的哲理性、神秘主义和强烈的宗教情绪。《荒原》之所以难懂,与诗人擅长沉湎于形而上的冥思推理,注重抽象理智的哲学思考分不开,他的大学时代和研究生时代都以主修哲学为主,他还爱好东方哲学和印度神学,所以在他的诗作中,总是侧重表现灵与肉,生与死,绝望与希望,变化与永恒等哲理的沉思冥想,在迷惘苦闷中探索人生意义,在衰亡中寻觅复苏,在毁灭中寻求拯救。《荒原》中所蕴含的玄学哲理,又无不渗透了神秘主义和强烈的宗教色彩。《荒原》以基督教义来解剖社会,探究答案。女先知对荒原人的种种预知,点明了人类社会荒芜的原因所在,人类沉溺于欲海之中,有为情欲而死的腓尼基水手,有恶毒善变的以美丽诱人的"岩石的女主人",有为利欲熏心而死亡的"独眼商人",凡此种种,是因为人类舍弃了心灵中的上帝,失去了对宗教信仰的缘故。所以诗人在长诗中给现代社会荒原和人类精神荒原所开的药方,也只能是皈依上帝,遵从宗教的信条:"舍己、同情、克制。"[①]艾略特所处的时代环境正是西方人类学蒸蒸日上的时代,弗雷泽、魏士登等人类学家在神话仪式领域的研究在当时已取得引人注目的成就,艾略特自觉运用了古老的生殖神话和圣杯传奇,作为隐喻性的原型结构,昭示着人类生命力的枯萎与拯救、死而复生的主题,而那个圣杯,就是宗教信仰。《荒原》开启了文学人类学的想象和自觉运用原型叙事结构的先河。

第二,典故的旁征博引和丰富复杂的象征。艾略特从小受古典文学熏陶,曾就读哈佛、巴黎和牛津大学,有极深厚的古典文化基础,西方文化的传统对其有着深厚的影响。《荒原》充分展示的诗人独特的象征手法,很大程度上表现在诗人将西方传统文化中所吸收的许多文学典故、诗句、传说等,有机地融合进自己的诗作中,并从历史的深度进行反思和探索。《荒原》中既有奥古斯丁的说教,也有释迦牟尼的佛陀"火诫",有大量的神话典故,从古希腊神话传说、荷马史诗到但丁《神曲》,从《圣经》故事到《金枝》传说,从莎士比亚戏剧到波德莱尔《恶之花》,涉及6种语言,36个作家,56部作品,出现了20多位若隐若现的历史和文学名人、先知者、圣人、天神。这些历史典故、名人名著中,所包含的阔大的历史语境和文化背景,大大扩展了诗歌的张力和内涵。艾略特引经据典式的征引,形成了他象征主义艺术风格的独特个性。早期象征主义多用一种物象、一种情景来象征一种情感或意向,象征内涵意义单一,暗示和对应的关系简单。相比之下,《荒原》中所体现的象征意义就显得丰富得多,复杂得多。诗人多用模糊、抽象的象征体,其联想性、暗示性、象征性更含蓄委婉,曲折多变。如"水"有时是情欲之海的象征,具有滔滔洪水本身固有的毁灭一切的性质,有时又是生命甘泉的象征,还可以是欢愉快乐的象征,"可爱的泰晤士,轻轻地流,等我唱完了歌"。在"火诫"中,火是圣火的代表,又是欲火的象征,在"雷霆的话"中,又是炼狱之火。复杂而多重多义的象征,正是诗人和读者的内心世界、情感体验丰富性和多样性的体现。

---

① 项晓敏:《从〈荒原〉看艾略特象征主义的独特性》,《杭州师范学院学报》,1992年第4期。

第三,蒙太奇的剪接手法和复调手法的运用。长诗把远古的神话和传说、宗教人物和说教、古典文学和历史故事,以及现代西方的生活场景和片断等等,像电影镜头般地奇妙地剪接在一起,把看似互不相关的戏剧性场面拼贴起来,仿佛随心所欲的镶嵌,要么组成排列衔接关系,要么组成类比关系,要么是鲜明的对比反衬关系,共同纳入一个以荒原为中心的象征结构,使这些看似无关的场面和意象获得了内在的联系,让人产生新的联想,意义远远大于他们的本来面目,从而使各种片段组成了有机统一的诗体,很好地表达了主题。诗歌中还经常运用到的一种重要手法是复调手法,如同音乐中的多声部,这种手法在《四个四重奏》中更加明显。巴赫金在评论陀思妥耶夫斯基小说时曾有一段关于复调的论述:"有着众多的各自独立而不相融合的声音和意识,由具有充分价值的不同的声音组成的真正的复调——这确实是陀思妥耶夫斯基长篇小说的基本特点。……恰是众多的地位平等的意识连同它们各自的世界,结合在某个统一的事件之中,而互相间不发生融合。"①在"弈棋"一章,在写了现代女郎等待约会的场景描写中突然引用奥维德《变形记》中的情杀场景,插入受难者幻化为夜莺,使作品的主题由情爱变成对艺术特有价值的沉思。《荒原》中,常常会在欲望主题中穿插时间的主题,如在"弈棋"中两个女伴正在谈论婚姻私事时,有一个声音一直不停地在说"快走吧,到时候了",在"火诫"中,写到美梦不再生命凋谢时,也以老鼠暗示时间的流逝。复调内容表面上看似不相搭界、各行其道,但是在某个点上,它们会达成深刻的会意。

第四,"非个人化""感情逃离"的表现手法。在诗歌创作中,艾略特认为生活与艺术,诗人与诗是完全不同的两码事,诗人不应照搬个人生活,不应倾诉个人的痛苦欢乐,而应把个人的情感变成"丰富而陌生,普遍而非个人化的东西"。诗人应该学会隐匿个人感情,要防止创作中个人情感流露,诗中并不存在诗人的个性和人格线索。换言之,个人的情感情绪,体验感受必须经过"非个人化"的过程,将其转化全人类普遍的艺术感受,使诗脱离诗人而成为独立存在的实体。这也是他对于英美新批评理论的重要贡献。如何做到这一点呢,他又提出了"客观对应物"的概念,通过某一客观的情景、事件、物体来唤起特定的情感,"以知觉来表示思想",像闻到玫瑰香味那样地感知思想,从而给客观事物注入思想感情,使读者从客观事物中去体味揣摩并引发起所对应的思想情感,并上升到理性认识的高度。当然,这里的"客观对应物"不乏准确新奇、玄奥含蓄,这样才能引人注目、令人回味。如荒原、丁香花、枯树、白骨、老鼠、白沙、蛀牙、公鸡等等都令人印象深刻。

总之,艾略特描绘的荒原景象及其象征意义震撼了西方世界,艾略特试图提倡恢复宗教信仰来拯救西方的荒原世界和精神枯竭的努力已经引起了广泛而普遍的注意。尤其是他在文学中所开启的丰富的人类学的想象以及从神话中寻找精神动力的尝试已经在后现代的西方文学中演化成一场轰轰烈烈的神话复兴运动。他对诗歌艺术的探索与革新,使他当之无愧地成为20世纪最重要的诗人。

---

① 巴赫金:《陀思妥耶夫斯基诗学问题》,白春仁、顾亚铃译,生活·读书·新知三联书店1988年版,第29页。

第三节 卡夫卡

弗兰茨·卡夫卡(1883—1924),奥地利小说家,西方现代主义文学奠基者之一。美国诗人奥登评价卡夫卡时说:卡夫卡与我们时代的关系最近似但丁、莎士比亚、歌德与他们时代的关系,"卡夫卡对我们至关重要,因为他的困境就是现代人的困境"。他与法国作家马塞尔·普鲁斯特、爱尔兰作家詹姆斯·乔伊斯并称为西方现代主义文学的先驱和大师。

一、生平与创作

1883年7月3日,卡夫卡出生于奥匈帝国统治下布拉格的一个犹太商人家庭,父亲艰苦创业成功,形成粗暴刚愎性格,卡夫卡从小受到父亲的严厉管教,并接受德语教育。卡夫卡一生都生活在强大的"父亲的阴影中"。母亲气质忧郁、多愁善感。这些对后来形成卡夫卡孤僻忧郁、内向悲观的性格具有重要影响。1901年入布拉格大学攻读日耳曼语言文学,后来迫于父命改学法律。1906年获法学博士学位。自中学起,卡夫卡即对欧洲一些近现代哲学家、文学家感兴趣,爱读斯宾诺莎、尼采、达尔文、豪普特曼、易卜生等人的作品。上大学后,接受了存在主义先驱、丹麦哲学家基尔凯戈尔的思想并受到中国老庄哲学的影响。大学时期开始文学创作,并常与同学马克斯·布罗德参加布拉格的一些文学活动。写成了他后来发表的首篇短篇小说《一场斗争的描写》(1904)。1908年起在布拉格工伤事故保险公司供职。1917年患肺病,1922年病休辞职。养病期间除继续创作外,游历欧洲各地。1924年6月3日病逝于维也纳附近的基尔林疗养院。

卡夫卡1908年开始发表作品,写有三部长篇小说《美国》(1912—1914)、《审判》(1925)和《城堡》(1926),大量的短篇小说,主要有《变形记》(1912)、《判决》(1913)、《司炉》(1913)、《致科学院的报告》(1917)、《乡村医生》(1918)、《猎人格拉胡斯》、《中国长城的建造》(1918—1919)、《在流放地》(1919)、《饥饿艺术家》(1922)、《地洞》(1923—1924)等,以及一些书信、日记、随笔、箴言等。

卡夫卡第一个长篇小说《美国》描写16岁的少年卡尔·罗斯曼受到中年女仆的引诱后,被父亲放逐只身来到美国的生活,经受欺骗凌辱痛苦挣扎的经历。父亲的形象虽然没有在小说中出现,但父亲的权威和力量却不可忽视。就像犹太人的祖先因为违背上帝的告诫而受到惩罚一样,犹太人因此失去了自己的家园,开始了漫长的漂泊之旅。小说表现了人物在美国忧郁孤独的内心感受。

长篇小说《审判》叙述主人公约瑟夫·K在30岁生日那天突然被捕,他自知无罪,找律师申诉,极力加以证明,然而一切努力均属徒劳,没有任何人能证明他无罪。另一方面,他也始终在自我怀疑,自我审判,到最后,甘愿受死。小说表现了人在强大的社会机器面前的弱小和无能为力。

长篇小说《城堡》是一部典型的表现主义小说,体现了典型的"卡夫卡式"写作风格。

《变形记》是卡夫卡最著名的中短篇小说的代表作。它通过人变成大甲虫的荒诞故事,展现了现代人丧失自我,在绝望中挣扎的精神状态。一天早晨,某公司的旅行推销员格里高尔一觉醒来发现自己变成了一只大甲虫。他十分着急,因为,要是他不能按时上班,就会被公司解雇,而他却承担着这个家庭的经济重担。他的变形,引起了家庭的恐慌。然而日子一天天过去,他仍旧保持虫的形态,家里的人也习惯将他当虫看待了,并对他十分厌恶。此后,家里的经济每况愈下,大家都忙于为生计而奔波。父母为了增加收入,空出几间房子租给了房客,把腾出的家具一股脑儿塞到了格里高尔的寝室,他的房间成了贮藏室。后来,房客们发现了他,便闹着要退房租。妹妹气愤地叫嚷着一定要将他弄走。格里高尔绝望了。这天晚上,他怀着对家人的温柔和爱意,告别了人世。格里高尔死后,家里人迁入新居,很快忘却了那段令人难堪的日子,开始了新的生活。

格里高尔的变形,诉说了现代人自我价值与个性丧失、人性异化的悲剧。现代人的个性已淹没在群体中,在这个世界上他们并不能主宰自己的命运。在现实生活中,人自然不会有甲虫的外壳,甲虫自然也不会有人的心态。格里高尔的变形折射了西方现代人生存状态:人与人之间的隔膜和由隔膜造成的孤独,这是人与人之间互相视为异类的异化状态。《变形记》中表现的人生观念基本上体现了存在主义的思想。卡夫卡在《变形记》中用神话象征的模式表现了真实而荒诞的世界,以象征式的表现追求真实中的荒诞、荒诞中的真实,这正是《变形记》在艺术上的最突出特点,也是"卡夫卡式"小说的基本特征之一。卡夫卡用一种平静得近乎冷漠的态度叙述一个凄惨而又令人触目惊心的故事,所采用的语调是客观而冷冰冰的。在卡夫卡的小说中,往往用意识流手法,通过内心独白、回忆、联想、幻想等,表现人的精神世界,从而揭示小说的主题。

《判决》中年老体衰的父亲作出让主人公投水溺死的宣判,后者则顺从、自觉地执行了。这一自杀性死亡背后隐藏的首先是格奥尔格因为不关心父亲而产生的内疚。其次,父亲的谴责更令他无地自容,这些指责让他觉得自己百无一用、一无所有。内疚驱使格奥尔格进行自我惩罚,无用的感觉使他认为自己不配活在世上。小说以荒诞的情节表现西方社会中现实生活的荒谬性和非理性,在体现卡夫卡独特的"审父"意识的同时,也表现了对暴戾的奥匈帝国统治者的不满。

《致科学院的报告》中描写马戏团试图驯化猿猴成为会说话的人的故事。被关在狭窄笼子里的非洲猿猴,在人的逼迫下学人行为和语言。猿猴哀号与悲鸣的生存状态,象征现代人失却自由、没有出路的苦闷的悲观绝望情绪。

《中国长城的建造》讲的是中国的老百姓受巨大的无形权力的驱使,去建造没有防御作用的长城,是人在强权统治面前的失却自我、无能为力的写照。

《饥饿艺术家》中歌唱艺人为了生存,为了达到艺术"最高境界",宣称可以绝食 40 天而引吭高歌表演。40 天以后,他仍坚持绝食表演,后被经理强迫进食。最后被送进马戏团,关在笼中与兽类一起供人参观。饥饿艺术家是人性异化、艺术异化的象征,人物的悲惨遭遇象征了现代人发来痛苦悲哀。

《地洞》是卡夫卡后期短篇小说创作的代表作。主人公是一只不知名的人格化的鼹鼠。作品用第一人自叙法,描写了"我"担心外来袭击,修筑了坚固地洞,贮存了大量食物,地洞虽畅通无阻,无懈可击,防御退逃自如,但"我"还是时时处于惊恐之中,惶惶不可终日。小说真实地表现了一次大战前后,普通小人物失却安全感、生活与生命得不到保障的恐惧心态。

卡夫卡生活和创作活动在第一次世界大战前后,特殊的社会环境和家庭因素,使得卡夫卡一生都生活在痛苦与孤独之中。社会的腐败,奥匈帝国的强暴专制,政治矛盾与民族矛盾的双重困扰,人民生活的贫穷困苦,经济的衰败,这一切更加深了敏感抑郁的卡夫卡内心的苦闷。于是,时时萦绕着他对社会的陌生感、孤独感与恐惧感,成了他创作的永恒主题。小说诉说了现代人自我价值与个性丧失、人性异化的悲剧。现代人的个性已淹没在群体中,在这个世界上他们并不能主宰自己的命运,折射了西方现代人生存状态:人与人之间的隔膜和由隔膜造成的孤独,这是人与人之间互相视为异类的异化状态。卡夫卡小说艺术上最突出特点,是用神话象征的模式表现真实而荒诞的世界,以象征式的表现追求真实中的荒诞、荒诞中的真实,这也是"卡夫卡式"小说的基本特征之一。卡夫卡用一种平静得近乎冷漠的态度叙述一个凄惨而又令人触目惊心的故事,所采用的语调是客观而冷冰冰的。在卡夫卡的小说中,往往用意识流手法,通过内心独白、回忆、联想、幻想等,表现人的精神世界,从而揭示小说的主题。

卡夫卡的小说大多描绘并揭示出一幅幅荒诞且充满悖谬的非理性世象,其中不乏个人式的忧郁的、孤独、恐惧的情绪,作品往往运用象征寓言式的手法。后世的许多现代主义文学流派,如三四十年代的超现实主义余党视之为同仁,四五十年代的荒诞派以之为先驱,五六十年代法国的新小说称之为鼻祖,60年代的美国"黑色幽默"奉之为典范。

二、《城堡》

《城堡》写于1922年,与卡夫卡的其他两部长篇小说一样,没有写完。卡夫卡去世后,他的好友马克斯·布罗德于1926年将小说整理出版。《城堡》突出地体现了卡夫卡的创作特色,被公认为他最重要的一部作品。

小说描写主人公K,自称是城堡聘请来的土地测量员,经过长途跋涉来到城堡所辖的一个村庄。按照规定,没有城堡的许可,他不能在村里过夜。K受到严厉盘查,才侥幸被允许住在客店里。城堡并没有聘请K,却承认了他,并给他派了两名助手,只是始终不准他进入城堡。尽管城堡就在附近的山冈上,但他却永远走不到。城堡主人西西伯爵人人皆知,却从未有人见过。城堡办公厅主任克拉姆也不肯露面,K只能通过他的信差巴纳巴斯同他联系,但巴纳巴斯也从未见过克拉姆本人。为达到自己的目的,K勾引了克拉姆的情妇弗丽达。K并未因此而见到克拉姆,反而得罪了客店老板娘,被赶出客店。K去学校当校役,又因看不惯教师的颐指气使而差点被解雇。K想通过巴纳巴斯与城堡沟通,也未能得逞。不久,弗丽达发觉了K与她同居的真正动机,并由于助手的存心破坏,便与K分手。克拉姆派人命令K把弗丽达送回贵宾饭店。至此,K与城堡失去了一切联系的可能性。小说到这里为止,没有写完。作者的计划是:K将继续奋斗,最后在弥留之际才接到城堡通知,准许他在村里居住和工作。

怪诞离奇的情节,破碎凌乱的逻辑,怪诞含混的意蕴,使《城堡》像"迷宫似的令人晕头转向",人们不得不承认"城堡"是寓言,是象征,但对它的解释历来众说纷纭,没有定论。大体上有以下几种解释:

上帝恩典说。认为城堡就是上帝恩典的象征,不能进入城堡,象征着犹太人得不到上帝的恩宠。持此观点最有代表性最有影响的是卡夫卡的好友马克斯·布罗德,他将卡夫卡的作品视为宗教式的神谕。和卡夫卡一样,布罗德也是一名犹太人,他非常理解卡夫卡关于犹太人身份的纠结和焦虑,从《城堡》中看到犹太民族与"城堡"的隐喻。他说:"'犹太人'这个词在《城堡》中没有出现。但显而易见,卡夫卡从他的犹太心灵出发,通过这么一个朴素的小说就今天犹太民族整体处境所说的话,超过了一百篇学术论文可以告诉我们的内容。"①"在基督徒看来,由于犹太人拒绝了基督,因而遭到了上帝的谴责,作为惩罚,他们被打入社会底层,直到他们最终认同基督。"②小说主人公 K 的遭遇和命运,不仅是卡夫卡自己的身份焦虑的投影,也是犹太民族漫长的磨难史的概括。进入城堡,得到上帝的眷顾,找寻重回家园,成为一代又一代犹太人的梦,但是,梦总是那么可望不可即,就像城堡看似在眼前,却永远进不去。

权力机器说。城堡如同社会权力和统治机器,这座衙门及其官僚制度非常滑稽荒谬,一方面它颇具权威,另一方面,它又不为百姓办一点事。K 作为土地测量员为了证明自己的身份想进入城堡这件事应该是再简单不过的事,但是,在"城堡"里的官员,却让这件事变得离奇曲折,非但办不成,连进入城堡都不能。"城堡在这里是一种权力的象征,是整个国家机器的缩影。这个高高在上的衙门,看起来就在眼前,但对于广大的在它统治下的人民来说,它是可望不可即的。"③K 的处境正是现代人处境和命运的象征。更加可悲的是,K 和村民们渐渐麻木,成为被这台机器驯服的俘虏。《城堡》穿插了奥尔加一家的不幸遭遇,作为对 K 的命运的补充。城堡的一个官员看上了奥尔加的妹妹阿玛丽亚,他派人带给阿玛丽亚一张纸条,遭到了阿玛丽亚的愤然拒绝。他的举动居然把全村人吓坏了,顾客们纷纷避开他父亲的鞋铺,熟人见了面,也不敢招呼他们,他们的鞋铺只好被盘掉了。一家人尽管也没有遭到来自城堡任何官员的迫害,却从此陷入了极端的困苦中,于是四处奔走、恳求,以拼命追回那失去的被侮辱、被践踏的机会。通过 K 和奥尔加一家的遭遇,我们看到了现代人的无望抗争和生存困境:人被社会放逐排挤,人被他人的疏离异化,人与自身的人性的扭曲分离。

艺术理想说。城堡就是一座象征艺术理想的所在,每一个艺术家都渴望到达心中的圣地,但无论怎样呕心沥血都终将难以到达。卡夫卡将写作当作自己的终生追求,从写作当中实现与灵魂的对话,找寻自身的价值。卡夫卡辛苦的业余写作不但是以牺牲生活和婚姻为代价,最终也耗损了生命,牺牲了身体健康,以至于他在生命行将结束时仍然不满意自己的作品,遗憾自己的理想没有实现,但也没有时间继续写作了,于是交代他的好友布罗德和最后在他身边照顾他的女友将他没有发表的手稿烧掉。布罗德没有照办,有幸为我们留下了不朽的作品,而他的女友将他的部分作品烧掉了,留下了永远的遗憾。中国当代著名女作家残雪认为城堡"似乎是一种虚无,一个抽象的所在,一个幻影,谁也说不清它是什么。奇怪的是它确确实实地存在着,并且主宰着村子里的一切日常生活,在村里的每一个人身上体现出

---

① 马克斯·布罗德:《卡夫卡传》,叶廷芳等译,河北教育出版社1997年版,第189页。
② 诺曼·所罗门:《犹太教》,赵小燕译,辽宁教育出版社1998年版,第6页。
③ 叶廷芳:《现代艺术的探险者》,花城出版社1986年版,第31页。

它那纯粹的、不可逆转的意志。K 对自己的一切都是怀疑的、没有把握的,唯独对城堡的信念是坚定不移的"。原来,城堡就是生命的目的,是理想之光,并且,它就存在于我们的心里。① K 无法进入城堡的悲剧,其实就是艺术家无法实现自己的理想的悲剧。

《城堡》的主人公 K,没有具体的名字,只是一个简称,一个符号,也与卡夫卡的名字第一个字母吻合,K 在很大程度上可视为与作者卡夫卡本人的性格心理境遇是相似的。在 K 身上,既能够看到执着追求真理或者理想的一面,又有无可奈何寻求解脱与外界妥协的一面。K 偶尔来到一个小村庄,深夜被摇醒,要求出示居住许可证。K 声称自己是土地测量员,有权居住此地。接下来,他怀着坚定的信念准备进入城堡,寻求与城堡长官的会晤,以确认自己的身份。无奈,简单的事情越来越复杂,为了达到目的,他不惜违背做人底线,竟然勾引城堡官员的情妇,试图达到接近官员的目的。K 反感社会规则又不得不认可这种规则并千方百计把自己置于规则之下。实际上,K 寻求土地测量员的身份和资格就是向这个荒诞社会寻求被约束、被驯服的资格。从 K 的遭遇和经历中,可以看到荒谬和异化无处不在,尤其是人性的扭曲异化。

实际上,卡夫卡的全部意义在于问题的提出而不在于答案的获得。他最可贵的一点就在于用文字向我们展示了现代人的困惑:人在这个不可解释的世界上无能为力,不能掌握自己的命运,这世界是个荒诞的世界。卡夫卡所有作品中的主人公都有一个共同的遭遇,即他们都处在一种身不由己的境地里,迷失在梦幻一般的世界中,充满着恐惧和不安,在充满敌意的社会面前的那种陌生感、孤独感和灾难感。他们都有一个明确的目标,但是无论怎样费尽心机,也达不到自己的目的,最后要么无可奈何地灭亡,要么无可奈何地妥协。

卡夫卡的作品总是有一种艺术魔力,像一个魔术师在变魔术,观众往往是费尽心机,也看不明白。他的作品不是靠故事情节的曲折离奇吸引人,也不是靠语言的艰深华丽取胜,相反情节大多支离破碎,思路跳跃性很大,充满怪诞荒谬,语言极其简洁质朴,略带冷峻,入木三分。卡夫卡作品具有独特艺术特征的原因还在于他所讲的故事具有现代意义的寓言性质,所塑造的形象、意象是如此独特又如此具有普遍性,甚至富有象征意义或原型意义,在中国的庄子那里,在古希腊的变形神话中,似乎能够看到卡夫卡的继承和创新,因而"甲虫"和"城堡"成为了不朽的象征。另外,他的作品还有一根未剪断的"脐带",它的母体就是作者,作品或多或少都具有一定的自传性,主要偏向于主观情感激起的想象,所以他笔下的主人公与作者既像又不像,揭示了现代社会人类普遍存在的困惑,他的作品才会流传如此广泛。总之,卡夫卡的作品不是一次阅读就能够理解的,而值得反复推敲,反复品味。

第四节 乔伊斯

詹姆斯·乔伊斯(1882—1941)是爱尔兰著名小说家,意识流小说思潮流派代表作家。

---

① 残雪:《灵魂的城堡——理解卡夫卡》,上海文艺出版社 1999 年版,第 192 页。

一、生平与创作

乔伊斯1882年出生于爱尔兰都柏林一个穷公务员家庭。早年在耶稣学校学习。中学毕业前就与从小所受的天主教宗教信仰决裂,厌恶都柏林庸俗无聊的社会生活,决心献身文学。1898年进柏林大学,专攻语言和哲学,爱好易卜生戏剧,曾撰文评论。1902年毕业后赴巴黎学医,次年因母亲病危而不得不返回家乡,在一家私立学校教书,并练笔写作故事和诗歌。1904年因无法忍受都柏林庸俗窒息的生活,他宣布"自愿流放",离乡背井,到欧洲各地漂泊周游,先后移居瑞士的苏黎世,意大利的罗马、的里雅斯特等。当过银行职员和教师,同时从事创作。1920年起,定居巴黎,除专门创作外,靠教授英语养家生活,家境窘困。乔伊斯长期健康受损,体质不佳。多年患眼疾,后致双目失明。1941年1月13日病逝于苏黎世。

乔伊斯早期创作主要是诗歌和短篇小说。1907年发表的第一个作品是抒情诗集《室内音乐》。这是一部象征主义诗集,表现对现实生活的忧郁悲观情绪。乔伊斯第一个短篇小说集《都柏林人》,完成于1905年,先后遭20多个出版商退稿。后在美国意象派诗人庞德的帮助与推荐下,作品于1914年正式出版发表。《都柏林人》由15个短篇小说结集而成,以现实主义的手法描绘了形形色色的都柏林下层市民平庸琐屑的生活图景。社会的道德政治、社会精神等各个领域都死气沉沉,麻木不仁,无所作为,都柏林整个社会处于一片瘫痪状态。瘫痪和死亡成为贯穿小说集的主题。全书是依据"童年、青少年、成年和社会生活"四个阶段来安排故事顺序的。作品具有现实主义和自然主义的特点,同时也表现出象征主义的倾向。在最后的《死者》一篇中,面对死亡,人们获得了"精神感悟",生与死的交融象征了都柏林社会与人类的虽生犹死。作品的主旨由此获得了升华。

1916年发表的半自传体长篇小说《一个青年艺术家的画像》,是作者从现实主义向现代主义过渡转折的标志,是第一部用意识流手法创作的小说。主人公斯蒂芬·迪达勒斯自幼生活在虔诚的天主教氛围中,在学校接受严格的宗教教育。随着年龄的增长,他的生理、心理上的自然要求跟所接受的思想影响发生了激烈斗争。终于,这位具有艺术气质的青年,毅然跟庸俗、市侩的爱尔兰社会生活决裂,远离祖国,漂泊异域,决心投身于艺术事业。作者在现实叙述的同时,运用了内心独白、自由联想的意识流表现手法,通过主人公的心理意识的展示,来表明现代艺术家与社会之间的关系与矛盾冲突,即斯蒂芬走向艺术也就是走向流亡。小说中较完整地提出了乔伊斯的文艺理论与美学主张:作家应从作品中隐退出来,要让作品中人物去"自我表现";文学应客观表现现实生活的孤独与忧郁;宣称"流亡就是我的美学"。《一个青年艺术家的肖像》作为一部半自传体小说,它是我们认识乔伊斯不同时期的思想情感,评论其艺术理论与美学观念,研究他艺术风格从传统向意识流过渡的优秀作品。该小说跟劳伦斯的《儿子与情人》一起被誉为20世纪最出色的两部"成长小说"。

经过16年构思,7年写作,乔伊斯的代表作《尤利西斯》于1922年发表,轰动了巴黎、爱尔兰。作为一部意识流小说经典之作、一部划时代的作品,《尤利西斯》一时成为西方文坛评论中心。

乔伊斯晚年在双目几乎失明的困境中,经过16年辛勤耕作,于1939年出版了他最后一部长篇意识流小说《为芬尼根守灵》。这部被作者称为杰作的梦幻小说,展示了芬尼根临终前的一场噩梦经历。他在梦中看到爱尔兰和全世界的历史缓缓地飘然而过。梦中的芬尼根代表了全人类。梦分为两部分：第一部分写芬尼根因犯罪而受审。他在象征伊甸园的凤凰公园里对两个女子做了一些不体面的举动，遭到审讯。第二部分写伊尔威格关于未来的梦。以桑恩兄弟的相互争斗开始，以伊尔威格的夫妇生活结束。整部作品充满梦幻、潜意识、梦呓幻想，内容虚幻纷乱，没有前后一致的完整情节，内容跳跃性大，随意组合，作品因而表现出神秘性。作者称自己的作品是"给失眠症人钻研一辈子的"。有评论认为，《为芬尼根守灵》令人难以卒读，是意识流登峰造极之作，也是意识流走向衰落的标志。

乔伊斯的创作深深根植于爱尔兰民族的肥沃土壤之中。当时爱尔兰处于半殖民地以及腐败的专制统治历史时期，爱尔兰庸俗卑琐的社会习气，令乔伊斯深恶痛绝。面对现代人被传统压抑、窒息，甚至人性扭曲堕落的困境，乔伊斯试图通过文学来反思历史，反思人生，揭示造就爱尔兰平庸现实的现代都市人的心理真实。他笔下的主人公都是芸芸众生的小市民，具有善良纯朴的品质，但内心都充满忧郁孤独，悲观失望，生活于无聊庸俗，沉溺于自甘堕落与情欲之中。他的作品表现了资本主义社会中人的孤独绝望与无可救药，揭示爱尔兰国家民族衰败和无能的历史原因，暴露资产阶级文明走向衰亡与毁灭的趋势，进而展示已进入最后混乱的当代世界。

作为独树一帜的意识流小说经典作家，乔伊斯注重表现人物内心真实，展示人物的主观感受、印象和各种意识流动过程，尤其注重显示人物的潜意识。作者用大量的内心独白、自由联想、时序颠倒等手法，将过去、现在与未来融合在一起，表现异化人性、变态心理和扭曲性格，使意识流成为现代文学创作独特的思维模式和不可或缺的艺术手法，在世界文学史上具有划时代的意义。

二、《尤利西斯》

《尤利西斯》描述的是 1904 年 6 月 16 日早上 8 点到深夜 2 点 45 分的 18 个小时内，中学历史教师斯蒂芬·迪达勒斯、报纸广告推销员利厄波尔·布卢姆和妻子莫莉三个人在都柏林的活动经历和意识流程。小说第一部分为 1—3 章，写的是斯蒂芬早上 8 点起床，离开与人合住的马蒂洛塔楼的楼房，前往一所私立学校教授历史课，去校长办公室领工资，听着校长唠叨不休地谈论经济学。11 点后，他踯躅街头，沿着海滨漫步，思想飘忽，无所事事。第二部分为 4—17 章，描述的是布卢姆的一天生活与意识流程：早上他为妻子端去早餐，把刚收到的信和明信片交给她。10 点的时候，他去邮局取一封女儿的来信和女友玛丽的来信，然后去参加一个朋友的葬礼，他在坟间徜徉，脑中充满了对生与死的思索。中午，他来到《自由人报》报社，向主编说明自己揽来的凯斯商店的广告图案，接着又到《电讯晚报》。下午 1 点，布卢姆走进一家廉价小饭馆，买了几块面包充饥。之后又去了图书馆，与人讨论莎士比亚。下午 4 点，他蜷缩在小酒店里，想象着妻子在家与情人幽会的情景。日落时分，奔波了一天的布卢姆来到了海滨，呼吸着新鲜空气，看到三位少女在聊天，他与其中一位眉来眼去，引起了情欲。晚上 10 点多，他来到了妇产医院探视临产的朋友。在医院他碰上了斯蒂芬。半夜 12 点钟，布卢姆随斯蒂芬来到了妓院，后将喝醉酒遭英国水兵殴打的斯蒂芬带回自己家。斯蒂芬十分感激，答应以后会常来，并答应要向莫莉学唱歌。第三部分为第 18 章，写布卢姆回家,发现莫莉和剧院经理鲍伊岚幽会时在床单上留下的痕迹,不免心绪波动,但终于还是谅解了妻子。当他将遇见斯蒂芬的经过告诉莫莉后,莫莉朦胧中产生一种母性的感受,同时又涌现出一种对陌生男子的隐隐约约的情欲冲动。在似睡非睡的状态中,莫莉的潜意识中显示了一系列她生活中与各种男子以及与丈夫交往生活的各种情景。

乔伊斯主要运用意识流手法,以三个人物的生活细节与潜意识闪现为轴心,展现了一幅丰富多彩,光怪陆离的现代城市生活画幅,展示分崩离析的爱尔兰社会,揭示人类文明的混乱与衰亡。作者把主人公这一天在都柏林的活动与古希腊史诗《奥德赛》中的伊大嘉国王奥德赛(即尤利西斯)在海上的十年漂流相比拟,人物的痛苦思索与探寻依旧,但荷马时代的英雄精神已荡然无存。小说赋予平庸琐碎的现代城市生活以悲剧的深度,使之成为象征普遍人类经验的现代寓言。

《尤利西斯》中塑造了三个不同类型的人物形象,借以预示"全人类"的社会心态与生存状况。"尤利西斯"即主人公布卢姆,是一位现代的庸人主义者。作为生活在都柏林的中年爱尔兰犹太人,布卢姆是一家普通报纸的广告承揽人。性格懦弱,庸俗无能,安于现状。儿子卢迪幼年夭亡,给他以极大的精神创伤。生活的颠簸,工作的劳累,使他在 10 年前丧失了性机能。他知道妻子对他不忠,在众人面前深感羞辱,也只能沉默忍受。常年来他的生活就如这一天平庸琐碎:除了工作,无非就是起床、洗澡、吃饭、写信、散步,他在街上游晃,无聊之至。只是在猥亵庸俗之中寻找一丝快意。如一直用假名写信与女打字员调情;洗蒸汽澡时在池中自窥自娱;在海边听三位少女在岩石上聊天,与其中一位交换纵情寻欢的目光。午夜时分在妓院遇上喝醉酒被人殴打的斯蒂芬,悉心照顾,并带斯蒂芬回家吃夜宵。从斯蒂芬身上,布卢姆感受到了重新找到儿子的精神慰藉。布卢姆作为现代"非英雄化"的"当代英雄",具有善良、正义的一面。作为一个从匈牙利来到爱尔兰落户的犹太人后裔,对歧视并围攻他的本地人说,他"属于一个被仇视、被迫害的民族",并指出"侮辱和仇恨并不是生命,真正的生命是爱"。作为犹太人他不屈服于受人欺凌侮辱,情不自禁卷入到一场为犹太人辩护的政治辩论中去,结果受人攻击,差点挨打。在路上,他向两个处境困难的女人提供同情与帮助,在自己极度痛苦之中仍关心照顾受难的斯蒂芬。应该说,布卢姆不是完人,仅仅是千百万个普普通通的爱尔兰市民中的一员,只是一个普通家庭中的养家糊口的丈夫,他所面临的困难和挫折,以及对生活的期望,是受压迫的犹太人、爱尔兰人和在苦难中挣扎的人类的集中体现。他既不是令人肃然起敬的正面人物,也不是令人憎恶的恶棍,既不是一个悲剧人物也不是一个喜剧人物,他失去了和谐融洽的生活环境,渴望摆脱精神的痛苦折磨,真实反映了西方文明价值观念已面临的崩溃瓦解。从布卢姆身上所透露出来的人性特点,体现了爱尔兰小市民大恶不作,至善不能,却不乏善良之举的气质。

斯蒂芬是一位大学毕业不久的中学历史教师,是个愤世嫉俗的虚无主义者。他性格内向,优柔寡断,对现实强烈不满,烦躁不安。追求艺术和理想的失败,使他整天处于懊丧无奈与无聊之中。从小对母亲过分的爱恋情结,使他觉得愧对父亲。为求得父亲理解,他拒绝母亲临终前要他皈依宗教的要求,但并未得到父亲谅解,他为此遗憾不已。这一天斯蒂芬上完课,无所事事,踯躅街头,思想飘忽,渴望找到一位可以依托自己精神的父亲。晚上他喝醉酒,来到妓院,被两个士兵殴打,不省人事。从救助他的布卢姆身上,他感到那种他长期向往追寻的父爱。斯蒂芬具有艺术家的气质,有自己独特的哲学思想和文艺观,思维敏锐,感情脆弱。他痛苦地探索爱尔兰民族前途与社会人生的出路,对爱尔兰遭受英国奴役十分愤慨,同时又对爱尔兰统治阶级深表痛恶。因此他回避人民争取民族解放的斗争,不愿当任何人的奴隶,不管是家庭,祖国,或者教会,他都不再盲目地承担义务责任。他四处漂泊流浪,终于找到了自己的人生哲学与生活道路:沉默、流亡、艺术。

莫莉是布卢姆的妻子,是个完全被肉欲本能所支配左右的人物,充满炽烈的情欲。丈夫的无能,生活的平淡,使她终日沉溺于官能的享乐之中,以此寻求空虚精神和灵魂的安慰。刚刚送走情人的莫莉,看到布卢姆把斯蒂芬带回家中,朦胧中感到一种母性的满足和对青年男子的情欲意识。她睡意蒙眬的潜意识中闪现出生活中的不同男性,她的情人乃至父亲,想象着将要住到家中来的斯蒂芬。似真非真,迷离朦胧,充满了情欲的冲动和喜悦。同时在她的潜意识深处,依然怀有对丈夫的浓郁情意,潜意识中呈现出他们的热烈恋爱以及丈夫向她求婚的情景,想起丈夫对她的感情以及种种优点,表现出对美好生活的追求与向往。

乔伊斯在《尤利西斯》中的人物身上,寄寓了极为深刻的内蕴含义。作品通过三个人物交叉的意识流程及其庸俗无聊的生活展示,表现了西方现代社会中人的孤独绝望,精神崩溃,无可救药的情状,从而展示趋于沉沦衰亡的爱尔兰整个历史及广阔的社会生活画幅。英国评论家维特艾伦在《英国小说》一书中论述道:"乔伊斯所展示的都柏林全局是关于一个社会无可挽回的分崩离析,这个社会在罗马天主教会和大英帝国的主宰下受到剥削,濒于毁灭。"同时作者又站在历史的高度,把人物放进历史的漫漫长河之中,在古今对应对比之下,去认识现代人生、现代社会本质,使作品具有寓意深邃的象征内涵。《尤利西斯》借用奥德修斯,即荷马史诗《奥德赛》中的同名英雄作为书名,把古希腊英雄在海上漂泊10年,最后终于返回家乡的故事予以现代化,并反其意而用之。乔伊斯在书中精心构思安排了与《奥德赛》中相对应的结构模式,把《奥德赛》中的24章缩为18章,对应三个主人公18小时的心路历程,象征性地展示"现代英雄"归家途中竭力躲避或努力征服的障碍和灾难。甚至每个章节和每个主要人物、地名,都用《奥德赛》中的人名、地名来隐喻。充满智慧勇敢的古希腊英雄奥德赛在海上的种种历险,变成了现代"尤利西斯"、小市民布卢姆在都柏林街巷中的无所事事的漫步。奥德赛回家设计勇敢地射杀那群向他妻子求婚的无耻之徒,而布卢姆明知妻子在家与剧院经理鲍伊岚交欢,却不敢去过问,只是龟缩在小酒店里痛苦地想象妻子与别人偷情的情景。这一对比使古希腊的英雄精神在20世纪变得卑微胆怯,猥琐可悲,古代令人振奋的英雄主义让位于现代碌碌无为的庸人主义。《奥德赛》中沉着处理纷乱家事,冒险出海寻找父亲,具有务实主义精神的奥德赛儿子忒勒马科斯,变成了空虚无聊,沉溺于内心苦闷,成天逛荡,在酗酒、嫖妓、打斗中寻找刺激的现代儿子斯蒂芬,坚毅务实的精神被虚无主义所替代,务实的行动,被不切实际的对现代哲学、文学艺术理论的冥思所替代。最后斯蒂芬逃避现实,逃避生活,走向流亡。同样,古希腊坚贞贤良,机智聪慧,对丈夫忠贞不渝的王后潘涅洛帕的形象让位给了轻佻放荡的现代妻子莫莉,理性的情感变成了肉欲主义。乔伊斯在这种古今平行关系的对比描述中,在古希腊英雄高大身姿与高尚情操的反衬下,更体现出现代人的平庸卑微。古代神话传说中的英雄,在现代社会中已成为了人格分裂,猥琐渺小的凡夫俗子。作品从形式结构到情节内容都蕴含象征隐喻意义,小说既是人类社会的史诗,也是人体器官的图解;既是艺术和艺术家成长历程的展示,也是上帝和耶稣父子关系的描绘;既是作家人生和精神探索经历的自传,又是永恒男性女性观念的现代演绎;布卢姆一天无聊而混乱的街头流浪的生活,是人类社会发展的历史象征。《尤利西斯》以对现代人庸庸碌碌生活的展示,尤其是对人物潜意识内心世界的深入挖掘,细致入微的描绘,对他们庸俗猥琐的高度概括,来探索爱尔兰殖民性、岛国性、庸俗性的民族意识,揭示爱尔兰所面临的时代危机,同时也预示人类的危机。正是从这个意义上,我们说《尤利西斯》是一部西方社会精神崩溃的现代史诗。

《尤利西斯》同时又是一部爱国主义和民族主义的史诗。乔伊斯在1920年的一封信中就说:《尤利西斯》"是一部以色列和爱尔兰这两个民族的史诗"。乔伊斯宣称自己的美学是"流亡",实际上作品中无处不体现出海涅《德国——一个冬天的童话》中的那种哀其不幸,怒其不争,恨其平庸,然却爱其弥深的爱国情结。失去祖国,到处流浪的犹太人的遭遇,使乔伊斯越来越深切地感受到处在异族统治下的爱尔兰的悲哀与不幸。如在第十二章中,绰号叫"市民"的一个激进分子就愤慨地问道:"咱们这里本来应该有两千万爱尔兰人,如今却只有四百万。咱们失去了的部族哪儿去啦?"他把爱尔兰人比作以色列人,所以特地使用了"部族"一词。据资料记载,公元前8世纪,由于遭受外来入侵,以色列人就曾由原来的十二个部族锐减到两个部族。而19世纪中叶以来,因饥馑、移民、外来统治等原因,爱尔兰人口由1841年的819万减少到1901年的446万。"市民"接着控诉道,爱尔兰的经济也遭到毁灭性的打击,"在咱们的贸易和家园毁于一旦这点上,那些卑鄙的英国佬们欠下了咱们多大的一笔债啊!"在《尤利西斯》中包括巴涅尔在内的为爱尔兰民族独立事业作出贡献,甚至英勇献身者,几乎无不被提及。尤其是第十二章中,作者在描绘富于传奇色彩的爱尔兰民族主义领袖罗伯特·埃米特因反英起义未遂,被判叛国罪,当众施以令人发指酷刑慷慨就义的场景时,大量的反笔手法的运用,充分暴露统治阶级的残酷毒辣,同时也表现了对民族英雄的崇敬之情。斯蒂芬谈英国统治下的爱尔兰人的感受时说:"我是两个主人的奴仆……既是英帝国的奴仆,又是神圣的罗马天主教圣徒的奴仆。""牛用角伤人,英国人用微笑伤人。"文中借他人之口说:"在丰收的年景,盎格鲁-撒克逊人想把老百姓消灭光,英国豺狼把小麦抢购一空,运到里约热内卢去转卖。"表现出爱尔兰对英国奴役和统治的极大义愤。乔伊斯笔下的布卢姆及其家庭,既是都柏林人贫乏庸俗的象征,也是爱尔兰民族的象征,作者通过类比的模式揭示爱尔兰国内状况的深刻内涵——她被来自外部和内部的势力出卖。爱尔兰被出卖,布卢姆家也是如此,他的家庭状况实际上反映了国家的面貌。布卢姆的家被奸夫所篡夺,就像爱尔兰被英国所篡夺,也像夏娃被蛇(撒旦)所出卖,莫莉就如被撒旦引诱的夏娃。莫莉与鲍伊岚的私通使得布卢姆的家庭遭到破坏。同时作者也传达出这样的象征含义,即这个家庭被外部入侵而破坏的同时,这种结局也是布卢姆自身所造成的,他的理想主义,对莫莉的过分冷淡,生理功能的退化,明知奸情而不敢回家。这种象征,传达出作者对爱尔兰人面对英国统治,当稳了奴隶或惟恐当奴隶而不得的现状的愤慨之情。这就是乔伊斯既不和爱尔兰民族主义结盟,也不和英国体制为伍的原因所在,他宣称"我要使用我认为唯一可用的武器——这就是沉默、流亡、艺术"。

《尤利西斯》充分展示了乔伊斯独特的意识流创作艺术风格,在《尤利西斯》中,人物的生活行动,已让位于意识的显现。人物现实的行为经历,仅作为展示人物心理对过去、现实、未来感受的一条线索。作者充分展示"心理时间",以自由联想、内心独白、时空颠倒的手法,把时间限制在18小时内,写的却是3个人物的漫长岁月与人生经历。乔伊斯将自由联想、内心独白作为最基本的思维模式引入文学创作。主人公数十年的生活内容,在人物的意识流中,过去、现在、未来自由交错出现,其联想更具散漫性、自由性。如莫莉早上醒来,看时间早还想再躺会儿,睡意蒙眬中的意识闪现是极具代表性的,文中的自由联想与内心独白是自由跳跃的,没有方向秩序。刚想到中国人早上起来要梳理发辫又想到附近教堂的修女和晨祷的钟声,从羡慕无人打扰睡眠的修女到讨厌隔壁闹钟鸡的打鸣,从试图重新入睡默数12345联想到了星星,又想到如星状的花朵,进而联想到龙巴街住房中的花纹墙纸和丈夫送她的裙子的花样。莫莉的意识四处漂流,联想自由随意,真实地表现了人物慵懒散漫的生活状态。布卢姆在都柏林街头任意走着,随着目光所及的男男女女,思想意识也出现大幅度的跳跃。脚上袜子皱了,唯美主义者,诗歌创作,去老哈利斯家与人聊天,去修望远镜,失物拍卖,衣帽寄存……这些毫无任何联系的事物,在布卢姆意识中不断涌现,表现人物无所事事、平庸无聊、内心空虚的精神状态。人物突兀多变的内心真实显示,打破了时间的局限而取得了空间的自由,在穿插跳跃、自由联想之中,呈现人物丰富复杂的生活经历和精神感受。《尤利西斯》中人物意识流程的表现随内容性质的不同,其语言文体风格变化多样。如第八章的布卢姆在饭馆吃午饭,主人公的意识流程采用的是模仿胃肠蠕动声音节奏的文体。第十四章中采用英国历代散文文体,从最早的盎格鲁—撒克逊文体到近代新闻文体,象征胎儿的成长过程和人类由野蛮走向文明的历史。

  《尤利西斯》被称为是意识流小说的词典、意识流小说的百科全书。作品中大量采用了倒叙插叙、蒙太奇手法、平行与对比、梦境与幻觉、形象及语言的重复与交错,双关语、反语、神话典故类比、象征暗示比喻等多种艺术手法。如第三章几乎全是斯蒂芬的内心独白,斯蒂芬独自一人徘徊于海滩,凝神遐想,他面对阵阵袭来的浪潮,想到自然界沧海桑田的变化,人类世世代代的生死繁衍,以及艺术怎样才能成为永恒。他冥思苦想,不得其解,最后吟诗一首,寄托他深沉的忧郁与孤独。第十五章中描写了斯蒂芬和布卢姆在都柏林花街柳巷时的感受,其中的场面大多是人物的幻觉,即使现实的人和事,在他们的眼中也犹如幻觉和梦境。最后一章中描写莫莉半寐状态,睡意蒙眬,对外部世界的感受已经模糊,对自己思想的控制已经松弛,因而她的意识如同行云流水一般,不受限制,没有停顿地自由驰骋。长达四、五十页不断行、不带标点符号的意识流程中,具有不受思维制约,自由漂浮,模糊不清,随意闪现的梦幻文体特点,成为了意识流小说的精彩片断。由于《尤利西斯》通篇采用的意识流手法,也使得小说情节淡化,节奏松散,内容趣味性和欣赏性欠缺,在把意识流小说推向经典之作的同时,其表述上的晦涩难懂也标志了意识流小说走向衰落。

第五节　福克纳

  威廉·福克纳(1897—1962)是美国"南方文艺复兴"的杰出代表,美国文学史上最有影响力的作家之一,也是 20 世纪西方意识流文学的代表人物,1949 年诺贝尔文学奖得主。

一、生平与创作

福克纳于 1897 年 9 月 25 日出生在美国南方密西西比州北部一个庄园主后代的家庭里,曾祖父威廉·克拉科·福克纳是当地的传奇人物,人称"老上校",在南北战争期间曾统领过南方的一支队伍,战后修建过铁路,当过州议员,办过大学,写过小说,州内的一个镇也以他的名字命名。福克纳的父亲是一个失意的企业家,这个家族到他这一辈开始走向衰败。曾祖的荣耀与父辈的落魄所形成的反差深深地影响了有着严重英雄情结的福克纳,他把自己视为"老上校"的孩子,拒绝用父亲的名字,9 岁时立下宏誓"我要像曾祖爷爷那样当个作家!"少年时代的福克纳热爱文学,读了大量家藏的文学名著,包括一些早期现代派文学作品。第一次世界大战爆发后,福克纳因为身高等原因参军遭拒,1918 年 6 月想方设法加入英国皇军空军,同年 11 月一战结束,福克纳没能参加战斗就复员回家。次年福克纳在密西西比大学念了一年书,离开学校后任过售货员、大学邮务所所长等职。1925 年,福克纳来到美国南方当时的文化中心新奥尔良市,结识了一些文化人,在知名作家舍伍德·安德森的帮助下,出版了他的第一部小说《士兵的报酬》(1926)。第二部小说《蚊群》于 1927 年出版,两部作品都没有引起注意。福克纳只能依靠打零工维持生活。

20 世纪上半叶,美国南方出现了一大批杰出的作家和学者,一时间南方文学呈现出前所未有的繁荣景象,史称"南方文艺复兴"。这一时期的南方作家在创作上呈现出某些共性:对家乡的深厚情感,对南方的没落无比沉痛,在种族问题上的愧疚感与对资本主义文明的排斥情绪。除此之外,这些作家在艺术手法上也进行了不同程度的探索和创新,可以说,"南方文艺复兴"是美国南方文学传统和现代主义潮流相结合的产物,其中最杰出的代表作家就是威廉·福克纳。福克纳生平共著有 19 部长篇小说与近百篇短篇小说,其中 15 部长篇小说与大部分短篇小说都发生在位于美国南方密西西比州北部的约克纳帕塔法县,其他 4 部长篇小说的背景也大多在美国南部。

《沙多里斯》(1929)是福克纳的第 3 部小说,也是作家以约克纳帕塔法县为背景的第一部小说,揭开了"约克纳帕塔法世系"的序幕。从这部小说开始,福克纳逐步开拓出一个属于自己的天地,殚精竭虑地创造了"福克纳的神话"。小说主人公巴雅德·沙多里斯的曾祖是内战时南方军队的上校,英勇剽悍,名声在外。巴雅德仰慕自己的祖先,又在这样的榜样面前自惭形秽,为此故意去做许多冒险的事情,以示自己身上也流淌着英雄的血液。福克纳说,"从《沙多里斯》开始,我发现我自己的像邮票那样大的故乡的土地是值得好好写的。……它打开了一个有各色人等的金矿,而我也从而创造了一个自己的天地。"

"约克纳帕塔法世系"讲述了该县杰弗逊镇及其周边农村几个大家庭的荣辱兴衰,世系中有名有姓的人物约 600 人,包括 100 多位黑人和印第安人,时间从 1800 年到二战之后。这些人物在不同长篇小说与短篇小说中穿插交替出现,把一个个原本独立的故事编织成一个有机的整体。福克纳认为:"不仅是每一本书必须有构思,一个作家的总的产品或者作品也必须有一个总的规划。"福克纳通过精心编织的家族史,展现了一个世纪以来美国南方的精神风貌和社会变迁,不仅具有浓厚的乡土气息,更具有宏大的史诗风格。其中最有代表性的就是《喧哗与骚动》(1929)，这部作品将福克纳推上了意识流小说代表作家的位置，也是他20年后荣膺诺贝尔文学奖的有力砝码。

《我弥留之际》(1930)再现了20世纪初美国南方的乡村生活图景。为了完成妻子的遗愿，农夫本德伦偕同三子一女将她的遗体运送到40英里外她娘家的墓地安葬，没想到仅仅10天的行程却饱受磨难：大水差点将棺材冲走，长子因此失去一条腿，次子因尸体腐坏想放火烧棺，后来被送进了疯人院。女儿想借此次行程去镇上堕胎，结果反遭药房伙计玷污。只有一家之主本德伦葬妻后顺便在城里配了假牙，找到了新的妻子。在这部作品中，福克纳将意识流手法推向了极致，小说约12万字，由本德伦一家、众邻居及相关人员59节内心独白构成。人性中丑陋的一面在人物的意识流中得到了淋漓尽致的披露，同时，作家也充分肯定了他们身上所表现出来的坚韧、忠诚、悲悯和无畏的感人情怀。

《圣殿》(1931)是福克纳早期创作生涯中唯一的一部畅销小说，好莱坞曾将它搬上银幕，很多人对福克纳的印象就来自这部作品。尽管媒体尤其是法国媒体对这部小说盛赞不已，称之为福克纳"最为黑暗"且"最具有批判力度"的一部作品，但福克纳本人却对这部小说诟病多多，强调他写《圣殿》纯粹就是为了赚钱，用骇人听闻的恐怖事件哗众取宠。相比福克纳的其他代表作品，这部小说以曲折的情节取胜，充斥着恐怖、暴力和性变态的场景，文句和结构较为简单，意识流手法和多角度叙事尚属实验阶段。该小说与后来的代表作比较接近的是主题思想，深入揭示了人性中的邪恶与人物内心的冲突。

《八月之光》(1932)是福克纳第一部以种族歧视为主题的长篇小说，也是福克纳作品中比较具有现实意义的佳作。小说的主人公裘·克里斯默斯因被怀疑有黑人血统，打小被外祖父扔在育婴堂门口。背负着这个可疑身份，他无法在社会上找到自己的定位，最后沦落为一个杀人犯，被白人种族主义者私刑处死。小说中还有另外一个平行的故事。农村姑娘莱娜·格鲁夫怀孕后，一路寻找抛弃自己的爱人，途中得到善良的拜伦·本奇的帮助，两人最后幸福地结合。福克纳认为，只有在这样的没有被"文明"污染的"原始人"身上才能焕发人性的光辉。从写作手法上看，《八月之光》的结构布局精巧新颖，人物与故事走的是写实路线，两条主线貌似互不相干，却不难看出主题上有着黑暗与光明、殉难与救赎的鲜明对比，蕴含着浓厚的象征意味。这部作品在"约克纳帕塔法世系"中占有重要的地位。

《押沙龙，押沙龙！》(1936)是福克纳第9部长篇小说，也是作家最重要、最具有史诗风格的一部作品。书名和主要情节源自《旧约·撒母耳记下》中大卫王与儿子押沙龙的故事，讲述的是父子之间的爱恨及兄妹之间的乱伦等。弗吉尼亚农民之子托马斯·萨德本怀抱着勃勃野心来到杰弗逊镇，通过欺骗和暴力等手段成为当地最大的庄园主，育有一子一女。女儿朱迪斯与哥哥亨利的大学同学查尔斯订有婚约。南北战争之后返乡的查尔斯意外地被亨利枪杀，而这正是萨德本一手策划的。原来萨德本发现查尔斯是自己与原配的儿子，当年母子俩因被怀疑有黑人血统而惨遭遗弃。《押沙龙，押沙龙！》运用了多角度叙事和意识流手法。故事的叙述者有四个，分别为萨德本的妻妹罗莎、康普生、昆丁以及昆丁的同学施里夫，四个人对萨德本的了解与评价迥然不同，都在极力维护自己叙述的权威性，使得作品具有了复调风格。谈及该作的构思，福克纳说："它讲的是一个家族或者家庭里1860年到1910年左右所经历的多少可算是剧烈的分崩离析的故事……《喧哗与骚动》中的昆丁康普生讲述这个故事,或者说由他把事情串联起来。他是主角,因此故事就不像是全然不足凭信的了。我用他,因为那时正是他为了妹妹而自杀的前夕,我利用他的怨恨,他把怨恨针对南方,以对南方和南方人的憎恨的形式出现,这就使故事更有深意,比一部历史小说更有深度。"

除了长篇小说之外,福克纳还发表了几部短篇小说集,比较有代表性的有《这十三篇》(1931)、《没有被征服的》(1938)、《野棕榈》(1939)、《去吧,摩西》(1942)等。福克纳的短篇小说,除了少数以一战为题材外,其他都是"约克纳帕塔法世系"的一部分,与该世系的长篇小说在内容上互相补充,其中不乏世界短篇小说佳作,如《烧马棚》《夕阳》《干旱的九月》等。《献给艾米莉的一朵玫瑰花》出自短篇小说集《这十三篇》,是福克纳最负盛名的短篇佳作,70年代末国内对福克纳的介绍就是从《外国文艺》上发表的这部短篇开始的。该小说讲的是南方贵族家庭的一个骄傲的老小姐,当年因为心爱的未婚夫要离她而去,将他秘密杀害后多年陪伴在尸体旁。这种病态心理和变态行径读来让人毛骨悚然。福克纳的短篇小说多采用写实手法,带有民间故事的色彩,叙事手法简单明晰,生活气息扑面而来,比他的长篇小说要通俗易懂。

1929年至1942年这13年是福克纳创作的高峰期,绝大部分长篇小说佳作都是在这一时期完成的,但福克纳并没有因此名利双收,只在文学小圈子里得到少数作家和评论家的认可。因为家庭的经济压力,他于1932至1946年间屡次奔赴好莱坞,应邀撰写电影脚本,以期获得较为丰厚的酬劳。1946年,马尔科姆·考利编辑的《袖珍本福克纳文集》出版后,福克纳在美国普通读者中开始有了知名度,而福克纳于1949年荣获的诺贝尔文学奖则将他推上了荣誉的巅峰,之后各种奖项纷至沓来。从1955年起,福克纳多次接受美国国务院的委派出访亚洲、欧洲和拉美各国,进行文化交流活动。1962年6月,福克纳因骑马不幸坠落而受伤,一个月后因心脏病发作在家乡奥克斯福镇逝世。

作为美国"南方文艺复兴"的代表作家,福克纳为读者展开了一幅美国南方社会与生活的巨幅画卷,200多年的历史变迁,600多不同阶层人物的命运,都在浩瀚如史诗的"约克纳帕塔法世系"中有了鲜活的生命。但福克纳并不仅仅是一个描绘地方色彩的乡土作家,他更多的是借助美国南方的生活素材,探究他所关注的话题,如人性的内在矛盾以及人与命运的关系等。他在诺贝尔奖获奖演说中宣称:人物的内心冲突是唯一值得呕心沥血地去写的题材。福克纳的长篇小说不仅内容深刻而丰富,形式上也极为复杂多变,令人惊叹!福克纳在他所创造的"神话"中,试验过各种各样的现代艺术手法,其中意识流手法和多角度叙事已经达到了炉火纯青的程度,绵连的长句和多重的象征也让他的长篇小说显得复杂和深邃。福克纳是继乔伊斯之后欧美最伟大的意识流小说大师,也是被研究、评论得最多的西方现代作家之一,其影响力至今不衰。

二、《喧哗与骚动》

《喧哗与骚动》(1929)是福克纳最负盛名的长篇小说,也是欧美意识流文学的主要代表作之一。书名的典故出自莎士比亚悲剧《麦克白》第5幕第5场麦克白的经典台词:"人生如痴人说梦,充满着喧哗与骚动,却没有任何意义。"

小说写的是美国南方杰弗逊镇的没落世家康普生一家的遭遇,真实而细腻地展示了各主要家庭成员的精神状态。这个家族曾经显赫一时,祖上出过州长、将军,如今只剩下一幢破败的老宅,黑佣也只剩下老婆婆迪尔西和她的外孙。一家之主康普生性格软弱,无所事事,整日里醉醺醺地发表些空论,把悲观绝望的情绪传染给了大儿子昆丁。康普生太太冷漠自私,动辄无病呻吟、怨天尤人,在精神上折磨着家人。三个儿子中,长子昆丁悲观厌世,次子杰生冷酷务实,小儿子班吉是个白痴。女儿凯蒂在这样的环境中长大,虽然空有南方大家闺秀的头衔,却也不可避免地走向堕落。福克纳认为这部小说写的是"一个美丽而悲惨的姑娘的故事"。

小说围绕凯蒂的故事而展开。全书分为四个章节,分别由班吉、昆丁、杰生和迪尔西来叙述。中心人物凯蒂看似被作家剥夺了话语权,但书中四个叙述者的所思所为均与她息息相关,也就是说,缺席的凯蒂才是这部小说的中心人物。通过他们的叙述,读者在心中逐步勾勒出凯蒂的形象、个性与气质。福克纳说:"间接的叙述往往更加饱含激情,最高明的办法莫若表现'树枝的阴影',而让心灵去创造那棵树。"

第一章标题为"1928年4月7日",一般称为"班吉的部分",通过白痴弟弟班吉的心理活动,揭示了1928年前后康普生家的衰败以及童年凯蒂的美好与善良。作家率先披露的是一个33岁成年人的内心世界,但因为班吉的智力仅停留在3岁孩子的水平上,所以读者实际上面对的是一个幼童的内心世界。从白痴弟弟这面单纯的思想"镜子"中,读者看到童年的凯蒂充满了爱心,且爱打抱不平,是她给予了白痴弟弟慈母般的爱与保护,让这个冷漠的家庭有了一抹温暖的色彩,也能感受到班吉对姐姐的无限依恋以及姐姐离开后留给他的无尽的孤独和悲哀。

第二章标题为"1910年6月2日",一般称为"昆丁的部分",通过大哥昆丁的内心活动,来写凯蒂少女时代的轻率与谈婚论嫁的仓促。昆丁当时在哈佛大学念书,这个南方没落家庭的世家子弟承载着全家人的期望,而骄傲、敏感且孱弱的昆丁注定逃脱不了时代和家族带给他的打击。昆丁始终无法平衡新旧时代的更替所带来的精神冲突,过于执着于家族的荣誉观念和南方传统的价值标准,他试图用暴力干预妹妹的恋爱,对凯蒂的失贞耿耿于心,结果适得其反,他在情感上深为依恋的妹妹头也不回地走上了一条不归路。身怀有孕的凯蒂屈服于家人的压力匆匆嫁给了一个暴发户,被丈夫遗弃后只能将私生女儿寄养在母亲家,自己到大城市闯荡。家族的衰败早已让昆丁抑郁消沉,妹妹的堕落更是让他彻底绝望,昆丁在妹妹结婚一个多月后投河自杀,表面上他因妹妹的婚姻失败而死,实际上他是为家族及自身的渺茫前途而亡。

第三章标题为"1928年4月6日",一般称为"杰生的部分",展示的是杰生的意识流。杰生是作家笔下的"六大恶棍"之一。与昆丁和班吉不同,杰生对姐姐只有发自肺腑的憎恨和鄙视。杰生自私自利,虚荣心强,报复心重,无可否认,他的"邪恶"与他的成长背景密不可分。在这个家庭中他从小就很孤独,没有获得过多少关爱和重视,家里最后一块地皮变卖之后供大哥读书,姐夫允诺的银行位置也因姐姐的被弃而打了水漂,对此他一直无法释怀,抓住一切机会诋毁自己的姐姐和姐姐的私生女小昆丁。标题所示当天,凯蒂的私生女小昆丁与一个流浪艺人私奔,临走前卷走了杰生半生的积蓄,这里面大部分是杰生侵吞的凯蒂寄给女儿的生活费。得知这个事实,杰生暴跳如雷,丧心病狂地要追回"自己的财产"。一路上他的内心世界波澜起伏,关于凯蒂的回忆不断在脑海里闪回,下意识地数落着家人如何对不住自己,不停地诋毁自己的姐姐,处处为自己辩护,这种自我辩护恰恰暴露了这个恶棍灵魂的丑陋和扭曲。在一幕幕闪回的画面中,读者目睹了他对姐姐令人发指的报复行径,福克纳说,杰生是他所想象出来的人物形象中最为邪恶的一个。

第四章标题为"1928 年 4 月 8 日",一般称为"迪尔西的部分",该部分从全知角度也就是作者的角度讲述凯蒂的故事,该章主要人物是黑女佣迪尔西。迪尔西从小生活在康普生家,是这个家族由盛而衰的历史见证人,也是这个家族唯一一个从心灵到身体都很健康的人。虽然没有多少文化,但迪尔西善良、勇敢、正直、坚忍,多年来忠心耿耿地守护着这个破败不堪的家,与前面三个叙述者的病态人格形成鲜明的对比。她对杰生的所作所为满含鄙视和愤怒,对凯蒂的无奈选择深表同情和理解,对班吉几十年如一日地悉心看护,在她身上体现的是人性的力量,如同福克纳在诺贝尔获奖演说中所言:"人之不朽不是因为在动物中惟独他永远能发言,而是因为他有灵魂,有同情心、有牺牲和忍耐精神。"

福克纳对历史与人性的悲剧性有着深刻而敏锐的洞悉力,在加缪看来,福克纳是那个时代唯一真正的悲剧作家。福克纳的怀旧情结和悲观思想在这部小说中展露无遗。这个大家族的破败意味着旧南方已经无可挽回地分崩离析,那里的人看不到未来,只能回望过去。与悲剧人物昆丁一样,福克纳害怕时光流逝,害怕女孩变成女人,害怕面对日新月异的新时代,徒劳地想回到早已辉煌不在的过去。他笔下的人物总是陷入无望的回忆中:昔日的温馨(班吉)、昔日的尊荣(康普生太太)、昔日的痛苦(昆丁),对他们而言,过去比现在更加真实、更加清晰,现在无时无刻不在提醒过去。唯独没有将来,没有希望,没有梦想,只有争吵、仇恨、孤独,在班吉一声声绝望的哀号中持续下去。

每位艺术家都有自己的哲学,福克纳的哲学与"时间"密不可分。为了吸引读者去寻找叙述的线索,福克纳重新建立起时间的顺序。结合故事的中心人物,不难发现看似颠倒混乱的叙述时序有着内在的逻辑性,基本按照"凯蒂的童年——凯蒂的少女时代——凯蒂的婚姻——凯蒂的出走——小昆丁的命运"这样的正常进程来安排的。小说出版 15 年后,福克纳又在《附录》中将康普生家的故事做了补充,因而,这个故事从不同的角度被叙述了 5 次,多角度叙事是这部小说最重要的艺术特征之一。凯蒂的形象从模糊到清晰,从平面到立体,最后栩栩如生地立在读者面前,而叙述者跌宕起伏的内心世界也吸引着读者去揣摩出他们的个性和形象。

《喧哗与骚动》最令人称道之处就是运用意识流手法表现人物的内心世界,凯蒂的形象就是通过兄弟三人的意识流呈现出来的。班吉只有 3 岁孩子的智力,分不清现在和过去,他的意识流是受到外界事物刺激后下意识的点点回忆,作家用零碎、混乱、简单而感性的文字表现这个人物的意识流。昆丁受过高等教育,他的内心独白带有思辨色彩,自杀前的他完全沉浸在自己的内心世界之中,意识活动杂乱而迅速。杰生是一个典型的实利主义者,即便处在极度的焦躁和狂怒中,他的意识流仍然清晰而犀利,始终把批判的矛头指向他人。三个叙述者的思绪跳跃幅度都很大,场景变化如万花筒般繁复杂乱,如在"昆丁的部分",场景转移就超过 200 次,作家有时会通过变换字体以提醒读者。传统的现实主义小说往往从客观环境的描述着手,随着故事的展开逐步进入人物的内心世界,福克纳却反其道而行之,开篇便将读者领进人物迷乱混沌的内心世界,穿过思想的层层迷雾,逐渐走入清晰而明朗的客观世界中。

象征和隐喻的手法在这部小说中也运用得非常出色,在《喧哗与骚动》中,三、一、四章的标题为1928年4月6日至8日,这三天恰好是基督受难日到复活节。《新约·路迦福音》中的耶稣受难日,与耶稣同钉十字架的一个犯人被耶稣感化,说:我们是应该的,因我们所受的,与我们所做的相称。耶稣对他说:"今日你要同我在乐园里了。"康普生家族走向没落只能是自作自受,信仰的缺失让康普生家族的后代子孙在堕落的道路上越走越远,对此上帝已然做出了公正的判决。最后一章故事发生的这一天是复活节,迪尔西仿佛行走在大地上的耶稣,焕发着人性的光辉和救赎的希望,她引用《圣经》中的话,说:"我看见了始,我看见了终。"

第六节 萨特

让-保罗·萨特(1905—1980)是20世纪西方无神论存在主义哲学的精神领袖,法国著名的哲学家、文学家和社会活动家,其人道思想和自由精神对二战后的欧洲社会影响深远。萨特是1964年诺贝尔文学奖得主,以他为代表的存在主义文学流派对西方尤其是法国的一些文学流派有过重大的影响。

一、生平和创作

萨特于1905年6月21日出生在巴黎的一个海军军官家,父亲在萨特2岁时去世,母亲改嫁后他寄居在外祖父家。身为大学教师的外祖父给了他良好的早期教育,被视为"神童"的萨特很早就流露出独立思考的倾向和对哲学的浓厚兴趣。回顾过去,萨特说,"我的生活是在书本中开始的,无疑也必将在书本中结束。"

1924年,萨特考入巴黎高等师范学院攻读哲学,毕业后的第2年在全国中学哲学教师资格会考中名列榜首,结识了会考的第2名西蒙娜·德·波伏娃,两人志趣相投,结为终身伴侣。一年多的兵役结束后,萨特来到勒阿弗尔中学担任哲学教员,对当时流行的现象学产生了浓厚的兴趣,并于1933年赴柏林法兰西学院进修哲学,受业于现象学大师胡塞尔门下。1936年出版第一本哲学著作《想象》,初涉存在主义的一些基本观点。1938年发表了长篇小说《恶心》。1939年短篇小说集《墙》出版,获民众小说奖。

哲学巨著《存在与虚无》(1943)的出版,标志着萨特无神论存在主义哲学体系的建立。1945年10月,萨特在现代俱乐部做了"存在主义是一种人道主义"的演讲,通俗易懂地诠释了存在主义哲学的基本理念,指出存在主义是一种专门阐述人的存在及其意义的哲学。

存在主义的基本论点是"存在先于本质"。萨特反对决定论,认为对于人类而言,并不存在先验的人性本善或人性本恶之说。人存在这个星球上,只是一个事实,人在自己的一生中,通过选择和行动,设计、造就了自己,一个人的本性如何,只有到盖棺之时方可定论。不能用普遍的人性去规定个人。一个人活着,只能是在可能性的意义上存在,可以随时选择改变自我，甚至改变所谓的本性。

存在主义哲学的另一个基本论点是：世界是荒诞的，存在是痛苦的。萨特说："我们都是被随意地抛到这个星球上来的。"在浩瀚的宇宙中人类的出现纯属机遇。客观存在的纯粹偶然性让人类失去了以往的精神寄托。认识到存在的偶然性和无意义，随之而来的就是绝对孤独乃至悲观厌世的主观感受，萨特在小说《恶心》中，形象地表达了这种生存感受。

作为个体主义的人道主义，存在主义重视的是每个个体的自由。萨特提出"人是自由的，人即是自由"，而且人是被判定自由的，人每走一步都面临下一步怎么走的选择，人类的历史就是人类自由的传奇。真正意义上的人是具有高度历史责任且敢于行使其自由意志的人。萨特早年的哲学理论唯心主义色彩浓厚，追求的是个体存在的"绝对自由"。他的"绝对自由论"的第一层含义是真实地活着，把握当下，走自己的路，勇敢地挣脱宗教、道德和习俗加在身上的层层枷锁。

二战爆发后的入伍经历改变了他对"绝对自由"的认识，萨特开始意识到，作为社会的一分子，人们必须抛开小我，介入社会，干预生活。回到巴黎后，萨特积极参加抵抗运动，创作上倡导"介入文学"，主张自由与责任的密不可分，从"绝对自由论"走向了"相对自由论"。"相对自由论"借鉴了马克思主义哲学观，对人的社会性有了重要的肯定，承认了个体与群体、自我与他人之间不可分割的联系，个人的自由只具有相对意义，绝不应该随心所欲，而且，人在自由选择的同时，必须为自己的行为负责。作为一个理性主义者，坚定的笛卡尔派，萨特肯定了责任感中所包含的道德和良知。萨特的主要哲学著作还有《想象力》(1936)、《马克思主义与存在主义》(1957)、《辩证理性批判》(1960)等。

二战以后，存在主义思想通过萨特、加缪等人的小说和剧本在欧美广为流行。存在主义文学试图揭露世界和人的存在的荒诞性，肯定人的存在先于人的本质，表现人在荒诞或绝望的境况中的自由选择。纵观萨特的文学创作，影响最大的当属境遇剧。萨特擅长通过其独创的境遇剧表达他的自由观：既然人在一定境遇中自由地选择自己，那么在戏剧中就必须提供特定的环境，剧中人物在这一特定环境中选择自己的行动，展示自己的个性和思想，造就自己的本质。境遇剧也称为"自由剧"。萨特发表过 11 部境遇剧，代表作有《禁闭》(1942)、《苍蝇》(1943)、《死无葬身之地》(1946)、《恭顺的妓女》(1947)等。

《禁闭》(1942)最初取名为《他人》，故事发生的地点是地狱，它是一个法国第二帝国时代的客厅，没有窗、床和镜子，只有三张沙发。主要人物是三个鬼魂，他们被随机选入这个客厅永久入住。在这个精心设置的封闭的极限境遇中，自我意识与他人意识之间不可避免地发生摩擦和冲撞。报社编辑加尔散生前因在战场上临阵脱逃而被枪毙；邮政局女职员伊内丝，生前是同性恋，与被她诱惑的表嫂双双死于煤气中毒；年轻漂亮的艾丝黛尔，生前为钱嫁了个老丈夫，曾亲手溺死自己的私生女儿，死于肺炎。三个人的鬼魂进了这间客厅后，难免要先给自己粉饰一番，随后追逐起自己感兴趣的人。加尔散纠结于自己生前死后的名誉，试图说服理性的伊内丝相信自己并非胆小鬼，因为艾丝黛尔对这些毫无兴趣，一味追求感官的享乐；同性恋伊内丝对艾丝黛尔一见钟情，穷追不舍，引发了后者的反感；艾丝黛尔对加尔散的纠缠同样让对方厌弃。三个鬼魂在无休止的争吵中相互折磨，无处逃遁，痛苦不堪，最后加尔散恍悟：原来地狱并非人们所形容的那般模样，真正的地狱是"他人"！

"他人即地狱"成为萨特的名言,也是萨特最容易被人误读的一个观点。很多人认为这种表述过于极端和悲观,看不到人性与人际关系中的积极面。萨特对此辩解道,他的这句断言并非人们说的那么武断和绝对,只是表明如果一个人与他人的关系变得恶化,或者一个人过于依赖他人的判断,那么他人对自己来说就是"地狱"。萨特呼吁人们为争取自由,砸碎禁锢自身的"生活的地狱"。

《苍蝇》(1943)的题材来源于古希腊悲剧诗人埃斯库罗斯的《俄瑞斯特斯》三部曲。阿伽门农之子俄瑞斯特斯不顾朱庇特的阻拦,在姐姐厄勒克特拉的坚持下,毅然为父复仇,杀死了自己的母亲和国王。犯下弑母弑君的罪行后,复仇神的苍蝇成群地飞落到姐弟俩的头上,姐姐被恐惧和悔恨打败,甘愿领受复仇女神的惩罚。而俄瑞斯特斯却无悔于自己的自由选择,勇敢地承担起全部的责任,引着铺天盖地的苍蝇离开了阿耳戈斯。《苍蝇》生动表达了萨特无神论存在主义哲学的自由观和责任观,即人类应该摆脱神权统治,自由选择人生之路,勇敢承担起自己的责任,《苍蝇》创作于反法西斯战争期间,其主题思想带有浓厚的影射意味。

《死无葬身之地》(1946)的故事发生地是法西斯的一个牢房,法国抵抗运动中五个游击队员不幸落入这个特殊的境遇,等待他们的是难以想象的酷刑。他们被迫面临痛苦的选择,有的宁死不屈,有的假意招供,伺机跳楼身亡,唯一的女游击队员吕丝宁可忍受敌人的玷污也不出卖战友。年仅15岁的弗朗索瓦欲向敌人妥协,在牢中被战友们掐死。这出境遇剧是萨特的"自由选择观"的生动图解,人永远面临下一步怎么走的选择,这是人类被判定的自由,而自由是把双刃剑,因为人的痛苦就在于如何选择。一个人的选择和行动设计、造就了自己,英雄和懦夫不过是一种选择。

多卷本长篇小说《自由之路》(1945—1949)是萨特半自传性的文学作品。已出版的有第一卷《懂事的年龄》、第二卷《延缓》和第三卷《心灵之死》。小说的中心人物是35岁的哲学教员玛蒂厄。第一卷中的玛蒂厄是萨特早期"绝对自由论"的代言形象。玛蒂厄总是寻找理由来捍卫自己的生活原则,享受"绝对自由"是他的人生追求。他拒绝与同居七年的女友结婚,四处筹钱让女友堕胎,因为害怕婚姻会妨碍自己的自由,他拒绝加入共产党,因为担心组织会剥夺自己的自由。宁愿被社会贴上"背德者"的标签,承受着良知的谴责,他也要抱着"绝对自由"不放,不愿承担起自己的责任。在后两卷小说中,战争风暴让玛蒂厄进入了一个更为广阔的世界,玛蒂厄目睹战争的巨手攫住了每一个人并将大家联结成一个命运共同体,逐步摆脱了对个体的"绝对自由"的执念,开始从人类命运的高度理解自由,并将自由与责任联系在一起。玛蒂厄的精神之旅显然有萨特自己的影子。

萨特在文学理论方面也颇有建树,代表作有《什么是文学》(1947)、《答加缪书》(1952)、《境遇集》(1947—1976)、《局外人诠释》(1947)《提倡一种境遇剧》(1947)等。《什么是文学》全面阐释了他的"文学介入论",主张文学介入社会斗争,积极干预现实生活。萨特提出:写作即揭露,揭露即改变。批评了所谓的纯文学,要求文学介入自己的时代。他认为,文学作品只有在作者和读者的共同努力下才能实现其完整的价值,创作是为阅读而设的引导,阅读是引导下的创作,阅读的过程同样是积极主动的创造性行为,这个观点让萨特成为西方接受美学的先驱。

作为知名的社会活动家,萨特宣称,存在主义哲学是行动主义的人道主义,强调每个人都应积极介入社会生活,应该对每一个重大的社会事件承担自己的责任,对此萨特身体力行。在东西方意识形态的冲突剑拔弩张的时代,面对许多重大国际问题,萨特总是挺身而出,为了正义和公平大声疾呼。他谴责法国对阿尔及利亚的殖民统治,抗议美国的越战罪行,参与法国的学生运动,痛斥苏军入侵捷克斯洛伐克和阿富汗。作为独立左翼知识分子,他坚持人道思想,坚决不向现存秩序妥协,他与各政党对话,但不从属于任何一个党派,在各种时代话题和社会问题上自由地发表个人见解,被誉为"20世纪人类的良心"。1980年4月15日,萨特病逝于巴黎,享年74岁。数万群众自发参加了他的葬礼。沉痛哀悼这颗"陨落的智慧明星"。

萨特弃绝了决定论,从一种否定的立场建立起了他的存在主义哲学体系,但他的绝望却又与乐观精神密切相连。他呼吁人类学会独自站立,依靠与生俱来的自由去开创自己的未来,面对荒诞的现实争取积极的存在意义,为人类指出了一条充满希望的行动之路。早在1945年,萨特就开始通过演讲宣传他的哲学观点,并通过文学创作和戏剧舞台进一步宣扬自己的思想,他的小说和戏剧创作巧妙地将哲学和文学融为一体,紧紧围绕着"人道主义"这个基本内核,将存在主义哲学观点做了生动形象的表达。萨特在小说创作中坚定地走写实路线,写作风格平实朴素,处处闪耀着智慧的光芒,其戏剧创作则展现了作家丰富的想象力,充满了象征隐喻的意味。作为那个时代最有影响力的人物,萨特于1964年荣获诺贝尔文学奖金,但他以"谢绝一切来自官方的荣誉"为由拒绝领奖。

二、《恶心》

《恶心》(1938)是萨特的第一部长篇小说,也是他的成名作。这部日记体小说反映了萨特早期的哲学思想。萨特的创作始于20世纪30年代,当时他正在胡塞尔门下求学,常常陷入深刻而痛苦的哲学思索,存在的意义、人的本质这些宏大命题萦绕于心,他要给这些问题寻找能够说服自己的解释。在胡塞尔的现象学和海德格尔的存在主义理论中,萨特慢慢理清了自己的思路,找到了自己的答案。萨特在这部小说中详细披露了这段心路历程。

小说是第一人称写的。小说中心人物安托纳·洛根丁是一位30岁左右的法国知识分子,曾在欧、北非和远东旅行了六年,如今客居法国的海港城市布城(虚构的地名),想在这里完成18世纪政治人物德·洛勒旁侯爵(虚构的人物)的历史资料的研究工作,为此他在布城图书馆的故纸堆里爬梳了3个年头。日记开始于1932年1月29日,这一天,"我"确定无疑地感受到自己身上发生的某种无法言喻的变化,越来越强烈地感受到自己的孤独无依,仿佛一把无形的剪刀正在将他和正常的生活割裂开来,他对自己所撰写的历史人物感觉厌倦,对周围的一切也感觉无聊,不无恐惧地意识到一种"恶心"的感觉攫住了自己。

洛根丁漫无目的地游走在这个小城里,在街头巷尾注视着过路人的举止,在咖啡馆聆听着身边人的交谈,去博物馆观察那些挂在墙上的肖像画,然而,他对身边人及其生活的密切关注并非出于对人类或生活的热爱,而是源于内心深处的无聊感和荒诞感:"我们所有这些人都在这里又吃又喝来保存我们宝贵的生命,实际上我们没有、丝毫也没有任何生存的理由。"意识到生存环境以及生存本身的无聊和荒谬,眼前所见在洛根丁眼中开始变形走样,他发现自己身处一种无望的清醒之中。"我已经找到了存在的答案,我恶心的答案,我整个生命的答案。其实,我所理解的一切事情都可以归结为荒诞这个根本的东西。……我要确定荒诞的绝对性。"

洛根丁的思想历程揭示了萨特存在主义哲学的一个基本概念——世界是荒诞的,存在是痛苦的。这是因为存在的虚无本质。在萨特看来,存在并无本质,生活的真谛不过是空和无。"所有的生存者都是无缘无故地产生,虚弱无力地绵延,偶然地死亡。"认识到这一点,人群中的洛根丁感觉到孤独、陌生、恐惧和厌恶。旅游或者改变环境再也无法激起他对生活的兴趣。他陷入悲观消极的情绪中,极力要给自己找一条精神出路。与身边浑浑噩噩的大众相比,他是孤独的清醒者,"恶心"是一种觉悟,是存在主义者对这个荒诞的世界的感受。

萨特把烦恼、孤寂和绝望看作人的基本情绪,这些不幸意识却能使人领悟到自己的真正存在。洛根丁苦苦思索"我存在着"的哲学内涵,人和其他事物一样都是偶然地存在于一个虚无场内,这也就规定了人的"绝对自由性",我的思想就是我,我自己的未来由自己决定。洛根丁意识到自己所撰写的人物需要占有他的生命来显示自己的存在,而眼下这个洛勒旁侯爵也是他存在的理由。他想找回自己本真的、自由的、不附在任何事物上的"存在"。小说结尾,洛根丁放弃了传记写作,回到了巴黎。不放弃"自由选择"的权利,人的"存在"就不会沦为"自在"或"物在"。

洛根丁在布城的生活圈子狭小,仅有的相识只有弗朗索瓦和奥吉埃。弗朗索瓦开了一家酒吧,她对洛根丁颇有好感,两人有着长期的"互利的交易",彼此满足生理的需求,没有情感和生活上的交集。弗朗索瓦头脑简单,想法务实,代表着现实生活中依靠本能而存在的普通人。奥吉埃则不同,他狂热地追求精神生活,立誓要按字母顺序阅读完图书馆里的全部藏书,洛根丁因而称他为"自学者"。"自学者"主动登门聆听洛根丁的冒险经历,邀请对方共进晚餐,积极地与洛根丁交流思想。作为一个社会主义者,"自学者"并不信仰宗教,但相信爱的力量,认为自己应该爱他人,相信他人,他要将自己置身于群体之中才不会感觉孤独,因而其他人就成了他的生活目标。"自学者"给洛根丁带来很多烦恼和困惑。

分手6年的恋人安妮是书中另一个主要人物。安妮来信要求见面,唤起了洛根丁对往昔的回忆。眼下,他把安妮看作拯救自己的唯一希望,主动去巴黎找她。小说中的安妮是一个戏剧演员,曾经与洛根丁有过3年的热恋,有过共同的精神追求。见面后安妮告诉洛根丁,她无意与他重修旧好,仅仅把他视为抽象的界石或路标,提醒自己曾经有过的精神探索,而今她已彻底改变,"只是在肉体上还活着"。洛根丁在交流中敏感地捕捉到他们在精神历程中的步调一致,试图说服她接受自己,遭到了安妮坚定的拒绝,她正准备与恋人同去英国。作为洛根丁精神世界的唯一伴侣,安妮彻底放弃了自己的精神追求,全身心拥抱现实生活,这一形象让这部平淡无奇的心理传记平添了几许悲哀和无奈。

萨特非常偏爱这部小说:"从纯文学观点看,《恶心》是我最好的文学作品。"这部半自传体的"哲学日记"走的是写实路线,不同于传统的现实主义小说,也不同于18世纪的哲理小说,它没有虚构的故事,没有完整而连贯的情节,而是通过零零碎碎的日记详尽展示了主人公的内心体验和思索,开创了文学与哲学相结合的新局面。可以说《恶心》是萨特"绝对自由论"时期哲学思想的图解。

《恶心》充斥着大量繁琐而无趣的细节描写，地上的破纸片，盘根错节的树根，某个人身上的紫色背带，等等，是生活中司空见惯却又不会被特别关注的，以往的小说家很少会将这些琐碎无聊的事物纳入到他们的创作视野中，而萨特用这些细节构筑的单调乏味的生活图景给读者留下了极为深刻的印象，让读者感觉这正是他们每天不得不面对的活生生的现实，从而引发强烈的共鸣，进而思索文字所传达的人生哲学。

第七节 贝克特

塞缪尔·贝克特（1906—1989）是荒诞派戏剧的经典作家之一。正是他的《等待戈多》，把荒诞派戏剧推向了巅峰，使他成为20世纪世界文学史上无人可以取代的作家。

一、生平与创作

贝克特1906年4月13日生于爱尔兰首府都柏林，父亲是一位建筑工程估价员，母亲是法国人，虔信新教。幼时，他入托于德国人开办的幼儿园，上中学时，校长是法国人，这对他语言才能的开发产生了重要影响。1927年，贝克特毕业于都柏林著名的三一学院，获法文和意大利文学硕士学位。1928年至1930年，他在巴黎高等师范学院任英文教师。20年代也是意识流文学在欧洲兴起的时代。这一文学新潮流深深吸引了贝克特，他阅读它，翻译它，研究它。特别是与声名远播的爱尔兰现代派作家詹姆士·乔伊斯的相识，对他以后的创作产生了深刻影响。他早期的诗歌《婊子镜》（1930）就具有现代派的特点，他还发表过《但丁、布鲁诺、维柯、乔伊斯》（1929）、《普鲁斯特论》（1931）等文学研究论文。1930年，贝克特回到爱尔兰，在三一学院教授法文，并研究笛卡尔的哲学思想，获硕士学位。两年后，因不喜欢教书而辞去教职，开始漫游欧洲，后因厌恶爱尔兰的神权政治、书籍检查，而于1938年定居法国巴黎。第二次世界大战爆发后，他于1941年参加了法国反纳粹的地下抵抗运动，因受到盖世太保的追捕，他同法籍妻子逃到沃克吕斯的一个小村庄鲁西荣当农业工人。大战结束后，他曾短时间为爱尔兰红十字会工作，1945年秋天，在一所军队医院里当盟军翻译，同年回到巴黎，从此专事文学创作和翻译。

贝克特的创作以其名剧《等待戈多》1952年出版为界，大体可分为两个阶段，第一个阶段主要写小说，第二个阶段主要写戏剧，但就作品的主题思想和创作倾向看，前后期并无明显变化。他一生创作的长篇小说主要有《莫菲》（1935年完成，1938年出版）、《瓦特》（1945年完成，1953年出版）、《莫洛依》（1947年完成，1951年出版）、《马龙之死》（1948年完成，1951年出版）、《难以命名者》（1950年完成，1953年出版）和《依然如此》（1961）等。此外，他还有几部短篇小说集传世，其字数比他的戏剧创作多几倍。贝克特从一开始走的就是一条远离现实主义传统的创作路线。在他的小说中，没有多少真实的社会生活的场景和画面，更不触及具体的社会问题，他所揭示的是人类生存的困惑、焦虑、孤独，人的精神和肉体的分离，人对自身的无法把握，人的自主意识丧失之后的无尽悲哀和惨状。他在小说中用一些生活的碎片和幻想来负载他的哲学思想，因此，一切都给人模糊、破碎、不确定之感，既无连贯的情节，更无动人的故事,甚至连人物的职业、来历都不清楚。《莫洛依》是贝克特最重要的一部小说,它的出版被认为是文学界的一件大事。小说共两章,完全用内心独白写成。第一章写莫洛依寻找故乡的故事,第二章写莫兰寻找自我的故事,然而前后两章的故事并没有连续性,甚至主人公的名字也不同。就人物看,第一章中的莫洛依是个神经机能不健全的梦游者,而第二章中的莫兰则是个受环境所控制的恐惧症患者。整个故事扑朔迷离,令读者难理头绪。主人公寻找故乡,故乡不可寻,孤独寂寞,无法与人沟通,他永远是一个被放逐者,一个四顾茫茫的流浪者。寻找自我,又时时受到环境的追迫,受到敌人包围,他的人格个性无法确立,留下的是无边的苦恼。小说没有客观事物的真实图像,也没有事物发生发展的逻辑秩序,有的只是主人公意识的无序状态的直接展示,是一些心造的幻影和苦闷的象征。世界的荒谬和人生的荒诞,正是小说所要揭示的主题。

贝克特在第二个时期的创作中,共写了几十种剧本,包括《等待戈多》(1952)、《剧终》(1957)、《哑剧 I》(1957)、《克拉普最后的录音带》(1958)、《啊!美好的日子》(1961)、《哑剧 II》(1963)、《喜剧》(1964)、《俄亥俄即兴之作》(1982)、《摇椅曲》(1982)等,其中《等待戈多》、《剧终》和《啊!美好的日子》被公认为是在西方戏剧界引起轰动的贝克特的戏剧代表作。《等待戈多》有专节介绍,这里不再赘述。《剧终》是个独幕剧,共有四个出场人物,全是残废。哈姆双眼失明,只能坐在轮椅里,他的仆人克洛夫只能站着,哈姆的父亲纳格和母亲奈儿钻在垃圾桶里苦度岁月。他们都是些思维不健全、语言不知所云的人物。他们孤独寂寞,挨饿受冻,被无边的痛苦所笼罩,只能在对往事的一些回忆中寻找乐趣。作者用夸张和象征的戏剧手法,揭露了西方资本主义社会的精神危机和社会危机。西方社会的物质文明,并没有给每个人带来天堂般的生活,那些生活在社会下层的人们,一生受尽生活的折磨,最后被世界所抛弃,甚至亲生儿子也对父母失去了耐心和亲情。《啊!美好的日子》是一个两幕剧,剧情简单,出场人物只有维妮和维利一对老夫妇。幕启时,维妮下半身没入一丘中,身边放一提包,里边装着女人日常梳妆打扮用的各种物品;维利则躺在小丘后面,身体被小丘挡住,只露出一个脑袋。维妮是剧中主要人物。整个剧本对话很少,几乎全由维妮的独白和琐碎的日常生活小动作构成。维妮是一个既可笑又可悲的人物。她已是即将没入坟墓的人了,但每天醒来仍然要赞美这"美好的一天"。她不停地重复做着那些日常琐事,像没有感觉的机器人一样,刷牙,涂口红,锉指甲,自我欣赏,喃喃自语,追忆往事,没有愤怒,没有悲哀和恐惧,而是觉得一切都很美好。她越是赞美那空虚无聊的生活,就越显得可笑和可悲。剧本通过对这样一个漫画式人物的生活的揭示,表现了当代人就像维妮夫妇一样,不敢正视现实,宁可苟延残喘,自我陶醉,唱着赞歌走向坟墓。作者以他特有的幽默所要嘲讽的,正是这种可悲的现实。

1969 年,贝克特以"他那具有新奇形式的小说和戏剧作品使现代人从精神贫困中得到振奋"获得诺贝尔文学奖,瑞典皇家学院在授奖仪式上称赞贝克特的戏剧"具有古希腊戏剧的进化作用"。

二、《等待戈多》

《等待戈多》是贝克特的成名作,也是他创作的第一个反传统的戏剧。1953 年 1 月该剧在巴黎首演后,便引发激烈争议,毁之者认为"没有比它更糟的了",誉之者则称其为"异化的里程碑","标志着法国喜剧的革命"。在伦敦演出时,该剧曾受到嘲弄,引起混乱。1956年4月在纽约百老汇上演,被视为是奇怪的来路不明的戏剧。然而,随着时间的推移,《等待戈多》获得了广泛的好评和承认,被译成20多种文字,在许多国家和地区上演。该剧是最能体现贝克特戏剧创作艺术的一部作品,荒诞的思想内容和荒诞的艺术形式,在这部作品中得到了高度的统一,被公认为是荒诞派戏剧的代表作之一。

《等待戈多》是一个非常简单的两幕剧。第一幕,黄昏,秃树,一条荒凉的乡间小路旁。衣衫褴褛、浑身腥臭、名叫爱斯特拉冈和弗拉季米尔的两个流浪汉相遇。原来他们都在等待一个叫戈多的人。戈多却一直未来,等得他们两人十分烦躁和苦恼。过了一阵子,忽闻人声,原来是波卓和仆人幸运儿两人来到。爱斯特拉冈和弗拉季米尔误把波卓当成了戈多,事实上波卓也不认识戈多。波卓加入了他们的胡言乱语,唯有幸运儿一声不吭,麻木不仁地听从主人的盼咐。波卓主仆走后,爱斯特拉冈和弗拉季米尔继续等待戈多。终于来了一个小男孩,是戈多的信使,他报告说戈多今晚不来了,但明晚准来。两人决定明日再来等待。

第二幕,次日黄昏,地点依旧,只是秃树上长出四、五片叶子。爱斯特拉冈和弗拉季米尔又来到这里等戈多。他们反复追忆昨日的事情,但一切都模糊不清。两人百无聊赖,对骂解闷儿。又突发奇想,决定演戏。正在这时,波卓主仆两人再次出现,不过波卓已成瞎子,幸运儿变成了哑巴。后来那个男孩儿又出现了,宣布说戈多今晚不来了,明晚准来。爱斯特拉冈和弗拉季米尔绝望地去上吊,可是没带绳子,裤带又不顶用。于是共同决定只好明天再上吊。

这个看后颇让人摸不着头脑的两幕剧,究竟想要表达什么思想主题呢?这必须要追问两个问题。首先,两个流浪汉为什么要苦苦等待?剧中没有明确交代,但可以从他们乱无头绪的对话和怪诞的举止中发现蛛丝马迹。爱斯特拉冈说"我他妈的这辈子到处在泥地里爬",弗拉季米尔痛苦得"连笑都不敢笑了",后悔年轻时没有"从巴黎塔顶上跳下去"。由此可见他们艰难而痛苦的生活处境,以及对生活绝望的思想情绪。他们第一天等待戈多,没有结果,第二天继续等待,最终是等待,失望,再等待,再失望。面对现实,他们完全无能为力,只能焦急而痛苦地等待。但等待的对象一次又一次地把他们捉弄,使其人生意义变成没完没了、毫无价值的等待,到头来他们只能在等待中耗尽生命,走向死亡。其次,戈多是谁?终其一剧,他始终未出场,他究竟代表什么,作者也没有说明。但这个没有出场、身份不明的戈多却在剧中占有重要地位,对他的等待构成了全剧的中心。西方评论家对戈多有各种各样的解释,有人说戈多就是上帝,有人说戈多象征死亡,也有人说戈多是现实生活中的某某人等。有人曾问贝克特,戈多是谁,他说他也不知道,"我要是知道,早在戏里说出来了"。作者看到了社会的混乱与荒谬,更感受到作为这个世界上的人,已经既弄不清自己的生活处境,也无法知道自己行动的意义和存在价值,孤苦无告,被动可怜,只有靠可望而不可即、飘忽不定的希望来聊以自慰。因此,戈多实际上是一种象征,象征了生活在惶恐不安的西方社会的人们苦苦等待而又迟迟不来的希望。作者借两个流浪汉的等待戈多,深刻表达了世界的荒诞离奇和人生的痛苦无望的思想主题。

如同其他荒诞派戏剧一样,《等待戈多》不以人物塑造和戏剧冲突取胜。剧中人物都是些支离破碎的舞台形象,既无鲜明的个性,也无明显的个性发展。戈多作为贯穿全剧的线索性人物,始终没有出现;两个流浪汉精疲力竭,穷困潦倒,思维混乱,行动无聊;波卓一夜间成了瞎子,幸运儿一夜间成了哑巴。作者所关注的是人物的抽象和象征,是一种主观感受的宣泄,而不是人物的个性和形象的完整。人物语言更是颠三倒四,东拉西扯,缺乏逻辑联系,显示出荒诞的、非理性的特点。

《等待戈多》最突出的艺术特征体现在循环结构的创造上。下面是剧中主要人物之一弗拉季米尔在第二幕出场后高唱的一支歌:

  一只狗来到厨房
  偷走一小块面包。
  厨子举起勺子
  把那只狗打死了。
  于是所有的狗都跑来了
  给那只狗掘了一个坟墓——

  于是所有的狗都跑来了
  给那只狗掘了一个坟墓——
  还在墓碑上刻了墓志铭
  让未来的狗可以看到:

  一只狗来到厨房
  偷走一小块面包

这支歌讲述了一个没有结局的、反复循环的故事。初看上去,颇感荒诞滑稽,殊不知,它正是剧作循环结构的一个绝妙暗示。

在这部剧作中,贝克特为了更充分地表现、更突出地强调人的荒诞无意义的生存状态和精神面貌,他摒弃了以往文学剧作以对白为基础的传统戏剧格式,打破了戏剧所特有的展示矛盾——激化矛盾——解决矛盾的结构模式,别出心裁地构思了一个没有情节发展和结局的故事在重叠反复中循环的独特结构。这种结构主要表现在两个方面:

1. 幕与幕之间的重叠反复,如场景、时间、出场人物等前后如出一辙。两幕戏沿着相同的顺序展开剧情:路旁等戈多——遇见波卓和幸运儿——小男孩捎来戈多的歉意和明天将至的诺言。就剧中的细节而言,也是重复的。例如,爱斯特拉冈和弗拉季米尔一上场,均要先议论一番他们的重逢,接着抱怨他们的苦难,互相怜悯,继而又想分道扬镳,最终又在甜言蜜语中和解,彼此依伴,共同消磨时间。他俩还不时回忆往事,述说着对未来的希望,表白着对时间、地点和话语的怀疑。他们在同一条乡间路旁,同一棵枯树下等待戈多的到来。第一幕是等待,第二幕还是等待,剧情没有发展,结尾是开端的重复。而且,"等待"这一戏剧环节重复多次,构成了剧作的主旋律。另外,两幕结尾时,都描写了主人公的欲死不能,并交替重复同一对话:"嗯,咱们走不走? 好,咱们走吧。"但他们谁也未走。简单的重复意味着单调,但贝克特的重复却以其独特的艺术魅力深深吸引着我们。他的高明之处在于：重复中有变化，且重复的内容与观众的心理状态息息相通。就剧作的长度而言，第二幕比第一幕要短。第二幕的秃树上竟一夜间长出了几片叶子，这仿佛表明世界的荒诞，难以把握，不可思议。另外，第二幕中的波卓瞎了，幸运儿成了哑巴。这又给人一种朦胧而又清晰的感觉：事物有一种正日趋萎缩之势。

2. 人物的语言和动作的重叠反复。剧中台词主要是一些片言和短语，其中有不少是经常反复的。如——

爱斯特拉冈：咱们走吧。
弗拉季米尔：咱们不能。
爱斯特拉冈：干嘛不能？
弗拉季米尔：咱们在等待戈多。

重复最多的要数"咱们走吧"和"我要走了"这两句话。"消磨时间"也被不厌其烦地重复了多次。有些问句，如"咱们怎么办呢？"也常常反复出现。另外，剧作中还常出现一些"有变化的重复"。如——

爱斯特拉冈：奋斗没有用。
弗拉季米尔：天生的脾气。
爱斯特拉冈：挣扎没有用。
弗拉季米尔：本性难移。
爱斯特拉冈：毫无办法。

特别是幸运儿的一段长达一千二百字的冗长独白更是采用了很别致的重复手法。波卓命令幸运儿表演"思想"，来给弗拉季米尔和爱斯特拉冈解闷消愁。幸运儿便竭尽揶揄嘲弄之能事，对哲学思想家做了一番模仿。这番模仿云遮雾绕，洋洋洒洒，用了不少学者名流的大号和冷僻的字眼作装饰，但弄巧成拙，以至于支离破碎，最后仅仅剩下几个词一遍又一遍地重复：

……我接下去讲不知什么原因尽管有网球事实俱在但时间将会揭示我接下去讲哎哟哟总之一句话石头的住所谁能怀疑我接下去讲但是别这么快我接下去讲头颅要萎缩衰弱减少与此同时尤其是不知什么原因尽管有网球胡子火焰球队石头那么蓝那么平静哎哟哟哟头颅头颅头颅头颅头颅在康纳马拉尽管有网球未完成的徒然的劳动更加严肃的石头的住所总之我接下去讲哎哟哟徒劳的未完成的头颅头颅在康纳马拉尽管有网球头颅哎哟哟石头丘那德（混战，最后的狂喊）网球……石头……那么平静…丘那德……未完成的球……

这段独白，没有一个标点符号，不讲任何语法结构，简直就是痴人说梦般的一堆词语杂乱无章的堆砌。

剧中的出场人物几乎还都做着重复循环的动作。波卓不只一次地"从袋里掏出一个小小的喷雾器，对准自己的喉咙喷了几下，把喷雾器放回衣袋，清了清喉咙，吐了口痰，重新拿出喷雾器,又朝自己的喉咙喷了会儿,重新把它装进衣袋"。特别是爱斯特拉冈和弗拉季米尔更是在重复着一系列的古怪动作。比如,爱斯特拉冈总是习惯于脱下靴子,往里瞧瞧,伸手进去摸摸,再把靴子口朝下倒倒,又往地上望望,看看是否有什么东西从里面掉出来,然后又往靴内摸。弗拉季米尔也多次脱下帽子往里瞧,接着伸手进去摸摸,又在帽顶上敲敲,往帽里吹吹,最后重新戴上帽子。作者还集中对爱斯特拉冈和弗拉季米尔循环接替戴脱帽子举动的场面进行了一次几乎令人不堪忍耐的连篇累牍式实录。这段实录一如本文开头提到的那首歌一样,也形成了一种独特的典型的循环。乍看上去,我们会被他们两人无休止的"游戏表演"弄得眼花缭乱、莫名其妙。不过,细加观察,即可了然。开头两句与末尾两句正暗示出一个可以无限循环的开放式结构。在这个结构中,弗拉季米尔和爱斯特拉冈分别三次整理自己头上的帽子;爱斯特拉冈先后三次将自己的、弗拉季米尔的和幸运儿的帽子递给弗拉季米尔,而弗拉季米尔也先后三次将自己的、爱斯特拉冈的和幸运儿的帽子递给爱斯特拉冈;他们各自又都有三次戴、脱帽子的动作。在这个迷宫般的"游戏"里,作者强调的显然不是谁给谁帽子以及谁将哪一顶帽子给谁的问题,而是这千篇一律的动作本身。因此,这种循环不仅仅体现在剧作的结构中,甚至也出现在剧作的一些段落里。

作者如此布局,从表层结构上看是荒诞的,可从深层结构上看,却潜藏着深刻的现实,饱含着作家的嘲弄与愤激。这种荒诞的结构形式揭示了荒诞的内容,且更使人们从荒诞中看到荒诞。首先,它将荒诞性推向极致,强化了悲剧的氛围。贝克特运用循环结构这一独特的艺术形式,极为夸张地强调了这个世界已经彻底丧失了蓬勃的生机和旺盛的生命力,而且在这个没希望的世界上,人变得日益渺小,渐趋萎缩,仅能说一些相同的无聊话语,做一些同样的滑稽动作。这种无限的日常琐碎动作和语言的机械循环就是人生。从表面上看,剧中人物似乎对人生、世界还存有一线希望——等待戈多的拯救,然而正是由对戈多的永恒等待中透露出显然是毫无结果的极度绝望。最后他们无可奈何而又十分沮丧地说出,"咱们没什么可干的",完全"生活在空虚之中"。因此,他们只有用这些连其本人都认为是"越来越无聊"的话语和动作来自我安慰,自我麻醉,填补内心的空虚和寂寞,达到"消磨时间"的目的。在他们两人看来,"消磨时光"竟"也是一种工作,一种休息,一种娱乐"。至此,荒诞感被推向了极限状态,悲剧的气氛更加浓重。

其次,这种结构上的循环还象征了等待的无休止、无意义,人类生活的苦难与无望是永无尽头的。循环本身就暗示了苦难的延续,人的毫无出路。如果说,戏剧行动是悲剧的原则和灵魂,其根本意义在于表现戏剧的主题,那么,在《等待戈多》中,没有行动,就是剧本的基本行动。而能把什么也没有发生的戏写得有内涵并引起我们思考的兴趣,这正是贝克特了不起的地方。

总之,贝克特凭借着超凡脱俗的天才构思,通过《等待戈多》巧妙地折射出人生的痛苦、虚幻与无望,深刻地揭示了人类在一个荒谬的宇宙中的尴尬处境,从而使人们看到战后西方社会生活真实的一个侧面。

第八节　博尔赫斯

豪尔赫·路易斯·博尔赫斯(1899—1986),是享有世界声誉的阿根廷文学家、批评家和翻译家,是继塞万提斯之后公认的给予20世纪世界文学以重要影响的西班牙语作家,也是为拉丁美洲文学赢得世界关注的著名作家,20世纪后现代主义小说的鼻祖和代表人物。

一、生平与创作

博尔赫斯1899年诞生在布宜诺斯艾利斯,有崇文尚武传统的父母族裔中既有开国功臣、戍边军官,更有工程师、作家文人。显赫的家族史鼓动着他那颗稚嫩的心,既然家族遗传的失明症困扰着博尔赫斯,不能做"马上的拿破仑",那么何不做"文学中的莎士比亚"?家族多种血统的因子为博尔赫斯追求文学的多元性与世界性奠定了潜在的基础。父亲是律师兼心理学教师,喜欢阅读和写作,拥有图书几千册的藏书室,为博尔赫斯创造了广阔的空间。母亲友善豁达,自学英语并翻译过名家名作,博尔赫斯失明后基本上承担了为他阅读、记录等工作。家庭浓厚的文学氛围促进了早慧少年的文学启蒙,他很早就掌握了拉丁文、法文、英文、希伯来文等语言,四岁时起可以用西班牙语和英语阅读,六七岁开始文学创作,九岁时,把奥斯卡·王尔德的《快乐王子》译成西班牙文发表在《国家报》上。博尔赫斯九岁才上学,由于生性腼腆,有点口吃,经常受到嘲弄,课业成绩也并不都很理想,好在他有家人的疼爱和书籍为伴。

1914年,博尔赫斯全家经伦敦、巴黎抵达瑞士,因第一次世界大战的爆发,滞留日内瓦直到1918年,期间在日内瓦中学求学,加深了哲学功底,毕业时已经能用英语和法语写十四行诗。1919年回国途经西班牙塞维利亚时,博尔赫斯接触了革新派文学团体——极端主义派。他真正的文学生涯正是在此时展开的,发表第一首诗歌《致大海》。全家移居马德里后,结识了西班牙文学大师拉法埃尔·坎西诺斯·阿森斯,并拜他为师。欧洲的求学和交游使博尔赫斯成功地实现了向诗人身份的转变。在德国表现派、惠特曼以及西班牙极端派文学等的滋养下,博尔赫斯的诗情、诗性与诗艺都得到很好的历练与培养。

1921年,博尔赫斯回到了布宜诺斯艾利斯,积极倡导极端主义诗歌创作,为阿根廷文坛注入了活力。西班牙极端主义文学是要和传统文学彻底决裂,与未来主义、法国先锋派诗歌等有同质性。阿根廷极端派更多的是一种变革艺术的雄心,他们不为飞机、火车、螺旋桨等当代的事物所囿,坚信诗歌表现的基本因素是隐喻,所向往的更多的是一种超越时间的永恒艺术。博尔赫斯创办的刊物《棱镜》与《船头》,在杂志方面,据博尔赫斯《自传随笔》所言,这一时期,他创办了三种杂志,并向《我们》《综述》《普伦萨》《观点》《起始》《舆论报》等十余种报刊投稿。成功地将西班牙的极端主义引入了阿根廷,丰富和推动了阿根廷文学的前进与发展。随着欧美现代派文学的勃兴,再加上一味求新又缺乏理论基础,到1925年,极端主义运动趋于瓦解。博尔赫斯也随之转向欧美现代派文学创作。这一时期的创作主要包括诗集:极端主义的代表作《布宜诺斯艾利斯激情》(1923)、《面前的月亮》(1925)和《圣马丁札记》

(1929)。散文集《埃瓦里斯托·卡列戈》(1930)既是对极端主义创作的反驳,又是重视阿根廷地方题材的集中显现。

进入 30 年代后,博尔赫斯将创作的视角由诗歌转向短篇小说。散文随笔集《讨论集》(1932 年)标志着博尔赫斯作为阿根廷最重要的青年作家地位的真正确立。同年受邀主编阿根廷最受欢迎的报纸《评论报》的增刊《星期六多色评论》。随着第一篇短篇小说《街角的汉子》以及"恶棍列传"的系列小说在《评论报》上的陆续发表,博尔赫斯开始了作为短篇小说家的生涯。1935 年,短篇小说集《恶棍列传》出版,同期还撰写了大量的外国作家作品评论及影视评论,翻译介绍了外国文学作品,创作了散文随笔集《永恒史》《双词技巧》《隐喻》等。从 1937 年起博尔赫斯在布宜诺斯艾利斯图书馆工作了九年,有充足的时间阅读和写作,期间生活上悲哀相继,父亲的去世使他不得不承担起养家的重任,脑部受伤引发的败血症不时折磨着他。但他的创作精力依然是充沛的,著有幻想小说《巴比伦彩票》《死亡与罗盘》《环形废墟》《赫伯特·奎因作品分析》《特隆、乌克巴尔、奥比斯·特蒂乌斯》《通天塔图书馆》等。同时,侦探小说特别引起博尔赫斯的关注,编选了《最佳侦探小说选》(1943),"第七圈"侦探小说丛书的编辑出版为他赢得了一批新的读者,创作的侦探小说有《小径分岔的花园》《叛徒和英雄的主题》《死亡与指南针》等。其他小说集有《小径分岔的花园》(1941)、《杜撰集》(1944)、《虚构集》(1944,是《小径分岔的花园》和《杜撰集》的合集)、《阿莱夫》(1949)等。

1946 年至 1955 年,庇隆执政十年是博尔赫斯痛苦的十年,他丢掉了工作,蒙受了人格的侮辱,家人也曾受监禁之苦。1950 年当选为阿根廷作家协会主席,之后依然笔耕不辍,作品有《高乔文学面面观》(1950)、短篇小说集《死亡与罗盘》(1951)、散文集《探讨别集》(1952)和小说集《迷宫》。庇隆政府被推翻后博尔赫斯很快被任命为国立图书馆的馆长,布宜诺斯艾利斯大学英美文学教授,不幸的是他的视力也渐渐模糊以至完全失明,只能靠口授继续写作,长篇写作几难进行,而逐渐返回到诗歌,尤其是古典韵律诗的写作。1960 年,他出版了最具个人特色的作品集《诗人》。

1961 至 1986 年是博尔赫斯享誉世界的时期,期间获得国内国际奖项二十九项,被牛津、哈佛等十余所国际知名大学授予荣誉博士学位,并被美国艺术科学院授予"荣誉院士"称号,当选为法国政治、伦理学院院士等。同时,他还先后应邀前往几十个国家、地区做报告,这一切都昭示出历经坎坷的博尔赫斯终于获得了世界文坛的承认。

口授文学的经历使博尔赫斯对文学的内在价值进行了更深刻的内省。创作的诗集有《另一个,同一个》(1964)、《为六弦琴而作》(1965)、《影子的颂歌》(1969)、《老虎的金黄》(1972)、《深沉的玫瑰》(1975)、《铁币》(1976)、《夜晚的故事》(1977)、《天数》(1981)、《密谋》(1985);自传著作《自传随笔》(1967);小说集《布罗迪报告》(1970)、《沙之书》(1975);散文随笔集《七夕》(1980)、《有关但丁的随笔九篇》(1982)、《莎士比亚的记忆》(1983)、《文稿拾零》(1986)、《私人藏书:序言集》(1988)。

1986 年 6 月 14 日,博尔赫斯在日内瓦与世长辞。

博尔赫斯推动了阿根廷文学从传统到现代的转向,为后来拉丁美洲魔幻现实主义的兴起和拉丁美洲的"文学爆炸"起了重要的奠基作用。他以短篇小说赢得了与长篇小说家卡夫卡、乔伊斯、普鲁斯特、贝克特等并驾齐驱的地位。他小说的突出特点如下:一、构思奇特,想象力超凡。作品常常臆造一个宇宙、一个星球乃至一本根本不存在的书或其他事物。二、迷宫主题和迷宫意识。他常常以迷宫或具有迷宫特点的地点为题材和背景展开故事,以表现其"世界是个走不出的迷宫"的时间意识和空间意识。三、玄学特征。许多小说从哲学、神学及历史书籍中猎取话题进行讨论,具有强烈的思辨性和形而上学的抽象性,目的在于阐述对时间、信仰等问题的看法。四、叙事游戏和开放性写作。广泛使用文本互涉、多重结尾、矛盾重复、考据引用等叙事手段,将文本置于开放性之中,颠覆了传统小说的确定结构。五、反体裁。博尔赫斯常常将侦探小说、幻想小说、志怪小说、凶杀小说、传说故事、神学论文、货物清单等各种亚体裁并入作品,混淆了纯文学与亚文学、文学话语与非文学话语、现实与想象之间的界限。

二、《交叉小径的花园》

写于1941年的小说《交叉小径的花园》的故事背景设在一战的欧洲,战争与杀戮既是当时混乱的现实世界的直接表征,也决定了博尔赫斯认识人生的虚无主义基调。现代作家反复书写的荒原主题在博尔赫斯的虚构世界中以怪诞夸张的形式再现。

小说在体裁上是一份犯人在狱中的书面供词。一战期间,德国间谍,一个名叫俞琛的中国人在英国执行任务时掌握了一项军事情报:在法国小城阿尔贝,有一个威胁德军的英国炮兵阵地,但此时俞琛与上司的联系已中断,英国特工马上就要来追杀,如何传递情报?俞琛突发灵感:去杀死一个叫阿尔贝的人,谋杀案见诸报导,喜欢看报的德国上司就会破译其中的秘密。于是俞琛赶往郊区去谋杀素不相识的阿尔贝。当他来到阿尔贝家的花园与之交谈时才发现——对方是一位曾在中国多年的汉学家,他潜心研究的竟是俞琛的曾祖父崔朋的两项伟大事业:一部人物比《红楼梦》还要多的小说,一座会让任何人迷失的迷宫。这部与《交叉小径的花园》同名的小说手稿现在到了阿尔贝的手中,他已经成功地破解了小说的秘密。原来,困扰了几代人的迷宫并不存在,混乱错杂的小说本身才是一座真正的迷宫。整个小说文本还可以看作是一个谜团的谜面,而其谜底则是时间。两人谈得投入时,俞琛看到英国特工的身影,便朝阿尔贝开了枪,随后自己也被捕入狱。当然,他的德国上司猜出了他的计谋,阿尔贝城最终被德国人炸成了废墟。

博尔赫斯在题为《时间》的演讲中认为,时间问题比其他任何形而上学问题都来得重要,因此他对时间的关注也就似乎比其他小说家都要多。在他看来,"时间"似乎是同一的,但对时间体验、认知的背后隐含了心理、文化背景,因此是千差万别的,时间由此也是心理与文化命题。博尔赫斯的时间观构成了一种理论模式,这种模式几乎存在于他的所有作品中。在《交叉小径的花园》中,作家进一步关注了时间观背后的历史观和宇宙图式,把他对于时间的玄想与虚构的叙事模式合为一体,完美地统一在"迷宫"的幻象中。小说中阿尔贝对时间迷宫的解释极为经典:

> 《交叉小径的花园》是崔朋所设想的一幅宇宙的图画,它没有完成,然而并非虚假。您的祖先跟牛顿和叔本华不同,他不相信时间的一致,时间的绝对。他相信时间的无限连续,相信正在扩展着、正在变化着的分散、集中、平行的时间的网。这张时间的网,它

的网线互相接近,交叉,隔断,或者几个世纪各不相干,包含了一切的可能性。我们并不存在于这种时间的大多数里;在某一些里,您存在,而我不存在;在另一些里,我存在,而您不存在;在再一些里,您我都存在。时间是永远交叉着的,直到无可数计的将来。在其中的一个交叉里,我是您的敌人。

这是附着在"迷宫"图像以及"迷宫"叙事之上的小说化的时间观,在博尔赫斯看来,时间是多维的,偶然的,交叉的,非线性的,最终是无限的。而作为空间存在的迷宫正象征这种时间的多维与无限,似乎也只有迷宫这个形象才能胜任这一喻体,而以有限预示无限正是博尔赫斯小说观念的重要组成部分。

作品主人公俞琛是一个嘲弄一切的悲观主义者。他嘲弄雇佣者,认为日耳曼帝国是个荒蛮的国家,认为上司视手下为搜集情报的机器。他嘲弄追杀者,在证词中把其描绘成智力迟钝、追逐猎物锲而不舍的一介武夫。俞琛甚至嘲弄自己的求生本能,当他预见到被追杀的命运并下意识地反锁上房门,或是当他希望借助手枪增添勇气时,连自己都认为是"荒谬"的。

俞琛是一个生活在混乱的社会现实之中的混乱的人。小说中有一段检查衣袋的细节描写,各种零碎物品暗示了俞琛的多重自我。一枚中国古币夹杂在一把外国零钞中影射主人身在异域的处境;链表象征机械的时间对个人自由的限制;假护照和一串作废的钥匙说明了间谍的身份及行将败露的危机;只有一发子弹的手枪则昭示了持枪者杀人的使命和被杀的命运。俞琛清点这些物品的同时却希望发现自己一无所有,说明他厌倦并渴望摆脱所有混乱的身份。俞琛的情感和行为也充满矛盾,厌倦生活却又渴望生命,厌恶暴力却又使用武器,具有民族荣誉感却又缺乏道德标准。虽然他预见到"人们越来越屈从于穷凶极恶的事情;要不了多久世界上全是清一色的武夫和强盗了",并告诫人们恶行导致的恶果将不可挽回,但是因为"人的声音"过于微弱,最终他选择以枪声把情报传递到柏林。俞琛枪杀无辜的阿尔贝,唯一的目的只是验证他的民族自豪感。作为身在异邦的孤独的外乡人,他的民族意识只能通过个人意志的行为表现出来而且忽视道德准则的规范,因而是虚妄的,德国上司对这个传递情报的人的感受和他的民族漠不关心。俞琛被判绞刑,刑前在绝望孤独的叹息中结束了自白:"他不知道(谁都不可能知道)我的无限悔恨和厌倦。"

博尔赫斯高超的叙事技巧成了对作品风格、面貌具有决定性作用的因素。

首先,迷宫结构具有循环性和不确定性,既体现了他的审美理想,也表达了他的哲学观。

作者在引出故事时,特意指明"证言记录缺了前两页",而故事的开始也是由省略号引出的"……我挂上电话听筒"。小说的结尾,俞琛按计划枪杀了阿尔贝,但随后的一段心理活动:"做穷凶极恶的事情的人必须想象他早就完成了这结局,他必须把未来当作无法挽回的过去。"又在提醒读者:结尾不过是俞琛在当时的境况中所选择的,并非必然。生活不必服从任何一种人为安排的结果,因为未来本身有多种可能性,而小说叙述的则是已完成的,是过去的事。开头的缺失和结尾的飘忽不定,使小说成为一个没有进口也找不到出口的迷宫,让读者在这个封闭的空间里打转,造成不断地循环往复的效果。

其次,变线性叙述向空间叙述的转化。

传统小说线性叙述遵循开端、发展、结局的纵向排列顺序，按照时空的转换来安排情节，而这部小说扑面而来的是错综复杂的空间叙述，把时间和事件因素放置在人物的心理活动中，使时间的过去、现在和未来共处在同一个层面上，从而达到时间的空间化效果。

时间的断裂、跳跃，节奏的变换、调节成功地帮助博尔赫斯完成了从线性叙述向空间叙述的转向。叙述一开始主人公已经在做逃亡的准备了，至于逃亡的原因，主人公的身份、背景、行动意义等，这些在线性叙事不可或缺的要素被大量省略，在读者仍然一头雾水的时候，小说场景已经离开追捕逃亡的主线，跳进了汉学家的花园，而这时叙述节奏明显放慢，俞琛与阿尔贝的对话慢慢展开，甚至举手投足都清楚的记录了下来，当读者适应、浸入在迷宫故事融洽的气氛里时，俞琛突然开枪打死了阿尔贝，收尾一段更是极省笔墨，将不同空间的事件并置到同一个时间点上，使读者一次性接收所有的谜底：马登闯了进来，逮捕了"我"，"我"被判绞刑，"我"在报上看到了柏林进行了轰炸，还看到汉学家被暗杀之谜，柏林的头头破译了这个谜，我的无限悔恨。主人公的内心世界与外部世界瞬时重叠、交织。

第三，语言的隐喻性，叙述的不确定性。

语言是形成这部作品风格的重要因素，也是该小说独特魅力的来源之一。博尔赫斯把对时间问题的哲理思考都直接化作对语言的形式运用，令语言充满了玄机。如："我将我的有岔路的花园留给各种不同的（而不是所有的）将来"；"在某些时间中你存在，而我不存在；在另一些时间里，我存在，而你不存在；还有一些时间里，你我都存在"；"您来到这里，但是某一个可能的过去，您是我的敌人，在另一个过去的时期，您又是我的朋友"。

小说结尾"他不知道（谁都不可能知道）我的无限悔恨和厌倦"是俞琛对于刺杀的悔恨和间谍生涯的厌倦，是最终发现"交叉小径的花园"的秘密时的空虚、失落，是对生活、人生如同迷宫的虚幻感和个人的奋斗、追求只能是徒劳的超脱。它还是作者对世界的非实在性、不确定性和重复性、循环性的领悟，对当代人所处的无法逃脱的迷宫式处境的揭示。于是，当我们感受着叙述语言的玄机和隐喻时，也感受到故事的神秘和幻觉。

叙述分层让这部小说呈现出循环不断的隐喻性特征，同时也消除了传统小说文本的真实和虚构的分明的界线，让真实与虚构成为互生的关系，表现出后现代意义的真实观。

第一层精心营造一个貌似真实的历史背景。以此表明，故事是一篇已存在于历史中的证词，作者只是一个如实的转述者而已，为下一步叙述的展开开辟了无限可能的空间。

第二层叙述的是一个间谍故事。第一人称视域的局限性恰恰能够任意扩大情节的空白，让答案和真相躲开读者追踪的可能，情节随"我"的思维的跳跃、流动而断裂式跳跃行进，神秘感和悬念性一路渲染下去。

第三层是汉学家叙述的崔朋迷宫的故事。诸多情节都影射到第二叙述层的情节以及整部小说的文本世界中。崔朋在研究迷宫的过程中为一个陌生人刺杀身亡；第二叙述层中，阿尔贝也是在迷宫般的花园里，在研究崔朋迷宫的过程中为俞琛所刺杀，仿佛过去和现在在空间中重叠。迷宫故事里，崔朋用交叉小径的花园和他错综复杂的书稿来传达他对时间问题的形而上学思考的结论，而只字不提"时间"这个真正的谜底。

博尔赫斯的文学思想、创作手法给20世纪的许多作家、思想家带来了智慧的启迪，他被尊为"作家们的作家"，20世纪60年代美国的"元小说"探索、80年代拉美国家的"魔幻现实主义"风暴、90年代中国的"先锋小说"热等文学现象都离不开博尔赫斯的影响。

第九节　马尔克斯

加夫列尔·加西亚·马尔克斯(1928—2014)，是哥伦比亚作家、记者和社会活动家，拉丁美洲魔幻现实主义文学的代表人物，20世纪最有影响力的作家之一，1982年诺贝尔文学奖得主。

一、生平与创作

马尔克斯1928年3月6日生于哥伦比亚阿拉卡塔卡镇。父亲是电报报务员。8岁以前他是在外祖父家度过的，外祖父是退役上校，在建立共和政体后的军事独裁与地方势力以及政党之间的混战中，总是站在自由党一边积极作战。外祖父的许多战争故事交织着香蕉公司兴衰的回忆，以及家庭旧事融进了马尔克斯日后的创作中。外祖母是一个对于超自然事物有着特殊爱好的加利西亚人，是讲故事的能手，富于非凡的想象力，也相信预言和迷信。童年的经历为马尔克斯开启了想象之门，为他日后的文学创作积累了丰富的素材，并且直接影响着其独特文学观的形成。

马尔克斯少年时期在巴兰基里亚和波哥大等地受教育。1947年迫于家庭压力考入波哥大大学攻读法律，并开始文学创作，最初一些小说发表在《观察家报》上。1948年因哥伦比亚内战辍学，不久移居卡塔赫纳继续学业，并为《宇宙报》写稿。1950年任《先驱报》记者，常与一些文学青年相聚，如饥似渴地阅读和讨论文学。此时作品多为短篇小说并受卡夫卡、伍尔夫、海明威、康拉德等作品影响。1954年马尔克斯重返波哥大，担任《观察家报》记者，该报副刊总编辑是哥伦比亚现代主义文学创始人爱德华多·萨拉梅亚·博尔达，在他的引导下，马尔克斯拓宽了文学创作的道路。同年，短篇小说集《周末后的一天》出版并获得全国文艺家协会奖，同期，以记者身份遍访欧洲。1955年第一部长篇《枯枝败叶》发表，引起了拉丁美洲文学界的注意。7月，长篇报告文学《水兵贝拉斯科历险记》在《观察家报》连载，揭露海军利用军舰走私家电导致舰毁人亡的惨局，震惊朝野。为逃避军政当局迫害，他作为通讯记者前往日内瓦，后辗转至罗马并在意大利电影艺术学院进修。不久《观察家报》被查封，他刚到巴黎便开始了流亡生涯。1957年6月，马尔克斯随哥伦比亚民间艺术团访问苏联及东欧诸国，经伦敦返回拉丁美洲，就职于加拉斯加《瞬间》杂志社。1958年，马尔克斯与相爱已久的梅尔塞德结婚。1959年古巴革命胜利时，马尔克斯为之欢呼，应古巴革命政府之邀，随拉丁美洲新闻工作者代表团出席哈瓦那公审独裁者大会，会后以古巴"拉丁通讯社"记者身份回哥伦比亚筹建"波哥大分社"。1961年携家眷移居墨西哥，出版《没有人给他写信的上校》，1962年《恶时辰》获得埃索小说奖，但因"淫词秽语"而遭出版社拒印。

马尔克斯不断地思索着怎样根据他童年的记忆构思成一个完整的故事。1965年的一天突发灵感，此后的一年半时间里足不出户，埋头写作完成《百年孤独》。1967年出版后立即被誉为该世纪的伟大小说，一月内重印四次，赢得多种文学奖，很快成为几十种语言的畅销书，这部作品不仅奠定了作家在世界文坛的地位,而且给他带来了巨额收入。之后,马尔克斯得以全力投身写作,并为他心目中的重要的政治、社会问题大声疾呼。

70年代马尔克斯仍活跃于新闻界,支持人权运动,谴责迫害和独裁。1972年,短篇小说集《一个难以置信的悲惨故事——纯真的埃伦蒂拉和残忍的祖母》出版。1975年,《家长的没落》发表。之后,他为抗议智利政变举行文学罢工,搁笔5年。1981年,《一桩事先张扬的凶杀案》发表。1982年,获诺贝尔文学奖,并任法国西班牙语文化交流委员会主席。之后作品有《霍乱时期的爱情》(1985年)、报告文学《里丁智利历险记》(1986年)。随着诺贝尔文学奖而来的是一系列的社会义务和公众对他所有著作重新产生的兴趣。他的主要长篇小说的销售量之大,打破了拉丁美洲出版史的纪录。

马尔克斯1999年罹患淋巴癌,此后作品数量剧减,2006年1月宣布封笔。作家家族有老年痴呆遗传史,为了抗癌接受了化疗,导致大量脑部神经元缺失,这加速了他罹患老年痴呆症。2014年4月17日去世。

二、《百年孤独》

《百年孤独》是加西亚·马尔克斯的代表作,也是拉丁美洲魔幻现实主义文学作品的代表作。全书近30万字,内容庞杂,是一本名副其实的"见仁见智"的书。左派喜欢它对社会斗争的处理和对帝国主义的描写;保守派则因这些斗争的腐化失败以及家庭这个角色得以持存而欢欣鼓舞;虚无主义者和寂静派教徒感到他们的悲观主义又得到了肯定;而对政治漠不关心的享乐派则在所有的性描写和冒险活动中找到慰藉。

小说以马孔多小镇为背景。西班牙移民的后裔霍·阿·布恩地亚与表妹乌苏拉结婚,乌苏拉担心会像姨妈和姨父近亲结婚那样生出长猪尾巴的孩子而拒绝与丈夫同房,布恩地亚与邻居发生口角时因此受辱而杀了邻居。死者的鬼魂不断出现在他们的生活中,搅得一家日夜不宁,布恩地亚只得带领全家和部分族人远走他乡,经过两年多的艰苦跋涉后,定居到荒无人烟的小镇马孔多。起初家族人丁兴旺,过着田园诗般安宁的生活。但是随着内战的爆发和外敌的入侵,命运急转直下,一代不如一代,甚至奥雷良诺·布恩地亚上校领导的32次土著居民起义都以失败而告终。内战之后,铁路修通了,外国种植园主、冒险家蜂拥而至,布恩地亚家族却由盛转衰,一代不如一代。第六代奥雷良诺·布恩地亚因与姑妈乌苏拉通婚,生下一个带猪尾巴的男婴,正好应验了一百年前吉普赛人用梵语在羊皮纸上写下的密码,而这个密码的破译者就是第六代奥雷良诺·布恩地亚自己。此时,这个猪尾巴男婴被蚂蚁咬烂后拖入了蚁穴。随后,小镇马孔多消失在一阵飓风中。

百年是历史概念,马尔克斯把整个拉美的历史都浓缩在马孔多。从马孔多的创建到鸟鸣声指引吉卜赛人的到来,是指殖民者来到以前的历史,闭塞、落后的人们生活在平静的地方。吉卜赛人的到来暗示着殖民者的侵略,美国的香蕉公司以最快的速度和最霸道的手段开辟种植园,开始了厚颜无耻的入侵和掠夺。妓女、酒鬼、冒险家、赌徒更使马孔多卷入了现代文明的污秽之中。精神上的摧残形成了马孔多必然消亡的外在因素,作者据此宣告:摆脱落后的状况,只有靠本民族主动的吸收外来文明,而不是以外族文明的入侵来达到改良的目的。奥雷良诺上校一生经历的党派纷争,暗示着几十年的动乱、独裁,以及对人民的镇压而引起的社会动荡。19世纪末,轰轰烈烈的独立战争爆发,拉美政坛上出现了代表大庄园主、大资产阶级利益的独裁者的统治。马尔克斯就亲身经历过哥伦比亚动乱,遭到过军事独裁者的迫害。作品使人们深切感受到:种种落后、愚昧和腐朽事实的存在,最终将会导致拉丁美洲民族失去独立,走向灭亡。

孤独是小镇尤其是布恩地亚家族的心理特征和精神状态。在这个家族中,夫妻、父子、母女、兄弟姐妹之间,缺乏沟通、信任和了解。尽管很多人为打破孤独进行过种种艰苦的探索,但由于无法找到有效的办法把分散的力量统一起来,最后均以失败告终。这种孤独不仅弥漫在布恩迪亚家族和马孔多镇,而且成为阻碍民族向上、国家进步的大包袱。作品通过对孤独内涵以及造成孤独原因的诠释揭示了拉美民族精神的特质。拉美孤独的原因不是地理位置偏僻而是少数经济大国强加给拉美人民的观念以及经济、文化的侵略使拉美人民不能掌握自己的命运。

作品的现实意义,是对整个苦难的拉丁美洲被排斥在现代文明世界的进程之外的愤懑和抗议,是作家在对拉丁美洲近百年的历史,以及这块大陆上人民独特的生命力、生存状态、想象力研究之后形成的倔强的自信,它使人们重新审视、关注拉丁美洲的悲剧历史及其根源,从而找出一条帮助拉美人民摆脱孤独、实现振兴的正确道路。

在令人眼花缭乱的众多人物当中,家族的女创始人——乌苏拉格外引人注目,她曲折的一生几乎贯穿了整个家族和马孔多镇的兴衰。乌苏拉勤劳、干练、有主见、有魄力、讲求实际、积极进取,她最早发现了通向与外部世界联系的道路,并带来了商人与货物,使小村庄变成了一个热闹的市镇。她还在动荡的政治时局中大胆支持儿孙们的正义事业,坚决反对暴虐行为。即使在百岁双目失明之后,她依然保持着充沛的精力和清醒的头脑并积极干预生活。孤立无援的困窘和超负荷的付出耗尽了顽强的生命,乌苏拉最终无力挽回家族的颓运,她死后住宅便成了废墟,与马孔多一起被飓风吹散了踪影。这种从零到零的艰苦历程显出了世界的荒诞和存在的虚无。

乌苏拉的一生是向着恶劣的命运展开了无畏的挑战的一生。她嫁给了表兄,因怕像先辈那样生带猪尾巴的孩子而不敢与丈夫同房,直至为此而丧失了一条人命,才在丈夫的威力下服从。为了良心上的安宁,夫妻和一些年轻人经过长途跋涉,落脚在马孔多。然而,她暂时逃脱了良心的谴责,却又终生遭受着先辈们种种不祥的预言的折磨。丈夫一味沉溺于吉卜赛人新奇的玩意儿及不可理喻的奇思怪想中,大儿子的发育令人惊奇,二儿子的冷漠与预知未来的能力,都使她深感恐惧,深信孩子们的反常和长猪尾巴同样可怕。后来大儿子突然失踪,归来后竟娶了自己的妹妹,又奇特而死;二儿子好功尚武,南征北战;女儿一个终生未嫁,老死于孤寂中,一个却把自己活埋在一幢房子里;她有17个孙子一夜间遭屠杀,余者或放纵情欲、挥霍无度,或冷酷无情、孤独忧郁。乌苏拉坚韧地支撑着,抗争着,凡是与布恩地亚家族常规生活不合的事情,她决然地、毫不手软地将之铲除。她鼓动全村妇女反对男人们的搬迁,甚至不惜以自己的生命阻止丈夫的行动;为治愈雷蓓卡吃土的恶习,不惜把治疗同皮鞭结合起来;失眠症的发现,她极谨慎地把雷蓓卡和其他孩子隔开等等。乌苏拉有着不可思议的充沛的精力和不知疲倦的韧劲及超人的勇气。她忙碌的一生是布恩地亚家族百年孤独的积淀,她以自己的生命来福佑着子孙,她的搏斗雄浑中透着苍劲,漠然无声中浑融着惊心动魄的坚韧。

在布恩迪亚家族的男性世界中,我们看到马尔克斯大量使用重复的人名编制他的故事。有五个人物取名"何塞·阿卡迪奥",有三位重要人物被冠名以"奥雷连诺",还要加上奥雷良诺上校的17个私生子,以及作为家族第七代的婴儿奥雷连诺。在这错综复杂的人物群像中,奥雷良诺上校格外引人注目。他天赋异禀,在娘胎里就会哭,生下来时睁着眼睛,有预见事物的本领。成年后,奥雷良诺本来对政治一窍不通。但是,当他发现保守派岳父在选举中作弊,军政府不经审判就枪毙了医生,士兵把一个被疯狗咬了的女人当街砸死后,就毅然参加自由派。可以说,维护正义与人道是奥雷良诺最初的动机。为此他南征北战,名声响彻加勒比海。他32次发动武装起义,32次失败,跟17个女人生了17个儿子,但一夜之间接连被杀。他躲过了14次暗杀、73次埋伏和一次行刑队的枪决。然而,荣耀、战绩滋生了对权势的陶醉,他的人道主义的情怀渐渐失落,人格渐渐发生了扭曲,变成了战争权威的符号代表。挣脱人道理想控制的权势演化为纯粹的侵犯与破坏。侄子阿卡迪奥依仗叔父的权势掌握了大权后,成了马孔多有史以来最凶残的统治者,最终被敌方枪决,其行为为上校人格演变作了最好的注脚。

上校发动的自以为维护正义的战争,其实已蜕化成了派系之间的血腥残杀。意识到这点后,奥雷良诺利用敌人的力量镇压了自己的军官,结束了战争。然而,两党和解后,政客们瓜分了权力,一个独裁政权取代了另一个独裁政权。客观上,上校只不过是党派斗争的一个工具。人,成为他人的工具,意味着人的降格,意味着生命意义的消失,无意义的人生产生厌倦。晚年的上校关上心灵的大门,躲在小屋里做小金鱼,用简朴克服着厌倦,用孤独抵御着无奈。上校投降后焚烧了自己的诗稿,让摄影师毁掉了唯一的照相底版,以及在他将要被枪毙时,母亲乌苏拉搜肠刮肚地寻找事由回忆儿子,这些看似漫不经心的描写,实际上意味着上校对自我的否定,母亲对儿子的否定,死亡对权势的否定,象征着上校的一生在党派政治与战争暴力的异化中跌入了彻底的虚无。

作为拉美"文学爆炸"的代表作,这部小说全面而深刻地体现了魔幻现实主义文学的观念和创作方法,其艺术魅力是毋庸置疑的。

首先,作品采用了独特的"环形结构"。在叙事领域,马尔克斯建立了一个在过去、现在和将来重复循环的时间性结构框架,这个结构框架本身也象征着马孔多人的命运,即在挣扎中重复,在重复中循环,在循环中停滞,直至百年大劫才得到最后的解脱。

小说这样开头:"许多年之后,面对行刑队,奥雷良诺·布恩地亚上校将会回想起,他父亲带他去见识冰块的那个遥远的下午。"小说快要结尾时又写道:"许多年以后,在正规军军官命令行刑队开枪的前一分钟,奥雷良诺·布恩地亚上校重温了那个和暖的三月的下午的情景。"首尾两句话以将来为端点,回忆过去和现在,现实成为将来的过去,将来也是现在和过去的另一种形式的再现,形成全书循环往复的叙事结构。其中奥雷良诺的回忆构成总的循环结构框架,回忆中有马孔多的起源和原始环境,有在外界冲击下的家族和父辈的历程。而总框架内又置入多个小循环:老布恩地亚奋斗和失败的七个小循环,磁铁淘金、阳光武器、发现奥秘、倍金试验、荒原寻路、规划搬迁、教子读书,无一不是从柳暗花明走向山穷水尽,父亲奋斗的经历在儿子的回忆中变成了一首首灰心丧气的田园诗;吉卜赛人反复出现,文明成果花样翻新,带给马孔多人的也都是同一种过程——从兴奋走向孤独;布恩地亚的子孙被赋予了一成不变的名字,男性是奥雷良诺和阿卡迪奥,女性是阿玛兰塔和雷梅苔丝。父子、祖孙不仅名字相同、外貌相似,而且连秉性、命运、语言都如出一辙,这种周而复始的局面同不断变迁的外部世界形成多么强烈的反差。

这样,小说从将来的预言到遥远的过去又回到将来的现实,构成封闭的总体结构(大圆圈),一切孤独的形态、含义便都在其中了。

其次,浓郁的象征色彩具有独特的审美价值,在很大程度上彰显了这部作品的魔幻性质。

用事件、现象来象征或隐喻某种现实,是小说中常用的表现笔法。集体失眠健忘症就是其中最有代表性的例证,它告诫世人:民族的历史和现实已经和正在被遗忘。一个忘记历史、没有信仰的国家是不可能有出路的,这种社会里的人们没有任何道德的底线,沉迷于盲目拜物的狂欢中,把魔术的小把戏当成上帝显灵,把智慧的祖先绑在树上。

小说中出现了大量以暖色调为主的象征符号,如食人的红蚂蚁、小黄花、黄蝴蝶、金币和小金鱼等,伴随着这些事物出现的往往是某种灾难或者不幸。如上校手中且造且毁,且毁且造的小金鱼,是小说中最孤独的象征符号。又如老族长布恩地亚去世时,象征不祥预兆的小黄花如细雨缤纷飘落了一整夜,天亮时大街小巷都铺上了一层花毯。而圣约瑟石膏雕像中的金币就是毁灭之因,"金币"象征着赤裸裸的物质利益,人们因渴望拥有它而激起的心中的邪念和掠夺的行为,导致了家族的毁灭。小说自始至终也没有交代这个未曾出现的寄宝人,他只是乌尔苏拉为保护家族的延续而杜撰出来的人物,因为她深深地明白这些不小心暴露在世人眼中的财富将会引来无穷无尽的祸端,第五代的何塞·阿尔卡蒂奥也正是丧命于这些金币。

"天使"蕾梅黛丝是小说中颇具象征意味的人物,她永远停留在单纯的童年,拥有动人心魄的美貌却不自知,对一切名利、恶意、猜疑都无动于衷,幸福地生活在自己的世界里。一切欲望、邪念,所有披着人皮的狼在见到她之后都会原形毕露,终至死亡,而她仍然毫不知情地光着身子在宅院中游荡,最终依照上帝的指示在马孔多毁灭之前离开这个群魔乱舞的小城,成为马孔多唯一一个幸免于难的人。这个人物用以警示世人:如果说还有什么人能摆脱悲剧的宿命,那就是像美人儿蕾梅黛丝这样冰清玉洁,心无邪念,"天使"一般的人。

第三,作品采用了佯谬和极度夸张的手法,使神奇、魔幻的拉丁美洲现实变得分外离奇、怪诞,神秘莫测。例如乌苏娜失踪后即将归来,锅里的水无火自沸,直到完全蒸发;躺着小阿玛兰塔的柳条篮子突然自己动了起来,在屋子里绕圈子。这两件怪事是她丈夫内心活动外露为具体形象的夸张表现,所以,当乌苏娜回家时,霍·阿·布恩地亚便说:"正像我预料的!"

小说集纳了大量不可能的怪诞现象,如胎儿会哭笑,死人骨头会响……小说中的夸张叙说也达到荒诞的程度,如全村都得了健忘症,雨下了4年11个月又2天,听太阳的声音就知道是星期几,钟声使淹死的人浮到水面上,新娘带7200个金便盆,血会流上台阶、漫上石栏……这种种固然有揶揄与滑稽的成分,但组成统一的且在小说中无处不在的因素,那么魔幻的色调就十分浓郁了。

小说中的人鬼交往构成奇特场景。这里的鬼会变老,还可以很和善,竟至会死。这无疑是拉丁美洲人"生死轮回"和人鬼共存的"二元世界"观念的再现。

第四,作品体现了文学和电影的互文性。马尔克斯与电影渊源颇深,曾在法国攻读过电影专业,也曾担任过拉美新电影节主席。在《百年孤独》这部作品中充斥着大量的影像元素:构图、取景、用光,焦距的转换,景深的控制,蒙太奇的剪辑等。马尔克斯用文字创造出的画面,和摄影机创造出的画面具有同样的洞察力。

长镜头。大屠杀之后,死里逃生的何塞·尔卡蒂奥第二从装满尸骨的火车上跳下来,看到了惊人一幕:"那是他平生见过的最长的火车,有将近两百节运货车厢,首尾各有一个火车头,中间还夹着一个。火车悄无声息地在夜间滑行,车上没有任何光亮,连定位的红绿灯光也没有。车厢顶上依稀可见一挺挺机枪旁士兵的黑影。"这段用文字表达出来的长镜头画面,带着无限的哀愁,使用昏暗的光线,在没有音效设计的沉默中,说明一段惊人的血腥历史是如何被悄无声息地抹去。

特写镜头。"孩子们终其一生都将记得父亲如何在桌首庄严入座,被长期熬夜和苦思冥想折磨得形销骨立,因激动而颤抖着,向他们透露自己的发现:'地球是圆的,就像个橙子。'"通过特写镜头把老布恩迪亚发现新大陆似的激动和兴奋更好地表现出来,呈现在读者眼前的俨然是一个科技狂人。

蒙太奇。"蒙太奇"是不同画面、不同元素的组合、拼接和剪切。"他没有一刻不想她。在那些被攻陷村镇的阴暗卧室里,特别是在那些最下贱的地方,找到她的影子;在伤员绷带上干涸血迹的味道中,觅见她的身形;在致命危险所激发的恐惧中,随时随地与她相遇。""叠印"是蒙太奇剪接技巧中常用的一种,是通过在原画面上覆盖一个半透明状的第二层影像来实现的。这个类似于叠印的画面把奥雷利亚诺·何塞对姑妈的思念表现到了极致。

《百年孤独》通过充满神秘色彩的魔幻的手法,表现了百多年来拉美人民反对专制统治和殖民主义的斗争,以及充满神奇色彩的现实生活。西方有的评论家与之为"继《堂·吉诃德》之后最伟大的西班牙语作品"。

第十一章　上古东方文学

第一节　概述

上古东方文学主要是指公元前5000年到公元5世纪期间亚非地区人们创作的口头和书面文学。它们大致反映了原始公社时期、从原始公社向奴隶制过渡时期以及奴隶制时期的社会现实，还有一些反映了少数已经进入初期封建时期的国家和民族的社会现实。

一、上古东方文学的历史文化与基本特征

亚非两大洲是人类的发祥地，也是古代世界文明的摇篮。在远古时代，当欧洲还被冰雪覆盖的时候，居住在非洲北部撒哈拉的古代居民就已经过着人类早期的文明生活。由撒哈拉中部发现的《塔西里壁画》为证：大约在公元前10000到前8000年以前，当地的居民或穴居、或居住在圆顶的草屋中，过着女耕男牧的生活。后来由于气候的变化，撒哈拉由水草丰茂的大草原变成了一望无际的大沙漠。公元前5000年前后，居住在尼罗河两岸的埃及人以自己的聪明才智创造了古埃及的早期文明，并于公元前3500年前后建立了统一的奴隶制国家。约在公元前4000年左右尼日尔河上游一带也发展起了农业文明，据说世界上约有250种农作物是起源于西非洲的。公元前3000年前后，随着埃及对努比亚的多次征服，埃及文明也传入东非。

在亚洲，居住在幼发拉底河和底格里斯河两河流域南端的苏美尔人和阿卡德人几乎与古埃及人同时创造了人类最早的文明，后来发展成了著名的古巴比伦文化。在南亚次大陆的印度河流域，在公元前3000年前后，原始居民达罗毗荼人也创造了发达的城市文明。古印度文化对周围各民族尤其是南亚各民族的文化发展起了推动作用。在东亚黄河流域中游，约在公元前3000年，当地的居民炎黄族（即后来的汉族）已进入定居的农业生活，创造了发达的仰韶文化，对东亚和东南亚各民族的文化的进一步发展产生了巨大的影响。

上古时期的东方社会在相当长的一段时间内发展得非常缓慢，最高的政治权力掌握在专制君主手中，在体制上是鲜明的东方专制主义。在统治者巩固权力、树立威信的过程中，宗教发挥了很大的作用。祭司们大肆鼓吹王权神授的谬说，把国王的命令说成是神意的再现。氏族贵族的统治势力异常强大和牢固，使得古代东方不可能出现民主政体。

由于古代东方文明大多是农耕文明，其文化心理具有狭隘性的特点。他们少有古希腊、罗马奴隶社会时期那种在民族迁徙、向外扩张过程中形成的阔大眼光。这种狭隘性不仅影响了社会生产力的发展，更重要的是表现在文化心理上。在小国寡民的自然经济条件下，人们的眼光不是投注于横向的广大空间，而是在纵线上追溯过往的记忆。在思维方式上，还保留了原始人思维简单、朴素的特点，体现出直观性、经验性的特征；在人与人的关系上，还不能完全地把人和自然清楚地分开，强调人和自然的统一；在个人与集体的关系上，强调集体，强调人伦规范，以此束缚个性，甚至压抑个性。

古老的东方文化深深地影响着文学的发展。

上古东方文学的基本特征主要表现为：首先是鲜明的民间文学特色。上古东方最早产生的文学样式是民间口头文学。由于年代久远，缺少记载手段和方法，大多靠口传。现在所见不多的作品都是后人根据口头转述整理而成，难保完整。它们大多是奴隶、农民们在劳动生活中为了消解疲劳、抒发心中烦闷、表达思想感情时随口唱出的劳动歌谣和民歌等，如古代埃及的劳动歌谣《庄稼人的歌谣》《打谷人的歌谣》《搬谷人的歌谣》以及青年男女相互之间表达爱情的情歌等。口头文学中流传最多的是神话和传说。东方各民族几乎都产生过大同小异的有关开天辟地的神话、创世神话、大洪水神话、制服怪物野兽的神话，如埃及的有关拉神的神话、奥利西斯的神话；两河流域的《吉尔伽美什和阿伽》的传说、《咏世界创造》的神话、大洪水的故事、马尔都克的神话；在巴勒斯坦产生的关于耶和华创世神话、诺亚方舟救世神话；在中国产生的盘古开天辟地的神话、女娲补天、大禹治水等神话。这些神话随着人类对于自然的认识和征服也在不断发展，从早期的万物有灵的拜物倾向，发展到人神同体或人神相似的故事，反映了上古先民的思想观念和社会生活的不断变化。

其次是强烈的宗教色彩。古代东方文学与宗教有着极为密切的关系，文学成为宗教布道的重要载体，教义成为文学的思想核心。流传至今的许多作品都流露出浓郁的宗教思想。如希伯来的文学代表作《旧约》就与犹太教思想密切相关；波斯古代的诗文总集《阿维斯塔》就是波斯古教琐罗亚斯德教的经书；古印度文学与吠陀教和婆罗门教思想息息相通，有的甚至直接宣传宗教教义。流传下来的许多作品也或多或少地经过了统治阶级的文人和宗教祭司、僧侣的加工整理，遭到了歪曲和篡改，失去了作品原来的风貌。

再次是民族风格鲜明、文学体裁多样。上古东方文学的起源并非只有一个中心，四大文明古国的文学创作最初在各自国家的土壤上独立发展起来，具有独特的民族风格。从体裁上看，劳动歌谣、神话传说、民族史诗、宗教颂诗、爱情恋歌、民间故事、语言等应有尽有，对后来世界文学各种体裁的形成和发展产生了深远的影响。

二、上古东方文学发展概况

1. 古埃及文学

古埃及文学最初起源于人民的口头创作。公元前3300年左右，出现了写在纸草卷上的象形文字，上古埃及文学作品得以保存。古埃及文学内容丰富、题材多样，主要包括神话传说、诗歌、《亡灵书》和故事。

埃及最古老的文学是神话。创世神话表现了埃及人对宇宙起源的最原始的理解。在最早出现的诸多创世神话中,其中一个著名的神话描绘了宇宙的形成:地神该伯斜卧在地上,他上面是女天神努特。努特四肢撑地,弯腰而成天穹。她浑身满是星斗,被空气神苏两手托起。太阳崇拜的神话在埃及神话中占有重要地位。混沌初开之际,拉在水神努的体内孕育成形,以蛋形花苞状升起在水面,显形为一轮太阳,大地便有了光和热。拉神创造万物。后来由于人类堕落犯罪,拉派女儿爱情之神赫托尔去毁灭人类,但又恐人类灭绝,就在她必经之路上造出美酒之湖,使她饮后醉卧不醒,从而停止了毁灭人类的工作。最初太阳神的作用表现在自然方面,被认为是生命的源泉。后来,太阳神被逐渐赋予社会功能。许多法老声称自己是太阳神之子,他们热衷修造太阳神庙,竖立巨大的方尖塔以示崇敬。对太阳神的突出崇拜表明了埃及神话由多神信仰向主神信仰的过渡。对太阳神巨大威力的神化,从而体现出东方君权神授的思想。

尼罗河是埃及文明的发祥地,与尼罗河相联系的是著名的奥西里斯的神话。奥西里斯首先是尼罗河神,他受诸神派遣统治人间。他秉性善良,政治贤明。他受智慧与司书之神托司的启示和妻子伊西斯一起教会埃及人播种、耕作、栽培果树和酿造美酒。他的功德深受人们敬仰,但却遭到他的弟弟——恶神赛特的嫉恨。赛特决定杀掉哥哥取而代之。有一次,赛特带一只金箱子去参加诸神的聚会。他说谁躺在箱子里正合适,就把金箱子送给谁。结果奥西里斯中计而被关进箱中,并被抛进了尼罗河。赛特篡夺了王位。伊西斯闻讯,悲痛欲绝,沿河寻找丈夫的尸体,终于在春季到来时找到,并把尸箱暂时藏于一个隐秘之所。但被赛特在行猎时发现,又碎尸28段(一说40段),并随风播撒。伊西斯再次寻找碎尸,把奥西里斯的碎尸制成干尸木乃伊。不久她生下一个遗腹子,即战神贺拉斯。为了让贺拉斯继承王位,伊西斯四处奔走。贺拉斯也多次找到赛特决斗为父报仇,最后终于打败赛特。以苏为首的"九神会"判定赛特有罪,并让贺拉斯继承了王位。奥西里斯自己则在阴间复活,成为统治下界的冥王。他主管人的死后审判,死者在冥界都要在他的监视下在天平上称其心脏。心脏放在天平一端,另一端是象征真理的羽毛。只有被宣布为"清白"的死者才可升到天堂并得到永生,恶人的心脏会当场被守在天平旁边的豺神吃掉。这个相对完整的神话,是埃及人糅合各种神话片段改编而成。它形象地反映了埃及人的自然观念、宗教观念、王权观念和伦理道德观念。神话中涉及人世间的权力斗争,血缘家庭关系的确立,忠于丈夫,为父报仇以及长子继承制的胜利,等等,较为客观地反映了古埃及的社会状况。

死者崇拜既是埃及宗教的基础,又是埃及神话的最基本的母题之一。这种死者崇拜在新王国时期(前1570—前1090)产生的《亡灵书》(又译为《死者之书》)中得到了最集中的反映。《亡灵书》是古埃及神话与咒语最集中、流传最广的一部。内容极为丰富,其中所载神名多达50个以上,汇入了大量的神话诗、祷告诗、颂诗、歌谣、咒语等。许多内容摘自埃及古王国时期的"金字塔文"和中王国时期的"棺文"。其中有对当时的社会生活特别是一些宗教礼仪的描述,也有对冥界生活的想象。它被写在特殊的纸草上,用麻布包好放进棺材中供死者阅读。埃及人相信,这本书可以成为死者到达冥国的指南,保护亡灵在冥界幸福生活,避免各种困厄。它能帮助死者顺利地应付冥王奥西里斯的审判,平安地到达"真理的殿堂",在五谷丰登、凉风习习的上界与神同住,也可以有幸和奥西里斯一样地再生。《亡灵书》反映了古埃及人企图将生命的荣华富贵延续到后世的幻想。

诗歌是古埃及文学之后另一种重要体裁。从内容上看有世俗诗、宗教诗、赞美诗、宗教哲理诗和情歌等，它们集中反映了当时人们的生活和生产状况、思想感情以及他们对未来的向往。其中劳动歌谣产生比较早，《庄稼人的歌谣》《打谷人的歌谣》和《搬谷人的歌谣》是村民和奴隶们伴随着劳动，在田野里、打谷场上和码头上歌唱出来的。如《打谷人的歌谣》这样唱道：

> 给自己打谷，给自己打谷，
> 哦，公牛，给自己打谷吧！
> 打下麦秆来好给自己当饲料，
> 谷子都要交给你们的主人家。
> 不要停下来啊，
> 要晓得，今天的天气正风凉。

这首歌谣写的是奴隶们假借同公牛谈话，把自己和公牛作比，用反语发泄自己的愤怒和不满，间接地反映了奴隶们的悲惨处境。他们一年到头辛苦耕种，可到头来打下来的谷子却不得不交给奴隶主，就像公牛只能得到麦秆充当饲料一样，自己只能落下糠皮，聊以充饥。这些劳动歌谣以浓厚的生活气息、明快有力的语言、清新隽永的艺术手法、直接抒发内心情感的对话方式形成独特的艺术风格，表现了古埃及民间口头创作的特色。

古埃及各个历史时期还有大量故事流传下来。现在发现的最早的一篇故事作品是《魔术师的故事》，它由三个小故事组成，即：克拉福拉所讲的故事、保甫拉所讲的故事以及豪尔代夫所讲的故事。克拉福拉的故事讲的是祭司长施用魔法惩戒与国王的侍童偷情的妻子。这个故事反映了当时的妇女爱情不能自主的无权地位。保甫拉的故事讲的是祭司长为了取悦国王，施法让二十名"四肢、前胸和头发都长得美"的处女，裸体穿着网状衣服为国王划船。它反映了统治者的荒淫残暴和佞臣小人的无耻献媚。豪尔代夫的故事讲的是祭司的妻子一胎怀了拉神的三个儿子，说这三个儿子"将来要担当统治这全地的高贵职务"。这个故事明显是为埃及第五王朝开国君主篡权夺位制造舆论的，同时宣扬君权神授的思想。这三则故事看似写神奇魔法，但实际上都是对上层社会王公贵族实际生活中的事情的影射，是为统治阶级服务的。从艺术上看这些作品故事情节结构完整，人物形象也较丰满，达到了较高的水平，首开后世短篇小说的先河。

《乡民与雇工》产生于中王国初期，这是古代埃及故事中最优秀的一篇。它描写一个机智的农民巧于辞令而自救的故事，反映了中王国初期的阶级矛盾，揭露了统治阶级的豪门恶仆对普通农民的掠夺和迫害，发出了广大被压迫人民的正义呼声，颂扬一个普通农民的不屈不挠的斗争精神。主人公是一个聪明智慧的劳动者形象，他机智顽强、据理力争，不惧豪强，寓示了劳动者终将战胜统治者的乐观精神和坚定信念。这篇故事是古代埃及散文修辞的典范，人物语言妙语连珠，尖刻的奚落、恰当的嘲讽，在艺术上达到了较高的水平。

其他如《遭难的水手》反映了当时的统治阶级鼓励人们向海外开发的意图。《撒奈哈特历险记》则反映了统治阶级内部的矛盾和斗争。《厄运被注定的王子》通过对人的意志和命运的冲突的描写，表现了当时人们开始了对神意和命运的反抗。《昂普、瓦塔两兄弟》则是以奥西里斯的神话为母题，通过对瓦塔的多次变形、几次死而复生的描写，暗喻瓦塔是自然界死而复生之神奥西里斯的化身，显示了劳动人民的机智和力量，故事中对妇女的厌恶和贱视的偏见，表现了作品的时代局限性。

2. 上古巴比伦文学

古巴比伦位于美索布达米亚平原南部，是古代两河（幼发拉底河和底格里斯河）流域文化的中心，是人类文明的发源地之一。在远古时期，生活在这一地区的苏美尔人和阿卡德人创造了丰富的文化，并用楔形文字保存下不少文学作品。这些文学作品丰富多彩，主要有神话、传说、史诗、哀歌、赞歌、故事、格言、谚语、咒文等。这些作品从不同角度反映了当时人们对自然界的朴素理解和探求，其中诗歌和神话最丰富。

古巴比伦神话是在继承苏美尔神话的基础上发展起来的，其内容包括宇宙生成、人类创造、长生不老、天命观等神话母题。最有代表性的是创世神话。苏美尔的创世神话认为，宇宙万物和它们的秩序是由水神（又是智慧之神）恩基创造和确立的。阿卡德人的创世神话说的是：太初之始，天地水相连而无区分，深渊中的女妖蒂阿玛生下许多妖魔鬼怪，她率领它们向诸神发起进攻。大神安夏尔派遣儿子马尔都克应战。马尔都克杀死蒂阿玛，又把她的尸体一分为二，上为天，下为地，形成宇宙，然后又创造了日月星辰和走兽游鱼。最后他杀死蒂阿玛的儿子金古，用他的血渗入泥土，缔造了人类。马尔都克因此被诸神推为众神之王。这一神话突出了宇宙间善恶两种力量的斗争，突出了善对恶的胜利，是古代道德意识的一种曲折反映。《伊什塔尔下冥府》源于苏美尔神话，它通过伊什塔尔下冥府去拯救不幸落入地狱的植物神坦姆兹的故事，反映了古巴比伦人对四季变化、万物枯荣等自然现象的想象和理解。

古巴比伦文学中最有代表性的成就是史诗《吉尔伽美什》，这是目前发现的世界上最古老的一部完整史诗。它最初的完整定本约出现在巴比伦第一王朝时期。全诗共三千余行，用楔形文字记述在十二块泥板上。由于发掘出的泥板多有残损，因此诗行和文字多有脱漏，但基本情节还是完整的。史诗大致可以分为四个部分：第一部分写主人公吉尔伽美什在乌鲁克城为所欲为的统治以及他和野人恩奇朵厮打成交的友谊；第二部分描述吉尔伽美什与恩奇朵一同出游，合力杀死巨妖芬巴巴和危害人间的天牛，为民造福，成为群众爱戴的英雄；第三部分写恩奇朵受天神惩罚病死后，吉尔伽美什为探求生命奥秘而进行的长途跋涉；第四部分记述吉尔伽美什和恩奇朵幽灵的谈话。

《吉尔伽美什》是一部具有巨大的文化内涵、文化容量的史诗作品。它通过引人入胜的情节，反映了上古时期两河流域人民同自然及社会暴力抗争的情景，颂扬了为民建功立业的英雄，反映了两种文明的冲突与融合，探讨了人同自然的关系、宇宙运行规律与人的生命规律的关系以及生命奥秘，艺术地再现了当时人们的价值观和道德理想。主人公吉尔伽美什胸怀建功立业的雄心壮志，不畏强敌，敢于与神抗争。恩奇朵之死使他在悲愤之余又踏上追求永生的道路。虽然他的抗争与探索都以失败而告终，但是从人类认识的发展史上看，吉尔伽美什的探求与失败具有重大意义。他的探求打破了永生的幻想，标志着人类对生命的正确认识已经开始确立。人是世间唯一在死亡前就知道自身必然会死亡的生物，死亡意识推动着自我意识和理性意识的觉醒。他的探求又是人类正确地认知自身、评价自身的一个起点。

《吉尔伽美什》有着独特的艺术风格。首先是象征性的艺术结构。史诗以太阳运行的深层结构决定主人公吉尔伽美什历险的表层结构。史诗记载于十二块泥板,对应了巴比伦历法的十二个月。主人公的命运自第六块泥板为界由盛转衰,如同自然的节律。吉尔伽美什是古代农业文明中的"太阳英雄",史诗英雄与太阳、人生宿命与宇宙节律巧妙对应。吉尔伽美什与恩奇朵化敌为友的经过也象征性地反映了古代美索布达米亚地区游牧文化与农耕文化的冲突与融合。其次,现实与神话紧密结合,人性与神性相互交织。史诗以人间现实为基础,又描写了充满想象的神话世界,天上、地府、人间,任意驰骋,想象力异常丰富,充满浪漫神奇色彩。再次,全诗语句通俗,运用联想、象征、夸张、梦幻、排比、反复等多种修辞手段和表现手法,加强了艺术效果。

《吉尔伽美什》是古巴比伦早期文明的结晶,在世界古代文学史上具有特殊的意义。它不仅对后世西亚文学产生了影响,而且间接地影响到古希腊神话、《荷马史诗》以及希伯来《旧约》等人类早期文学。

3. 上古印度文学

上古印度文学主要受到三个社会因素的深刻影响。一是自公元前 20 世纪起外来民族的不断入侵,造成了印度多民族和多语言的状况;二是种姓制度,在奴隶社会印度出现了婆罗门、刹帝利、吠舍和首陀罗等级制度;三是出现了具有全国性影响的大宗教,如婆罗门教、佛教和耆那教。

古代印度文学史包括吠陀时期和史诗时期。吠陀时期最重要的作品是《吠陀本集》(简称《吠陀》),它是由宗教祭司对当时的巫术、宗教、礼仪、风俗、思想和哲学等方面情况的记录和整理。《吠陀》也因此成为印度最古老的宗教——吠陀教的神圣经典。"吠陀"的意思是"神圣的知识"。《吠陀本集》大都使用诗体,共分四种,即:《梨俱吠陀本集》《娑摩吠陀本集》《夜柔吠陀本集》和《阿闼婆吠陀本集》。其中《梨俱吠陀》形成最早,它向来被认为是古代印度第一部诗歌总集,"梨俱"即该诗集所用诗体的名称。该诗集里面收集了 1028 首诗,一般分为 10 卷。从内容上看有相当一部分是神话诗,这些诗中有丰富的神话和传说故事,想象丰富,气势豪迈。如一首诗中写因陀罗神:"他使摇荡的地球恒定,他给原始的山岳形体,他举起拱环的苍穹,他划分浩瀚的天空,他是——听着我的歌——因陀罗,宇宙的统治者!"有的诗歌颇富哲理,如有一首诗写黎明女神:她袒露胸脯,以光为衣在东方出现,非常年老又十分年轻,在过去、现在和将来都永放光芒。她消磨世人的青春,可自己却永不衰老。太阳是她的情人,日日追赶她。还有一些诗为后人提供了认识当时社会的资料。《娑摩吠陀》是一部颂神歌曲集,娑摩的意思是"祭祀用的歌曲"。《夜柔吠陀》是祭祀用书,包括一些经文和祭祀说明。《阿闼婆吠陀》产生较晚(约公元前 500 年左右),是一部驱邪求福的咒语集,诅咒的对象无所不包,表现了人们各种消灾谋福的愿望。

《吠陀》是吠陀教的圣典,也是印度文学的源头之一,之后出现了注解和诠释它的《梵书》《森林书》《奥义书》等。《梵书》是印度最早的散文,在文学史上有一定的地位。

史诗时期(约前 500 年—约 500 年)印度社会思想领域呈现复杂状态,多种思想派别并存。既有尊重传统的吠陀祭祀,又有信仰苦行的极端派,还有具有唯物倾向的顺世派以及婆罗门上层改良主义者形成的唯心主义吠檀多派。这一时期，除了大量的宗教文学外，更重要的是以史诗《摩诃婆罗多》和《罗摩衍那》为代表的民间文学。

《摩诃婆罗多》和《罗摩衍那》是用古代梵语写成并保存下来的原始史诗，成书于公元前后几个世纪。《摩诃婆罗多》创作时间比《罗摩衍那》要早但最后成书时间却较晚。在印度《摩诃婆罗多》被称作"历史传说"，而《罗摩衍那》则被称为"最初的诗"。

《摩诃婆罗多》意即"伟大的婆罗多族的传说故事"，讲述印度北方一个婆罗多族王国内部两大王族为继承王位而展开的鏖战。这一战争耗时多年，最后俱卢族一百个王子全部阵亡，军队除三人外全军覆没。般度族虽然取得了胜利，但除了五位王子幸存外，军队也仅有七人存活。这部史诗生动地描绘了印度古代残酷的战争图画，深刻地反映了当时社会各方面的生活场景，鲜明地表达了人们对强暴和奸诈的厌恶，对公正和善良的同情。史诗中包含了印度古代的历史、宗教、政治、法律、哲学、人伦、风俗等多方面的内容，反映了当时人们的生活价值标准和审美情趣，表达了作者济世救民的美好理想。

《罗摩衍那》意即"罗摩的故事"。全诗主要以阿逾陀城净修林、猴国和棱伽岛为背景，描写了英雄罗摩和妻子悉多悲欢离合的故事。阿逾陀城国王年迈，决定传位给长子罗摩，但小王后为立自己的儿子从中挑唆。罗摩为了父亲主动流放山林，妻子悉多也主动随行。后来悉多被罗刹王劫走，在猴国国王哈罗曼的帮助下，夫妻团圆。为了证明自己的贞洁，悉多投火自明，火神将她从火里完好托出。罗摩回国后继位，人民安居乐业。悉多怀孕后，其贞洁再次被罗摩所疑。悉多被丢在恒河对岸，为林中仙人蚁垤所收留，产下二子。蚁垤作《罗摩衍那》，并教悉多儿子学唱。罗摩在听到儿子的歌唱后父子相认。悉多为再次证明自己的贞洁，投入了地母的怀抱。

《罗摩衍那》美化了理想中的君王罗摩，歌颂了一夫一妻制的婚姻，表现了作者进步的婚姻观。作品中异常看中女性的贞操，悉多被刻画成具有东方女性美德的形象。她忠贞于自己的丈夫，两次以死来证明自己的贞洁。但她终究未能摆脱作为男性附属品的局限，显示了作者封建伦理观念。

《罗摩衍那》开创了新的艺术风格。注重人物形象的塑造，注重用环境描写来烘托人物身份和品质，注重对大自然的描绘，用借景抒情的方式较细腻地表现人物的内在情感，运用人物对话表现人物性格。史诗语言生动形象，多用比喻，富有美感，既长于叙事，又宜于抒情。史诗开创了印度古典长篇叙事诗的体裁，为印度戏剧的发展提供了条件。

史诗时期的印度文学除了两大史诗外，还有诗体神话传说总集《往世书》、寓言故事集《五卷书》、佛教文学的代表作《佛本生经》和早期戏剧。

《往世书》是一部百科全书式的著作，基本上是用诗体写成，内容主要是世界创造、毁灭后再创造、神仙族谱、帝王世系等。

寓言故事集《五卷书》以婆罗门老师教诲王子为主线，主要通过有趣的动物故事，在飞禽走兽世界的描绘中宣扬婆罗门教的"修身处世统治之道"，包括治国方略、处世经验、实用知识和道德规范等。形式上采用大故事套小故事的叙事结构；散文叙述夹有对话，也间用诗歌作结。这种形式为印度小说开辟了蹊径。

《佛本生经》实际上是一部民间寓言故事集。"本生"就是前生，不是今生。"佛本生故事"就是释迦牟尼成佛前的故事。《佛本生经》的思想内容包括歌颂佛陀的智慧与神通,宣扬经商发财,等等。《佛本生经》是世界上最古老的民间寓言故事集,是许多世界性故事的源头。

印度的戏剧最初发端于民间,其戏剧和演出理论约在公元前后达到成熟阶段。马鸣的《舍利弗传》是梵文剧本中现存的最早作品。跋娑的六幕剧《惊梦记》以爱情为题材,表现了爱国主义的政治倾向。首陀罗伽是一位平民剧作家,他的代表作《小泥车》有两条相互联系的情节线索:一条是写优禅尼城被压迫的群众在起义领袖阿里也加领导下对暴君八腊王的斗争和胜利;另一条是写妓女春君与穷婆罗门商人善施爱情婚姻的波折和团圆结局。这是一部反映城市贫民与贵族、暴君作斗争的社会剧,其中心主题是反对暴政统治。作品写作技巧也相当熟练,全剧以丰富的动作穿插于紧张的场面之中,语言雅俗相间,丰富多样,形成了幽默风趣、诗情画意的独特戏剧风格。

迦梨陀娑的代表作《沙恭达罗》是古印度戏剧的典范作品,对印度和世界文学都产生了深远的影响。

第二节 《圣经·旧约》

希伯来民族位于迦南(今巴勒斯坦)一带。希伯来(犹太)民族是一个饱受异族欺凌、排挤、囚禁、杀戮的多灾多难的民族,又是一个充满智慧的民族。在与中东地区的其他民族文化——主要是埃及文化、腓尼基文化、亚述文化、巴比伦文化——的广泛接触中,以宗教为中心创造了灿烂的文明。希伯来文化和希腊文化("二希文化")相结合,汇成欧洲中世纪文化并影响到西方近现代文化。

一、希伯来民族文化与《圣经》

希伯来民族的祖先是闪米特族的一支,最早在阿拉伯半岛的西南部过着游牧生活。公元前3000年左右,他们北移到美索布达米亚平原。约在公元前2000年,他们又沿幼发拉底河北上,逐水草游牧至哈兰,后向西经叙利亚而南迁进入迦南。迦南土著称他们为"希伯来人"(河那边的人)。公元前17世纪,希伯来人因饥荒流徙进入埃及,因不堪埃及法老的歧视和压迫,在公元前13世纪中叶在摩西带领下出埃及返回迦南。

公元前11世纪下半叶,扫罗首建民族统一国家,后经大卫和所罗门父子的精心治理,王国达于鼎盛。公元前933年国家又分裂成北朝以色列国和南朝犹太国。公元前722年,以色列为亚述所灭,被掳走国王臣民近3万人。公元前586年,南朝犹太国被新巴比伦所灭,5万多人成为"巴比伦之囚"。至此,独立自主的以色列犹太王国彻底沦亡。此后,希伯来民族命运多舛,民族文化受到排斥,尤其是公元135年罗马彻底镇压了希伯来人的反抗,扫荡犹太全境,古代希伯来人的遗民及其后裔流落世界各地。

由于希伯来民族经历过几次大迁徙,其民族文化在产生、发展过程中广泛受到西亚古代文明的影响,从而具有了开放性和多元性。因其民族命运多舛,长期遭放逐和迫害,所以,灭族之灾、亡国之痛、渴求和平与安宁，形成了希伯来民族的集体无意识，也增强了民族文化的凝聚力，造就了在逆境中自省和向往光明、坚信必将得到拯救的精神特质。宗教是希伯来民族的精神支柱，无论是早期的犹太教还是后来的基督教，其宗教思想是完全的一神论，宣扬万能的上帝耶和华主宰一切。上帝的权威毋庸置疑，人必须真心诚意地侍奉上帝，人要有美德，要有爱心和正义感。

希伯来文学是希伯来人在各个历史时期创作的各种文学作品的总和，主要用希伯来文书写，有的用亚兰文、希腊文或拉丁文写成。作为宗教的经典，后来的《圣经》(《新旧约全书》)包括《新约》和《旧约》两部分，是不同历史时期不同作者著作的汇编。原书的希伯来文名称是《托拉·比纳姆·纪士宾姆》意为《律法书、先知书、圣文集》，汉语翻译成《圣经》，它成书于公元前1世纪，是一部关于生活在巴勒斯坦地区的希伯来民族的古典文献。

《圣经·旧约》是古希伯来文学的主要代表作。主要内容被分为四部分。其一是经书或律法书，即所谓的"摩西五经"，包括《创世记》《出埃及记》《利未记》《民数记》《申命记》。其二是历史书，包括《约书亚记》《士师记》《撒母耳记》《列王纪》《历代志》《以斯拉记》《尼希米记》等10卷，是以色列和犹太从立国到亡国的史记。其三是先知书，包括《以赛亚书》《耶利米书》等16卷。最后是诗文集，有《诗篇》《雅歌》等抒情诗集，有《箴言》《传道书》等哲理诗集，有《约伯记》那样大型的诗剧和《路得记》《以斯帖记》《但以理书》等小说。

神话是希伯来人最早的精神产品，主要表现在《旧约·创世纪》的前11章中，主要有上帝创世、伊甸乐园、诺亚方舟、巴别塔、诸神众子等神话以及希伯来早期几代族长亚伯拉罕、以撒、雅各、约瑟和摩西的神奇传说。在希伯来人创造的神话中，世界起初是一片混沌，上帝耶和华用六天创造了光明与黑暗、海洋与陆地、日月星辰和动植物等。第六天，他又用泥土和水创造了人类的始祖亚当，让他居住在丰饶富庶的伊甸园中，并让他给园中的飞禽走兽命名、管理园中的一切。亚当孤身一人非常寂寞，上帝体恤他，在他睡着时取出他的一根肋骨，为他创造一个女人夏娃做他的伴侣。但是，在蛇的引诱下他们违背了上帝的禁令，偷吃了智慧树上的禁果，因此被驱逐出伊甸园，失去了幸福和永生的希望。因为人类的始祖亚当和夏娃犯了罪，人类便被看做生来有罪，即所谓"原罪"。这种原罪难以洗除，即使有意赎罪也力不从心，更何况又不断再犯新的罪。人类陷于无尽的灾难而难以自拔，只能期待上帝的超自然力在末日审判中实现除恶救善。希伯来人的洪水神话受到了古代巴比伦神话的影响，旨在宣扬上帝惩恶扬善的宗教思想。"方舟""橄榄枝""鸽子"等成为具有普遍性的象征意象。

关于几代族长的传说，有一些史实所本，是希伯来人对开创民族历史、为民族发展做出卓越贡献的祖先的追忆与缅怀，但更多的是虚构和想象，具有一定的神话色彩。与古希腊英雄传说中的半人半神的英雄不同，希伯来传说中的民族英雄不具有任何神性，作为普通人的人物个性非常鲜明。《旧约》中的神话传说简约朴素、具体生动、充满戏剧性情节，对后世文学产生了巨大影响。

《旧约》中的历史书属于史传文学的范畴。它以希伯来民族的历史作素材，交织穿插民间传说。真实史料和艺术想象并重，既真实地再现了征服迦南、建立联合王国、反击异族入侵、维护民族信仰的历史事件，又艺术地刻画了这一历史过程中的民族英雄。与传说中的早期族长相比，历史书中的民族英雄更具有真实性，在他们身上既具有为民族作贡献的英雄本色,但又并非十全十美,有的甚至有令人发指的罪行。如参孙的贪恋美色、大卫的阴险与荒淫等。

诗歌在《旧约》中占有四分之一的篇幅,大致分为抒情诗和哲理诗两大类。在抒情诗中,《诗篇》中的诗歌基本上是献给耶和华的赞美诗,也有一些反映了家国沦亡的哀伤主题。《耶利米哀歌》有五首,是希伯来诗歌发展到顶峰的标志。它写于希伯来圣城被毁之后。诗中第一歌哀叹耶路撒冷被劫后的惨相;第二歌谴责耶路撒冷的罪恶;第三歌自我叹息,祈求解救;第四歌从耶路撒冷的今昔对比开始,到认识到毁灭源于国人的腐化,应该遭受的天罚;最终的四节乞求祖国的复兴。《雅歌》是一组热情奔放的抒情歌集,主要内容是描写男女间的爱情。诗歌描写国王所罗门和牧羊女书拉米从相遇、求婚、相爱、成婚到回乡的过程,热烈、大胆、奔放。诗歌巧用意象,联想丰富,譬喻精妙,是世界抒情诗中难得的优秀篇章。哲理诗集《箴言》由数百首短诗汇编而成,从推崇智慧和智者开始,对世俗生活中的美与丑、善与恶、智慧与愚昧等进行了训诲,总结概括了希伯来人的伦理道德准则。《传道书》对人生和生命的意义作形而上的思考,诗中流露出浓重的悲观和虚无情绪,这是希伯来人遭受劫掠后产生厌世心理的真实情感。

诗剧《约伯记》通过正直善良、品德高尚的义人约伯偏偏家破人亡、全身长满毒疮,受尽痛苦的遭遇,探讨"好人为什么遭罪"的宗教哲理问题。其结论是好人受难是上帝的考验,表象之下蕴含着复杂神秘的因果,不能狭隘、世俗、直观肤浅地看待"罪与罚"的问题。上帝全能,人的智慧有限,唯有坚定而正确的信仰能助人战胜苦难。诗剧结构宏大、气势磅礴,简洁的叙述、抒情性的插曲、哲理化论辩性的独白以及突转手法的运用,四者融汇交织,形成深沉凝重的风格。

《旧约》中的小说出现较其他文学形式要晚,但成就斐然。田园小说《路得记》叙述摩押族女子路得在丈夫亡故后随婆婆生活在犹太族,后改嫁犹太族近亲,生活非常幸福,成为大卫王的祖母。小说在田园诗般的气氛中反映古代希伯来的风习,赞美摩押族女子的勤劳贤淑,也表达了反对"禁止异族通婚"的狭隘的民族主义观点。《约拿书》以鲜明的形象寓示深刻的道理,寓言式地表现了以人道主义代替褊狭民族主义的思想。《以斯帖记》描绘了犹太女子以斯帖为民族的存亡而斗争的故事,表现出强烈的爱国主义精神。这些作品简洁明净,情节紧凑,主题明确,注重结构艺术,具备了近代"小说"的基本因素。

综观《旧约》文学,具有以下特点:一是具有很强的宗教性,作品多侧面地表现了希伯来人对上帝耶和华的虔诚、敬畏与赞美之情。二是题材广泛,在广阔的时空中描绘了宇宙的形成、万物的起源、人类的繁衍、王国的兴衰、上帝的戒律、摩西的伟业、男女爱情等等,是希伯来民族的生存史和创造史。三是体裁多样,出现了神话、史诗、小说、戏剧、抒情诗、哲理诗、叙事诗、寓言、谚语等体裁,为后世文学体裁奠定了基础。四是具有理性反思精神。《旧约》中的许多故事包含了希伯来人对世界人类的深刻反思,至今启蒙和激扬人的理性反思精神,成为近代欧洲文化思想的一个重要源头。

第三节　迦梨陀娑

　　迦梨陀娑是享有世界声誉的古典梵语诗人和剧作家,生前即已成为当时印度宫廷"九宝"之一。1956年,世界和平理事会将他列为世界十大文化名人之一。

一、生平与创作

　　迦梨陀娑流传下来的生平资料很少,人们对他的生卒年月、生平活动几乎一无所知,多数学者认为他大约生活于公元4至5世纪的某一时期。传说他出身婆罗门,幼年父母双亡,是一个牧羊人将其养大成人,有幸娶公主为妻,但因公主耻其出身低微,他便向女神迦梨祈祷,女神感其虔诚赐以智慧,他于是一变而成为大诗人、大学者。他一生遍历印度各地,既熟悉宫廷生活,也熟知民间疾苦,因此能站在开明立场进行创作。迦梨陀娑流传下来并被确认的作品有抒情长诗《云使》、叙事诗《鸠摩罗出世》《罗怙世系》、剧本《优哩婆湿》和《沙恭达罗》。

　　抒情长诗《云使》以第一人称的口吻抒写恩爱夫妻离别的相思之情,主要讲述玩忽职守的药叉被贬谪到南方的山中,与爱妻分别数月,心中凄然。雨季北行的雨云更激起他的相思之情。他托雨云带去自己对爱妻的眷恋和相思。诗人将抽象的情义概念化为可感的意象"云",以此来传情达意,表达自己的生命情怀,令人叹惋。诗中既有对以往浓情蜜意的深刻回忆,又有对痛苦离别的无尽愁绪,极富艺术感染力,首开文学史上"信使诗"之先河。

　　《优哩婆湿》描写天国歌妓优哩婆湿与人间国王布罗罗婆娑曲折多难的爱情故事,是对一个古老神话的全新改造。剧作鲜明生动地塑造了敢于冲破一切罗网,大胆追求青春欢乐和自由幸福的仙女优哩婆湿和忠于爱情的多情天子布罗罗婆娑两个形象。作品情节感人,结构紧凑、想象丰富瑰丽。全剧洋溢着沛然的浪漫色彩和浓郁的抒情气氛。

　　从思想内容上看,迦梨陀娑善于在作品中叙述印度的历史,表达民族自豪感,既歌颂那些以武功统一天下、保卫国家的君主,指责那些荒淫无道、专横暴虐的昏君以及形形色色的上层贵族和婆罗门,又描写了身处下层、受剥削被压迫的宫女、渔夫、手艺人,突出他们的机智、勇敢、善良,并对他们的命运给予深切的同情。迦梨陀娑肯定现实人生、歌颂现实生活,尽情享受自然对人生的赐予,大胆追求自由与幸福,赋予笔下的世界以浓烈的理想色彩。尽管他也看到了来自自然和社会的阻碍人生幸福的力量,但他极力抒写和表现的是美好的自然、美好的人性、美好的情感和美好的生活,即使描写离情别绪以及由此导致的悲伤与痛苦,也只是为了表现美好情操,或是更好地映衬忧伤以后的欢乐。从美学风格上看,迦梨陀娑的作品表现出十足的"艳情味"。所谓"艳情味",公元10世纪梵语戏剧理论家胜财在《十色》中如此描述:"爱以欢愉为本质。一对青年相互爱悦,有可爱的地点、技艺、时间、服装和享乐等,有甜蜜的形体动作。这种令人愉快的爱构成艳情味。"迦梨陀娑的作品无论诗作、剧作,都是以爱为中心。尽管恋爱双方的身份地位各异,诗人的目的不在于表现他们的身份地位与爱情的关系,而是极力渲染"艳情味"。在春光明媚、鸟语花香的绚烂背景下,着力烘托恋爱双方热烈的相思、渴求情人怀抱的焦灼、意外风波带来的痛苦、有情人双双结合的欢愉。这种富于肉欲色彩的爱情正是印度古代人追求的人生三大目的（正法、财富、爱欲）之一。迦梨陀娑的创作在艳情味的基础上穿插着悲悯味和滑稽味。

二、《沙恭达罗》

《沙恭达罗》是迦梨陀娑的代表作，取材于史诗《摩诃婆罗多》，其故事也在《莲花往事书》中出现。全剧共七幕：第一幕写国王豆扇陀狩猎路经净修林，遇见魅力非凡的静修女沙恭达罗，对她一见倾心。这是戏剧的开端。第二幕写国王热恋沙恭达罗，打发随从及军队归国，而他自己以净修林"保护人"的身份继续留在净修林里。这是剧情发展的过场戏。第三幕写豆扇陀与沙恭达罗的自由结合。国王留下信物指环后回国处理政务。这一幕表现钟情男女之间的爱欲相思。第四幕写沙恭达罗无意中得罪来访的仙人，受到诅咒，豆扇陀失忆，不来迎娶。沙恭达罗孕育了豆扇陀的儿子，决定离开净修林去寻找自己的丈夫。这就为下面情节的突变埋下了伏线。戏剧发展至此，改变了前几幕情爱缠绵的情调，制造了别离伤感的气氛。第五幕写沙恭达罗祭水时遗失信物指环，豆扇陀因失忆不肯相认。沙恭达罗大胆责骂他不念旧情，在国王不留、静修林不收的走投无路的情况下被天女接走。第六幕写国王重新见到沙恭达罗丢失的指环，恢复了记忆，想起旧情、思念儿子。这一幕为戏剧大团圆结局做了铺垫。第七幕写天帝因陀罗同情二人，显示奇迹，让豆扇陀上天平乱，归途与妻、子团圆。他们的儿子就是伟大的婆罗多。

从上述情节可以看出，戏剧前三幕的剧情是按照自然顺序，即剧中男女主人公感情的发展推进的。造成戏剧曲折并将全剧推向高潮的是第四幕仙人的"诅咒"，他在愤怒中诅咒沙恭达罗：只有"她的情人看到他给她作为纪念的饰品"时，"诅咒"才会"失掉力量"。果然，戏剧由此顿生曲折，第五幕由于国王的"忘却"而抛弃沙恭达罗母子。遭受屈辱的沙恭达罗不得不为保护自己而挺身反抗。情人变成冤家，戏剧由此推向高潮。如果按照第五幕剧情的自然发展，戏剧结局必然是悲剧性的。但在第六幕中，剧作家又写了指环失而复得，国王睹物生情，想念儿子、承认婚姻的情节，这就过渡到第七幕由悲转喜的结局。这种转折体现了诗人也是印度人的一种人生观念，即"通过了痛苦的欢乐"才是真正的欢乐，苦行是求得幸福的手段。更重要的是，通过这一波折与最终的团圆，一方面表现了他们对爱情的坚贞，一方面表现了美好事物一定会胜利的美好愿望。

沙恭达罗是个光彩夺目的形象，是作者心中理想女性的化身。她生活在净修林中，种花饲鹿，穿树皮衣，戴荷须镯，终日相伴山川林木、花鸟虫鱼，亲净修隐士，尊义父义母，养成了她"自然人"的特性，纤丽妩媚的外表与纯洁朴质的气质完美结合于她一身。她不愿忍受清规戒律的束缚，向往人生的幸福，她对豆扇陀的爱情真挚、诚恳、热烈、温柔，没有夹杂世俗的金钱权势欲望，没有虚伪的扭捏作态，表现了她性格的单纯和感情的热烈。沙恭达罗温柔但不怯懦，又有其坚强的一面。这既表现在她对婚姻的决定自由果断，也表现在宫中被拒后对豆扇陀的严词指责。沙恭达罗的性格随着环境的变化而发展，但其真诚、坦率、忠于感情的主导性格仍然十分鲜明。

剧中的豆扇陀形象具有二重性。他集英雄、开明君主、暴君于一身，同时又是爱情和情欲的化身。剧作家首先按照自己的理想将他刻画成一个开明君主、古代英雄、美好的情人、忏悔的丈夫。其次又按照现实中国王的言行,揭露作为统治者代表的豆扇陀的残暴、荒淫、虚伪、冷酷。剧中豆扇陀的二重性格不是截然分裂的存在,而是对立的统一,其中寄托了作者的政治和爱情的理想,也隐含了对统治者含蓄温和的揭露和批判,表现了作者思想的矛盾。

《沙恭达罗》在艺术上独具特色。

首先,结构上的独创性。戏剧结构采用神话情节和现实情节相结合,而以现实情节为主的方式,既展示了现实生活,揭露了矛盾,又寄托了作者的理想。情节安排环环相扣,严谨合理。"序幕"中舞台监督和主要演员登场介绍戏剧,对观众欣赏演出做了必要的思想准备,一至七幕的安排基本按剧情发展的顺序组合,其中设置"仙人诅咒"的情节,巧妙布置了"戒指遗失""失忆""戒指复得""大团圆"等幕次,使得剧情丝丝入扣又波澜起伏。最后由悲转喜的结局体现了悲剧性和喜剧性相结合的特点,反映了作家追求和谐统一的美学思想。

其次,善于通过环境刻画人物性格。超尘脱俗的净修林的环境具有自然性,养成了沙恭达罗的单纯、质朴的性格。宫廷环境更具社会性,便于揭示豆扇陀的专横无理和荒淫无耻。仙界则摆脱了自然界和社会关系的束缚,沙恭达罗和豆扇陀在此都得到了"净化",尽释前嫌,重获团圆。

第三,诗剧《沙恭达罗》用古典梵语写成,风格纯朴、文字流利、雍容谨严。人物语言各具个性:沙恭达罗的语言真挚、热情、典雅;豆扇陀的语言精粹、雅致,有时显得虚伪;小丑的语言则含有辛辣的讽刺。

《沙恭达罗》对后世文学产生了深远影响。18世纪80年代被译介到西欧,歌德的《浮士德》中的《舞台上序剧》就是受《沙恭达罗》的"序幕"之影响。席勒更有感触,他说:"在古代希腊,竟没有一部书能够在美貌的女性温柔方面,或者在美貌的爱情方面与《沙恭达罗》相比于万一。"约在八百年前,该剧剧情传入中国。新中国成立前卢冀野曾将其改编为南曲,名为《孔雀女金环重圆记》。新中国成立后我国陆续翻译、出版了迦梨陀娑的一些作品,还将《沙恭达罗》搬上了舞台。

第十二章 中古东方文学

第一节 概述

中古东方文学指的是公元 5 世纪至 19 世纪中叶 1400 多年的东方各国封建社会时期的文学。这一时期，东方国家在古老文明的基础上，经过各民族国家的文化交融，逐渐形成三大文化圈：以中国文化为中心的东亚文化圈，以印度文化为中心的南亚、东南亚文化圈，以阿拉伯文化为中心的西亚、北非文化圈。

一、中古东方文学的历史文化与基本特征

第一，东方各国封建社会发展的不平衡性、矛盾性。中古东方国家地域广大，幅员辽阔，经济文化兴旺发达。波斯—中国的丝绸之路、阿拉伯的医学、印度佛教对周边国家的影响等成就都高于同时期的西方国家。东方国家早于西方步入封建社会，经历的时间也比西方的中世纪长得多，但其发展是缓慢而不平衡的：中国在公元前 5 世纪进入封建社会，印度在公元前后，东亚、西亚、中亚、北非地区的主要国家在公元 2 至 8 世纪后，非洲国家更晚一些。造成这一现象的原因主要有东方国家封建土地国有制的形式、自给自足的自然经济形态、相对稳定的社会结构、中央集权制、异族入侵等，这些都不利于资本主义因素的产生。东方大部分国家的封建社会制度是在 19 世纪前后被西方帝国主义的坚船利炮所瓦解的，它们被迫进入近代社会。由于西方资本主义国家发展迅速，东方国家相对滞后，东西方之间产生了较大的落差。

中古时期的东方国家矛盾重重。首先是东方国家地区连年战争和军事大国的建立。中古时期东方国家的战争大多为一个落后民族崛起并逐步形成军事大帝国，但是经济、文化基础薄弱，因而很快衰落，另一个大帝国相继兴起。比如阿拉伯帝国（631—1258）、蒙古帝国（1206—1368）、奥斯曼土耳其帝国（15 世纪后期—17 世纪），三大帝国共同的特征是对被征服的当地文化排斥因而文化建设相对滞后而不稳定；其次，深受西方资本主义殖民入侵之害。1415 年葡萄牙人渡过直布罗陀海峡占领摩洛哥的休达地区，建立了第一个殖民地。之后，西班牙、荷兰、英国、法国等国家先后效仿，进行掠夺性贸易、武力抢夺等野蛮活动，导致东方国家经济退化，社会动荡，资本主义生产关系被扼杀。

第二，宗教影响广泛而深远。宗教是东方国家封建制度的重要精神支柱。佛教、伊斯兰教、袄教、道教、儒学等流传甚广，其中，佛教、伊斯兰教影响最大。多种教派的广泛传播，促进了文化的繁荣、文学的兴盛。特别是印度，宗教意识和种姓制度交融，深深影响了政治、经济、文化、法律等方方面面，阿拉伯、波斯、中国、日本等民族和国家的文学、文化等都与宗教密不可分。

第三，各民族文学、文化充分交流融合。中古时期东方各国国际交往频繁，进而形成三大文化圈：东亚文化圈主要是以中国为中心向日本、朝鲜、越南等周边国家辐射，文化交流的内容主要有汉字、儒学、佛教、律令和册封等；南亚、东南亚文化圈是以印度为中心向周围各国扩散，主要内容以佛教、印度教为主；西亚、北非文化圈主要以阿拉伯语、伊斯兰教为核心向周边辐射，同时又融汇了其他国家的古老文明。三大文化圈的形成更加促进了东方各国的相互交流与影响，形成了姿态各异、丰富复杂的文化现象。除了文化圈内部国家间的交往，三大文化圈彼此之间也关系密切，比如印度佛教对东亚各国的影响，中国、印度文化对阿拉伯地区的影响，伊斯兰教对印度和中国的影响等等。此外，东西方国家之间也有来往，东方文化随着十字军东征和西方传教士的足迹传到西方，西方文化也从阿拉伯进入到东方地区，世界文化充分交流和融合。

中古东方文学经历了几千年的发展，产生了辉煌的成就，也表现出了显著的文学特征。

第一，多民族文学兴旺发达且交流频繁。中古东方文学在三大文化圈的影响下，空前繁荣兴盛，高于同时期的西方文学成就，达到了世界文学成就的高峰。中国、日本、波斯、阿拉伯等国的文学成就非常突出，日本文学中的《源氏物语》《万叶集》《平家物语》、松尾芭蕉的俳句、井原西鹤的世俗小说、近松门左卫门的戏剧，波斯文学中鲁达基的诗歌、非尔多西的《王书》、内扎米的《五诗集》、海亚姆的《鲁拜集》、萨迪的《蔷薇园》、哈菲兹的抒情诗，阿拉伯文学中的《一千零一夜》、"悬诗"、《古兰经》《卡里来和笛木乃》，朝鲜文学中的《春香传》，越南文学中的《金云翘传》，格鲁吉亚文学的《虎皮武士》等都是典型代表。

东方各民族文学互相影响，频繁交流。中国的儒学与日本、朝鲜、越南的交流历史悠久，汉文化已渗透到这些民族文化的方方面面；阿拉伯的文学中有对波斯文学的接受，《一千零一夜》本身就是融入了阿拉伯、印度、波斯等多个民族思想智慧的产物，《卡里来和笛木乃》在流传过程中也融入了多民族的文化、文学因素。纳斯列丁的笑话广泛流传于西亚、中亚地区；奥斯曼"迪万文学"的语言也是融合了土耳其语、波斯语、阿拉伯语而形成的。

第二，文学内容复杂化和形式的多样化。中古时期的东方文学成就居于当时世界文学发展的前列，因而文学内容丰富复杂，形式多样化。中古东方戏剧、小说、变文、诗歌、传奇、寓言故事、散文等形式都已非常成熟，诗歌尤其发达。写实主义小说、浪漫色彩的民间故事集、哲理诗文集都表现了丰富多彩的思想内容。

第三，民间文学蓬勃发展。中古民间文学非常发达，有民歌、民谣、寓言故事、民间说唱文学等。阿拉伯的大型民间故事集《一千零一夜》代表了东方民间文学的最高成就，日本的《古事集》《万叶集》中收集了不少民间文学作品，朝鲜的"高丽歌谣"也占有特殊地位。

第四，宗教对文学的影响广泛而深远。宗教作为中古东方国家的主要精神支柱，对文学的影响广泛而深远。宗教的广泛传播促进了民族之间文化、文学的交流与发展，尤其是希伯来宗教和文学总集《旧约》成为欧美思想文化的源流。但宗教对文学也产生了消极影响,限制了作家们的创造精神。

二、中古东方文学发展概况

1. 日本文学

日本文学在中古东方文学史上占有重要而突出的地位。

日本在"大化革新"后打开了富国强民的道路,此后的 300 年间,日本先后多次派出大规模师团到中国学习。中国的典章制度、儒道思想、佛教文化、生产技术、建筑、绘画、雕塑、音乐、文学等都大量传入日本,在此基础上,日本的书面文学开始繁荣。日本中古时期的文学大致分为奈良、平安、镰仓、室町和江户五个阶段。

奈良时期(710—794),日本最早的书面文学开始出现,代表作品有《古事记》《日本书纪》《风土记》《怀风藻》《万叶集》等。日本的诗歌是从模仿、学习汉诗开始的,《怀风藻》(751)是日本现存最早的汉诗集,主要反映君臣唱和、应诏侍宴、从驾等宫廷生活,也有"咏物""咏美人""怀乡"等题材的诗歌。此外,还有系列敕撰汉诗集等。后来逐渐形成了自己民族特色的文学形式,主要有和歌、连歌、俳谐连歌、俳句。

日本最古老的和歌总集《万叶集》是 8 世纪中叶文人编写的大型诗集,共分 20 卷,包括 4500 多首和歌,分长歌、短歌、旋头歌,后来长歌和旋头歌渐趋消亡。和歌的作者上至天皇贵胄,下至平民百姓,有名的作者达 500 多人。内容分为杂歌、相闻、挽歌三大类。杂歌数量最多,主要特征是以自然景象寄托爱国怀乡的情思,咏叹民间疾苦,感怀皇族贵胄的生活;相闻的内容主要以情歌为主,部分诗歌抒发长幼、兄弟间的亲情;挽歌主要是悼亡之作。《万叶集》中的诗歌大多揭露社会黑暗和执政者残暴,同情民生疾苦,如《乞食者歌》《爱子歌》《贫穷问答歌》等;也有歌颂纯真的爱情和劳作生活的,如《相闻歌》等,情感纯真、坦率、热烈、朴质,很有艺术感染力。《万叶集》以抒情见长,大胆明快、优美深沉、清新刚健,在日本文学史上长期占据主导地位。

连歌是指平安时期贵族文人围坐吟咏的和歌,格律较为规整。16 世纪末出现的俳谐连歌多用口语,表达轻松诙谐的内容。17 世纪松永贞德(1571—1653)及其门人倡导把连歌中的首句独立出来,成为最短的诗歌样式——俳句。俳句的集大成者是松尾芭蕉,其代表作是《芭蕉七部集》。

平安时期(794—1185)产生的叙述故事——物语使得日本的小说在中古东亚小说中成就最高。最早的物语作品《竹取物语》被誉为日本物语的"开山之祖"。"竹取"即伐竹之意,作品叙述了一个以伐竹为业的老翁在竹筒中发现了一个小女孩,带回家抚养成一位姿容绝世的美人。上门向竹女求婚的人络绎不绝,其中有五位贵胄用尽各种手段求婚不成,皇帝也想凭借权势强娶未遂。竹女因是月宫仙女下凡,中秋之夜飞回月宫。《竹取物语》构思奇特,想象瑰丽,善恶分明,赞美了竹女的善良可爱,讽刺了上层贵族们的尔虞我诈和懦弱无能。物语文学的最高成就是《源氏物语》。

镰仓(1185—1333)、室町时期(1336—1573)产生了描写武士战争生活和侠义行为的"军记物语",代表作是《平家物语》。作品主要描写了 1156 至 1184 年间,以平清盛为首的平氏一族的盛衰史。前6卷描写平氏荣华鼎盛和潜伏的危机,后6卷刻画源氏起兵后形势激变,终至灭亡。《平家物语》塑造了平清盛、源义经等武士形象。作品的主要成就在于多方面肯定了中古日本武士的忠勇、刚毅和儒雅,讴歌他们富于牺牲精神的侠义行为。充分利用虚构手法集中描写平氏由盛而衰的历史命运,人物刻画较为成功,情节跌宕起伏。《平家物语》以"平曲"的民间演唱形式出现,韵律讲究,带有浓郁的章回小说的意味,对后世的小说、戏剧、曲艺影响极大。同时期的军纪物语还有《保元物语》《平治物语》和《太平记》等。

这一时期戏剧文学也取得了令人瞩目的成就,主要形式有两种:一是反映贵族生活、带有悲剧色彩的"谣曲",一是反映民众生活、带有喜剧色彩的"狂言"。谣曲是从日本最初的戏剧形式"能乐"中演化而来的,"能乐"的词章称为"谣曲"。"谣曲"主要以《伊氏物语》《源氏物语》《平家物语》等为内容,由"道白"和"曲调"构成。"狂言"则是从"能"中插科打诨的幕间插曲发展而来,滑稽诙谐,具有较为强烈的世俗讽刺意味,成就很高。著名的有《两个大名》和《附子》,前者描写京城的两个大名(土地私有者)逛寺庙,用刀逼着过路的百姓给他们当仆人,结果反倒被百姓嘲弄和摆布,丑态百出;后者写大名害怕仆人偷吃砂糖,谎称砂糖是有剧毒的"附子",被仆人识破伴装吞下"附子"来赎罪,很有讽刺意味。"狂言"的出现标志着日本社会市民文化的开端。

江户时代(1603—1868)是日本封建社会的最后阶段,社会相对稳定繁荣,商业经济迅速发展,市民文化逐渐取代了武士文化。产生了迎合市民口味的"浮世草子""读本""滑稽本""人情本"等小说形式。其中,"浮世草子"特别具有时代特征,表达了在商业经济中成长起来的町人阶层非常现实、享乐的生活态度,"浮世"意为"现世",是与中古前期净土思想相对立的观念,"草子"是"册子"的转音。井原西鹤(1642—1693)是"浮世草子"的创始者和江户文学杰出的小说作家。笔调幽默诙谐,擅长状物写情,极有艺术才华。他的小说主要描写市民对肉欲生活的追求以及百姓的经济生活状况,大致可以分三类:属于"好色物"的《好色一代男》《好色五人女》《诸艳大鉴》(即《好色二代男》)、《男色大鉴》等;以善于经营、发财致富为基本主题的"町人物",主要有《日本永代藏》《世间胸算用》等;以武士为主题的世俗故事"杂话物"和复仇故事"武人物","杂话物"以《西鹤诸国故事》为代表,共5卷,收入各地故事35个。"武人物"以《武道传来记》为代表,共8卷8册,收入32个复仇故事。井原西鹤的"浮世草子"独步一时,无人能企及。此外,曲亭马琴(1767—1867)的《南总里见八犬传》、式亭三马(1776—1822)的《浮世澡堂》和十返舍一九(1765—1831)的《东海道徒步旅行记》也是江户小说的优秀之作,深受读者喜爱。

俳句是江户文学最突出的成就之一,是世界文学中最短也是最有生命力的格律诗之一,含蓄,重暗示,虚实相间,韵味隽永,反映了日本文学的抒情特质。俳句从日本和歌中脱胎而来,起源于庶民阶层,以滑稽突兀的想象,表达市井黎民的感受。平安朝时期盛行长连歌,长连歌必须多人合咏,第一人咏"发句"(五、七、五),第二人咏"胁"(七、七),第三人起均咏"五、七、五",最后第100句称为"举句"。后来"发句"独立出来,被"俳句"取代。俳句比和歌更为流行,深受人们喜爱。俳句的格律有两种基本规则:其一,每首俳句由17个音节构成,句式分为上五、中七、下五三个节奏;其二,每首俳句都必须有一个能表示季节的词,称为季题和季语。与四季有关的各种自然现象和事物都可以称为季题。俳句不太讲究押韵。

松尾芭蕉(1644—1694)是日本文学史上的"俳圣",日本俳句史上的"黄金时代"就是以芭蕉为标志的。芭蕉与井原西鹤、近松门左卫门并称为江户元禄三文豪。芭蕉原名宗房,生于伊贺国(今三重县)上野赤坂町下级武士家庭,自幼陪侍主人研习俳谐,产生浓厚兴趣。主人病夭后他离家到京都,向北村季吟学习俳谐和古典文学。29岁移居江户,与当时流行的谈林派俳人交往,32岁参加西山宗因的俳席,别号桃青。之后离开江户,四处漂泊,成为俳坛大家。37岁时已收有一批优秀弟子,他常携弟子周游各地,以创作俳句为乐。1694年10月12日在大阪逝世。他的俳谐集有《冬日》(1684)、《春日》(1686)、《旷野》(1689)、《瓢》(1690)、《猿蓑》(1691)、《炭包》(1694)、《续猿蓑》(1698)等七部,后世称为《芭蕉七部集》。其中,《猿蓑》最为出色。芭蕉长期漂泊各地,广泛接触自然和人民的生活,艺术上既善于继承贞门、谈林两派的特长,又勇于大胆创新,一扫片面追求滑稽诙谐的不良倾向,努力开创内容严肃、格调清新的一代新风。著名的如《古池塘》,"古池塘呀,青蛙跳入水声响"表现了清寂幽玄的意境。

17世纪初,日本又产生了"净琉璃"和"歌舞伎"两个剧种,净琉璃是音曲名,是由说书演化成的木偶傀儡戏;歌舞伎是由充满世俗色彩、肉感和挑逗的舞蹈演化成的歌舞剧。代表作家是近松门左卫门(1653—1724),他创作了一百多部巨作,被誉为"日本的莎士比亚"。他一生创作了净琉璃脚本110余部,歌舞伎脚本28部。他的剧作大致分为四种:时代物(历史剧)、世话物(社会道德剧)、心中物(情死剧)和折衷物(历史兼社会内容的戏剧),其中,世话物和心中物成就最大。《曾根崎情死》(1703)是近松世话物及心中物的代表作,描写酱油店小伙计德兵卫与妓女阿初相恋,约好日后赎身结婚,不料店主将侄女许配给德兵卫,给了德兵卫的继母一大笔钱作为聘礼,德兵卫将钱退还给店主,油店老板又将钱骗走,走投无路,德兵卫与阿初这对恋人到曾根崎森林里双双自刃而死。《曾根崎情死》上演后,引起很大的轰动。《天网岛情死》是情死剧最富有代表性的作品,描写大阪天满纸店的治兵卫与妓女小春深深相爱,但前途渺茫,决定情死。当小春被"大町人"太兵卫赎走时,治兵卫的妻子阿三凑钱将小春接回家,治兵卫对妻子和情人感到非常愧疚,心里非常矛盾复杂,在激烈的戏剧冲突中,治兵卫与小春双双自杀。近松门的剧作结构紧凑,描写细腻,情节发展自然,极富艺术感染力,主人公都带有视死如归的悲壮色彩。近松门之后著名的剧作家还有以净琉璃《蔬菜店阿七》闻名的纪海音(1663—1743)以及竹田出云、并木五瓶等人。

2. 朝鲜文学

公元前1世纪,朝鲜步入封建国家。朝鲜半岛上先后形成了高句丽、百济和新罗三国鼎立的封建国家。公元663年,新罗统一了三国,建立了朝鲜历史上第一个中央集权王朝,史称"新罗时期"。

新罗时期,朝鲜文学艺术、地理学、历史学等都有较大发展,儒家思想与佛教、道教先后传入。在此基础上,朝鲜出现了以汉字写朝鲜语的"乡扎式标记法",促使朝鲜语抒情诗"新罗乡歌"的迅速发展。公元888年,朝鲜第一部乡歌集《三代目》面世。崔志远(857—?)是三国新罗时期最杰出的诗人,一向被朝鲜和韩国学术界尊奉为朝鲜汉文学的开山鼻祖,有"东国儒宗""东国文学之祖"的美誉。贵族出身,12岁到中国唐朝留学,17岁考中进士,在江苏溧水生活的4年,是他创作的黄金时期,他的文集《桂苑笔耕录》(20卷)曾被收入到中国的

《四库全书》中。其中,《江南女》和《双女坟》最具代表性。《江南女》是五言汉诗,描写饱食终日的江南贵族女子讥笑勤劳贫困的邻家女,揭示了贫富悬殊的社会现实,讥讽贵族淑女的轻佻无知和恬不知耻。《双女坟》是七言"长歌",共 63 句,描写某富商的两个女儿,被父母逼嫁盐商,愤懑而终。控诉了封建家长制对追求婚姻自由的少女的戕害,同时对无助的少女表示了同情。晚年的崔志远,隐居于深山古寺,过着孤寂清闲的生活。

高丽时期是朝鲜文学的繁荣期,汉文学仍占主导,高丽散文出现了两部集大成之作:官方编撰、金富实轼执笔的《三国史记》和僧人一然编的私家史书《三国遗事》。两部史书是朝鲜现存历史文献中最古老的著作。其内容包括人物传记、神话故事和民间传说。此外,这一时期的"高丽歌谣"成就也很大,在朝鲜民间歌谣文学中占据着重要位置。汉诗创作中,涌现出大批的著名作家,如李奎报、李齐贤、朴寅亮、郑知常、金黄元、高兆基、郑袭明等。其中,李奎报和李齐贤成就最大。

李奎报(1169—1241)是高丽时期最杰出的民族诗人,在中古朝鲜文学史上有"东方诗豪"之誉。自小聪颖过人,年轻时深受以李仁老为首的"海左七贤"的影响。对中国文学十分熟悉,通晓四书五经、诸子百家,尤其喜爱陶渊明、李白、白居易和苏轼的诗文。一生创作了绝句、律诗、古诗和赋 2000 多首,重要的作品有《东国李相国集》53 卷,长篇叙事诗《东明王篇》《天宝咏史诗》《三百二韵诗》和《白云小说》等。其中,《东明王篇》是李奎报 26 岁时所作的叙事长诗,被视为他政治理想和艺术成就的代表,取材于《三国史记》。由序诗、本章、尾声三部分构成,共 282 句,141 韵,1450 字。诗歌描写了朱蒙的父亲——天帝之子解慕漱引诱河伯之女柳花出水嬉戏,并与之定情。柳花被河伯惩罚,被东扶余国王金蛙王所救,为其侍女。之后,柳花产一卵,朱蒙破卵而出。朱蒙善射,才华出众,为躲避金蛙王及其太子的迫害,逃到南方,得鱼鳖之助,渡江到佛流水畔,创建了高句丽国。作品模仿中国古风,以浪漫和神幻的渲染手法,歌颂了高句丽开国之君东明王朱蒙的神姿异彩和丰功伟绩。构想神奇,气势磅礴,形象生动,具有极强的艺术感染力。李奎报的晚年,正值蒙古、契丹入侵朝鲜,国内外矛盾激化,诗人心情沉痛愤怒,诗风雄健激越,《十月电》《闻达旦入江南》《老将·自况》等诗表达了诗人的爱国激情和理想抱负。

李齐贤(1288—1367)是高丽著名的诗人,朝鲜文学史上词文学形式的开创者。生活在元帝忽必烈征伐朝鲜时期。由于民族矛盾尖锐,他的诗歌和词主要以忧国忧民为基调,忠君爱国思想浓厚。著名的作品有《七夕》《促织》《黄土店》《明夷行》《端午》《水精寺》和《耽罗谣》等,或抒发对元帝国的不满和去国怀乡之情,或鞭挞讽刺权贵,哀叹民众之苦,或寄壮志于水光山色之中,感情真挚沉郁。他的词风格接近中国的苏东坡,备受推崇。

朝鲜的小说发端于史书,后来出现了传奇短篇小说和写实小说,金时习(1435—1493)的《金鳌新话》是朝鲜第一部传奇小说集,模仿中国明代的《剪灯新话》,以浪漫幻想手法描写人与仙界、冥府的交往,曲折的反映当时的社会现实。

李朝是朝鲜最后一个封建王朝,是朝鲜封建制度由盛而衰的过渡期,也是民族文学的发展和鼎盛时期。1443 年朝鲜训民正音后语言文字规范化,开创了国语文学的新时代。著名诗人郑澈(1537—1594)的《松江歌辞》是朝鲜第一部用"正音"写成的国语诗歌集,他的《关东别曲》是脍炙人口的名篇。金万重(1637—1692)是朝鲜国语叙事文学最高成就的代表,著有长篇小说《谢氏南征记》和《九云梦》。

《谢氏南征记》以明朝时代的中国为舞台,描写一宦官家庭内部因妻妾之争而引起的纠纷、灾难和由此导致的福善祸淫、正盛邪衰的结局。北京世族子弟刘延寿婚后 10 年无儿女,其妻谢贞玉劝他娶了乔彩鸾为妾。乔氏品德恶劣,与门客董清私通,陷害谢氏。谢氏几经周折逃到南方。刘延寿被董清陷害遭致流放,幸免于难。最后董清由于种种劣行被判处死刑,乔氏沦落为娼,刘延寿与谢氏重逢,重建美好家园。《谢氏南征记》是一部典型的以儒家"劝善惩恶"思想为核心的优秀长篇小说,结构庞大、复杂、严密,人物刻画尤为成功,乔氏的阴险狡诈、谢氏的温厚善良、刘延寿不断发展变化的性格等都刻画得细致入微。

17 世纪以后,朝鲜小说创作出现了繁荣的局面,除《谢氏南征记》之外,还有描写朝鲜卫国战争的历史小说《壬辰录》、许筠(1569—1618)的《洪吉童传》、南永鲁(1629—1711)的言情小说《玉楼梦》等。此外,朝鲜三大古典小说《春香传》《沈清传》《兴夫传》流传广泛,家喻户晓。

朴趾源(1737—1805)生于汉城安国坊一名门望族,一生受廉洁刚正的祖父影响,熟读诸子百家。1780 年随李朝使节团游历了中国的热河、燕京等地,写下了著名的《热河日记》,对当时朝鲜的思想界和文学界产生了重大影响。《两班传》是朴趾源的早期代表作品,通过一个穷途末路的两班贵族出卖称号给一富人,表现出封建贵族在日益发展的商业资本面前的无能为力,暗示了两班的寄生性和他们退出历史舞台的必然性。《计生传》和《虎叱》是朴趾源后期的重要代表作。《计生传》写儒生计生因家贫只读了 7 年书便从商,获利丰厚,后又与农民义军建立了"无人岛",构筑了一个实学派式的理想社会。小说通过无人岛的描绘和计生这个实学派先驱者形象的塑造,表达了新兴资本势力刚刚抬头的李朝末年,实学派锐意改革的民主理想。《虎叱》写了北郭先生饱读儒学,著书万卷,却和有名的"节妇"东里子私通,被"节妇"儿子撞见,狼狈而逃掉入粪坑,老虎都嫌臭不屑吃他。小说对所谓的上层人物在礼教外衣掩盖下的丑恶灵魂给以辛辣的讽刺和无情的鞭挞。此外,《广文传》《秽德先生传》《闵翁传》等小说也以幽默的笔调,讽刺了封建礼教的虚伪,揭露了文武两班贵族的腐朽没落,表现了写实主义的批判锋芒和民主主义的进步思想。

《沈清传》是一部美丽动人的民间传奇。主人公善良而富于牺牲精神的少女沈清与双目失明的父亲相依为命,为救父亲而献身,被救后与父亲重逢,父亲双目重见光明。表达了朝鲜人民对现实黑暗的诅咒和对美好未来的憧憬,至今仍受广大民众喜爱。《兴夫传》也是一部带有神话传奇色彩的名著。勤劳善良的弟弟兴夫因救治断腿的燕子而致富,邪恶贪婪的哥哥奴儿夫故意弄断燕子腿而遭到报复,弟弟不念旧恶接济哥哥。故事以兴夫与奴儿夫之间的善恶对照为基础,讽刺和挖苦了人的劣根性和李朝末期的社会的丑恶,体现了东方佛教思想的因素,带有深刻的哲理性。

《春香传》是三大古典名著中成就最高的一部,是东方文学史上一部重要的优秀作品,与《谢氏南征记》可称为朝鲜古典小说的"双璧"。它以民间传说为基础,由申在孝(1812—1884)加工整理而成,是朝鲜最有名、流传最广的一部说唱脚本体小说。大约产生于 18 世纪中叶,但故事的核心很早之前就已存在。《春香传》分上下两卷,上卷以爱情为主,讲全罗道南原府退籍艺妓月梅之女春香清明之际游春,被府使李翰林之子李梦龙看到并一见钟情,后结为夫妻。李翰林升迁,一家离开南原回京,李梦龙迫于家庭压力与春香挥泪而别。下卷以反暴政为主,讲新任南原府使卞学道昏庸暴戾,贪财好色,强抢春香供他享乐,春香誓死不从被打入死牢,已任全罗御史的李梦龙化妆为乞丐明察暗访,惩办了卞学道,与春香一同进京共享荣华富贵。《春香传》是一部内涵丰富的作品,它以高度赞扬了青年男女能够摆脱封建伦理道德的束缚而追求真挚爱情的勇气和精神,肯定了平民阶层反对封建等级制度的斗争,揭露了封建官僚的腐败和罪恶,表达了人民大众追求幸福生活的强烈愿望。主人公春香是一个美丽纯洁、忠于爱情、敢于反抗封建势力的平民妇女的典型。她知书达理,对爱情有着美好的追求,与李梦龙身份的悬殊给她的生活蒙上了悲剧的色彩,但她坦然面对,勇敢反抗,终于有情人终成眷属;她深受封建势力的迫害,卑微的身份更加促成了她对不合理制度的反抗意识,与以卞学道为代表的封建统治者的反抗更加凸显她刚烈的性格,她义正词严地痛斥卞学道徇私枉法,在被拷打时候唱的《十杖歌》宛如控诉书,酣畅淋漓。《春香传》在艺术上也有独特之处:首先,人物形象塑造鲜明,作品善于在尖锐而深刻的冲突中塑造主要角色,春香的纯洁坚贞、李梦龙的风流文雅、卞学道的荒淫残暴,还有春香之母月梅、侍女香丹、书童、艺妓、农夫等无不形象鲜明,个性突出,生活气息浓郁;其次,结构上采用了说唱(打咏)台本传统的戏剧性结构手法;再次,借景抒情,整个作品充满诗情画意;最后,语言上大量运用民间口语,同时引用了许多中国典故和历代著名诗人的名句,体现了中朝两国文学、文化的充分交流和融合。《春香传》是部享有世界声誉的朝鲜民间古典名著,先后被译为英、法、俄、德、丹、日、汉等 10 种文字,深受世界各国读者的喜爱。

3. 越南文学

越南是中国文化圈内重要的一个国家,与中国在政治、经济、文化等各方面都有悠久的历史联系。越南文学深受中国文学的影响,比如越南正史、地方志和文学史所载的"金龟神话"就源自中国干宝的《搜神记》,越南著名的《金云翘传》也来自中国,中国唐朝诗人骆宾王的咏鹅诗深得越南文人喜爱。

越南民族诗歌形式有韩律、六八体、双七六八体。越南的小说也发端于史书,如《大越史记》。阮屿(16 世纪)的《传奇漫录》是越南最早的传奇小说。越南的古典剧种主要是歌舞剧,有的滑稽诙谐,有的庄严缠绵。

中古时期的越南文学分为汉语文学和字喃文学。

公元 939 年,越南独立,但仍与中国保持藩属关系,汉字仍是全国通用文字。李公蕴建朝(974—1028)后下诏迁都升龙(今河内)的汉文诏书,是现存最早的越南文献,被视为越南书面文学的滥觞。越南历代皇帝大多能用汉字作诗,文官武将、僧侣、贵族等都对文学推崇备至。著名史学家黎文休编写的《大越史记》30 卷是越南汉语文学的第一部名作,又是越南第一部史书。陈仁宗(1258—1308)不仅是位皇帝,还是诗人、和尚,著有《仁宗诗集》《大香海印诗集》等,汉文学功底深厚,禅宗哲理深刻。太子陈光启(1241—1294)的五绝《从驾还京师》、范伍老(1255—1320)的《述怀》、陈国峻(1232—1300)的《檄将士文》等都是抒发民族豪情的佳作。翰林院学士张汉超(?—1354)的《白藤江赋》广为传颂。

13 世纪,越南的民族文字——字喃开始使用。字喃是在汉字的基础上,运用形声、会意、假借等方式形成的复合体方块字。陈朝阮诠(13 世纪)是第一个用字喃撰文的人,他的诗模仿唐诗七律,又称韩律诗,著有《飞砂集》。此外,字喃文学成就比较大的有陈光启的《卖炭翁》、阮士固(? —1312)的《国音诗赋》、朱文安的《国音诗集》、无名氏的《王嫱传》《临泉奇遇》《鲶鱼和蛤蟆》、阮嘉韶的《宫怨吟曲》、阮辉似的《花笺传》、阮攸的《金云翘传》、胡春香的《春香诗集》等。

《金云翘传》是越南字喃文学乃至整个越南文学达到的最高峰,是一部3254行六八体长诗的韵文小说。作者阮攸(1765—1820),字素如,号清轩,越南文学史上最杰出的诗人。文化素养深厚,琴棋书画无所不能,精通武艺。一生创作丰富,汉文作品有《清轩前后集》《南中杂吟》《北行诗集》,字喃作品以《金云翘传》为代表。《金云翘传》书名以金重、王翠云、王翠翘三人的名字各取一字连缀而成。讲北京家道中落的王员外有翠翘、翠云俩女与王观一子。翠翘与王观的好友金重一见钟情。金重为叔父奔丧与翠翘挥泪而别。王员外被诬陷,父子被拘押拷打、敲诈勒索。翠翘决定舍身救全家,不料受骗误入青楼,被英雄好汉徐海救出结为夫妻。朝廷为剿灭徐海设计假招安,翠翘为忠孝功名误使徐海受骗被杀,自己也被侮辱,追悔莫及跳河自杀后被救起。金重考取功名上任途中与翠翘团圆,共享荣华富贵。

作品首先揭露了社会的黑暗。阮攸生活的年代,社会动荡,官场腐败。《金云翘传》描写了衙役们对王员外抢劫式的抄家,刻画了佞臣胡宗宪的丑恶形象,折射出社会现实的黑暗。其次,作品对受损害、受侮辱的百姓深表同情。作品着力刻画了翠翘的三次自尽、三次思家、三次梦境、四次弹琴等情景,反复咏叹,令人怜悯。再次,歌颂了高尚纯洁的爱情。作品将翠翘与金重的爱情放在残酷丑恶的现实中进行考验,突出一种凝重感。翠翘坚守了15年,生死不渝,最终获得了真挚的爱情。金重对翠翘的情感也突破了封建礼教的爱情观,显示出巨大的进步意义。最后,作品对造反领袖徐海也给以充分肯定,把徐海塑造成品貌兼优的理想英雄形象。他率领10万精兵揭竿而起,表达了民众的愿望和反抗精神,极具时代意义。

艺术上,首先作品采用六八体诗歌形式写成。六八体是越南文坛重要的文学形式,它既能吟唱,又可配管弦,长短不限。阮攸是运用六八体成就最高的一位诗人;其次,独具匠心的语言技巧,阮攸被誉为语言大师。他把民间俗语、谚语、典故穿插进诗里,寓意深刻,丰富了越南的语言词汇,把字喃的运用推向了一个新的高峰。再次,善于将情、景、意有机交融,和谐统一。长诗多次描写明月,每次月色不同,充分反映了月下人物内心的复杂多变。《金云翘传》以其巨大的艺术魅力而家喻户晓,被译为英、法、德、俄、日、捷克、汉等多种文字,1965年世界和平理事会将阮攸列为世界文化名人之一。

4. 印度文学

印度中古时期,佛教和印度教此消彼长,伊斯兰文化进入,各地方言兴起,这些显著的变化都深深影响了文学的发展。

中古印度文学成就首先体现在故事文学方面。印度是个故事大国,中古时期是印度故事的高产期,主要有《故事海》《僵尸鬼的故事》《鹦鹉的故事》《宝座故事》《益世嘉言》和耆那教的《婆苏提婆游记》《人生寓言》《沙摩奈奢》《法鉴》等。在梵语故事基础上出现了梵语小说,如苏度般的爱情小说《仙赐传》(约6世纪)、波那的历史小说《戒日王传》(7世纪)、檀丁的传奇小说《十王子传》等。其次,诗歌取得了辉煌成就。如伐致呵利的《三百咏》、阿摩卢的《百咏》、摩由罗的《太阳神百咏》、胜天的《牧童歌》等抒情诗;此外,还有佛教诗人、泰米尔诗人的诗作以及印地语长诗等。虔诚文学时期出现了著名的"虔诚派"四大诗人：格比尔（15世纪）、加耶西（1493—1542）、苏尔达斯（15世纪—16世纪中）、杜勒西达斯（1532—1623）。杜勒西达斯的《罗摩功行录》影响很大，印度人视之为文学的典范、生活的百科全书、伦理道德的宝库和宗教的经典。

中古时期印度的文艺理论也取得了很大成就，主要分为七个学派：味论派、庄严论派、风格论派、韵论派、曲语论派、相宜论派、惊奇论派，其中，味论派和庄严论派影响最大。

5. 东南亚其他国家文学

东南亚的柬埔寨、缅甸、老挝、泰国中古时期的文学受印度古代文学影响很大。印度两大史诗和《佛本生故事》成为东南亚中古文学的主要素材。东南亚最早的书面文学是古爪哇语文学、柬埔寨与缅甸的碑铭文学。缅甸与柬埔寨的碑铭文学大多与佛教活动有关。

中古后期的东南亚文学主要有宗教文学、宫廷文学和民间文学三类。宗教文学主要以弘扬佛教为宗旨，宫廷文学内容大多描写国王、太子、王后或公主的经历。缅甸的宫廷作家吴邦雅（1812—1866）被视为"国宝"，他的剧作、叙事诗、讲经小说、情谊书简、各类诗词都代表了当时的最高水平。民间文学中，著名的有爪哇的"班基故事"系统，泰国的《昆昌与昆平》，马来的《杭·杜亚传》都被视为"民族史诗"，影响深远。

6. 阿拉伯文学

阿拉伯文学是西亚北非文化圈文学的主力。阿拉伯的"悬诗"成就很大，现存有7位诗人的7篇"悬诗"。其中，乌姆鲁勒·盖斯（500—540）才华出众，被称为"众诗人的旗手"。伍麦叶王朝（622—750）有并列诗坛的"三诗雄"：艾赫泰勒（640—710）、法拉兹达格（641—732）、哲利尔（653—733）。阿拔斯王朝有讽刺诗人白沙尔（714—784）、"酒诗魁首"艾布·努瓦斯（7762—813）、以诗劝世的艾布·阿塔希叶（748—826）、以写颂诗见长的穆太奈比（915—965）、以哲理诗见长的麦阿里（973—1057）等。中古时期阿拉伯最后一位大诗人是蒲绥里（1212—1296），其代表作《都蓬松》主要赞颂先知穆罕默德的功德业绩，风格庄重，在伊斯兰世界广为流传。

伊斯兰教的经典《古兰经》是阿拉伯文的第一部散文巨著，以"天启体"记录先知穆罕默德的种种教法教义，包括历史故事、宗教传说，在语言风格和题材等方面都对阿拉伯文学乃至整个伊斯兰国家和地区的文学都产生了广泛而深远的影响。寓言故事集《卡里来和笛木乃》是对印度《五卷书》的翻译，也有译者的创作，该故事集以质朴优美的语言和生动有趣的形式反映出不同民族的哲理、宗教、价值观念、道德标准，在阿拉伯世界产生了很大的影响，并通过十字军骑士带到欧洲，在欧洲文学史中也留下了痕迹。文人的散文作品有阿拉伯"百科全书式"作家贾希兹（775—868）的《吝人传》、麦阿里的《宽恕书》、伊本·白图泰（1313—1374）的《旅途猎国奇观录》、波斯昂苏尔·阿玛里（1021—1101）的《卡布斯教诲录》、尼扎米·阿鲁兹依（11世纪）的《文苑精英》等，都是传世名作。其中，麦阿里的《宽恕书》（1032）是游历天堂地狱的幻想故事，借宗教表达对现实社会和统治者的不满，对但丁《神曲》的创作有直接影响。兴盛于阿拉伯阿拔斯王朝的"玛卡梅"是短篇散文故事形式，每篇故事主要以市井流浪汉为主人公，叙述他们的行乞、诓骗和计谋，篇幅短小，生动有趣。赫迈扎尼（960—1000）是"玛卡梅"体的始创者，哈里里（1054—1122）是代表作家。

阿拉伯的民间文学非常发达,大型故事集《一千零一夜》是典型代表。长篇民间传奇故事《安塔拉传奇》在阿拉伯民间长期流传,长达 32 卷。主人公文武双全,体现了阿拉伯游牧民的价值观念和理想色彩。

7. 波斯文学

中古时期的波斯文学体现出苍凉沉郁的美学特征,诗歌成就最大。

波斯在 10 至 15 世纪,出现了七大世界著名诗人:"民族诗歌之父"鲁达基(858—941)、非尔多西(934—1020)、四行诗人欧玛尔·海亚姆(1048—1122)、叙事诗大师内扎米(1141—1209)、哲理诗人萨迪(1208—1291)、抒情诗人哈菲兹(1320—1391)、波斯古典诗歌的集大成者贾米(1414—1492)。其中,萨迪的诗歌凸显人道主义思想和人生哲理,对后世影响很大。哈菲兹的抒情诗情感丰富,抒发对个人自由和爱情的不懈追求和对人生变幻莫测的慨叹。他的诗被德国诗人歌德高度赞扬。

鲁达基被视为中古波斯诗歌的奠基人,创作丰厚,但现存只有一千余首。其特点是擅长在怀旧中将昔日的锦华与今日的凄清作对比,引发感慨和叹息,著名的作品有《瓦米克与阿兹腊》、颂诗《酒颂》《咏暮年》等。

非尔多西以其《王书》闻名于世。《王书》共 12 万行,50 章,记述了 50 位波斯神话传说中的国王和历史上萨珊王朝统治时期的国王。内容分神话传说、勇士故事、历史故事三大类。勇士故事是《王书》中最精彩的部分,这些勇士善良、正直、勇敢、豪爽,但大多以悲剧收场,整个作品显得苍凉沉郁。其中,《鲁斯塔姆和苏赫拉布》是最精彩、最震撼的故事,在《王书》中占有很重要的地位。苏赫拉布是勇士鲁斯塔姆与公主达赫米亚的儿子,成年后勇猛过人,率军征战并寻找未曾谋面的父亲。结果父子在战场上相遇,彼此都不认识对方的身份,酿成鲁斯塔姆误杀自己亲生儿子的悲剧。这个故事将爱情纠葛、伦理关系和重大的政治军事事件交织在一起,内涵丰富复杂,充满沉郁和悲壮的气氛。

萨迪被誉为"诗圣"、诗人之"先知",1958 年被列为世界四大文化名人之一,受到各国人民的颂扬。创作丰盛,但流传至今的只有《果园》(1257)、《蔷薇园》(1258)两部姊妹篇。《蔷薇园》写了 180 个小故事,彼此独立。质朴无华的小故事渗透着强烈的人道主义思想。他提出了"亚当子孙皆兄弟"的人人平等的观念,歌颂了自食其力的劳动者以及他们的聪明才智,赞美了青春、爱情、友谊、忠诚,抨击了封建统治阶级,赞颂了理想君主的仁政。这些内容交织在一起,生活气息浓郁,寓意深刻,使得作品具有强大的生命力。

内扎米与萨迪并举,被称为"波斯最伟大的诗人",才华横溢,聪慧过人,代表作是《五卷书》,包括《秘密宝库》《霍斯鲁和希琳》《雷莉和玛哲农》《七个美女》《亚历山大书》。其中,《雷莉和玛哲农》取材于阿拉伯民间传说,讲阿米里亚部落酋长之子吉斯爱上了美丽姑娘雷莉,如痴如醉,被人们称为玛哲农("疯子"之意)。雷莉的父亲逼迫她嫁给贵族阿本·萨拉姆,玛哲农悲痛万分,雷莉眷恋玛哲农抑郁而死。玛哲农在雷莉墓前悲伤地死去,人们将二人合葬在一起。内扎米通过这个悲惨的故事,鞭挞了封建社会的道德观念违背人性的伪善和罪恶。诗歌情感充沛,想象丰富,情景交融,表达方式多样,显示出苍凉沉郁的美学风格。

第二节　紫式部

紫式部(约 978—1014),是日本平安中期的著名女作家,她的《源氏物语》是日本文学史乃至世界文学史上最早的长篇小说,并由此产生了"源学",对日本的文学创作影响极大。

一、生平与创作

紫式部是日本平安时代最杰出的作家。她的名字与但丁、莎士比亚、歌德等齐名。她的具体生卒年月尚无定论,本名也不详。古代日本女性,一般有姓无名。她的父亲藤原做过朝廷式部丞(掌管国家礼仪的三等官),故称藤式部,再加上她所塑造的《源氏物语》主人公紫姬广为传颂,世人称之为紫式部。

紫式部出身藤原氏名门,曾祖父和祖父都是著名的 36 歌仙之一,伯父、父亲、兄长也都是当时著名的诗人。紫式部的父母家都是以擅长汉文、和歌而著称于世。浓郁的文学氛围,紫式部自然从小就受到良好熏陶,再加上她聪慧过人,使她不仅对汉学研究很深,而且通晓音乐、绘画,为创作《源氏物语》奠定了很好的基础。

22 岁时,紫式部与年近 50 的山城国国守藤原宣孝结婚。宣孝很有才学,夫妻间经常以和歌唱和。婚后两年,生了女儿贤子,即后来的女歌人大贰三位。婚后四年宣孝病逝,为倾吐心灵的孤寂与哀愁,她全力构建《源氏物语》的创作。小说还未写完,抄本已在上层贵族间流传,紫式部因此名声大振。宽弘二年(1005)或三年,紫式部被选拔入宫,侍奉藤原道长的女儿、一条天皇的中宫彰子。她给彰子讲授日本史学名著《日本书纪》和白居易的《长庆集》,受到一条天皇的称赞,送她"日本纪之局"的绰号。这一时期她继续创作《源氏物语》。宽弘八年(1011),父亲被贬,弟弟去世。长和二年(1013),她辞去宫中女官的职务。翌年故去,终年 40 岁左右。除《源氏物语》外,她还有《紫式部日记》、和歌等作品留世。

二、《源氏物语》

《源氏物语》中译本 91 万字,共 54 回,描述了平安时代的铜壶、朱雀、冷泉、今上四朝天皇,三代人物,前后 70 余年的宫廷生活。从结构上看,《源氏物语》分两大部分,第 1 至 41 回描述源氏 50 多年的生活。第 41 回名"云隐",只有题目没有内容,作者借这种奇特的手法暗示源氏的隐遁和离世,也流露了作者的哀挽之情。第 42 至 44 回写源氏身后的事情,起过渡作用。第 45 至 54 回为后半部分,描述源氏名义上的儿子熏君的故事。

《源氏物语》具体讲述日本铜壶天皇朝代,桐壶更衣因才貌出众受宠而遭到其他嫔妃的忌恨和凌辱,忧郁而死。儿子源氏自幼俊美,天皇教他研习各种学问,成年后与左大臣之女葵上结婚。葵上生性冷漠,生下儿子夕雾不久病逝。源氏的继母藤壶与他亲生母亲长相相似,这使他幼小时候就对藤壶产生依恋之情,以致成年后最终乱伦私通。藤壶生下一子,即日后上台的冷泉帝。铜壶天皇不知内情,以为是自己的儿子,为小说蒙上了悲剧气氛。源氏生性放荡不羁,强行侮辱了空蝉,又与婶母六条御息所私通,勾引夕颜使之暴亡,玩弄了末摘花、花散里、胧月夜、源内侍等众多贵族女子。18岁时去寺院拜佛偶遇只有10岁的紫上,紫姬是藤壶的侄女,与藤壶颇为相像。源氏几次求婚不成,便强行带回二条院家中抚养至14岁完婚,成为终身伴侣。铜壶在位时,源氏官运亨通,铜壶病逝朱雀帝即位后,左大臣及源氏失势,藤壶害怕与源氏的丑事败露,又担心儿子冷泉东宫太子的地位受影响,于是出家当了尼姑。源氏因与右大臣之女胧月夜偷情的事惹怒了右大臣,再加上被朱雀皇帝的排挤,只好离开宫廷,隐居须磨。在此期间,源氏与退隐乡村的贵族后裔明石道之女明石上成婚,生有一女即后来的明石公主。

之后因宫中变故,右大臣病逝,朱雀帝病重,冷泉帝即位,下诏令28岁的源氏返京。源氏及左大臣重新得势。藤壶因与源氏私通的事而痛苦万分,最终在忧郁中死去。冷泉帝后来得知真相后对源氏特别照顾。源氏40岁时升为准太上天皇,并修建了六条院,将10多个与他发生过关系的女性接纳进来,共享荣华。源氏将女儿明石公主嫁给了朱雀天皇之子今上皇太子,朱雀帝又将13岁的女儿三宫嫁给了源氏。冷泉天皇让位给朱雀天皇之子今上皇太子,明石公主成为皇后,儿子被封为东宫太子。源氏既是皇后生父,又是未来天皇的外祖父,地位显赫。

源氏晚年与左大臣之子产生摩擦,三宫又与紫姬争风吃醋。葵上的侄儿柏木不断纠缠受冷落的三宫,私通生下一子名熏君。源氏觉得这是自己年轻时所犯过错的报应,便承担起抚养熏君的责任。三宫遁入佛门,柏木忧郁而死。紫姬病逝,源氏万念俱灰,遁入空门。

第45至48回描述了熏君对大君的追求。熏君19岁时,被任命为丞相,源氏的异母弟八宫(铜壶帝第八子)由于政治上失势,常年隐居精修佛道,临终前嘱托熏君照顾两个貌美的女儿大君和中君。熏君追求大君遭到拒绝。不久大君抑郁而死,中君被明石女御的儿子夺走。熏君失望之余得知大君的异母妹妹浮舟(八皇子的私生女)酷似大君,设法把她接到宇治山庄加以宠爱。不料明石女御的儿子假装熏君的声音深夜闯入浮舟的闺房占有了她。浮舟不堪烦恼欲跳进宇治川自杀,后被横川的僧都等人救起,出家为尼。熏君几次设法与浮舟见面,但都未能如愿。浮舟心如死灰,甘心老死空门,全篇故事结束。

关于《源氏物语》的主题,历来众说纷纭。有模拟天台宗60卷说(日本天台宗是中国传入日本的佛教教派,用《法华经》《妙法莲华经》等作教义,合起来共60卷);阐述《庄子》寓言说;模拟《春秋》说;仿司马迁"史记笔法"说等。近代以来,呈现出多样化的趋势。藤冈作太郎认为是对妇女的评论;池田龟鉴看到了人生的三种状态,即"光明和青春""斗争和死亡""超越死亡",并由人间宿命论统一着;武田宗俊认为作品分三部,第一部追求人生理想,第二部描写现实的苦恼,第三部被苦恼纠缠,向灵魂应该去的世界扩展开去;西乡信纲从人类学和社会学角度论述了藤壶和源氏的关系等等。总而言之,小说首先揭示了贵族骄奢淫逸的生活,尤其是私生活,管弦之乐不绝于耳。小说从一个侧面反映了当时绚烂的贵族文化风情和生活状况;其次,小说没有涉及所谓的政治斗争的因素,只是从个人利害关系的角度描写了贵族之间的争权夺利;再次,从日本一夫多妻制的婚姻现实出发,描述了贵族妇女们的悲惨命运。

小说的主要成就及独特之处首先体现在人物的塑造上。

源氏是整部小说的主人公。首先,紫式部把他塑造成一位贵族社会的理想化人物,寄予女性对贵族男性极大的期望。源氏自幼俊美绝伦,光彩焕发,直至老年毫无褪色,容貌仪态之美无人可比。且才华出众,熟谙中国古典文化,诗文、绘画、弹琴、唱歌无不精通,优美的舞姿更是世无可比。既有济世兴邦的政治才干,又有宽宏大度的政治家胸怀,在争权夺利的利益冲突中,总是表现出容忍退让的高姿态,对错综复杂的朝政局面应付自如。他反对暴虐,主持公道,体察民情,有情有义,对与他有过关系的女子都妥善安排,连丑女末摘花也没落下。其次,他一生荒淫无度,几乎与出现的每一个贵族女子都发生了关系:半夜闯入空蝉的闺房强行占有了她,染指了她的女儿轩端荻,匿藏了夕颜,勾引了末摘花,玩弄了年近六十的老宫女源内侍,猥亵养女玉鬘,同继母藤壶、婶母六条御息乱伦,等等。以源氏为代表的贵族们私生活充满颓废、空虚、萎靡的消极因素,这反映了平安时代贵族社会行将没落的必然趋势。但是,紫式部并没有对他们的行为做出道德伦理的谴责,平安时期日本实行的是访妻婚制,即男女结婚后,女子仍住在娘家,男子晚上到女方家住宿,黎明前离开。松散婚姻关系给女性带来极大的痛苦和不幸,助长了男人们的恣情纵欲行为。因而当时社会对男性的始乱终弃、私通等行为并没有太多的道德谴责。作者对光源氏的刻画既有理想主义的倾向,也有现实精神。紫式部从生活实际和自身体验出发,看不到贵族的光明前景,把光源氏放在浓郁的悲剧气氛中,表达了她的看法和认识:个人品行再优秀,也阻挡不了贵族社会走向衰亡的必然趋势。这也和紫式部"真实"的文学观相吻合,她提倡借用艺术的虚构来说明人生的真实,反映种种人情世故。但不是简单地描摹现实,而是作家有感而发。

《源氏物语》塑造了一系列贵族妇女的群像。藤壶是先帝的女儿,具有高雅的修养和品质。只比源氏大5岁,却成为源氏的继母。藤壶与源氏的乱伦关系,使她感到苦恼、尴尬,始终背负着深深的罪恶感。同时,她又抑制不住对源氏发自内心的爱恋之情,内心深处被难以解脱的矛盾纠缠着。终于在铜壶天皇死后不久,因为害怕隐私被暴露影响儿子的前程而削发为尼。即便如此,仍摆脱不了精神上的折磨。藤壶作为女人,身份高贵,地位优厚,依然逃脱不了命运的捉弄而落得悲惨下场。

紫姬是女主人公,是理想的贵族妇女形象。出身高贵,但幼年丧母。她是藤壶的侄女又与藤壶长相相似,深受源氏宠爱,成为源氏的终身伴侣。紫姬性情温柔贤淑,举止大方,是男性贵族眼中完美的女性形象。可是,源氏的风流好色使她心怀难以忍受的痛苦,特别是源氏后来又娶三宫,她正妻的地位受到威胁。虽然表面强作欢笑,尽显宽容之风度,内心却充满了痛苦。这种自我压抑,是紫式部内心深处礼教观念、社会意识的外在表现。紫姬的痛苦说明了在一夫多妻制盛行的平安时代,即使是正妻也难以得到真正的幸福。

空蝉出身中层贵族家庭,父亲把她嫁给比自己大几十岁的地方官做小老婆,开始了她不幸的婚姻生活。源氏半夜强行闯入并占有了她,从此又陷入了与源氏复杂的情感纠葛中。空蝉明慧而理智,温柔而刚强。她明知源氏对她只是玩弄而已,并不会倾注真感情,但从心底又不能完全拒绝源氏的诱惑,尤其欣赏源氏的身份和容貌,甚至感到"寸心迷乱"。但是,最终她还是清醒认识到自己的位置,背负着已为人妻的沉重责任感,因而内心矛盾而痛苦。之后,丈夫去世,源氏不断追求,继子纪伊守又乘机纠缠她,万般无奈之下毅然削发为尼,保持了一个贵族妇女的情操和尊严。她的形象在众多女性形象中呈现出特殊的意义。

末摘花的命运最为可怜。父母早亡,家道中落,贵族身份使得她既不愿与人交往,又不愿变卖家产,以致穷苦潦倒。从自身条件来说,她是众多贵族妇女中最不光彩的一个,其貌不扬,还有一个丑陋的红鼻头,被人们称为"末摘花"。(一种长在茎部末端的红色的花。日语"花"与"鼻"同音,故称"末摘花")源氏与她幽会但一直没有机会看到她的容貌。一次偶然的机会发现她并不漂亮甚至很丑时,便疏远了与她的关系,甚至奚落和讥笑她。虽说她还是被源氏接进了六条院供养着,但没有人关心她内心的痛苦与孤独。末摘花的痛苦人生,反映了一个没落的贵族女子势必走向人生悲剧的残酷现实,也反映了当时社会的世态炎凉。

此外,夕颜也是一个受损害的贵族妇女,她性格温顺、善良,后来与源氏相识。在一个中秋的夜晚,夕颜受源氏之约来到一个阴森可怕的荒邸中,六条的鬼魂突然出现在她面前,惊吓过度而暴亡。夕颜短命,先是忍痛离开情人,后在源氏手里丧命,完全是一夫多妻社会的牺牲品;浮舟是亲王与上等侍女的私生女,被亲王抛弃,受继父歧视,又遭退婚之辱。因与熏君所爱的大君相貌相似而被接到宇治居住,而明石女御的儿子也常去骚扰她,浮舟身侍二人,万分痛苦,投河自尽未遂,出家为尼。

紫式部在自身痛苦体验的基础上描摹了贵族妇女们的不幸人生。这些妇女,身份高贵,处境不同,修养、性格各异,但悲剧命运大体相同,不是抑郁而死便是削发为尼。紫式部对妇女群像的刻画,同时也表达了她的妇女观。首先她认为理想的女性应该是美丽、温顺、柔弱并且又必须是宽容、善解人意的。除末摘花外,众贵族妇女无不容貌惊艳、性情温顺。其中,夕颜柔顺之余,不乏宽容大度。她与世无争,不骄不妒,被头中将遗弃后,独守空房,没有一句怨言。作者将她放在与矜持自傲的葵姬、嫉妒成性的六条妃子的对比中进行刻画,更加彰显她的知情达理、胸怀开阔,体现了紫式部中庸的思想。紫式部认为美丽的女性更要懂得自持自重。空蝉是个典型的自持自重的女性,丈夫比她大几十岁,丈夫前妻的儿子又百般纠缠她。但她在遇到心仪的源氏后也没有苟且而是拒绝了他,虽然内心极其矛盾,痛苦万分,但在她看来宁愿承受这些痛苦也不愿受屈。

其次,小说采用"物哀"的情感表达方式。"物哀"是指由客观的外在环境所触发而产生的一种凄楚、悲愁、低沉、伤感、缠绵悱恻的感情,具有"多愁善感""感悟兴叹"的意思。《源氏物语》就是通过宫廷贵族男女的情感恩怨,表达作者悲苦的人生体验,从而引起人们的哀伤的。紫式部的人生体验来自平安时期她对贵族生活的体会和理解,来自对一夫多妻的封建制度的认识。从这个意义上讲,《源氏物语》揭示了日本封建制度下妇女的不幸命运和平安王朝的渐趋衰亡的必然趋势。

再次,艺术表现方法上,采用感物兴叹、情景交融的描写方法。紫式部善于以情感化的景物刻画人物、推进情节发展或烘托气氛。月色随着人的情感变化而不同,四季景物的变换和时序变迁也和人物的心绪变化糅合在一起,情随景发,景随情生。紫上的"春殿"里,"花气袭人、芬芳无比",末摘花的寒舍中,"杂草滋蔓、蓬蒿丛生",自然的描写与人物的命运紧密联系在一起。日本文学以对自然美的敏感细腻而著称于世,这是大和民族审美意识的重要体现。对"人化的自然"进行细致的感受和出色的描绘是日本文学源远流长的一个重要民族因素。细腻地把握人物的内心感受也是一大艺术特点,小说擅长通过描写不同人物的曲折复杂的心理世界来表现人物的本质特征。因此,日本不少评论家认为《源氏物语》是心理小说,紫式部受佛教影响,把创作重心移入到内心,努力在内心世界里建构社会、生活、人物和事件等。小说写藤壶与源氏发生乱伦关系后,细致刻画了藤壶欲爱不能、欲罢不忍的复杂、矛盾、微妙的心理世界,成功塑造了藤壶思前想后、多忧多虑的性格特征;叙事中穿插抒情色彩的艺术表现手法使整个小说行文灵活,人物情感得到升华。据统计,《源氏物语》中有诗歌近800首,有的化用日本古代和歌,有的引用汉诗,还有的是作者的创作。这些诗大多是人物在一定的情景中,思古发幽吟咏而成的,与散文的描述有机交融在一起。诗歌的引入,使得小说典雅清丽、古色古香、情意缠绵,极具艺术感染力。

《源氏物语》被誉为日本文学的高峰,对后世日本民族文学的发展产生了广泛而深远的影响。直到今天,没有一部文学作品能与之媲美。日本的各种文学体裁包括和歌、俳谐、谣曲、净琉璃等也都从中取材,或者吸取艺术营养。井原西鹤、樋口一叶、谷崎润一郎、川端康成等都对《源氏物语》推崇备至且深受影响。对于《源氏物语》的研究也越来越广泛、深入,出现了许多研究者和研究机构。《源氏物语》被誉为日本的《红楼梦》,日本也形成了一门专门研究《源氏物语》的"源学"。目前,《源氏物语》已被译成英、法、德、意等多国文字,成为世界文库中不朽的名著。20世纪80年代,我国著名翻译家丰子恺根据《源氏物语》的现代语本将其译成中文,由人民文学出版社出版。丰子恺译笔传神达意,译文优美典雅,既保留了原著的古雅风格,又具有中国古典小说的传统笔法之美,取得了很好的效果。截至目前,中文译本已达十余种。

第三节 《一千零一夜》

《一千零一夜》是在中古时期阿拉伯半岛广为流传的民间口头故事基础上,汇聚阿拉伯地区广大市井艺人和文人学士的共同智慧和学识,经过几百年中共同搜集加工、提炼编纂而成的民间故事集。它以宏大的结构规模、丰富的情节内容、绚丽的东方色彩,代表了中古时期东方文学的最高成就,对世界文学产生了重要影响。

一、《一千零一夜》的形成

《一千零一夜》又名《天方夜谭》。"天方"是古代中国对阿拉伯地区的称呼,"夜谭"意为晚上讲的故事,所叙故事多为阿拉伯地区及其相关民族的传说。公元6世纪末期,居住在阿拉伯半岛的阿拉伯人,经过长期的氏族部落之间的战争,逐渐地放弃游牧生活而建立城市,人们迫切希望结束杀戮实现和平统一。7世纪初穆罕默德创立了伊斯兰教,统一了不同部落不同信仰,从而在一定程度上消解了氏族间的思想矛盾,建立起阿拉伯半岛政教合一的宗教、政治和军事同盟,并多次发动对外扩张战争,成为横跨欧亚非的霸主,建立起强大的阿拉伯帝国。阿拉伯人在对外扩张的进程中,吸收了不同地区民族的先进文化,包括希腊、罗马、波斯、印度和中国文化,将这些地区和国家的大量古典学术名著和名家学说翻译成阿拉伯文,从而建立起融合不同民族文化和宗教信仰的阿拉伯-伊斯兰文化。《一千零一夜》反映的不同地区不同民族的文化习俗与感人故事,正是这种多元的阿拉伯文化的集中体现。随着强大的阿拉伯帝国建立,阿拉伯人在社会经济上尤其在商业贸易上得到了极大的发展。伴随着城市的出现,民间的文化娱乐需求日益增长,民间艺人广泛收集人们喜闻乐见的民间故事,以街头弹唱和民间说书的形式广为流传,甚至成为宫廷文化的一部分得以留存,哈里发国王就曾经褒奖说唱艺人。民间文学的繁荣催生了阿拉伯地区文化总集《一千零一夜》的诞生。

《一千零一夜》作为阿拉伯-伊斯兰文化以及阿拉伯地区宗教信仰、社会经济、民族文化、民俗风情的总集,是由中东、近东各民族、各地区的民间市井艺人、文人学士在8、9世纪至16世纪长达数百年的时间内收集、加工、整理而成的。《一千零一夜》中最古老的故事大约产生于8世纪,随着阿拉伯帝国政治、经济和文化发展到鼎盛时期,商业的发展促进了城市的昌盛和市民阶层的成长。《一千零一夜》故事也随之不断得到增扩,不同的历史时期中不断添加进新的故事和新的内容。较为完整的《一千零一夜》约在12世纪编定,成书于16世纪。

《一千零一夜》故事主要的三个来源:第一是印度和波斯的故事。相传公元3世纪就有译者将古梵文的故事翻译改编而成《一千个故事》的古波斯故事集,6世纪时转译为阿拉伯文,这是故事集中最古老的部分。它为后来形成的《一千零一夜》故事集提供了主要的故事框架和人物情节,如《引子》中山鲁亚尔国王和山鲁佐德王后的故事。第二是以伊拉克的巴格达为中心的阿拔斯王朝时流行的故事,特别是拉希德和麦蒙两位哈里发当政时期的故事。第三是以埃及的开罗为中心的埃及王朝时期的故事,讲述13至16世纪期间埃及麦马立克王朝时期的风土人情和埃及民间故事。总体而言,从故事的背景、内容和人物来看,当时主要反映的是阿拉伯对外扩张以及经济发展过程中的异域风情和市井生活的故事。它们反映了东方文化中神秘奇异、幻想丰富的瑰丽色彩,将神奇的想象世界和阿拉伯地区的现实生活结合起来,通过不同民族的故事来反映中古时期阿拉伯人的生活风貌和价值取向,赞美下层人民的聪明智慧,歌颂劳动人民的勤劳勇敢,描绘航海者的冒险经历和开拓精神。

《一千零一夜》经过一千多年的演变和扩充,伴随着阿拉伯帝国和伊斯兰教的发展而不断地扩充演绎,是中古时期不同地区乃至东西方不同民族先进文化交融的产物,是阿拉伯地区各族人民精神文化的结晶。从8世纪至18世纪,《一千零一夜》的故事陆续传播到欧洲、亚洲许多国家,并对世界文学产生了巨大影响,以其浓郁的东方情调和瑰丽的传奇色彩跻身于世界文学名著宝库。

二、《一千零一夜》

《一千零一夜》共收入故事243个,其书名来自故事集中的第一个故事《国王山鲁亚尔及其兄弟的故事》:相传古代岛国萨桑的国王山鲁亚尔发现王后行为不端后,下令杀死王后。此后他每天娶一个女子来过一夜,次日便杀掉再娶。国王成为了暴君,无数美貌姑娘死于他的淫威之下。宰相的女儿山鲁佐德为拯救众姐妹,说服父亲自愿嫁给国王。晚上以为她的妹妹讲故事为由,每天讲述一个动听的故事,但正讲到最精彩时,雄鸡叫了起来,天开始亮了,她马上停住不再讲下去。国王被她的故事所吸引,为听完故事遂留她再活一天。日复一日,山鲁佐德的故事无穷无尽,一个比一个精彩,一直讲到第一千零一夜,一共讲了一千零一个故事。山鲁佐德的聪慧与善良终于感动了国王,不忍杀她,并娶她为妻,两人白头偕老。这也是《一千零一夜》书名的由来。

《一千零一夜》所包含的内容十分丰富，其内容涉及社会生活的各个方面，既有神话故事中的神秘传说、妖魔鬼怪，也有历史记载中的宫廷传奇，同时也不乏现实生活中的趣闻轶事、恋爱婚姻、经商冒险等，它记载了中古时期阿拉伯地区人民的宗教信仰、生活习俗和文化价值观念。《一千零一夜》的主要内容可以归结为：

歌颂纯洁爱情的故事。《一千零一夜》故事中，描写青年男女爱情的故事，占了很大的比例，成为故事集创作的主题内容，以此表达阿拉伯人民对美好生活与幸福爱情的向往。如《乌木马的故事》中王子骑着乌木马来到美如仙境的地方见到了美丽的公主，却因为魔法与巫术的缘故，天各一方，男女主人公历尽艰险，有情人终成眷属。中古时期伊斯兰文化观念中，男人比女人高一等，女性地位低下，生活自由受到极大的限制，宗教礼教束缚着她们，甚至出门必须戴面纱，丈夫死后不得改嫁，终身守节。《乌木马的故事中》萨乃奥公主不愿意嫁给相貌丑陋的印度王子，而对骑着乌木马从天而降的波斯王子一见钟情，年轻人对倾心爱情和对男女平等不懈追求努力奋斗，情节曲折生动。《巴士拉银匠哈桑的故事》是一则美丽动人的人神结合的爱情故事。故事讲述的是银匠哈桑被邪教徒波斯人以传授炼金术为名骗到了小岛，他与邪教徒展开了一系列的艰苦斗争，之后来到天界宫殿中认识了7位公主，并与她们结为了兄妹，在她们的帮助下战胜了邪教徒波斯人，并娶了美丽的小公主瑟诺玉为妻，返回人间过上了幸福的生活。然而这种人神结合的婚姻，却遭到来自天界和人间的种种阻挠。美丽的妻子被邪恶的皇后抓走了，姐姐们也反对妹妹有辱门庭的婚姻，严刑拷打瑟诺玉，并把她囚禁起来。然而瑟诺玉忠于对哈桑的爱，始终没有屈服，设法逃到了瓦格岛躲藏了起来，与哈桑相隔两地。哈桑为寻找妻子，冒着生命危险越过七座高山、七道深谷、七个大海，闯过了无人经历的飞禽、走兽、妖魔三个危险地带，终于来到瓦格岛找到了妻子，双双回到人间，过着幸福而美满的互敬互爱的夫妇生活。故事中人物为争取幸福爱情和婚姻自由而进行的斗争，表现出强烈的自由恋爱精神，使得故事生动而感人，传达出中古时期阿拉伯人对爱情婚姻、家庭幸福的美好愿望。

颂扬真善美、体现善战胜恶的故事。《一千零一夜》中的大量故事描写人们在生活实践中所体现出来的人物的真善美情感，述说他们在与邪恶势力进行斗争中所表现的勇气和智慧，在最终以善战胜恶的结局中，体现出人民对美好生活的憧憬和向往。《阿里巴巴与四十大盗》中的主人公阿里巴巴是一个出身穷苦的樵夫，他心地善良，为人忠厚老实，一天在砍柴的路上发现了强盗藏匿宝物的山洞，在获得了大批金银财宝之后，他慷慨地散发给穷苦的乡人，因而成为强盗的心头之祸，欲除之而后快。聪明机智的阿里巴巴在女仆马尔基娜的帮助下，化险为夷，先后三次识破了强盗的罪恶计谋，让两个强盗死于同伙之手后，又将躲藏在酒桶中的三十七名强盗活活用沸腾的油浇死。最后聪明的女仆马尔基娜识破了强盗头子的阴谋，利用献舞的机会，用匕首将他刺死。故事中的阿里巴巴以及女仆以他们的聪明智慧和机智勇敢，战胜了凶恶的强盗，自己也获得了幸福美满的生活。《阿拉丁与神灯》中的主人公阿拉丁聪明可爱，忠于爱情，在与非洲魔法师的周旋和斗争中，借助神灯和戒指神，重新见到心爱的公主妻子，并与母亲团聚，过上了快乐而幸福的日子。阿拉丁勇敢善良、智慧聪明、乐于助人，好人终于得到好报，而代表邪恶的魔法师受到了应有的惩罚。故事集中真善美的代表多为生活在社会最底层的普通劳动人民，诸如渔夫、农民、樵夫、鞋匠、理发师、侍女等，他们勤劳善良、诚实勇敢,具有高尚的道德品质和仁慈善良的美德。而国王、宰相、总督、官吏等社会上层人物,常常是代表着欺压百姓的邪恶势力,他们穷奢极欲,无恶不作,故事对他们的罪恶行径作了无情的揭露和鞭挞。如《戴莉兰和宰玉纳白母女》《阿里·载依白谷·米斯里》中人民生活在水深火热之中,苛捐杂税加上社会恶人欺霸横行,使得劳苦大众无以为生。《一千零一夜》中到处可见飞扬跋扈、骄奢淫逸的国王、大臣和财主形象。他们作为恶的代表,虽然作恶一时,他们的结局总是恶有恶报。而生活在下层社会中的人们,如《辛伯达航海历险记》里的穷脚夫辛伯达和《渔夫与魔鬼》中生活艰难、无以续日的渔夫,他们生活在苦难之中,但他们都以自己的勤劳善良而获得美好的归宿。这类故事中,主人公往往是心地善良的好人,他们身上体现出真善美的特征,面对比自己强大的恶势力,表现出不畏强暴、舍己为人的美好善良品质,虽然在与恶人的斗争中,遭受种种磨难,但故事的最终,往往是好人有好报,作恶多端的恶人终究不会有好下场。故事集中甚至常常会借用宗教和神的名义去传达善有善报、恶有恶报的朴素伦理观念。《铜城的故事或胆瓶的故事》中的"宗教教育展览馆"循循善诱地劝诫人们一生的作为就是为自己"积蓄点回家的旅费",即多做善事,切不可骄奢淫逸,否则终将得到神的审判。对真善美的弘扬,对邪恶丑陋的抨击鞭挞,体现了在中古时期恶劣的外部社会环境中,故事讲述者对社会对世人的劝诫和鲜明褒贬的生活价值取向。

　　航海冒险与经商致富的故事。阿拉伯地区地域辽阔,阿拉伯人为了生活的需要,历来有经商贸易的传统。阿拉伯帝国的形成,尤其是城市的兴起,为商业的繁荣提供了更加有利的条件。中古时期巴格达、开罗、亚历山大等贸易港口出现,航海业也随之发达,水路交通的方便,为阿拉伯地区的货物贸易和人际交往带来了极大的便利。同时随着城市的出现,市民成为了一个活跃的阶层,平民意识凸显出对财富的追求、对世俗生活的向往以及对外部异域世界探索的强烈愿望。《一千零一夜》中航海冒险与经商贸易的故事,正是中古时期阿拉伯人中市民阶层与市民意识的反映。《辛伯达航海历险记》作为代表作,描述了人物为金钱财富航海冒险、追求现世的幸福生活的故事,将好奇的航海经历、美丽的异域风光、勇敢冒险和聪颖智慧有机结合在一起,使得故事引人入胜。辛伯达是一个对现实生活中的财富充满向往,同时又对外部世界充满好奇的平民,这种人物的内在的需求,决定了他不甘心于碌碌无为的一生,成为了一个从事海外冒险的航海家与新兴的商人。辛伯达7次远航出海,先后历时27年,每一次航海的历险经历,都充满了危险和磨难,人物以顽强的意志、丰富的知识和聪颖的智慧,化险为夷。这类故事中,常常是航海冒险中伴随对异域风情的欣赏,危机丛生中带来财富与商机,历险经历中闪现人物智慧的光芒,使得故事跌宕起伏,扣人心弦。辛伯达既是市民的代表,同时也是中古时期阿拉伯人对外扩张、长于行动和重视经商的民族精神的代表。他们不愿意在贫瘠的地方精打细算省吃俭用地过日子,他们向往外面的世界,寻求一切机会走向异地他乡,去寻找可以给他们带来幸福生活的巨大财富和宝藏。同时,他们也不是金钱的奴隶,当辛伯达经历种种危险和磨难,获得财富、回到城里后,快乐地享受着生活,甚至把金钱散发给朋友和穷人,然后再接着去航海历险,重新去追求财富。这种对金钱财富的追求和享受的观念,体现了以市民阶层为代表的新兴资产阶级积极向上、不满现状、勇于探索的先进意识,同时也体现出了中古时期阿拉伯的民族意识和民族气质。

　　《一千零一夜》作为一部丰富浩繁的民间故事集,故事的来源也不尽相同,然而我们还是可以看出其中的基本特色。首先,《一千零一夜》具有民间文学的特征。作为源自于口头文学的故事,具有浓郁的民间文学色彩。故事情节简洁,不节外生枝,一个人一件事,质朴自然,便于讲述。从故事的结构来看,《一千零一夜》是一个大故事套小故事的框架结构。故事集中的故事,无论是生活内容、主旨内涵,还是人物命运、情趣风格,都大相径庭,不一而足,无法形成一个可以完整叙述的故事情节。《一千零一夜》巧妙地构建了以大故事套小故事的框架结构;第一个故事《国王山鲁亚尔及其兄弟的故事》引出全篇,用山鲁佐德为国王讲述的一千零一个故事的大框架,统摄以后出现的不同内容的小故事,使得整个故事集中的故事,虽然内容各不相同,但都在一个大的框架中展开,构成了一个完整的整体。后来发生的故事在内涵意义和表述方式上都暗合山鲁佐德的故事,善良仁爱成为描述的重点,形式上都为先抑后扬,人物在经历各种艰难和曲折之后,以大团圆结局。框架结构下的形式与内容高度融合,将松散的小故事串在一起,从而展现中古阿拉伯人生活方方面面,上至天庭王宫,下至地狱乡野,既有神话魔幻,又有趣闻笑料,一幅中古阿拉伯地区人民的真实生活跃然纸上,栩栩如生。这种对民间众多琐碎故事用大框架套中套小故事的手法将其统一成一体而加以叙说,成为了文学表达的一种十分有效的创作模式,为后人所模仿应用。

其次,强烈的对比手法运用是《一千零一夜》艺术上的又一大特点。故事集中美丑的对照、善恶的对照、穷富的对照、人物的对照、宫廷与村野的对照、善神与恶魔的对照等随处可见。如《阿拉丁和神灯的故事》中的阿拉丁和非洲魔法师,穷裁缝的儿子虽然贪玩但是心地善良,非洲魔法师无所不能却心地歹毒,阿拉丁借助于神灯和魔戒的帮助,最终战胜了非洲魔法师,《阿里巴巴与四十大盗》中善良聪明的阿里巴巴与马尔基娜战胜了凶残恶劣的强盗,《渔夫的故事》中弱小的渔夫智胜巨大的魔鬼等,无不体现了善良、正义和光明对邪恶、不义和黑暗的胜利。故事中的对比,一般而言,是叙事中的一种朴实的比较手法运用,比如心地善良的人外貌俊美,面相凶煞的则是对邪恶之徒;劳苦大众弱小但勇敢无畏,勇往直前,统治阶级强暴却色厉内荏,不得善终;恶魔巨大无比,貌似强大,渔夫聪明智慧,最终取得胜利。鲜明的对比手法运用,善恶对照,美丑映衬,较好地表达出叙述者强烈的爱憎情感,同时也使得故事更加容易引起阅读者的感情共鸣,满足其惩恶趋善的道德心理需求,从而产生强烈的艺术审美效果。

同时,《一千零一夜》具有鲜明的东方色彩。以游牧和贸易为主要生存手段的阿拉伯民族生活,决定了阿拉伯人的丰富想象和浪漫幻想。故事中人物漂流大海、跋涉沙漠、跨越高山、异域风情、旅途历险无不包含着浪漫情怀和丰富想象。故事集内容丰富多样,瑰丽多姿,神奇莫测,景物色彩斑斓,故事情趣万千,把读者引入到了一个富有浓郁东方色彩的艺术世界中。《一千零一夜》中充满了美丽而神秘的描述,浪漫而离奇的想象,创造出一个令人神往的现实与魔幻合一的奇妙世界。如能自由飞翔的乌木马和飞毯、能日行千里的神骑、能隐身的手杖、可以远视千里和查看过去未来的魔镜、可以取出各种食物的鞍袋等等,善神与恶魔的变形斗法,好人与恶人的惊险博弈,一切怪诞形象和奇异宝贝各显神通,人智、神力、魔法和巫术等交织一起,体现了东方人独特的思维与智慧,勾画出一个五光十色、海阔天空、天上人间的让人眼花缭乱且又令人陶醉的美丽灿烂的东方世界。诚如德国学者论说《一千零一夜》时所言:"自从这一迷人的东方传奇集锦于 270 年前传入西方后,在西方读者的印象中,很少有书能与之媲美。事实上,我们西方人对于神秘而浪漫的东方所有的根深蒂固的概念主要来源于这本可爱的传奇。"从一定意义上而言,《一千零一夜》因其浓郁的东方色彩,在西方人心目中成为了"东方"的同义词。

《一千零一夜》不仅是阿拉伯人民智慧的结晶,也是人类文化的灿烂瑰宝,对世界文学的发展产生了巨大而深远的影响,成为中古时期东方文学的最高成就的代表。

第十三章　近现代东方文学

第一节　概述

近现代东方文学,主要包括亚非及大洋洲文学,一般指19世纪初到20世纪末的文学。从19世纪到20纪初,是东方文学的近代史时期,这时期亚非地区的许多国家都处于殖民地、半殖民地状态,因此,该时期的文学主要就是殖民地和半殖民地的文学。而东方现代文学史,则开始于20世纪的20年代,是近代文学的继续和发展的时期。这时期的世界历史正是帝国主义、殖民主义走向衰落和灭亡,社会主义走向胜利的时期。在东方,日本于20世纪初已发展成为一个凶恶的帝国,而其他几乎所有的国家和地区,依然处于殖民地或半殖民地的状态,同时各地区也纷纷开始爆发轰轰烈烈的反帝反殖民、争取民族解放和独立的革命运动。因此,现代东方文学史的特点,也是反映殖民主义体系走向总体崩溃、东方各民族地区民主革命走向伟大胜利、民族独立取得巨大成功的文学。

一、近现代东方文学的历史文化与基本特征

近代东方历史的发展各国各地区虽然不平衡,但仍具有许多共同的特点,其中最重要一点,就是受西方殖民主义侵略而逐步沦为殖民地、半殖民地的历史。换句话说,近代世界的基本政治格局,是西方对东方的奴役。

19世纪初期,亚非各国仍然处在封建制度的残酷统治之下,落后的封建社会关系阻碍了各国经济的发展。而西方殖民主义者荷兰、西班牙、英国、法国等从16、17世纪就已经来到东方,18世纪开始侵略,19世纪以后逐渐取代了东方大多数国家的封建统治者的地位,掌握了它们的政治、经济和军事命脉。19世纪中叶之后,除了日本等个别国家,亚非各国皆沦为殖民地、半殖民地。殖民者的入侵和占领,给亚非人民带来了巨大的灾难,大批无辜居民惨遭屠杀,大批宝贵的文物被破坏毁灭,生产凋敝,经济落后,社会停滞不前。因此,近代亚非各国的主要矛盾,是殖民地、半殖民地人民和殖民主义、帝国主义、封建主义统治者的矛盾。东方各族人民的主要任务,是反殖民统治、反帝国主义压迫和反对封建残余,争取民族独立和解放,获得民主和自由。近代亚非这种社会基本矛盾的复杂性,决定了亚非人民斗争的曲折漫长和艰苦卓绝。可以说,亚非人民的解放斗争,构成了东方近代史中伟大而光明的一

面,也是该地区这段历史的主流。

面临丧权辱国的民族危机,亚非人民奋起反抗,掀起了多次波澜壮阔的反殖、反帝的民族解放斗争。在近现代历史中,这种反帝反殖的斗争总体上说经历了两次大的高潮期:一是从19世纪20年代到60年代,它由爪哇人民反对荷兰入侵者的起义,伊朗巴布教徒的起义、印度反对英国占领者的义兵起义和中国的太平天国运动等构成。这期间的斗争虽然大多由于各种内外原因而最终失败,但它对民族意识的唤醒作用,对殖民主义者的沉重打击作用,以及对封建统治的社会基础的动摇作用则是巨大的。此后,西方殖民主义势力进一步深入亚非各国,同时,这些国家的近代民族资本主义也得到进一步发展。这样,也就促进了亚非各国的民族资产阶级和无产阶级的形成以及民族经济的发展,为新的反殖、反帝和反封建的斗争打下了社会基础。亚非人民第二次民族解放运动的高潮期,是从20世纪的初期开始的。它是由1902年的菲律宾独立战争拉开序幕,包括1905—1911年的伊朗革命运动、1905—1908年的印度民族大起义、1908—1909年的土耳其革命,以及1910年的朝鲜反日的义军起义和1911—1912年的中国辛亥革命。这次斗争高潮因其规模巨大,群众基础深厚,取得了重大斗争成果,而震撼了世界,被看做是亚非人民走向民族独立、争取民主和自由的成功起点。

而19世纪的大洋洲,依然是在英国的殖民统治之下。欧洲人是从17世纪的时候开始发现并逐渐占领澳洲的。1786年,英国政府决定占领澳洲,到1817年将这块陆地定名为澳大利亚。从此,英国人对澳洲的殖民统治正式开始了,虽然这里的土著人为保卫家园也进行了殊死的斗争,但都因遭到了英国人的镇压而失败了。新西兰也是在17世纪被欧洲人发现的,到1838年,英国政府通过强占和赎买的方式逐渐地吞并了这片土地。当地的毛利人也进行了为时十年的武装反抗,但最终还是失去了他们最好的土地。

反殖、反帝、反封斗争的日益激烈,思想上的民主启蒙运动也就日益发展。随着人民爱国力量的增长,近代启蒙运动在东方蓬勃发展起来:提倡科学文明,反对封建迷信;宣传民主进步,批判保守落后;提倡现代教育,反对愚昧无知,以及主张妇女解放和人人平等自由等等全新的理念,成为近代东方各国社会思想的主潮,也给落后的东方世界走向近代文明做出了重大的贡献。

近现代的东方文学就是在这样激烈的斗争中,复杂的矛盾中以及新旧交替的历史转换时期逐渐形成。之后随着它的不断发展、壮大,并一步步走向辉煌,在世界文学发展历史的长河中,成为了一个重要的组成部分。同时,就东方文学自己的发展而言,它的意义在于结束了封闭、停滞不前的封建时代的文学,开启了文学发展的新阶段,形成了新型的民族文学,完成了从旧文学到新文学的转变。

近现代东方文学的基本特征主要表现为:

1. **传统的继承性与时代的转折性**

与东方近现代历史进程相联系,东方近现代文学史在发展的二百年中,既与东方古代文学紧密相连,又与东方当代文学密不可分。由于东方各民族国家历史阶段各不相同,很多国家至20世纪五六十年代才获得了独立,民族解放运动一直在发展,文学也在进一步繁荣。因此,东方近现代文学是一段独立时期的文学,也是既继承传统又具备时代转折性特征的文学,带有较强的过渡色彩。

由于受西方各种思潮的影响,一些国家社团林立,流派众多,变幻不定。尤其是在近现代的日本,一些带有东方特点的现实主义、浪漫主义、自然主义、唯美主义及现代主义等文艺思潮在短暂的时间内很快流行起来又很快消失,有的作家身兼几个派别,有的流派甚至还未得到充分发展就倏忽而止。文学创作表现出了既具民族传统性又具时代转折性的特点。

东方近现代文学虽然受西方文化的影响较大,但它深深根植于本民族的文化传统之中,它在东方文学的发展史上具有不可替代的承前启后、继往开来的作用。

2. 主题的一致性与表现的多样性

东方国家的近现代历史,与其苦难深重的近代历史紧密相连,它们既处在本国封建专制的统治下,又备受殖民主义的蹂躏,外国列强的侵略。因此,在近代东方文学中,反封建主题得到了空前的发展,后来许多作家又把反封建的主题与反帝反殖的内容结合在一起。许多作品直接揭露帝国主义和殖民主义的罪恶本质,正面描写各民族的深重灾难,表达殖民地人民要求改变民族命运的强烈愿望。文学成为唤醒民众觉悟、激励民众为获得民族独立而斗争的有力武器。到了现代东方文学阶段,反帝、反殖、反封建的大旗更加高扬,积极反映人民大众的疾苦,努力探索民族的出路。反映东方各国人民同殖民主义、帝国主义和封建势力之间的矛盾,描写人民的苦难和不幸,揭露资本主义社会条件下的虚伪和丑恶,表现人民群众的觉醒和斗争,成为这一时期东方文学跨越国度和民族的共同主题。

无产阶级文学是作为一支独立的力量出现在近现代东方文学的舞台上的,它展现了独特的世界观和美学观,宣扬了崭新的人类生活理想。在许多的国家,无产阶级文学都建立了一定组织机构,如日本的"纳普"、朝鲜的"卡普"、缅甸的"红龙书社"等等。在思想内容方面,无产阶级文学以彻底的反帝反殖反封建为主题,以劳苦大众的悲惨生活为主要描写对象,明确指出阶级压迫是一切苦难根源,号召人民奋起抗争,砸碎镣铐,推翻反动的封建殖民统治,翻身做主人。特别是进入20世纪以后,那些无产阶级政治力量日渐强大的国家,无产阶级文学生动描述了为推翻反动统治,争取民族自由、解放而进行的艰苦卓绝的斗争。而在无产阶级取得胜利的社会主义国家,无产阶级文学还反映了社会主义革命与建设的新内容。

近现代的东方文学在创作方法和文学样式方面,呈现的却是多样性的特征。既继承了本民族的文学传统,呈现自己民族的特色,又受到了欧洲文学多方面的影响。在近代文学时期,欧洲近现代文学史上一些主要文学思潮,如浪漫主义、现实主义、自然主义等,在东方的一些主要国家几乎同时交替出现,欧洲近代文学的一些主要形式,如自由体新诗、小说、戏剧等在近代被介绍到东方国家后,不断成熟、发展,繁荣了东方现代文学的创作。此时的东方文学无论内容还是形式上都进行了重大的革新,它突破了中古文学的某些陈规旧律,创造了一些新的文学式样(如日本的政治小说、私小说,朝鲜的新小说,印度的政治抒情诗),在内容上开始从脱离实际的古老而陈旧的题材转向描写平民的现实生活,反映重大的民族斗争。到了现代文学阶段,则将本民族的内容,与西方现代主义的手法相结合,开始反映对整个人类共同的命运思考。

3. 创作的自觉性与发展的不平衡性

文学创作的自觉性表现在虽然近现代的东方多是在西方殖民者的统治之下,近现代的东方文学也更多地受到了西方文化的影响,但是东方文学的作家和他们的创作却是表现了相当的自尊和自强。特别是到了20世纪,在一些主要的国家中,涌现出了大量的有组织的文学社团,开展了有组织的文学运动。30年代,印度成立了进步作家协会,缅甸兴起了"实验文学运动",在日本、朝鲜、中国,无产阶级文学运动也蓬勃开展。另外,阿拉伯地区的"埃及现代派"、印度的"昌盛派"、朝鲜的"新倾向派"等也取得了较大的成绩。

作家数量骤增,作品数量多,影响大,成果大,成为这一时期东方文学的又一特征。特别是职业作家的出现具有十分特殊的意义,一方面表明作家与文学在现实生活中具有日益重要的地位,另一方面也表明作家们已具有独立的政治和经济地位,有了独立的人格及精神世界,成为传递民族和时代声音的主动者,对东方民族的思想启蒙及社会革新运动起到了积极的舆论先导作用。

但是,东方近现代文学的发展也是很不均衡的,有的国家文学取得了较高成就,有的地区文学发展的步子则仍旧缓慢。仅就获得诺贝尔文学奖而言,总体上说,东方作家的数量远远少于西方,而且在东方也很不平衡,目前只是少数几个主要国家有得主。

二、东方文学发展概况

1. 日本文学

日本近代文学,从1868年"明治维新"开始到第一次世界大战为止;日本现代文学,则是从20世纪20年代开始到20世纪末的文学。它是在日本近代文学基础上发展起来的,其成就却远远超过了近代文学。

日本近代文学形成的标志和奠基之作,是坪内逍遥的理论著作《小说神髓》和二叶亭四迷的长篇小说《浮云》。坪内逍遥(1859—1935)是日本早期著名文学家,早稻田大学教授,《早稻田文学》杂志的创办者。他的《小说神髓》(1885)是日本第一部提倡近代现实主义文学理论的著作,论述了小说的历史、性质、种类、意义等问题以及文体、人物的创造等艺术手法。作为写实主义理论的开端之作,为后来的新文学的发展,提供了理论基础。二叶亭四迷(1864—1909)被称为日本近代现实主义文学的奠基者,其长篇小说《浮云》,是第一部用自然、生动的语体写成的优秀的现实主义之作,是日本近代文学创作的真正起点,被称为里程碑式的作品。小说通过在政府供职的小官吏文三被解雇的遭遇,揭露了官僚机构的腐败和贪财附势的社会风气,以平凡的事件和人物,反映明治时代的社会风貌。小说中的人物描写富有时代色彩,作者依据现实主义典型化的原则,突出小说中各色人物的性格,特别是对人物内心的描写,把人物复杂、矛盾的心理状态展现得惟妙惟肖。

森鸥外(1862—1922)于1890年发表的短篇小说《舞姬》,是又一部比较重要的作品。它与《浮云》一样,表现的是近代知识分子生活中的苦恼,用感伤、浪漫的情愫抒发了一个追求个性自由者的失败的哀叹,在风格上明显地呈现出了浪漫主义的特点。而1893年创刊的《文学界》,被认为是日本浪漫主义运动的真正开端,代表的作家有北村透谷、岛崎藤村、田山花袋等。

北村透谷(1868—1894)是浪漫主义的诗人、理论家,曾是一名自由民权运动的左翼人士,后置身于文学事业。他不满日本近代明治社会,主张个性解放,恋爱自由,倡导发扬平民精神。他的诗作深受英国浪漫主义大诗人拜伦的影响,其中《楚囚之歌》和《蓬莱曲》具有代表性,表现诗人向往自由,追求个性解放的炽热情感和对污浊现实的强烈不满,格调高昂。

日本浪漫主义文学具有幻想性的特点,但缺乏积极进取的热情,特别是与西方的浪漫主义相比,其悲观主义色彩较为浓厚。

从1897到1906年,自然主义文学占据日本文坛的主流位置。日本的自然主义既有对西方自然主义的模仿,也有其自身的特点:比方强调文学的绝对客观性以及用生物学的观念来分析和解释人物的命运,就是学自西方的,而鼓吹"无理想,无解决"和倡导自我忏悔和自我暴露,则是日本自然主义的突出特点。

这时期日本自然主义文学著名的作家有岛崎藤村(1872—1943)、国木田独步(1871—1908)、正宗白鸟(1879—1962)、德田秋声(1879—1943)、田山花袋(1871—1930)、岩野泡鸣(1873—1920)等。

岛崎藤村(1872—1943),是从浪漫主义转向自然主义的重要作家,也是自然主义创作的奠基者。作为日本近代著名的作家,岛崎藤村经历了艰辛、痛苦的一生,又以百折不挠的精神寻觅时代前进的脚印,完成了自己独特而又曲折的文学之路。他起步于近代浪漫主义文学风潮,以抒情诗人的身份登上文坛,其诗集《嫩菜集》(1904)被认为是日本真正的近代诗歌奠基之作。岛崎藤村的浪漫主义创作,随着北村透谷的去世而停止,走上了自然主义的道路。其自然主义风格的作品,自传性色彩较强,有些作品专注于个别事件和人物的真实,不进行艺术虚构和典型概括,描写上追求琐细、平板甚至呆滞的手法。其长篇小说《春》和《家》,都是自然主义特点明显的作品,而他的《新生》则被认为是一部赤裸裸的告白小说。作为岛崎藤村代表作的《破戒》是一部划时代的作品,体现出了对当时日本社会现实进行批判的现实主义特色。小说以一个贱民出身的小学教员濑川丑松破除父亲戒律的思想觉醒变化的过程为主干,广泛触及了日本近代末期的农村乡镇的现实生活,揭露了乡镇的政界、教育界的腐败以及封建偏见的危害、封建剥削的残酷。这部小说在艺术上有独到之处,它以广角的镜头,把一个个富有时代特征的生活画面和人物尽收眼底,使其成为社会视野广阔的现实主义之作,充分揭示了近代日本社会的特点。在笔法上,叙事写人,描物抒情,都扣人心弦,堪称日本近代文学的力作。

田山花袋(1871—1930),也是一个由浪漫主义转向自然主义的著名作家,在其后期所表述的创作理念上,明确提出了反对运用技巧,提倡丝毫不带主观色彩的所谓"平面描写"论。他的小说《棉被》,是日本自然主义的代表作。小说的男主人公竹中时雄,是一个已有妻小的中年作家,他带着一个美丽而年轻的女弟子横山芳子。小说描写竹中时雄对芳子的露骨的情欲的苦闷。芳子回家之后,时雄捧着芳子用过的棉被,闻着芳子身体所留下的残香。这是一部自我暴露的充满肉欲的作品。小说有向封建伦理和庸俗的社会习气挑战的一面;但它只局限于身边琐事,只是描写情欲的苦闷,缺乏社会意义。有人认为,这部小说在日本近现代史上产生了不好的影响,它开日本近现代文学中的私小说的先例,使日本近现代文学向描写身边琐事的庸俗而粗浅的私小说方向发展。但日本的自然主义文学运动毕竟也促进了日本文学的发展。直到今天,自然主义仍笼罩着日本文坛,即使是现当代文学中一些优秀的作家,也未能完全摆脱其影响。

而当自然主义统治日本文坛时,夏目漱石、森鸥外和石川啄木等少数作家,一直站在自然主义的对立面,创作了一些好的作品。夏目漱石的长篇小说《我是猫》,则可看作是日本近代文学的杰作。

从1912年的大正时代开始,日本近代文学进入了末期。这时的日本文坛出现了反自然主义的倾向,先后出现的三个文学派别:"新浪漫派""白桦派"和"新思潮派",明显地表露了与自然主义相背离的文学观念。"新浪漫派"企图在对肉欲的追求中去寻找美,他们放弃了对现实的批判,在官能享乐中寻求精神的满足,热衷于描写变态的心理,崇尚唯美主义的文艺观;其代表作家是永井荷风、谷崎润一郎和后起之秀佐藤春夫。"白桦派"是一个理想主义的文学派别,其基本主张是:站在人道主义立场,肯定人性中的理想和积极的精神,主张尊重个性自由,强调人的尊严和意志;宣扬博大而抽象的人类之爱,主张以个性的完美和发展来改革社会;该派多数作品描写日本社会封建因袭的重荷,有一定的揭露性和批判性。其代表作家有武者小路实笃,志贺直哉和有岛武郎。"新思潮派"也可以看做是一种新现实主义,它以第四次复刊的《新思潮》杂志为中心而得名。这派作家或多或少都受到了森鸥外的影响,他们既反对自然主义对丑恶现实的赤裸裸的描写,又对白桦派的人道主义理想抱怀疑的态度;主张用心理描写的方法和理智的态度,客观、冷静地描写现实,然后对所描写的现实生活用以理智的剖析,其作品着重表现了近代日本社会给市民生活带来的不幸和苦闷。其主要代表作家有芥川龙之介、菊池宽等。

此时的日本文坛流派林立,标志着它分化并立的态势,从而结束了日本文学的近代史时期。

永井荷风(1879—1959)原本是自然主义派的作家,后转向新浪漫派。其作品,主要是描写肉感的享乐;其文笔,则具有抒情性的风俗描绘,但也"流于卑俗,在色情的气氛中漂浮着一种虚无的寂寞感"。永井荷风的代表作有:《偶田川》《新桥夜话》《妾宅》和《争风吃醋》等。

谷崎润一郎(1886—1965)是日本近代文学中一个创作时间最长、影响最大的颓废派作家。他从走上文坛,就表现了强烈的颓废倾向,特别是追求自我虐待的变态性欲的肉体感觉。他的早期作品《纹身》(1910),就是一篇以变态性欲的享乐主义为主题的小说。其作品还有《麒麟》、《情窦初开的时候》和《阿艳之死》等。

武者小路实笃(1885—1976)是白桦派的代表作家,因其留学欧洲,深受托尔斯泰思想的影响。其作品有:《天真的人》和《没有见过世面的》、剧本《一个青年的梦》《友情》和《爱与死》等。他的作品清新、朴实,充分地肯定人生,用简洁的文体表现了强烈的人道主义愿望,在当时影响很大。

有岛武郎(1878—1923)是白桦派的另一重要代表,曾留学美国,受惠特曼、高尔基等作家的影响,是一位具有强烈的人道主义思想的作家,他关心社会,勇于追求生活。其代表作《一个女人》,描写一个女人的觉醒、对封建习俗的反抗和个性解放的追求。小说最终以女主人公的悲剧结局,揭露了近代社会文明的虚伪,表现日本知识妇女寻求解放的失败。这是一部具有深刻社会价值的现实主义小说,主人公叶子的悲剧不在于她是一个觉醒者,而在于她无力摆脱环境的束缚和男性的诱惑。其著名作品还有《该隐的后裔》和《诞生的苦恼》。有岛武郎的作品注重写实,具有深刻的现实意义。

志贺直哉(1883—1971)被日本文坛称为短篇小说之神。其作品多取材于个人和家庭日常生活琐事,通过点滴生活现实的描写,揭露日本社会的黑暗,具有鲜明的人道主义倾向和现实主义文学的色彩。他的创作文笔清新隽永,语言简洁流畅,描写人情世故,透彻而细腻,表现了一种宁静而平和的意境之美,具有较高的艺术造诣。他因在《白桦》创刊号上发表短篇小说《到网走去》而显示其创作才华,该作也因此成为他一生写作生涯的奠基之作。其著名作品还有:《老人》《正义派》《和解》和《灰色的月亮》等。

芥川龙之介(1892—1927)是日本著名的短篇小说家。他曾入东京帝国大学学习英国文学,期间开始文学创作。并与久米正雄、菊池宽等作家一起先后两次复刊《新思潮》,成为新思潮派的代表作家。在其短暂的一生中,写了超过150篇短篇小说,以及大量的诗、和歌、俳句、随笔、散文、游记、论文等。芥川的短篇小说篇幅很短,但取材新颖,情节新奇诡异,内容往往是关注社会丑恶现象,但作者很少直接介入评论,而是用冷峻的文笔和简洁的语言来陈述,让读者自己深深感受社会的丑恶性。其代表性作品有《罗生门》《鼻子》《地狱变》和《开化杀人》《橘子》《竹林中》等。《罗生门》写古代平安朝末期,灾难横生,京都一带一片荒凉,一个衣衫褴褛的穷人流浪街头,来到罗生门楼下避雨,眼见楼上尸骨堆积如山,一个瘦弱老太婆正在拔死人的头发。他本想申斥老太婆的不义行为,转念又想在生死攸关之时已无道德观念可言,旋即持刀胁迫老妇,剥其衣裳而去。该作品构思新奇,寓意很深,批判了弱肉强食和贪得无厌的利己主义。同时,作品中对人心善与恶的深入剖析,以及对生存的不安和苦恼的深刻表达是芥川小说一贯的主题,这种悲观和苦恼也恰恰是导致他过早离世的原因。1927年,他抱着对人类怀疑而绝望的情绪自杀而死。

菊池宽(1888—1948)早期写戏剧,后转向小说创作,曾与芥川龙之介一起两次复刊《新思潮》,成为新思潮派的代表作家。其主要作品有《无名作家的日记》《忠直卿的行状》和长篇小说《珍珠夫人》。他善于心理刻画,作品内容往往揭示人物利己主义的道德观和窘迫的生活状况。

在上述这些近代流派作家的影响下,一批有成就的现代文学作家开始了他们的创作,日本文学也进入了它的现代时期。现代日本文学一般划分为战前和战后两个时期。战前日本文学的主要特点,是以无产阶级文学为代表的左翼文学,成为日本文学的主流。就文学运动的规模、创作艺术成就以及影响来说,左翼文学在文坛上都占统治地位。

小林多喜二(1903—1933)是日本战前左翼革命文学运动最杰出的代表,作为无产阶级作家,他的文学创作活动为日本无产阶级文学事业奠定了坚实的基础。他不仅为日本最广大人民的利益,也为反对日本军国主义的侵华战争,不懈奋斗,直至过早地献出了自己年轻的生命。小林多喜二出生于日本秋田县北秋田郡下川沿村一个贫苦的佃农家庭。他四岁时,因生活所迫,全家迁移到北海道港口城市小樽,投靠经营面包店的伯父,但依然过着贫困的生活。在底层工人区穷苦环境中长大并生活了二十多年,小林多喜二对劳动人民的生活有着深切的体验。他的创作,有许多就是取材于他长期生活过的小樽市的工农运动。小林多喜二的早期创作始于1919年,还在小樽商业学校学习期间,他就创作了十五篇诗歌,散文和小说。而在小樽高等商业学校的三年间，他研读了陀思妥耶夫斯基、列夫·托尔斯泰、高尔基、夏目漱石、志贺直哉等文学大师的作品，并开始从理论上探索其"艺术的使命"。1924年，在小樽高等商业学校毕业后，小林多喜二步入社会，开始了他的革命活动和文学生涯。1927到1928年这段时间，是小林多喜二的思想大转变的时期，他建立了马克思主义的世界观。1928年发生的日本反动政府全面镇压共产党及革命工会活动的"三·一五"大逮捕事件，深深震撼了小林多喜二的精神世界，他决心代替那些流血牺牲的战友们发出愤怒的呼号，写了著名的中篇小说《一九二八年三月十五日》。作品揭露了日本天皇统治的凶残与反动，歌颂了革命者宁死不屈的崇高气节，塑造出了早期共产主义者的形象。同时，也鞭笞了经不住考验的动摇分子。整个作品充满革命理想主义精神，具有振奋和鼓舞人们前进的力量。它是小林多喜二的第一部成功之作，在日本左翼革命文学史上，具有划时代的意义，也使他一跃而成为日本知名的革命作家。1929年，他又创作了中篇小说《蟹工船》，同样震动了日本文坛。这部小说是作者经过对现实的周密调查，在收集了大量第一手资料的基础上完成的。当时的日本军国主义企图通过对外发动侵略，对内加紧剥削来摆脱经济危机的困境。因此，北海道渔业资本家就勾结日本军队，逼迫因失业造成的大量廉价劳动力，来到"蟹工船"上做苦工。资本家对这些渔工进行的奴役与剥削是令人发指的，渔工们只能像牛马一般地劳动着，一旦反抗，立即遭到镇压。《蟹工船》反映的就是这种严酷的现实。小说的故事集中在蟹工船"博光号"上，船上的三百多名工人大都是破产农民、失业工人和流浪汉。他们被迫在令人窒息的船上进行奴隶般的劳动，饥饿、疾病、风浪和监工的棍棒，不时地夺去他们中间一些人的生命。为了求生存，他们举行了有组织的罢工斗争，取得了最初的胜利。可是当船回港后，监工又引来军舰，逮捕了罢工骨干。这血的教训促使广大渔工进一步提高了觉悟，懂得要活下去就得团结起来，再来一次斗争。

这部作品的深刻性，不仅在于真实地展现了渔工们的悲惨生活，以及他们不堪忍受压迫到觉醒反抗、由自发斗争到有组织的罢工的过程，赞颂了无产阶级不畏强暴，敢于斗争的英雄气概，而且还在于它表现了觉醒的渔工们对最高统治者和日本军国主义的精神支柱——天皇的愤怒。由于小林多喜二敢于公开冒犯天皇，他因此获罪，被囚禁了半年。《蟹工船》被认为是日本无产阶级文学的奠基之作。

小林多喜二的短篇小说著名的有《回家过节》《粗点心铺》《腊月》《杀人的狗》和《父亲病危》《不在地主》《暴风警报》等。这些作品，大都取材于下层人民和工人的生活，描写贫民、妓女和学徒的悲惨命运及凄凉的心情，反映他们的不满、憎恨和对生活的种种疑问，有的作品还表现了他们要求摆脱现状和自发的反抗精神。在艺术上，这些小说大都采用第一人称的手法，情节简单，人物面貌也不够清楚，带有随笔式的速写的特点。但其简洁质朴，行文中蕴藏着浓厚、深沉的情感，这种日本古典美的神韵，却成为小林多喜二后来艺术风格的基础。

1933年2月20日，由于叛徒告密，小林多喜二在从事革命活动时被捕，被日本警察毒打而当场惨死，时年二十九岁。

《为党生活的人》是小林多喜二创作的高峰。作为他的代表作，这部中篇小说以真实感人的情节和丰富深刻的思想内容，成为日本无产阶级文学的光辉杰作。小说以第一人称的手法，讲述1932年在日本发动"九·一八"事变的前夕，东京一个名叫仓田的工厂，为战争需要,由原本制造电线的小工厂改为制造防毒面具、降落伞和飞机外壳的军工厂,并招收了六百个临时工人。"我"以及须山、伊藤几个共产党员,趁招收临时工之机,进入这个工厂,在工人中开展艰苦的宣传工作,组织起工人以反对侵略战争。后来,资本家利用社会法西斯分子对工人进行欺骗宣传。在这种极端艰苦的情况下,"我"同其他几位共产党员,领导工人们同反动资本家展开了激烈的斗争,揭露帝国主义对华侵略的反动本质,开展了反侵略、反裁工、反剥削的斗争。但是,在罢工斗争的决战时刻,资本家在宪警的帮助下,解雇临时工,打乱了党支部的部署。但是,共产党员散布下的革命种子,已经开始激励着广大的工人,他们又以更大的信心,投入了新的斗争。

这部作品的内容是以作者自己的地下斗争生活体验为基础而创作的,但经过艺术的概括,小说远远超出了"个人经历"的范围。它典型地反映出30年代日本社会的巨大冲突和矛盾,深刻地揭露了日本帝国主义的侵略本质,描绘了日本人民反对侵略战争的英勇斗争和崇高的国际主义精神。同时,这部小说的价值,更在于作者成功地塑造了主人公"我"——佐佐木安治,一个在极其尖锐的阶级斗争中、具有高度觉悟、不怕牺牲、勇往直前的共产主义战士的光辉形象。在他身上集中体现出了20世纪30年代日本先进的共产主义战士为了崇高的革命理想而英勇献身的精神;同时也生动地表现了他们在阶级斗争的血雨腥风中,自觉锻炼,不断净化思想的过程。

小说还成功塑造了一位生动的日本劳动妇女的形象——佐佐木安治的母亲,这样一个出身于普通劳动妇女的母亲,却有着伟大而崇高的革命胸怀。须山和伊藤也是很成功的优秀革命者的形象,须山是由普通工人成长为共产主义战士的典型,伊藤是个知识分子出身的女革命者。

在艺术上,《为党生活的人》是作者以藏原惟人所倡导的"无产阶级现实主义"的创作方法写作完成的。小说塑造的日本共产主义新人形象,与作者以往作品中的概念化、公式化倾向不同,更加突出了人物在典型环境中的鲜明个性,让人感到真实可信。其次,小说有着完整的布局和缜密的结构。作品用第一人称来展现主人公的个性特征,同时又采用倒叙、插叙和侧面描绘等技巧,把主人公所没有经历过的事件,有机地糅合在"我"的活动中,极其自然地表现出来,使得整个故事浑然一体。第三,小说注重以细节描写来丰富人物形象。比如描写母亲见到儿子后忐忑不安的心境;临别时再三嘱咐儿子"把摇着肩膀走路的习惯改掉"等细节,表现了母亲那颗爱子之心和牺牲骨肉之情的刚毅性格,增添了强烈的艺术魅力。第四,小说具有浓郁的感情色彩。这部小说着重写情,写人物的内心感受。作品用主人公自述的方式,描绘"我"的亲身经历和内心情感的变化,使人倍感亲切。如以深厚的阶级情感,描述同志之间的亲密关系,以娓娓动听的叙述,反映母亲的思想变化;以无比愤怒的语言,鞭打出卖革命的叛徒等,都具有感人至深的艺术力量。

小林多喜二是中国人民的伟大朋友,也是中国人民最熟悉的日本作家之一。当日帝国主义发动对华战争时,他旗帜鲜明地站在中国人民一边,尖锐地批判日本帝国主义的侵略战争。当他为日本无产阶级事业和中日两国人民的革命友谊,献出自己宝贵的年轻生命的时候,我国伟大的革命作家鲁迅为他的不幸牺牲,发去唁电,表示了深切的哀悼。

战后的日本文学,则以20世纪60年代初为界,分为两个阶段:

第一个阶段是从日本宣布无条件投降的 1945 年到 20 世纪 60 年代初。这是日本从被占领状态走向完全独立的时期。战争结束以后,日本文学开始逐渐恢复生气,各种杂志相继复刊或创刊,各种文学倾向兴起,其中较有影响的是民主主义文学、"战后派"文学、资产阶级人道主义派文学、颓废派文学等。民主主义文学的代表是 1949 年 12 月成立的"新日本文学会"。发起人大都是战前的左翼作家,包括藏原惟人、中野重治、壶井繁治、秋田雨雀、江口涣、宫本百合子和德永直等。他们继承了战前左翼文学的革命传统,团结民主作家,发展民主主义文学,逐渐发展成为一个广泛的民主主义文学团体,包括了共产主义者、自由主义者和人道主义者,是战后日本影响最大的一个文学团体。"战后派"的主要成员有本多秋五、荒正人、佐佐木基一、平野谦、野间宏、椎名麟三和中村真一郎等。这些人大都经历过战争,带着深创巨痛,他们憎恨法西斯和侵略战争,渴求自由。因此,他们的创作,大都描写战争的残酷、悲惨以及带给人们的精神创伤。在深刻揭露法西斯统治的同时,又具有悲观主义的色彩。在艺术观念上,他们对战前左翼文学表示不满,强调艺术至上,要求尊重个人的绝对自由,大量吸收西方现代主义文学的新技巧,突破了传统的现实主义的创作方法。资产阶级人道主义派的作家们大都创作态度严肃,用人道主义精神反映时代的风貌,不少作品,表现了对现实的冷峻态度和探索。这派作家包括志贺直哉、广津和郎、野上弥生子、井上靖等。颓废派文学,鼓吹性的解放,热衷于描写变态的性爱。这派作家中,有唯美派作家谷崎润一郎,太宰治,有青年作家三岛由纪夫和石原慎太郎等。

　　第二个阶段则是从 20 世纪 60 年代以后至今。20 纪 60 年代以来,随着日本工业的高度发达,逐渐成为世界经济大国;而伴随人们生活水平的提高,生存的矛盾虽然暂时趋于缓和,但接踵而来的则是精神生活的空虚和苦闷。这时的文学创作,很多都以描写人们对于新的现实生活的迷惘和探索为主要内容。同时,由于受到西方文化特别是现代非理性主义思潮的影响,现代的日本文学呈现了更为复杂的态势:"存在主义的本土化",末日危机感,充满色情和暴力的描写,荒诞叙事等等。这当中新人也不断涌现,有的作家已有世界声誉,有的作品已被列入世界名著之列。

　　宫本百合子(1899—1951)是"新日本文学会"的骨干,她原本出身资产阶级家庭,受托尔斯泰创作的影响很深,后成为著名的无产阶级作家。她在 1916 年发表的处女作《贫穷的人们》中,表现了对贫苦人们的人道主义同情。20 年代发表的代表作《伸子》(1924—1926),描写了妇女要求个性解放而同家庭产生的矛盾。从 1946 年到 1951 年她逝世前,战后的短短几年内,她创作了大量的作品,仅长篇小说就发表了《播州的平野》《知风草》《两个庭院》《路标》。前两部描写战争给日本国土和人民造成的灾难和日共的重建工作,后两部与她早期创作的《伸子》构成三部曲,描写一个小资产阶级青年女知识分子成长为革命者的过程。《播州的平野》的主人公宏子,是一个坚强的革命者,30 年代,她从事革命工作的丈夫被捕入狱后,她一个人依然坚持斗争。在日本投降前夕,她收到家乡婆婆的来信,得知丈夫的兄弟也被征去到了前线,家里陷入生活极端困苦的境地。于是,她回到家乡,探视婆婆。残酷的战争改变了小镇上的一切,镇上的男人几乎都被征去当兵,成了一个"寡妇镇"。战争不仅使人们的生活困苦不堪,更使人们的精神遭到巨大打击,甚至性格都发生了变化。战后,当宏子得知丈夫从战俘营被释放时,她历尽千辛万苦,最终来到丈夫身边团圆。小说反映的是战争所带给人们的巨大灾难,对日本军国主义表达了强烈的批判,也对革命者坚贞不屈的斗争精神进行了歌颂。

德永直(1899—1958)是新日本文学会的发起人之一。1929年,他曾因反映工人罢工的长篇小说《没有太阳的街》而轰动日本文坛。这部小说通过反映日本战前尖锐的阶级矛盾和斗争,特别通过是描写工人有组织的斗争和先进工人的形象,显示了日本无产阶级文学的新成就,他也因而成为当时日本无产阶级文学的重要作家。德永直在战后发表的第一部作品《妻呵,安息吧!》是一部自传体小说,通过讲述日本战败前夕妻子在贫病交加中凄惨地死去的悲剧故事,揭露了日本军国主义给人民造成的深重灾难,控诉了军国主义者的滔天罪行,被公认为是战后日本民主主义文学的代表作。长达七十万字的长篇小说《静静的群山》可谓鸿篇巨制,它反映的是日本战后惊心动魄的历史转折时期,产业工人和农民进行的民族主义革命斗争的故事。这部小说虽因作者逝世而未完成,但仅就前两部所触及社会问题的广度与深度来看,堪称讴歌战后日本民主力量成长壮大的史诗。德永直的其他主要作品还有《蛤蟆》《熬煎》《锛儿头》等。

野间宏(1915—1991)是战后派文学的杰出代表之一,作为一个有才能的作家,他在战后发表了许多反战作品,特别是其处女作短篇小说《阴暗的图画》,被视为战后派文学的奠基性作品。短篇小说《脸上的红月亮》,描写一个战争的幸存者,在同一个被战争夺去丈夫的女子接触过程中所产生的种种内心活动,从一个侧面反映了战争的残酷和给人们心理上造成的巨大痛苦。长篇小说《真空地带》被认为是野间宏的代表作,也堪称日本战后派的杰作之一。"真空地带"是指日本法西斯统治的兵营,它描写一个普通日本士兵,因对兵营生活表示不满,就被诬陷判刑,最后又成为军官的替罪羊,被送往前线当炮灰。这个故事真实地揭示出日本兵营令人窒息的生活,它磨灭青年人敢于坚持正义的本性,把他们变成疯狂野蛮的法西斯士兵。通过这个故事,作品也深刻地揭露出日本军队的残暴罪行和军官之间勾心斗角的丑恶嘴脸,描绘出侵略军的腐化和卑鄙,赞扬了具有反抗精神的士兵。小说以细致深刻的心理剖析手法,刻画了人物的内心活动,同时运用现实主义手法真实地再现了兵营的生活面貌。

松本清张(1909—1992)是战后日本著名的推理小说作家,与江户川乱步、横沟正史并称为"日本推理文坛三大高峰"。在日本文坛,推理小说的创作分为本格派和变格派,本格派着重于逻辑推理,变格派着重于荒诞离奇的幻想。而松本清张则突破了本格派和变格派的固定模式,立足于现实,着重于揭露社会的黑暗,具有现实主义倾向,被称为社会派推理小说。其作品的特点就是用推理的方法,探索追究犯罪的社会根源,揭露社会的矛盾和恶习,反映人们潜在矛盾和苦恼。松本清张的推理小说的主要内容,是揭露战后美日统治当局的黑暗内幕。1960和1961年间问世的《日本的黑雾》,总计十二篇作品,都以美军占领时制造的政治冤狱为内容,揭露了美日当局的种种阴谋。其著名的作品还有《点与线》《隔墙有眼》《零的焦点》《女人的代价》《恶棍》《砂器》《谋杀情人的画家》等。松本清张的推理小说,在一定程度上反映了战后日本人民的民族情绪,故一度极为流行。

井上靖(1907—1991)是日本现代著名作家、诗人和社会活动家。作为对中国文化有着深厚感情的友好使者,他曾任日中文化交流协会顾问,一生多次访问中国,并深入到新疆、甘肃等地实地考察,著有以西域为题材的作品《楼兰》《敦煌》《丝绸之路诗集》以及中国历史题材的系列小说《天平之甍》《苍狼》和《杨贵妃传》等。井上靖在战争结束后创作的小说如《斗牛》《比良山上的石楠花》和《一个冒名画家的生涯》等,从不同的侧面揭示了日本战后社会生活的混乱和种种不合理的丑恶现象;而他在 20 世纪六七十年代创作的小说如《夜声》和《方舟》等,则着重反映了日本经济高速发展所带来的种种社会问题。以中国历史为题材的著名小说《天平之甍》通过唐代高僧鉴真东渡日本的故事,歌颂了中日人民的传统友谊和密切的文化渊源。井上靖的创作以对社会观察的冷峻和犀利著称,其作品往往在含蓄中蕴藏着批判的锋芒,但有时也通过哀伤的笔调流露出孤独而悒郁的情绪。

三岛由纪夫(1925—1970)是日本著名的小说家和剧作家,也是著名的电影制作人和电影演员。在日本战后文学的作家中,他被誉称为"日本的海明威",在西方文学界享有很高的声誉,曾三度获诺贝尔文学奖的提名。三岛由纪夫出生于东京的一个没落的贵族家庭,上中学之前一直是与性格固执僵化的祖母同住,受到的是过分保守的管教,形成了他纤弱的体质和敏感内向的性格。但祖母的熏陶也使得他从小就有许多机会接触歌舞伎等戏剧活动,后来又在喜好西方文学的母亲的鼓励下,使他最终走上了小说和戏剧的创作与表演的道路。1938 年,三岛发表了他个人的第一部短篇小说《酸模》,两年后,又发表了包括《山栀》在内的俳句与诗歌作品,并结集出版《十五岁诗集》,显示了他在诗歌方面非凡的创作才能。《盗贼》是三岛由纪夫公开发表的第一个长篇小说,其著名的作品还有长篇小说《假面的告白》《爱的渴望》《青色时代》《禁色》《夏子的冒险》《金阁寺》,剧本《鹿鸣馆》《路程》《萨德伯爵夫人》《纯白的夜》等。三岛由纪夫的创作风格,前期受西方文学影响,唯美主义色彩较浓,后期则表现出一种可怕的艺术倾斜和颠倒。内容上前期大多描写青年男女的性苦闷和浪漫的爱情故事,着力刻画变态心理;后期则以表现死亡和极端虚无主义为主要内容。1970 年,三岛由纪夫因为极端激进的政治目的而切腹自杀。

大江健三郎(1935—)是一位在创作上深受西方存在主义哲学影响,同时又很好地继承了日本文化传统的作家。1994 年瑞典皇家学院授奖词认为他"深受以但丁、巴尔扎克、艾略特和萨特为代表的西方文化的影响","开拓了战后日本小说的新领域,并以撞击的手法,勾勒出当代人生百味",从而授予他当年的诺贝尔文学奖。大江生于日本四国偏僻的山村,在七兄弟中排行第三。1941 年开始就读于大濑国民学校,1954 年考入东京大学文科,主修法国文学,热衷于阅读加缪、萨特、福克纳等人的作品。1957 年 5 月在《东京大学新闻》上发表《奇妙的工作》,被认为是一篇"具有现代意识的艺术作品",并获该报"五月祭奖",正式登上日本文坛。接着,大江健三郎还相继发表《死者的奢华》等短篇小说,被著名作家川端康成称赞显现出作者"异常的才能"。1958 年大江又因小说《饲育》获得第 39 届芥川奖,被视为日本新时期文学的象征和代表。1959 年,大江健三郎从东京大学法文专业毕业,其毕业论文就是《论萨特小说里的形象》。接着,大江发表了长篇小说《我们的时代》和随笔《我们的性的世界》等作品,开始运用存在主义的观点,从性意识的角度来观察人生。

1963 年对于大江健三郎的创作生涯来说是个非常重要的节点。这一年,他的长子出生,但婴儿的头盖骨先天异常,留下了永远都无法治愈的后遗症。后来大江去广岛搞社会调查,对原子弹造成的迫害深有感触。1964 年发表的长篇的小说《个人的体验》就是以他有残疾儿子的亲身生活经验为基础写成的。小说表现了现代人的孤独,以主人公下决心承担起抚育畸形儿的重任为最终结局。

大江健三郎还是一位对中国人民有着友好感情的作家,1960年5月底,他曾随日本文学家代表团首访问中国,之后又多次到访中国。大江健三郎创作的主要作品还包括:1957年发表的小说《奇妙的工作》和《死者的傲气》,1958年的小说《饲育》《感化院的少年》,1959年的《我们的时代》《我们的性世界》,1960年创作的电视歌剧《昏暗的镜子》、在《新潮》杂志连载的长篇小说《迟到的青年》,1963年5月发表的中篇小说《性的人》,1964年8月出版的长篇小说《个人的体验》,同年在《世界》杂志连载的长篇随笔《广岛札记》,1967年出版的长篇小说《万延元年的足球队》,以及1970年7月出版的演讲集《核时代的想象力》。1994年获得诺贝尔文学奖之后,大江健三郎仍勤于写作,近期最主要的作品包括《奇怪的二人配》三部曲《被偷换的孩子》《愁容童子》《别了,我的书!》,以及2009年出版的小说《水死》。

《性的人》作为大江健三郎一部重要的作品,是一部同性恋题材的中篇小说。小说的主人公是一个叫 J 的年轻人,他过着物质充足但精神空虚的生活,在常人眼里他对于性的体验已经很丰富了,但他总是感觉在情欲本能和精神高潮之间欠缺点什么,他的性的困难世界给他的正常思维带来了很大的困惑,他觉得在现实生活中,真正的精神交流是如此的不堪一击。在这部作品中,作者试图通过作为"性的人"的主人公 J 的同性恋、性滥交等反社会的行为,来体验人的存在的真实,人性存在的真实,并进一步思考现代社会中日本青年追求生理上的快感却是陷入精神上的痛苦的消极颓废的原因。同时,作者也把"性"作为政治的隐喻,展现当代资本主义社会的人性世界,探索打破这个窒息的社会现状的可能性,给读者提供一个新的窥探日本社会的视角。

《万延元年的足球队》是大江健三郎最重要的作品,小说描写兄弟俩(蜜三郎和弟弟鹰四)探究百年前曾祖父与曾祖父的弟弟两人间一场戏剧性冲突的谜底的故事。居住在东京的蜜三郎是位二十多岁的年轻人,职业是一名翻译。结婚后,其妻生了个白痴儿子,因怕再生下不健康的孩子,不肯再与蜜三郎一起同房。蜜三郎的弟弟鹰四此时居住在美国,是在反对日美安全条约的斗争中受挫后,跑到美国去的。但鹰四为在美国的沉沦感到不安,为了寻根又突然回到日本,同蜜三郎回到山区老家,寻找万延元年(百年以前)农民暴动的首领——爷爷的弟弟——也就是他们的二祖父的下落。当年暴动时,爷爷是村长,二祖父同他对抗,被杀害了。鹰四为了掌握村里的青年人,组织了一个足球队。而蜜三郎看出鹰四有难言之苦,并且身上有暴力犯罪的因素。在计划组织抢掠失败后,鹰四坦白了自己曾使白痴妹妹怀孕并使其被逼自杀的经历,然后用猎枪自杀了。蜜三郎同妻子商定把白痴儿子接回来,并收养鹰四的孩子。

小说中,蜜三郎选择的是曾祖父那种平静的人生观,而鹰四则始终希望以自己一手策划的暴动来再现曾祖父的弟弟的精神情怀,两兄弟回四国山村故园寻根,却发现这个山村仍陷于"万延元年"(百年以前)动荡的岁月中,在暴动、自杀、通奸、畸形儿诞生等互相交织的社会场面中,渴求变革的精神和战后日本大多数人的思想状态,一览无余。虽然希望以自己一手策划的暴动来"再现"曾祖父的弟弟的精神情怀,但可笑的是鹰四不是把这种"再现"作为在现代社会中的一种仪式,而是把这种"再现"最终理解为是一种自我追问的完满解答。在小说的结尾,蜜三郎在鹰四死后才发现,曾祖父的弟弟在万延元年的暴动后选择的是克制的人生态度,因此鹰四的自我追问远没有得到完满的解答;也就是说,如果鹰四是希望复制曾祖父的精神寄托以求自我完满的话,那这最后揭晓的答案无疑给了他的追问以最沉重的打击,而并不赞成他的蜜三郎更是追悔莫及。

作为一部充分体现大江健三郎创作风格的小说,《万延元年的足球队》以尖锐而又特殊的戏剧冲突,偏激而又深刻的多重含义,充满着悬念的追问式的主线索和彰显个性而又意味无穷的隐喻手法,成为了大江健三郎的代表作。瑞典皇家学院授予他诺贝尔文学奖的授奖词中说大江健三郎的作品"通过诗意的想象力,创造出一个把现实和神话紧密凝缩在一起的想象世界,描绘出了现代的芸芸众生相,给人们带来了冲击"。在这部小说中,作者就是在把现实引入小说的同时,也致力于非现实性的想象和虚构,但两者之间既截然分明,又随意重叠,而将这两者巧妙结合起来的,就是他从日本文学传统中继承的"玄虚"手法,和具有浓郁个人特色的象征性的表现手法。大江健三郎十分注重从本民族的土壤中充分汲取营养,他很好地继承并大量使用了自《竹取物语》(859—877)延续下来的象征性技法和日本文学传统中的想象力。同时,作为战后成长起来的作家,他更异常地热衷于借鉴外来文化,并在充分消化的基础上予以吸收。他深受萨特、加缪的存在主义思想的影响,喜欢运用荒诞离奇的想象把怪异的情节与现实生活交织在一起,表现人在不可思议的力量面前无能为力的情绪,突出对现实世界以及自我世界的困惑和信任的危机——人生的悖谬、无可逃脱的责任、人的尊严等等这些存在主义的哲学要素始终贯穿于其作品,形成了他文学创作的最突出特征。大江健三郎也一直被认为是一个具有边缘意识的作家,他的"寻觅意识"和"自我忘却"的理念以及他的"孤独感",在《万延元年的足球队》中都有充分的体现,它揭示了生活在当今社会里的人们的内心本质,读者可以从中发现自我的影子乃至自己人生的命运轨迹。

2. 印度文学

近代的印度文学是从19世纪中叶到20世纪初的文学,它是在印度民族解放斗争的基础上产生和发展的,也是印度新文学的起点。

早在16世纪,西班牙殖民者就开始进入印度,到了19世纪的时候英国取得了对印度的绝对殖民统治权,近代印度社会的主要矛盾,便是印度人民同殖民主义和封建主义的矛盾。而19世纪中叶开始的民族解放运动,则成为了印度近代文学产生的基础。因此,此时期文学的内容,主要是描写有关民族命运的重大社会主题和对封建意识和习俗的揭露与批判,现实主义成为该时期文学的主流。同时,古老的东方文化传统与现代西方文化的影响,使得近代印度文学既有着浓厚的宗教色彩亦体现出了相当丰富的现代意识。

近代印度文学继承了早已形成的多民族多语言的传统,其中印地语文学、孟加拉语文学和乌尔都语文学具有代表性。

印地语文学于19世纪中叶进入近现代时期,开始了革新过程,创作题材和形式都趋于多样化。其代表作家赫里谢金德尔(1850—1885)是一位极有影响的剧作家和诗人,也是早期文学革新的倡导者。他的独幕剧剧作《按吠陀杀生不算杀生》,嘲讽了贵族、婆罗门和祭司。他的《印度的惨剧》,充满爱国主义和人道主义的精神,被誉为印地语文学中第一部爱国主义的作品。赫里谢金德一生著述丰富,曾创作了九个剧本,改编、翻译了十个剧本,并发表了不少散文和诗歌,被认为是印地语戏剧和散文的启蒙者。古伯德(1886—1964)是一位印地语的著名诗人。他一生创作了四十部诗集和长诗,大多取材于印度古代的神话传说和历史故事。《印度之声》是其代表作,该诗以深厚的爱国主义感情,赞美印度古代的辉煌,激励人们去为争取民族的独立和解放而斗争。古伯德的诗歌既具有丰富的思想内容,又表现出了鲜明的民族特色。

孟加拉语文学是印度多民族文学的主要组成部分。伊希沃尔·金德尔·古普特(1812—1859)是早期启蒙文学的主要代表作家,他的诗作以讽刺英国殖民主义者,针砭时弊见长;其代表作是诗集《知识海》,赞颂印度的古代文明,具有幽默、诙谐的艺术风格。班吉姆·金德尔·查特吉(1838—1894)是印度近代文学的奠基者之一,他的长篇小说可分为两大类:一是历史题材的,二是现实题材的。其历史题材小说往往以历史事实为依据,借古喻今,充满爱国主义精神,更有教育意义,如在长篇小说《将军的女儿》《格巴尔贡德拉》《茉莉纳丽尼》和《阿难陀寺院》等作品中,描写了印度人民反抗外族侵略的斗争,表达了印度人民要求民族独立的愿望。《阿难陀寺院》反映的是 1772 年印度北方一个寺院的僧人为反抗英国殖民主义者举行起义的事迹。作者以浑厚的笔触成功地塑造了不畏强暴、敢于斗争的爱国者的形象,使得该作成为印度近代文学的代表作之一。班吉姆以现实生活为题材的小说包括《毒树》《莫迪拉》和《拉吉尼》等。其中最有名的是《毒树》,在这部作品中,作者首次涉及寡妇改嫁的社会问题,把寡妇再嫁比作有毒之树,既暴露了他的保守观念,也表现了对妇女命运的关注。小说构思新颖,具有较强的艺术感染力。维德亚萨格尔(1820—1891)是以散文著称的著名作家,其主要作品有《瓦苏代沃传记》《威达尔二十五》等。他的散文生动自然、平易通畅,颇具文采,为孟加拉语的散文文学开辟了新路径。萨拉特·昌德拉·查特吉(1876—1938)是仅次于泰戈尔的另一位著名作家,出生于贫寒家庭,长期过着流浪生活。他于 1907 年开始发表作品《大姐》,获得成功。他一生共创作了三十多篇中长篇小说和许多短篇小说,其著名作品有:《斯里甘特》《乡村社会》《嫁不出去的女儿》《道德败坏的人》和《婆罗门之女》等。他的作品题材广泛,涉及社会的各个侧面基本主题则是表达印度人民反帝、反殖和争取民族独立的愿望。德尔格尔登(1822—1886)是孟加拉戏剧的开创者。他的第一个剧本《贵族的荣誉高于一切》(1854),以谐剧的方式讽刺了封建贵族制度和封建社会的丑恶现象,具有深刻的现实意义。德尔格尔登是首先用本民族的语言进行创作的,对孟加拉戏剧的发展起了推动作用。

印度近代文学的光辉代表泰戈尔(1861—1941)也是用孟加拉语写作的,他的诗歌、小说等方面的突出成就给印度文学带来了世界性的荣誉。

乌尔都语文学在印度近代文学中也颇有影响,19 世纪下半叶进入启蒙时期,在经历了复古和西化的探讨之后,走上近代文学发展的道路,出现了一批重要的作家,著名的作家和诗人有迦利布(1797—1869)是著名的诗人和散文家。其诗歌创作题材广泛,诗体和格律多样,以抒情诗成就最高,主要作品有用波斯语写的《诗全集》和用乌尔都语写的《迦利布诗选》等。迦利布的诗歌有不少讽刺宗教偏见、宣扬自由平等、同情劳动人民不幸遭遇的作品,迦利布的诗歌创作对乌尔都语诗歌的发展产生了深刻的影响。此外,迦利布还用乌尔都语和波斯语写了一些散文作品,也具有重要文学价值。赛义德·艾赫默德·汗(1817—1898)是近代散文的奠基者;哈利(1837—1914)是近代诗歌的开拓者;小说家艾赫默德·纳兹尔(1836—1912)是一位著名的学者和小说家。他一生著述甚多,但社会小说影响最大。其中《新娘的明镜》是乌尔都语文学史上第一部小说。它通过姐妹俩出嫁后的不同表现,反映了市民的日常生活和心理趋向,具有一定的现实意义。

此外,在印度近代文学中,其他语种的文学也都出现了一些著名的作家和作品。

印度现代文学开始于20世纪20年代,是在近代文学的基础上,伴随着印度人民为争取民族独立而斗争的历史,不断发展,走向繁荣的。该时期文学大致可以划分为三个阶段:20年代是继承近代文学的传统,继续向前发展的阶段,泰戈尔,普列姆昌德,伊克巴尔的创作是此阶段的代表。30至40年代是印度现代文学的繁荣阶段,1936年成立的印度进步作家协会,有力地推动了印度文学的发展。在这个阶段的创作中,反殖民主义和反封建主义的主题密切结合,不断深化,作品的内容也更多地取材于社会下层生活,描绘工人、农民的悲惨命运,表现了印度的民族苦难和斗争,在艺术技巧上也具有较高的水平。第三个阶段是在印度独立之后,现代文学进入了一个全新的阶段。印度人民既要为巩固自己的民族独立成果而斗争,还要反对大地主、大资产阶级的剥削和压迫,因此这个阶段的文学大多表现独立后新的社会矛盾等更为复杂的内容。

伊克巴尔(1877—1938)是20世纪初期印度民族解放运动不断高涨的情况下,乌尔都语文学中反映民主思想和民族意识觉醒的著名作家,他充满激情的爱国诗篇对当时和以后的乌尔都语文学都产生了巨大的影响。在印巴分治之后,伊克巴尔被尊为巴基斯坦的伟大爱国者和穆斯林的民族诗人,他的一生紧紧同民族命运相联系,写出了大量具有深厚的爱国主义精神、反对殖民主义统治和争取民族独立的诗作。对于中国人民的革命,伊克巴尔也表示了支持和理解,他曾有诗句写道:"沉睡的中国人民正在觉醒,喜马拉雅山的喷泉开始沸腾!"同时,由于深受波斯诗人鲁米的影响,他的许多诗作也表现了对宗教使命和人生的探索。他总共写有十部诗集,包括《驼队的声音》《杰伯列尔的羽翼》《格里姆的一击》《汉志的赠礼》等。

马尼克·班纳吉(1908—1956)是一位左翼作家,他的作品大多以被侮辱被损害的工农群众和贫苦的失业者为主人公,揭露社会现实的黑暗。1936年出版的《帕德玛河上的船夫》是他的代表作,这部小说的主人公库威尔,是帕德玛河上的贫苦船夫,全家靠他捕鱼为生。村中一个青年苏雷,为一个叫何赛的地主在小岛上种植鸦片,受尽欺凌和苦难,娶了库威尔的跛脚女儿戈比为妻。库威尔此时也在荷散的诱惑和欺骗下为他驾船送鸦片。何塞为控制库威尔,迫使他把女儿嫁给另一个青年。气愤之下,苏雷栽赃陷害库威尔偷窃,警察准备逮捕他。库威尔只好按何塞的办法,逃往何塞种植鸦片的摩伊纳岛。别人认为去岛上等于送死,不如去坐牢。库威尔却说:"坐一次牢,将来还要坐牢,永远也不会脱身。"最终在坐牢和去摩伊纳岛的选择之间,他还是选择了去何塞种植鸦片的岛上,尽管他知道到了岛上也难有生还之日。这部小说通过库威尔的命运,揭露了贫苦人民走投无路的黑暗现实。班纳吉于20世纪50年代发表的长篇小说《比黄金还贵》,以第二次世界大战为背景,描绘了印度士兵的悲惨生活和觉醒过程,最后印度士兵终于调转枪口,对准压迫他们的英国殖民主义军官,喊出了"英国人,滚出印度去!"的口号,作品还反映出印度社会中民不聊生的悲惨现实。班纳吉总共写有四十多部长篇和中、短篇作品。

穆·拉·安纳德(1905—2004)于20世纪30年代登上印度文坛,是一名印度英语文学系统极为重要的作家。他在30年代所发表的小说,对印度现代文学的发展,具有开创性的意义。安纳德生于印度北部的白沙瓦城,母亲是农民的女儿,父亲原本是一名铜匠,后来成为军人,到处流动。安纳德从小跟着父母有机会同工人、游民、农民等下层人们接近,熟悉这些人的悲惨生活处境,对他们表示同情和热爱。安纳德思想和创作与他的人生经历有着密切的联系,少年时期的生活表现在他的创作中,就是其作品大都取材下层人民的生活。在英国学习和生活期间,安纳德曾研究过马克思文艺理论,启发他最终走向了现实主义的创作。而对无产阶级作家高尔基的崇拜,使他始终怀着对自己民族和劳动人民的深厚情感,努力表现他们的痛苦挣扎和顽强抗争。

安纳德创作的著名作品包括印度独立之前写的《不可接触的贱民》《苦力》《两叶一芽》,以及合称为《拉卢三部曲》的《村庄》《越过黑水》和《剑与镰》,还有1945年创作的长篇小说《伟大的心》。20世纪50年代印度独立以后,安纳德的创作题材更为广泛,艺术手法更加丰富,他又写了长篇小说《七个夏天》《一个印度王子的私生活》《道路》等。此外,他还写有许多优秀的短篇小说。《不可接触的贱民》《苦力》和《两叶一芽》,从各个不同侧面,展现了20世纪30年代印度社会生活的画面,表达出强烈地反对殖民主义,揭露古老封建习俗的荒谬,反映下层人民的生活和斗争的鲜明主题。"贱民"是指印度社会中上等人不愿意接近,换句话说就是"不可接触"的人,包括洗衣工人、制革工人和打扫工等,他们是印度社会中地位最卑下的劳动者。《不可接触的贱民》中,描写了打扫工的一天的屈辱生活。作品采用白描的手法,写这个十八岁的打扫工在一天中的四次不幸遭遇,暴露了印度古老的种姓制度的荒谬和残酷,从侧面表现印度人民同殖民者之间的矛盾和对甘地领导的非暴力不合作运动的失望。这部小说最大的意义在于把贱民和贱民生活写入印度现代作品中,为印度文学创作开辟了一个新的领域。《苦力》描写一个孤儿从十四岁开始当佣工直至病死的故事。这部作品通过主人公短促而悲惨的一生,再现了在殖民主义者统治下印度工人的悲惨生活,描写了工人的罢工,明确地表现了反殖民主义的民族革命主题。《两叶一芽》叙述在英国殖民者的茶叶种植园里,印度茶工甘鼓落得家破人亡的故事。这个悲惨的故事,深刻而有力地揭露了殖民主义统治者的强盗面目和罪恶行径,反映了殖民地人民的反抗精神。长篇小说《拉卢三部曲》以第一次世界大战为背景,通过旁遮普青年农民拉卢的生活经历,反映印度民族的觉醒。《道路》叙述村民为如何对待筑路的贱民发生意见分歧,最后以贱民主人公被逼迫离开村庄前往德里谋生结束,小说反映的是印度独立后贱民问题仍未获解决。

克里山·钱达尔(1914—1977)是用乌尔都语写作的著名作家。

他出生于一个中产阶级家庭,在克什米尔度过了童年和青年时代。钱达尔的创作题材是多方面的,早期大都具有浓厚的浪漫情调,描绘自然的美景,歌唱甜蜜的爱情,后期则走向了现实主义,他深刻地看到印度人民的苦难和不幸,注重对下层百姓悲惨生活的描绘。以1943年孟加拉大灾荒为题材的小说《我不能死》,是一部著名的讽刺小说,作品告诉人们,这场灾荒的起因其实原本是人祸。在二次大战期间,由于粮价迅猛上涨,地主和高利贷者就逼迫农民把所有的粮食都用来缴纳地租和高利贷,以囤积居奇,牟取暴利,这才造成了著名的1943年的大饥荒。这部小说从一个侧面描绘了这场令人恐怖的灾荒——到处是求乞的人群,遍地是饿死的人尸。小说揭露了帝国主义和"高等印度人"的丑恶嘴脸,反映了印度民族的悲愤和仇恨。小说集《我们是野蛮人》是一部以1947年印巴分治期间发生的印度教徒与回教徒之间的大屠杀为内容写成的作品,其中的代表作是短篇小说《北夏华快车》。这篇小说以一列火车独白的形式,反映了这场大屠杀。这列火车,从印度西北边境开到平原地区,它记述了沿途发生的相互屠杀的惨状。这列火车载着被迫离开家园的印度教徒和锡克教徒,他们途经回教区时,不断遭到屠杀。短篇小说《马哈勒米桥》反映的是印度独立之后的社会现实,是一篇描写社会下层人民生活苦难的优秀作品。小说写桥的右边有一座赛马场,是富人们享乐的地方;而桥的左边则是贫民区,每一个家庭都有自己的辛酸史。这个故事说明印度独立之后,普通下层人民并没有享受到独立的好处。小说的结尾,作者号召人们走向桥的左边,到人民中去,为他们摆脱苦难而努力。《花是红的》写的是孟买纱厂工人罢工斗争的故事。工人们为反抗压迫和剥削,开展了罢工斗争,一个死难工人的儿子,十二岁的瞎子也参加这场罢工游行,他外表很丑,又黑又瘦,但他心地善良,爱憎分明,他手拿红旗,走在队伍的最前面,反动军警血腥镇压了工人,瞎眼小孩也被杀死了,但红旗并没有倒。小说写道:"尽管反动派把瞎眼孩子枪杀了。但是,他的鲜血却一定会开出红的花,自由的花,幸福的花。"钱达尔的重要作品还有《红心皇后》《给一个死者的信》《当田野醒来的时候》等小说。

普列姆昌德(1880—1936)是印度一位伟大的爱国者,也是印度现代文学史上的杰出作家,印度现代文学的奠基者之一。他的文学活动,为印度和世界文化留下了一笔宝贵的遗产。

3. 亚洲其他地区的文学

朝鲜于1870年和日本签订辱国的"江华条约",由一个封建国家逐渐沦为殖民地国家。1910年日本宣布"日韩合并条约",正式吞并了朝鲜。1945年日本投降后,朝鲜分裂为南北两个国家。19世纪末和20世纪初的朝鲜文学,被称为"启蒙文学时代",文学作品主要反映人民渴求民族独立和国家复兴的强烈愿望,以及一些描写反对异族侵略的英雄故事,而与反对日本帝国主义斗争的现实生活相联系。在文学形式上则出现了用口语体写成的新小说和自由体的新诗。新小说的代表作家作品有李仁洹的《雉岳山》《鬼之声》,李海潮的《自由钟》《牡丹屏》,具然学的《雪中梅》,金教济的《显微镜》等。这些作品的主题多是批判封建社会的黑暗以及封建礼教对人的毒害,具有启蒙意义。新诗歌也以民主、爱国思想为主要内容,著名的有《劝学歌》(无名氏作)等。

北部朝鲜的现代文学,主体是在民族解放斗争中成长和壮大的无产阶级文学,以一九四五年为界,可以划分为两个时期,即民族革命时期和社会主义革命和建设时期。朝鲜民族革命文学的起点,是以崔曙海(1901—1932)为代表的新倾向派作家。其代表作《出走记》塑造了20年代朝鲜首批走上革命道路的革命者形象,该作也是朝鲜现代文学从现实主义发展为社会主义的关键性作品。

李箕永(1895年—1984)字民村,生于忠清南道牙山郡(现在韩国境内),是朝鲜无产阶级文学的创始人之一,他的创作在朝鲜现代文学史上占有突出的地位。他在1924年发表处女作短篇小说《哥哥的秘密信》,通过描写兄妹俩在日常生活中带有喜剧性的矛盾冲突,批判了当时男尊女卑的陋习,具有强烈的反封建思想。接着他相继发表的《贫穷的人们》《民村》等短篇小说,以揭露社会现实黑暗,体现出新倾向派文学的特点。朝鲜独立后,还写有第一部全面反映土地改革的长篇小说《土地》、以朝鲜解放战争为题材的中篇小说《江岸村》,以及历史小说《图们江》等。创作于1933年的长篇小说《故乡》是李箕永的代表作,这部小说以元德村农民反抗地主压迫剥削的故事为基本情节,广泛地描绘了30年代朝鲜农村的生活图景,反映了朝鲜人民反日武装斗争新时期的社会面貌,具有深刻的历史意义。作品中的主人公金喜俊是朝鲜现代文学史上第一个出生于农村的革命知识分子典型。作为一个有抱负、有理想的农村知识青年,他不仅有革命的热情,而且有非凡的组织才能。在艺术上,这部小说运用通俗的大众化语言、细腻而朴实的描绘,展示了一幅鲜明的农村风俗画,充满浓郁的乡土气息。同时,作者善于把人物放在故事的发展和人物之间的关系中加以描写,让他们极自然地走到作品中来,使得人物形象鲜明生动。

赵基天(1913—1951)是朝鲜现代最优秀的战斗诗人,他不仅以诗歌唤醒和鼓舞人们进行战斗和建设,而且把自己的生命献给了祖国的解放事业。其诗作在朝鲜现代文学史上,占有重要的历史地位。赵基天出生于朝鲜咸镜北道会宁郡一个贫苦的家庭,自幼随全家流亡到苏联西伯利亚一带谋生。1945年,金日成领导的抗日游击队解放了朝鲜北部,赵基天回到祖国,从事文艺工作。在1945到1950年间,赵基天以巨大的热情,创作了大量的诗歌,歌颂领袖金日成,歌颂新的生活,歌颂朝鲜工人阶级的社会主义建设热情。《图们江》(1946)是他回国后创作的第一首抒情诗,以奔腾不息的图们江为象征,歌颂为祖国的自由和解放而不屈不挠奋斗的革命志士,展现解放后朝鲜人民的幸福生活和美好远景。抒情诗《迎接五一》《在河堤上》《秋千》《东海》等,以明朗、欢快的笔调,描绘了获得自由解放的朝鲜人民的美好生活。长篇叙事诗《生之歌》(1950)则通过工厂开展社会主义劳动竞赛的故事,反映朝鲜工人阶级在和平建设中巨大的社会主义劳动热情。朝鲜战争爆发后,赵基天响应祖国的号召,投身于伟大的反美侵略战争,写出了许多战斗的诗篇,包括《朝鲜在战斗》《朝鲜的母亲》《让敌人死亡》《迎接第一个黎明》《我的高地》等。1951年7月31日夜,年仅三十八岁的赵基天在美帝国主义轰炸平壤时,怀抱未完成的诗稿,不幸牺牲。长篇叙事诗《白头山》是赵基天的代表作,也是朝鲜社会主义文学的优秀之作。诗篇以朝鲜抗日游击队袭击普天堡的战斗的史实为题材,描写了金日成领导游击队进行英勇斗争的故事,反映了朝鲜人民反日武装斗争的历史。《白头山》具有高度的艺术技巧。首先,长诗充满浓厚的革命浪漫主义色彩,诗人采用奇丽的幻想和拟人化手法,让那披着"世纪的白发"的白头山,成为祖国、民族、历史的象征。其次,结构严整,情节紧凑,艺术地再现朝鲜人民的斗争历史,具有民族革命史诗的性质。再次,长诗的叙述和抒情因素的有机融合,在叙事中带有浓厚的感情色彩,深深打动读者的心灵。

东南亚地区在进入近代历史时期,都先后沦为西方的殖民地或半殖民地国家。其文学在思想内容与艺术形式上都有自己的特色:首先是具有启蒙文学性质的资产阶级民族、民主文学,揭露殖民主义、封建主义的真实面目,号召人们为争取民族独立和民主权利而斗争。其次是以表现人民群众反对殖民主义和封建主义的斗争,反映人民的苦难、不幸为主要内容。第三是受到中国章回体小说和西方不同形式文学的影响,在艺术形式上有了较大的变化与发展。

19世纪菲律宾最杰出的反对殖民主义的爱国诗人和作家何塞·黎萨尔(1861—1896)也是著名的民族运动活动家。他生于富裕的地主家庭,大学期间就积极参加社会政治文化活动,开始从事文学创作。这一时期他最优秀的作品是热情宣传爱国思想的诗篇《献给菲律宾青年》(1879)。1887年发表长篇小说《不许犯我》是他的代表作,小说通过主人公伊瓦腊为了探索一条祖国的自由之路,满含热情地自海外归来,为了躲避抓捕而出逃,十三年后再次回国,最后因绝望而服毒自杀的故事。小说以小镇圣地亚哥为缩影,描写了19世纪末西班牙殖民统治下的菲律宾社会生活的广阔画面,探索了民族运动的方向,对菲律宾的解放运动有启蒙和推动作用。黎萨尔的创作还有诗歌《劳动的赞歌》《旅行者之歌》、剧本《和巴锡在一起》《众神的忠告》、自传《一个马尼拉大学生的回忆》及民间故事《猴子与海尔日》等。

马来西亚19世纪初最有名的诗人是阿卜杜拉(1796—1854),其创作体现出新文学的因素。他于1830年完成的长诗《新加坡大火记》可视为马来西亚近代新文学的先声,他的代表作《阿卜杜拉传》是19世纪马来社会的大型风俗画;他整理的《马来西亚史话》对马来语言文学发展有一定贡献。阿卜杜拉的创作近于写实,不拘泥俗套,被人称为"马来新文学的先驱"。

缅甸近代文学以1904年詹姆斯拉觉(1866—1919)的白话文小说《貌迎貌玛梅玛》为开端。这部小说打破了传统的佛教故事、轮回思想,是根据法国作家大仲马《基度山伯爵》片断改写而成的,为缅甸文学带来了新的主题与风格。接着兴起的就是反帝文学,这派作家中,列蒂班蒂达·吴貌基(1879—1939)以写历史小说借古喻今著称,比奠宁(1883—1940)则通过改写英国小说来揭露和批判缅甸的社会现实。

泰国近代文学的产生、发展是先从王宫开始的。国王拉玛五世自幼学习英语,受西方教育,创作了《十二个月的皇家典礼》《远别》等作品,拉玛六世则翻译了莎士比亚名著《威尼斯商人》《罗密欧与朱丽叶》,并改写了《奥赛罗》。还又从古希腊戏剧取材写作了《海洋的婚礼》等,因而被公认为是泰国现代话剧的创始者。纳拉蒂·巴攀莲亲王著有剧本《帕罗》和据西方名著《包法利夫人》改编的《妙令克乐发》,被人们称作是现代歌剧的创始人。

越南近代文学的主流是抗法爱国文学。近代最有影响的作家是越南南方诗人阮庭炤(1822—1888),其代表作《勤约义士祭文》既是一首哀悼疆场殉身的英雄赞歌,又是一篇声讨卖国贼的檄文。

现代东南亚文学经历了两次高潮期:第一次是二三十年代,伴随着各国资产阶级和无产阶级力量的壮大和民族解放运动的加强,产生了一些有影响的文学流派和文学运动。第二次是在50年代初期这些国家纷纷独立后,文坛一片繁荣,涌现了大批描写社会进步、鼓励团结战斗、歌颂反帝反殖英雄的作品。

印度尼西亚现代文学从一开始就分成无产阶级反帝文学和资产阶级民族主义文学两大流派。无产阶级反帝文学的代表作家是马斯·马尔戈(1878—1931),他创作的第一部小说是《宫廷秘史》(1914),主要作品还有小说《疯狂》(1915)、《大学生希佐》(1919)等。而其最后一部作品《自由的激情》(1924)成为他的代表作。马尔戈由于作品中具有强烈的反对荷兰殖民统治的倾向,生前曾遭到多次监禁。在资产阶级民族主义文学流派中,耶明(1903—1962)和萨努西·巴奈(1905—1968)是诗坛的代表人物。他们最先采用十四行诗体写诗,成为现代诗歌的开拓者。而在小说创作方面，麦拉里·西雷格尔的《多灾多难》(1920)和马拉·鲁斯里的《西蒂·努尔巴雅》(1922)以其反封建习俗、要求婚姻自由的主题，曾经风靡一时。

30年代的"新作家派"的代表诗人有阿米尔·哈姆扎(1911—1946)等，他们的诗歌都充满浪漫主义色彩。

印度尼西亚独立后最杰出和最有代表性的作家是普拉姆迪亚·阿南达·杜尔(1925—2006)，他生于印度尼西亚中爪哇的小市镇布洛拉，父亲是一位具有激进民族主义思想的教师，母亲则是个虔诚的伊斯兰教徒，在贫困的家境中哺养九个孩子。自幼所受到的民族意识的熏陶以及艰苦生活的磨炼，对日后普拉姆迪亚的创作有很大影响。在几十年的创作生涯中，他创作了大量的文学作品，从不同角度反映了印度尼西亚宣布独立以来的重大事变，渗透着强烈的民族情感和浓厚的人道主义精神，尤其表现出了对被压迫、受损害的下层人民的深切同情。

其前期作品大多以八月革命为题材，描写当时的社会生活，对下层人物的命运寄以深切的同情。其主要作品有长篇小说《游击队之家》、中篇小说《南万丹发生的故事》和《铁锤大叔》。1965年，印度尼西亚发生"九·三〇事件"后，普拉姆迪亚被拘捕，关押在布鲁岛等地十四年。《人世间》是他释放后写的第一部长篇，被命名为布鲁岛小说四部曲的第一部，其余三部是《万国之子》《足迹》《玻璃屋》。这"四部曲"故事连贯，又各成一体，以鲜明生动的人物形象，波澜壮阔的场景，再现了印度尼西亚民族在1898至1918年这段重大历史转折时期，不甘忍受荷兰殖民主义者的欺压与掠夺，迅速觉醒斗争的历史画卷。

泰国现代文学始于1932年资产阶级维新政变的前夕，一批留学欧洲的青年为泰国现代文学的诞生作出了贡献。他们崇尚西方文化，大量评介和改写欧洲近现代著名作家的作品，使泰国文学在内容和形式上发生了巨大的变化。这其中最有名的是西巫拉帕(1905—1974)，他于1924年开始创作活动，是个多产作家，其长篇小说《男王汉》(1928)很有影响。作品直接取材于现实生活，描写一个出身卑微但品德高尚的有志青年，依靠个人奋斗最终获得的成功，同时围绕几对青年的恋爱故事，批判了封建贵族的等级观念和社会上的不合理现象，表现了新生知识阶层渴望平等的强烈愿望。1932年君主立宪政体建立后，泰国现代文学进入了人们称为的"黄金时代"。其中影响较大的就有西巫拉帕的作品《生活的战争》(1932)和《一幅画的后面》(1937)，这两部小说使得他成为泰国文坛的著名作家。

20世纪20年代的缅甸现代文学中，最具代表性的诗人和作家是德钦哥都迈(1875—1964)，他不仅是争取祖国独立的社会活动家，也是以文艺为武器，开创反殖民主义文学的旗手。他的长篇小说《嘱咐》(1915)，描写了人民的风习、文化及反帝爱国斗争，思想性和艺术性俱佳，被誉为缅甸现代小说发展史上的里程碑。而缅甸独立后的文坛更加活跃，出现了大批深受读者欢迎的小说，其中，林勇迪伦的《公仆》(1954)占有重要地位。它通过一个雇农自述其在生活中的困苦挣扎，控诉了地主对农民的剥削、迫害以及社会的黑暗。

越南的现代文学，在法国殖民主义的强化统治和日本侵略者的野蛮摧残下，发展比较缓慢。直到30年代中期，才出现了一批比较成功的现实主义小说。其中较有影响的有阮公欢(1903—1977)的短篇小说集《男角四卞》(1935)、《金枝玉叶》(1934)、《两个可怜虫》(1937)和长篇小说《女教师阿明》(1936)、《最后的道路》(1938)等。《最后的道路》是他的代表作。它描写当时农民的悲惨生活,以及他们对地主兼高利贷者的斗争,曾被认为是接近革命现实主义的作品。吴必素(1894—1954)的代表作《熄灯》(1930)反映了农民被残酷剥削的境况,深刻揭露了地主阶级贪婪、腐朽的本质,被公认越南抗战前现实主义创作的高峰。1945年日本投降后,法国人重新占领越南,到1954年抗战胜利,越南文学获得了很大的发展,出现了许多优秀作家和作品,包括阮辉想(1912—1960)歌颂北山人民起义事件的剧本《北山》(1946)、描写抗战初期革命战士英勇抗敌的剧本《留下来的人》(1948)、元鸿(1918—1982)的《火炉》(1946)、南高(1917—1951)的《边界纪事》(1951)等。

西亚的近、现代文学是在反帝反殖反封建的激烈斗争中发展起来的。马赫穆德·塔尔基(1867—1935)是阿富汗近代文学的启蒙者,他创办的《西拉吉·乌尔-阿赫巴尔》报和他的著作,奠定了阿富汗近代文学的基础。他的主要作品有诗文集《遇草采花,逢嘴插话》《其他事项》和论著《文学技巧》等。

伊朗近代文学的兴起是由当时在欧洲受过教育的米尔扎·马尔科姆汗(1833—1908)在伦敦创办波斯文报纸,并写了一些揭露性的剧本秘密运回伊朗而推动的。易卜拉欣·锡纳希(1826—1871)是土耳其近代文学的奠基人,他用土耳其语创作了第一部土耳其喜剧《诗人的婚姻大事》。土耳其近代杰出的作家纳默克·凯马尔(1840—1888)是"新奥斯曼派"的主要成员,他的《阿里老爷的奇遇》和《热兹米》具有开创土耳其长篇小说创作的意义。

西亚阿拉伯地区的近代文学诞生于19世纪中叶,它的启蒙者有黎巴嫩的尼古拉·图尔克(1763—1828)、叙利亚的纳绥夫·雅齐吉(1800—1871)和伊拉克的艾鲁西家族等。"叙美派"是由移居美洲的阿拉伯地区、特别是黎巴嫩的侨民文学家组成的,故称为"旅美派"。又因为黎巴嫩在古代曾属东罗马帝国的"叙利亚省",故通常称之为"叙美派"。"叙美派"作家一方面歌唱自由,表现了对个性解放的渴望;一方面抒发对祖国、对故乡的思念,表现了强烈的爱国主义感情。"叙美派"的主要代表人物是黎巴嫩的艾敏·雷哈尼(1879—1941)、哈利勒·纪伯伦和米哈伊尔·努埃曼(1889—1988)等,他们创造出阿拉伯语的散文诗和小说这种新文体,对后来阿拉伯文学的发展产生了巨大影响,在世界文学中也占有重要地位。

伴随着民族解放斗争的发展,西亚现代文学出现了极不平衡的发展状况。诞生于20世纪初的伊朗现代文学,处于领先地位,一批新的诗人登上诗坛。他们在诗中同情平民百姓的疾苦,为人民在悲惨社会里所受的苦难呼喊,代表作家有伊拉治·密尔扎(1874—1924)和女诗人帕尔温,埃特萨米(1916—1941)。而堪称文学革新派的代表诗人尼玛·尤什吉(1897—1960)在诗歌内容上主张用人民的语言写人民的生活,在诗歌形式上则提倡写充分表达个人情感的自由体诗,对促进伊朗诗歌的改革起到了积极的作用。

伊朗现代文学在小说创作上也取得了较大成就。1921年贾玛尔扎德(1895—)发表的收有六个短篇小说的《故事集》,是伊朗现代文学向现实主义发展的重要标志。萨迪克·赫达亚特(1903—1951)是伊朗一位杰出的作家和语言大师,他因小说创作而蜚声国际文坛。其文学创作活动始于20年代后期,第一部短篇小说集《活埋》于1930年问世。他主要的作品还有《三滴血》(1932)、《淡影》(1933)、《无家之犬》(1942)等短篇小说集和中篇历史小说《阿廖维耶夫人》(1933)、民间故事《拜火教堂》(1933)等,而其代表作中篇小说《盲枭》(1936)和《哈吉老爷》(1945)使他获得极大声誉,被认为是现代伊朗文学的代表作。

土耳其现代文学是在1919年爆发的资产阶级革命中兴起的，在四年的独立战争中，出现了一批以描写民族解放运动为题材的作品。女作家哈利黛·埃迪普（1884—1964）的长篇小说《磨难》（1922），亚库普·卡德里（1889—1974）的长篇小说《私邸出让》（1922）等，就是当时著名的作品。1923年土耳其共和国成立后，现代文学趋于繁荣，萨德利·埃及泰姆（1900—1943）描写农民织工反抗压迫他们的地方富豪和外国承租者斗争的长篇小说《当纺车停转的时候》（1921）和揭露企业主剥削筑路民工的短篇小说《戴大礼帽沟农民》（1932），前者被公认为土耳其文学史上第一部反映农村阶级斗争的杰作。

现代以色列国于1948年宣布诞生。建国初10年的文坛上活跃着一批被称为"独立战争一代"的青年作家，他们的作品主要以现实主义的手法，描述犹太民族的历史命运，展示犹太民族的集体精神面貌，重要作家有穆谢·沙米尔、大卫·沙哈、汉诺克·巴托夫等。

从50年代末起，出现的新一代作家被称为"新浪潮一代"，主要代表有哈斯·沙迪、艾莫斯·奥兹等。诗人大卫·阿维丹（1934— ）的作品颇具现代派色彩，著名诗集有《不可容忍的诗》（1968）、《不足为凭的诗》（1970）和《来自实际的诗》（1973）。70年代后期，进入"文学多元化"时期，出现了塞法迪文学与女性文学，这时期的重要作品如艾莫斯·奥兹（1939— ）的小说《在以色列土地上》（1983）、阿米尔·哈比比（1940— ）的小说集《驴的孩子还是驴》（1980）等。

撒母耳·阿格农（1888—1970）本名施穆尔·约瑟夫·查兹克斯，是著名的小说家，以色列现代文学的杰出代表。他生于波兰，后定居耶路撒冷。他曾自学希伯来和德国古典文学，1908年，首次以"阿格农"为笔名（"阿格农"由意思为"被人遗弃的灵魂"的"阿古诺"一词演变而成）发表第一篇小说《弃妇》而初露锋芒。他早期的作品多取材于犹太人的流浪生活，小说《但愿斜坡变平原》（1912）被称为"艺术的平民史诗"；代表作《婚礼的华盖》（1922）被誉为"犹太文学中的《唐·吉诃德传》"。著名长篇小说还有《沙丘》（1920）、《宿夜的客人》（1938）和《昨天》（1945），这些作品大都依据作家本人的生活经历和精神历程，描写犹太人的流浪生涯，反映西方化的犹太人所面临的问题。后期小说多描述犹太人在以色列的复国活动，著有长篇小说《在海洋深处》（1952）、《摘自国书的章节》（1955）和短篇小说集《禾捆》（1963）、《宽恕一切的故事》（1967）等。阿格农在小说中交融了犹太民族的历史和今天，描写了理想与现实的冲突，表达渴望扫除人世间一切贫困、痛苦和屈辱的思想。阿格农于1966年荣获诺贝尔文学奖。

4. 大洋洲文学

大洋洲的近、现代文学起始于澳大利亚殖民时期，以英国流放犯和乡野劳动者的口头歌谣为开端，有诗歌、小说等创作，但基本上受英国文学的影响，没有形成澳大利亚文学自己的风格特色。

1880年约·费·阿基布尔德创办的《公报》杂志公开提出"澳大利亚属于澳大利亚人"的口号，团结一大批作家，形成"公报派"。这一派别的创作努力摆脱英国的影响，反映本国乡村和下层人民生活。代表作家主要有约瑟夫·弗尔菲（1843—1912）和亨利·劳森（1867—1922），他们的小说创作从澳大利亚的社会现实出发，对现实主义文学的发展产生了很大影响。

20世纪20年代以后,澳大利亚小说创作一方面是继承和发展现实主义的文学传统,另一方面是左翼文学的蓬勃发展。普理查德(1883—1969)是重要的左翼作家,他的小说和剧本主要反映劳动人民的生活和斗争,战后完成的金矿三部曲《沸腾的九十年代》(1946)、《黄金的里程》(1948)和《有翼的种子》(1950)描述了19世纪末期至20世纪上半叶澳大利亚历史的一个侧面。

30年代初期,出现了过于追求形式美的诗歌流派"幻影派",雷克斯·英格默尔斯(1913—1955)发起了"津狄沃罗巴克运动",主张作家应该从土著民族的艺术、诗歌和传说中汲取营养。40年代初期,马克思·哈里斯(1921—)又提倡先锋派诗歌,即在诗歌创作上袭用英美的超现实主义表现方法。

进入20世纪后期的澳大利亚文坛,小说成就突出,戏剧也得到迅速发展。帕特里克·怀特(1912—1990)是这一时期的杰出代表,他于1973年以其代表作长篇小说《风暴眼》荣获诺贝尔文学奖,成为澳大利亚文学史上第一个获此殊荣的作家。其著名的作品还有小说《姨妈的故事》《人类之树》和《富斯》,短篇小说集《烧伤的人》《坚固的曼陀罗》,剧本《汉姆的葬礼》《撒沙季节》《快乐的灵魂》《秃山之夜》《重返阿比西尼亚》,以及20世纪70年代以后发表的长篇小说《活体解剖者》《树叶裙》和《特微博尔恩的故事》。怀特的作品大多以澳大利亚为背景,反映澳大利亚的社会风貌和生活方式,但他也是一位深受西方传统文化熏陶的作家,特别是乔伊斯、伍尔夫和劳伦斯的写作手法对他影响至深,他擅长意识流手法,注重刻画心理,剖析灵魂,表现人的孤独感。

新西兰自1840年成为英国殖民地到1907年独立,近现代文学深受英国文学的影响。19世纪末、20世纪初产生了一批有影响的作家,如威廉·彭伯·里夫斯(1857—1932)、威廉·撒切尔(1860—1942)等。凯瑟琳·曼斯菲尔德(1888—1923)是蜚声国际的作家,她15岁离开新西兰本土,长期侨居国外,创作长、短篇小说,代表作品有《前奏》《园会》和《在海湾》等。

新西兰的小说创作在二三十年代趋于成熟,并开始具有民族特色。主要代表作家有约翰·李、罗宾·海德(1906—1939)、约翰·马尔跟(1911—1945)、弗兰克·萨吉森(1903—1982)等。

新西兰的诗歌在20世纪20年代以前,基本上是英国浪漫主义诗歌的移植和模仿,30年代以后,新西兰的诗歌创作进入繁荣时期,基本上摆脱了对英国诗歌的因袭。重要诗人有艾琳·梅·达根(1894—1972)、阿瑟·雷克斯·杜加德·费尔伯恩(1904—1957)、查尔斯·布拉什(1909—1973)等。

5. 非洲文学

非洲近、现代文学主要包括北非和黑非洲文学。北非地区,以埃及和阿尔及利亚的成就最高;黑非洲,指撒哈拉沙漠以南的非洲部分,包括东非、西非、赤道非洲和非洲南部大陆及诸岛的广阔地区。因为当地居民主要是黑色人种,故一般称之为黑非洲。

埃及近代文学的先驱是里法阿·塔哈塔维(1801—1873),他不仅翻译了西方的科技书籍和文学作品,而且受西方文学和研究方法的影响,写了《巴黎纪行》一书,开启了埃及近代文学。最先出现在近代埃及文学史的是杂文这种文学样式,穆罕默德·阿卜杜胡(1849—

1905)首先采用杂文这种形式在报纸上发表自己的主张。而埃及近代文学史上第一部文学性的长篇小说诞生于 1912 年,它就是侯赛因·海卡尔(1888—1956)的长篇小说《宰乃白》。几年以后,又出现了穆罕默德·台木尔(1892—1921)的短篇小说集《目睹集》,它是埃及近代文学史上第一部现实主义短篇小说集。至此,才形成了埃及自己的小说艺术。埃及的诗歌,直到 19 世纪下半叶,才由诗人迈哈穆德·萨米·巴鲁迪(1838—1904)打破那种僵死的枯燥无味的传统格律诗的统一局面,为埃及诗歌创作开辟了一条新的道路,促进了诗歌的发展。稍后,艾哈迈德·邵基(1869—1932)和哈菲兹·易卜拉欣(1871—1932)对诗歌创作了进一步的发展和创新,形成了一种新的格律诗。邵基被称为"诗歌之王",而哈菲兹则被称为"尼罗河诗人"。

20 世纪 50 年代,埃及出现了一批著名的现实主义作家。迈哈穆德·台木尔(1894—1973)是埃及现实主义小说的奠基者,也是阿拉伯地区现代短篇小说创作的先驱。他早年在巴黎念书,深受欧洲文学、特别是莫泊桑创作的影响。回国以后,他就开始写小说。台木尔共写了七十多部作品,其中包括三百多个短篇小说和一部分中长篇小说。他的作品,广泛地反映了埃及社会生活,描绘了各阶层的面貌,其主要内容是暴露社会的黑暗,揭示上层人物和剥削者的虚伪、腐朽、悭吝、狠毒的丑恶面目,表现了对下层人民的极大同情。其中著名的短篇小说《沙良总督的姑妈》和《二路电车》,描写了下层人民的悲惨、凄凉的生活情景。塔哈·侯赛因(1889—1973)是埃及最著名的学者、文艺批评家和作家,也是著名的教育家和社会活动家,他的文学创作,为埃及的现代文学奠定了基础。其代表作为三部自传体小说《日子》,分别出版于 1929、1939 和 1962 年。这三部长篇小说,被誉为阿拉伯地区现代文学的典范。小说用第一人称手法写成,通过主人公的生活经历和感受,反映了 19 世纪末和 20 世纪初埃及社会面貌,暴露大学教育的腐朽,社会的黑暗和人民生活的贫困。沙尔卡维(1921—)也是埃及当代著名作家之一,1943 年毕业于开罗大学法学院,同年开始发表创作。他的主要作品有短篇小说集《斗争的国土》(1952)、《小梦》(1956),长篇小说《土地》(1954)、《空虚的心》(1957)、《后街》(1958)和《农民》(1968)等。其长篇小说《土地》,是埃及现代文学中第一部用阶级观点描写农村生活的著名作品。

纳吉布·马哈福兹(1911—2006)是当代埃及最杰出的作家,他的"三部曲"《宫间街》(1956)、《思宫街》(1957)和《甘露街》(1957)标志着阿拉伯现实主义小说的成熟。获得 1988 年度诺贝尔文学奖。

阿尔及利亚近代文学是 19 世纪阿尔及利亚人民反法斗争的战火中诞生的。阿尔及利亚民族英雄阿卜杜拉·卡德尔(1808—1888)本人就是诗人。他曾写出著名的诗篇,倾诉对祖国的热爱和对敌人的憎恨。阿尔及利亚现代中短篇小说的先驱者艾哈迈德·里达·霍霍(1911—1956)是一位有重要地位的作家。他创作了阿尔及利亚文学史上第一部长篇小说《麦加少女》(1947),反映了阿尔及利亚妇女的无权地位和要求自身解放的迫切愿望。而著名作家穆罕默德·狄普(1920—)在 50 年代写作的长篇小说《大房子》(1952)、《火灾》(1954)和《织布机》(1957)合称为"阿尔及利亚"三部曲。这三部小说以 1939 到 1942 年的历史为背景,描写了阿尔及利亚的贫民、雇农和工人的痛苦生活以及他们反对殖民主义的斗争。

近现代的黑非洲文学是从收集整理传统的口头文学开始的,第一批文字手稿的创作时间大概是 18 世纪 30 年代。其他民族语的书面文学则出现更晚,一般在 19 世纪之后。先后出版的作品有塞内加尔的《阿马杜·库姆巴的故事》、象牙海岸的《非泹的传说》、喀麦隆的《在美丽的星空下》、乍得的《在乍得的层空下》、加蓬的《加蓬故事集》、尼日尔的《尼日尔的故事和传说》等。黑非洲著名史诗《松迪亚塔》,就是几内亚历史学家、文学家吉布里尔·塔姆西尔·尼亚奈(1932—)根据几内亚西基里地区杰里巴·科罗村的格里奥杰里·马莫杜·库雅泰的口头演唱记录整理而成的。《松迪亚塔》是一部既有神话色彩又有文献价值的长篇英雄史诗。它歌颂了 13 世纪英雄松迪亚塔一生的不凡经历和光辉业绩。

现代黑非洲文学,可分为三个阶段:两次世界大战之间、第二次世界大战后至 50 年代末和 60 年代初。

诗歌创作在黑非洲现代文学中兴起最早,也发展最快,是一种普遍繁荣的文学体裁。塞内加尔的莱奥波尔德·塞达·桑戈尔(1906—2001),被誉为现代诗歌的奠基人之一。他的诗歌以浪漫主义的绚丽色彩歌颂民族传统,以现实主义的犀利笔锋揭露殖民主义罪行,形成一种独特的风格。其主要作品有《阴影之歌》《黑色的祭品》《埃塞俄比亚诗集》《夜歌集》和《热带雨季的信札》等诗集。塞内加尔的另一位诗人戴维.迪奥普(1927—1960),是 50 年代最有才华的政治诗人,是非洲战斗诗歌的代表作家。贝尔纳·达迪耶(1916—2019)是象牙海岸的诗人、小说家和剧作家。雅克·拉贝马南·雅拉(1913—)是马达加斯加老一辈爱国诗人、戏剧家和社会活动家。这一时期长篇小说的创作也取得了很大的成绩,出现了一批有影响的作家和作品。列涅·马兰(1887—1960)是塞内加尔老一辈作家,著有《巴杜阿尔》,被称作"一部真正的黑人小说"。斐迪南·奥约诺(1929—2010)是喀麦隆著名作家,也是黑非洲现代文学的杰出代表之一。他的作品写出了人民对殖民统治的愤恨和抗议,《家僮的一生》是一部自传性日记体小说,《老黑人和奖章》是奥约诺的代表作。钦·阿契贝(1930—2013)的小说《瓦解》是黑非洲英语小说的杰作。它的出现为尼日利亚文学奠定了基础。夏巴尼·罗伯特(1907—1962)是坦桑尼亚用斯瓦希里语写作的著名诗人、小说家,被非洲评论界誉为当代"首屈一指的作家",《可信国》是他的代表作。卡斯特罗·索罗梅尼奥(1910—1968)是用葡萄牙语写作的作家,被称做真正的安哥拉小说的开创者。他 50 年代末发表的《转折》,戳穿了"白人优越"的神话,描绘了殖民者在安哥拉的丑态和困境。

60 年代以后黑非洲著名的作家作品有尼日利亚作家埃克温西(1921—)的《佳伽·娜娜》和《美丽的羽毛》以及恩泽克伍(1928—)的长篇小说《蜘蜴之舞》。加纳最有才华的作家是阿尔玛(1938—),他的成名小说是《美好的人尚未诞生》。

桑贝内·乌斯曼(1923—)是塞内加尔赢得国际声誉的小说家。他的小说,在现代黑非洲文学中占有重要地位。他的第一部长篇小说《黑人码头工》,1957 年乌斯曼发表了第二部小说《祖国,我可爱的人民》(亦译为《塞内加尔的儿子》)。这是一部思想性和艺术性都很强的作品,是作家的成名之作。1960 年发表的长篇小说《神的儿女》被认为是作家的代表作。

马塞利诺·多斯·桑托斯(1929—)笔名里利尼尤·米凯亚,是莫桑比克诗人和民族解放运动的领导人。桑托斯是一位具了鲜明的进步思想和政治气质的爱国诗人,他的作品多为政治抒情诗。他出版的《诗集》中著名的诗作有《怀念祖国》《回忆我的祖母》《对立的感情》《大地在震动》《山甘纳》《黑妈妈的梦想》《起来吧,祖国》等,其中《山甘纳》是一篇脍炙人口的长诗。

沃·索因卡(1934—)是尼日利亚著名的戏剧家,被誉为"英语非洲现代戏剧之父",1986年获得荣获诺贝尔文学奖,是非洲第一个获此殊荣的作家。他出生在尼日利亚西部的一座小城,父亲是当地的一名小学校长,母亲是一名商人,性格开朗,颇有社会活动能力。索因卡从小受到了良好的教育,讲一口流利的英语,后来就读于尼日利亚文学气氛浓厚的伊巴丹大学,走上了戏剧研究和创作的道路。索因卡长于编写喜剧,在笑声中揭示严肃的现实主题,以幽默和讽刺而获得了国际声誉。他于1958年发表第一个戏剧作品《沼泽地的居民》,以当时愚昧落后的农村为背景,揭示殖民入侵所带来的因资本主义城市化而产生的种种罪恶,反映了金钱统治一切,亲族相残的黑暗现实。之后相继发表的作品有《沼泽地居民》《雄狮和宝石》《裘罗教士的磨难》等。其中《雄狮和宝石》堪称索因卡早期喜剧的代表作,该剧通过一个代表传统势力的妻妾成群的老酋长与一位代表新文明的年轻教师之间的矛盾冲突,表现了在新的历史时期,古老的非洲大地本土旧传统与欧洲"新文明"之间难以调和的对立。两人都想娶村中最美貌的姑娘为妻,而且尽管年轻教师在年龄和文化上占有优势,但由于老酋长的势力以及姑娘的愚昧,最终还是老酋长得胜了。作品意在说明当时非洲的愚昧状态和其发展的滞后性。

20世纪60年代以后,索因卡的戏剧场作风格发生较大变化,那就是他在欧美现代戏剧的影响下,更多地追求用象征寓意的手法来表现抽象的哲理。此类剧本有《森林之舞》《路》和《疯子与专家》等,其中《森林之舞》被称作"非洲的《仲夏夜之梦》"。70年代中期,他又转向讽刺剧的创作,著名的作品有《回家做窝》《巨头们》等。

索因卡已发表的长篇小说有《解释者》和《混乱的岁月》。迄今为止他总共发表了42个剧本、4本诗集、2部长篇小说以及散文、评论等作品。

《解释者》(1965)被认为是索因卡的代表作,被译成多种文字,在国际上享有盛誉。小说以1966年的尼日利亚内战前夕为背景,通过几个归国留学生普通而又杂乱的日常生活,全景式地展现了当时尼日利亚的社会风貌。作品内涵丰富、立意深刻,以"解释者"为题,意在表明作者要通过这部小说地记述,来对内战前尼日利亚社会的种种弊端、腐败的根源等作引发人们思考的"解释"。这部小说在艺术上受西方现代主义影响,刻意追求复杂的象征,使得一般读者很难读懂;同时,其复杂的结构,意识流的手法等等,使得它呈现出了诸如法国"新小说"一般的创作元素。

库切(1940—)在南非的文学史上占有重要地位,2003年获得诺贝尔文学奖,代表作品有《耻》等。

第二节 纪伯伦

纪伯伦·哈利勒·纪伯伦(1883—1931)是黎巴嫩著名的诗人、散文家、画家、阿拉伯近现代文学最重要的奠基者之一,20世纪初阿拉伯海外文学最杰出的代表作家。

一、生平与创作

纪伯伦1883年1月6日出生在土耳其奥斯曼帝国统治下的黎巴嫩北部山乡贝什里一个贫困的牧民家庭,父母都是天主教马龙派教徒。母亲虔诚、善良、坚忍,纪伯伦"爱母亲到了崇拜的程度"①。亲情的呵护和故乡优美的大自然是纪伯伦在日后的创作中反复吟咏"爱与美"主题的最初的生活源泉。

纪伯伦很早便开始品尝生活的苦酒。8岁时,父亲因人告密而入狱,住房和家产被抄没,母亲带着孩子迁居简陋的小屋②。11岁时,父亲出狱,家中一贫如洗。次年,母亲带着纪伯伦兄妹,随不愿在奥斯曼帝国统治下生活的黎巴嫩人漂洋过海,来到美国波士顿,寄身贫穷的唐人街,母亲和兄妹做工,纪伯伦进侨民小学读书。13岁时,他的艺术才华被教师发现,他被引见给波士顿文艺界名人,开始学习绘画,也开始写诗。

1898年,15岁的纪伯伦在全家的支持下只身返回祖国,进贝鲁特希克玛学校学习阿拉伯语、法语和绘画。这期间他大量阅读阿拉伯古典文学作品,打下了坚实的阿拉伯语文基础;假期里他游历黎巴嫩、叙利亚各地,加深了对祖国的爱和对现实的黑暗的认识。

1901年,纪伯伦毕业返回波士顿,归途中接到妹妹病逝的噩耗。次年,哥哥与母亲病逝。痛苦中他正式走上了创作道路。他最早正式发表的作品,便是他这个时期用阿拉伯文写下的50余首散文诗,它们发表于1903年至1908年的《侨民报》③上,风格忧伤纤丽,用富于抒情性、哲理性的语言倾诉诗人的人生体验,"爱与美"是其主旋律。这些"情思交融、韵味清远"④的诗歌,预示着诗人一生的创作方向。1913年,这批散文诗集结成《泪与笑》出版,这是诗人第一部散文诗集。

纪伯伦早期的作品主要是用阿拉伯文写的小说。短篇小说集《草原新娘》(1906)和《叛逆的灵魂》(1908)共收有7篇小说,揭露封建与教会统治的黑暗和歌颂叛逆是它们的主题。《叛逆的灵魂》最终惹恼了土耳其当局,小说被收缴后在贝鲁特中心广场当众销毁,纪伯伦被开除教籍、国籍。

1908年,纪伯伦在友人的资助下赴巴黎学艺,期间曾从师雕塑大师罗丹。在巴黎期间,纪伯伦大量阅读欧洲文学作品、游历欧洲各地,深受欧洲浓郁的文化艺术氛围的浸润,为他日后创作的东西融合奠定了坚实的基础。19世纪英国浪漫主义诗人兼画家布莱克的作品对他影响甚大,尼采的作品则引导他从哲理的角度思考人生与文学、推动他的创作沿着叛逆的方向发展。

1909年,纪伯伦开始从事反对奥斯曼帝国统治的政治活动。

1910年纪伯伦返回美国,次年他移居纽约阿拉伯侨民艺术家聚居的格林威治村,专心创作,发表了《折断的翅膀》,这部有自传色彩的中篇小说是他小说的代表作。小说叙述:"我"

---

① 米哈依勒·努埃曼:《纪伯伦传》,程静芬译,湖南人民出版社1986年版,第24页。
② 即现在的纪伯伦纪念馆。
③ 在纽约出版发行。
④ 郭闻:《域外诗歌精品评析系列·纪伯伦散文诗精品评析》,河南大学出版社2006年版,第2—3页。

爱上了贝鲁特富商法里斯美丽的独女萨勒玛,但主教觊觎法里斯的家产,要萨勒玛嫁给自己冷酷暴虐、淫荡邪恶的侄子。法里斯屈从主教的权势,同意了这门婚事。婚后萨勒玛生活在痛苦中,"我"希望和她出逃,她却像折断了翅膀的鸟儿无法起飞。最终她绝望而死。小说矛头直指宗教力量与封建传统,将悲剧处理为阿拉伯妇女乃至东方民族的悲剧:"那个弱女子不正是受凌辱民族的象征吗?……不正像那个受尽统治者和祭司们折磨的民族吗?"[1]其"批判东方传统和现实的勇气、胆识和卓见,在同时代阿拉伯作家中均是罕见的"[2]。艺术上,小说情节简单,人物性格单纯浪漫,以大量富于诗意和哲理色彩的倾诉表现主人公的心理,代表了纪伯伦小说的特色。小说发表后在阿拉伯世界引起轰动。此后,纪伯伦转向了散文诗的创作。

1912年后,纪伯伦参加各种社会活动,用演讲、著文等方式反对奥斯曼帝国的统治,号召人民为自由解放而斗争。第一次世界大战期间,纪伯伦争取祖国解放的斗志高涨,曾以担任叙利亚难民救济委员会会长来帮助苦难的同胞。随后,纪伯伦的创作进入了繁荣时期。1920年,阿拉伯侨民文学团体"笔会"成立,纪伯伦当选为主席。"笔会"促成了在阿拉伯文学史上影响深远的"旅美派"文学,有力推进了阿拉伯文学的发展、走向世界,纪伯伦作为"笔会"的组织、领导者和旗手功不可没。

纪伯伦这个时期的作品主要是用阿拉伯文和英文写的散文诗:阿拉伯文作品包括长诗《行列圣歌》(1919)、散文诗集《暴风集》(1920)、《珍趣集》(1923),它们都以批判现实为主。其中《暴风集》是纪伯伦最具现实性和批判力度的散文诗集,收有31篇作品,它们有尼采"超人"哲学的印记,塑造对抗社会的"疯狂之神"的形象,而揭露东方社会的"痼疾"、呼唤变革东方社会的"暴风雨"是集子最引人注目的内容。

英文作品包括散文诗集《疯人》(1918)、《先驱者》(1920)、《先知》(1923)、《沙与沫》(1926)、诗剧《人子耶稣》(1928)以及作者逝世后发表的《流浪者》(1932)、《先知园》(1933),它们也批判现实,但更多的是让"先知"来启迪读者。

《先知》是纪伯伦创作的顶峰。

《沙与沫》与《先知》齐名,收有200余则哲思小语,它们涉及人性、人生、爱情、友情、文艺,内容丰富,语言凝练隽永,"立意高远,境界超逸"[3],令"读者在含英咀华之际,常有醍醐灌顶之感"[4]。

1929年之后,纪伯伦的健康状况迅速恶化。1931年4月10日,他逝世于纽约格林威治村圣芳心医院,享年48岁。根据他的遗愿,他的遗体被运回祖国,安葬在故乡贝什里的修道院里。

纪伯伦的一生是复杂矛盾的。他的思想中包含着泛神论、宿命论、达尔文进化论、尼采哲学等成分,而以人道主义、民主主义、启蒙主义为主;他的人生追求有世俗的一面,但他献

---

[1] 伊宏主编:《纪伯伦全集》(上),甘肃人民出版社1995年版,第189页。
[2] 薛庆国选编:《外国文学大师读本丛书·纪伯伦读本》,冰心等译,人民文学出版社2012年版,第2页。
[3] 同上书,第3页。
[4] 同上书,第3页。

身艺术,终成大家;他的创作融合东西,前期的阿拉伯文作品立足于民族、社会批判,塑造"叛逆者"的形象,有强烈的东方色彩;后期的英文作品则"更多地着眼于普遍的人性及人性的升华,其立足点是全人类、全世界"①,塑造"先知"的形象。艺术上他以"纪伯伦风格"即使用具有浓郁的浪漫抒情和哲理色彩的文笔、丰富的想象与比喻、象征手法而著称。他的小说"对阿拉伯现代小说的发展起到极大的推动作用"②;他第一个将散文诗引进阿拉伯文学并使之达到了一个高峰,由此他为阿拉伯新文学奠定了重要的基石,有力推动了阿拉伯的文艺复兴运动,推动了阿拉伯文学走向世界。

二、《先知》

散文诗集《先知》是纪伯伦创作的顶峰、世界文学宝库中的珍品。这是一部用人生哲理来启迪读者的作品。随着思想的成熟、生活境况的好转,随着第一次世界大战导致的欧洲精神混乱的逐渐结束,纪伯伦"已从对人们和其生活的叛逆一变而成对这种生活奥秘的理解。揭示其中美的成分,让美的清泉汨汨流出"③。

《先知》巧用框架结构将 26 篇散文诗串成一个有机整体:东方先知亚墨斯达法在阿法利斯城里滞留了 12 年后要乘船回故乡去了。临行时,城里的人们赶来送行,预言者爱尔美差代众人恳求他"对我们言说真理","告诉我们你所知道的关于生和死中间的一切"④;于是,亚墨斯达法一一回答了她的提问,论及了爱、婚姻、孩子、施与、工作、居室、买卖、罪与罚、自由、法律、理性与热情、友谊、善恶、美、宗教、死等 26 个涉及了个人与社会生活的方方面面的问题。

正如学者所言,"《先知》从构思、布局直至某些内容都与尼采的谶语式的格言著作《查拉图什特拉如是说》或《苏鲁支语录》有很多相似的地方"⑤,查拉图什特拉和亚墨斯达法同属"超人",同是作者的代言人,但是,与查拉图什特拉不同,亚墨斯达法把自己置于和人民平等的地位,他热爱人民,与人民休戚与共。纪伯伦认为人身上"神性""人性"和"不成人性"的因素并存,每个人都有对"大我"的冀求,因此,他热爱人类,希望用"真理"启迪人的心智,提升人性,帮助人走向"大我",这是《先知》的创作目的。

由于成长、生活的环境,纪伯伦兼受东西方文化的浸润,这使他跳出了"东方""西方"的藩篱而融合两种文化的精华。他笔下的"真理"就是东西方思想有机结合、站在人类、世界的高度审视人生与社会的产物。这"真理"首先是让"爱"与"美"成为人生的主旋律。正如学者所言,"没有哪一位世界诗人像纪伯伦这样……以全部身心,如此集中地赞美爱,讴歌美,并把爱与美视为神明,视为人类通向智慧的阶梯"⑥。

在《论爱》中纪伯伦告诉读者,"爱"是人性的、人的生命的组成部分,是一种与世俗功利

---

① 薛庆国选编:《外国文学大师读本丛书·纪伯伦读本》,冰心等译,人民文学出版社 2012 年版,第 3 页。
② 吴元迈主编,伊宏著:《世界文学评介丛书·东方冲击波:纪伯伦评传》,海南出版社 1993 年版,第 21 页。
③ 米哈依勒·努埃曼:《纪伯伦传》,程静芬译,湖南人民出版社 1986 年版,第 194 页。
④ 文中未加脚注的引言均出自纪伯伦:《先知》,冰心译,人民文学出版社 1987 年版。
⑤ 仲跻昆:《阿拉伯现代文学史》,昆仑出版社 2004 年版,第 309 页。
⑥ 李琛:《阿拉伯现代文学与神秘主义》,社会科学文献出版社 2000 年版,第 62 页。

无关的精神现象,它能去掉人性中的杂质,纯洁、升华人性,因此,走向"爱"是要付出痛苦的代价的。在《论工作》《论友谊》《论买卖》等篇章中诗人告诉读者,生活中"爱"不可或缺:"爱"使工作充实而欢乐,使人收获友情,使买卖公平;在《论施与》中诗人指出应将"爱"付诸行动,化为不求回报、无关功利的施与,这时人便显出了神性;《论婚姻》《论孩子》则告诉读者,"爱"的行动还包括让所爱的人——配偶和孩子独立,体现了作者先进的现代伦理观。

诗人也重视美,《论美》告诉人们:美是超功利的精神愉悦,是永恒的存在;而诗人关于美的论述最为有力的一笔,是将美与人生联系起来,指出当生命处于"圣洁"即无功利的施与、奉献状态时,就是大美,是理想中的生命状态。

纪伯伦对爱的讴歌,受基督教和西方近代"博爱"思想的影响,而将"爱"与"美"统一到人性的"圣洁",则有东方色彩,伊斯兰教就提倡施与。美善统一、情感与道德统一是东方的传统。

纪伯伦传达的"真理"还包括让人们摆脱现实与传统的羁绊,走向自然、自由。诗人在《论自由》中谈到,人都渴望自由,但事实上人们自己束缚了自己,造成不自由,因此,人只有抛弃自己制造的各种束缚,才能获得自由。《论居室》告诉读者,城市文明束缚人:它只有反客为主的物质,它戕害、毁灭人,人不应该被城市"网罗""驯养",走向自然便能获得自由解放;《论法律》告诉读者,摆脱荒唐的法律,遵循自然之律,便获得了自由。这些论述,是卢梭"返回自然"呼声的回响。

纪伯伦传达的"真理",还包括辩证而达观的人生观。纪伯伦的人生追求有浓重的理想主义色彩,同时他对人性、人生的灰暗面有着清醒的认识。但他没有用西方二元对立的哲学去描述人性与人生,而总是以东方式的"调和的眼光来看待人生的种种矛盾,如生与死、理性与热情、自由与枷锁等等"①,宣传乐观积极的人生观与世界观。诗人在《论善恶》中指出,人性中善恶并存,"不善"是自然人性,但每个人心中都有"善",都有对"大我"的冀求。《论理性与热情》则揭示人身上的灵肉冲突,诗人希望调停二者,指出人身上理性与感情缺一不可,二者合一时人便具有了神性。诗人对人性之恶的看法有基督教"原罪"观的影子,但诗人对人性善的信念、对人性的辩证看法与期望是东方式的。

诗人还用《论死》告诉读者,生死是一体的,这是东方式的生命观。积极的是,诗人强调"生"的追求决定"死"的内涵,圣洁的"生"通向永恒。究其实,这仍是在讴歌爱美统一的人生。

综上所述,《先知》中的"真理"融合了东西方文化的精华,它决定了《先知》思想内涵的独特性、深邃性。

在诗人的计划中,《先知》是三部曲中的第一部,第二部《先知园》继《先知》中的故事写亚墨斯达法回到故乡后的人生思考与对来访者提问的回答。《先知》主要谈人与人的关系,谈"爱"的"施与",《先知园》则谈人与自然的关系,谈"爱"的"接受"。第三部曲《先知之死》因诗人逝世而未能创作,是文学史上的憾事。

---

① 蔡德贵、仲跻昆:《阿拉伯近现代哲学》,山东人民出版社1996年版,第132页。

《先知》在艺术上具有鲜明的"纪伯伦风格"：

其一，丰富的想象。诗人用想象出来的先知赠言的故事，生动形象地向读者昭示了创作意图，激发了读者的阅读期望，同时巧妙地将 26 篇各自独立的散文诗串成一个有机的整体，统一于"真理"的主题下。集子中的想象自由、大胆、丰富，诗人思接千载、视通万里，将虚构与现实、人与神、社会与自然、太空与大地、现在与未来等熔铸于诗中，从而获得了不受时空限制的表达自由，贴切地传达了自己对人生的认识。

其二，巧妙使用比喻和象征艺术。集子中的比喻和象征凝聚着诗人的智慧。例如，诗人把父母比作"弓"，把孩子比作"从弓上发出的生命的箭矢"，形象而凝练地表述了父母在孩子成长中应起的作用；诗人把美比作"一座永远开花的花园，一群永远飞翔的天使"，这比喻本身就很美，形象地告诉读者美的精神属性以及美与善的关系。《先知》中的象征同样精彩。例如，诗人用没有"和平""回忆"与"美"、只有"舒适"和"舒适的欲念"的城中居室象征只有物质而缺乏精神内涵的城市文明之囚禁人，表意准确、丰富；"采蜜是蜜蜂的娱乐；但是，将蜜汁送给蜜蜂也是花的娱乐。因为对于蜜蜂，花是他生命的源泉，对于花，蜜蜂是他恋爱的使者，对于蜂和花，两下里，娱乐的接受是一种需要与欢乐"，这象征带有思辨色彩，又通俗易懂地说明娱乐是生命的需要与欢乐。而且，《先知》中一篇作品往往使用多个比喻、象征，它们之间构成并列、对比、转折等关系，加大了表述的力度和清晰度。

其三，抒情与说理的结合。《先知》成功地融抒情说理于一体：作品以训诫为目的，因此，"说"人生哲理是作品的主要内容，但这"说理"不是冰冷的说教，作者将自己发自肺腑的对人类的爱融进作品里，作品的首尾两章以抒情为主，情中含"理"，中间 26 章以说理为主，理中含"情"，渗透作者生命激情的哲理性议论由此获得了动人心魄的感染力。

《先知》问世后轰动了美国与阿拉伯，继而传遍了全世界，纪伯伦因此跻身于世界最杰出的散文诗人之列。这部作品深深扎根于人类生活的土壤里的作品将永远屹立于世界文学之林。

第三节 泰戈尔

罗宾德拉纳特·泰戈尔(1861—1941)是印度迄今为止最伟大的文学家、亚洲第一位诺贝尔文学奖获得者、世界级文豪。

一、生平与创作

泰戈尔 1861 年 5 月 7 日出生在加尔各答市一个地主兼商人的名门望族家庭里。这个家族"属于印度社会的精英"[①]，积极参加宗教与社会改革、文艺复兴、民族解放运动，人才辈出，府邸是市里知识界、文艺界的活动中心。泰戈尔在学校读书时间不长，他的知识基本是

---

① 侯传文：《寂园飞鸟 泰戈尔传》，河北人民出版社 1999 年版，第 34 页。

兄长、家庭教师教授和他自学习得的。在成长过程中"家庭是影响泰戈尔的最为重要的因素"①，使他从小喜爱文艺，也关心社会问题。

泰戈尔8岁开始写诗，14岁开始发表作品。1878年他去伦敦留学，没有按父亲的意旨学习法律，却浸润于英国文学和欧洲音乐中。

1880年泰戈尔回国，正式走上创作道路。八九十年代是他创作史上的早期，他这个时期的诗歌有青春的、宗教的气息，多表现个人的体验、探索；随着他1884年担任"梵社"②秘书、1890年底去农庄管理家族田产后更多地关注、了解了现实，他创作出了表现社会主题的故事诗和短篇小说，它们代表了他早期创作的最高成就。

《故事诗》(1900)中的作品取材于历史和民间传说，借古喻今，用动人的情节、优美而富于抒情色彩的语言表达反侵略反封建、歌颂人的崇高品质的主题，名篇有《被俘的英雄》、《两亩地》等。

短篇小说"完全可以和世界短篇小说大师莫泊桑、契诃夫的作品媲美"③，它们取材于现实，构思巧妙，结构单纯，富于抒情色彩，内容和主题与《故事诗》一致，其中批判封建婚姻和种姓制度、塑造受苦受难的年轻女子形象的作品最出色，名篇有《摩诃摩耶》、《河边的台阶》等。

20世纪最初的20年是泰戈尔创作史上最重要的时期，他最著名的长篇小说和诗集都完成于这个时期。

1901年泰戈尔在圣尼克坦创办学校进行教育改革。

1905年英国当局将孟加拉从印度分裂出去，激发了印度民族解放运动第一次高潮。泰戈尔来到加尔各答投身运动，但他反对暴力抗英、主张通过建设国家、改革社会走向独立的主张得不到群众支持。运动后期他和国大党领袖意见分歧公开化，于是他回到了圣尼克坦，在半隐居中从事教育和创作。

这几年，泰戈尔还忍受着来自家庭的痛苦：1902至1907年间他连续失去了妻子、二女儿、父亲和小儿子。

民族解放运动高潮前后对国家命运的思考和痛失亲人后对人生的思考之下，"深沉的感情使他的创作越发具有了崇高纯洁的艺术气质"④，他完成了自己最优秀的中长篇小说和抒情哲理诗集的创作。

泰戈尔这个时期的中长篇小说有《小沙子》(1903)、《沉船》(1906)、《戈拉》(1910)、《家庭与世界》(1916)和《四个人》(1916)等，它们通过知识分子的生活与追求和女性的婚姻遭遇反映重大的社会问题，其中《戈拉》和《沉船》最为出色。

《戈拉》是"一位小说大师的巅峰之作"⑤、印度现实主义小说的代表作之一。小说主人公

---

① 唐仁虎等：《泰戈尔作品研究》，昆仑出版社2003年版，第4页。
② 梵社是印度近代最早的宗教改革团体，1828年由启蒙思想家和社会活动家罗姆·摩罕·罗易创办，泰戈尔的祖父是其朋友和支持者。泰戈尔的父亲是梵社第二任领袖。
③ 季羡林主编，薛克翘等著：《东方文化集成·印度近现代文学》(上)，昆仑出版社2014年版，第320页。
④ 同上。
⑤ 侯传文：《寂园飞鸟 泰戈尔传》，河北人民出版社1999年版，第179页。

戈拉有强烈的反帝爱国思想,起初用全盘接受包括种姓制度等糟粕的印度教传统的方式来维护民族的自尊、抵抗殖民统治,但在生活的教育下最终放弃了宗教偏见,走上了为全印度人民谋福利的道路。小说尖锐揭露了宗教偏见的危害,阐释了作者对印度民族解放运动道路的看法,有重大的现实意义。艺术上,小说独具特色,抒情色彩浓,人物形象对比鲜明,富于论辩性的对话是塑造人物形象、表达思想的主要手段。

《沉船》叙述一个构思巧妙的故事:大学生罗梅西热恋汉娜丽妮,却痛苦地屈从父命去迎娶素不相识的撒西娜。归途中遇暴风雨两人所乘之船沉没,脱险后罗梅西与穿新娘装的卡玛娜误认为是夫妻而生活在一起。发现误会后罗梅西陷于痛苦中:他想与汉娜丽妮成婚,却不忍说明真相将卡玛娜推向绝境。卡玛娜发现了真相后果断出走寻夫,留下罗梅西在痛苦中度日。小说通过这个富于传奇色彩的故事有力抨击了包办婚姻。小说人物形象有理想色彩,心理描写与环境描写结合,艺术魅力大,很受读者喜爱。

泰戈尔这个时期的抒情哲理诗集包括《吉檀迦利》(1912)、《新月集》(1913)、《园丁集》(1913)、《飞鸟集》(1916)等,它们表现作者对人生的探索,有宗教神秘主义色彩和很高的艺术成就。

《吉檀迦利》是泰戈尔创作的顶峰。1912年他携这部诗集访英,诗集获得大诗人叶芝等文艺界名人的高度赞赏。同年11月诗集在伦敦出版,1913年诗人因此获得诺贝尔文学奖。

《新月集》是一部儿童诗集,歌颂童真和母爱,表现诗人对理想的追求、对污浊现实的鄙弃,艺术上通俗优美,清新隽永,引人入胜。

《园丁集》是歌颂人生和爱情的诗集,表现出诗人积极的人生追求和寻求出路而不得的苦闷。集中诗歌描绘爱情心理与场景细腻动人。

《飞鸟集》是格言短诗集。诗人把自己比作漂泊的飞鸟,把诗歌内容比作飞鸟寻找理想栖息地时长途飞行留下的足迹。集中诗歌富于哲理性,表现出诗人追求理想的进取精神。

19世纪20年代以后是泰戈尔创作史上的晚期。

1919年以后,殖民当局加强了对印度的高压统治,矛盾激化,二三十年代印度民族解放运动掀起了新高潮。国际上,法西斯轴心国逐渐形成,酝酿、发动第二次世界大战。这使泰戈尔结束了半隐居的生活,重新投身社会斗争,思想向革命民主主义的方向发展。

因此,泰戈尔晚期的创作思想更加积极明朗,充满爱国反帝的激情和对人民的肯定。这个阶段他的主要创作成就是剧本和政治抒情诗。泰戈尔这个时期的剧本在艺术上别具一格,用象征艺术、浪漫主义的想象和诗意的、富于音乐美的语言表达反帝主题和爱国激情,名作有《摩克多塔拉》(1922)、《红夹竹桃》(1926)等。

泰戈尔这个时期的政治抒情诗现实色彩浓,格调明朗,有昂扬的反殖反帝激情、国际主义精神和对人民的礼赞,诗集有《非洲集》《边沿集》《生辰集》等。

1941年8月7日,泰戈尔在加尔各答逝世。

泰戈尔不但是文学家,而且是积极探索民族解放之路和人类理想生活之路的思想家。在60余年的创作生涯中,他留下了50多部诗集、12部中长篇小说、100余篇短篇小说、20多部剧本,还有大批语言、文学、哲学、政治、历史、宗教、音乐等方面的论文,以及2000多幅美术作品和近3000首歌曲,创作量之大、形式之丰富世所罕见。他结束了印度文学局限于历史题材、宗教神秘主义作品的历史,使印度文学走上了与现实生活紧密结合、体现进步的时代精神的路;他的创作,以继承民族文化、文学传统为主,吸收西方文化、文学营养为辅,东西融合而富于民族色彩,将印度文学提高到一个新高度,推动印度文学走向世界,产生了深远的影响。

二、《吉檀迦利》

英文本《吉檀迦利》收有 103 首散文诗,均无题,它们是泰戈尔 1912 年从自己的孟加拉文《吉檀迦利》《祭品集》《歌之花环集》等 9 部诗集中选译出来的,诗人"在翻译过程中采取了删减、增加、合并、整合等方法,对孟加拉原诗进行了重新的再创作"①。

"吉檀迦利"是孟加拉语"献诗"的意思,集中的诗歌是献给神的,分成六个部分:1. 序曲(1 至 7 首),述明写作缘由;2. 颂神曲(8 至 36 首),歌颂神的伟大;3. 觅神曲(37 首至 55 首),描述诗人对神的寻觅;4. 欢乐曲(56 首至 86 首),描述神人合一的欢乐;5. 死亡曲(87 首至 100 首),描述死亡使人走向永恒的人神合一;6. 尾声(101 首至 103 首),照应前文,表达永远用诗歌膜拜神的心声。

诗人信仰、歌颂的神是"梵",诗人称之为"你""他""我的主""我的神""我的朋友""圣者"②等等。"梵"在《吠陀》《奥义书》等印度典籍中是世界的本源,诗人使之成为体现自己对生活、人民和祖国的爱、体现自己的人格和社会理想的人格神:

这神有宗教神秘色彩,却不是高高在上,而是存在于尘世所有的生命中的"泛神"。如第 45 首诗歌描述:在"每一个时间、每一个年代,每日每夜",在"四月芬芳的晴天里",在"七月阴暗的雨夜中","他正在走来,走来,一直不停地走来"。

这神有鲜明的倾向性、博大的爱心,不去惠顾权贵,只与底层劳动者同在。如第 10 首诗歌描述,"这是你的脚凳,你在最贫最贱最失所的人群中歇足","你穿着最破敝的衣服,在最贫最贱最失所的人群中行走","你和那最没有朋友的最贫最贱最失所的人们做伴";第 11 首诗歌描述,"他是在锄着枯地的农夫那里,在敲石的造路工人那里。太阳下、阴雨里,他和他们同在,衣袍上蒙着尘土";这神能引导人们完善自身。如诗人在第 4 首诗中说,神来到自己心中,自己便要从"思想中摒除虚伪"、从"心中驱走一切的丑恶";第 14 首诗说,神"把我从极欲的危险中拯救出来";诗人在第 36 首诗中祈求神赐予自己力量,使自己的"爱在服务中得到果实","永不抛弃穷人也永不向淫威屈膝","心灵超越于日常琐事之上"。

这神能和谐人际关系,如第 63 首诗说"你把生人变成兄弟";神还能引导人们建立一个理想的大同世界,如第 35 首诗歌描述:在这个"自由的天国"中"心灵是受你的指引","心是无畏的,头也抬得高昂","智识是自由的","世界还没有被狭小的家国的墙隔成片段","话是从真理的深处说出","不懈的努力向着'完美'伸臂","理智的清泉没有沉没在积习的荒漠之中",诗人祈祷:"我的父呵,让我的国家觉醒起来罢。"

而诗人理想的人生,便是印度传统宗教哲学提倡的"梵我合一",诗人视之为自己的精神

---

① 季羡林主编,薛克翘等著:《东方文化集成·印度近现代文学》(上),昆仑出版社 2014 年版,第 301 页。
② 文中未加脚注的引文,均引华宇清编:《泰戈尔散文诗全集·吉檀迦利》,冰心译,浙江文艺出版社 1990 年版。

归宿。如第 3 首诗说"我渴望和你合唱",第 13 首诗说"我生活在和他相会的希望中",第 34 首诗说"只要我一息尚存,我就称你为我的一切";第 103 首诗说"像一群思乡的鹤鸟,日夜飞向它们的山巢,在我向你合十膜拜之中,让我全部的生命,启程回到它永久的家乡"。

诗人认为,通向"梵我合一"的途径是泛爱——爱神,也爱生活、人民、自然,融入其中,这样就做到了与"泛神"的"合一"。诗人否定传统宗教追求神的方式,如第 11 首诗歌:"把礼赞和数珠撇在一边罢!你在门窗紧闭幽暗孤寂的殿角里,向谁礼拜呢?睁开眼你看,上帝不在你的面前!""超脱吗?从哪里找超脱呢?我们的主已经高高兴兴地把创造的锁链带起:他和我们大家永远连系在一起。"

诗人笔下有追求失败的痛苦。如第 26 首诗说"他来坐在我的身边,而我没有醒起。多么可恨的睡眠。唉,不幸的我呵";第 79 首诗说遇不到神使自己"醒时梦中都怀带着这悲哀的苦痛"。诗人意识到,阻力来自自身,追求的过程漫长而艰辛,如第 12 首诗说:"最简单的音调,需要最艰苦的练习",第 29、30 首诗说是自己囚禁了"真我",带着"小我"行动,第 28 首诗说撕破罗网时"我又心痛",我知道无价之宝在神那里,而"我舍不得清除我满屋的俗物"。这是现实中诗人内心矛盾、找不到出路的苦闷的反映。

诗人笔下也有追求成功的欢乐。如第 2 首诗说:"当你命令我歌唱的时候,我的心似乎要因骄傲而炸裂";第 65 首诗描述诗人通过神的眼睛、耳朵、心灵来看、听、感受世界的快乐,第 69 首诗描述诗人与世界上的万物融合在同一生命中的"快乐""光荣""骄傲"。

综上所述,集子中"诗人的宗教"[①]并非印度教的以神为本、出世解脱、传统教规,而是以人为本,执着于现实人生和社会,追求完善人格、改造世界。这种追求浸润着泛神泛爱、虔诚执着、和谐同一的印度、东方精神,也高扬自由、平等、博爱、民主的西方启蒙思想。

艺术上,《吉檀迦利》东西合璧,独具特色和魅力,代表了泰戈尔诗歌的风格。

首先,抒情性与哲理性的有机结合。《吉檀迦利》充溢着印度、东方式的直觉体验、生命情感,诗人抒发对神的虔诚、对人民、祖国、自然的爱,表现追求的心理过程与体验,主观感情贯穿诗集始终,动人心魄;同时,抒情中融进了诗人要阐发的哲理,启人心智。如第 29 首诗揭示"作茧自缚"的悲剧:"被我用我的名字囚禁起来的那个人,在监牢中哭泣.我每天不停地筑着围墙,当这道围墙高起接天的时候,我的真我便被高墙的黑影遮断不见了。"这样的诗歌,"情""理"交融、相得益彰。

其次,神秘深邃、质朴优美的艺术风格。《吉檀迦利》继承了印度文学宗教神秘主义的传统:无形无影又无所不在的"梵"是神秘的,主人公追求"梵我合一"过程中的心理感受也是神秘的,如第 45 首诗:"四月芬芳的晴天里,他从林径中走来.走来,一直不停地走来;七月阴暗的雨夜中,他坐着隆隆的云辇,前来,前来.一直不停地前来。"时空的转换、晴明与阴暗的背景、神隐秘的步伐和主人公的直觉都造成了神秘感。诗人使神有多种身份、使用第二人称"你"造成主人公与神之间的对话也增加了诗歌的神秘色彩。同时,诗人吸收了西方象征主义文学的营养,使神与主人公的追求都负载了丰富深刻的象征意义,造成了诗歌深邃的

---

① 泰戈尔:《一个艺术家的宗教——泰戈尔讲演集》,上海三联书店 1989 年版,第 46 页。

风格。

诗集中的形象朴素而美丽。诗人用丰富的想象、用通俗简洁的文笔描绘日常生活与大自然中的各种形象：飞鸟、群蜂、花树，草舍、田野、荒林，晨光、阴空、繁星，农夫、修路工人、孩童、顶水罐的女人……造成一种富于诗意的质朴和优美，如第 21 首诗："春天把花开过就告别了。如今落红遍地．我却等待而又流连。潮声渐喧．河岸的荫滩上黄叶飘落。"第 48 首诗："清晨的静海，漾起鸟语的微波；路边的繁花，争妍斗艳；在我们匆忙赶路无心理睬的时候，云隙中散射出灿烂的金光。"第 53 首诗："你的手镯真是美丽．镶着星辰，精巧地嵌着五光十色的珠宝。"朴素、清新、优美的画面含蕴丰富，意境令人回味无穷。

再次，自由、富于变化而优美的韵律。《吉檀迦利》使用源于西方的散文诗的形式，泰戈尔用它获得了远大于格律诗的表达自由：篇幅与句子的长短不受限制，押韵与否不受限制。同时，泰戈尔运用诗歌追求音韵美的手法，使散文诗具有了灵活多变而优美的韵律。

《吉檀迦利》问世已经一个多世纪了，今天它依旧被各国读者喜爱。在这个分隔与仇恨难以消除、充满功利与浮躁的世界上，它对和谐同一的追求、它高度的艺术成就使它历久弥新、香远益清，它将永存世界文学史册。

第四节　普列姆昌德

普列姆昌德(1880—1936)是印度现代文学史上现实主义文学的奠基人、印度文学史上仅次于泰戈尔的伟大作家、具有世界影响的作家。

一、生平与创作

普列姆昌德 1880 年 7 月 31 日出生在印度北方邦贝拿勒斯(瓦腊纳西)附近拉莫希村一个印度教刹帝利亚种姓、生活水平中下的农民家庭，父亲是当地邮局的职员。他六七岁进农村的旧式小学读书，八岁丧母，十岁进镇上的学校读书，开始喜欢文学；十七岁时由父亲和继母包办娶妻；随后父亲去世，他开始部分地承担起一家五口的生活重担，先是做家教，十九岁时成为月薪 18 卢布的小学教师。

1902 年至 1904 年普列姆昌德在师范学院学习期间正式走上文学道路。毕业后他先后担任小学教师、县副督学、中学教师，期间先后获得教学证书和英语、波斯语、历史学士学位，同时努力创作。早年谋生的艰辛、长期的农村和小镇生活、担任副督学后经常到农村视察，都使他了解、同情农民的疾苦。普列姆昌德从小生活的北方邦是印度教的摇篮，民族文化氛围浓，这一切都深深影响了他的创作。1915 年前他用乌尔都语创作，之后为了让更多的读者能读他的小说而用印地语创作。

1918 年之年前是普列姆昌德创作史上的早期，这个阶段他主要创作短篇小说。20 世纪初高涨的民族独立运动、圣社①和辨喜②思想的影响都加强了他的民族情绪,因此,他在这个时期的创作中表达反帝爱国思想,揭露旧制度旧思想的不合理,寄希望于传统的农业文明。他这个时期的重要作品有短篇小说集《祖国的痛楚》(1908)等。这部作品遭到殖民当局的禁毁,但"不仅在读者中引起强烈的反响,而且受到当时文坛的领袖马哈维尔·伯勒萨德·德维威迪的热情赞扬"③。

1918年之后普列姆昌德的创作进入成熟期,他确立了现实主义的创作方法,进入了创作题材更为广泛、反映现实更加深刻、塑造形象更加典型的阶段。

《服务院》(1918)是普列姆昌德的第一部长篇小说、标志着他创作成熟的作品,也是印地语现实主义文学的奠基之作。小说主人公苏曼没有陪嫁,只好嫁给一个中年丧偶的小职员,遭丈夫遗弃后她沦落为娼,走投无路时被送进社会改革家办的"服务院"中栖身。小说成功塑造了被侮辱被损害的妇女的形象,矛头直指压迫妇女的封建制度和上层人的虚伪卑鄙、世态的炎凉。小说的结局不是现实主义而是理想主义的,体现了"圣社"和甘地思想的影响。

20年代以后,普列姆昌德成为"甘地主义的忠实追随者"④。1921年他响应甘地的"不合作"号召,辞去月薪120卢布的公职,开始做专业作家,此后他做过编辑、办过出版社,经济状况不佳。20年代中期曾有封建王公以400卢布月薪和别墅、小汽车聘他做私人秘书,遭到他的拒绝。随着他《博爱新村》(又译《仁爱道院》,1922)、《妮摩拉》(1923)、《舞台》(又译《战场》,1928)等新作的不断问世,他在文学界的地位不断提高,影响不断扩大,到20年代末他成为受国内外关注的著名作家,经济状况也得到改善。1929年他拒绝了殖民当局授给他的封号,表示只接受人民授的封号。

《仁爱道院》是普列姆昌德第一部农村题材的长篇小说,"这部小说基本确定了作家未来关于农村生活的主调"⑤。小说中的地主葛衍纳贪婪冷酷,剥削压迫农民,为霸占家产赶走哥哥普列姆、谋害岳父、欺骗大姨。留学归来的普列姆接受了新思想,尽力帮助农民,建立起富裕和谐的"博爱新村"。葛衍纳的儿子成为普列姆的追随者,宣布把继承的土地分给农民,葛衍纳投河自尽。小说真实描写了农村尖锐的矛盾冲突,成功塑造了不择手段攫取财富的地主葛衍纳的形象。故事的结局是作者的村社文明理想和甘地主义思想的体现。

《妮摩拉》是一部反映女性婚姻悲剧的优秀的中篇小说。小说中十五岁的少女妮摩拉因没有嫁妆而嫁给年近四十的鳏夫孟西,这桩不合理的婚姻引发的家庭矛盾夺去了三个年轻的生命。小说对传统婚姻制度的批判比《服务院》尖锐,也没有为妮摩拉安排"服务院"式的归宿,表明作者在现实主义的道路上向前迈进了一步。

---

① 20世纪初印度北方最有影响的宗教改革团体,主张"回到吠陀""印度是印度人的印度",同时主张革除印度教的弊端如童婚、守寡制度。
② 印度近代著名社会活动家和宗教改革家,希望"把今天贫穷而软弱的印度民族重新变成在古老年代里那强盛、富足而令人自豪的雅利安民族",兴办救济院、孤儿院和学校。
③ 刘安武:《普列姆昌德和他的小说》,北京出版社1992年版,第34页。唐仁虎等编《印度文学文化论》,北京大学出版社2000年版,第146页。
④ 同上。
⑤ 麦永雄主编:《东方文学与东方文化》,广西师大出版社2001年版,第139页。

《舞台》是一部表现工业文明和印度传统的农业文明之间的冲突的长篇小说。小说主人公苏尔达斯将祖传的土地交给农民放牧,自己过着自由、超脱的乞丐生活。资本家欲买他的土地建厂,他认为工厂会败坏社会道德、破坏农村秩序,拒绝出卖土地。资本家取得王公、官吏的支持强行征地,他拒绝搬迁,被殖民官打死,人们为他建立了纪念碑。小说将苏尔达斯写成传统美德和生活方式的化身、道义的化身,他也是"普列姆昌德笔下最为典型的甘地式人物形象。这部小说可以说是甘地主义文学化的一个典型"[1]。同时,苏尔达斯的结局也表明作者对甘地主义的怀疑。小说结尾的纪念碑是作者为农业文明无可挽回的溃败命运唱出的挽歌。

20年代末期,印度民族解放运动掀起了新高潮。30年代之后,马克思主义和苏联的影响开始在印度传播,使得普列姆昌德的思想发生了深刻的变化:他不再寄希望于村社文明,也加深了对甘地主义的怀疑、加强了反帝反封建的斗争精神,最后他成为"社会主义的同情者和支持者"[2]。他30年代的创作直面残酷的现实,现实主义进一步深化,这个时期他完成了长篇小说《戈丹》(1936)以及短篇小说《可番布》(1936)等杰作。他的小说集《进军及其他》(1933)曾被警察没收,30年代他一再遭到落后势力的攻击。

辛勤创作的同时,普列姆昌德还致力于培养年轻作家、推动印度文学的进步。1930年和1932年,他创办了期刊《天鹅》和《觉醒》,这两份刊物由于其明显的进步倾向均遭到当局压制。1936年4月,他参与发起的印度进步作家协会成立,他任第一届大会主席,主持了大会并发表了题为《文学的目的》的演说。

同年10月8日普列姆昌德病逝,享年56岁。

普列姆昌德是杰出的文学家。他留下了15部中长篇小说、300篇左右的短篇小说、一些电影文学剧本和儿童文学作品,以及近700散文,包括文学评论、政论文等。他是印地语和乌尔都语文学史上第一个抛弃离奇故事、走现实主义道路的小说家,他的小说堪称反映殖民时代印度农村社会风貌的史诗,"他在作品中所涉及的印度生活的深度和广度,都是前所未有的"[3],超过了泰戈尔、萨拉特;他的小说有鲜明的反殖民反封建倾向和对人民的同情;印度文学史上他第一次使贫苦农民成为作品的正面主人公。艺术上,他的小说风格朴实、平易、明晰,独具魅力。他的文学理论主张"为印度现实主义文学奠定了理论基础"[4]。他的创作为印度现实主义文学开辟了广阔的道路,也产生了世界性的影响。

二、《戈丹》

《戈丹》是普列姆昌德创作的顶峰、迄今为止印地语文学史上最优秀的小说。

"戈丹"在印地语中是"献牛"的意思。印度教规定,人临死前要以"献牛"为谢礼请婆罗门祭祀举行"戈丹"仪式以"净化"灵魂。

---

[1] 吴元迈主编,石海峻著:《20世纪外国国别文学史丛书·20世纪印度文学史》,青岛出版社1998年版,第86页。
[2] 唐仁虎等编:《印度文学文化论》,北京大学出版社2000年版,第152页。
[3] 同上书,第156页。
[4] 麦永雄主编:《东方文学与东方文化》,广西师大出版社2001年版,第156页。

小说情节主线是以何利一家为中心的柏拉里村农民的生活,副线是勒克瑙城里的地主、资本家和知识分子的生活,作者由此在空前广阔的背景下展示了印度第三次民族解放运动高潮之后农民的苦难。

何利的土地大半是向地主莱易老爷租的,因此他喜欢向莱易老爷献殷勤。他平生"最美丽的梦想,最崇高的愿望"①是拥有一头母牛——它可以产奶,还是膜拜的对象、吉祥的象征、体面农民的象征。他向邻村牧人薄拉赊了一头奶牛,儿子戈巴尔因此与薄拉守寡的女儿裘尼娅一见钟情。弟弟希拉见牛眼红,认为兄嫂分家不公隐瞒了钱财,毒死奶牛后逃走。巡官借机敲诈,扬言要搜查希拉的家。何利不愿弟弟受辱,为贿赂巡官向村里的头人借钱,妻子丹妮娅发现后加以阻止并当众指责巡官和头人勾结敲诈。戈巴尔进城挣钱,何利和丹妮娅收留了怀孕的裘尼娅,村里的长老会借口此举"伤风败俗"罚去了何利所有的粮食和抵押房子的钱,薄拉又来牵走何利仅有的两头耕牛抵债。何利借粮度日,沦为婆罗门达塔丁的雇工。他寄希望于甘蔗的收成,但卖甘蔗的钱全被高利贷者金古里·辛和地主的管事诺凯·拉姆拿走,买奶牛的希望又一次落空。又一季甘蔗丰收,但村里的管账员怂恿高利贷者到法院控告何利不还债,法院将何利的甘蔗拍卖了抵债。何利借债嫁出了大女儿索娜。他交不出地租,为了土地不被诺凯·拉姆收走而变相将十来岁的小女儿卢巴卖给一个只比自己小三岁的男人为妻。他仍没有放弃买奶牛的梦想——孙子需要喝牛奶。为此他白天在外面干活,晚上和妻子搓绳子挣钱,最终累死、热死在工地,攒下买牛的二十安娜钱被婆罗门祭司达塔丁拿去。

何利是印度旧式农民的典型形象。他勤劳坚忍、善良忠厚、富于自我牺牲精神。作为家里的顶梁柱,他"冒着三月的热风、冒着十一月的大雨干了一辈子活",仍常常食不果腹,地主、巡官、头人等一次次敲诈勒索他,将他推向破产,但他一直积极顽强地按自己的准则奋斗。他会打妻子,但他实际上和妻子之间感情很深;儿子给他招来大祸,他不是抱怨儿子而是同意收留裘尼娅,他不希望儿子替家里还债,让儿子远走寻找自己的幸福。他有点私心,比如卖竹子时会串通买主虚报竹价以少分弟弟几个钱,但他本质厚道,对弟弟以德报怨,借高利贷阻止巡官搜查弟弟的家,弟弟逃走后替弟弟照顾家人、种地,花的时间精力多过种自己的地,结果弟弟的地丰收了,他自己的地收成却不好;得知薄拉是因为没有草料才卖牛,他马上把牛还给薄拉并送他草料。"别人家的房子着火了,要他站在旁边伸着两手烤火,这样的事他是学也没有学过的。"

另一方面,他宿命论思想浓、胆小怕事、逆来顺受。他认为贵贱是老天爷安排的,人一生下来就不平等,地主有权剥削农民,因此,他常到地主家献殷勤,如帮地主收节礼、在地主家演的戏里扮演小角色;他怕巡官、怕打官司、怕村中的长老会,用借高利贷、交出全年的粮食收成、抵押住房来满足敲诈者的要求。他的座右铭是"住在水里跟鳄鱼作对,那是呆子","别人的脚踩在自己身上,只得放聪明点,在那脚底板上抓抓痒"。直到地主要夺去他视为命根的土地,他仍认为"这是老天爷的意旨啊,为什么责怪莱易老爷呢,他毕竟要靠佃农来维持自

---

① 文中未加脚注的引文均来自普列姆昌德:《戈丹》,严绍端译,人民文学出版社1978年版。

己的生活呀"。一次又一次的打击使他的心态逐渐变化,破产后他终于发出了不平之鸣,但他并未彻底觉悟,而是沿着老路走到底。闭塞落后的农村环境的限制、统治阶级长期的残酷剥削与压迫、封建礼法与宗教意识的影响,造就了他认同现存社会秩序、不敢也不想反抗的性格。

丹妮娅是一个"说话刻薄,心肠却软得像一团蜡"的劳动妇女。她和丈夫一样勤劳坚忍、富于自我牺牲精神,但不像丈夫那么胆小,逆来顺受,而是大胆泼辣、富于反抗精神。结婚后她侍奉公婆、抚养两个小叔子和三个儿女长大,辛苦当家,尽力让家人生活好,自己常常忍饥挨饿。她不满现存秩序,反对丈夫去讨好地主,面对巡官、长老会的敲诈勒索,她目光犀利,揭露一针见血;她不顾教规和传统习俗让丈夫收留裘尼娅,还收留了被达塔丁的儿子引诱后走投无路的首陀罗皮匠族姑娘西里娅。她甚至不满甘地的斗争方式,说"坐监牢是坐不出好政府来的"。小说中她的形象放射出耀眼的光彩。

在压迫剥削何利的一群吸血鬼中,莱易老爷作为当时印度典型的地主形象引人注目。他善于伪装,借民族运动的机会,以抛弃议员职务和坐牢来沽名钓誉、赢得农民的尊重;他待农民和蔼,说自己是农民的保护人,不愿意剥削农民,希望不合理的社会制度赶快结束,还拿出土地供农民放牧。实际上,他和殖民当局关系良好,凶狠地对农民巧取豪夺,要农民服劳役、送节礼、加地租等等,自己生活奢华,爬上去当了省内政部长,得到了英国女王授予的封号。

小说将莱易和其他吸血鬼的剥削压迫下何利的命运处理成当时印度农民命运的缩影:何利的遭遇"不仅仅是何利一个人的光景,全村的人都在遭受这样的灾难",而莱易们的故事告诉读者问题的根源在社会制度。小说也探讨了解决问题的途径:对于何利,作者哀其不幸而怒其不争,何利之死完全没有苏尔达斯式的"精神胜利"色彩,作者借丹妮娅之口明确否定了甘地主义,借梅达之口告诉读者:须从改变现行制度入手解决社会问题:"要砍倒一棵树,必须用斧头斩它的根,光是揪掉一些树叶是无济于事的。"尽管作者提不出具体的改变社会制度的方案,只能寄希望于戈巴尔主张的农民团结和梅达这样的对不合理的社会现实有清醒的认识、怀着仁爱之心帮助他人的知识分子,这部小说达到的思想高度,也超过了作者以往的任何一部小说。

艺术上,《戈丹》取得了巨大的成就。小说反映生活的广阔性、深刻性超过了作者以往的作品。小说主要写农村生活,作者不但对农民的田间与家庭生活进行了精确生动丰富的描写,而且用典型化的手法使主人公的遭遇成为所有农民遭遇的缩影;同时,小说通过戈巴尔进城后的生活和莱易老爷等人在城里的活动,将农村与城市联系起来,深刻揭示了城乡剥削者的勾结、地主等吸血鬼和殖民当局、政府机构的勾结造成了农民的苦难。小说描写城市生活不够生动与逼真,主线与副线的联系不够紧密,但广阔的历史画面、对生活本质的深刻揭示使小说成为20世纪30年代印度农村生活的史诗。

小说塑造人物形象的成功性超过了作者以往的作品。作者从生活实际出发塑造人物形象,注重人物性格形成与发展的生活基础:何利与丹妮娅的勤劳、坚忍、善良、自我牺牲来源于他们底层农民的出身、经历与宗法农民的道德观念,何利的胆小怕事、逆来顺受和他作为一家之主承受的压力、他的社会阅历与"教养"密不可分,丹妮娅有丈夫作为依靠却没有丈夫那样深的阅历与"教养",因此,她泼辣勇敢、有反抗精神。作者将那个时代农民与地主有代表性的性格集中到主要人物身上,通过"重场戏"如买牛经历、巡官敲诈、长老会勒索来集中表现主人公最重要的性格特征,同时通过丰富的日常生活场景展示主人公性格的多面性。作者善于设计极富表现力的人物言行,也善于进行细致的人物心理分析,还善于使用对比手法来突出人物个性,如何利与丹妮娅、与戈巴尔的性格形成鲜明的对照与衬托;莱易老爷刚刚还在何利面前大谈自己是农民的保护人、不愿过剥削生活,听说自己不给服劳役的农民吃饭惹得农民罢工,立刻就性相毕露去"收拾"农民,前后的言行形成巧妙的对比,暴露了他的伪善。小说人物形象塑造达到了印度现代文学史上的最高水平。

诚如学者所言,"《戈丹》所展示的印度农村生活是一幅不朽的图画,所刻画的主要人物是不朽的典型"[①],小说在今天的世界各国依旧拥有读者,依旧给人们文学享受。

第五节 夏目漱石

夏目漱石(1867—1916)是日本近现代文学的著名作家、评论家、英文学者。他开拓了现实主义文学的道路,在日本近现代文学史上享有盛誉。

一、生平与创作

夏目漱石,原名夏目金之助,"漱石"是他的笔名。夏目漱石1867年出生于江户(今东京)一个没落的"名主"家庭,两岁时便被过继为严原家的养子。他的幼年和童年时代,未曾得到过父母的抚爱,也没有体验过真正的家庭温暖。9岁时因养父母情感不睦离婚,夏目漱石才回到亲生父母身边。然而这样的幸福日子极其短暂,父兄一向与他不睦,并对他浓厚的文学志向不以为然。夏目漱石自幼深受汉学熏陶,14岁开始学习中国古典文学,曾熟读唐诗宋词。15岁时他的母亲因病去世,19岁就离家开始其漂泊生涯。这些遭遇对于夏目漱石的心境及日后的创作产生了很大的影响。

1884年夏目漱石中学毕业后考进了东京大学预备学校,1888年升入东京第一高等中学本科,并选定了西方文学专业,此时他与其同学即后来的俳句运动倡导者正冈子规结为挚友。那时夏目漱石在子规的鼓舞之下,写了不少的汉文、汉诗。1889年以汉诗体作游记,后来将它们辑成一书《木屑录》,这年他首次使用"漱石"为笔名,《木屑录》可以说是他最早的作品。

1890年夏目漱石进入东京帝国大学英文科就读,因成绩斐然并不时发表学术论文,1893年大学一毕业他就在校长的推荐下顺利进入东京高等师范任教,同时积极参与正冈子规的俳句革新运动。1894年,夏目漱石罹患肺结核,为了养病,赴圆觉寺参禅。参禅的生活丰富了日后创作的题材,但他的病情并未好转,再加上神经衰弱,厌世的心情由是萌发。后辞去

---

① 刘安武:《普列姆昌德和他的小说》,北京出版社1992年版,第78页。

高等师范学校教师之职转入熊本第五高等学校任教。

　　1900年夏目漱石被政府派往英国官费留学,攻读英国文学,致力于文学理论和东西方文学比较研究。由于留学经费不足,人地生疏,他在英国备受冷落和歧视,内心忧郁苦闷,严重影响了身心健康。此时夏目漱石赖以生存的理想几乎幻灭,再加上妻子又因怀孕而极少来信,他的神经衰弱因此加剧,一直到回国后他始终为神经衰弱所苦。1903年夏目漱石回国任教,在东京第一高等学校任英语教授并兼任东京帝国大学英国文学讲师,一边教学一边创作。1905年38岁的夏目漱石在《杜鹃》杂志发表处女作长篇小说《我是猫》,一举轰动日本文坛,成为日本知名作家。《我是猫》给夏目漱石带来了莫大的荣誉,奠定了他在明治乃至整个日本文学史上现实主义作家的历史地位,成为日本现实主义文学重要的奠基人。深受鼓舞的夏目创作激情倍增,此后10年是他创作的高峰期,其作品无论是思想还是艺术水准亦不断提高,先后发表前三部曲、后三部曲等多部力作,显示出不凡的艺术才华,从此走上了专业创作的道路。

　　夏目漱石在12年的创作生涯里,先后写出15部长篇和中篇小说、7篇短篇小说、两部文学理论著作以及大量诗歌、评论、随笔等。他在自己的作品中深刻形象地揭示了日本明治维新后文明社会的丑恶现实,细致地剖析了日本近代资产阶级知识分子悲惨、无奈、卑劣的精神世界,表达了作者对现实的强烈不满和深沉的悲愤。他的文学创作活动大致可以分为三个时期。

　　早期创作(1904—1907),这一时期的主要作品有长篇小说《我是猫》(1905),中篇小说《哥儿》(1906)、《旅宿》(1906)、《二百十日》(1906)、《疾风》(1906)等。《我是猫》代表了夏目漱石创作的最高成就,小说淋漓尽致地反映了20世纪初日本中小资产阶级的思想和生活,尖锐地揭露和批判了明治时期的日本社会。《哥儿》是根据作者的亲身体验而创作的,作品写一个不谙世故的青年知识分子在一所初级中学担任教师的经历,无情批判了日本社会制度的黑暗和教育的腐败,颂扬了善良和正义。这一阶段是夏目漱石思想和艺术的探索阶段,其创作基调是直面社会现实,并予以尖锐抨击和犀利批判,闪射着社会批判的光芒。

　　中期创作(1907—1910)是他辞去大学教师之职成为专业作家后的创作。主要作品有长篇小说《虞美人草》(1907)、《矿工》(1908)、《三四郎》(1908)、《从此以后》(1909)、《门》(1910)等。《虞美人草》描写女主人公藤尾爱慕虚荣、追求浮华、人格扭曲,始终无法摆脱畸形的恋情,最终绝望自杀。作品反映了日本社会拜金主义对人的个性的摧残和扭曲,表达了作者的道德理想。长篇小说《三四郎》《从此以后》《门》被誉为夏目漱石的前三部曲,这三部作品的故事情节并无关联,人物也各不相同,但它们所描写的思想内容却具有内在的逻辑联系。三部作品都描写了知识分子的爱情生活,但作者所要表现的思想意义却是明治时代日本知识分子在不同的人生阶段痛苦的生活和悲哀的命运,展现他们善良正直、努力追求理想、不满现实而又无力抗争的精神状态,其中不乏对明治社会黑暗现实的揭露和批判,整部作品呈现出鲜明的社会批判的思想倾向。夏目漱石这时期的作品基调从反映社会现实转向了表现家庭生活、剖析人物内心世界、展示个性要求与世俗伦理的矛盾,对明治社会也有一定的批判。

　　后期创作(1910—1916),这一时期的重要作品有长篇小说《过了春分时节》(1912)、《行人》(1913)、《心》(1914)和自传体长篇小说《道草》(1915)、未完成的长篇小说《明暗》(1916)

等。《过了春分时节》《行人》和《心》这三部长篇小说被称为"后三部曲",其共同的主题仍然是写知识分子的爱情和婚姻,着重探索现代人的心灵痛苦,剖析自我与社会的冲突,刻画了一群自私自利的知识分子形象,展示了小资产阶级知识分子的梦想、追求和理想的幻灭。《明暗》是夏目漱石最后一部长篇小说,基本延续了后三部曲的主题,通过主人公的爱情纠葛来揭示人物心灵深处的利己主义,其中多了一些积极因素的描写,给小说增添了几许亮色,但这部作品是夏目漱石没有完成的一部力作。夏目漱石的晚期创作,批判的锋芒收敛了许多,创作倾向转向批判利己主义,作品多以主人公的感情纠葛为基本情节,集中表现了知识分子的苦闷与孤独,同时也对利己主义进行了谴责和批判。

1916年12月9日,夏目漱石因胃溃疡突然恶化,不幸去世,年仅49岁。

夏目漱石一生只度过了49个春秋,38岁才发表处女作《我是猫》,可谓大器晚成,并且他的文学创作只维持了短暂的12个年头,然而他却在日本文学史上享有盛誉,家喻户晓。他的作品被中小学选作教材,几乎所有的日本人都读过他的作品,他是日本近代文学史上杰出的代表作家。

纵观夏目漱石一生的创作,不难看出他是一位具有鲜明的现实主义倾向的作家。他的创作无一不触及日本明治社会的某些本质方面,对现实生活中的庸俗、丑恶现象以及日本"现代文明"所带来的种种弊端作了尖锐的讽刺和深刻的批判,对利己主义进行了无情的鞭挞。他的创作始终关心社会现实,认真思索人生,坚持现实主义的创作方法,努力通过各种各样的典型形象反映生活,特别是知识分子的生活,生动地表现了日本近代由传统向现代转型过程中的混乱与矛盾、知识分子的苦闷与忧伤,为日本现实主义文学的发展奠定了坚实的基础。夏目漱石在创作风格上主张以旁观者的立场和悠然自得的态度吟味自然、艺术和人生,他擅长运用对句叠句、幽默的语言和新颖的形式,无拘无束地表述他的人生哲学。他的作品风格朴实、幽默,结构巧妙、多样,描写生动、感人,语言朴素、细腻,达到了相当高的艺术水平。

二、《我是猫》

《我是猫》是夏目漱石创作的第一部长篇小说,也是他的代表作,这是日本近代文学史上一部风格独异的幽默讽刺作品。《我是猫》写于1904年至1906年,1905年1月起在《杜鹃》杂志上连载,不久编成上、中、下三册出版。此时日本已经确立了以天皇为中心的大地主大资产阶级联合政体,明治政权对内残酷剥削百姓,强化专制统治,对外侵略扩张,掠夺别国财富,使得日本社会贫富分化加剧、阶级矛盾日益尖锐。夏目漱石清醒地认识到这些弊端,在其小说中以一只猫的视角,俯视着日本当时的社会,俯视着20世纪所谓现代文明的大潮,同时发出种种嘲弄和讽刺,嬉笑怒骂,抨击时弊,揭露黑暗,艺术地再现了当时小资产阶级知识分子的生活现状和精神面貌。

小说以"咱家是猫。名字嘛……还没有"①开头,以第一人称"我"讲述了一个简单的故

---

① 夏目漱石:《我是猫》,于雷译,译林出版社1994年版,第1页。

事。我是猫,我的主人是一个叫苦沙弥的中学教员,他喜欢清静,总是躲在书房里捧着书用功,可是没看几页就睡着了;主人患有胃病,但饮食却没有节制;主人的工作清闲悠然,而他自己却觉得他是世上最辛苦最委屈的人,总是诉苦发牢骚;主人生活清贫,性情却是极为高傲的。他兴趣广泛,却一事无成。我的主人常和他的朋友们"美学家"迷亭、"理学士"寒月、"艺术家"东风、"哲学家"独仙在一起谈古论今、吟诗作文,互相吹捧各自所写的奇文、新诗、新剧等打发时日。一天,资本家金田的夫人为女儿的婚事上门向苦沙弥了解寒月的情况。苦沙弥和迷亭一起把她嘲弄了一番。于是金田很恼火,就来报复主人,由此主人家里平添了不少麻烦。金田先是指使一伙人侮辱谩骂主人,接着唆使苦沙弥的同事进行报复,之后又收买主人家的邻居和附近学校的顽皮学生经常在他窗下捣乱,使他不得安宁,心烦意乱,最后还叫苦沙弥过去的同学对他进行规劝、恐吓。风波过后,生活依然如故。主人与迷亭、寒月等一班朋友又聚在客厅里高谈阔论、嬉笑怒骂,他们攻击世道每况愈下,痛斥资本家凶狠可恶,而我总在旁边打瞌睡。主人有个学生三平,要和金田小姐结婚了,他来邀请主人参加婚礼,主人断然拒绝。主人家的聚会散了,家里顿时寂静起来,我也觉得沉闷,于是就跑去偷三平宴会上的啤酒喝,醉酒的我不慎掉进水缸,在挣扎中死去。"咱家死了,死后才得到太平,太平是非死得不到的。"①

《我是猫》以第一人称"我"的口吻展开叙述,没有完整的线索,在看似不经意的猫的所见所闻所感的表述中,鲜明地表现出了严肃的主题。小说以一只拟人化的猫的视角观察明治维新后的日本社会,淋漓尽致地反映了20世纪初日本中小资产阶级知识分子的思想和生活,生动幽默地描绘了小资产阶级知识分子的正直、善良、迂腐、清高,既不满现实又懦弱无能,既时时与社会相抵触又缺乏积极抗争行动的既可怜又可悲的处境和精神状态。《我是猫》以诙谐幽默的笔调,尖刻的语言,独特的视角,从多个侧面揭露、抨击、嘲讽了明治社会的种种弊端,鞭挞了人类固有的弱点、拜金主义的罪恶、资本家及其走狗的卑劣嘴脸、官僚机构和警察制度的反动、文化教育的腐朽、伦理道德观念的堕落,流露出作者对现实所持的否定态度和对未来所抱的悲观情绪。

小说用漫画式的夸张手法,以诙谐的语言、细腻的笔调和犀利的笔锋,成功塑造了一群日本明治时代富有正义感而又空虚软弱的小资产阶级知识分子群像。在猫主人苦沙弥周围聚集了一批正直善良、愤世嫉俗、自命清高、玩世不恭、不满现实、揭露时弊的知识分子,他们常常聚在一起谈天说地、道古论今、孤芳自赏、故作风雅、卖弄知识、嘲笑世俗、无所事事,在他们尖刻、讥讽的语言中,却也表达了处在黑暗之中的人民愤懑的情绪。然而他们又缺乏高度的社会责任感,无力把握时代的潮流,同时丧失了人生目标,是一群无所适从的弱者。作者对他们的人生态度和懦弱无能进行了调侃和嘲笑,同时也蕴含着作者本人的同情、苦闷和悲哀。他们这种充满矛盾的生活状态和性格特点,正是当时既不满上层统治者又不愿与人民为伍的处在社会中间状态的中小资产阶级知识分子的典型写照。

通过猫的眼睛,苦沙弥的"执迷不悟"、寒月的不慕时尚、迷亭的玩世不恭、独仙的"大彻

---

① 夏目漱石:《我是猫》,于雷译,译林出版社1994年版,第477页。

大悟",乃至铃木的自私与势利等,各自不同的品性跃然纸上。苦沙弥是日本小资产阶级知识分子的典型形象,他为人正直、心地善良、蔑视权贵、鄙视世俗、甘居清贫、不满现实、疾恶如仇。同时他也有着鲜明的弱点,心胸狭窄、目光短浅、消极混世、得过且过、精神空虚、夸夸其谈、不学无术、庸俗无聊、软弱无能、不谙世道。苦沙弥的懦弱无能正是日本近代社会的产物,现实的黑暗、性格的软弱、思想的混乱,使他成为一个可怜可悲而又可笑的人。作者来自这个阶层,熟悉他们的生活习性和心理特征,因而在作品中真实地再现了他们的生活,有力地鞭挞和嘲笑了他们的弱点,在这种辛辣的讽刺背后,也隐藏着作者的苦闷和悲哀。

《我是猫》是日本近代文学中讽刺文学的典范之作,在艺术上取得了卓越的成就。

第一,奇特的结构。小说没有整体的结构框架和曲折复杂的故事情节,整部作品以猫为主角,以猫的一生作为叙事架构,以猫的见闻和感受为主线,以苦沙弥及周围人物的活动为中心,使作者可以自由灵活地表达主题。猫的叙述和议论看似松散随意,实则形散神不散。在整部小说里,"我"是一只猫,一个虚构的、独特的艺术形象,小说以"我"的出生为开头,"我"因喝了啤酒掉进水缸淹死而结束,猫作为一个完整的艺术形象,不仅具有动物的习性,而且具有人的思想意识。作品中猫起着多方面的作用,既起叙述的作用,又起评论的作用,还起着串连故事的作用,构思独特,新颖别致,流畅生动。

第二,独特的视角。小说以猫眼看世界,猫口论人生,从一只猫的视角来观察社会,洞悉人生,可以见人所未见,言人所未言,嬉笑怒骂,针砭时弊。猫是作品中一个独立的艺术形象,既有动物的特性,又被赋予了人的思想和感情,是作者的代言人。这只猫也同人一样,在丑恶的现实社会中产生了苦恼和悲观情绪,最后因偷喝啤酒,昏迷中掉进水缸淹死了。

第三,出色的幽默讽刺艺术。小说语言幽默,讽刺辛辣,既继承了日本古典文学中讽刺传统,又吸收了英国18世纪文学中的幽默讽刺手法,如插科逗趣、猫态猫语等等。

第四,语言平白、通俗,有生活气息。简洁凝练、含蓄幽默、饶有趣味的语言特色充分展示了夏目漱石语言大师的才华。

第六节　川端康成

川端康成(1899—1972)是日本现代著名小说家,日本新感觉派的主要代表。1968年获得诺贝尔文学奖,也是第一个获得诺贝尔文学奖的日本作家。

一、生平和创作

川端康成出生于日本大阪一个普通医生家庭,祖辈曾是大户人家,但家道中落。川端康成从幼年时就饱尝人生的悲凉,两岁时父亲患肺结核去世,一年后母亲也因肺结核去世,此后与祖父母共同生活。由于身体孱弱,他的幼年生活几乎从不与外界接触,而这种过分的保护并没有改善他的健康,反而造就了他忧郁、扭曲的性格。之后不幸又接踵而至,8岁时祖母病逝,10岁时唯一的姐姐去世,年少的川端康成只能与风烛残年、双目失明的祖父相依为命,16岁那年祖父也溘然辞世,他开始了寄人篱下的孤儿的悲苦人生。孤儿的遭遇、过早而频繁地接触死亡给他的童年生活带来更多忧郁悲凉,也促使他一生都思考着生与死的问题。畸形的家境、寂寞的生活、一生漂泊无着、心情苦闷忧郁,造就了他孤僻、感伤、内向的性格和气质。他的童年融入了深刻的无法克服的忧郁、哀伤因素,内心不断涌现对人生的虚幻感和对死亡的恐惧感,这种内心的痛苦与悲哀成为后来川端康成文学中浓郁而持久的色调。

川端康成自幼酷爱读书,他曾阅读了《源氏物语》《枕草子》等许多日本古典名著,培养了他对文学的浓厚兴趣,古典名著中那种幽怨缠绵的文体也自然而然地渗透到他日后的文体风格中。1917 年中学毕业后他考入东京一高英文科,开始大量阅读陀思妥耶夫斯基、托尔斯泰、契诃夫等俄国作家以及志贺直哉、芥川龙之介等日本近现代作家的作品。正在流行的俄罗斯文学以及直接接触日本文坛的现状和"白桦派""新思潮派"的作家和作品,使他眼界顿开。他在中学《校友会杂志》1919 年 6 月号上,发表了第一篇习作《千代》,以淡淡的笔触,描写了他同三个同名的千代姑娘的爱恋故事。1920 年 9 月 川端康成进入东京大学英文系,第二年转入国文系。在大学期间热心文学事业,积极参加编辑同人杂志第六次《新思潮》,在该刊发表短篇小说若干篇,其中《招魂节一景》(1921)描写马戏团女演员的悲苦生活,获得意外好评,使他在日本文坛崭露头角。

1924 年川端康成大学毕业后踏入文坛,成为专业作家。同年 10 月他与横光利一等人共同创办杂志《文艺时代》,并以此为核心发起以反叛旧文学、革新文坛为主要目标的"新感觉派"文学运动。"新感觉派"受西方象征主义、表现主义、达达主义等现代主义文艺思潮的影响,高举反传统的旗帜,强调作家的自我主观感受和主观感情,以主观性的表现手法替代传统叙事文学的客观性,被称作日本现代主义文学的先驱。《感情装饰》(1926)是他在这一运动中的代表作。作为"新感觉派"文学的旗手,川端康成进一步确立了自己的文学家的地位,同时也形成了文学上一以贯之的主观唯美特征。

1926 年川端康成发表短篇小说《伊豆的舞女》,一举成名。1927 年 5 月《文艺时代》停刊后,他又先后参加了《近代生活》杂志、十三人俱乐部和《文学》杂志的活动。20 年代末期和 30 年代初期,川端康成受乔伊斯的意识流和弗洛伊德精神分析说的影响,相继写出两篇模仿式的小说《针、玻璃和雾》(1930)和《水晶幻想》(1931),成为日本最早进行新心理主义小说创作实践的作家之一。

进入 30 年代以后,日本军国主义势力疯狂推行对亚洲的侵略政策,中日战争全面爆发。在战争年代里,川端康成既没有像进步的无产阶级作家那样激烈反对和抵制侵略战争,也没有狂热地鼓吹圣战,美化法西斯侵略。他大部分时间过着半隐居的生活,继续写作几乎与战争无关的作品,表现出一种超然的态度。1945 年日本战败投降,给他以很大的刺激,战后动荡的现实也使他深感失望和不满。

川端康成早期的创作主要有两类。一类是描写孤儿生活,抒发孤独的情感体验,表现对已故亲人的深切怀念与哀思,描写自己的失恋过程,抒发失意的烦恼、痛苦、哀怨,这类作品的代表有《精通葬礼的人》(1923)、《致父母的信》(1923)、《十六岁的日记》(1925)等。早期所创作的作品多是川端本人的经历和体验,具有描写细腻、感情真挚、激动人心的艺术效果。但由于作者自身的经历和性格因素,他的这些作品自始至终充满低沉哀伤的气息和悲凉寂寞的情调,因而思想高度和社会意义受到一定局限。另一类是描写舞女、艺妓、女艺人、女侍者等下层妇女的悲惨遭遇,表现她们对生活、爱情和艺术的追求的作品,《招魂节一景》(1921)、《伊豆的舞女》(1926)、《温泉旅馆》(1929)、《花的圆舞曲》(1936)和《雪国》(1937)等是这类作品的代表。这类作品真实地再现了这一时期社会底层被侮辱者与被损害者的痛苦和不幸,倾注了作家深切的同情和怜悯,具有较高的思想价值。其中《伊豆的舞女》和《雪国》是这时期创作的名篇佳作,作品所表现的感伤与悲哀的情调以及寂寞和忧郁的心绪,贯穿着他整个创作生涯,成为他作品的主要基调。

《伊豆的舞女》是川端康成早期创作中最具代表性的作品。1926年,川端康成以自己几年前去伊豆旅行的亲身经历为素材创作了小说《伊豆的舞女》,获得了巨大的文学成就。作品写"我"身为一个高中学生,为了排遣令人窒息的忧郁,独自去伊豆旅行。途中与一伙巡回卖艺的人邂逅,他们是舞女薰子、薰子的哥哥及嫂子等。于是,在四天的旅程中我们结伴而行,并渐渐地建立起了纯真的友谊和信任。特别是"我"和舞女薰子之间产生了纯洁而朦胧的爱情。旅行结束了,"我"站在返航的船头,心中无限惆怅……《伊豆的舞女》并没有连贯的故事情节,似乎它的创作全是凭兴致所致。作者以清新秀丽的文笔细腻生动地描绘了主人公纯真无邪的情感,洋溢着青春梦幻的气息,同时也不乏川端康成特有的哀伤的美感。小说在艺术上继承了日本文学幽雅纤细又不无哀愁伤感的美学传统,独特的构想、感人的艺术形象、伤感凄美的情调,构成这部小说鲜明的特色。这是川端康成摆脱"新感觉派"的表现模式探索东西方融合的第一步。

1948年川端康成出任日本笔会第四任会长,50年代他在国际文坛声誉日增,1958年被选为国际笔会副会长。五六十年代由于在创作方面不断取得成果,他获得了多种荣誉头衔和奖章奖金。

二战以后,川端康成进入了创作的丰收期。作品更多地以表现虚幻世界和孤独生活为主,颓废色彩较为浓郁,小说多描写形形色色违背人类道德的思想和行为,充满痛苦的罪恶感和颓废情绪,表现了作者晚年内心的痛苦和郁闷。这时期的创作一方面延续早期创作的基本主题和情调,描写普通人的思想感情和爱情婚姻,反映身处社会底层的人们尤其是女性的悲惨遭遇,揭示日本存在的某些社会问题,表现作者对现实的忧愤之情,赞美下层人民的积极进取、严肃认真的生活态度。《舞姬》(1951)、《名人》(1954)、《古都》(1961—1962)等堪称代表。这些作品风格清新、笔法自然、语言朴素。《古都》在京都风俗画面的背景上,描写了从小分离的孪生姐妹千重子和苗子悲欢离合的故事。姐姐千重子出生后,由于家境贫寒,无力抚养,即遭遗弃,幸而为一家绸缎批发商所收养,成了一个养尊处优的小姐。而妹妹苗子则留在了父母身边,过着艰难贫困的生活。20年后姐妹重逢,却因为彼此不同的生活方式和成长道路,不同的社会地位、环境和教养,一对同胞姐妹无法融合,各奔东西。小说真实地反映了由于贫富悬殊所造成的人情冷暖和世态炎凉的社会现实,同时作者以现代人的感受,用叹惋的笔调,生动描绘了京都的风物人情以及日本民族的传统美。《古都》作为川端康成晚年的优秀作品,在很大程度上继承了日本的美学传统,同时又融合了西方现代派文学的艺术手法。另一方面他又写出一批以表现官能刺激、色情享受和变态性爱为主题的作品,如《千只鹤》(1951)、《山音》(1954)、《睡美人》(1962)、《一只胳膊》(1964)等。这些作品均具有非现实性与反道德的色彩,体现着病态的人性和堕落的颓废,故事情节越来越离奇,在颓废的道路上越走越远。《千只鹤》主要描写了菊治与亡父的情人太田夫人及其女儿文子等人之间不伦的暧昧关系。川端康成将人物放在道德与非道德矛盾冲突的漩涡中，表现人物内心尖锐激烈的思想斗争以及女人的悲哀，体现了他独特的美学观念。川端康成除了长中短篇小说创作之外，还创作了大量的小小说，如《殉情》(1926)、《处女作作祟》(1927)、《石榴》(1943)、《拾遗骨》(1949)等，这些作品形式精巧，题材广泛，笔调精致。

1968年10月川端康成凭借《雪国》《千只鹤》及《古都》三部作品获得诺贝尔文学奖，表彰他以卓越的感受和高超的技巧，表现了日本人的内心精髓，他也成为历史上第一个获此奖项的日本人。

1972年4月16日，川端康成在他的工作室里含煤气管自杀，未留下只字遗书。

川端康成是一个多产的作家，他的主要文学成就是长、中、短篇小说，此外还有大量的散文、随笔、讲演、评论、诗歌、书信和日记等。川端康成继承了日本古典文学传统，同时又吸收了西方现代文学流派的创作手法，并运用于自己的创作实践，形成了其独特的创作风格。他的作品在艺术上敏锐纤细，擅长表达人物内心深处的感受，结构安排自由灵活，情调既美且悲，意味悠长，抒情色彩浓郁。

二、《雪国》

中篇小说《雪国》是川端康成的代表作。作者曾于1934年到1935年三次赴汤泽温泉旅行，结识了一名艺妓，从而触发了创作灵感。于是从1934年12月开始动笔写作《雪国》，1935年1月开始以短篇的形式在杂志上连载，直到1948年出版单行本，前后历时15年。《雪国》1968年获得了诺贝尔文学奖，被誉为近代日本文学的巅峰之作。

《雪国》主要描写东京一位名叫岛村的舞蹈艺术研究者，三次前往雪国的温泉旅馆，与当地一名艺妓驹子、一位萍水相逢的少女叶子之间发生的微妙的感情纠葛，为读者展现了一个哀怨、冷艳的世界。岛村是一个有妻室儿女的中年男子，虽然研究一些欧洲舞蹈，但基本上是个坐食祖产、无所事事的纨绔子弟。他第一次从东京到雪国，正值群山葱茏的初夏时节，邂逅了艺妓驹子。驹子年轻貌美，不仅能弹一手好三弦，还努力记日记，岛村被她的清新、洁净和单纯所吸引，驹子也赏识和迷恋岛村的大度和学识。岛村第二次来雪国是在初雪之后的冬天，在火车上偶遇叶子，岛村透过车窗欣赏夜幕下皑皑雪原的美丽景色，却看到玻璃窗上映出姑娘的一只眼睛，有种迷人的美，她那玲珑剔透的眸子使岛村为之销魂，不禁神驰，而叶子一直在悉心照料生病的行男。在一片洁白晶莹的冰雪世界里，岛村与驹子频频交往，情愫渐浓。岛村第三次来雪国是在飞蛾产卵、草木茂盛的深秋季节，这一次他逗留了很久，与驹子的关系已经成为一种习惯，驹子对岛村的爱恋已经难以自拔，常常主动闯进岛村的房间。岛村虽为之感动，但他始终觉得这是一场"徒劳"，同时岛村又对叶子的纯洁空灵冷艳倾心不已。最终岛村即将离开雪国，驹子也决定要过正经日子了，就在这时，叶子在一场大火中丧生。

驹子是小说中最重要的人物，她的形象是通过岛村的眼睛映现出来的，她留给岛村最初也是最深刻的印象是洁净。在外貌上，驹子肤色洁白娇嫩。在日常生活中，驹子总是勤快地打扫房间，平时连要洗的衣服也都叠起来，跟岛村说话时也不忘随时捡起脱落的发丝，一旦看见烟灰掉落下来就悄悄地用手绢揩净,连睡觉时的被褥床单也希望铺的整整齐齐,驹子把这些生活细节上的习惯称作自己的"天性",这句话透露着更深层的含义,即无论驹子过着怎样的一种生活,在本质上她仍然是一个洁净的女子。

小说突出描写了驹子认真进取、积极向上的人生态度和对爱情纯真执着的追求。她对待人生的态度是认真的、积极进取的,虽然经历了人间的沧桑,沦落风尘,但是依然保持着乡村少女那种朴素、单纯的气质。她没有沉溺于纸醉金迷的世界,而是对生活充满了热情和渴望,执着地追求一种"正正经经的生活"。她为人善良无私,尽管她不爱行男,也未与他缔结婚约,但为了给行男治病,她甘愿牺牲自己,卖身当了艺妓。她坚持不懈地记日记、学歌谣、习书法、读小说、练三弦琴,几年如一日,一丝不苟。在爱情上,她虽然长期忍受着被人肆意践踏的屈辱生活,但她依然渴望得到普通女人应该得到的纯真爱情,因而当她与岛村相遇,被岛村的气质和修养深深吸引,便不顾一切地把全部感情倾注于他,虽说这种爱的方式是畸形的,但她爱毕竟是真诚无私的。作者写岛村把她的认真生活态度和真挚的爱恋情感,都看作是"一种美的徒劳",正是通过这种徒劳,川端康成为我们展现了一个美丽而虚幻的世界。

然而驹子毕竟是个艺妓,她终究无法摆脱烟花女子那种轻浮放荡的性格。她经常三更半夜从宴席上喝得醉醺醺地闯入岛村的房间,忘乎所以地闹腾,时常像所有烟花女子一样调笑,有时甚至自暴自弃。由于生活的艰辛和屈辱,她的灵魂已经扭曲,形成了复杂而畸形的病态性格:倔强又粗野,纯真又媚俗,清醒时痛恨自己卖笑生涯的卑贱,麻醉时又纵情于放荡不羁。这种矛盾变态的心理特征,增强了驹子形象的真实性和艺术感染力。

叶子是小说中另一个女性形象,作者对这个形象着墨并不多,只是在岛村的视野里闪动过几次身影,然而她却有着一种脱俗的虚幻美。作家借助一个别致的视点:岛村的眼睛,为她营造了一个似真似幻、超尘脱俗的艺术氛围。透过行驶着的列车车窗的镜子,将叶子定格于空灵缥缈、可望不可即的美感中,赋予她纯洁明净的美的特质。同样,透过其言行而呈现出的精神世界的底色亦是纯净美好的。她心地善良,同情驹子,纯真洁净,从不赴宴陪客。她对行男细心守护照料,一往情深,倾尽全部的爱而不求回报,这种纯粹的精神之爱使这一形象呈现一种虚幻、空灵之美。作品中叶子形象的完美性是在与驹子形象的缺憾美的对比中实现的,驹子的性情躁动不安,叶子的性格宁静安逸;驹子是现实人生的代表,稍纵即逝,叶子是精神世界的象征,圣洁永恒;驹子是病态的,叶子是理想的;驹子可以触摸得到,叶子只能感受得到。两者相辅相成,完整地表现了川端康成的美学思想。在当时的社会背景之下,叶子这样一个完美、纯洁、空灵、虚幻的形象很难超越残酷的现实,她只能在冰天雪地、火光飞舞中死去,实现在世俗里无法完成的纯洁和完美。在岛村眼里,死亡不是叶子的归宿,而是她生命的延续和升华。

《雪国》是川端康成的巅峰之作,艺术上达到了炉火纯青的地步。他把西方现代派的某些创作手法和日本本民族的文学传统结合起来,无论在人物形象的塑造方面,还是情节结构方面,均能独辟蹊径,为日本文学和世界文学的发展做出了杰出贡献。

第一,在人物描写上重视感觉和细微的刻画,表现人物纤细的感情和瞬间的感受。《雪国》鲜明地体现了"新感觉派"所主张的以纯粹的个人官能感觉作为出发点,依靠直觉来把握事物的特点。《雪国》巧妙运用联想这种独特的心理描写手法，通过映在车窗玻璃上的一只眼睛凸显叶子的纯洁迷人、虚幻空灵之美，让岛村在遐想中强化和美化叶子的形象。小说中驹子的心理矛盾和感情变化、对岛村的迷恋与无奈心理也同样表现得细致入微。

第二，结构安排自由灵活。《雪国》在结构上借鉴西方"意识流"的创作手法，突破时空的连贯性，以人物思想感情的发展或作者创作的需求作为线索，展开叙述。小说在总体结构上按照事物发展的时间顺序来构建框架，某些局部又通过岛村的自由联想展开故事和推动情节，从而打破了事件发展的时间顺序，使作品内容上具有了一定的跳跃，避免了平铺直叙和呆板，情节内容波澜起伏。

第三，小说风格既美且悲。川端以敏锐的感受力和高超的叙事技巧，在虚幻、哀愁和感伤的基调上，以诗意、孤独、衰老、死亡甚至略微有些病态的心境反映人物空虚的心理、细腻的感情和忧郁的生活，追求一种寂寥之美，达到空灵虚无的艺术境界。《雪国》结尾作者细致描写了叶子生命流逝的过程、驹子失常的反应、岛村无以名状的痛苦和悲哀，充满悲壮之情。在岛村眼里，火灾充满诗意：地上洁白的雪景，天上灿烂的银河，天地之间火花飞舞，而叶子美丽的身躯从楼上飘然落下……在岛村心目中，也可以说是在作者心目中叶子虽死犹生，她的死不过是生命的更高层次的升华，这样的描写使叶子这个非现实的、美的幻影既悲壮又凄美。

第七节　村上春树

村上春树（1949—　）日本当代著名小说家。1987年问世的《挪威的森林》则轰动全球，引起"村上现象"，进而成为世界当代著名作家。

一、生平与创作

村上春树1949年1月12日生于京都伏见区，其父母均为国语教师，他是家中的长子。受家庭熏陶，村上春树小的时候就非常喜欢读书，从6岁到18岁，他先后在西宫市、芦屋市和兵库县神户读完小学至高中课程。19岁到东京，入早稻田大学第一文学部戏剧专业就读，1975年毕业于该专业。村上亦擅长美国文学的翻译，其毕业论文题目便是《美国电影中的旅行思想》。读大学期间，村上春树遇见了高桥阳子。1971年，22岁的村上休学与阳子注册结婚。最初，村上夫妇白天到唱片行做事，晚上在咖啡馆打工。三年后他们在东京涩谷开办了爵士乐酒吧，店名取自在三鹰寄居时养的一只猫的名字，后移店至千驮谷。这是被村上春树认为其走过的人生中最静谧、幸福的一段时光，他一边经营，一边读书，一边观察，生意也越来越顺利。

1979年，长篇小说《且听风吟》发表并获群像新人文学奖、芥川奖候补，取得巨大成功，从此荣登日本文坛。1980年长篇小说《1973年的弹子球》发表并获得芥川奖候补。1981年，村上决心从事专业文学创作，酒吧转让给他人，夫妇移居千叶县船桥市。同年，发表《纽约煤矿的悲剧》《袋鼠佳日》，直至1983年村上发表了一系列著名的短篇。同年开始作为编委参与《早稻田文学》的编辑工作。

1986年移居神奈川县大矶町,该年10月至1987年,先后赴希腊、意大利,发表波尔短篇译作《文坛游泳术》。村上是著名的长跑运动爱好者,二十多年每天坚持长跑,风雨无阻。1987年10月,他首次参加了雅典马拉松赛。

1988年8月,村上春树用21天沿国境线绕土耳其周游,途经黑海、苏联、伊朗、伊拉克国境、地中海、爱琴海,最后折回罗马。

1991年1月,赴美国新泽西州普林斯顿大学任客座研究员,在该校研究生院讲现代日本文学,内容为"第三新人"作品读解。1993年7月,赴马萨诸塞州剑桥城的塔夫茨大学任职。

1995年3月,美国大学春假期间临时回国,在神奈川县大矶家里得知地铁毒气事件。6月,退掉剑桥城寓所,驱车横穿美国大陆至加利福尼亚,之后在夏威夷考爱岛逗留一个半月回国。

2006年年初,村上春树凭借着《海边的卡夫卡》入选美国"2005年十大最佳书"后又获得了有"诺贝尔文学奖前奏"之称的"弗朗茨·卡夫卡"奖。村上已出版的其他作品还有:与村上龙的对谈集《慢慢走,别跑》,长篇小说《寻羊冒险记》,短篇集《去中国的小船》《遇到百分之百的女孩》《萤》,随笔集《村上朝日堂》,长篇小说《世界尽头与冷酷仙境》,短篇集《旋转木马鏖战记》,插图童话《羊男的圣诞节》,与川本三郎合作的评论集《电影冒险记》,短篇集《再袭面包店》,随笔集《村上朝日堂的卷土重来》,插图随笔集《朗格汉岛的午后》。之后又出版了:随笔集《日出国的工厂》,长篇小说《挪威的森林》和《舞!舞!舞!》,短篇集《电视人》,八卷本《村上春树作品集,1979—1989》,旅行记《远方的鼓声》《雨天炎天》,长篇小说《国境以南太阳以西》,随笔集《终究悲哀的外国语》,长篇小说《奇鸟行状录》(第一、二、三部),文学评论集《为了年轻读者的短篇小说导读》,长篇小说《斯普特尼克恋人》《天黑以后》,短篇集《东京奇谭集》《神的孩子全跳舞》。2009年,长篇小说《1Q84》出版,获得"耶路撒冷文学奖"。2011年,该作品荣获西班牙卡塔龙尼亚国际奖。

2011年,访谈录《和小泽征尔谈音乐》出版,并荣获第11届小林秀雄奖。

2013年4月推出的长篇小说《没有色彩的多崎作和他的巡礼之年》,该书在发售第7天发行量达到100万册。此书在网上小说排行榜排名第95位,被读者称为:村上春树突破之作,迄今最不一样的村上小说!

2014年4月18日,村上春树新作《没有女人的男人们》开始发售。据出版商介绍,新作接受预定,发行量已达30万册。

村上是从30岁正式开始写作的,凭《且听风吟》荣登日本文坛。关于村上如何走上写作的道路,他曾这样坦言道:"说起来十分不可思议,三十岁之前我没有想过自己会写小说。……一天,我动了写小说的念头。何以动这样的念头已经不清楚了,总之想写点儿什么。……那时我没有写伟大小说的打算,也没有写让人感动的东西的愿望。我只是想在那里建造一个能使自己心怀释然的住起来舒服的房间——为了救助自己。同时想到,但愿也能成为使别人心怀释然的住起来舒服的场所。"村上的确通过写作成功地达到了排解苦闷、自我疗养的目的。《且听风吟》就是根据其开酒吧的经历写成的,同时其中也包含着作者在参与学生运动中的体验。二战结束后日本的学生运动经历了两次高潮,第一次是从1959年开始的"安保斗争",第二次是60年代中期到70年代初的"全共斗"运动(1968年1月29日东京大学医学部学生为了反对登记医师制度代替现行的实习制度,进入无限期罢课)。村上春树读大学期间,正值"全共斗"风起云涌的年代,作为身处旋涡中心的东京的一名大学生,村上身体力行参与了其中。遗憾的是最终"全共斗"在"机动队"的介入下顷刻分崩瓦解,不了了之,为此村上体味到了前所未有的挫折感,这种失落的情绪在其早期作品中不难读出。《且听风吟》中主人公"我"和"鼠"都曾在运动中与"机动队"有过激烈的肢体冲突,"我"的门牙被敲掉," 鼠"甚至就此退学回家。不过,小说主线的发生时间却并不是"全共斗"如火如荼开展的60年代末70年代初,而是设定在70年代后半期,同时"全共斗"在小说中也只不过作为一个遥远的背景隐约或不经意地出现,并没有刻意凸显。针对这种对过往激进岁月轻描淡写的疏离笔触,有些将"全共斗"体验作为村上文学原点的评论家,阐释为由于内心所受伤害之深导致了作家的缄默。这部小说同时也被称为村上春树"青春三部曲"的第一部,通过记述作者20岁时的故事,作品描写了杰氏酒吧的店长杰以及回家过暑假的"我"与"鼠"三人之间的友情;同时写了"我"与一个醉倒在杰氏酒吧的少女之间的短短十八天的恋情。在这部作品中,作者通过感怀岁月流逝、憧憬田园风景以及倾听音乐世界三方面来抒发内心难以释怀的故乡情结。在艺术风格上,村上的这部小说追求以简洁而从容的语言讲述一个简单而感伤的故事,看似平淡,却很真实,尤其是字里行间所流露出的淡淡的乡愁无不触及。语言上的简洁明快,爽净直白,节奏短促,切换快捷,正如作者自己在作品的第一节中所说的,"没有任何添枝加叶之处",简直像"一览表"。

《且听风吟》还有一个特点,就是距离感。而这距离感主要表现在对语言和对人两个方面。语言方面,村上的叙述始终追求保持同语言之间的距离,即那种客观冷静的叙述方式;其次,距离感还表现在主人公(村上)和他人的关系方面。村上深知现代人每人心里都有自己的秘密或隐痛,很难诉诸语言,因此他很少介入对人物的主观评论。总之,距离感或疏离感,连同虚无感、孤独感、幽默感,构成了村上这部作品的基本情调。之后,它又几乎成为了其所有作品的基本旋律。

2009年出版的长篇小说《1Q84》,是村上的又一部重要作品,被誉为集大成之作,也是他迄今发表的所有长篇小说中篇幅最长的一部。人物角色众多,时间跨度也很大,涵盖了主人公从出生到死亡的全过程,写作手法包含写实和超现实,结合推理小说、历史小说、爱情小说于一身,是一部可以从多方面解读的综合小说。关于这部作品的创作起因,村上在小说出版后不久接受《读卖新闻》采访时说了两点,一是英国作家奥威尔六十年前出版的《一九八四》(日文中,Q与9同音),二是1995年3月造成3800人死伤的奥姆真理教东京地铁沙林毒气事件。但在小说中所有的内容转化为如下情节:身为健身教练的女主人公青豆同时也是一名暗杀者,就是将受到极度暴力欺辱的妇女们的丈夫们送至死亡世界。而男主人公天吾则是考大学补习班的数学教师,同时也是一位不知名的作家。青豆与天吾原本是小学同学,那时有过朦胧的恋情,但青豆小学转学后两人从未再见过面。男女主人皆于某一时间点进入1Q84年,并从此开始以不同的角度来探索这个世界。1Q84年与1984年主要差异在于天空有一大一小的两个月亮,并出现一些于1984年并未发生的历史事件。这些独立于1Q84年的事件将青豆与天吾引导至一个宗教团体——"先驱",先驱前身则为一主张社会主义的政治团体。而在这团体的背后又有不属于这个世界的"小小人"。"小小人"具有制作空气蛹的能力，并可借由空气蛹来到这个世界。小说中，青豆借由一次次的暗杀事件而对1Q84年有了自己的认知与觉悟，而天吾则是将深绘里的作品《空气蛹》重新书写编排时有了"小小人"与两个月亮的概念，两人因缘际会地渐渐拉近彼此的距离，并曾透过空气蛹而有过短暂的时空重逢。后来，青豆为了躲避"先驱"的追杀在女主人的帮助下躲藏起来，而天吾则由于父亲的死徘徊于医院和家之间，期间青豆得知自己怀了天吾的孩子（借由深绘里，二人并没见面）苦苦寻找着天吾想再次重逢却险些被"先驱"所派追踪者牛河发现，小说的结尾，男女主人公最终相会并共同返回了现实世界。

总的说来，可以认为《1Q84》是作者在世界语境下对当今日本社会问题的一个总结性认识，以及通过诸多日本社会问题对于世界现状以至人类走向的担忧和思考。

小说发表后，日本媒体总体上对《1Q84》持肯定态度，称赞这部作品是"集迄今代表作要素之大成的长篇"，是"追究奥威尔《一九八四》式思想管制的恐怖和本源恶的现实批判小说"。小说主题在于对善恶定义及其界线的重新审视和表述，"从中可以看出（作者）对于围绕善恶的一义性价值观彻底抵抗的姿态"，探讨"善恶界线崩毁后世界的幸福的绝对性"。

村上本人对《1Q84》感到"十分满意"，认为在某种意义上可能正在接近他所追求的陀思妥耶夫斯基《卡拉马佐夫兄弟》那样的"综合小说"。

关于这部小说的主题，村上的视角是伦理。用他自己的话说，对事件的关涉与介入，意味着从犯罪被害者与加害者的双维视界出发，叩问现代的状况成为可能；同时，反观"我们自己的世代，1960年代后半叶以降，走过了怎样的道路，也不无留下那个时代精神史的意图"。在作品中，不仅男女主人公都经历过不幸的童年，小说中的登场人物也大多沦为暴力的牺牲品，身心俱裂，创剧痛深。DV、虐童、宗教狂热，暴力以种种名义，贯穿物理空间与人的存在之间的空白地带，有如空气之"蛹"，无孔不入，畅行无阻。这便是主人公存在于斯、挣扎不已的当下——被称为1Q84的残酷青春。与奥威尔《一九八四》中无形、但却无处不在的外在支配者"老大哥"(Big Brother)不同的是，君临于1Q84王国的"小小人"(Little People)可拟人、拟物化存在，"无论是山羊、鲸鱼，还是一粒豌豆，只要构成通道"，它便会现身。而其一旦附体于某种形态，便会带上利己的密码，进而无穷复制，最终支配我们和世界。说白了，1Q84时代的"小小人"是某种遗传基因。

有学者认为，这部作品标志着村上春树文学创作策略有一个更加明确和自觉的转变，即由文体至上转变为物语至上。然而，村上并没有将所有的重点都放在对物语的建构上，而是仍然将一些惯用的写作技巧融入其中，并且大胆尝试了许多新的写作技巧。而这其中的多模态隐喻更是引人注目、耐人寻味。从听觉隐喻到视觉隐喻更是村上的一系列大胆尝试。也正表明了在涉及大胆奔放的性爱以及家庭暴力、校园虐待、不伦、离家出走、背叛、同性恋、失踪等各种繁复复杂的离奇情节时，村上在细部文学技巧的运用上变得更加的细腻和成熟。

村上春树的每一部作品都能引起世界文坛的广泛关注，能在众多读者尤其是年青一代读者中引起强烈共鸣，因为在人生意义普遍缺失的现代社会，其作品完美地宣泄了现代人孤独、虚无、焦虑的情绪，从城市生活这个独特视角，执着地进行心灵的探索。同时他作品中总是流露着淡淡的哀伤并充满着迷茫与孤独，这种特质极易对读者产生灵魂的震撼。

二、《挪威的森林》

《挪威的森林》讲述的是青春恋爱故事,发生在东京的主人公渡边与两个女孩子之间的感情纠葛。直子原是渡边高中要好同学木月的女友,但后来木月自杀了,直子一人生活。一年后,渡边同直子巧遇开始了交往,并发展成恋人关系。直子20岁生日的晚上两人发生了性关系,但第二天直子便不知去向。几个月后直子来信说她住进一家远在深山里的精神疗养院。渡边前去探望时发现直子开始带有成熟女性的丰腴与娇美,在离开前他表示要永远等待直子。

后来在一家小餐馆,渡边结识了绿子,成为他的第二个恋人。同内向的直子截然相反,绿子显得十分清纯活泼。

处于三角恋期间的渡边内心十分苦闷彷徨。一方面念念不忘直子缠绵的柔情以及不幸的病情,一方面又难以抗拒绿子大胆的表白和迷人的活力。不久传来直子自杀的噩耗,渡边失魂落魄地四处徒步旅行。小说结束时,在直子同房病友玲子的鼓励下,渡边决心开始探索新的人生之路。

关于小说《挪威的森林》的主题,作者村上春树曾经坦言是"恋爱""现实主义"。小说准确地讲述了现代青年的生活和心态。其中的年轻人的恋爱故事,虽错综却并不复杂。除此之外,作品还融进哲理、社会观和作者的人生体验。但小说的更深一层的主题却是自我救赎。

要自我救赎的原因就是自我的迷失,而这种迷失带有青春期的普遍性。小说中的主人公们,大多是青春期迷失了自我的典型。年轻一代受传统观念的束缚较少,他们很容易迷失在丰富的物质世界中,他们甚至不知道如何迎接现实世界的挑战。他们不再面临困难,相互之间难以交流,这不仅仅是日本的现状,在世界范围都可以看到年轻人自我封闭,陷入一种孤独的状态。19岁的渡边对什么都不明白,无法确定自己在周围世界中的位置;20岁的直子甚至连表达都有困难;木月迷失在了永远的17岁;玲子"脑子里的螺丝不知飞到哪里去了";永泽、初美也都在青春期迷失了自己。似乎只有绿子不曾迷失自己,对她来说,有的只是寂寞,是将那紧闭的心灵之门敲得"咚咚"作响的冲动。在村上春树的笔下,绿子是一片绿洲,是青春的沙漠上拯救干涸的希望。

对这种青春期迷失的救赎,作者也给出了相同而且简单的方式,即恋爱、友情、逃避和幻想,这种简单而相同的方式,在一些人身上收获了成功,在另一些人身上却收获了失败。木月选择了直子的爱情和渡边的友情进行自我的救赎,收获的是死亡;直子选择的是渡边的爱情和玲子的友情还有逃避,但终因她是木月的一部分,对木月的死负有直接责任而仍旧收获的是死亡;与此相对,玲子选择的是丈夫的爱情,也没有成功,住进了"阿美寮"疗养;她选择了逃避,在这里一住八年,最初也没有成功,最终她选择了直子和渡边的友情,并且抱着不愿在"阿美寮"待到"发霉"的决心,冲出了迷失的沙漠,回归到了人间,取得了救赎的成功。玲子和渡边的自我救赎成功有一个共同点,那就是在对他人的救赎中完成了自我的拯救。青春迷茫的救赎之路不是两性的情爱,而是对社会、对他人的关爱。

主人公渡边,是一个很有个性的现代青年。他对一切冠冕堂皇的所谓价值存在持否定和戏弄态度,表现出一种御舟独行的自尊与傲骨;对伪善、狡诈行径表达憎恶和进行揭露,显示了他英雄末路的不屈与悲凉;对"高度资本主义化"的现代都市、对重大事件的无视和揶揄,都表现出了他一种应付纷繁世界的淡定与从容。对来自宇宙的神秘信息的希冀和信赖,对未知世界的好奇与梦想;对某种稍纵即逝的心理感受的关注和引申,豁达与洒脱;对物质利益的淡漠,对世俗、庸众的拒绝,对往日故乡的张望等等。关于他的出身,表面上他是出生普通工薪家庭,在普通的大学里,过着半工半读的生活,与两个女孩谈了场恋爱。但这表面的普通却正如直子引用菲茨杰拉德的话:将自己说成普通的人,是不可信的。这一点最先被永泽发现:"我同渡边的相近之处,就在于不希望别人理解自己,这一点与其他人不同。那些家伙无不蝇营狗苟的设法让周围人理解自己。但我不那样,渡边也不那样,而觉得不被人理解也无关紧要,自己是自己,别人是别人。"

强烈的自我意识,让渡边无法融进外在世界,对待社会,他含蓄地抵抗。从过去家庭中脱离出来,期待着与回忆脱离关系,在没有任何熟人的地方开始生活,于是只身一人来到东京;虽住集体宿舍,却与社会保持一定的距离,绝不会参加什么社团或社会变革。渡边的孤独既有着与生俱来的先天性格因素,也有这时代和社会带给他的后天原因。

直子是小说中的女主角之一。小说一开始直子就提到了一口井,一口在森林边缘的井,但又是很吸引直子的井,因为坠入井中便与现世隔绝,她也明白这是危险的,但这才是她真正想要的。这口井也是直子后来生活的写照,所不同的是渡边一度在井的附近守望着直子。在疗养院的直子并不是一个完整的人,她需要靠井边的渡边才能确定自己还活着,需要靠玲子才能完成与外界的交流,以至到最后玲子几乎成了直子的化身。

绿子是小说的另一位女主角,应该说算是森林里一棵非常奇异的树,她似乎可以冲破黑暗享受到阳光。她非常坚强,面对生活的苦难,亲人一位接一位在经历了非常的痛苦后慢慢死去,应该说她是以常人无法想象的毅力坚持了下来。她也想逃避,或者逃到那个被她称作驴粪蛋的乌拉圭去,或者是借助性幻想。她也很想有个依靠,但绿子从心理上表现得相当的成熟,甚至很有策略,她很明确的向渡边表白,因为她尊重自己的感受,也尊重渡边的选择。当渡边因为陷入对直子的思念而忽视了她时,她选择告诉渡边自己当时的真实感受并选择暂时离开让大家可以冷静地思考。

《挪威的森林》是村上春树运用现代手段写就的一部现代作品,其中的许多手法值得探究。首先,这部小说对人物的刻画十分细腻,大量真实而又深刻的心理展示使得读者无论是与那些主线人物的人生观以及价值观如何不同,也不得不设身处地地去理解主线人物的心理动态和对待人生的抉择态度。

这部作品也充满着无限的忧郁以及忧郁带来的伤感元素:那些贯穿始终的情节使人找不到一件完美的事情。随着作品基调的奠定与情境的不断更换,读者很容易被一种孤独的气氛包围。

贯穿全书的内在结构模式,可以按作者在书中多次提到了的"死不是生的对立面,而作为生的一部分永存"这句话来理解,也就是说小说并不是以人物的生命轨迹来作为叙事的线索,而是以人物之间内在的情感逻辑来结构故事的。作品并不以死为终结,为此小说主要写到了两次死:一次是木月的死,木月死后直子和渡边的关系便开始了;另一次便是直子的死了,按玲子的话说就是"你选择了绿子,而直子选择了死"。两次都是由死而引出了新生。而两次死亡的另一个相似之处是,木月在死前见的最后一个人不是他最爱的直子而是渡边,这似乎应该是木月把直子托付给了渡边,直子在死前见的最后一个人也不是渡边而是玲子,同理应理解为直子把渡边暂时托付玲子。

此外,这部小说所营造的情境或者说氛围还有这样几个特点:

对濒于瓦解的家园意识的伤怀和修复;象征性地推出人生镜头,传达现代人的焦虑、苦闷、迷茫、困窘、无奈和悲凉,点化他们的情感方式和生命态度,同时又给人以梦幻的美和期待;一贯保持的高雅、冷静、节制而抒情的格调;文字表达的平简易懂,清丽流畅,独具韵味的文笔,没有太多余的语言,透过抽象化、符号化、片段化、寓言化的笔法,道出了现代人的无奈与哀愁,却少有日本战后阴郁沉重的文字气息。

总之,三十多年来,村上为读者提供了包括长篇小说、短篇小说集、随笔谈话集、童话、文学翻译集等在内的作品六十余部。其创作风格深受欧美作家影响,基调轻盈,少有日本战后阴郁沉重的文字气息,被称为第一个"二战后时期作家"。作品被翻译成多国文字,成为畅销书。"村上春树现象"已经跨越了单纯的"文学"范畴,成为一种广义的文化现象,影响着上世纪70到80年代乃至当下一代青年的生活方式、价值取向,甚至被作为"小资"的标签,进入时尚领域。爵士乐、啤酒、意大利面,酒吧里的迷离情愫,男女间若即若离的关系,青春的失落,虚无的人生,心灵无根式的漂泊,构成了村上式的故事元素,正如人们所说,"'生活在追求物质享受的时代中的年轻人的世界',倘若在这个基础上,添加上内心'失落'的年轻人形象,简直就是村上春树的小说世界"。

第八节 马哈福兹

纳吉布·马哈福兹(1911—2006)是当代埃及最杰出的作家,也是第一位获得诺贝尔文学奖的阿拉伯文学家。他的一生见证了整个20世纪的埃及乃至阿拉伯世界的沧桑与苦难,其作品显示出埃及法老文化和伊斯兰文化的丰厚底蕴,他推动了阿拉伯现实主义小说走向成熟,被誉为"阿拉伯小说之父"。

一、生平与创作

马哈福兹1911年12月11日出生于开罗嘉玛利亚老街区的一个中产阶级家庭,他的父亲是虔诚的伊斯兰教徒,同时又是一个爱国主义者,在父亲的影响下,马哈福兹的思想从幼年时期就深深地打上了宗教精神和民族精神的烙印。1930年他进入开罗大学哲学系学习,毕业后放弃攻读哲学硕士学位,长期供职于政府部门,他先后在宗教基金部和文化部艺术局工作,曾出任国家电影委员会主席、埃及文化部电影事务顾问等职位,并在业余时间从事文学创作。1971年退休后作为专职作家加入《金字塔报》编辑部。1988年荣获诺贝尔文学奖,成为阿拉伯文坛最重要的作家。

在漫长的文学生涯中,马哈福兹共发表了五十余部长篇小说和中、短篇小说集,取得了卓越的成就,他的小说创作大致可分为三个时期。

20世纪30年代初期到40年代中期为历史小说创作阶段。1932年,马哈福兹将英国人詹姆斯·贝基的《古埃及史》翻译成阿拉伯文,积累了大量法老时期的历史素材,后又受到英国历史小说家沃尔特·司各特的启发,拟定了一项庞大的写作计划,决心把整个埃及历史以长篇小说的形式写下来。这一时期的作品以《命运的嘲弄》(1939)、《拉杜比丝》(1943)和《底比斯之战》(1944)为代表,这三部历史小说描绘了埃及历史上反抗外族入侵的光辉业绩,用借古喻今的手法,激发民族热情,表达了当时埃及人民反对英国和土耳其的殖民统治、追求民族独立和自由的迫切愿望。这个时期马哈福兹以他不同凡响的创作在文坛上崭露头角,为他日后成为埃及著名作家奠定了基础。

20世纪40年代后期到50年代初期属于现实主义社会小说创作阶段。马哈福兹感到书写历史已经无法完整地表达自己的内心感受,毅然转向社会现实题材,呼吁对社会形式进行变革。1945年小说《新开罗》的发表,标志着他创作道路的转折。小说以20世纪30年代初的埃及为背景,描述了几个青年大学生的不同人生道路,揭露了罪恶黑暗的社会现实。出身低微的马哈朱卜贪图安逸生活,不惜受辱与上司的情妇结婚而换取秘书职位,企图跻身上流社会,却最终因事情败露,落得身败名裂的下场;艾哈麦德以只听不说为准则,对一切漠不关心,既没有消沉堕落,也没有发奋努力,最终一事无成;社会主义者阿里致力于社会改革,辞去公职、放弃攻读硕士的机会,冒着进监狱的危险创办进步刊物,为争取民主和解放而奋斗。《汉·哈利利市场》(1946)描写了小人物的生存之痛,善良耿直的阿基夫虽然痛恨官场的欺诈与不公,却软弱无能,无力改变现状,工作了20年仍然是低级职员。《米达格胡同》(1947)讲述了第二次世界大战中开罗一条胡同里发生的故事,胡同里居住着形形色色的下层人物:咖啡馆老板、小店主、理发匠、媒婆、妓女、小贩、失意文人等,小说细致描述了他们的悲惨生活,既充满感情,又淋漓尽致,以此抨击英国殖民统治的罪恶。《始末记》(1949)通过描写一个家庭在社会中的挣扎与绝望,反映了当时埃及人民在封建剥削和殖民统治下的生存困境。侯尼斯一家的处境因父亲的去世而一落千丈,哥哥姐姐们为支撑家庭做出了巨大牺牲,而极度虚荣、自私自利的侯尼斯却为了维护军官的体面与尊严,逼迫沦为妓女的姐姐投身尼罗河,当得知学费来自姐姐卖身所得,他又陷入了深深的自责,无法解脱,最终投河自尽。

此时马哈福兹开始酝酿一部宏大的家族小说,这便是他倾注全部心血的"三部曲":《宫间街》(1956)、《思宫街》(1957)和《甘露街》(1957)。"三部曲"是马哈福兹现实主义小说的巅峰之作,标志着阿拉伯现实主义小说的成熟。他以"三街"成为埃及无可争议的最杰出的作家。

20世纪50年代后期到90年代是马哈福兹新现实主义哲理小说的创作阶段。1952年埃及革命后,马哈福兹曾停笔数年,对革命后的社会进行了深入细致的观察和思考。1959年,《我们街区的孩子》在《金字塔报》连载,标志着马哈福兹新现实主义创作的开端。作品运用象征主义手法,讲述了神秘的街区开拓者老祖父及其子孙后代的故事,折射出整个人类社会的演进过程以及作者渴望自由和解放的社会理想。这是一部饱受争议的小说,因其中出现了类似摩西、耶稣、穆罕默德等人物,被宗教保守势力指责亵渎神灵而停刊,并被官方列为禁书,直到十年后小说的单行本才得以在黎巴嫩出版。其后,马哈福兹接连发表了《小偷与狗》(1961)、《鹌鹑与秋天》(1962)、《道路》(1964)、《乞丐》(1965)、《尼罗河上的絮语》(1966)、

《米拉玛尔公寓》(1967)、《雨中的爱》(1973)、《卡尔纳克咖啡馆》(1974)、《平民史诗》(1977)、《往事如烟》(1982)、《续东方夜谭》(1982)、《为时不晚》(1982)、《伊本·法图玛游记》(1984)等作品。

较之以往的文学创作，这一时期的小说一如既往地对现实加以关注，反映革命后埃及人民的社会生活和精神风貌，揭露和批判当时存在的种种社会弊端，但在艺术表现上有所超越。马哈福兹在继承阿拉伯文学传统的基础上，充分吸取西方现代主义表现手法，如象征、内心独白、意识流、联想、时空交错、怪诞等，将现代主义与民族文学传统技法相结合，形成了特殊的创作风格。

20世纪90年代初，已届耄耋之年的马哈福兹一直身体欠佳，却难以抑制强烈的创作欲望，他将卧病修养时的思绪和灵感记录在小纸片上，于1996年整理发表，称之为《自传的回响》。这部"准自传"作品，以凝练而又饱含诗意的笔墨，总结了自己饱经沧桑的一生，讴歌并呼唤着爱、善良、信念、希望，折射出彻悟人生的智慧光芒。

回顾马哈福兹的写作生涯，其创作数量之多、时间跨度之广，为阿拉伯文坛所罕见。他不仅在中长篇小说上成就卓越，还完成了大量题材广泛、内容丰富的短篇小说，向人们展示了其高超的创作技巧。同时，他创作和改编了多部影视剧本，为埃及的电影发展做出了巨大贡献。马哈福兹是一个具有高度社会责任感的作家，对国家、民族、乃至人类的命运有着强烈的忧患意识，他的作品大多以中下层社会生活为背景，反思社会问题，鞭笞社会罪恶，始终不渝地探索埃及出路，追求人生真谛，崇尚科学进步，为自由、解放、公正的理想社会而斗争。他的艺术创作深深植根于阿拉伯文化土壤之中，并不断学习借鉴西方新文学流派的表现手法，形成了全人类欣赏的阿拉伯语言艺术，开拓了埃及小说的广阔前景，推动阿拉伯文学走向世界。

二、《宫间街》三部曲

《宫间街》三部曲也称作"开罗三部曲"，包括《宫间街》《思宫街》《甘露街》三部作品，是马哈福兹现实主义文学的巅峰之作，把阿拉伯现实主义小说提高到了空前的水平。小说通过叙述开罗商人艾哈迈德·阿卜杜·嘉瓦德一家三代的生活遭遇和思想变迁，刻画了一系列色彩缤纷的人物群像，展现出两次世界大战之间整个埃及的风云变化和社会风貌。这部鸿篇巨制长达1500页，出版时一分为三，每部侧重描写一代人，并以所在的街区命名。

《宫间街》反映了当时埃及中产阶级的宗法制家庭生活。主人公艾哈迈德是一个商人，平时精明本分、威严可惧，到晚上却谈笑风生、花天酒地。妻子艾米娜是典型的贤妻良母，恪守妇道，甘愿为家庭付出全部的心血。大儿子亚辛为前妻所生，庸庸碌碌，沉迷酒色。二儿子法赫米爱上邻女却被父亲训斥不遵礼教，后又不顾父亲反对投身学生运动，在一次反英游行中中弹身亡。《思宫街》主要描写这个家庭第二代人的生活，展示了埃及青年一代在动荡社会中的探索与迷茫。艾哈迈德的小儿子凯马尔进入大学后，博览群书，接受了西方现代哲学思想，他自幼热衷的宗教信仰开始逐渐动摇。他看到姐姐阿伊莎的丈夫和她的两个儿子都因伤寒而亡，自己也因为失恋而颇受打击。理想与现实的差距、宗教与科学的矛盾、爱情的受挫使他产生情感与信仰的双重精神危机，陷入了痛苦与迷茫之中。《甘露街》以家族第三代人物为中心,描写他们不同的人生道路。亚辛的儿子拉德旺当上部长秘书,混迹于达官显贵之中。海迪洁的两个儿子有着不同的信仰:蒙伊姆在法学院时加入了穆斯林兄弟会,成为狂热的宗教徒;小艾哈迈德在大学接触了马克思主义和共产主义思想,在舅舅凯马尔的影响下,成为马克思主义者,走上了革命的道路。在小说结尾,两兄弟最后均因异端罪名遭到政府逮捕,同时,艾哈迈德家族又迎来了第四代生命的诞生。

1917年到1944年间,整个埃及社会处于剧烈的动荡和变革之中。在外国侵略者和国内封建贵族势力的双重压迫下,埃及人民逐渐觉醒,不断探索前进道路,国内革命斗争风起云涌;曾经根深蒂固的陈规陋习、传统礼教依然桎梏着人们的思想、束缚着人们的行为,而随着时代的进步,各种先进的社会思潮纷至沓来,新旧思想开始激烈碰撞。"三部曲"正是借助这样一个时代背景下一家三代人的生活,真实、全面地反映了埃及人民反帝爱国的民族斗争,为我们折射出政治腐败、社会不公、道德沦陷、信仰崩溃、物欲横流、歧视妇女等社会现实。小说刻画了政治家、革命者、青年知识分子、贵族、商人、妓女等不同社会阶层形形色色的人物形象,通过描绘他们的日常生活和风俗习惯,勾勒出一幅五光十色的埃及社会风情画。

在小说中,马哈福兹成功地塑造了众多个性鲜明的典型人物。

第一代主人公艾哈迈德是个性格复杂而矛盾的封建家长形象。作为中产阶级中的一名富商,他精明本分,将店铺业务打理得井井有条;又重视情谊和信誉,乐善好施,在街坊里备受尊敬。他是个道貌岸然的伪君子,在家人面前独断专横、不苟言笑,用传统的封建礼教和严格的家规约束妻子儿女,具有绝对的权威。妻子擅自去清真寺朝拜险些被他赶出家门,儿女的婚姻、前途必须由他做出决定,一旦被忤逆便大发雷霆。在朋友面前谈笑风生,肆无忌惮、纵情酒色、寻欢作乐。表面上是一个虔诚的穆斯林,实际上却以"真主是宽容的"为自己一切亵渎神灵的过错开脱。他具有一定的爱国情怀,慷慨地为民族领袖的革命斗争出钱出力,却在发现法赫米冒着生命危险参与革命后,逼迫他发誓退出。马哈福兹笔下的艾哈迈德,形象丰满,是阿拉伯文学中最为复杂生动、真实可信的人物之一,他代表了埃及革命前的中产阶层,具有普遍的社会意义。

在第二代中作者着重描写凯马尔。20世纪30年代的埃及社会处于剧烈变革的时期,爱国斗争风起云涌,各种异质文化激烈碰撞,在这样的环境下,凯马尔受到了不同社会思潮的熏陶与冲击。他自小接受封建宗教思想,笃信安拉、热爱祖国;大学时期受西方民主科学思潮的影响,开始了对真理的探索。他身上散发着人性的光辉,向往真挚深厚的友谊,甚至与英国士兵成为朋友;渴望美好纯真的爱情,恋上受西方教育的贵族小姐;追求安宁稳定的生活,以达到身与心的自由发展。然而传统与革新、宗教与科学、理想与现实的重重矛盾,使他挣扎于"失恋之苦、彷徨之苦、信仰危机之苦"。在经历了尖锐激烈的思想斗争之后,他最终坚信生活,坚信人类,执著地追求崇高的理想。凯马尔是处于东西方文化碰撞时期新一代知识分子的典型代表,因找不到民族出路而陷入痛苦和迷惘的精神状态,反映了埃及现代发展史上一代知识分子的思想与心理危机。

第三代最具代表性的人物是小艾哈迈德。不同于第一代人出于本能的爱国情怀、第二代人在迷惘中对国家出路的探索,第三代爱国者已经确立了反帝反封建的目标,坚定了马克思主义信仰,并为之不懈的奋斗。小艾哈迈德虽出生于中产阶级家庭,但他关注生活在社会底层的劳苦大众的生存命运,对他们充满同情。他果敢坚定,舍弃陈旧的封建传统,追求以男女平等为基础的爱情。可以说这一形象寄托了马哈福兹的理想与希望。

小说规模宏大、布局严整、构思巧妙。三部作品情节紧凑、浑然一体,表现了埃及社会发展变化的三个阶段:顽固保守的20年代,怀疑迷惘的30年代,重塑信仰的40年代。每一部侧重描写一代人,每一代人又各有侧重。作品结尾都会有生命离开和一个新生命诞生,生与死的交替象征着生命的延续和时代的变迁,显示出了社会内部酝酿着的深刻变化。

作者运用多角度的技巧,塑造出性格饱满真实的人物形象。家族三代中的主要人物都具有多重性格,矛盾复杂。尽管艾哈迈德在家庭中极端专制独裁,平日里苛严专横,却也在儿子法赫米牺牲后真情流露,悲痛欲绝;自己在外花天酒地,甚至包养情妇,却视法赫米的爱情为不合礼法。艾米娜对丈夫言听计从,忍辱负重、小心翼翼地维持着婚姻,在儿女心目中慈爱仁厚的艾米娜受尽父权压迫之苦,却在对待儿媳时变得不近人情,反对她追求男女平等,并斥责她不该对丈夫有所抱怨。在刻画人物时,作者还用对比、映衬的手法突出其性格特征。艾哈迈德的冷酷专横与艾米娜的温顺宽厚,亚辛的放荡堕落与法赫米的严肃热情,凯马尔的优柔寡断与小艾哈迈德的果敢坚定等等,如此相互衬托,使每一个独特的性格显得更加丰满、深刻。又如海迪洁和阿伊莎姐妹俩一同成长,姐姐相貌平庸、尖酸刻薄、精于家务,妹妹漂亮娇艳、为人宽厚、懒惰成性。她们嫁给同一家的两兄弟,婚后的家庭生活也迥然不同:姐姐因为一些琐事闹得家庭不和,妹妹温和顺从因而常得到婆婆的袒护;姐姐的两个儿子先后成家立业,而妹妹在一场瘟疫中痛失丈夫和儿子。姐妹俩的命运在对比中形成强烈的反差,收到了极佳的艺术效果。

第九节 库切

约翰·马克斯韦尔·库切(1940—),南非作家。2003年获得诺贝尔文学奖,在南非的文学史上占有重要地位。

一、生平与创作

库切1940年2月生于南非一个律师家庭,父母都是布尔人,也就是当年来到非洲南部的德国人、法国人和荷兰人的后裔。库切从小生活在南非种族隔离制度盛行的时代,童年混乱的生活环境对他日后的人生经历和写作造成了深刻的影响。1960年库切从开普敦大学毕业后只身来到英国,从事计算机程序设计工作,并利用课余时间完成一篇关于英国小说家福特的论文,获得硕士学位。1965年,库切赶赴美国攻读文学博士,毕业后在纽约州立大学巴法罗分校教文学。1972年,他回到南非,之后任开普敦大学英语文学教授。2002年移居澳大利亚,加入澳洲籍,在阿德莱德大学执教。

复杂的文化身份和流散的写作经历赋予了库切多元的视角,促使他不断地审视西方文明中所谓的道德感和理性主义,并且致力于解构以西方为中心的政治霸权和文化霸权。在复杂混乱的世界背景下,库切始终向读者呈现在畸形的社会环境中和历史重负下卑微的个人命运。他以细腻的笔触刻画人物内心的挣扎与思考,通过不断的怀疑和追问,力图还原人性和历史的本来面目。库切是一个冷静的叙述者,人性的残酷,贪婪,情欲,在他的笔下都保持着适度的自制和清醒。同时,库切冷峻的笔调又迸发出无法遏制的激情,这使得他的小说有一种叙事的张力,表现出多层次多视角的开放性特征。库切多以种族隔离制度下的南非为叙事背景,多义的主题内容,新颖的艺术形式,使得研究者多从后殖民和后现代的理论对其作品进行解读。

南非被库切称为"主奴社会",即一个没有自由的社会,一个混乱的社会,主人既离不开奴隶,奴隶也做不了自己的主人。20 世纪 40 年代,南非上台执政的阿非利肯人把种族隔离政策逐渐意识形态化,种族问题愈演愈烈。库切正是阿非利肯人的后代,虽然从个人的角度来说,他不是种族政策的获益者,但是尴尬的处境,使得他既无法完全摆脱与生俱来的身份,同时也无法完全融入对立一方,只能在这两个对立的群体边缘徘徊,成为一个局外人。在英美等国的游学经历,库切发现种族问题不仅仅只存在于南非,而且不断地逃避也解决不了问题,于是他又回到开普敦,拿起笔来与当时的政治和文化霸权对抗,库切试图站在一个公正的立场,采取超然的态度,真正地面对问题。

自 1974 年发表的第一部小说《幽暗之地》开始,库切至今已创作了 10 余部小说。《幽暗之地》结构新奇,颇具"先锋"色彩。小说由《越南计划》和《雅各·库切之讲述》两部分看起来没有任何关系的中篇小说构成。前者讲述了一位美国大学教师尤金·唐恩参与设计了越南战争的升级计划,并因此自鸣得意,但自己的现实生活一团糟糕。后者讲的是南非荷兰裔殖民者雅各·库切所作的关于 1760 年在非洲腹地探险的报告。库切将这两个故事并列讲述,就是要强调越南战争和南非的种族隔离政策的罪魁祸首实质上同根同源。

《内陆深处》(1977)是一篇福克纳式的意识流小说,以日记形式,讲述了一个白人女性玛格达的故事。玛格达憎恶父亲与一个年轻的女人明目张胆的关系,幻想着把他们杀死,同时内心深处又隐约渴望与家中的男仆保持不正常的关系。小说从一个女人心理角度切入,深入挖掘,找出殖民时期扭曲的社会环境是导致人性扭曲的客观原因。同时,"杀父"这一行径本身也是一种对父权(殖民霸权)的反叛和否定。

《等待野蛮人》(1980)首次为库切赢得了国际性的荣誉。小说以寓言般的口吻讲述了一个老行政长官和一个野蛮人部落少女的故事。老行政长官驻扎在帝国边境,帝国"第三局"的乔尔上校来到这里,奉命抓捕"野蛮人",并且对他们施行各种极端的暴力折磨。老行政长官生发了悲悯之心,收留了一个野蛮少女,并用尽各种办法去占有她,但是少女却始终沉默地应对他的所作所为。库切把帝国与边疆,文明与野蛮,历史与现在等多重问题融入了这部小说,体现了深邃的思辨性。

1983 年,库切以长篇小说《迈克尔·K 的生活和时代》第一次赢得布克奖。小说述说了作者一如既往的反战主题。在故事的开篇,库切就引用哲学家赫拉克利特的一句话:"战争是万有之父,也是万有之王。"主人公迈克尔·K 是一个居住在开普敦的稍有智障的园丁,在战争迫近的情况下打算带母亲回到童年成长的内陆村庄避难,但是由于办不到通行证,也买不到火车票,无奈之下迈克尔只好自制推车,载母亲回家。然而由于旅途劳累,母亲很快就病重死去了。迈克尔只好孤身一人,继续前行,一路上颠沛流离,财产被士兵抢劫,被警察抓去做苦工,逃到农场后又被政府军抓住,在经历了重重的磨难后,迈克尔最终还是没有抵达家乡,又出现在了开普敦的海滩。库切以 K 命名小说的主人公,暗示着迈克尔与卡夫卡《城堡》中的主人公 K 遭遇着同样的命运。与《等待野蛮人》中的少女一样,库切也同样让迈克尔保持惯有的沉默,以此拒绝被纳入政治权力话语中去,但是在这种权力的凝视下,个人追求自由的愿望始终难以实现。

《福》(1986)是以笛福的《鲁滨孙漂流记》改写成的。小说的题目"福"也来自笛福的名字,作者别有用心地把笛福成名后特意加的贵族头衔去掉,还原了笛福的真实面目。这是一个典型的文本游戏,库切致力于对西方殖民神话的解构。小说以苏珊的经历反拨了西方意识形态下的宏大历史,有力地批判了西方的文化霸权。

《铁器时代》(1990)写的是退休大学历史教授卡伦太太,在得知自己身患癌症之后,写信给美国的女儿,以一个白人的视角讲述了现实世界中的种种罪恶以及内心的复杂感受。《彼得堡的大师》(1994)以库切推崇的俄罗斯作家陀思妥耶夫斯基为主人公,重新诠释了陀思妥耶夫斯基的生活和创作世界,这部小说充分展示了文本的开放性特征。

1999 年,《耻》为库切第二次摘得布克奖的桂冠。2003 年,库切获得诺贝尔文学奖。

《男孩》(1997)、《青春》(2002)、《夏日》(2009)被认为是库切的自传三部曲。通过这三部小说,可以看出库切执着于对自我的解剖,通过语言的虚构,力图达到叙事的真实。《男孩》和《青春》都是以第三人称的口吻讲述库切在南非小城伍斯特的童年时光以及在开普敦和伦敦度过青春岁月。《夏日》讲的是在库切死后,一位年轻的作家为了给他写传记,从他留下的笔记中找到一些线索,采访了死者生前的故人,通过他们的描绘,勾勒出库切中年时期的轮廓。《夏日》问世后,评论界给了很高的评价,认为这是继《耻》之后冷静情感交织的又一力作。库切在小说中提出了太多关于对自身的拷问,对社会的拷问,这三部小说向读者呈现了一个孤独的灵魂,游离在世界的边缘,又怀着隐秘而冷峻的激情,时时陷入沉思,却得不到最后的答案。

新世纪以来,库切的创作形式又有了新的突破。《伊丽莎白·科斯特洛:八堂课》(2003)是一部思辨录式的实验文本。《慢人》(2005)虚构了一位澳大利亚女作家,主要讲述她对自己创作生涯的回顾,以及她在小说创作中的一些思考。《凶年纪事》(2007)也是库切的形式创新之作,小说把一个老作家的数篇文学评论和为报纸写的一些文章糅合在一起,"拼凑"成一部开放性的文本。

《耶稣的童年》(2013)是库切最新推出的一部小说。故事中一个名叫大卫的孩子,和母亲走散,上船时唯一能说明他身份的信件也丢失了。男孩和一位名叫西蒙的老人一起,远渡重洋,来到一个新的国度,与另一个陌生的女人组成了一个"偶和家庭",开始新生活。小说涉及了关于伦理学、教育学和社会学等多个母题。

作为一个后现代的叙事大师,库切致力于对文本形式的探索,沉溺于语言和文本的游戏。他的每一部小说都风格迥异,形式多样。尤其难能可贵的是,库切的小说语言精练,多用短句,有如圣经般简洁,却寓意深刻。同时,库切作为一个文学批评家的特殊身份,使得他的小说有着强烈的互文性特征。如库切通过《福》《彼得堡的大师》《凶年纪事》等作品,成功解构了原有的文本,使得作品呈现多元化特征。库切的博士论文研究的是爱尔兰剧作家贝克特的作品,与这位现代派的大师一样,他也酷爱文本创新,积极探索小说的艺术形式,不愧为后现代主义作家中的佼佼者。

二、《耻》

《耻》是库切最负盛名之作。小说围绕着一个52岁的大学教授戴维·卢里和他的女儿露茜的故事展开,此时的卢里在两次婚姻结束后一直保持单身,他在开普技术大学教传播学,同时开设浪漫主义诗歌选修课程,讲授华兹华斯的诗歌。身体日渐衰老的卢里,为了感官的激情,诱使学生梅拉妮和他发生了关系,只有20岁的梅拉妮迫于周围人的压力,指控了卢里的性骚扰行为。卢里因此声名狼藉,遭到听证委员会的审问,但他为正常的生理需求辩护,拒绝当众认罪和忏悔,并且离开了大学职位,来到了露茜所在的偏远小镇附近的农场。

露茜孤身一人住在危险偏僻的农场里,只有几只狗陪伴,卢里深为女儿的安全担忧,虽然他难以适应农场的生活,还是不得不与那些以前不屑与之为伍的人打交道。露茜把他介绍给一个叫贝芙·肖的朋友,在一个简陋的动物救护站里,卢里成了一个病狗看护员。然而不幸还是发生了,三个黑人突然出现,抢劫了农场,强奸了露茜,并用酒精烧伤了卢里,临走前还射杀了关在笼子里的七条狗。蹊跷的是,平时给露茜帮忙的邻居佩特鲁斯此时却不见踪影。后来在佩特鲁斯办的派对上,卢里再次见到了强奸露茜的男孩,他的怀疑得到了证实,佩特鲁斯正是为了得到露茜的土地才暗中指使了这些罪行。然而露茜始终沉默地面对这一事件,而且周围所有的黑人,包括佩特鲁斯也都对此事保持沉默。卢里劝说露茜离开南非,回到荷兰修养,但是她拒绝了这一建议,而且继续依靠佩特鲁斯的力量经营农场。

卢里最终去了梅拉妮家里,向她的父母和妹妹做了最终的忏悔。接着卢里回到开普敦的家里,发现自己的房子也遭到了抢劫,以往的同事还是对他避之不及。他想继续写歌剧《拜伦在意大利》,却发现难以为继。在得知女儿怀孕之后,他卖掉了房子,再次来到女儿的镇上,租了房子,继续在动物救护站帮忙,在故事的结尾,他放弃了拯救一只瘸腿狗的生命。

库切的作品多从特殊的历史情境、寓言故事以及后殖民生态批评等角度来解读。库切擅长捕捉社会环境的剧烈动荡给微观的个人带来的心理和生理上的变化。他先把笔下的人物逐渐挤压到一个逼仄的角落,然后再用冷静地目光凝视他们对此的反应。《耻》就是在探讨后殖民时代,白人成为相对的弱者之后,他们的人生际遇以及相应内心意识的转变。在开普敦,卢里优越的职业,地位,身份,使得他拥有占据主导地位的政治权力、经济权力,以及与生俱来的生理权力,他借此获得身体上以及精神上的享受。但随着他职位的丢失,身份的转变,以及地域的变化,这些本来稳固的权力结构都被打破并且倒置了。就连去农场投奔女儿这一件事情本身,也使得他由一个父亲的角色变成了孩子的角色。卢里从迫害者沦落到被害者,从耻辱的施加者变成了忍受者。正是这种处境和身份的转换,使得卢里对"耻"有了深刻的认识。

当卢里从自身的角度去思考他和梅拉妮的关系时,无论是面对听证委员会的控诉,还是面对梅拉妮父亲的质问,他没有表现出任何羞耻之意。卢里认为在他生命中出现的每一位女性,都让他"获益匪浅",每个女性都像一面镜子,照出他的一个侧面,占有不同的女人,对他来说只是一种充盈自己,探索自己的方式。所以面对露茜的疑问,他借动物的理论,为自己的肉欲进行辩解,拒绝忏悔。但是,当卢里从权力的巅峰滑到谷底,没有支配命运的自由时,他不得不忍受与底层的黑人共事,做一些照料病狗这样的琐事,他第一次感到"耻"。当露茜被黑人强奸,自己也受到暴力伤害时,他再次深切地感到"耻"。同时,露茜忍受的"耻"迫使他站在弱者的角度看待问题,从而反省自身,发现了自己带给梅拉妮的"耻"。于是他忍受着双重的耻辱:既是耻辱的施加者,又是耻辱的忍受者。卢里试图从女性的角度去理解这两件事时,他所谓的"激情理论"是多么苍白无力。对于毫无能力的弱者来说,尤其是像露茜和梅拉妮这样的女性,她们的命运只能是接受耻辱,毫无尊严,像狗一样地活着。卢里认识到,无论是谁掌握权力,强者永远在有意或者无意地欺凌着弱者,而被侮辱的一方永远忍受着"耻"。尤其是在权力更迭之后,当"耻"施加者与"耻"的忍受者双方角色颠倒之后,"耻"的意味就更浓了。

露茜是无辜的,但她深知自己的悲剧不仅仅是个人的悲剧,也是社会的悲剧,历史的悲剧。忍受耻辱是她要留在南非这片土地上必须要付出的代价。白人被黑人仇恨,这种仇恨不是单独指向她的,而是指向整个白人世界。作为一个白人女性,露茜只能顺从地接受历史带给她的重负,她必须抛弃种族优越感,谦卑地活着,忍受耻辱。露茜最终向邻居妥协,把土地所有权转给佩特鲁斯,但是要求保留她的房子,继续在这片土地上生活。这个结局其实是作者态度的一个暗示,即在非洲这片土地上,黑人的土地仍旧归于黑人,白人在这片土地上只拥有居住权,而非所有权。这部小说也可以看成是库切对南非后殖民时代白人应该如何生存的一个提问,库切通过文本中一系列事件发生之后的最终结局得出他的答案。在库切看来,作为历史的入侵者,白人不是永恒的受益者,白人对黑人的悲剧和自身的悲剧要承担双重的责任。

作为一个审慎的怀疑论者,库切关注个人在历史中的真实命运。他试图站在一个超然的立场,以不偏不倚的态度去述说真相。如诺贝尔文学奖授奖词所说:"J. M. 库切的小说以结构精致、对话隽永、思辨深邃为特色。他是一个有道德原则的怀疑论者,对当下西方文明中浅薄的道德感和残酷的理性主义给予毫不留情的批判。他以知性的诚实消解了一切自我慰藉的基础,使自己远离俗丽而无价值的戏剧化的解悟和忏悔。"库切始终对于道德中的"善"保持着足够的警惕,力图揭穿假面具,把人性赤裸裸地呈现出来。卢里在向梅拉妮的父母和妹妹忏悔时,身体中依然涌动着情欲。在卢里把死去的动物送去焚尸炉火化时,看到工人们为了使尸体便于处理,用铁锹拍打它们身体。为了挽救尸体的荣誉,让它们死后免于挨打,卢里代替工人燃烧尸体,小心翼翼地保护它们最后的尊严。我们可以看到,自私的卢里人性之中也有动人之处,用他自己的话说,为了一个理想的世界。

从艺术特色上来看,《耻》运用了相对传统的艺术手法,小说线路清晰,以时间的先后顺序讲述了卢里和他女儿露茜的故事。但是小说还隐藏着另外一条平行的线,穿插着卢里想要完成的一部音乐剧《拜伦在意大利》,讲述拜伦最后几年在意大利和特蕾莎之间发生的故事。另外狗的意象也不断地穿插在整部小说中,尤其是故事的结尾,卢里喜欢上了一只能听得懂音乐的瘸腿狗,在照顾了它一段时间后,最终结束了它的生命。狗到底象征着什么,每个读者都有自己的解读。文本的开放性特征决定了主题的多元性,库切自己也说,他喜欢把真实的意图隐藏起来,让读者自己去思考,下结论。对于《耻》这部寓意深刻后现代作品,还会有新的解读与诠释。

后 记

《外国文学史教程》的撰稿者为来自全国高校从事外国文学教学和研究的教师、学者,书稿执笔者分工如下(按章节先后排序):

赵怀俊(大连大学):第一章第一节、第二节、第三节

杨书评(赤峰学院):第二章第一节、第二节

王骁勇、张军民(集美大学):第三章第一节、第二节、第三节

李伟昉(河南大学):第三章第四节、第十章第七节

彭建华(福建师范大学):第四章第一节、第三节

李海明(杭州师范大学):第四章第二节、第六章第五节

温越(兰州交通大学):第五章第一节

马粉英(西北师范大学):第五章第二节

任红红(兰州交通大学):第五章第三节

王化学(山东师范大学):第六章第一节、第二节

李文军(内蒙古师范大学):第六章第三节、第九章第十节、第十三章第一节、第十三章第七节

曾思艺(天津师范大学):第六章第四节、第七章第七节

葛桂录(福建师范大学):第七章第一节、第二节

吴康茹(首都师范大学):第七章第三节、第四节

李佩菊(江苏理工学院):第七章第五节

陈勇(温州大学):第七章第六节

朱涛(华南师范大学):第七章第八节、第十节

史锦秀(河北师范大学):第七章第九节、第九章第八节

陈静(江西师范大学):第七章第十一节、第十二节

李小驹(三峡大学):第八章第一节、第二节、第三节

李晓卫(西北师范大学):第九章第一节、第二节

高速平(河北经贸大学):第九章第三节

陆惠云(昆明学院):第九章第四节、第九节

赵峻(淮阴师范学院):第九章第五节

李莉(杭州师范大学):第九章第六节
张晓东(北京师范大学):第九章第七节
谢燕(浙江育英职业技术学院):第九章第十一节
林霞(浙江育英职业技术学院):第九章第十二节
项晓敏(杭州师范大学):第十章第一节、第四节
荆云波(郑州航空工业管理学院):第十章第二节、第三节
陈婷婷(温州大学):第十章第五节、第六节
韩燕红(邯郸学院):第十章第八节、第九节
钱奇佳(安徽师范大学):第十一章第一节、第二节、第三节
杨晓敏(内蒙古师范大学):第十二章第一节、第二节
项漪(杭州师范大学):第十二章第三节
叶旦捷(杭州师范大学):第十三章第二节、第三节、第四节
杨红菊(山西师范大学):第十三章第五节、第六节
胡杨洋(杭州师范大学):第十三章第八节
胡小曼(杭州师范大学):第十三章第九节

《外国文学史教程》编委